TOUT SIMENON

GEORGES SIMENON

ŒUVRE ROMANESQUE

12

La colère de Maigret
La rue aux trois poussins
La chambre bleue
L'homme au petit chien
Maigret et le fantôme
Maigret se défend
Le petit saint
Le train de Venise

PRESSES DE LA CITÉ

Note de l'éditeur

En 1945, Georges Simenon rencontre Sven Nielsen qui va devenir son éditeur et son ami. Entre 1945 et 1972 — année où le romancier prend la décision de cesser d'écrire — paraissent aux Presses de la Cité près de 120 titres — « Maigret » et « romans » confondus — qui constituent la majeure partie de l'œuvre romanesque de Georges Simenon.

Présentés ici dans l'ordre de leur publication, ces romans forment les quinze premiers volumes de notre intégrale de l'œuvre de Georges Simenon. Celui en qui Gide voyait « le plus grand de tous, le plus vraiment romancier que nous ayons eu en littérature ».

ISBN 2-258-03157-5
N° Editeur : 5822
Dépôt légal : mai 1990

SOMMAIRE

LA COLÈRE DE MAIGRET

1

Il était midi et quart quand Maigret franchit la voûte toujours fraîche, le portail flanqué de deux agents en uniforme qui se tenaient tout contre le mur pour jouir d'un peu d'ombre. Il les salua de la main, resta un moment immobile, indécis, à regarder vers la cour, puis vers la place Dauphine, puis vers la cour à nouveau.

Dans le couloir, là-haut, ensuite dans l'escalier poussiéreux, il s'était arrêté deux ou trois fois, faisant mine de rallumer sa pipe, avec l'espoir de voir surgir un de ses collègues ou de ses inspecteurs. Il était rare que l'escalier soit désert à cette heure, mais cette année, le 12 juin, la P.J. avait déjà son atmosphère de vacances.

Certains, pour éviter la cohue de juillet et d'août, étaient partis dès le début du mois, et d'autres se préparaient à l'exode annuel. Ce matin-là, brusquement, après un printemps pourri, la chaleur était venue, et Maigret avait travaillé fenêtres ouvertes, en manches de chemise.

Sauf pour le rapport chez le directeur et pour une ou deux visites dans le bureau des inspecteurs, il était resté seul, à continuer une fastidieuse besogne administrative commencée depuis plusieurs jours. Des dossiers s'empilaient devant lui, et de temps en temps il levait la tête comme un écolier, tourné vers le feuillage immobile des arbres, écoutant le bruissement de Paris qui venait de prendre sa sonorité particulière des chaudes journées d'été.

Depuis deux semaines, il n'avait pas manqué un repas boulevard Richard-Lenoir et il n'avait pas été dérangé une seule fois au cours de la soirée ou de la nuit.

Normalement, il aurait dû tourner à gauche sur le quai, vers le pont Saint-Michel, pour prendre un autobus ou un taxi. La cour restait vide. Personne ne le rejoignait.

Alors, avec un léger haussement d'épaules, il tournait quand même à droite et gagnait la place Dauphine, qu'il traversait en biais. L'envie lui était soudain venue, en sortant du bureau, d'aller à la Brasserie Dauphine et, en dépit des conseils de son ami Pardon, le médecin de la rue Picpus, chez qui il avait dîné avec Mme Maigret la semaine précédente, de s'offrir l'apéritif.

Il y avait plusieurs semaines qu'il était sage, se contentant d'un verre de vin aux repas, parfois, le soir, lorsqu'ils sortaient, d'un verre de bière avec sa femme.

L'odeur du bistrot de la place Dauphine, le goût anisé des

apéritifs, qui se mariait si bien avec l'atmosphère de ce jour-là, lui manquaient tout à coup. Il avait espéré en vain rencontrer quelqu'un qui l'aurait entraîné, et il se sentait mauvaise conscience en gravissant les trois marches de la brasserie devant laquelle stationnait une auto rouge longue et basse qu'il avait regardée curieusement.

Tant pis ! Pardon lui avait recommandé de ménager son foie, mais il ne lui avait pas interdit de boire un apéritif, un seul, après des semaines d'abstinence presque totale.

Il retrouvait, près du zinc, des visages familiers, une dizaine au moins d'hommes de la P.J. qui n'avaient guère plus de travail que lui et qui étaient sortis de bonne heure. Cela arrive de loin en loin : un creux de quelques jours, le calme plat, les affaires courantes, comme on dit, puis, soudain, les drames qui éclatent à un rythme accéléré, ne laissant à personne le temps de souffler.

On le saluait de la main ; on se serrait pour lui faire place au comptoir, et, désignant les verres remplis de boisson opaline, il grommelait :

— La même chose...

Le patron était déjà là trente ans plus tôt, quand le commissaire débutait Quai des Orfèvres, mais à cette époque c'était encore le fils de la maison. Maintenant, il y avait un fils aussi, pareil à lui jadis, en toque blanche dans la cuisine.

— Ça va, chef ?

— Ça va.

L'odeur n'avait pas changé. Chaque petit restaurant de Paris a son odeur propre, et ici, par exemple, sur un arrière-fond d'apéritifs et d'alcool, un connaisseur aurait discerné le fumet un peu aigu des petits vins de la Loire. Quant à la cuisine, l'estragon et la ciboulette dominaient.

Maigret lisait machinalement le menu sur l'ardoise : petits merlans de Bretagne et foie de veau en papillotes. Au même moment, dans la salle à manger aux nappes de papier, il apercevait Lucas, qui semblait s'y être réfugié, non pour déjeuner, mais pour bavarder en paix avec un inconnu, car il n'y avait encore personne à table.

Lucas, de son côté, le voyait, hésitait, se levait et venait à lui.

— Vous avez un moment, patron ? Je crois que cela pourrait vous intéresser...

Le commissaire le suivait, son verre à la main. L'inconnu se levait. Lucas présentait :

— Antonio Farano... Vous le connaissez ?...

Le nom ne disait rien au commissaire, mais il lui semblait avoir déjà vu ce visage de bel Italien qui aurait pu jouer les jeunes premiers au cinéma. L'auto de sport rouge, devant la porte, lui appartenait sans doute. Elle s'harmonisait avec son allure, avec ses vêtements clairs trop bien coupés, avec la lourde chevalière qu'il portait au doigt.

Lucas continuait, tandis que les trois hommes s'asseyaient :

— Il s'est présenté au Quai pour me voir alors que je venais de sortir. Lapointe lui a dit qu'il me trouverait peut-être ici...

Maigret remarqua que, si Lucas buvait le même apéritif que lui, Farano se contentait d'un jus de fruits.

— C'est le beau-frère d'Émile Boulay... Il gère l'un de ses cabarets, le Paris-Strip, rue de Berri...

Lucas adressait un discret clin d'œil à son patron.

— Répétez ce que vous venez de me dire, Farano...

— Eh bien ! mon beau-frère a disparu...

Il avait gardé l'accent de son pays.

— Quand ? questionnait Lucas.

— La nuit dernière, probablement... On ne sait pas au juste...

Maigret l'impressionnait et, par contenance, il tira un étui à cigarettes de sa poche.

— Vous permettez ?

— Je vous en prie...

Lucas expliquait, pour le commissaire :

— Vous connaissez Boulay, patron. C'est ce petit homme qui est arrivé du Havre il y a quatre ou cinq ans...

— Sept ans, corrigea l'Italien.

— Sept ans, soit... Il a racheté une première boîte de nuit rue Pigalle, le Lotus, et maintenant il en possède quatre...

Maigret se demandait pourquoi Lucas avait tenu à le mêler à cette affaire. Depuis qu'il dirigeait la Brigade criminelle, il était rare qu'il s'occupe de ce milieu-là, qu'il avait bien connu jadis, mais qu'il avait quelque peu perdu de vue. Il y avait au moins deux ans qu'il n'avait pas mis les pieds dans un cabaret. Quant aux mauvais garçons de Pigalle, il n'en connaissait plus que quelques-uns, surtout parmi les anciens, car c'est un petit monde qui change sans cesse.

— Je me demande, intervenait encore Lucas, si cela n'a pas un rapport avec l'affaire Mazotti...

Bon ! Il commençait à comprendre. Quand donc Mazotti s'était-il fait descendre alors que, vers trois heures du matin, il sortait d'un bar de la rue Fontaine ? Il y avait près d'un mois de ça. Cela se passait vers la mi-mai. Maigret se souvenait d'un rapport de la police du IXe arrondissement, qu'il avait passé à Lucas en disant :

— Sans doute un règlement de comptes... Fais ce que tu pourras...

Mazotti n'était pas un Italien, comme Farano, mais un Corse qui avait débuté sur la Côte d'Azur avant de monter à Paris avec une petite bande à lui.

— Mon beau-frère n'a pas tué Mazotti... prononçait Farano avec conviction. Vous savez bien, monsieur Lucas, que ce n'est pas son genre... D'ailleurs, vous l'avez questionné deux fois dans votre bureau...

— Je ne l'ai jamais accusé d'avoir tué Mazotti... Je l'ai interrogé comme j'ai interrogé tous ceux à qui Mazotti s'en est pris... Cela fait pas mal de monde...

Et, à Maigret :

— Je lui ai justement envoyé une convocation pour aujourd'hui à onze heures et j'ai été surpris de ne pas le voir...

— Il ne lui arrive jamais de découcher ? questionnait candidement le commissaire.

— Jamais !... On voit que vous ne le connaissez pas... Ce n'est pas son genre... Il aime ma sœur, la vie de famille... Il ne rentrait jamais plus tard que quatre heures du matin...

— Et la nuit dernière, il n'est pas rentré ? C'est ça ?

— C'est ça...

— Où étiez-vous ?

— Au Paris-Strip... Nous n'avons pas fermé avant cinq heures... Pour nous, c'est la pleine saison, car Paris est déjà envahi par les touristes... Au moment où je faisais la caisse, Marina m'a téléphoné pour me demander si j'avais vu Émile... Marina, c'est ma sœur... Je n'avais pas vu mon beau-frère de la soirée... Il descendait rarement aux Champs-Élysées...

— Où sont situées ses autres boîtes ?

— Toutes à Montmartre, à quelques centaines de mètres l'une de l'autre... C'était son idée et elle a réussi... Avec des cabarets pour ainsi dire porte à porte, on peut faire passer les artistes de l'un à l'autre en cours de soirée et diminuer les frais généraux...

» Le Lotus est tout en haut de la rue Pigalle, le Train-Bleu à deux pas, rue Victor-Massé, et le Saint-Trop' un peu plus bas, rue Notre-Dame-de-Lorette...

» Émile a hésité à ouvrir un cabaret dans un autre quartier, et c'est le seul dont il ne s'occupait pour ainsi dire pas... Il m'en laissait la direction...

— Votre sœur vous a donc téléphoné un peu après cinq heures ?

— Oui. Elle a tellement l'habitude d'être réveillée par son mari...

— Qu'est-ce que vous avez fait ?

— J'ai d'abord appelé le Lotus, où on m'a dit qu'il était sorti vers onze heures du soir... Il est passé aussi au Train-Bleu, mais la caissière ne peut pas préciser l'heure... Quant au Saint-Trop', il était fermé quand j'ai essayé de l'avoir au bout du fil...

— A votre connaissance, votre beau-frère n'avait aucun rendez-vous la nuit dernière ?

— Aucun... Je vous l'ai dit : c'était un homme paisible, attaché à ses habitudes... Après avoir dîné en famille...

— Quelle est son adresse ?

— Rue Victor-Massé...

— Dans le même immeuble que le Train-Bleu ?

— Non. Trois maisons plus loin... Après le dîner, donc, il allait d'abord au Lotus surveiller la mise en place... C'est la boîte la plus importante et il s'en occupait personnellement... Puis il descendait au Saint-Trop', où il restait un bout de temps, ensuite au Train-Bleu, et il recommençait la tournée... Il l'accomplissait deux ou trois fois au cours de la nuit, car il avait l'œil à tout...

— Il était en smoking ?

— Non... Il portait un complet sombre, bleu de nuit, mais jamais de smoking... Il se souciait assez peu d'élégance...

— Vous parlez de lui au passé...

— Parce qu'il lui est sûrement arrivé quelque chose...

A plusieurs tables, on commençait à manger, et il arrivait à Maigret de loucher vers les assiettes et vers les carafes de Pouilly. Bien que son verre fût vide, il résistait à l'envie d'en commander un second.

— Qu'avez-vous fait ensuite ?

— Je suis allé me coucher, après avoir demandé à ma sœur de m'appeler s'il y avait du nouveau...

— Elle vous a rappelé ?

— Vers huit heures...

— Où habitez-vous ?

— Rue de Ponthieu.

— Vous êtes marié ?

— Oui. Avec une compatriote. J'ai passé la matinée à téléphoner aux employés des trois cabarets... Je cherchais à savoir où et quand il avait été vu en dernier lieu... Ce n'est pas facile... Pendant une bonne partie de la nuit, les boîtes sont pleines à craquer et chacun ne s'occupe que de son travail... En outre, Émile n'était pas voyant... C'est un petit homme tout maigre que personne, parmi les clients, ne prenait pour le patron, et il lui arrivait de rester longtemps devant la porte en compagnie du pisteur...

Lucas faisait signe que tout cela était vrai.

— Il semble bien que nul ne l'ait aperçu après onze heures et demie du soir...

— Qui l'a vu le dernier ?

— Je n'ai pas pu questionner tout le monde... Certains garçons, barmen ou musiciens n'ont pas le téléphone... Quant aux filles, j'ignore l'adresse de la plupart... Ce n'est que la nuit prochaine que je pourrai me renseigner sérieusement, quand chacun sera à son poste...

» Jusqu'à présent, le dernier à lui avoir parlé est le pisteur du Lotus, Louis Boubée, un bonhomme pas plus grand ni plus gras qu'un jockey, plus connu à Montmartre sous le surnom de Mickey...

» Entre onze heures et onze heures et demie, donc, Émile est sorti du Lotus et est resté debout un certain temps sur le trottoir près de Mickey, qui se précipitait pour ouvrir la portière chaque fois qu'une voiture s'arrêtait...

— Ils se sont parlé ?

— Émile ne parlait pas beaucoup... Il paraît qu'il a regardé plusieurs fois sa montre avant de se diriger vers le bas de la rue... Mickey a cru qu'il se rendait au Saint-Trop'...

— Votre beau-frère avait une voiture ?

— Non. Pas depuis l'accident...

— Quel accident ?

— Il y a sept ans de cela... Il vivait encore au Havre, où il avait une petite boîte de nuit, le Monaco... Un jour qu'il se rendait à Rouen en auto avec sa femme...

— Il avait déjà épousé votre sœur ?

— Je parle de sa première femme, une Française des environs du Havre, Marie Pirouet... Elle attendait un bébé... Ils allaient justement à Rouen pour consulter un spécialiste... Il pleuvait... Dans un virage, la voiture a fait une embardée et s'est écrasée contre un arbre... La femme d'Émile a été tuée sur le coup...

— Et lui ?

— Il s'en est tiré avec une blessure à la joue, dont il a gardé la cicatrice... A Montmartre, la plupart des gens se figurent que c'est la trace d'un coup de couteau...

— Il aimait sa femme ?

— Beaucoup... Il la connaissait depuis son enfance...

— Il est né au Havre ?

— Dans un village des environs, je ne sais pas lequel... Elle était du même village... Depuis qu'elle est morte, il n'a pas touché le volant d'une auto et il évitait autant que possible de monter dans une voiture... Ainsi, à Paris, il était rare qu'il prenne un taxi... Il marchait beaucoup et, quand il le fallait, il utilisait le métro... D'ailleurs, il ne quittait pas volontiers le IXe arrondissement...

— Vous croyez qu'on l'a fait disparaître ?

— Je dis que, s'il ne lui était rien arrivé, il serait rentré chez lui depuis longtemps...

— Il vit seul avec votre sœur ?

— Non. Ma mère habite chez eux, et aussi mon autre sœur, Ada, qui lui sert de secrétaire... Sans parler des deux enfants... Car Émile et Marina ont deux enfants, un garçon de trois ans, Lucien, et une petite fille de dix mois...

— Vous avez des soupçons ?

Antonio secoua la tête.

— Votre impression est que la disparition de votre beau-frère est liée à l'affaire Mazotti ?...

— Ce dont je suis certain, c'est qu'Émile n'a pas tué Mazotti...

Maigret se tourna vers Lucas, qui s'était occupé de l'enquête.

— Et toi ?

— C'est ma conviction aussi, patron... Je l'ai interrogé deux fois et il m'a eu l'air de répondre franchement... Comme dit Antonio, c'est un homme plutôt malingre, presque timide, qu'on ne s'attend pas à trouver à la tête de plusieurs établissements de nuit... D'un autre côté, en ce qui concerne Mazotti, il a su se défendre...

— Comment ?

— Mazotti et sa bande avaient organisé un racket qui n'a rien d'original mais qu'ils avaient perfectionné... Sous prétexte de protection, ils exigeaient, chaque semaine, des sommes plus ou moins importantes de chaque propriétaire de cabaret...

» La plupart, au début, refusaient... Alors se déroulait une petite comédie bien réglée... Au moment où la boîte était pleine, on voyait arriver Mazotti en compagnie d'un ou deux costauds... Ils s'installaient à une table s'il y en avait une de libre, au bar s'il n'y en avait pas, commandaient du champagne et, au milieu d'un numéro, déclenchaient la bagarre... On entendait d'abord des murmures, puis des éclats de voix... le barman ou le maître d'hôtel était pris à partie, traité de voleur...

» Cela finissait par des verres brisés, par une bousculade plus ou moins générale, et, bien entendu, la plupart des clients s'en allaient en se jurant de ne pas revenir...

» Les propriétaires, à la prochaine visite de Mazotti, préféraient payer...

— Émile n'a pas payé ?

— Non. Il ne s'est pas non plus adressé à des gorilles du milieu, comme certains de ses confrères, à qui cela n'a pas réussi, car Mazotti finissait par les acheter... Son idée a été de faire venir du Havre quelques dockers, qui se sont chargés de mettre Mazotti et ses hommes au pas...

— De quand date la dernière bagarre ?

— Du soir même de la mort de Mazotti... Il était allé au Lotus, vers une heure du matin, avec deux de ses compagnons habituels... Les dockers d'Émile Boulay les ont vidés... Il y a eu des horions échangés...

— Émile était présent ?

— Il était réfugié derrière le bar, car il a horreur des coups... Mazotti, donc, est allé se réconforter dans un bar de la rue Fontaine, chez Jo, qui était un peu son quartier général. Ils étaient quatre ou cinq à boire au fond de la salle... Quand ils sont sortis, à trois heures du matin, une voiture est passée et Mazotti a été abattu de cinq balles tandis qu'un de ses compagnons en recevait une dans l'épaule... On n'a pas retrouvé la voiture... Personne n'a parlé... J'ai interrogé la plupart des tenanciers de boîtes de nuit... Je continue l'enquête...

— Où était Boulay au moment de la fusillade ?

— Vous savez, patron, dans ce milieu-là, ce n'est pas facile à établir... Il semble qu'il se soit trouvé au Train-Bleu, mais je ne me fie pas trop aux témoignages...

— Émile n'a pas descendu Mazotti... répéta l'Italien.

— Il portait une arme ?

— Un automatique, oui... Il avait un permis délivré par la Préfecture... Ce n'est pas avec cette arme-là que Mazotti a été tué...

Maigret soupira, fit signe à la serveuse de remplir les verres, car il y avait assez longtemps qu'il en brûlait d'envie.

Lucas expliquait :

— Je préférais vous mettre au courant, patron, et j'ai cru que cela vous intéresserait d'entendre Antonio...

— Je n'ai dit que la vérité...

Lucas poursuivait :

— J'ai convoqué Émile pour ce matin au Quai... J'avoue que cela me trouble qu'il ait justement disparu la nuit dernière...

— Que voulais-tu lui demander ?

— De la routine... J'allais lui poser une dernière fois les mêmes questions, pour comparer avec ses premières réponses et avec les autres dépositions...

— Les deux fois que tu l'as eu dans ton bureau, il avait l'air effrayé ?

— Non. Plutôt ennuyé... Il tenait par-dessus tout à ne pas voir son nom dans les journaux... Il répétait que cela ferait un tort énorme à ses affaires, que ses cabarets étaient tranquilles, qu'il ne s'y passait jamais rien et que, si on parlait de lui à propos d'un règlement de comptes, il ne s'en relèverait pas...

— C'est vrai... approuvait Antonio en faisant mine de se lever.

Il ajoutait :

— Vous n'avez plus besoin de moi ?... Je dois aller rejoindre mes sœurs et ma mère, qui sont dans tous leurs états...

Quelques instants plus tard, on entendait le vrombissement de l'auto rouge qui s'élançait vers le Pont-Neuf. Maigret buvait lentement une gorgée d'apéritif, jetait un coup d'œil en coin à Lucas, soupirait :

— On t'attend quelque part ?

— Non... Je comptais...

— Manger ici ?

Et, comme il acquiesçait, Maigret décidait :

— Dans ce cas, on va manger tous les deux... Je passe un coup de téléphone à ma femme... Tu peux commander...

— Vous prendrez des maquereaux ?

— Et du foie de veau en papillotes...

C'était surtout le foie de veau qui le tentait, et l'atmosphère de la brasserie, où il n'avait pas mis les pieds depuis des semaines.

L'affaire n'était pas tellement importante et, jusqu'à présent, Lucas s'en était occupé seul. Personne, sauf dans le milieu, ne se préoccupait de la mort de Mazotti. Chacun sait que ces règlements de comptes finissent toujours par trouver leur solution, fût-ce par un autre règlement de comptes.

L'avantage, dans ces affaires-là, c'est que le Parquet et les juges d'instruction ne sont pas sans cesse à talonner la police. Comme disait un magistrat :

— Cela en fait un de moins à entretenir pendant des années en prison...

Les deux hommes déjeunèrent en bavardant. Maigret en apprit un peu plus sur le compte d'Émile Boulay et finit par s'intéresser à ce curieux petit homme.

Fils d'un pêcheur normand, Émile, dès l'âge de seize ans, s'était engagé comme chasseur à la Transat. C'était avant la guerre. Il naviguait à bord du *Normandie* et se trouvait à New York quand les hostilités avaient commencé en France.

Comment, petit et chétif, avait-il été accepté dans les « marines » américains ? Il avait fait toute la guerre dans cette arme avant de reprendre du service, comme second maître d'hôtel, cette fois, à bord de l'*Ile-de-France*.

— Vous savez, patron, ils rêvent à peu près tous de s'installer un jour à leur compte, et, après deux ans de mariage, Boulay a acheté au Havre un bar, qu'il n'a pas tardé à transformer en dancing... C'étaient les débuts du strip-tease et il paraît qu'il a amassé rapidement un assez sérieux magot...

» Quand l'accident s'est produit et que sa femme est morte, il avait déjà l'intention d'étendre son activité à Paris...

— Il a conservé le cabaret du Havre ?

— Il l'a mis en gérance... Un de ses anciens camarades de l'*Ile-de-France* le dirige...

» A Paris, il a racheté le Lotus, qui ne marchait pas comme à présent... C'était une boîte de second ordre, une trappe à touristes comme il en pullule aux alentours de la place Pigalle...

— Où a-t-il rencontré la sœur d'Antonio ?

— Au Lotus... Elle travaillait au vestiaire... Elle n'avait que dix-huit ans...

— Que faisait Antonio à l'époque ?

— Ouvrier chez Renault, à la carrosserie... Il était arrivé le premier en France... Puis il avait fait venir sa mère et ses deux sœurs... Ils habitaient le quartier de Javel...

— En somme, Émile semble avoir plus ou moins épousé toute la famille... Tu est allé chez lui ?

— Non... J'ai jeté un coup d'œil au Lotus et dans ses autres boîtes, mais je n'ai pas cru nécessaire de me rendre à son appartement...

— Tu es persuadé qu'il n'a pas abattu Mazotti ?

— Pourquoi l'aurait-il fait ?... Il était en train de gagner la partie...

— Il aurait pu avoir peur...

— Personne, à Montmartre, ne pense qu'il a fait le coup...

Ils prirent le café en silence et Maigret refusa le calvados que le patron vint comme d'habitude lui offrir. Il avait bu deux apéritifs, mais il s'était contenté ensuite d'un seul verre de Pouilly et, tandis qu'il se dirigeait vers la P.J. avec Lucas, il était assez satisfait de lui.

Dans son bureau, il retira sa veste, donna du jeu à sa cravate et s'attaqua aux dossiers administratifs. Il ne s'agissait ni plus ni moins que d'une réorganisation de tous les services sur laquelle on attendait son rapport, et il s'y appliquait comme un bon élève.

Il lui arriva, au cours de l'après-midi, de penser à Émile Boulay, au petit empire montmartrois que l'ancien maître d'hôtel de la Transat avait édifié, au jeune Italien à la voiture rouge, à l'appartement de la rue Victor-Massé, où les trois femmes vivaient avec les enfants.

Pendant ce temps-là, Lucas devait téléphoner aux hôpitaux, aux différents postes de police. Il avait aussi lancé le signalement de Boulay, mais, à six heures et demie, les recherches n'avaient donné aucun résultat.

La soirée fut presque aussi chaude que la journée et Maigret alla se promener avec sa femme, passa près d'une heure à une terrasse de la place de la République devant un seul verre de bière.

Ils avaient surtout parlé de vacances. Beaucoup de passants avaient leur veste sur le bras ; la plupart des femmes portaient des robes en coton imprimé.

Le lendemain était un jeudi. Encore une journée radieuse. Les rapports de la nuit ne faisaient pas mention d'Émile Boulay, Lucas n'avait pas de nouvelles.

Un orage, vers onze heures, violent mais bref, après lequel de la vapeur sembla sortir des pavés. Il rentra déjeuner chez lui, retrouva ensuite son bureau et la pile de dossiers.

Au moment où il quittait le Quai des Orfèvres, on ne savait toujours rien sur le sort du petit homme du Havre et Lucas avait en vain passé l'après-midi à Montmartre.

— Il semble bien, patron, que ce soit Boubée, celui qu'on surnomme Mickey et qui est depuis des années pisteur au Lotus, qui l'ait vu le dernier... Il croit se souvenir qu'Émile a tourné le coin de la rue Pigalle et de la rue Notre-Dame-de-Lorette comme pour se rendre au Saint-Trop', mais il n'y a pas attaché d'importance... Je retournerai à Montmartre ce soir, quand chacun sera à son poste...

Lucas ne devait rien apprendre de plus. À neuf heures, le vendredi matin, Maigret achevait de feuilleter les rapports journaliers quand il appela Lucas dans son bureau.

— On l'a retrouvé, lui annonça-t-il en rallumant sa pipe.

— Vivant ?

— Mort.

— A Montmartre ? Dans la Seine ?

Maigret lui tendit un rapport du XXe arrondissement. On y signalait qu'un cadavre avait été trouvé, au lever du jour, rue des Rondeaux, en bordure du Père-Lachaise. Le corps était étendu en travers du trottoir, non loin du remblai du chemin de fer. Il était vêtu d'un complet bleu sombre et, dans le portefeuille, qui contenait une certaine somme d'argent, une carte d'identité portait le nom d'Émile Boulay.

Lucas, sourcils froncés, levait la tête.

— Je me demande... commençait-il.

— Continue de lire...

La suite, en effet, devait étonner davantage l'inspecteur. Le rapport précisait que le corps, transporté à l'Institut médico-légal, était dans un état de décomposition avancé.

Cette partie de la rue des Rondeaux, qui finissait en cul-de-sac, n'était certes pas fort passante. Néanmoins, un cadavre n'aurait pu y rester sur le trottoir pendant deux jours, ni même pendant quelques heures, sans être découvert.

— Qu'en penses-tu ?

— C'est curieux...

— Tu as lu jusqu'au bout ?

— Pas les dernières lignes...

Émile Boulay avait disparu la nuit du mardi au mercredi. Il était vraisemblable, étant donné l'état du corps, qu'il avait été tué cette nuit-là.

Deux journées entières s'étaient écoulées, deux journées de forte chaleur.

Il était difficile d'imaginer la raison pour laquelle le ou les assassins avaient gardé le corps pendant tout ce temps.

— C'est encore plus étrange ! s'exclama Lucas en reposant le rapport sur le bureau.

Ce qui était le plus étrange, en effet, c'est que, d'après les premières constatations, le crime n'avait pas été commis à l'aide d'une arme à feu, pas davantage à l'aide d'un couteau.

Autant qu'on en pouvait juger en attendant l'autopsie, Émile Boulay avait été étranglé.

Or, ni Maigret ni Lucas, malgré leurs nombreuses années de service dans la police, ne se souvenaient d'un seul crime du milieu commis par strangulation.

Chaque quartier de Paris, chaque classe sociale a pour ainsi dire sa façon de tuer comme, aussi, son mode de suicide. Il existe des rues où on se jette par la fenêtre, d'autres où l'on s'asphyxie au charbon de bois ou au gaz, d'autres encore où on absorbe des barbituriques.

On connaît les quartiers à coups de couteau, ceux où l'on se sert d'une matraque et ceux, comme Montmartre, où dominent les armes à feu.

Non seulement le petit propriétaire de boîtes de nuit avait été étranglé, mais, pendant deux jours et trois nuits, l'assassin ne s'était pas débarrassé du corps.

Maigret ouvrait déjà le placard pour y prendre son veston et son chapeau.

— Allons-y ! grommelait-il.

Il avait enfin une excuse pour abandonner son pensum administratif.

Par un beau matin de juin, que rafraîchissait une légère brise, les deux hommes se dirigèrent vers l'Institut médico-légal.

2

Les bâtiments roses de l'Institut médico-légal, quai de la Rapée, ressemblent davantage à un laboratoire de produits pharmaceutiques, par exemple, qu'à l'ancienne morgue, sous la grosse horloge du Palais de Justice.

Derrière un guichet, dans un bureau clair, Maigret et Lucas trouvaient un employé qui les reconnaissait tout de suite et leur disait avec un sourire empressé :

— C'est pour le type de la rue des Rondeaux, je suppose ?

L'horloge électrique, au-dessus de sa tête, marquait dix heures cinq et, par la fenêtre, on voyait les bateaux, de l'autre côté de la Seine, amarrés devant les docks des Magasins Généraux.

— Il y a déjà quelqu'un qui attend, continuait le fonctionnaire, qui avait envie de faire la conversation. Il paraît que c'est un parent...

— Il a donné son nom ?

— Je le lui demanderai quand il aura reconnu le corps et qu'il signera sa déclaration...

Cet employé ne s'occupait des cadavres que d'une façon théorique, sous forme de fiches.

— Où est-il ?

— Dans la salle d'attente... Il faudra que vous patientiez aussi, monsieur Maigret... Le docteur Morel est en plein travail...

Le couloir était blanc, dallé de clair, la salle d'attente claire aussi, avec ses deux bancs et ses chaises en bois verni, sa grande table sur laquelle il ne manquait que des magazines pour qu'on pût se croire chez un dentiste. Les murs, peints à l'huile, étaient nus, et Maigret s'était déjà demandé quel genre de tableaux ou de gravures on aurait pu y suspendre.

Antonio était assis sur une des chaises, le menton dans les mains, et, s'il restait beau garçon, son visage était un peu bouffi comme celui d'un homme qui n'a pas assez dormi, ses joues n'étaient pas rasées.

Il se leva à l'entrée des policiers.

— Vous l'avez vu ? questionna-t-il.

— Pas encore.

— Moi non plus. Voilà plus d'une demi-heure que j'attends. C'est bien la carte d'identité d'Émile qu'on m'a montrée...

— Qui ?

— Un inspecteur qui a un drôle de nom... Attendez... Mornique ?... Bornique ?...

— Bornique, oui...

Maigret et Lucas échangeaient un coup d'œil. Avec Bornique, du XXe arrondissement, cela ne pouvait rater. Ils étaient quelques-uns comme lui, dans les commissariats de quartier, non seulement des inspecteurs, mais certains commissaires, qui s'entêtaient à rivaliser avec la P.J. et qui mettaient leur point d'honneur à arriver avant elle.

Maigret n'avait connu la découverte du corps que par les rapports journaliers et, depuis cette découverte, les gens du XXe n'étaient pas restés inactifs. C'était justement pour éviter ces excès de zèle que Maigret travaillait depuis plusieurs semaines à une refonte des services.

— Vous croyez que le toubib en a encore pour longtemps ? Les femmes sont comme folles...

— C'est Bornique qui est allé les avertir ?

— Il n'était pas huit heures du matin. Elles venaient de se lever et s'occupaient des gosses.

» — Laquelle de vous s'appelle Marina Boulay ? a-t-il demandé.

» Puis il a tendu une carte d'identité à ma sœur.

» — C'est bien la carte de votre mari ? Vous reconnaissez sa photographie ? Quand l'avez-vous vu pour la dernière fois ?...

» Vous imaginez la scène. Ada m'a tout de suite téléphoné chez moi. Je dormais. Je n'ai pas pris le temps de déjeuner ni de me préparer une tasse de café. Quelques minutes plus tard, j'étais rue Victor-Massé, et c'est tout juste si l'inspecteur ne m'a pas traité de suspect.

» — Qui êtes-vous, vous ?

» — Le beau-frère...

» — De cette dame ?

» — Non. De son mari...

Antonio était à cran.

— Il m'a fallu discuter longtemps pour obtenir de venir reconnaître le corps à la place de ma sœur. Celle-ci insistait pour m'accompagner. Comme je me doutais que ce ne serait pas beau, je l'ai obligée à rester à la maison...

Il allumait nerveusement une cigarette.

— L'inspecteur ne vous a pas accompagné ?

— Non. Il paraît qu'il a autre chose à faire. Il m'a annoncé que l'employé d'ici me donnerait une feuille à remplir et à signer...

Après un temps, il ajoutait :

— Vous voyez que j'avais raison de m'inquiéter. Avant-hier, vous n'aviez pas l'air de me croire. Où est-ce, la rue des Rondeaux ?

— En bordure du cimetière du Père-Lachaise...

— Je ne connais pas le coin. Quel genre de quartier est-ce ?

Une porte s'ouvrait. Le docteur Morel, en blouse blanche, le calot sur la tête, un masque de gaze pendant sous son menton, cherchait des yeux le commissaire.

— On m'apprend que vous m'attendez, Maigret... Vous voulez venir ?...

Il les introduisait dans une salle où la lumière ne parvenait qu'à travers des carreaux dépolis et où les murs étaient couverts de casiers métalliques, comme dans une administration, à la différence que les casiers étaient d'une taille inusitée. Un corps, couvert d'une toile, était étendu sur une table roulante.

— Il vaudrait mieux que son beau-frère le reconnaisse d'abord, dit le commissaire.

Et ce fut le geste traditionnel de soulever le drap à hauteur du visage. Le mort avait le visage envahi par une barbe de près d'un centimètre, des poils roussâtres, comme ses cheveux. La peau avait des reflets bleutés et on distinguait nettement, sur la joue gauche, la cicatrice dont Antonio avait parlé à la Brasserie Dauphine.

Quant au corps, sous le drap, il paraissait menu et maigre.

— C'est bien lui ?

— C'est lui, évidemment...

Sentant que l'Italien avait mal au cœur, Maigret l'envoya au bureau avec Lucas pour les formalités.

— On peut le ranger ? questionna le médecin en faisant signe à un homme en blouse grise qui avait déjà ouvert un des tiroirs. Vous m'accompagnez, Maigret ?

Il l'emmenait dans un bureau muni d'un lavabo et, tout en parlant, se désinfectait les mains, le visage, se débarrassait de sa blouse blanche, reprenait l'aspect d'un homme ordinaire.

— Je suppose que vous désirez quelques indications en attendant mon rapport ?... Il faudra, comme d'habitude, procéder à des analyses qui prendront plusieurs jours... Ce que je peux vous dire, dès à présent, c'est que le corps ne porte aucune trace de blessures... L'homme a été étranglé ou, plus exactement...

Morel cherchait ses mots, comme s'il n'était pas trop sûr de lui-même.

— Ceci n'est pas officiel, n'est-ce pas ?... Je ne serai pas aussi catégorique dans mon rapport... Si je devais reconstituer le meurtre à la lumière de l'autopsie, je dirais que la victime a été attaquée par-derrière, qu'on lui a passé un bras autour du cou et qu'on a tiré si violemment qu'une vertèbre cervicale a été brisée... C'est un peu ce que vous appelez le coup du lapin...

— Il était donc debout ?

— Debout ou, à la rigueur, assis... Je pense plutôt qu'il était debout et qu'il ne s'attendait pas à cette attaque... Il n'y a pas eu de lutte à proprement parler... Il ne s'est pas défendu... J'ai soigneusement examiné ses ongles et je n'y ai trouvé ni brins de laine, comme s'il s'était accroché aux vêtements de son agresseur, ni sang, ni poils ; il n'y a pas non plus d'égratignures sur ses mains. Qui est-ce ?

— Un propriétaire de boîtes de nuit. Avez-vous une idée de la date de sa mort ?

— Il s'est écoulé deux jours pleins au moins, trois au plus, depuis que l'homme a cessé de vivre, et, toujours officieusement, sans garantie, j'ajoute un détail : à mon avis, le corps n'a pas été exposé au grand air pendant ce temps-là... Vous recevrez un premier rapport ce soir...

Lucas surgissait.

— Il a signé les papiers... Qu'est-ce que j'en fais ?... Je le renvoie rue Victor-Massé ?

Maigret fit signe que oui, car il lui restait à examiner les vêtements d'Émile et le contenu des poches. Plus tard dans la journée, on recommencerait ce travail, plus scientifiquement, au laboratoire.

Ces objets se trouvaient dans une autre pièce, en tas sur une table. Le complet, bleu sombre, n'avait aucune déchirure et on n'y voyait qu'assez peu de poussière. Pas de sang. Il était à peine froissé. Quant aux chaussures noires, elles étaient aussi nettes que celles d'un homme qui sort de chez lui, avec seulement deux écorchures fraîches dans le cuir.

Maigret aurait parié que le crime n'avait pas été commis dans la rue mais dans une maison, et qu'on ne s'était débarrassé du corps, en le déposant sur le trottoir de la rue des Rondeaux, que vers la fin de la nuit précédente.

D'où l'avait-on amené ? On s'était presque sûrement servi d'une voiture. On ne l'avait pas traîné sur le trottoir.

Quant au contenu des poches, il était assez décevant. Émile Boulay fumait-il ? Il ne le semblait pas. Il n'y avait en effet ni pipe, ni cigarettes, ni briquet, ni allumettes. Pas non plus ces brins de tabac qu'on trouve toujours au fond des poches d'un fumeur.

Une montre en or. Dans le portefeuille, cinq billets de cent nouveaux francs et trois billets de cinquante. Les billets de dix francs étaient en vrac dans une des poches, et, dans une autre, de la menue monnaie.

Un trousseau de clés, un canif, un mouchoir froissé et un autre mouchoir, bien plié, dans la poche extérieure. Une petite boîte d'aspirine et des bonbons à la menthe.

Lucas, qui vidait le portefeuille, s'exclamait :

— Tiens ! Ma convocation...

Une convocation à laquelle Émile Boulay aurait été bien en peine de se rendre !

— Je croyais qu'il avait l'habitude de porter un automatique, grommela Maigret.

L'arme ne se trouvait pas parmi les objets épars sur la table, mais il y avait un carnet de chèques, que le commissaire feuilleta. Le carnet était presque neuf. Trois chèques seulement avaient été tirés. Le seul important était un chèque de cinq mille nouveaux francs libellé : « A moi-même. »

Il portait la date du 22 mai et Lucas remarqua tout de suite :

— Tiens ! C'est le jour où je l'ai convoqué pour la deuxième fois au Quai des Orfèvres. Je l'avais reçu une première fois le 18 mai, le lendemain de la mort de Mazotti...

— Veux-tu téléphoner au laboratoire pour qu'on vienne chercher ces affaires et qu'on les étudie ?

Quelques minutes plus tard, les deux hommes remontaient dans l'auto noire, que Lucas conduisait avec une sage lenteur.

— Où allons-nous, patron ?

— D'abord rue des Rondeaux... J'ai envie de voir l'endroit où on l'a trouvé...

Dans le soleil, malgré le cimetière et la voie du chemin de fer, l'endroit n'était pas sinistre. De loin, ils virent quelques curieux que maintenaient deux agents, des ménagères à leur fenêtre, des enfants qui jouaient. Quand la voiture s'arrêta, Maigret fut accueilli par l'inspecteur Bornique, qui lui dit avec un faux air modeste :

— Je vous attendais, monsieur le principal... Je me doutais que vous viendriez et j'ai pris soin...

Les agents s'écartaient, laissant voir, sur le trottoir grisâtre, la silhouette d'un corps dessinée à la craie.

— Qui l'a découvert ?

— Un employé du gaz qui prend son service à cinq heures du matin et qui habite cette maison... C'est sa femme que vous voyez à la fenêtre du troisième étage... J'ai sa déposition, bien entendu... Il se fait que j'étais de nuit...

Ce n'était pas le moment, parmi les curieux, de lui adresser des reproches.

— Dites-moi, Bornique, avez-vous l'impression que le corps a été poussé hors d'une voiture ou qu'il a été déposé sur le trottoir ?

— Qu'il a été déposé, certainement...
— Sur le dos ?
— Sur le ventre... A première vue, on aurait pu croire que c'était un ivrogne qui cuvait son vin... A part l'odeur... Car, pour l'odeur, j'aime mieux vous dire...
— Je suppose que vous avez questionné les voisins ?
— Tous ceux qui sont chez eux... Surtout des femmes et des vieux, car les autres sont partis pour leur travail...
— Personne n'a rien vu, rien entendu ?
— Sauf une vieille, là-haut, au cinquième, qui a, paraît-il, des insomnies. Il est vrai que sa concierge affirme qu'elle ne sait plus très bien ce qu'elle dit... Elle prétend que, vers trois heures et demie du matin, elle a entendu les freins d'une auto... Il n'en passe pas beaucoup dans cette partie de la rue, qui ne conduit nulle part...
— Elle n'a pas entendu de voix ?
— Non. Seulement une portière qui s'ouvrait, puis des pas, puis la portière qui se refermait...
— Elle n'a pas regardé par la fenêtre ?
— Elle est presque impotente... Sa première idée a été qu'il y avait quelqu'un de malade dans la maison et qu'une ambulance avait été appelée... Elle attendait d'entendre la porte s'ouvrir et se refermer, mais la voiture est repartie presque tout de suite, après une manœuvre pour changer de direction...
L'inspecteur Bornique ajouta, en homme qui connaît son métier :
— Je reviendrai à midi et ce soir, quand les hommes seront rentrés chez eux...
— La descente du Parquet a eu lieu ?
— De très bonne heure. Cela s'est passé très vite. Une simple formalité...
Maigret et Lucas, sous les regards des badauds, remontaient dans leur voiture.
— Rue Victor-Massé...
On voyait des monceaux de cerises et déjà des pêches dans les charrettes des marchands des quatre-saisons entre lesquelles se faufilaient les ménagères. Paris était très gai ce matin-là, avec plus de passants sur les trottoirs ombragés que sur ceux que le soleil frappait en plein.
Rue Notre-Dame-de-Lorette, ils aperçurent la devanture jaune du Saint-Trop', dont l'entrée était fermée par une grille, et, à gauche de celle-ci, un cadre contenait des photographies de femmes déshabillées.
Rue Victor-Massé, un cadre presque semblable figurait à la devanture plus large du Train-Bleu, et Lucas s'arrêta un peu plus loin devant une maison bourgeoise. L'immeuble était grisâtre, assez cossu, et deux plaques de cuivre annonçaient l'une un médecin, l'autre une société immobilière.

— Qu'est-ce que c'est ? questionna une concierge peu amène en ouvrant sa porte vitrée.

— Mme Boulay...

— Au troisième à gauche, mais...

Ayant observé les deux hommes, elle se ravisait :

— Vous êtes de la police ?... Dans ce cas, vous pouvez monter... Ces pauvres femmes doivent être dans un état...

Il y avait un ascenseur presque silencieux, un tapis rouge dans l'escalier mieux éclairé que dans la plupart des vieux immeubles de Paris. Au troisième, on entendait des voix derrière une porte. Maigret poussa le bouton de sonnerie et les voix se turent, des pas se rapprochèrent, Antonio surgit dans l'encadrement. Il avait tombé la veste et tenait un sandwich à la main.

— Entrez... Ne faites pas attention au désordre...

Un bébé pleurait dans une chambre. Un petit garçon se raccrochait à la robe d'une femme jeune, déjà assez grasse, qui n'avait pas eu le temps de se coiffer et dont les cheveux noirs tombaient sur le dos.

— Ma sœur Marina...

Elle avait les yeux rouges, comme on pouvait s'y attendre, et paraissait un peu perdue.

— Venez par ici...

Elle les introduisait dans un salon en désordre, avec un cheval de bois renversé sur le tapis, des tasses et des verres sales sur la table.

Une femme plus âgée, beaucoup plus grosse, vêtue d'un peignoir bleu ciel, paraissait à une autre porte et regardait les nouveaux venus avec méfiance.

— Ma mère... présentait Antonio. Elle ne parle presque pas le français... Elle ne s'y fera jamais...

L'appartement semblait vaste, confortable, meublé de ces meubles rustiques que l'on trouve dans les grands magasins.

— Où est votre sœur ? questionna Maigret en regardant autour de lui.

— Avec le bébé... Elle va venir...

— Comment expliquez-vous ça, monsieur le commissaire ? questionnait Marina, qui avait moins d'accent que son frère.

Elle avait dix-huit ou dix-neuf ans quand Boulay l'avait rencontrée. Elle en avait donc à présent vingt-cinq ou vingt-six et elle était encore très belle, le teint mat, les yeux sombres. Avait-elle gardé sa coquetterie ? Les circonstances n'étaient pas favorables pour en juger, mais le commissaire aurait parié qu'elle ne se souciait plus de sa ligne ni de ses toilettes, qu'elle vivait heureuse, entre sa mère, sa sœur, ses enfants et son mari, sans se soucier du reste du monde.

Tout de suite en entrant, Maigret avait reniflé, reconnaissant l'odeur qui régnait et qui lui rappelait celle des restaurants italiens.

Antonio était évidemment devenu le chef de famille. Ne l'était-il pas déjà un peu du temps d'Émile Boulay ? N'était-ce pas à lui que l'ancien maître d'hôtel avait dû demander la main de Marina ?

Son sandwich toujours à la main, il questionnait :

— Vous avez découvert quelque chose ?

— Je voudrais savoir si, quand il est sorti mardi soir, il avait son automatique en poche.

Antonio regarda sa sœur, qui hésita un instant et se précipita dans une autre pièce. La porte étant restée ouverte, on découvrit une salle à manger, qu'elle traversait avant d'entrer dans une chambre. Elle ouvrait le tiroir d'une commode, revenait avec un objet sombre à la main.

C'était l'automatique, qu'elle maniait prudemment, comme quelqu'un qui a peur des armes.

— Il était à sa place, dit-elle...

— Il ne le portait pas toujours sur lui ?

— Pas toujours, non... Pas les derniers temps...

Antonio intervenait.

— Depuis la mort de Mazotti et le départ de sa bande pour le Midi, Émile n'éprouvait plus le besoin d'être armé...

C'était significatif. En sortant de chez lui, le mardi soir, Émile Boulay ne s'attendait donc pas à une rencontre dangereuse ou délicate.

— A quelle heure vous a-t-il quittée, madame ?

— Quelques minutes avant neuf heures, comme d'habitude. Nous avons dîné à huit heures. Puis il est allé embrasser les enfants dans leur lit, comme il le faisait toujours avant de partir...

— Il ne vous a pas paru soucieux ?

Elle s'efforçait de réfléchir. Elle avait de très beaux yeux qui, en temps normal, devaient être gais et caressants.

— Non... Je ne crois pas... Vous savez, Émile n'était pas démonstratif, et les gens qui ne le connaissaient pas devaient s'imaginer qu'il avait un caractère renfermé...

Deux larmes montaient à ses paupières.

— Au fond, il était très bon, très attentionné...

Elle se tournait vers sa mère, qui écoutait, les mains sur le ventre, lui disait quelques mots en italien, la mère levait et baissait la tête dans un geste affirmatif.

— Je sais ce qu'on pense des gens qui dirigent des établissements de nuit... On se figure que ce sont des sortes de gangsters, et c'est vrai qu'il y en a...

Elle s'essuyait les yeux, regardait son frère comme pour lui demander la permission de continuer.

— Lui, il était plutôt timide... Peut-être pas en affaires... Il vivait au milieu de douzaines de femmes dont il aurait pu faire ce qu'il voulait, mais, au lieu de les traiter comme le font la plupart de ses collègues, il les considérait comme des employées et, s'il était ferme avec elles, il était aussi respectueux... Je le sais d'autant mieux que j'ai été à son service avant de devenir sa femme...

» Vous me croirez si vous voulez : il a passé des semaines à tourner autour de moi comme l'aurait fait un jeune homme... Quand il me parlait, pendant le spectacle, c'était pour me poser des questions : où j'étais née, où vivait ma famille, si ma mère était à Paris, si j'avais des frères et sœurs...

» Pas une fois, pendant tout ce temps-là, il ne m'a touchée. Il ne m'a jamais proposé non plus de me reconduire...

Antonio approuvait, avec l'air de dire qu'il n'aurait pas permis qu'il en fût autrement.

— Bien sûr, continuait-elle, il connaissait les Italiennes, car il y en a toujours deux ou trois au Lotus... Un soir, il m'a demandé s'il pouvait rencontrer mon frère...

— Il a été correct ! concédait Antonio.

La maman devait comprendre un peu de français et, de temps en temps, elle ouvrait la bouche comme pour intervenir mais finissait, faute de trouver ses mots, par se taire.

Une jeune fille entra, vêtue de noir, déjà coiffée et fraîche. C'était Ada, qui avait à peine vingt-deux ans et qui devait être le portrait de sa sœur à cet âge-là. Elle observa les visiteurs avec curiosité, annonça à Marina :

— Elle a fini par s'endormir...

Puis, à Maigret et à Lucas :

— Vous ne vous asseyez pas ?

— J'ai cru comprendre, mademoiselle, que vous étiez la secrétaire de votre beau-frère ?

Elle aussi avait à peine une pointe d'accent, juste assez pour lui donner un charme de plus.

— C'est beaucoup dire... Émile s'occupait lui-même de toutes ses affaires... Et ce sont des affaires qui n'exigent pas beaucoup de paperasserie...

— Il avait un bureau ?

— On appelle ça le bureau, oui... Deux petites pièces à l'entresol, au-dessus du Lotus...

— Quand s'y rendait-il ?

— Il dormait le plus souvent jusqu'à midi et déjeunait avec nous... Vers trois heures, nous nous rendions tous les deux place Pigalle...

Maigret observait tour à tour les deux sœurs, se demandant si, par exemple, il n'existait pas chez Marina une certaine jalousie à l'égard de sa cadette. Il n'en trouva pas trace dans son regard.

Marina, autant qu'on en pouvait juger, était, trois jours plus tôt encore, une femme contente de son sort, contente de mener une vie assez paresseuse, avec sa mère et ses enfants, dans l'appartement de la rue Victor-Massé, et sans doute, si son mari avait vécu, aurait-elle eu une famille nombreuse.

Très différente, plus nette, plus énergique, Ada poursuivait :

— Il y avait toujours des gens qui attendaient, des artistes, des musiciens, le maître d'hôtel ou le barman de tel ou tel cabaret, sans compter les courtiers en vins et en champagne...

— De quoi s'est occupé Émile Boulay le jour de sa disparition ?

— Attendez... C'était mardi, n'est-ce pas ?... Nous sommes descendus dans la salle pour faire auditionner une danseuse espagnole qu'il a engagée... Puis il a reçu le représentant d'une entreprise de conditionnement d'air... Il avait l'intention de faire installer l'air conditionné dans ses quatre cabarets... Au Lotus, surtout, on avait des ennuis avec la ventilation...

Maigret se souvenait d'un catalogue aperçu dans les affaires du mort.

— Qui s'occupait de ses affaires financières ?

— Que voulez-vous dire ?

— Qui payait ses factures, le personnel ?...

— Le comptable, bien entendu...

— Il a son bureau au-dessus du Lotus, lui aussi ?

— Une petite pièce donnant sur la cour, oui... C'est un vieux bonhomme qui grogne sans cesse et qui, chaque fois qu'il a de l'argent à verser, en souffre comme si c'était le sien... Il s'appelle Raison... M. Raison, comme tout le monde dit, car si on ne lui donnait pas du monsieur...

— Il se trouve en ce moment place Pigalle ?

— Sûrement. Il est le seul à travailler le matin, car il est libre le soir et la nuit...

La mère, qui avait disparu depuis quelques minutes, revenait avec un fiasco de chianti et des verres.

— Je suppose que chaque cabaret a son gérant ?

Ada secouait la tête.

— Non. Cela ne se passe pas comme ça. Antonio dirige le Paris-Strip, parce que c'est dans un autre quartier, avec une clientèle différente, un style différent... Vous comprenez ce que je veux dire ?... En outre, Antonio est de la famille...

» Les trois autres cabarets sont presque porte à porte... En cours de soirée, certaines artistes vont de l'un à l'autre... Émile, lui aussi, faisait la navette et avait l'œil à tout... Il arrivait que, vers trois heures du matin, on envoie des caisses de champagne du Lotus au Train-Bleu, par exemple, ou des bouteilles de whisky... Si une des boîtes était pleine et manquait de personnel, on expédiait du renfort d'une autre où il y avait moins de monde...

— Autrement dit, Émile Boulay dirigeait en personne les trois cabarets de Montmartre.

— Pratiquement... Encore que, dans chacun, il y eût un maître d'hôtel responsable...

— M. Raison s'occupant de la comptabilité et de la paperasserie...

— C'est assez bien cela.

— Et vous ?

— Moi, je suivais mon beau-frère et prenais des notes... Commander ceci... Donner rendez-vous à tel fournisseur ou à tel entrepreneur... Téléphoner à une artiste qui se produisait ailleurs pour essayer de l'engager...

— Vous le suiviez le soir aussi ?

— Une partie de la soirée seulement...

— Jusqu'à quelle heure en général ?

— Dix ou onze heures... Le plus long, c'est la mise en place, vers neuf heures... Il y a toujours quelqu'un qui manque, un garçon, un musicien ou une danseuse... Ou encore c'est une livraison de champagne ou de cotillons qui est en retard...

Maigret disait rêveusement :

— Je commence à me faire une idée... Vous étiez avec lui mardi soir ?

— Comme les autres soirs...

Il regardait à nouveau Marina et ne découvrait sur son visage aucune trace de jalousie.

— A quelle heure avez-vous quitté votre beau-frère ?

— A dix heures et demie...

— Où étiez-vous alors ?

— Au Lotus... C'était une sorte de quartier général... Nous étions déjà passés au Train-Bleu et au Saint-Trop'...

— Vous n'avez rien remarqué de particulier ?

— Rien... Sinon que j'ai cru qu'il allait pleuvoir...

— Il a plu ?

— Quelques gouttes, au moment où je sortais du Lotus... Mickey a proposé de me prêter un parapluie, mais j'ai attendu et, cinq minutes plus tard, la pluie avait cessé...

— Vous notiez les rendez-vous de Boulay ?

— Je les lui rappelais au besoin. C'était rarement nécessaire, car il pensait à tout... C'était un homme calme, réfléchi, qui menait son affaire fort sérieusement...

— Il n'avait pas de rendez-vous ce soir-là ?

— Pas à ma connaissance...

— Vous l'auriez su ?

— Je suppose... Je ne veux pas me donner une importance que je n'avais pas... Par exemple, il ne discutait avec moi ni de ses affaires, ni de ses projets... Mais il en parlait en ma présence... Quand il recevait des gens, j'étais presque toujours là... Je ne me souviens pas qu'il m'ait fait sortir... Il me disait des choses comme :

» — Il faudra changer les tentures du Train-Bleu...

» J'en prenais note et je le lui rappelais le lendemain après-midi...

— Quelle a été sa réaction quand il a appris que Mazotti avait été abattu ?

— J'étais absente. Il a dû le savoir pendant la nuit, comme tout Montmartre, car ces nouvelles-là vont vite.

— Et le lendemain, quand il s'est levé ?

— Il m'a tout de suite réclamé les journaux... Je suis allée les lui acheter au coin de la rue...

— Il n'avait pas l'habitude de lire les journaux ?

— Un coup d'œil sur un journal du matin et un autre sur celui du soir...

— Il jouait aux courses ?

— Jamais... Ni aux courses, ni aux cartes, ni à aucun jeu...

— Il vous a parlé de la mort de Mazotti ?

— Il m'a dit qu'il s'attendait à être convoqué et m'a fait téléphoner au maître d'hôtel du Lotus pour savoir si la police s'y était déjà présentée...

Maigret se tourna vers Lucas, qui comprit sa question muette.

— Deux inspecteurs du IXe y sont allés, dit-il.

— Boulay avait l'air inquiet ?

— Il craignait une mauvaise publicité...

C'était au tour d'Antonio d'entrer dans la conversation.

— Cela a toujours été son grand souci... A moi aussi, il recommandait souvent de veiller à la tenue de mon établissement.

» — Ce n'est pas parce qu'on gagne sa vie à montrer des femmes nues, disait-il, qu'on est des gangsters... Je suis un commerçant honorable et je tiens à ce que cela se sache...

— C'est vrai... Je le lui ai entendu dire aussi... Vous ne buvez pas, monsieur le commissaire ?

Bien qu'il n'eût pas envie de chianti à onze heures et demie du matin, il n'en trempa pas moins les lèvres dans son verre.

— Il avait des amis ?

Ada regarda autour d'elle, comme si cela constituait une réponse.

— Il n'avait pas besoin d'amis... Sa vie était ici...

— Il parlait l'italien ?

— L'italien, l'anglais, un peu d'espagnol... Il avait appris les langues à bord de la Transat, puis aux États-Unis...

— Il lui arrivait de parler de sa première femme ?

Aucune gêne chez Marina, cependant que sa sœur répondait :

— Il allait chaque année sur sa tombe, et son portrait est toujours au mur de la chambre...

— Encore une question, mademoiselle Ada... Lorsqu'il est mort, Boulay avait en poche un carnet de chèques... Vous êtes au courant ?

— Oui. Il l'avait toujours sur lui, mais s'en servait assez peu... Les gros paiements étaient faits par M. Raison... Émile avait toujours aussi dans sa poche une liasse de billets... C'est nécessaire dans le métier...

— Votre beau-frère a été convoqué à la P.J. le 18 mai...

— Je m'en souviens...

— Vous l'avez accompagné au Quai des Orfèvres ?

— Jusqu'au portail... Je l'ai attendu sur le trottoir...

— Vous avez pris un taxi ?

— Il n'aimait pas les taxis, ni les autos en général... Nous sommes allés en métro...

— Il a reçu ensuite une convocation pour le 23 mai...

— Je suis au courant... Cela le tracassait...

— Toujours à cause de la publicité ?

— Oui...

— Or, le 22 mai, il a retiré une assez forte somme, un demi-million d'anciens francs, de la banque... Vous le saviez ?

— Non.

— Vous ne vous occupiez pas de son carnet de chèques ?

Elle secouait la tête.

— Il vous en empêchait ?

— Non plus... C'était son carnet personnel et il ne m'est jamais venu à l'idée de l'ouvrir... Il ne l'enfermait pas, le laissait traîner sur la commode de sa chambre...

— Lui arrivait-il de retirer de fortes sommes de la banque ?

— J'en doute... Ce n'était pas nécessaire... Quand il avait besoin d'argent, il le prenait dans la caisse du Lotus ou d'un des cabarets et laissait une fiche à la place...

— Vous n'avez aucune idée de la raison pour laquelle il a retiré cet argent ?

— Aucune...

— Vous n'avez aucun moyen de le savoir ?

— J'essaierai... Je demanderai à M. Raison... Je rechercherai dans la correspondance...

— Soyez assez gentille pour vous en occuper aujourd'hui même et pour me donner un coup de téléphone si vous trouvez quelque chose...

Sur le palier, Antonio posa une question, l'air un peu gêné.

— Qu'est-ce qu'on fait avec les cabarets ?

Et, comme Maigret le regardait sans comprendre, il précisa :

— On ouvre quand même ?

— Je ne vois personnellement aucune raison pour... Mais je suppose que cela regarde votre sœur, non ?

— Si on ferme, les gens vont se demander...

Maigret et Lucas pénétrèrent dans l'ascenseur qui venait de s'arrêter à l'étage, laissant l'Italien perplexe.

3

Sur le trottoir, Maigret allumait sa pipe en clignant des yeux dans le soleil, et il allait adresser la parole à Lucas quand se déroula devant eux une petite scène caractéristique de la vie de Montmartre. Le Train-Bleu n'était pas loin, avec son enseigne au néon éteinte et ses volets fermés. Juste en face de la maison des Boulay, une jeune femme sortait précipitamment d'un petit hôtel, en robe de soirée noire, une écharpe de tulle jetée sur ses épaules nues. Dans la lumière du jour, ses cheveux étaient de deux tons et elle n'avait pas pris la peine de refaire son maquillage.

Elle était grande et mince, du calibre des girls de music-hall. Traversant la rue en courant, sur ses talons trop hauts, elle pénétrait dans un petit bar, où elle allait sans doute boire un café et manger des croissants.

Un autre personnage sortait de l'hôtel presque sur ses pas, un homme de quarante-cinq à cinquante ans, du genre homme d'affaires nordique, qui, après un coup d'œil à droite et à gauche, se dirigeait vers le coin de la rue pour héler un taxi.

Maigret leva machinalement la tête vers les fenêtres du troisième étage de la maison dont il sortait, vers l'appartement où trois femmes, autour de deux enfants, avaient reconstitué une petite Italie.

— Il est onze heures et quart. J'ai bien envie d'aller voir M. Raison à son bureau. Pendant ce temps, tu pourrais poser quelques questions dans le quartier, surtout dans les boutiques, chez le boucher, la crémière, etc.

— Où est-ce que je vous retrouve, patron ?

— Pourquoi pas chez Jo ?

Le bar où Mazotti s'était fait descendre. Maigret ne suivait pas de plan établi. Il n'avait aucune idée. Il était un peu comme un chien de chasse qui va et vient en reniflant. Et cela ne lui déplaisait pas, au fond, de retrouver l'air de ce Montmartre-là, qu'il n'avait pas respiré depuis des années.

Il tournait le coin de la rue Pigalle, s'arrêtait devant la grille qui fermait le Lotus, cherchait un bouton de sonnerie inexistant. La porte, derrière la grille, était fermée. Tout à côté, c'était un autre cabaret, plus petit, assez minable avec sa devanture peinte d'un mauve agressif, puis l'étroite vitrine d'une boutique de lingerie où s'étalaient des culottes et des soutiens-gorge extravagants.

Il entra à tout hasard dans le couloir d'un immeuble, trouva dans sa loge une concierge revêche.

— Le Lotus ? questionna-t-il.

— Vous n'avez pas vu que c'est fermé ?

Elle l'observait avec méfiance, flairant peut-être le policier.

— C'est le comptable que je veux voir, M. Raison...

— L'escalier à gauche dans la cour...

Une cour étroite et sombre, encombrée de poubelles, sur laquelle donnaient des fenêtres qui, pour la plupart, n'avaient pas de rideaux. Une porte brune était entrouverte sur un vieil escalier plus obscur encore, dont le poids de Maigret fit craquer les marches. Sur une des portes, à l'entresol, une plaque de zinc avec des mots mal gravés : *La Pleine-Lune*. C'était le nom du cabaret voisin de celui d'Émile.

En face, un écriteau de carton : *Le Lotus.*

On avait l'impression décevante de pénétrer dans un théâtre par l'entrée des artistes. Le décor terne, poussiéreux, presque misérable, ne faisait penser ni aux robes du soir, ni aux corps nus, ni au champagne et à la musique.

Il frappa, n'entendit rien, frappa une seconde fois, se décida à tourner le bouton d'émail. Il découvrit un couloir étroit où la peinture s'écaillait, une porte au fond, une autre sur sa droite. C'est à celle-ci qu'il frappa de nouveau et, au même moment, il entendit un certain remue-ménage. On le laissait attendre un bon moment avant de dire :

— Entrez...

Il retrouvait le soleil, qui traversait les vitres sales, un homme gras, sans âge, plutôt âgé, quelques cheveux gris ramenés sur son crâne chauve, qui rajustait sa cravate cependant qu'une jeune femme en robe à fleurs se tenait debout et essayait de prendre un air désinvolte.

— Monsieur Raison ?

— C'est moi... répondait l'homme sans le regarder en face.

Le commissaire les avait évidemment dérangés.

— Commissaire Maigret...

On étouffait dans la pièce, où flottait un parfum entêtant.

— Je file, monsieur Jules... N'oubliez pas ce que je vous ai demandé...

Gêné, il ouvrait un tiroir et, d'un portefeuille usé, bourré de billets de banque, il extrayait deux ou trois billets qu'il lui tendait. En un tournemain, les billets passaient dans le sac de la fille, qui s'éloignait sur ses talons aiguilles.

— Elles sont toutes les mêmes, soupirait M. Raison en s'essuyant le visage de son mouchoir, par crainte, peut-être, qu'il y soit resté des traces de rouge à lèvres. On les paie le samedi et, dès le mercredi, elles viennent demander une avance...

Drôle de bureau et drôle de bonhomme ! On ne se serait pas cru dans les coulisses d'un cabaret, mais plutôt dans une officine plus ou moins louche. Pas de photographies d'artistes sur les murs, comme on aurait pu s'y attendre, mais un calendrier, des classeurs de métal, des rayonnages surchargés de dossiers. Les meubles auraient pu avoir été achetés au marché aux puces, et la chaise que M. Raison désignait au commissaire avait un pied réparé avec de la ficelle.

— Vous l'avez retrouvé ?

Le comptable n'était pas encore tout à faït d'aplomb. Sa main velue tremblait un peu tandis qu'il allumait une cigarette, et Maigret remarqua que ses doigts étaient brunis par la nicotine.

De ce bureau, qui donnait sur la cour, on n'entendait à peu près rien des bruits de la rue, sinon une vague rumeur. On était dans un autre monde. M. Raison était en manches de chemise, avec de larges cernes de sueur sous les bras, et son visage, mal rasé, était couvert de sueur aussi.

Maigret aurait parié qu'il n'était pas marié, qu'il n'avait pas de famille, qu'il vivait seul dans quelque logement sombre du quartier et préparait ses repas sur un réchaud à alcool.

— Vous l'avez retrouvé ? répétait-il. Il est vivant ?

— Mort...

M. Raison soupira, baissa pieusement les paupières.

— Je m'en doutais. Que lui est-il arrivé ?

— Étranglé...

Il leva brusquement la tête, aussi surpris que le commissaire l'avait été quai de la Rapée.

— Sa femme sait ?... Et Antonio ?...

— Je viens de la rue Victor-Massé... Antonio a reconnu le corps... Je voudrais vous poser quelques questions...

— J'y répondrai de mon mieux...

— Savez-vous si Émile Boulay avait des ennemis ?

Les dents étaient jaunes, et M. Raison devait avoir mauvaise haleine.

— Cela dépend de ce que vous appelez des ennemis... Des concurrents, oui... Il réussissait trop bien au gré de certains... C'est un métier difficile, où on ne fait pas de quartier...

— Comment expliquez-vous qu'en quelques années Boulay ait pu acheter quatre cabarets ?

Le comptable commençait à se sentir mieux et il se trouvait maintenant sur un terrain familier.

— Si vous voulez mon avis, c'est parce que M. Émile s'en occupait comme il se serait occupé, par exemple, de boutiques d'épicerie... C'était un homme sérieux...

— Vous voulez dire qu'il ne consommait pas sa marchandise ? ne put s'empêcher d'ironiser le commissaire.

L'autre sentit la pointe.

— Si c'est à Léa que vous pensez, vous vous trompez... Je

pourrais être son père... Presque toutes viennent me faire leurs confidences, me raconter leurs ennuis...

— Et vous demander une avance...

— Elles ont toujours besoin d'argent...

— Si je comprends bien, Boulay n'avait avec elles que des rapports de patron à employées ?

— Certainement. Il aimait sa femme, sa famille... Il ne jouait pas les durs, ne possédait ni auto, ni villa à la campagne ou au bord de la mer... Il ne jetait pas l'argent par les fenêtres et n'essayait d'impressionner personne... C'est rare dans le métier... Il aurait réussi dans n'importe quel commerce...

— Donc, ses concurrents lui en voulaient...

— Pas au point de le tuer... Quant au milieu, M. Émile était parvenu à s'en faire respecter...

— Grâce à ses dockers...

— Vous parlez de l'affaire Mazotti ?... Je puis vous affirmer qu'il n'était pour rien dans le meurtre... Il a refusé de payer, tout simplement, et, pour mettre ces messieurs au pas, il a fait venir quelques costauds du Havre... Cela a suffi...

— Où sont-ils en ce moment ?

— Voilà quinze jours qu'ils sont rentrés chez eux... L'inspecteur qui s'occupe de l'affaire le leur a permis...

C'était de Lucas qu'il parlait.

— Boulay tenait à faire les choses régulièrement... Vous pouvez vous renseigner auprès de votre collègue de la Mondaine, qui est à Montmartre presque toutes les nuits et qui sait ce que valent les uns et les autres...

Une idée passa par la tête de Maigret.

— Vous permettez que je téléphone ?

Il appelait, à son domicile, le docteur Morel, à qui, le matin, il avait omis de poser une question.

— Dites-moi, docteur, vous est-il possible, avant le résultat des analyses, de me dire approximativement combien de temps après son repas Boulay a été tué ?... Comment ?... Non, je ne demande pas une réponse précise... A une heure près, oui... Je sais que, d'après le contenu de l'estomac... Il a dîné à huit heures du soir... Vous dites ?... Entre minuit et une heure du matin ?... Je vous remercie...

C'était une petite case qui se remplissait.

— Je suppose, monsieur Raison, que vous ne travaillez pas le soir ?

Le comptable solitaire secouait la tête, presque avec indignation.

— Je ne mets jamais les pieds dans un cabaret... Ce n'est pas mon travail...

— Je suppose que votre patron vous tenait au courant de ses affaires ?

— En principe, oui...

— Pourquoi en principe ?

— Parce que, par exemple, il ne me parlait pas de ses projets. Quand il a racheté Paris-Strip, pour y placer son beau-frère, je ne l'ai su que la veille de la signature des actes... Il n'était pas bavard...

— Il ne vous a rien dit d'un rendez-vous qu'il aurait eu mardi soir ?

— Absolument rien... Je vais essayer de vous faire comprendre le fonctionnement de la maison... Moi, je suis ici le matin et l'après-midi... Le matin, presque tout seul... L'après-midi, le patron venait en compagnie d'Ada, qui lui servait de secrétaire...

— Où est son bureau ?

— Je vous le montre...

C'était, au fond du couloir, un bureau guère plus vaste ni plus luxueux que celui dont sortaient les deux hommes. Dans un coin, une table de dactylo avec sa machine à écrire. Quelques classeurs. Sur les murs, des photographies de Marina et des deux enfants. Une autre photographie de femme, blonde aux yeux mélancoliques, que Maigret supposa être la première femme de Boulay.

— Il ne m'appelait que quand il avait besoin de moi... Je ne m'occupais que de passer les commandes et de régler les comptes...

— C'est donc vous qui effectuiez tous les paiements... Y compris les paiements de la main à la main ?

— Que voulez-vous dire ?

Si Maigret n'avait jamais appartenu à la Mondaine, il n'en connaissait pas moins la vie de nuit.

— Je suppose que certains règlements avaient lieu en billets, sans reçu, ne fût-ce que pour échapper au fisc...

— Vous vous trompez, monsieur Maigret, si vous me permettez de vous contredire... Je sais que c'est l'idée que chacun se fait du métier, et cela paraît facile... Or, justement, ce qui distinguait M. Boulay des autres, c'est qu'il tenait, je l'ai déjà dit, à ce que tout fût régulier...

— Vous vous chargiez de ses déclarations de revenus ?

— Oui et non... Je tenais la comptabilité à jour et la remettais, le moment venu, à l'avocat...

— Supposons qu'à un moment donné Boulay ait eu besoin d'une somme assez importante, d'un demi-million d'anciens francs...

— C'est très simple... Il les aurait pris dans la caisse d'un des cabarets et aurait laissé une note à la place...

— Cela lui est arrivé ?

— Pas pour des montants aussi élevés... Cent mille... Deux cent mille francs...

— Il n'avait donc aucune raison d'aller retirer de l'argent à la banque ?

Cette fois, M. Raison prit le temps de réfléchir, intrigué par la question.

— Attendez... Le matin, je suis ici, et il y a toujours une forte somme dans le coffre... Ce n'est que vers midi que je vais déposer à la banque les recettes de la veille... D'ailleurs, le matin, je ne l'ai pour ainsi dire jamais vu au bureau, étant donné qu'il dormait... Le soir, comme je vous l'ai dit, il n'avait qu'à puiser dans la caisse du Lotus, du Train-Bleu ou du Saint-Trop'... L'après-midi, c'est différent... S'il avait eu besoin d'un demi-million, au milieu de l'après-midi, il serait sans doute passé à la banque...

— Il l'a fait le 22 mai... Cette date ne vous dit rien ?...

— Rien du tout...

— Vous n'avez aucune trace d'un versement effectué à cette date ou à la date du lendemain ?

Ils étaient revenus dans le bureau de M. Raison, qui consultait un registre relié de toile noire.

— Rien ! confirmait-il.

— Vous êtes sûr que votre patron n'avait pas une liaison ?

— Pour moi, cette hypothèse est tout à fait invraisemblable...

— Personne ne le faisait chanter ? Pouvez-vous vérifier, dans les relevés de banque, si Boulay a touché d'autres chèques de la même façon ?...

Le comptable alla prendre un dossier dans ses classeurs, fit glisser son crayon le long des colonnes.

— Rien en avril... Ni en mars... Ni en février... Rien en janvier non plus...

— Cela suffit...

Une seule fois donc, au cours des derniers mois, Émile Boulay avait retiré personnellement de l'argent de la banque. Ce chèque-là continuait à préoccuper le commissaire. Il sentait que quelque chose lui échappait, quelque chose d'important sans doute, et sa pensée tournait en rond. Il en revenait à une question déjà posée.

— Vous êtes sûr que votre patron n'effectuait pas de règlements de la main à la main ?

— Je ne vois pas ce qu'il aurait payé ainsi... Je sais que c'est difficile à croire, mais vous pouvez questionner Me Gaillard... Dans ce domaine-là, M. Émile était presque maniaque... Il prétendait que c'est justement quand on fait un métier un peu en marge qu'on doit se montrer le plus régulier...

» N'oubliez pas qu'on se méfie de nous, que nous avons sans cesse la police sur le dos, pas seulement la Mondaine, mais la police des fraudes... Tenez ! Au sujet de la police des fraudes, une histoire me revient... Il y a deux ans, au Saint-Trop', un inspecteur a découvert du whisky de fantaisie dans des bouteilles d'origine...

» Je n'ai pas besoin de vous dire que cela se pratique dans beaucoup d'endroits... Bien entendu, les gens des accises ont intenté des poursuites... M. Émile a juré qu'il n'était pas au courant... Son avocat s'en est occupé... Ils ont pu prouver que c'était le barman qui se livrait à la substitution à son seul profit...

» Le patron a transigé quand même, mais je n'ai pas besoin de vous dire que le barman a été mis à la porte...

» Une autre fois, je l'ai vu encore plus en colère... Il avait remarqué, dans la clientèle du Train-Bleu, des personnages suspects... Quand on est habitué à la clientèle, on repère tout de suite les gens qui ne sont pas là pour les mêmes raisons que les autres, vous comprenez ?

» En cette occasion, la police n'a pas eu à intervenir... M. Émile a découvert avant elle qu'un musicien récemment engagé se livrait au trafic de la drogue, sur une petite échelle, d'ailleurs...

— Et il l'a flanqué dehors ?

— Le soir même.

— Il y a combien de temps de cela ?

— C'était avant l'affaire du barman, voilà presque trois ans maintenant...

— Qu'est devenu le musicien ?

— Il a quitté la France quelques semaines plus tard, et il travaille en Italie...

Rien de tout ceci n'expliquait les cinq cent mille francs, encore moins la mort de Boulay, qu'on avait gardé deux jours et trois nuits, Dieu sait où, avant de le déposer dans une rue déserte le long du mur du Père-Lachaise.

— Ces bureaux communiquent avec le cabaret ?

— Par ici...

Il ouvrait une porte que Maigret avait prise pour celle d'un placard. Il dut faire de la lumière, car l'obscurité était à peu près complète, et on découvrit un escalier raide, en colimaçon.

— Vous voulez descendre ?

Pourquoi pas ? Il suivit M. Raison dans l'escalier, qui débouchait dans une pièce où des vêtements féminins, certains recouverts de paillettes ou de fausses perles, pendaient le long des murs. Une coiffeuse peinte en gris était encombrée de pots de crème, de fards, de crayons. Il régnait une odeur fade, assez écœurante.

C'est ici que les artistes troquaient leurs vêtements de ville contre leur harnachement professionnel avant de pénétrer sous la lumière des projecteurs, et des hommes payaient le champagne cinq ou six fois son prix pour les admirer.

Encore devaient-elles traverser, comme M. Raison et Maigret le faisaient, une sorte de cuisine qui séparait la loge de la salle.

Deux ou trois pinceaux de soleil s'infiltraient à travers les volets. Les murs étaient mauves, le plancher couvert de serpentins et de boules de coton multicolores. L'odeur de champagne et de tabac subsistait et il y avait encore un verre cassé dans un coin, près des instruments de l'orchestre recouverts de leur housse.

— Les femmes de ménage ne viennent que l'après-midi. Ce sont les mêmes qui, le matin, font le nettoyage au Train-Bleu. A cinq heures, elles vont rue Notre-Dame-de-Lorette, de sorte que, dès neuf heures, tout est prêt pour accueillir les clients...

C'était aussi déprimant que, par exemple, une plage en hiver, avec ses villas et son casino fermés. Maigret regardait tout autour de lui, comme si le décor allait lui fournir une idée, un point de départ.

— Je peux sortir directement ?

— La clé de la grille est en haut, mais, si vous y tenez...

— Ne vous dérangez pas...

Il gravit à nouveau l'escalier, pour redescendre, un peu plus tard, celui qui donnait sur la cour, après avoir serré la main moite de M. Raison.

Cela faisait plaisir, après ça, de recevoir dans les jambes un gamin qui courait sur le trottoir et de respirer en passant la bonne odeur d'un étal de légumes.

Il connaissait bien le bar de Jo, qu'on appelait Jo le Catcheur. Il le connaissait depuis vingt ans au moins, sinon davantage, et le bar avait eu de nombreux propriétaires. Était-ce à cause de sa position stratégique à deux pas de Pigalle, de la place Blanche et des trottoirs que, pendant la nuit, une nuée de femmes arpentaient inlassablement ?

Dix fois fermé par la police, le bar n'en était pas moins toujours redevenu un lieu de réunion pour les mauvais garçons. Et, avant Mazotti, quelques-uns d'entre eux s'y étaient fait descendre.

L'endroit, pourtant, était tranquille, tout au moins à cette heure. Le décor était le décor traditionnel des bistrots de Paris, avec son zinc, ses glaces sur les murs, ses banquettes et, dans un coin, quatre joueurs de belote, tandis que deux plâtriers en blouse, le visage maculé de blanc, buvaient du vin au comptoir.

Lucas était déjà là et le patron, un colosse aux manches retroussées, lui annonça en voyant entrer le commissaire :

— Voilà votre patron !... Qu'est-ce que je vous sers, monsieur Maigret ?

Il gardait son air moqueur au cours des interrogatoires les plus délicats, et il en avait subi un certain nombre dans sa carrière, qui ne comportait d'ailleurs aucune condamnation.

— Un petit blanc...

Le visage de Lucas lui disait que l'inspecteur n'avait rien découvert d'important. Maigret n'en était pas déçu. Il en était encore à la période où, comme il disait volontiers, il se mettait dans le bain.

Les quatre joueurs de cartes lui jetaient de temps en temps un coup d'œil où il y avait plus d'ironie que de crainte. Il y eut aussi une certaine ironie dans la voix de Jo quand il questionna :

— Alors, vous l'avez trouvé ?

— Qui ?

— Allons, allons, monsieur le commissaire... Vous oubliez que vous êtes à Montmartre, où les nouvelles vont vite... Si Émile a disparu depuis trois jours et si on vous voit rôder dans le quartier...

— Qu'est-ce que vous savez d'Émile ?

— Moi ?

Jo le Catcheur faisait volontiers le clown.

— Qu'est-ce que je pourrais savoir ? Est-ce qu'un monsieur comme lui, un commerçant vertueux, fréquente mon établissement ?

Cela provoquait des sourires dans le coin des joueurs de cartes, mais le commissaire tirait sur sa pipe et buvait son verre sans se laisser démonter. Il annonça le plus sérieusement du monde :

— On l'a retrouvé...

— Dans la Seine ?

— Non, justement pas... Je pourrais presque dire qu'on l'a retrouvé au cimetière...

— Il a voulu faire l'économie d'un enterrement ?... Cela ne m'étonnerait pas de lui... Blague à part, Émile est mort ?

— Depuis trois jours...

Cette fois, Jo fronça les sourcils tout comme Maigret l'avait fait le matin.

— Vous voulez dire qu'il est mort il y a trois jours et qu'on l'a seulement retrouvé ce matin ?

— Étendu sur un trottoir, rue des Rondeaux...

— Où est-ce ?

— Je vous l'ai dit... Une rue sans issue, qui borde le Père-Lachaise...

Les joueurs tendaient l'oreille et on les sentait aussi surpris que le tenancier du bar.

— Il n'était pourtant pas là depuis trois jours ?...

— On l'y a déposé cette nuit...

— Alors, si vous me demandez mon avis, je vous dirai qu'il y a quelque chose qui ne colle pas... Le temps est plutôt chaud, non ?... Et un macchabée, par ce temps-ci, c'est plutôt désagréable à conserver chez soi... Sans compter que c'est un drôle de quartier pour aller déposer ce genre de colis... A moins qu'il s'agisse d'un cinglé...

— Dites-moi, Jo, vous pouvez parler sérieusement une minute.

— Sérieux comme un pape, monsieur Maigret !...

— Mazotti a été descendu au moment où il sortait de chez vous...

— Toujours ma chance !... Je finis par me demander si on ne le fait pas exprès pour me priver de ma licence...

— Vous remarquerez que nous ne vous avons pas ennuyé...

— Sauf que j'ai passé trois matinées chez votre inspecteur... répliqua Jo en désignant Lucas.

— Je ne vous demande pas si vous savez qui a fait le coup...

— Je n'ai rien vu... J'étais descendu chercher des bouteilles à la cave...

— Peu importe si c'est vrai ou non... A votre avis, Émile Boulay pourrait-il avoir fait le coup ?...

Jo était devenu sérieux et, pour se donner le temps de réfléchir, il se versait un verre de vin, remplissait par la même occasion ceux de Maigret et de Lucas. Il eut aussi un coup d'œil vers la table des joueurs, comme s'il voulait leur demander conseil, ou leur faire comprendre sa position.

— Pourquoi me demandez-vous ça à moi ?

— Parce que vous êtes un des hommes les mieux renseignés sur ce qui se passe à Montmartre...

— C'est une réputation qu'on me fait...

Il n'en était pas moins flatté.

— Émile était un amateur... finit-il par murmurer comme à regret.

— Vous ne l'aimiez pas ?

— C'est une autre histoire... Personnellement, je n'avais rien contre lui...

— Et les autres ?

— Quels autres ?

— Ses concurrents... On m'a dit qu'il avait l'intention de racheter d'autres cabarets...

— Et alors ?

Maigret en revenait à son point de départ.

— Boulay aurait-il été capable de descendre Mazotti ?

— Je vous ai répondu que c'était un amateur. L'affaire de Mazotti n'est pas une affaire d'amateur, vous le savez aussi bien que moi. Ce ne sont pas non plus ses dockers qui auraient travaillé de cette façon-là...

— Deuxième question...

— Combien y en a-t-il ?

— C'est peut-être la dernière.

Les plâtriers écoutaient en échangeant des clins d'œil.

— Allez-y ! Je verrai si je peux répondre.

— Vous venez d'admettre que le succès d'Émile ne faisait pas plaisir à tout le monde...

— Le succès de quelqu'un ne fait jamais plaisir aux autres...

— Seulement, il s'agit d'un milieu où l'on joue serré et où les places sont chères...

— Adjugé ! Ensuite ?

— Croyez-vous qu'Émile ait été tué par un collègue ?

— Je vous ai déjà répondu aussi.

— Comment ?

— Ne vous ai-je pas dit que ce n'était pas agréable d'avoir un mort chez soi pendant deux ou trois jours, surtout par le temps qu'il fait ?... Mettons que les gens dont vous parlez soient des sensibles... Ou encore qu'ils soient assez surveillés pour ne pas prendre de risques... Comment a-t-il été tué ?

De toute façon, l'histoire serait dans les journaux de l'après-midi.

— Étranglé.

— Alors, la réponse est encore plus catégorique, et vous savez pourquoi... Mazotti, c'était du travail propre... Si les gens d'ici avaient voulu supprimer Émile, ils l'auraient fait de la même manière... Est-ce que vous avez retrouvé ceux qui ont réglé son compte à Mazotti ?... Non !... Et, malgré vos indicateurs, vous ne les aurez pas... Tandis que votre histoire d'homme qu'on étrangle, qu'on garde chez soi pendant trois jours et qu'on va déposer le long du mur d'un cimetière, ça sent mauvais, c'est le cas de le dire... Voilà pour la deuxième question...

— Je vous remercie !

— Pas de quoi. Un autre ?

Il tenait la bouteille en suspens au-dessus du verre.

— Pas ce matin...

— Ne me dites pas que vous comptez revenir... Je n'ai rien contre vous personnellement, mais, dans le métier, on aime mieux ne pas vous voir trop souvent...

— Combien vous dois-je ?

— La seconde tournée est pour moi... Le jour où il m'a interrogé pendant trois heures, votre inspecteur m'a offert un verre de bière et un sandwich...

Dehors, Maigret et Lucas gardèrent longtemps le silence. Maigret, à certain moment, leva le bras pour arrêter un taxi, et l'inspecteur dut lui rappeler qu'ils étaient venus avec une voiture de la P.J. Ils la retrouvèrent et y prirent place.

— Chez moi... grommela Maigret.

Il n'avait aucune raison sérieuse de déjeuner dehors. A vrai dire, il ne savait pas encore par quel bout prendre l'affaire. Jo le Catcheur n'avait fait que lui confirmer ce qu'il pensait depuis le matin, et il n'ignorait pas que Jo s'était montré sincère.

C'était vrai qu'Émile Boulay était un amateur qui s'était paradoxalement incrusté en plein Montmartre.

Et, chose curieuse, il semblait bien avoir été tué par un autre amateur.

— Et toi ? demanda-t-il à Lucas.

Celui-ci comprit le sens de la question.

— Les trois femmes sont bien connues des commerçants du quartier. On les appelle les Italiennes. On se moque un peu de la vieille et de sa façon de baragouiner le français. On connaît moins

Ada, qui se montre rarement chez les commerçants et qu'on voyait passer en compagnie de son beau-frère...

» Les gens que j'ai questionnés ne savent pas encore... La famille a l'air portée sur la table... A en croire le boucher, c'est inouï ce qu'ils peuvent manger, et ils exigent les meilleurs morceaux... L'après-midi, Marina va se promener au square d'Anvers, poussant la voiture du bébé d'une main, tenant le garçon de l'autre...

— Ils n'ont pas de bonne ?

— Seulement une femme de ménage trois fois par semaine...

— Tu as son nom et son adresse ?

Lucas rougit.

— Je pourrai les avoir cet après-midi...

— Qu'est-ce qu'on raconte encore ?

— La femme du poissonnier m'a dit :

» — Pour un malin, c'est un malin...

» Elle parlait d'Émile, bien entendu.

» — Il a épousé l'aînée quand elle avait dix-neuf ans... Lorsqu'il a vu qu'elle commençait à prendre du poids, il a fait venir la jeune sœur... Je parie qu'il trouvera une autre sœur ou une cousine en Italie quand Ada engraissera à son tour...

Maigret y avait pensé aussi. Ce n'était pas la première fois qu'il voyait un mari amoureux de sa belle-sœur.

— Essaie de te renseigner davantage sur Ada... De savoir, en particulier, si elle a un ami ou un amant...

— Votre impression, patron ?

— Non. Mais on ne peut rien négliger... J'aimerais aussi en connaître davantage sur Antonio... Si tu allais cet après-midi te promener rue de Ponthieu...

— D'accord...

Lucas arrêtait la voiture devant l'immeuble que Maigret habitait et, en levant la tête, celui-ci apercevait sa femme accoudée à la fenêtre. Elle lui adressa un signe discret de la main. Il lui en adressa un autre et s'engagea dans l'escalier.

4

Quand le téléphone sonna, Maigret, la bouche pleine, fit signe à sa femme de répondre.

— Allô !... De la part de qui ?... Oui, il est à table... Je l'appelle...

Il la regardait, maussade, les sourcils froncés.

— C'est Lecoin...

Il se leva en mastiquant toujours et en emportant sa serviette pour s'essuyer la bouche. Depuis cinq minutes, justement, il pensait à son camarade Lecoin, le chef de la Mondaine, à qui il se promettait de rendre visite dans le courant de l'après-midi. Les contacts de Maigret avec le milieu de Montmartre, et de Pigalle en particulier, commençaient à dater, tandis que Lecoin, lui, était à jour.

— Allô !... Je t'écoute, oui... Mais non... Cela ne fait rien... Je comptais passer te voir tout à l'heure...

Le chef de la Mondaine, qui avait une dizaine d'années de moins que Maigret, n'habitait pas loin du boulevard Richard-Lenoir, boulevard Voltaire, un appartement toujours plein de vacarme, car il avait six ou sept enfants.

— J'ai ici quelqu'un que tu connais certainement... expliquait-il. Il y a longtemps qu'il est un de mes indicateurs... Il préfère ne pas se montrer au Quai et, quand il a quelque chose à me dire, il vient me voir chez moi... Il se fait qu'aujourd'hui c'est plutôt toi que son tuyau intéresse... Bien entendu, je ne sais pas ce que ça vaut... Quant au bonhomme, à part les fioritures qu'il ajoute volontiers, car c'est un artiste dans son genre, on peut se fier à lui...

— Qui est-ce ?

— Louis Boubée, dit Mickey, pisteur dans un cabaret de...

— Envoie-le-moi tout de suite...

— Cela ne t'ennuie pas qu'il aille chez toi ?

Maigret acheva son déjeuner rapidement et, quand la sonnerie de la porte d'entrée retentit, on venait de lui servir son café, qu'il emporta dans le salon.

Il y avait des années qu'il n'avait pas vu le surnommé Mickey, mais il le reconnut tout de suite. Il ne pouvait d'ailleurs pas en être autrement, car Boubée était un être assez extraordinaire. Quel âge pouvait-il avoir à présent ? Le commissaire essayait de calculer. Il était encore un assez jeune inspecteur quand son visiteur travaillait déjà comme chasseur à Montmartre.

Boubée n'avait pas grandi d'un pouce. Il avait toujours la taille d'un enfant de douze ou treize ans et, le plus extraordinaire, c'est qu'il en gardait l'aspect. Un gamin maigre, aux larges oreilles décollées, au grand nez pointu, à la bouche gouailleuse qu'on eût dite en caoutchouc.

Il fallait y regarder de plus près pour découvrir que son visage était finement ridé.

— Cela fait un bout de temps... s'exclamait-il en regardant autour de lui, sa casquette à la main. Vous vous souvenez du Tripoli et de la Tétoune ?

A deux ou trois ans près, les deux hommes devaient avoir le même âge.

— C'était le bon temps, dites donc !...

Il faisait allusion à une brasserie qui existait jadis rue Duperré, à portée de pierre du Lotus, et qui avait eu, avant la guerre, tout comme sa patronne, son heure de célébrité.

La Tétoune était une opulente Marseillaise qui passait pour faire la meilleure cuisine méridionale de Paris et qui avait l'habitude d'accueillir ses clients par de gros baisers et de les tutoyer.

C'était une tradition, en arrivant, d'aller la voir dans sa cuisine, et on rencontrait chez elle une clientèle inattendue.

— Vous vous souvenez de Gros-Louis, qui était propriétaire des trois maisons de la rue de Provence ? Et d'Eugène le Borgne ? Et du beau Fernand, qui a fini au cinéma ?...

Maigret savait qu'il était vain de demander à Mickey d'en venir au fait. C'était une coquetterie de sa part : il voulait bien fournir des renseignements à la police, mais à sa façon, sans en avoir l'air.

Les hommes dont il parlait étaient les grands patrons du milieu d'alors, les propriétaires de maisons closes, qui existaient encore, et ils se retrouvaient chez la Tétoune. Ils y coudoyaient leurs avocats, pour la plupart des maîtres du barreau, et, la mode aidant, on y rencontrait aussi des actrices et même des ministres.

— En ce temps-là, je prenais les paris sur les combats de boxe...

Une autre particularité de Mickey, c'est que l'absence de cils et de sourcils lui donnait un regard étrange.

— Depuis que vous êtes le grand patron de la Criminelle, on ne vous voit plus guère à Montmartre... M. Lecoin, lui, y vient de temps en temps... Il m'arrive, comme jadis avec vous, de lui rendre un petit service en passant... Vous savez, on entend tant de choses...

Ce qu'il n'ajoutait pas, c'est qu'il avait grand besoin que la police ferme les yeux sur certaines de ses activités. Les clients du Lotus, qui lui donnaient un pourboire en sortant, ne se doutaient pas que Mickey travaillait aussi à son compte.

Il lui arrivait de glisser à l'oreille de certains d'entre eux :

— Tableaux vivants, monsieur ?

Il pouvait le dire dans une dizaine de langues, avec un clin d'œil explicatif. Après quoi il glissait dans la main de l'homme l'adresse d'un appartement proche.

Ce n'était d'ailleurs pas bien méchant. Ce qu'on y voyait en grand mystère, c'était à peu près, en plus poussiéreux, en plus sordide, le même spectacle qu'offrait n'importe quel cabaret de Pigalle. Avec la différence que les femmes n'avaient plus vingt ans, mais souvent le double ou davantage.

— Votre inspecteur, le petit gros...

— Lucas...

— Oui... Il m'a convoqué il y a environ trois semaines, après la mort de Mazotti, mais je ne savais pas grand-chose...

Il y venait doucement, à sa façon.

— Je lui ai dit que ce n'était sûrement pas un coup de mon patron, et je ne me trompais pas... Maintenant, j'ai un tuyau.

Comme vous avez toujours été compréhensif avec moi, je vous le donne, pour ce qu'il vaut, bien entendu... Ce n'est pas à la police que je parle, comprenez-moi bien... C'est à un homme que je connais depuis longtemps... Nous causons... On se met par hasard à parler de Mazotti, qui, entre nous, ne faisait pas le poids...

» Alors, moi, je vous répète ce qu'on m'a dit... Ce n'est pas la peine de chercher à Pigalle celui qui a fait le coup... A Pâques... Quand est-ce que Pâques tombait, cette année ?...

— Fin mars...

— Bon ! A Pâques donc, Mazotti, qui était un petit truand de rien du tout, mais qui voulait faire croire qu'il était un homme, est descendu à Toulon... Il y a rencontré la belle Yolande... Vous connaissez ?... C'est la femme à Mattei... Et Mattei, c'est le chef des Faux-Nez de Marseille, qui ont réussi une vingtaine de hold-up avant de se faire agrafer... Vous suivez ?

» Mattei est en cabane... Mazotti, qui croyait que tout lui était permis, est revenu à Paris avec la Yolande... Maintenant, je n'ai pas besoin de vous faire un dessin... Il y a encore des hommes de Mattei à Marseille, et deux ou trois d'entre eux sont montés à Paris pour régler l'affaire...

C'était plausible. Cela expliquait la façon dont l'affaire de la rue de Douai s'était déroulée. Du travail de professionnels, sans bavures.

— J'ai pensé que cela vous intéresserait et, ne connaissant pas votre adresse, je suis allé voir votre collègue...

Mickey ne faisait pas mine de s'en aller, ce qui signifiait qu'il n'avait pas vidé son sac ou qu'il s'attendait à des questions. En effet, Maigret lui demanda, l'air innocent :

— Vous connaissez la nouvelle ?

— Quelle nouvelle ? questionna l'autre avec autant de candeur.

Puis, tout de suite, il sourit malicieusement.

— Vous voulez parler de M. Émile ? Je me suis laissé dire qu'on l'avait retrouvé...

— Vous êtes allé chez Jo, tout à l'heure ?

— On n'est pas très amis, Jo et moi, mais la nouvelle a fait du chemin...

— Ce qui est arrivé à Émile Boulay m'intéresse plus que l'affaire Mazotti...

— Alors, là, monsieur le commissaire, je suis obligé de vous dire que je ne sais rien... Et c'est la vérité vraie...

— Qu'est-ce que vous pensez de lui ?

— Ce que j'ai dit à M. Lucas... Ce que tout le monde en pense...

— C'est-à-dire ?

— Il faisait son métier à son idée, mais il était régulier...

— Vous vous souvenez de la soirée de mardi ?

— J'ai une assez bonne mémoire...

Il souriait tout le temps, comme si chacune de ses paroles méritait d'être soulignée, et il avait la manie de faire des clins d'œil.

— Il ne s'est rien passé de spécial ?

— Cela dépend de ce que vous considérez comme spécial... M. Émile est venu vers neuf heures avec Mlle Ada pour la mise en place, comme tous les soirs... Vous connaissez ça... Ensuite, il est allé jeter un coup d'œil au Train-Bleu et il est passé rue Notre-Dame-de-Lorette...

— A quelle heure l'avez-vous revu ?

— Attendez... L'orchestre avait commencé à jouer... Il devait donc être passé dix heures... On a beau faire du bruit pour attirer les clients, ils n'arrivent guère qu'après le cinéma et le théâtre...

— Sa secrétaire est restée avec lui ?

— Non... Elle s'est dirigée vers l'appartement...

— Vous l'avez vue entrer dans la maison ?

— Je crois que je l'ai suivie des yeux, car c'est une belle fille et je lui fais toujours un brin de cour, mais je ne pourrais pas le jurer...

— Et Boulay ?

— Il est rentré au Lotus pour téléphoner.

— Comment savez-vous qu'il a téléphoné ?

— C'est Germaine, la fille du vestiaire, qui me l'a dit... Le téléphone est près du vestiaire... La cabine a une porte vitrée... Il a composé un numéro qui n'a pas répondu et, quand il est sorti, il avait l'air contrarié...

— Pourquoi cela a-t-il frappé la dame du vestiaire ?

— Parce que, d'habitude, quand il lui arrivait de téléphoner le soir, c'était à un de ses cabarets, ou à son beau-frère, et que cela répondait toujours... En outre, un quart d'heure plus tard, il a remis ça...

— Toujours sans résultat ?

— Oui... Il appelait donc quelqu'un qui n'était pas chez lui, et cela semblait l'impatienter... Entre les appels, il allait rôder dans la salle... Il a fait des observations à une danseuse dont la robe était défraîchie et s'est montré désagréable avec le barman...

» Après un troisième ou un quatrième essai, il est venu prendre l'air sur le trottoir...

— Il vous a parlé ?

— Vous savez, il n'était pas bavard... Il se plantait comme ça devant la porte... Il regardait le ciel, le mouvement des voitures, et il pouvait dire si on ferait le plein ou non...

— Il a fini par obtenir sa communication ?

— Vers onze heures...

— Il est parti ?

— Pas tout de suite... Il est revenu sur le trottoir... C'était une de ses habitudes... Deux ou trois fois je l'ai vu tirer sa montre de sa poche... Enfin, après une vingtaine de minutes, il s'est mis à descendre la rue Pigalle...

— Autrement dit, il avait un rendez-vous...

— Je vois que nous avons la même idée...

— Il paraît qu'il ne prenait presque jamais de taxis...

— C'est vrai... Depuis son accident, il n'aimait pas les automobiles... Il préférait le métro...

— Vous êtes sûr qu'il s'est dirigé vers le bas de la rue Pigalle ? Pas vers le haut ?

— Certain !

— S'il avait dû prendre le métro, il aurait remonté la rue...

— C'est ce qu'il faisait quand il allait jeter un coup d'œil rue de Berri...

— De sorte que, selon toute probabilité, son rendez-vous était dans le quartier...

— J'ai d'abord pensé qu'il se rendait au Saint-Trop', rue Notre-Dame-de-Lorette, mais on ne l'y a pas vu...

— Vous croyez qu'il avait une maîtresse ?

— Sûrement pas.

Et, avec un nouveau clin d'œil, le gamin ratatiné ajoutait :

— Vous savez, j'ai une certaine expérience... Je suis un peu du métier, pas vrai ?

— Où habite M. Raison ?

La question surprit Mickey.

— Le comptable ? Il habite depuis au moins trente ans le même immeuble, boulevard Rochechouart...

— Seul ?

— Bien sûr !... Lui non plus, croyez-moi, n'a pas de maîtresse... Ce n'est pas qu'il crache sur les femmes, mais ses moyens ne sont pas à la hauteur de ses désirs et il se contente de chiffonner les filles qui viennent lui demander une avance dans son bureau...

— Vous savez ce qu'il fait le soir ?

— Il joue au billard, toujours dans le même café, au coin du square d'Anvers... Il n'y a plus tant de billards dans le quartier... C'est presque un champion...

Encore une perspective qui semblait se fermer. Maigret questionnait néanmoins, ne voulant rien laisser dans l'ombre :

— D'où sort ce M. Raison ?

— De la banque... Il était caissier, depuis je ne sais combien d'années, à la succursale où le patron avait son compte, rue Blanche... Je suppose qu'il lui a donné des tuyaux... M. Émile avait besoin de quelqu'un de sûr pour la comptabilité, car, dans le métier, il y a facilement du coulage... J'ignore combien il le paie, mais cela doit être assez gros, puisque M. Raison a quitté la banque...

Maigret en revenait toujours au mardi soir. Cela devenait une obsession. Il finissait par avoir devant les yeux le maigre M. Émile stationnant sous l'enseigne lumineuse du Lotus, regardant parfois sa montre, se dirigeant enfin d'un pas décidé vers le bas de la rue Pigalle.

Il n'allait pas loin, sinon il aurait pris le métro, dont il n'était qu'à cent mètres. S'il avait eu besoin d'un taxi, malgré sa répugnance pour les voitures, il en passait sans cesse devant son cabaret.

Une sorte de plan se formait dans l'esprit de Maigret, celui d'une petite portion de Paris à laquelle tout le ramenait. Les trois cabarets de l'ancien maître d'hôtel étaient proches les uns des autres, et seul le Paris-Strip, dirigé par Antonio, faisait exception.

Boulay et ses trois Italiennes habitaient rue Victor-Massé. Le bar de Jo le Catcheur, au seuil duquel Mazotti avait été abattu, était presque visible de l'entrée du Lotus.

La banque où Émile avait son compte n'était guère plus loin, et le comptable, enfin, habitait le quartier.

C'était un peu comme un village, dont Émile Boulay sortait à peine, comme à regret.

— Vous n'avez aucune idée de la personne avec laquelle il pouvait avoir rendez-vous ?

— Je le jure...

Mickey avouait après un silence :

— J'ai cherché aussi, par pure curiosité... J'aime bien comprendre... Dans mon métier, il est indispensable de comprendre, n'est-ce pas ?...

Maigret se levait en soupirant. Il ne voyait aucune autre question à poser. Le pisteur lui avait appris un certain nombre de détails qu'il ignorait et qu'il aurait pu ignorer longtemps, mais ces détails n'expliquaient toujours pas la mort de Boulay, encore moins le fait, presque incroyable, qu'on avait gardé son corps pendant trois nuits et deux journées entières avant de le déposer en bordure du Père-Lachaise.

— Je vous remercie, Boubée...

Et le petit homme, au moment de sortir :

— Vous ne vous intéressez toujours pas à la boxe ?

— Pourquoi ?

— Parce qu'il y a un combat, demain, sur lequel j'ai un tuyau... Au cas où vous voudriez...

— Merci...

Il ne lui donna pas d'argent. Ce n'était pas pour de l'argent que Mickey vendait ses services, mais en échange d'une certaine indulgence.

— Si j'apprenais quelque chose, je vous téléphonerais...

Trois quarts d'heure plus tard, dans son bureau de la P.J., Maigret crayonnait sur une feuille de papier, sonnait le bureau des inspecteurs, se faisait envoyer Lapointe.

Celui-ci n'avait pas besoin de regarder le patron deux fois pour savoir où il en était. Nulle part ! Il avait son air lourd, têtu, des plus mauvais moments d'une enquête, quand on ne sait par quel bout la prendre et qu'on essaie, sans confiance, dans toutes les directions.

— Tu iras boulevard Rochechouart te renseigner sur un certain M. Raison... C'est le comptable du Lotus et des autres boîtes appartenant à Émile Boulay... Il paraît qu'il joue au billard tous les soirs dans un café du square d'Anvers, j'ignore lequel, mais tu le trouveras... Essaie d'en apprendre le plus possible sur lui, sur ses habitudes... Je voudrais surtout savoir s'il était au café mardi soir, à quelle heure il en est sorti, à quelle heure il est rentré chez lui...

— J'y vais, patron...

Lucas, pendant ce temps-là, s'occupait d'Ada, et aussi d'Antonio. Maigret, pour calmer son impatience, se plongea dans ses dossiers administratifs. Vers quatre heures et demie, il en eut assez et, remettant son veston, il alla boire un demi, solitaire, à la Brasserie Dauphine. Il faillit en commander un second, non par soif, mais pour défier son ami Pardon, qui lui avait recommandé l'abstinence.

Il avait horreur de ne pas comprendre. Cela devenait une affaire personnelle. Il en revenait toujours aux mêmes images : Émile Boulay, en complet bleu, sur le seuil du Lotus, rentrant dans le cabaret, téléphonant, n'obtenant pas la communication, tournant en rond, téléphonant encore, puis encore, sous le regard indifférent de la demoiselle du vestiaire.

Ada était rentrée chez elle. Antonio s'occupait des premiers clients, rue de Berri. Dans les quatre cabarets, les barmen rangeaient leurs verres, leurs bouteilles, les musiciens essayaient leurs instruments, les filles se harnachaient dans des loges sordides avant de prendre leur place devant les guéridons.

Boulay parlait enfin à son correspondant, mais il ne partait pas tout de suite. Le rendez-vous n'était donc pas immédiat. On lui avait fixé une heure déterminée.

Il attendait à nouveau devant la porte, tirait plusieurs fois sa montre de sa poche et, tout à coup, se dirigeait vers le bas de la rue Pigalle...

Il avait dîné à huit heures. D'après le médecin légiste, il était mort quatre ou cinq heures plus tard, c'est-à-dire entre minuit et une heure du matin.

Au moment où il quittait le Lotus, il était onze heures et demie.

Il lui restait entre une demi-heure et une heure et demie à vivre.

Or, il n'était pour rien dans la mort de Mazotti. Ce qui restait de la bande du Corse ne l'ignorait pas et n'avait aucune raison de le supprimer.

Enfin, personne, dans le milieu, ne s'y serait pris comme l'assassin d'Émile s'y était pris, l'étranglant, conservant son corps pendant deux jours et courant ensuite le risque d'aller le déposer rue des Rondeaux...

Ada n'était au courant d'aucun rendez-vous de son patron. M. Raison non plus. Antonio prétendait n'en pas savoir davantage. Mickey lui-même, qui avait de bonnes raisons de se renseigner sur tout ce qui se passait, nageait sur ce point.

Maigret arpentait son bureau, maussade, le tuyau de sa pipe serré entre ses dents, quand Lucas frappa à la porte, et il n'avait pas l'air triomphant de quelqu'un qui vient de faire une découverte.

Maigret se contenta de le regarder en silence.

— Je n'en sais guère plus que ce matin, patron... Sinon qu'Antonio n'a pas quitté son cabaret mardi soir, ni à aucun moment au cours de la nuit...

Parbleu ! Cela aurait été trop facile.

— J'ai vu sa femme, une Italienne qui attend un bébé... Ils occupent un coquet appartement rue de Ponthieu...

Le regard vide du commissaire mettait Lucas mal à l'aise.

— Ce n'est pas ma faute... Tout le monde les aime bien... J'ai parlé à la concierge, aux fournisseurs, aux voisins du cabaret... Puis je suis retourné rue Victor-Massé... J'ai demandé au comptable, que j'ai trouvé dans son bureau, l'adresse de quelques-unes des artistes qui travaillent au Lotus et font leur numéro dans les autres boîtes... Deux d'entre elles dormaient encore, dans le même hôtel...

Il avait l'impression de parler à un mur, et parfois Maigret lui tournait le dos pour regarder couler la Seine.

— Une autre, qui a un logement rue Lepic, a un bébé et...

Lucas se troubla, tant le commissaire paraissait exaspéré.

— Je ne peux vous dire que ce que je sais... Elles sont plus ou moins jalouses d'Ada, bien entendu... Elles ont l'impression que, tôt ou tard, elle serait devenue la maîtresse du patron, mais que ce n'était pas encore fait... Sans compter que, paraît-il, cela n'aurait pas été tout seul avec Antonio...

— C'est tout ?

Lucas écartait les mains d'un geste découragé.

— Qu'est-ce que je fais, maintenant ?

— Ce que tu voudras.

Maigret rentra chez lui de bonne heure, après s'être penché encore un moment, grognon, sur cette désagréable histoire de réorganisation des services, qui ne se ferait quand même pas dans le sens qu'il suggérait.

Des rapports, toujours des rapports ! On lui demandait son avis. On le priait de dresser des plans détaillés. Puis cela s'arrêtait quelque part dans la hiérarchie administrative et on n'en entendait plus parler. A moins qu'on ne prenne des dispositions contraires à celles qu'il avait proposées.

— Je sors, ce soir... annonça-t-il à sa femme d'une voix bourrue.

Elle savait qu'il valait mieux ne pas lui en demander davantage. Il se mettait à table, regardait la télévision en grommelant de temps en temps :

— C'est idiot !...

Puis il passa dans la chambre à coucher pour changer de chemise et de cravate.

— J'ignore quand je rentrerai... Je vais à Montmartre, dans les boîtes de nuit...

On aurait dit qu'il essayait de la rendre jalouse et qu'il était vexé de la voir sourire.

— Tu devrais emporter ton parapluie... La radio annonce des orages...

Au fond, s'il était de si mauvaise humeur, c'est qu'il avait l'impression de battre un beurre par sa faute. Il était sûr qu'à un certain moment de la journée, il n'aurait pas pu préciser lequel, il avait été sur le point de partir sur la bonne piste.

Quelqu'un lui avait dit quelque chose de significatif. Mais qui ? Il avait vu tellement de monde !

Il était neuf heures quand il prit un taxi, neuf heures vingt quand il arriva en face du Lotus, où Mickey l'accueillit avec un clin d'œil complice et lui ouvrit la portière de velours rouge.

Les musiciens en smoking blanc n'étaient pas encore à leur place et bavardaient dans un coin. Le barman essuyait les verres de son étagère. Une belle fille rousse, en grand décolleté, se limait les ongles dans un coin.

Personne ne lui demandait ce qu'il venait faire, comme si chacun était au courant. On se contentait de lui lancer des coups d'œil curieux.

Les garçons posaient des seaux à champagne sur les tables. Ada, en tailleur sombre, sortait de la pièce du fond, un carnet et un crayon à la main, apercevait Maigret et, après une hésitation, se dirigeait vers lui.

— C'est mon frère qui m'a conseillé d'ouvrir les cabarets... expliqua-t-elle avec un certain embarras. Au fond, personne d'entre nous ne sait au juste ce que nous devons faire... Il paraît que ce n'est pas la coutume, en cas de décès, de fermer...

Regardant le carnet et le crayon, il interrogeait :

— Qu'étiez-vous en train de faire ?

— Ce que mon beau-frère faisait chaque soir à cette heure-ci... Vérifier avec les barmen et les maîtres d'hôtel les provisions de champagne et de whisky... Ensuite, organiser les déplacements des artistes d'un cabaret à l'autre... Elles ne sont jamais au complet... Chaque soir, il faut apporter des changements au dernier moment... Je suis passée au Train-Bleu...

— Comment va votre sœur ?

— Elle est très éprouvée... Heureusement qu'Antonio a passé

avec nous l'après-midi... Les hommes des pompes funèbres sont venus... On doit ramener le corps à la maison demain dans la matinée... Le téléphone n'a pas cessé de sonner... Il a fallu aussi s'occuper des faire-part...

Elle ne perdait pas la tête et, tout en parlant, ainsi que Boulay l'aurait fait, elle avait l'œil à la mise en place. Elle s'interrompit même pour dire à un jeune maître d'hôtel :

— Non, Germain... Pas encore de glace dans les seaux...

Un nouveau, sans doute !

Maigret demanda à tout hasard :

— Il a laissé un testament ?

— Nous n'en savons rien et cela nous complique les choses, car nous ne savons pas quelles dispositions prendre...

— Il avait un notaire ?

— Pas à ma connaissance... Sûrement pas... J'ai téléphoné chez son avocat, Me Jean-Charles Gaillard, mais il n'est pas chez lui... Il est parti de bonne heure ce matin pour Poitiers, où il devait plaider, et il ne rentrera pas avant la fin de la soirée...

Qui donc lui avait déjà parlé d'avocat ? Maigret cherchait dans sa mémoire, retrouvait l'image peu appétissante de M. Raison, dans son petit bureau de l'entresol. De quoi était-il question à ce moment-là ? Maigret avait demandé si certains paiements ne s'effectuaient pas de la main à la main, afin d'éviter les impôts.

Il retrouvait l'enchaînement de la conversation. Le comptable avait affirmé que M. Émile n'était pas homme à tricher et à risquer des ennuis, qu'il tenait à ce que tout soit régulier, et que ses déclarations de revenus étaient établies par son avocat...

— Vous pensez que c'est à lui que votre beau-frère se serait adressé pour son testament ?

— Il lui demandait conseil pour tout... N'oubliez pas que, quand il a débuté, il ne connaissait rien aux affaires... Lorsqu'il a ouvert le Train-Bleu, des voisins lui ont intenté un procès, je ne sais plus pourquoi... Probablement parce que la musique les empêchait de dormir...

— Où habite-t-il ?

— Me Gaillard ?... Rue La Bruyère, un petit hôtel particulier vers le milieu de la rue...

Rue La Bruyère ! A cinq cents mètres à peine du Lotus. Pour s'y rendre, il suffisait de descendre la rue Pigalle, de traverser la rue Notre-Dame-de-Lorette et, un peu plus bas, de tourner à gauche.

— Votre beau-frère le voyait souvent ?

— Une ou deux fois par mois...

— Le soir ?

— Non. Dans le courant de l'après-midi. Généralement après six heures, quand Me Gaillard revenait du Palais...

— Vous l'accompagniez ?

Elle faisait non de la tête.

C'était peut-être ridicule, mais le commissaire avait perdu son air grognon.

— Je peux téléphoner ?

— Préférez-vous monter au bureau, ou téléphoner de la cabine ?

— De la cabine...

Comme Émile Boulay l'avait fait, à la différence que Boulay n'avait commencé à composer un numéro que vers dix heures du soir. Par la vitre, il voyait Germaine, la demoiselle du vestiaire, qui classait des cartons roses dans une vieille boîte à cigares.

— Allô ! Je suis bien chez Me Gaillard ?

— Non, monsieur... Vous êtes à la Pharmacie Lecot...

— Je vous demande pardon...

Il avait dû se tromper d'un chiffre. Il recommença, plus attentif, entendit une sonnerie lointaine. Une minute, deux minutes s'écoulèrent, et personne ne répondit.

Trois fois il refit le même numéro sans plus de succès. Quand il sortit de la cabine, il chercha Ada des yeux, finit par la trouver dans la loge où deux femmes se déshabillaient. Elles ne firent pas attention à lui et ne cherchèrent pas à cacher leurs seins nus.

— Me Gaillard est célibataire ?

— Je ne sais pas. Je n'ai jamais entendu parler de sa femme. Il en a peut-être une. Je n'ai pas eu l'occasion d'aller chez lui.

Un peu plus tard, Maigret, sur le trottoir, questionnait Mickey.

— Vous connaissez Jean-Charles Gaillard ?

— L'avocat ? Je le connais de nom. C'est lui qui a défendu le grand Lucien, il y a trois ans, et qui l'a fait acquitter.

— C'était aussi l'avocat de votre patron...

— Cela ne me surprend pas... Il passe pour fortiche...

— Vous savez s'il est marié ?

— Je vous demande pardon, monsieur Maigret, mais, ces gens-là, ce n'est pas mon rayon et, avec la meilleure volonté du monde, je ne peux rien vous dire...

Le commissaire retourna dans la cabine, composa le même numéro, sans résultat.

Alors, à tout hasard, il appela un membre du barreau qu'il connaissait de longue date, Chavanon, et il eut la chance de le trouver chez lui.

— Ici, Maigret... Non, je n'ai pas de client pour vous dans mon bureau... Je ne suis d'ailleurs pas Quai des Orfèvres... Je voudrais un renseignement... Vous connaissez Me Jean-Charles Gaillard ?

— Comme tout le monde... Je le rencontre au Palais et j'ai eu une fois l'occasion de déjeuner avec lui... Mais c'est un monsieur trop important pour le tâcheron que je suis...

— Marié ?

— Je crois, oui... Attendez... J'en suis certain, à présent... Il a épousé, peu après la guerre, une chanteuse ou une danseuse du Casino de Paris... Enfin, c'est ce que je me suis laissé dire...

— Vous ne l'avez jamais vue ? Vous n'êtes pas allé chez lui ?

— On ne m'y a pas invité...

— Ils ne sont pas divorcés ?... Ils vivent ensemble ?...

— Autant que je sache...

— Vous ignorez, je suppose, si elle l'accompagne lorsqu'il va plaider en province ?

— Ce n'est guère l'habitude...

— Je vous remercie...

Il rappelait, en vain, la rue La Bruyère, et la demoiselle du vestiaire le regardait de plus en plus curieusement.

Enfin, il se décidait à quitter le Lotus et, après un petit signe à Mickey, descendait lentement la rue Pigalle. Rue La Bruyère, il ne tardait pas à repérer un hôtel particulier qui n'était, en somme, qu'une maison bourgeoise comme on en trouve beaucoup en province et comme il en reste dans certains quartiers de Paris.

Toutes les fenêtres étaient obscures. Une plaque de cuivre portait le nom de l'avocat. Il poussa le bouton qui se trouvait au-dessus de cette plaque et une sonnerie retentit à l'intérieur.

Rien ne bougea. Il sonna deux fois, trois fois, aussi vainement qu'il avait téléphoné.

Pourquoi traversa-t-il la rue afin de regarder la maison dans son ensemble ?

Au moment où il levait la tête, un rideau bougea, à une fenêtre du premier étage qui n'était pas éclairée, et il aurait juré qu'un instant il avait aperçu un visage.

5

On aurait pu croire que Maigret jouait les patrons de boîte de nuit et que, malgré la différence de carrure et de poids, il s'ingéniait à imiter Émile Boulay. Sans se presser, il déambulait dans les quelques rues qui formaient l'univers de l'ancien maître d'hôtel de la Transat, et ces rues, au cours des heures, changeaient de physionomie. C'étaient d'abord les enseignes au néon qui devenaient plus nombreuses, les portiers galonnés qui apparaissaient sur les seuils.

Non seulement les jazz des cabarets, sourdant des portes, donnaient à l'air une vibration différente, mais les passants étaient différents et les taxis de nuit commençaient à déverser leur clientèle tandis qu'une faune nouvelle passait et repassait de l'ombre à la lumière.

Des femmes l'interpellèrent. Il marchait les mains derrière le dos. Est-ce que M. Émile marchait aussi les mains derrière le dos ? En tout cas, il ne fumait pas, comme le commissaire. Il suçait des bonbons à la menthe.

Maigret descendait, rue Notre-Dame-de-Lorette, jusqu'au Saint-Trop'. Il avait connu jadis la boîte sous une autre enseigne, alors qu'elle était surtout fréquentée par des dames en smoking.

Montmartre avait-il tellement changé ? Le rythme des orchestres n'était plus le même. Il y avait davantage de néon, mais les personnages ressemblaient à ceux qu'il avait connus ; quelques-uns avaient seulement changé d'emploi, comme le portier du Saint-Trop', qui salua familièrement le commissaire.

C'était un colosse à barbe blanche, un réfugié russe qui, pendant des années, dans un autre cabaret du quartier, avait chanté de vieilles ballades de son pays, d'une belle voix de basse, en s'accompagnant à la balalaïka.

— Vous vous souvenez de la soirée de mardi dernier ?

— Je me souviens de toutes les soirées que Dieu m'a permis de vivre, répondait l'ancien général avec emphase.

— Votre patron est venu ici ce soir-là ?

— Vers neuf heures et demie, avec la jolie demoiselle.

— Vous voulez dire Ada ? Il n'est pas revenu seul par la suite ?

— J'en fais le serment sur saint Georges !

Pourquoi sur saint Georges ? Maigret entrait, jetait un coup d'œil au bar, aux guéridons autour desquels les premiers clients baignaient dans une lumière orange. Il avait dû être annoncé, car le personnel, maîtres d'hôtel, musiciens et entraîneuses, le suivait des yeux avec une curiosité mêlée d'un peu d'inquiétude.

Boulay s'attardait-il davantage ? Maigret repartait, adressait un signe à Mickey, en face du Lotus, un autre à la demoiselle du vestiaire, à qui il demandait un jeton.

Dans la cabine vitrée, il appelait une fois de plus, sans succès, le numéro de la rue La Bruyère.

Puis il entrait au Train-Bleu, dont la décoration imitait l'ambiance d'un pullman. L'orchestre y jouait si fort qu'il battit en retraite, plongea dans le calme et l'obscurité de la seconde partie de la rue Victor-Massé, atteignit le square d'Anvers, où seuls deux cafés étaient ouverts.

L'un, à l'enseigne de la Chope d'Anvers, ressemblait à une ancienne brasserie de province. Près des fenêtres, des habitués jouaient aux cartes et, dans le fond, on apercevait un billard autour duquel deux hommes aux mouvements presque solennels tournaient lentement.

L'un des deux était M. Raison, en manches de chemise. Son partenaire, au ventre énorme, un cigare entre les dents, portait des bretelles vertes.

Maigret n'entrait pas, restait là un moment, comme fasciné par le spectacle, alors qu'en réalité il pensait à autre chose, et il sursauta quand une voix fit près de lui :

— Bonsoir, patron...

C'était Lapointe, qu'il avait chargé de s'occuper du comptable, et qui expliquait :

— J'allais justement rentrer chez moi... J'ai vérifié son emploi du temps de mardi... Il a quitté le café à onze heures et quart... Il ne reste jamais plus tard qu'onze heures et demie... Moins de dix minutes après, il était à son domicile...

» La concierge est catégorique... Elle n'était pas couchée car, ce soir-là, son mari et sa fille étaient au cinéma et elle les a attendus...

» Elle a vu M. Raison rentrer et elle est certaine qu'il n'est pas ressorti...

Le jeune Lapointe était dérouté, car Maigret ne semblait pas l'écouter.

— Vous avez du nouveau ? risqua-t-il. Désirez-vous que je reste avec vous ?

— Non. Va te coucher...

Il préférait être seul pour recommencer la tournée, et il ne tardait pas à remettre les pieds au Train-Bleu, plus exactement à entrouvrir le rideau et à jeter un coup d'œil à l'intérieur comme certains clients qui s'assurent, avant d'entrer, qu'ils trouvent ce qu'ils y cherchent.

Le Lotus encore. Nouveau clin d'œil de Mickey, en conversation mystérieuse avec deux Américains à qui il devait promettre des distractions inédites.

Maigret n'avait pas besoin de réclamer un jeton de téléphone et la sonnerie retentit une fois de plus dans la maison dont il connaissait à présent la façade et où il était persuadé qu'un rideau avait bougé.

Il tressaillit quand une voix d'homme prononça :

— J'écoute...

Il ne s'y attendait plus.

— Me Jean-Charles Gaillard ?

— C'est moi... Qui est à l'appareil ?...

— Commissaire Maigret, de la P.J...

Un silence. Puis la voix, un peu impatiente :

— Eh bien ! oui... J'écoute...

— Je vous demande pardon de vous déranger à cette heure-ci...

— C'est un miracle que vous me trouviez... Je rentre à l'instant de Poitiers par la route et je jetais un coup d'œil sur mon courrier avant de monter me coucher...

— Pourriez-vous me recevoir quelques minutes ?

— Vous téléphonez du Quai des Orfèvres ?

— Non... Je suis à deux pas...

— Je vous attends...

Toujours Mickey sur le seuil, la rue de plus en plus bruyante, une femme qui jaillissait d'une encoignure et posait la main sur le bras du commissaire, reculait soudain en le reconnaissant.

— Il n'y a pas d'offense... balbutiait-elle.

Il retrouvait, comme une oasis, l'ambiance paisible de la rue La Bruyère où, devant la maison de l'avocat, était rangée une grosse voiture américaine bleu pastel. Il y avait de la lumière au-dessus de la porte. Maigret gravit les trois marches du seuil et, avant qu'il eût poussé le bouton électrique, la porte s'ouvrit sur un vestibule dallé de blanc.

Jean-Charles Gaillard était aussi grand, aussi large d'épaules que le portier russe du Saint-Trop'. C'était un homme de quarante-cinq ans environ, au teint coloré, bâti en joueur de rugby, qui avait dû être tout en muscles et qui commençait seulement à s'empâter.

— Entrez, commissaire...

Il refermait la porte, conduisait son hôte vers le fond du couloir, où il l'introduisait dans son bureau. La pièce, assez vaste, confortablement meublée, mais sans luxe tapageur, n'était éclairée que par la lampe à abat-jour vert posée sur un bureau en partie couvert de lettres qu'on venait d'ouvrir.

— Asseyez-vous, je vous en prie... J'ai eu une journée fatigante et j'ai rencontré un gros orage sur la route, ce qui m'a retardé...

Maigret était fasciné par la main gauche de son interlocuteur, à laquelle il manquait quatre doigts. Il ne restait que le pouce.

— J'aimerais vous poser deux ou trois questions au sujet d'un de vos clients...

L'avocat était-il inquiet ? Ou simplement curieux ? C'était difficile à dire. Il avait les yeux bleus, des cheveux blonds taillés en brosse.

— Si le secret professionnel me permet de vous répondre... murmura-t-il en souriant.

Il avait fini par s'asseoir en face du commissaire, et sa main droite jouait avec un coupe-papier d'ivoire.

— On a retrouvé ce matin le corps de Boulay...

— Boulay ? répétait l'autre, comme s'il cherchait dans sa mémoire.

— Le patron du Lotus et de trois autres cabarets...

— Ah ! oui... Je vois...

— Il vous a rendu visite récemment, n'est-ce pas ?

— Cela dépend de ce que vous entendez par récemment...

— Mardi, par exemple...

— Mardi de cette semaine ?

— Oui...

Jean-Charles Gaillard hochait la tête.

— S'il est venu, je ne l'ai pas vu... Il est possible qu'il soit passé alors que j'étais au Palais... Il faudra que je demande demain à ma secrétaire...

Regardant Maigret en face, il posait une question à son tour :

— Vous dites qu'on a retrouvé son corps... Le fait que vous êtes ici indique que la police s'occupe de l'affaire... Dois-je en conclure qu'il ne s'agit pas d'une mort naturelle ?

— Il a été étranglé...

— Curieux...

— Pourquoi ?

— Parce que, malgré son métier, c'était un assez brave homme et que je ne lui connaissais pas d'ennemis... Il est vrai qu'il n'était qu'un client parmi beaucoup d'autres...

— Quand l'avez-vous vu pour la dernière fois ?

— Je dois pouvoir vous répondre avec précision... Un instant...

Il se levait, passait dans le bureau voisin, où il allumait les lampes, fouillait dans un tiroir et revenait avec un carnet rouge.

— Ma secrétaire note tous mes rendez-vous... Attendez...

Il feuilletait les pages en commençant par la fin, murmurait des noms du bout des lèvres. Il tourna ainsi une vingtaine de pages.

— Voilà !... Le 22 mai, à cinq heures... Je trouve la mention d'une autre visite le 18 mai, à onze heures du matin...

— Vous ne l'avez pas revu depuis le 22 mai ?

— Pas que je m'en souvienne...

— Il ne vous a pas téléphoné ?

— S'il a appelé mon cabinet, il n'a eu que ma secrétaire au bout du fil, et c'est elle qui pourra vous répondre. Elle sera ici demain à neuf heures...

— Vous vous occupiez de toutes les affaires de Boulay ?

— Cela dépend de ce que vous appelez toutes ses affaires...

Il ajoutait en souriant :

— Votre question est dangereuse... Je ne suis pas nécessairement au courant de toutes ses activités...

— C'était vous, paraît-il, qui établissiez ses déclarations de revenus...

— Je ne vois pas d'inconvénient à répondre à cette question-là... C'est exact... Boulay avait peu d'instruction et aurait été incapable de s'en charger lui-même...

Encore un silence, après lequel il précisait :

— J'ajoute qu'il ne m'a jamais demandé de tricher... Certes, comme tout contribuable, il cherchait à payer le moins d'impôts possible, mais en restant dans la légalité... Je ne me serais pas chargé de ses affaires autrement...

— Vous m'avez signalé une visite qu'il vous a faite le 18 mai... La nuit précédente, un certain Mazotti avait été abattu non loin du Lotus...

Très calme, Gaillard allumait une cigarette, tendait le coffret d'argent à Maigret, le retirait en remarquant qu'il fumait sa pipe.

— Je ne vois aucun inconvénient à vous révéler ce qu'il est venu faire. Mazotti avait essayé avec lui le coup de la protection et, pour s'en débarrasser, Boulay s'était assuré l'aide de trois ou quatre costauds de son Havre natal...

— Je suis au courant...

— Quand il a appris la mort de Mazotti, il s'est douté que la police allait l'interroger... Il n'avait rien à cacher, mais il craignait de voir son nom dans les journaux...

— Il vous a demandé conseil ?

— Exactement. Je lui ai dit de répondre en toute franchise... Je crois, d'ailleurs, que cela lui a réussi... Si je ne me trompe, il a été convoqué une seconde fois au Quai des Orfèvres, le 22 ou le 23, et il est à nouveau venu me voir avant cette entrevue... Je suppose qu'on ne l'a jamais soupçonné ?... A mon sens, ce serait une erreur...

— Vous êtes sûr qu'il n'est pas revenu ici cette semaine, mardi par exemple ?

— Non seulement j'en suis sûr, mais, encore une fois, le rendez-vous, si rendez-vous il y avait eu, serait enregistré dans ce carnet... Voyez vous-même...

Il le tendait au commissaire, qui évitait d'y toucher.

— Vous étiez chez vous mardi soir ?

Cette fois, l'avocat fronça les sourcils.

— Cela commence à ressembler à un interrogatoire, remarqua-t-il, et j'avoue que je me demande ce que vous avez derrière la tête...

Haussant les épaules, il n'en finissait pas moins par sourire.

— En cherchant dans ma mémoire, je pourrai sans doute retrouver mon emploi du temps... Je passe la plupart de mes soirées dans ce bureau, car c'est le seul moment où je sois tranquille pour travailler... Le matin, les clients ne cessent pas de défiler... L'après-midi, je suis souvent au Palais...

— Vous n'avez pas dîné en ville ?

— Je ne dîne presque jamais en ville... Voyez-vous, je ne suis pas un avocat mondain...

— Mardi soir, donc ?...

— Nous sommes vendredi, n'est-ce pas ?... Samedi, en réalité, puisqu'il est plus de minuit... Ce matin, de très bonne heure, j'ai pris la route pour Poitiers...

— Seul ?

La question parut le surprendre.

— Seul, évidemment, puisque j'allais là-bas pour plaider... Hier, je n'ai pas quitté mon cabinet de la soirée... En définitive, c'est un alibi que vous voulez ?...

Il gardait un ton léger, ironique.

— Ce qui m'intrigue, c'est que cet alibi concerne la soirée de mardi, alors que la mort de mon client, si j'ai bien compris, est toute récente... Enfin !... Je suis comme le pauvre Boulay : je tiens à être en règle... Jeudi, pas de sortie... Mercredi soir... Voyons !...

Mercredi, j'ai travaillé jusqu'à dix heures et, comme j'avais un peu mal à la tête, je suis allé marcher dans le quartier... Quant à mardi... J'ai plaidé l'après-midi au civil... Une affaire embrouillée, qui traîne depuis trois ans et qui est loin d'être terminée... Je suis rentré dîner.

— Avec votre femme ?

Le regard de Gaillard s'appesantit sur le commissaire et il articula :

— Avec ma femme, oui...

— Elle est ici ?

— Elle est là-haut...

— Elle est sortie ce soir ?

— Elle ne sort pratiquement jamais, à cause de sa santé... Ma femme, depuis plusieurs années, est mal portante et souffre beaucoup...

— Je vous demande pardon...

— De rien... Donc, nous avons dîné... Je suis descendu dans ce cabinet, selon mon habitude... Bon ! J'y suis... J'étais fatigué par mon après-midi au Palais... J'ai pris ma voiture avec l'idée de rouler une heure ou deux pour me détendre, ce qui m'arrive quelquefois... J'ai fait beaucoup de sport autrefois et le grand air me manque... En passant aux Champs-Élysées, j'ai vu qu'on donnait un film russe dont on m'avait dit du bien...

— Bref, vous êtes allé au cinéma...

— Exactement... Vous voyez qu'il n'y a aucun mystère... Après quoi je suis allé prendre un verre au Fouquet's avant de rentrer...

— Personne ne vous attendait ?

— Personne.

— Vous n'avez pas reçu d'appel téléphonique ?

Il semblait à nouveau chercher dans sa mémoire.

— Je ne vois pas, non... J'ai dû fumer une cigarette ou deux avant de monter me coucher, car je m'endors difficilement... Maintenant, laissez-moi vous dire que je suis assez surpris...

C'était au tour de Maigret de jouer la candeur.

— Pourquoi ?

— Je m'attendais que vous me questionniez sur mon client... Or, c'est sur moi et sur mon emploi du temps que vous m'avez interrogé... Je pourrais en être offensé...

— En réalité, je cherche à reconstituer les allées et venues d'Émile Boulay...

— Je ne comprends pas...

— Il n'a pas été tué la nuit dernière, mais la nuit de mardi à mercredi...

— Vous m'avez pourtant dit...

— J'ai dit qu'on l'avait retrouvé ce matin...

— Ce qui signifie que, depuis mardi, son corps...

Maigret approuvait de la tête. Il avait pris un air bon enfant et semblait enclin aux confidences.

— Il est à peu près établi que, mardi soir, Boulay avait un rendez-vous... Probablement un rendez-vous dans le quartier...

— Et vous vous êtes figuré qu'il est venu ici ?

Le commissaire rit.

— Je ne vous accuse pas d'avoir étranglé votre client...

— Il a été étranglé ?

— C'est ce qui ressort de l'autopsie... Il serait trop long de vous énumérer les indices que nous avons recueillis... Il avait l'habitude de venir vous demander conseil...

— Je ne l'aurais pas reçu à minuit...

— Il aurait pu se trouver dans une situation délicate... Si quelqu'un, par exemple, l'avait fait chanter...

Gaillard allumait une nouvelle cigarette et soufflait lentement la fumée devant lui.

— Son carnet de chèques révèle qu'il a retiré, voilà peu de temps, une assez forte somme de la banque...

— Puis-je vous demander combien ?

— Un demi-million d'anciens francs. Ce n'était pas dans ses habitudes... A l'ordinaire, il prenait l'argent liquide dont il avait besoin dans la caisse d'un de ses cabarets...

— Ce n'est arrivé qu'une fois ?

— Une seule, à notre connaissance... J'en aurai la certitude demain, lorsqu'on vérifiera son compte en banque...

— Je ne vois toujours pas mon rôle dans cette affaire...

— J'y arrive... Supposons qu'il ait cédé une première fois et qu'on soit revenu à la charge, qu'on lui ait donné un rendez-vous pour la nuit de mardi à mercredi... L'idée aurait pu lui venir de vous demander conseil... Il aurait appelé votre numéro plusieurs fois au cours de la soirée, alors que vous étiez au cinéma... Qui répond au téléphone, le soir, lorsque vous êtes absent ?

— Personne...

Et, comme Maigret paraissait surpris :

— Ma femme, je vous l'ai dit, est mal portante... Cela a commencé par une dépression nerveuse, qui n'a fait que s'aggraver... En outre, elle souffre d'une polynévrite dont les médecins ne parviennent pas à la soulager... Elle ne quitte à peu près pas le premier étage et il y a toujours avec elle une femme de chambre, qui est en réalité une infirmière... Ma femme l'ignore... J'ai supprimé le téléphone, là-haut...

— Les domestiques ?

— Elles sont deux et couchent au second étage... Pour en revenir à votre question, que je comprends mieux, je ne suis au courant d'aucun chantage dont mon client aurait été l'objet... J'ajoute que l'existence d'un tel chantage me surprendrait, car, connaissant ses affaires, je ne vois pas à quel titre on l'aurait fait chanter... Il n'est donc pas venu me consulter mardi soir... Et, a priori, j'ignore son emploi du temps cette nuit-là...

» Qu'il ait été tué ne m'a pas trop étonné, lorsque vous me l'avez annoncé, car on n'arrive pas à la situation qu'il occupait, dans ce milieu, sans se faire de solides ennemis... Qu'il ait été étranglé me trouble davantage, et plus encore qu'on n'ait retrouvé son corps que ce matin...

» Au fait, où l'a-t-on retrouvé ?... Je suppose qu'on l'a retiré de la Seine ?

— Il était étendu sur le trottoir, en bordure du cimetière du Père-Lachaise...

— Comment sa femme a-t-elle réagi ?

— Vous la connaissez ?

— Je l'ai vue une seule fois... Boulay était fou d'elle... Il tenait à me la montrer et à me montrer ses enfants. Il m'a invité à dîner rue Victor-Massé, et c'est ainsi que j'ai rencontré toute la famille...

— Y compris Antonio ?

— Y compris le beau-frère et sa femme... Une véritable réunion de famille... Au fond, Boulay était très petit-bourgeois et, chez lui, on n'aurait jamais soupçonné qu'il vivait du déshabillage des femmes...

— Vous connaissez ses cabarets ?

— Je suis allé deux ou trois fois au Lotus, il y a plus d'un an... J'ai assisté à l'inauguration du cabaret de la rue de Berri...

Maigret se posait des tas de questions, sans se risquer à les articuler de vive voix. Vivant avec une femme malade, l'avocat ne cherchait-il pas ailleurs des plaisirs qu'il ne trouvait plus chez lui ?

— Vous avez rencontré Ada ?

— La jeune sœur ? Mais oui ! Elle était du dîner. C'est une fille charmante, aussi jolie que Marina, mais avec plus de tête...

— Vous pensez qu'elle était la maîtresse de son beau-frère ?

— Je me mets à votre place, commissaire... Je me rends compte que vous êtes obligé de chercher dans toutes les directions... Certaines de vos hypothèses n'en sont pas moins assez ahurissantes... Si vous aviez connu Boulay, vous ne me poseriez pas cette question-là... Il avait horreur des complications... Une aventure avec Ada aurait dressé contre lui Antonio, qui, en bon Italien, a un sens fort poussé de la famille... Excusez-moi si je bâille, mais je me suis levé à l'aube pour arriver à Poitiers à temps pour mon procès...

— Vous avez l'habitude de laisser votre voiture devant la porte ?

— Le plus souvent, je ne prends pas la peine de la conduire au garage... Il y a presque toujours de la place...

— Ne m'en veuillez pas trop de vous avoir dérangé... Une dernière question... Boulay a-t-il laissé un testament ?

— Pas à ma connaissance... Et je ne vois pas pourquoi il en

aurait rédigé un... Il a deux enfants... En outre, il s'est marié sous le régime de la communauté des biens... La succession ne pose aucun problème...

— Je vous remercie...

— J'irai, demain matin, présenter mes condoléances à sa veuve et me mettre à sa disposition... Pauvre femme !...

Il y avait tant de questions que Maigret aurait aimé lui poser encore ! Par exemple, comment il avait perdu quatre doigts de la main gauche. Et aussi à quelle heure il avait quitté la rue La Bruyère le matin même. Enfin, à cause d'une phrase que Mickey avait prononcée, il aurait été curieux de consulter la liste des clients de l'avocat.

Quelques minutes plus tard, il prenait un taxi place Saint-Georges et rentrait se coucher. Il ne s'en leva pas moins dès huit heures du matin et, à neuf heures et demie, il sortait du bureau du directeur de la P.J., où il avait assisté au rapport sans desserrer les dents.

Son premier soin, après avoir ouvert la fenêtre et retiré son veston, fut d'appeler Me Chavanon, à qui il avait téléphoné la veille.

— C'est encore moi... Maigret !... Je vous dérange ?...

— J'ai quelqu'un dans mon cabinet...

— Juste un renseignement... Connaissez-vous un de vos confrères qui soit assez intime avec Jean-Charles Gaillard ?

— Encore ! On dirait que vous lui en voulez...

— Je ne lui en veux pas, mais j'aimerais connaître un certain nombre de choses qui le concernent...

— Pourquoi ne pas les lui demander à lui-même ? Voyez-le donc...

— Je l'ai vu.

— Alors ? Il s'est montré récalcitrant ?

— Au contraire ! Il reste que des questions sont trop délicates pour qu'on les pose tout à trac à quelqu'un...

Chavanon ne se montrait guère enthousiaste. Maigret s'y attendait. Dans presque toutes les professions, il existe un esprit de corps. On peut parler librement les uns des autres, entre soi, mais on apprécie peu une intrusion étrangère. A plus forte raison quand il s'agit de la police !

— Écoutez... Je vous ai dit ce que je savais... J'ignore qui il fréquente pour le moment mais, il y a quelques années, il était très ami avec Ramuel...

— Celui qui a défendu le boucher de la rue Caulaincourt ?

— Celui-là, oui. J'aimerais autant, si vous allez le voir, que vous ne me mettiez pas en cause. D'autant plus qu'il vient d'obtenir deux ou trois acquittements coup sur coup et que cela lui a porté à la tête... Bonne chance !...

Me Ramuel habitait rue du Bac et, l'instant d'après, Maigret avait sa secrétaire au bout du fil.

— C'est presque impossible... Toute sa matinée est prise... Attendez... Si vous venez vers onze heures moins dix et s'il en a fini rapidement avec son client de dix heures et demie...

Cela devait défiler chez lui comme chez un dentiste de quartier. Au suivant !

Maigret ne s'en rendit pas moins rue du Bac et, comme il était en avance, il alla boire un vin blanc au bureau de tabac. Les murs de la salle d'attente, chez Me Ramuel, étaient couverts de tableaux dédicacés par les artistes. Trois personnes patientaient et, parmi elles, une vieille femme qui devait être une riche fermière de province.

A onze heures moins cinq, néanmoins, la secrétaire ouvrait la porte et faisait discrètement signe au commissaire de la suivre.

Encore jeune, le visage poupin, Me Ramuel était déjà chauve. Il s'avança, cordial, la main tendue.

— Qu'est-ce qui me vaut l'honneur ?...

Le bureau était immense, les murs recouverts de boiseries, les meubles Renaissance, et on marchait sur des tapis d'Orient authentiques.

— Asseyez-vous... Un cigare ?... Ah ! non... C'est vrai... Fumez votre pipe, je vous en prie...

On le sentait pénétré de son importance et il s'asseyait à son bureau comme un avocat général au siège du ministère public.

— Je ne vois aucune affaire, parmi celles dont je m'occupe...

— Il ne s'agit pas d'un de vos clients, maître... Je me sens d'ailleurs assez embarrassé... Je voudrais que vous considériez ma visite comme une visite privée...

Ramuel avait tellement l'habitude des procès d'assises qu'il continuait dans la vie à se comporter comme à la barre, avec les mêmes mimiques, les mêmes gestes amples des bras auxquels ne manquaient que les amples manches de la robe noire.

Il commençait par écarquiller les yeux d'un air comique, puis il écartait les deux mains pour exprimer la surprise.

— Voyons, commissaire, vous n'allez pas me dire que vous avez des ennuis ?... Plaider pour le commissaire Maigret...

— J'ai seulement besoin de quelques renseignements sur quelqu'un...

— Un de mes clients ?

Il prenait une mine offusquée.

— Je n'ai pas besoin de vous rappeler...

— Ne craignez rien. Je ne vous demande pas d'enfreindre le secret professionnel... Pour des raisons trop longues à expliquer, j'ai besoin de connaître quelque peu un de vos confrères...

Les sourcils se fronçaient, toujours avec exagération, comme si l'avocat jouait devant les jurés sa comédie habituelle.

— Il n'est pas question non plus de trahir l'amitié...

— Parlez. Je ne promets rien, n'est-ce pas ?

C'était agaçant, mais le commissaire n'avait pas le choix.

— Vous connaissez fort bien, je pense, votre confrère Jean-Charles Gaillard...

Mine faussement embarrassée.

— Nous nous sommes fréquentés autrefois...

— Vous êtes brouillés ?

— Mettons que nous nous rencontrons moins souvent...

— Vous connaissez sa femme ?

— Jeanine ? Je l'ai rencontrée pour la première fois alors qu'elle dansait encore au Casino de Paris... C'était tout de suite après la guerre... Une charmante fille, à l'époque... Et belle !... On l'appelait la belle Lara et les passants se retournaient sur elle dans la rue...

— C'était son nom ?

— Non... Elle s'appelait en réalité Dupin, mais elle dansait sous le nom de Jeanine de Lara... Elle aurait probablement fait une brillante carrière...

— Elle y a renoncé pour Gaillard ?

— Il l'a épousée en lui promettant qu'il ne lui demanderait pas d'abandonner le theâtre...

— Il n'a pas tenu parole ?

C'était maintenant la comédie de la discrétion. Ramuel semblait peser le pour et le contre, soupirait, comme tiraillé par des sentiments contraires.

— Après tout, c'est connu du Tout-Paris... Gaillard revenait de la guerre, couvert de médailles...

— C'est à la guerre qu'il a perdu quatre doigts ?

— Oui... Il était à Dunkerque... En Angleterre, il s'est engagé dans les Forces libres... Il a fait la campagne d'Afrique puis, si je ne me trompe, s'est retrouvé en Syrie... Il était lieutenant de commando... Il n'en parle jamais, je dois le reconnaître... Il n'est pas de ceux qui se complaisent à raconter leurs faits d'armes... Une nuit qu'il devait surprendre une patrouille ennemie, c'est lui qui a été surpris et il n'a trouvé son salut qu'en saisissant à pleine main le couteau qu'on lui plantait dans la poitrine... C'est un costaud...

» Il est devenu amoureux fou de Jeanine et il l'a décidée à l'épouser... A cette époque, il était stagiaire chez Me Jouane, le civiliste, et ne gagnait pas gros...

» Jaloux, il passait ses soirées dans les coulisses du Casino de Paris...

» Vous devinez la suite... Peu à peu, il a obtenu que sa femme renonce à la danse... Il s'est mis à travailler très dur pour faire bouillir la marmite... Il m'est arrivé souvent de lui envoyer des clients...

— Il est resté civiliste ?

Cette fois, Ramuel prenait l'air embarrassé de quelqu'un qui se demande si son interlocuteur sera capable de le comprendre.

— C'est assez compliqué... Il y a des avocats qu'on voit rarement au Palais et qui n'en ont pas moins une clientèle importante... Ce sont ceux-là qui gagnent le plus d'argent... Ils sont avocats-conseils de grosses sociétés... Ils connaissent à fond les lois sur les sociétés et leurs moindres subtilités...

— C'est le cas de Gaillard ?

— Oui et non... Remarquez que je ne le vois guère depuis plusieurs années... Il plaide relativement peu... Quant à sa clientèle, j'aurais de la peine à la définir... Il n'a pas, comme son ancien patron, celle des grandes banques et de la grosse industrie...

Maigret écoutait patiemment, s'efforçant de deviner ce qu'il y avait entre les mots.

— Avec les lois fiscales actuelles, beaucoup de gens ont besoin des conseils d'une personne avertie... Certains, de par leur activité, ont besoin, eux, de s'assurer s'ils restent dans la légalité...

— Le patron d'une chaîne de cabarets, par exemple ?

Ramuel jouait la surprise, la confusion.

— J'ignorais que j'avais été si précis... Remarquez que je ne sais pas de qui vous parlez...

Maigret se souvenait de sa conversation de la veille avec Louis Boubée, dit Mickey. Tous les deux avaient évoqué le temps du Tivoli et de la Tétoune, chez qui on rencontrait, non seulement les grands caïds du milieu, mais leurs avocats et un certain nombre d'hommes politiques.

— Boulay a été tué, dit-il brusquement.

— Boulay ?

— M. Émile... Le patron du Lotus, du Train-Bleu et de deux autres cabarets...

— Je n'ai pas eu le temps de lire le journal ce matin... C'était un client de Gaillard ?

Il était désarmant de naïveté.

— C'est évidemment une des catégories auxquelles je faisais allusion... Il n'est pas facile, dans certaines professions, d'éviter les pépins... Qu'est-il arrivé à ce Boulay ?

— Il a été étranglé...

— Horrible !

— Vous parliez tout à l'heure de Mme Gaillard...

— Il paraît que son état a empiré depuis que je l'ai perdue de vue... Cela a commencé, au temps où je les fréquentais encore, par des dépressions nerveuses, qui devenaient de plus en plus fréquentes... Je suppose qu'elle ne s'habituait pas à la vie bourgeoise...

Voyons... Quel âge a-t-elle à présent ?... La quarantaine, si je ne me trompe... Elle doit avoir quatre ou cinq ans de moins que lui... Mais elle s'est abîmée... Elle a vieilli très vite...

» Sans être médecin, commissaire, j'ai vu un certain nombre de femmes, surtout parmi les plus éclatantes, prendre assez mal ce tournant-là...

» J'ai entendu dire qu'elle est presque folle, qu'il lui arrive de passer des semaines entières dans une chambre obscure...

» Je plains Gaillard... C'est un garçon intelligent, un des plus intelligents que je connaisse... Il a travaillé d'arrache-pied pour se tailler une situation... Il s'est efforcé de donner à Jeanine une vie brillante... Car, pendant un temps, ils ont mené grand train...

» Cela n'a pas suffi... Et maintenant...

Si sa mine exprimait la compassion, il n'en restait pas moins une flamme joyeuse, ironique, dans ses petits yeux.

— C'est ce que vous vouliez savoir ?... Remarquez que je ne vous ai rien dit de confidentiel... Vous auriez pu interroger n'importe qui dans les couloirs du Palais...

— Je suppose que Jean-Charles Gaillard n'a jamais eu d'ennuis avec le conseil de l'Ordre ?

Cette fois, Ramuel écartait les bras, offusqué.

— Voyons ! Voyons ! Qu'allez-vous chercher là ?

Il se levait, regardait la pendule sur la cheminée.

— Je vous demande pardon, mais vous avez pu constater qu'un certain nombre de clients m'attendent... Je plaide à deux heures... Je suppose que personne n'est au courant de votre visite et que ce que nous avons dit restera entre nous ?...

Et, se dirigeant vers la porte d'une démarche sautillante, il soupirait théâtralement :

— Pauvre Jeanine !...

6

Avant de rentrer déjeuner, Maigret était passé par le Quai des Orfèvres et avait dit à Lapointe, presque distraitement :

— Je voudrais que tu ailles enquêter le plus tôt possible rue La Bruyère et dans les environs. Il paraît qu'une voiture américaine bleu pâle stationne d'habitude, jour et nuit, en face de l'hôtel particulier de Me Jean-Charles Gaillard...

Il lui tendait un bout de papier sur lequel il avait griffonné le numéro minéralogique de l'auto.

— J'aimerais savoir à quelle heure la voiture s'est trouvée là mardi soir, et aussi à quelle heure elle est partie hier matin ou dans le courant de la nuit...

Il avait ses gros yeux qui semblaient ne penser à rien, le dos rond, la démarche lourde et paresseuse.

Dans ces moments-là, les gens, et ses collaborateurs plus que quiconque, s'imaginaient qu'il se concentrait. Or rien n'était plus faux. Mais il avait beau le leur dire, ils ne le croyaient pas. Ce qu'il faisait, en réalité, était un peu ridicule, voire enfantin. Il prenait un bout d'idée, un petit bout de phrase, et se le répétait comme un écolier qui essaie de se mettre sa leçon en tête. Il lui arrivait même de remuer les lèvres, de parler à mi-voix, seul au milieu de son bureau, sur le trottoir, n'importe où.

Les mots n'avaient pas nécessairement de sens. Il arrivait que cela ressemble à un gag.

— On a vu des avocats tués par leur client, mais je n'ai jamais entendu parler de clients tués par leur avocat...

Cela ne signifiait pas qu'il accusât Jean-Charles Gaillard d'avoir étranglé le chétif patron du Lotus et autres lieux. Sa femme l'aurait fort surpris, tandis qu'il mangeait, si elle lui avait demandé brusquement : « A quoi penses-tu ? »

Il aurait probablement répondu de bonne foi qu'il ne pensait à rien. Il y avait aussi des images qu'il se passait dans la tête comme dans une lanterne magique.

Émile Boulay, le soir, sur le trottoir, devant le Lotus... Ça, c'était une habitude de presque tous les soirs... Le petit homme regardait le ciel, la foule qui coulait, changeant de rythme et comme de nature à mesure que la soirée s'avançait, et supputait les recettes de ses quatre cabarets...

La seconde image n'était pas, elle, de tous les jours. Boulay entrait dans la cabine, sous les yeux de la demoiselle du vestiaire, et composait un numéro qui ne répondait pas...

Trois fois... quatre fois... Entre les coups, il allait faire un petit tour, soit dans l'établissement, soit dans la rue... Et ce n'était qu'au cinquième ou au sixième essai qu'il avait enfin quelqu'un au bout du fil...

Or, il ne partait pas tout de suite... A côté de Mickey, sur le trottoir, il tirait de temps en temps sa montre de sa poche...

« Il n'est pas rentré chez lui pour prendre son automatique... » faillit prononcer Maigret à voix haute.

Émile possédait un permis. Il avait le droit d'être armé. A l'époque où Mazotti et sa bande lui faisaient des ennuis, il l'était toujours.

S'il ne l'était pas, ce soir-là, c'est donc qu'il était sans méfiance.

Enfin, sans rien dire au pisteur, qui avait l'air d'un gamin fané, il commençait à descendre sans se presser la rue Pigalle.

C'était la dernière image. Tout au moins la dernière image d'Émile vivant.

— Tu as des projets pour demain ?

Il leva la tête de son assiette, regarda sa femme, comme surpris de la voir en face de lui, près de la fenêtre ouverte.

— Demain ? répéta-t-il d'une voix si neutre qu'elle éclata de rire.

— Tu étais loin ! Pardonne-moi de...

— Qu'est-ce qu'il y a, demain ?

— C'est dimanche... Tu crois que tu auras du travail ?

Il hésita à répondre. Il ne savait pas. Il n'avait pas pensé au dimanche. Il avait horreur d'interrompre une enquête, prétendant qu'une des principales chances de succès est la rapidité. Plus les jours passent et plus il est difficile d'obtenir une précision des témoins. Lui-même avait besoin de rester sur sa lancée, de coller avec le petit monde dans lequel il se trouvait plongé.

Et voilà qu'il y avait un dimanche, c'est-à-dire un trou. Et que l'après-midi aussi allait être à peu près perdu puisque, pour la plupart des gens, le samedi est devenu une sorte de dimanche.

— Je ne sais pas encore... Je te téléphonerai dans le courant de l'après-midi...

Écartant les bras à la façon emphatique qu'il avait vue à Me Ramuel, il ajoutait :

— Excuse-moi... Ce n'est pas ma faute...

Bien entendu, la vie de la P.J. s'était déjà mise au ralenti. Il y avait des bureaux vides, des commissaires, des inspecteurs partis pour la campagne.

— Lapointe n'est pas rentré ?

— Pas encore, patron.

Il venait de surprendre, dans le bureau des inspecteurs, le gros Torrence qui montrait à ses camarades un moulinet de pêche au lancer. Il ne pouvait pas exiger que tout le monde fût, comme lui, hypnotisé par Émile Boulay.

Il ne savait que faire en attendant Lapointe, et il n'avait pas le courage, un samedi après-midi, de se replonger dans ses plans administratifs.

Il finit par entrer chez Lecoin, son collègue de la Mondaine, qui était occupé à lire le journal. Lecoin ressemblait davantage à un gangster qu'à un policier.

— Je te dérange ?

— Non...

Maigret allait s'asseoir sur le rebord de la fenêtre, sans trop savoir pourquoi il était venu.

— Tu connaissais le patron du Lotus ?

— Comme je les connais tous...

La conversation, paresseuse, sans queue ni tête, dura près d'une heure sans rien donner. Pour Lecoin, l'ancien garçon de la Transat était un type régulier, qui n'appartenait pas au milieu et que certains, à Montmartre, appelaient dédaigneusement l'Épicier.

A quatre heures, le dimanche était presque commencé, et le commissaire poussa une fois de plus la porte du bureau des inspecteurs.

— Lapointe ?

— Pas rentré, patron...

Il savait que cela ne servirait à rien, mais il n'en franchit pas moins, en se promenant, la porte qui communiquait avec le Palais de Justice. Ce matin, il s'était promis de se rendre au greffe et d'obtenir la liste des clients pour lesquels Jean-Charles Gaillard avait plaidé.

Le Palais de Justice était à peu près vide, avec des courants d'air dans les vastes couloirs, et, quand il poussa la porte du greffe, il ne trouva personne. C'était curieux. N'importe qui aurait pu entrer, fouiller dans les classeurs verts qui garnissaient les murs jusqu'au plafond. N'importe qui, aussi, pouvait aller décrocher une robe dans le vestiaire des avocats, sinon s'asseoir dans le fauteuil d'un président de cour.

— Le Jardin des Plantes est mieux gardé... grommela-t-il.

Enfin, il trouva Lapointe dans son bureau.

— Je rentre les mains vides, patron... Pourtant, je me suis adressé à presque tous les habitants de la rue... En tout cas à ceux qui ne sont pas partis en week-end.

» La voiture américaine bleue leur est familière... Certains savent à qui elle appartient... D'autres la remarquent chaque matin, en partant pour leur travail, sans se poser de questions... Quand je leur ai parlé de la nuit de mardi à mercredi, la plupart ont levé les yeux au ciel...

» Pour eux, c'est déjà loin... Les uns dormaient dès dix heures du soir... D'autres sont rentrés du cinéma vers onze heures et demie sans faire attention aux voitures qui, à cette heure-là, bordent toute la longueur de la rue...

» La réponse la plus courante est :

» — Elle est presque toujours là...

» Ils ont l'habitude de la voir à sa place, vous comprenez, de sorte que, si même elle n'y est pas, ils se figurent qu'elle y est...

» Je me suis adressé aux garages du quartier. Dans l'un, seulement, on se souvient de l'auto et d'un grand type sanguin qui vient parfois faire le plein d'essence... Mais ce n'est pas un client régulier...

» Il reste deux garages où je n'ai pu questionner personne, pour la bonne raison qu'ils sont fermés jusqu'à lundi matin...

Maigret écartait à nouveau les bras à la façon de Me Ramuel. Que pouvait-il y faire ?

— Tu retourneras lundi... soupira-t-il.

Le téléphone sonnait. Il reconnaissait la voix d'Antonio, espérait un moment que celui-ci avait du nouveau à lui apprendre.

— C'est vous, monsieur Maigret ?... Je suis avec le représentant des pompes funèbres... Il propose que l'enterrement ait lieu lundi à dix heures du matin... Je ne veux pas lui donner de réponse sans votre autorisation...

Qu'est-ce que cela pouvait faire à Maigret ?

— D'accord.

— Vous recevrez un faire-part... L'absoute sera dite à l'église Notre-Dame-de-Lorette...

Il raccrocha, regarda, de ses yeux vides, Lapointe qui attendait des instructions.

— Tu peux aller... Bon dimanche !... Si Lucas est à côté, envoie-le-moi...

Lucas y était.

— Du nouveau, patron ?

— Rien du tout !... Je voudrais que, lundi matin, à la première heure, tu te rendes au greffe du tribunal et que tu te procures la liste des affaires dans lesquelles Jean-Charles Gaillard a plaidé... Pas besoin de remonter au déluge... Les deux ou trois dernières années...

— Vous retournez ce soir à Montmartre ?

Il haussa les épaules. A quoi bon ? Il répéta à l'intention de Lucas, comme il l'avait fait pour Lapointe :

— Bon dimanche !

Et il décrochait le téléphone.

— Passez-moi mon appartement... Allô !... C'est toi ?...

Comme s'il ne savait pas que ça ne pouvait être qu'elle et comme s'il ne reconnaissait pas sa voix !

— Te souviens-tu de l'heure des trains pour Morsang ?... Aujourd'hui, oui. Avant le dîner si possible... 5 h 52 ?... Cela t'amuse d'aller y passer la nuit et la journée de demain ?... Bon !... Prépare la petite valise... Non... Je téléphonerai moi-même...

C'était au bord de la Seine, à quelques kilomètres en amont de Corbeil. Il y avait là une auberge, le Vieux-Garçon, où, depuis plus de vingt ans, les Maigret allaient de temps en temps passer le dimanche.

Maigret l'avait découverte au cours d'une enquête, isolée au bord de l'eau, fréquentée surtout par des pêcheurs à la ligne.

Maintenant, le couple y avait ses habitudes. On lui donnait presque toujours la même chambre, la même table, au dîner et au déjeuner, sous les arbres de la terrasse.

— Allô ! Passez-moi le Vieux-Garçon à Morsang... Par Corbeil... Le Vieux-Garçon, oui... C'est une auberge...

Il avait découvert, en bouquinant, que l'endroit avait été fréquenté jadis par Balzac et Alexandre Dumas, puis que, plus tard, les déjeuners littéraires y réunissaient les Goncourt, Flaubert, Zola, Alphonse Daudet et quelques autres.

— Allô !... Ici, Maigret... Vous dites ?... Il fait beau temps, oui...

Cela, il le savait aussi bien que la patronne.

— Notre chambre est occupée ?... Vous en avez une autre, mais qui ne donne pas sur la Seine ?... Cela ne fait rien... Nous arriverons pour dîner...

Ainsi, en fin de compte, malgré Émile Boulay, ils allaient passer un dimanche nonchalant au bord de l'eau. La clientèle du Vieux-Garçon avait changé avec le temps. Les pêcheurs que les Maigret avaient rencontrés autrefois avaient presque tous disparu. Ou ils étaient morts, ou ils étaient devenus trop vieux pour se déplacer.

Des nouveaux avaient pris leur place, aussi enragés qu'eux, certains qui amorçaient leur coup plusieurs jours à l'avance.

On en entendait qui se levaient dès quatre heures pour aller amarrer leur barque dans le courant entre deux perches.

Il y avait une nouvelle clientèle, plus jeune, surtout des couples qui possédaient un petit bateau à voiles, et ceux-là dansèrent sur la terrasse, au son d'un phonographe, jusqu'à une heure du matin.

Maigret dormit quand même, entendit des coqs chanter, les pas de ceux qui allaient à la pêche, ne se leva en fin de compte qu'à neuf heures du matin.

Vers dix heures, comme ils finissaient leur petit déjeuner sous les arbres en regardant évoluer les voiles, Mme Maigret murmura :

— Tu ne pêches pas ?

Il n'avait ni ses cannes ni ses engins, laissés dans leur petite maison de Meung-sur-Loire, mais il pouvait toujours en emprunter à la patronne.

Pour quelle raison un avocat tuerait-il son client ? On voit des gens tuer leur médecin, persuadés qu'il les a mal soignés. Le contraire est rarissime. Il ne se souvenait que du cas de Bougrat...

Émile Boulay n'était pas du type agressif... Il ne pouvait prétendre que son avocat l'avait trahi puisqu'il n'avait jamais été condamné et que son casier judiciaire était vierge...

— Choisissez la canne que vous voudrez... Les lignes sont dans le placard et vous trouverez des asticots à la place habituelle...

Ils suivirent la berge l'un derrière l'autre, choisirent un coin ombragé, près d'un arbre mort, et le hasard voulut qu'après une demi-heure Maigret eût déjà pris une quinzaine de gardons. S'il s'était muni d'une épuisette, il aurait, sans doute, sorti de l'eau le chevesne de plus d'une livre qui cassa son bas de ligne.

Il est vrai qu'ensuite il n'eut plus une touche. Sa femme lisait un magazine, s'interrompait de temps en temps pour le regarder avec un sourire amusé.

Ils déjeunèrent dans leur coin, avec, comme toujours, des gens qui se tournaient de leur côté et se mettaient à chuchoter. Est-ce qu'un chef de la Brigade criminelle n'a pas le droit de passer le dimanche à la campagne comme tout le monde et de pêcher à la ligne s'il en a envie ?

Il retourna au bord de l'eau, ne prit plus rien, et, à six heures du soir, sa femme et lui se trouvaient dans le train bondé de voyageurs qui s'en allait vers Paris.

Ils mangèrent des viandes froides, en regardant la nuit tomber, les rues encore à peu près vides, les maisons d'en face où quelques lumières commençaient à s'allumer.

Boulay ne passait pas ses dimanches à la campagne. Ses cabarets travaillaient sept jours sur sept et il n'était pas l'homme à les laisser sans surveillance. Quant à ses trois femmes, elles ne devaient pas avoir envie de quitter la petite Italie de la rue Victor-Massé.

A neuf heures, le lundi matin, Maigret passait au Quai des Orfèvres pour s'assurer qu'il n'y avait rien de nouveau et, à dix heures moins le quart, un taxi le déposait rue Pigalle. Un avis mortuaire, entouré de noir, était fixé à la grille du Lotus. Rue Victor-Massé, il y en avait un autre à la porte du Train-Bleu.

Le trottoir, en face de ce qui avait été le domicile de Boulay, grouillait de monde. De temps en temps quelqu'un, ou un petit groupe, se détachait pour pénétrer dans la maison, dont la porte était garnie de draperies noires.

Il fit comme les autres, attendit son tour devant l'ascenseur, où on recevait déjà des relents de fleurs et de cierges. Le salon était transformé en chapelle ardente et, autour du cercueil, des silhouettes sombres se tenaient debout, celles de M. Raison, d'un vieux maître d'hôtel qu'on considérait comme de la famille, tandis qu'on entendait une femme sangloter dans une pièce voisine.

Il serra des mains, redescendit, attendit avec les autres. Il reconnaissait des visages entrevus dans les cabarets du défunt. Tout le personnel devait être là, et les femmes aux talons démesurés avaient des visages fatigués, des yeux qui paraissaient surpris de voir le soleil matinal.

— Il y a du monde, hein ?

C'était le nabot, Louis Boubée, dit Mickey, vêtu de noir, qui tirait le commissaire par la manche et paraissait fier du succès de l'enterrement.

— Ils sont tous là...

Il voulait dire tous les patrons des cabarets de Paris, y compris ceux des Champs-Élysées et de Montparnasse, les musiciens, les barmen, les maîtres d'hôtel...

— Vous avez vu Jo ?

Il désignait Jo le Catcheur, qui adressa un signe de la main au commissaire et qui, lui aussi, s'était vêtu de sombre pour la circonstance.

— Il y a de tout, n'est-ce pas ?

Des costumes voyants, des chapeaux trop clairs, de grosses chevalières et des souliers en daim ou en crocodile... Tout le monde s'était dérangé. Boulay avait beau ne pas appartenir au milieu et mériter le surnom d'Épicier, il n'en appartenait pas moins à la vie nocturne de Montmartre.

— Vous ne savez toujours pas qui a fait le coup ?

A ce moment, l'avocat sortait de la maison, où le commissaire ne l'avait pas vu entrer, mais le corbillard, qui venait se ranger le long du trottoir, le cacha presque aussitôt aux yeux de Maigret.

Il y avait tant de fleurs et de couronnes qu'on dut en charger deux voitures entières. Les trois femmes prirent place dans une auto. Derrière, à pied, Antonio marchait seul, suivi, sur plusieurs rangs, par le personnel et par les danseuses. Ensuite, c'était le tout-venant, qui formait un cortège de plus de cent mètres de long.

Les commerçants, au passage, sortaient de leur boutique, les ménagères s'arrêtaient au bord du trottoir et des gens se penchaient aux fenêtres. Enfin, courant le long de la file sombre, des photographes prenaient des clichés.

Les orgues retentirent au moment où six hommes franchissaient le seuil de l'église en portant le cercueil. Les femmes suivirent, couvertes de voiles épais. Un instant, les regards de Jean-Charles Gaillard et du commissaire se croisèrent, puis les deux hommes furent séparés par la foule.

Maigret resta au fond de l'église, où, chaque fois que la porte s'ouvrait, pénétrait un rayon de soleil. Et il repassait toujours les mêmes images dans sa tête, comme un jeu de cartes.

Boulay tirant sa montre de sa poche... Boulay attendant quelques minutes avant de descendre la rue Pigalle...

Antonio avait bien fait les choses. Il n'y avait pas seulement une absoute, mais une messe chantée.

La sortie se fit lentement. Quatre ou cinq voitures attendaient pour la famille et les collaborateurs les plus proches, car il n'y avait plus de place au cimetière de Montmartre et le corps de Boulay s'en allait vers Ivry.

Antonio trouva le temps de faire un crochet dans la foule pour s'approcher du commissaire.

— Vous désirez une place ?

Maigret fit signe que non. Il suivait des yeux l'avocat qui s'éloignait à pied et il joua des coudes pour le rejoindre.

— Un bel enterrement !... dit-il, un peu comme Mickey l'avait fait rue Victor-Massé. Vous n'allez pas au cimetière ?

— Du travail m'attend... En outre, on ne m'y a pas invité...

— Tout Montmartre était là...

Une partie de la foule continuait à s'écouler tandis que le corbillard et les voitures s'éloignaient.

— Vous devez avoir reconnu un certain nombre de vos clients...

— N'importe quel avocat se serait trouvé dans le même cas...

Changeant de sujet de conversation, comme si celui-là lui déplaisait, Gaillard questionnait :

— Vous avez une piste ?

— Appelons ça un début de piste...

— C'est-à-dire ?

— Il me manque le principal, c'est-à-dire le motif...

— Vous avez le reste ?

— Je ne tiens pas encore de preuves, hélas !... Vous êtes allé hier à la campagne ?

Son interlocuteur le regarda, surpris.

— Pourquoi me demandez-vous ça ?

Ils remontaient, comme beaucoup d'autres, la rue Notre-Dame-de-Lorette, qui avait rarement été aussi animée à cette heure-là, passaient devant le Saint-Trop', où on avait retiré de la devanture le cadre avec les photos de femmes nues pour le remplacer par l'avis mortuaire.

— Pour rien... répondait Maigret. Parce que j'y suis allé avec ma femme... Parce que la plupart des Parisiens, le dimanche, vont à la campagne ou à la mer...

— Il y a longtemps que ma femme ne se déplace plus...

— De sorte que vous passez le dimanche seul rue La Bruyère ?

— J'en profite pour étudier mes dossiers...

Jean-Charles Gaillard se demandait-il pourquoi le commissaire s'attachait à ses pas ? Normalement, Maigret aurait dû descendre vers le centre de la ville. Or, il continuait à marcher du même pas que l'avocat et, bientôt, ils se trouvèrent rue La Bruyère, où la voiture bleue était à sa place devant la maison.

Il y eut un moment de gêne. Maigret ne faisait pas mine de s'en aller. L'avocat tenait sa clé à la main.

— Je ne vous propose pas d'entrer, car je sais combien vous êtes occupé...

— J'allais justement vous demander la permission de donner un coup de téléphone...

La porte s'ouvrait.

— Venez dans mon bureau...

La porte qui communiquait avec le bureau voisin était ouverte et une secrétaire d'une trentaine d'années se leva. Sans s'occuper de Maigret, elle s'adressa à son patron.

— Il y a eu deux appels, dont un de Cannes...

— Tout à l'heure, Lucette...

Gaillard paraissait préoccupé.

— C'est à Paris que vous désirez téléphoner ?... Vous avez l'appareil devant vous...

— Merci...

Par la fenêtre, on découvrait une cour pavée au milieu de laquelle se dressait un assez beau tilleul.

Maigret, debout, composait son numéro.

— Allô !... L'inspecteur Lapointe est-il rentré ?... Passez-le-moi, voulez-vous ?... Merci !... Oui... Allô !... Lapointe ?... Tu as trouvé ce que tu cherchais ?...

Il resta longtemps à écouter, tandis que l'avocat, sans s'asseoir à son bureau, changeait des dossiers de place.

— Oui... Oui... Je comprends... Tu es sûr des dates ?... Tu lui as fait signer une déclaration ?... Non, je suis rue La Bruyère.... Lucas est rentré ?... Pas encore ?...

Tout en parlant, il regardait la cour, deux merles qui sautillaient sur les pavés, l'ombre de l'avocat qui passait et repassait devant la fenêtre.

— Attends-moi, oui... Je ne serai pas long et il y aura peut-être du nouveau...

Il avait bien le droit de jouer sa petite comédie, lui aussi ! Le téléphone raccroché, il mimait l'embarras, se grattait la tête d'un air perplexe.

Ils étaient toujours debout tous les deux et l'avocat l'observait curieusement. Maigret le faisait exprès de laisser durer le silence. Quand il parla, ce fut pour dire, avec un léger reproche dans la voix :

— Vous n'avez pas beaucoup de mémoire, monsieur Gaillard...

— Que voulez-vous insinuer ?

— Ou alors, pour une raison que je n'arrive pas à découvrir, vous ne m'avez pas dit la vérité...

— A quel propos ?

— Vous ne le savez pas ?

— Je vous jure...

L'homme était grand et fort, sûr de lui quelques instants plus tôt encore. Maintenant, son visage ressemblait à celui d'un petit garçon pris en faute et qui s'obstine à jouer l'innocence.

— Je ne vois vraiment pas ce que vous voulez dire...

— Vous permettez que je fume ?

— Je vous en prie.

Maigret bourrait lentement sa pipe, renfrogné, en homme qui a une tâche déplaisante à accomplir.

L'autre lui proposait :

— Vous ne voulez pas vous asseoir ?

— Je n'en ai que pour un moment... Lorsque je suis venu vous voir vendredi, je vous ai parlé de votre voiture...

— C'est possible... Nous avons eu une conversation à bâtons rompus et j'étais assez impressionné par ce que je venais d'apprendre pour ne pas enregistrer les détails...

— Vous m'avez dit que votre voiture stationnait habituellement en face de chez vous et que vous l'y laissiez pour la nuit...

— C'est exact... Elle y a encore passé la nuit dernière, et la nuit précédente... Vous avez pu la voir en entrant...

— Mais il y a eu récemment des jours où elle n'y était pas...

Il fit celui qui cherche dans sa mémoire.

— Attendez...

Il était très rouge, tout à coup, et Maigret en eut presque pitié. On sentait que ce n'était que grâce à un terrible effort qu'il gardait un air d'assurance.

— Je ne sais plus si c'est la semaine dernière ou la semaine précédente que l'auto a eu besoin de réparations... Je peux le demander à ma secrétaire... C'est elle qui a téléphoné au garage de venir la chercher et de la remettre en état...

Il ne se dirigeait pourtant pas vers la porte de communication.

— Appelez-la !...

Il finit par pousser le battant.

— Vous voulez venir un instant ?... Le commissaire a une question à vous poser...

— Ne vous troublez pas, mademoiselle... C'est une question bien innocente... Je voudrais savoir quel jour vous avez appelé le garage pour qu'on vienne chercher la voiture...

Elle regarda son patron comme pour lui demander la permission de répondre.

— Lundi après-midi, fit-elle enfin.

— Il s'agit bien de lundi dernier ?

— Oui...

Elle était jolie, sympathique, et sa robe de nylon blanc révélait un corps appétissant. Est-ce qu'entre elle et Gaillard... Cela ne regardait pas Maigret en ce moment.

— Il s'agissait d'une réparation importante ?

— Je peux vous montrer la facture du garage... Je l'ai reçue ce matin... Ils ont dû changer un amortisseur... Ils croyaient pouvoir ramener l'auto dès mercredi matin...

— Et ils ne l'ont pas fait ?

— Ils ont téléphoné pour s'en excuser... C'est une voiture américaine... Contrairement à ce qu'ils espéraient, il n'y avait pas de pièce de rechange à Paris et ils ont dû téléphoner au dépôt du Havre...

Jean-Charles Gaillard feignait de se désintéresser de l'entretien et, assis enfin devant son bureau, feuilletait un dossier.

— Quand la voiture a-t-elle été livrée ?

— Jeudi ou vendredi... Vous permettez ?... C'est noté dans mon agenda...

Elle passa dans son bureau, revint l'instant d'après.

— Jeudi soir... Ils ont fait venir l'amortisseur par exprès et ont travaillé toute la journée...

— Vous n'êtes pas revenue après le dîner ?

Nouveau coup d'œil à l'avocat.

— Non... Cela m'arrive rarement... Seulement quand il y a un travail urgent...

— Le cas ne s'est pas produit la semaine dernière ?

Sans hésitation, elle secoua la tête.

— Il y a au moins quinze jours que je n'ai pas travaillé le soir...

— Je vous remercie, mademoiselle...

Elle se retirait, fermait la porte, et Maigret restait debout, la pipe à la bouche, au milieu du bureau.

— Et voilà !... finissait-il par grogner.

— Voilà quoi ?

— Rien... Un petit fait qui peut avoir de l'importance, comme il peut n'en avoir aucune... Vous en connaissez assez sur notre métier pour savoir que nous n'avons rien le droit de négliger...

— Je ne vois pas ce que ma voiture...

— Si vous étiez à ma place, vous le verriez... Je vous remercie de m'avoir permis de téléphoner... Il est temps que je retourne au bureau...

L'avocat se levait.

— Vous n'avez rien d'autre à me demander ?

— Qu'est-ce que je vous demanderais ? Je vous ai posé, vendredi, les questions que j'avais à vous poser. Je suppose que vous m'avez répondu en toute franchise ?...

— Je n'ai aucune raison pour...

— Bien entendu... Au sujet de la voiture, pourtant...

— Je vous avoue que cela m'était sorti de la tête... Dans les derniers mois, c'est la troisième ou la quatrième fois que cette auto a besoin de réparations, et c'est bien pourquoi j'ai l'intention d'en changer...

— Vous vous êtes servi de taxis pendant trois jours ?...

— C'est exact... Il m'arrive de prendre des taxis même quand l'auto est devant ma porte... On n'a pas à chercher un stationnement...

— Je vous comprends... Vous plaidez, cet après-midi ?

— Non... Je vous ai déjà dit que je plaide assez rarement... Je suis plutôt un avocat consultant...

— Vous serez donc chez vous toute la journée ?

— A moins que j'aie un rendez-vous dehors... Un instant...

Il ouvrait une fois de plus la porte du bureau voisin.

— Lucette !... Voulez-vous voir si je dois sortir cet après-midi ?...

Maigret eut l'impression que la jeune fille avait pleuré. Elle n'avait ni les yeux ni le nez rouges, mais son regard était trouble, inquiet.

— Je ne crois pas... Tous vos rendez-vous sont ici...

Elle consultait pourtant l'agenda rouge.

— Non...

— Vous avez la réponse... conclut l'avocat.

— Je vous remercie.

— Vous pensez avoir besoin de moi ?

— Je n'ai rien de précis en tête, mais on ne sait jamais... Au revoir, mademoiselle...

Elle lui faisait un signe de tête, sans lever les yeux vers lui. Quant à Jean-Charles Gaillard, il précédait le commissaire dans le corridor. La porte d'une salle d'attente était entrouverte et on apercevait en passant les jambes de quelqu'un qui attendait, des jambes d'homme.

— Merci encore pour le téléphone...

— De rien...

— Et excusez-moi...

Quand, ayant parcouru une cinquantaine de mètres sur le trottoir, Maigret se retourna, Gaillard était toujours debout sur le seuil et le suivait des yeux.

7

C'était arrivé plusieurs fois, même souvent, mais jamais d'une façon aussi nette, aussi caractéristique. On travaille dans un sens donné, avec d'autant plus d'obstination qu'on est moins sûr de soi ou qu'on a moins d'éléments en main.

On se dit qu'on reste libre, le moment venu, de faire demi-tour et de chercher dans une nouvelle direction.

On envoie des inspecteurs à gauche et à droite. On croit piétiner, puis on découvre un petit élément nouveau et on se met à avancer avec prudence.

Et voilà que soudain, au moment où on s'y attend le moins, l'enquête vous échappe des mains. On ne la dirige plus. Ce sont les événements qui commandent et vous obligent à prendre des mesures que vous n'aviez pas prévues, auxquelles vous n'étiez pas préparé.

Dans ces cas-là, il y a une ou plusieurs mauvaises heures à passer. On s'interroge. On se demande si on n'est pas parti, dès le début, dans la mauvaise voie, et si on ne va pas se trouver devant le vide ou, pis, devant une réalité différente de ce qu'on avait imaginé.

Quel avait été, en définitive, le seul point de départ de Maigret ? une simple conviction, étayée, il est vrai, par l'expérience : *les gens du milieu, les truands, comme on dit aujourd'hui, n'étranglent pas.* Ils jouent du revolver, parfois du couteau, mais, dans les annales de la P.J., il n'y avait pas de trace d'un seul crime par strangulation à leur imputer.

Une seconde idée admise, c'est qu'ils abandonnent leur victime sur place. Pas un cas non plus, dans les archives, d'un truand ayant conservé chez lui un cadavre pendant plusieurs jours avant d'aller le déposer sur un trottoir.

Ainsi, le commissaire s'était hypnotisé sur la dernière soirée d'Émile Boulay, sur ses appels téléphoniques, sur l'attente, au bord du trottoir, près d'un Mickey en uniforme, jusqu'au moment où l'ancien garçon s'était éloigné délibérément vers le bas de la rue Pigalle.

Toute la construction de Maigret tenait sur cette base et sur l'histoire du demi-million retiré de la banque le 22 mai.

Elle supposait qu'il n'y avait aucun drame passionnel dans la petite Italie de la rue Victor-Massé, que les trois femmes s'entendaient aussi bien qu'elles en avaient l'air, que Boulay n'avait pas de maîtresse ailleurs et enfin qu'Antonio était un garçon honnête.

Qu'une seule de ces hypothèses — de ces convictions plutôt — soit inexacte, et toute son enquête était par terre.

Est-ce pour cela qu'il gardait son air grognon et qu'il n'avançait qu'avec une certaine répugnance ?

Il faisait chaud, cet après-midi ; le soleil frappait en plein la fenêtre, de sorte que le commissaire avait baissé le store. Lucas et lui avaient retiré leur veston et, portes fermées, se livraient à un travail qui aurait sans doute fait hausser les épaules au juge d'instruction.

Il est vrai que celui qui était chargé de l'affaire les laissait en paix, convaincu qu'il s'agissait d'un règlement de comptes sans importance, et la presse ne se manifestait pas davantage.

— Un avocat ne tue pas ses clients...

Cela devenait une ritournelle dont Maigret ne parvenait pas plus à se débarrasser que d'une chanson trop souvent entendue à la radio ou à la télévision.

— Un avocat...

Il s'était pourtant rendu, ce matin, après l'enterrement, chez Me Jean-Charles Gaillard, mais s'était montré aussi prudent que possible. Comme par hasard, en sortant de l'église, il l'avait accompagné jusqu'à la rue La Bruyère et, s'il avait posé quelques questions, il avait eu soin de ne pas insister.

— Un avocat ne tue pas...

Ce n'était pas plus sûr, ni plus raisonné, que l'autre assertion dont il était parti.

— Les truands n'étranglent pas...

Seulement, on ne convoque pas un avocat connu au Quai des Orfèvres et on ne lui fait pas subir un interrogatoire de plusieurs heures sans risquer d'avoir le barreau, sinon tout l'appareil judiciaire, sur le dos.

Certaines professions sont plus sensibles que les autres. Il s'en était aperçu quand il avait téléphoné à son ami Chavanon, puis quand il avait rendu visite à l'ineffable Me Ramuel.

— Un avocat ne tue pas ses clients...

Or, c'était des clients de Jean-Charles Gaillard que les deux hommes s'occupaient, dans l'atmosphère dorée du bureau de Maigret. Lucas était revenu du tribunal avec une liste qu'un greffier l'avait aidé à établir.

Et Lucas, lui aussi, commençait à avoir une idée derrière la tête. C'était encore vague. Il ne parvenait pas à exprimer le fond de sa pensée.

— Le greffier m'a dit quelque chose de curieux...

— Quoi ?

— D'abord, quand j'ai cité le nom de Jean-Charles Gaillard, il a eu un drôle de sourire... Puis je lui ai demandé la liste des causes dont celui-ci s'était chargé pendant les deux dernières années, et son regard est devenu encore plus malicieux...

» — Vous n'en trouverez pas beaucoup... m'a-t-il dit.

» — Parce qu'il a peu de clientèle ?

» — Au contraire ! A ce que j'entends, il a un très gros cabinet, et on prétend qu'il gagne plus d'argent que certains maîtres du barreau qui plaident chaque semaine aux Assises...

Lucas continuait, intrigué :

— J'ai essayé de le faire parler, mais, pendant tout un temps, il a fouillé ses dossiers en silence. De temps en temps, notant un nom et une date sur une feuille, il grommelait :

» — Un acquittement...

» Un peu plus tard :

» — Un autre acquittement...

» Et il avait toujours son air malin qui m'exaspérait.

» — Tiens ! Une condamnation... Avec sursis, évidemment !...

» Cela a duré un bout de temps. La liste s'allongeait. Les acquittements succédaient aux acquittements et aux condamnations avec sursis ou à des peines légères...

» J'ai fini par insinuer :

» — Il doit être très fort...

» Alors, il m'a regardé comme s'il se moquait doucement de moi et il a daigné laisser tomber :

» — Il sait surtout choisir ses causes...

C'était cette phrase-là qui intriguait Lucas et sur laquelle le cerveau de Maigret s'était mis à travailler.

Il est évidemment plus agréable, non seulement pour l'accusé, mais pour son défenseur, de gagner un procès que de le perdre. Sa réputation ne fait que s'accroître et sa clientèle augmente à chaque nouveau succès.

Choisir ses causes...

Pour le moment, les deux hommes épluchaient la liste que Lucas avait apportée. Ils avaient procédé à un premier tri. Sur une feuille, l'inspecteur avait noté les affaires plaidées au civil. Comme ce domaine ne leur était familier ni à l'un ni à l'autre, il était préférable de ne pas s'en occuper à présent.

Les autres affaires, en fin de compte, étaient assez peu nombreuses, une trentaine en deux ans. Ce qui permettait à Jean-Charles Gaillard d'affirmer :

— Je ne plaide pas souvent...

Lucas prenait les noms un à un.

— Hippolyte Tessier... Faux et usage de faux... Acquitté le 1er septembre...

Tous les deux cherchaient dans leur mémoire. S'ils n'y trouvaient rien, Maigret allait ouvrir la porte du bureau des inspecteurs.

— Tessier... Faux et usage de faux... Cela vous dit quelque chose ?

— N'est-ce pas un ancien directeur de casino, quelque part en Bretagne, qui a essayé de monter une maison de jeu clandestine à Paris ?

On passait au suivant.

— Julien Vendre... Cambriolage... Acquitté...

Celui-ci, Maigret s'en souvenait. C'était un homme discret, aux allures de petit employé triste, qui s'était spécialisé dans les vols de transistors. On ne l'avait pas pris la main dans le sac et il n'y avait aucune preuve formelle contre lui. Le commissaire avait recommandé au juge de ne pas le poursuivre, mais d'attendre qu'il se mouille davantage...

— Inscris-le sur la troisième feuille...

Pendant ce temps, le gros Torrence était installé dans l'ombre d'un bistrot, en face de la maison de l'avocat, et une voiture de la police, sans marque distinctive, attendait à quelques mètres le long du trottoir, non loin de l'auto américaine bleue.

Si Torrence devait passer l'après-midi entier devant son guéridon, à surveiller la porte d'en face, combien de demis ingurgiterait-il ?

— Urbain Potier... Recel... Un an de prison avec sursis...

C'était Lucas qui s'en était occupé quelques mois plus tôt et l'homme était venu plusieurs fois au Quai des Orfèvres, gras et aussi peu soigné que M. Raison, le comptable, avec des poils noirs qui lui sortaient en touffes des narines.

Il tenait un magasin de bric-à-brac boulevard de La Chapelle. On y trouvait de tout, de vieilles lampes à pétrole aussi bien que des réfrigérateurs et que des nippes usées jusqu'à la corde.

— Je suis un honnête commerçant... Modeste, mais honnête...

J'ignorais, quand cet individu est venu me vendre des tuyaux de plomb, qu'il les avait volés.... Je l'ai pris pour...

A chaque nom, Maigret hésitait. Dix fois la porte du bureau des inspecteurs fut ouverte.

— Inscris...

— Gaston Mauran... Vol de voitures...

— Un petit roux ?

— Ce n'est pas inscrit sur mon papier...

— Au printemps dernier ?

— Oui... Au mois d'avril... Il s'agit d'une bande qui maquillait les voitures et les envoyait en province chez des revendeurs...

— Appelle Dupeu...

L'inspecteur Dupeu s'était occupé de cette affaire et, par chance, se trouvait dans le bureau voisin.

— C'est bien un petit roux qui nous a servi l'histoire de sa vieille mère malade ?

— Oui, patron... Il y avait en effet une vieille mère malade... Il n'avait alors que dix-neuf ans... C'était le moins important de la bande... Il se contentait de faire le guet pendant que Justin le Fou piquait les voitures...

Deux affaires de proxénétisme ; d'autres cambriolages. Rien de retentissant. Rien qui ait occupé la première page des journaux.

Par contre, tous les clients de l'avocat étaient plus ou moins des professionnels.

— Continue... soupirait Maigret.

— C'est fini... Vous m'aviez dit de ne pas remonter plus loin que deux ans...

Il n'y avait pas de quoi occuper l'activité d'un avocat qui vivait dans un hôtel particulier, même si ce n'était en réalité qu'une maison assez ordinaire.

Il fallait compter, bien entendu, avec les affaires qui n'étaient pas allées jusqu'au tribunal et qui étaient sans doute les plus nombreuses.

Il y avait encore une autre clientèle, celle pour laquelle Jean-Charles Gaillard, comme il le faisait pour Boulay, établissait les déclarations de revenus.

Maigret souffrait. Il avait chaud. Il avait soif. Il lui semblait qu'il s'enlisait et il était tenté de tout reprendre à zéro.

— Appelle-moi l'inspecteur des contributions directes du IXe arrondissement.

Cela ressemblait à un coup d'épée dans l'eau, mais, au point où il en était, il n'avait le droit de rien négliger.

— Comment ?... M. Jubelin ?... Eh bien ! passez-moi M. Jubelin... De la part du commissaire Maigret... De la Police judiciaire, oui... Allô !... Non ! le commissaire désire parler à M. Jubelin en personne...

L'inspecteur devait être un homme occupé, ou imbu de ses hautes fonctions, car cela prit près de cinq minutes pour l'avoir au bout du fil.

— Allô !... Je vous passe le commissaire...

Maigret saisit l'appareil en soupirant.

— Je suis navré de vous déranger, monsieur Jubelin... Je désire seulement vous demander un renseignement... Vous dites ?... Oui, il s'agit indirectement d'Émile Boulay... Vous avez lu les journaux... Je comprends... Non, ce ne sont pas ses déclarations qui m'intéressent... Cela pourrait se présenter plus tard mais, dans ce cas, je vous promets de suivre la voie administrative... Mais oui ! Je comprends vos scrupules...

» Ma question est un peu différente... Boulay a-t-il eu des difficultés avec vous ?... C'est ce que je veux dire... Avez-vous eu l'occasion, par exemple, de le menacer de poursuites... Non !... C'est ce que je pensais... Comptabilité parfaitement en règle... C'est ça... C'est ça...

Il écoutait en hochant la tête et en crayonnant sur son buvard. La voix de M. Jubelin était si vibrante que Lucas entendait presque tout ce qu'il disait.

— En somme, il avait un bon conseiller... Un avocat, je sais... Jean-Charles Gaillard... C'est justement à lui que je désire en arriver... Je suppose qu'il s'occupait de plusieurs de vos contribuables ?... Comment dites-vous ?... De beaucoup trop ?...

Maigret adressait un clin d'œil à Lucas et s'armait de patience, car l'inspecteur devenait tout à coup volubile.

— Oui... Oui... Très habile, évidemment... Comment ?... Des déclarations inattaquables... Vous avez essayé ?... Sans résultat... Je vois. Permettez-moi encore une question... A quelle classe sociale appartenaient surtout les clients de Gaillard ?... Un peu de tout, je comprends... Oui... Oui... Beaucoup du quartier... Des propriétaires d'hôtels, de restaurants et de cabarets... Évidemment, c'est difficile...

Cela dura encore près de dix minutes, mais le commissaire n'écoutait plus que d'une oreille distraite car son interlocuteur, si réticent au début, racontait avec force détails sa lutte contre les fraudeurs de l'impôt.

— Ouf !... soupira-t-il en raccrochant. Tu as entendu ?

— Pas tout...

— Comme je m'y attendais, les déclarations d'Émile Boulay étaient inattaquables... Le Jubelin a répété ce mot je ne sais combien de fois avec nostalgie... Depuis des années, il essaie de le prendre en défaut... L'an dernier encore, il a épluché toute sa comptabilité sans y trouver la moindre paille...

— Et les autres ?

— Justement ! Il en est ainsi avec tous les clients de Jean-Charles Gaillard.

Maigret regardait rêveusement la liste établie par l'inspecteur. Il se souvenait du mot du greffier :

— *Il sait choisir ses causes...*

Or, dans le domaine fiscal aussi, l'avocat savait choisir ses clients : hôteliers de Montmartre ou d'ailleurs qui louent des chambres non seulement à la nuit, mais à l'heure, tenanciers de bars comme Jo le Catcheur, propriétaires de cabarets ou de chevaux de courses...

Comme disait Jubelin un peu plus tôt à l'appareil :

— Avec ces gens-là, il est difficile de faire la preuve des rentrées et des frais généraux...

Debout devant son bureau, Maigret parcourait une fois de plus la liste des yeux. Il fallait choisir, et de son choix allait peut-être dépendre le reste de l'enquête.

— Appelle-moi Dupeu...

L'inspecteur revint dans le bureau.

— Tu sais ce qu'est devenu Gaston Mauran, dont tu nous as parlé tout à l'heure ?

— Il y a un mois ou deux, je l'ai aperçu à la pompe d'un garage de l'avenue d'Italie... Bien par hasard... Je conduisais ma femme et les gosses à la campagne et je me demandais où j'allais faire le plein d'essence...

— Va téléphoner au patron du garage pour t'assurer que Mauran travaille toujours chez lui... Qu'il ne lui dise rien... Je n'ai pas envie qu'il prenne peur et nous glisse entre les doigts...

Si cela ne marchait pas avec celui-ci, il en choisirait un autre, puis un autre encore, et ainsi de suite jusqu'à ce que Maigret découvre ce qu'il cherchait.

Or, ce qu'il cherchait n'était pas très précis. Il y avait, dans toutes les affaires de l'avocat, une certaine caractéristique, comme un point commun qu'il aurait eu de la peine à définir.

— *Un avocat ne tue pas ses clients...*

— Vous avez encore besoin de moi, patron ?

— Reste, oui...

Il parlait comme pour lui-même, pas fâché d'avoir un auditeur.

— Au fond, tous avaient de bonnes raisons pour lui être reconnaissants... Ou bien ils passaient devant le tribunal et étaient acquittés... Ou bien l'inspecteur des contributions était obligé de s'incliner devant leurs déclarations... Je ne sais pas si tu vois ce que je veux dire... Un avocat, d'habitude, fait fatalement des mécontents... S'il perd une cause, si son client est salé...

— Je vois, patron...

— Or, ce n'est pas facile de choisir...

Dupeu revenait.

— Il travaille toujours au même garage... Il y est en ce moment...

— Tu vas prendre une voiture dans la cour et tu me le ramèneras le plus vite possible... Ne l'affole pas... Dis-lui qu'il s'agit d'une simple vérification... Il ne faut pas qu'il soit trop rassuré non plus...

Il était quatre heures et demie et la chaleur ne diminuait pas, au contraire. L'air stagnait. La chemise de Maigret commençait à lui coller au corps.

— Si on allait prendre un demi ?

Un court entracte, en attendant Gaston Mauran, à la Brasserie Dauphine.

Au moment où les deux hommes allaient quitter le bureau, la sonnerie du téléphone retentit. Le commissaire hésita à revenir sur ses pas, finit pourtant, par acquit de conscience, par décrocher.

— C'est vous, patron ? Ici, Torrence...

— Je reconnais ta voix. Alors ?

— Je vous téléphone de l'avenue de la Grande-Armée.

— Qu'est-ce que tu fais là ?

— Il y a une vingtaine de minutes, Gaillard est sorti de chez lui et a pris place dans sa voiture. J'ai eu la chance qu'un encombrement, au coin de la rue Blanche, me permette de sauter dans la mienne et de le rattraper.

— Il n'a pas remarqué qu'il était suivi ?

— Certainement pas... Vous allez comprendre pourquoi j'en suis sûr... Il s'est tout de suite dirigé vers l'Étoile, en prenant au plus court... Le trafic ne lui permettait pas de rouler vite et, avenue de la Grande-Armée, il a encore ralenti... On a passé l'un derrière l'autre devant plusieurs garages... Il avait l'air d'hésiter... En fin de compte, il est entré avec l'auto au Garage Moderne, près de la porte Maillot...

» Moi, j'ai attendu dehors... Ce n'est que quand je l'ai vu sortir, à pied, et se diriger vers le Bois, que je suis entré à mon tour...

C'était justement le petit fait imprévu qui allait enlever à Maigret sa liberté d'agir, ou plus exactement le forcer à agir à un certain moment, d'une certaine façon qu'il n'avait pas prévue.

Son visage, tandis qu'il écoutait parler Torrence, devenait de plus en plus grave, et il ne semblait plus penser au verre de bière qu'il s'était promis.

— C'est une grande boîte, avec un système automatique pour le lavage des autos... J'ai dû montrer ma médaille au contremaître... Jean-Charles Gaillard n'est pas un client régulier... On ne se souvient pas l'avoir vu au garage... Il a demandé si on pouvait lui laver sa voiture en une heure au maximum... Il doit repasser vers cinq heures et demie...

— Ils ont commencé le travail ?

— Ils allaient le faire, mais je leur ai demandé d'attendre...

Il fallait prendre, tout de suite, une décision.

— Qu'est-ce que je fais ?

— Tu restes là et tu empêches qu'on touche à l'auto... Je vais t'envoyer quelqu'un qui la ramènera ici... N'aie pas peur... Il aura des papiers en règle...

— Et quand Gaillard reviendra ?

— Tu auras un inspecteur avec toi... Je ne sais pas encore qui... Je préfère que vous soyez deux... Tu te montreras très poli, mais tu t'arrangeras néanmoins pour qu'il t'accompagne jusqu'ici...

Il pensa au jeune voleur d'autos qu'il attendait.

— Ne l'introduis pas tout de suite dans mon bureau... Fais-le patienter... Il va probablement le prendre de haut... Ne te laisse pas impressionner... Empêche surtout qu'il téléphone...

Torrence soupira sans enthousiasme :

— Bien, patron... Mais faites vite... Cela m'étonnerait, par cette chaleur, qu'il déambule longtemps dans les allées du Bois...

Maigret hésita à se précipiter chez le juge d'instruction pour mettre sa responsabilité à couvert. Mais il était presque sûr que le magistrat l'empêcherait d'agir selon son instinct.

Dans le bureau voisin, il dévisageait les inspecteurs l'un après l'autre.

— Vacher...

— Oui, patron...

— Tu as déjà conduit une voiture américaine ?

— Cela m'est arrivé...

— Tu fileras au Garage Moderne, avenue de la Grande-Armée. C'est tout en bas, près de la porte Maillot... Tu y trouveras Torrence, qui te désignera une auto bleue... Ramène-la dans la cour en y touchant le moins possible...

— Compris...

— Toi, Janin, tu vas l'accompagner, mais tu resteras au garage avec Torrence... Il a des instructions...

Il regarda sa montre. Il n'y avait qu'un quart d'heure que Dupeu était parti pour l'avenue d'Italie. Il se tourna vers Lucas.

— Viens...

A condition de faire vite, ils avaient quand même droit à leur verre de bière.

8

Avant de faire introduire le mécanicien, Maigret avait questionné Dupeu.

— Comment cela s'est-il passé ?

— D'abord, il a paru surpris et m'a demandé si je travaillais avec vous. Il me semblait plus intrigué qu'inquiet. Deux fois, il a répété :

» — Vous êtes sûr que c'est le commissaire Maigret qui veut me voir ?

» Puis il est allé se laver les mains avec de l'essence et a retiré sa salopette. En chemin, il ne m'a posé qu'une question :

» — On a le droit de reprendre une affaire qui a été jugée ?

— Qu'as-tu répondu ?

— Que je ne savais pas, que je supposais que non. Tout le long du chemin, il est resté perplexe.

— Fais-le entrer et laisse-nous...

Mauran aurait été bien étonné, au moment où on l'introduisait dans le bureau, d'apprendre que le fameux commissaire avait plus le trac que lui. Il le regardait s'avancer dans la pièce, un jeune homme dégingandé, les cheveux roux en broussaille, les yeux d'un bleu de porcelaine, des taches de rousseur autour du nez.

— Les autres fois, commença-t-il, comme s'il tenait à attaquer, vous vous êtes contenté de me faire questionner par vos inspecteurs...

Il y avait chez lui de la roublardise et de la naïveté tout ensemble.

— J'aime mieux vous dire tout de suite que je n'ai rien fait...

Il n'avait pas peur. Cela l'impressionnait de se trouver là, certes, seul à seul avec le grand patron, mais il n'avait pas peur.

— Tu es bien sûr de toi...

— Pourquoi ne le serais-je pas ?... Le tribunal a reconnu mon innocence, non ?... Enfin, presque mon innocence... Et je me suis montré gentil, vous le savez mieux que personne...

— Tu veux dire que tu as donné tes complices ?

— Ils avaient abusé de ma naïveté, l'avocat l'a prouvé... Il a expliqué que j'ai eu une enfance difficile, que ma mère est à ma charge, qu'elle est malade...

Maigret, tandis qu'il parlait, avait une curieuse impression. Le mécano s'exprimait avec une certaine emphase, forçant sur son accent de titi parisien ; en même temps, il avait un pétillement amusé dans les prunelles comme s'il se sentait satisfait du rôle qu'il jouait.

— Je suppose que ce n'est pas pour cette histoire-là qu'on est venu me chercher ? Depuis, je me tiens peinard, je défie n'importe qui de prétendre le contraire... Alors ?...

Il s'asseyait sans y être invité, ce qui est rare, tirait même un paquet de Gauloises de sa poche.

— Je peux ?

Et Maigret, l'observant toujours, faisait oui de la tête.

— Et si, pour une raison quelconque, on recommençait l'enquête ?

Mauran tressaillit, soudain méfiant.

— C'est pas possible...

— Supposons que j'aie certains points à éclaircir...

Le téléphone sonnait sur le bureau de Maigret et la voix de Torrence annonçait :

— Il est ici...

— Il a protesté ?

— Pas trop. Il prétend qu'il est pressé et il désire vous voir tout de suite...

— Dis-lui que je le recevrai dès que je serai libre...

Gaston Mauran écoutait, sourcils froncés, comme s'il se demandait quelle comédie on lui jouait.

— C'est du bidon, hein ? lança-t-il après que le commissaire eut raccroché.

— Qu'est-ce qui est du bidon ?

— De m'amener ici... D'essayer de me faire peur... Vous savez bien que tout est arrangé...

— Qu'est-ce qui est arrangé ?

— Je suis clair, quoi !... On ne me fait plus de misères...

A cet instant, non sans gaucherie, il fit un clin d'œil qui troubla Maigret plus que tout le reste.

— Écoute, Mauran, c'est l'inspecteur Dupeu qui s'est occupé de toi...

— Celui qui vient de m'amener, oui... Je ne me rappelais pas son nom... Il a été régulier...

— Qu'est-ce que tu appelles régulier ?

— Il a été régulier, quoi !...

— Mais encore ?

— Vous ne comprenez pas ?

— Tu veux dire qu'il ne t'a pas tendu de pièges et qu'il t'a questionné gentiment ?

— Je suppose qu'il m'a questionné comme il devait me questionner...

Il y avait, sous les mots, dans l'attitude du jeune homme, quelque chose d'équivoque que le commissaire s'efforçait de définir.

— Il le fallait bien, non ?

— Parce que tu étais innocent ?

On aurait dit que Mauran, de son côté, devenait mal à l'aise, qu'il ne comprenait plus, que les paroles de Maigret le déroutaient autant que les siennes déroutaient le policier.

— Dites donc... lança-t-il encore, hésitant, après avoir aspiré une bouffée de fumée.

— Quoi ?

— Rien...

— Qu'as-tu voulu dire ?

— Je ne sais plus... Pourquoi m'avez-vous fait venir ?

— Qu'as-tu voulu dire ?

— Il me semble que quelque chose ne tourne pas rond...

— Je ne comprends pas...

— Vous en êtes sûr ? Dans ce cas, je fais mieux de la fermer...

— Il est un peu tard... Qu'as-tu voulu dire ?...

Maigret n'était pas menaçant, mais ferme. Debout, à contre-jour, il formait une masse solide que Gaston Mauran commençait à regarder avec une sorte de panique.

— Je veux m'en aller... balbutia-t-il en se levant soudain.

— Pas avant que tu aies parlé.

— C'est un piège, alors ?... Qu'est-ce qui a foiré ?... Il y a quelqu'un, dans l'histoire, qui n'a pas joué le jeu ?...

— Quel jeu ?

— Dites-moi d'abord ce que vous savez...

— Ici, j'interroge... Quel jeu ?...

— Vous me répéterez ça jusqu'à demain s'il le faut, pas vrai ?... On me l'avait dit, mais je ne l'avais pas cru...

— Qu'est-ce qu'on t'avait encore dit ?

— Qu'on se montrerait gentil avec moi...

— Qui t'a dit ça ?

Le garçon détournait la tête, décidé à se taire, sentant pourtant qu'il finirait par céder.

— Ce n'est pas de jeu... finit-il par grommeler entre ses dents.

— Quoi ?

Alors, Mauran se fâcha soudain et, dressé sur ses ergots, fit face au commissaire.

— Vous ne le savez pas, non ?... Et les cent mille balles, alors ?...

Il fut si impressionné par le visage de Maigret que les bras lui en tombèrent. Il voyait la masse imposante s'avancer vers lui, deux mains puissantes qui se tendaient, le saisissaient aux épaules et commençaient à le secouer.

Maigret n'avait jamais été aussi pâle de sa vie. Son visage, sans expression, ressemblait à un bloc de pierre.

Sa voix neutre, impressionnante, ordonnait :

— Répète !...

— Les... les... Vous me faites mal...

— Répète !...

— Les cent mille francs...

— Quels cent mille francs ?

— Lâchez-moi... Je dirai tout...

Maigret lui rendait la liberté de ses mouvements mais restait livide et, à certain moment, il porta la main à sa poitrine, où le cœur battait à grands coups.

— Je suppose que j'ai été un pigeon...

— Gaillard ?

Mauran faisait oui de la tête.

— Il t'a promis qu'on serait gentil avec toi ?

— Oui... Il n'a pas dit gentil... Il a dit compréhensif...

— Et que tu serais acquitté ?

— Qu'au pire, j'obtiendrais le sursis...

— Il t'a fait payer cent mille francs pour te défendre ?

— Pas pour me défendre... C'était à part...

— Pour les remettre à quelqu'un ?...

Le jeune mécano était si impressionné que des larmes lui en montaient aux yeux.

— A vous...

Maigret resta immobile pendant deux bonnes minutes, les poings serrés, et enfin, lentement, un peu de couleur remonta à son visage.

Soudain, il tourna le dos à son visiteur et, bien que le store fût baissé, il resta encore un certain temps campé devant la fenêtre.

Quand il fit face, il avait presque repris son expression habituelle, mais on aurait juré qu'il avait vieilli, qu'il était soudain très las.

Il alla s'asseoir à son bureau, désigna une chaise, se mit machinalement à bourrer une pipe.

— Fume...

Il disait cela comme un ordre, comme pour conjurer Dieu sait quels démons.

Doucement, la voix feutrée, assourdie, il continuait :

— Je suppose que tu m'as dit la vérité...

— Je le jure sur la tête de ma mère...

— Qui t'a envoyé chez Jean-Charles Gaillard ?

— Un vieux qui habite le boulevard de La Chapelle...

— N'aie pas peur... On ne refera pas ton procès... Il s'agit d'un certain Potier, qui tient un bric-à-brac...

— Oui...

— Tu chapardais et tu lui refilais les objets volés...

— Ce n'est pas arrivé souvent...

— Que t'a-t-il dit ?

— D'aller voir cet avocat-là...

— Pourquoi lui plutôt qu'un autre ?

— Parce qu'il était de mèche avec la police... Je comprends à présent que ce n'est pas vrai... Il m'a refait de cent mille francs...

Maigret réfléchissait.

— Écoute. Dans un instant, on introduira quelqu'un dans ce bureau. Tu ne lui adresseras pas la parole. Tu te contenteras de le regarder et d'accompagner ensuite l'inspecteur dans une pièce voisine...

— Vous savez, je vous demande pardon... On m'avait fait croire que ça se passait toujours ainsi...

Maigret parvint à lui sourire.

— Allô !... Torrence ?... Veux-tu me l'amener ?... J'ai quelqu'un dans mon bureau que tu garderas là-bas pour le cas où j'aurais besoin de lui... Tout de suite, oui...

Il fumait, paisible en apparence, mais il avait comme une boule dans la gorge. Il fixait la porte qui allait s'ouvrir, qui s'ouvrait ; il voyait l'avocat, élégant dans un complet gris clair, qui faisait rapidement trois ou quatre pas, l'air mécontent, ouvrait la bouche pour parler, pour protester, et qui découvrait soudain Gaston Mauran.

Torrence ne pouvait rien comprendre à cette scène muette. Jean-Charles Gaillard s'était arrêté net. Son visage avait changé d'expression. Le jeune homme, mal à l'aise, se levait de sa chaise et, sans regarder le nouveau venu, se dirigeait vers la porte.

Il ne restait que deux hommes face à face. Maigret, les deux mains à plat sur le bureau, luttait pour ne pas se lever, pour ne pas marcher lourdement vers son visiteur et, encore que celui-ci fût plus grand et plus massif que lui, pour ne pas le frapper sur les deux joues.

Au lieu de cela, il prononçait d'une voix étrangement faible :

— Asseyez-vous...

Il devait être encore plus impressionnant que quand il avait saisi le jeune mécano aux épaules, car l'avocat obéit automatiquement, oubliant de protester contre l'enlèvement de sa voiture et contre le fait que deux inspecteurs sans mandat l'aient amené au Quai des Orfèvres, où on l'avait fait attendre comme le premier suspect venu.

— Je suppose, commençait Maigret avec lassitude, comme si, pour lui, cette affaire était terminée, que vous avez compris la situation...

Et, comme l'avocat tentait de répliquer :

— Laissez-moi parler... Je serai aussi bref que possible, car il m'est pénible de rester en tête à tête avec vous...

— Je ne sais pas ce que ce garçon...

— Je vous ai ordonné de vous taire... Je ne vous ai pas fait venir ici pour vous questionner... Je ne vous demanderai aucune explication... Si j'avais suivi mon premier mouvement, je vous aurais envoyé au Dépôt sans vous voir, et vous y auriez attendu les résultats des expertises...

Il faisait glisser devant lui la liste n° 3, celle des clients de Gaillard qui avaient passé en Correctionnelle et qui avaient été acquittés ou condamnés à des peines légères.

Il lisait les noms sur un ton monotone, comme s'il récitait des litanies. Puis, levant la tête, il ajoutait :

— Inutile de préciser que ces personnes seront interrogées... Certaines se tairont... Ou plutôt elles commenceront par se taire... Quand elles apprendront que les sommes versées dans un but précis ne sont jamais arrivés à destination...

Le visage de Gaillard avait changé aussi. Il s'efforçait pourtant de tenir tête, commençait une phrase :

— J'ignore ce que ce jeune voyou...

Alors Maigret frappa la table d'un coup de poing qui fit sursauter tous les objets.

— Taisez-vous ! hurla-t-il. Je vous interdis, jusqu'à ce que je vous y invite, d'ouvrir la bouche...

On avait entendu le coup de poing du bureau des inspecteurs, où tout le monde se regardait.

— Je n'ai pas besoin de vous expliquer comment vous procédiez... Et je comprends pourquoi vous choisissiez avec soin vos clients... Sachant qu'ils seraient acquittés, ou frappés d'une peine légère, il n'était pas difficile de leur faire croire que, grâce à un versement...

Non ! Il ne pouvait plus parler de ça.

— J'ai tout lieu de croire que mon nom n'a pas été le seul utilisé... Vous vous occupiez de déclarations de revenus... Tout à l'heure, je suis entré en contact avec M. Jubelin et j'aurai un long entretien avec lui...

Sa main tremblait encore un peu cependant qu'il allumait sa pipe.

— L'enquête sera longue, délicate. Ce que je peux vous affirmer, c'est qu'elle sera menée avec une minutie exemplaire...

Gaillard avait renoncé à le défier du regard et baissait la tête, les mains sur les genoux, avec, à la gauche, le vide laissé par les quatre doigts manquants.

Le regard du commissaire tomba sur cette main-là et il eut comme une hésitation.

— Quand l'affaire passera aux Assises, on évoquera votre conduite pendant la guerre, sans doute aussi votre mariage avec une femme habituée à une vie brillante, la maladie qui l'a pratiquement retranchée du monde...

Il se renversa en arrière dans son fauteuil, ferma les yeux.

— On vous trouvera des circonstances atténuantes... Pourquoi aviez-vous de tels besoins d'argent alors que votre femme ne sortait plus et que vous meniez en apparence une vie solitaire, consacrée au travail ?... Je n'en sais rien et je ne vous le demande pas...

» Les questions, d'autres vous les poseront, vous comprenez peut-être pourquoi... C'est la première fois, monsieur Gaillard, que...

Sa voix s'étouffa une fois de plus et, sans vergogne, il se leva, se dirigea vers le placard, où il saisit la bouteille de cognac et un verre. Cette bouteille n'était pas là pour lui mais pour certains qui, au cours d'un long et dramatique interrogatoire, en avaient besoin.

Il vida le verre d'un trait, retourna à sa place, ralluma sa pipe éteinte.

Il était un peu plus calme et parlait maintenant d'un ton dégagé, comme si l'affaire ne le concernait plus personnellement.

— En ce moment même, des experts sont occupés à passer votre voiture au peigne fin... Je ne vous apprends rien en vous disant que, si elle a servi à transporter un cadavre, il y a des chances pour que celui-ci ait laissé des traces... Vous y avez si bien pensé qu'après ma visite de ce matin vous avez éprouvé le besoin de la faire laver...

» Silence ! Pour la dernière fois, je vous ordonne de vous taire, faute de quoi on vous conduit sans plus attendre dans une cellule du Dépôt...

» Je vous annonce aussi qu'une équipe de spécialistes est en route pour la rue La Bruyère...

Gaillard tressaillit, balbutia :

— Ma femme...

— Ils ne vont pas là-bas pour s'occuper de votre femme... Ce matin, par la fenêtre, j'ai aperçu une sorte de hangar dans la cour... Il sera examiné centimètre carré par centimètre carré... La cave aussi... Et le reste de la maison, jusqu'au grenier, s'il le faut... Ce soir, j'interrogerai vos deux domestiques... J'ai dit : silence !

» L'avocat que vous choisirez n'aura pas de peine à établir l'absence de préméditation... Le fait que votre voiture, par hasard, était en panne, et que vous n'aviez aucun moyen de transport pour vous débarrasser du corps le prouve... Vous avez dû attendre que l'auto vous soit ramenée, et cela n'a pas été agréable de passer deux jours et trois nuits avec un corps dans la maison...

Il finissait par parler pour lui-même, sans un regard à son interlocuteur. Tous les menus faits recueillis pendant les derniers jours lui revenaient à la mémoire et se mettaient en place. Toutes les questions qu'il s'était posées trouvaient une réponse...

— Mazotti a été abattu le 17 mai et nous avons questionné tous ceux qui, les derniers temps, avaient été victimes de son racket... Un de vos clients, au moins, Émile Boulay, a reçu une première convocation...

» A-t-il pris immédiatement contact avec vous, qui vous occupiez de ses affaires fiscales et qui étiez intervenu dans deux autres affaires peu importantes ?

» Il est donc venu ici le 18 mai et on lui a posé les questions de routine...

» Après quoi on l'a convoqué une seconde fois pour le 22 ou le 23, j'ignore pourquoi, probablement parce que l'inspecteur Lucas avait des précisions à lui demander...

» Or, c'est le 22, dans l'après-midi, que Boulay est allé retirer cinq cent mille francs à sa banque... Il lui fallait de l'argent liquide tout de suite... Il ne pouvait pas attendre le soir pour le prendre dans la caisse de ses cabarets...

» Et on ne retrouve nulle part la trace de cette somme...

» Je ne vous demande pas si c'est vous qui l'avez reçue... Je le sais...

Il avait prononcé ces derniers mots avec un mépris qu'il n'avait jamais exprimé devant une créature humaine.

— Le 8 ou le 9 juin, Boulay recevait une troisième convocation pour le mercredi 12... Il prenait peur, car il avait la phobie du scandale... Malgré son métier, peut-être justement à cause de son métier, il tenait avant tout à sa respectabilité...

» Le soir du 11 juin, veille de sa comparution, il est inquiet, furieux aussi, car il a versé cinq cent mille francs pour prix de sa tranquillité...

» Dès dix heures du soir, il commence à téléphoner chez vous, où personne ne répond. Il rappelle un certain nombre de fois et, quand il vous a enfin au bout du fil, vous acceptez de le recevoir un quart d'heure ou une demi-heure plus tard...

» Ce qu'il vous a dit, dans l'intimité de votre cabinet, est facile à imaginer. Il avait payé pour ne pas être mêlé à l'affaire Mazotti, pour que son nom ne soit pas cité dans les journaux...

» Au lieu de le laisser en paix, comme il pouvait s'y attendre, la police prétendait le questionner à nouveau et, dans les couloirs de la P.J., il risquait de rencontrer des journalistes et des photographes.

» Il se sentait trompé. Il était aussi indigné que, tout à l'heure, Gaston Mauran... Il vous a annoncé qu'il parlerait à cœur ouvert et rappellerait à la police le contrat passé avec elle.

» C'est tout...

» S'il sortait vivant de chez vous, s'il venait ici le lendemain matin et exhalait ses rancœurs...

» Le reste ne me regarde plus, monsieur Gaillard. Je ne tiens pas à recevoir vos aveux.

Il décrocha le téléphone.

— Torrence ?... Tu peux le laisser partir... N'oublie pas de prendre son adresse, car le juge d'instruction aura besoin de lui. Ensuite, tu viendras chercher la personne qui se trouve dans mon bureau...

Il attendait, debout, impatient d'être débarrassé de la présence de l'avocat.

Alors, celui-ci, tête basse, murmura d'une voix à peine distincte :

— Vous n'avez jamais eu de passion, monsieur Maigret ?

Il feignit de n'avoir pas entendu.

— Moi, j'en ai eu deux...

Le commissaire préférait lui tourner le dos, bien décidé à ne pas se laisser apitoyer.

— Ma femme, d'abord, que j'ai essayé par tous les moyens de rendre heureuse...

Le ton était amer. Un silence suivait.

— Puis, quand elle a été confinée dans sa chambre et que j'ai éprouvé le besoin de me distraire malgré tout, j'ai trouvé le jeu...

On entendait des pas dans le couloir. De petits coups étaient frappés à la porte.

— Entre !...

Torrence restait debout dans l'encadrement.

— Tu l'emmènes dans le bureau du fond jusqu'à mon retour du Palais...

Il ne regarda pas Gaillard sortir. Quand il décrocha le téléphone, ce fut pour demander au juge d'instruction s'il pouvait le recevoir tout de suite.

Un peu plus tard, il franchissait la petite porte vitrée qui sépare le domaine de la police de celui des magistrats.

Il fut une heure absent de la P.J. Lorsqu'il revint, il tenait un papier officiel à la main. Il ouvrit la porte du bureau des inspecteurs, trouva Lucas impatient de savoir.

Sans explications, il lui tendit le mandat d'amener au nom de Jean-Charles Gaillard.

— Il est dans le bureau du fond, avec Torrence... Vous le conduirez tous les deux au Dépôt...

— On lui passe les menottes ?

C'était la règle, à laquelle il y avait quelques exceptions. Maigret ne voulut pas avoir l'air de se venger. Les derniers mots de l'avocat commençaient à le troubler.

— Non...

— Qu'est-ce que je dis au gardien ?... On lui retire sa cravate, sa ceinture, ses lacets ?

Toujours la règle et toujours les accommodements !

Maigret hésita, fit non de la tête et resta seul dans son bureau.

Quand il rentra dîner ce soir-là, avec un certain retard, Mme Maigret remarqua que ses yeux étaient luisants, un peu fixes, et que son haleine sentait l'alcool.

Il ouvrit à peine la bouche pendant le repas et il se leva pour fermer la télévision, qui l'agaçait.

— Tu sors ?

— Non.

— Ton affaire est terminée ?

Il ne répondit pas.

Il eut un sommeil agité, se leva d'humeur maussade, décida de se rendre à pied Quai des Orfèvres comme cela lui arrivait parfois.

Il venait à peine de pénétrer dans son bureau que la porte des inspecteurs s'ouvrait. Lucas la refermait derrière lui, grave et mystérieux.

— J'ai une nouvelle à vous annoncer, patron...

Devinait-il ce que l'inspecteur allait dire ? Lucas se posa toujours cette question et ne connut jamais la réponse.

— Jean-Charles Gaillard s'est pendu dans sa cellule...

Maigret ne broncha pas, ne desserra pas les dents, resta là, debout, à regarder la fenêtre ouverte, le feuillage bruissant des arbres, les bateaux qui glissaient sur la Seine et les passants qui gravitaient comme des fourmis sur le pont Saint-Michel.

— Je n'ai pas encore de détails... Vous croyez que...

— Je crois quoi ? questionna Maigret, soudain agressif.

Et Lucas, battant en retraite :

— Je me demandais...

Il referma vivement la porte, et ce ne fut qu'une heure plus tard qu'on vit surgir un Maigret détendu, préoccupé en apparence des affaires courantes.

Noland (Vaud), le 19 juin 1962.

LA RUE AUX TROIS POUSSINS

LA RUE AUX TROIS POUSSINS

Il y a un quart d'heure à peine que Mme Romond, la grosse toujours en négligé, a lavé son seuil de deux marches et sa portion de trottoir. Si bien que devant sa maison il y a un rectangle bien dessiné de pavés qui paraissent noirs et qui reluisent.

La semaine passée, l'agent de police est allé de maison en maison pour rappeler aux gens qu'ils devaient arracher l'herbe entre les pavés et, pendant toute une journée, on a entendu le crissement des couteaux sur la pierre.

De ces deux événements naît un jeu. Ils sont là, la tête en bas, le derrière en l'air, les jambes écartées, comme trois poussins qui picorent, du côté ensoleillé de la rue, et ils savent si bien que cette rue leur appartient que rien ne pourrait les distraire de leur travail.

Le vacarme de la récréation de dix heures vient de s'éteindre brusquement dans la cour de l'école, rue de la Loi. Mais eux ne vont pas encore à l'école. Albert, qui a des cheveux de fille, n'a pas cinq ans ; Renée, une vraie fille, elle, en tablier à carreaux roses, a quatre ans à peine, et Bilot, qui s'appelle Charles, mais qu'on a toujours appelé Bilot, est le plus poussin des trois.

Ils ne voient rien, n'entendent rien. Le monde se réduit à ce rectangle mouillé où les pavés fument dans le soleil de juin et où leur centre commence déjà à s'éclaircir.

Une fenêtre, au premier étage de la maison d'en face, est ouverte sur une chambre à coucher. Sur l'appui, on a entassé des draps et des couvertures et, de temps en temps, une femme émerge de la pénombre bleutée pour jeter un coup d'œil aux enfants. Plus loin, M. Février donne une leçon de violon.

Les trois poussins ont entrepris un travail considérable. Ils ont trouvé des bouts d'allumettes à la pointe noircie et ce sont leurs seuls outils. Comme les grandes personnes le faisaient la semaine précédente avec des couteaux, ils grattent la terre entre les pavés.

Mais, pour eux, ce ne sont plus des pavés : c'est un chantier gigantesque, car, ce qu'ils creusent, ce sont des canaux, tout un réseau compliqué de canaux par lesquels ils conduisent l'eau de Mme Romond jusqu'à un pavé plus enfoncé que les autres où se forme un étang.

Tout à l'heure, la dernière fois qu'elle est venue à la fenêtre, la mère de Bilot a crié :

— Tu vas te salir...

Il n'a pas entendu, ou il a fait semblant de ne pas entendre. Il n'a même pas levé la tête, car une fourmi s'est aventurée dans le courant de sa rigole et il la pousse implacablement avec son bout d'allumette.

Or, voilà que soudain une ombre se dessine sur le trottoir, l'ombre de quelqu'un, d'un « grand », qui ne passe pas, mais qui reste immobile derrière les trois poussins. Pendant de longues secondes encore, peut-être des minutes, Bilot continue, sans se retourner, le labeur commencé, puis enfin, toujours accroupi, genoux écartés, il suit l'ombre du regard et découvre d'abord deux pieds inégaux, un pied comme les autres, chaussé d'un soulier noir, puis un pied difforme, presque rond, maintenu à quinze centimètres du sol par un appareil de fer.

C'est Cendron. Cendron qui ricane d'une voix de diable, car il a une voix de diable, comme il a un pied de diable :

— Dans un quart d'heure, il n'y aura plus d'eau !

Cendron est nouveau dans la rue. On l'a vu s'installer avec sa mère au second étage du 3, au-dessus de chez les rentiers qui ont un si beau chien, et on ne sait pas d'où ils viennent

Est-ce que Cendron est déjà un homme ? Il est aussi grand qu'un homme. Il ne travaille pas. Il ne va pas non plus à l'école. Il se promène toute la journée et Bilot ignore qu'il n'a que quinze ans.

— Pauvre femme !... a dit sa mère quand les nouveaux venus se sont installés dans la rue. Il paraît que son mari...

Puis elle s'est tue, parce que Bilot écoutait. Pourquoi est-ce une pauvre femme ? Il n'en sait rien. Elle aussi épie sans cesse par la fenêtre, comme si Cendron était encore un enfant.

— Regardez comme je vais faire couler l'eau...

Il tire, lui, un canif de sa poche et il entaille la terre. Son canif a sept ou huit lames, un poinçon, un tire-bouchon.

— A quoi sert cette pointe ?

— A faire des trous dans les cloisons...

— Pourquoi ?

— Parce que !

— A quoi ça sert de faire des trous dans les cloisons ?

— A savoir ce qui se passe de l'autre côté...

Cendron a l'air mystérieux. Renée ne s'intéresse guère à lui, mais Bilot et Albert sont impressionnés par le canif.

— Tu as déjà fait des trous dans les cloisons ?

— Oui.

— Pour regarder quoi ?

— Je ne peux pas le dire.

Et, de sa poche, il sort un objet plus prestigieux encore, une loupe sertie de métal.

— A quoi ça sert ?

— A faire du feu.

Cendron est l'être le plus troublant de la terre.

— Et les allumettes ?

— On a pas toujours d'allumettes... Il peut arriver qu'on soit prisonnier... Ou qu'on se trouve perdu dans le désert...

La rue Pasteur a cent mètres de long. C'est une rue neuve, spacieuse, aux maisons de brique rose, aux trottoirs larges et réguliers qui semblent avoir été faits exprès pour les poussins, et à un des bouts on voit les ombrages de la place du Congrès.

— Tu as déjà été prisonnier ?

— Je ne peux pas le dire.

— Pourquoi ?

— Parce que c'est défendu.

Cendron en devient encore plus grand et plus diabolique dans ses vêtements noirs, avec son pied gauche prolongé par un appareil de fer.

D'une autre poche, il a extrait un morceau de lacet.

— Voilà comment je fais du feu dans le désert.

Il sort du secteur mouillé, gratte entre deux pavés secs, pose le bout du lacet dans le creux.

— C'est le foyer. Vous allez voir.

La loupe concentre les rayons du soleil et bientôt une légère fumée monte du lacet en même temps qu'une odeur de brûlé.

— Qu'est-ce qui t'a appris ça ?

— Bilot !... appelle sa mère. Il est l'heure !...

L'heure de son lait de poule. Il paraît qu'il n'est pas très fort. A dix heures et demie, chaque matin, il doit aller boire un bol de lait tiède et sucré dans lequel sa mère a battu un œuf.

— Je viens...

Mais il n'y va pas.

— Qui t'a appris ça ?

— On nous apprend bien d'autres choses.

— A qui ?

— A ceux de la *secrète*.

— Tu es de la police secrète ?

— Il ne faut le répéter à personne. On ne doit pas le savoir.

— Qu'est-ce qu'on fait quand on est de la secrète ?

— On surveille.

— On surveille qui ?

— Tout le monde. Ainsi, je sais que toi, tu t'appelles Bastien. Ton père est un grand, avec des moustaches acajou.

C'est vrai. Le père de Bilot s'appelle Charles Bastien. Il est très grand et il a des moustaches acajou.

— Je sais même où il travaille.

— Dis-le !

— Rue de la Liberté, dans la grande maison qui a une loggia.

— Ce n'est pas vrai. Mon père travaille chez Ducatel, rue Saint-Léonard.

Cendron n'est pas désarçonné pour si peu et ricane :

— Comme tu voudras. Je sais ce que je sais !

— Et moi, je sais quand même mieux que toi où mon père travaille. La preuve, c'est que je suis déjà allé le chercher à son bureau.

— Comme tu voudras... ricane encore Cendron. N'empêche que...

— Que quoi ?

— A quelle heure rentre-t-il du bureau, ton père ?

— A six heures et demie.

— Eh ! bien, pas plus tard qu'hier, à six heures et quart, il sortait de la maison à loggia de la rue de la Liberté.

— Ce n'est pas vrai.

— Bilot !... Eh ! bien ?... Est-ce que tu viens boire ton lait de poule ?...

— Oui, maman...

Et il répète en s'éloignant du diabolique Cendron qui se vante d'être à la secrète :

— Je sais mieux que toi ce que fait mon père...

On mange dans la cuisine. Le logement n'a que deux pièces, mais elles sont claires et la fenêtre est large ouverte. Il y a des grappes de groseilles rouges sur la table. M. Bastien a retiré son veston et les manches blanches de sa chemise éclatent dans le soleil.

— Cendron est un menteur !

On ne l'écoute pas ; il continue néanmoins, en faisant éclater entre ses dents les petites baies d'où jaillit comme du sang :

— Il a voulu nous faire croire qu'il est de la secrète.

— Qu'est-ce que tu racontes ?

— La preuve que ce n'est pas vrai, c'est qu'il croit que tu travailles rue de la Liberté.

Peu importe à Bilot qu'on l'écoute ou qu'on ne l'écoute pas.

— Il fait des trous dans les cloisons pour surveiller les gens. Il dit qu'il a vu papa sortir de la maison qui a une loggia...

— Mange ! lui ordonne son père.

Mais sa mère le questionne.

— Qu'est-ce que tu racontes ? Il a vu ton père sortir de quelle maison ?

— La maison qui a une loggia. Tu sais, maman, celle où il y a une femme en bleu...

Encore un sujet qu'on n'aborde jamais devant lui. La rue de la Liberté est la rue parallèle à la rue Pasteur, à laquelle elle ressemble. Seulement, si la rue Pasteur possède un juge, un professeur de violon, des rentiers, des gens comme il faut, il y a rue de la Liberté une maison à loggia dont on parle à mots couverts, à cause de la femme en peignoir bleu ciel.

Elle habite seule cette grande maison. Elle a une bonne. A quatre heures de l'après-midi, on peut encore la voir en déshabillé, les pieds nus dans des mules.

On chuchote qu'elle est entretenue par un avocat du quartier Saint-Denis. On prétend aussi qu'elle reçoit d'autres hommes.

— Répète-moi exactement, Bilot, ce que Cendron...

— Hélène !

— Quoi ?

— Tu n'as pas honte de...

— Tu parais bien embarrassé, tout à coup... Dis-moi, Bilot, quand est-ce que Cendron a vu ton père sortir de cette maison ?

— Hier.

— A quelle heure ?

— Hélène ! Je te prie de...

— Tais-toi !... Je parle à ton fils...

— A six heures et quart... Je lui ai dit que ce n'était pas possible puisque...

— Charles... C'est vrai ?

— Quoi ?... Comment peux-tu croire...

— Tu es revenu directement du bureau ?

— Mais... naturellement...

— Pourquoi ce garçon aurait-il menti ?

— Est-ce que je sais, moi ? Il ne me connaît même pas...

Bilot intervient :

— Il m'a dit que tu étais un grand avec une moustache acajou...

— Qu'as-tu à répondre ?

— Voyons, Hélène... Tu ne vas pas, à cause d'un gamin qui joue au policier...

— Tu es sûr que tu es rentré directement du bureau ?... Depuis quand passes-tu par la rue de la Liberté ?

— C'est le plus court...

— Tu avoues que tu es passé par la rue de la Liberté ?

Il n'y a plus que Bilot à manger. Et Bilot ne suit cette conversation qu'à travers un brouillard de soleil qui a le goût acide des groseilles rouges. Il entend vaguement :

— Quel jour sommes-nous ?

— Mercredi. Pourquoi demandes-tu ça ?

— Mais le quantième ? Regarde le calendrier. Nous sommes le 24. Tu entends, Charles ? Hier, c'était le 23 juin...

— J'en ai assez, à la fin... Où veux-tu en venir ?...

Il s'est levé. Il bourre machinalement sa pipe et se tourne vers la fenêtre.

Alors, des sanglots dans la voix, Mme Bastien éclate :

— Hier, c'était la Saint-Félix. Tu comprends, maintenant ? Et tu es rentré à six heures et demie comme d'habitude ! Et tu n'as rien rapporté ! Quand je pense que tu as osé...

Elle se précipite dans la chambre dont elle referme la porte. Charles secoue la poignée.

— Ouvre !

— Jamais !

— Voyons, Hélène... Devant l'enfant...

Il a dû repartir pour son bureau. Mme Bastien et Bilot se sont promenés et sont passés plusieurs fois devant la maison à loggia de la rue de la Liberté.

Au dîner, pas une parole n'a été prononcée. A huit heures, on a couché le gamin. La porte, comme d'habitude, est restée entrouverte, parce qu'il arrive à Bilot d'avoir des cauchemars. Il paraît même qu'il est parfois somnambule.

Un lourd silence. Un rayon de lumière vient de la cuisine et dessine un triangle jaunâtre sur le plancher. Le lit des parents est vide.

Le temps passe et c'est seulement quand on croit l'enfant endormi que des voix s'élèvent, feutrées d'abord, comme honteuses.

— Écoute, Hélène... Je te jure...

— Ne jure pas... C'est encore plus affreux...

— Enfin, parce qu'un gamin croit que...

— Et la Saint-Félix ? Veux-tu que j'aille trouver ton patron ?

M. Ducatel, agent d'assurances, s'appelle Félix. Chaque année, le jour de sa fête, ses quatre employés se cotisent pour lui offrir un objet d'art. La petite cérémonie a lieu invariablement à trois heures. Le porto et les cigares sont préparés sur la cheminée du bureau.

M. Ducatel remercie. Chaque employé reçoit trois cigares, on ne sait pas pourquoi, mais c'est la tradition. Chaque employé marié reçoit un paquet de chocolat.

Et, régulièrement, M. Ducatel annonce :

— Mes amis, je me fais un devoir de vous donner congé pour le restant de la journée.

Bilot, assoupi dans son lit-cage, les yeux fixés sur le triangle lumineux, entend :

— Quand je pense que tu as donné à cette femme le chocolat de ton fils... Ça, vois-tu, jamais, vivrais-je cent ans, je ne te le pardonnerai !... Et tu avais le culot de mentir, de prétendre que tu étais resté au bureau, que...

— Écoute, Hélène... Je te demande pardon... Je...

— Après six ans de mariage !... Une femme qui reçoit n'importe quel homme, qui est peut-être malade... Jamais, non, jamais, je ne...

Bilot dort.

Mme Bastien a pris l'habitude de renifler sans raison et d'avoir les yeux rouges. Les repas sont silencieux, encore que Charles, l'air gêné, essaie parfois d'engager la conversation.

Auparavant, chaque matin, il relevait au fer chaud les pointes de ses moustaches. Maintenant, il les porte tombantes. Il lui arrive, le soir, d'oublier d'embrasser son fils sur le front comme il le faisait d'habitude. Il lit son journal. Sa femme coud ou épluche les légumes en soupirant.

Un matin, une immense voiture jaune et rouge s'arrête devant la maison. Des hommes vêtus de toile bleue s'emparent des meubles et de tous les objets.

On déménage. On va habiter un autre quartier, à deux pas des bureaux de M. Ducatel, une rue étroite où des trams déferlent sans cesse et où on ne peut pas jouer.

Jamais plus Bilot ne sera accroupi comme un poussin sur un trottoir désert avec d'autres poussins.

— D'ailleurs, on va te mettre à l'école...

Son père chantait, jadis, en s'habillant. Le soir, il prenait Bilot sur ses épaules et tournait autour de la cuisine en imitant le tambour.

C'est fini.

Jadis, le vendredi de chaque semaine, il allait jouer au whist chez ses amis Plumier.

Il ne sort plus. Il lit son journal, de la première à la dernière ligne, en laissant éteindre sa pipe. Et, si une discussion futile éclate, vite Mme Bastien prononce :

— Je me demande comment tu te permets encore d'élever la voix...

D'autres phrases reviennent souvent.

— Quand on s'est conduit comme tu t'es conduit après six ans de mariage...

Ou encore :

— Tu tiens à ce que je te rappelle, devant ton fils, l'histoire du chocolat de M. Ducatel ?

Bilot ne cherche pas à comprendre. Il s'habitue à la nouvelle image de son père. C'est un peu comme ces photographies mal fixées qui s'estompent avec le temps. On dirait que les contours de Charles Bastien deviennent plus flous d'année en année. Il vit entouré d'un impondérable brouillard. Il continue à aller à son bureau, à rentrer à heure fixe, à manger, à s'asseoir dans son fauteuil d'osier pour lire le journal.

Mais ses expressions de physionomie manquent de netteté. Il ne se fâche plus, ne chante plus et, quand il sourit, c'est d'un sourire pâle, intérieur, un sourire mélancolique d'homme qui vit seul.

Le dimanche matin, autrefois, Bastien emmenait son fils par la main, après la grand-messe, et tous deux allaient s'asseoir, avec des camarades, au Café de la Renaissance, où Bilot avait droit à un sirop de grenadine.

— Non, mon ami... Je ne tiens pas à ce que tu conduises mon fils Dieu sait où...

Mme Bastien a fait la connaissance d'une voisine, une ancienne marchande d'œufs et fromages qui avait un joli magasin tout en marbre. Elle a encore un teint frais de laitage et une fade odeur d'étable, mais ses yeux sont toujours rouges.

Elles passent ensemble, à coudre près de la fenêtre et à regarder passer les trams, des après-midi entiers. A quatre heures, elles se font une tasse de café et vont acheter des gâteaux. Tout le temps qu'elles sont ensemble, elles soupirent, parfois elles pleurent à petits coups.

— Vous savez ce que c'est, vous, madame Rorive... Mais moi, après six ans de mariage...

— Encore heureux qu'il ne vous ait pas quittée en emportant l'argent...

— J'aurai bien voulu voir ça !

Quand Bastien rentre, elles se taisent soudain. Mme Rorive ne le salue pas, ramasse son ouvrage et s'en va, très digne, après avoir embrassé son amie comme à la sortie du cimetière.

— Il me semble que tu rentres bien tard...

— Je t'assure... Il a fallu signer le courrier et...

— Oh ! Je ne te demande rien... Au point où nous en sommes...

On était si bien, rue Pasteur, avec des voisins qu'on connaissait, des trottoirs dont chaque pavé était familier, des seuils lavés chaque semaine.

Dans le centre de la ville, où on habite à présent, à part Mme Rorive, on ne connaît personne et, dès qu'on sort de la maison, on est pris dans la bousculade. On ne peut même pas ouvrir la fenêtre sans qu'un vacarme assourdissant pénètre dans l'appartement.

Est-ce que Bilot se souvient seulement de Cendron et de son pied bot, de son canif à lames multiples, de sa loupe et de son lacet de bottine ?

Il grandit. Sa voix mue. Il va au lycée. Un jour, il a rencontré Renée, qui est devenue une grande fille haute sur pattes avec des tresses de cheveux couleur de lin.

Ils se disent d'abord vous, en reviennent peu à peu au tu.

— A propos de la rue Pasteur... Pauvre Cendron !... Tu te

rappelles ?... Il est devenu tout petit, tout ratatiné et sa mère le promène dans une voiture... Nous qui le prenions pour un diable !...

On l'appelle toujours Bilot, bien qu'il ait dix-sept ans. Il s'est laissé entraîner par des amis dans un café où il y avait des femmes. Ils ont payé des tournées. Pas toutes. A la fin, ils n'avaient plus assez d'argent et Bilot a laissé sa montre en gage.

Une nuit affreuse. Des chiffres qui dansent et qui prennent des formes aussi menaçantes que celle de Cendron autrefois.

Bilot attend son père en face des bureaux de M. Ducatel. Les employés sortent.

— Qu'est-ce que tu fais ici, fils ?

— Voilà, papa... C'est difficile à dire... Je suis dans une situation effroyable...

— Une femme ?

Ils marchent côte à côte dans la rue. Bilot s'attend à un sermon, à des reproches.

— Je t'assure, papa... Je ne sais pas comment c'est arrivé...

— Combien ?

— Cent cinquante francs... Je te demande pardon... Je te promets...

Son père lui donne les cent cinquante francs.

— Surtout, ne dis rien à ta mère.

— Merci, papa.

— Elle ne comprendrait pas.

Ils sont entre hommes, pour la première fois.

— Il ne faut pas lui en vouloir... Un jour... Tu étais tout petit... Tu te souviens de Cendron ?...

Bilot rougit sans savoir au juste pourquoi.

— Eh ! bien, je te jure, mais ta mère ne voudra jamais le croire, que c'était la première fois... Je passais... Je rentrais à la maison avec le paquet de chocolat, le fameux paquet de chocolat de M. Ducatel... *Elle* était sur son seuil et le vent avait refermé sa porte... *Elle* m'a demandé...

Bilot ne sait plus où regarder et est descendu du trottoir.

— Attention au tram... J'ai essayé notre clef et je suis parvenu à ouvrir... *Elle* m'a invité à entrer un moment... *Elle* voulait m'offrir un verre de liqueur pour me remercier... Tu comprendras plus tard... Ta mère, elle...

Ils sont en face de leur maison. On voit la terrible Mme Rorive en sortir avec son ouvrage.

Le voile devient plus épais autour de M. Bastien. L'homme se fait plus flou, plus humble, mais il a le temps de murmurer :

— Ta pauvre mère mourra sans comprendre...

Il a encore quelque chose à dire, furtivement, après un coup d'œil inquiet à la fenêtre dont le rideau a bougé.

— Si tu es encore embarrassé, viens me voir au bureau...

L'escalier sent la soupe aux poireaux. Le couvert est dressé. Mme Bastien regarde les deux hommes avec cette acuité qui fait parfois penser à de la seconde vue. Elle prononce en remplissant la soupière :

— Quels mauvais conseils étais-tu en train de donner à ton fils ?

Est-ce que M. Bastien a réellement fait un clin d'œil ? Il déploie sa serviette et murmure de sa voix feutrée :

— Nous nous sommes rencontrés par hasard... N'est-ce pas, Bilot ?... Il me parlait de sa version latine...

LE COMIQUE DU SAINT-ANTOINE

On aurait dû attraper la marée du matin et, malgré le vent debout, en tirant quelques bords, le *Saint-Antoine* se faufilait tranquillement, sur le coup de huit heures du matin, entre les jetées en bois de Fécamp. C'est si vrai que Petit-Louis était déjà habillé, fin prêt comme les voyageurs qui ont la main sur la portière du train un quart d'heure avant l'entrée en gare.

Il avait son cadre sous le gaillard d'avant, avec les bâbordais. Le mousse avait à peine préparé le jus du matin qu'il se faisait chauffer une pleine bassine d'eau sur le poêle, maintenant qu'on arrivait et qu'on n'avait plus à ménager l'eau douce.

— Tu vas te décrasser à bord, à cette heure ?

— Et pourquoi que je ne me décrasserais pas à bord ? Des fois qu'elle serait à Fécamp pour me voir débarquer...

Et Petit-Louis, au milieu des hommes qui mangeaient, ou qui préparaient leur sac, s'était lavé aussi minutieusement que sa mère le lavait le samedi, dans la cuisine, quand il était petit. Pendant plus d'un quart d'heure, il avait laissé tremper ses pieds dans l'eau chaude et mousseuse. Indifférent au roulis, il s'était rasé devant un bout de miroir, non sans se couper près de la pomme d'Adam, qu'il avait pointue et saillante.

A présent il était propre, il sentait le savon à l'eau de Cologne, il avait passé son chandail neuf, sa vareuse à deux rangs de boutons et il avait aux pieds les belles bottes en caoutchouc caca d'oie, des bottes canadiennes, avec comme marque un bison bleu, qu'il avait rachetées, à Saint-Pierre, à un homme d'un chalutier norvégien.

Si tout s'était bien passé, à huit heures il était à terre, à neuf heures moins dix il prenait le train pour Bréauté, où il attrapait la correspondance, et le soir, en changeant encore deux fois, il était à Concarneau.

Qu'est-ce qui arriva ? Est-ce que le vent mollit vraiment comme l'homme de barre le prétendit ? Est-ce que l'homme calcula mal ses bords ? Toujours est-il qu'on rata la marée et qu'on n'eut qu'à attendre la suivante, les voiles en ralingue, si près du port qu'on pouvait voir des petits points noirs sur la jetée, la chapelle au-dessus de la falaise d'amont et la longue ligne blanche du casino sous la falaise d'aval.

Les mariés, surtout ceux des environs, étaient contents, parce que cela donnait aux femmes et aux mioches le temps d'arriver. On avait vu le *Saint-Antoine*, évidemment ! M. Poussard, l'armateur, avec ses sabots noirs, son pardessus à col de castor, son nez qui coulait toujours, devait s'affairer et, dans les villages, à Yport, à Bénouville, à Étretat, on habillait les gosses, on courait vers la gare ou vers l'autobus.

C'était mieux comme ça, après sept mois de Terre-Neuve, de trouver tout le monde sur la jetée, les mouchoirs agités. Il n'y avait que Petit-Louis à être inquiet, en homme qui connaît la malignité du sort à son égard. Il n'osait pas s'asseoir, ni s'appuyer au bastingage, ni rien faire, par crainte de se salir. On ne l'entendait même pas raconter d'histoires, parce qu'il ne se considérait déjà plus comme à bord. Il avait seulement lancé, à l'heure de son train :

— Choléra !

Et voilà que cela se passait comme d'habitude. Les feux étaient allumés, et les becs de gaz autour des bassins, quand le *Saint-Antoine*, soulevé par la houle, s'engagea entre les pilotis, tous les hommes sur le pont, tous regardant les femmes et les enfants qui, sur la jetée, couraient en suivant le bateau. On se criait les nouvelles. Les femmes portaient les derniers-nés sur les bras et des marmots emmitouflés de lainages s'accrochaient à leurs jupes et trébuchaient.

Il y avait aussi les rigolos, les bricoleurs, les joueurs de belote, les rats de quai et ceux-là, qui étaient des copains, hélaient Petit-Louis.

— Hé ! Petit-Louis, ça va ?...

Lui, pour la première fois de sa vie, restait digne. C'était drôle, car il n'était pas fait pour la dignité, avec son petit corps maigre et pourtant râblé, son long cou, sa tête étroite, aux traits irréguliers, avec surtout ces immenses bottes qui semblaient taillées pour un géant et qu'il avait dû replier comme des bottes de mousquetaire.

Il crachinait, comme toujours. Les quais étaient visqueux et la boue scintillante d'écailles puait le poisson.

— Alors, Petit-Louis, qu'est-ce qu'on va se taper ?

Mais lui, sautant du bateau alors que celui-ci était encore dans l'écluse, laissa tomber :

— Rien du tout ! Je me marie...

Le plus comique, c'est que ce n'était pas une farce. Son sac à bout de bras, son baril de langues et de joues sur une épaule, il traversa le quai et poussa la porte vaguement lumineuse de chez Léon.

— Salut, Léon !... lança-t-il en posant son baril près du comptoir. Faut que tu me rendes un service...

— Qu'est-ce que tu prends ?

— Rien du tout ! Justement ! Faut que tu me rendes un service d'ami. C'est dans quatre jours que je me marie, tu comprends ?... Alors... Combien que tu me rachètes les langues ?

Car chaque pêcheur de morue a le droit de se préparer un baril de langues et de joues.

— Comme d'habitude, quoi !

— C'est pas beaucoup...

— C'est-y que tu serais devenu avare, Petit-Louis ?

Et lui, imperturbable :

— Je me marie, que je te dis ! Tiens ! Voilà mon portefeuille. Il y a dedans tout ce que j'ai gagné... dix-huit cents francs... Attends... Je prends cinquante francs... Le reste, tu vas le garder jusqu'à demain... Tu comprends ?... Même si je te demande de l'argent, faut pas m'en donner... Si je te supplie, si je...

— Compris ! fit Léon en serrant le portefeuille dans un tiroir.

Pendant ce temps, des hommes en ciré, en bottes, suivaient leurs femmes dans les rues, portaient les mioches. D'autres entraient dans les cafés comme chez Léon, et commandaient des fil-en-six.

— Tu vas seulement me faire à manger... Attends ! D'abord un gros *bistek*... Un gros, tu sais... Puis...

De quoi avait-il encore rêvé pendant les sept mois passés à bord ?

— Ah ! oui... De la tête de veau à la vinaigrette... Et après ça des crêpes... Pendant que tu prépares la tambouille, je vais à la gare voir si les heures de train n'ont pas changé... Rappelle-toi ce que je t'ai dit pour l'argent, hein !...

L'obscurité du dehors, mal délayée autour des becs de gaz, l'absorba tandis qu'une demi-douzaine de pêcheurs faisaient irruption chez Léon. Il y faisait chaud. L'air sentait bon le calvados et le fil-en-six. Sur les bouteilles, il y avait de minces becs en étain pour servir plus facilement les petits verres. Léon avait aussi un pensionnaire, M. Jacques, comme on disait, un télégraphiste qui devait s'embarquer dans une dizaine de jours.

— Vous mangerez de la tête de veau aussi, monsieur Jacques ?

Thérèse, la petite bonne de seize ans, sale comme un peigne, alla chercher la tête de veau chez le boucher. Elle crut voir, dans l'ombre d'une rue, Petit-Louis qui parlait à une femme.

On mit les deux couverts, sur le marbre de la table, celui de M. Jacques et celui de Petit-Louis. Le gros *bistek* grésilla dans le réduit qui servait de cuisine. De temps en temps, le patron regardait l'heure à l'horloge-réclame au-dessus du comptoir et, à huit heures et demie, seulement, la porte s'ouvrit, on devina Petit-Louis dehors, mais il faisait passer quelqu'un devant lui, une femme maigre, sans chapeau, au long visage pâle, aux yeux tristes, au manteau râpé.

Petit-Louis, pas fier, entrait derrière elle et s'approchait de Léon.

— Je vais t'expliquer... Ce n'est pas ce que tu crois... Seulement, je n'avais pas envie de manger seul et...

— C'est ça ! Tu ramasses la première ordure venue près de la gare...

Léon devait la connaître, car il ne fit pas de longs discours, se contenta de regarder la fille d'une certaine façon, de lui montrer la porte, sans se fâcher, de grommeler :

— Ouste !

Elle chercha Petit-Louis des yeux. Petit-Louis détourna la tête et elle s'en alla à reculons. Tout simplement.

— Tu ne penses pas que je vais laisser entrer ça ici ?

— C'est bon... C'est bon... fit Petit-Louis.

Et, comme il avait les yeux brillants, Léon questionna, bourru :

— Qu'est-ce que tu as bu ?

— Rien...

— Laisse sentir...

— Juste un petit Pernod... Non, deux...

— Montre tes cinquante francs... C'est tout ce qui te reste ?... Tu me supplies de ne pas te donner à boire et tu vas offrir des tournées dans les caboulots...

— M'engueule pas, Léon... Puisque je te dis que je me marie...

Et, se tournant vers M. Jacques qu'on avait placé à la même table que lui :

— Qu'est-ce que tu fais, toi ?... Télégraphiste ?... T'es marié ?...

Il n'avait déjà plus faim. Il n'était pas triste, mais il se sentait un poids sur l'estomac.

— Moi, tu comprends... Demande à Léon ou à n'importe qui... A chaque fois, je me dis : faudra aller à Concarneau, passer deux ou trois mois à terre, comme tout le monde... Puis, le matin, sans que je sache comment ça s'est fait, je me retrouve au poste, où tous les flics me connaissent... Plus un sou en poche... Tu comprends ?... C'est les autres qui m'entraînent... Cette fois-ci, j'ai pris mes précautions, vu que je me marie la semaine prochaine... Tiens !

Et, par-dessus son assiette, il passa à son compagnon un portrait de jeune fille, toute raide, la main posée sur une colonne tronquée.

— Elle est placée chez un médecin, à Rennes... Son père est pêcheur... Il a un petit sloop, à Concarneau... Il comptait sur ses deux fils pour l'aider, mais un est entré au chemin de fer et l'autre a mal tourné à Paris... Il m'a dit comme ça :

» — P'tit-Louis, si un jour tu deviens sérieux...

» Tu comprends ? Faut que j'arrive là-bas avec mon argent. J'ai écrit de Saint-Pierre-et-Miquelon pour faire publier les bans... Comme ça, la date fixée, le repas de noces commandé, et tout, je suis tranquille...

— T'as pas faim ? vint s'inquiéter Léon, comme l'autre n'arrivait pas à bout de son *bistek*... Il n'est pas bon ?

— Mais si ! Mais si !

De leur bateau, il y en avait déjà qui étaient saouls et qu'on entendait naviguer dans les rues en chantant. La porte s'ouvrit. C'étaient des Anglais qui débarquaient d'un charbonnier et qui commandèrent du whisky.

Jamais, de sa vie, à terre tout au moins, car à bord c'était le garçon le plus sérieux du monde, jamais Petit-Louis n'avait été aussi sage.

— Tu comprends... Le beau-père et moi, avec un bon sloop...

Il n'empêche qu'il louchait vers les Anglais, surtout quand Gradut, qui était une vraie raclure, alla s'asseoir près d'eux pour se faire payer à boire.

— Léon, criait Gradut. Passe-moi un jeu de cartes...

C'était son truc. Il leur faisait des tours de cartes pour les amuser et vidait tous les verres. Parce que les autres étaient anglais, il se croyait obligé de parler petit nègre.

— Regarde mains, gentleman... Rien dans mains... Prendre carte... Vous !... Oui ! Prendre carte...

Petit-Louis soupira, grommela un mot qui devait encore être :

— Choléra !

Dix minutes plus tard, tandis que Gradut s'empêtrait dans ses tours, Petit-Louis avait les yeux brillants, bien qu'il n'ait bu que du cidre bouché.

— Tu vas voir... annonça-t-il à M. Jacques.

Il se leva, s'approcha des Anglais.

— Donne les cartes, Gradut ! commanda-t-il avec l'autorité de la vedette s'adressant à un pâle amateur.

Il prit le jeu de trente-deux cartes, le saisit, de chaque main, entre le pouce et l'index. La lèvre dédaigneuse, sans mot dire, comme sans effort, il déchira le paquet en deux. Puis il laissa tomber à l'adresse des matelots anglais :

— Essayez ! Si vous réussissez, je paie la tournée !

Léon tenta de lui faire signe, mais il était trop tard. Petit-Louis avait les pommettes rouges, les yeux allumés.

— Passe-moi un jeu de cinquante-deux, Léon... Je te le paie...

Il expliqua aux Anglais, en comptant sur ses doigts :

— Cinquante-deux... Hein !... Cinquante-deux...

Ce fut plus long. Sa pomme d'Adam sautait sous l'effort et les veines de ses tempes se gonflaient. Le jeu fut déchiré quand même et les autres poussèrent un hourra, lui mirent un grand verre de whisky dans la main.

— Petit-Louis !... appela Léon.

— Fiche-moi la paix, toi...

Et soudain, là, parmi ces hommes, on entendit une étrange voix de fille qui piaillait :

— N'écoute pas ce que dit Léon... C'est un em... !

On chercha. On comprit. Petit-Louis triomphait et continuait ses exploits de ventriloque. Il commençait, toujours de cette voix de crécelle qui semblait sortir de la banquette, le refrain du *Tipperary*.

L'instant d'après, il était assis à la table des Anglais et s'évertuait à leur donner des explications dans leur langue.

— Fort ?... Vous fort ?... demandait-il à un colosse à cheveux roux. Les allumettes, Léon...

Léon soupirait, car il y avait des années qu'il connaissait le répertoire de Petit-Louis. Celui-ci saisissait une allumette entre le pouce et l'index, un bout posé sur la pointe de chaque doigt, et d'une pression de ses doigts il la pliait, la cassait en deux.

— Essaie... Hein !... Si tu réussis, enflé, je paie la tournée...

Léon s'approcha de lui, se pencha :

— Tu ferais mieux de ne pas boire...

Il avait raison. Petit-Louis devait le sentir aussi, car il lançait au patron un regard douloureux, résigné.

— Attends que je leur fasse le coup du bouchon...

— Tu sais bien comment ça finira... N'oublie pas que tu te maries...

Bien sûr ! Bien sûr ! Mais pouvait-il laisser un type comme Gradut...

— Attention, gentlemen !... Plus difficile...

Il chercha M. Jacques des yeux, lui adressa une œillade, saisit le verre qui était devant lui et se mit, le plus naturellement du monde, à le mâcher.

Ce fut du délire. Ces hommes qui avaient beaucoup bu l'acclamaient et pour un peu l'auraient porté en triomphe. Lui tenait à aller jusqu'au bout de son numéro.

— Qui est-ce qui a une pièce de deux sous en bronze ?... Léon !...

Ce petit bonhomme avait des muscles d'acier. En quelques secondes, la pièce de bronze fut pliée en deux et les Anglais s'évertuèrent longtemps sans parvenir à en faire autant.

— Whisky, patron...

— Non ! Pour moi, si ça ne vous fait rien, ce sera du calvados dans un grand verre... Compris, Léon ?... Attendez !... Essayez de soulever cette chaise à une main, en la tenant par un pied au ras du sol... Ha ! Ha !...

Des pêcheurs étaient entrés, mais Petit-Louis ne les voyait plus. Tout frémissant, il cherchait sans cesse de nouveaux moyens d'éblouir et l'alcool n'était que pour une petite part dans son ivresse.

— Cette fois, c'est ma tournée... Du champagne, Léon... T'as compris ?... J'ai dit : du champagne... Est-ce que j'ai de l'argent, oui ou non ?... J'en ai ?... Et tu es bistrot, n'est-ce pas ?... Quand je te dis de servir du champagne... D'abord, rends-moi mon portefeuille...

— Tu oublies que tu te maries ?

— Et après ?... C'est justement une raison pour en profiter... Donne-moi mon portefeuille, ou je lance ma chaise dans la vitrine... Toi, le Jacques, ce n'est pas la peine de me regarder comme ça... Attends seulement que tu sois resté six mois, que dis-je, six mois ? sept mois en mer à bord d'une casserole comme le *Saint-Antoine*... Je vous demande pardon, messieurs, de ne pas parler anglais... Tenez ! Si vous me donniez des aiguilles et du fil... Léon ! Donne-moi un morceau de fil et des aiguilles... Thérèse !... Elle n'est pas ici, cette gamine ?... Thérèse !... Du fil et des aiguilles, mon chéri... Tu ne m'as même pas embrassé... Regardez bien... Je mets le fil dans ma bouche... J'avale les aiguilles... Une... deux... cinq... huit aiguilles... Vous avez vu ?... Pas de préparation, pas de tricherie...

Il rata, dut aller préparer son truc dans la cuisine et on entendit Thérèse qui protestait :

— Restez tranquille, voyons...

Où, quand, comment perdit-il les Anglais ? C'était trop difficile à établir. Ce qu'il savait, c'est que, pour faire enrager Léon, il les avait emmenés chez Jeanne, le bistrot d'à côté, plutôt mal fréquenté.

— Pardon !... Ici je suis chez moi... C'est moi qui paie, n'est-ce pas, ma vieille Jeanne ?

Elle était vieille, en effet, grasse, jaunâtre et, derrière son comptoir, faisait sans cesse de louches transvasements dans ses bouteilles.

— T'as déjà vu le truc des aiguilles, Jeanne ?

Elle l'avait vu dix fois, mais elle n'eut garde de le dire.

— Apporte-moi du fil et des aiguilles... Attends... Donne-moi ce verre-là...

Il le mâcha...

— Au fait, je me demande si ce cochon de Léon m'a payé mon baril de langues... Comme je le connais... Et M. Jacques... Où est-il, M. Jacques ?... Celui-là, c'est un frère...

— Ici ! fit M. Jacques, qui avait suivi timidement.

— Entre nous, tu trouves que le *bistek* était bon, toi ? Sais-tu ce qu'il faisait, Léon, avant de s'établir bistrot à Fécamp ? Il était chauffeur de maison bourgeoise... Avec une livrée... Sa femme était cuisinière dans la même maison... De son temps, on mangeait bien... Depuis qu'elle est morte...

Il se pencha, parla bas.

— Parfaitement !... Ce vieux cochon et Thérèse... C'est pour ça qu'il est si furieux quand il me voit entrer dans la cuisine... Parce qu'il faut encore que je te dise... La dernière fois qu'on a débarqué...

Un trou. Du noir. De la pluie. Des becs de gaz et des agents qui déambulaient et à qui Petit-Louis lançait un bonsoir sonore.

Et les Anglais ?

— Tu n'es jamais allé au 36 ?... Je vais te présenter... Des copines... La patronne est une payse...

M. Jacques était long, maigre, portait binocle. Il avait l'air d'un étudiant sérieux, ou d'un employé de banque. L'ivresse ne lui enlevait rien de sa gravité, mais un sourire béat flottait sur ses lèvres.

— Je me marie, c'est entendu, mais ce n'est pas une raison... Tu sais, c'est une fille tout ce qu'il y a de sérieuse... Marguerite, qu'on l'appelle... Eh ! bien, entre elle et moi...

Petit-Louis fit claquer son ongle contre ses dents.

— C'est moi, la patronne !... Qu'on apporte à boire... Je crois que ce cochon de Léon nous a empoisonnés avec sa tête de veau qui n'était pas fraîche...

Il s'élançait en avant et marchait sur les mains au milieu de la pièce surchauffée où étaient assises des femmes à peu près nues

— Zut ! Est-ce qu'il m'a rendu mon portefeuille, au moins ?

Et le télégraphiste, très grave, mondain :

— Vous l'avez mis dans cette poche...

A quatre heures du matin, quand Petit-Louis voulut payer les consommations offertes à la ronde, il ne lui restait qu'une centaine de francs en poche. Alors, brusquement, il retira ses bottes, ses belles bottes canadiennes couleur caca d'oie, les brandit, parlant avec volubilité à la façon d'un camelot :

— Qui est-ce qui en veut ?... Une occasion messieurs-dames !... Une occasion comme vous n'en retrouverez plus !... Deux cents francs la paire de bottes neuves... Là-bas, de l'autre côté de l'eau, vous payeriez le même article je ne sais combien de *sterlinges*...

M. Jacques essuyait les verres de ses lunettes et montrait des yeux vagues de myope. Depuis une bonne demi-heure, une femme, machinalement, lui tenait le bras, vêtue d'une écharpe rose qui lui ceignait les reins juste en dessous du nombril.

Qui est-ce qui acheta les bottes ? Mystère ! Petit-Louis, en chaussettes, était assis à côté de son ami. Et, comme la patronne avait envie de fermer, il lui criait :

— Si vous me faites ça, je casse tout... Vous me connaissez... Vous savez que ce ne sont pas les flics qui m'impressionnent... Donnez à boire...

La photographie de Marguerite était revenue dans sa main. C'était lui, maintenant, qui tenait le bras de M. Jacques.

— C'est fichu, tu comprends ?... Le plus ennuyeux, c'est que tout est prêt, qu'elle a fait faire sa robe... Même que le dîner est commandé... Je ne peux pas arriver là-bas sans un sou... C'est toujours la même chose... Comment est-ce qu'on t'appelle ?

— Gloaguen...

— Et moi Cloarec... C'est presque pareil... T'es d'où ?

— De Quimper...

— C'est tout près... Dis donc !... Cela ne te fait rien que je te dise tu ?... Tu sais ce que tu ferais, si tu étais un chic type ? T'irais là-bas à ma place et t'épouserais Marguerite...

Le plus étrange, c'est que M. Jacques répondit d'une voix de rêve :

— Tu crois ?

— Mais oui, voyons !... Cette pauvre fille a donné ses huit jours à ses patrons... Elle croit qu'elle va se marier... Elle a commandé sa robe... Comme je la connais, sérieuse, et tout, elle doit avoir un joli trousseau... Alors, de quoi va-t-elle avoir l'air ?... Les bans sont publiés... Tu arrives et tu dis qu'on s'est trompé de nom, que ce n'est pas Cloarec mais Gloaguen... Les gens n'y verront que du feu... C'est une brave petite, vois-tu !... A l'idée qu'elle va...

Il pleurait.

— Moi, je n'ai même plus mes bottes... Dis ! franchement... Est-ce que je peux me présenter devant elle sans mes bottes ?...

Et, triomphant :

— Alors !...

Puis, insinuant :

— Et pour ce que je t'ai dit tout à l'heure, c'est vrai... Jamais ça !... (claquement de l'ongle entre les dents)... Des baisers, oui... Rien d'autre... Tu vois que tu n'as pas à avoir peur... Sans compter que son père a une maison en plus de son bateau... Pas une grande maison, mais elle est à lui...

Par quel miracle la patronne parvint-elle à les pousser dehors et à fermer sa maison ? Toujours est-il qu'ils se retrouvèrent à marcher dans les rues désertes.

— Ça arrange tout, mon vieux Cloarec... Non ! Gloaguen... J'aime encore mieux dire Jacques... Moi, faudra que je rembarque... Ce n'est pas difficile... Ils savent bien qu'à bord il n'y a pas plus sérieux que moi... Est-ce que je suis un homme, dis ?... Seulement, tu comprends... Non ! Tu ne peux pas comprendre... L'idée que cette pauvre Marguerite... Et j'étais bien décidé, tu sais... S'il n'y avait pas eu cette sacrée marée... Tu veux que je te dise ?... C'est les vieux qui le font exprès !... Ils aiment mieux arriver quand les femmes et les mioches sont sur la jetée... Ça fait plus émouvant...

Ses pieds faisaient flac dans la boue et sur les pavés mouillés, mais il ne s'apercevait plus qu'il était en chaussettes.

— Tu vas coucher chez ce cochon de Jules ?... Moi pas... Je comprends que tu doives y aller... Mais si !... Ne t'en fais pas pour moi... Seulement, il faut me jurer que toi et Marguerite... De temps en temps vous penserez à moi... Vous direz que Petit-Louis est quand même un chic type... Je te la donne, tu comprends ?... Maintenant, faut que je m'arrange pour avoir un coin où dormir...

Tu vas voir... Seulement, faut pas t'attarder... Va ! aie pas peur... J'ai l'habitude...

Et, titubant, il alla ramasser des pierres. Il visa d'abord un bec de gaz, mais sans en atteindre les vitres. Alors, il choisit une vitrine sans volets. C'était une boulangerie. Un vacarme de verre brisé emplit la rue. On entendit courir. Petit-Louis, cependant, ramassait de nouvelles pierres et les lançait un peu au hasard sur les maisons.

— Salut ! cria-t-il aux deux agents de police qui accouraient. Dites donc ! Vous n'auriez pas vu mes bottes, par hasard ?... Il y a un salaud qui m'a chipé mes bottes...

C'était l'heure où, chez Léon, il n'y avait personne. C'était difficile de parler dans le vide. M. Jacques et Marguerite n'échangèrent que quelques phrases hésitantes. Puis, comme elle remettait son chapeau, il murmura :

— Vous permettez que je vous accompagne ? Vous ne connaissez pas Fécamp ? Je vous montrerai...

Il lui montra les quais, le bassin à flot, le *Saint-Antoine* dont on débarquait la morue.

— Vous savez que je suis du côté de chez vous ?

Elle ne pleurait pas. Elle n'était pas gaie non plus.

— Je me doutais qu'il me jouerait un tour... C'est pour ça que je suis venue... Seulement, je suis arrivée trop tard... Il y a maintenant trois ans que ça dure... Chaque fois qu'il descend à terre, la comédie recommence...

— Vous repartez ce soir ?

— Je ne sais pas encore...

— Vous feriez mieux de vous reposer et de rester jusqu'à demain... Il y a un bon film au ciné...

Ils dînèrent encore en tête à tête. Léon ne comprenait pas. Puis ils allèrent au cinéma et Jacques Gloaguen prit une loge.

— Il va falloir que je trouve une autre place... Si j'avais su...

Elle ne partit pas le lendemain non plus. Elle s'acheta des bottes en caoutchouc verni, à cause de la boue dans laquelle ils pataugeaient toute la journée, s'arrêtant sans raison devant les bateaux.

— J'ai toujours espéré qu'il deviendrait sérieux... Je l'ai connu tout petit...

Gloaguen, lui, était sérieux. Si sérieux qu'il n'osait pas lui frôler la main. Ils marchaient côte à côte, des heures durant, dans le crachin. Il leur arriva de passer devant le fameux 36 et Gloaguen détourna la tête.

— Vous embarquez bientôt ?

— Je devais embarquer dans dix jours... Mais peut-être... Je ne sais pas encore... Cela dépend...

— Cela dépend de quoi ?

Thérèse, quand elle lui montait son petit déjeuner dans sa chambre, le regardait avec réprobation. Léon, à tout bout de champ, faisait :

— Hum !... Hum !...

Et il adressait des clins d'œil aux clients.

La chambre de M. Jacques et celle de Marguerite n'étaient séparées que par une cloison et le soir M. Jacques restait l'oreille collée à celle-ci, à écouter. Puis il ne parvenait pas à s'endormir.

— C'est vrai que vous aviez tout préparé pour le mariage ?

— C'est vrai.

— Ah !

Peut-être ne serait-il rien arrivé sans Léon, qui prit un soir M. Jacques à part.

— Dites donc... J'ai un vieux client qui vient d'arriver et je ne sais où le loger... Hum !... Enfin... Nous nous comprenons... Au point où vous en êtes... Vous n'auriez pas assez d'une chambre pour vous deux ?

M. Jacques rougit, pâlit, bégaya :

— Mais... mais...

— Enfin, quoi ? Rien ?

— Je veux l'épouser...

Et, à cause de cette question de chambres, il le dit à Marguerite, en dînant. Il y avait justement de la tête de veau. Il était un peu triste, un peu honteux.

Mais c'était la faute à qui ?

LE MARI DE MÉLIE

— Tripote pas toutes les soles, ma petite. Tu sais bien que tu finiras par prendre deux maquereaux pas trop gros ou une demi-livre de raie...

La « petite », c'était la vieille bonne du curé de Saint-Jean, mais Mélie tutoyait tout le monde avec tant de naturel que personne ne songeait à s'en offusquer. Elle saisissait sur la table de marbre un quartier de raie sanguinolent, le soulevait, ne pouvait s'empêcher de jeter un coup d'œil dans la rue.

— Je te mets ce morceau...

Un flac sur la balance, l'aiguille qui oscille, Mélie qui froisse le papier et la vieille bonne qui picore dans un vaste porte-monnaie.

C'est la troisième fois que Mélie est dérangée depuis une demi-heure qu'elle s'est mise à table. Il est neuf heures du soir. Du bleu presque violet se dilue doucement dans la tranchée de l'étroite rue Saint-Jean. Il y a longtemps que les Fleurisson, les marchands de parapluies d'en face, ont baissé leurs volets et installé leurs chaises sur le trottoir. On se demande comment ils peuvent rester ainsi sans bouger, toute la soirée, à regarder droit devant eux. Le vieux, passe encore : il est presque entièrement paralysé et certains l'appellent l'invalide à tête de bois. Mais sa fille, qui a quarante-cinq ans ?

— Au revoir, madame Mélie...

— Au revoir, ma vieille.

Machinalement, elle reconduit la servante du curé jusqu'à la porte.

— Ne vous donnez pas la peine...

Et la chose arrive, comme elle s'y attend depuis cinq heures de l'après-midi, depuis qu'*il* s'est montré pour la première fois dans la rue. Maintenant, c'est la quatrième fois. S'imagine-t-il qu'on ne le remarque pas ? Tout à l'heure, Mme Josse, la marchande de légumes, a interpellé Mélie.

— On dirait quelqu'un de la police...

Il n'attend même pas qu'il fasse tout à fait noir. Il s'avance précipitamment et pose un pied entre la porte et le chambranle. En face, la tête de bois de M. Fleurisson et la tête de sa fille, où ne vivent que des prunelles noires, sont comme au spectacle ou comme les mannequins d'une baraque foraine.

— Entre...

Mélie ajoute plus bas :

— Entre donc, imbécile !

Car, tout en voulant paraître naturel, désinvolte, Nicolas se croit obligé de prendre un air mystérieux. Il regarde la porte entrouverte de la cuisine, puis le plafond de la poissonnerie, et elle répond à cette question qu'elle comprend fort bien :

— Mais non, mon vieux...

Elle le regrette aussitôt. Elle aurait dû lui laisser croire qu'il y avait quelqu'un, un homme. Mais les têtes des Fleurisson, là, contre leur devanture, ces deux regards qui plongent dans la boutique, l'exaspèrent.

— Entre !

Il est toujours aussi grand et il affecte de devoir se pencher, pour franchir la porte de la cuisine. Du ragoût se fige dans de la sauce. Un chat s'enfuit.

— Je te demande pardon... Tu étais à table...

Il n'est pas rassuré, semble toujours chercher autour de lui les traces d'un successeur.

— Tu as reçu mon dernier mandat ?

Et Mélie, qui est plus à son aise depuis qu'elle a refermé la porte aux rideaux de tulle et qu'elle ne voit plus les deux momies, de soupirer avant de se rasseoir :

— Tu sais bien que tu n'as jamais envoyé de mandat !... Tu as dîné ?... Assieds-toi... Mange...

Il est tellement le même que cela l'exaspère et qu'elle lui arrache des mains sa canne et cette serviette en maroquin qu'il a toujours traînées avec lui.

Depuis vingt-six ans !

Quand il se disait journaliste, parce qu'il écrivait parfois un petit article pour le journal local, il portait la barbe et ses vêtements n'étaient déjà pas ceux de tout le monde ; il marchait dans les rues avec une majesté qui n'appartenait qu'à lui.

Après leur mariage, lorsqu'il a emmené Mélie à Paris — mon Dieu ! ce qu'elle a pu avoir faim ! — il a adopté la barbiche à la mousquetaire, puis, un soir, il est rentré le menton rasé, avec seulement de fines moustaches brunes.

Il n'a plus ni barbe ni moustaches. Il doit avoir un dentier, car sa bouche fait un drôle de pli mou. Ses vêtements ne sont toujours pas ceux de tout le monde.

— Je te jure, Amélie, que je t'ai envoyé un mandat, de Saint-Moritz, en Suisse, il y a... voyons, il doit y avoir deux ans... Je n'avais pas ton adresse exacte, mais j'ai pensé qu'en l'adressant rue Saint-Jean...

Elle n'insiste pas, car elle sent qu'il a faim et qu'il ne veut pas le laisser voir. La cuisine de Mélie est la plus propre de la rue. Le fourneau est en émail blanc. Des casseroles de cuivre s'alignent sur les murs recouverts de faïence. Le timbre de la boutique retentit. Elle se précipite, sert une cliente et en profite pour accrocher les volets et fermer la porte à clef.

Elle n'a pas peur... Une petite angoisse, voilà tout... Elle rentre dans la cuisine et il s'essuie vivement la bouche... Elle regarde le tiroir de la table où se trouve son argent... Il n'a pas osé y toucher, ou bien il ne sait pas...

Jadis, quand il n'y avait que trois cent dix francs à la maison, ou plutôt dans leur chambre d'hôtel, place de la République, il n'a pas hésité à emporter les trois cent dix francs et elle n'a retrouvé en rentrant qu'une pièce de deux sous au fond du tiroir.

Avec une lettre. Une de ces lettres dont il a le secret.

Ma chère Amélie.

Une affaire extrêmement importante, qui nous apportera la fortune, m'oblige à partir sans attendre ton retour. Tu peux avoir confiance : je reviendrai et je reviendrai riche. En attendant...

Il y a vingt-six ans de cela et il n'est jamais revenu. Elle a appris, le lendemain, qu'il s'était embarqué pour l'Algérie avec une petite chanteuse noiraude qui habitait la chambre en dessous et à qui Mélie, bonne bête, raccommodait les bas.

— C'est ennuyeux que tu ne l'aies pas reçu...

Il parle toujours du mandat. Il y tient.

— Qu'est-ce que tu faisais, à Saint-Moritz ?

— J'étais dans un grand hôtel.

— Comme directeur ?

— C'est-à-dire que j'étais le collaborateur immédiat du directeur...

Ou laveur de vaisselle ! Avec Nicolas...

— Tu es de passage ?

Il se trouble, cherche dans sa poche des cigarettes qu'il sait ne pas y trouver et Mélie en jette un paquet sur la table.

— Cela dépendra...

— Tu as parlé à quelqu'un de la rue Saint-Jean ?

— Non... Pourquoi ?

Mélie, qui connaît la passion de Nicolas pour le café, lui en prépare une tasse. Cela l'occupe. Elle va et vient, laisse tomber :

— Parce que tu es mort, tiens !

— Tu dis ?

— Je dis que j'ai préféré raconter aux gens que tu étais mort... Ce n'était pas la peine de leur expliquer que...

— Je comprends.

— Qu'est-ce que tu comprends ?

Le voilà qui regarde à nouveau le plafond, comme s'il soupçonnait un autre homme d'être là-haut dans la chambre. Mélie hausse les épaules. Ce n'est pas ça du tout.

— Alors, tes affaires ?

— Je n'ai pas à me plaindre... Je suis sur le point de réussir un gros coup et c'est justement pour ça que...

L'odeur du café rend la cuisine plus intime. Mélie tourne le commutateur électrique, va chercher un carafon et des petits verres dans le placard.

— Dis donc, Nicolas, tu ne comptes pas rester ici, par hasard ?

— C'est-à-dire...

— Tu es raide, hein ?

Il ne se démonte pas tout de suite. Sa main tremble un peu en tenant la tasse. C'est l'âge, sans doute. Il va avoir cinquante-cinq ans et peut-être s'est-il laissé aller à boire ?

— Réponds ! t'es raide ?

— Pour le moment, je ne peux pas dire que...

Alors, elle prend sa serviette et l'ouvre tandis qu'il la suit d'un œil honteux.

— J'ai compris.

Elle ne contient qu'une chemise sale, une vieille paire de pantoufles, un morceau de savon et une brosse à dents dans un bout de journal.

— Laisse voir ta montre...

Jadis, quand il rentrait sans sa montre...

— Eh ! bien, mon vieux !

— Écoute, Amélie... Je viens d'avoir un coup dur... Mon associé est parti avec...

— Avec la caisse qui n'existait pas.

— Tu me parles comme si...

— Comme si je te connaissais, n'est-ce pas ?

Elle dit tout cela sans colère, sans rancœur, ce qui est encore plus humiliant.

Avant, elle l'admirait. C'était presque une gamine des rues, une gamine qui travaillait au marché au poisson. Il était, lui, un monsieur, le fils du directeur de l'usine à gaz, et c'était elle qui se retournait sur lui quand il passait.

Plus tard, elle croyait tout ce qu'il lui disait. Sous sa dictée, quand ils vivaient à Paris, elle écrivait à sa mère pour lui réclamer de petites sommes sous les prétextes les plus divers.

Des lettres pareilles à celles qu'elle a reçues elle-même. Deux fois. La première, quatre ans après la fuite de Nicolas, datée de Londres.

Ma pauvre Amélie,

Si je ne te connaissais pas, je n'oserais pas t'écrire aujourd'hui, car tu dois croire que je t'ai lâchement abandonnée. Bientôt, quand je pourrai te rejoindre, je t'expliquerai tout et tu comprendras. Le plus urgent c'est que je quitte ce pays où je risque les plus graves ennuis. Si, dans cinq jours au plus tard, je ne dispose pas d'une certaine somme, de deux mille francs au moins, il ne me restera qu'à me faire sauter la cervelle, ce qui vaudrait peut-être mieux pour tout le monde...

Elle avait envoyé mille francs. Il y avait eu ensuite un trou de dix ans. La seconde lettre n'était qu'un court billet, d'une écriture inconnue. Elle portait un timbre italien.

Madame,

Votre mari se trouve chez moi, mourant. Une opération s'impose d'urgence. Au cas où vous auriez gardé un peu de pitié pour un homme qui vous a toujours aimée, envoyez sans tarder un mandat télégraphique à l'adresse suivante. C'est sa vie qui est en jeu...

Puis, en post-scriptum :

Votre mari, qui est resté fier, ignore que je vous écris cette lettre.

— Je t'écoute, Nicolas...

Elle a dix ans de moins que lui. Elle est devenue boulotte. Ses cheveux roux sont entremêlés de fils d'argent. Ses joues se couperosent. Dans son tablier blanc, elle est aussi fraîche qu'un bonbon. Ses sabots claquent sur les dalles.

Il boit son marc à petites gorgées et lance des regards de chien battu.

— Avoue que tu es au bout de ton rouleau, que tu en as assez de traîner la semelle...

Il balbutie en portant la main à sa poitrine :

— C'est le cœur qui commence à flancher... Le médecin prétend...

— Alors, tu as pensé que tu pourrais venir vivre ici...

— Mon Dieu, je...

— Eh ! bien, mon ami, ce n'est pas possible... Je t'ai déjà dit que tu étais mort...

La cuisine est si propre, si chaude, si accueillante ! Ne lui reste-t-il donc qu'à reprendre la serviette que Mélie a posée sur une chaise et à s'en aller ?

Nicolas, les yeux sur sa tasse vide, fouille sa poche, pose sur la table une pièce de quarante sous.

Elle a compris. C'est tout ce qui lui reste.

— Eh ! bien ? fit-elle cependant.

— Rien... Je croyais...

— Et tu n'avais peur que d'une chose, avoue-le : c'est de trouver un autre homme dans la maison ! C'est pour ça que tu rôdes depuis cinq heures de l'après-midi... Je t'ai bien vu, va !... Je t'attendais ce soir... Encore un peu de café ?

— Cela m'est défendu à cause de mon cœur, mais...

— Imbécile !

Elle ne semble pas croire davantage à la maladie de cœur qu'à tout le reste et il grimace en vain en portant la main à sa poitrine.

— Je te jure...

— Prends une cigarette... Écoute...

Il sent, cette fois, qu'elle va dire quelque chose de définitif. La preuve, c'est qu'elle éprouve le besoin de tisonner le feu. Quand elle se retourne, une mèche de ses cheveux est défaite.

— Je ne peux pas raconter aux gens du quartier que tu as ressuscité... Tu comprends ?... D'ailleurs, il n'y a pas place dans la maison pour un homme qui passe ses journées à ne rien faire...

— Je suis prêt à...

— A travailler ?... Convenu !... Tu n'as qu'à remplacer le père Loiseau...

Il fronce les sourcils. Il y a donc eu un homme dans la vie de sa femme ? Le plus étrange, c'est que cela ne fait pas que l'inquiéter : cela le vexe, cela le peinerait presque. Il sourit.

— Le père Loiseau, qui est mort à l'automne, était un vieux de soixante-douze ans... Il couchait là, dans le cagibi, à mi-hauteur de l'escalier... C'était lui qui faisait la *chine*...

Elle explique :

— ... Qui vendait le poisson dans les rues avec la charrette, quoi !... Ce n'est pas plus fatigant qu'autre chose...

Il regarde la serviette, ses mains restées soignées.

— Alors ?

— J'accepte... Je ferai tout ce qu'il faudra...

— Tu coucheras dans le cagibi... A six heures, tu iras ouvrir les volets et je t'apprendrai demain à arranger la marchandise sur la charrette...

Il fait oui de la tête et n'ose pas redemander du marc, bien que sa main se soit rapprochée de la bouteille.

— Tu ne peux pas faire la *chine* dans ce costume... Tu ressembles à un comte décavé... Demain matin, je te donnerai les frusques du père Loiseau...

Et elle achève, avec une petite angoisse dans la gorge, car c'est le moment le plus difficile :

— Bois encore un verre et va te coucher... Je me lève à cinq heures...

La porte de la chambre ne ferme pas à clef. Mélie n'a pas peur des voleurs et de l'argent traîne toujours dans la maison. Nicolas est dans le cagibi et parfois on l'entend se retourner, pousser un long soupir.

S'il se levait sans bruit ?... S'il... ?

Puis tout s'endort et Mélie s'éveille alors qu'un coq chante dans une courette. Elle reste en bigoudis, passe ses vêtements du matin.

— Nicolas !

Quand elle ouvre la porte du cagibi, il se cache sous la couverture, mais elle a eu le temps de voir sa poitrine maigre et blafarde, couverte de poils gris.

— Il est l'heure ? murmure-t-il, résigné, pas tout à fait réveillé.

C'est bien un râtelier... Il l'a retiré pour dormir... Il a une bouche toute molle de vieux...

— Tiens ! voici les vêtements de Loiseau... Descends dès que tu seras prêt...

Elle allume le feu, met l'eau à bouillir, moud le café dans le moulin orné d'un paysage hollandais. Le voilà qui descend en sabots et qui bute. Il ne sait où se mettre. Il n'est déjà plus le mari, mais le successeur du père Loiseau.

— Qu'est-ce que je dois faire ?

— Attends d'avoir bu ton café...

— Tu sais, Amélie... Le mandat de Suisse...

— Mais oui, mon vieux...

— Je te jure que c'est vrai... J'étais dans une bonne passe... Je me disais chaque jour...

— Mais oui !... Prends le pain dans le placard... Le beurre est dans la glacière du magasin, à gauche...

Les vêtements de Loiseau sont trop larges pour lui, trop courts. Il a l'air de s'être déguisé. Il traîne ses sabots pour ne pas les perdre en marchant.

— Assieds-toi... Qu'est-ce que tu attends ?... Le vieux mangeait avec moi dans la cuisine...

Maintenant qu'il fait jour, ils aperçoivent par la fenêtre la cour où il y a deux charrettes à bras et des piles de caisses vides.

— Mange...

Cette pauvre bouche qui...

— Laisse la croûte, va !

— Non ! Pas cette caisse-ci... Hisse... Attention à la porte...

Il y a du soleil. Il fait frais. La rue commence à s'éveiller et la marchande de légumes ouvre déjà ses volets.

— Pour la première tournée, je te mettrai une gamine qui connaît les clientes...

Mélie, qui pense à tout, ajoute après un instant de réflexion :

— Comme il faut que tu aies un nom, tu diras que c'est Jules... Les gens t'appelleront le père Jules...

Il y a des moments, tant il est gauche, où elle a envie d'éclater de rire, d'autres moments où...

— Tu ne m'appelleras plus Amélie, mais Mélie, comme tout le

monde... La petite va arriver... Pousse la charrette au bord du trottoir...

Il se met dans les brancards. Le fait-il exprès de porter une fois encore la main à sa poitrine ? Il est capable de toutes les singeries. C'est dans sa nature. Il ment pour mentir, triche pour tricher. Une force inconnue le pousse à faire ce qu'il ne doit pas faire et c'est bien pour ça qu'aujourd'hui, à cinquante-cinq ans...

— Soulève davantage les brancards...

Il sourit, le bougre ! Il a encore trouvé ça ! A croire qu'il sait que ce sourire, à cause du râtelier et de son visage qu'elle voit pour la première fois imberbe, est plus pitoyable que tout.

— Arrête...

Il s'étonne, se retourne, continue de sourire...

— Je te dis de lâcher la charrette...

— Mais...

— Va te rhabiller...

— Pourtant, je...

— Dans cinq minutes, oui, tout mon poisson sera par terre... Va te rhabiller...

Cependant qu'il traverse la cuisine pour gagner le cagibi où sont restés ses vêtements, Mélie murmure :

— Vieille ficelle !...

Elle va décrocher les volets. La poissonnerie s'éclaire. Les poissons prennent leur place sur les tables de marbre. Le camion de glace s'arrête devant la maison et l'homme en bleu, un sac sur l'épaule, livre ses deux pains irisés.

L'autre va et vient, là-haut ! Léontine, la gosse qui fait la *chine* depuis la mort de Loiseau, prend son travail.

— Tiens ! vous avez chargé la charrette, madame Mélie ?

— Est-ce que je t'ai demandé quelque chose, à toi, morveuse ? N'oublie pas les soles de l'Hôtel du Commerce...

Léontine a entendu le pas. Elle doit s'imaginer que Mélie...

— Qu'est-ce que tu attends ?

— Rien... Vous avez oublié les moules...

— Eh bien, prends le sac sous l'escalier...

Nicolas apparaît alors que Léontine n'est pas encore partie et la gosse ne peut s'empêcher de le regarder des pieds à la tête, persuadée que sa patronne...

— Est-ce que tu vas filer ?

Le grand imbécile, lui, avec sa serviette et sa canne, a repris sa dignité.

— Je m'en vais... annonce-t-il avec une mélancolie qu'il veut souriante. Adieu, Amélie...

Et elle, qui a envie de rire :

— Tu vas te jeter dans la rivière ?

— Ne crains rien... Je ne te donnerai pas d'ennuis...

— Viens ici, crapule...

Il hésite, ma parole ! La main sur la clenche, il semble sur le point de partir. Elle attend. Il s'approche enfin.

— Tu te souviens de chez Valabelle ?

Il fronce les sourcils.

— Ce n'est pas le café près du Marché ?

— Valabelle est mort... Sa fille, qui a épousé un garçon boucher, le fils Piquet, tient l'auberge... Tu lui diras que tu viens de ma part et qu'elle te donne la chambre au second...

Il hoche la tête en homme qui ne peut accepter. Mais, en même temps, sa main tâte la poche où elle sait ne trouver qu'une pièce de quarante sous.

— Ils te feront la pension... Tu n'auras qu'à raconter que tu es mon cousin et que c'est moi qui payerai...

Ficelle ! Sacrée ficelle ! Il a deux francs en poche, une chemise sale et une brosse à dents dans sa serviette, et il joue à la dignité offensée !

On entend des pas dans la rue Saint-Jean. La vieille demoiselle Fleurisson vient d'ouvrir les persiennes de sa chambre, à l'entresol, au-dessus de l'immense ombrelle rouge qui lui sert d'enseigne.

Les clientes vont arriver. Mélie ouvre son tiroir-caisse, prend cent francs, deux cents, en remet cent...

— Tiens, tu donneras ça comme acompte... Chaque semaine...

Il a compris. Il hésite.

— Maintenant, f... moi la paix !... J'ai mon travail...

Et, de ses bras musclés, elle soulève une caisse de poisson couvert de glace pilée menu. Elle observe Nicolas en coin. Il va prendre le billet de cent francs sur le comptoir. Il ne le prend pas, il l'escamote, tousse, porte la main à son cœur et esquisse une grimace.

— C'est à charge de revanche, Amélie...

— Mais oui, file...

— Dès que mon affaire...

Parbleu ! Dès que son affaire... En attendant, qu'il se tienne tranquille chez Valabelle, qu'il vienne de temps en temps dire un petit bonjour en passant si ça lui chante et...

C'est tellement mieux ainsi !

— Tu sais, Amélie, pour ce qui est du mandat, je te donne ma parole d'honneur...

Qu'il s'en aille, bon Dieu ! Sinon, tout à l'heure, elle va finir par le croire !

— Alors, ma fille, qu'est-ce que je te sers aujourd'hui ? J'ai des merlans comme tu les aimes... Je t'en mets une douzaine ?...

Nicolas s'éloigne à reculons. Sur le seuil, il balbutie, comme un représentant de commerce :

— Je reviendrai...

Mais oui ! Mais oui ! Mélie a autre chose à faire pour le moment...

— Un kilo deux cents, ma jolie... Ça va ?...

Et sur le coin du papier parcheminé qui craque sous le crayon, elle fait le compte.

LE CAPITAINE DU VASCO

— Je vous affirme, Verbe, que vous êtes de plus en plus répugnant.

Celui qui prononçait ces mots à haute et intelligible voix n'était pas ivre et rien ne permettait de supposer qu'il ne fût pas en pleine possession de ses facultés.

Quant à celui à qui de telles paroles s'adressaient, ce n'était pas un enfant, ni un ivrogne. C'était un homme dans la force de l'âge, un homme qui avait même dépassé la force de l'âge puisque la cinquantaine avait blanchi ses poils drus, ceux de ses cheveux coupés en brosse, ceux de sa petite moustache et enfin ceux qui, faute d'être rasés depuis deux ou trois jours, donnaient une vilaine couleur crayeuse à ses joues.

Impossible de supposer que c'était à quelqu'un d'autre qu'on en avait, puisque aussi bien ils n'étaient que deux hommes sur la passerelle du *Vasco*. Et, d'ailleurs, l'un s'appelait bien Verbe, du nom de son père, décédé à La Tremblade, et de toute une lignée d'aïeux obscurs.

— Positivement répugnant ! insista le capitaine Josse après un silence.

Comme pour mettre davantage l'accent sur cette affirmation, le capitaine repoussa son assiette, en homme incapable de manger plus longtemps devant le spectacle qu'il contemplait.

Or, M. Verbe ne broncha pas. Les mots allèrent retrouver dans l'air épais les bruits de la rivière et le vol des grosses mouches parmi lesquelles il y avait sûrement un certain nombre de mouches tsé-tsé.

Qu'est-ce que le capitaine aurait pu dire d'autre pour secouer la crasseuse indifférence de son chef mécanicien ? Rien ! C'est ce qu'il fit : il ne dit rien. Il renversa un peu sa chaise en arrière et alluma une cigarette. Puis il souleva son casque, qu'il avait l'impression de dévisser, tant il était rivé à son crâne, et laissa pénétrer un peu d'air chaud sous le liège.

Le thermomètre, avant le déjeuner, marquait à l'ombre quarante-six ou quarante-sept degrés. La rivière, qui n'avait pour ainsi dire pas de rives, tant elles étaient plates et indécises, était de la même couleur que le ciel, c'est-à-dire d'aucune couleur, une sorte d'immense reflet glauque, et il fallait fixer longtemps un bout de bois ou une saleté quelconque descendant au fil de l'eau pour s'assurer que c'était liquide et que ça bougeait.

Il y avait trois semaines que le *Vasco*, avec sa cheminée ceinturée de rouge, était à l'ancre à l'embouchure de ce fleuve, un des quatre ou cinq fleuves de l'Afrique équatoriale, entre Matadi et le Cameroun, trois semaines qu'on attendait à rien faire et qu'on occupait l'équipage, par principe, à piquer la tôle, de sorte qu'on vivait du matin au soir dans un vacarme de coups de marteau qui résonnaient comme sous une cloche.

On attendait un chargement de bois, des billes d'acajou et d'okoumé qui devaient arriver un jour ou l'autre de là-haut, au gré du courant. Puis on irait attendre un autre chargement dans l'embouchure d'un autre fleuve.

Cela n'avait pas d'importance. Il y avait vingt ans que le capitaine Josse faisait ce métier-là et il y était habitué. Ce qui avait de l'importance, c'était M. Verbe qui, par sa seule présence, rendait la vie intolérable, surtout si l'on pense que, comme sur la plupart des cargos, le capitaine et le chef mécanicien prenaient leurs repas en tête à tête, si l'on pense aussi que les deux autres officiers et le télégraphiste étaient des jeunes gens qui passaient leur temps à lire ou à jouer au bridge.

— *Po-si-ti-ve-ment ré-pu-gnant...*

— Bille ! appela M. Verbe, la bouche pleine et le menton gras.

L'Annamite, à la fois cuisinier et steward, qu'on avait baptisé Bille, Dieu sait pourquoi, sortit de sa cuisine.

— Il n'y a plus de bouillabaisse ?

Répugnant ! Si encore cela avait été de la bouillabaisse ! Mais non ! C'était un mélange infâme de tous les poissons que M. Verbe avait pêchés lui-même, car, non seulement il pêchait à la ligne, mais il passait des journées à inventer des engins perfectionnés. Peu lui importait que les poissons fussent bleus, rouges ou verts, avec d'étranges gueules de monstres, des épines sur tout le corps, un aspect aussi peu comestible que possible. Tout lui était bon, et les crabes velus, les coquillages à donner la typhoïde à un équipage entier ! Des boîtes de sauce tomate y passaient, des piments, quoi encore ?

Et il mangeait ! Les coudes sur la table, il bâfrait ! Et il était content ! Il y avait dix ans, quinze ans qu'il bâfrait ainsi en face du capitaine Josse et que celui-ci lui avait pour la première fois, mais plus poliment, car ils ne se connaissaient pas encore si bien, exprimé son dégoût.

M. Verbe ne portait pas de casque. Peu lui importait le soleil à faire éclater un crâne de nègre. Il ne portait pas de complet blanc, comme tout Européen qui se respecte, mais, du matin au soir, il traînait un pyjama à rayures dont le pantalon descendait sur son ventre jusqu'à découvrir un nombril profond et dont la veste s'écartait sur des seins velus.

Positivement répugnant ! Et répugnant de calme, de sérénité, d'innocence, avait-on envie d'ajouter ! Doux comme un mouton. Humble à vous faire grincer des dents.

Si tout à l'heure quelqu'un tuait un oiseau de mer quelconque, il le mangerait à dîner ! Et si un nègre sortait de la forêt avec un animal biscornu, une de ces bêtes dont on ne sait même pas le nom, Bille serait encore chargé de le lui préparer !

N'empêche que la Compagnie, qui ne possédait pas moins d'une trentaine de bateaux comme le *Vasco*, n'avait jamais consenti à séparer le capitaine Josse de M. Verbe. Des époux peuvent divorcer. Eux pas !

Et des époux, en général, même en pleine lune de miel, ne sont pas isolés pendant des semaines sur une passerelle à l'embouchure d'un fleuve de l'Afrique équatoriale.

Les hommes, qui avaient mangé depuis longtemps, recommençaient à piquer la tôle et on avait l'impression, à chaque coup, de voir vibrer l'air épais. Bille avait apporté silencieusement une salade de fruits que le capitaine repoussa.

M. Verbe mangeait toujours, penché sur son assiette, sourcils froncés, comme s'il s'agissait de l'œuvre capitale de sa vie. Il mangea aussi toute la salade de fruits et du jus coula sur son menton. Il but, pour faire passer le tout, une demi-bouteille d'un vin rouge plutôt violet.

Puis il tira de sa poche une pipe sale, usée à force d'en gratter l'intérieur avec un canif, et tassa le tabac du bout d'un index bruni.

Il était heureux ! Il était repu ! Il ignorait sans doute que, sur d'autres bateaux, le capitaine et son chef mécanicien pouvaient, à cette heure, deviser comme des hommes, échanger des idées et des impressions.

Jusqu'à l'odeur de sa pipe qui était plus forte, plus âcre que l'odeur de toutes les autres pipes du monde !

— Au prochain voyage, murmura le capitaine, plutôt par principe que par conviction, je demande à changer de bateau.

Et l'autre de riposter avec une sérénité hallucinante :

— Le *Vasco* est pourtant un bon navire...

Un matelot ne tarda pas à paraître et à entrer dans la cuisine.

Puis Bille sortit de cette cuisine et vint se pencher sur le chef mécanicien.

— Encore ? hurla le capitaine qui n'avait pas besoin d'entendre.

M. Verbe ne répondit pas. Il sourit pour s'excuser. Peut-être balbutia-t-il quelque chose comme :

— Vous permettez ?

Répugnant ! Déjà il se dirigeait d'un pas paisible vers l'échelle de fer. Quelques instants plus tard, le capitaine se penchait sur la rambarde.

Il ne s'était pas trompé. Pourquoi se serait-il trompé ? N'était-ce pas tous les jours la même chose ? Et dire qu'à terre, quand ils débarquaient à La Pallice, M. Verbe avait l'air d'un honnête contremaître endimanché ! Et qu'il se promenait le dimanche sur le mail avec Mme Verbe, sa fille et l'enfant de celle-ci qu'on poussait dans un landau !

Car il était grand-père ! Aux escales, il ne manquait jamais d'acheter des jouets.

Eh bien ! tandis que les matelots occupés à piquer la tôle détournaient la tête en souriant, M. Verbe, au haut de l'échelle de coupée, accueillait une négresse en pagne qu'une pirogue venait de lui amener. Elle avait les seins nus, de longs seins en poire. Elle souriait, elle aussi.

Pas plus gêné que quand, partout où on escalait, il pénétrait dans les maisons spéciales, le chef mécanicien la poussait doucement vers sa cabine.

Si seulement, pendant ce temps-là, le capitaine Josse avait eu quelqu'un à qui parler ! Les jeunes, il le sentait, préféraient rester entre eux. Bien qu'il n'eût pas tout à fait quarante-cinq ans, on le mettait dans le même clan que M. Verbe.

Il ne jouait ni au bridge, ni à la belote. La lecture lui donnait mal à la tête, surtout par une pareille chaleur. Il n'allait quand même pas se mettre à pêcher à la ligne !

Il lui arrivait de peindre. Il peignait à l'aquarelle, d'après des cartes postales. Il y en avait une dizaine dans la petite maison qu'il avait fait bâtir avenue Carnot, la belle avenue qui va de La Rochelle à La Pallice. Il les avait mises lui-même sous verre. Ou plutôt, pour dire la vérité, comme il ne s'y entendait pas très bien, M. Verbe l'avait aidé, car M. Verbe, lui, faisait tout ce qu'il voulait de ses mains.

Est-ce que cela n'aurait pas été charmant s'il avait eu un chef mécanicien comme les autres ? Ils seraient là tous les deux, à l'ombre, dans les rocking-chairs... Pas parler pour parler... Pas commencer une discussion sérieuse... Mais simplement laisser couler les mots, de temps en temps...

Il savait même comment il aurait commencé, avec l'air de rien.

— Je me demande ce qu'elle fait à cette heure-ci...

Quel jour était-on ? Jeudi ? Les cinémas de La Rochelle donnaient une matinée. Élise était certainement au cinéma, avec sa cousine Colette.

— Dis donc, Verbe...

Car il aurait tutoyé un homme moins répugnant que Verbe.

— ... c'est vrai que là-bas c'est encore l'hiver... Elle a mis son manteau à col de fourrure... Après le cinéma, gourmande comme je la connais, elle ira siroter un porto au Café de la Paix... Puis, en rentrant toutes les deux bras dessus bras dessous, elles aviseront une charcuterie et achèteront du jambon pour leur dîner... Il faut que je te dise... A son âge, c'est naturel... Elle n'est pas très portée sur la cuisine...

S'il avait voulu une femme de ménage, astiquant toute la journée et préparant des petits plats, il aurait épousé une femme de ménage. Il y en a à revendre. Elle serait devenue une femme sévère et moustachue comme Mme Verbe.

Lui, il avait choisi Élise, qui n'avait que... C'est qu'elle n'avait que vingt-quatre ans, de sorte qu'elle aurait pu être sa fille.

Fraîche, vive, toujours parfumée, avec ses petits ongles pointus soigneusement laqués, ses petits pieds, sa peau tendre...

Voilà, lui, comment il avait arrangé sa vie. Et le cadre y était. Aucun rapport avec la maison des Verbe, qui habitaient derrière la gare, un quartier où on ne rencontre que des ouvriers et des employés d'usine.

— Si tu voyais le salon, mon vieux Verbe...

Saligaud de Verbe ! Qu'est-ce qu'il faisait en ce moment, hein ? Un phénomène, à ce point de vue. Comme du point de vue de l'appétit, d'ailleurs. A Anvers, une fois que le *Vasco* y déchargeait du bois, il avait entraîné le capitaine avec lui dans une rue où des matrones, sur les seuils, hélaient les passants. Un grand salon avec des glaces et des banquettes de velours grenat, des nudités fades et des petits verres gluants de liqueur. M. Verbe était monté avec trois femmes !

— Si tu voyais le salon...

Chez lui, ce n'était pas grand, bien sûr. Il avait acheté la villa pour ainsi dire sur catalogue. C'est à peine si on avait mis trois mois à la bâtir. Mais c'était neuf. C'était frais. C'était pimpant. Après deux ans, cela sentait encore le plâtre et le vernis. Même que les portes collaient un peu quand il faisait chaud.

Élise avait choisi les tissus, beaucoup de petites fleurs, des rideaux de soie, plein de coussins sur le divan du salon...

On ne se sentait pas dans un « ménage » comme chez M. Verbe. Ce n'était pas non plus bohème. C'était autre chose. Comment dire ? Voilà ce qu'il aurait aimé expliquer. C'était « Élise ». L'atmosphère d'Élise...

Par exemple, elle se levait aussi bien à onze heures du matin qu'à huit, et elle était magnifique, en peignoir, toujours nue de quelque part, un sein, une cuisse qui émergeait du tissu, du rouge écrasé sur les lèvres.

— Hello, Josse !...

Elle n'aimait pas son prénom, Eugène, et elle l'appelait Josse.

Ce n'était d'ailleurs pas désagréable. Il y avait là-dedans une toute petite pointe de respect.

— Si nous allions déjeuner à la Pergola ?

Sa cousine Colette, qui avait dix-huit ans mais qui, avec son nez pointu, en paraissait quinze, vivait avec elle — parce que, n'est-ce pas, cela aurait été trop triste de rester seule pendant qu'il était en mer.

Et Colette, toujours en peignoir, elle aussi, à plat ventre sur le divan ou sur le lit, dévorait des bouquins en se bouchant les oreilles quand on parlait.

On se sentait chez soi. On empilait la vaisselle dans un coin de la cuisine jusqu'à ce que la femme de ménage daigne venir la laver. Il traînait partout des verres, des bouteilles. On mangeait à n'importe quelle heure et on faisait marcher la T.S.F. du matin au soir.

— Tu comprends, bougre de saligaud, que si tu avais une petite femme gentille comme la mienne, tu...

Il passait à ce moment devant le hublot de M. Verbe et il faillit jeter un coup d'œil dans la cabine. Non ! Il ne lui ferait pas cet honneur-là. Où avait-il encore ramassé cette négresse ? Qui avait-il chargé d'aller la lui chercher dans quelque village ? Et y aurait-il encore une scène, après ? Car M. Verbe était ladre. Sûrement qu'il essayerait de s'en tirer avec un paquet de cigarettes ou un de ces bijoux à dix sous achetés à la foire et dont il emportait un stock à chaque voyage. La dernière fois, la femme n'avait pas voulu ; elle lui avait arraché les boutons de son pyjama et était venue se plaindre au capitaine.

Dans trois heures, il ferait noir et un peu plus frais. On dormirait mal quand même. Puis, le lendemain matin, on regarderait la rivière en amont et probablement ne verrait-on rien venir.

Il y a des gens qui ont de la chance. Ils sont capables de dormir deux bonnes heures après leur déjeuner et c'est autant de gagné.

— Ne vous dérangez pas, messieurs...

Son second et son troisième officier, le télégraphiste et un drôle de matelot à taches de rousseur faisaient un bridge dans le carré.

Il s'assit à califourchon sur une chaise. Le jeu ne l'intéressait pas. Il pensait à autre chose. Soudain il eut un large sourire et ouvrit la bouche pour parler. Il avait envie de dire :

— A propos de ce poison de Colette...

Mais on ne raconte pas ces choses-là à des subordonnés. Au surplus, ils n'auraient sans doute pas compris.

Pourtant, comme histoire... Surtout quand on y repensait ici, au diable, dans l'embouchure de ce sale fleuve africain... Et pendant que M. Verbe et sa négresse...

Il remonta sur la passerelle, s'accouda à la rambarde et se surprit, à certain moment, à cracher dans l'eau.

D'abord, quand il disait ce poison de Colette... Non ! Il l'aimait bien... Pas comme Élise, c'est entendu... D'ailleurs, Colette était une gosse... Elle avait de ces reparties qui vous abasourdissaient et surtout elle imitait les gens à s'y méprendre, les petits travers de chacun lui sautaient tout de suite aux yeux...

Elle imitait aussi la démarche de M. Verbe, qu'elle n'avait vu passer qu'une fois avenue Carnot, sa façon de rentrer le cou dans les épaules et de regarder comme à travers ses sourcils...

Josse n'échappait pas à son ironie. Ne s'écriait-elle pas quand il arrivait :

— *Qu'est-ce que le capitaine a apporté à son petit chou-chou ?...*

Parce que c'était une phrase de Josse. Du moins l'avait-il prononcée une fois en tenant derrière son dos un châle espagnol qu'il avait acheté à Ténériffe.

Peu importe ! Elle était rigolote ! Pas très femme, mais assez pour que de temps en temps... Ce n'était pas sa faute ! Ils vivaient tous les trois dans leur petite maison et il arrivait qu'en ouvrant la porte de la salle de bains, par exemple...

Non ! Il n'aurait pas raconté cela à ce cochon de Verbe, surtout qu'avec lui les choses prenaient tout de suite un caractère trivial. Mais à un autre, un autre qui aurait été son chef mécanicien si la Compagnie ne s'était pas obstinée à les coller, Verbe et lui, sur le même bateau.

Alors, il aurait dit en plissant les paupières, ce qui lui donnait un air malicieux :

— Une gosse, quoi !... Vous voyez ce que je veux dire ?... Elle ne se rend pas compte, quand elle s'assied sur mes genoux, que je ne suis pas à mon aise...

Eh bien ! cette gosse... C'était incroyable, mais c'était vrai et il n'en revenait pas encore, il hochait la tête en regardant l'eau où ses crachats faisaient des ronds...

La dernière fois que le *Vasco* était rentré à La Pallice, il avait gagné au moins vingt-quatre heures sur son horaire, après avoir déchargé son bois à Hambourg.

Bon ! Le capitaine Josse descend à terre, rasé de frais, la peau aussi rose que celle d'un porcelet, avec encore du talc derrière les oreilles et pas un grain de poussière sur ses vêtements bleus.

« Je vais prendre un taxi... » se dit-il.

Seulement, il n'y a pas de taxi. Il fait la route à pied, précisément en compagnie de M. Verbe dont c'est le chemin. De loin, de cinq cents mètres au moins, ils aperçoivent la villa, avec son toit rose et sa loggia au rez-de-chaussée.

— Je parie, dit-il, qu'Élise est dans la loggia et qu'elle nous voit venir. Dans ce cas, dès que je serai sur le seuil, la porte s'ouvrira et...

Là-dessus, ils rencontrent M. Tissot, l'assureur, qui ne comprend rien à l'impatience de gens qui débarquent après quatre mois de mer et qui, pour parler comme Colette, leur tient le crachoir pendant dix minutes.

Enfin ! Il est parti ! Les deux hommes se quittent devant la maison.

— A la prochaine ! fit M. Verbe, qui ne doute de rien.

— J'espère que nous ne ferons pas le prochain voyage ensemble.

La porte s'ouvre, en effet. Élise est là, rose, souriante, un peu de feu aux joues, du parfum partout, surtout dans ses cheveux roussâtres.

— Déjà !... Tu n'as pas télégraphié ?...

Ce n'est pas la fois du châle espagnol. Il lui rapporte simplement des petits objets en cuivre ciselé qu'il a achetés en charbonnant à Dakar.

— Entre... Tu n'as pas faim ?...

Faim d'elle, bien sûr ! Au fait, par miracle, Colette n'est pas dans le salon. On ne la voit pas. On ne l'entend pas, ce qui est rare.

— Reste tranquille, Josse... Voyons !...

Un fauteuil dans la loggia, avec, dessus, un tricot rose commencé. Sur la table, du thé, deux tasses, des assiettes, des gâteaux... Et tous les coussins sur le divan...

Il siffle. Il est heureux. Il retire sa veste. Ce geste n'est pas vulgaire et débraillé comme chez M. Verbe qui porte des bretelles. Lui porte une ceinture et du linge toujours immaculé, empesé par Bille qui repasse mieux qu'une femme.

— Qu'est-ce qu'il y a dans ce paquet ?

Elle aussi, en somme, est une enfant. Est-ce qu'on est une grande personne à vingt-quatre ans ? Il redevient enfant comme elle. Ils jouent. Il la mordille. Elle se défend. Il mange un gâteau qu'elle lui pousse dans la bouche.

Voilà qui vous change des répugnants M. Verbe et c'est bon d'avoir une maison et une femme à soi, une petite femme gentille qui sent bon et dont le rire découvre des dents étincelantes. (Celles de M. Verbe sont noires, à cause de la pipe !)

— Il y a quelqu'un ? s'étonna-t-il soudain en entendant des pas dans l'escalier.

Il ouvre la porte et qu'est-ce qu'il voit ? Colette qui descend en compagnie d'un grand jeune homme. Le jeune homme n'est pas fier. Il faut que Colette le pousse. Quel sang-froid chez cette gamine !

— Va, Jean... Je lui expliquerai...

Et elle explique, en effet, tandis qu'avenue Carnot le jeune homme prénommé Jean s'éloigne à grandes enjambées.

— Tant pis !... Maintenant, il faut que je te dise tout...

C'est l'heure d'allumer. Il y a un vaste abat-jour saumon sur la lampe. Cela fait encore plus intime.

— Mettez-moi à la porte si vous voulez... J'ai un amant...

Il en est tout bête. Il regarde sa femme.

— Tu le savais ?

— Ne me gronde pas, Josse... Qu'est-ce que tu veux que je te dise ?... Il n'a pas encore fait son service militaire... Ils ne peuvent pas se marier avant qu'il ait une situation... Alors...

— Sacrebleu !

Il a tapé du poing sur la table.

— Et c'est ici, dans *ma*, dans *notre* maison que...

Élise pleure. Il faut avouer qu'elle pleure facilement, ce qui ne l'enlaidit pas, bien au contraire.

Colette, elle, la coupable, est raide comme un parapluie, les lèvres pincées, le regard fixe.

— J'ai été faible avec elle, je le sais... Je n'aurais pas dû... Mais du moment qu'ils doivent se marier...

Oh ! Candeur ! Alors, parce qu'ils doivent se marier un jour...

C'est tout Élise ! Simple comme un petit animal !

Une drôle de journée quand même. Puis soudain le soir, dans son lit... Josse ne parvient pas à s'endormir... Il pense à Colette... Il pense au jeune homme...

Si, pourtant... Non ! Ce n'est pas possible ! Il n'en parlera jamais ! Il ne le dira à personne ! C'est une honte qu'il ait pu le penser...

Et cependant...

En somme, il y avait, à son arrivée, deux femmes et un homme dans la maison... Il s'était arrêté suffisamment longtemps avec ce crampon d'assureur pour...

— Dis donc, Élise...

D'une voix du fond du sommeil :

— Quoi ?

— Il l'aime vraiment, ce garçon ?

— Qu'est-ce que tu dis ?

— Parce que, s'il l'aime vraiment et s'il compte l'épouser... Maintenant que ça y est... Écoute...

— J'ai sommeil...

— Rien qu'un instant... Tu verras que je ne suis pas si vieux jeu que tu le prétendais tout à l'heure... Le mal est fait, n'est-ce pas ?... Eh bien, je veux que demain ce garçon revienne ici... Et, ma foi, je ne vois aucun inconvénient à ce qu'il y dorme... Tu comprends ?

— Pitaine ! vint annoncer Bille qu'on n'entendait jamais approcher. Le thé est servi...

— Je viens !

Pas avant de s'être raconté toute son histoire, surtout qu'il en était arrivé au moment intéressant. Un moment où, chaque fois qu'il se racontait cette histoire, il avait un curieux pincement au cœur.

Car, le lendemain, il n'avait pas abandonné son idée.

— Tu as dit à Colette... ?

— Je lui ai dit quoi ?

— Pour son jeune homme... Pour cette nuit...

— Tu es fou, Josse ?

Ah ! mais, non ! Maintenant, il y tenait, à son idée. Il y tenait tellement qu'on devait sentir quelque chose de menaçant dans son attitude.

— Puisque cela se passe quand je ne suis pas là, j'exige que cela se passe aussi quand j'y suis...

Qui aurait pu croire que cette gosse de Colette... Il n'osait plus la regarder... Il lui en voulait... Il avait un peu peur d'entendre prononcer le mot jalousie...

Mais elles lui avaient à peine parlé de la journée. Le soir, il avait questionné :

— Et ce Jean ?

— Il viendra...

A ce moment-là, il le regrettait. Pour un peu, il aurait tonné :

— Je voudrais bien voir qu'il se permette de ...

Trop tard ! Il vint ! On l'entendit dans le corridor où Colette alla le rejoindre. La porte de la chambre se referma. Josse essaya de ricaner.

— Pour une jeune fille !...

Quatre jours. C'est tout ce que, cette fois-là, on était resté à terre. Et, depuis, faute de pouvoir s'adresser à quelqu'un, il se racontait l'histoire, de temps en temps. Il l'avait racontée à haute voix devant M. Verbe, mais pas en s'adressant à lui. L'autre n'avait rien dit. Était-il capable de dire quelque chose ?

Allons ! Tant pis ! C'est comme ça. Qu'est-ce que cela pouvait lui faire, après tout ? Est-ce que Colette était sa femme ? Et même, à bien réfléchir, c'était peut-être préférable, parce que cela coupait court à...

A quoi cela coupait-il court ? Il n'en savait rien. Il ne voulait pas le savoir. Zut et zut ! Ils en avaient encore pour une ou deux semaines dans ce fleuve, puis d'autres semaines dans une autre embouchure toute pareille, puis...

Il s'éloigna de la rambarde et jeta un coup d'œil au hublot de M. Verbe. Deux heures pleines qu'il était enfermé avec sa négresse. Et cet homme était grand-père !

Il s'assit, tout seul, devant la table où le thé était servi. Il prit deux morceaux de sucre, tourna la cuiller, sans rien regarder de précis, comme cela arrive quand on est seul. Il faillit se lever pour appeler le bosco et lui commander de faire cesser le piquage des tôles dont le vacarme finissait par vous rendre fou.

Et voilà qu'au même moment son regard, de flou qu'il était, devint fixe. Sur la nappe — car le capitaine Josse tenait à un certain décorum, fût-ce en Afrique — sur la nappe, il y avait des gâteaux, des gâteaux préparés par Bille, qui était aussi bon pâtissier que cuisinier.

Un de ces gâteaux était un gâteau à la crème.

Personne n'était là pour compter les minutes, ou les secondes, car le temps, en de pareilles circonstances, est plus relatif que jamais. Personne non plus ne put enregistrer sur la pellicule les différentes expressions du visage du capitaine.

Bille, seul, le vit passer devant sa cuisine. Puis on entendit des coups violents frappés à la porte de tôle de M. Verbe.

— Verbe !... Ouvre, nom de D... ! Tu entends ?... Ouvre !... J'ai à te parler...

Un rire de négresse. La voix du chef mécanicien.

— Un instant... Je viens...

Des chuchotements. Une discussion. L'histoire des cigarettes, sans doute. La fille voulait de l'argent.

— Ouvre !...

— Voilà...

La porte s'ouvrit. La négresse, avec son pagne rouge, se glissa dans la coursive et ne se retourna pas. M. Verbe faisait de gros yeux et ses cheveux étaient hérissés, son pyjama large ouvert sur son torse suant.

— Qu'est-ce que c'est ?... Le bois ?...

— Ce n'était pas Colette...

— Hein ?

— Je dis, mon vieux, que ce n'était pas Colette...

Et il lui serrait le bras, s'y cramponnait. Du coup, il tutoyait M. Verbe dont l'odeur ne l'écœurait plus et il ne s'apercevait pas que l'étroite cabine sentait la négresse.

— Ce n'était pas Colette !... C'est Bille...

— Bille ?... Qu'est-ce qu'il a fait ?

— Un gâteau à la crème... Tu vas...

Il ricanait et un instant le chef mécanicien crut qu'il était ivre, ce qui pourtant lui arrivait rarement.

— Bille m'a servi un gâteau à la crème... Je le regardais, comme ça... Je le regardais sans penser... Tu sais comment on regarde un gâteau à la crème ?... Alors, tout à coup, j'ai vu un autre gâteau à la crème, un gâteau à la crème entamé...

Est-ce que le soleil ?... Mais non ! Il ne paraissait pas avoir la fièvre.

— Tu te souviens ?... Mais si !... Tu as écouté, l'autre jour, ce que je racontais... Quand nous nous sommes quittés sur le seuil... Ma femme, dans notre salon... Sur la table, il y avait des gâteaux et du thé... Je n'ai pas fait attention... Et c'est tout à l'heure que cela m'est revenu... Il y avait deux couverts, mais sur une seule des assiettes se trouvait un gâteau à la crème *entamé*... Tu comprends ?... Un gâteau à la crème *entamé*...

Cela devenait une obsession : *gâteau à la crème !... gâteau à la crème !...*

Le plus extraordinaire, c'est que, malgré lui, le capitaine regarde, au-dessus du lit, un portrait de la fille de M. Verbe et de son bébé.

— Quelqu'un mangeait un gâteau à la crème quand nous sommes arrivés, quand on nous a aperçus tous les deux avenue Carnot, quand cet animal d'assureur nous a retardés...

Il s'épongea et s'assit au bord du lit, soudain plus calme.

— Eh bien ! mon vieux, ma femme n'a jamais pu supporter la crème... C'est plus fort qu'elle... D'ailleurs ça la rend malade... Donc, ce n'était pas ma femme qui était en bas... Et, si ce n'était pas ma femme qui était en bas, c'est elle qui était en haut...

— Vous devriez boire quelque chose, murmura M. Verbe en ouvrant un placard où il y avait une douzaine de bouteilles.

— Vous ne comprenez toujours pas, non ?

Était-ce *tu* ? Était-ce *vous* ? Il ne savait plus.

— Si ma femme était en haut, Colette était en bas... Et, dans ce cas, entre elle et le jeune homme... Hein ! Qu'est-ce que tu dis de ça ?... Et c'est moi, oui, c'est moi qui l'ai forcée à ...

M. Verbe alla fermer la porte restée ouverte, car il pouvait passer quelqu'un dans la coursive. Puis il versa à son capitaine un petit verre d'eau-de-vie des Charentes. Il hochait la tête.

— Il ne faut pas se frapper, murmura-t-il en buvant à son tour. Ces choses-là...

Puis il détourna la tête, car le capitaine Josse s'était mis à pleurer, à pleurer comme un veau, devait dire plus tard M. Verbe qui n'avait sans doute jamais vu pleurer de veau.

— ... Moi qui l'ai forcée à... ! Nom de ... de nom de ... !

Quand le capitaine Josse sortit en titubant de la cabine de M. Verbe, il était fin saoul. Le lendemain, on annonça les billes de bois et il cria, de son lit :

— M'en f... !

Il vint néanmoins faire un tour sur le pont vers la soirée. Il n'adressa pas la parole à M. Verbe. Le soir, il mangea avec lui et ne pensa pas à souligner que son chef mécanicien mangeait d'une façon répugnante.

On charbonna à Dakar, une fois de plus. Et alors, il se passa une chose vraiment exceptionnelle. Ce fut le capitaine Josse qui proposa à M. Verbe de l'accompagner dans certains endroits que celui-ci connaissait à fond.

Il est vrai qu'au dernier moment il gémit :

— Je ne peux pas, mon vieux... Quand je pense à cette petite !... Et c'est moi, tu comprends, c'est moi qui...

M. Verbe monta. Quand il retrouva son capitaine, celui-ci était à nouveau saoul.

— L'autre, tu comprends, je m'en f... !

Il était devenu grossier !

— Je parle de cette p... d'Élise !... Et, d'ailleurs, je vais t'avouer une bonne chose... Il y a déjà longtemps que, si j'avais osé... Mais je m'en rendais à peine compte... Tandis que, maintenant, c'est moi qui suis responsable... Qu'est-ce que tu ferais à ma place ?

M. Verbe avait sommeil et tout ce qu'il fit fut d'aider le capitaine à regagner le *Vasco*.

Trois semaines plus tard, en débarquant à La Rochelle, le capitaine Josse commença par mettre sa femme à la porte.

Après quoi il demanda un congé d'un an parce qu'il ne voulait pas quitter Colette avant d'avoir obtenu le divorce pour l'épouser.

Le plus diabolique c'est que, quand il reprit un commandement, on lui donna un autre bateau et un autre chef mécanicien, un Marseillais qui jouait aux boules à toutes les escales, et même sur le pont, alors qu'il aurait aimé parler de temps en temps de cette histoire avec M. Verbe.

Mais on ne peut pas tout avoir.

LE CRIME DU MALGRACIEUX

Est-ce que ces gens-là pouvaient se douter que c'était une question de vie ou de mort ? Peut-être pas tout à fait de mort, mais presque. Et encore ! Oui, de mort, parfaitement !

Mais ils ne se doutaient de rien. Ils allaient et venaient, dans le soleil, comme deux grosses mouches ivres de pollen. Ils exultaient. C'était sûrement la première fois qu'ils voyaient la Côte d'Azur. Ils n'en revenaient pas de trouver de véritables forêts de mimosas en février, une mer bleue, un ciel bleu, de petites barques multicolores qui semblaient engluées dans l'eau tandis qu'un homme, à l'arrière, regardant le fond avec une sorte de périscope fait d'un vieux bidon, pêchait des choses violettes et épineuses à l'aide d'un long bambou.

— Qu'est-ce qu'ils font ? avait questionné l'homme en les observant de la terrasse.

Et M. Chincholle avait répondu, revêche, sans quitter son inventaire des yeux :

— Ils pêchent des oursins...

L'homme avait traduit à sa femme. Elle n'avait pas compris. Elle ignorait jusqu'à l'existence des oursins. Mais elle avait été ravie quand même et elle avait répété, comme s'il s'agissait d'un mot magique :

— *Our-sinne...*

Il en était ainsi depuis le matin. Exactement depuis que, par Dieu sait quel miracle, leur longue voiture s'était arrêtée devant la boutique de M. Chincholle, coincée, du mauvais côté du port de Cannes, entre une brasserie et un marchand de cartes postales. Sur la plaque d'immatriculation, M. Chincholle avait lu : NL. Donc, des Hollandais ! Il avait examiné le chauffeur en livrée, le couple qui paraissait jeune, avec une même peau d'un rose bébé. Néanmoins c'est en vain qu'il avait essayé de se faire aimable. Ce n'était pas sans raison qu'on l'appelait le Malgracieux. Son foie. Sa femme. Puis l'histoire de son fils. Puis...

« Des jeunes mariés », s'était-il dit.

Il avait été étonné quand on lui avait demandé à louer une grande villa, d'au moins six chambres. Et, quand on avait précisé que c'était pour tout l'été, il en avait eu la gorge serrée. Est-ce qu'enfin... ?

— J'ai une villa très bien, au Cap-d'Antibes, les *Rochers Pourpres*... Elle est justement libre depuis un mois... D'autres clients doivent la visiter demain... Si vous voulez que nous prenions rendez-vous...

Ces gens-là débarquaient à peine et ils étaient pressés. Ils aspiraient déjà le Midi par tous les pores. Ils ne voulaient pas en perdre une miette, pas une seconde de jouissance.

— Tout de suite...

Ils ne savaient pas que Mme Chincholle, qui venait d'être opérée pour la troisième fois en deux ans, était allongée sur un vieux canapé, dans une pièce obscure, derrière la boutique. Ensemble, ils parlèrent de Chincholle, dans leur langue, et ils devaient s'étonner qu'un homme vivant dans un climat pareil, un homme ayant toute la journée sous les yeux le port de Cannes et ses centaines de yachts blancs, pût être vêtu de noir et avoir le teint jaune.

Les *Rochers Pourpres*... Une énorme villa, vieille de cinquante ans, rococo, avec des vitraux aux fenêtres, des tentures poussiéreuses, un calorifère qui ne marchait pas et, à cause de son exposition, de l'humidité jusqu'en plein été.

Seulement, ces gens-là voyaient tout en beau. Eux qui devaient habiter, à La Haye ou à Amsterdam, une maison moderne d'une propreté minutieuse, ils s'extasiaient devant la mousse des vieilles pierres et devant de faux tapis d'Orient moisis.

Combien Chincholle allait-il leur demander ? Il ne fallait pas les effrayer. Il ne fallait pas non plus citer un chiffre trop bas. Vingt mille ? Vingt-cinq ?...

A quoi bon s'emballer, puisque avant la fin de la visite ils seraient sans doute dégoûtés ? Vingt mille francs, cela suffirait précisément à...

Bien entendu, M. Chincholle avait commencé par les pièces qui donnaient sur la mer et qui recevaient quelquefois le soleil.

— Comme vous le voyez, cette terrasse est magnifique et c'est ici que les locataires se tiennent le plus souvent... La salle à manger, à gauche... A côté, le grand salon... Le billard...

Et le Hollandais s'extasiait qu'il y eût un billard ! Il est vrai qu'il n'avait pas essayé les bandes ! Il est vrai aussi qu'il ne lui viendrait jamais à l'idée de jouer au billard ! Les locataires sont comme ça. Chincholle en avait une telle expérience ! Ils allaient tout visiter, tout se faire expliquer, exploser d'enthousiasme, lui promettre de revenir le lendemain et...

Qu'aurait-il pu leur louer d'autre ? Sa vitrine était encombrée de photographies de villas à vendre ou à louer, de yachts, à vendre ou à louer aussi, mais personne ne l'avait chargé de ces transactions. Il n'était qu'un tout petit agent. Il y en avait cinquante, cent, de Cannes à Nice, à exposer les mêmes photographies et à ne réussir pour de bon que des locations miteuses, des logements de trois pièces au-dessus d'une blanchisserie ou d'un savetier...

Le plus grand danger, c'était d'ouvrir les fenêtres. La dernière fois, un battant lui était resté dans la main, ou plutôt lui était tombé sur la tête. Il essayait de ne pas se tromper, de ne manier que celles qui étaient en assez bon état.

Et ces deux-là qui parlaient toujours dans leur langue ! Est-ce qu'ils admiraient ? Est-ce qu'ils se moquaient ?

Il ouvrait les tiroirs d'un buffet :

— Vous remarquerez que l'argenterie est au complet... Je vais d'ailleurs vous remettre un double de l'inventaire et vous pourrez contrôler...

C'était atroce de ne pas savoir, d'être à la merci d'une moue de cette femme placide, aux yeux transparents, qui avait un sourire plus mystérieux que la Joconde.

Est-ce qu'il pouvait leur déclarer :

— Voici la situation. Je n'ai jamais eu de chance. J'ai passé ma vie à courir après un billet de cent francs. Ma femme collectionne toutes les maladies du Larousse Médical. Je n'arrête pas de payer les médecins et les cliniques. Je n'ai pas de bonne. C'est moi, en rentrant, qui devrai lui masser le ventre et préparer ses potions. J'achèterai un bout de charcuterie et une livre de pain. Ce ne serait encore rien si...

Comment aurait-il pu sourire ?

Leur dire qu'il ne supportait ni la chaleur, ni le soleil, qu'il avait les yeux fatigués et qu'on lui recommandait la montagne ? Que la saison était la plus mortelle de l'année à cause des petits vents coulis qui vous glacent soudain, au tournant, la nuque ou les reins ?

— Le grand salon... On peut y donner des réceptions de cinquante personnes et plus...

La femme questionna son mari. Le mari traduisit :

— Il y a le chauffage central ?

Et, tourné vers elle, le Malgracieux répondit en essayant de sourire malgré tout :

— Calorifère, *yes* !

Car il avait l'habitude de dire *yes* à tous les étrangers. Il les verrait accourir la semaine suivante au sujet du calorifère, évidemment ! Il jurerait de le remettre en état. D'ici là, le vrai printemps arriverait peut-être. Eh ! puis, il aurait touché !

Vingt mille ? Vingt-cinq ?

— Si vous voulez que nous montions voir les chambres...

Il y en avait douze, huit de maîtres, quatre de domestiques, trois salles de bains, des placards, des réduits de toutes sortes. Et il croyait comprendre, aux paroles de la femme et à ses gestes, que le couple n'était pas un couple de jeunes mariés, qu'il avait des enfants, trois au moins, deux nurses, deux femmes de chambre, une cuisinière...

Tout ce monde était déjà à l'hôtel !

Et M. Swaan était en Australie ! Voilà surtout ce qui comptait ! M. Swaan, le propriétaire, qui avait acheté les *Rochers Pourpres* un jour qu'il devait avoir trop bu de whisky et qui en avait confié la garde, jusqu'à la saison suivante, à l'agence Chincholle.

Or, il n'était pas revenu la saison suivante. Il n'était pas revenu depuis trois ans. Si bien que, quand, par aventure, Chincholle parvenait à louer la villa... Qu'est-ce que cela pouvait lui faire vingt ou vingt-cinq mille francs, à ce Swaan qui était si riche ?

— Vous avez deux appareils téléphoniques, un au rez-de-chaussée et un au premier, mais si vous restez un certain temps on pourra en faire placer dans les chambres principales...

Et il plongeait le nez dans son inventaire :

— Un lit à baldaquin style Louis XIII, d'époque, légèrement restauré, avec garniture en toile de Jouy...

Eux, ce qui les intéressait, c'étaient ces fenêtres sertissant un paysage merveilleux, c'était la baie des Anges qu'on apercevait au loin, un gros navire blanc qui entrait à Nice, les Alpes où traînaient des restes de neige. Et ces barques pointues des pêcheurs d'oursins...

— La cuisine ? s'enquit le Hollandais, sur une phrase de sa femme.

Allons ! Ce n'était pas fort beau, mais il fallait y passer. Une cuisine vaste, certes, mais aux murs peints d'un vilain brun. Chez eux...

— Vous voyez ! C'est très suffisant... Eau chaude et froide... De grands placards... Batterie de cuisine au complet... Une partie est en cuivre... L'autre...

En aluminium, quoi !

— Et par ici...

Il voulait leur montrer l'office. Il était consciencieux à sa façon. En outre, il avait tellement l'habitude de la malchance...

Il fit un pas. Une odeur nauséabonde le prit à la gorge. Il tira la porte du placard. Les Hollandais étaient sur le seuil, à parler d'autre chose.

Ils ne remarquèrent rien, ni que Chincholle devenait encore plus jaune, ni qu'il toussait, ni qu'il les repoussait précipitamment.

— Évidemment, je ferai nettoyer la villa dès demain matin...

— Mais c'est demain matin que nous voulons y entrer...

Encore une conversation dans leur langage.

— Ma femme dit qu'elle préfère que le nettoyage soit fait par nos domestiques... Elle viendra avec eux demain matin... Vous avez les clefs ?

Si Chincholle n'avait tourné le dos, occupé qu'il était à manier la serrure en fer forgé d'une vieille commode, ils auraient vu qu'il pleurait. Et peut-être un instant l'idée lui vint-elle de tomber à genoux, de leur avouer :

— La vérité, c'est qu'il y a un cadavre dans l'office. Je ne sais pas qui c'est. Je crois pourtant avoir reconnu la barbe du précédent locataire... Ce n'était pas un Hollandais, lui, mais un Hongrois... Il avait une très jolie femme... Il a loué pour trois mois et, après six semaines, j'ai reçu une lettre de Rome m'annonçant qu'il renonçait à la location.

Qu'adviendrait-il ? La police ! Et, dans les journaux, l'histoire du cadavre dans l'office ! Plus personne pour louer la villa du crime !

— Je m'en serais encore tiré, monsieur le Hollandais, car j'en ai l'habitude, même avec les opérations de ma femme, si mon imbécile de fils...

Un gamin de seize ans, à qui il payait le lycée, en se saignant aux quatre veines ! Un gamin qui, pour faire le faraud, pour imiter ses camarades riches, avait emprunté une auto, sur la Croisette, et s'était élancé en compagnie d'une jeune fille sur la route de Nice.

L'auto était en morceaux. Le fils avait la jambe cassée et souffrait de douleurs internes. A l'hôpital ! comme disent laconiquement les journaux. La jeune fille défigurée. Mon Dieu ! Cette visite du père, dans la boutique de location de villas !

Et celle du propriétaire de la voiture donc, un marchand de vins de Béziers !

— A la maison de correction, oui, monsieur !... Quand on a un fils qui...

Il réclamait vingt-huit mille francs. On avait transigé à vingt mille. Chincholle le Malgracieux avait versé la moitié, avec de l'argent qu'il venait de recevoir d'une location pour le compte d'un client de Paris.

Dès que je toucherai le loyer... avait-il écrit à ce client.

Et celui-ci avait répondu télégraphiquement : *Si ces métèques ne paient pas, faites expulser.*

Or, voilà qu'ils étaient tous les trois dans le soleil, sur la terrasse, au-dessus de ces fameuses roches qui n'étaient pas pourpres, ni roses comme celles de l'Esterel, mais légèrement colorées.

La villa paraissait presque plaisante. L'air était doux. Il était midi. On entendait les cloches d'Antibes, et les pêcheurs d'oursins se mettaient aux avirons.

— Si vous voulez que j'aille vous prendre demain matin, pour les clefs, je vous remettrai le chèque... Au fait, combien, pour toute la maison ?

— Trente... balbutia-t-il.

— Trente mille ?

Est-ce que cela servait encore à quelque chose de discuter ? Il balbutia tout bas, comme pour conjurer le sort :

— Trente mille, dernier prix. J'ai des ordres formels de mon client, un milliardaire américain qui se trouve en ce moment...

Les Hollandais se regardaient. Est-ce que la femme... ? Son mari lui traduisait le chiffre. Par bonheur, elle regardait à ce moment une barque d'un bleu ardent, à liseré rouge, sur laquelle on hissait une voile couleur safran. Elle plissait les paupières. Et, pensant peut-être à autre chose, elle fit oui de la tête.

Il n'alla pas voir son fils à l'hôpital cet après-midi-là mais il fit tout ce qu'il avait l'habitude de faire : allumer un feu de charbon de bois pour bouillir l'eau, moudre le café, baisser, sur le coup de deux heures, quand le soleil atteignit sa boutique, le vieux store à raies rouges et jaunes...

Ensuite le massage de sa femme qui, à cause des mouches, vivait dans une quasi-obscurité. Puis encore aller lui échanger, à la librairie derrière la brasserie, son roman populaire, car la pauvre femme en lisait un par jour, à se demander comment elle y voyait et à quoi elle rêvait.

Il fit aussi des écritures. Moins il avait d'affaires et plus il s'appliquait aux écritures, debout devant son bureau haut perché. C'était lui qui calligraphiait, avec des titres en ronde, les affichettes de l'étalage.

A neuf heures du soir, les volets fermés, sa femme lui demanda de sa voix aérienne de malade :

— Qu'est-ce que tu fais ?

— Il faut que je sorte. J'ai un rendez-vous avec un client.

— Tu prends ton vélo ? s'étonna-t-elle.

— C'est hors ville... Je rentrerai tard... Il s'agit d'une grosse location... Les *Rochers Pourpres*...

Trente mille ! Comme ça, sans broncher ! Devaient-ils être riches ! Les derniers locataires n'avaient payé que dix mille, pour trois mois, et encore avait-il fallu leur installer des radiateurs électriques et Chincholle en avait eu pour trois mille francs !

Cela ne leur avait d'ailleurs pas porté bonheur. Est-ce que c'était vraiment M. Czaris qui... Un homme très bien. Belle prestance. Belle barbe. Genre diplomate danubien de 1900. Une femme peut-être trop jolie et trop jeune pour lui. Sans compter le secrétaire...

Chincholle roulait, sur son vélo démodé, le long de cette route où glissaient les autos de luxe et les gros autocars.

Dix mille francs pour en finir avec le marchand de vins de Béziers. Dix mille au propriétaire de Paris qui était capable de lui tomber sur le dos un jour ou l'autre. Car celui-ci était un malin qui travaillait dans la droguerie. Il s'était fait construire une villa qu'il n'habitait que les trois mois d'été et il entendait payer ses frais avec les locations d'hiver et de printemps. Des gens qui savent compter. Et qui vous parlent tout de suite d'expulsion.

Vingt de trente, reste dix. Dix mille francs qui ne devaient rien à personne... Une somme que le Malgracieux n'avait plus eue entre les mains, pour son compte personnel, depuis... Autant dire depuis sa naissance.

Seulement, ce serait dur. Il valait mieux s'arrêter à ce bistrot et boire un grand verre d'alcool. Puis encore sur la place d'Antibes. Non ! Pas sur la place d'Antibes, où il risquait d'être reconnu.

L'obscurité lui faisait aussi peur que la lumière. La grosse clef de la villa pesait dans la poche de son veston. Au fait, n'avait-il pas affirmé aux Hollandais que l'Aga Khan était leur voisin ? Le mari avait traduit. La femme avait poussé un petit cri de ravissement. Voisin, c'était une façon de parler, car il y avait douze ou treize villas entre eux. Et l'Aga Khan était pour sept ou huit mois aux Indes.

Chincholle avait eu le temps de réfléchir tout l'après-midi. Il connaissait la villa mieux que personne. Il savait qu'il existait, dans un coin du jardin, près de la serre sans vitres, un trou où l'on mettait le terreau, jadis, quand il y avait un jardinier. Dans la serre, il restait quelques outils.

Il commença, sans retirer son chapeau ni ses gants — car il portait toujours des gants —, par creuser le plus possible de terreau. Puis...

Il avait même emporté des pastilles pour la gorge qui avaient une forte odeur. Il n'osait pas allumer. Il se dirigeait à tâtons. Des bruits éclataient à chacun de ses pas, des craquements, des chuintements, parfois comme des glissements de pas ou comme des murmures.

Il n'aurait pas pu dire s'il faisait cela pour sa femme, pour son fils, ou...

Il faisait cela, en somme, parce qu'il avait toujours eu de la malchance et que c'était une malchance de plus de trouver un cadavre à demi décomposé dans un placard de l'office, le jour où il décrochait une location de trente mille francs.

Il avait emporté un sac, attaché sur le cadre de son vélo. Il avait emporté aussi une lampe de poche dont il n'osa pas se servir.

Il aurait dû boire davantage. Même l'eau qui clapotait sur les roches pourpres d'une façon sinistre ! Et la lune qui se montrait au bon, ou plutôt au mauvais moment !

Ces gens-là, demain matin, bien lavés, bien habillés, contents d'eux et souriant du soleil, s'ébroueraient dans la maison, ouvriraient les fenêtres démantibulées, déclencheraient les feux d'artifice de poussière et s'apercevraient que les pieds des fauteuils ne tenaient plus.

Ils essayeraient d'allumer le calorifère, et alors...

Mais ils auraient payé. Il serait trop tard.

Il sentit la barbe sous ses doigts. Il ne la vit pas. Le sac était trop petit. Il n'avait jamais soupçonné la difficulté de faire entrer un corps humain dans un sac.

Il remit le terreau en place. A présent, il y en avait trop. Il en éparpilla, marcha dessus. Ensuite, pensant aux traces de ses pas, il alla chercher un râteau.

Quand il rentra chez lui, il était une heure du matin et il n'était pas ivre.

— C'est toi ? questionna sa femme, comme si ça pouvait être quelqu'un d'autre.

Il répondit que c'était lui, passa dans la cuisine et prit une bouteille dans un placard. Plus exactement *la* bouteille, car il n'y en avait qu'une. Une bouteille de vermouth. Parfois, on est obligé d'offrir à boire à un client et le vermouth est encore ce qui revient le moins cher, tout en restant présentable.

Des silhouettes, derrière les rideaux crème du casino. Des gens qui jouaient, des milliers, des dizaines, des centaines de milliers de francs sur les tables...

— Qu'est-ce que tu fais, Pierre ?

Il s'appelait Pierre. Il ne répondit pas, car il était occupé à boire au goulot.

— Pierre !... Où es-tu ?...

— Ici... parvint-il enfin à balbutier.

— Pourquoi ne viens-tu pas ?

Pourquoi ? Parce que le vermouth ne passait pas et qu'au beau milieu de la cuisine il était enfin pris de nausée.

— Je parie que tu as encore bu...

Une marotte de femme. Il ne buvait jamais, à cause de son foie.

— Ils ont signé ?

— Qui ?

— Tes clients... pour les *Rochers Pourpres*...

— Ils viendront demain matin.

— Tu y crois ?

Il en devint rigide d'effroi. Si vraiment ils allaient ne pas revenir ? Il ne savait ni leur nom, ni leur adresse. Il avait lu NL sur la plaque de leur voiture, mais il n'avait pas retenu le numéro.

— Je n'ai pas fermé l'œil... Des matelots n'ont cessé de chanter, dans je ne sais quelle langue, sur un yacht, juste en face de chez nous...

Est-ce qu'il dormit, lui ? En tout cas, quand il retira ses volets, à huit heures du matin, et qu'un garçon de la brasserie d'à côté lui souhaita le bonjour, il se montra plus malgracieux que jamais.

Il était sûr d'avance que ces Hollandais... Il aurait dû se méfier : du moment qu'ils n'avaient pas discuté le prix...

Comme par protestation contre le sort qui s'acharnait sur lui, il ne se rasa pas, ce qui signifiait :

— Eh bien, oui, c'est ainsi ! A quoi bon me raser, me faire couper les cheveux, glisser mon pantalon sous le matelas pour lui garder son pli, laver les vitres à six heures du matin pour ne pas être vu, calligraphier des petites pancartes qui ne trompent personne...

... confort moderne... belle vue sur la mer... prix modéré...

— L'eau bout, Pierre.

Et après ? Et s'il avait envie, plutôt que de moudre le café, d'aller en boire un verre au comptoir d'un bistrot, avec des croissants chauds ?

... Coincoin !...

Il sursauta, courut à la vitrine. Ce n'était qu'une camionnette d'épicier qui venait faire ses livraisons à des yachts... Et on briquait les ponts... Et on astiquait les cuivres... Et on mettait les voiles à sécher comme du linge dans le clair matin...

Et les deux Hollandais, avec leurs enfants astiqués, eux aussi, les gouvernantes, comme ils disaient, les femmes de chambre, la cuisinière, devaient se gonfler de bonheur, aux fenêtres de Dieu sait quel palace.

— Si nous visitions d'autres villas avant de nous décider ?

Et le cadavre, alors ? Il avait jeté ses gants le long de la route. C'étaient des gants en imitation de porc.

... Coincoin !...

— Facteur...

Une lettre de Paris. Il s'y attendait. Confirmation du télégramme. Papier à en-tête de la droguerie. Dactylographie.

... *Je suis fort étonné que vous n'ayez pas pris de plus amples renseignements sur les locataires qui...*

... *et je vous prie de faire toute diligence pour que...*

Encore un qui n'avait pas besoin de ses dix mille francs.

— Tu n'oublies pas ma potion, Pierre ?... Tu sais ? Le livre que tu m'as apporté hier... Je l'ai déjà lu... Il faudra que tu...

...Vrrrrrrr...

Un vrombissement semblable à celui d'un avion. Un tout petit crissement. Un silence comme un soupir d'aise.

La voiture était là, la longue, la resplendissante voiture des Hollandais ! Eux étaient encore plus beaux, plus roses, plus rayonnants que la veille. L'auto était découverte. Trois fillettes, de quatre à huit ans, sur une des banquettes, comme des fleurs. Près du chauffeur, deux nurses en uniforme bleu ciel.

— Vous avez préparé le contrat ?...

— Mais... Je ne savais pas que vous viendriez de si bonne heure... Je...

Plus grincheux, plus malgracieux que jamais. Exprès. Et plus il sentait l'impatience du Hollandais, moins il en finissait de recopier le contrat de location en trois exemplaires, de calculer le prix des timbres, d'en chercher dans son tiroir, de lire à haute voix l'inventaire pour le faire approuver.

— Il faut que je vous signale aussi que, même dans le cas où vous comptiez vous charger du nettoyage, le prix de ce nettoyage est en sus, selon la règle, et que vous devez verser une caution de cinq mille francs pour la casse éventuelle...

C'était plus fort que lui. Il était né comme ça.

— Je vous demanderai aussi de ne pas barrer votre chèque... C'est cela... A mon nom, oui... trente... et cinq mille de garantie... Et cinq mille de nettoyage et remise en état... Plus dix pour cent de commission...

Les fillettes n'avaient pas assez d'une paire d'yeux chacune pour dévorer le spectacle papillotant du port. La mère, à travers les vitres, regardait avec impatience dans la boutique.

— Voici les clefs... Si vous désirez que je vous rejoigne... Je vous préviens que, pour ma part, je ne dispose que d'un vélo...

— Qu'est-ce que tu fais, Pierre ?

— Rien...

Une tenture de perles métalliques séparait la boutique de l'antre de Mme Chincholle.

— Ils ont payé ?

— Oui... lui lança-t-il, presque hargneusement.

Ce qu'il faisait ? Il cherchait la dernière adresse, à Rome, de son Hongrois, ou plutôt du Hongrois qui ne devait pas être à Rome en ce moment, puisque, dans un placard de l'office...

— Tu ne viens pas pour mon massage ?

— Tout à l'heure...

Voilà ! *Hôtel Excelsior...*

Ce n'était sûrement pas M. Czaris qui avait écrit la lettre. Son secrétaire ? Probable. Avec l'épouse à côté de lui, parbleu...

Madame,

Je me permets de vous écrire pour vous faire savoir qu'à la suite de votre départ précipité...

Il hésita entre *précipité* et *inopiné.* Il mit les deux.

... et inopiné, j'ai procédé, selon les instructions du propriétaire et la règle des agences de location, à un inventaire complet des lieux et...

— Pierre !

Un couple de miteux lisait et relisait ses annonces. Des gens qui allaient lui prendre sa journée pour louer, peut-être, au rabais, une chambre avec autorisation d'y faire la cuisine et le linge. D'un geste sec, il descendit le store entre leur nez et les affichettes.

... et de cet état des lieux que j'ai dressé, il résulte que, pour certains dégâts particuliers dont vous vous souviendrez sans doute, vous restez me devoir, à titre de dommages et intérêts, la somme de...

Allons ! Un chiffre...

— Mais, tais-toi, pour l'amour de Dieu ! cria-t-il à sa femme. Tu ne vois pas que je travaille ?

— A quoi ?

— Zut !

... la somme de trente mille francs, que je vous serais obligé de bien vouloir m'adresser au plus tôt, faute de quoi...

Faute de quoi ?

... je me verrais dans l'obligation de saisir qui de droit de cette affaire, laquelle, j'en suis persuadé, n'est qu'un malentendu...

— Où vas-tu ?

— Toucher le chèque. On ne sait jamais.

— Ferme bien la porte. L'autre jour, tu avais oublié et...

Il toucha le chèque. Il expédia la lettre, après avoir vérifié l'adresse et écrit à la dernière minute dans le coin de l'enveloppe « Faire suivre ».

Il faillit, en rentrant chez lui, s'offrir un apéritif mais, au même instant, il ressentit une morsure à la hauteur du foie.

— D'ici huit jours au plus tard...

Il cacha les dix mille francs de rabiot dans un classeur étiqueté « Contentieux ».

— Pierre !

— Non !

— Qu'est-ce que tu fais ?

— Je travaille...

Il travaillait, en effet. Il écrivait un brouillon de lettre pour le cas où Mme Czaris lui répondrait et lui enverrait les trente mille francs. Car, alors...

Je suis désolé de vous importuner à nouveau ; vous devez concevoir qu'une affaire comme celle qui nous occupe ne va pas sans entraîner de grands frais...

Six mois après, sa femme mourait, seule dans l'arrière-boutique, alors qu'il échafaudait un nouveau plan pour...

Il y avait cent mille francs dans le « Contentieux ». Mme Czaris et son amant — en tout cas le secrétaire de son ex-mari — étaient au Caire.

Madame et chère cliente,

Des événements imprévus me mettent dans une situation délicate et, à mon grand regret, je suis contraint...

Il s'occupait si peu de son fils qu'il ne savait pas quand il rentrait le soir et quand il ne rentrait pas. Il ne lui donnait pas d'argent, ou si peu. Cinq francs par semaine. Il prenait son café à la brasserie pour économiser le charbon de bois.

Jamais il n'arriverait à se faire payer par cette femme... Toute la journée il projetait des lettres, des lettres, des lettres...

... Je vous supplie de vous mettre dans la peau d'un pauvre homme qui...

Cent vingt... Cent cinquante mille francs dans le « Contentieux »... Mais qui pourrait lui dire ce que *ça* valait au juste et s'il n'était pas refait ?

LE DOCTEUR DE KIRKENES

On ne peut pas être à la fois dans sa peau et dans la peau d'un autre ; ni, quand on se dispute avec quelqu'un, voir les choses comme on les voit soi-même et comme il les voit ; sinon, sans doute ne se disputerait-on plus. Le docteur Joachim Troms, ce jour-là comme les autres, avait déjà bien assez de soucis avec le docteur Joachim Troms, et quant à Anders Solstad, qu'on appelait plutôt Stor-Anders, ce qui signifie le grand Anders, qui est-ce qui, à sa place, se serait préoccupé de trouver des excuses à la méchanceté des gens ?

Il n'y avait pas eu seulement trois heures de jour. De jour et non de soleil, car le ciel s'était contenté de prendre la couleur de la neige qui commence à fondre, avec ces reflets jaunâtres qui font penser à la maladie.

On était en décembre et dans les rues d'Oslo, de Bergen, de toutes les villes, des femmes devaient traîner les enfants d'étalage en étalage, de la clarté d'une vitrine à la clarté d'une autre vitrine pour contempler des tas de jouets, de cadeaux utiles, de choses qui se mangent, le tout décoré de branches de sapin et de houx, d'étoiles en papier découpé, de neige en coton et de ces guirlandes scintillantes, presque immatérielles, qu'on ne voit qu'aux approches de Noël.

Le docteur y pensait peut-être. Peut-être n'y pensait-il pas. On ne pouvait pas savoir, puisqu'il ne parlait pour ainsi dire jamais et que, quand Berner Kalvaag, le directeur des mines, le seul à avoir une vraie maison à Kirkenes, une femme, des enfants, un salon où, le soir, on jouait du piano, quand Berner Kalvaag l'avait invité, il avait refusé en affirmant qu'il était un vieil ours.

Qu'est-ce que Troms avait fait ce jour-là ? Comme les autres jours, sans doute ? Il avait allumé les feux dans les grands poêles de faïence. Il y en avait un dans la salle de consultation, à gauche du corridor ; puis un vert avec des personnages dans la pharmacie, juste en face ; puis encore un, très large, d'un blanc laiteux, dans la pièce de derrière où se tenait le docteur.

Il avait fait son ménage. L'homme de peine ne venait que deux fois la semaine. Il avait mangé, desservi la table. Quoi encore ? Et que pensait-il pendant tout ce temps-là ?

Il était petit, furtif, avec des poils gris plein la figure, une curieuse façon de rentrer le cou dans les épaules comme si les hommes lui faisaient peur ou le dégoûtaient. Est-ce qu'il avait regardé par la fenêtre, entre le bocal jaune et le bocal vert ? Dans ce cas, il n'avait pu voir qu'une rue sans trottoir, avec la neige entassée des deux côtés, le sillon lisse des traîneaux, une palissade puis, au-delà d'un terrain vague, une haute cheminée, d'étranges charpentes de fer, une grande roue comme suspendue dans les airs qui tournait de temps en temps pour laisser descendre dans la mine, au bout d'un câble, la cage avec les hommes entassés.

En collant le visage à la vitre glacée et en regardant à gauche, on découvrait autre chose : de l'eau, l'eau du port, de l'océan Glacial, mais elle était gelée et un chalutier anglais qui était là depuis deux jours avait dû creuser dans la glace un sillon qu'on distinguait encore.

Il faisait chaud. La maison du docteur, comme les autres, était en bois. Parfois il allait remettre des bûches de sapin dans les trois poêles, puis il venait se blottir dans son coin et, à trois heures, quand Stor-Anders poussa la porte qui déclenchait une sonnerie, le docteur était installé, tout seul, devant un jeu d'échecs.

Il ne se leva pas tout de suite pour gagner la pharmacie. Il but d'abord, du geste de quelqu'un qui boit en fraude, le contenu glauque de son verre, puis il cacha derrière son fauteuil la bouteille qui était sur la table.

Alors seulement il vint, en traînant ses pantoufles et en essuyant ses poils du revers de sa manche, reconnut Anders et se demanda ce qu'Anders lui voulait.

C'était ce qu'il y avait de plus angoissant : sa façon de regarder les gens. A croire qu'il essayait de surprendre un secret, qu'il les soupçonnait de quelque sombre dessein. Il ne les regardait pas, il les épiait, et son visage était agité de tics nerveux.

— Qu'est-ce que tu veux, Anders ?

Or, ce jour-là, l'autre n'était pas plus calme. Au lieu de s'expliquer franchement, il inspectait autour de lui, tirait sur ses longues mains calleuses, toussait, toussait beaucoup trop pour que ce soit naturel, désignait sa poitrine, sa gorge.

— Je crois que j'ai pris froid... Je voudrais une ordonnance pour du whisky ou autre chose de fort...

Parce que, à Kirkenes, les boissons alcooliques ne sont délivrées que contre ordonnance du médecin. Et c'est le médecin qui les vend, dans sa pharmacie. Qu'arriverait-il si les ouvriers de la mine, qui vivent là des mois et des mois, sans voir personne, loin de leur famille qui habite Oslo ou ailleurs, se mettaient à s'enivrer un jour de cafard ?

Ce qui est sûr, c'est qu'Anders avait senti l'odeur d'alcool qui flottait autour du docteur. Il attendait. L'autre l'observait. On aurait pu penser qu'ils allaient rester longtemps comme ça sans rien dire.

— Où as-tu mal ?

— Vous savez bien de quoi il s'agit... Avouez que je ne viens pas trop souvent pour ça !... Il y en a à qui vous en donnez et qui ne sont pas malades... Est-ce que mon argent n'est pas aussi bon que le leur ?...

Stor-Anders, toujours si calme, si comme il faut, un contremaître fait sur mesure, s'emballait, s'emballait.

— Si je vous dis que je suis malade et que j'en ai besoin, c'est que c'est vrai et ce n'est pas la peine de me fixer comme ça... Donnez-m'en seulement un demi-litre...

Il avait la monnaie prête dans une de ses mains. Il la posa sur le comptoir, près de la balance de précision. Et, voyant le docteur s'approcher de ses rayons où étaient rangés des bocaux bruns, il se demandait ce que celui-ci allait faire. Le docteur ne le savait peut-être pas non plus. Il hochait la tête d'un air ennuyé et enfin il étendit le bras, saisit un flacon.

— Je vais te donner de la teinture d'iode. Tu en prendras quelques gouttes dans du lait avant de te coucher...

Quand il se retourna, Anders, pantelant de colère, était déjà près de la porte, et il sortit soudain en la refermant avec fracas.

Telle fut leur première entrevue ce jour-là, et quand Anders fut parti le docteur tourna le commutateur, car la nuit était venue. Dans la rue, la lampe électrique était allumée et des cristaux scintillaient sur la neige. Au port aussi, et à la mine, il y avait des lampes allumées, mais pour ainsi dire personne dehors à faire crisser la neige sous les semelles de caoutchouc. Le thermomètre marquait 28° sous zéro.

Le docteur hocha encore une fois la tête, entra dans la seconde pièce qui était sa tanière, se pencha pour prendre la bouteille d'aquavit et s'en versa un verre, puis un deuxième avant de méditer, le menton velu dans la main, devant son jeu d'échecs.

Avec la même violence dont il avait accompagné sa sortie de la pharmacie, Anders, qu'on aurait pu, d'habitude, appeler Anders le Doux, poussa la porte du club des ouvriers. C'était là, dans une vaste pièce aux cloisons de sapin verni, que les équipes passaient les heures qu'elles ne passaient pas à la mine. De la fumée s'étirait autour des lampes, plus dense, Dieu sait pourquoi, au-dessus des billards.

Anders traversa la salle à pas si rapides que tout le monde se retourna. Il fonça littéralement vers la table de Peter le Borgne, un homme qu'il avait cent fois rappelé à l'ordre dans le service et qu'on ramassait parfois ivre dans la rue.

— Dis-moi, Peter...

Il s'était laissé tomber sur le banc et ne savait que faire de ses grandes mains.

— Ne me regarde pas comme ça... Est-ce que tu as du whisky, ou de l'aquavit, ou du gin ?

Le Borgne se contenta de montrer la table où il n'y avait qu'une bouteille de bière légère, la seule boisson tolérée.

— Si j'en avais... grogna-t-il.

— Bon ! Je te crois... Et quand tu en as, où le trouves-tu ?... Ce n'est sûrement pas chez le docteur...

Le Borgne ouvrit la bouche toute large dans un rire silencieux et approuva de la tête.

— Il faut que tu me dises la vérité... Ce n'est pas pour le répéter à la police... Il m'arrive quelque chose... Peu importe... J'ai besoin de boire, tu comprends ?...

Et le Borgne n'avait plus envie de rire, tant Anders était frémissant, comme sur le point d'éclater en sanglots.

Les autres, pendant ce temps, jouaient au billard ou aux cartes ; il y en avait qui lisaient, les pieds sur la table. On voyait les livres, reliés de toile noire, avec une petite étiquette portant un numéro, dans la grande armoire vitrée surmontée du buste en plâtre du roi.

— Tu as essayé chez les Lapons ? souffla le Borgne en regardant ailleurs.

— Ils en ont ?

C'était la troisième année que Stor-Anders vivait à Kirkenes et il n'en savait rien. Il ne savait même pas jouer aux cartes. Le soir, il retrouvait dans son coin sa boîte à outils, des scies très fines, et, des heures durant, il fabriquait des objets en bois découpé, des jouets, de petits meubles, qu'il expédiait à son fils par le bateau.

— Il leur arrive de traverser avec leurs traîneaux le petit morceau de Finlande... Là, pour l'alcool, c'est pareil à ici... Mais, à la frontière russe, les sentinelles sont contentes d'échanger de la vodka contre des conserves... Alors, comme ça, voilà que ça te prend aussi ?...

Anders n'avait pas retiré sa pelisse, ni ses caoutchoucs, ni son bonnet de loutre. Il repartit comme il était venu et dans la rue, quand il passait sous les lampes électriques, il avait l'air de courir après le léger nuage que formait son haleine.

Il vit bien la maison du directeur, Berner Kalvaag... Une vraie maison, carrée, avec un étage, des lumières douces derrière les rideaux et toujours des accords de piano qu'on entendait de loin. Est-ce qu'il aurait pu entrer, entrer dans ce salon qu'il avait entrevu une fois avec sa lampe à abat-jour rose, et déclarer à M. Kalvaag :

— C'est moi, Anders, oui... Je vous demande, je vous supplie de me donner de l'alcool... Vous en avez, parce que la loi n'est pas faite pour vous... On n'a pas peur que vous vous enivriez, vous, un jour de cafard, et que vous fassiez des bêtises...

Il marchait, sans rencontrer personne. Et s'il allait en demander à bord du chalutier anglais ?

D'abord chez les Lapons... Ce n'étaient que trois huttes de bois et, dans l'une d'elles, on entendait piétiner les rennes. Il poussa la porte, pénétra dans la chaleur, dans une odeur rance, frôla un renne écorné qui pendait au plafond, roide, et dans lequel on taillait chaque jour les parts de viande.

On le regardait avec étonnement. Il n'était pas un habitué. Des enfants jeunes et gras se traînaient par terre.

— Je voudrais de l'alcool... dit-il très vite. N'importe quoi.

Son exaltation s'était encore accrue. En outre, il avait marché si vite qu'il était essoufflé. Il observait avec angoisse le vieux Lapon qui secouait la tête.

— Je n'en ai plus seulement une petite goutte... A la frontière, ils ont changé les sentinelles et la dernière fois que je me suis approché, les nouveaux ont tiré...

Encore dehors, encore et toujours avec son besoin lancinant. Maintenant, il parlait tout seul, disait des mots comme :

— Il le faut... Il le faut... Sinon, je ne sais pas ce que...

Ses gestes étaient saccadés, sa démarche celle d'un fou. Il faillit tomber dans le port et ne s'arrêta que de justesse, devant le chalutier anglais. Il entendit qu'on parlait près de lui, qu'on parlait norvégien. C'étaient les deux douaniers qui faisaient les cent pas sur le quai.

Cinq fois, six fois, le docteur Joachim Troms avait rempli son verre et, chaque fois, l'avait vidé d'un trait. Sa partie d'échecs n'était pas terminée. Il contemplait les pièces, en grattant ses joues râpeuses, tandis que de la rue on apercevait dans une vague lueur le grand bocal vert et le grand bocal jaune.

Quand résonna le timbre de la porte, il resta encore un moment immobile, puis soupira, se leva, oublia de poser la bouteille derrière son fauteuil comme il en avait l'habitude.

L'immense Anders était debout, une fois encore, au milieu de la pharmacie, mais, depuis sa visite précédente, son émotion avait eu le temps de croître, au point qu'il était presque effrayant.

— Écoutez, docteur... Je comprends que vous ne donniez pas de l'alcool à tout le monde, puisque c'est la loi... Vous devez garder votre place, n'est-ce pas ?... Comme tout le monde !... C'est vrai que je ne suis pas malade et que je n'ai pas pris froid...

Voilà le malheur ! Stor-Anders ne pouvait être que Stor-Anders. Il ne pouvait que penser comme Stor-Anders. Et il avait beau dévorer le docteur de ses yeux fiévreux, il lui était impossible de penser, ne fût-ce qu'une minute, comme le docteur Troms.

Sinon, rien ne serait arrivé.

D'abord, pour Anders, Troms était sale. Et c'était vrai. Il ne se soignait pas, ne se rasait jamais, devait couper sa barbe au ras des joues avec des ciseaux. Est-ce que seulement il se lavait ? On ne l'avait jamais vu au bain et il se dégageait de sa personne une odeur de vieux mâle.

Que pouvait penser Anders d'un homme comme celui-là, qui ne parlait à personne, vivait seul dans son trou et sentait l'alcool ?

Sans compter que, pour certains, il faisait des exceptions, que des ouvriers qui savaient s'y prendre et qui n'avaient pas la plus petite bronchite avaient obtenu du whisky ou du rhum.

Et cette façon de le regarder, comme quelqu'un qui n'a pas la conscience tranquille ! C'était le plus pénible. On avait envie de lui dire :

— Approchez ! N'ayez pas peur ! Je ne vais pas vous battre...

Ce qui aurait été trop facile. D'une main, Anders aurait pu le prendre par le cou et le coller au mur, l'y écraser...

— Je vais vous avouer la vérité, docteur... Vous me connaissez... Vous savez que je ne suis pas buveur, ni joueur... Je ne suis jamais venu, comme tant d'autres, mendier un peu d'alcool... Aujourd'hui, j'en ai besoin parce que, si je n'en ai pas, si je reste avec mes pensées, je ne sais pas de quoi je suis capable... Je deviens fou, docteur !... Je deviens fou !...

Il hurla littéralement ces mots.

— Si vous ne voulez pas me donner d'alcool, donnez-moi une drogue qui me fasse dormir pendant des jours, abrutissez-moi, faites ce qu'il vous plaira, mais empêchez-moi de penser... Elle est morte !... Elle est morte et je ne sais rien !... Elle est morte et j'ignore de quoi elle est morte et ce qu'ils ont fait du gamin...

Sa main, à ce moment, tâta sa poche. Il voulait y prendre le télégramme qu'il avait reçu le matin et qui ne portait pas de signature, sans doute un télégramme officiel, du commissaire de police ou de quelqu'un dans ce genre, à moins que ce ne soit d'un voisin.

Épouse Solstad décédée 6 décembre.

Il ne trouva pas le papier tout de suite et jugea qu'il n'était pas indispensable de le montrer au médecin. Celui-ci n'allait tout de même pas croire qu'il jouait une pareille comédie pour un peu d'alcool !

— Voilà ! Il est écrit qu'elle est morte le 6 décembre et nous sommes le 12... Vous comprenez ?... Cela fait six jours, de sorte qu'elle est déjà enterrée... Le 6 décembre, c'était la Saint-Nicolas... J'avais envoyé des jouets pour le petit... Elle n'était pas malade quand elle m'a écrit la dernière lettre, le 24 novembre... Les jouets ont dû arriver le 5, par le bateau... Et, à ce moment-là... Dites-moi... Qu'est-ce qu'il se passait chez nous, à ce moment-là ?... Qui était près d'elle ?...

Jamais peut-être le docteur n'avait regardé quelqu'un avec autant d'intensité, mais aucune trace d'émotion n'apparaissait sur son visage. On lui aurait montré un spécimen rare, un spécimen de n'importe quoi, ou encore il aurait assisté à une partie entre deux champions d'échecs qu'il aurait sans doute eu le même regard aigu, le même front plissé, la même expression tendue.

Et voilà que Stor-Anders, qui n'avait pas bu, s'épanchait à la façon d'un ivrogne. Ou plutôt il éclatait. Il y avait trop d'heures que cela bouillonnait en lui. On lui avait apporté le télégramme à la mine, vers dix heures du matin. Il était resté hébété. Il n'avait rien dit. Pendant un bon moment il avait continué de diriger le travail de son équipe, puis soudain il était parti, était passé sans un mot devant le pointeau qui avait essayé en vain de le rappeler.

Il avait marché. Il avait parlé tout seul. Il s'était jeté sur son lit, la face dans l'oreiller. Mais il n'avait pas encore pleuré.

Parce que cela dépassait tout ! C'était en dehors du domaine de ce que l'on peut concevoir. C'était ignoble ! C'était d'une révoltante injustice !

Est-ce qu'il avait mérité, lui, Anders, un coup pareil ? Hanna, sa femme, n'était pas forte, mais elle était vaillante. La preuve, c'est qu'elle ne s'était jamais plainte quand il était resté des mois en chômage, juste au moment où leur fils était né.

— Quand je serai remise de mes couches, je travaillerai... disait-elle.

Ils habitaient une sorte de caserne d'ouvriers, dans un faubourg d'Oslo. Il y avait des boutiques aux environs et le rêve de Hanna était de tenir un jour une boutique de ce genre, de préférence une crémerie, parce que c'est plus propre et qu'on est toujours en tablier blanc.

Voilà le genre de femme que c'était. Et lui, s'il avait accepté de venir à Kirkenes, c'était justement à cause de cette boutique. A Oslo ou ailleurs, il n'aurait jamais gagné assez d'argent pour se payer un fonds de commerce.

— En cinq ans de travail là-bas, avait-il déclaré, on peut mettre suffisamment de côté pour...

Et qu'est-ce qu'il avait fait ? Oui, qu'est-ce qu'il avait fait, lui qui, à ce moment-là, avait un gamin de quelques mois qu'il avait à peine vu ? Il n'avait pas pris ses vacances la première année, parce que cela lui économisait plusieurs centaines de couronnes !

Maintenant, le docteur se réfugiait derrière son comptoir comme s'il avait peur de lui. Est-ce que Stor-Anders ricana ? Il ne s'en rendit pas compte. Il fallait que ça sorte.

— *Épouse Solstad décédée*... Vous comprenez ?... Rien d'autre !... Et le petit ?... Qui était là ?... Moi, je n'ai pas de famille... Ou plutôt, si j'en ai, elle ne s'est jamais occupée de moi... Quant à Hanna, son père est une sorte d'ivrogne qui...

S'il avait su qu'un ou l'autre de ces flacons contenait de quoi l'empêcher de penser pendant quelques heures !

— Il n'y a pas de bateau avant huit jours... C'est pendant huit jours, vous entendez, pendant huit jours que je veux être ivre du matin au soir... Sinon, je deviendrai fou furieux... Il n'y aura pas de lettre avant... Il n'y aura rien... Est-ce que vous allez me donner du whisky ?... Hein ?...

Il le fixait, farouche et suppliant tout ensemble, et sa haute silhouette traçait une ombre gigantesque sur le mur.

Un chat, à cet instant, sortit de la seconde pièce, de l'antre du docteur, et vint se frotter, le dos rond, aux jambes d'Anders.

Il y eut un silence. Une bûche crépita dans le poêle vert. Le docteur semblait faire un effort et balbutiait enfin :

— Vous savez bien que ce n'est pas possible...

Anders ne remarqua pas que les derniers mots étaient sans colère. Le plus déroutant, c'était la voix fluette et douce qui articulait ces paroles.

— La police est sévère, ces temps-ci... Si on vous rencontrait ivre, on saurait tout de suite d'où ça vient et je perdrais ma place...

Anders ne remarqua pas que les derniers mots étaient tremblés.

Il n'était qu'Anders.

Et l'autre...

— Ainsi, malgré ce que je viens de vous raconter, vous refusez ?

C'était inconcevable ! Tout le monde savait que le docteur Troms était un ours, un maniaque, une sorte de sauvage qui ne desserrait les dents que quand c'était strictement nécessaire. Il était appointé par la mine. Toujours le même travail : bronchite, pneumonie, tuberculose... Ou alors des accidents... Il examinait ses malades sans rien dire. Il ne les écoutait pas, hochait la tête, rédigeait son ordonnance, délivrait les médicaments.

Mais qu'un homme comme Anders vînt honnêtement, simplement, lui avouer que...

— Docteur, je vous en supplie... Vous ne savez pas de quoi je suis capable... J'ai toujours tout supporté, la vie à Oslo, le chômage, l'existence ici... Tout !... Parce que je pensais à Hanna et à l'enfant... Vous comprenez ça, oui ?... Maintenant, il me semble que j'ai été volé, qu'on m'a trompé, qu'on m'a...

La rage l'empoigna.

— Et vous, à cause de règlements imbéciles, vous me refuseriez l'alcool que je vous demande, que je vous supplie de...

C'était devenu une idée fixe.

— Vous qui êtes vous-même un ivrogne... Oui... Je ne crains pas de le crier et je sens votre haleine jusqu'ici...

Était-il une pièce de musée pour qu'on le regardât de la sorte, sans émotion, avec tout au plus un certain effroi ? Est-ce que ses sentiments n'étaient pas respectables ? Est-ce que le docteur n'aurait pas dû...

— Je suis désolé, mon ami... Tout ce que je peux faire, c'est vous préparer un sirop...

Alors, brusquement, la colère serra la gorge d'Anders et un tout petit fait suffit à la pousser au paroxysme. Le chat, qui avait cessé de se frotter contre sa jambe, était retourné dans la pièce voisine. On entendit un bruit. C'était l'animal qui sautait sur la table. Anders tourna la tête, ne jeta qu'un coup d'œil machinal, mais ce coup d'œil suffit à lui faire constater qu'il y avait là, sur le tapis à carreaux, une bouteille d'aquavit entamée.

— Salaud !... gronda-t-il. Salaud de salaud... Ainsi, tu...

Nul, sauf le chat, n'assista à la scène. A huit heures, alors que tout le monde à Kirkenes avait soupé et que le chalutier anglais, qui venait de lever l'ancre, lançait de longs hurlements, Stor-Anders poussa du pied la porte du club et sa tête, à travers toute la salle, sembla déchirer le nuage de fumée devenu plus épais.

Il avait perdu son bonnet de loutre. Il y avait de la neige salie sur sa pelisse, comme s'il s'était roulé par terre. Tout le monde avait remarqué que sa démarche était lourde et mal assurée.

Il ne salua personne, ne dit rien, se laissa tomber sur le banc près du Borgne qui pouvait rester des heures immobile et silencieux à contempler son verre, fût-ce un insipide verre de bière.

Les narines du Borgne frémirent. Après un long, très long silence, il murmura :

— Alors, tu en as trouvé...

Puis encore un temps.

— Combien le bandit te l'a-t-il fait payer ?

Anders le regarda comme s'il ne comprenait pas. Il eut même l'air de se demander comment il était arrivé ici, se passa la main sur le front. Les billes couraient sur les billards surmontés de lampes à abat-jour vert. La radio apportait d'Oslo la musique d'un opéra.

— Écoute, Peter... On ferait peut-être bien d'aller voir chez le docteur...

Il frissonna. Peter le Borgne ne comprit pas tout de suite.

— C'est chez lui ?...

Signe affirmatif de la tête.

— Il a bien voulu ?...

Puis soudain, se levant :

— Tu ?...

La tête fit oui et l'instant d'après Peter rejoignait quelques hommes, certains abandonnaient le billard et un petit groupe s'éloignait dans la neige craquante.

A part la T.S.F., les bruits s'étaient tus et ce fut encore avec étonnement qu'Anders contempla autour de lui la salle vide. Il était fatigué. Les bancs n'avaient pas de dossier. Il sentait qu'il pourrait bien glisser en arrière.

Alors, il se leva, fit quelques pas en titubant et s'approcha d'un des poêles, comme un soldat après une longue marche. Dieu sait pourquoi il retira sa pelisse, choisit sa place, s'accroupit, s'étendit de tout son long et se couvrit de son vêtement.

Il était à bout. Il avait besoin de dormir. Quand les hommes revinrent, une demi-heure plus tard, il ronflait, mais on voyait encore, dans le coin de sa paupière, la trace luisante d'une larme.

D'abord, on avait espéré que c'était une fausse alerte. La lumière brillait faiblement derrière les bocaux de couleur. La pharmacie était vide. Seul un chat se faufila et s'élança dehors, profitant de l'arrivée des ouvriers.

Pourtant, par terre, il y avait les débris d'un bol de faïence, celui dans lequel le docteur préparait ses pommades. Il y avait aussi des taches sombres, et des taches sur le papier peint du mur, à hauteur, à peu près, de la tête d'un homme.

C'est dans la seconde pièce qu'on trouva le docteur Troms, assis dans son fauteuil, la tête sur son échiquier, près de la bouteille d'aquavit renversée.

Quand on lui releva la tête, on vit une mare de sang coagulé, une face exsangue, barbouillée.

Chose curieuse, un bout de papier, de celui qui servait pour les ordonnances, restait collé à la barbe.

— Retire-le doucement... On ne sait jamais...

— Si on n'y touchait pas ?... Puisqu'il est mort... Il voudrait peut-être mieux que ce soit la police...

Mais le papier se décolla de lui-même. Il fallut le ramasser par terre. Il était écrit, au crayon : « Je suis sourd depuis quatre ans... Je ne sais pas ce qu'il... »

C'était tout. Les hommes se regardaient et ne comprenaient pas. L'air sentait l'alcool et le sapin brûlé.

Anders dormait si fort que le policier chargé de s'assurer de sa personne hésitait à le réveiller.

— Hé !... Anders... Dites donc...

Quand il ouvrit un œil, il vit la bibliothèque avec les livres reliés de toile noire et, au-dessus, le buste en plâtre du roi.

Il était calme. On aurait pu croire qu'il venait de faire un cauchemar. Il dit simplement en se levant et en se frottant le visage :

— Ah ! oui...

Puis, une fois debout :

— Eh ! bien...

Ses camarades le regardaient et n'osaient rien dire.

Il n'était plus un homme comme eux. Il avait tué. Il avait tué le docteur Joachim Troms.

On s'écarta avec un sentiment qui ressemblait à du respect.

Il était arrivé à la porte quand il fit demi-tour.

— Ma pelisse...

Il la ramassa. Il semblait qu'il allait l'épousseter, tant il apportait de minutie dans ses gestes. Et il cherchait encore quelque chose. On se demandait quoi. Il inspectait le plancher et la table en fronçant les sourcils.

— Mon bonnet...

Puis il se souvint et il fit une fois encore, rasséréné :

— Ah ! oui...

Le bonnet était tombé pendant qu'Anders frappait la tête du docteur contre le mur. Il devait être toujours là. Il n'était pas perdu.

Le policier ne s'impatientait pas. Lui si dur avec un homme qui avait le malheur de chanter dehors après l'heure, paraissait impressionné. Et tous autour de lui. On suivait curieusement les moindres faits et gestes d'Anders, parce qu'on sentait qu'il ne vivait plus dans le même monde que les autres.

Il faillit, parce qu'il avait la bouche pâteuse, vider un verre de bière qui traînait sur une table, à côté d'une bouteille vide, puis, sans raison, il changea d'avis et suivit le policier, releva, une fois dehors, le col de sa pelisse.

LA PISTE DU HOLLANDAIS

L'inspecteur répondit au clin d'œil du concierge par un autre clin d'œil qui signifiait :

— Compris !

C'était un inspecteur jeune, élégant, désinvolte et il repoussait volontiers en arrière, comme dans les films américains, son chapeau de feutre gris.

Il était dix heures du matin. C'était le printemps. A travers la porte tournante du Grand Hôtel on apercevait dans un éblouissement le boulevard des Capucines, l'ombre bleue des arbres, on devinait la fraîcheur de l'arroseuse municipale et l'odeur du bitume qui est déjà un avant-goût de l'été.

L'inspecteur, une cigarette entre les doigts, continua à déambuler dans le hall sans perdre de vue M. Mops qui venait de sortir de l'ascenseur. Or, M. Mops, Cornélius Mops, était exactement le personnage qui devait, dans ce cadre, incarner la joie de vivre.

Le hall un peu trop chargé de dorures, le concierge qui triait le courrier, la demoiselle, en face, qui louait des places pour le Casino de Paris et les Folies-Bergère, les chasseurs, les maîtres d'hôtel, le jet d'eau rafraîchissant, le bar où le barman astiquait les *shakers*, tout cela c'était pour lui, c'était à lui, et le boulevard où chaque vitrine offrait des choses élégantes, la terrasse du Café de la Paix où le guettaient déjà les marchandes de fleurs...

C'était pour lui, Cornélius Mops, et pour les quelques autres messieurs prospères, venus de tous les coins du monde, qui prenaient leur café du matin, ou leur porridge, ou leur marmelade d'orange en lisant les journaux de leur pays.

M. Mops, chaque jour, depuis trois semaines, s'éveillait dans l'appartement 225, au second étage. Il pressait un bouton et un valet de chambre lui apportait le plateau du petit déjeuner, ouvrait les persiennes, comme le rideau d'un théâtre, sur le spectacle du boulevard animé.

M. Mops prenait un bain et frottait au gant de crin son corps rose, un peu gras, où des bourrelets épaississaient les hanches. Il avait presque des seins de jeune fille.

Un complet l'attendait, gris tendre, repassé de frais, le pli impeccable, une chemise de soie, une cravate neuve, des souliers souples comme des gants.

En un glissement silencieux, l'ascenseur le descendait au sous-sol où Victor, le coiffeur, s'emparait de lui tandis que M. Mops se regardait rêveusement dans la glace. Les joues, rasées de près, devenaient, sous l'action des serviettes chaudes et du massage facial, d'un rose légèrement violacé. Les cheveux grisonnants ne tardaient pas à avoir l'éclat d'une belle soie. Un coup de brosse... L'ascenseur... Le chasseur lui tendait un chapeau gris perle...

Tandis que l'inspecteur de police, à qui le concierge si aimable avait adressé une œillade, examinait discrètement quelques photographies qu'il avait apportées à tout hasard.

Or, l'inspecteur constatait que Cornélius Mops ne ressemblait à aucun des escrocs internationaux fichés à la Police Judiciaire, à aucun voleur à l'américaine, laveur de chèques, rat de palace, ou écumeur de villes d'eaux.

Et pourtant Émile, le concierge du Grand Hôtel, n'était pas de ces hommes qui se trompent. L'inspecteur, en faisant sa tournée, tout imprégné de printemps, lui avait demandé en lui serrant la main :

— Rien de nouveau ?

Émile avait répondu, après un coup d'œil au tableau des clefs :

— Peut-être le Hollandais du 225 ?

Curieux client que ce Mops Cornélius qui était arrivé un matin, trois semaines plus tôt, sans la moindre valise. Il portait un complet neuf, des souliers neufs, une chemise neuve, un chapeau neuf. Il paraissait tout neuf lui-même et il avait demandé :

— Le 125 est libre ?

Il ne descendait ni d'un taxi, ni d'une auto particulière. Il commettait une première faute en s'adressant, non à la réception, mais au concierge, qui l'avait renvoyé à ces messieurs en jaquette.

— Le 125 ?... Non, monsieur... Il est occupé... Mais nous avons exactement le même appartement au second étage... Vous avez déjà occupé le 125 ?

— Justement, c'est parce que je l'ai occupé autrefois...

— Si vous voulez bien me donner votre nom...

Deuxième faute. M. Mops ignorait qu'il suffisait de consulter les fiches pour savoir qu'il n'était jamais descendu au Grand Hôtel, tout au moins sous le nom de Mops. L'employé ne le lui fit pas remarquer, évidemment.

— On va vous montrer le 225 et, dès que le 125 sera libre...

Un peu plus tard, Émile, le concierge, proposait au Hollandais :

— Je fais prendre vos bagages à la gare du Nord ?

— Non... Je suis venu... Je suis venu en avion...

— Je les fais prendre au Bourget ?

— Je les apporterai moi-même...

La vérité, Émile l'avait dite à l'inspecteur de la P.J., c'était que M. Mops n'avait pas de bagages. La preuve, c'est qu'il revint l'après-midi avec un sac de toilette impeccable, acheté le jour même aux Champs-Élysées.

Puis il acheta des chemises, se fit faire un complet de rechange, des souliers de rechange. Pas une fois, il ne demanda s'il y avait du courrier pour lui. Il ne prit de places ni pour le Casino, ni pour les Folies, ni pour aucun théâtre et il ne rentra jamais le soir en compagnie. Enfin Bob, le barman, apprit à Émile que le Hollandais ignorait la différence entre un manhattan et un gin-fizz. Et, descendu pour la première fois chez le coiffeur, il avait regardé avec un certain effarement Olga, la manucure, s'emparer d'autorité de ses mains.

M. Mops se comportait, boulevard des Capucines, comme un nageur novice qui n'ose pas quitter les petites vagues du bord. Peu à peu seulement, avec une prudence extrême, il élargissait le cercle de ses périgrinations. D'abord, il découvrait les uns après les autres les locaux multiples du palace et il lui fallut plusieurs jours pour oser s'asseoir dans les fauteuils du salon de lecture. Le bar ensuite, puis le thé-dansant.

Dehors, il se comportait de même et on pouvait le voir s'aventurer à petits pas sur les Grands Boulevards, s'arrêter devant les étalages pour s'asseoir enfin à la terrasse du Café de la Paix où il restait des heures à regarder passer la foule.

Chaque jour aussi, il pénétrait dans une banque de la rue Auber et, comme à regret, changeait un certain nombre de florins, pas beaucoup, juste de quoi subvenir aux petits frais de la journée.

L'inspecteur était entré derrière lui à la banque et avait noté ensuite les numéros des billets : ces numéros ne figuraient sur aucune liste de billets volés.

Pourquoi alors, avant de descendre au Grand Hôtel et d'y réclamer un des appartements les plus somptueux, Cornélius Mops avait-il vécu trois jours dans un meublé de troisième ordre en face de la gare du Nord ?

Encore une découverte d'Émile le concierge. A croire qu'Émile tenait ses clients au bout d'un fil et que rien de leurs faits et gestes ne lui échappait. Dans la salle des courriers, où le haut personnel prend ses repas, le maître d'hôtel italien du second étage avait questionné :

— Qu'est-ce que c'est, le 225 ?

— Un Hollandais, Cornélius Mops...

— Curieux... Il y a quelques jours, je l'ai rencontré ailleurs...

Mon cousin Pepito est gérant de l'hôtel du Hainaut, près de la gare du Nord... Je vais le voir de temps à autre... C'est là que j'ai aperçu M. Mops, j'en suis sûr...

L'inspecteur de police, mis au courant, avait demandé à Émile, qui était toujours de bon conseil :

— Qu'est-ce que vous en pensez, vous ? Un caissier qui a mangé la grenouille ?

Émile fit non de la tête. Un caissier qui a mangé la grenouille et qui descend dans un palace de Paris commence invariablement par faire la fête. Or, Cornélius Mops ne faisait pas la fête. Cornélius Mops s'ennuyait comme un homme pour qui les journées sont trop longues.

Pas de théâtre, pas de petites femmes, pas de cocktails. Il ne visitait pas de musées, ne liait connaissance avec personne. Et, quand il jugeait qu'il occupait trop longtemps sa place à la terrasse du Café de la Paix, il s'aventurait un peu plus loin sur les Grands Boulevards.

Souvent, au lieu de prendre ses repas au Grand Hôtel, il déjeunait ou dînait dans un prix-fixe du faubourg Montmartre, parmi les employés et les dactylos.

Après quoi, dans le calme d'une brasserie et sur du papier à en-tête de celle-ci, il écrivait lentement une lettre, réclamait un timbre — un timbre pour l'étranger — et allait jeter sa missive dans une borne-poste.

A mesure que le temps passait, que les jours succédaient aux jours, Cornélius Mops manifestait plus de nervosité et comme de l'inquiétude.

Certes, il était toujours un peu mieux habillé. Il s'habituait au luxe de l'hôtel et chaque matin il acceptait, chez le coiffeur, les serviettes chaudes, la lotion et le massage facial.

Mais pourquoi ses yeux se cernaient-ils et exprimaient-ils parfois un véritable désespoir ?

Émile, qui en avait vu de toutes les couleurs, disait à l'inspecteur de police :

— J'en ai connu, comme ça, qui attendaient pendant des semaines un mandat télégraphique et qui finissaient par se suicider.

Dans ce cas, pourquoi ne demandait-il jamais s'il y avait du courrier pour lui et ne fréquentait-il pas non plus la poste restante ?

Était-ce quelqu'un qu'il attendait, homme ou femme ? Il ne s'informait pas des voyageurs. Ou plutôt, il avait murmuré trois ou quatre fois, au début, avec un sourire contraint :

— Le 125 n'est pas encore libre ?

La troisième fois, Mme Caliano sortait de l'ascenseur et une vague de parfum, traversant le hall, atteignait avant elle le bureau de la réception. L'employé en jaquette avait toussé puis, la dame passée, avait murmuré discrètement :

— C'est justement la personne qui occupe le 125... Une Sud-Américaine... D'habitude, elle reste chez nous jusqu'après le Grand Prix !

Eh ! bien, Cornélius Mops ne connaissait même pas la date du Grand Prix !

A croire qu'il ne connaissait pas davantage la différence entre un inspecteur de la police et un voyageur du Grand Hôtel. Pas une fois, il ne regarda celui qui rôdait dans le hall, l'air nonchalant, et qui le suivait à la piste.

L'inspecteur crut avoir découvert enfin la vérité quand, au thé-dansant, Cornélius Mops, gauche et rougissant, alla s'asseoir à la table voisine de celle où Mme Caliano répandait ses parfums et ses œillades.

— Qu'est-ce que vous en pensez, Émile ?

Émile avait hoché la tête.

— Peut-être que c'est ça ?... Je ne dis pas non... Et pourtant, voyez-vous, ce n'est pas le genre...

Pas le genre de Mme Caliano, en tout cas, qui préférait les jeunes, blonds et élancés.

Une de ces créatures dont on dit qu'elles ont été superbes. Il lui restait les yeux, noirs, ardents, brûlants, les cheveux que le coiffeur aidait à rester noirs, une voix chantante qui tournait à l'aigu et d'admirables mains potelées.

Le reste péchait maintenant par excès, excès de tout, excès de chair fluide, excès de parfums et de couleurs vives, excès de pétulance et d'appétits de toutes sortes. Le thé-dansant, pour elle, ne se traduisait-il pas par une bonne dizaine de gâteaux qu'elle accompagnait d'autant de verres de porto ?

Ce n'en est pas moins à elle que Cornélius Mops s'attaqua et parfois, tandis qu'il faisait succéder les travaux d'approche aux travaux d'approche, une douloureuse angoisse se lisait dans son regard.

— Ce n'est pas cela non plus, affirmait Émile. A son âge, il pourrait tomber amoureux d'une petite du vestiaire, d'une ouvreuse du cinéma voisin ou d'une marcheuse du Café de la Paix. Pas de Mme Caliano...

Cela n'empêchait pas Cornélius Mops de maigrir et ses paupières de s'entourer d'un cercle bleuâtre de plus en plus profond.

— Peut-être ses bijoux ?

Car Mme Caliano ressemblait, l'après-midi, à une vitrine de la rue de la Paix.

— Je ne sais pas...

On sentait qu'aucune de ces hypothèses ne satisfaisait Émile et que l'inquiétude de Mops commençait à déteindre sur lui. Émile avait horreur de ne pas comprendre.

— Allô... C'est vous, inspecteur ?... Ici, Émile... Oui...

Émile, qui disposait dans son coin, près de la porte tournante, de toute une collection de téléphones, s'était glissé dans une des cabines et, tout en parlant, épiait le hall par la vitre.

— Non... Je ne sais pas encore... Mais, si vous n'avez rien de mieux à faire, je me permets de vous conseiller... Oui... Non... Aujourd'hui, je dois justement remplacer mon camarade de nuit, dont la femme attend un bébé...

Quand l'inspecteur arriva, il était neuf heures du soir et le hall était presque désert. Parfois un couple, habit et robe de soirée, cape d'hermine et souliers dorés, le traversait vivement pour s'engouffrer dans un taxi.

— C'est dommage que vous ne soyez pas en smoking. Vous ne pouvez pas pénétrer comme ça dans la salle à manger. Mais je vais dire un mot à Antonio...

Antonio, le maître d'hôtel, fit passer l'inspecteur par les coulisses et lui désigna une sorte de judas.

A une table, à droite, dînait un couple surexcité. Mme Caliano, plus voyante et plus couverte de bijoux que jamais, et M. Mops qui paraissait ivre.

— Cela a commencé au thé, le renseigna Antonio. Ils ont bu je ne sais combien de portos. Ils riaient comme des enfants, ou plutôt comme des hystériques. Puis ils sont allés au bar... Je crois que je sais d'où cela provient... La dame attendait un jeune homme qui n'est pas venu... Le dépit, n'est-ce pas ?... L'autre en a profité et ils ont fait les petits fous en avalant des cocktails... Après quoi, ils sont montés se mettre en tenue et maintenant ils dînent au champagne... Avant une heure, ils seront mûrs...

Dans les yeux clairs du Hollandais, si tragiques les jours précédents, on voyait maintenant passer les lueurs d'un immense espoir.

— Cigarette ?

— Merci... Jamais pendant le service... Attention...

Onze heures du soir. Il n'y avait plus que le couple dans la salle à manger, le couple qui s'attardait en buvant toujours tandis que les chefs de rang et les garçons soupiraient après leur liberté.

Sonnerie. C'était un signal.

Et, en effet, bientôt après, Mops et Mme Caliano apparaissaient dans le hall, le teint animé, riant nerveusement.

— Cuite ! déclara Émile en désignant la Sud-Américaine qui se cramponnait au bras de son compagnon.

L'ascenseur les emporta. Émile écouta. Son oreille était fine et il avait l'habitude.

— Ils sont restés tous les deux au premier étage.

— Je n'aime pas ça...

— Moi non plus.

— Cette femme... dans l'état où elle est...

— Je vais vous conduire là-haut... Il y a une pièce de service à côté du 125... Le vasistas — vous n'aurez qu'à monter sur une chaise — donne sur la salle de bains...

Émile, lui, resta dans le hall, mais ses batteries de téléphones étaient comme autant d'antennes.

— Allô... 125 ?... Bien, monsieur... Le maître d'hôtel ?... Du champagne ?... Je vous envoie le sommelier... Tout de suite, oui, monsieur...

Porto au thé. Cocktails au bar. Trois bouteilles d'extra-dry à la salle. Et voilà qu'ils commandaient un magnum !

Onze heures et demie. Minuit. Une heure du matin. Les clients commençaient à rentrer, surtout les couples réguliers.

L'inspecteur, dans son cagibi, debout sur une chaise, ne voyait rien, car la salle de bains restait dans l'obscurité. Il entendait des éclats de voix, des rires... Puis comme des lamentations...

Sanglots ou hoquets ? Il ne pouvait pas le savoir. C'était entrecoupé de reproches et enfin de cris...

Il descendit de sa chaise et alla écouter à la porte de la chambre.

— Vous êtes une brute... Vous êtes... Qu'est-ce que vous faites ?... Mon Dieu ! que je suis malheureuse... Je vais mourir et pendant ce temps-là vous... vous...

La porte s'ouvre brusquement et Mops paraît, tombe nez à nez, littéralement, avec l'inspecteur qui ne s'y attendait pas. Il a les yeux agrandis par l'horreur. Sa cravate est dénouée, son visage livide.

Son premier mouvement est de s'élancer comme pour fuir, mais le policier lui a déjà saisi un poignet qu'il tord machinalement.

— Pardon... Où alliez-vous ?...

Par la porte entrouverte arrivent toujours des gémissements et des imprécations de femme.

M. Mops n'essaie pas de se dégager. Il s'effondre, c'est-à-dire que sa chair mollit, que ses traits s'affaissent et que des larmes jaillissent d'entre ses paupières.

— Qu'est-ce que vous lui avez fait ?

— Rien... Je le jure...

La porte ouverte, on découvre Mme Caliano en proie aux affres du mal de mer.

— Il a vu que j'étais malade, que j'allais peut-être mourir et, au lieu de me soigner...

Le magnum de champagne est vide, des verres brisés. Mme Caliano a vomi. Et, tandis qu'elle vomissait en croyant rendre l'âme, cet homme, cet homme qui avait bu avec elle et qui lui avait fait la cour, en avait profité pour monter sur une chaise...

La chaise est encore là, devant une armoire.

— Je ne sais pas ce qu'il cherchait, dit-elle, mais il cherchait quelque chose et, comme il ne trouvait pas, j'ai cru qu'il allait me tuer, tant son expression est devenue féroce...

Cinq heures du matin, dans un bureau du Quai des Orfèvres, cependant que le jour se lève sur Paris.

— Mais oui... Je vois que vous vous appelez bien Cornélius Mops et que vous habitez Leuwarden... Profession ?

— Sous-directeur de la fromagerie Van de Veld... Il y a vingt ans, monsieur, que je suis dans la même maison et jamais MM. Van de Veld père et fils n'ont eu à se plaindre de moi... J'ai fait bâtir une maison dans le quartier neuf... Mon fils est au collège et ma fille...

L'inspecteur lui a fait respirer de l'ammoniaque et maintenant M. Mops a un teint de papier mâché.

— Tout est perdu, comprenez-vous ?... Ma vie est finie... Jamais plus je n'oserai...

— Cigarette ?

— Merci...

Il l'allume machinalement.

— Tout cela, c'est la faute à Pijpekamp... Chaque semaine, nous nous retrouvons à Amsterdam, pour la réunion du Syndicat... Le Syndicat des fromages... Pijpekamp, qui est de Sneek, m'a entraîné dans un café où nous avons bu du vieux genièvre... Or, moi, monsieur, je ne supporte pas le genièvre... Toute ma vie, je n'ai bu que du lait, rarement un verre de bière... Il y avait là un homme qui...

Téléphone.

— C'est vous, inspecteur ? Ça va... Elle dort... Sa femme de chambre affirme qu'il ne lui manque rien... Non... Aucun bijou... Comment ?... Oui... Vous me raconterez ça tout à l'heure...

Mops continue :

— Cet homme-là, monsieur, était élégant, distingué... Il a attendu que je sois seul pour prendre une consommation à ma table... Puis il m'a demandé si je voulais gagner un demi-million en trois jours...

Mops est dégonflé comme une baudruche.

— Maintenant que je suis quand même perdu, je peux tout vous avouer... Cet homme était un voleur... Il n'a pas craint de me le dire... Un voleur international de bijoux...

L'inspecteur sourit et va prendre dans un lot des photographies, face et profil.

— Voyez si vous le reconnaissez parmi ces individus...

La cinquième photo est la bonne.

— C'est lui !... Cela le change d'être sans col ni cravate, mais je le reconnais cependant... Il m'a dit...

— Il vous a dit qu'il avait volé des bijoux dans un palace...

— Au Grand Hôtel, à Paris, oui... Alors, c'est vrai ?

— Il a ajouté qu'au moment de partir l'alarme a été donnée et qu'il est parvenu à cacher les bijoux dans une chambre vide...

— Comment le savez-vous ?

— Il n'a eu que le temps de franchir la frontière... Il est sans argent alors qu'il dispose d'un million de bijoux cachés dans un endroit déterminé...

Les yeux de Mops ressemblent à des billes.

— Il n'ose pas rentrer en France, où on possède son signalement et où il serait arrêté. Si vous acceptez d'y aller à sa place, il partagera son butin avec vous...

— Je me demande comment vous...

— Combien vous a-t-il demandé comme garantie de votre bonne foi ?

— Dix mille francs... Mais...

— Chambre 125 ?

— Oui... Je n'osais pas me présenter au Grand Hôtel habillé comme je l'étais... Je suis descendu près de la gare du Nord et me suis fait faire un complet... J'ai acheté des...

— Je sais ! Je sais ! Et vous avez attendu que le 125 soit libre...

— Cela me coûtait cher... Toutes mes économies...

— Parbleu ! Et quand vous avez vu que Mme Caliano ne se décidait pas à partir...

Le Hollandais rougit. C'est sans doute la première fois qu'il a tenté de séduire une femme en dehors de la sienne.

— Si Mina savait !... Je vous jure, monsieur l'inspecteur, qu'il vaut mieux que je me tue...

— Qu'est-ce que vous avez trouvé au-dessus de l'armoire ?

— De la poussière... Et cette femme criait... Et je... Voyez-vous, monsieur l'inspecteur, le rêve de toute ma vie a été d'habiter Amsterdam et, avec cet argent...

— L'argent des bijoux volés...

Mops pleure.

— Ou plutôt des bijoux qui n'ont jamais été volés, pour la bonne raison qu'ils n'ont jamais existé... C'est la huitième fois, monsieur Mops, que cet escroc réussit son coup...

— Un instant, madame... Je demande à mes services... Allô !... Dites donc, avez-vous entendu parler d'un certain Cornélius Mops qui... Comment ?... Une seconde... Vous habitez bien Leuwarden, madame ?... Oui... Allô !... Dans mon bureau, oui...

Le bureau du patron, à la P.J. Neuf heures du matin. Une dame blonde, couperosée, aux yeux clairs, à la mise correcte, qui s'excuse sans cesse et dont les mains nerveuses tripotent un sac en peau de porc.

— Vous disiez que votre mari, qui est sous-directeur d'une fromagerie et qui devait faire un voyage d'affaires de quelques jours...

Elle renifle, se tamponne les yeux de son mouchoir.

— J'ai peut-être tort de m'adresser à la police, mais c'est la première fois, en dix-huit ans de mariage, que...

— Entrez...

L'inspecteur, guilleret, malgré une nuit sans sommeil et sa barbe qui a poussé, échange des coups d'œil avec le chef.

— Introduisez-le...

Et soudain une voix extatique, avec à peine une pointe de reproche :

— Cornélius !

Mais elle ne se précipite pas pour l'embrasser. Sidérée, elle contemple le smoking, le plastron blanc, les souliers vernis.

— Cornélius !

Elle en arrive au visage amaigri, aux yeux cernés. Le premier « Cornélius » exprimait sa joie, le second sa stupéfaction ; le troisième trahit sa pitié et elle éclate en sanglots.

Le patron et l'inspecteur restent un moment devant la fenêtre ouverte tandis que le couple s'explique.

— Il est libre, monsieur le directeur ?

— Mais oui, madame...

Et voilà un quatrième « Cornélius ! » qui fuse comme une prise de possession :

— Merci, monsieur le directeur... Venez, Cornélius !

— Émile ?... Oui, c'est moi... Comment, la femme de votre collègue n'a pas encore accouché ?... Mops ?... Parti, oui... Sa femme l'a emmené... Comment ?... Mais non... Non plus... Puisque je vous dis non !... Un pauvre couillon, tout simplement !

LES DEMOISELLES DE QUEUE DE VACHE

Une journée mémorable, de toute façon. D'abord, pour Jean et pour Marie, c'était l'avant-veille de leur mariage. Ensuite, pour eux comme pour tout le monde, c'était le jour de la fameuse marée de 115, celle qui avait emmené la mer si loin qu'entre la côte, que ce soit à Nieul, Marsilly ou Esnandes, et l'île de Ré, c'est à peine s'il y avait, tout au bout des sables et des vases, un filet d'eau comme une rivière.

Mariage ou pas mariage, cela n'avait rien à voir et, à trois heures du matin, Jean était aux plus lointains bouchots avec la charrette, le cheval Octave, la tante Hortense qui était la seule à porter de bouffantes culottes noires alors que les autres femmes en portaient des bleues.

Marie Cujac était là aussi, à moins de cent mètres, avec son père qui louchait et ses deux vauriens de frères. Et tout Marsilly, les chevaux, les juments, les tombereaux, les gamins et les fillettes enfin qui en profitaient pour ramasser des huîtres et chercher des palourdes.

C'était comme ailleurs un jour de vendanges, sauf que chacun avait son champ, son champ de mer, en somme, puisqu'on était à plus d'un kilomètre des galets du rivage. On y plantait de longs pieux de sapin ; on en remplaçait d'autres, pour les moules qu'on récoltait à pleins paniers.

En partant, dans la nuit encore froide, Jean s'était rapproché un instant de Marie et lui avait soufflé :

— C'est décidé ! Je vais lui parler...

Et Marie s'était contentée de répondre :

— Tu crois qu'il faut ?

Maintenant le soleil était déjà haut. Jean avait remis tous les pieux de son bouchot en état. La tante avait rempli quarante paniers de moules tandis que le cheval Octave, patient, s'envasait doucement.

Le ciel, la terre, la mer n'existaient plus. Tout était tellement clair, avec des teintes si pâles et si lumineuses à la fois, qu'on avait l'impression d'être enfermé dans une immense coquille d'huître : du bleu pâle, du vert pâle, de l'or et de l'argent ou plutôt un mélange irisé de ces tons.

On n'eut pas besoin de se donner le mot, de consulter les montres et l'annuaire des marées, pas même de regarder l'ourlet blanc qui, là-bas, marquait la limite mouvante de l'élément liquide.

On partait d'instinct. Les chevaux eux-mêmes savaient que l'heure était venue de faire place à l'océan. Le tombereau des Cujac était déjà à mi-route et Jean voyait dans le soleil les culottes d'un bleu passé de Marie et le fichu rouge qui lui servait de chapeau.

Il fallut aider Octave à débourber ses roues. Tante Hortense, plus grande, plus forte, plus solide que toutes les femmes, marchait devant quand Jean fit quelques pas pour la rejoindre, regardant par terre, à cause des rochers visqueux et des trous de vase.

— Voilà... commença-t-il avec embarras. Je me marie après-demain...

Comme si elle ne le savait pas ! Comme si ce n'était pas elle, avec sa sœur Émilie, qui avait donné son consentement !

— Alors, à l'occasion de mon mariage, il y a une chose que j'aurais aimé savoir...

Il était aussi grand qu'elle, plus grand que tous les gars de Marsilly, qui sont pourtant des pièces d'hommes. Mais, large comme un lutteur, brun de poil comme un vrai mâle, il avait un regard et des timidités de fille.

— Ainsi, il y a quelque chose que tu voudrais savoir ?...

Elle ne l'aida pas. Au contraire ! Elle éprouva plusieurs fois le besoin de pousser la charrette aux passages difficiles et elle remit lentement en place des paniers qui ne menaçaient nullement de dégringoler.

— J'ai maintenant vingt-quatre ans et je n'ai jamais rien dit... Mais, du moment que je me marie...

La ferme des Boudru, la ferme d'Hortense et d'Émilie, était la dernière du pays ; isolée des autres, au bord de la mer, plantée devant les eaux, depuis des siècles, comme un bastion, et peut-être parce qu'elle était à la fin de tout, au bout du monde, elle s'était toujours appelée la Queue de Vache.

Émilie, qui avait fini depuis longtemps de traire les vaches et de battre à l'écrémeuse le lait de la veille, posait des bols, des couverts sur la table, surveillait son feu, versait de temps en temps un peu d'eau bouillante sur le café, ce qui ne l'empêchait pas de regarder par la fenêtre large ouverte, de voir, dans le soleil, les charrettes et les gens qui s'en revenaient, escaladaient la digue de cailloux, passaient sur le chemin ; des connaissances qui la voyaient chez elle lui faisaient le bonjour de la main ; Marie vint s'accouder à la fenêtre pour annoncer :

— Je viendrai à trois heures pour essayer la robe...

Et elle comprenait que là-bas Jean et Hortense ne causaient

pas comme d'habitude, qu'ils marchaient trop lentement, disaient quelques mots, se taisaient, baissaient ou détournaient la tête.

Avant de venir se mettre à table, Jean devait décharger les moules dans la cour et Hortense entra la première dans la cuisine, laissant ses sabots dehors. Elle n'avait pas le temps de respirer que sa sœur lui lançait :

— ... t'a parlé ?

Hortense était comme barbouillée, à croire, si on ne l'avait pas connue, qu'elle avait mal au cœur.

— ... m'a parlé !

— Qu'est-ce qu'il t'a dit ?

En réalité, c'était plus bref, plus aigu. On n'entendait que :

— ... qu'il t'a dit ?

Et l'autre, s'asseyant pour retirer ses deux paires de gros bas de laine :

— Tout !

— Qu'est-ce que t'as répondu ?

Plus bref encore, aussi bref que le regard en coup d'épingle qui accompagnait la question :

— ... qu' t'as répondu ?

Alors un silence. Et le soleil qui entrait par les fenêtres carrées, jouait sur les carreaux rouges, sur les bols bleus, sur la bouilloire de cuivre. Et le bruit des grandes roues de charrettes écrasant lentement les pierres du chemin...

— ... qu' t'as répondu ? répétait Émilie, méfiante, en remettant un peu d'eau sur le café.

— J'ai rien dit...

Elle était plus jeune de trois ans, plus petite, moins forte qu'Hortense. Elle avait été toujours ainsi, comme qui dirait anémique, pâle d'un bout de l'année à l'autre, avec une longue bouche triste de quelqu'un de mal portant, bien qu'elle n'eût jamais été malade.

— T'es sûre ?

Dans la cour, où le camion attendait de transporter les moules à la gare de La Rochelle, Jean dételait Octave et lui jetait du foin au bout d'une fourche.

— Qu'est-ce qu'il croit ?

Et voilà qu'Hortense n'était plus Hortense, que ses traits étaient brouillés, ses yeux en eau et qu'elle était obligée de se moucher.

— Je crois qu'il croit que c'est moi...

La mer avait déjà fait plus de la moitié du chemin et bientôt elle serait au pied de la Queue de Vache. Des bateaux se mettaient à flotter et on entendait crier les mouettes.

— Pourquoi ?

— Il croit...

— Pourquoi qu'il croit ?

Et comme on entendait des pas, ceux de Jean, Émilie commanda :
— Tais-toi !
Puis :
— Mouche-toi !

La journée ressembla aux autres journées de grandes malines. Jean chargea les moules sur le camion qu'il conduisit à La Rochelle. Il devait aller essayer son costume noir chez le tailleur, acheter du linge, des souliers vernis et aussi s'occuper d'une histoire d'assurances.

Les deux femmes, de leur côté, avaient leur travail, Émilie au ménage et à l'étable, Hortense dans le bureau où elle s'occupait des factures et des expéditions.

Si la mer n'avait pas été aussi calme qu'un lac, on aurait eu de l'eau jusque dans la cour, comme trois ans plus tôt, tant la marée était forte. Mais tout était calme, le ciel, l'air, l'océan vert avec des plaques jaunâtres là où il recouvrait de la vase.

En tournant, près de l'église de Marsilly, pour prendre la route de Nieul, Jean avait trouvé le moyen d'échanger quelques mots avec Marie, du haut de son camion.

— Qu'est-ce qu'elle t'a dit ? demandait Marie.

— Elle n'a pas voulu répondre.

— Tu vois ! Qu'est-ce que ça peut te faire ?

— J'aurais quand même voulu savoir... C'est bête de ne pas savoir qui on est...

— Laisse ça tranquille, va ! conseilla Marie qui avait un corsage gonflé de printemps.

Et il continua sa route, rêveur, ennuyé, mécontent, avec parfois un moment d'émotion ou d'attendrissement.

Pendant vingt-quatre ans, il avait été le neveu des sœurs Boudru ou, comme on disait encore, des demoiselles de la Queue de Vache.

Quand il était devenu un gamin et qu'il avait demandé qui était son père, on lui avait répondu :

— C'est notre frère Léon, celui qui est mort aux colonies...

Un bon bout de temps, il l'avait cru. Il disait avec un certain orgueil :

— Moi, mon père est mort aux colonies...

Puis il avait réclamé des précisions. Son père était mort au Gabon, mais il valait mieux ne pas trop en parler, parce que c'était une tête brûlée et qu'il n'avait jamais rien fait de bon.

— Et ma mère ? s'était-il enquis un beau jour.

Tante Hortense et tante Émilie s'étaient regardées. Tante Émilie avait soupiré :

— Elle est morte aussi...

— Qui était-ce ?

— Quelqu'un que nous ne connaissions pas...

Des années avaient passé ainsi, chez les deux tantes, chez les demoiselles de la Queue de Vache qui « faisaient la moule » et élevaient dix vaches.

Jean savait seulement qu'il n'avait pas de nom de famille officiel et que si on disait Jean Boudru ce n'était pas inscrit sur ses papiers.

Il apprit aussi qu'il était né à Saintes et il eut toujours envie d'y aller un jour sans que l'occasion s'en présentât.

Plus tard, au café, surtout quand, à l'occasion des fêtes, on avait un peu bu, on l'asticota.

— Laquelle des deux est-ce, ta mère ?

Les premières fois, il faillit se battre pour défendre l'honneur de tante Hortense et de tante Émilie. Il lui arriva de guetter des camarades, de les entraîner à l'écart, de leur faire du boniment pour leur demander en fin de compte :

— Qu'est-ce qu'il y a au juste ? Qu'est-ce que tu sais ?

On ne savait rien, sinon que Jean ne pouvait pas être le fils de Léon Boudru, vu qu'à l'époque de sa naissance celui-ci était au Gabon d'où il n'était pas revenu une seule fois.

Ou plutôt, tout ce qu'on savait, c'est qu'un beau jour les deux sœurs avaient disparu et étaient restées quatre mois absentes. Quelqu'un les avait rencontrées à Saintes. Quand elles étaient revenues, elles ramenaient un enfant en prétendant que c'était leur neveu.

— Dis bonsoir à tante Émilie...

— Va embrasser tante Hortense...

Pour le gamin, elles avaient toujours été deux tantes, une grande et forte, tante Hortense, qui s'occupait des moules comme un homme ; une mince et nerveuse, avec des migraines, tante Émilie, qui faisait marcher la ferme.

Les valets couchaient dehors, dans une bicoque qu'elles possédaient près d'Esnandes. Il ne venait jamais d'homme dans la maison.

Les deux demoiselles avaient élevé Jean comme une fille, allant jusqu'à jeter des pierres ou à battre les autres gamins qui s'en prenaient à lui.

Il avait dix-sept ans qu'on lui bassinait encore son lit et, la première fois qu'il était rentré à onze heures du soir, les deux tantes avaient pleuré dans leur lit.

Elles avaient encore pleuré quand il leur avait parlé de Marie.

— La fille Cujac ? avait insisté tante Émilie. Est-ce qu'elle n'a pas un père qui louche ?

— Mais elle ne louche pas...

— Un de ses frères a été réformé, n'est-ce pas ?

— Parce qu'il a eu deux doigts coupés par la batteuse...

— Enfin !... On verra !... Dis-lui de venir une après-midi...

Marie avait comparu, une après-midi que Jean n'était pas là. Après, il l'avait questionnée.

— Qu'est-ce que mes tantes t'ont dit ?

— Rien...

— De quoi t'ont-elles parlé ?

— Comme ça... Un peu de tout...

C'était la première fois que Marie était aussi peu bavarde, mais il n'y avait plus pensé. Dès le lendemain, c'étaient les tantes qui s'occupaient des formalités du mariage.

— Tu sais, Marie, que je suis un enfant naturel ?

— Cela m'est égal.

— Il faudra pourtant que je questionne une de mes tantes...

— A quoi bon ? Qu'est-ce que tu auras de plus...

Et voilà ! Il avait questionné tante Hortense, en revenant du bouchot, dans le soleil. Il n'aurait pas pu dire pourquoi il avait choisi tante Hortense, ou plutôt il n'aurait pas osé le dire, parce que c'était ridicule et gênant. La vérité est que tante Hortense avait une forte poitrine tandis que tante Émilie était plate. Alors il avait pensé...

A toutes ses questions, elle s'était contentée de répondre :

— Je ne sais pas ce que tu veux dire...

— Pourtant...

— Demande à ta tante Émilie...

De sorte qu'il allait se marier sans savoir qui il était. Il entrait dans La Rochelle, passait par les quais pour atteindre la gare et essayait soudain de se souvenir d'une commission qu'il devait faire mais qu'il avait oubliée.

Les deux sœurs avaient chacune leur travail et il leur arrivait, au hasard de celui-ci, de se rencontrer dans la cour ou dans une des pièces de la maison. C'étaient alors leurs seules conversations, qu'elles seules pouvaient comprendre, car elles étaient encore plus avares de paroles que d'argent.

— Pourquoi est-ce à toi qu'il a parlé ? demandait Émilie en allant au bureau pour téléphoner à la coopérative qui ramassait le lait.

— Sans doute parce qu'il a senti...

— Allô !... Le 12 à Esnandes... Ici Mlle Boudru... Je voulais vous dire...

L'instant d'après, elle laissait tomber :

— S'il en a choisi une, c'est justement celle qu'il ne croyait pas être sa mère...

— Pourquoi ?

— Une idée...

Au-dessus du secrétaire rougeâtre vieux de deux siècles étaient suspendus deux portraits, celui du père Boudru et celui de la mère Boudru.

Mais les deux sœurs ne regardaient jamais la première photographie qui, comme intentionnellement mal agrandie, s'était vite estompée : un homme pâle, quelconque, si quelconque qu'on ne l'eût pas reconnu parmi d'autres, sauf pour ses moustaches rousses et pour un petit toupet qu'il portait au milieu du crâne.

Encore une chose dont on ne parlait pas et que Jean n'avait pu apprendre qu'au village : le vieux Boudru était un valet de ferme, un valet de la Queue de Vache que la mère avait épousé alors qu'elle marchait sur ses trente-huit ans et qu'elle risquait de rester seule.

On se souvenait à peine de lui, au pays. Il était mort, on ignorait de quoi et cela n'avait aucune importance.

— Il est près de trois heures... Marie va venir...

— Je sais...

— On lui servira des gâteaux ?

— Si tu veux...

Un long silence, parce que chacune des sœurs continuait son travail.

— Dis donc, Hortense...

— Oui...

— Tu crois qu'elle lui parlerait, si elle savait ?

— Attends... Trente-sept et huit... Je retiens cinq...

— Tu crois qu'il a dit quelque chose ?

La mer avait beau être là, Marsilly à un kilomètre, le soleil sur leurs têtes, les deux sœurs, dès qu'elles ouvraient la bouche, parlaient un langage à elles et vivaient en dehors du monde.

— Il y a longtemps qu'on ne l'a pas vu...

— Il est venu lundi...

— Il était saoul ?

— Il pleurait...

Donc, s'il pleurait, c'est qu'il était saoul. Et s'il était saoul, Émilie avait craint un éclat et lui avait donné de l'argent.

Tout cela s'enchaînait si naturellement qu'Hortense se contenta de demander :

— Combien ?

— Cinquante francs...

— Alors, il reviendra demain...

— J'aime mieux ça qu'après-demain... S'il venait pendant la noce...

Il s'agissait de quelqu'un dont, en vingt-quatre ans, on n'avait jamais prononcé le nom : du vieux Joseph, pour tout dire, celui qui faisait des journées par-ci par-là, quand on avait vraiment besoin de quelqu'un, car il n'était bon à rien et s'enivrait dès le lever du soleil.

Les uns disaient qu'il était simple. D'autres prétendaient qu'il était plus malin qu'il n'en avait l'air. Lui souriait, parlait tout seul et couchait dans une cabane abandonnée à cinq cents mètres du village.

— Tu ne lui as pas parlé d'une somme ?

— Il ne veut pas...

Cette somme, elle aussi, faisait partie du vocabulaire des deux sœurs : la somme qu'il faudrait remettre à Joseph pour qu'il consente enfin à disparaître.

Seulement, il refusait ! Il refusait en souriant ! Cent fois le hasard l'avait placé au café à côté de Jean...

— Voici Marie... annonça Émilie.

La jeune fille entra, portant un carton qui contenait sa robe.

— Vous voulez m'aider à la passer pour voir si elle me va ?

Jean courait La Rochelle, où il avait essayé son complet noir. Hortense et Émilie se lançaient des coups d'œil qu'elles seules pouvaient comprendre.

— Qu'est-ce que Jean t'a dit ? questionna soudain Émilie.

— A moi ? s'étonna Marie.

— Oui... Tout à l'heure... Au coin de la route de Nieul...

— Qu'il avait questionné sa tante Hortense...

— Et après ?

— Qu'elle ne lui avait pas répondu...

— Et toi ?

— Moi ? Je lui ai conseillé de ne pas s'occuper de ça...

Émilie parut soulagée et un sourire, rare sur son visage, sembla distribuer des bons points.

— Elle est jolie, cette robe. Dans quel journal as-tu pris le modèle ?

— Il n'a rien dit d'autre ? insista Hortense.

— Non... Je ne crois pas...

— Essaie de te souvenir...

— Laisse-la, voyons ! s'interposa Émilie. Passe-moi les épingles, tiens ! Il y a une fronce de trop à gauche. Ça lui fait les hanches inégales...

Et Émilie pinça les lèvres pour y maintenir les épingles, s'agenouilla devant Marie, tandis qu'Hortense restait les bras ballants.

— Qu'est-ce que ça peut te faire ?

— Je ne sais pas... Je trouve que c'est bête...

Marie ignorait encore si elle devait parler on non. Jean, élevé comme une fille, avait des ruses de fille et ne disait rien.

— Laquelle crois-tu ?

— Je ne sais pas...
— Hortense ?
— Je ne sais pas...
— Laquelle est la plus gentille ?
— Cela dépend...
— Laquelle aimes-tu le mieux ?
— Tantôt tante Hortense... Tantôt tante Émilie...
— Alors ! Pourquoi te tracasses-tu ?
— Je voudrais savoir...

Hortense pleurait, car c'était le jour de la noce et les jeunes mariés venaient de monter seuls dans leur chambre pour changer de vêtements.

— Si tu le dis...

— Si tu le dis, je dis... menaçait Émilie.

Un chantage qui durait depuis vingt-quatre ans. En clair, cela signifiait :

— Si tu dis la vérité, moi je la dis tout entière et j'apprends à Jean qu'il est le fils de Joseph, notre ancien valet...

— Dis !... suppliait Jean.

— Tu y tiens ?

— Comme tu voudras ! fit-il, soudain froid.

Et elle, effrayée :

— Je le dis... Ne boude plus... C'est Hortense...

Elle se reprit, ajouta, maintenant qu'elle était de la famille :

— Tante Hortense... Seulement, tante Émilie est jalouse... Elles te veulent toutes les deux...

Jean, un peu bouleversé, ne savait plus que penser.

— Et c'est moi qui t'ai ! triomphait Marie.

Il n'y prit pas garde sur le moment. Il pensait toujours à ses deux tantes, ou plutôt à sa mère et à sa tante.

— Surtout, ne leur dis pas...

— Mais non !

— Ne fais pas comme si...

— Je te promets...

— Chut !... recommanda-t-elle en entendant des pas dans l'escalier. Parlons vite d'autre chose... Je leur ai promis...

— Quoi ?

Elle n'eut pas le temps de répondre. Elle ne répondit jamais.

Désormais, elles étaient trois à la Queue de Vache.

•

LE MATIN DES TROIS ABSOUTES

Pourquoi n'aurait-ce pas été vrai ? Parce que, soi-disant, tous les enfants mentent ? Il prétendait, lui, qu'il entendait, *avant*, comme le bruit immatériel d'une araignée, qu'il ouvrait les yeux tout grands, qu'il attendait, presque haletant, et qu'il prévoyait la seconde à laquelle allait se déclencher la sonnerie furieuse du réveil.

Puisqu'on ne le croyait pas, tant pis ! Il en fut ce matin-là comme des autres matins. A cinq heures et demie, il faisait nuit. Il faisait froid. Il devait y avoir du givre sur les vitres. La veilleuse, dans le coin de la cheminée, jetait sa lueur orangée et sirupeuse. Il avait toujours dormi avec de la lumière, à cause de ses réveils brusques, effrayés, qui le laissaient pantelant, de la sueur au front. C'était une petite bouteille brune trapue, qui avait contenu jadis Dieu sait quoi et qu'on avait coiffée d'une mèche à huile. Il suffisait du moindre mouvement dans la chambre pour faire osciller la flamme.

Il se leva, pieds nus, en longue chemise blanche. Dans le lit, son jeune frère dormait, gonflant la lèvre supérieure. Le sommier grinça dans la pièce voisine ; le père ou la mère qui se retournait.

Le froid du linoléum sous les pieds. L'eau glacée de la cuvette. Et le réveil qui battait les secondes plus vite qu'à tout autre moment de la journée. Ces secondes étaient comptées. Les chaussettes. Les culottes courtes. La chemise de flanelle et le veston droit, boutonné jusqu'au cou. Le peigne mouillé dans les cheveux blonds qui se hérissaient en épi au sommet du crâne.

Puis l'escalier obscur. Le pardessus de ratine qu'il décrochait au portemanteau de bambou du corridor. Il fallait tâtonner. La clef. Enfin l'haleine froide, humide du matin. Une obscurité qui n'était pas tout à fait celle de la nuit et les cloches de la chapelle qui, à cet instant précis, à l'autre bout du quartier, sonnaient le premier coup de la messe de six heures. Tout à l'heure, quand il tournerait le coin de la rue, d'autres cloches, celles de l'église Saint-Denis, dont l'horloge retardait, sonneraient à leur tour.

Il marchait vite. Il rasait les maisons. Il les connaissait toutes, mais il était presque le seul à connaître leur visage à cette heure-ci. Dans sa rue, il n'avait pas peur. Rue de l'Enseignement non plus. C'était un peu comme s'il eût encore tenu à chez lui par un fil.

Il fallait ensuite traverser la place du Congrès, avec ses arbres noirs, son gigantesque poteau téléphonique au sommet duquel des centaines de fils vibraient dans le vent. Il marchait plus vite. Il lui était arrivé de courir. Tous les volets étaient clos. Les magasins étaient fermés. C'est à peine si on distinguait l'enseigne de chez Horisse, l'épicier, dont le gamin allait en classe avec lui et avait si peur des chiens.

C'était le second hiver qu'il faisait le même chemin, à la même heure, tous les jours, sauf les rares fois que le réveil ne sonnait pas.

La rue Pasteur, qui ressemblait à un canal vidé de son eau... Il faisait, exprès, du bruit avec ses souliers... Au bout, là-bas, après le sixième bec de gaz, ce serait fini... Il tournerait à droite et...

Très loin, dans une rue transversale, des vélos... Il en avait l'habitude... C'étaient les ouvriers de l'usine à gaz qui se rendaient à leur travail...

Et soudain... Il en était sûr... Il y avait des mois qu'il craignait ce moment-là... A dix mètres de lui, à moins de dix mètres, contre la porte cochère du fabricant d'eaux gazeuses, il y avait quelqu'un, debout, quelqu'un qui attendait... Il était trop tard pour faire demi-tour... Un seul parti possible : s'élancer, traverser la rue, gagner l'autre trottoir, courir à toutes jambes jusqu'à l'hôpital...

— Hep ! Petit...

Est-ce qu'il courait vraiment ? Il n'en savait rien. La tête lui tournait. Comme dans ses plus mauvais rêves, ceux qui le faisaient crier, ses jambes mollissaient, il ne sentait plus le sol sous ses pieds, une torpeur l'envahissait, une lourdeur de tous ses membres, comme une paralysie.

— Écoute !...

Il avait réellement couru, puisqu'il se trouvait devant la porte du charcutier chez qui sa mère l'envoyait si souvent chercher des côtelettes. Mais la porte était fermée, comme les autres. A peine si, de toute la rue, on voyait une lumière rougeâtre dans une mansarde. Et comment aurait-il crié ? Il n'avait plus de jambes, plus de voix. Il n'entendait que les pas de l'homme, plus rapides que les siens. Il appréhendait la seconde à laquelle, comme pour le réveil...

Et cela arriva ! Il se trouva immobilisé. Une main le tenait à l'épaule. Sa respiration était brûlante comme du feu. Il eut l'idée de balbutier :

— Ne me tuez pas...

Pourquoi ne le fit-il pas, il ne le sut jamais. Il écarquillait les yeux. Un homme qui lui paraissait très grand le regardait des pieds à la tête et il lui semblait qu'il était aussi gêné que lui et qu'il haletait, lui aussi. Peut-être n'était-il plus habitué à courir ?

— Écoute, petit...

Le gamin ne se doutait pas qu'à cet instant il avait les traits pointus, le regard aigu, l'air effronté, malgré sa frayeur.

— Il faut que je te demande quelque chose... Voilà trois jours et plus que je te vois passer...

On ne peut pas penser. Cela va trop vite. C'est trop effrayant. Trois jours et plus que dans cette encoignure...

— Si on t'offrait un beau cadeau, un magnifique cadeau, qu'est-ce que tu préférerais ?

Partir ?... Sonner enfin, en se hissant sur la pointe des pieds, à la lourde porte vernie de l'hôpital où il servait la messe !

— Parle... N'aie pas peur...

Dans une demi-heure, dans vingt minutes, il ferait jour et les gens commenceraient à vivre, les fenêtres et les portes à s'ouvrir, tandis que passerait le premier tramway aux lampes encore éclairées.

Un agent de police, il y en avait tout au bout de la rue, à plus de trois cents mètres, près du pont.

— Dépêche-toi de répondre... Je n'ai pas envie de te faire de mal...

Comment aurait-il décrit l'homme, après coup ? Ce n'était pas quelqu'un du quartier, peut-être pas de la ville ? Il était très grand, très maigre. Il avait une voix étrange, et pas de pardessus, malgré la saison. Peut-être était-il féroce ? Sa main, en tout cas, se crispait toujours plus sur l'épaule du gamin et la meurtrissait.

Georget le lui dit :

— Vous me faites mal !

Et il fut surpris d'avoir parlé.

— Réponds ! Qu'est-ce que tu aimerais ?...

— Un vélo !

D'où cela était-il venu ? Il l'ignorait. Peut-être de l'intensité de sa peur ? Et il levait la tête au bout de son cou maigre, regardait l'autre dans les yeux.

— Tu l'auras !... Je te promets que tu l'auras... Tu entends ?... Mais écoute ce que je vais te dire... Qu'est-ce qu'il y a, à droite, avant d'entrer dans la chapelle de l'hôpital ?

— Une porte.

— Cette porte est munie d'un verrou... En passant, tu le tireras... Jure que tu le tireras...

Silence. La lumière s'était éteinte dans la lointaine mansarde.

— Jure que tu le tireras...

— Je le jure...

— Si tu oubliais, si tu ne le tirais pas, je te retrouverais, et alors...

— Je le jure !... Lâchez-moi...

Est-ce que l'homme le lâcha ? Est-ce l'enfant qui se libéra d'un mouvement brusque ? Il courut si vite qu'il faillit tomber. Il vit de loin l'horloge de l'hôpital qui marquait six heures moins cinq. Il était en retard de deux minutes. D'habitude, il atteignait cet endroit à six heures moins sept.

Du vide, autour de lui. Un vide qui changeait de qualité, qui devenait déjà plus tiède. Il suffisait de se hisser sur la borne, d'atteindre la sonnette, de déclencher le carillon qui rappelait celui d'un couvent. Alors, il entendait dans le silence du vaste porche un trottinement de souris. Une clef tournait dans la serrure bien huilée. Le concierge souriait sans rien dire.

Dans son élan, l'enfant faillit heurter un corbillard arrêté sous la voûte. Au bout de cette voûte, comme par miracle, de vagues lueurs matinales éclairaient la cour de l'hôpital où, parmi les arbres, des bâtiments se dressaient à l'infini.

Une odeur familière lui montait aux narines. Les courants d'air eux-mêmes étaient différents d'ailleurs. On voyait des bonnes sœurs venir de très loin, quelques fenêtres éclairées, des infirmières qui passaient à pas rapides.

Il longea les cuisines en sous-sol et une autre odeur l'enveloppa, chaude, un peu écœurante.

— *Jure que tu le tireras...*

La chapelle se dressait à droite, dans la cour, précédée d'un porche qu'il ne se souvint pas ensuite d'avoir franchi. La porte était là, qui donnait sur le boulevard, condamnée par un solide verrou.

Il tressaillit. Il lui sembla que quelqu'un avait parlé derrière lui et il rougit comme si déjà il était pris en faute. Il ne pensait pas au vélo. C'était différent. C'était un ordre auquel il se soumettait, une volonté plus forte que la sienne qui le guidait. Sa main toucha le verrou. Il était si soigneusement huilé qu'il glissa sans peine.

— Dépêchez-vous, Georget...

Il ne sut jamais non plus si sœur Adonie, la sœur sacristine, avait surpris son geste. Une seconde de plus ou de moins...

Ce qu'il vit, en traversant la chapelle, ce fut un catafalque. Donc, il y avait une absoute et il allait gagner trois francs. Les cierges n'étaient pas encore allumés. Dans la sacristie, deux robes étaient préparées, une rouge et une noire, et il passa machinalement la noire, à cause du catafalque.

— La rouge, Georget !... Vous changerez après la messe... Ce n'est pas une messe de requiem... Je vous ai apporté une barre de chocolat, car il y a trois absoutes...

Trois absoutes le même jour ! D'autres fois, il eût tressailli de joie. Neuf francs !

L'aumônier entrait dans un glissement. C'était sa façon de marcher. Il était long, maigre, blafard, avec l'air de faire partie d'un vitrail. Il sourit, sans rien dire, d'un sourire que les saints devaient avoir quand ils imposaient les mains. Puis il se pencha sur sa chasuble qu'il baisa, fit une courte prière.

Sœur Adonie allait d'un côté de l'autel à l'autre, son éteignoir surmonté d'un rat-de-cave à la main, et à son passage les cierges s'allumaient. De la chapelle montaient des bruits de pas feutrés.

Les sœurs prenaient place en haut, dans la galerie. En bas, les malades, vêtus d'un uniforme de laine délavée, les pieds dans de grosses pantoufles, faisaient grincer les chaises et certains marchaient avec des béquilles, d'autres étaient poussés dans de petites voitures, une jeune fille diaphane, chaque matin, était apportée sur une civière.

Un signe de l'aumônier. Le gamin agita sa sonnette, se précipita. Génuflexion. Et déjà sœur Adonie, en prévision des absoutes, allumait des braises dans l'encensoir.

— *Dominus vobiscum...*

— *Et cum spiritu tuo...*

Les répliques voletaient, la lumière des cierges dansait, l'esprit du gamin s'évadait, allait et venait, oubliant les répons, oubliant la messe, pensant au verrou, au vélo, à la malade sur la civière. Deux fois, le prêtre dut attendre, car l'enfant de chœur en oubliait jusqu'aux burettes et, de la sacristie, sœur Adonie, d'un sourire attristé, le rappela à l'ordre.

— *Agnus dei, qui tollis peccata mundi...*

— *Dona eis requiem...*

Il s'était encore trompé. Le « Dona eis requiem », c'était pour les messes de mort et il n'y avait ce jour-là que des absoutes.

— *Agnus dei, qui tollis...*

Il trottait, sur ses petites jambes de onze ans, aux genoux bleuis par le froid, apportait les burettes, repartait, saisissait sa sonnette à trois timbres.

— *Ite missa est...*

Il sentit le chocolat amolli dans sa poche et il en eut une sorte de haut-le-cœur. Où était-il ? Déjà dans la sacristie. Sœur Adonie l'aidait à changer sa robe rouge contre une robe noire, lui passait un surplis.

— Vous n'aurez pas trop faim, Georget ?

Elle repartait, dans son large vêtement de bure, pour allumer les cierges autour du catafalque. Les malades s'en allaient. La plupart des sœurs aussi. Des hommes apportaient un premier cercueil. Le gamin, sans savoir ce qu'il faisait, soufflait sur les cendres de l'encensoir et ses joues devenaient pourpres.

Il ne s'était encore rien passé et pourtant il avait tiré le verrou... Sans doute était-ce maintenant, pendant une des absoutes ?...

Un signe de l'aumônier. Il saisit la grande croix noire, marcha devant, buta dans sa robe.

— *Libera me, domine...*

Sœur Adonie était déjà à l'orgue et l'enfant avait envie de pleurer, comme chaque fois qu'il servait une absoute. Des larmes sans tristesse, graves, presque heureuses.

— *Dies irae, dies illa ; solvet saeclum in favilla...*

Il connaissait les paroles par cœur. Il lui arrivait de les entonner, tout seul, de la même voix sourde que l'aumônier. La chapelle était presque vide. Sur les premières chaises, seulement, une femme en deuil et un jeune homme de quinze ou seize ans.

— *Pater Noster...*

Le moment qu'il préférait. Ces deux mots lancés au ciel comme un appel suprême par le prêtre qui saisissait le goupillon et qui, dans le silence total, contournait lentement le cercueil.

Puis l'encensoir...

— *Et ne nos inducas in tentationem...*

— *Sed libera nos a malo...*

Pourquoi lui avait-on promis un vélo ? Il n'avait toujours pas mangé son chocolat. Il le triturait, dans sa poche, à travers l'ouverture de la robe d'enfant de chœur.

— *Requiescat in pace !*

— *Amen...*

Brouhaha. Il y avait peu d'assistants mais les semelles crissaient sur les dalles de pierre grise. On emportait le cercueil. La femme et le jeune homme s'en allaient. On apportait un autre mort. Les orgues, à nouveau.

— *De profundis clamavi...*

Un cercueil de pauvre, celui-ci, sans ornement, caisse de bois blanc fournie par l'Assistance publique. Seule une sœur priait dans un coin, près du confessionnal.

— *Pater Noster...*

Est-ce que l'aumônier avait faim ? On allait plus vite. Les orgues elles-mêmes semblaient plus allègres.

— *Requiescat in pace...*

Au troisième ! Et personne derrière ! Dehors, on entendait les roues du second corbillard.

— *De profundis...*

Pourquoi l'homme lui aurait-il fait cadeau d'un vélo ? Il avait menti. Il ne donnerait jamais le vélo. On ne donne pas un vélo à quelqu'un qu'on ne connaît pas.

Depuis des années, depuis qu'il allait à l'école, il avait envie d'un vélo, mais...

— *Pater Noster...*

Il se trompait, tendait l'encensoir au lieu du goupillon, était sur le point d'éclater en sanglots. Il irait se confesser le lendemain. Non, le jour même, car s'il mourait d'ici là...

— *Et ne nos inducas...*

Il faisait grand jour. Le soleil brillait. Il s'en aperçut soudain quand on ouvrit la porte pour emmener le troisième mort.

— Vous avez été distrait, aujourd'hui, Georget.

Il regarda la sœur sacristine en se demandant s'il ne ferait pas mieux de tout lui avouer.

— Vous avez mangé votre chocolat ?

Pourquoi mentit-il ? Il dit oui, alors que le chocolat ne formait plus qu'une pâte dans sa poche, en dessous de son mouchoir.

Et sœur Adonie fouillait dans les plis de sa large robe, son chapelet cliquetait, elle tirait de quelque mystérieuse cachette des pièces d'un franc qu'elle alignait sur la table.

— Voici neuf francs, Georget... Soyez à l'heure demain matin...

Il n'y serait pas, il le savait. Il ne viendrait plus jamais. Il était triste. L'aumônier, comme chaque jour, s'était agenouillé au pied de l'autel, en soutane, et récitait sa prière personnelle. Il y avait un courant d'air, car la porte était restée ouverte. Du soleil venait du dehors, ternissant la flamme des cierges.

Est-ce qu'il oserait sortir de l'hôpital ? Il gagna sa maison en courant, se laissa tomber sur sa chaise, devant la table de la cuisine, et, parce qu'il ne trouvait rien à dire à sa mère étonnée, il lança :

— J'ai faim !

Surtout, il ne fallait pas en parler ! A personne ! A aucun prix ! C'est pour cela qu'à la récréation, après la leçon de calcul, il choisit celui de ses camarades qu'il aimait le moins, Gallet, un garçon pâle, à grosse tête, le plus fielleux des rapporteurs.

— Je vais avoir un vélo !

— Ce n'est pas vrai !

— Qu'est-ce que tu paries que je vais avoir un vélo ?

— Tes parents sont trop pauvres !

— Ce ne sont pas mes parents qui me l'achèteront.

— C'est qui ?

Pourtant il n'y croyait pas, au vélo.

— Qu'est-ce que tu paries ? Un vélo à deux vitesses, avec des garde-boue chromés...

Puis ce fut la leçon de géographie. Puis, presque tout de suite, onze heures et demie, l'envol des élèves par la grande porte verte.

Il traîna dans les rues, exprès, en donnant des coups de talon sur le seuil des maisons, s'arrêta longtemps devant la vitrine de Luska, le marchand de jouets.

— Ta mère te cherche ! lui cria Ledoux, un voisin, qui passait en courant.

— Ce n'est pas vrai !

Parce que le vélo...

Or, le vélo était là. Il le vit, dans le corridor, encore entouré en partie de papier d'emballage. Il vit aussi sa mère et son père qui contemplaient la machine avec embarras.

— Je te dis que c'est Mathilde ! affirmait la mère, qui éprouvait le besoin de prendre un air triste dans les moments les plus heureux. La pauvre fille s'en veut de ce qu'elle nous a fait. Elle s'est souvenue que c'est bientôt la première communion de Georget. Elle est quand même sa marraine...

— Pour ce qu'elle s'est occupée de lui jusqu'à présent !

— Je ne prétends pas que Mathilde n'a pas eu de torts, mais... Ne touche pas, Georget !... Tu vas l'abîmer... Qui est-ce qui aurait envoyé un vélo à l'enfant, si ce n'est Mathilde ?

— Je ne vois pas comment, alors qu'elle est au Caire, elle a pu...

— Comme si elle n'a pas pu écrire aux Nouvelles-Galeries de livrer un vélo à Georget...

— Ce qui ne lui ressemble pas, c'est de ne pas nous faire savoir que c'est de sa part...

— La lettre va peut-être arriver...

On discuta encore, parce que le guidon n'était pas placé et que personne ne savait comment le fixer.

— Il n'y a qu'à appeler le fils Dupain... C'est lui qui répare tous les vélos de la rue.

On s'étonna de voir que Georget ne mangeait pas.

— Il est trop ému... Il n'aurait pas fallu le lui montrer tout à coup...

— Je ne suis pas ému... Et, d'abord, je le savais...

— Tu savais quoi ?

— Que j'allais avoir un vélo...

Sa mère soupira, comme pour dire :

— Le voilà qui ment à nouveau !

Son père regardait l'heure, car il devait se rendre à son bureau et il aurait voulu essayer d'abord le vélo.

— Dépêche-toi ! Tu vas être en retard à l'école...

Comme si l'école avait encore de l'importance ! Il y alla, parce qu'il le fallait. Il annonça à cette sale bête de Gallet :

— J'ai mon vélo !

— Ce n'est pas vrai !

— Tu viendras le voir à quatre heures...

Il aurait aimé ajouter autre chose. Cela lui chatouillait la langue. Dire, par exemple :

— C'est moi qui l'ai gagné ! Mes parents croient que c'est un cadeau de tante Mathilde, mais ce n'est pas vrai. Ce matin, un homme...

Il ne l'avouerait à personne ! A aucun prix ! Qui sait ? peut-être, tout à l'heure, des gendarmes l'attendraient-ils à la sortie de la classe pour l'arrêter ?

— Qui a tiré le verrou de la petite porte ?

— Ce n'est pas moi.

— Sœur Adonie t'a vu...

— Sœur Adonie est une menteuse...

— Alors, explique-moi comment tu as un vélo ?

Il leva deux doigts avec insistance. C'était pressant. A peine dans les cabinets, il vomit tout ce qu'il avait mangé à midi et cela avait le goût de tomate. Il ne se souvenait pas d'avoir mangé de la sauce tomate avec un reste de pot-au-feu.

— Eh ! bien, qu'est-ce que vous avez ?

— Moi, monsieur, je n'ai rien.

— Vous êtes tout pâle...

— Je n'ai rien...

— Sucez ceci...

La manie de l'instituteur, qui distribuait des pastilles de menthe, non pas entières, mais coupées en quatre.

— Je te défends de toucher au vélo avant que ton père soit rentré...

Il fit ses devoirs sous la lampe, apprit sa leçon à voix haute. C'était une leçon d'histoire sur Philippe le Bel. On mangea. Il avait encore un arrière-goût de pastille de menthe à la bouche.

— Je pense qu'il faut écrire à Mathilde pour la remercier...

— Et si ce n'est pas elle ?

— Si ce n'est pas elle, ce qui est impossible, cela lui rappellera qu'elle a un filleul qui va faire sa première communion...

— Écris !

— Écris, toi. C'est ta sœur...

— Qu'est-ce que tu veux que je lui écrive ?

Le père dicta. La mère écrivit. On déchira quatre ou cinq feuilles de papier quadrillé.

— Ce que je me demande, c'est pourquoi elle a choisi un vélo... D'habitude, c'est plutôt une montre qu'une marraine donne à un premier communiant...

Le petit frère était au lit. C'était miracle qu'on n'ait pas pensé à coucher Georget qui se faisait tout petit dans son coin.

On y pensa, d'ailleurs, au moment précis où il faisait cette réflexion.

— Mon Dieu ! Il n'est pas encore au lit et il se lève à cinq heures et demie.

Alors, il déclara :

— Je n'irai plus à l'hôpital...

— Pourquoi ?

Il devint cramoisi, sentit le sang battre ses tempes.

— Parce que !

— Pourquoi n'irais-tu plus à l'hôpital ? C'est toi qui l'as voulu... Tu sais que c'est pour ton livret de caisse d'épargne...

— Je ne veux plus y aller.

— On t'a fait quelque chose ? Les sœurs ne sont pas gentilles avec toi ?

Il ne répondit pas.

— Va te coucher... Demain, j'irai voir sœur Adonie...

Il s'éveilla le lendemain quelques instants avant cinq heures et demie, resta les yeux ouverts à attendre le déclic du réveil qu'il n'avait pas remonté, puis il se rendormit en rêvant de verrous monstrueux que deux hommes ne parvenaient pas à tirer.

Au petit déjeuner, sa mère lui fit la tête.

— Je ne comprends pas que, quand un enfant peut mettre neuf francs de côté en servant trois absoutes...

Son père était allé prendre le journal dans la boîte aux lettres. Il achevait son café, les pieds sous le fourneau, en fumant sa première cigarette. Quant au petit frère, il mangeait un œuf à la coque, en chemise de nuit, dans un rayon de soleil.

— Écoute, Germaine...

Le père avait l'habitude d'appeler sa femme à tout propos pour lui lire des passages du journal. Comme elle savait que ce n'était pas toujours pour les enfants...

— Georget est ici... remarqua-t-elle.

— Peu importe... C'est au sujet du vol de la banque... Tu te souviens ?... Giovanni... Celui qui a été pris et qui est mort d'une pleurésie à l'hôpital... Au fait, on l'a enterré hier... C'est Georget qui a dû servir son absoute...

Elle avait beau adresser des signes à son mari...

— Il n'a jamais voulu donner le nom de ses complices, ni dire où il avait caché l'argent...

Elle toussa, résignée. Tant pis s'il ne comprenait pas qu'un cerveau d'enfant...

— Voici ce qu'ils disent dans le journal...

Un étrange cambriolage à l'hôpital Edith-Cavell.

Hier, un cambriolage aussi macabre qu'inattendu a été commis à l'hôpital Edith-Cavell, peu avant ou après l'enterrement de Giovanni, un des auteurs du vol de la banque Lert et Chauvin.

On sait que ce vol, commis avec habileté et audace, a requis la collaboration d'au moins trois complices. On sait aussi qu'il a rapporté à ses auteurs plus de six cent mille francs qui n'ont pas été retrouvés.

Giovanni seul a été pris. Mal portant, il a été atteint, en prison, de pleurésie, et a dû être transporté à l'hôpital, où il n'a pas tardé à décéder. Inutile d'ajouter qu'il était étroitement surveillé.

Or, hier, au moment des obsèques, un inconnu s'est introduit dans la morgue de l'hôpital où les vêtements du mort attendaient d'être portés à l'étuve.

Un soulier seul, le soulier gauche, a disparu, emporté par le voleur. Ce qui laisse supposer que ce soulier contenait le secret du bandit que la police a vainement essayé de faire parler.

S'agissait-il simplement de la liste des complices ? Ne s'agissait-il pas plutôt de renseignements sur l'endroit où l'argent était caché ?...

— Tu entends ? Un soulier !... répéta le père en rallumant sa cigarette. Quand on pense que ces choses-là se passent autour de nous, que c'était Georget qui servait l'absoute... Qu'est-ce que tu attends pour aller à l'école, Georget ?...

Sans répondre, le gamin saisit son cartable, jeta son pardessus de ratine sur son bras et s'éloigna dans le corridor où le vélo se trouvait toujours. La porte de la rue claqua. Plus tard, pendant la classe, il fit passer à Gallet un papier où il avait écrit : *J'ai gagné. Tu me dois deux sucettes...*

Si sœur Adonie...

Un jour... Deux jours...

— Tu as vu sœur Adonie ?

— Elle se doutait que l'enfant ne continuerait pas longtemps. Cela les amuse un certain temps. Ils sont tous les mêmes. Puis...

On ne lui permettait pas de rouler à vélo avant le printemps, pour ne pas l'abîmer.

Enfin on reçut une carte de tante Mathilde, une carte postale qui représentait le canal de Suez, avec un ciel bleu sombre.

J'ai été heureuse d'avoir de vos nouvelles. Ainsi, nos petits malentendus sont dissipés. Hector va bien. Les enfants aussi. Berthe ira l'an prochain à l'école. Nous passerons sans doute notre congé à Vichy. Baisers affectueux.

Mathilde.

Puis, en coin, d'une écriture plus serrée :

Meilleurs vœux à mon filleul pour sa première communion.

— Qu'est-ce que je t'avais dit ?

— Évidemment !... Pourtant...

— Comme je connais Mathilde... délicate comme elle l'est... elle a préféré faire un cadeau à Georget avant de nous écrire...

Et Georget ne dit rien. Il ne dit rien à son ennemi Gallet. Il ne dit rien à personne. Même à confesse, il trouva une formule vague.

— ... je m'accuse d'avoir péché par imprudence... et de ne pas avoir toujours dit toute la vérité...

Plus tard seulement... Il avait dix-huit ans... Son père était mort... Mathilde vivait dans la misère, car son mari l'avait abandonnée avec trois enfants, pour suivre Dieu sait quelle femme dont on ne parlait qu'à mots couverts...

Georget était seul avec sa mère, dans la cuisine où rien n'avait changé, sinon que lui-même avait des poils follets au menton, une voix un peu rauque, et qu'au lieu de partir pour l'école, il partait, aux mêmes heures à peu près, pour sa banque.

— Dis donc, maman... Il y a longtemps que je veux te dire... A propos de tante Mathilde... Tu te souviens du vélo ?...

Depuis des années il attendait cette minute-là et elle était enfin arrivée. Il était presque le chef de famille. C'est lui qui faisait vivre le ménage. Il pouvait se permettre...

— Qu'est-ce qu'il y a, avec tante Mathilde ?... Tu vas devenir comme ton pauvre père, qui ne pouvait pas la sentir, parce qu'à un moment donné elle a peut-être eu des torts ?...

— Mais il s'agit...

Elle versa le café dans les tasses, prit le sucrier dans le placard, s'assit en face de ses deux fils.

— Mathilde est beaucoup meilleure que vous le pensez... La preuve, ce vélo qu'elle a envoyé sans rien dire... Peut-être, je me le suis demandé bien des fois, à l'insu de son mari, qui n'aimait pas notre famille... Qu'est-ce que tu as encore contre elle ?...

Sur la cheminée, au-dessus du fourneau, le réveil, qui jadis l'éveillait à cinq heures et demie du matin, battait les secondes, toujours pressé, toujours bruyant.

— Rien, maman... Je...

A quoi bon ? Le vélo, maintenant, était rouillé, trop petit pour lui et même pour son frère. Qui entendait encore, à six heures moins le quart, le premier coup de la messe de l'hôpital ? Quel gamin se faufilait dans le matin sombre en rasant les murs, escomptant le plus possible d'absoutes à trois francs ?

— Passe-moi la confiture ! se contenta-t-il de soupirer.

Puis il enfourcha un vélo d'homme pour aller, comme une grande personne, à son travail.

LE NAUFRAGE DE L'ARMOIRE A GLACE

Si vous débarquez dans ce paradis terrestre qu'est l'île de Porquerolles, à quelques milles au sud d'Hyères l'endormie, il est possible qu'on vous raconte autrement le naufrage de l'« armoire à glace ». Il est même possible que, selon que vous vous adressiez au grand patron Grimaud, à Tadot Tête-de-Pirate, à l'Entrouille, à Maurice la Bouillabaisse, à tant d'autres que vous trouverez jouant aux boules à l'ombre des maigres eucalyptus de la place, on vous fasse des récits différents.

Sachez qu'ils ne mentent ni les uns, ni les autres. Mais, faute de connaître la seule vérité que vous trouverez ici, ils inventent des vérités. Et, à mesure que le temps passera, il y en aura davantage.

Pour l'heure à laquelle c'est arrivé, il n'existe aucun témoignage. L'horloge de l'église, qui, d'ailleurs, marque une heure fantaisiste, est à plusieurs kilomètres de la pointe des Mèdes. Cette pointe des Mèdes elle-même se trouve à bonne distance de la ferme Notre-Dame et les gens de la ferme, ce jour-là comme les autres, étaient courbés quelque part dans l'embrasement des vignes. Peut-être d'un navire de guerre ancré dans la baie des Salins aurait-on pu, à la jumelle, assister au drame ?

Toujours est-il que Boussus, le gros Boussus, quittant sa maison fleurie de la place, était arrivé au port vers six heures du matin, en pyjama douteux, les pieds sales dans des espadrilles, un chapeau de paille en forme de casque sur la tête. Il n'était ni rasé, ni débarbouillé. Dans un panier, il emportait une bouteille de vin rosé de l'île, un pain de deux livres, une boîte d'anchois à la sauce piquante et une épaisse tranche de fromage de Roquefort.

Casimir, qui avait relevé ses filets au petit jour, le vit, comme presque tous les matins, monter à bord de son bateau, la *Girelle Royale*, plus connu sous le nom d'armoire à glace. Comme chaque nuit aussi, le moteur fit des façons avant de partir. Enfin, pendant qu'il chauffait, Boussus installa à l'arrière la tente à rayures rouges et jaunes, déploya son pliant, s'assura que ses boulantins étaient en état et retira de l'eau le casier de bernard-l'ermite qui allaient lui servir d'appâts.

Peu après, la *Girelle Royale*, qui ne mesurait pas plus de six mètres (dans le pays, on dit vingt-huit pans), suivie d'un sillage blanc, déchirait la soie de l'eau en direction des Mèdes, à l'extrême pointe de l'île.

Boussus avait sa place et n'en changeait jamais. La pointe des Mèdes est un rocher à pic, hors de vue de toute habitation. A vingt mètres à peine, une aiguille de roche émerge de l'eau profonde.

— Mon parasol ! disait volontiers Boussus, à qui cette roche faisait de l'ombre.

Là, reconnaissant le fond à vingt mètres, à travers l'eau transparente, il mouilla la pierre amarrée à un filin qui lui servait d'ancre. Il cassa ses piades, s'installa sur son pliant, déploya ses lignes et commença à pêcher.

Une chose est certaine : à neuf heures, il y avait dans son panier, qu'il recouvrait d'un linge mouillé, une quarantaine de girelles, vingt sérans orangés, cinq rascasses plus brunes que rouges, aux épines hérissées, et deux ou trois serres aux reflets verts et bleus.

La bouteille de vin de Porquerolles, à portée de la main de Boussus, était largement entamée. La boîte d'anchois à la sauce piquante était vide. Le soleil était déjà haut dans le ciel. Et la mer, sans une ride sous un ciel sans brise, était soulevée par une houle plate et lente comme le sein d'une jeune femme émue.

Certains ont parlé de deux bouteilles, d'autres de trois. Toujours est-il qu'on n'en a retrouvé qu'une. Boussus venait de retirer son boulantin auquel étaient accrochés deux sérans. En se penchant, il pouvait distinguer au fond de l'eau limpide les rochers qu'il connaissait comme un paysan connaît les moindres détails de son champ, les trous ombreux, les algues, les bandes de girelles agiles et folles comme des cabris.

Pas une âme en vue. Pas le moindre bourdonnement de moteur. Personne à terre ou sur la mer. Et pourtant une voix appelait soudain :

— Mimile !...

Or, Boussus ne sursauta pas. Il se dit simplement :

« Je le savais ! »

Personne, depuis vingt-cinq ans, ne l'avait appelé Mimile. Personne, à Porquerolles, ne savait que, jadis, c'était son surnom. Personne ne se trouvait dans le champ de son regard.

Néanmoins, il leva lentement la tête. Ses yeux, toujours abrités sous des verres fumés, firent le tour du paysage. Et, comme Caïn jadis, il se contenta de balbutier :

— Où es-tu ?

— Mimile...

Un des sérans lui échappa. Il était perdu car, arraché à une profondeur de vingt mètres, il ne tarderait pas à mourir et on le retrouverait le ventre en l'air.

— Mimile...

A ce moment, il y eut un clapotis. De derrière le rocher auquel la *Girelle Royale* était comme adossée, une barque plate, une bette, comme on dit dans le Midi, surgit silencieusement, et un homme seul était assis au milieu.

— C'est toi... prononça Boussus.

Le prononça-t-il ? Ne le prononça-t-il pas ? Toujours est-il que ses lèvres remuèrent et qu'il eut l'illusion de parler. De même eut-il l'illusion de se pencher, de prendre, dans un tiroir qui se trouvait à sa portée, un revolver chargé qui s'y trouvait toujours.

Alors l'autre, dans la barque plate dont il avait lâché les avirons et qui voguait à quelques mètres de la *Girelle Royale*, de murmurer d'un ton de reproche :

— De quoi as-tu peur ?

— Je savais que tu allais revenir...

— Parce que les journaux en ont parlé, n'est-ce pas ? Cependant, j'aurais pu aller ailleurs...

— Je savais que tu viendrais ici... Je savais que tu trouverais mon adresse...

— Ne tire pas, Mimile...

— Qu'est-ce que tu me veux ?...

— Je suis venu te dire bonjour, comme à un vieux copain... N'est-ce pas naturel de venir dire bonjour, après si longtemps, à un copain comme toi ?...

Le ciel était de turquoise, la mer d'opale, avec toujours cette respiration lente et calme comme le rythme même de la nature. Le bateau se balançait sur son corps-mort. L'eau montait et descendait le long des roches, découvrant des parties mouillées garnies de mousse verte et de coquillages.

Mais c'était l'homme de la barque plate qui exprimait le plus de quiétude, voire de béatitude. Depuis des années, depuis des mois, Boussus se demandait :

« Est-ce que je le reconnaîtrais ? »

Un homme qui avait vingt-deux ans lors de leur dernière rencontre et qui était maigre comme un chat de gouttière... Combien de temps, depuis ?... Vingt-cinq ans... Vingt-cinq ans de bagne, là-bas, en Guyane...

Des mois que Boussus épiait les étrangers qui débarquaient dans l'île et se demandait :

« Est-ce qu'il ressemble à Mauvoisin ? »

Peut-être était-il devenu borgne ? Peut-être avait-il le nez cassé, les oreilles en chou-fleur, la voix éraillée, le corps tordu ?

Comment Mauvoisin se présenterait-il ? Haineux, féroce, impatient de se venger ?

Et voilà que l'homme, dans la barque plate, disait simplement, d'une voix douce, presque timide :

— Bonjour, ami...

Tandis que Boussus essayait de grimacer un sourire et balbutiait :

— Bonjour...

— Tu vois... Je suis venu te dire bonjour...

C'était sans ironie, sans la moindre menace. C'était la paix qui tombait sur la terre, ou plutôt sur la mer.

— Tu as un bien joli bateau, Mimile...

Mimile était gêné comme quand une jolie femme lui adressait un compliment. Est-ce que Mauvoisin savait que, dans le pays, on surnommait son bateau : l'armoire à glace ? Est-ce qu'il savait que Boussus était seul à le défendre contre les sarcasmes des Grimaud, des Tadot, de l'Entrouille, de tous ceux de chez Maurice et du Café des Iles d'Or ?

— Je l'ai arrangé à mon idée... murmurait-il.

Il était gros, gras, douillet, et ses cuisses larges l'obligeaient à écarter les jambes en marchant. Il aimait son confort, ses aises. Voilà pourquoi il avait une tente rayée à l'arrière du bateau. Voilà pourquoi aussi il avait installé une cabine minuscule, avec une armoire, des tiroirs, une glacière en miniature, des coussins...

On disait dans l'île :

— A force de l'alourdir avec des superstructures, il fera couler le bateau à pic... Ce n'est d'ailleurs plus un bateau... C'est une armoire à glace...

Mauvoisin était le seul à approuver.

— Un bien beau bateau, Mimile... Si nous avions eu ça, et la Méditerranée à Saint-Quentin...

Boussus se méfiait encore. Mais non ! Ce n'était pas le Mauvoisin d'autrefois qu'il avait devant lui, ni le Mauvoisin qu'il avait craint de voir surgir.

Douze bagnards, parmi les plus dangereux, viennent de s'évader de la Guyane et ont tenté de passer au Venezuela à bord d'un canot, avaient imprimé les journaux.

Plus loin :

Sept d'entre eux ont été dévorés par les requins...

Enfin :

Parmi ceux qui sont parvenus à atteindre l'île Sainte-Marguerite, exténués, affamés, sans eau depuis huit jours, on cite Jules Mauvoisin, l'assassin du caissier des Tréfileries de Saint-Quentin...

C'était ce Mauvoisin-là qui se montrait doux comme un agneau. Il parlait sans haine, avec une sentimentalité d'ivrogne. Ses cheveux étaient devenus d'un blanc de neige, son teint blanc aussi, ses yeux comme transparents, et il était tout petit, tout maigre au milieu de sa bette bleu ciel.

— Je suis bien content, Mimile, que tu t'en sois tiré... Je me disais toujours, là-bas : « Pourvu que Mimile s'en tire !... » Tu as un beau bateau... Il paraît que tu possèdes une jolie maison sur la place...

Boussus, à la façon des ivrognes aussi, sentait son cœur fondre.

— C'est la plus jolie, c'est vrai, Mauvoisin...

— Appelle-moi Jules...

— C'est la plus jolie, Jules !... L'année dernière, j'ai fait garnir les murs de la cuisine de carreaux de faïence... Cette année, j'ai entouré la terrasse de fleurs... J'ai même installé une salle de bains dont je ne me sers pas...

— Tu as eu raison, Mimile...

— Tu ne peux pas comprendre... Je suis tellement seul !... Il faut bien que je me donne de la distraction...

— Tu as planté dans ton jardin les meilleurs pêchers de l'île...

— Et pourtant je n'aime pas les pêches !... Tu te souviens, Jules ?... Le type... M. Michel... Eh ! bien, j'ai beau faire, je le sens toujours mou dans le sac...

— C'est si vieux, Mimile !...

— Et puis, vois-tu, il y a toi... Il y a toi que je savais là-bas, à casser des pierres sur la route...

— Cela m'a refait les poumons... J'avais les poumons faibles... Les docteurs m'avaient passé à la radio et voulaient m'envoyer à la montagne... Tu vois que le régime m'a réussi...

Mauvoisin souriait d'un sourire glacé comme le fond de l'eau.

— Tu ne m'en veux pas, Jules ?

— De quoi ?

Il était si doux, si plein de mansuétude que Boussus ne pouvait s'empêcher de parler.

— Je vais t'avouer la vérité... J'ai une belle maison, des centaines de milliers de francs à la banque, un beau bateau, quoi qu'ils disent... En tout cas, il est à ma mesure... Cependant, Jules, je n'ai jamais été heureux...

— Pourquoi ?

— A cause de toi...

— Est-ce que je t'ai jamais adressé des reproches ?

— Tu ne m'as jamais écrit...

— J'aurais pu le faire... On a des moyens, par des copains... Pourquoi t'aurais-je fait des reproches ?

— Tu ne sais pas, Jules ?

— Je suis au courant de tout...

— De tout ?...

Devant tant de bonté, le gros Boussus avait envie de fondre en larmes.

— Vois-tu, quand on revient de là-bas, c'est un peu comme si on revenait de l'enfer. On comprend les choses autrement. Tu ne peux pas savoir...

Il avait toujours la douceur d'un saint de vitrail. Et Boussus qui, pendant des années et des années, avait été poursuivi par un fantôme grimaçant !

— Tu te souviens de tout, Jules ?

— De tout...

— C'était un samedi...

— Au mois de novembre, oui... Il pleuvait... Il ventait... Je tenais un petit garage au bord de la route, à cinq kilomètres de Saint-Quentin... Comme je n'arrivais pas à joindre les deux bouts, j'avais ouvert un estaminet à côté du garage... Malgré ça, on me menaçait de saisie... Ma femme, qui était jolie, était allée à Paris voir sa tante malade... Je me demande maintenant si c'était vraiment sa tante...

— Eh ! bien, Jules, puisqu'on est des frères, je peux te dire...

— Je m'en doutais... Cela n'a pas d'importance... D'ailleurs, après, elle a demandé le divorce...

— Je suis arrivé chez toi vers six heures du soir... J'habitais à deux cents mètres et je bricolais dans le pays...

C'était inouï ! Jamais Boussus ne se serait imaginé que l'entrevue se passerait ainsi ! Ils étaient comme au ciel, où les âmes doivent évoquer en toute sérénité leurs affaires terrestres.

— Quand je suis entré chez toi, des pieds dépassaient de la porte du placard...

— Je venais de le tuer...

— A coups de clef anglaise...

— Je me suis servi de ce que j'avais sous la main...

Même les détails les plus sordides, grâce à cette humeur comme désincarnée de Jules Mauvoisin, perdaient ce qu'ils avaient d'atroce !

Et pourtant... La route mouillée... Le garage et l'estaminet... Le pauvre Michel, le caissier des Tréfileries de Saint-Quentin, qui avait une jambe de bois et qui circulait sur son vélomoteur... Non seulement c'était samedi, mais c'était le 30 du mois... Il était allé à la banque chercher la paie des milliers d'ouvriers et d'employés de l'usine...

— Hé ! Jules... Regarde s'il n'y a pas d'eau dans mon carburateur...

Son vélomoteur cognait et il avait peur de rester en panne dans la côte.

— Si vous preniez un coup de genièvre pendant que j'arrange ça, monsieur Michel ?...

Mauvoisin savait que la sacoche contenait des centaines de milliers de francs en billets. Boussus n'était pas encore là.

Boussus ne vit pas le drame, le coup de clef anglaise donné sur le crâne du caissier, les coups suivants, le geste pour pousser le corps inerte dans le placard.

Avec autant de sérénité que son interlocuteur, il disait maintenant :
— J'ai vu les pieds qui dépassaient et tu m'as dit : « Si tu m'aides à me débarrasser de ce copain-là, part à deux... »
— Nous étions jeunes !
— Nous avons pris la camionnette et nous sommes allés jusqu'au canal, après avoir ficelé le corps dans un sac à charbon... C'était mou... Je n'ai jamais pu oublier ce paquet mou...
— Nous étions jeunes...
— Depuis, chaque jour, que je pêche au boulantin ou que je joue aux boules, que je bêche mon jardin ou que je fasse la manille chez Maurice, je...
— On voit bien que tu n'es pas allé là-bas...
— Peut-être que tu ne sais pas tout, Jules...
— Là-bas, nous savons tout...
— Y compris ce que j'ai fait après ?... Je suis un sale type, vois-tu !... Personne ne sait que je suis un sale type et c'est le plus terrible... Je t'attendais pour te le dire... Ta femme...
— Fernande ?
— Oui... Eh ! bien... Déjà avant...
— Cela a si peu d'importance !
— Remarque que je me demande pourquoi elle me préférait à toi... Je n'étais pas beau...
— Moi non plus...
— Je n'étais pas riche...
— Moi non plus... Peut-être qu'elle avait envie de changer ?...
— Mais après... Quand tu as été arrêté...
— Cela n'a aucune importance...
— Je te jure que ça en a, Jules... J'ai agi comme un cochon, comme... je ne sais pas quoi !... Nous avions partagé les sept cent mille francs de la sacoche...
— C'était régulier...
— Pas tout à fait, puisque tu avais tué Michel tout seul... Moi, je t'avais seulement aidé à le mettre dans le sac et...
— C'est la même chose...
— Seulement, huit jours plus tard, quand les flics ont commencé à te regarder de travers...
— Je suis allé te porter ma part en te demandant de la garder pendant l'enquête...
— C'est alors que je suis devenu un cochon, Jules !... J'avais les sept cent mille francs... Je voulais garder Fernande pour moi seul... J'ai écrit la lettre anonyme... Tu as bien dû penser que c'était moi qui avais écrit la lettre anonyme...
— Oui...
— Et tu n'as pas été fâché ?...
— C'est si loin, tout ça !
— N'empêche que j'ai écrit au commissaire que Michel avait été

tué par toi à coups de clef anglaise, que la serviette qui t'avait servi à te laver les mains était enterrée dans ton jardin, près du puits, et que la sacoche avait été brûlée dans ton garage, où on a retrouvé les cendres... Je suis un cochon, Jules !... Mais je te jure que, depuis lors, je n'ai pas été plus heureux que toi... Fernande a filé sans vouloir vivre avec moi... Il paraît qu'elle est morte il y a deux ans à l'hôpital...

— Bien fait pour elle !

— Et moi... Je vis, bien sûr, je me lève le matin, je viens à la pêche, je mange la bouillabaisse, je joue aux boules et à la manille, mais, toute la journée et toute la nuit, je pense : « Dire que le pauvre Jules, pendant ce temps-là... »

Est-ce que vraiment le bagne est capable de changer à ce point un homme ? Jules tombait dans le panneau ! Il dodelinait de la tête.

— Tu es un frère ! affirmait-il.

— Je suis un cochon !

— Bah ! Cochon pour cochon... Tu vois... Je suis venu te dire un petit bonjour... Je reviendrai de temps en temps...

— Où habites-tu ?

D'un geste qui désignait les montagnes de la côte :

— Par là-bas...

— Tu n'as pas peur qu'ils te reprennent ?

En parlant ainsi, Boussus pensait à son marteau qu'il emportait dans l'armoire à glace pour casser l'épaisse coquille des bernard-l'ermite. Si la barque plate se rapprochait...

— C'est si vieux, tout ça... répétait philosophiquement Jules Mauvoisin.

Il était doux. D'une douceur telle que...

Avoir, pendant tant d'années, lu les journaux avec l'angoisse d'apprendre que le forçat Mauvoisin s'était évadé... Avoir, depuis des mois, épié tous les étrangers qui débarquaient à Porquerolles... Avoir...

Et c'était si simple ! Si gentil ! Si facile !

On prétend que nos rêves, même les plus longs, ne durent que quelques secondes.

En voici peut-être une preuve ?

Boussus ouvrit les yeux et fut stupéfait de n'apercevoir aucune barque plate autour de lui. Rien sur la mer, aussi loin qu'il pouvait voir, sinon un gros contre-torpilleur gris ancré dans la baie des Salins.

La bouteille de vin de Porquerolles était vide, ou à peu près. Des mouches couvraient la boîte d'anchois aux épices. Le quignon de pain séchait au soleil.

Du coup, le visage de Boussus se creusa, comme quand il avait des ennuis avec son foie, et ses yeux eurent l'air de billes qui nageaient dans du mouillé.

Si cela avait pu être autre chose qu'un rêve ?... Si cela avait pu être vrai ?... Si Jules était vraiment revenu avec cette humeur... comment dire ?... supraterrestre ?...

Il avait un grand mouchoir rouge dans sa poche. Il le tira pour essuyer ses verres fumés couverts de buée.

Il se demanda...

Mais non ! Il n'y avait personne. Pas de bateau. Pas de bette ! Il se pencha pour voir derrière le rocher des Mèdes et fut sur le point de se sentir rassuré.

C'était pourtant la date, ou à peu près. Il avait fait ses calculs. Depuis que Jules Mauvoisin s'était évadé, il avait eu le temps, en tenant compte des difficultés, de prendre un bateau pour la France, d'aller dans le Nord, de suivre depuis le début la piste de Boussus et d'atteindre Porquerolles.

Il avait fait ce calcul-là depuis tant d'années !

Tout le reste était vrai... Les pieds du caissier... Le corps mou dans le sac... La camionnette... Le canal...

Et surtout la lettre anonyme !

Pourquoi avait-il agi ainsi ? Franchement, il lui arrivait maintenant de douter. Pour avoir Fernande à lui seul ? Pour ne pas partager les sept cent mille francs ?

Il vivait, depuis, dans l'angoisse. Est-ce que seulement, là-bas, *ils étaient bien gardés ?*

Il pêchait, aménageait son bateau, sa maison. Il jouait aux boules et aux cartes. Chaque fois qu'on criait sur la place ombragée d'eucalyptus : « Hé ! Boussus... », il croyait reconnaître la voix de Jules.

Il se leva à demi pour retirer un des deux boulantins qu'il n'avait pas lâchés dans son sommeil.

— Mimile !...

La voix ne venait pas de la mer, mais de la terre, de cette pointe des Mèdes qui n'était qu'un rocher nu dans le soleil.

— A toi, Mimile, hé, crapule !...

Ce fut tout. Il entendit vaguement une détonation. Il bascula. Il eut tout ensemble frais et chaud au corps et il vit un instant, de plus près, le fond bleuté où nageaient les girelles.

— J'ai toujours dit que son armoire à glace finirait comme ça ! déclarait Grimaud tandis qu'on ramenait le bateau, la quille en l'air.

— Il a dû avoir un étourdissement... A force de fixer la mer...

Un pêcheur d'oursins retrouva le corps entre deux eaux.

Ce ne fut que le soir que le docteur découvrit un petit trou rond à la tempe.

— Cet homme a été tué d'une balle de revolver...

Il y eut une enquête, des policiers vinrent de Hyères et de Toulon. On finit par apprendre qu'un inconnu avait débarqué du *Cormoran*, un type qui avait une sale tête, affirma Baptiste, le capitaine, et qui louchait. Il était reparti par le bateau de trois heures et il riait tout seul.

On l'avait aperçu, entre-temps, qui passait devant la ferme Notre-Dame.

Enfin, il avait demandé à un gamin où était M. Boussus.

— Il est à la pêche, té ! lui avait-on répondu.

— Où ça ?

— A sa place !

— Et où est sa place ?

— Près de la pointe des Mèdes... Juste au pied du rocher... Vous reconnaîtrez son bateau sans vous tromper... On l'appelle l'armoire à glace...

Le borgne l'avait reconnu.

Cela importe peu, d'ailleurs. Ce qui importe, c'est que, du rivage, il dut crier à Boussus endormi :

— Mimile !...

Et que ce « Mimile » atteignit le pêcheur au fond de son sommeil, déclencha un rêve qui ne dura que quelques secondes, peut-être quelques dixièmes de secondes ?

Quand les yeux du dormeur s'ouvrirent, encore pleins de la vision d'un Jules tout sucre et tout miel qui évoquait le passé sans rancune, il trouva devant lui un individu qui lui lançait, gonflé de la rancœur de vingt-cinq ans de Guyane :

— A toi, Mimile, hé, crapule !...

Un petit bruit sec, dans le calme d'une matinée méditerranéenne. Un gros corps qui basculait. Les girelles, les rascasses, les sérans, les bernard-l'ermite et tout le matériel de pêche perdus...

La *Girelle Royale* flottant, le ventre en l'air, comme une véritable armoire à glace...

Tant pis si chez Maurice on vous raconte l'histoire autrement.

LES MAINS PLEINES

Il y avait deux heures qu'il était couché, sans dormir, les yeux fixés sur un coin de la chambre où la lune éclairait le mur passé à la chaux, un cadre noir qui contenait un chromo, les barreaux du lit de sa sœur. Il pouvait percevoir le ronflement de son père dans la chambre voisine. Il avait choisi exprès un soir de marché, parce que, ces jours-là, son père buvait quelques verres de vin blanc et avait le sommeil épais.

Il sortit les jambes des couvertures, s'habilla sans bruit, ses pieds nus collant à la fraîcheur des carreaux. Il comprenait bien, à la qualité du silence, que sa sœur ne dormait pas ; il devinait ses nerfs tendus ; il aurait presque pu dire à quel moment, tandis qu'il faisait un pas, elle trahirait sa veille.

— Tu y vas ?

Ce fut à peine un chuchotement. La vibration des syllabes le frôla tout juste et, ses souliers dans les mains, il s'approcha du lit, toucha des lèvres un front moite qui sentait la femme.

— Je crois que ça y est, souffla-t-il. Demain, tu leur diras...

Comment avait-elle deviné ? Et lui, de son côté, depuis plusieurs jours, n'était-il pas sûr qu'elle savait ? Elle ne faisait aucune allusion. D'ailleurs, elle travaillait toute la journée comme bonne chez le boucher et elle ne prenait même pas les repas avec eux. Cela avait toujours été comme ça : ils se parlaient à peine et elle savait. Rien qu'avec lui. Il faut croire qu'il y avait entre eux un lien qui n'existe pas entre les autres humains.

Elle ne pleurait pas, ne lui faisait pas de recommandations. Il s'éloignait, ouvrait la porte et il continuait à sentir ses yeux ouverts, tournés vers lui, dans le noir de la chambre. Il sortit par la cour, sauta la haie du fond du jardin et traversa les prés humides, en contrebas, derrière l'église. Assez loin du bourg, il mit ses souliers et les laça.

Il était très calme. Il avait tant pensé tous ces gestes qu'il les accomplissait machinalement. Une grosse lune nageait dans le ciel. Une couche de buée s'étendait au ras des prés et des champs.

Il gagna ainsi, à deux kilomètres, près de la rivière, le point qu'il s'était fixé et là, dans le creux d'un châtaignier mort, il trouva le fusil de chasse.

Peut-être aurait-il de la chance ? Peut-être serait-il obligé de recommencer deux ou trois nuits ? Le fusil de son père, qu'il avait déterré depuis quinze jours à l'insu de celui-ci, était bien net, sans une tache de rouille. Dans chaque canon, il y avait une cartouche à chevrotines et il en avait trois autres dans sa poche, à portée de la main. Mais aurait-il le temps de recharger l'arme ? Il valait mieux ne pas y compter.

Il se mit à l'affût, à l'endroit qu'il avait préparé, derrière la haie. Il voyait la route qui, après le pont, montait vers lui. Et, sur le macadam, il avait pris la précaution, le jour même, de tracer un trait à la craie. Quand la moto arriverait à ce trait, pas avant, il faudrait tirer.

Après, tout serait changé. Maintenant, il était seul, il n'était rien, il était, dans la nuit, un garçon de vingt ans à qui le froid engourdissait les doigts. L'air était si calme qu'il entendait, à plus de cent mètres, le murmure de la rivière d'où parfois lui parvenait un léger plouf. Un rat d'eau ? Un poisson ?

Il y avait plus d'une semaine, neuf jours, qu'il était allé les trouver, là-bas, dans la forêt, à une douzaine de kilomètres, où il savait qu'*ils* se cachaient. En plein midi. Il avançait, les mains dans les poches, la gorge serrée. Il s'attendait toujours à voir luire le canon d'une mitraillette, mais on l'avait laissé s'avancer jusqu'à la ferme. Un grand type en salopette, en sabots, était assis sur le seuil, à jouer avec une enfant.

— Qu'est-ce que tu veux ?

— Voir le chef.

— D'où tu es ?

Il avait cité son village, précisé qu'il était ouvrier charron. Et, du fond de la salle, des gars surgissaient qui se tenaient autour de lui et le regardaient.

— Tu crois qu'on doit l'éveiller ?

Il dormait dans la paille de la grange, le chef. Un garçon tout jeune aussi, frisé, les yeux bleus, avec un chandail bleu à fines rayures rouges et des espadrilles aux pieds. Un Parisien. Un mécano. Hérissé de paille dorée.

— Tu es bien gentil, mon gars. Mais qu'est-ce que tu veux qu'on f... de toi ? On a un fusil pour quatre et une paire de croquenots pour deux...

Cette phrase, il se l'était répétée tout le long du chemin du retour :

— Un fusil pour quatre... Une paire de croquenots pour deux...

Et lui s'était présenté les mains vides ! Il en avait honte, maintenant, comme d'avoir commis une incongruité chez des gens bien élevés. Peut-être était-ce le désir d'effacer cette honte, plus encore que le besoin de ne plus être seul, qui lui donnait la fièvre tandis qu'il attendait derrière la haie.

Il y avait des nuits où, de son lit, il entendait des motos passer toutes les heures. Des autos aussi, mais il ne pouvait pas songer aux autos. Il en entendit une, de très loin, qui d'ailleurs tourna avant d'atteindre la rivière. Puis le silence. Il avait envie de fumer. Le fusil était vraiment glacé. Des cloches, celles de son village, semblaient courir après lui.

Puis, soudain, enfin, un bourdonnement auquel il ne pouvait se méprendre. Il ne bougea pas, ne tressaillit pas ; eut peut-être un peu trop de salive dans la gorge. Ce fut d'abord très long, à croire que la moto n'arriverait jamais à la rivière.

Après, ce fut très rapide, très simple, presque trop. La machine, avec sa faible lueur rose, toucha le trait à la craie et il tira. Le moteur gronda plus fort, à en éclater, la moto roula encore sur une vingtaine de mètres, avec son cavalier qui dansait drôlement, et elle se coucha au bord du fossé tandis que le moteur menaçait toujours.

Lui n'avait pas bougé. Il attendait. L'homme remua, dans l'herbe mouillée. Il tira son second coup.

Est-ce que sa sœur, à cet instant précis, n'avait pas tressailli dans son lit ? En tout cas, il pensa à elle, sans savoir pourquoi. Il remit le fusil dans le trou de l'arbre mort, se glissa sur la route. Il fallait d'abord arrêter le moteur, éteindre la lumière.

Ensuite, posément, sans s'affoler, sans oublier un détail, faire ce qu'il avait à faire. Il n'avait pas besoin de réfléchir. Il savait. Et il était sans étonnement.

Le frisé d'abord. Il avait une carabine sur le dos et un revolver à la ceinture. Avec le soin méticuleux d'une fourmi, il alla porter la carabine dans l'arbre, avec les munitions. Les bottes ? Il fallait les prendre, mais il n'avait pas prévu ça et il préféra ne s'écarter en rien de son programme.

A deux cents mètres, il existait un puits désaffecté où il fit glisser le cadavre. Il n'avait plus froid, mais très chaud. Il lui restait encore à tirer la moto dans le pré et à prendre les pneus. Il avait si bien pensé à tout qu'il avait des outils dans ses poches.

La machine, à son tour, dégringola dans le puits.

Comme ça, il éviterait les représailles à son village. Il ne restait rien sur la route, pas même un éclat de verre.

Mais il avait encore des kilomètres à parcourir, avec les pneus sur les épaules. Le petit jour allait poindre quand il frappa à la porte du cordonnier qu'il avait vu trois jours plus tôt dans un bourg voisin. Une fenêtre s'ouvrit. Un homme en chemise.

— C'est toi ? A cette heure-ci ?

— J'apporte ce que j'ai promis...

Car l'autre avait dit :

— Des brodequins ? Je ne peux pas t'en donner, moi, des brodequins. Ou alors, trouve-moi deux pneus de moto. Avec ça, je m'arrangerai...

Il traînait ses savates dans la boutique.

— T'as pas soif ?

— Non... Faudrait que tu me prêtes un vieux sac pour les emporter... Quatre paires, hein !...

— Du petit ou du grand ?

— Plutôt du grand...

Le cordonnier pensait, bien sûr, mais il aimait mieux, lui aussi, ne pas avoir l'air de penser.

— Si tu rentres chez toi, dis à ton père...

— Je ne rentre pas tout de suite...

— Bonne chance, alors...

Il le rappela.

— Dis donc !... Le sac... Faudra me rapporter le sac...

On commençait à voir de la lumière dans les étables, des femmes dans les cours avec des seaux de lait.

Il était un peu plus de six heures quand il atteignit la ferme dans les bois. Ou plutôt, à cinquante mètres, une voix lui fit :

— Halte !... Approche par ici... A gauche...

Il marchait sans voir personne et un homme surgissait, qui tâta le sac.

— Qu'est-ce que tu portes là ?

— Des croquenots... Des neufs... Quatre paires...

La sueur lui giclait du front, ses jambes mollissaient. Il avait une telle hâte, maintenant, d'entrer dans cette maison, de se laisser tomber sur le banc, près des autres, qu'il jetait vite, en paroles inintelligibles, tout son trésor.

— Rapport aux deux pneus du frisé... Mais faut pas avoir peur... Il est dans le puits... Et il y a une carabine dans l'arbre... Puis encore ceci...

Un bel automatique noir, luisant, qu'il tendait en offrande au cerbère, avec des larmes aux yeux.

Cette fois-ci, il était venu les mains pleines.

NICOLAS

Au début, les deux amis prenaient des précautions. Dès neuf heures et demie du soir, Nicolas, toujours enrhumé du cerveau, engoncé dans un énorme cache-nez de tricot rose bébé, faisait les cent pas sur le trottoir de gauche de la rue de Turenne. C'était un peu une loterie. Des soirs, il n'y avait pour ainsi dire pas d'attente ; d'autres fois, Nicolas en avait pour une bonne heure à battre la semelle en regardant les lumières s'éteindre les unes après les autres aux fenêtres.

De toutes ces lumières, une seule importait, un peu rougeâtre, au deuxième étage du 37 *bis*. Quand elle s'éteignait et se rallumait deux fois coup sur coup, Nicolas perdait instantanément ses attitudes de chien errant, traversait la chaussée et sonnait à la porte dont le mécanisme ne tardait pas à se déclencher.

A cette heure-là, la concierge n'était pas couchée. Le plus souvent, dans le fond de la loge embuée, elle s'occupait à lessiver les langes de son bébé et elle tournait à peine la tête, peu inquiète des locataires qui rentraient.

Nicolas, marchant de travers pour ne laisser voir qu'un profil perdu, passait vite, s'engageait dans l'escalier, où, le premier étage franchi, il s'arrêtait un moment pour retirer ses souliers presque toujours détrempés qu'il portait ensuite à la main.

La lumière avait le temps de s'éteindre avant le second étage. Une porte, à droite, une vilaine porte brune, étroite, était entrouverte sur un logement plein de bonne chaleur et d'odeurs de cuisine.

Il entrait sans bruit, traversait sur la pointe des pieds le vestibule non éclairé pendant que, derrière lui, son ami Paul refermait l'huis et mettait le verrou.

Souvent, derrière une porte, une voix de femme s'inquiétait :

— Qu'est-ce que tu fais, Paul ?

— Rien, tante. Je m'assurais que le verrou était mis !

Le logement n'était pas grand. Une chambre à gauche, puis une cuisine ; au fond, un réduit qu'on avait transformé en salle de bains et où la baignoire, encore que de petit modèle, prenait toute la place ; enfin une chambre à droite, donnant sur la cour. C'était celle de la tante. La belle chambre, celle de devant, avait été cédée à Paul, par miracle, car autrement les signaux lumineux eussent été impossibles.

Chaque soir, Paul tremblait pendant cet éclusage délicat et c'était invariablement un visage pâle et crispé que Nicolas découvrait quand la porte de la chambre se refermait sur eux deux.

En réalité, Paul ne l'avait pas fait exprès, n'avait même jamais été tout à fait consentant à cette combinaison qui, fortuite d'abord, était devenue une habitude en attendant d'être considérée par Nicolas comme un droit acquis.

C'était arrivé bêtement. Ils s'en revenaient un soir du petit café de Montmartre où ils se réunissaient à quatre ou cinq, tous de Lille, tous plus ou moins artistes et appelés à de hautes destinées.

— Où vas-tu ? avait demandé Paul, qui logeait à Paris chez une sœur de sa mère.

— Je ne sais pas.

— Tu as quitté ton hôtel de la rue des Dames ?

— Il y a déjà trois jours.

— Où couches-tu ?

— Nulle part.

Nicolas disait cela si simplement que c'en était irrésistible. Il marchait avec sérénité, comme un homme qui sait où il va, et cependant...

— Mais enfin, ces trois nuits ?

Un geste sans emphase pour désigner les rues où clignotaient les becs de gaz.

— Par ce froid ?

Un haussement d'épaules. Il était comme ça.

— Je te reconduis un bout de chemin, murmurait-il ensuite. C'est loin, chez ta tante ?

— Rue de Turenne...

Et l'autre avait l'air de dire, à la façon muette du chien perdu qui adopte pour maître le premier passant venu :

— Va pour la rue de Turenne !

Il questionnait :

— Elle est riche, ta tante ?

— Non. Elle est veuve d'un employé du chemin de fer et touche une petite pension.

— Tu as une chambre pour toi seul ?

— Bien sûr.

Ce fut tout. Il ne demanda rien, s'arrêta devant la porte. Il tombait une petite pluie noire et froide, et c'était Paul qui avait proposé, comme l'autre ne s'en allait pas, mais ne quémandait pas non plus :

— Monte avec moi... Ma tante doit être endormie... Tu n'auras qu'à partir avant sept heures...

Il lui avait fait retirer ses souliers dans l'escalier. Il avait crié à sa tante, à travers une porte :

— C'est moi...

Nicolas, cette nuit-là, avait tenu à coucher par terre, tout habillé, en affirmant qu'il dormait mieux ainsi. Il était parti à sept heures. Puis, le soir, Paul l'avait rencontré au coin de la rue.

— Où vas-tu ?

— Je ne sais pas... J'avais trouvé un remplacement dans un caveau des Halles, mais ils m'ont fichu à la porte parce que j'ai dit au patron qu'il chantait faux... Je ne peux pourtant pas accompagner au piano quelqu'un qui chante faux...

— Tu as mangé ?

Encore un geste flou, qui signifiait que c'était sans importance.

— Et pour coucher ?

Même geste.

— Bon, maintenant il faut que je rentre... Mais, quand ma tante sera couchée, j'éteindrai et rallumerai deux fois la lampe... Je vais te montrer la fenêtre... Tu n'auras qu'à monter...

Nicolas monta, s'étendit par terre, sur une couverture, et, cette fois, retira ses souliers et ses chaussettes trouées.

— Tu comprends ! J'en profite pour les mettre à sécher...

A sept heures, Paul eut quelque mal à le réveiller et Nicolas ne parut pas content de son insistance à le pousser dehors alors qu'on entendait la tante remuer dans son lit.

— A ce soir... annonça-t-il.

Cela dura peut-être huit jours, peut-être neuf. Le plus dur, de plus en plus, c'était de le réveiller le matin. Et, un jour, il n'y eut rien à faire.

— Non, mon vieux... Ce n'est pas humain... Qu'est-ce que tu veux que je fasse dehors à cette heure-ci ?... Tu vas voir...

Il se glissa sous le lit, tout au fond, contre le mur, attira à lui ses chaussures et ses chaussettes.

— Ta tante ne me verra pas... Il faudra bien qu'elle sorte pour faire son marché et j'en profiterai... Laisse-moi la clef...

Paul, qui se destinait au journalisme, et qui avait été reporter à Roubaix, travaillait en attendant mieux comme correcteur dans une imprimerie de la Bourse. Il partait à huit heures et demie après avoir pris son café au lait et ses croissants en tête à tête avec sa tante.

Il n'y avait pas de chauffage central dans le logement. Pour que les pièces soient chauffées par la cuisinière, on laissait les portes ouvertes.

C'était gênant de savoir Nicolas sous le lit... Et de le laisser là avec la tante... Mais que faire ?

Les choses se passèrent fort bien ce jour-là. Nicolas ne vit de la brave femme que les pantoufles et les chevilles un peu épaisses tandis qu'elle faisait le lit et balayait la chambre.

Elle sortit vers dix heures, comme il s'y attendait, et il s'en alla peu de temps après, non sans avoir vidé la cafetière où il restait un fond de café et glissé deux morceaux de sucre dans sa poche.

La concierge était dans le corridor. Elle regarda avec un peu d'étonnement ce jeune homme aux vêtements râpés, à l'écharpe rose tendre et à la toison rousse, en crinière de lion, mais il la salua si simplement qu'elle oublia de réfléchir à son sujet.

Le soir, Nicolas était enrhumé et Paul lui fit une place dans son lit, lui permit de se déshabiller. Le lendemain matin, Nicolas eut une nouvelle chance. Au petit déjeuner, la tante annonça à son neveu :

— C'est malheureux qu'il gèle. Il faut que j'aille voir Mme Micou à Grenelle et je ne rentrerai probablement pas avant le soir.

Paul se douta de ce qui allait se passer. Cela se passa. Pourquoi Nicolas s'en serait-il allé, quand il se trouvait dans un logement bien chauffé, où il y avait un lit ?

La tante à peine dehors, il se leva, en caleçon, alla dans la cuisine et rechargea le poêle, se fit cuire un œuf qu'il mangea avec un morceau de pain couvert d'une bonne épaisseur de beurre. Après quoi, le poêle à nouveau bourré, il retourna dans son lit et se rendormit. Il avait mis le réveil sur trois heures et, à quatre heures, après être allé se chauffer et avoir grignoté du sucre, il prit place, non plus sur, mais sous le lit, où Paul le retrouva.

— Tu n'es pas sorti ?

— A quoi bon ?

— Tu as mangé ?

Un geste vague, son geste vague qui était si éloquent que l'autre ne pouvait y résister et qu'il lui apporta deux petits pains au jambon achetés chez le charcutier d'en face.

Dommage que la tante ne sortît pas tous les jours ! Du moins, maintenant, chaque jour, Nicolas faisait-il la grasse matinée, sous le lit, ne sortant qu'une fois la brave femme en courses dans le quartier.

Chaque fois qu'elle le rencontrait, la concierge avait le même sursaut, le même front plissé de quelqu'un qui pense :

— Mais où diable ai-je vu cette tête-là ?

D'autant plus que, paresseux pour sa toilette, Nicolas avait décidé de laisser pousser sa barbe.

Elle questionnait parfois ses locataires.

— Il n'est pas venu quelqu'un pour vous, madame Roy ?

— Je n'ai vu personne...

— Cela devait être pour le cinquième, alors...

Ou pour le troisième... ou...

Lui saluait poliment, avec une assurance désarmante, et se glissait dans la rue où il arpentait quotidiennement, du même pas décidé, des kilomètres de trottoir.

— Tu sais, mon vieux, je crois que la semaine prochaine je te quitterai...

Il annonçait ça timidement, avec des ménagements, comme une mauvaise nouvelle.

— Il est question que je parte avec une tournée d'opérette qui a besoin d'un pianiste... Le Midi... Puis les Pyrénées...

Quelquefois la tante murmurait :

— C'est toi qui as pris du sucre, Paul ?

— Oui, tante...

— C'est drôle... Je ne sais pas si je perds la mémoire, mais il me semble toujours qu'il me manque des œufs...

— Tu sais... il m'arrive... il m'arrive parfois d'en gober un en rentrant ou en sortant...

— Je croyais que tu détestais les œufs crus...

Bien entendu, Nicolas ne partait pas en tournée, n'en parlait plus.

Et, ce qui gênait davantage Paul, c'était son sentiment que son ami ne cherchait pas de travail, n'avait aucun désir de trouver ailleurs à se loger.

Il devait crever de faim. Ce n'est pas drôle de dormir sous un lit, puis de passer ses journées à marcher sans fin dans un Paris hivernal.

Ce n'était donc pas par paresse... Alors ?

Paul sentait confusément qu'il y avait autre chose, quelque chose qu'il ne faisait que vaguement pressentir et qui le tracassait.

Nicolas s'était habitué, voilà ! Il avait ses heures, ses manies. Il s'était créé un petit monde auquel il tenait et, ma foi, il n'avait pas envie de s'en laisser déloger.

Même la tante... Peut-on prétendre qu'une certaine intimité s'était établie entre elle et Nicolas ? Pas de son côté à elle, puisqu'elle ignorait l'existence de son hôte. Mais de son côté à lui.

Il voyait arriver ses pantoufles mauves, ses chevilles un peu grasses. Il l'entendait fredonner, parler toute seule. Elle s'asseyait à deux mètres de lui, après avoir fait le lit, pour se gratter la plante des pieds. Elle faisait chauffer de l'eau pour son bain, le samedi, et il aurait pu, s'il avait voulu, la regarder par la serrure.

— Tu sais que c'est une brave femme ? disait-il gravement à Paul.

— Je sais...

— Elle est gaie, mon vieux ! Quand elle est toute seule, elle est très gaie...

— Sans blague !

— Avec toi, elle se montre sévère, parce qu'elle a peur que tu tournes mal... Mais si ! Je sais ce que je dis... Hier, la concierge est montée lui porter le courrier et elles ont parlé de toi... Il paraît que ton père...

— Quoi, mon père ?

— Enfin, qu'il n'a pas toujours été sérieux... Qu'est-ce que tu penses de ma barbe ?

Et, une autre fois :

— Dis donc, croirais-tu que la concierge a tellement l'habitude de moi qu'elle me salue dans l'escalier ?... Elle finit par me prendre pour un locataire... Si j'étais riche, je lui donnerais des étrennes...

Un soir, la tante demanda à son neveu :

— Tu n'es pas rentré de la journée ?

— Non, tante... Je ne crois pas...

— Comment, tu ne crois pas ?

— Je veux dire...

— Avoue que c'est curieux... J'avais laissé de la savonnée dans une bassine pour laver des bas... Quand je suis rentrée de faire mon marché, elle n'y était plus... Je n'ai pourtant pas l'âge de perdre la mémoire...

Un peu plus tard, Paul questionnait Nicolas.

— C'est toi qui t'es servi de la savonnée de ma tante ?

— Elle s'en est aperçue ? Pour laver mon linge, figure-toi...

— Hein ?

— Je savais qu'elle avait beaucoup de courses à faire... J'en ai profité... Je finissais par me dégoûter... Je puais, mon vieux !...

— Il ne te manquera plus que de te faire chauffer un bain dans la baignoire...

Imprudent qu'il était ! S'il avait seulement soupçonné que cette perspective d'un bain chaud enfiévrait son ami depuis des semaines !

L'occasion s'en présenta, hélas ! La tante, un matin, parla d'aller visiter la tombe de son mari au Père-Lachaise. Pourquoi, averti par quel instinct, Paul essaya-t-il de l'en dissuader ?

— Il y a du verglas... Tu ferais mieux d'y aller un autre jour, tante...

— Voilà une semaine que je me dis ça... C'est justement par ce temps-là que le cimetière est si triste...

Elle partit, prit son métro rue Saint-Antoine et, deux stations plus loin, en descendit. Elle n'était pas tranquille. Vraiment, elle commençait à se méfier de sa mémoire. Est-ce que, oui ou non, elle avait oublié de fermer le gaz ? Elle voulut en avoir le cœur net, revint sur ses pas. La porte du logement à peine ouverte, elle n'eut plus aucun doute. De la vapeur flottait dans l'appartement, une odeur chaude, comme une odeur de lessive, prenait à la gorge...

Elle courut vers la cuisine... En passant, elle vit, ouverte, la porte de la salle de bains et, dans la baignoire de zinc, un homme, une barbe rousse qui flottait sur l'eau savonneuse, une tignasse flamboyante.

Quand Paul rentra, ce soir-là, il sursauta, puis devint blême en voyant sa tante et Nicolas attablés sous la lampe. Il ne fut même pas rassuré par le clin d'œil que lui lança son ami.

— Entre, Paul, disait la tante d'une voix assez sévère. Tu vois que tout finit par se savoir et que tu as eu tort...

— Je vous demande pardon, bafouilla-t-il à tout hasard.

— Ton ami m'a tout raconté... Je ne te fais pas de reproches, bien que tu en mérites !... En somme, tu as eu bon cœur et tu...

Elle lui remplissait son assiette de soupe.

— Mange...

— Comment est-ce que vous avez...

— Peu importe... Ne parlons pas de cela... Je vois seulement une chose : ton ami est malheureux et nous pouvons encore l'aider pendant quelques jours... Il y a un vieux lit de camp au grenier et nous le dresserons tout à l'heure dans ta chambre...

Nicolas mangeait comme Paul n'avait jamais vu manger personne, tellement occupé par cet acte considérable qu'il n'entendait rien, ne voyait rien, restait étranger à la conversation.

— Dorénavant, tu te fieras davantage à moi et, dans des cas semblables... Buvez un peu de vin, monsieur Nicolas, cela vous fortifiera... Quand je pense...

Ce n'était qu'une petite bonne femme bien banale et sensible, qui se demandait si elle aurait assez de couvertures, puis où elle avait mis la clef du grenier, puis...

— Viens là-haut avec moi chercher le lit de camp... Attendez-nous quelques minutes, monsieur Nicolas...

Ils pataugèrent tous les deux dans les objets les plus inattendus et dans les toiles d'araignée, à la lumière d'une bougie.

— Quand je pense à ce que ce pauvre garçon a pu souffrir !... Mais tu ne te doutes pas que je vivais, sans m'en méfier, tout près d'un homme, que parfois je passais déshabillée dans le couloir, que j'aurais pu... Tu n'es pas raisonnable, Paul... Enfin, maintenant...

Ils redescendirent, regardèrent avec étonnement autour d'eux. Paul appela :

— Nicolas !... Nicolas !...

Nicolas était parti, sans rien dire.

— Qu'est-ce qui lui a pris ?

— Je ne sais pas... Je me le demande... Tu comprends, il est un peu sauvage...

— Tu crois que c'est par timidité qu'il...

Il valait mieux dire oui.

Mais ce n'était pas vrai, Paul le sentait. C'était tout simplement parce que la chose n'avait plus d'attrait. Au point où il en était, il aimait encore mieux marcher dans les rues, s'étendre sur un banc ou traîner dans des cafés lugubres.

Il le vit le surlendemain, dans leur bistrot de Montmartre, et c'était Paul qui était gêné, Nicolas qui ne l'était pas du tout.

— Écoute, mon vieux, tu es un salaud. Ma tante se donne la peine de te descendre un lit, de t'installer dans ma chambre. Elle te permet, la brave femme, de...

— Et après ? Tu ne voudrais quand même pas que j'accepte votre hospitalité ?...

Paul faillit parler des morceaux de sucre, des œufs gobés, du pain qui... et encore du linge lavé dans... et du feu qu'on retrouvait toujours rouge bien que personne ne l'eût chargé...

La voix lui manqua. Cela restait trop compliqué pour lui. Et s'il garda à Nicolas une rancune telle que la bande, entraînée par lui, changea de café pour dépister le musicien, ce fut sans savoir au juste pourquoi.

ANNETTE ET LA DAME BLONDE

1

Le drame du lapin ou Annette n'a pas tout dit

Le coup réussit une fois de plus. Il réussit à peu près tous les dimanches, avec des variantes. On a beau savoir, on ne se méfie jamais assez d'Annette, surtout quand elle prend cet air lointain, son air distingué, comme elle dit elle-même.

Elles sont toutes attablées à la terrasse du Café Français. Il n'y a pas une table de libre. L'orchestre joue une valse lente, derrière la baie ouverte, cependant que le soleil se couche avec toute la majesté voulue sur le port de La Rochelle.

— Dites donc, mes petites...

Annette s'est penchée sur les copines, Lucette, Gigi et Marie-Louise.

— N'ayez l'air de rien... Regardez la dame en violet, près du violoncelle.

Aucune ne se méfie. C'est exact, d'ailleurs, qu'il y a une dame d'âge mûr, en violet agressif, les joues presque aussi violettes que sa robe, et cette dame, lèvres entrouvertes, contemple, comme si désormais il n'y avait plus qu'eux deux au monde, le violoncelliste gominé.

— Zut ! s'écrie soudain Gigi.

Trop tard ! Annette a eu le temps de plonger la main dans le carton qui est posé au milieu du guéridon et qui contient les gâteaux. Combien en a-t-elle pris ? Deux ou trois. Elle a mordu à tous. Et maintenant elles ont beau s'indigner, elle les regarde sans qu'aucun remords vienne troubler la sérénité de son visage, la pureté de ses grands yeux de biche.

— Sale goinfre !... Ça t'en fait au moins cinq...

La bouche pleine, elle désigne celui qu'elle tient encore à la main, entamé, et elle articule avec peine :

— Celui-ci est le meilleur... Vous devriez aller en racheter les mêmes... La pâtisserie est encore ouverte...

Elles ont commandé des portos. Les petites langues gourmandes lèchent les verres. Annette a réussi son coup, c'est entendu, mais on n'a pas encore une seule fois ri aux éclats.

— Qu'est-ce que tu as ?

— Je n'ai rien...

Certes, elle a toujours cette gravité de petite statue. Et même, plus elle est grave et plus on s'amuse, car plus c'est drôle de l'entendre lancer, au moment où on s'y attend le moins, une de ses énormités habituelles.

— T'as vu, Annette ?

Bien sûr, qu'elle a vu, et son front est devenu têtu, la dernière bouchée de gâteau, dans sa bouche, a pris un drôle de goût. Une auto de sport vient de s'arrêter, couverte de poussière, tout à côté de la terrasse.

— Moi, je l'aime mieux en foncé qu'en clair, déclare Gigi qui a à peine seize ans.

C'est Maurice. Maurice qui ? Il n'y a qu'un Maurice, celui-là. Qu'elles se rencontrent n'importe où, n'importe quand, la petite phrase finit toujours bien par sortir.

— Tu as vu Maurice ?

Maurice, enfin, l'homme, l'homme idéal, un grand garçon qui ne se doute probablement pas de l'admiration dont il est l'objet et qui promène dans la vie son sourire heureux. Ce soir, son visage est un peu buriné par la fatigue, la fatigue de la route, sans doute. Jusqu'où sont-ils allés ? Jusqu'à Royan ?

Dure comme une statuette d'ivoire, Annette préfère regarder ailleurs.

— Moi, fait Lucette, je ne la trouve pas si mal...

Et Annette, la voix mauvaise :

— Vous feriez mieux de vous taire, vous autres...

— Tu as vu son air radieux ?... Elle le promène comme si elle venait de l'acheter...

— Elle ne rira plus tout à l'heure...

— Pourquoi ?

— Parce que !

Le couple s'est installé à un guéridon, dans des fauteuils d'osier. Annette souffre. C'est terrible de souffrir ainsi, de se demander où ils sont allés, ce qu'ils ont fait...

Et d'abord, il devrait être interdit aux divorcées. Car c'est une divorcée, tout le monde le sait... On ignore d'où elle vient, mais voilà déjà quelques semaines qu'elle s'est installée à l'Hôtel Trianon, avec autant de malles qu'une voyageuse de grand luxe, et qu'elle change de toilette tous les jours.

Pour quoi ? Pour Maurice, évidemment ! C'est son avocat, d'accord. Mais pourquoi a-t-elle choisi un si jeune avocat, qui vient tout juste de s'inscrire au barreau et qui n'a pas encore plaidé ? Et pourquoi vient-elle le voir chaque matin, sur le coup de six heures ? Annette le sait. Elle travaille en face de la maison de Maurice, et elle voit tout, elle sait qui il reçoit, ce qu'il fait, quand il sort...

Tragique, Annette répète en regardant le port devant elle, et les voiliers qui se balancent :

— Elle ne rira plus tout à l'heure... Rapprochez-vous... N'ayez pas l'air de les regarder, surtout !

C'est leur faute à toutes, aussi ! Peut-être que si on avait laissé Annette tranquille ? Elle a eu le malheur, voilà plus d'un an, la première fois, exactement, qu'elles ont ensemble rencontré Maurice — elles ne savaient même pas qui il était —, elle a eu le malheur de prononcer avec son assurance imperturbable :

— Celui-là, c'est pour moi !

Et il a bien fallu se rendre compte qu'elle ne plaisantait pas. Depuis lors, elle n'a pas parlé à un garçon. Elle passe des heures à guetter la maison de l'avocat des fenêtres de son patron. Un jour, elle a eu le culot d'entrer chez Morillon, le photographe. Il y avait un portrait de Maurice à la vitrine.

— Je voudrais que vous me vendiez cette photographie...

— Mais, mademoiselle, elle n'est pas à vendre... Tout au moins faudrait-il l'autorisation de mon client...

En sortant de chez Morillon, Annette a froidement déclaré aux autres :

— Tant pis ! Je la volerai !

Elle ne l'a pas encore volée, mais ce matin... Il était dix heures... Elle venait de sortir de chez elle pour aller chez Gigi... Les rues étaient calmes, désertes... Elle étrennait son nouveau tailleur... Au moment où elle arrive au coin de la rue Réaumur, une auto la dépasse et elle tressaille, car il n'y a qu'une auto vert tendre à La Rochelle, l'auto de Maurice... Un Maurice qui ne fait pas attention à elle, qui ne la voit même pas, qui manque la renverser en prenant son virage à la corde et qui stoppe, avec un grand bruit de freins, en face de l'Hôtel Trianon...

Il est en gris clair. Il est radieux. Il pénètre dans le hall de l'hôtel et Annette...

Elle raconte, à voix basse, et les autres en frissonnent. Gigi soupire :

— Mais tu es folle, ma fille...

Pourquoi Annette est-elle entrée à l'Hôtel Trianon sur les pas de Maurice ? Elle n'en sait rien. Personne, dans le hall, ne lui a demandé où elle allait. C'est inouï comme il est facile de pénétrer dans un hôtel et d'y circuler !

Devant elle, Maurice monte l'escalier quatre à quatre et tout son être, ce matin-là, exprime la joie de vivre. Parbleu !... Il est heureux, lui !... *Elle* l'attend... Il est à peine dans le couloir du premier étage qu'une porte s'ouvre... La divorcée blonde devait le guetter par la fenêtre...

— Je suis prête, ami... murmure-t-elle avec un des sourires pâmés qu'Annette déteste.

Une femme qui fait des manières, qui tend les deux mains au lieu d'une en un geste théâtral.

— Vous aimez ma robe ?... J'ai voulu l'assortir à votre voiture...

Et Annette gronde entre ses dents :

— Chante toujours, poupée !...

Elle la hait. Elle n'a jamais haï personne comme elle hait cette femme-là, qui a pourtant l'air bien doux, une femme de trente-cinq ans, dodue comme une caille, soignée, parfumée, enveloppée comme un bonbon chez le grand confiseur.

Elle va refermer sa porte pour suivre Maurice, car elle est prête. Au moment de prendre la clef, elle se ravise.

— On va venir faire la chambre, remarque-t-elle.

Et elle laisse la clef sur la porte. Elle parle, elle parle, en femme sûre que ses moindres paroles sont écoutées.

— Figurez-vous que ce matin en m'éveillant, cher, je me suis dit...

Annette est sur leur chemin. Elle ne veut pas être vue. Une porte, derrière elle, est entrouverte. En reculant, elle la pousse...

— Et s'il y avait eu un homme dans cette chambre ? questionne Lucette. Un homme, par exemple, en train de s'habiller...

Les yeux d'Annette deviennent encore plus fixes et elle boit une gorgée de porto. Pas dans son verre, d'ailleurs, qui est vide depuis longtemps, mais au verre de Gigi.

— Continue... Qu'est-ce que tu as fait ?

Ce qu'elle a fait ? Eh bien ! elle a... Ses jambes en tremblent rien que d'y penser. Il y a des moments comme ça où on n'a peur de rien... Elle entendait encore dans l'escalier la voix exaspérante de la femme blonde... Ils s'en allaient en auto, tous les deux... Vers Royan... Ils déjeuneraient en tête à tête... Ils...

— Je suis entrée dans sa chambre, avoue-t-elle.

— Non !

— Oui !... Ça sentait aussi fort que chez un coiffeur...

Et elle lui avait permis de regarder dans cette chambre en désordre, avec du linge sur le lit défait, des ... Des malles partout, de grandes malles-cabines qui s'ouvrent comme des armoires. Un désordre de femme élégante qui a autant de robes qu'elle en veut, cinq paires, six paires de souliers à la traîne... Elle a dû essayer trois ou quatre toilettes avant de s'habiller... Sur le lit, un peignoir en crêpe Georgette d'un rose qui...

— Je l'ai déchiré, déclare Annette qui a la gorge sèche, et dont la main cherche un nouveau verre de porto.

— Tu as déchiré son peignoir ?

— D'un seul coup... Vlan !... Il n'était pas plus solide que du papier, et il était complètement transparent...

Les autres en ont la respiration coupée et regardent machinalement la dame blonde qui sourit aux anges, peut-être à ses souvenirs de cette magnifique journée, sans se douter que...

— La plus grande malle était ouverte... Une fourrure dépassait, un manteau... Alors, j'ai attrapé les ciseaux sur la toilette et...

— Tu as fait ça ?

L'œil féroce, Annette fouille son sac. Elle en tire une toute petite chose molle et légère qui a l'air d'une touffe de cheveux.

— Même que j'en ai apporté un morceau... C'est sûrement du lapin...

Lucette a plongé la main dans son sac.

— Et ça ?

Annette pique un fard.

— Ça, je l'ai pris aussi... Quand je pense qu'elle avait le culot de le laisser traîner sur sa table de nuit...

C'est un portrait de Maurice, le même portrait, exactement, que celui qu'Annette voulait racheter au photographe et qu'on lui a refusé.

— Eh bien ! ma pauvre fille...

— Tant pis pour elle !

— N'empêche que si quelqu'un t'avait vue...

Elle s'efforce de sourire. Le couple se lève. L'auto démarre.

— Dire que, dans quelques minutes, elle va s'apercevoir de...

Il est temps que les filles s'en aillent, elles aussi. La terrasse se vide. La dame mûre contemple toujours, comme un jouet trop cher, le violoncelliste qui range son instrument contre le mur.

— A demain, vous autres...

Annette et Gigi habitent la même rue. Elles s'éloignent bras dessus, bras dessous, après la traditionnelle embrassade générale.

— Il n'y a pas à dire, soupire Gigi. Tu as eu un sacré culot... Moi, à ta place...

Et elle se fige en entendant Annette lui répondre :

— Et encore ! Je n'ai pas tout dit...

— Tu as fait autre chose ?

— Ce n'est pas moi... Enfin... Tu te souviens de ce que je leur ai raconté ?... Quand Maurice et... et cette femme se sont avancés dans le corridor pour sortir, j'ai poussé machinalement la porte...

— Et alors ?

— Alors, ce n'est pas vrai qu'il n'y avait personne dans la chambre...

Le soir tombe, bleuit les rues. Il fait plus frais.

— Il y avait un homme... Je l'ai mal vu, car il était en train de se raser et il avait le visage couvert de savon... Je me souviens seulement du regard ahuri qu'il m'a lancé...

— Qu'est-ce que tu as fait ?

— J'ai balbutié : « Oh ! pardon... Je crois que je me trompe de chambre... »

— Et tu es quand même entrée chez cette femme ? Je me demande comment tu peux parler de ça si calmement...

— Il fallait bien... Il fallait bien que j'aie l'air de m'être trompée de chambre... Je crois qu'il m'avait suivie dans le couloir et qu'il me regardait m'éloigner...

— Dis donc, ma vieille...

— Quoi ?

— Si cette femme porte plainte... Si on fait une enquête... Si cet homme parle...

Elles ont atteint le seuil de chez Gigi.

— Tant pis ! articula Annette. Bonsoir ! Surtout, ne dis rien aux autres...

Elle habite rue de l'Escale, une vieille rue à arcades, et elle ne risque pas de se tromper de porte. A cinquante mètres, déjà, on entend la maison Barnavon — c'est le nom de famille d'Annette. On l'entend, car c'est une école de musique. Mme Barnavon, premier prix de Conservatoire, donne des leçons de piano et de chant. M. Barnavon, lui, enseigne le violon, le violoncelle, la clarinette, Dieu sait quoi encore.

— La la la la...

— Mi sol la...

Il y a toujours, même le dimanche, des élèves dans une pièce ou l'autre de la maison, quand il n'y en a pas dans trois ou quatre à la fois.

C'est bien pourquoi, d'ailleurs, Annette a préféré être sténodactylo chez M. Etrillard, le marchand de biens.

— Tant pis ! répète-t-elle en enfonçant sa clef dans la serrure et en recevant de la musique au visage.

2

L'ami du Bon-Chien-Chien ou Annette recommence à mentir

Chut !...

Ça va ! Annette connaît ça. Elle voit bien que sa mère est au piano et a mis ses lunettes d'écaille. Elle accompagne Bon-Chien-Chien qui, ses yeux de barbet mi-clos, comme en extase, joue du violon. S'ils sont dans le grand salon, celui qui sert pour les leçons aux élèves les plus anciens, c'est évidemment qu'il y a « quelqu'un ».

Du « quelqu'un », elle ne voit que les jambes qui émergent d'un fauteuil.

Annette sait vivre. Elle connaît la consigne. Elle referme la porte sans bruit et reste immobile, le dos appuyé au chambranle, tellement silencieuse qu'on pourrait croire qu'elle ne respire plus.

Elle essaie de reconnaître le morceau que joue son père, pour savoir si c'est un long ou un court. Un chic type de père, comme elle le répète volontiers. Même qu'il ne se fâche pas quand elle l'appelle Bon-Chien-Chien. C'est vrai qu'avec les poils roussâtres qui couvrent presque tout son visage et ses prunelles comme dorées, il a l'air d'un chien barbet. La maman est plus sévère. C'est elle que les élèves appellent Mme la Directrice. Brrr !... Surtout quand elle a mis ses lunettes d'écaille...

Bon-Chien-Chien, malgré le violon vissé à son cou, parvient à lui lancer un tout petit clin d'œil. Le morceau n'est pas trop long. On s'ébroue.

— Ah ! Voici enfin notre fille Annette... Ma petite Annette, je te présente Bernard, le fils de mon vieil ami Borchin, de Montpellier... Bernard est à La Rochelle pour quelques jours...

— Mademoiselle...

Les longues jambes qui émergeaient du fauteuil se sont repliées, puis déployées à nouveau dans le sens vertical et un immense jeune homme est debout au milieu du salon, balbutiant un compliment difficile, sans oser regarder la jeune fille.

— Bonsoir, monsieur... Enchantée... Vous êtes musicien aussi ?

— C'est-à-dire... Non. Je suis dans les assurances.

— Mais il a une âme de musicien, tranche la mère d'Annette. Je crois qu'il est temps de nous mettre à table.

Quelques coups d'œil en dessous, pendant le repas, sous le lustre à fausses bougies de la salle à manger. Exactement le mari qu'il faudrait à Gigi. Gigi veut un mari calme et doux qui lui laisse tout faire à sa guise. Eh bien ! si Bernard avait de la barbe, ce serait, lui aussi, un Bon-Chien-Chien.

— Je pense, mes enfants, que cela vous amuserait davantage d'aller au cinéma tous les deux...

C'est papa qui a trouvé ça. Brave papa ! Peut-être cela ne l'amusait-il pas de faire de la musique toute la soirée ! En l'honneur de Bernard, on a servi des crêpes. Annette oublie qu'il y a un invité et mange des crêpes, deux, trois, quatre, cinq... Il faut que le pied de sa mère, par-dessous la table... Est-ce sa faute si elle a toujours faim ?

— Dépêchez-vous, mes enfants... Vous allez être en retard...

Ce qui serait chic, ce serait de rencontrer Maurice... Maurice qui serait bien surpris en apercevant Annette avec un jeune homme, surtout un jeune comme celui-là, car Bernard fait sérieux, il fait très fiancé...

Dans la rue, il marche à grands pas. Qu'est-ce qu'il a ? Pourquoi tousse-t-il avec embarras ?

— Je suis confus, mademoiselle... Je vous demande pardon... Je vous assure que ce n'est pas de ma faute... C'est votre père qui...

— Qui quoi ?

— Je me rends compte de la situation... Évidemment que je vous empêche... Je vous oblige à m'accompagner au cinéma, alors que...

Elle a peur de deviner. Elle attend, les sourcils froncés, et il continue avec l'air de se jeter à l'eau :

— Je vous jure que je ne dirai rien... D'ailleurs, cela ne me regarde pas, n'est-ce pas ?

Elle pourrait se contenter de ça. Elle a compris. Ce que cela peut changer un homme d'être en pyjama, avec de la mousse de savon sur les joues et les cheveux ébouriffés !

— Je ne comprends pas... articule-t-elle.

— Je... Vous... Ce matin. La chambre 12...

Et elle, faussement candide :

— Vous êtes sûr que c'était la chambre 12 ?... Je ne me rappelais plus le numéro...

Pauvre Bernard ! Qu'est-ce qu'il peut bien penser d'elle ? Voilà donc pourquoi, pendant tout le dîner, il n'a pas osé lever le nez de son assiette !

Ils sont presque arrivés place d'Armes où se trouve le cinéma dont on entend tinter la sonnette. Mais Annette dirige leurs pas dans le sens contraire, vers le parc qu'éclairent les lampadaires à lumière orangée.

C'est encore une manie d'Annette d'improviser, sans réfléchir aux conséquences. Souvent, il lui arrive de savoir parfaitement qu'elle va faire une gaffe, mais rien, à ces moments-là, n'est capable de la retenir.

N'est-elle pas en train d'accrocher sa petite main au bras de ce grand diable blond de Bernard ? Et où trouve-t-elle cette voix sourde, dramatique, pour balbutier :

— Écoutez, Bernard... Je vous demande pardon de vous appeler ainsi...

C'est lui qui est tout gêné et qui a envie de répondre : « Je vous en prie... »

— Écoutez, Bernard... Je ne vous connais pas beaucoup, mais je sens qu'on peut avoir confiance en vous... Vous êtes un honnête homme, n'est-ce pas ?

Mon Dieu, qu'est-ce qu'elle va bien pouvoir lui dire ? Elle n'en sait encore rien. Elle invente. Son démon la pousse. Après, ma foi, on verra !

— Ce matin, quand vous m'avez aperçue...

Elle ne le fait pas exprès d'être comédienne, et pourtant sa voix se mouille tout naturellement, elle serait très bien dans une scène de théâtre.

— Je jouais le tout pour le tout... Je ne peux pas tout vous dire... Mon secret ne m'appartient pas... Sachez seulement qu'il y a un homme...

Il marche. Il marche à fond ! Émù, il éprouve le besoin, pour l'encourager, de tapoter la petite main non gantée toujours accrochée à son bras.

— J'ai commis des imprudences... Et maintenant cet homme...

— Il essaie d'en profiter ?

Allons ! Il n'y a plus qu'à baisser la tête, qu'à rester dans le vague.

— Il était à l'hôtel ce matin ? questionne le brave, le saint Bernard.

— Je ne peux pas vous répondre...

— Je vous comprends... Ne dites rien... Il y était... C'était lui qui a exigé... Dites-moi, Annette. Vous permettez que je vous appelle ainsi à mon tour ?... Il a des lettres de vous, n'est-ce pas ?...

Elle se contente de battre des paupières et elle sent bien qu'il a envie de poser les lèvres sur ses longs cils.

— Je ne vous demande pas de vous confier à moi... Pas tout de suite, mais si vous avez besoin... Sans doute ne voudrez-vous pas me dire son nom ?

— Maurice... souffle-t-elle, tout heureuse de pouvoir prononcer ces syllabes à voix haute.

— Et vous avez... Il vous a... Il vous a vraiment compromise ?

Le petit cœur d'Annette bat à tout rompre. Peu importe ce qui arrivera demain ! Elle pense à la fourrure lacérée, au saut-de-lit transparent, au couple descendant de voiture avec des mines de triomphe.

— Oui... balbutia-t-elle, tête basse.

Une grosse main d'homme serre la sienne avec plus d'insistance.

— Si vous le permettiez, si vous me laissiez le soin de...

— Pas encore, je vous en supplie...

— Promettez-moi au moins que vous me ferez signe... que, quand le moment sera venu... Qu'est-ce qu'il fait ?

— Il est avocat...

Aïe !... Elle se mord la langue. Peut-être ce mot-là est-il de trop ? Il arrive que les moutons comme Bernard deviennent enragés et alors...

Allons ! C'est assez pour ce soir.

— Si nous entrions au cinéma...

Il ne voit rien du film. Elle le sent ému, bouleversé. A plusieurs reprises, il se penche et il balbutie :

— Ce que vous devez souffrir...

— Oh oui...

Une autre fois, il supplie :

— Ne pensez pas à ce misérable...

Et elle qui, dans la salle obscure, ne pense qu'à Maurice, à Maurice, toujours à Maurice, farouchement, voluptueusement, murmure :

— J'essaie.

Bernard lui offre un verre, à l'entracte. Ils prennent place dans la fumée des pipes et des cigarettes, au Café de la Paix. Des habitués jouent aux cartes. Annette surprend quelques mots :

— J'en viens... La police n'y comprend rien...

Bernard la contemple avec une chaude pitié déjà amoureuse. Si seulement Maurice pouvait la regarder ainsi ! Ou plutôt non. Elle ne veut pas de la pitié de Maurice. Avec lui, ce sera autre chose, tout ou rien ! Et il faudra que, fier comme un coq, il la conduise à Royan dans sa voiture...

— Ce qui est le plus incompréhensible, c'est que rien n'a été volé... D'après une des femmes de chambre qui était de service ce matin...

Zut ! Juste au moment où cela devenait intéressant, le garçon arrive avec son plateau, fait un vacarme en posant des demis sur le marbre, puis en cherchant la monnaie dans sa petite poche. La sonnette du cinéma retentit.

— Je me demande, Bernard, si je n'aurai pas besoin de vous plus tôt que vous le pensez...

Elle se voit dans la glace qui est en face d'elle, un peu embuée par la fumée. Elle a des yeux immenses, de vrais yeux de poupée. Elle a toujours l'air de penser à autre chose et pourtant...

Ils ont à peine repris leur place au cinéma que Bernard balbutie après avoir toussé :

— Je ne comprends pas qu'un homme...

En attendant de comprendre, il lui a pris la main, comme par mégarde, et il ne la lâche plus, il se risque même à caresser doucement le bout des doigts.

— Une jeune fille qui ne sait pas...

Dans l'obscurité, Annette peut bien se permettre de sourire.

— Quand on pense que certains vous jetteraient la pierre...

Attention, Annette ! Ce n'est pas le moment de rire ! Tu as juré d'avoir Maurice. Peut-être t'es-tu mise dans d'assez vilains draps. Mais voici à côté de toi un brave garçon qui...

— Vous aimez la musique ?

Il a dit cela sur un ton si sentimental qu'elle n'hésite pas à répondre :

— Je l'adore !

Et lui, qui ne connaît pas trois notes, se croit obligé de poursuivre avec conviction :

— Moi aussi...

Ce qu'elle doit enrager, la dame blonde, devant les restes de son manteau de lapin et de sa robe de chambre transparente !

La soirée s'achève. La foule s'écoule. Annette marche un peu plus vite, car Bernard, décidément, prend goût à sa petite main qu'il triture sans répit.

— Bonsoir, Bernard...

— Bonsoir, Annette... Surtout, n'oubliez pas que...

Elle ne rêve même pas. Elle ne rêve jamais... Elle a bon appétit et bon sommeil. Quand elle se lève, elle est la première à aller chercher le journal dans la boîte aux lettres.

Un événement mystérieux...

Annette ne porte, elle, qu'une robe de chambre en molleton bleu ciel. Ça ne fait pas riche. Ça ne moule pas les formes. Mais elle n'a sûrement pas de petits bourrelets dodus aux hanches comme la dame blonde.

Un manteau de vison d'une valeur de quatre-vingt mille francs environ a été rageusement...

Hein ? Quoi ? Ce n'était pas du lapin ? Annette en a perdu la respiration. La tête lui tourne un peu. Elle reste debout, immobile, dans le corridor, et elle lit, par bribes :

Plainte a été déposée au Parquet, et la police de notre ville...

— Annette !... Annette !... appelle sa mère, du premier étage.

Elle ne bronche pas. Elle est pieds nus. Les dalles sont glacées.

...Les déclarations d'une femme de chambre permettent d'espérer qu'une piste sérieuse...

— Eh bien ! Annette...

— Oui, maman...

— Habille-toi vite... Tu iras chez M. Etrillard et tu lui demanderas trois jours de congé... Ton père et moi n'avons pas le temps de nous occuper de Bernard, et...

— Oui, maman...

— Mets ton tailleur bleu... Et surtout essaie d'être un peu plus gentille qu'hier au soir... Bernard est un garçon... Enfin, un garçon qui...

— Oui, maman...

— Quoi, oui, maman ?... Qu'est-ce que cela veut dire ?

— Cela ne veut rien dire... C'est un garçon qui, comme tu dis...

— Si ton père ne t'avait pas si mal élevée...

Quatre-vingt mille francs ! Mon Dieu ! Mon Dieu ! Et elle en a encore un petit bout dans son sac...

— Tu lui feras visiter la ville...

— Oui, maman...

— Et tu...

Annette n'entend rien, n'écoute rien. Elle se débarbouille en vitesse en pensant au vison, à ce sale vison qu'elle a pris pour un lapin, et elle répète machinalement en écoutant la voix de sa mère :

— Oui, maman...

3

Le mouton courageux ou Annette complique tout

Elle en est à ses cheveux, le cauchemar de la famille. Voilà deux ans, sa mère, à chaque repas, fronçait les sourcils.

— Je me demande ce qui arrive aux cheveux d'Annette... Tu es sûre que tu ne mets rien sur tes cheveux ?

Annette jurait. Trois mois plus tard, elle qui était brune, était devenue insensiblement blonde comme les blés. Pas même à cause d'un amoureux. A cause d'un acteur de cinéma qu'elle n'avait jamais vu en chair et en os et qui avait déclaré dans une interview que seules les blondes avaient du sex-appeal.

— Je t'assure, maman, que c'est naturel...

Maintenant, au contraire, elle est plus brune que nature, couleur aile de corbeau. Ses cheveux sont si gras qu'elle en tache ses chapeaux. C'est qu'elle a découvert — par la petite Maud, du salon de coiffure — la marque de brillantine dont Maurice se sert et elle en use un tube par semaine.

— Je te jure, maman, que je me suis encore lavé les cheveux avant-hier...

Tiens ! L'usine à musique qui commence à fonctionner, au rez-de-chaussée ! C'est Mlle Binet, la rousse qui sent le fade et qui tient la petite classe de piano. Papa, dans le couloir, téléphone. Pauvre Bon-Chien-Chien ! C'est toujours lui qu'on charge de téléphoner et c'est son supplice. La vérité, Annette l'a découverte, mais elle n'en parlera pas, c'est juré, juré pour de bon, cette fois, en crachant dans la main : papa devient sourd. Un sourd qui donne des leçons de musique...

Alors, au téléphone, il est sur des charbons ardents.

— Allô... Oui, monsieur Etrillard... Une visite très importante, qui pourrait avoir pour notre Annette des conséquences incalculables... Je ne sais pas si vous comprenez... Alors, je vous demande de lui donner deux ou trois jours de congé...

Mme Barnavon, presque harnachée, sort de sa chambre.

— Téléphone maintenant à Bernard pour lui dire... Es-tu prête, Annette ?

— Presque, maman.

Sauf qu'en tout et pour tout elle n'a mis que ses bas, auxquels elle a fait une échelle. On sonne. On entre. On monte.

— Pardon, madame... Annette est dans sa chambre ?

C'est Gigi, essoufflée, Gigi qui referme la porte avec soin, se laisse tomber au bord du lit et soupire :

— Eh bien ! ma vieille...

— Qu'est-ce qu'il y a ?

— Je viens de l'Hôtel Trianon. Il y a tout un rassemblement à la porte. Le commissaire de police est arrivé avec le commissaire spécial et je ne sais qui du Parquet... La dame blonde... Il paraît que c'était la femme de quelqu'un de haut placé, un gouverneur de colonies ou quelque chose de ce genre...

— Puisqu'elle est divorcée ! riposte Annette en mouillant son index et en le passant sur l'échelle de son bas.

— N'empêche, ma pauvre vieille, que, d'après ce que j'ai entendu dire...

— Annette !... Annette !... Tu es prête ?

— Presque, maman.

— Il faut que tu ailles prendre Bernard à l'Hôtel Trianon... Tu lui montreras le musée, la tour des Quatre-Sergents, l'église Saint-Nicolas, et tu le ramèneras pour déjeuner... Surtout, essaie d'être un peu gentille...

Et Gigi, qui regarde sa copine avec attention, ne peut s'empêcher de murmurer :

— Ce que tu es calme !

Il est vrai qu'elle ajoute aussitôt :

— Mais ce que tu es pâle !

Tout ce que Gigi a annoncé est exact. Si l'Hôtel Trianon n'est pas en état de siège, c'est tout comme. Il y a trois voitures devant la porte et un agent qui empêche les curieux d'entrer. Quelques messieurs sont groupés dans le hall. Maurice, alerté par un coup de téléphone, vient d'arriver.

Quant à la dame blonde, elle est là et elle paraît jouer la scène capitale de sa vie. Elle a choisi le plus capiteux de ses déshabillés du matin. Elle va, elle vient, elle prend tout le monde à témoin, surtout le jeune avocat.

— N'est-ce pas, Maurice... J'étais tout heureuse, messieurs... Maurice venait me prendre pour une promenade en voiture... Au moment de fermer la porte... N'est-ce pas, Maurice ?

Et chaque fois qu'elle dit « Maurice », sa voix prend des inflexions tendres, comme confidentielles.

— Au moment de fermer la porte, je dis donc à Maurice...

Le personnel de l'hôtel attend dans le bureau, car on va interroger chacun à son tour. La plupart des voyageurs sont là. Bernard est parmi eux, le front soucieux, et à ce nom de Maurice, tant de fois répété, il ne peut s'empêcher de tressaillir.

— Voyez-vous, messieurs, je m'y connais en femmes et je prétends que ce ne peut être qu'une vengeance de femme...

Elle regarde Maurice. Maurice fronce les sourcils comme quelqu'un qui se souvient de quelque chose.

— Vous n'avez aperçu personne dans le couloir au moment de votre départ ? questionne le commissaire de police.

— C'est-à-dire... Il me semble... Dites, Maurice. Souvenez-vous... A certain moment, comme une porte s'ouvrait et se fermait près de vous, vous avez murmuré :

» — Tiens ! Tiens !...

Maurice rougit et elle insiste :

— Même que, quand je vous ai demandé pourquoi vous disiez ça, vous m'avez répondu :

» — Quelqu'un que j'ai cru reconnaître...

— Je vous écoute, mon cher maître, intervient le commissaire. Vous auriez donc aperçu dans le couloir quelqu'un dont la présence vous a étonné et...

A ce moment, une ombre se profile sur le groupe, une immense silhouette s'interpose : un grand jeune homme blond, auquel personne ne faisait attention, se campe devant l'avocat, les poings serrés, comme prêt à frapper.

— J'espère que vous n'aurez pas le cynisme de répondre...

— Pardon... Je...

— Bernard Borchin... Peu importe... Mon nom ne vous dit rien...

— Qui est-ce, Maurice ? questionne la dame blonde.

Bernard ricane. Parbleu ! La machination est bien ourdie et c'est une chance pour la pauvre Annette qu'il soit là.

— Monsieur le commissaire, je vous demande pardon de mon intervention... Avant que vous questionniez ce monsieur... ce monsieur Maurice... — il prononce les syllabes avec mépris — ... je désirerais avoir un bref entretien avec lui...

— Mais, monsieur...

— Quand je vous aurai dit qu'il s'agit de l'honneur d'une femme, de l'honneur d'une jeune fille...

— Maurice ! Qu'est-ce que cela veut dire ?

— Je ne sais pas... Je vous jure que je ne sais pas... Si ce monsieur veut bien m'expliquer...

Bernard, devenu mouton enragé, ricane :

— Quand nous serons seuls, s'il vous plaît...

Annette et Gigi sont sur le point de sortir de la maison de la rue de l'Escale. Elles se heurtent à Lucette, la plus grosse des filles, qui en a oublié de se maquiller et qui est pâle comme un navet.

— Tu sais ce que le facteur vient de dire à ma mère ? Je ne sais pas de qui il le tient, mais il est toujours bien renseigné... On est sur la piste, ma pauvre !... Un agent de police a affirmé que la coupable serait sous les verrous avant midi...

Et Lucette regarde Annette des pieds à la tête. Si Annette est gourmande, Lucette est frileuse.

— Moi, à ta place, à tout hasard, je mettrais quelque chose de chaud... J'ai bien pensé t'acheter du chocolat mais je me suis dit qu'il valait mieux... Où vas-tu ?

La vérité, c'est qu'Annette n'en sait rien. Le mot chocolat... Tant pis ! Elle répond :

— Je vais d'abord manger des gâteaux...

Pour se donner le temps de réfléchir.

— A ton âge, on te mettra dans une maison de correction et tu y resteras jusqu'à tes vingt et un ans...

Dire qu'il y a, ce matin-là, un soleil couleur de champagne, que l'air est doux, pétillant, parfumé... Une auto passe en trombe... Annette tressaille... Non ! Ce n'est pas l'auto verte de Maurice...

— Combien de gâteaux, mademoiselle ?

Elle répond avec assurance :

— Trois !

Ce n'est pas vrai. Elle en a mangé cinq. Au point où elle en est...

— Où vas-tu, maintenant ?

— Vous le saurez par les journaux...

— Annette !... Promets au moins que tu... que tu ne...

Ça y est ! Elles pleurent, toutes les deux, et Annette en profite pour se défiler.

— Si vous voulez venir dans mon cabinet... C'est à deux pas... Je vous avoue que j'ai hâte de savoir...

La vérité, c'est que Bernard ne s'est pas du tout imaginé sous un tel aspect le fameux Maurice. Ce gaillard est sympathique, en somme, du même âge que lui à peu près. Ce n'en est que plus odieux ! S'en prendre à une gamine comme Annette et la laisser tomber cyniquement pour une divorcée...

Et cette histoire de manteau déchiré ? Une combinaison louche, malpropre, un moyen de se débarrasser de la petite en lui donnant un vilain rôle.

Ils suivent le trottoir à grands pas.

— Remarquez, murmure Maurice qui réfléchit, qu'au moment où vous êtes intervenu, j'étais bien en peine de prononcer un nom...

Quel cynisme ! Est-ce que, par hasard, il y a tant de noms de jeunes filles dans sa mémoire ?

— J'ai aperçu une silhouette, c'est exact... Une silhouette que je connais bien, qui m'est familière comme...

— Parbleu !

— Vous dites ?

— Rien...

— Attendez... Cela me revient... Quelqu'un que je vois souvent à travers les vitres... Dans le bureau d'Etrillard, ma parole, juste en face de chez moi !... Tenez !... La troisième maison à gauche... Nous sommes arrivés... C'était la petite... la petite... J'ai le nom sur la langue... L'école de musique.

Il cherche sa clef dans sa poche.

— Enfin... Puisque vous allez pouvoir m'expliquer...

La bonne veut se précipiter à leur rencontre. Elle a déjà la bouche ouverte.

— Ça va, Anna...

— Mais, monsieur...

— Oui, tout à l'heure... Je suis pressé...

Une porte matelassée à gauche, un cabinet aux murs couverts de bibliothèques.

— Donnez-vous la peine d'entrer... Par exemple !... Je... Qu'est-ce que... ?

Simplement, comme une visiteuse ordinaire, Annette, qui attendait dans un fauteuil, s'est levée, tenant son sac à deux mains, et elle fait un petit salut de la tête.

— Je me demande... commence Maurice, qui regarde tour à tour la jeune fille et Bernard. Oui, je commence à me demander si...

— Si vous ne vous êtes pas mis dans de vilains draps, n'est-ce pas, monsieur Maurice ?

Annette a tressailli. Elle a observé Bernard avec attention. Il a mis tant de fougue dans son apostrophe qu'elle a toutes les peines à ne pas éclater de rire.

— Pardon, en fait de vilains draps...

On dirait deux coqs qui vont s'élancer au combat. Bernard est le plus rouge, le plus agressif des deux.

— Mademoiselle Annette, je pense qu'il serait plus convenable que vous n'assistiez pas à cette explication...

Il en parle comme s'il n'était pas question d'une explication, mais d'un combat sanglant, d'un combat à mort.

— Pardon, intervient Maurice, je voudrais tout de même savoir de quel droit...

Tiens ! Juste au même instant, Gigi et Lucette, qui ont retrouvé la piste d'Annette, passent et repassent dans la rue. Il y a même un petit bruit contre la vitre, sûrement Gigi.

Annette a encore un goût sucré de gâteaux dans la bouche. Elle fait un petit geste qui passe inaperçu : sur le bureau, il y avait un portrait de femme, un portrait de la dame blonde. Il n'y est plus. Elle le tient serré contre son sac à main.

— Lorsque nous serons en tête à tête, monsieur, je vous dirai ce que j'ai à vous dire et on verra à ce moment-là si...

Elle a fait deux pas vers la porte. Elle les regarde tour à tour. Elle regarde surtout Maurice qu'elle a rarement eu l'occasion d'admirer de si près. Il lui faut un effort héroïque pour ne pas sourire de contentement.

Elle dit, bien doucement, de sa voix la plus naturelle :

— Je vous laisse, Bernard... A tout à l'heure...

Elle se heurte presque, dans le corridor, à Anna qui écoutait à la porte. Anna la reconduit. Le panneau se referme derrière elle. Gigi et Lucette sont sur le trottoir d'en face et lui adressent des signes qui voudraient être discrets.

— Eh bien ?...

— Rien, mes vieilles...

— On ne t'a pas arrêtée ?... Qu'est-ce qu'ils font ?

Alors, Annette soupire :

— C'est bien ce que je me demande...

— Tu ne crois pas que tu ferais mieux d'aller avouer la vérité à la police ?

La rue est calme. La maison de Maurice est calme. C'est même extraordinaire comme elle est calme. Annette s'attend à des éclats de voix, à des vitres en miettes, à des appels au secours...

Qu'est-ce qu'ils font, tous les deux ? Qu'est-ce qu'ils peuvent bien faire ? Bernard avait l'air...

Pourvu, mon Dieu, qu'il... qu'il ne...

— Où vas-tu ?

Et Annette se contente de hausser les épaules, comme si la décision qu'elle vient de prendre dépassait leur entendement.

4

Le banc, le mur et les tartines ou quand Annette est héroïque

Sous les arcades de la rue du Palais, l'ombre a encore la fraîcheur du petit matin. Annette ne marche pas trop vite, mais elle marche, sans s'arrêter, avec toute la gravité qui doit imprégner une pareille minute. Peu importe la pâtisserie d'en face. Peu importe que ce soit la journée idéale pour aller s'étendre sur la plage !

Au-dessus d'une porte qui s'ouvre sur un sombre couloir, il est marqué, noir sur blanc : « Maison d'Arrêt ». Annette cherche la sonnette. Elle ne la trouve pas. Elle pousse le battant planté de gros clous, orné de lourdes ferrures. Elle voit des portes alignées, avec un guichet au milieu, une lucarne au-dessus, et elle reçoit aux narines une odeur chaude, pas très agréable, quelque chose comme l'odeur d'une lessive très sale.

— Quelqu'un ! appelle-t-elle.

Et une grosse voix fait, derrière elle :

— Pourriez pas sonner ?... Qu'est-ce que vous voulez ?

— J'ai cherché la sonnette, explique-t-elle sans se démonter.

— Je vous demande ce que vous voulez...

— Je viens me constituer prisonnière...

Elle a prononcé ces mots avec une dignité simple qu'elle admire elle-même. C'est dommage que Maurice ne puisse pas la voir, un léger sourire aux lèvres, un sourire un peu mélancolique de quelqu'un qui se sacrifie.

— Vous avez un papier ? questionne le gardien qui a sa vareuse déboutonnée sur un gros ventre.

— Quel papier ?

— Je ne peux tout de même pas vous enfermer comme ça... Allez demander une feuille d'écrou au juge d'instruction...

— C'est bien. Je reviendrai tout à l'heure...

Sur le seuil, elle se ravise et demande poliment :

— Je ne pourrais pas jeter un petit coup d'œil ?

Du Palais de Justice, on l'a renvoyée au commissariat de police et elle est assise depuis plus d'une heure sur un banc sans dossier. A côté d'elle ronfle un ivrogne qu'on a ramassé sur les quais. Ici, cela ne sent plus la lessive sale, mais l'encre violette, la colle forte, le vieux papier, la pipe refroidie et le célibataire.

— Vous êtes sûr, monsieur, que le commissaire n'est pas rentré ?

Derrière une barrière, un secrétaire passe son temps à tourner lentement, lentement les pages d'un registre puis, en guise de récréation, il taille un crayon, puis il tourne à nouveau les pages. Il ne s'est pas plus ému que le gardien de la maison d'arrêt quand Annette a déclaré en arrivant :

— Je viens me constituer prisonnière.

Il s'est contenté de répondre :

— Asseyez-vous. Cela regarde le commissaire et il n'est pas ici...

Jamais Annette n'a vu une horloge aussi lente que celle qui est appliquée au mur blanchi à la chaux, au-dessus d'une affiche toute jaunie. L'ivrogne glisse insensiblement et finit par poser la tête sur son épaule. Annette recule jusqu'au bout du banc.

— Vous pourriez tout au moins téléphoner à mon avocat pour l'avertir...

— Vous direz ça au commissaire...

Et, comme il est midi, il se lève avec satisfaction, change de veston, se lave les mains, se cure les ongles tandis que deux agents en uniforme viennent prendre sa place. Ceux-ci ont apporté de quoi manger, de grosses tartines enveloppées dans de la toile cirée, et ils réchauffent sur le poêle un bidon de café en émail bleu.

Et dire que dans toute la ville, dans tout le département, dans toute la France, il y a comme ça des milliers, des millions de gens qui mangent !

— Tant pis si je m'évanouis... murmure Annette à mi-voix.

— Vous dites ?

— Rien...

Si elle sortait, est-ce qu'on la retiendrait ? Elle en serait quitte pour revenir après déjeuner. Elle essaie.

— Hé ! là... Où allez-vous ?

— Je voulais...

— Asseyez-vous, s'il vous plaît... Il paraît que vous devez attendre le commissaire...

— Mais c'est moi qui...

— Il n'y a pas de mais... Asseyez-vous...

Rue de l'Escale, Mme Barnavon remarque, en se mettant à table :

— C'est curieux qu'Annette ne soit pas rentrée...

— Sans doute Bernard l'a-t-il invitée à déjeuner, fait M. Barnavon, la bouche pleine.

Quant à Maurice... Si Annette le voyait ! Il est assis dans un rayon de soleil, à la terrasse de la Pergola, face à la mer. A la même table, la dame blonde, qui a choisi ce jour-là sa toilette la plus gaie, un tailleur en piqué blanc. Entre eux, une somptueuse langouste que le garçon vient de découper et du champagne nature qui brille dans les verres.

— Vous ne vous souvenez vraiment pas du nom de cette petite ?

Elle le soupçonne de mensonge, elle épie ses réflexes et il répond avec embarras :

— Je vous assure, Daisy... C'est d'ailleurs très vague, n'est-ce pas ?... J'ai eu l'impression, au moment où nous sortions hier matin, d'apercevoir une jeune fille que j'avais déjà vue dans la rue...

— Vous faites donc attention aux jeunes filles !... Sans doute vous retournez-vous sur elles ?...

— Mais non... Et la preuve, c'est que mon souvenir est si vague...

— Pourquoi ce jeune homme blond vous a-t-il apostrophé ?... Pourquoi l'avez-vous emmené chez vous ?

— Je vous assure, Daisy, que je ne peux rien vous dire... C'est un secret professionnel... Vous devez comprendre... Je suis avocat...

Deux heures... Deux heures et demie... Le commissaire arrive enfin, Annette se lève d'une détente.

— Je suis venue pour demander qu'on me mette en prison. C'est moi qui ai déchiré le manteau de la vieille chipie. Et je parie que ce n'est pas du vison, mais du lapin. D'ailleurs, j'en ai emporté un échantillon. On verra bien si...

— Pardon... Un instant... Qui êtes-vous ?... Que faites-vous ici ?...

— J'ai déjà choisi un avocat. Je désire le voir le plus tôt possible. J'ai le droit de voir mon avocat...

— Un instant, de grâce, mademoiselle...

— C'est Me Maurice Camage... Vous n'avez qu'à lui téléphoner... Tant qu'il ne sera pas là, je ne dirai rien... Je ne parlerai qu'en présence de mon avocat...

— Vous remarquerez, mademoiselle, que je ne vous ai pas demandé de parler... Qu'est-ce qui vous a amenée ici ?

— Je suis venue toute seule.

— Pourquoi ?

— Je vous répète que c'est moi qui ai déchiré le manteau et le peignoir... Même que c'est de la camelote... Ça fait de l'effet, comme ça, mais à la main, ça ne tient pas...

— Asseyez-vous !

— Est-ce que vous allez téléphoner ?

Il téléphone, en effet, mais ce n'est pas à Maurice, c'est à quelqu'un du Parquet.

— ... Qui... Une jeune fille... Elle prétend... Évidemment... Je suis tout à fait de votre avis... Moi aussi, je me méfie...

Tout en parlant, il lance à Annette un regard en effet plein de méfiance.

— Très agitée, oui... C'est entendu, monsieur le juge... Son âge ?... Attendez... Je vais le lui demander. Quel âge avez-vous ?

— Dix-sept ans...

— Allô !... Dix-sept ans...

Il rit. L'autre doit rire aussi au bout du fil. Il se lève, appelle un agent.

— Vous conduirez mademoiselle chez le juge d'instruction...

Si, au moins, on lui passait les menottes ! Traverser toute la ville menottes aux poings, c'est ça qui...

Pas du tout. Un petit signe de l'agent indifférent.

— Venez...

Il ne la surveille pas. Il l'oblige même à attendre devant un bureau de tabac pendant qu'il va acheter des cigarettes.

— Je parie que je sais ce que vous avez fait... murmure-t-il un peu plus tard. Vous êtes toutes les mêmes... Chipé quelque chose à un étalage, hein ?... Si vous étiez ma fille, je vous flanquerais une bonne tripotée, moi...

— Mais je ne suis pas votre fille ! réplique-t-elle avec dignité.

Le Palais de Justice. Au premier étage, on la fait à nouveau attendre sur un banc, dans le couloir. Et elle murmure avec conviction :

— Sûr que si on ne me donne pas à manger, je m'évanouis...

— Faites entrer... Ah ! c'est vous la jeune fille qui... Asseyez-vous... Vos nom, prénoms, âge, qualité... Vous prétendez que c'est vous qui vous êtes introduite dans une chambre de l'Hôtel Trianon et qui... Est-ce que vous pouvez le prouver ?... Est-ce que quelqu'un vous a vue ?

Elle brandit une touffe de poils bruns.

— Tenez !

— Qu'est-ce que c'est ?

— Un morceau de son sale vison... A moins que ce soit du lapin, comme je l'ai toujours dit... Je veux voir mon avocat...

— Votre avocat !... Tiens ! Tiens...

Et le juge joue avec sa petite barbiche. Annette est furieuse. Depuis le matin, elle a l'impression qu'on se moque d'elle, que personne ne veut la prendre au sérieux.

— Allô... Maître Camage ?... Oui... J'ai ici dans mon cabinet une jeune fille qui prétend... Oui... C'est cela. Entendu, je vous attends...

Annette tend un doigt comme à l'école :

— Monsieur le juge... Je voudrais vous demander... Je... J'ai très faim...

Le juge d'instruction sonne un huissier, lui dit quelques mots. Un peu plus tard, on apporte à Annette un sandwich au jambon dans lequel, sans le moindre respect humain, elle mord à belles dents. Il était temps.

Naturellement, elle a la bouche pleine et le bout des doigts tout gras quand Maurice arrive en coup de vent, en complet clair, comme quelqu'un qui vient de passer sa journée au beau soleil.

— Où est-elle, cette peste ?

Il se campe devant Annette qui essaie d'avaler sa bouchée de sandwich.

— Ah ! c'est vous... Qu'est-ce que vous fichez ici ?... Vous m'excusez, mon cher juge ?...

Allons... La bouchée est avalée et Annette prononce enfin :

— Je suis venue me constituer prisonnière... Je vous ai choisi comme avocat... Je suis donc votre cliente et...

Elle a été sur le point d'ajouter :

— ... et vous pourriez donc être poli...

Mais Maurice ne lui en laisse pas le temps. Il s'est tourné vers le magistrat.

— Vous permettez que j'aie un entretien avec elle ?

— Je vous en prie... Si vous voulez passer à côté...

Personne ne voit le sourire d'Annette. Enfin seuls ! Il est là, devant elle. Il est furieux, c'est vrai, mais il est là ! Pas de dame blonde entre eux !

Annette a un moment d'espoir insensé. Oui ! Maurice est tellement surexcité qu'un instant elle est persuadée qu'il va la saisir aux épaules, ou aux poignets, et la secouer comme un prunier. Ce serait magnifique !

Malheureusement, il se maîtrise. Il se contente de tapoter une cigarette sur son étui.

— Vous pourriez peut-être m'en offrir une ?...

Pourquoi ne la bat-il pas ? Elle fait tout ce qu'elle peut pour l'exaspérer, pour le mettre hors de lui. Elle a pris son air le plus tranquille ; elle fait ses grands yeux de poupée innocente.

— Écoutez, ma petite...

— D'abord, je ne suis pas votre petite...

Il fronce les sourcils. Est-ce qu'il se fâche enfin ? Hélas ! non, il allume sa cigarette. Sa main tremble.

— Je voudrais bien que vous me disiez pourquoi vous êtes allée raconter des idioties à ce garçon... ce Bernard... C'est bien ainsi qu'il s'appelle, n'est-ce pas ?

Annette n'a que quelques secondes pour réfléchir. Dans ces moments-là, elle saute toujours sur l'idée la plus baroque, la plus dangereuse.

— Parce que je l'aime !

C'est tellement inattendu qu'il en reste interloqué.

— Aimez-le tant que vous voudrez... Mais, de là à aller lui raconter que je vous ai... que je...

Il cherche ses mots. Le regard insistant d'Annette le gêne.

— Enfin, pour l'amour de Dieu, veuillez me dire ce qui vous a passé par la tête... Ce garçon m'a presque sauté aux yeux... J'ai vu le moment où nous nous battrions comme des chiffonniers et j'ai eu toutes les peines du monde à lui faire entendre que...

— C'est votre faute !

— Hein !

— Bien sûr, c'est votre faute... Souvenez-vous du 13 janvier de l'année dernière...

Elle est devenue plus rose. Son cœur bat.

— Écoutez, mon petit... Soyez raisonnable... Si vous vous moquez du monde, dites-le... Quelle est cette nouvelle histoire de 13 janvier ?... Vous êtes tout bonnement en train de me faire passer pour ridicule et de...

Tiens ! tiens ! Est-ce qu'il aurait eu une scène avec la dame blonde ?

— Alors ?... Ce 13 janvier ?...

— Vous portiez un manteau chiné à martingale...

Il la regarde sans comprendre et maintenant elle prend son temps. Si seulement ce tête-à-tête pouvait durer des heures, des jours, des années !

— Vous étiez avec le fils Husseau, le fils du quincaillier... Il était cinq heures de l'après-midi. Vous alliez entrer tous les deux au Café de la Paix. Vous vous êtes arrêté un instant pour me regarder passer et vous avez dit à mi-voix :

» — Voilà une gamine qui fera une femme superbe !

5

Un coup de sonnette ou Annette n'a pas menti

Obscurité. Tout le monde sait qu'Annette a horreur de l'obscurité, non pas parce qu'elle a peur, mais parce que cela fait triste. C'est bien pourquoi sa mère, avant de sortir de la chambre, a retiré l'ampoule électrique. Puis elle a donné deux tours de clef. Puis elle est descendue en emportant la clef. Voilà les parents.

Annette est assise sur son lit. Elle ne veut pas se déshabiller. Elle ne veut pas se coucher. Elle reste immobile, l'oreille tendue. Des bruits familiers la renseignent. Par exemple, elle sait que Bernard a dîné à la maison. Elle a entendu le heurt des assiettes, le murmure confus de la conversation. Qu'est-ce qu'ils peuvent bien se raconter ?

— Sale bête !... articule-t-elle entre ses dents.

La sale bête, c'est Maurice. Jamais elle n'aurait cru qu'il pourrait se montrer aussi mufle, aussi insensible, aussi cruel, aussi...

Ah ! ce qu'elle aurait préféré une bonne colère, ou même une gifle ! Pas du tout. Il l'a écoutée jusqu'au bout. A peine, de temps en temps, lui a-t-il lancé un petit coup d'œil curieux, quand il croyait qu'elle ne le regardait pas. Enfin, il a soupiré en se levant :

— C'est malin...

Il l'a laissée là, dans un bureau, sans plus s'inquiéter d'elle, et il s'est enfermé pendant près d'une heure avec le juge d'instruction. Elle a entendu qu'ils donnaient des coups de téléphone. Puis une voix familière dans le couloir, celle de sa mère.

Enfin la porte s'est ouverte. Dans l'encadrement, Mme Barnavon, droite comme une tour, le visage sévère, les yeux rouges. Elle a dit simplement :

— C'est du propre !

Quant à Maurice, il a évité de regarder Annette. Il tournait le dos, feignant de contempler la rue.

— Tu as encore de la chance que ces messieurs essayent d'arranger ça... Viens...

C'est difficile d'être digne dans de pareilles conditions et, pourtant, Annette a l'impression qu'elle a été très digne. Elle s'est tournée vers le juge. Elle a déclaré d'une voix calme :

— Je vous remercie, monsieur le juge... Mais, vous savez, j'aurais préféré la prison...

Elle n'a pas dit au revoir à Maurice. En chemin, sa mère n'a pas desserré les dents.

— Monte dans ta chambre...

C'est tout. Sans doute faudra-t-il payer le manteau et la robe de chambre. Si c'est du lapin, ce ne sera pas trop cher. Si c'est vraiment du vison...

Qu'est-ce que ses parents et Bernard peuvent bien se raconter, en bas ?

Quant à Maurice, c'est un sans-cœur, c'est un... Il l'a traitée en petite fille... Il n'a pas paru ému le moins du monde... Sans doute est-il allé retrouver sa dame blonde et sont-ils occupés tous les deux à se moquer d'elle...

Elle sursaute. On a sonné. Ce n'est pas l'heure des visites. Elle entend le pas de la bonne dans le corridor, une voix, une voix qu'elle est sûre de reconnaître, celle de Maurice qu'on fait entrer au salon. Sa mère est capable de lui dire :

— Pour la punir, j'ai enfermé Annette dans sa chambre, dans l'obscurité.

Pourquoi pas au pain sec et à l'eau ? En quoi tout cela les regarde-t-il ? Et Bernard qui se mêle à leurs histoires ! C'est énervant d'entendre un murmure de voix, une sorte de bourdonnement continu, et de ne même pas deviner ce qui se dit ! Maurice doit être assis dans le grand fauteuil, celui qu'on donne toujours à l'invité. Est-ce qu'il tapote sa cigarette sur son étui ?

— Sale bête !... répète-t-elle. Mais attends !... Attends !...

Est-ce qu'elle pleure ? En tout cas, personne n'est là pour le voir. C'est vrai, ce qu'elle lui a dit tout à l'heure. C'est bien lui qui, le premier, l'a remarquée ! Quand il a prononcé la fameuse phrase, en face du Café de la Paix, elle s'est retournée vivement et leurs regards se sont croisés.

Maintenant, le lâche, il fait celui qui ne s'en souvient même pas !

Bon ! C'est déjà fini. La porte du salon s'ouvre. Les voix, dans le corridor, deviennent plus distinctes. Puis c'est la porte de la rue...

Sale bête ! Elle entend son pas, sur le trottoir, un pas rapide, guilleret... Parbleu ! il va la retrouver... Elle le questionnera ironiquement :

— Alors, cette petite sotte ?...

— Tu dors ? murmure une voix sur le palier.

Annette ne répond pas. Sa mère entre, l'aperçoit immobile dans l'obscurité.

— Pourquoi ne réponds-tu pas ?

— Parce que !

— M. Camage vient de sortir...

— Ah !

— Grâce à lui, tout est arrangé... Enfin, je veux dire que cette dame a retiré sa plainte...

Sa mère reste debout, éclairée par la lumière du palier.

— N'empêche que toute la ville est au courant et qu'on va nous montrer du doigt... Quand je pense que tu as été capable de faire une chose pareille... Comme je l'ai dit à ton père, c'est sa faute... C'est lui qui...

Elle serait bien étonnée si elle savait ce que pense sa fille à cet instant.

Elle pense, très exactement :

« Si je m'élançais en courant et si je bousculais un peu maman, est-ce que j'aurais des chances d'atteindre la porte de la rue avant que... »

— Tu ne dis rien ?

— Non, maman.

— Tu n'as pas honte ?

— Non, maman...

— Sais-tu que cela va peut-être nous coûter aussi cher que la maison que ton père voulait acheter à la campagne pour nos vieux jours ?

— Pauvre papa !

— Un expert fixera la valeur du manteau et nous devrons payer...

— C'est du lapin...

— Quant à toi, tu partiras dès demain matin...

Annette se fige. Elle se demande si elle a bien compris.

— Tu peux encore remercier le ciel de nous avoir envoyé un brave garçon comme Bernard... Il a compris la situation... Il est évident qu'après ce qui s'est passé, tu ne peux pas te montrer en ville... Il a déjà téléphoné à ses parents... Il te conduira chez eux, à Montpellier, où tu resteras un certain temps... Je me demande même... Enfin... J'aime mieux ne pas parler de ça dès à présent, mais il est certain que Bernard est un garçon tout ce qu'il y a de bien et que... Qu'est-ce que tu dis ?

— Rien, maman...

— Tu fais bien car, dans ta situation, on a juste le droit de ne rien dire... On a le droit de se taire, entends-tu ?

— Oui, maman...

— Couche-toi... Bonsoir... Essaie d'être prête demain à neuf heures...

Bernard est parti. La bonne est montée. On l'entend aller et venir dans sa chambre. M. et Mme Barnavon continuent, dans leur lit, la conversation commencée.

Quant à Annette, elle attend. Quand enfin tous les bruits se sont tus dans la maison, elle se dirige à tâtons vers la fenêtre et elle met un temps infini à l'ouvrir sans provoquer le moindre craquement.

La nuit est sombre. La chambre donne sur la cour. On devine des toits, les quelques arbres rabougris d'un jardin.

C'est dans ces moments-là qu'Annette est le plus calme. Elle est toujours calme, d'ailleurs. Elle décide quelque chose et elle le fait, simplement. Il y a deux ans, elle a décidé qu'elle épouserait Maurice. Tant pis pour lui si...

Le plus difficile, c'est d'atteindre la gouttière et, pendant quelques instants, Annette en a la respiration coupée. Si jamais le tuyau de descente dégringole...

Pauvre papa ! Pauvre Bon-Chien-Chien ! Quelle dégelée de reproches il doit prendre en ce moment ! Car c'est toujours sur lui que ça retombe.

— Tu ne sais pas élever ta fille ! Tu n'es pas assez sévère avec elle...

Surtout que si on était sévère avec Annette... Enfin ! Le tuyau a résisté. Annette a les mains un peu écorchées, mais ça ne fait rien.

Elle rentre dans la maison par la porte de la cour. Elle traverse le corridor et elle cherche son chapeau au portemanteau. Elle ne le trouve pas. Tant pis ! Avec ou sans chapeau...

Elle retire la chaîne, tourne doucement la clef dans la serrure. Ouf !... La rue est déserte... Annette se met à marcher, vite, toujours plus vite... Si jamais il était couché...

Cette fois-ci, c'est quitte ou double... Elle ne va pas pleurer. Elle ne va pas lui faire du sentiment... Non, elle va lui dire, comme on traite une affaire...

Au fait, que lui dira-t-elle ? Elle parle à mi-voix, chemin faisant :

— Réfléchissez bien à ce que vous allez répondre... Tout à l'heure il sera trop tard et vous le regretterez peut-être toute votre vie... Cette femme... Cette femme...

Comment n'a-t-il pas compris de lui-même que cette femme blonde et dodue n'est pas faite pour lui ?

— Surtout, ne croyez pas que je ne sache rien faire... Je ne prétends pas que je sois cuisinière, mais je suis capable... Quant à être dépensière, comme maman le prétend, la preuve que ce n'est pas vrai, c'est que mon tailleur d'été, qui fait pourtant de l'effet, ne m'est revenu qu'à cent soixante-quinze francs... Et encore, avec la garniture !

La sale bête !... Dire qu'il lui aurait suffi d'un mot... Pas même d'un mot, d'un geste, d'une toute petite émotion, d'un frémissement de sa lèvre... Est-ce qu'il se croit vraiment si fort ?

Une rue... Une autre... Ça y est ! Il y a encore de la lumière au rez-de-chaussée, de fines raies lumineuses entre les lattes des persiennes...

— Voilà ! Je suis venue pour vous dire...

Et puis zut ! Elle improvisera. Tant pis ! Elle sonne. Elle a l'impression que la sonnerie s'entend dans toute la rue. Elle regarde par la serrure. Le corridor n'est pas éclairé, mais il y a de la lumière à gauche, dans le cabinet de travail.

Est-ce qu'il aurait le culot de ne même pas venir ouvrir ? Faudra-t-il qu'elle sonne à nouveau ? Non, une porte s'ouvre, au fond, la porte de la cuisine. C'est la domestique qui tourne le commutateur. Par la serrure, Annette voit le portemanteau, le chapeau gris de Maurice... Il est onze heures et demie du soir...

— Pardon, madame... Voúlez-vous m'annoncer à M. Camage, s'il vous plaît ?

La bonne est ahurie.

— C'est que...

— Dites-lui que c'est une question de vie ou de mort...

Une phrase qui lui revient, qu'elle a entendue au cinéma. Cela fait bien. D'ailleurs, c'est tout à fait de circonstance.

— C'est que... répète la bonne... Je ne sais pas si...

Et elle lance un coup d'œil inquiet à la porte du cabinet de travail sous laquelle filtre de la lumière. Parbleu ! Maurice n'est pas seul ! On parle dans le cabinet ! *Elle est là !* Une voix de femme, cela ne peut être que *la sienne.*

— Et moi, Daisy, je vous répète que vous êtes...

Ça, c'est la voix de Maurice. Il doit être furieux, car il a élevé le ton. Que vous êtes quoi ?...

Dommage qu'elle n'entende pas la fin, que la bonne frappe à la porte, qu'elle en pousse le battant.

— Je demande pardon à monsieur... C'est une jeune fille qui dit comme ça...

— Ah ! non, j'en ai assez, à la fin... Répondez à cette jeune fille que...

— Mais, Maurice...

— Non ! Non et non...

Annette s'est avancée de deux pas et elle atteint ainsi la porte. Elle regarde de tous ses yeux. Maurice est vraiment furieux. Il a le teint animé. On sent que quelques instants auparavant il faisait les cent pas. Il y a une bouteille et des verres sur le bureau. La dame est assise dans un fauteuil de cuir.

— Ah ! vous voilà, vous !... Ainsi, vous trouvez que c'est une heure pour...

Au fond, c'est ainsi qu'Annette l'aime le mieux, quand il crie, quand il essaie d'être méchant. Elle a l'impression alors que ce serait si facile, si facile de le dresser... Tandis que quand il parle froidement, d'un air indifférent, comme tout à l'heure au Palais de Justice...

— Vous ne comprenez donc pas que c'est assez pour aujourd'hui et que je commence à...

— Je ne pensais pas vous déranger... Je venais simplement pour... pour...

Décidément, elle a la manie de se mettre dans des situations impossibles. Qu'est-ce qu'elle va bien pouvoir inventer ?

— Je venais pour vous dire adieu...

— Eh bien ! c'est très gentil, sauf que l'heure n'est pas trop bien choisie... Adieu, mademoiselle...

— Vous savez, vous ne... vous ne me reverrez plus...

C'est ridicule. Sa gorge, tout à coup, s'est gonflée. Les dernières syllabes passent à peine. Ses paupières picotent.

— Ad... ad...

— Un instant, mademoiselle...

Ah ! non, pas celle-là ! Car c'est la dame blonde qui la rappelle. Pour se moquer d'elle, sans doute ?

— Adieu.

Sa vue se trouble. Elle voit, en très flou, la haute silhouette de Maurice qui a l'air de ne pas trop savoir ce qu'il doit faire, son regard étonné...

Elle bouscule la bonne qui est toujours debout dans le corridor. La porte est restée ouverte.

Alors, Annette se met à courir.

Tant pis pour lui !

6

Le Tonnerre de Brest
ou Annette triche une dernière fois

Tant pis pour lui ! Tant pis pour eux ! Tant pis pour tous !

Tant pis pour le juge d'instruction qui n'a pas voulu la mettre en prison ! Tant pis pour sa mère qui l'a enfermée dans sa chambre comme une petite fille ! Tant pis pour ce mouton de Bernard qui a eu l'idée saugrenue de l'emmener à Montpellier...

Comme si... A Montpellier ! Pourquoi pas au Pôle Nord ?... Pendant que Maurice, lui... Et que cette odieuse femme blonde...

Elle est bien décidée à en finir et à se jeter dans le bassin.

Pendant cent mètres au moins, le temps d'atteindre le coin de la première rue, elle est absolument sincère et résolue à mourir.

Ce n'est qu'en arrivant au coin de cette rue qu'elle ralentit un peu sa course, pas beaucoup, juste de quoi faire moins de bruit et d'écouter... Elle voudrait savoir si on a refermé la porte derrière elle et si Maurice... Elle n'ose pas se retourner... Elle se rend compte que cela ferait mauvais effet...

On n'a pas refermé la porte... Elle l'aurait entendu... Un instant, l'angle de la rue tourné, elle s'arrête tout à fait, elle écoute et...

Allons ! Elle peut repartir de plus belle : il la suit !

C'est une chance, car, comme ça, elle n'aura probablement pas besoin de mourir. On ne la croira peut-être pas, mais elle y était bien décidée. Évidemment qu'à la dernière minute, elle aurait peut-être hésité...

Tout va bien... Elle marche vite... Il ne faut pas qu'il puisse la rattraper car cela risquerait de faire tout rater... Il est à cinquante, à quarante mètres derrière elle. Elle accélère son allure... Elle tourne à droite, puis à gauche... Elle s'engouffre sous la tour de la Grosse Horloge... Tiens ! Un agent de police qui, tout surpris, la regarde passer sans même penser à la poursuivre...

Le port... Des bateaux... La lune vient de se lever et l'eau est toute couverte d'écailles d'argent... Elle doit être glacée, cette eau trop calme...

— Annette !...

Tiens ! Il a appelé... Et c'est son nom qu'il a prononcé...

Quant à la dame blonde, qu'est-ce qu'elle peut faire pendant ce temps-là ? Ce n'est pas une femme à courir. Elle a les hanches trop épaisses, avec des bourrelets de graisse... Elle serait tout à fait ridicule... Est-elle restée à attendre dans la maison ?... Peut-être suit-elle plus lentement ?

Encore cinquante mètres... Courage, Annette... Tant pis si c'est froid... Pourvu... Chance ! Elle se souvient qu'elle a mis ses souliers de daim qui ne lui tiennent presque pas aux pieds... Avec ses chaussures à semelles crêpe, cela aurait été plus difficile de nager... Qui sait même...

Son père et sa mère sont-ils toujours en train de se disputer dans leur grand lit d'acajou ? Et ce pauvre Bernard... Il y a des gens qui ne doutent de rien... Il l'aurait emmenée, comme ça, tout naturellement...

— Papa, je te présente... Maman, je te présente...

Il aurait rougi. Il aurait laissé entendre que peut-être un jour...

Il n'a donc pas regardé Maurice ? Il ne s'est pas rendu compte de la différence ? Alors...

— Annette... Je vous ordonne...

Bon ! Voilà Maurice qui ordonne, à présent ! Si seulement elle pouvait se retourner ! Elle donnerait gros, le prix d'un manteau de vison, pour voir la tête qu'il fait en ce moment.

Est-ce qu'au moins il sait nager ?

Plus le temps de réfléchir... Elle frôle la catastrophe de près... Son pied a bien failli se prendre dans une amarre et alors elle s'étalait de tout son long sur le quai ; elle se faisait peut-être une bosse au front, elle saignait du nez... C'était la fin de tout...

A la dernière seconde, elle a évité l'amarre et...

— Ann...

Plouff... Elle n'entend plus rien que comme un glouglou d'eau dans ses oreilles... C'est moins froid qu'elle le craignait...

Et si Maurice ne sait pas nager ? S'il hésite à se jeter à l'eau ?...

Il y a des bateaux tout près... Ses cheveux collés à son visage l'empêchent de voir... Elle les écarte d'une main... Un nom, sur une coque, un nom dont elle se souviendra : *Tonnerre de Brest...*

Il ne faut pas qu'il s'aperçoive qu'elle nage... Elle contourne le *Tonnerre de Brest...* Quelque chose traîne sur l'eau, le filin qui retient le canot du bateau...

Ça va... On ne peut plus la voir de la berge... Elle saisit le filin... Elle reprend son souffle...

Plouff... C'est merveilleux ! Jamais, dans ses rêves les plus fous, elle n'a imaginé qu'elle vivrait une minute pareille... Il est dans l'eau... Il barbote. Elle entend sa respiration plus rauque.

— Ann... Annette. Où êtes-vous ?...

Du moment qu'il sait nager, il vaut mieux le laisser quelque temps dans le bain. Elle ne bouge pas. Elle est très bien ainsi, comme à la plage, quand on se repose sous le plongeoir.

— Annette... Où...

Encore quelques minutes, pour le punir. Il l'a bien mérité. Est-ce qu'il lui a tendu la perche, lui, l'après-midi, au Palais, quand elle avouait que...

Ces cheveux dans la figure... Cela doit faire moche... Elle ne pouvait quand même pas mettre un bonnet de bain...

— Annette...

Pauvre garçon ! Sa voix, maintenant, est vraiment anxieuse. On l'entend aller et venir, plonger, cracher l'eau...

Elle pense :

« Je compte jusqu'à dix et... Un... deux... trois... quatre... »

Non ! Il est trop inquiet. Elle n'attend pas dix. Elle pousse un cri inarticulé, elle lâche la corde et elle se laisse aller en arrière, comme une vraie noyée. Tant pis si elle boit la tasse. Il faut que cela ait l'air vrai.

— Annette... Maintenez-vous... Je...

Il l'a vue... Quelques brasses et il la saisit... Il est tellement ému qu'il la saisit d'abord par les cheveux et qu'il lui fait mal... Encore un peu et elle criait !

— Tenez-vous à moi... Je... je... Cramponnez-vous...

Tu parles, si je vais me cramponner ! Je l'ai attendue longtemps, cette minute, mais maintenant...

Elle garde les yeux fermés. Elle doit paraître très pâle sous les rayons de la lune... Sa petite main ne tient pas moins l'épaule de Maurice bien serrée...

— Cramponnez-vous...

Pour lui faire encore plus peur, elle laisse sa tête descendre un peu dans l'eau, pince les narines... Une vraie noyée...

Quant à lui, il cherche un moyen de remonter sur la berge. Il ignore où se trouve l'escalier de pierre. Il nage. Il tourne en rond. Il est impossible de grimper sur ce mur à pic.

Pourvu, Seigneur, qu'il n'appelle pas au secours ! Tout serait gâté...

— Cramponnez-vous... N'ayez pas peur...

Il vaut mieux entrouvrir les yeux un instant, lui souffler :

— Là... A gauche...

Elle connaît le port, elle ! On voit bien qu'il n'est pas de La Rochelle et qu'il n'a pas joué tout enfant sur les quais !

Il nage vers l'escalier. Il la pousse. Il la hisse avec précaution.

— Faites un effort... Essayez de...

Non ! Qu'il se débrouille ! C'est bien son tour ! Quant à elle, elle fait la morte, elle se laisse pousser, inerte, les yeux toujours clos. Les marches de l'escalier, à cause de la marée, sont recouvertes de mousse glissante et Maurice manque le pas, se cogne le genou sur la pierre et ne peut retenir un :

— Zut...

Elle a bien plus de peine encore, elle, à retenir un éclat de rire. Ce que cela peut être douillet, un homme ! Et gauche, à certains moments ! Il est là, debout, tout dégouttant d'eau, et il a l'air de chercher une inspiration autour de lui. Il s'agenouille. Il lui soulève la tête. Il appelle, très bas :

— Annette...

Il ajoute pour lui-même, entre ses dents :

— Pourvu qu'elle ne soit pas morte...

Si les filles pouvaient être là ! Le Café Français est tout près, la terrasse où la veille...

Ah ! tu faisais le fier en descendant de voiture avec ta blonde entre deux âges !

— Annette... Dites-moi quelque chose...

Il ne faut pas exagérer, car il serait capable d'appeler à l'aide. Elle bat des paupières. Elle entrouvre les yeux. Elle murmure :

— Où suis-je ?

— N'ayez pas peur... Vous êtes sauvée... Quand je pense que vous avez... que vous... que je...

Il lui tient toujours la tête.

— Vous n'avez pas mal ?...

Alors, malgré tout, elle ne peut s'empêcher de murmurer :

— Je suis bien...

Des pas. Une voix, dans l'ombre du quai.

— Maurice... Vous êtes là ?...

Bravo, Maurice ! Jamais tu n'as donné un tel plaisir à Annette. C'est comme ça qu'elle t'aime, en colère, surtout quand ce n'est pas contre elle, quand c'est contre cette affreuse dame blonde à qui tu cries :

— Encore vous ?... Ah ! non...

— Mais, Maurice... Qu'est-ce que... ?

Il a trouvé, enfin, le mot de la situation :

— Vous ne voyez donc pas que j'ai autre chose à faire ?

Et elle, avant de s'éloigner :

— C'est bien... Je n'insiste pas... J'ai compris...

Elle éprouve le besoin d'ajouter, acide :

— D'ailleurs, je m'en doutais...

Ils repassent, tous les deux, sous le mur de la Grosse Horloge et l'agent de faction regarde avec stupeur ces deux silhouettes ruisselantes.

Eux ne le voient même pas.

— Vous avez froid, n'est-ce pas ?

— Pas trop...

— Avant tout, nous allons passer chez moi et je vous ferai préparer un grog...

Alors, Annette, les grandes émotions passées, sent un malaise, comme un vide dans sa poitrine et elle réplique simplement :

— Je crois que j'ai surtout faim !

Encore quelques pas. Son front se barre d'une ride.

— Dites donc, Maurice... A votre idée...

Il s'attend à des paroles mémorables :

— C'est du lapin, n'est-ce pas ?

LA CHAMBRE BLEUE

— Je t'ai fait mal ?
— Non.
— Tu m'en veux ?
— Non.
C'était vrai. A ce moment-là, tout était vrai, puisqu'il vivait la scène à l'état brut, sans se poser de questions, sans essayer de comprendre, sans soupçonner qu'il y aurait un jour quelque chose à comprendre. Non seulement tout était vrai, mais tout était réel : lui, la chambre, Andrée qui restait étendue sur le lit dévasté, nue, les cuisses écartées, avec la tache sombre du sexe d'où sourdait un filet de sperme.
Était-il heureux ? Si on le lui avait demandé, il aurait répondu oui sans hésiter.
L'idée ne lui venait pas d'en vouloir à Andrée de lui avoir mordu la lèvre. Cela faisait partie d'un tout, comme le reste, et, debout, nu lui aussi, devant le miroir du lavabo, il tapotait sa lèvre avec la serviette imbibée d'eau fraîche.
— Ta femme va te poser des questions ?
— Je ne crois pas.
— Elle t'en pose parfois ?
Les mots n'avaient guère d'importance. Ils parlaient pour le plaisir, comme on parle après l'amour, le corps encore sensible, la tête un peu vide.
— Tu as un beau dos.
Quelques taches roses étoilaient la serviette et, dans la rue, un camion vide rebondissait sur les pavés. Des gens parlaient, à la terrasse. On distinguait des mots par-ci par-là, qui ne formaient pas des phrases et ne voulaient rien dire.
— Tu m'aimes, Tony ?
— Je crois...
Il plaisantait, mais sans sourire, à cause de sa lèvre inférieure qu'il tamponnait toujours avec le linge mouillé.
— Tu n'en es pas sûr ?
Il se retourna pour la regarder et cela lui fit plaisir d'apercevoir cette semence, qui était la sienne, si intimement mêlée au corps de sa compagne.
La chambre était bleue, d'un bleu de lessive, avait-il pensé un jour, un bleu qui lui rappelait son enfance, les petits sachets

d'étamine emplis de poudre bleue que sa mère diluait dans le baquet à lessive avant le dernier rinçage du linge, juste avant d'aller l'étendre sur l'herbe luisante du pré. Il devait avoir cinq ou six ans et il se demandait par quel miracle la couleur bleue pouvait rendre le linge blanc.

Plus tard, bien après la mort de sa mère dont le visage devenait déjà flou dans sa mémoire, il s'était demandé aussi pourquoi des gens aussi pauvres qu'eux, vêtus d'habits rapiécés, attachaient tant d'importance à la blancheur du linge.

Y pensait-il en ce moment ? Il ne le saurait que plus tard. Le bleu de la chambre n'était pas seulement le bleu de lessive, mais aussi le bleu du ciel par certains chauds après-midi d'août, un peu avant que le soleil déclinant le teinte de rose, puis de rouge.

On était en août. Le 2 août. L'après-midi était avancé. A cinq heures, des nuages dorés, d'une légèreté de crème fouettée, commençaient à monter au-dessus de la gare dont la façade blanche restait dans l'ombre.

— Tu pourrais passer toute ta vie avec moi ?

Il n'avait pas conscience d'enregistrer les mots. Pas plus que les images ou les odeurs. Comment aurait-il deviné que cette scène, il la revivrait dix fois, vingt fois, davantage encore, chaque fois dans un état d'esprit différent, chaque fois vue d'un autre angle ?

Pendant des mois, il s'efforcerait de retrouver le moindre détail, pas toujours de son plein gré, mais parce que d'autres l'y obligeraient.

Le professeur Bigot, par exemple, le psychiatre désigné par le juge d'instruction, insisterait, attentif à ses réflexes :

— Elle vous mordait souvent ?

— C'est arrivé.

— Combien de fois ?

— Nous ne nous sommes retrouvés, en tout, que huit fois à l'Hôtel des Voyageurs.

— Huit fois en un an ?

— En onze mois... Oui, onze, puisque tout a commencé en septembre...

— Combien de fois vous a-t-elle mordu ?

— Peut-être trois ou quatre.

— Pendant l'acte ?

— Je crois... Oui...

Oui... Non... Aujourd'hui, en fait, cela s'était passé après, alors que, détaché d'elle, il restait sur le flanc, à la regarder à travers ses cils mi-joints. La lumière qui les enveloppait tous les deux l'enchantait.

L'air était chaud, dehors, sur la place de la Gare, chaud aussi, d'une chaleur vivante, qui semblait respirer, dans la chambre que le soleil frappait en plein.

Il n'avait pas fermé complètement les volets, laissant entre eux une fente d'une vingtaine de centimètres, de sorte que, par la fenêtre ouverte, ils entendaient les bruits de la petite ville, les uns confus, formant comme un chœur lointain, les autres proches et distincts, bien détachés, les voix des clients de la terrasse, par exemple.

Tout à l'heure, pendant qu'ils se livraient sauvagement à l'amour, ces bruits les atteignaient, formaient un tout avec leurs corps, leur salive, leur sueur, le blanc du ventre d'Andrée et le ton plus coloré de sa peau à lui, le rais de lumière en forme de losange qui coupait la chambre en deux, le bleu des murs, un reflet mobile sur le miroir et l'odeur de l'hôtel, une odeur restée campagnarde, celle du vin et des alcools servis dans la première salle, du ragoût qui mijotait dans la cuisine, du matelas enfin, au crin végétal un peu moisi.

— Tu es beau, Tony.

Elle le lui répétait à chaque rencontre, toujours au moment où elle restait étendue et où il allait et venait dans la chambre, fouillant la poche de son pantalon jeté sur une chaise à fond de paille pour y prendre ses cigarettes.

— Tu saignes encore ?

— C'est presque fini.

— Que lui répondras-tu, si elle te questionne ?

Il haussait les épaules, ne comprenait pas qu'elle se tracasse. Pour lui, dans l'immédiat, rien n'avait d'importance. Il se sentait bien, en harmonie avec l'univers.

— Je lui dirai que je me suis cogné... A mon pare-brise, par exemple, en freinant trop brutalement...

Il allumait sa cigarette qui avait un goût particulier. Quand il reconstituerait cette entrevue, il se souviendrait d'une autre odeur, celle des trains, qu'on parvenait à isoler des autres. Un train de marchandises manœuvrait derrière les bâtiments de la petite vitesse et la locomotive lançait parfois de brefs coups de sifflet.

Le professeur Bigot, qui était roux, petit et maigre, avec d'épais sourcils en bataille, insisterait :

— L'idée ne vous est pas venue qu'elle le faisait exprès de vous mordre ?

— Pourquoi ?

Plus tard, maître Demarié, son avocat, reviendrait à charge.

— Je pense qu'on pourrait tirer parti de ces morsures...

Encore une fois, comment y aurait-il pensé alors qu'il n'était occupé qu'à vivre ? Pensait-il à quoi que ce fût ? Si oui, c'était à son insu. Il répondait à Andrée sans réfléchir, du bout des lèvres, sur un ton léger, enjoué, persuadé que les mots qu'il lançait ainsi n'avaient aucun poids, à plus forte raison qu'ils n'allaient pas se graver dans l'espace.

Un après-midi, au cours de leur troisième ou quatrième rendez-vous, après lui avoir dit qu'il était beau, Andrée avait ajouté :

— Tu es si beau que j'aimerais faire l'amour avec toi devant tout le monde, en pleine place de la Gare...

Il avait ri, sans pourtant être très surpris. Il ne lui déplaisait pas, lorsqu'ils s'étreignaient, de garder un certain contact avec le monde extérieur, avec les bruits, les voix, la vibration de la lumière et jusqu'aux pas sur le trottoir, aux chocs de verres sur les guéridons de la terrasse.

Un jour, une fanfare était passée et ils s'étaient amusés à rythmer leurs mouvements sur la musique. Une autre fois, quand un orage avait éclaté, Andrée avait tenu à ce qu'il ouvre tout grands la fenêtre et les volets.

N'était-ce pas un jeu ? En tout cas, il n'y avait pas vu malice. Elle était nue, couchée en travers du lit dans une pose volontairement impudique. Elle le faisait exprès, la porte de la chambre à peine franchie, de se montrer aussi impudique que possible.

Il lui arrivait, alors qu'ils venaient de se dévêtir, de murmurer avec une fausse innocence qui n'essayait pas de le tromper et qui faisait partie du jeu :

— J'ai soif. Tu n'as pas soif, toi ?

— Non.

— Tu auras soif tout à l'heure. Sonne donc Françoise et commande à boire...

Françoise, la servante, avait une trentaine d'années et servait dans les cafés ou les hôtels depuis l'âge de quinze ans, de sorte qu'elle ne s'étonnait de rien.

— Oui, monsieur Tony ?

Elle disait monsieur Tony, car il était le frère de son patron, Vincent Falcone, dont le nom était peint sur la devanture et dont on entendait la voix sur la terrasse.

— Vous ne vous êtes pas demandé si elle n'agissait pas ainsi dans un but déterminé ?

Ce qu'il était en train de vivre, une demi-heure, pas même, quelques minutes de son existence, serait décomposé en images, en sons détachés, passé à la loupe, non seulement par les autres mais par lui.

Andrée était grande. Sur le lit, cela n'apparaissait pas, mais elle avait trois ou quatre centimètres de plus que lui. Elle avait, bien que du pays, les cheveux bruns, presque noirs, d'une Méridionale ou d'une Italienne, qui tranchaient sur une peau blanche et lisse chatoyant sous la lumière. Son corps était un peu lourd, ses formes pleines, et sa chair, surtout les seins et les cuisses, avaient une fermeté onctueuse.

A trente-trois ans, il avait connu de nombreuses femmes. Aucune ne lui avait donné autant de plaisir qu'elle, un plaisir total, animal, sans arrière-pensées, auquel ne succédait ni dégoût, ni gêne, ni lassitude.

Au contraire ! Après deux heures passées à obtenir le maximum de jouissance de leurs deux corps, ils restaient nus l'un et l'autre, prolongeant leur intimité charnelle, savourant l'harmonie établie, non seulement entre eux, mais avec tout ce qui les entourait.

Tout comptait. Tout avait sa place dans un univers vibrant, même la mouche posée sur le ventre d'Andrée, que celle-ci observait avec un sourire repu.

— C'est vrai que tu pourrais passer toute ta vie avec moi ?

— Bien sûr...

— Si sûr que ça ? Tu n'aurais pas un peu peur ?

— Peur de quoi ?

— Tu imagines ce que seraient nos journées ?

Ces mots-là aussi reviendraient, si légers aujourd'hui, si menaçants dans quelques mois.

— On finirait par s'habituer, murmurait-il sans réfléchir.

— A quoi ?

— A nous deux.

Il était pur, innocent. Seule comptait l'heure présente. Un mâle vigoureux, une chaude femelle venaient de se saouler d'eux-mêmes et, si Tony en restait endolori, c'était un endolorissement sain et savoureux.

— Tiens ! Voilà le train...

Ce n'était pas lui qui avait parlé. C'était son frère, dehors. Les mots n'en avaient pas moins frappé Tony qui, machinalement, se dirigeait vers la fenêtre, vers la fente de lumière ardente entre les volets.

Pouvait-on le voir du dehors ? Il ne s'en souciait pas. Sans doute que non, car, de l'extérieur, la chambre devait paraître obscure et, comme ils étaient au premier étage, on ne découvrait que son torse.

— Quand je pense au nombre d'années que j'ai perdues par ta faute...

— Ma faute ? répétait-il gaiement.

— Qui est-ce qui est parti ? Moi ?

Dès l'âge de six ans, ils allaient à l'école ensemble. Il avait fallu attendre qu'ils aient passé la trentaine et qu'ils fussent mariés chacun de son côté...

— Réponds sérieusement, Tony... Si je devenais libre...

Écoutait-il ? Le train, invisible derrière le bâtiment blanc de la gare, s'était arrêté et des voyageurs commençaient à sortir par la porte de droite où un employé en uniforme collectait les billets.

— Tu te rendrais libre aussi ?

Avant de repartir, la locomotive sifflait si fort qu'il n'entendait rien d'autre.

— Tu dis ?

— Je te demande si, dans ce cas-là...

Il avait tourné à moitié la tête vers le bleu de la chambre, le blanc du lit et du corps d'Andrée, mais une image, à la limite de son champ visuel, le faisait regarder à nouveau dehors. Parmi les silhouettes anonymes, les hommes, les femmes, un bébé dans les bras de sa mère, une fillette qu'on traînait par la main, il venait de reconnaître un visage.

— Ton mari...

D'une seconde à l'autre, Tony avait changé d'expression.

— Nicolas ?

— Oui...

— Où est-il ?... Qu'est-ce qu'il fait ?...

— Il traverse la place...

— Il vient ici ?

— Tout droit...

— Quel air a-t-il ?

— Je ne sais pas. Il tourne le dos au soleil...

— Où vas-tu ?

Car il ramassait ses vêtements, son linge, ses chaussures.

— Il ne faut pas que je reste ici... Du moment qu'il ne nous trouve pas ensemble...

Il ne la regardait plus, ne se préoccupait plus d'elle, de son corps ni de ce qu'elle pouvait dire ou penser. Pris de panique, il jetait un dernier coup d'œil par la fenêtre et se précipitait hors de la chambre.

Si Nicolas était venu à Triant par le train alors que sa femme s'y trouvait, c'était pour une raison sérieuse.

Dans l'escalier aux marches usées, l'ombre était plus fraîche et Tony, ses vêtements sur le bras, montait un étage, trouvait, au fond du couloir, une porte entrouverte, Françoise, en robe noire et tablier blanc, qui changeait les draps d'un lit. Elle le regarda de la tête aux pieds et commença par rire.

— Vous, alors, monsieur Tony !... Vous vous êtes disputés ?...

— Chut...

— Que se passe-t-il ?...

— Son mari...

— Il vous a surpris ?

— Pas encore... Il se dirige vers l'hôtel...

Il se rhabillait fébrilement, l'oreille tendue, s'attendant à reconnaître le pas mou de Nicolas dans l'escalier.

— Va voir ce qu'il fait et reviens vite me le dire...

Il avait de l'affection pour Françoise, une fille drue, solide, aux yeux rieurs, et elle la lui rendait.

La moitié du plafond était en pente, le papier peint semé de fleurs roses et un crucifix noir était accroché au-dessus du lit de noyer. Dans la chambre bleue aussi un crucifix, plus petit, était suspendu au-dessus de la cheminée.

Il n'avait pas de cravate et son veston était resté dans la voiture. Les précautions qu'ils s'imposaient depuis près d'un an, Andrée et lui, s'avéraient soudain utiles.

Quand ils se retrouvaient à l'Hôtel des Voyageurs, Tony laissait sa camionnette rue des Saules, une vieille rue calme parallèle à la rue Gambetta, tandis qu'Andrée garait sa 2 CV grise place du Marché, à plus de trois cents mètres.

Par la fenêtre mansardée, il découvrait la cour de l'hôtel avec, dans le fond, les écuries où picoraient des poules. Tous les mois, le troisième lundi, une foire aux bestiaux se tenait en face des bâtiments de la petite vitesse et de nombreux paysans des environs venaient encore à Triant en carriole.

Françoise remontait sans presser le pas.

— Alors ?

— Il est assis à la terrasse et il vient de commander une limonade.

— Quel air a-t-il ?

Il posait à peu près les mêmes questions qu'Andrée tout à l'heure.

— Il n'a pas d'air.

— Il a demandé après sa femme ?

— Non. Mais, d'où il est, il peut surveiller les deux sorties.

— Mon frère ne t'a rien dit ?

— Que vous filiez par-derrière, en traversant la cour du garage voisin.

Il connaissait le chemin. En sautant, dans la cour, un mur d'un mètre cinquante, il se trouvait derrière le garage Chéron, dont les pompes s'alignaient place de la Gare et, de là, une venelle conduisait rue des Saules, débouchant entre une pharmacie et la boulangerie Patin.

— Tu ne sais pas ce qu'elle fait ?

— Non.

— Tu as entendu du bruit dans la chambre ?

— Je n'ai pas écouté.

Françoise n'aimait guère Andrée, peut-être parce qu'elle avait une certaine inclination pour lui et qu'elle était jalouse.

— Il vaut mieux que vous ne passiez pas par le rez-de-chaussée, des fois qu'il se rendrait aux toilettes...

Il imaginait Nicolas, le teint bilieux, le visage toujours triste ou maussade, attablé à la terrasse devant une limonade, alors qu'il aurait dû se trouver derrière le comptoir de son épicerie. Sans doute avait-il appelé sa mère pour qu'elle prenne sa place pendant le voyage à Triant ? Quelle raison lui avait-il donnée de ce déplacement inusité ? Que savait-il ? Qui l'avait renseigné ?

— Vous n'avez jamais pensé, monsieur Falcone, à la possibilité d'une lettre anonyme ?

La question était posée par M. Diem, le juge d'instruction que sa timidité rendait si déroutant.

— Personne, à Saint-Justin, n'était au courant de notre liaison. A Triant non plus, à part mon frère, ma belle-sœur et Françoise. Nous prenions nos précautions. Elle entrait par la petite porte de la rue Gambetta, qui s'ouvre au pied de l'escalier, ce qui lui permettait de monter dans la chambre sans passer par le café.

— Bien entendu, vous êtes sûr de votre frère ?

Il ne pouvait que sourire à une telle question. Son frère, c'était comme lui-même.

— De votre belle-sœur aussi ?

Lucia l'aimait presque autant qu'elle aimait Vincent, d'une autre manière, évidemment. Elle était, comme eux, d'origine italienne, et la famille passait avant tout.

— La servante ?

Même si elle était amoureuse de Tony, Françoise n'aurait jamais envoyé une lettre anonyme.

— Il reste quelqu'un... devait murmurer M. Diem en détournant la tête, tandis que le soleil se jouait dans ses cheveux un peu fous.

— Qui ?

— Vous ne voyez pas ? Rappelez-vous les phrases que vous m'avez répétées lors de votre dernier interrogatoire. Voulez-vous que le greffier les relise ?

Il rougissait, secouait la tête.

— Ce n'est pas possible qu'Andrée...

— Pourquoi ?

Mais c'était encore loin. Dans l'immédiat, il descendait l'escalier derrière Françoise, s'efforçant de ne pas faire craquer les marches. L'Hôtel des Voyageurs datait du temps des diligences. Tony s'arrêtait un instant devant la chambre bleue d'où aucun son ne lui parvint. Fallait-il en déduire qu'Andrée, toujours nue, restait étendue sur le lit ?

Françoise l'entraînait au fond du couloir qui formait un coude, désignait une petite fenêtre ouverte sur le toit en pente d'une remise.

— Il y a un tas de paille, à droite. Vous ne risquez rien en sautant...

Les poules caquetèrent quand il prit pied dans la cour et, l'instant d'après, il franchissait le mur du fond, se trouvait dans un fouillis de vieilles voitures et de pièces détachées. Un pompiste en blanc faisait le plein d'une auto devant la station et ne se retourna pas.

Tony se faufila, trouva la ruelle qui sentait l'eau croupie, puis, plus loin, le pain chaud, car un soupirail ouvrait sur le fournil du boulanger.

Enfin, rue des Saules, il s'installait au volant de sa camionnette qui portait en lettres noires sur fond citron :

Antoine Falcone
Tracteurs — Machines Agricoles
Saint-Justin-du-Loup

Un quart d'heure plus tôt, il se sentait en paix avec le monde entier. Comment définir le malaise qui s'était emparé de lui ? Ce n'était pas de la peur. Aucun soupçon ne l'avait effleuré.

— Cela ne vous a pas troublé de le voir sortir de la gare ?

Oui... Non... Un peu, à cause du caractère et des habitudes de Nicolas, de sa santé dont il était si soucieux.

Il contournait Triant pour rejoindre, sans passer place de la Gare, la route de Saint-Justin. Près d'un pont enjambant l'Orneau, toute une famille pêchait à la ligne, y compris une petite fille de six ans qui venait de tirer un poisson de l'eau et qui ne savait comment le décrocher. Sûrement des Parisiens. L'été, on en voyait partout ; il y en avait chez son frère aussi et, de la chambre bleue, tout à l'heure, il avait reconnu leur accent à la terrasse.

La route traversait des champs où on avait fait les blés quinze jours plus tôt, des vignes, des prés où paissaient les vaches de la région, couleur fauve, au museau presque noir.

Saint-Séverin, à trois kilomètres, n'était qu'une courte rue, quelques fermes parsemées à l'entour. Puis il vit, à droite, le petit bois qu'on appelait le bois de Sarelle, à cause du hameau de ce nom qu'il cachait.

C'était ici, à quelques mètres du chemin non goudronné, qu'en septembre de l'année précédente tout avait commencé.

— Racontez-moi le commencement de votre liaison...

Le brigadier de gendarmerie de Triant, d'abord, puis le lieutenant, puis un inspecteur de la police judiciaire de Poitiers lui avaient posé les mêmes questions avant qu'on en arrive au juge Diem, au psychiatre maigre, à son avocat, maître Demarié, pour finir un jour par le président des assises.

Les mêmes mots revenaient au cours des semaines et des mois, prononcés par d'autres voix, dans de nouveaux décors, tandis que s'écoulaient le printemps, l'été, puis l'automne.

— Le vrai commencement ? Nous nous connaissions à l'âge de trois ans, puisque nous habitions le même village, et nous sommes allés à l'école, puis nous avons fait notre première communion ensemble...

— Je parle de vos relations sexuelles avec Andrée Despierre... En aviez-vous avant ?

— Avant quoi ?

— Avant qu'elle épouse votre ami.

— Nicolas n'était pas mon ami.

— Mettons votre camarade ou, si vous préférez, votre condisciple.

Elle s'appelait Formier à l'époque et habitait le château avec sa mère...

Ce n'était pas un vrai château. Il en avait existé un, jadis, à cet emplacement, tout contre l'église, mais il n'en restait qu'une partie des communs. Depuis peut-être un siècle et demi, sans doute depuis la Révolution, on continuait à dire le château.

— Vous est-il arrivé, avant son mariage...

— Non, monsieur le juge.

— Pas même un flirt ? Vous ne l'aviez pas embrassée ?

— L'idée ne m'en serait pas venue.

— Pourquoi ?

Il faillit répondre :

— Parce qu'elle était trop grande.

Et c'était vrai. Il n'avait jamais associé à l'amour cette grande fille impassible qui lui faisait penser à une statue.

En outre, elle était Mlle Formier, la fille du docteur Formier, mort en déportation. L'explication était-elle suffisante ? Il n'en trouvait pas d'autre. Ils ne se situaient pas sur un même plan, elle et lui.

Quand ils sortaient de l'école, le cartable sur le dos, elle n'avait que la cour à traverser pour rentrer chez elle, au cœur du village, cependant qu'avec deux camarades il prenait le chemin de La Boisselle, un hameau de trois feux, près du pont de l'Orneau.

— Lorsque, voilà quatre ans, vous êtes revenu à Saint-Justin, marié et père de famille, et que vous y avez fait construire votre maison, avez-vous repris contact avec elle ?

— Elle avait épousé Nicolas et tenait l'épicerie avec lui. Il m'est arrivé d'y entrer pour un achat, mais c'était le plus souvent ma femme qui...

— Dites-moi maintenant comment cela a commencé.

A l'endroit où il passait, justement, en bordure du bois de Sarelle. Ce n'était pas un jour de foire à Triant, ni un jour de grand marché. Le grand marché se tient tous les lundis, le petit marché le vendredi. Il s'y rendait régulièrement, car c'était une occasion de rencontrer sa clientèle.

Nicolas ne conduisait pas, à cause de ses crises, le juge le savait. C'était Andrée qui, chaque jeudi, allait à Triant avec la 2 CV pour faire ses achats dans les maisons de gros et de demi-gros.

Une fois sur deux, elle restait en ville toute la journée, car elle en profitait pour se rendre chez le coiffeur.

— Il a dû vous arriver souvent, en quatre ans, de la rencontrer ?

— Un certain nombre de fois, oui. A Triant, on rencontre toujours des gens de Saint-Justin.

— Vous vous adressiez la parole ?

— Je la saluais.

— De loin ?

— De loin, de près, cela dépendait...

— Il n'y avait pas d'autres contacts entre vous ?

— Il a dû m'arriver de lui demander comment allait son mari, ou comment elle allait.

— Sans avoir aucune vue sur elle ?

— Pardon ?

— Il découle de l'enquête qu'au cours de vos allées et venues professionnelles vous vous offriez un certain nombre d'aventures féminines.

— Cela m'est arrivé comme à tout le monde.

— Souvent ?

— Chaque fois que l'occasion s'est présentée.

— Entre autres avec Françoise, la servante de votre frère ?

— Une fois. En riant. C'était plutôt une plaisanterie.

— Que voulez-vous dire ?

— Elle m'avait défié, je ne sais plus à quel propos, et, un jour que je l'ai rencontrée dans l'escalier...

— Cela s'est passé dans l'escalier ?

— Oui.

Pourquoi le regardait-on tantôt comme un monstre cynique et tantôt comme un phénomène de candeur ?

— Nous n'avons pris ça au sérieux ni l'un ni l'autre.

— Vous n'en avez pas moins eu des rapports ?

— Bien sûr.

— L'envie ne vous est jamais venue de recommencer ?

— Non.

— Pourquoi ?

— Peut-être parce que, tout de suite après, il y a eu Andrée.

— La servante de votre frère ne vous en a pas gardé rancune ?

— Pour quelle raison ?

Combien la vie est différente quand on la vit et quand on l'épluche après coup ! Il finissait par se laisser troubler par les sentiments qu'on lui supposait, par ne plus reconnaître le vrai du faux, par se demander où finissait le bien et où commençait le mal.

Cette rencontre de septembre, par exemple ! Un jeudi, selon toutes probabilités, puisque Andrée était allée à Triant. Elle avait dû être retardée, chez le coiffeur ou ailleurs, car elle rentrait plus tard que d'habitude, alors que la nuit tombait.

Quant à lui, il s'était vu obligé de boire plusieurs verres de vin du pays avec des clients. Il buvait le moins possible, mais son métier ne lui permettait pas toujours de refuser une tournée.

Il était gai, léger, comme tout à l'heure dans la chambre bleue quand il se tenait debout, tout nu, devant le miroir et qu'il étanchait le sang de sa lèvre.

Il venait d'allumer ses phares dans le crépuscule quand il avait aperçu la 2 CV grise d'Andrée au bord de la route, Andrée elle-même, vêtue de clair, qui lui faisait signe de s'arrêter.

Tout naturellement, il avait freiné.

— C'est une chance que tu passes, Tony...

On lui demanderait plus tard, comme si c'était une charge contre lui :

— Vous vous tutoyiez déjà ?

— Depuis l'école, bien sûr.

— Continuez.

Qu'est-ce que le juge pouvait bien noter sur la feuille dactylographiée posée devant lui ?

— Elle m'a dit :

» — Pour une fois que j'ai laissé le cric à la maison, par manque de place, il faut que j'aie une crevaison... Tu as un cric, toi ?

Il n'avait pas eu besoin de retirer son veston, car il faisait encore chaud et il n'en portait pas. Il se souvenait que sa chemise à col ouvert avait des manches courtes et que son pantalon était en coutil bleu.

Que pouvait-il faire, sinon démonter la roue ?

— Tu en as une de rechange ?

Pendant qu'il travaillait, la nuit tombait tout à fait et Andrée, debout près de lui, lui passait les outils.

— Tu vas arriver en retard pour ton dîner.

— Tu sais, avec mon métier, ce n'est pas rare.

— Ta femme ne te dit rien ?

— Elle sait que ce n'est pas ma faute.

— Tu l'as rencontrée à Paris ?

— A Poitiers.

— Elle est de Poitiers ?

— D'un village des environs. Elle travaillait en ville.

— Tu aimes les blondes ?

Gisèle était blonde, avec une peau fine, diaphane, qui se colorait de rose à la moindre émotion.

— Je ne sais pas. Je n'y ai jamais réfléchi.

— Je me demandais si les brunes te faisaient peur.

— Pourquoi ?

— Parce que, jadis, tu as embrassé à peu près toutes les filles du village, sauf moi.

— Je n'y ai sans doute pas pensé.

Il plaisantait, s'essuyait les mains avec son mouchoir.

— Tu veux essayer, une fois, de m'embrasser ?

Il l'avait regardée avec étonnement, tenté de répéter son :

— Pourquoi ?

Il la distinguait mal dans l'obscurité.

— Tu veux ? avait-elle répété d'une voix qu'il avait à peine reconnue.

Il se souvenait des petites lumières rouges à l'arrière de la voiture, de l'odeur des châtaigniers, puis de l'odeur, du goût de la bouche d'Andrée. Les lèvres collées aux siennes, elle lui saisissait la main et la dirigeait vers son sein, qu'il était surpris de trouver si rond, si lourd, si vivant.

Lui qui l'avait prise pour une statue !

Un camion approchait et, pour échapper à ses phares, ils reculaient, toujours rivés l'un à l'autre, vers le bas-côté où se dressaient les premiers arbres. Là, soudain, Andrée était prise d'un tremblement comme il n'en avait jamais connu chez une partenaire, et elle répétait en l'entraînant de tout son poids :

— Tu veux ?

Ils s'étaient retrouvés par terre, dans les hautes herbes, dans les orties.

Il ne le dit ni aux policiers, ni au juge. Le professeur Bigot, seul, le psychiatre, lui arracha peu à peu la vérité : c'était elle qui s'était troussée jusqu'au ventre, qui avait fait jaillir ses seins du corsage, qui lui avait commandé d'une voix de gorge ressemblant à un râle :

— Baise-moi, Tony !

En fait, c'était elle qui l'avait possédé et ses yeux exprimaient autant le triomphe que la passion.

— Je ne m'étais pas douté qu'elle était ainsi.

— Que voulez-vous dire ?

— Je la prenais pour une fille froide, hautaine, comme sa mère.

— Elle n'a manifesté aucun embarras, après ?

Elle lui avait dit, étendue dans l'herbe, sans bouger, les jambes écartées, comme cet après-midi dans la chambre d'hôtel :

— Merci, Tony.

Elle paraissait le penser. Elle se montrait humble, presque petite fille.

— J'en ai envie depuis si longtemps, vois-tu ! Depuis l'école. Tu te souviens de Linette Pichat, celle qui louchait et après qui tu n'en as pas moins couru pendant des mois ?

Elle était à présent institutrice en Vendée et venait chaque année passer les vacances chez ses parents.

— Je vous ai surpris ensemble, une fois. Tu devais avoir quatorze ans.

— Derrière la briqueterie ?

— Tu ne l'as pas oublié ?

Il avait ri.

— Je ne l'ai pas oublié parce que c'était la première fois.

— Elle aussi ?

— Je n'en sais rien. Je n'avais pas assez d'expérience pour m'en rendre compte.

— Je l'ai haïe ! Pendant des mois, le soir, dans mon lit, je me demandais comment je pourrais bien la faire souffrir.

— Tu as trouvé ?

— Non. Je me suis contentée de prier pour qu'elle tombe malade ou pour qu'un accident la défigure.

— Nous ferions mieux de rentrer à Saint-Justin.

— Encore un instant, Tony. Non ! Ne te lève pas. Il faut trouver un moyen de nous revoir ailleurs qu'au bord de la route. Je vais à Triant chaque jeudi.

— Je sais.

— Peut-être que ton frère...

Le juge devait conclure :

— En somme, dès ce soir-là, tout était arrangé ?

Il était difficile de savoir s'il parlait ou non avec ironie.

Le 2 août, le juge n'existait pas encore dans la vie de Tony. Il rentrait chez lui. La nuit n'était pas tombée, comme en septembre. Le ciel commençait seulement à rougeoyer à l'ouest et il dut suivre longtemps un troupeau de vaches avant de parvenir à le dépasser.

Un village dans un creux de terrain : Doncœur. Puis une côte douce, des champs encore, des prés, un vaste ciel, et, après un dos-d'âne, la vue de sa maison toute neuve, en briques roses, avec un reflet de soleil dans une vitre, sa fille Marianne assise sur le seuil et derrière, au bout du terrain, le hangar argenté où son nom s'étalait comme sur la camionnette et où étaient rangées les machines agricoles.

Marianne, de loin, avait reconnu l'auto et, se tournant vers la porte, elle devait annoncer :

— C'est pap !

Elle refusait de dire papa comme les autres enfants et il lui arrivait, par jeu, peut-être aussi parce qu'elle était jalouse de sa mère, de l'appeler Tony.

2

Sa maison se dressait à gauche à mi-pente, entourée du jardin, séparée par un pré de la maison des sœurs Molard, vieille et grise, au toit d'ardoises ; puis il y avait la forge et enfin, cent mètres plus bas, le village avec de vraies rues, des façades qui se touchaient, des petits cafés, des boutiques. Les gens du pays n'aimaient pas le mot village et disaient le bourg, un gros bourg de seize cents habitants sans compter les trois hameaux qui s'y rattachaient.

— Tu t'es battu, pap ?

Il avait oublié la morsure d'Andrée.

— Ta lèvre est tout enflée.

— Je me suis cogné.

— A quoi ?

— A un poteau, dans la rue, à Triant. Voilà ce qui arrive quand on oublie de regarder devant soi.

— Maman ! Pap s'est cogné à un poteau...

Sa femme sortit de la cuisine, en tablier à petits carreaux, une casserole à la main.

— C'est vrai, Tony ?

— Ce n'est rien, tu vois.

La mère et la fille se ressemblaient au point qu'il lui arrivait, quand elles étaient côte à côte, d'en ressentir une certaine gêne.

— Tu n'as pas eu trop chaud ?

— Pas trop. Il faut maintenant que je finisse un travail au bureau.

— On pourra manger à six heures et demie ?

— Je l'espère.

Ils dînaient de bonne heure à cause de Marianne qu'on mettait au lit à huit heures. Elle aussi portait un tablier à petits carreaux bleus. Elle venait de perdre deux dents de lait, sur le devant, et ces deux trous lui donnaient une expression presque pathétique. On aurait dit que, pour quelques semaines, elle était à la fois une enfant et une petite vieille.

— Je peux venir, pap ? Je te promets de ne pas faire de bruit.

Le bureau, avec ses cartons verts et ses piles de prospectus sur des rayonnages en bois blanc, donnait sur la route et Tony était anxieux de voir passer la 2 CV.

A côté se trouvait ce que l'architecte appelait la salle de séjour, la plus grande pièce de la maison, conçue à la fois comme salle à manger et comme salon.

Dès la première semaine, on avait découvert que ce n'était pas pratique, pour Gisèle, d'aller et venir avec les plats, de quitter la table pour surveiller ses casseroles, et on avait fini par manger dans la cuisine.

Elle était grande et gaie. L'arrière-cuisine servait pour la lessive et le repassage. Tout était bien conçu, d'une propreté remarquable, sans jamais de désordre.

— Votre femme, à ce que vous me dites, est une excellente ménagère ?

— Oui, monsieur le juge.

— C'est pour cela que vous l'avez épousée ?

— Quand je l'ai épousée, je l'ignorais.

Il y eut trois stades, en réalité, sinon quatre. Le premier à Saint-Justin, dans sa maison, quand le brigadier de gendarmerie, puis le lieutenant, le harcelaient de questions auxquelles il ne comprenait rien. Ensuite, le tour était venu de l'inspecteur Mani qui, à Poitiers, citait des dates, confrontait les heures, reconstituait ses allées et venues.

Sa façon de penser ne les intéressait pas, surtout les gendarmes, ou plutôt ils ne s'étonnaient de rien, parce que leur vie privée était assez semblable à la sienne.

Avec le juge Diem, puis avec le psychiatre, même avec son avocat, tout allait changer. Lorsqu'il comparaissait devant le juge d'instruction, par exemple, Tony sortait de la prison, de la voiture cellulaire qui ne tarderait pas à le reconduire, tandis que le magistrat rentrerait déjeuner ou dîner chez lui.

C'était Diem qui le troublait le plus, peut-être parce qu'ils avaient à peu près le même âge. Le juge était son cadet d'un an et s'était marié dix-huit mois plus tôt. Sa femme venait d'avoir son premier bébé. Le père du juge, qui n'avait pas de fortune, travaillait comme chef de bureau à la Sécurité Sociale, et Diem avait épousé une dactylo. Ils habitaient un appartement modeste, trois pièces et cuisine, dans le quartier neuf.

N'auraient-ils pas dû se comprendre ?

— De quoi, exactement, aviez-vous peur ce soir-là ?

Que répondre ? De tout. De rien en particulier. Nicolas n'avait pas pris le train et confié la boutique à sa mère sans une raison grave. Il ne s'était pas rendu à Triant rien que pour s'asseoir devant un guéridon à la terrasse de l'Hôtel des Voyageurs et pour y boire une limonade.

Quand Tony était parti, Andrée était toujours nue, sur le lit de la chambre bleue, et ne manifestait pas l'intention d'en bouger.

— Considériez-vous Nicolas comme un violent ?

— Non.

C'était néanmoins un malade qui, depuis son enfance, vivait replié sur lui-même.

— Vous êtes-vous demandé, à Triant, s'il était armé ?

Il n'y avait pas pensé.

— Vous craigniez pour votre ménage ?

Ils ne parvenaient pas, Diem et lui, à se placer sur le même terrain, à employer des mots ayant un sens identique pour les deux. Il subsistait toujours comme un décalage.

Il feignait de travailler, une pile de factures devant lui, un crayon à la main, traçant parfois, à côté d'un chiffre, une croix inutile, pour la vraisemblance.

Sa fille, assise à ses pieds, jouait avec une petite auto à laquelle il manquait une roue. Il voyait la route, à une vingtaine de mètres, au-delà de la pelouse et de la barrière blanche, puis, au bas d'un pré, l'arrière des maisons du village, les cours, les jardinets où les dahlias étaient en fleur. Quelque part, le jaune et le cœur noir d'un énorme soleil tranchaient sur la grisaille d'un mur, près d'un tonneau.

En rentrant, il avait machinalement regardé le réveil qui marquait six heures moins le quart. A six heures vingt, Gisèle vint lui demander :

— Je peux servir comme d'habitude ?

— Peut-être un peu plus tard. Je voudrais finir avant de dîner.

— J'ai faim, pap !

— Ce ne sera pas long, mon petit. Si je suis en retard, tu te mettras à table avec maman.

C'est vers ce moment-là qu'il se sentit pris d'une panique qu'il n'avait pas ressentie tout à l'heure, quand, ses vêtements à la main, il se réfugiait au second étage de l'hôtel. Une angoisse physique, un spasme dans la poitrine, une soudaine fébrilité qui le força à se lever et à se camper devant la fenêtre.

Quand il alluma une cigarette, sa main tremblait. Ses jambes devenaient molles.

Pressentiment ? Il en parla au psychiatre, ou plutôt le professeur Bigot l'amena à en parler.

— Cela ne vous était jamais arrivé avant ?

— Non. Pas même quand un miracle m'a fait sortir indemne d'un accident d'auto. Et pourtant, cette fois-là, en me retrouvant, sans une égratignure, assis dans un champ, je me suis mis à pleurer.

— Vous aviez peur de Nicolas ?

— Il m'a toujours impressionné.

— Déjà à l'école ?

Par bonheur, alors que l'aiguille du réveil ne marquait pas encore tout à fait la demie, la 2 CV apparut au sommet de la côte. Elle passa devant la maison, Andrée au volant, son mari à côté d'elle, et ni elle ni lui n'eurent un regard dans sa direction.

— Quand tu voudras, Gisèle.

— Alors, à table. Va te laver les mains, Marianne.

Ils avaient commencé à dîner comme les autres soirs : la soupe, une omelette au jambon, de la salade, un camembert et des abricots pour dessert.

Sous les fenêtres s'étendait le potager dont ils prenaient soin tous les deux, sa femme et lui, et où Marianne, accroupie, passait des heures à arracher les mauvaises herbes.

Les haricots grimpants avaient atteint le sommet des perches. Derrière le treillage du poulailler picoraient une quinzaine de poules blanches, des Leghorn, et on devinait les lapins dans l'ombre du clapier.

En apparence, la journée s'achevait comme n'importe quelle journée d'été. Un air tiède pénétrait par la fenêtre ouverte, avec parfois une vague plus fraîche. Le maréchal-ferrant, le gros Didier, battait encore son enclume. La nature était calme et se figeait lentement pour la nuit.

Les questions du professeur Bigot étaient presque toujours inattendues.

— Aviez-vous, dès ce soir-là, l'impression de l'avoir perdue ?

— Qui ? Andrée ?

Il était surpris, car il n'y avait pas pensé.

— Vous viviez, depuis onze mois, ce qu'il n'est pas exagéré d'appeler une grande passion...

Ce mot-là ne lui était pas venu à l'esprit. Il désirait Andrée. Après quelques jours sans elle, il était obsédé par le souvenir des heures tumultueuses et brûlantes qu'ils avaient vécues, par le souvenir de son odeur, de ses seins, de son ventre, de son impudicité. Il lui arrivait, couché à côté de Gisèle, de passer des heures sans trouver le sommeil, assailli par des rêves fantastiques.

— Que dirais-tu d'aller au cinéma ?

— Quel jour sommes-nous ?

— Jeudi.

Gisèle s'étonnait un peu. En général, ils allaient au cinéma une fois par semaine, à Triant, qui n'était qu'à douze kilomètres.

Les autres soirs, Tony travaillait dans son bureau pendant que sa femme faisait la vaisselle puis venait coudre ou ravauder des chaussettes près de lui. Ils s'interrompaient parfois l'un et l'autre pour échanger quelques phrases, presque toujours au sujet de Marianne qui, en octobre, entrerait à l'école.

Plus rarement, ils s'asseyaient dehors, le dos à la maison, à regarder la nuit tomber, les toits gris et les toits rouges sous la lune, la masse sombre des arbres dont le feuillage bruissait à peine.

— Qu'est-ce qu'on joue ?

— Un film américain. J'ai vu l'affiche, mais je ne me souviens pas du titre.

— Si tu en as envie. Je vais prévenir les Molard.

Quand ils s'absentaient le soir, une ou les deux sœurs Molard venaient veiller sur Marianne. L'aînée, Léonore, avait trente-sept ou trente-huit ans ; Marthe était un peu plus jeune. En réalité, elles n'avaient d'âge ni l'une ni l'autre et elles deviendraient des vieilles filles sans qu'on s'en aperçoive.

Toutes les deux avaient le visage rond, lunaire, aux traits comme gommés, et elles portaient les mêmes robes, les mêmes manteaux, les mêmes chapeaux, comme cela arrive aux jumelles.

Souvent elles étaient les seules fidèles à la messe de sept heures, où elles communiaient chaque matin, et elles ne manquaient ni les vêpres ni le salut. C'étaient elles qui aidaient l'abbé Louvette à entretenir l'église, fleurissaient les autels, prenaient soin du cimetière, elles aussi qui veillaient les agonisants et faisaient la toilette des morts.

Elles étaient couturières et on pouvait les voir, en passant devant chez elles, travailler derrière la fenêtre où sommeillait un gros chat café au lait.

Marianne ne les aimait pas.

— Elles sentent mauvais, disait-elle.

C'était vrai qu'elles répandaient une odeur particulière, à la fois celle qu'on respire dans les magasins de tissus et l'odeur des églises, avec, en plus, un relent de chambre de malade.

— Elles sont laides !

— Si elles n'étaient pas là pour te garder, tu resterais seule à la maison.

— Je n'ai pas peur.

Gisèle souriait, d'un sourire bien à elle, très mince, qui étirait à peine ses lèvres, comme si elle s'efforçait de le garder à l'intérieur.

— Vous mettez cette attitude sur le compte de la discrétion ?

— Oui, monsieur le juge.

— Qu'entendez-vous par là ? La faculté de garder un secret ?

Encore les mots !

— Ce n'est pas ce que j'ai en tête. Elle n'aimait pas qu'on la remarque. Elle craignait de prendre trop de place, de déranger les gens, de leur demander un service.

— Elle était déjà ainsi jeune fille ?

— Je crois. Par exemple, en sortant du cinéma ou d'un bal, elle n'aurait pas avoué qu'elle avait soif, afin de ne pas m'occasionner une dépense.

— Elle avait des amies ?

— Une seule, une voisine plus âgée qu'elle avec qui elle faisait de longues promenades.

— Qu'est-ce qui vous a séduit en elle ?

— Je ne sais pas. Je ne me le suis pas demandé.

— Elle vous paraissait rassurante ?

Tony regardait fixement le visage du juge en s'efforçant de comprendre.

— J'ai pensé qu'elle ferait...

Il cherchait en vain le mot.

— Une bonne épouse ?

Ce n'était pas tout à fait cela, mais il se résignait à dire oui.

— Vous l'aimiez ?

Et, comme il se taisait :

— Vous aviez envie de coucher avec elle ? Vous l'avez fait avant votre mariage ?

— Non.

— Vous ne la désiriez pas ?

Sans doute que si, puisqu'il l'avait épousée.

— Et elle ? Pensez-vous qu'elle vous aimait ou qu'elle était intéressée par le mariage en lui-même ?

— Je ne sais pas. Je crois...

Qu'est-ce que le juge aurait répondu s'il lui avait posé la même question ? Ils formaient un bon ménage, voilà tout. Gisèle était propre, active, effacée, exactement à sa place dans la maison neuve.

Il était content, le soir, de rentrer chez lui et, jusqu'à Andrée, il n'avait pas eu de véritables aventures, même s'il lui arrivait de profiter d'une occasion.

— Vous prétendez que l'idée de divorcer ne vous est jamais venue ?

— C'est la vérité.

— Au cours des derniers mois non plus ?

— A aucun moment.

— Pourtant, vous avez dit à votre maîtresse...

Alors, tout à coup, il haussait le ton, frappait même du poing, sans s'en apercevoir, sur le bureau du petit juge.

— Mais, voyons, je n'ai jamais rien dit réellement ! C'était elle qui parlait ! Elle était nue sur le lit. J'étais nu devant la glace : nous venions, tous les deux... Enfin, vous le savez aussi bien que moi. A ces moments-là, on ne se préoccupe pas des mots. J'entendais à peine ce qu'elle disait. Tenez, pendant un bon moment, j'ai suivi des yeux une abeille...

L'image de l'abeille lui revenait soudain : il avait même ouvert les volets plus largement pour lui permettre de sortir.

— Je hochais la tête. Je faisais oui ou non en pensant à autre chose.

— A quoi, par exemple ?

C'était trop décourageant. Il avait hâte de se retrouver dans son casier de la voiture cellulaire où on ne lui demandait rien.

— Je ne sais pas.

Gisèle avait couru prévenir les demoiselles Molard pendant qu'il mettait Marianne au lit puis que, comme chaque fois qu'il avait retrouvé Andrée à Triant, il prenait une douche et changeait de linge. Il y avait trois chambres et une salle de bains au premier étage.

— Si nous avons d'autres enfants, nous pourrons coucher les garçons dans une chambre et les filles dans l'autre, avait dit Gisèle, à l'époque où on discutait les plans.

Après six ans, ils n'avaient toujours que Marianne et la troisième chambre n'avait servi qu'une fois, quand les parents de Gisèle étaient venus passer des vacances à Saint-Justin.

Ils habitaient Montsartois, à six kilomètres de Poitiers. Germain Coutet, ouvrier plombier, était un homme lourd, charpenté en gorille, la face rougeaude et la voix sonore, dont les phrases commençaient par :

— J'ai toujours dit...

— Moi, je prétends...

Dès le premier jour, on l'avait senti jaloux de son gendre, du bureau clair et bien rangé, de la cuisine moderne et surtout du hangar argenté où étaient rangées les machines.

— Moi, je continue à croire qu'un ouvrier a tort de se mettre à son compte...

Il entamait sa première bouteille de vin rouge à huit heures du matin et n'arrêtait pas de boire de la journée. On le retrouvait dans tous les bistrots du village et, du dehors, on entendait sa voix tonitruante. S'il n'était jamais ivre, il devenait plus catégorique, voire agressif, à mesure que le soir approchait.

— Qui est-ce qui va à la pêche chaque dimanche ? Est-ce toi ou moi ? Bon ! Et d'un ! Qui est-ce qui a trois semaines de congés payés ? Et qui n'a pas besoin, après journée, de se casser la tête avec des chiffres ?

Sa femme, grasse et passive, le ventre en avant, évitait de le contrarier. Cela expliquait-il le caractère effacé de Gisèle ?

Des escarmouches s'étaient produites, à la fin de leur séjour, et les Coutet ne venaient plus en vacances à Saint-Justin.

Non seulement Gisèle avait eu le temps, après avoir averti les sœurs Molard, de ranger la vaisselle, mais elle s'était changée. Elle remuait à peine l'air autour d'elle, ne donnait jamais l'impression de se dépêcher et son travail se faisait comme par enchantement.

Un dernier bonsoir à Marianne, dans la pénombre tiède de la chambre. Les demoiselles Molard, en bas, étaient déjà penchées sur leur couture.

— Amusez-vous bien.

Tout cela était familier ; on vivait sans s'en rendre compte, tant la scène s'était répétée de fois.

Le moteur tourna. Côte à côte à l'avant de la camionnette, ils laissaient derrière eux le village où quelqu'un s'attardait à bêcher son jardin tandis que la plupart, assis sur une chaise devant leur maison, profitaient de la fraîcheur du soir, sans rien dire, quelques-uns écoutant la radio qui résonnait, derrière eux, dans une pièce vide.

Ils roulèrent d'abord en silence, chacun suivant son idée.

— Dis-moi, Tony...

Comme elle ne continuait pas tout de suite, il se demanda, avec un pincement au cœur, ce qui allait suivre.

— Tu ne trouves pas que, depuis quelque temps, Marianne est pâlotte ?

Leur fille avait toujours été maigre, avec de longs bras et de longues jambes, et elle n'avait jamais eu de couleurs.

— J'en ai parlé tout à l'heure au docteur Riquet, que j'ai rencontré en sortant de l'épicerie...

N'avait-elle pas été surprise de l'absence de Nicolas qui s'était fait remplacer par sa mère derrière le comptoir ? Ne s'était-elle pas posé des questions ?

— Comme il dit, nous avons le bon air, mais les enfants ont besoin de changement. Il nous conseille, quand nous le pourrons, l'année prochaine, par exemple, de la conduire à la mer.

Il fut le premier étonné de la rapidité de sa décision.

— Pourquoi pas cette année ? ripostait-il.

Elle n'osait pas y croire. Depuis leur installation à Saint-Justin, ils ne s'étaient pas offert de vacances car l'été était la saison la plus active de Tony. Ils avaient acheté le terrain avec leurs économies, mais ils en avaient pour plusieurs années à payer la maison et le hangar.

— Tu crois que c'est possible ?

Une seule fois, la première année de leur mariage, alors qu'ils habitaient encore Poitiers, ils avaient passé quinze jours aux Sables-d'Olonne, louant une chambre meublée chez une vieille femme et Gisèle préparant les repas sur un réchaud à alcool.

— Nous sommes déjà en août. Je crains qu'on ne trouve plus rien de libre.

— Nous irons à l'hôtel. Tu te souviens de cet hôtel, tout au bout de la plage, un peu avant le bois de pins ?

— Les Roches Grises. Non ! Les Roches Noires !

Ils y avaient dîné un soir, d'une sole énorme, pour fêter l'anniversaire de Gisèle, et le muscadet l'avait rendue un peu grise.

Tony était heureux de sa décision. Ainsi, il coupait les ponts, pour un temps, avec Andrée et Nicolas.

— Quand as-tu l'intention...

— Je te le dirai tout à l'heure.

Il avait besoin, avant de fixer une date et d'être tout à fait sûr de leur départ, d'un entretien avec son frère. C'est pour voir Vincent, en fait, qu'il emmenait sa femme au cinéma. Il passa devant l'Hôtel des Voyageurs sans s'arrêter, prit la rue Gambetta où il trouva une place à quelques mètres de l'Olympia. On reconnaissait, sur les trottoirs, à leur mise, à leur façon de marcher, de regarder les vitrines éclairées, les Parisiens et les gens du pays.

Ils prenaient toujours les mêmes places, au balcon. A l'entracte, après les actualités, le documentaire et un dessin animé, il proposa :

— Si nous allions boire un verre de bière chez Vincent ?

Les tables de la terrasse étaient presque toutes occupées. Françoise leur en trouva une de libre, l'essuya de la serviette qu'elle tenait à la main.

— Deux bières, Françoise. Mon frère est là ?

— Au comptoir, monsieur Tony.

Dans le café, où la lumière paraissait jaune, des hommes jouaient aux cartes, des habitués que Tony avait vus cent fois dans le même coin, avec les mêmes clients pour les regarder et pour commenter les coups.

— Alors ?

Son frère lui répondit en italien. C'était rare, car, nés en France, ils n'avaient parlé cette langue qu'avec leur mère, qui n'avait jamais pu apprendre le français.

— Je ne sais pas au juste ce qui s'est passé. J'ai l'impression que tout va bien. Il était là, à la terrasse...

— Je sais. Je le voyais d'en haut.

— Dix minutes après ton départ, elle est descendue, sereine, comme si de rien n'était, et a traversé le café en me lançant :

» — Vous remercierez votre femme pour moi, Vincent...

» Elle parlait assez haut pour que son mari l'entende. Elle est sortie du même pas, son sac à la main. Au moment de tourner le coin de la rue Gambetta, elle a paru s'apercevoir soudain de la présence de Nicolas.

» — Toi ! Qu'est-ce que tu fais ici ?

» Elle s'est assise en face de lui et je n'ai pas entendu le reste de leur conversation.

— Ils avaient l'air de se disputer ?

— Non. A certain moment, elle a ouvert son sac pour se remettre tranquillement de la poudre et du rouge à lèvres.

— Comment était-il ?

— Avec lui, c'est difficile à dire. Tu l'as parfois vu rire, toi ? A mon idée, elle s'en est tirée mais, si j'étais à ta place... Gisèle est ici ?

— A la terrasse.

Vincent alla lui dire bonsoir. L'air était doux, le ciel haut. Un express franchit la gare sans s'arrêter ni ralentir. Rue Gambetta, Gisèle posa la main sur le bras de son mari comme elle en avait l'habitude lorsqu'ils se promenaient.

— Ton frère est satisfait de ses affaires ?

— La saison est bonne. Les touristes sont plus nombreux chaque année.

Vincent n'avait pas eu à racheter l'immeuble, mais seulement le fonds de commerce, car le propriétaire, qui tenait l'hôtel avant lui et qui s'était retiré à La Ciotat, ne voulait pas vendre.

Partis d'où ils étaient partis, les deux frères s'étaient bien débrouillés et avaient déjà parcouru un bon bout de chemin.

— Tu as vu Lucia ?

— Non. Elle devait être dans la cuisine. Je n'ai pas eu le temps d'aller l'embrasser.

Il ressentait une gêne indéfinissable, et ce n'était pas la première fois. Gisèle n'ignorait pas sa présence, l'après-midi, à Triant. Or, elle ne lui demandait pas s'il était passé chez son frère.

A certains moments, il aurait préféré qu'elle lui pose des questions, fussent-elles embarrassantes. Était-ce vraisemblable qu'elle se désintéresse de sa vie en dehors de la maison alors qu'en fin de mois elle l'aidait dans ses écritures et qu'elle était par conséquent au courant de ses affaires ?

Avait-elle des soupçons et préférait-elle les garder pour elle ?

Ils pressaient le pas, car ils entendaient la sonnerie du cinéma et des spectateurs sortaient en hâte du petit bar d'à côté.

Ce n'est qu'au retour, dans l'obscurité de la voiture dont les phares faisaient surgir des paysages en noir et blanc comme ceux du film, qu'il prononça soudain :

— Nous sommes jeudi.

Rien que ce mot-là le faisait rougir. N'évoquait-il pas la chambre bleue, le corps pulpeux d'Andrée, ses cuisses écartées, le sexe sombre qui perdait lentement la semence ?

— Nous pourrions partir samedi. Je téléphonerai demain aux Roches Noires. S'ils ont deux chambres libres, ou même une, dans laquelle on ajouterait un petit lit pour Marianne...

— C'est possible de quitter tes affaires ?

— Au besoin, je ferai un saut ici une fois ou deux.

Il se sentait délivré, se rendant seulement compte du danger auquel il avait échappé.

— Nous resterons là-bas deux semaines, à paresser tous les trois sur la plage.

Il débordait tout à coup de tendresse pour sa fille et s'en voulait de ne pas avoir remarqué sa pâleur. Il avait des torts envers sa femme aussi, mais c'était plus théorique. Par exemple, il aurait été incapable d'arrêter la voiture au bord de la route, de prendre Gisèle dans ses bras, de presser son visage contre le sien en murmurant :

— Je t'aime, tu sais !

Pourtant, cette idée lui passait par la tête. C'était arrivé souvent. Jamais il ne l'avait fait. De quoi avait-il honte ? N'aurait-il pas eu l'air d'un coupable qui demande pardon ?

Il avait besoin d'elle. Marianne aussi avait besoin de sa mère. Et il les avait reniées toutes les deux quand Andrée lui avait posé ses questions. Certes, il les écoutait d'une oreille distraite en se tamponnant la lèvre avec la serviette humide. Elles ne lui en revenaient pas moins avec une netteté gênante et il retrouvait même comme le poids des silences.

— Tu as un beau dos.

C'était ridicule. L'idée ne viendrait pas à Gisèle de s'extasier sur son dos ou sur ses pectoraux.

— Tu m'aimes, Tony ?

Dans la chambre surchauffée qui sentait le sexe, cela sonnait naturellement, alors que, dans le calme de la nuit où le moteur ronronnait, les mots, les intonations devenaient irréels. Il avait cru malin de répondre du bout des lèvres :

— Je crois.

— Tu n'en es pas sûr ?

Pensait-il jouer un jeu ? Ignorait-il que, pour elle, ce n'en était certainement pas un ?

— Tu pourrais passer toute ta vie avec moi ?

Cette question, elle l'avait formulée deux fois en l'espace de quelques minutes. Ne l'avait-il pas entendue déjà au cours de leurs précédentes rencontres dans la même chambre ?

Il avait répondu :

— Bien sûr !

Il jonglait, l'esprit et le corps légers. Elle sentait si bien que les mots ne venaient pas du fond de sa conscience qu'elle insistait :

— Tu en es si sûr que ça ? Tu n'aurais pas peur ?

Imbécile qu'il était de répliquer, l'œil malin :

— Peur de quoi ?

Le dialogue entier lui revenait mot pour mot.

— Tu imagines ce que seraient nos journées ?

Elle n'avait pas dit les nuits, mais les journées, comme si son intention était de passer tout leur temps au lit.

— On finirait par s'habituer.

— A quoi ?

— A nous deux.

Et c'était Gisèle qui se trouvait dans l'ombre à côté de lui, regardant le même tronçon de route, les mêmes arbres, les mêmes poteaux jaillir de l'obscurité pour basculer aussitôt dans le néant. Il était tenté de lui prendre la main, n'osait pas.

Il l'avouerait un jour au professeur Bigot, qui préférait le visiter dans sa cellule qu'à l'infirmerie de la prison. Bien que le gardien lui apportât une chaise, il s'asseyait au bord du lit.

— Si je comprends bien, vous aimiez votre femme ?

Tony écartait les mains pour répondre tout bêtement :

— Oui.

— Seulement, vous ne trouviez pas le contact avec elle...

Il n'avait pas soupçonné que la vie pût être si compliquée. Qu'est-ce que le psychiatre entendait exactement par contact ? Ils vivaient comme tous les ménages, non ?

— Pourquoi, après Marianne, n'avez-vous pas eu d'autres enfants ?

— Je ne sais pas.

— Vous n'en désiriez plus ?

Au contraire ! Il en aurait voulu six, il en aurait voulu douze, plein d'enfants dans la maison, comme en Italie. Quant à Gisèle, elle parlait de trois, deux garçons et une fille, et ils ne faisaient rien pour les éviter.

— Vous aviez de fréquents rapports sexuels avec votre femme ?

— Surtout au début.

Il était franc, n'essayait pas de cacher quoi que ce soit. Il s'était pris au jeu et mettait autant d'acharnement à comprendre que ses interlocuteurs successifs.

— Pendant sa grossesse, bien entendu, il y a eu une période...

— C'est alors que vous avez pris l'habitude de voir d'autres femmes ?

— Je l'aurais fait de toute façon.

— C'est un besoin ?

— Je ne sais pas. Tous les hommes sont comme ça, non ?

Le professeur Bigot avait une cinquantaine d'années, un grand fils qui étudiait à Paris, une fille récemment mariée à un hématologue qu'elle aidait dans ses travaux de laboratoire.

Le psychiatre, peu soigné, portait des vêtements lâches, fripés, avec souvent un bouton qui pendait, et il se mouchait à chaque instant comme s'il était affligé d'un rhume perpétuel.

Comment lui faire comprendre ce retour dans la nuit ? Il ne s'était rien passé de mémorable. Gisèle et lui n'avaient pas échangé plus de vingt phrases. A ce moment-là, il était convaincu qu'elle ne savait rien, rien de la scène de l'après-midi, en tout cas, probablement rien de ses rapports avec Andrée, même si elle avait eu vent de quelques autres frasques.

C'est cependant en parcourant ces douze kilomètres qu'il s'était senti le plus près d'elle, le plus uni à elle. Il avait failli lui dire :

— J'ai besoin de toi, Gisèle.

Besoin de la sentir avec lui. Besoin qu'elle ait confiance en lui.

— Quand je pense au nombre d'années que j'ai perdues par ta faute.

Ce n'était pas la voix de sa femme, mais celle d'Andrée, un peu rauque, venant du fond de la gorge qui se gonflait. Elle lui reprochait d'être parti, à seize ans, d'avoir quitté le village pour apprendre un métier ailleurs.

Il s'était rendu à Paris et avait travaillé dans un garage jusqu'à son service militaire. Il ne s'était jamais préoccupé d'elle. Pour lui, c'était une fille trop grande qui habitait le château et dont le père était un héros du pays.

Une fille hautaine et froide. Une statue.

— Pourquoi ris-tu ?

Car il riait, dans l'auto, ou plutôt ricanait.

— Je pensais au film.

— Tu l'as trouvé bon ?

— Comme tous les films.

Une statue qui s'animait drôlement et qui lui demandait en regardant très loin :

— Dis-moi, Tony ? Si je devenais libre ?

Chacun savait que Nicolas était malade et ne ferait pas de vieux os, mais de là à en parler presque au passé ! Il avait feint de ne pas entendre.

— Tu te rendrais libre aussi ?

La locomotive avait sifflé furieusement.

— Tu dis ?

— Je te demande si, dans ce cas-là...

Qu'aurait-il répondu si, dans la foule qui sortait de la gare et traversait la place, il n'avait reconnu Nicolas ?

Il y avait de la lumière, chez eux, au rez-de-chaussée. Les sœurs Molard, qui ne manquaient pas de regarder l'heure, avaient dû ranger leurs travaux de couture et se tenaient prêtes à partir car, d'habitude, elles se couchaient à neuf heures, parfois plus tôt.

— Je rentre la voiture.

Elle en descendait, contournait la maison pour y pénétrer par la cuisine, cependant qu'il conduisait la camionnette dans le hangar argenté, près des monstres mécaniques peints en jaune et en rouge vif.

Quand il atteignit la maison, les deux demoiselles franchissaient le portail.

— Bonne nuit, Tony.

— Bonne nuit.

Gisèle regardait autour d'elle pour s'assurer que rien ne traînait.

— Tu ne veux pas boire ? Tu n'as pas faim ?

— Merci.

Il se demanderait plus tard si, à ce moment précis, elle n'attendait pas un geste, un mot de lui. Était-ce possible qu'elle ait eu l'intuition d'une menace qui pesait sur eux ?

D'habitude, lorsqu'ils rentraient du cinéma, elle montait tout de suite pour écouter si Marianne respirait.

— Je sais que c'est ridicule, lui avait-elle avoué un soir. Cela ne m'arrive que hors de la maison. Quand j'y suis, il me semble que je la protège.

Elle avait corrigé :

— Que nous la protégeons. Dès que je m'éloigne, elle me paraît si vulnérable !

Elle se penchait réellement sur sa fille, anxieuse, jusqu'à ce qu'elle perçoive son souffle régulier.

Il ne trouva rien à dire. Ils se déshabillèrent face à face, comme chaque soir. Depuis sa maternité, Gisèle avait pris des hanches, mais le reste du corps restait maigre et ses seins pâles étaient abîmés.

Comment faire comprendre aux autres qu'il l'aimait, alors que ce soir-là, pris d'un besoin de s'épancher, il n'avait pas été capable de le lui faire comprendre à elle ?

— Bonne nuit, Tony.

— Bonne nuit, Gisèle.

C'était elle qui éteignait la lampe de chevet, placée de son côté, parce qu'elle se levait la première et qu'en hiver il faisait encore noir.

N'hésita-t-elle pas un instant à couper le contact ? Il retint sa respiration.

Clic !

3

Il n'était pas d'un tempérament nerveux, ils lui firent passer assez de tests, à Poitiers, pour le savoir, d'abord le médecin de la prison, le psychiatre, puis cette étrange femme aux yeux de romanichelle, docteur en psychologie, qu'il trouvait tantôt comique et tantôt effrayante.

Ils avaient plutôt tendance à s'étonner de son calme, sinon à le lui reprocher, et quelqu'un, aux assises, l'avocat général ou le représentant de la partie civile, qualifierait ce calme de cynique et d'agressif.

C'était exact qu'en général il restait maître de lui, plus enclin à attendre les événements, en se tenant sur ses gardes, qu'à se porter en avant.

Les deux semaines aux Sables-d'Olonne n'avaient-elles pas été des semaines heureuses ? Heureuses et un peu tristes, avec de soudaines poussées d'anxiété qui n'échappaient pas toujours à sa femme ni à sa fille.

Ils menaient l'existence de la plupart des estivants, prenaient leur petit déjeuner à la terrasse, Marianne déjà en maillot de bain rouge, et, dès neuf heures, gagnaient tous les trois la plage où ils n'avaient pas tardé à se constituer comme un espace réservé.

Deux jours avaient suffi pour créer des habitudes, des rites, pour connaître leurs voisins dans la salle à manger des Roches Noires, sourire au vieux monsieur et à la vieille dame de la table d'en face qui adressaient des signes affectueux à Marianne que la barbe de l'homme fascinait.

— S'il penche encore un peu la tête, sa barbe trempera dans sa soupe.

Chaque soir elle l'épiait, persuadée que cela se produirait un jour.

Les mêmes gens, matin et après-midi, prenaient place sous les parasols autour d'eux, la dame blonde qui s'enduisait longuement le corps d'huile et qui, étendue sur le ventre, les bretelles de son maillot descendues, lisait toute la journée, les gamins mal élevés des Parisiens, qui tiraient la langue à Marianne et qui, dans l'eau, la bousculaient...

Gisèle, déroutée par son désœuvrement, tricotait un chandail bleu ciel que leur fille porterait pour son entrée à l'école, et ses lèvres remuaient tandis qu'elle comptait les points.

L'idée de ces vacances aux Sables ne s'avérait-elle pas une fausse bonne idée ? Il jouait avec Marianne, lui apprenait à nager, de l'eau jusqu'au ventre, la main sous son menton. Il avait essayé d'apprendre à sa femme aussi mais, dès qu'elle perdait pied, elle s'affolait, battait des mains, se raccrochait à lui. Une fois qu'une vague inattendue l'avait submergée, elle lui avait lancé un regard où il avait cru lire de la peur. Pas la peur de la mer. La peur de lui.

Pendant des heures, il se montrait calme, détendu, jouait au ballon, marchait avec Marianne jusqu'au bout de la jetée. Ils se promenèrent tous ensemble dans les rues étroites de la ville, visitèrent la cathédrale, photographièrent les bateaux de pêche dans le bassin, les Sablaises en jupe plissée et en sabots vernis à la criée au poisson.

Ils étaient peut-être dix mille à mener la même existence et, quand un orage éclatait, à ramasser leurs affaires pour se précipiter vers les hôtels et les cafés.

Pourquoi, par moments, devenait-il comme absent ? Se reprochait-il de ne pas être à Saint-Justin, où Andrée lui faisait peut-être en vain le signal ?

— A propos de ce signal, monsieur Falcone...

Après quelques semaines de Poitiers, il mélangeait les questions du juge Diem et celles du psychiatre. Il leur arrivait de dire la même chose, avec des mots différents, dans un autre contexte. Ne se concertaient-ils pas entre les interrogatoires et n'espéraient-ils pas qu'il finirait par se contredire ?

— Quand avez-vous décidé de ce signal, votre maîtresse et vous ?

— Le premier soir.

— Vous voulez dire en septembre, sur le bas-côté de la route ?

— Oui.

— Qui en a eu l'idée ?

— Elle. Je vous l'ai déjà dit. Elle voulait que nous nous retrouvions ailleurs qu'à l'orée d'un bois et elle a tout de suite pensé à l'hôtel de mon frère.

— Et à la serviette ?

— Elle a d'abord suggéré de placer une marchandise déterminée dans un coin d'une des vitrines.

Il y avait deux vitrines, bourrées d'articles d'épicerie, de pièces de coton, de tabliers, de galoches. Le magasin des Despierre se trouvait dans la rue principale, à deux pas de l'église, et on ne pouvait traverser le bourg sans passer devant.

L'intérieur était sombre, les deux comptoirs encombrés de marchandises et il y avait des tonneaux, des caisses contre les murs, des rayonnages pleins de conserves et de bouteilles, des pantalons de coutil, des paniers d'osier et des jambons qui pendaient au plafond.

De toutes les odeurs de son enfance, celle qui régnait là était la plus forte, la plus caractéristique, dominée par celle des fûts de pétrole, car les hameaux et les fermes isolées n'avaient pas encore l'électricité.

— Quelle marchandise ?

— Il a été question d'un paquet d'amidon. Puis elle a craint que son mari le déplace à son insu pendant qu'elle s'occupait de la cuisine.

Comment pouvaient-ils espérer, en quelques semaines, même en quelques mois, à raison de deux ou trois heures par jour, tout connaître d'une vie qui leur était tellement étrangère ? Pas seulement sa vie et celle de Gisèle, mais la vie d'Andrée, de Mme Despierre, de Mme Formier, la vie du village, les allées et venues entre Saint-Justin et Triant. Rien que pour comprendre la chambre bleue, il aurait fallu...

— Elle a décidé en fin de compte que, les jeudis où elle pourrait me rejoindre à l'hôtel, elle mettrait une serviette à sécher sur le rebord de sa fenêtre.

La fenêtre de leur chambre, à Nicolas et à elle ! Car ils dormaient dans la même chambre. C'était, au-dessus de la boutique, une des trois fenêtres étroites, avec barre d'appui, au-delà de laquelle on apercevait, dans l'ombre, sur le mur brunâtre, une lithographie dans un cadre noir et or.

— De sorte que, chaque jeudi matin...

— Je passais devant sa maison.

Qui sait si Andrée, pendant qu'il vivait en maillot sur la plage, ne l'appelait pas au secours et si la serviette ne se trouvait pas en permanence sur la barre d'appui ? Certes, il les avait vus rentrer de Triant dans la 2 CV, mais il ne savait rien de leur état d'esprit.

— Je me demande, monsieur Falcone, si, en proposant ces vacances à votre femme...

— Elle venait de me parler de la pâleur de Marianne.

— Je sais. Vous avez sauté sur l'occasion. Une occasion, peut-être, de la rassurer, de jouer les bons maris, les bons pères de famille, afin de dissiper ses soupçons. Que pensez-vous de cette explication ?

— Elle est fausse.

— Vous continuez à prétendre que votre but était de vous éloigner de votre maîtresse ?

Il détestait ce mot-là, qu'il était bien obligé d'accepter.

— Plus ou moins.

— Vous aviez déjà décidé de ne plus la revoir ?

— Je n'avais aucun plan précis.

— Vous l'avez revue au cours des mois suivants ?

— Non.

— Elle ne vous a plus fait le signal ?

— Je l'ignore, car j'ai évité désormais de passer devant sa maison le jeudi matin.

— Et cela, uniquement parce qu'un après-midi vous avez vu son mari sortir de la gare et s'asseoir à la terrasse de l'hôtel pour boire une limonade ? C'est la seule femme, avez-vous affirmé, avec qui vous ayez connu la plénitude dans l'amour physique. Vous avez parlé, si je me souviens bien, d'une véritable révélation...

C'était vrai, même s'il n'avait pas employé ce mot-là. Aux Sables-d'Olonne, il lui arrivait d'évoquer la chambre bleue, sans le vouloir, et de serrer les dents de désir. D'autres fois, il se montrait impatient sans raison, grondait Marianne pour un rien ou devenait absent, le regard dur. Gisèle et sa fille échangeaient un coup d'œil et la mère semblait dire à l'enfant :

— Ne fais pas attention. Ton père a des soucis.

N'étaient-elles pas troublées aussi, l'instant d'après, de le voir trop doux, trop patient, trop affectueux ?

— Vous êtes ambitieux, monsieur Falcone ?

Il était obligé de réfléchir, car il ne s'était jamais posé la question. Existe-t-il vraiment des gens qui vivent en se regardant dans un miroir et en s'interrogeant sur eux-mêmes ?

— Cela dépend de ce que vous entendez par là. A douze ans, j'ai travaillé après la classe et pendant les vacances pour m'acheter un vélo. Plus tard, j'ai rêvé d'une moto et je suis allé à Paris. Quand j'ai épousé Gisèle, l'idée m'est venue de m'établir à mon compte. A Poitiers, nous montions des machines agricoles qui nous arrivaient d'Amérique en pièces détachées et je gagnais bien ma vie.

— Votre frère s'est mis à son compte, lui aussi, après avoir tâté de plusieurs métiers.

Quel rapport existait-il entre les deux carrières ?

Ce n'était pas le juge Diem, mais le professeur Bigot qui parlait, lentement, comme s'il réfléchissait à voix haute.

— Je me demande si le fait que vous êtes tous les deux de parents italiens, tous les deux étrangers dans un village français... On m'a dit que votre père est maçon ?...

Le juge avait questionné tout un après-midi le vieux Falcone, qu'on était allé chercher dans sa maisonnette de La Boisselle.

— Que savez-vous de votre père ?

— Il est originaire d'un village très pauvre du Piémont, Larina, à une trentaine de kilomètres de Vercelli. Là-bas, dans la montagne qui ne peut nourrir tout le monde, la plupart des garçons s'expatrient et mon père, à quatorze ou quinze ans, a fait comme les autres. Il est venu en France avec une équipe qui a percé un tunnel, j'ignore lequel, dans la région de Limoges ; ensuite il est allé ailleurs percer d'autres tunnels...

Il était difficile de parler d'Angelo Falcone, que tout le monde, à

Saint-Justin, appelait le vieil Angelo, car il n'était pas tout à fait un homme comme un autre.

— Il a beaucoup voyagé en France, du nord au sud et de l'est à l'ouest, pour finir par se fixer à La Boisselle.

Dans la mémoire de Tony, cela restait un endroit étonnant. Jadis, La Boisselle, à deux kilomètres et demi de Saint-Justin, avait été un couvent bâti sur l'emplacement d'un ancien château fort, avec les pierres de ce château, et on voyait encore, envahis de mauvaises herbes, des tronçons de vieux murs, des fossés pleins d'eau croupie dans lesquels il avait pêché la grenouille.

Sans doute les moines se livraient-ils à l'agriculture, car il restait, encadrant la grande cour, des bâtiments de toutes sortes, des écuries, des ateliers, des chais.

Les Coutant en occupaient la majeure partie et possédaient une dizaine de vaches, des moutons, deux chevaux de labour, un vieux bouc qui chiquait le tabac. Ils louaient les bâtiments dont ils n'avaient pas besoin et qui étaient encore habitables.

Cela constituait une petite colonie disparate qui comptait, outre les Falcone, une famille tchèque et des gens venus d'Alsace avec leurs huit enfants.

— Votre père n'était plus très jeune lorsque vous êtes né.

— Il avait quarante-trois ou quarante-quatre ans quand il s'est rendu dans son village du Piémont d'où il a ramené ma mère.

— Si je comprends bien, il a décidé que l'heure était venue de se marier et il est allé chercher une femme dans son pays natal ?

— Je crois que cela s'est passé ainsi.

De son nom de jeune fille, sa mère s'appelait Maria Passaris et, à son arrivée en France, elle avait vingt-deux ans.

— Ils faisaient bon ménage ?

— Je n'ai jamais entendu de dispute.

— Votre père continuait à travailler de son métier de maçon ?

— Il n'en connaissait pas d'autre et l'idée ne lui est jamais venue d'en changer.

— Vous êtes né le premier, puis, trois ans plus tard, votre frère Vincent.

— Ensuite ma sœur Angelina.

— Elle habite Saint-Justin ?

— Elle est morte.

— En bas âge ?

— A six mois. Ma mère s'était rendue à Triant, j'ignore pourquoi. Avant de venir en France, elle n'était jamais sortie de son village. Ici, dans un pays dont elle ne parlait pas la langue, elle quittait rarement la maison. Ce jour-là, à Triant, on suppose qu'elle s'est trompée de portière et qu'elle est descendue du train à contre-voie. Elle a été fauchée par un express avec le bébé qu'elle portait dans ses bras.

— Quel âge aviez-vous ?

— Sept ans. Mon frère en avait quatre.

— C'est votre père qui vous a élevés ?

— Oui. En rentrant de son travail, il faisait la cuisine et le ménage. Je ne l'ai pas assez connu avant pour savoir si l'accident l'avait changé.

— Que voulez-vous dire ?

— Vous le savez bien. Ne l'avez-vous pas questionné ?

Tony devenait agressif.

— Si.

— Qu'est-ce que vous en pensez ? Les gens du pays ont-ils raison ? Mon père est-il un simple ?

A Saint-Justin, on ne disait pas simple d'esprit. Le mot simple suffisait. Quant à Bigot, embarrassé, il préférait ne répondre que par un geste vague.

— J'ignore si vous en avez tiré quelque chose. Mon frère et moi ne l'avons entendu parler, pendant des années, que quand c'était indispensable. A soixante-dix-huit ans, il vit seul dans la maison où nous sommes nés et continue à effectuer, par-ci par-là, de petits travaux de maçonnerie.

» Il refuse de s'installer chez moi ou chez Vincent. Sa seule distraction est de construire, dans son jardinet, un village en miniature. Il y a vingt ans qu'il l'a commencé. L'église mesure moins d'un mètre mais il n'y manque aucun détail.

» On voit l'auberge, la mairie, un pont sur un torrent, un moulin à eau et, chaque année, une ou deux maisons s'ajoutent aux autres. Il paraît que c'est une reproduction fidèle de Larina, son village et celui de ma mère.

Il ne révélait pas le fond de sa pensée. Son père était un être fruste, d'une intelligence limitée, qui, jusqu'à la quarantaine passée, s'était accommodé de sa solitude. Tony comprenait assez bien son voyage à Larina pour aller y chercher femme.

Cette Maria Passaris, assez jeune pour être sa fille, Angelo Falcone l'avait aimée à sa façon. Pas avec des mots, ni avec de grandes effusions, car c'était un homme qui ne s'extériorisait pas.

Quand elle était morte en même temps que sa fille, Angelo Falcone s'était renfermé définitivement et bientôt il commençait à édifier dans le jardin son étrange village de poupées.

— Il n'est pas fou ! disait soudain Tony avec force.

Il devinait ce que certains devaient penser, y compris, peut-être, le professeur Bigot.

— Je ne suis pas fou non plus !

— Il n'en a jamais été question.

— Alors, pourquoi me questionnez-vous pour la sixième ou la septième fois ? Parce que les journaux parlent de moi comme d'un monstre ?

On n'en était pas là. Aux Roches Noires, on vivait sur la plage, un goût de sable à la bouche, et on retrouvait du sable dans son lit et au fond de ses poches.

Il ne plut que deux fois en quinze jours. Le soleil pénétrait les yeux et la peau au point de donner le vertige, surtout quand on fixait longtemps les vagues à crête blanche qui s'en venaient lentement du large, les unes derrière les autres, et qui, en s'écrasant, lançaient des myriades de gouttelettes lumineuses.

Marianne attrapa un coup de soleil. Après quelques jours, Tony avait bruni et quand il se déshabillait, le soir, la peau livide dessinait le contour du maillot. Seule Gisèle, qui ne quittait pas l'ombre du parasol, n'avait pas changé.

Que se passait-il à Saint-Justin dans la sombre boutique des Despierre ? Et, le soir, dans la chambre où Andrée et Nicolas se dévêtaient l'un devant l'autre ?

La serviette à bordure rose n'était-elle pas posée sur la barre d'appui comme un signal d'alarme ? La mère de Nicolas, au visage de pierre, n'avait-elle pas traversé le jardin pour prendre la situation en main et se venger enfin de sa belle-fille ?

Ils croyaient, ces gens de Poitiers, policiers, magistrats, médecins, et jusqu'à l'inquiétante doctoresse en psychologie, qu'ils allaient établir la vérité, alors qu'ils ignoraient à peu près tout des Despierre, des Formier, de tant d'autres qui avaient aussi leur importance.

Et de lui, Tony, que savaient-ils ? Moins que lui-même, non ?

Mme Despierre était certainement la personnalité la plus importante de Saint-Justin, plus importante et plus redoutée que le maire lui-même, qui était cependant un riche marchand de bestiaux. Dans un village où hommes et femmes d'une même génération étaient allés à l'école ensemble, rares étaient ceux ou celles qui se permettaient de l'appeler Germaine, à plus forte raison de la tutoyer. Pour tout le monde, elle était Mme Despierre.

Tony se trompait certainement, puisqu'elle avait à peine dépassé la trentaine quand il avait commencé à faire des achats pour ses parents à l'épicerie : il ne la revoyait dans son souvenir qu'avec des cheveux gris, du même gris qu'à présent. Derrière son comptoir, elle portait une blouse grise, son visage couleur de craie mettant la seule note blanche.

Il avait connu son mari, un homme chétif vêtu d'une blouse aussi, trop longue pour lui, portant lorgnon, le geste hésitant, le regard peureux.

On le voyait parfois vaciller et sa femme le traînait dans l'arrière-boutique dont elle refermait la porte tandis que les clientes se regardaient d'un air entendu et hochaient la tête.

Tony avait entendu parler du haut mal bien avant de comprendre que Despierre était épileptique et que, derrière la porte close, il se débattait convulsivement, couché sur le plancher, les mâchoires serrées, la bave lui coulant sur le menton.

Il se rappelait son enterrement, qu'il avait suivi avec les autres enfants de l'école en rangs, sauf Nicolas qui conduisait le deuil avec sa mère.

On les disait très riches et très avares. Non seulement ils étaient propriétaires de plusieurs maisons du bourg, mais deux grosses fermes, exploitées en métayage, leur appartenaient, sans compter le hameau de La Guipotte.

— Pourquoi, monsieur Falcone, avoir choisi de vous installer à Saint-Justin, que vous aviez quitté depuis plus de dix ans ?

N'avait-il pas déjà répondu ? On lui répétait si souvent les mêmes phrases qu'il ne savait plus. Il devait lui arriver de se contredire, car il ne connaissait pas lui-même ces « pourquoi » et ces « comment ».

— Peut-être à cause de mon père.

— Vous le voyiez très peu.

Une fois par semaine environ. Le vieil Angelo était venu chez lui deux ou trois fois et avait paru mal à l'aise. Gisèle, qui était pour lui une étrangère, l'impressionnait. Tony préférait, le samedi soir, descendre à La Boisselle.

La porte restait ouverte. On n'allumait pas la lampe. On entendait les grenouilles coasser dans les marais et les deux hommes, assis sur des chaises à fond de paille, laissaient couler le temps sans mot dire.

— N'oubliez pas que mon frère était déjà installé à Triant.

— Vous êtes sûr que vous n'êtes pas revenu pour Andrée ?

— Encore !

— Vous étiez au courant de son mariage avec votre ancien ami Nicolas ?

Non ! Cela avait été une surprise. Entre les Despierre et les Formier existait un abîme et les deux mères, à peu près du même âge, représentaient des mondes opposés.

Si Mme Despierre était le prototype de la paysanne enrichie, la femme du docteur Formier était, elle, l'image d'une certaine bourgeoisie de province tombée dans la gêne et refusant de perdre la face.

Son père, le notaire Bardave, était notaire à Villiers-le-Haut et la famille, de père en fils, fréquentait depuis si longtemps les châtelains du pays, jouant au bridge et chassant avec eux, qu'ils en arrivaient à se croire des leurs.

Il n'avait rien laissé à ses enfants. Le docteur Formier n'avait rien légué non plus à sa femme et à sa fille, sinon une rente si modeste que, bien qu'habitant toujours le château et s'habillant comme des personnes de la ville, elles ne mangeaient pas toujours à leur faim.

Laquelle, de Mme Despierre ou de Mme Formier, avait proposé à l'autre cette union ? Orgueil, sinon vengeance, de la part de l'épicière ? Désir, chez la bourgeoise, de voir sa fille à l'abri du besoin, de savoir qu'elle serait riche un jour et que, vraisemblablement, elle ne tarderait pas trop à être veuve ?

— Nicolas, à l'école, était, paraît-il, le souffre-douleur de ses condisciples.

Vrai ou faux, comme le reste. Mal portant, souvent en proie à des douleurs d'estomac, incapable de jouer aux jeux des autres, il devait fatalement devenir la risée des garçons vigoureux. On le traitait de fille. On l'accusait d'être froussard et de se réfugier dans les jupes de sa mère. En outre, inapte à se défendre, il rapportait au maître d'école les niches qu'on lui faisait.

Tony n'appartenait pas au clan de ses tortionnaires. Peut-être n'était-il pas meilleur que les autres mais, en tant qu'étranger, il se trouvait lui-même un peu en marge.

Deux fois, la première pendant la récréation, la seconde à la sortie de l'école, il avait pris la défense de Nicolas qu'il ne savait pas encore malade.

Sa première crise l'avait pris soudainement, à douze ans et demi, en pleine classe. On avait entendu le bruit d'un corps tombant sur le plancher et, comme tout le monde se retournait, l'instituteur avait frappé son pupitre de sa règle.

— Que personne ne quitte sa place !

C'était au printemps. Les marronniers de la cour étaient en fleur. Il y avait, cette année-là, une invasion de hannetons et on suivait leur vol maladroit dans la classe où ils se heurtaient aux fenêtres et aux murs.

Malgré l'avertissement du maître, tous les enfants regardaient Nicolas et les visages pâlissaient, certains avaient envie de vomir tant le spectacle était impressionnant.

— Tout le monde dans la cour !

Cela avait été le signal d'une fuite générale, mais les plus braves revenaient bientôt vers les fenêtres pour voir l'instituteur enfoncer son mouchoir dans la bouche de Nicolas.

Un des gamins s'était précipité vers l'épicerie et Mme Despierre n'avait pas tardé à arriver, vêtue de son habituelle blouse grise.

— Qu'est-ce qu'ils font ? demandait-on à ceux qui regardaient par la fenêtre.

— Rien. Ils le laissent par terre. Il est sûrement en train de mourir.

On se sentait mauvaise conscience, ce jour-là.

— Tu crois qu'il a mangé quelque chose de contraire ?

— Non. Il paraît que son père avait les mêmes attaques.

— C'est une maladie qui s'attrape ?

Un quart d'heure ou une demi-heure plus tard — le temps ne

comptait pas — Mme Despierre avait traversé la cour, tenant par la main son fils qui avait repris son aspect habituel et qui paraissait étonné.

Il n'avait pas eu d'autres crises à l'école. A ce que Tony avait compris, il les sentait presque toujours venir, parfois plusieurs jours à l'avance, et sa mère le gardait à la maison.

On n'en parlait pas chez Mme Despierre. C'était, à l'épicerie, un sujet défendu. Sans savoir pourquoi, tout le monde considérait cette maladie comme une honte.

Nicolas n'était pas allé au collège de Triant, n'avait pas fait de service militaire, ni fréquenté les bals. Il n'avait possédé ni vélo, ni moto, et il ne conduisait pas la 2 CV.

Parfois, il gardait le silence pendant huit jours, sombre, soupçonneux, et regardant les gens comme s'ils lui voulaient du mal. Il ne buvait ni alcool, ni vin, et son estomac ne tolérait que des aliments de régime.

Tony n'avait-il pas pensé à lui avec gêne, le soir de septembre, au bord de la route, devant le corps demi-nu d'Andrée ?

— Ne lui en vouliez-vous pas, plus ou moins consciemment, d'être riche ?

Il haussait les épaules. Certes, avant de savoir Nicolas malade, avant la première crise à l'école, il l'avait envié, d'une envie enfantine : il rêvait aux bocaux de bonbons multicolores, aux boîtes de biscuits à couvercle de verre dans lesquelles, pensait-il, Nicolas n'avait qu'à puiser, alors que lui-même n'avait droit, de loin en loin, qu'à des sucreries bon marché.

— Quand vous avez appris son mariage, ne vous est-il pas venu à l'esprit qu'il avait en quelque sorte acheté Andrée, ou que sa mère l'avait achetée pour lui ?

Peut-être. Il avait un peu méprisé « la statue », car il refusait de croire qu'elle s'était mariée par amour.

A la réflexion, il l'avait plainte. Lui non plus, enfant, n'avait pas toujours mangé à sa faim, mais il n'habitait pas le château et il n'avait pas besoin de prendre de grands airs.

Il ignorait ce qui avait été convenu lors du mariage. Chacune des mères, comme il les connaissait, avait dû poser ses conditions. Elles habitaient presque face à face. Le château se trouvait à droite de l'église, près du presbytère. De l'autre côté de la place, au coin de la rue Neuve, l'épicerie Despierre s'adossait à la mairie et à l'école.

Il y avait eu un grand mariage en blanc, un banquet à l'auberge, dont on parlait encore, mais les mariés n'étaient pas partis en voyage de noces et ils avaient passé la nuit dans la chambre qu'ils occupaient depuis au-dessus du magasin.

Mme Despierre, elle, s'était retirée dans une maison sans étage qui donnait sur le jardin, de sorte qu'une vingtaine de mètres la séparaient de son fils et de sa bru.

Les premiers temps, on voyait les deux femmes au comptoir et c'était la mère qui continuait à préparer les repas. Une vieille du pays, chaussée de souliers d'homme, venait chaque jour pour le nettoyage.

Tout le monde les observait et on n'avait pas tardé à noter que Mme Despierre et Andrée ne s'adressaient la parole que pour les besoins du commerce.

Plus tard, la mère rentra chez elle pour ses repas. Enfin, après quelques mois, on cessa de la voir dans le magasin et dans la maison, tandis que son fils, deux ou trois fois par jour, traversait le jardin pour aller l'embrasser.

Cela signifiait-il qu'Andrée avait gagné la partie ? Était-elle décidée, en se mariant, à évincer peu à peu sa belle-mère ?

Huit fois, il s'était trouvé avec elle dans la chambre bleue et il n'avait pas eu la curiosité de lui poser la question, préférant ne pas savoir, ne pas trop penser à cette partie de la vie d'Andrée qu'il connaissait surtout nue et déchaînée.

Il y avait une vérité qu'il sentait confusément mais qu'il était incapable d'exprimer. Elle ressortait, lui semblait-il, des phrases prononcées le 2 août, ce fameux 2 août qu'il avait vécu candidement, sans se douter qu'il en serait tant question et que les journaux en feraient des titres sur plusieurs colonnes.

Le reporter d'un grand journal parisien allait même lancer une formule que reprendraient tous ses confrères : *Les Amants Frénétiques.*

— Tu aimerais passer toute ta vie avec moi ?

Il avait répondu :

— Bien sûr.

Il ne le niait pas. C'était lui qui avait rapporté cette conversation au juge. Mais l'important était le ton. Il parlait sans y croire. Ce n'était pas réel. Dans la chambre bleue, rien n'était réel. Ou plutôt il s'agissait d'une réalité différente, incompréhensible ailleurs.

Il avait essayé de l'expliquer au psychiatre. Bigot, sur le moment, avait l'air de comprendre, mais, un peu plus tard, par une question ou une remarque, il montrait qu'il n'avait rien compris du tout.

Si Tony avait envisagé de vivre avec elle, il n'aurait pas dit :

— Bien sûr !

Il ignorait ce qu'il aurait répondu, mais il aurait trouvé d'autres mots. Andrée ne s'y était pas trompée, puisqu'elle avait insisté :

— Tu en es si sûr que ça ? Tu n'aurais pas peur ?

— Peur de quoi ?

— Tu imagines ce que seraient nos journées ?

— *On finirait par s'habituer !*

— A quoi ?

Était-ce réel, ça ? Aurait-il parlé ainsi à Gisèle ? Elle jouait le jeu, elle aussi, repue, les cuisses écartées.

— *A nous deux.*

Or, justement, ils n'étaient deux que dans un lit, que dans la chambre bleue qu'ils mettaient une sorte de frénésie, pour parler comme le journaliste, à imprégner de leur odeur.

Ils n'avaient jamais été deux ailleurs, sinon, le temps de faire l'amour pour la première fois, dans les hautes herbes et les orties en bordure du bois de Sarelle.

— Si vous ne l'aimiez pas, comment expliquez-vous...

Qu'est-ce qu'ils entendaient par aimer ? Le professeur Bigot aurait-il pu lui fournir une définition de ce mot-là, lui qui prétendait rester sur un terrain scientifique ? Comment sa fille, qui venait de se marier, aimait-elle son mari ?

Et le petit juge, M. Diem, avec son auréole de cheveux fous ? Sa femme venait de lui donner son premier enfant et il devait lui arriver, comme à tous les jeunes pères, comme c'était arrivé à Tony, de se relever la nuit pour donner le biberon. Comment aimait-il sa femme ?

Pour leur répondre, il aurait fallu pouvoir leur raconter des moments qui ne se racontent pas, des moments comme il en avait vécu aux Sables-d'Olonne.

— Pourquoi choisir Les Sables plutôt que telle plage de Vendée ou de Bretagne ?

— Parce que nous y étions allés la première année de notre mariage.

— Ainsi, votre femme a pu croire que c'était un pèlerinage, que vous attachiez à cet endroit une valeur sentimentale ? N'est-ce pas exactement ce que vous auriez fait si vous aviez voulu endormir sa méfiance ?

Il ne pouvait que se mordre les lèvres et bouillir en dedans. Cela n'aurait servi à rien de se révolter.

Leur raconter la dernière journée à la mer ?... Il y avait d'abord eu le matin... Couché sous le parasol, il jetait parfois, à travers ses cils, un coup d'œil à sa femme qui, assise dans un fauteuil-hamac à rayures, se pressait de finir le pull-over bleu ciel.

— A quoi penses-tu ? lui avait-elle demandé.

— A toi.

— Qu'est-ce que tu penses ?

— Que j'ai eu de la chance de te rencontrer.

Ce n'était vrai qu'en partie. Il entendait Marianne, derrière lui, faire semblant de lire le texte d'un livre d'images et il avait commencé par se dire que, dans douze ou quinze ans, elle serait amoureuse, qu'elle se marierait, qu'elle les quitterait pour partager la vie d'un homme.

D'un inconnu, en somme, car ce n'est pas en quelques mois, ni en deux ou trois ans, qu'on se connaît réellement.

C'est ainsi qu'il en était arrivé à Gisèle. Il la regardait tricoter, grave et détendue. Au moment où elle lui posait sa question, il se demandait justement à quoi elle pensait elle-même.

En réalité, il ignorait l'opinion qu'elle se faisait de lui, comment elle le voyait, comment elle jugeait ses faits et gestes.

Ils étaient mariés depuis sept ans. Alors, il avait essayé d'imaginer leur vie plus tard. Ils vieilliraient petit à petit. Marianne deviendrait une jeune fille. Ils assisteraient à ses noces. Un jour, elle leur annoncerait qu'elle attendait un bébé et, à la maternité, le père aurait le pas sur eux.

N'est-ce pas à partir de ce moment que Gisèle et lui s'aimeraient vraiment ? Ne faut-il pas de longues années pour apprendre à se connaître, avec beaucoup de souvenirs en commun, des souvenirs comme celui de ce matin qu'ils étaient en train de vivre ?

Sans doute leur esprit suivait-il des chemins parallèles puisque, un peu plus tard, sa femme murmurait :

— Cela me fait un drôle d'effet de penser que Marianne va déjà entrer à l'école.

Lui en était déjà au mariage !

Leur fille sentait qu'ici elle pouvait tout se permettre et elle usait et abusait de son père. Cet après-midi-là plus que jamais. Elle ne lui laissa pas un instant de répit.

La marée était basse, la mer lointaine, hors d'atteinte. Pendant plus d'une heure, il dut aider Marianne à édifier un énorme château fort, plus exactement à travailler sous sa direction, et, comme le vieil Angelo dans son jardin, elle exigeait toujours quelque chose de plus, une douve, un fossé, un pont-levis.

— Maintenant, allons chercher des coquillages pour paver la cour et les chemins de ronde.

— Attention au soleil. Mets ton chapeau.

On lui avait acheté un chapeau de gondolier vénitien dans un bazar.

Gisèle n'osait pas ajouter :

— Ne fatigue pas trop ton père !

Chacun un seau rouge à la main, ils avaient parcouru la plage de bout en bout, le père et la fille, tête basse, attentifs à l'éclat d'un coquillage dans le sable brun, accrochant parfois la jambe d'un baigneur étendu ou évitant de justesse un ballon.

Avait-il le sentiment d'accomplir un devoir, de se faire pardonner une faiblesse, de racheter une faute commise ? En toute sincérité, il aurait été incapable de répondre. Ce qu'il savait, c'est que cette promenade sous le soleil, accompagnée par la voix aigrelette de sa fille, était à la fois douce et mélancolique.

Il était heureux et triste. Pas à cause d'Andrée, ni de Nicolas. Il ne se souvenait pas d'y avoir pensé. Il aurait dit volontiers : heureux et triste comme la vie.

Quand ils firent demi-tour, à hauteur du Casino dont la musique leur parvenait, le chemin parut long, le but lointain, surtout à Marianne qui commença à traîner la jambe.

— Tu es fatiguée ?

— Un peu.

— Tu veux que je te porte sur mes épaules ?

Elle avait ri, montrant les vides dans sa denture.

— Je suis trop grande.

Quand elle avait deux ou trois ans, c'était son jeu favori. Le soir, il la montait toujours ainsi dans sa chambre.

— On rirait de toi, ajoutait-elle, tentée.

Il l'avait hissée et, comme elle lui tenait la tête, il avait les deux seaux de plage à la main.

— Je ne pèse pas trop lourd ?

— Non.

— C'est vrai que je suis maigre ?

— Qui te l'a dit ?

— Le petit Roland.

C'était le fils du maréchal-ferrant.

— Il a un an de moins que moi et il pèse vingt-cinq kilos. Moi, je n'en pèse que dix-neuf. On m'a pesée avant de partir, sur la bascule de l'épicerie.

— Les garçons sont plus lourds que les filles.

— Pourquoi ?

Gisèle les regardait venir, songeuse, peut-être un peu émue. Il déposa sa fille sur le sable.

— Aide-moi à placer les coquillages.

— Tu ne crois pas que tu exagères, Marianne ? Ton père est ici pour se reposer. Après-demain, il recommence à travailler.

— C'est lui qui a voulu me porter.

Leurs regards s'étaient rencontrés.

— Pour elle aussi, c'est le dernier jour des vacances, avait-il dit d'un ton léger afin d'excuser sa fille.

Elle n'avait rien ajouté, mais il avait cru lire comme un merci dans son regard.

Merci de quoi ? De s'être consacré, pendant quinze jours, à elles deux ?

A lui, cela paraissait naturel.

4

Il lui arrivait d'attendre dans le couloir, à la porte du cabinet du juge, assis sur un banc, menottes aux poignets, entre ses deux gendarmes qui changeaient presque chaque fois.

Il n'en était plus humilié, ne rageait plus. Il regardait passer les gens, des prévenus, des témoins qui allaient attendre devant d'autres portes, des avocats en robe qui agitaient leurs larges manches comme des ailes, et il ne bronchait pas quand on lui lançait un coup d'œil curieux ou quand on se retournait sur lui.

Une fois dans le cabinet, on lui retirait les menottes, les gardes sortaient sur un signe du magistrat et Diem s'excusait d'être en retard ou d'avoir été retenu, lui tendait son étui à cigarettes en argent. C'était devenu une tradition, un geste automatique.

Le décor était vieillot, d'une propreté douteuse, comme dans les gares et les administrations, les murs verdâtres, la cheminée en marbre noir surmontée d'une pendule noire aussi qui, sans doute depuis des années, marquait midi moins cinq.

Il arrivait que le juge prononçât tout de suite :

— Je crois que je n'aurai pas besoin de vous, monsieur Trinquet.

Le greffier à moustaches brunes s'en allait en emportant du travail qu'il irait faire Dieu sait où et cela signifiait qu'on ne parlerait pas des faits proprement dits.

— Je suppose que vous avez compris pourquoi je vous pose des questions qui paraissent n'avoir aucun rapport avec l'accusation. Je m'efforce de bâtir en quelque sorte les fondations, d'établir votre dossier personnel.

On entendait les bruits de la ville, on apercevait des fenêtres ouvertes de l'autre côté de la rue, des gens qui, chez eux, vaquaient à leurs occupations quotidiennes. Le juge n'empêchait pas Tony de se lever quand il éprouvait le besoin de se détendre, ni de marcher de long en large, d'aller se camper un moment devant le spectacle de la rue.

— J'aimerais, par exemple, que vous me donniez l'emploi d'une de vos journées.

— Vous savez, il varie selon les saisons et les jours de la semaine. Il dépend surtout des foires et des marchés.

Se rendant compte qu'il venait de parler au présent, Tony se reprenait avec une ébauche de sourire :

— Ou plutôt dépendait. Je suivais les foires dans un rayon d'une trentaine de kilomètres, celles de Virieux, d'Ambasse, de Chiron. Vous voulez que je vous les cite toutes ?

— C'est superflu.

— Ces jours-là, je partais de bonne heure, parfois dès cinq heures du matin.

— Votre femme se levait-elle pour préparer votre petit déjeuner ?

— Elle y tenait. D'autres jours, j'avais rendez-vous dans des fermes, pour une démonstration ou pour réparer une machine. Enfin, je recevais des cultivateurs que j'emmenais dans le hangar.

— Prenons une journée moyenne.

— Gisèle se levait la première, à six heures.

Elle se glissait hors du lit sans bruit, sortait en emportant sa robe de chambre couleur saumon et il l'entendait peu après allumer le feu dans la cuisinière, juste au-dessous de lui. Elle se rendait ensuite dans le jardin pour jeter du grain aux poules et donner à manger aux lapins.

Vers six heures et demie, il descendait, sans avoir fait sa toilette, après un coup de peigne dans ses cheveux drus. La table était mise dans la cuisine, sans nappe, car elle était recouverte de formica. Ils mangeaient en tête à tête tandis que Marianne dormait encore. On la laissait dormir aussi tard qu'elle voulait.

— Sauf quand elle a commencé à fréquenter l'école. Il a bien fallu l'éveiller à sept heures.

— On l'y conduisait ?

— Seulement les deux ou trois premiers jours.

— Vous ?

— Ma femme, qui en profitait pour faire son marché. Autrement, elle descendait au village vers neuf heures, passait chez le boucher ou le charcutier, à l'épicerie...

— L'épicerie Despierre ?

— Il n'y en a pratiquement pas d'autre à Saint-Justin.

Pendant la matinée, surtout, on voyait en permanence, sous le plafond bas du magasin, une demi-douzaine de femmes qui bavardaient en attendant leur tour. Un jour, il avait comparé la boutique à une sacristie, il ne savait plus pourquoi.

— Votre femme ne vous chargeait jamais des commissions ?

— Seulement quand j'allais à Triant ou dans une autre ville, pour des choses qu'on ne trouvait pas au village.

Il devinait que ces questions n'étaient pas aussi innocentes qu'elles le paraissaient, mais il n'en répondait pas moins avec franchise, en s'efforçant d'être précis.

— Vous ne mettiez pas les pieds chez les Despierre ?

— Peut-être une fois tous les deux mois ? Un matin de grand nettoyage, par exemple, ou encore si ma femme avait la grippe.

— Quel était le jour du grand nettoyage ?

— Le samedi.

Comme presque partout. Le lundi était jour de lessive, le mardi ou le mercredi, selon le temps, selon que le linge était sec ou non, celui du repassage. Il en était de même dans la plupart des maisons du village et certains matins les cours et les jardins se pavoisaient de linge épinglé à des cordes.

— A quelle heure receviez-vous votre courrier ?

— On ne le délivrait pas à la maison. Le train passe à Saint-Justin à 8 h 7 du matin et les sacs sont aussitôt portés au bureau de poste. Notre situation à l'extrémité du village nous vaut d'être en bout de tournée du facteur, qui ne se serait arrêté chez nous que vers midi. Je préférais descendre au bureau, où je devais souvent attendre que le tri soit terminé. Autrement, on me gardait mes lettres.

— Nous y reviendrons. Vous y alliez à pied ?

— La plupart du temps. Je ne prenais la voiture que si j'avais à faire en dehors du village.

— Un jour sur deux ? Sur trois ?

— Plutôt un sur deux, sauf en plein hiver car, l'hiver, je me déplaçais moins.

Il aurait fallu expliquer tous les détails de son métier, le rythme des saisons, des cultures. Par exemple, à leur retour des Sables, la saison des foires battait son plein. Les vendanges avaient ensuite commencé, puis les labours d'automne, de sorte qu'il avait été surmené.

Il avait évité, le premier jeudi, de passer rue Neuve pour voir si Andrée avait mis la serviette à la fenêtre. Il l'avait déjà dit au juge Diem, qui avait insisté :

— Vous aviez décidé de ne plus la revoir ?

— On ne peut pas parler de décision.

— Cela ne tient-il pas à ce que vous aviez de ses nouvelles par une autre voie ?

Cette fois, il avait commis une faute et il s'en était rendu compte dès le moment où il ouvrait la bouche. Trop tard. Les mots, déjà formés, lui sortaient des lèvres.

— Je n'ai pas reçu de nouvelles d'elle.

Ce n'était pas pour lui qu'il mentait. Il n'avait pas conscience de mentir pour Andrée non plus, par une sorte de fidélité, ou d'honnêteté masculine.

Le jour de cet interrogatoire-là, Tony se souvenait qu'il pleuvait et M. Trinquet, le greffier, était à son bout de table.

— Vous êtes rentré des Sables avec votre femme et votre fille le 17 août. Le premier jeudi, contrairement à votre habitude, vous n'êtes pas allé à Triant. Craigniez-vous de rencontrer Andrée Despierre ?

— Peut-être. Mais je ne dirais pas le mot crainte.

— Passons. Le jeudi suivant, vous aviez rendez-vous, à dix heures du matin, avec un nommé Félicien Hurlot, secrétaire d'une coopérative agricole. Cela se passait chez votre frère. Vous y avez déjeuné avec votre client et vous êtes rentré à Saint-Justin sans vous montrer place du Marché. Toujours pour ne pas vous trouver éventuellement nez à nez avec votre maîtresse ?

Il lui était impossible de répondre. A la vérité, il ne savait pas. Il avait vécu des semaines blanches, confuses, sans se poser de questions, surtout sans prendre de décisions.

Ce qu'il pouvait affirmer honnêtement, c'est qu'il sentait Andrée plus loin de lui que les mois précédents et qu'il s'attardait davantage dans sa maison, comme s'il avait besoin du contact des siens.

— Le 4 septembre...

Pendant que le juge parlait, Tony cherchait dans sa mémoire ce que pouvait signifier cette date.

— Le 4 septembre, vous avez reçu la première lettre.

Il avait rougi.

— J'ignore de quelle lettre vous parlez.

— Votre nom et votre adresse, sur l'enveloppe, étaient écrits en caractères bâtonnets. Le timbre portait le cachet de Triant.

— Je ne m'en souviens pas.

Il continuait à mentir, jugeant qu'il était trop tard pour revenir en arrière.

— Le receveur, M. Bouvier, vous a fait une remarque au sujet de cette lettre-là.

Diem, sortant une feuille du dossier, lisait :

— *Je lui ai dit : Cela m'a tout l'air d'une lettre anonyme, Tony. Les gens qui envoient des lettres anonymes écrivent comme ça.*

» Cela ne vous rappelle toujours rien ?

Il secouait la tête, honteux de mentir, car il mentait mal, rougissait, regardait fixement un point de l'espace pour qu'on ne lise pas son trouble dans ses yeux.

La lettre, qui ne portait pas de signature, n'en était pas anonyme pour autant. Le texte, très court, était écrit aussi en caractères bâtonnets.

Tout va bien. N'aie pas peur.

— Voyez-vous, monsieur Falcone, je suis convaincu que la personne qui vous a écrit et qui est allée poster sa lettre à Triant ne déguisait pas son écriture par crainte que vous la reconnaissiez mais par crainte que le receveur l'identifie. Il s'agirait donc de quelqu'un de Saint-Justin, de quelqu'un dont l'écriture normale est familière à M. Bouvier. La semaine suivante, une seconde enveloppe, toute pareille, est arrivée à votre adresse.

» — *Tiens ! Tiens !* vous a dit en plaisantant le receveur. *Je me suis peut-être trompé. Il pourrait bien y avoir là-dessous une histoire d'amour.*

Le texte n'était pas plus long que celui du premier message.

Je n'oublie pas. Je t'aime.

Il en avait été si impressionné qu'il n'avait plus osé passer rue Neuve et qu'il faisait un détour pour se rendre à la gare où il recevait assez souvent des pièces détachées par grande vitesse.

Il avait vécu plusieurs semaines, oppressé, tantôt courant les marchés et les fermes, tantôt chez lui, en salopette, à s'occuper dans le hangar.

Plus fréquemment que par le passé, il traversait le champ qui le séparait de la maison, trouvant Gisèle occupée à éplucher des légumes, à savonner le carrelage de la cuisine ou, là-haut, à faire les chambres. Marianne à l'école, la maison semblait plus vide. A quatre heures, quand elle rentrait, il éprouvait le besoin de venir les voir dans la cuisine où elles goûtaient face à face, chacune avec son pot de confiture devant elle.

De cela aussi, on reparlerait plus tard, et pas une seule fois. Marianne n'aimait que la confiture de fraises, tandis que sa mère, à qui les fraises, mêmes cuites, donnaient de l'urticaire, préférait la compote de prunes.

Au début de leur mariage, les goûts de Gisèle l'avaient amusé et il l'avait taquinée à ce sujet.

A cause de ses cheveux blonds, de son teint pâle, de son visage allongé, les gens lui trouvaient volontiers quelque chose d'angélique.

Or, elle n'était attirée que par les nourritures fortes, les harengs saurs, les salades très vinaigrées et relevées d'ail, les fromages fermentés. Il n'était pas rare, lorsqu'elle travaillait au potager, de la voir croquer un gros oignon cru. Par contre, elle ne touchait pas à un bonbon et elle ne prenait jamais de dessert. C'était lui qui était friand de pâtisserie.

On trouvait, dans leur ménage, d'autres anomalies. Ses parents, en bons Italiens, les avaient élevés, son frère et lui, dans la religion catholique et ses souvenirs d'enfance étaient pleins de rumeurs d'orgues, de sorties de messe, le dimanche matin, de femmes et de jeunes filles en robe de soie qui n'usaient de poudre de riz et de parfum que ce jour-là.

Il connaissait toutes les maisons, toutes les pierres du bourg, se rappelait encore, en rentrant de l'école, avoir renoué son lacet de soulier en posant le pied sur telle borne, mais c'était l'église qui tenait la plus grande place, avec ses trois vitraux coloriés, derrière le chœur où brûlaient les cierges. Les autres vitraux étaient blancs. Ces trois-là portaient le nom des donateurs et, sur celui de droite, figurait le nom de Despierre, un grand-père ou un arrière-grand-père de Nicolas.

Il continuait à aller à la messe du dimanche avec Marianne et sa femme restait à la maison. Elle n'était pas baptisée. Son père faisait profession d'athéisme et, de sa vie, il n'avait lu que quatre ou cinq romans de Zola.

— Je ne suis qu'un ouvrier, mais je te dis, Tony, que *Germinal,* vois-tu...

Ils vivaient à rebours des autres familles, dont les hommes accompagnaient leur femme jusqu'à la porte de l'église et allaient vider des chopines au plus proche café en attendant la fin de la messe.

— Oseriez-vous affirmer, monsieur Falcone, que, pendant le mois d'octobre en particulier, vous ne vous attendiez pas à un événement ?

A rien de précis. C'était plutôt un malaise comme ceux qui précèdent une maladie. Le mois d'octobre avait été très pluvieux. Tony portait du matin au soir ses hautes bottes à lacets et ses culottes d'équitation qui constituaient, avec la canadienne brune, sa tenue d'hiver.

L'école excitait Marianne, qui en parlait tout au long des repas.

— Vous n'avez gardé aucun souvenir de la troisième lettre non plus ? M. Bouvet a meilleure mémoire que vous. Selon lui, vous l'avez reçue un vendredi, comme les précédentes, aux alentours du 20 octobre.

C'était la plus brève et la plus inquiétante.

Bientôt ! Je t'aime.

— Je suppose que vous avez brûlé ces billets ainsi que ceux qui les ont suivis ?

Non. Il les avait déchirés en petits morceaux qu'il avait jetés dans l'Orneau. Grossies par les pluies, les eaux brunâtres charriaient des branches d'arbres, des animaux crevés, toutes sortes de détritus.

— Si j'en crois mon expérience, vous ne tarderez pas à changer de tactique. Sur tous les autres points, vous semblez avoir répondu avec franchise. Je serais surpris que votre avocat ne vous conseille pas de prendre la même attitude en ce qui concerne ces lettres, ce qui vous permettrait de me dire quel était votre état d'esprit à la fin d'octobre.

C'était impossible. Son état d'esprit variait selon l'heure. Il s'efforçait de ne pas penser et il sentait que Gisèle l'observait avec curiosité, peut-être avec inquiétude. Elle ne lui demandait plus :

— A quoi penses-tu ?

Elle disait, sans entrain :

— Tu n'as pas faim ?

Il manquait d'appétit. Il était allé trois fois, au lever du jour, cueillir des champignons dans le pré qui les séparait de la forge, tout en haut, près du grand cerisier. Il avait vendu plusieurs tracteurs, dont deux à la coopérative agricole de Virieux, qui les louait à de petits fermiers et qui lui avait commandé, aux mêmes fins, une moissonneuse-lieuse pour l'été suivant.

C'était une bonne année et il serait en mesure de payer une tranche importante de ce qu'il devait sur la maison.

— Nous en arrivons au 31 octobre. Qu'avez-vous fait ce jour-là ?

— Je suis allé voir un client à Vermoise, à trente-deux kilomètres, et j'ai travaillé une partie de la journée sur un tracteur défectueux. Je n'arrivais pas à trouver ce qui clochait et j'ai déjeuné à la ferme.

— Vous êtes revenu par Triant ? Vous êtes passé chez votre frère ?

— C'était mon chemin et j'ai l'habitude d'aller bavarder un moment avec Vincent et Lucia.

— Vous ne leur avez pas fait part de vos appréhensions ? Ni d'un changement possible, sinon probable, dans votre existence ?

— Quel changement ?

— Nous y reviendrons plus tard. Vous êtes rentré chez vous et vous avez dîné. Après quoi vous avez regardé la télévision, installée deux semaines auparavant. C'est ce que vous avez affirmé à l'inspecteur de la police judiciaire dont j'ai le rapport sous les yeux. Vous êtes monté vous coucher en même temps que votre femme ?

— Certainement.

— Vous n'étiez pas au courant de ce qui se passait, cette nuit-là, à moins d'un demi-kilomètre de chez vous ?

— Comment l'aurais-je été ?

— Vous oubliez les lettres, Falcone. Vous les niez, c'est vrai, mais moi, j'en tiens compte. Le lendemain, jour de Toussaint, vous êtes descendu vers l'église, à dix heures environ, en tenant votre fille par la main.

— C'est exact.

— Vous êtes donc passé en face de l'épicerie.

— Les volets étaient fermés, comme ils le sont les dimanches et les jours fériés.

— Ceux du premier étage étaient fermés aussi ?

— Je n'ai pas levé la tête.

— Votre indifférence signifie-t-elle que vous considériez vos relations avec Andrée Despierre comme terminées ?

— Je crois.

— Ou bien, si vous n'avez pas levé les yeux, n'est-ce pas parce que vous saviez déjà ?

— Je ne savais pas.

— Plusieurs personnes étaient groupées sur le trottoir devant le magasin.

— Des gens se rassemblent chaque dimanche sur la place avant et après la grand-messe.

— Quand avez-vous appris la mort de Nicolas ?

— Au début du sermon. Dès qu'il est monté en chaire, l'abbé Louvette a invité les fidèles à prier avec lui pour le repos de l'âme de Nicolas Despierre, décédé au cours de la nuit, à l'âge de trente-trois ans.

— Quel effet cela vous a-t-il produit ?

— J'ai été très frappé.

— Vous êtes-vous rendu compte qu'après les paroles du prêtre plusieurs personnes se sont tournées vers vous ?

— Non.

— J'ai ici le témoignage du ferblantier, Pirou, qui est aussi garde champêtre assermenté et qui l'affirme.

— C'est possible. Je ne vois pas comment les habitants de Saint-Justin auraient pu être au courant.

— Au courant de quoi ?

— De mes relations avec Andrée.

— En sortant de l'église, vous ne vous êtes pas attardé et vous avez évité de vous rendre sur la tombe de votre mère.

— Nous avions convenu, ma femme et moi, que nous irions l'après-midi au cimetière.

— En chemin, Didier, le maréchal-ferrant, votre plus proche voisin, vous a rejoint et a fait un bout de route avec vous. Il vous a dit :

» — *Sûrement que ça devait arriver un jour ou l'autre, mais je ne m'attendais pas à ce que ce soit si tôt. Il va y avoir une heureuse !*

— Il l'a peut-être dit. Je ne m'en souviens pas.

— Peut-être étiez-vous trop ému pour l'entendre ?

Que dire ? Oui ? Non ? Il n'y avait pas de mots. Il était assommé. Il se rappelait seulement la petite main gantée de laine de Marianne au creux de la sienne et la pluie qui recommençait à tomber.

Le téléphone sonnait sur le bureau du juge et l'interrogatoire était interrompu par un long entretien où il était question d'un nommé Martin, d'une bijouterie et d'un témoin qui s'obstinait à ne pas dire ce qu'il savait.

Pour autant qu'il pouvait comprendre, Tony supposait que le procureur de la République était à l'autre bout du fil, un homme aux airs importants qu'il n'avait vu que pendant une demi-heure et qui lui faisait peur.

Diem, lui, ne lui faisait pas peur. C'était un sentiment très différent. Il lui semblait qu'un rien aurait suffi pour qu'ils se comprennent, et même qu'ils deviennent amis, mais ce rien ne se produisait pas.

— Excusez-moi, monsieur Falcone, murmurait-il en raccrochant.

— De rien.

— Où en étions-nous ? Ah ! oui, à votre retour de la grand-messe. Je suppose que vous avez annoncé la nouvelle à votre femme ?

— Ma fille l'a fait. Dès le seuil, elle m'a lâché la main et s'est précipitée dans la cuisine.

La maison avait son odeur du dimanche, celle du rôti que Gisèle, accroupie devant le four ouvert, était occupée à arroser de jus. Ils mangeaient du rôti de bœuf chaque dimanche, clouté de girofle, garni de petits pois et de purée de pommes de terre. Le mardi, c'était le pot-au-feu.

Il ne se rendait pas compte, à l'époque, de ce que ces traditions avaient de rassurant.

— Vous rappelez-vous les paroles de votre fille ?

— Elle a lancé avec animation :

» — Maman ! Une grande nouvelle ! Nicolas est mort !

— Quelle a été la réaction de votre femme ?

— Elle s'est tournée vers moi en demandant :

» — C'est vrai, Tony ?

Il mentait à nouveau, par omission, et son regard évitait celui du juge. A la vérité, Gisèle était devenue pâle et avait failli laisser tomber la cuiller de bois. Il n'était pas moins troublé qu'elle. Un bon moment plus tard, seulement, elle avait murmuré à mi-voix, sans s'adresser à personne en particulier :

— C'est encore lui qui m'a servie hier matin...

Cette phrase, il pouvait la répéter au juge. Bien qu'il n'y eût rien de vraiment dangereux dans ce qui avait suivi, il préférait ne pas le mentionner devant le magistrat. Marianne avait fourni un intermède.

— J'irai à l'enterrement ?

— Les enfants n'assistent pas aux enterrements.

— Josette l'a fait.

— Parce qu'il s'agissait de son grand-père.

Elle était allée jouer dans la pièce voisine et c'est alors que Gisèle, sans regarder son mari, avait prononcé :

— Que va faire Andrée ?

— Je n'en sais rien.

— Tu ne dois pas présenter tes condoléances ?

— Pas aujourd'hui. Il sera temps le matin de l'enterrement.

— Cela a dû se passer hier soir ou cette nuit ?

De toute la journée, elle n'avait pas été la même.

— Et les jours suivants ? insistait le petit juge.

— J'ai été presque tout le temps absent de la maison.

— Vous n'avez pas essayé de savoir dans quelles circonstances Nicolas était mort ?

— Je n'ai pas mis les pieds au village.

— Pas même pour prendre votre courrier ?

— Je suis allé à la poste, pas plus loin.

Diem consultait son dossier.

— Je vois que, si l'épicerie a été fermée le jour de la Toussaint, elle a ouvert ses portes le matin du jour des Morts.

— C'est l'habitude au village.

— Qui se trouvait derrière le comptoir ?

— Je l'ignore.

— Votre femme n'a pas effectué d'achats chez Despierre ce jour-là ?

— Je ne m'en souviens pas. Probablement que si.

— Mais elle ne vous a parlé de rien ?

— Non.

Ce qu'il savait, c'est qu'il pleuvait et que le vent secouait les arbres, que Marianne était difficile comme chaque fois que le mauvais temps l'empêchait de jouer dehors.

— Je vais vous apprendre ce qui s'est passé à l'épicerie. Depuis plusieurs jours, Nicolas Despierre était nerveux, taciturne, ce qui, en général, annonçait une crise.

» Pendant ces périodes-là, il prenait chaque soir, sur ordre du docteur Riquet, qui nous l'a confirmé, un cachet de bromure.

» Le 31 octobre, sa mère est venue le voir vers huit heures du soir, après son dîner, alors qu'Andrée faisait la vaisselle, et elle s'est plainte de commencer la grippe.

Cette histoire était familière à Tony, qui en avait entendu parler.

— Savez-vous, monsieur Falcone, que ce soir-là, par exception, le docteur Riquet était absent de Saint-Justin jusqu'au lendemain dans la matinée parce qu'il s'était rendu à Niort pour voir une sœur malade ?

— Je l'ignorais.

— Je suppose qu'il soignait votre famille aussi. Vous savez donc qu'il ne s'absentait pratiquement jamais et qu'il ne prenait pas toujours de vacances. La veille, en fin de matinée, il était venu à l'épicerie pour voir Nicolas et annoncer ce déplacement.

Avec sa barbe en broussaille, le docteur avait l'air d'un chien barbet et il ne dédaignait pas faire sa partie de cartes en vidant des chopines au Café de la Gare.

— Ajoutez à son absence la grippe de Mme Despierre. Voyez-vous où je veux en venir ? A trois heures du matin, votre amie Andrée a téléphoné chez le médecin comme si elle ignorait son absence. Elle n'a eu que la servante au bout du fil, car Mme Riquet accompagnait son mari.

» Au lieu d'appeler un médecin de Triant, elle est allée, en robe de chambre, éveiller sa belle-mère de l'autre côté du jardin et, quand les deux femmes sont entrées dans la chambre, Nicolas était mort.

Il écoutait, gêné, ne sachant quelle attitude prendre.

— Mme Despierre, puisqu'il était de toute façon trop tard, n'a pas jugé utile de faire venir un médecin étranger au village et ce n'est que le lendemain matin à onze heures que le docteur Riquet est arrivé au chevet de Nicolas.

» Étant donné les antécédents, il l'a à peine examiné avant de signer le permis d'inhumer. Par la suite, il a exposé les raisons médicales pour lesquelles quatre-vingt-dix pour cent de ses confrères auraient agi comme lui à sa place.

» Cela n'a pas empêché que, dès le lendemain, des rumeurs courent le village. Vous n'en avez rien su ?

— Non.

Il était sincère, cette fois. Beaucoup plus tard, seulement, il avait appris avec stupeur qu'à cette époque, déjà, à Saint-Justin, on associait son nom à celui d'Andrée.

— Vous connaissez la campagne mieux que moi, monsieur Falcone. Vous ne devez donc pas vous étonner si ces bruits arrivent rarement aux oreilles des intéressés, presque jamais à celles de la police ou de l'administration.

» Il a fallu des mois et de nouveaux événements pour que les langues se délient. Même alors, l'inspecteur Mani et moi avons eu beaucoup de peine à obtenir des dépositions sincères.

» Nous y sommes arrivés à force de patience et j'ai ici un épais dossier qui a été communiqué à votre avocat. Maître Demarié a dû vous en parler.

Il faisait oui de la tête. En réalité, il ne comprenait pas encore. Pendant onze mois, Andrée et lui avaient pris toutes les précautions imaginables pour que nul ne soupçonne leurs relations.

Non seulement Tony évitait dans la mesure du possible de mettre les pieds à l'épicerie, mais lorsqu'il y était obligé, il s'adressait à Nicolas plutôt qu'à sa femme. S'il la croisait dans la foule, au marché de Triant, il se contentait de la saluer d'un geste vague.

Sauf la rencontre de septembre, au bord de la route, ils ne s'étaient retrouvés que dans la chambre bleue et ils y arrivaient séparément, chacun par une porte différente, chacun laissant sa voiture à bonne distance de l'hôtel.

Ni son frère ni sa belle-sœur n'avaient parlé, il en avait la conviction. Il n'avait pas moins confiance dans la discrétion de Françoise.

— On vous associait si bien l'un à l'autre qu'à l'enterrement tout le monde vous observait et qu'on regardait votre femme avec pitié.

Il l'avait senti et en avait été effrayé.

— Il est difficile de savoir comment ces bruits prennent naissance mais, dès qu'ils ont commencé à courir, rien ne peut les arrêter. On a d'abord murmuré que la mort de Nicolas venait à point et que sa femme devait se sentir soulagée.

» Puis quelqu'un a noté l'absence du médecin cette nuit-là, absence providentielle pour une personne désirant se débarrasser de l'épicier et faire croire qu'il avait succombé à une de ses crises.

» Appelé plus tôt, quand Nicolas était encore en vie, le docteur Riquet aurait sans doute fait un autre diagnostic.

Tout cela était vrai. Il n'avait rien à répliquer.

— On a fort remarqué aussi qu'aux obsèques vous vous teniez au dernier rang, comme pour mettre la plus grande distance possible entre votre maîtresse et vous, et votre comportement a été considéré par d'aucuns comme une ruse.

Il s'essuyait le visage de son mouchoir, car il était en sueur. Il avait vécu des mois sans se douter qu'il était épié et que chacun savait, à Saint-Justin, qu'il était l'amant d'Andrée, que chacun se demandait ce qui allait arriver.

— En toute sincérité, Falcone, croyez-vous que votre femme était moins bien informée que les autres et que, comme les autres, elle ne s'attendait pas à quelque chose ?

Il secoua la tête, sans énergie, car il n'était plus sûr de lui.

— A supposer qu'elle ait connu vos rapports avec Andrée, vous en aurait-elle parlé ?

— Peut-être que non.

Certainement pas. Ce n'était pas dans son caractère. La preuve, c'est qu'elle n'avait jamais fait allusion à d'autres aventures qu'elle n'avait pas ignorées.

Il n'aurait accepté de revivre cet hiver-là pour rien au monde, et pourtant il n'avait jamais eu autant la sensation d'appartenir aux siens, la sensation qu'ils étaient trois, qu'ils formaient un tout, une sensation d'intimité presque animale, comme s'il avait été blotti au fond d'un terrier avec sa femelle et son petit.

L'atmosphère de la maison, aux couleurs qu'ils avaient choisies si gaies, était devenue sourde, oppressante. Quand ses affaires l'exigeaient, il ne s'en arrachait qu'à contrecœur, conscient d'un danger, d'un événement qui pourrait se produire en son absence.

— Vous n'avez pas revu votre maîtresse de tout l'hiver, monsieur Falcone ?

— Je l'ai peut-être aperçue de loin. Je jure que je ne lui ai pas adressé une seule fois la parole.

— Vous n'êtes pas allé la retrouver chez votre frère ?

— A plus forte raison.

— N'a-t-elle pas, à plusieurs reprises, fait le signal ?

— Je ne l'ai aperçu qu'une fois. Le jeudi, en particulier, j'évitais la rue Neuve.

— Cela vous est donc arrivé d'y passer un jeudi. A quelle époque ?

— Au début de décembre. Je me rendais à la gare et j'ai pris au plus court. Cela m'a surpris de voir la serviette à la fenêtre et je me suis demandé si c'était intentionnel.

— Vous n'êtes pas allé à Triant ce jour-là ?

— Non.

— Vous avez vu passer la 2 CV ?

— Pas à l'aller. A son retour. J'étais dans mon bureau quand j'ai entendu deux ou trois coups de klaxon qu'Andrée semblait me lancer en passant.

— Votre frère vous a parlé de sa visite ?

— Oui.

— Il vous a appris qu'elle était montée directement dans la chambre bleue, que, selon Françoise, elle s'y était dévêtue et qu'elle vous avait attendu, sur le lit, plus d'une demi-heure ?

— Oui.

— De quel message a-t-elle chargé Françoise ?

— De me dire qu'il était indispensable que nous ayons un entretien.

— Françoise vous a décrit l'état dans lequel elle se trouvait après cette demi-heure d'attente ?

— Elle m'a avoué qu'Andrée lui avait fait peur.

— Pourquoi ?

— Elle n'a pas pu me l'expliquer.

— Vous avez eu une conversation à ce sujet avec votre frère ?

— Oui. Il m'a conseillé de laisser tomber. Ce sont les mots qu'il a employés. Je lui ai répondu que c'était fait depuis longtemps. Il a riposté :

» — C'est peut-être fini pour toi. Pas pour elle !

Les pluies avaient duré jusqu'à la mi-décembre, noyant les prés bas, suivies par un assez grand froid puis, le 20 ou le 21, par de la neige. Marianne ne se tenait pas de joie et, chaque matin, se précipitait à la fenêtre pour s'assurer que la neige n'avait pas fondu.

— J'aimerais tant qu'elle tienne jusqu'à Noël !

Elle n'avait pas encore eu la chance d'un Noël blanc. Les années précédentes, il pleuvait ou gelait.

Maintenant qu'elle était grande, comme elle disait fièrement depuis qu'elle allait à l'école, elle avait aidé son père à garnir le sapin et c'était elle qui avait placé les bergers et les moutons de plâtre autour de la crèche.

— Vous prétendez avoir tout ignoré de ce qui se passait chez les Despierre ?

— Je savais, par ma femme, que la mère avait repris sa place au magasin, mais que les deux femmes ne se parlaient toujours pas.

— N'a-t-il pas été question d'un procès ?

— J'ai entendu une conversation à ce sujet dans un café.

Son métier l'obligeait à passer un certain temps dans les petits cafés de village, la plupart du temps mal éclairés, où les hommes restent des heures immobiles devant des chopines en discutant à voix de plus en plus forte. On comptait six cafés à Saint-Justin, trois d'entre eux, il est vrai, n'étant fréquentés que les jours de foire.

— Vous vous attendiez, vous aussi, à ce qu'elles aillent devant les tribunaux ?

— Je vous affirme, monsieur le juge, que je ne m'en occupais pas.

— Vous n'en étiez pas moins au courant de la situation ?

— Comme tout le monde. On prétendait que la vieille Despierre, si maligne qu'elle fût, avait fait un mauvais marché et qu'Andrée, en fin de compte, tenait le bon bout.

— Vous ignoriez si c'était exact ?

— Comment l'aurais-je su ?

— Votre maîtresse, au cours de vos onze mois de relations, ne vous a pas confié qu'elle était mariée sous le régime de la communauté des biens ?

— Il n'était jamais question, entre nous, de son mariage.

Ils avaient si peu parlé, en vérité, et ils auraient été mieux inspirés de se taire complètement. La preuve, c'est que le juge Diem en revenait une fois de plus au dernier jeudi de la chambre bleue.

— Vous avez pourtant évoqué votre avenir à tous les deux.

— C'étaient des phrases sans suite, que nous ne prononcions pas sérieusement.

— Andrée non plus ? Vous en êtes certain ? Permettez-moi de vous rappeler que, deux mois avant la mort de son mari, elle envisageait cet événement.

Il allait protester, mais Diem continuait :

— Peut-être pas en termes précis. Elle n'en faisait pas moins allusion à sa disparition lorsqu'elle s'enquérait de votre attitude quand elle serait libre.

Il aurait tout donné, un bras, une jambe, un œil pour que certains mots n'eussent jamais été prononcés. Il avait honte de les avoir écoutés sans révolte, haïssait le Tony debout devant la glace, étanchant le sang de sa lèvre, fier d'être nu dans un rayon de soleil, d'être un beau mâle qu'on admirait, fier de voir son sperme s'écouler de la vulve d'une femelle.

— *Tu aimerais vivre toujours avec moi ?*

Un peu plus tard :

— *Tu saignes encore ?*

Elle se félicitait, elle, de l'avoir mordu, de l'obliger à rentrer chez lui en montrant à sa femme et à sa fille la trace de leurs ébats !

— *Que diras-tu si elle te questionne ?*

Elle, c'était Gisèle, et il en parlait légèrement, comme si elle n'avait pas d'importance.

— *Je lui dirai que je me suis cogné à mon pare-brise, par exemple, en freinant trop brusquement.*

Il sentait si bien que cette phrase-là constituait une trahison que, quand Marianne, et non Gisèle, lui avait parlé de l'enflure à sa lèvre, il avait changé d'explication et avait remplacé le pare-brise par un poteau.

— *Tu aimerais passer toute ta vie avec moi ?*

Que serait-il arrivé si le train n'avait pas sifflé, comme pour lui lancer un avertissement, alors qu'elle prononçait de sa voix de gorge :

— *Dis-moi, Tony. Si je devenais libre...*

Il en arrivait à détester les mots !

— *Tu te rendrais libre aussi ?*

Pouvait-il avouer au juge qu'il avait entendu ces phrases-là bourdonner à ses oreilles tout l'hiver, qu'elles lui revenaient à table, dans la cuisine aux vitres embuées, qu'il les avait même récitées à part lui au moment où sa fille découvrait les jouets au pied de l'arbre de Noël ?

— L'épicerie de la rue Neuve, continuait implacablement Diem, les maisons, les fermes, le hameau de La Guipotte appartiennent aujourd'hui aux deux femmes et Andrée Despierre a le droit d'exiger que l'ensemble des biens passe en vente publique afin de recueillir sa part de la succession.

Il laissait planer un long silence.

— Il en a été beaucoup question à Saint-Justin, n'est-ce pas ?

— Je crois. Oui.

— N'a-t-on pas prétendu que la vieille Despierre n'accepterait pas de voir une partie de son bien tomber dans des mains étrangères ? N'est-ce pas la raison de son retour au magasin, aux côtés d'une belle-fille qu'elle déteste et à qui elle n'adresse pas la parole ? La décision dépendait d'Andrée. La décision d'Andrée dépendait de la vôtre...

Il ne pouvait s'empêcher de sursauter, d'ouvrir la bouche pour s'inscrire en faux.

— Je répète ce qui se chuchotait de bouche à oreille. Voilà pourquoi on vous observait, en se demandant quel parti vous alliez prendre. La vieille Despierre appartient au village, fait corps avec lui, même si on lui reproche son avarice et sa dureté.

» Par contre, on n'a jamais aimé les grands airs d'Andrée et on ne la tolérait qu'à cause du souvenir laissé par son père.

» Quant à vous, non seulement vous êtes d'origine étrangère, mais vous avez abandonné le pays pendant dix ans et on s'est demandé la raison de votre retour.

— Où voulez-vous en venir ?

— A rien de précis. Les paris étaient ouverts. Beaucoup s'attendaient à ce qu'Andrée fasse vendre malgré tout, avec l'aide des tribunaux au besoin, et qu'une fois en possession du magot elle quitte Saint-Justin en votre compagnie.

» La personne qu'on plaignait le plus, c'était votre femme, malgré ses rapports assez vagues avec les gens du bourg. Savez-vous comment certains l'appelaient ? *La petite dame si douce qui se donne tant de mal.*

Diem souriait en posant un index sur un des dossiers.

— Tout ce que je vous répète aujourd'hui se trouve ici, noir sur blanc. Ils ont fini par parler. Votre avocat, je le répète, possède un double du dossier. Il aurait pu assister à ces interrogatoires. C'est lui, avec votre accord, qui a préféré vous laisser livré à vous-même.

— Je le lui ai demandé.

— Je sais. Encore que je ne comprenne pas pourquoi.

A quoi bon expliquer que, quand il allait se confesser, la présence du prêtre derrière le grillage ne le gênait pas, mais qu'une tierce personne l'aurait rendu muet. Diem, malgré son feint étonnement, le savait si bien qu'au moment d'aborder un point délicat, un sujet intime, il prenait soin de donner congé à son greffier.

— Et maintenant, monsieur Falcone, si nous en venions aux deux dernières lettres, celle de fin décembre et celle du 20 janvier ?

5

Son avocat aussi s'obstinait à lui parler des lettres.

— Pourquoi n'avouez-vous pas la vérité sur ce point comme sur les autres ? Il y a une certitude que vous avez reçu ces lettres. Il est inimaginable que le receveur de Saint-Justin les ait inventées.

Il répétait, comme un gamin qui a menti et qui, par orgueil, s'en tient à son mensonge :

— J'ignore de quoi il s'agit.

Chez lui, ce n'était pas de l'orgueil, mais peut-être un reste de fidélité à la chambre bleue. Il n'avait jamais eu l'intention d'épouser Andrée. Même s'ils avaient été libres tous les deux, s'ils n'avaient été mariés ni l'un ni l'autre, l'idée ne lui serait pas venue d'en faire sa femme.

Pourquoi ? Il n'en savait rien.

— Avouez que sa passion vous effrayait, avait suggéré le professeur Bigot. Cela a dû vous causer un choc, le soir de septembre, en bordure du petit bois, quand vous avez découvert que celle que vous appeliez la statue, calme et orgueilleuse, pouvait se transformer en femelle déchaînée.

— J'en ai été surpris.

— Flatté aussi, vraisemblablement. Car il semble ressortir des événements qu'elle était sincère en prétendant vous aimer depuis les bancs de l'école.

— Je me suis senti un peu responsable.

— Responsable de cette passion ?

— Ce n'est pas le mot. Il m'a semblé que je lui devais quelque chose. Je m'excuse de la comparaison, qui n'est pas exacte. Quand un chat perdu s'attache à vos pas en poussant des miaulements suppliants et qu'ensuite il ne quitte plus votre seuil, vous vous sentez responsable de ce qui pourrait lui arriver.

Bigot paraissait comprendre. Cet entretien avait eu lieu la deuxième ou la troisième semaine que Tony passait en prison. La première fois qu'on l'en avait sorti pour le conduire au Palais de Justice, on avait pris des précautions exceptionnelles, à cause des journalistes, des photographes et des curieux qui s'étaient massés sur le grand escalier.

Au moment où il s'apprêtait à monter dans le panier à salade, le directeur s'était précipité, alerté par un coup de téléphone du Parquet, et on l'avait reconduit dans sa cellule pour près d'une heure.

Quand on l'avait emmené à nouveau, ce n'étaient plus des gendarmes qui l'encadraient, mais l'inspecteur Mani et un autre policier en civil. La voiture cellulaire n'était plus dans la cour de la prison car, pour tromper la foule, on l'avait envoyée en avant avec deux prévenus quelconques.

Il s'installait, lui, dans une voiture ordinaire, sans marque distinctive, qui s'arrêtait derrière le Palais, près d'une petite porte.

Pendant deux semaines, on avait joué le même jeu. La population, excitée par la presse, était montée contre lui et menaçait de lui faire un mauvais parti.

Maintenant que deux mois étaient écoulés, la plupart des reporters de Paris et des grandes villes avaient quitté Poitiers, laissant le soin de suivre l'affaire aux correspondants locaux et aux représentants des agences.

Il lui était arrivé de voir, dans les magazines et les actualités cinématographiques, des accusés, protégés par la force publique, fonçant à travers la foule vers la porte d'un Palais de Justice ou d'une prison en s'efforçant de se cacher le visage.

Il tenait ce rôle, à présent, sauf qu'il ne se voilait pas la face. Avait-il, comme les autres, le regard de quelqu'un qui n'appartient déjà plus à la société humaine et qui se demande pourquoi ?

Il conservait son sang-froid. Chez le juge d'instruction, il n'était pas un homme traqué. Il répondait de son mieux, en bon élève, mettant sa coquetterie à se montrer sincère et précis, sauf quand il était question des lettres. Il était convaincu que, s'il cédait sur ce point, il serait entraîné dans un engrenage sans fin.

Il avait reçu la lettre de décembre la veille du Nouvel An, alors que la neige gelée craquait sous les pas. On commençait à lancer aux gens qu'on rencontrait :

— Bonne année !

— Je te la souhaite heureuse !

Le ciel était clair, l'air sec et vif. Des gamins avaient aménagé une glissoire au milieu de la rue Neuve et s'élançaient tour à tour. Le receveur ne lui avait adressé aucune remarque en lui tendant son courrier, que Tony avait l'habitude de parcourir dans un coin du bureau de poste.

Bonne notre année.

Le choc dans la poitrine, le spasme, avaient été plus violents que les autres fois. Il flairait dans ce message une menace mystérieuse.

Les mots avaient été choisis à dessein, c'était évident, et il s'efforçait de les traduire. Le *notre* ne révélait-il pas le fond de la pensée d'Andrée ?

Ce billet de fin d'année, il l'avait brûlé, car il n'y avait presque plus d'eau dans l'Orneau, dont les bords se couvraient d'une pellicule de glace.

Le lendemain matin, ils étaient allés tous les trois présenter leurs vœux au vieil Angelo. Son père n'avait pour ainsi dire pas parlé, évitant de regarder Marianne, Tony croyait savoir pourquoi. Ne lui rappelait-elle pas à la fois sa fille et sa femme mortes ?

L'après-midi, ils s'étaient rendus, comme les autres années, chez son frère, qui était obligé de garder l'hôtel et le café ouverts.

Tôt matin, dans la cuisine, où il avait trouvé sa femme seule, il l'avait serrée contre lui, tenant un bon moment sa tête contre son épaule.

— Bonne année, Gisèle.

Avait-elle senti qu'il y mettait plus de ferveur que les autres fois ? Avait-elle compris qu'il était inquiet et n'osait pas croire à une année heureuse ?

— Bonne année, Tony.

Elle l'avait regardé ensuite en souriant mais, comme elle n'allait jamais jusqu'au bout d'un sourire, il en avait été plus mélancolique que joyeux.

Depuis que Marianne allait à l'école, ils prenaient leurs repas de midi en tête à tête, sa femme et lui. Beaucoup d'enfants venaient de fermes distantes de plusieurs kilomètres et n'auraient pas eu le temps de rentrer chez eux pour déjeuner. L'instituteur avait organisé une cantine et Marianne, que l'école passionnait, avait supplié ses parents pour qu'ils l'y laissent manger.

— Cela lui passera. Je suis persuadée que, l'an prochain, elle changera d'avis.

Il n'était pas toujours facile à Tony de rester assis en face de Gisèle sans rien lui laisser voir de ses préoccupations. De quoi parlaient-ils ? L'un et l'autre craignaient le silence et ils engageaient la conversation sur n'importe quel sujet, prononçant, du bout des lèvres, des phrases sans importance et sursautant quand ils étaient soudain surpris par le vide.

La dernière lettre avait encore aggravé les choses. C'était presque un ordre qu'Andrée lui donnait, en même temps qu'un rappel de ce qu'elle considérait comme une promesse. Le texte ne comportait que deux mots, tracés en grands caractères qui couvraient la largeur de la page.

A toi !

Il avait ouvert l'enveloppe, comme toujours, dans le bureau de poste, sur le pupitre où se trouvait l'encre violette, une plume cassée, des formules de télégrammes et de mandats. Il n'aurait pas pu dire par la suite comment il s'était comporté, mal, sans doute, puisque M. Bouvier, derrière son guichet, lui avait demandé avec sollicitude :

— Mauvaises nouvelles, Tony ?

Et le receveur devait déclarer à l'instruction :

— Je ne l'avais pas encore vu comme ça. On aurait dit un homme qui vient de recevoir sa condamnation à mort. Il m'a regardé sans répondre et je ne suis pas sûr qu'il me voyait, puis il s'est précipité dehors en laissant la porte ouverte.

Heureusement qu'il avait sa voiture, ce jour-là, car il devait visiter des fermes. Il avait roulé droit devant lui, l'œil dur, sans se préoccuper des clients qui l'attendaient. Il allait n'importe où, essayant désespérément d'interpréter les deux mots d'une façon rassurante, tout en se rendant compte qu'il se leurrait.

Andrée avait bel et bien voulu dire :

— A ton tour !

— *Quand je pense au nombre d'années que j'ai perdues par ta faute.*

Elle n'était plus disposée à en perdre. Maintenant qu'elle avait pris possession de lui, elle allait enfin réaliser son rêve d'enfant, de jeune fille, de femme.

Était-ce croyable qu'elle ait attendu Tony si longtemps sans que rien ne parvienne à la distraire de sa hantise ?

Le psychiatre paraissait le croire. Peut-être avait-il connu des cas similaires.

Elle lui disait, en définitive, résumant sa pensée en deux petits mots :

— J'ai accompli ma part. A toi d'accomplir la tienne.

Sinon ? Car une menace était sous-entendue. Il n'avait pas protesté quand elle avait prononcé derrière son dos :

— *Dis-moi, Tony. Si je devenais libre...*

Elle était libre depuis deux mois, il refusait de savoir à la suite de quelles circonstances. Libre et riche. Elle avait le droit de disposer, sans rendre de comptes à personne, du reste de son existence.

— *Tu te rendrais libre aussi ?*

Il n'avait pas répondu. Ne savait-elle pas, dans son for intérieur, qu'il avait volontairement évité de répondre ? Certes, il y avait eu ce bruit strident, rageur de la locomotive. Andrée pouvait s'imaginer qu'il avait dit oui, ou qu'il avait acquiescé de la tête.

A toi !

Quelle décision espérait-elle qu'il allait prendre, sans envisager la possibilité d'un refus ?

Qu'il divorce ? Qu'il aille trouver Gisèle et lui déclare de but en blanc...

Ce n'était pas pensable. Il n'avait aucun grief contre sa femme. Il l'avait choisie en connaissance de cause. Ce n'était pas une maîtresse échevelée qu'il désirait épouser mais exactement la femme qu'elle était et l'effacement de Gisèle ne lui avait pas déplu, au contraire.

On ne passe pas sa vie sur un lit, dans une chambre vibrante de soleil, à subir la fureur de deux corps nus.

Gisèle était sa compagne, la mère de Marianne, celle qui descendait la première, le matin, pour allumer le feu, qui gardait la maison propre et gaie et qui, lorsqu'il rentrait, ne lui posait pas de questions.

Ils vieilliraient ensemble, plus proches l'un de l'autre, parce qu'ils auraient plus de souvenirs communs, et il était arrivé à Tony d'imaginer les entretiens qu'ils auraient plus tard, quand ils commenceraient à se sentir vieux.

— Tu te souviens de ta grande passion ?

Qui sait ? Avec l'âge, le sourire de Gisèle mûrirait, détendrait complètement ses lèvres. Il répondrait, flatté, un peu honteux :

— Le mot est exagéré.

— Tu ne te voyais pas, quand tu revenais de Triant.

— J'étais jeune.

— Heureusement que je te connaissais déjà bien. J'avais confiance en toi, ce qui ne m'empêchait pas, parfois, d'être prise de peur. Surtout après la mort de Nicolas. Elle se trouvait soudain libre.

— Elle a essayé...

— De t'amener à divorcer ? Au fond, je me demande si elle ne t'aimait pas plus que moi.

Il lui prendrait la main, dans le crépuscule. Car il imaginait cette scène sur le seuil de leur maison, l'été, à la nuit tombante.

— Je la plains. Déjà alors, il y avait des jours où je la plaignais.

Et voilà qu'on lui ordonnait, en deux mots, d'en finir avec Gisèle !

A toi !

Plus il les tournait dans sa tête et plus ils devenaient sinistres. Andrée n'avait pas divorcé. Nicolas était mort. Personne, sauf elle, n'avait assisté à son agonie, dans la chambre au-dessus de l'épicerie. Elle avait attendu qu'il ait cessé de vivre pour aller, au fond du jardin, avertir sa belle-mère.

Était-ce réellement à un divorce qu'elle songeait pour lui ?

A toi !

Il en arrivait à crier, rageur, en conduisant sa voiture sur les routes sans savoir où il était :

— A toi ! A toi ! A toi ! A toi...

De quel moyen disposait-il pour dissiper ce cauchemar ? Aller trouver Andrée, chez elle, et lui déclarer carrément :

— Je ne quitterai jamais ma femme. Je l'aime.

— Et moi ?

Oserait-il répondre :

— Je ne t'aime pas.

— Pourtant...

Elle était capable d'aller jusqu'au fond de sa pensée, en le défiant du regard :

— Pourtant, tu m'as laissée tuer Nicolas.

Il l'avait tout de suite soupçonnée. Gisèle aussi. Et la plupart des habitants du bourg. Ce n'était qu'une supposition. On ignorait ce qui s'était passé. Peut-être l'avait-elle seulement laissé mourir en évitant de lui porter secours.

Il n'y était pour rien.

— Tu sais bien, Andrée, que...

Il ne pouvait même pas la fuir en quittant Saint-Justin avec sa famille. Il n'avait pas fini de payer leur maison, le hangar, l'outillage. Il commençait seulement à connaître une certaine prospérité et à donner aux siens une vie confortable.

C'était incohérent, invraisemblable. Il avait fini par descendre d'auto devant une auberge pour boire. On connaissait si bien sa sobriété que la femme qui le servait tout en surveillant un bébé assis par terre le regardait avec inquiétude. Plus tard, elle devait déposer, elle aussi.

L'inspecteur Mani ne s'était pas laissé rebuter par le mutisme des gens des campagnes, revenant à charge autant de fois qu'il était nécessaire.

— Voulez-vous que je vous lise la déposition du receveur concernant cette dernière lettre ?

— C'est inutile.

— Vous prétendez qu'il a menti, qu'il a inventé l'incident de la porte laissée ouverte ?

— Je ne prétends rien.

— Un des fermiers que vous deviez rencontrer ce matin-là a téléphoné chez vous pour savoir si vous étiez retardé ou si vous ne viendriez pas. Votre femme lui a répondu que vous étiez en route. Est-ce exact ?

— Sans doute.

— Où êtes-vous allé ?

— Je ne m'en souviens pas.

— En général, vous avez une mémoire remarquable. A l'Auberge des Quatre Vents, vous avez bu, non pas de la bière ou du vin, mais du marc. Il était rare que vous preniez de l'alcool. Vous en avez consommé quatre verres coup sur coup, puis vous avez regardé l'horloge, derrière le comptoir et vous avez paru surpris qu'il soit déjà midi...

Il avait roulé très vite, afin d'arriver chez lui à l'heure du déjeuner. Gisèle avait compris qu'il avait bu. Un moment, il lui en avait voulu. Avait-elle le droit, sous prétexte qu'il l'avait épousée, de passer son temps à l'observer ? Il en avait assez d'être espionné ! Elle ne disait rien, c'est vrai, mais c'était pire que si elle lui avait adressé des reproches.

Il était libre ! Il était un homme libre ! Et, que cela plaise à sa femme ou non, il était le chef de famille. C'était lui qui les faisait vivre, lui qui travaillait d'arrache-pied pour les tirer de leur médiocrité. C'était lui le responsable !

Elle se taisait et, à l'autre bout de la table, il se taisait aussi. Parfois, il lui lançait un coup d'œil furtif, un peu honteux, car il savait, au fond, qu'il avait tort. Il n'aurait pas dû boire.

— Tu sais, ce n'est pas ma faute. Avec les clients, on ne peut pas refuser.

— Au fait, Brambois a téléphoné.

Pourquoi donc l'obligeait-on à mentir ? Cela l'humiliait, l'emplissait de rancune.

— Je n'ai pas eu le temps d'aller à sa ferme parce qu'on m'a retenu ailleurs.

A toi ! A toi ! A toi !

Elle était là, devant lui, à manger il ne savait même pas quoi en s'efforçant de ne pas le regarder parce qu'elle le sentait irritable.

Qu'est-ce qu'Andrée attendait de lui ? Qu'il la tue ?

Voilà ! Il y arrivait. Il osait enfin regarder en face les pensées qui avaient bouillonné dans sa tête. Est-ce que le professeur Bigot, avec ses questions prudentes, qui allaient toujours un peu plus en profondeur, comme une vrille, ne l'avait pas aidé à en arriver là ?

Il ne lui avait pas tout dit, bien sûr. Contre toute évidence, il avait continué à nier les lettres.

Il n'en restait pas moins que, ce jour-là, le jour du dernier message et des quatre verres de marc, du marc du pays à 65° qui brûlait la gorge, il s'était posé la question en déjeunant avec sa femme.

Était-ce ça qu'Andrée exigeait de lui ? Qu'il tue Gisèle ?

Du coup, sans transition, son ivresse était devenue sentimentale. Il était coupable. Il éprouvait le besoin de demander pardon. Il tendait la main par-dessus la table pour saisir celle de sa femme.

— Écoute ! Il ne faut pas m'en vouloir. Je suis un peu ivre.

— Tu te reposeras après le déjeuner.

— Cela te fait de la peine, n'est-ce pas ?

— Mais non.

— Je sais que si. Je ne me comporte pas comme je le devrais.

Son intuition l'avertissait qu'il s'aventurait sur un terrain dangereux.

— Tu m'en veux, Gisèle ?

— De quoi ?

— Tu te tracasses à cause de moi, avoue-le.

— Je préfère quand tu es heureux.

— Et tu crois que je ne le suis pas ? C'est ça ? Que me manque-t-il ? J'ai la meilleure des femmes, une fille qui lui ressemble et que j'adore, une jolie maison, mes affaires marchent à merveille. Pourquoi ne serais-je pas heureux, dis ? Bon ! J'ai parfois des soucis. Quand on est né dans une bicoque sans électricité ni eau courante de La Boisselle, il n'est pas aussi facile de se mettre à son compte que les gens se l'imaginent. Pense au chemin parcouru depuis que je t'ai rencontrée à Poitiers. Je n'étais qu'un ouvrier.

Il parlait, parlait, s'exaltant à mesure.

— Je suis le plus heureux des hommes, Gisèle, et si quelqu'un prétend le contraire, dis-lui de ma part qu'il a menti. Le plus heureux des hommes, entends-tu ?

Les larmes lui jaillissaient des yeux, un sanglot menaçait d'éclater dans sa gorge et il s'était précipité au premier étage où il s'était enfermé dans la salle de bains.

Elle ne lui en avait jamais reparlé.

— Je m'excuse de vous poser encore une fois la question, monsieur Falcone. Ce sera la dernière. Avez-vous reçu ces lettres ?

Tony secouait la tête comme pour dire qu'il ne pouvait pas faire autrement que de nier. Diem s'y attendait et se tourna vers le greffier.

— Veuillez aller chercher Mme Despierre.

Si Tony tressaillit, ce fut à peine visible. En tout cas, il ne manifesta pas l'émotion que le magistrat attendait. Cela tenait à ce que, pour tout le monde à Saint-Justin, Mme Despierre, c'était la mère de Nicolas, pas sa femme, que personne n'aurait eu l'idée d'appeler ainsi. La belle-fille, c'était Andrée, voire, pour les plus âgés, la fille Formier.

Il se demandait comment le témoignage de la vieille épicière pouvait éclaircir l'affaire des lettres. L'idée de se trouver en face d'elle lui déplaisait, sans plus. Il s'était levé machinalement. Il attendait, debout, à demi tourné vers la porte.

Et, tout à coup, quand celle-ci s'ouvrit, il se trouva face à face avec Andrée. Un homme corpulent, à l'air bon vivant, la suivait, ainsi qu'un des gendarmes, mais Tony ne voyait qu'elle, que son visage blanc qu'une robe noire faisait paraître plus blanc encore.

Elle aussi le fixait, sereine, un vague sourire amollissant ses traits, et on aurait pu croire qu'elle prenait calmement possession de lui, qu'elle se l'incorporait.

— Bonjour, Tony.

Sa voix de gorge, un peu rauque, enveloppante. Il ne répondait pas :

— Bonjour, Andrée.

Il n'aurait pas pu. Il n'en avait pas envie. Il la saluait gauchement de la tête en se tournant vers Diem comme pour réclamer sa protection.

— Retirez-lui les menottes.

Elle tendait les poignets au gendarme, toujours souriante, et on entendait le double déclic qu'il connaissait bien.

Il n'avait pas remarqué, à Saint-Justin, les rares fois qu'il l'avait aperçue depuis la mort de Nicolas, qu'elle portait le deuil. Son visage, en prison, s'était empâté, son corps avait grossi, juste de quoi la serrer plus étroitement dans ses vêtements, et c'était la première fois qu'il lui voyait des bas noirs.

Le garde sorti, il y eut un instant de flottement. Tout le monde restait debout dans le cabinet exigu que le soleil frappait en plein. Le greffier fut le premier à se rasseoir devant ses papiers, au bout de la table, cependant que le gros homme qui accompagnait Andrée remarquait, surpris :

— Mon confrère Demarié n'est pas ici ?

— M. Falcone ne désire pas sa présence, à moins que, pour cette confrontation, il ne change d'avis. Auquel cas je n'aurai pas à le faire chercher loin, car il m'a laissé savoir qu'il serait jusqu'à six heures au Palais. Que décidez-vous, monsieur Falcone ?

Il sursauta.

— Désirez-vous que j'appelle votre avocat ?

— Pourquoi ?

Alors, le juge Diem et maître Capade marchaient vers la fenêtre où ils avaient, à mi-voix, une conversation technique. Toujours debout, Tony et Andrée n'étaient qu'à un mètre l'un de l'autre. Il aurait presque pu la toucher. Elle le regardait toujours avec les yeux émerveillés d'un enfant qui reçoit enfin un jouet inespéré.

— Tony...

C'était à peine un murmure. Les lèvres seules remuaient en dessinant son nom. Quant à lui, il s'efforçait de regarder ailleurs et il fut soulagé quand, le colloque terminé, le magistrat tendit une chaise à la jeune femme.

— Asseyez-vous. Vous aussi, monsieur Falcone. Il reste une chaise, maître.

Tout le monde en place, il fouillait dans ses dossiers, en sortait un petit agenda relié de toile cirée noire comme on en vendait à l'épicerie.

— Vous reconnaissez cet objet, madame Despierre ?

— Je vous ai déjà répondu que oui.

— C'est exact. Je suis obligé de vous poser un certain nombre de questions que je vous ai posées précédemment et je vous rappelle que vos réponses ont été consignées, ce qui ne vous empêche pas de revenir sur vos déclarations ou de les corriger.

Il se montrait plus officiel qu'avec Tony, presque pompeux, peut-être à cause de la présence de l'avocat. Feuilletant les pages de l'agenda, il murmurait :

— On trouve surtout dans ces pages la mention d'achats à effectuer, de rendez-vous de dentiste ou de couturière. Il s'agit de l'agenda de l'année dernière et les dates de vos rencontres avec Tony Falcone sont marquées d'un trait.

Il ne prévoyait pas que cet agenda allait jouer un rôle capital, ni que, s'il en avait connu plus tôt le contenu, il aurait évité au moins une des accusations.

— La dernière fois, je vous ai demandé le sens des petits cercles que je retrouve chaque mois.

— Je vous ai répondu que je notais ainsi la date de mes règles.

Elle en parlait sans fausse pudeur. Quelques semaines plus tôt, on avait posé à Tony des questions aussi intimes.

— Aux yeux de tous, à Saint-Justin, lui avait dit le juge Diem, Nicolas passait pour stérile, sinon pour impuissant, et le fait est qu'après huit ans de mariage sa femme n'avait pas d'enfant. Le docteur Riquet a d'ailleurs confirmé cette stérilité probable. Vous étiez au courant ?

— Je l'avais entendu dire.

— Bien ! Rappelez-vous maintenant le récit très circonstancié que vous m'avez fait de votre rencontre, le 2 août, dans ce que vous appelez la chambre bleue, à l'Hôtel des Voyageurs. Il en découle qu'au cours de vos ébats amoureux avec votre maîtresse, vous ne preniez aucune précaution pour lui éviter une grossesse.

Comme il ne répondait pas, le magistrat poursuivait :

— Agissiez-vous de même lors de vos autres aventures extra-conjugales ?

— Je ne sais pas.

— Vous souvenez-vous d'une certaine Jeanne, qui est fille de ferme chez un de vos clients ? L'inspecteur Mani l'a interrogée, en lui promettant que son nom ne figurerait pas au dossier et qu'il ne serait pas prononcé à l'audience publique. Par trois fois, vous avez eu des rapports sexuels avec elle. La première fois, au cours de l'acte, comme elle vous paraissait effrayée, vous lui avez murmuré à l'oreille :

» — N'aie pas peur. Je me retirerai à temps.

» J'en déduis que vous en aviez l'habitude. Au cas où vous le nieriez, je ferais rechercher d'autres personnes avec qui vous avez entretenu des relations.

— Je ne nie pas.

— Dans ce cas, dites-moi pourquoi, avec Andrée Despierre, et avec elle seule, vous ne preniez aucune des précautions élémentaires.

— C'est elle qui...

— Elle a soulevé la question ?

Non. Mais, la première fois, elle l'avait retenu contre elle au moment où il tentait de dénouer l'étreinte. Surpris, il avait failli lui demander :

— Tu n'as pas peur ?

Au bord de la route, près du bois de Sarelle, il avait pu penser qu'elle ferait le nécessaire en rentrant chez elle. Plus tard, à l'Hôtel des Voyageurs, il avait constaté qu'il n'en était rien.

S'il n'avait pas saisi tout de suite le rapport entre cette question du magistrat et l'accusation dont il était l'objet, il allait vite le comprendre.

— N'est-ce pas ainsi que vous auriez agi l'un et l'autre si vous aviez décidé, quoi qu'il arrive, d'unir vos existences ? Ne pas craindre une grossesse d'Andrée, monsieur Falcone, cela ne signifie-t-il pas que cette grossesse n'aurait rien changé aux événements, qu'elle vous aurait tout au plus obligé à en hâter le cours ?

Il était sorti, atterré, de cet interrogatoire-là, se demandant si le juge avait jamais eu une maîtresse de sa vie.

Aujourd'hui, Diem ne semblait pas vouloir revenir à cette question.

— Je vois ici, à la date du 1er septembre, une croix suivie du chiffre 1. Voulez-vous nous dire ce que cela signifie ?

Toujours aussi à l'aise, elle regardait le juge, puis Tony qu'elle encourageait par son sourire.

— C'est la date de ma première lettre.

— Précisez, voulez-vous ? A qui avez-vous écrit ce jour-là ?

— A Tony, naturellement.

— Pour quelle raison ?

— Depuis que mon mari avait pris le train pour Triant, le 2 août, je savais qu'il avait des soupçons et je n'osais pas retourner chez Vincent.

— Vous ne faisiez donc plus le signal convenu ?

— C'est cela. Tony avait été très impressionné en apercevant Nicolas place de la Gare. Je ne désirais pas qu'il continue à se morfondre en se figurant que la situation était dramatique.

— Qu'entendez-vous par là ?

— Il aurait pu croire que des scènes violentes avaient eu lieu entre Nicolas et moi, que mon mari avait mis sa mère au courant et qu'on me menait la vie dure, que sais-je ? Or, j'étais parvenue à fournir une raison plausible de ma présence à l'hôtel.

— Vous vous rappelez ce que vous avez écrit ?

— Parfaitement. *Tout va bien.* J'ai ajouté : *N'aie pas peur.*

Diem se tournait vers lui.

— Vous niez encore, monsieur Falcone ?

De son côté, Andrée le regardait, surprise.

— Pourquoi nierais-tu ? Tu as pourtant reçu mes lettres ?

Il ne comprenait plus, en arrivait à se demander si elle était inconsciente, s'il était possible qu'elle ne flaire pas le piège dans lequel on la faisait tomber.

— Continuons. Vous changerez peut-être d'avis tout à l'heure. Deuxième croix, le 25 septembre, cette fois. Que disait cette seconde lettre ?

Elle n'avait pas besoin de chercher dans sa mémoire. Elle les savait par cœur, comme il connaissait par cœur les répliques échangées dans la chambre bleue l'après-midi du 2 août.

— Ce n'était qu'un bonjour : *Je n'oublie pas. Je t'aime.*

— Remarquez que, selon votre propre recollection, vous n'avez pas écrit : « Je ne t'oublie pas. »

— Non. Je n'oubliais pas.

— Qu'est-ce que vous n'oubliiez pas ?

— Tout. Notre amour. Nos promesses.

— 10 octobre, soit vingt jours avant la mort de votre mari. Au cours d'un précédent interrogatoire, vous avez fourni le texte de cette troisième lettre : *Bientôt ! Je t'aime.* Qu'entendiez-vous par *bientôt* ?

Toujours calme, elle répondait, après avoir rassuré Tony du regard :

— Que nous pourrions reprendre prochainement nos rendez-vous.

— Pourquoi ?

— J'avais fait tant et si bien que Nicolas ne pensait plus à ses soupçons.

— N'est-ce pas plutôt que vous saviez qu'il ne vivrait plus longtemps ?

— Je vous ai répondu par deux fois. C'était un grand malade, qui pouvait aussi bien traîner pendant plusieurs années que disparaître subitement, le docteur Riquet nous l'avait répété, à sa mère et à moi, quelques jours auparavant.

— A quelle occasion ?

— A l'occasion d'une crise. Elles devenaient plus fréquentes, en même temps que son estomac supportait de moins en moins bien les aliments.

Tony écoutait, éberlué. Par moments, il soupçonnait les autres, y compris Andrée et son avocat qui l'approuvait de la tête, d'être de connivence, de s'être préalablement entendus pour lui jouer la comédie.

Des questions lui venaient aux lèvres, que le juge aurait dû poser et que Diem prenait, au contraire, grand soin d'éviter.

— Nous voici donc au 29 décembre. Le Nouvel An approche. Petite croix dans votre agenda.

Sans attendre, elle fournissait le texte de son message.

— *Bonne notre année.*

Elle ajoutait avec une pointe d'orgueil :

— J'ai longtemps cherché. Ce n'est peut-être pas du bon français. Je tenais à souligner que cette année serait la nôtre.

— Qu'entendez-vous par là ?

— Vous oubliez que Nicolas était mort ?

Elle en parlait la première, naturellement, sans rien perdre de sa sérénité effarante.

— Vous voulez dire que vous étiez libre ?

— Cela va de soi.

— Et que, dans ce cas, il n'y avait plus aucun obstacle à ce que l'année qui allait commencer soit réellement la vôtre : celle de Tony et de vous ?

Elle approuvait, plus tranquille et satisfaite que jamais. Une fois encore, le juge Diem, au lieu de la pousser dans ses retranchements, évitait d'insister, saisissait un autre agenda pareil au premier.

Tony se rendait seulement compte qu'il n'était pas le seul à avoir passé, les deux derniers mois, de nombreuses heures dans ce cabinet. Certes, il avait appris par son avocat l'arrestation d'Andrée, dix ou douze jours après sa propre arrestation. On l'avait donc fatalement interrogée. Mais, dans son esprit, cela restait théorique. Il n'avait pas envisagé que ses réponses à elle pourraient avoir autant de poids, sinon plus, que les siennes.

— Il nous reste une lettre, madame Despierre, la plus courte mais la plus significative. Elle ne comporte que deux mots.

Andrée lançait comme un défi orgueilleux :

— *A toi !*

— Voulez-vous nous expliquer, aussi exactement que possible, ce que vous entendiez par là ?

— Vous ne trouvez pas les mots assez clairs ? J'étais libre, vous l'avez dit. Une fois le deuil passé...

— Un instant ! Est-ce à cause de votre deuil que vous n'avez pas repris vos rendez-vous après la mort de votre mari ?

— En partie. En partie aussi parce que je me trouvais en litige avec ma belle-mère et que, si l'affaire passait devant les tribunaux, notre liaison aurait pu me faire du tort.

— Vous n'avez donc pas remis la serviette à la fenêtre après la Toussaint ?

— Une fois.

— Votre amant était au rendez-vous ?

— Non.

— Vous êtes montée dans la chambre ?

Avec impudeur, elle précisait :

— Je me suis dévêtue, comme d'habitude, persuadée qu'il viendrait.

— Vous aviez à lui parler ?

— Si j'avais eu à lui parler, je ne me serais pas mise nue.

— Vous n'aviez aucune question à discuter ensemble ?

— Discuter quoi ?

— Entre autres, la façon dont il se libérerait à son tour.

— C'était décidé depuis longtemps.

— Depuis le 2 août ?

— Ce n'était pas la première fois.

— Il était convenu qu'il divorcerait ?

— Je ne suis pas sûre que le mot ait été prononcé. Je l'ai compris ainsi.

— Vous entendez, Falcone ?

Elle se tournait vers lui, écarquillait les yeux.

— Tu ne le leur as pas dit ?

Puis, au juge :

— Je ne vois pas ce que cela a d'extraordinaire. Chaque jour des gens divorcent. Nous nous aimons. Je l'aimais déjà alors que je n'étais qu'une petite fille et, si je me suis résignée à épouser Nicolas, c'est parce que Tony avait disparu du pays, et que j'étais persuadée qu'il n'y reviendrait jamais.

» Lorsque nous nous sommes retrouvés, nous avons compris tous les deux que nous étions pour toujours l'un à l'autre.

Il aurait voulu protester, crier très fort, en se levant :

— Non ! Non ! Et non ! Qu'on en finisse ! Tout est faux ! Tout est truqué !

Il restait assis sur sa chaise, trop stupéfait pour intervenir. Pouvait-elle penser ce qu'elle disait ? Elle parlait simplement, sans pathos, comme si les choses allaient de soi, comme s'il n'existait aucun drame, aucun mystère.

— Donc, quand vous lui avez écrit *A toi !* vous aviez en tête...

— Que je l'attendais. Que c'était à lui de faire le nécessaire...

— De demander le divorce ?

Était-ce exprès qu'elle marquait une légère hésitation avant de laisser tomber :

— Oui.

C'était à Tony, maintenant, que le juge lançait un coup d'œil complice avant de questionner Andrée plus avant. Il semblait lui dire :

— Écoutez bien. Ceci va vous intéresser.

Et, d'une voix égale, sans trace d'ironie ou de persiflage :

— Vous ne pensiez pas au chagrin de Gisèle Falcone ?

— Elle n'aurait pas pleuré longtemps.

— Qu'en savez-vous ? Elle n'aimait pas son mari ?

— Pas comme moi. Ces femmes-là ne sont pas capables d'un véritable amour.

— Et sa fille ?

— Justement ! Elle se serait consolée avec sa fille et, pour autant qu'on leur verse une petite rente, elles auraient mené une bonne petite vie.

— Vous entendez, Falcone ?

Le juge dut regretter d'avoir poussé les choses si loin, car Tony avait un visage effrayant, quasi inhumain à force de douleur et de haine. Il se levait lentement de sa chaise, les traits figés, les yeux fixes, l'air d'un somnambule.

Ses bras, au bout desquels les poings se serraient, paraissaient anormalement longs. Le gros avocat, qui s'était tourné vers lui par curiosité, bondissait pour se placer entre lui et sa cliente.

Quant à Diem, il adressait un signe impératif au greffier, qui courait vers la porte.

La scène parut très longue, bien qu'elle ne durât en fait que quelques secondes. Les gendarmes entraient et l'un d'eux passait brutalement les menottes à Tony. Il attendait des ordres. Le juge hésitait, regardant tour à tour son prisonnier et Andrée qui ne se démontait pas et qui paraissait seulement étonnée.

— Je ne vois pas, Tony, pourquoi tu...

Mais, sur un geste du magistrat, c'était elle qu'on emmenait. Son avocat lui tenait le bras et la poussait fermement vers la porte. Elle se retourna encore pour lancer :

— Tu sais bien que tu as dit toi-même...

On n'entendit pas la suite, car la porte se referma sur elle.

— Je m'excuse, Falcone. J'y étais obligé. Dans quelques instants, dès que la voie sera libre, on vous reconduira à la prison.

Le soir même, Diem en parlait à sa femme en achevant de dîner.

— J'ai procédé aujourd'hui à la plus cruelle confrontation de ma carrière et je souhaite ne plus en diriger d'aussi pénibles.

Quant à Tony, dans sa cellule, il ne dormit pas de la nuit.

6

Il passa deux jours dans une sorte d'hébétude dont il ne sortait parfois que pour un bref sursaut de révolte qui le faisait arpenter sa cellule comme s'il allait se jeter la tête contre les murs.

C'était le week-end et tout le monde devait être parti pour la campagne.

Contrairement à toute attente, il s'était, dès le début, accommodé de la vie en prison, obéissant sans protester aux règlements et aux instructions de ses gardiens.

Ce ne fut que le troisième jour qu'il se sentit abandonné. Personne ne venait le voir. On ne parlait pas de le conduire au Palais. Il guettait avec impatience les bruits de pas dans le couloir, se mettant debout chaque fois que quelqu'un s'arrêtait à son guichet.

Plus tard, seulement, il se rendit compte que la rue était

silencieuse, le trafic presque nul et, vers quatre heures, un des geôliers lui confirma que ce lundi-là était jour férié.

Dès dix heures, le mardi, on introduisait dans sa cellule maître Demarié qui avait un coup de soleil. Il prit son temps pour étaler les papiers qu'il extrayait de sa serviette, pour s'installer, offrir une cigarette et en allumer une.

— Ces trois jours ne vous ont pas paru trop longs ?

Il toussota, car Tony ne prenait pas la peine de répondre et attendait dans une attitude peu encourageante.

— J'ai reçu copie du procès-verbal de votre dernier interrogatoire et de la confrontation avec Andrée Despierre.

Croyait-il en l'innocence de son client ? En était-il encore à se faire une opinion ?

— Je mentirais en prétendant que c'est bon pour nous. Cette histoire de lettres est désastreuse et fera d'autant plus mauvais effet sur le jury que vous en avez nié l'existence. Les textes cités par la Despierre sont-ils exacts ?

— Oui.

— J'aimerais que vous répondiez franchement à une question. Lorsque vous vous obstiniez à nier cette correspondance, contre toute évidence, était-ce pour ne pas accabler votre maîtresse ou parce que vous considériez ces messages comme dangereux pour vous ?

A quoi bon essayer une fois de plus ? Les hommes aiment à penser qu'on agit, en toutes circonstances, pour une raison précise. La première fois qu'on avait parlé de ces lettres, il n'avait pas réfléchi et l'idée ne lui était pas venue qu'on irait interroger le receveur des postes.

Il avait fallu des semaines pour qu'il se rende compte de l'activité inouïe de l'inspecteur Mani et de ses collaborateurs, du nombre de personnes qu'ils allaient voir chez elles, jour après jour, jusqu'à ce qu'elles se résignent à parler.

Existait-il un seul habitant de Saint-Justin, un seul fermier des environs, un habitué des foires, surtout de la foire de Triant, qui n'avait pas eu son mot à dire ?

Les reporters s'en étaient mêlés aussi et on avait pu lire dans les journaux des colonnes entières de confidences.

— J'ai rencontré Diem, brièvement, et il m'a laissé entendre que cette confrontation vous avait été particulièrement pénible. Il paraît qu'à la fin vous avez perdu votre sang-froid. Andrée, au contraire, n'a pas cessé d'afficher une calme assurance. Je présume que c'est l'attitude qu'elle adoptera aux assises.

Demarié s'efforçait de l'arracher à son apathie.

— J'ai essayé d'avoir l'opinion du juge, encore que son importance soit loin d'être décisive une fois l'instruction terminée. Il ne cache pas qu'il ressent pour vous une certaine sympathie. Cependant je jurerais que, depuis bientôt deux mois qu'il vous observe, il n'est pas parvenu à se faire une opinion.

Pourquoi ce bavardage, ces mots sans intérêt ?

— Au fait ! J'ai rencontré Bigot aussi, par hasard, vendredi soir, chez des amis qui avaient organisé un bridge, et il m'a attiré dans un coin. Il m'a parlé d'une découverte assez curieuse qui vient malheureusement trop tard.

» Vous avez admis, en effet, qu'avec Andrée vous ne preniez pas les précautions qui vous étaient habituelles avec les autres femmes, qu'elle n'en prenait pas de son côté, que vous ne vous en inquiétiez pas, ce qui amènera les jurés à conclure que vous ne craigniez pas de lui faire un enfant.

Tony écoutait, curieux de la suite.

— Andrée, vous le savez, notait dans son agenda les dates de ses règles. Bigot a eu la curiosité de les confronter avec celles de vos rendez-vous à Triant pendant les onze mois de vos relations. Diem n'y avait pas pensé. Moi non plus, je l'avoue.

» Savez-vous à quoi ces dernières dates correspondent ? Invariablement, sans une exception, aux périodes pendant lesquelles votre maîtresse n'était pas féconde.

» Autrement dit, Andrée Despierre ne risquait rien, détail qui aurait plaidé en votre faveur sans vos déclarations précédentes. Je m'en servirai quand même, mais l'argument aura moins de force.

Tony retombait dans l'indifférence et l'avocat n'insista pas longtemps.

— Je crois que vous serez conduit au Palais cet après-midi.

— Elle aussi ?

— Non. Seul, cette fois. Vous ne souhaitez toujours pas ma présence ?

A quoi bon ? Demarié était comme les autres. Il ne comprenait pas plus qu'eux. Ses interventions ne pourraient que compliquer les choses. Tony était content, malgré tout, de savoir qu'il était sympathique au petit juge.

Il le revit à trois heures dans son cabinet. Il tombait une pluie fine et un parapluie s'égouttait dans un coin, celui du greffier, probablement, car le magistrat venait au Palais dans sa 4 CV noire.

Diem n'avait pas pris de coup de soleil. Il avoua d'ailleurs avec simplicité :

— J'ai profité du long week-end pour revoir le dossier de bout en bout. Comment vous sentez-vous aujourd'hui, Falcone ? Cet interrogatoire risque de durer, je vous en avertis, car nous en arrivons au mercredi 17 février. Voulez-vous me donner votre emploi du temps aussi détaillé que possible pour cette journée-là ?

Il s'y attendait. Il s'était étonné, chaque fois qu'on l'amenait du Palais, qu'on n'en soit pas encore là.

Le 17 février, c'était la fin, la fin de tout, une fin qu'il n'avait pas prévue, même dans ses pires cauchemars, et qui pourtant, après coup, lui apparaissait comme logique et fatale.

— Préférez-vous que je vous aide en posant des questions précises ?

Il fit oui de la tête. Livré à lui-même, il n'aurait pas su par où commencer.

— Votre femme s'est levée à l'heure habituelle ?

— Un peu plus tôt. Il avait plu toute la matinée du mardi, de sorte que le linge n'avait pas séché avant le milieu de l'après-midi. Elle comptait consacrer toute sa journée au repassage.

— Et vous ?

— Je suis descendu à six heures et demie.

— Vous avez pris le petit déjeuner en tête à tête ? A-t-il été question de vos rendez-vous de la journée ? Tâchez d'être très précis.

Diem avait étalé devant lui les procès-verbaux d'autres interrogatoires, les premiers, que lui avaient fait subir tour à tour le lieutenant de gendarmerie de Triant, Gaston Joris, avec qui il avait souvent pris l'apéritif chez son frère, puis l'inspecteur Mani, qui était corse.

— Je lui avais annoncé la veille, donc le mardi soir, que j'aurais une journée chargée, que je ne rentrerais pas déjeuner et que, peut-être, je serais en retard pour le dîner.

— Vous lui avez fourni des détails sur votre emploi du temps ?

— Je lui ai seulement parlé de la foire à Ambasse, où des clients m'attendaient, et d'une réparation à effectuer à Bolin-sur-Sièvre.

— N'est-ce pas en dehors de votre secteur ?

— Bolin n'est guère qu'à trente-cinq kilomètres de Saint-Justin et je commençais à étendre mon rayon d'action.

— Vous saviez, dès ce moment, que vos explications étaient fausses ?

— Elles ne l'étaient pas complètement.

— Vous êtes monté, à sept heures, pour éveiller votre fille ? Cela vous arrivait souvent ?

— Presque chaque matin. Je l'éveillais avant de faire ma toilette.

— Vous avez choisi votre meilleur complet, un complet bleu que vous réserviez pour le dimanche.

— A cause de mon rendez-vous à Poitiers. Je tenais à paraître prospère aux yeux de Garcia.

— Nous reviendrons à lui plus tard. Quand vous êtes descendu, votre fille, dans la cuisine, se préparait à partir pour l'école. Avant de vous diriger vers Ambasse et Bolin-sur-Sièvre, vous deviez passer par la poste, puis par la gare, où vous attendiez un colis.

— Un piston, que j'avais commandé pour mon client de Bolin.

Deux ou trois fois, il avait eu un coup d'œil machinal vers la chaise vide qui se trouvait devant le bureau et Diem finit par comprendre que c'était celle qu'Andrée occupait la semaine précédente.

Cette chaise, pourtant banale, qui paraissait n'avoir pas changé de place depuis le vendredi, semblait agacer Tony et le juge, tout en arpentant la pièce, alla la poser contre le mur.

— Vous avez proposé à votre fille de la conduire à l'école en camionnette.

— Oui.

— N'était-ce pas exceptionnel ? N'aviez-vous aucune raison, ce matin-là, de vous montrer particulièrement tendre avec elle ?

— Non.

— N'avez-vous pas demandé à votre femme s'il y avait des courses à faire au village ?

— Non. Je l'ai déclaré à l'inspecteur. J'étais sur le seuil quand Gisèle m'a rappelé.

» — Voudrais-tu passer par l'épicerie pour prendre un kilo de sucre et deux paquets de lessive ? Cela m'éviterait de m'habiller.

» Ce sont ses paroles exactes.

— C'était courant ?

Fallait-il une fois encore entrer dans des détails ménagers ? Il l'avait fait avec Mani. Presque chaque jour, comme dans tous les ménages, il y avait des achats à faire dans des magasins différents, entre autres chez le boucher ou le charcutier. Gisèle évitait de l'envoyer dans ces boutiques, où il fallait presque toujours attendre.

— Ce n'est pas l'affaire des hommes, disait-elle.

Ce mercredi-là, elle désirait se mettre le plus tôt possible au repassage. Comme on avait mangé du gigot la veille et qu'il en restait, on n'avait pas besoin de viande. Il n'y avait donc qu'une seule course à faire.

— Vous êtes donc parti avec votre fille.

Il revoyait encore, dans son rétroviseur, Gisèle, sur le seuil, s'essuyant les mains à son tablier.

— Vous avez déposé Marianne devant l'école et vous vous êtes dirigé vers le bureau de poste. Ensuite ?

— Je suis entré à l'épicerie.

— Depuis combien de temps n'y aviez-vous pas mis les pieds ?

— Peut-être deux mois.

— Vous n'y étiez pas retourné depuis la dernière lettre, celle qui ne comportait que les deux mots : « A toi ! » ?

— Non.

— Vous étiez ému, monsieur Falcone ?

— Pas ému. J'aurais préféré ne pas me trouver en présence d'Andrée, surtout sous les yeux de plusieurs personnes.

— Vous craigniez de vous trahir ?

— J'étais mal à l'aise.

— Qui était dans la boutique lorsque vous êtes entré ?

— Je me souviens d'un gamin à qui je n'ai pas prêté attention, d'une des sœurs Molard et d'une vieille femme que tout le monde appelle la Louchote.

— La vieille Mme Despierre était là ?

— Je ne l'ai pas vue.

— Vous avez dû attendre votre tour ?

— Non. Andrée m'a demandé tout de suite :

» — Qu'est-ce que tu désires, Tony ?

— Elle vous faisait passer avant les autres ? Personne n'a protesté ?

— C'est l'habitude. Presque partout, on sert les hommes les premiers.

» — Un kilo de sucre et deux paquets de lessive.

» Elle les a pris dans les rayons, puis elle m'a dit :

» — Un instant. J'ai reçu la confiture de prunes que ta femme me réclame depuis quinze jours.

» Elle a disparu dans l'arrière-boutique et en est revenue avec un pot de confiture de la même marque que je voyais d'habitude à la maison...

— Elle est restée longtemps absente ?

— Pas très longtemps.

— Une minute ? Deux minutes ?

— Le temps m'a paru normal.

— Pour saisir un pot de confiture et l'apporter dans le magasin ? Ou bien pour le chercher parmi d'autres marchandises entassées ?

— Entre les deux. Je ne sais pas.

— Andrée Despierre était émue ?

— J'évitais de la regarder.

— Vous ne l'en avez pas moins vue. Vous avez entendu sa voix.

— Je pense qu'elle était heureuse de me voir.

— Elle ne vous a rien dit d'autre ?

— Elle m'a lancé, au moment où j'ouvrais la porte :

» — Bonne journée, Tony !

— Le ton vous a paru naturel ?

— Sur le moment, je n'y ai pas prêté attention. C'était un jour comme un autre.

— Et après coup ?

— Peut-être la voix était-elle plus tendre.

— Il arrivait à Andrée de se montrer tendre avec vous ?

N'était-il pas obligé de dire la vérité ?

— Oui. C'est difficile à expliquer. D'une tendresse particulière, comme j'en montrais certains jours à Marianne, par exemple.

— Maternelle ?

— Ce n'est pas le mot non plus. Protectrice serait plus juste.

— Première coïncidence, donc : votre femme vous charge, assez exceptionnellement, d'aller à l'épicerie à sa place. Seconde coïncidence : une certaine confiture, qu'elle est seule à manger, manquait depuis plusieurs jours au magasin. Il vient d'en arriver un colis et on vous en remet un pot. Troisième coïncidence, que l'inspecteur Mani n'a pas manqué de souligner : ce jour-là, vous ne rentrez pas directement chez vous, mais vous vous rendez à la gare.

— Je m'étais fait envoyer le piston par exprès et...

— Ce n'est pas tout. La gare de Saint-Justin, comme la plupart des bâtiments, comporte quatre faces, l'une qui donne sur la voie, l'autre, à l'opposé, par laquelle entrent et sortent les voyageurs, une troisième, à gauche, où s'ouvre la porte du chef de gare. La quatrième face, au nord, n'a ni porte ni fenêtre. C'est un mur nu, aveugle, et c'est devant ce mur que vous avez rangé votre camionnette.

— Si vous êtes allé sur les lieux, vous devez savoir que c'est l'emplacement logique.

— Le chef de gare, plongé dans ses bordereaux, vous a dit d'aller chercher votre colis vous-même dans le local des marchandises.

— Tous les habitants le faisaient.

— Combien de temps êtes-vous resté à la gare ou près de la gare ?

— Je n'ai pas regardé l'heure. Quelques minutes.

— Le chef de gare affirme qu'il n'a entendu repartir votre voiture qu'après un temps assez long.

— J'ai voulu m'assurer qu'on m'avait envoyé le bon piston, car il se produit assez souvent des erreurs.

— Vous avez défait le paquet ?

— Oui.

— Dans la camionnette ?

— Oui.

— Où personne ne pouvait vous voir ? Ajoutons cette coïncidence aux autres. Rentré chez vous, vous avez posé vos achats sur la table de la cuisine. Votre femme, dans le jardin, retirait le linge des cordes et l'entassait dans une corbeille. Vous êtes allé vers elle ? Vous l'avez embrassée avant de partir ?

— Ce n'était pas l'habitude. Il ne s'agissait pas d'un voyage. Du seuil, je lui ai crié :

» — A ce soir !

— Vous ne lui avez pas annoncé que la confiture était arrivée ?

— Pourquoi ? Elle la trouverait sur la table.

— Vous ne vous êtes pas attardé dans la cuisine ?

— Au dernier moment, j'ai vu la cafetière sur le coin du feu et je me suis versé une tasse de café.

— Si je ne me trompe, cela fait au moins la cinquième coïncidence.

Pourquoi Diem les soulignait-il avec tant d'insistance ? Tony ne pouvait rien y changer. Tenait-on à ce qu'il proteste ou à ce qu'il s'indigne ? Il avait dépassé ce cap-là depuis longtemps et se contentait de répondre d'une voix indifférente. Il était aussi morne, aussi mou que l'avait été cette journée du 17 février, avec son ciel d'un gris uni, sa lumière sourde, la campagne qui paraissait vide, les flaques d'eau laissées par une averse récente.

— Pourquoi êtes-vous passé par Triant ?

— Parce que c'était mon chemin.

— Vous n'aviez pas d'autre raison ?

— Je désirais parler à mon frère.

— Pour lui demander conseil ? Il vous arrivait, bien que l'aîné, de lui demander conseil ?

— Je lui parlais souvent de mes affaires. En outre, il était le seul au courant de mes ennuis avec Andrée.

— Vous admettez que vous aviez des ennuis ?

— Ses lettres me tracassaient.

— Le mot n'est-il pas faible, après ce que vous avez avoué à Mani ?

— Mettons qu'elles me faisaient peur.

— Et vous aviez pris une décision ? C'est de celle-ci que vous vous êtes entretenu avec Vincent ? Il se fait, monsieur Falcone, que, tandis que vous causiez avec lui, votre belle-sœur était dehors à faire son marché et que Françoise nettoyait les chambres, au premier étage.

— Comme chaque matin. Vincent, quand je suis entré dans le café, n'était pas là non plus. J'ai entendu des bruits de bouteilles dans la cave et j'ai vu la trappe ouverte derrière le comptoir. Mon frère soutirait le vin pour la journée et j'ai attendu qu'il remonte.

— Sans l'avertir que vous étiez là ?

— Je ne voulais pas qu'il s'interrompe. De mon côté, j'avais le temps. Je me suis assis près de la fenêtre et j'ai pensé à ce que je dirais à Garcia.

— Vous veniez demander conseil à votre frère, mais votre décision était prise ?

— Plus ou moins.

— Expliquez-vous.

— Je prévoyais que Garcia hésiterait, car c'est un homme prudent, qui s'effraie facilement. Cela revenait, pour moi, à jouer à pile ou face.

— Jouer votre avenir et celui de votre famille à pile ou face ?

— Oui. Si Garcia se laissait convaincre, je vendais. S'il refusait de se lancer dans l'aventure, je restais.

— Et le rôle de votre frère ?

— Je tenais à le mettre au courant.

— En l'absence de tout témoin, y compris de votre belle-sœur, de sorte que, sauf Vincent et vous, personne ne peut nous renseigner sur cet entretien. Vous êtes très unis, n'est-il pas vrai ?

Tony se souvenait du temps où il emmenait son frère à l'école, le long des chemins boueux ou gelés. Ils portaient de lourds cabans. L'hiver, ils quittaient la maison et y revenaient dans l'obscurité. Souvent Vincent, fatigué, traînait ses souliers cloutés sur le sol et se laissait tirer. A la récréation, Tony veillait de loin sur lui et, de retour à La Boisselle, en attendant leur père, c'était lui qui lui faisait ses tartines.

Mais ces choses-là ne se racontent pas, des choses toutes simples, qu'il faut avoir vécues soi-même. Le juge Diem ne les avait pas vécues.

Vincent était certainement l'être humain avec qui il se sentait le plus en communion et son frère, de son côté, lui était reconnaissant de ne pas se comporter en aîné. De parler italien entre eux était un lien de plus, car cela leur rappelait le temps où, enfants, ils n'employaient que cette langue avec leur mère.

— J'ai peur, si je reste, de ne pas avoir la paix.

— Elle ne t'a rien dit, ce matin ?

— Nous n'étions pas seuls dans le magasin. Je m'attends, dans deux ou trois jours, à une nouvelle lettre, et Dieu sait ce que, cette fois, elle contiendra !

— Quelle raison donneras-tu à Gisèle ?

— Je n'y ai pas encore réfléchi. Si je lui dis qu'il n'y a pas de possibilité d'expansion dans la contrée, elle me croira.

Ils avaient bu un vermouth ensemble, chacun d'un côté du comptoir, puis un livreur de limonade était entré et Tony s'était dirigé vers la porte laissée ouverte.

— A Dieu vat ! lui avait lancé Vincent.

Diem avait peine à croire que l'entrevue s'était passée aussi simplement, peut-être parce que les deux frères, dès leur enfance, avaient eu l'habitude du malheur.

— Il n'a pas tenté de vous dissuader ?

— Au contraire. Il paraissait soulagé. Dès le début, il avait vu d'un mauvais œil mes relations avec Andrée.

— Poursuivez votre emploi du temps.

— Je me suis à peine arrêté à la foire d'Ambasse, qui n'était qu'une petite foire d'hiver et, après avoir distribué quelques prospectus, j'ai gagné Bolin-sur-Sièvre où je me suis rendu chez mon client.

— Un instant. Votre femme connaissait son nom ?

— Je ne me souviens pas le lui avoir dit.

— Lorsque vous partiez ainsi en tournée, ne lui indiquiez-vous pas les endroits où elle pourrait éventuellement vous atteindre ?

— Pas forcément. Pour les foires, c'était facile, car je m'installais toujours dans les mêmes cafés. Lorsque je visitais les fermes, elle avait une idée approximative de mon itinéraire et pouvait me téléphoner.

— Vous ne lui avez pas parlé de Poitiers ?

— Non.

— Pourquoi ?

— Parce que rien n'était définitif et que je ne voulais pas l'inquiéter à l'avance.

— L'idée ne vous a pas effleuré de lui avouer simplement la vérité et de lui révéler les soucis que vous donnait votre liaison avec Andrée Despierre ? Cette liaison étant, selon vous, terminée, cela n'aurait-il pas été la meilleure solution ? Vous ne l'avez pas envisagée ?

Non. Sa réponse paraissait peut-être ridicule, mais c'était la vérité.

— Mon client de Bolin-sur-Sièvre, un gros fermier nommé Dambois, m'a invité à déjeuner et, à deux heures, j'avais terminé mon travail. Je me suis alors dirigé vers Poitiers sans me presser.

— Comment aviez-vous donné rendez-vous à votre ami Garcia ?

— Je lui avais écrit le samedi précédent pour l'avertir que j'irais le prendre à la sortie des ateliers. Garcia était mon contremaître quand je travaillais au dépôt central. Il a une dizaine d'années de plus que moi, trois enfants, dont un fils au lycée.

— Continuez.

— J'étais fort en avance. J'aurais pu entrer dans les ateliers d'assemblage, mais j'aurais été obligé d'engager la conversation avec mes anciens camarades et je n'en avais pas le courage. Les bâtiments se dressent à deux kilomètres de la ville, sur la route d'Angoulême. J'ai poussé jusqu'à Poitiers et je suis entré dans un cinéma d'actualités.

— Vous l'avez quitté à quelle heure ?

— A quatre heures et demie.

— A quelle heure aviez-vous quitté votre frère, le matin ?

— Un peu avant dix heures.

— Autrement dit, contrairement à l'habitude, de dix heures du matin à quatre heures et demie, personne, ni votre femme, ni qui que ce soit, ne savait où vous atteindre ?

— Cela ne m'a pas frappé.

— A supposer que votre fille ait eu un accident grave... Passons ! Vous êtes allé attendre Garcia à la sortie de l'atelier.

— Oui. Il était intrigué par ma lettre. Nous avons failli entrer dans le café d'en face, mais nous y aurions rencontré des camarades. Comme Garcia était à moto, il m'a suivi en ville jusqu'à la Brasserie du Globe.

— Personne, non plus, ne vous savait donc à la Brasserie du Globe ? Pas même votre frère ?

— Non. Garcia m'a donné des nouvelles de sa famille, je lui en ai donné de la mienne, après quoi je lui ai parlé de l'affaire.

— Lui avez-vous dit pourquoi vous aviez l'intention de quitter Saint-Justin ?

— Seulement que c'était une question de femme. Je n'ignorais pas qu'il avait de l'argent de côté et que, plusieurs fois, il avait parlé de s'établir à son compte. Je lui apportais une affaire montée, la maison, le hangar, l'outillage, sans compter une clientèle déjà importante.

— Il s'est laissé tenter ?

— Il ne m'a pas donné de réponse définitive. Il s'accordait une semaine de réflexion, désirant avant tout en parler à sa femme et à son fils aîné. Ce qui l'ennuyait le plus, c'était de quitter Poitiers, surtout à cause du garçon qui réussissait au lycée et qui y avait ses amis. Je lui ai objecté qu'il existait un bon collège à Triant.

» — Et il devra faire 15 kilomètres matin et soir, à moins de le mettre interne !

— Combien de temps a duré cet entretien ?

— Un peu avant sept heures, Garcia m'a invité à l'accompagner chez lui. Je lui ai répondu que ma femme m'attendait.

— Quels étaient vos projets pour le cas où, la semaine suivante, Garcia vous aurait donné son accord ?

— J'aurais demandé à la société un poste de représentant, dans le Nord ou dans l'Est, en Alsace, par exemple, le plus loin possible de Saint-Justin. On me l'aurait accordé, car je suis bien noté. Peut-être, un jour, me serais-je établi à nouveau.

— Vous auriez laissé votre père seul à La Boisselle ?

— Vincent n'en est pas loin.

— Vous désirez prendre un instant de repos, monsieur Falcone ?

— Je peux ouvrir la fenêtre ?

Il avait besoin d'air. Depuis le début de cet interrogatoire, banal en apparence, il se sentait étouffer. Il y avait quelque chose d'irréel et de menaçant dans ces répliques qui évoquaient des faits précis mais qui, en réalité, se rapportaient toutes à un drame dont il n'était jamais question.

— Cigarette ?

Il en prit une, se campa devant la rue, devant les fenêtres d'en face, les toits mouillés. Si encore ça pouvait être la dernière fois ! Mais, si Diem ne revenait pas un autre jour sur le sujet, il n'en faudrait pas moins tout recommencer aux assises.

Il se rasseyait, résigné.

— Nous en sommes presque à la fin, Falcone.

Il approuvait de la tête, avec un triste sourire à l'adresse du juge chez qui il croyait deviner une certaine compassion.

— Vous êtes rentré directement à Saint-Justin ? Sans vous arrêter nulle part ?

— J'ai eu hâte, tout à coup, d'être chez moi, de retrouver ma femme et ma fille. Je crois que j'ai roulé très vite. Normalement, il faut environ une heure et demie pour faire la route et je l'ai parcourue en moins d'une heure.

— Vous aviez bu, avec Garcia ?

— Il a pris deux apéritifs, moi un seul vermouth.

— Comme avec votre frère.

— Oui.

— Vous êtes repassé devant chez lui. Vous n'êtes pas descendu de voiture pour lui apprendre le résultat de votre démarche ?

— Non. D'ailleurs, à cette heure-là, il y a toujours du monde dans le café et Vincent était certainement occupé.

— La nuit était tombée. Vous avez découvert de loin les lumières de Saint-Justin. Rien ne vous a frappé ?

— J'ai été surpris de voir toutes les fenêtres de ma maison éclairées, ce qui n'arrivait jamais, et j'ai eu l'intuition d'un malheur.

— A quoi avez-vous pensé ?

— A ma fille.

— Pas à votre femme ?

— Dans mon esprit, Marianne était naturellement la plus fragile et la plus exposée à un accident.

— Sans essayer de conduire votre voiture dans le hangar, vous l'avez arrêtée à une vingtaine de mètres de la maison.

— La moitié du village était rassemblée devant notre barrière, ce qui me confirmait qu'un malheur était arrivé.

— Vous avez été obligé de fendre la foule.

— Elle s'écartait sur mon passage mais, au lieu de me regarder avec pitié, on me fixait avec colère et je ne comprenais pas. Le gros Didier, le maréchal-ferrant, en tablier de cuir, s'est même campé devant moi, les poings aux hanches, et a craché sur mes chaussures.

» Pendant que je traversais la pelouse, j'entendais derrière moi une rumeur menaçante. La porte s'est ouverte sans que j'aie besoin d'y toucher et c'est un gendarme que je connaissais de vue, pour l'avoir souvent rencontré au marché de Triant, qui m'a accueilli.

» — Par ici ! m'a-t-il commandé en me désignant la porte de mon bureau.

» J'y ai trouvé le brigadier Langre installé à ma place. Au lieu de m'appeler Tony, comme d'habitude, il a grogné :

» — Assieds-toi, salaud !

» Alors, j'ai crié :

» — Où est ma femme ? Où est ma fille ?

» — Ta femme, tu sais aussi bien que moi où elle est !

Il se tut. Les mots ne passaient plus. Il ne s'agitait pas. Il était plutôt trop calme. Diem, de son côté, évitait de le presser et le greffier fixait la pointe de son crayon.

— Je ne sais plus, monsieur le juge. C'est confus. Langre m'a appris à un moment donné que Marianne avait été emmenée par les sœurs Molard et j'ai cessé de m'inquiéter pour elle.

» — Avoue que tu savais et que tu ne t'attendais pas à les retrouver vivantes ! Putain d'étranger ! Charogne !

» Il s'était levé et je comprenais qu'il n'attendait qu'une occasion pour me frapper. Je répétais :

» — Où est ma femme ?

» — A l'hôpital de Triant, si tu ne t'en doutes pas.

» Puis, après avoir consulté sa montre :

» — Seulement, à l'heure qu'il est, elle n'est probablement plus en vie. On ne tardera pas à le savoir. Où étais-tu, toute la journée ? Tu te cachais, hein ? Tu préférais ne pas voir ça ! On s'est demandé si tu reviendrais, si tu n'avais pas mis les bouts.

» — Gisèle a eu un accident ?

» — Accident mon œil ! Tu l'as bel et bien tuée, oui. En prenant soin de ne pas être présent quand ça se passerait.

Le lieutenant de gendarmerie était arrivé en voiture.

— Qu'est-ce qu'il dit ? avait-il demandé au brigadier.

— Il joue l'innocent, comme je m'y attendais. Il n'y a rien de plus menteur que ces Italiens. A l'entendre, il n'a aucune idée de ce qui s'est passé ici.

Il n'y avait guère plus de sympathie chez le lieutenant que chez son subordonné, mais il s'efforçait de rester calme et froid.

— D'où venez-vous ?

— De Poitiers.

— Qu'avez-vous fait de la journée ? On a essayé de vous atteindre un peu partout.

— A quelle heure ?

— A partir de quatre heures et demie.

— Que s'est-il passé à quatre heures et demie ?

— Le docteur Riquet nous a téléphoné.

Sur le moment, Tony s'y perdait.

— Dites-moi, lieutenant, qu'est-il arrivé au juste ? Ma femme a eu un accident ?

Le lieutenant Joris l'avait alors regardé dans les yeux.

— Vous jouez la comédie ?

— Je vous jure que non, sur la tête de ma fille. De grâce, dites-moi comment va ma femme. Elle est vivante ?

Lui aussi regardait sa montre.

— Elle vivait encore il y a trois quarts d'heure. J'étais à son chevet.

— Elle est morte !

Il ne parvenait pas à le croire. On entendait des bruits insolites dans la maison, des pas lourds au premier étage.

— Que font, chez moi, tous ces hommes ?

— Ils perquisitionnent, encore que nous ayons trouvé ce que nous cherchions.

— Je veux voir ma femme.

— Vous ferez ce que nous vous commanderons. Dès maintenant, vous êtes en état d'arrestation, Antoine Falcone.

— De quoi m'accuse-t-on ?

— C'est moi qui pose les questions.

Effondré sur sa chaise, il se tenait la tête dans les mains. Toujours sans rien savoir de précis, il avait été obligé de fournir son emploi du temps depuis son réveil.

— Vous avouez que c'est vous qui avez apporté ce pot de confiture ?

— Oui. Bien sûr.

— Votre femme vous l'avait demandé ?

— Non. Elle m'avait demandé d'acheter du sucre et de la lessive. C'est Andrée Despierre qui m'a remis la confiture que Gisèle, paraît-il, réclamait depuis quinze jours.

— Vous êtes revenu directement de l'épicerie ?

L'arrêt à la gare... Le piston de rechange...

— Il s'agit bien de ce pot-ci ?

On le lui fourrait sous le nez. Le pot avait été ouvert et largement entamé.

— Je crois. L'étiquette est la même.

— Vous l'avez remis en main propre à votre femme ?

— Je l'ai posé sur la table de la cuisine.

— Sans rien dire ?

— Je n'ai pas jugé utile d'en parler. Ma femme était occupée à ramasser le linge dans le jardin.

— Quand avez-vous pénétré pour la dernière fois dans votre hangar ?

— Ce matin, un peu avant huit heures, pour y prendre ma voiture.

— Vous n'y avez rien pris d'autre ? Vous étiez seul ?

— Ma fille m'attendait devant la maison.

Tout cela était à la fois si près et si loin ! La journée entière, avec ses allées et venues, devenait irréelle.

— Et ceci, Falcone, le reconnaissez-vous ?

Il regardait la boîte, qui lui était familière, car elle se trouvait depuis quatre ans sur la plus haute étagère du hangar.

— Cela doit être à moi, oui.

— Que contient cette boîte ?

— Du poison.

— Vous savez quel poison ?

— De l'arsenic ou de la strychnine. C'était la première année que nous vivions ici. A l'emplacement du hangar, il y avait auparavant un champ d'épandage où le boucher se débarrassait des abats. Les rats ont gardé l'habitude d'y venir et Mme Despierrre...

— Un instant. Laquelle ? La vieille ou la jeune ?

— La mère. Elle m'a fourni le même poison qu'elle vend à tous les fermiers. Je ne me souviens plus si c'est...

— C'est de la strychnine. Quelle quantité en avez-vous mélangé à la confiture ?

Tony n'était pas devenu fou. Il n'avait pas hurlé non plus, mais il s'était cassé une dent à force de serrer les mâchoires.

— A quelle heure, normalement, votre femme aurait-elle mangé de la confiture ?

Il parvenait à répondre, dans une sorte d'état second :

— Vers dix heures.

Depuis qu'ils habitaient la campagne et qu'elle se levait tôt, Gisèle avait l'habitude de faire une collation au milieu de la matinée. Avant que Marianne fréquente l'école, elles la prenaient ensemble, comme, l'après-midi, au retour de l'enfant, elles prenaient encore le goûter.

— Vous le saviez donc !

— Je savais quoi ?

— Qu'elle mangerait de la confiture à dix heures. Connaissez-vous la dose mortelle de strychnine ? Deux centigrammes. Sans doute n'ignorez-vous pas non plus que, dix à quinze minutes après l'ingurgitation, le poison commence à agir et provoque les premières convulsions. Où étiez-vous, à dix heures ?

— Je sortais de chez mon frère.

— Votre femme, elle, était étendue sur le carreau de la cuisine. Elle allait rester seule dans la maison, sans secours, jusqu'à l'arrivée de votre fille, qui quitte l'école à quatre heures. Elle a donc agonisé pendant six heures avant qu'on puisse lui venir en aide. C'était bien organisé, n'est-ce pas ?

— Mais vous dites qu'elle est morte ?

— Oui, Falcone. Je ne crois rien vous apprendre. Il est probable qu'après la première crise elle a connu un certain répit. Le docteur Riquet le pense. J'ignore pourquoi elle n'en a pas profité pour appeler. Ensuite, quand les convulsions ont repris, il n'y avait plus de rémission possible.

» En rentrant un peu après quatre heures, votre fille a trouvé sa mère couchée par terre, dans un état que je préfère ne pas vous décrire. Elle est sortie de la maison en courant et elle est allée frapper des poings, affolée, à la porte des demoiselles Molard. Léonore est venue voir et a téléphoné au docteur. Où étiez-vous, à quatre heures et quart ?

— Dans un cinéma de Poitiers.

— Riquet a diagnostiqué un empoisonnement et a demandé à

l'hôpital d'envoyer une ambulance. Il était trop tard pour procéder à un lavage d'estomac et on ne pouvait qu'administrer des calmants.

» C'est Riquet aussi qui m'a téléphoné et m'a parlé du pot de confiture. En attendant l'ambulance, il avait fureté dans la cuisine. Le pain, le couteau, une tasse contenant un reste de café au lait, une assiette avec des traces de confiture étaient encore sur la table. Il a goûté du bout de la langue.

— Je veux la voir ! Je veux voir ma fille !

— Pour votre fille, ce n'est pas le moment, car vous risqueriez d'être écharpé par la foule. Léonore n'a rien eu de plus pressé que de courir de porte en porte pour annoncer la nouvelle. Mes hommes, en visitant le hangar, ont découvert cette boîte de strychnine et j'ai pris contact avec le procureur de la République à Poitiers.

» Maintenant, Falcone, vous allez m'accompagner. Nous serons mieux à la gendarmerie pour reprendre cet interrogatoire selon les règles. Comme il est improbable que vous remettiez les pieds ici de longtemps, je vous conseille d'emporter une valise avec du linge et vos objets personnels. Je monte avec vous.

Question après question, Diem l'obligeait à recommencer ce récit, à évoquer son départ de Saint-Justin-du-Loup, une valise à la main, à travers la masse de curieux que les gendarmes écartaient et qui grondaient sur son passage ; d'autres le regardaient avec des yeux effrayés comme si, de découvrir qu'il existait un assassin dans le village, les faisait penser qu'ils auraient pu être la victime.

— La loi exige que vous reconnaissiez le corps.

Il avait dû attendre, dans un couloir de l'hôpital, en compagnie du lieutenant et d'un gendarme. On lui avait déjà passé les menottes. Il n'y était pas encore habitué et elles lui faisaient mal à chaque mouvement brusque.

Diem prononçait en l'observant avec une attention particulière :

— Devant le corps de votre femme, dont on venait de terminer la toilette, vous êtes resté immobile, vous tenant à plusieurs pas, sans une parole. N'est-ce pas l'attitude d'un coupable, monsieur Falcone ?

Comment expliquer au juge qu'à ce moment-là, dans son for intérieur, il se sentait en effet coupable ? Il essaya, d'une façon indirecte.

— Elle est quand même morte par ma faute.

7

Cet interrogatoire-là, dans le cabinet du juge d'instruction Diem, devait être le dernier. Peut-être le magistrat avait-il l'intention de questionner encore Tony sur un certain nombre de points, ou de le confronter à nouveau avec Andrée ? Les nouvelles qu'on lui donna de l'état du prévenu l'inclinèrent à ne pas insister.

Deux jours plus tard, déjà, le professeur Bigot avait trouvé, dans sa cellule, un homme indifférent à ce qu'on lui disait, indifférent à tout, qui paraissait ne plus mener qu'une vie végétative.

Sa tension artérielle avait beaucoup baissé et le psychiatre l'avait envoyé en observation à l'infirmerie où, malgré une médicamentation massive, l'état du prisonnier ne s'était guère amélioré.

Il dormait, mangeait, répondait de son mieux quand on lui parlait, mais d'une voix neutre, impersonnelle.

La visite de son frère ne l'avait pas arraché à sa prostration. Tony le regardait avec étonnement, surpris, semblait-il, de voir Vincent, tel qu'il le connaissait, tel qu'il était dans son café de Triant, surgir dans l'univers si différent de l'infirmerie.

— Tu n'as pas le droit de te laisser abattre, Tony. N'oublie pas que tu as une fille et que nous sommes tous avec toi.

A quoi bon ?

— Marianne s'habitue fort bien à la vie de la maison. Au début, nous l'avions mise à l'école.

Il avait questionné sans passion :

— On lui a dit ?

— Il était impossible d'empêcher ses camarades de parler. Elle m'a demandé un soir :

» — C'est vrai que pap a tué maman ?

» Je l'ai rassurée. Je lui ai affirmé que non.

» — Il est quand même un assassin ?

» — Mais non, puisqu'il n'a tué personne.

» — Alors, pourquoi met-on son portrait dans le journal ?

» Tu vois, Tony. Au fond, elle ne comprend pas, ne souffre pas.

Était-on fin mai, ou début juin ? Il ne comptait plus les jours, ni les semaines, et quand maître Demarié vint lui annoncer que la chambre de mises en accusation l'avait inculpé, ainsi qu'Andrée, du meurtre de Nicolas et de Gisèle, il n'avait pas réagi.

— Ils ont préféré confondre les deux affaires, ce qui va rendre la défense plus difficile.

Son état restait stationnaire. On l'avait renvoyé dans sa cellule et il menait, sans révolte, avec, au contraire, une docilité surprenante, la vie monotone des détenus.

Du jour au lendemain, les visites cessèrent, le vide se fit, les geôliers eux-mêmes furent moins nombreux. Les vacances judiciaires avaient commencé en même temps que les vacances tout court et des centaines de milliers de gens parcouraient les routes, se précipitaient vers les plages, la montagne, les coins perdus de campagne.

Les journaux s'étaient fait l'écho d'une querelle qui, laissaient-ils entendre, dominerait le procès, la querelle des experts.

Lorsque, à la suite d'une lettre anonyme, puis d'une enquête à Triant, qui avait confirmé les relations entre Tony et Andrée, on avait exhumé le corps de Nicolas, les premières analyses avaient été confiées à un spécialiste de Poitiers, le docteur Gendre.

Celui-ci, dans son rapport, concluait à une ingestion massive de strychnine et un mandat d'arrêt avait été lancé contre Andrée Despierre, une douzaine de jours après l'emprisonnement de Tony.

L'avocat qu'elle avait choisi, maître Capade, avait fait appel à un spécialiste parisien de renommée mondiale, le professeur Schwartz, et celui-ci, après avoir sévèrement critiqué les travaux de son confrère, était arrivé à des conclusions moins catégorigues.

En trois mois, Nicolas avait été exhumé deux fois et il était question de l'exhumer à nouveau, car le laboratoire de police scientifique de Lyon, requis à son tour, réclamait d'autres prélèvements.

On discutait aussi des cachets de bromure que l'épicier de Saint-Justin prenait chaque soir quand il sentait venir une crise. Le pharmacien de Triant qui les fournissait avait été entendu et confirmait que les deux moitiés de ces cachets n'étaient pas collées ensemble, de sorte qu'il était facile de les ouvrir comme une boîte et d'y introduire n'importe quel produit.

En quoi cela concernait-il Tony ? Il ne se demandait même plus s'il serait reconnu coupable ou non, ni, le cas échéant, quelle serait sa peine.

La foule qui se pressait dans la salle des assises, le 14 octobre, les avocats venus en grand nombre, semblaient surpris par son attitude et des journaux parlèrent d'insensibilité et de cynisme.

Ils étaient assis sur le même banc, Andrée et lui, séparés par un gendarme, et Andrée lui avait dit en se penchant un peu en avant :

— Bonjour, Tony !

Il n'avait pas détourné la tête, ni tressailli en entendant sa voix.

En contrebas, à un autre banc, les défenseurs et leurs secrétaires s'affairaient. Outre maître Capade, Andrée avait engagé un des ténors du Barreau parisien, maître Follier, que la foule dévorait des yeux comme elle l'aurait fait d'une vedette de l'écran.

Le président avait de beaux cheveux gris et soyeux ; un de ses assesseurs, très jeune, ne paraissait pas à son aise et l'autre passait son temps à crayonner.

Tony enregistrait les images, sans les rattacher à lui, un peu comme les paysages qu'on voit défiler par les vitres d'un train. Les jurés le fascinaient et il les fixait tour à tour pendant de longs moments, de sorte qu'à la seconde audience les moindres détails de leur physionomie lui étaient familiers.

Debout, dans une attitude respectueuse, il subit l'interrogatoire préliminaire et il répondait du bout des lèvres sur le même ton qu'il prenait jadis au catéchisme. Ne récitait-il pas par cœur, ici aussi, les réponses qu'il avait tant de fois fournies ?

On fit d'abord comparaître une vieille femme, celle qu'on appelait la Louchote, et on découvrit qu'elle avait été la première, un jour qu'elle sortait de la gare de Triant, à voir Andrée pénétrer par la petite porte de l'Hôtel des Voyageurs.

Le hasard avait voulu qu'elle repasse deux heures plus tard par la rue Gambetta, à l'instant où la jeune femme sortait de l'hôtel et que, entrant dans le café parce qu'elle était en avance pour le train du retour, la Louchote s'y trouve en présence de Tony.

Tout était parti de là, toutes les rumeurs dont Falcone n'avait eu la révélation que beaucoup plus tard. C'était l'inspecteur Mani qui avait remonté patiemment la filière et qui était parvenu enfin jusqu'à la Louchote.

D'autres défilaient, des hommes, des femmes qu'il connaissait, beaucoup qu'il appelait par leur prénom, quelques-uns qu'il tutoyait pour avoir été à l'école avec eux. Ils s'étaient habillés comme pour la messe du dimanche et parfois leurs réponses, ou le comique involontaire de leur attitude, provoquaient les rires du public.

Le vieil Angelo était là, immobile, impassible, au second rang, et pendant tout le procès il devait occuper la même place. Vincent le rejoindrait après sa déposition et, en attendant, il devait rester dans la salle des témoins où Françoise se trouvait aussi, ainsi que la mère Despierre.

— Vous êtes le frère de l'accusé et, en cette qualité, vous ne pouvez prêter serment.

Il faisait très chaud dans la salle où régnait une odeur de foule mal lavée. Une jeune et jolie avocate, secrétaire de maître Capade, passait des pastilles de menthe à son patron. Il lui arriva de se retourner pour en offrir à Andrée, puis, après une hésitation, à Tony.

De tout cela, encore une fois, il ne gardait que des images disparates, des nez, des yeux, des sourires, des bouches entrouvertes sur des dents jaunies, le rouge inattendu d'un chapeau de femme, des phrases aussi, qu'il ne se donnait pas la peine de mettre bout à bout pour leur trouver un sens.

— Une fois par mois environ, dites-vous, votre frère Tony

rejoignait l'accusée dans une chambre de votre hôtel qui porte le n° 3, mais que vous appeliez la chambre bleue. Était-il dans vos habitudes d'abriter ainsi dans votre établissement des couples clandestins ?

Pauvre Vincent, qu'on insultait publiquement, alors qu'il avait toujours supplié son frère de mettre fin à cette aventure !

Il y avait eu une autre phrase du président, au cours de l'interrogatoire de Tony.

— Vous étiez si passionnément amoureux d'Andrée Despierre que vous n'avez pas hésité à cacher vos amours coupables sous le toit de votre frère et de votre belle-sœur.

C'était un hôtel, non ? Il lui arrivait de sourire malgré lui, comme s'il n'était pas dans le coup. Le président cherchait les formules frappantes, ironiques ou cruelles, sachant que les reporters étaient à l'affût et que les journaux les reproduiraient.

Alors, jaloux, le célèbre avocat de Paris éprouvait le besoin de se lever pour lancer une observation percutante.

Maître Demarié avait conseillé à Tony de choisir, lui aussi, un second défenseur, mais il avait refusé.

Il était convaincu que tout cela était inutile. On recommençait, pour les jurés et le public, la longue histoire déjà évoquée dans le cabinet du juge Diem.

C'était plus solennel, avec plus de formules rituelles, de fioritures, plus d'acteurs et de figurants, mais le fond restait identique.

On reprenait les dates une à une, les allées et venues de chacun et, quand on en arriva aux lettres, ce fut le grand branle-bas, non seulement entre l'accusation et la défense, mais entre les avocats. Chaque mot était décortiqué et maître Follier brandit même un volume du Littré pour énumérer les sens différents de certains mots que chacun prononce tous les jours.

Andrée, vêtue de noir, suivait les débats avec plus de passion que lui et se penchait parfois pour le prendre à témoin ou pour lui sourire.

La bataille des experts n'eut lieu que le troisième jour.

— Jusqu'ici, dit le président, j'avais toujours pensé que la loi réglementait sévèrement la vente des poisons et qu'il n'était possible de s'en procurer que sur ordonnance médicale. Or, que voyons-nous dans cette affaire ?

» Dans un hangar, qui reste ouvert toute la journée, une vieille boîte à cacao contient plus de cinquante grammes de strychnine, c'est-à-dire suffisamment, si j'en crois les traités de toxicologie, pour tuer une vingtaine de personnes.

» A l'épicerie Despierre, dans l'arrière-boutique, voisinant avec des aliments, nous découvrons deux kilos, vous entendez, deux kilos du même poison ainsi qu'une quantité aussi importante d'arsenic.

— Nous le déplorons tous, répliquait un des experts, mais c'est malheureusement la loi. Si la vente en pharmacie des produits toxiques est strictement réglementée, ceux qui servent à détruire les animaux nuisibles sont vendus librement dans les coopératives agricoles, les drogueries et certains magasins de campagne.

Ils étaient tous là, matin et soir, à la même place, les magistrats, les jurés, les avocats, les gendarmes, les journalistes et même les curieux, qui devaient avoir un moyen de retenir leur siège, et que les témoins, l'un après l'autre, allaient retrouver après leur petit tour à la barre.

De temps en temps, un des avocats massés près de la petite porte se glissait dehors pour aller défendre un client dans une autre chambre et, pendant les suspensions d'audience, la salle était envahie par un bruit de récréation.

On emmenait alors Tony dans une pièce sombre où l'unique fenêtre s'ouvrait à trois mètres du sol, tandis qu'Andrée se trouvait sans doute dans une autre pièce semblable. Demarié lui apportait des sodas. Les magistrats devaient boire aussi. Puis une sonnerie ramenait chacun à sa place, comme au théâtre ou au cinéma.

La mère Despierre, plus crayeuse que jamais, fit une entrée à sensation. Et, avec elle, le président prit une voix plus douce, car elle faisait en quelque sorte partie des victimes.

— Je n'ai jamais encouragé mon fils à ce mariage, sachant qu'il n'en sortirait rien de bon. Par malheur, il aimait cette femme, et je n'ai pas eu le courage de m'opposer à...

Pourquoi se rappelait-il une phrase plutôt qu'une autre ?

— Je suis obligé, madame, de vous rappeler de tristes souvenirs et d'évoquer la mort de votre fils.

— Si elle ne m'avait pas poussée hors de ma propre maison, j'aurais veillé sur lui et rien ne serait arrivé. Voyez-vous, cette fille ne l'a jamais aimé. Elle n'en voulait qu'à notre argent. Elle savait qu'il ne vivrait pas vieux. Quand elle a pris un amant...

— Vous étiez au courant de sa liaison avec l'accusé ?

— Comme tout le monde à Saint-Justin, sauf mon pauvre Nicolas.

— Au mois d'août de l'année dernière, il paraît avoir eu des soupçons.

— J'espérais bien qu'il les prendrait sur le fait et qu'il la jetterait à la porte. Au lieu de ça, elle est parvenue à l'emberlificoter.

— Quelle a été votre réaction en voyant votre fils mort ?

— J'ai tout de suite soupçonné qu'il n'avait pas succombé à une de ses crises, mais que sa femme y était pour quelque chose.

— Bien entendu, vous n'aviez pas de preuves.

— J'attendais qu'ils s'en prennent à sa femme à lui.

Elle désignait Tony du doigt.

— Cela ne pouvait manquer. Et l'avenir m'a donné raison.

— N'est-ce pas vous qui, deux jours après la mort de Mme Falcone, avez envoyé une lettre anonyme au procureur ?

— Les experts n'ont pas reconnu formellement mon écriture. Cela peut être n'importe qui.

— Parlez-nous du colis qui contenait le pot de confiture. Qui l'a reçu au magasin ?

— Moi. La veille, c'est-à-dire le mardi 16 février.

— Vous l'avez ouvert ?

— Non. Je savais, par l'étiquette, ce qu'il contenait et je l'ai rangé dans l'arrière-magasin.

Ce fut un des rares moments où Tony se montra attentif. Il n'était pas le seul à attacher à cette déposition un intérêt particulier et son avocat s'était levé, puis avancé de deux pas, comme pour mieux entendre, peut-être, en réalité dans le vain espoir de démonter le témoin.

Des réponses qu'allait faire Mme Despierre dépendait, en grande partie, le sort de Tony.

— Le matin, à quelle heure êtes-vous allée au magasin ?

— Le matin du 17 ? A sept heures, comme les autres jours.

— Vous avez vu le colis ?

— Il était toujours à la même place.

— Avec sa ficelle intacte et sa bande de papier gommé ?

— Oui.

— Vous êtes restée au comptoir jusqu'à huit heures moins dix, heure à laquelle votre belle-fille a pris votre place, et vous êtes allée chez vous manger un morceau. Est-ce exact ?

— C'est la vérité.

— Combien de personnes se trouvaient dans le magasin quand vous l'avez quitté ?

— Quatre. Je venais de servir Marguerite Chauchois quand j'ai vu cet homme traverser la rue et se diriger vers chez nous. Je suis rentrée par le jardin.

Elle mentait. Et elle ne pouvait résister au désir de défier Tony du regard. Si le colis était ouvert à ce moment-là, comme il l'était certainement, à plus forte raison s'il était ouvert depuis la veille, ce qui était probable, Andrée avait eu tout le loisir de mélanger le poison à la confiture d'un des pots.

Si le paquet n'était pas défait, au contraire, elle n'avait pas eu le temps matériel de procéder à cette opération pendant les deux minutes à peine qu'il était resté dans la boutique.

Il ne suffisait pas à la mère Despierre qu'Andrée paie pour la mort de Nicolas. Il fallait que Tony paie aussi.

— Je voudrais faire remarquer... commença maître Demarié, tandis qu'une rumeur montait de la salle.

— Vous aurez tout le loisir d'exposer votre point de vue aux jurés au cours de votre plaidoirie.

Tony ne voyait pas Andrée. Les journaux prétendirent qu'à cet instant elle avait souri et l'un d'eux parla d'un sourire gourmand.

Tout au fond, à gauche de la sortie, il découvrit pour la première fois les demoiselles Molard, avec des robes et des chapeaux semblables, tenant un sac identique sur leurs genoux, le visage plus que jamais lunaire dans l'éclairage glauque de la salle.

Au cours de son interrogatoire préliminaire qui avait précédé celui de Tony, Andrée avait déclaré fièrement, ou plutôt elle avait lancé à la Cour et au public, comme une profession de foi :

— Je n'ai pas empoisonné mon mari, mais je l'aurais peut-être fait s'il avait trop tardé à mourir. J'aimais Tony et je l'aime encore.

— Comment comptiez-vous vous débarrasser de Mme Falcone ?

— Cela ne me regardait pas. Je l'ai écrit à Tony. Je lui ai dit : *A toi !* et j'ai attendu, confiante.

— Attendu quoi ?

— Qu'il se rende libre, comme nous avions décidé qu'il le ferait dès que je le deviendrais moi-même.

— Vous n'avez pas envisagé qu'il la tuerait ?

Alors, tête haute, elle avait prononcé de sa belle voix rauque :

— Nous nous aimons !

Le tumulte avait été tel que le président avait menacé de faire évacuer le prétoire.

Tout était joué, depuis le premier jour. Et, le premier jour, ce n'était pas celui de la mort de Nicolas, ni le jour du martyre de Gisèle.

Le premier jour, c'était le 2 août de l'année précédente, dans la chambre bleue grésillante de soleil où Tony se dressait, nu et satisfait de lui, devant le miroir qui lui renvoyait l'image d'une Andrée comme écartelée.

— *Je t'ai fait mal ?*

— *Non.*

— *Tu m'en veux ?*

— *Non.*

— *Ta femme ne va pas te poser de questions ?*

— *Je ne crois pas.*

— *Elle t'en pose parfois ?*

Gisèle vivait encore et, peu de temps après avoir prononcé ces paroles, il la retrouverait avec Marianne dans leur maison neuve.

— *Tu as un beau dos. Tu m'aimes, Tony ?*

— *Je crois.*

— *Tu n'en es pas sûr ?*

L'avait-il aimée ? Un gendarme le séparait d'elle et elle se penchait de temps en temps pour le regarder avec la même expression que dans la chambre de Triant.

— *Tu aimerais passer toute ta vie avec moi ?*

— *Bien sûr !*

Les mots n'avaient plus de sens. Or, c'était de cela qu'ils s'occupaient avec une solennité ridicule, de choses qui n'existaient pas, d'un homme qui n'existait pas davantage.

L'avocat général parlait pendant un après-midi entier pour finir, le visage en sueur, par demander la peine capitale pour les deux accusés.

Toute la journée du lendemain fut consacrée aux plaidoiries et il était huit heures du soir quand les jurés entrèrent en délibération.

— Il nous reste une chance, déclarait maître Demarié en arpentant la petite pièce où Tony était le plus calme des deux.

L'avocat croyait-il en son innocence ? Doutait-il ? Cela n'avait pas d'importance. Il regardait sans cesse l'heure à sa montre. A neuf heures et demie, la sonnerie annonçant la reprise de l'audience n'avait pas encore retenti dans les couloirs.

— C'est bon signe. En général, lorsque les délibérations se prolongent, cela signifie...

Ils attendirent encore une demi-heure, puis chacun retrouva sa place. Une des lampes du plafond était grillée.

— Je rappelle au public que je ne tolérerai aucune manifestation.

Le président du jury se levait, une feuille de papier à la main.

— ... en ce qui concerne Andrée Despierre, née Formier, la réponse du jury à la première question est : oui. A la seconde question : oui. A la troisième et à la quatrième question : non.

Elle était reconnue coupable du meurtre de son mari, avec préméditation, mais innocente de la mort de Gisèle.

— ... en ce qui concerne Antoine Falcone, la réponse du jury...

On l'innocentait de la mort de Nicolas, mais on lui imputait celle de sa femme et, pour lui aussi, la préméditation était retenue.

Tandis que le président du tribunal parlait à voix basse à ses assesseurs, penché tantôt vers l'un, tantôt vers l'autre, il se fit un silence tout frémissant d'impatience.

Enfin, le président prononçait le verdict. Pour les deux accusés, la peine de mort commuée, sur la recommandation du jury, en travaux forcés à perpétuité.

Dans le tumulte qui suivit, et tandis que tout le monde se levait à la fois, que des gens s'interpellaient d'un bout à l'autre du prétoire, Andrée se mettait debout, elle aussi, et se tournait lentement vers Tony.

Il fut incapable, cette fois, de détourner la tête, tant son visage le fascinait. Jamais, aux moments où leurs chairs étaient le plus unies, il ne l'avait vue si belle et si radieuse. Jamais sa bouche pulpeuse ne lui avait souri ainsi, exprimant le triomphe de l'amour. Jamais, en un regard, elle ne l'avait absorbé aussi complètement.

— Tu vois, Tony, lui cria-t-elle, ils ne nous ont pas séparés !

Noland (Vaud), le 25 juin 1963.

L'HOMME AU PETIT CHIEN

LE CAHIER BLEU

mercredi 13 novembre

Est-ce que l'incident de dimanche a l'importance que je suis tenté de lui attribuer ? On ne peut même pas, sans exagération, parler d'incident. Une rencontre fortuite, dans la rue. Un couple inconnu dans la foule parisienne. Un échange de regards.

Pourtant, depuis trois jours, mon humeur a changé et des décisions que je croyais définitives ne me le paraissent plus autant. Je ne les évoque pas d'une façon dramatique, ni sentimentale. Je ne suis qu'un homme quelconque parmi les autres, les millions, les milliards d'autres, ceux qui vivent, ceux qui naissent et ceux qui meurent à l'instant où j'écris, sans compter les centaines de milliards d'êtres plus ou moins semblables à moi qui ont foulé la même terre, respiré le même air, connu le même rythme des saisons.

J'aurais écrit de toute façon, mais, avant ce dernier dimanche, je n'envisageais qu'une lettre, peut-être assez longue, adressée à personne, puisque je n'ai personne à qui l'envoyer.

Or, hier, après avoir fermé le magasin, je suis allé à la papeterie d'en face acheter un cahier d'écolier. On m'en a montré des bleus, des roses, des verts et des jaunes. J'ai choisi le bleu, sans doute à cause d'un morceau de ciel qui, dimanche, vers trois heures de l'après-midi, s'est découvert au-dessus du Panthéon.

Ma lettre aurait eu un ton très différent de ce que je me propose à présent d'écrire. Il est vrai que j'ignore le ton que j'adopterai demain, les jours suivants, les semaines qui viennent, car j'entrevois que cela pourra être long et que je m'accorderai des délais.

Samedi, ma décision était prise. J'étais calme, serein, et je voyais approcher la fin avec une sorte d'ironie, l'ironie, justement, que j'aurais laissée percer dans ma lettre. J'hésitais sur la façon de commencer.

« Moi, Félix Allard, quarante-huit ans, domicilié au n° 3, rue des Arquebusiers, Paris, IIIe... »

Aurais-je ajouté, comme dans les testaments : « sain de corps et d'esprit... » ?

D'esprit, j'en jurerais, encore que j'ignore ce qui se passe dans le cerveau des autres et qu'il m'est donc difficile de décider de ce qui est normal ou non.

C'était le ton que je me promettais d'adopter. Un ton léger, avec de-ci de-là une pointe de sarcasme, un sarcasme qui me visait, moi, et non autrui.

Maintenant que je noircis lentement la première page de ce cahier, je suis calme comme à l'habitude, vaguement souriant, mais je n'oserais affirmer que je ne ressens pas un rien d'émotion.

A cause du couple rencontré dimanche ? Peut-être.

Le mieux est de raconter brièvement cette journée-là. Je me suis éveillé, comme les autres matins, à six heures, et il faisait encore noir. Comme les autres jours aussi, dès que j'ai tendu le bras vers le commutateur, Bib, couché à mes pieds, sur la couverture, s'est mis à ramper le long de mon corps en remuant son bout de queue et, arrivé à hauteur de mon visage, a émis deux ou trois jappements joyeux.

Nous avons bavardé tous les deux. Quand je dis bavarder... Bien entendu, Bib, pas plus que les autres chiens, ne parle réellement. C'est moi qui lui parle et il me répond à sa manière. Par exemple, quand il en a assez de nos effusions matinales, il tire à petits coups sur le drap pour me découvrir, puis bondit sur le plancher.

J'ai enfilé ma robe de chambre, glissé mes pieds nus dans mes sandales et me suis dirigé vers la porte. Tous ces gestes, répétés chaque jour à la même heure, ne comptent guère, je le sais, aux yeux de la majorité des gens ; ils prennent la gravité d'un rituel pour un homme qui vit seul avec un chien, à plus forte raison si cet homme, après avoir pesé le pour et le contre et mûrement réfléchi, a décidé de s'en aller.

J'ai connu dans l'existence d'autres habitudes, d'autres traditions. J'ai été éveillé, le matin, par l'odeur du café et par les pas de ma mère dans la cuisine, plus tard par un réveille-matin, puis par les mouvements et la chaleur animale d'un corps de femme. Des vagissements de bébé m'ont tiré du sommeil, des trottinements d'enfant dans la chambre voisine. Plus tard... Si je commence ainsi, je n'en finirai pas et je risque de donner l'impression fausse que je nourris des regrets.

Je n'ai aucun regret, de rien, je m'empresse de l'affirmer. Aucune honte non plus, encore que je sache que cette déclaration en indignera quelques-uns. C'est vrai pour l'heure présente. Je n'essaie pas de prévoir ce que je penserai demain, encore moins quelle sera ma conclusion, s'il s'en présente une un jour. La conclusion, pour tous, n'est-elle pas irrémédiablement la même ?

Bib courait devant moi dans l'escalier, un vieil escalier non ciré, au bois grisâtre et rugueux. Nous n'avons eu, l'un derrière l'autre, que deux étages à descendre dans la maison vide. La plaque d'émail du premier étage est celle d'une petite affaire de fleurs artificielles qui, les jours ouvrables, occupe une quinzaine de jeunes filles. Au rez-de-chaussée, on vend, en gros seulement, des imperméables confectionnés du côté de Montluçon.

Il n'y a pas de concierge, ni d'autres locataires. Chaque soir, dès six heures, nous sommes seuls, Bib et moi, et le dimanche toute la journée.

Je décroche la chaîne, tire le verrou, tourne la grosse clef qui ne quitte pas la serrure. Bib se faufile et s'élance dehors dès que l'ouverture est assez large pour lui livrer passage et il se précipite vers l'angle de la maison d'en face où il lève la patte.

Il a plu. Pas une grosse pluie. Juste assez pour noircir les pavés et donner une haleine humide à cette fin de nuit. Je reste sur le seuil à allumer une cigarette, car j'ai toujours des cigarettes et des allumettes dans ma robe de chambre. Je ne pense pas. Je ne regarde rien de précis. Bib et moi, le lampadaire du coin, les deux autres lampadaires de la rue faisons partie du décor.

La rue des Arquebusiers n'est pas une rue comme les autres. D'abord, elle forme un angle droit. Partant du boulevard Beaumarchais, elle s'arrête soudain après une centaine de mètres, là justement où j'habite, et, changeant de direction, continue vers la rue Saint-Claude où elle se heurte à d'autres bâtiments.

Rue Saint-Claude, il y a une église, l'église du Saint-Sacrement, dont j'entends les cloches. Ou plutôt je devrais les entendre, mais je n'y fais plus attention.

Bib va et vient d'un trottoir à l'autre, renifle les poubelles, les pneus des camions en stationnement et, laissant la porte entrouverte, je remonte lentement chez moi où j'ouvre les volets avant d'allumer le réchaud à gaz et d'y mettre de l'eau à chauffer.

Les choses se sont passées ainsi pendant près de huit ans — les deux premières années sans Bib — et j'accomplis ce matin les gestes refaits plusieurs milliers de fois. Je pénètre dans le cabinet de toilette minuscule, au plafond en pente, comme le reste du logement et, devant le miroir où se reflète l'ampoule électrique, je me donne un coup de peigne.

Mes cheveux, devenus rares, ont pris une couleur à laquelle je ne m'habitue pas. Ils ne sont plus blonds. Ils ne sont pas non plus de ce gris argenté et soyeux qu'on voit à des hommes de mon âge. Ils ont la teinte neutre et sale des serpillières qui ont beaucoup servi et on distingue à travers la peau blanche du crâne.

Je me demande si les autres, en vieillissant, éprouvent la même surprise que moi lorsqu'ils se regardent le matin dans la glace. Je me vois si laid qu'il m'arrive de m'adresser une grimace. Peut-être n'ai-je jamais été beau ; pendant une bonne partie de ma vie, j'ai cependant pu rencontrer mon image sans répugnance, sinon avec une secrète satisfaction. J'étais grand, musclé, avec la solide charpente des Allard.

Ma taille a-t-elle diminué ? C'est vraisemblable. Mon grand corps est devenu flasque, mon visage bouffi, malsain, et mes yeux me font penser à des yeux de colin à l'étal d'une poissonnerie.

Qu'on ne s'y trompe pas. Je ne gémis pas. Je ne pleure pas sur mon sort et ce serait une erreur de croire que je regrette le passé.

Je suis lucide, simplement, capable de me regarder dans le miroir et de dire à voix haute :

— Tu es laid !

En ajoutant parfois :

— Tu me dégoûtes !

Sans acrimonie, sans nostalgie, à plus forte raison sans en vouloir à quiconque, ni au destin ni à la condition humaine. Voilà longtemps que j'ai accepté. Le mot accepter n'est pas exact, puisque je ne pouvais pas faire autrement. Résigné ne me plaît pas. Mettons que je me sois accommodé.

J'entends l'eau qui chante dans la cuisine et je la verse petit à petit dans le filtre de la cafetière. Je n'ai pas besoin d'aller jusqu'à la fenêtre pour savoir que Bib, après avoir reniflé tout ce qu'il avait à renifler, s'en revient gravement vers la maison dont il va pousser la porte de la tête. Après quoi, selon une habitude prise dès les premiers jours, il la refermera de la même façon avant de monter l'escalier.

Il est humide et a son odeur des matins pluvieux. Il jette un coup d'œil au vieux poêle à charbon dans lequel, ce matin, comme le temps est doux, je n'ai pas allumé de feu.

Automne et hiver, j'en allume tous les dimanches, car nous passons une bonne partie de la journée dans la maison. En semaine, je ne chauffe qu'en rentrant de mon travail, vers six heures et demie. Bib sait-il qu'on est dimanche et se demande-t-il pourquoi ce n'est pas un dimanche comme les autres ?

En fait, nous devrions vivre, l'un et l'autre, notre dernier dimanche. J'en ai pris la décision il y a plusieurs semaines. Au début, je ne me fixais pas de date. Je me disais, justement le matin en me regardant dans la glace, plus particulièrement en me rasant :

— Quand j'en serai à tel point...

Dans mon esprit, cela signifiait un délai de deux ou trois mois. Je connais le stade que je ne veux pas dépasser, mais il est difficile de le déterminer avec exactitude. Je courais le risque, en remettant sans cesse à plus tard, de me trouver un beau jour sans force ni volonté.

Je croyais, dimanche matin encore, avoir fini par tout savoir de moi.

— Aujourd'hui, mon vieux Bib, nous allons faire une longue promenade...

C'est un jeu de penser qu'il comprend chacune de mes phrases et qu'il y répond à sa façon, de la queue, des oreilles, du regard. Le mot promenade ne lui est pas moins familier et il manifeste sa joie en allant et venant avec allégresse.

Je dresse la table, car je continue à mettre une nappe pour les repas, à garder un certain décorum, ou plutôt un minimum de dignité.

Le ciel est déjà pâle au-delà de la fenêtre à tabatière. Presque tous les immeubles de la rue sont des entrepôts ou des ateliers et fort peu de gens y vivent. Ceux-là doivent faire la grasse matinée. Même boulevard Beaumarchais, les autos sont rares, car le temps n'invite pas à se rendre à la campagne.

C'est un vrai dimanche de novembre qui commence, je dirais un jour de Toussaint si la Toussaint n'était passée. Cela me rappelle le cimetière de Puteaux et l'odeur des chrysanthèmes puis, des années plus tard, les promenades dans le bois de Boulogne, une main d'enfant dans la mienne.

Le papier qui enveloppe les biscottes craque et Bib attend la sienne. Les comprimés de saccharine font des bulles minuscules dans mon café.

Tout est doux, grisâtre comme le ciel, et dans des milliers de cuisines des gens prennent, comme moi, leur petit déjeuner en se demandant ce qu'ils feront de leur dimanche.

Moi, je le sais. Je dois commencer par la routine, c'est-à-dire par le ménage. Personne d'autre n'en prend soin. Je pourrais m'offrir une femme en journée une heure ou deux chaque matin. Mon budget n'en souffrirait pas, surtout depuis que le hasard m'a rendu presque riche.

Est-ce ma répugnance à voir une étrangère toucher à mes affaires et pénétrer si peu que ce soit dans notre vie, à Bib et à moi, qui m'en empêche ? Je n'en suis pas sûr. J'éprouve, je l'avoue, une satisfaction intime à nettoyer mon terrier, comme je dis, à le tenir propre et en ordre, à faire mon lit, à prendre les poussières, à laver à l'eau savonneuse le carrelage rouge de la cuisine et du cabinet de toilette, enfin, une fois la semaine, à passer à la cire le plancher de ma chambre et du cagibi. Sans compter que la cire sent bon.

Bib me suit des yeux, change de place quand j'en arrive au coin où il se tient et, de temps en temps, je lui parle, je lui dis n'importe quoi. J'ai passé, comme tant d'autres, une partie de ma vie avec une femme. Il existait des heures creuses, le soir, et des matins de dimanche, surtout avant la naissance des enfants, assez pareils à celui-ci, et je cherche dans ma mémoire ce que nous pouvions nous dire, je ne trouve rien de très différent de ma conversation avec Bib.

Lui aussi, au bout d'un certain temps, réclame l'attention. Ma femme demandait, tout à coup, comme sortant d'un rêve :

— A quoi penses-tu ?

Je ne crois pas lui avoir répondu une seule fois la vérité. Non pas par besoin de mentir, ou de lui cacher quoi que ce soit, mais parce que cela n'aurait rimé à rien. La plus banale des pensées se rattache à d'autres, à des souvenirs anciens ou récents, à des impressions passagères, et je ne me suis jamais senti capable, à brûle-pourpoint, de définir mon état d'esprit.

Je n'en suis pas plus capable, aujourd'hui, tandis que j'essaie de reconstituer cette journée de dimanche pourtant si proche. Nous sommes mercredi soir. Je suis chez moi, dans ce cagibi dont j'astiquais le parquet dimanche matin au moment où Bib a décidé qu'il était l'heure de jouer. Voilà longtemps que j'écris, sous la lampe qui me chauffe le front, et le cendrier est plein de mégots, l'air épaissi par une fumée qui s'étire. Bib, couché dans mon fauteuil, feint de dormir, entrouvrant les yeux quand il croit que je ne le vois pas.

Pour être exact, pour être vrai, il faudrait rappeler chaque minute, en donner la couleur, le rythme, les sons, les odeurs.

Le jour s'est levé, du gris moelleux que je prévoyais, à peu près le gris d'une pierre tombale, ceci dit sans aucune intention macabre. Je revois Bib s'approcher de son panier à jouets et choisir une balle en caoutchouc rouge, sa préférée, la saisir délicatement entre les dents pour venir la déposer à mes pieds.

— Jouons !

Nous avons joué un quart d'heure cependant que, sur le trottoir, des passants se hâtaient vers la messe.

Je viens de m'interrompre un quart d'heure aussi, encore à cause de Bib. Il est surpris que je le laisse si longtemps dans mon fauteuil et je me demande s'il m'a jamais vu écrire, car il y a des années que je n'ai écrit de lettres à personne. Je sens qu'il me surveille, cherchant à définir ce qu'il y a de changé dans mon comportement.

Mon cagibi est une pièce étroite, au plafond en pente où est encastrée une lucarne. D'autres diraient un grenier. Là où c'était possible, j'ai installé des rayonnages de bois blanc qui se sont peu à peu remplis de livres. Une table me sert de bureau et, à part le vieux fauteuil de cuir acheté à une vente publique, le seul meuble est une chaise à fond de paille.

Il y a un quart d'heure, Bib a sauté sur le plancher, l'air hésitant, puis, après s'être frotté à mes jambes, s'est couché sur le dos et a fait le mort. C'est un jeu qu'il connaît bien, qu'il connaissait déjà, comme ses autres jeux, avant notre rencontre, car je ne lui ai rien appris, pas même de refermer la porte du rez-de-chaussée. Quand il se couche ainsi, le corps raidi, cela signifie :

— Tu m'oublies...

Ou encore :

— Je me sens seul... Occupe-toi de moi...

Dès que je me suis levé, il est allé chercher une de ses balles — il les préfère aux os en caoutchouc — et l'a déposée dans ma main. Après quoi il s'est rendu dans le coin et est resté face au mur.

C'était à moi de passer dans la chambre et de chercher un endroit plus ou moins nouveau où cacher la balle. Ils ne sont pas si nombreux et il les connaît tous. C'est pourquoi il préfère ce jeu dehors, sur les quais ou dans un square, place des Vosges, par exemple, où il y a toujours un petit garçon pour s'offrir à cacher l'objet.

— Ça y est, Bib !

Je n'ai pas envisagé au premier abord de vivre avec un chien. J'ai habité plusieurs mois mon logement sans aucune compagnie. Un soir, j'ai rapporté un poisson rouge dans un bocal et, pendant des semaines, je me suis réjoui de sa présence silencieuse. A lui aussi, il m'arrivait de parler comme à un être humain.

Quand je l'ai trouvé mort, j'en ai acheté un autre, puis un troisième. Je suivais scrupuleusement les instructions du vendeur. Les poissons rouges n'en mouraient pas moins après quelques semaines et c'est alors que l'idée m'est venue de me procurer un chien.

Prenant un après-midi de congé, je me suis rendu à la fourrière, à Gennevilliers. Je n'étais aucunement fixé sur le genre de chien que je désirais et j'aurais aussi bien pu revenir avec un chat.

Des bêtes, à mon entrée, se sont agitées dans leur cage. D'autres m'ont ignoré. La plupart des chiens étaient d'une certaine taille, quelques-uns très grands. Il y avait même un danois dont un œil paraissait de verre.

Quand mon regard s'est porté sur une sorte de caniche nain, pas très pur de race, au poil gris mêlé de brun, aux pattes trop courtes, je l'ai vu s'étendre sur le dos comme il l'a fait tout à l'heure, fermer les yeux, raidir ses membres et conserver une rigidité cadavérique.

— C'est un jeu, m'a expliqué le gardien. Il essaie de se rendre intéressant...

— Il est jeune ?

— Je ne vous dirai pas son âge au juste, mais, d'après ses dents, il a passé trois ans, sinon quatre. Je ne serais pas surpris que ce soit un chien de cirque...

Il a fait claquer ses doigts.

— La culbute pour monsieur, Clebs !

L'animal a hésité, m'a observé un moment, puis s'est décidé à exécuter un saut périlleux en arrière.

— Vous l'appelez Clebs ?

— Je les appelle tous ainsi, faute de connaître leur nom.

Quelques instants plus tard, le petit chien aux pattes trop courtes trottinait sur mes talons au bout d'une ficelle. Ce n'est qu'au moment de monter dans l'autobus que j'ai appris que les animaux n'y sont admis, comme dans le métro, qu'à la condition d'être enfermés dans un panier ou dans un sac.

Je me suis enquis d'un quincaillier. J'ai trouvé un de ces fourre-tout de toile brune comme on en voit aux joueurs de football en déplacement et, dans le magasin même, avec des ciseaux qu'on m'a prêtés, j'y ai découpé deux ouvertures. Plus tard, je devais les garnir d'étamine.

Il me déplaisait de l'appeler Clebs, comme les autres. Ce soir-là, dans ma chambre dont il avait déjà reniflé tous les recoins, j'ai essayé sur lui un certain nombre de noms, guettant ses réactions et, quand j'en suis arrivé à Bib, il a paru satisfait. Était-ce son nom autrefois ? La consonance lui plaît-elle ?

Le lendemain, je l'ai emmené à la librairie et Mme Annelet, qui se déplaçait encore à l'aide d'une canne, s'est écriée :

— Qu'est-ce que c'est que ça ?

— Un chien. Il s'appelle Bib.

— Vous venez de le ramasser sur le trottoir ?

— Je suis allé le choisir à la fourrière.

— Vous avez l'intention de le garder ?

— Oui.

— Et de l'amener ici tous les jours ?

— Certainement.

Elle n'a pas osé protester, parce qu'elle avait déjà besoin de moi. Elle n'aime pas les bêtes, cela se sent. Elle m'a regardé plusieurs fois de bas en haut et de haut en bas comme pour prendre ma mesure et comparer ma carcasse avec la bête minuscule.

— C'est curieux... a-t-elle fini par soupirer.

— Qu'est-ce qui est curieux ?

— Que vous ayez choisi un tout petit chien, un chien de vieille dame. Pour un psychanalyste, cela prendrait sans doute une signification.

C'est elle qui est une vieille femme et moi, malgré les apparences, un homme de quarante-huit ans. Peu importe. Ils se sont habitués l'un à l'autre. Bib a vite compris que toute familiarité serait mal venue et qu'il devait garder ses distances. Boulevard Beaumarchais, il ne s'est jamais risqué sur un fauteuil ni, à plus forte raison, sur le lit de Mme Annelet, dans lequel elle passe une bonne partie de ses journées. Jamais non plus il ne lui a léché la main, ni apporté sa balle pour l'inviter à jouer avec lui.

Les autres dimanches, je prépare paresseusement mon déjeuner et je le mange devant la fenêtre avant d'aller passer l'après-midi dehors. Bib a été surpris que je n'allume pas le feu, que je me rase et que je m'habille plus tôt que de coutume et que, dès onze heures, je lui commande :

— Ton sac, Bib !

Il est allé chercher le fourre-tout brun sur la planche basse d'un des rayonnages pendant que j'endossais mon pardessus et que je prenais mon chapeau.

Si je fournis surtout des détails matériels, c'est par une sorte de pudeur ou, si l'on veut, par horreur de la sentimentalité. En réalité, cette promenade dominicale constituait pour moi un dernier pèlerinage. Mettons d'adieu et n'en parlons plus.

Je n'étais pas triste, ni nostalgique. Je voyais les choses telles qu'elles sont, comme l'objectif indifférent d'un appareil photographique, et je me voyais moi-même sans pitié ni indulgence.

Je vivais mon dernier dimanche, un point c'est tout. Mon père, ma mère, mes grands-pères et grand-mères avant eux, ont eu leur dernier dimanche, leur dernier lundi, leur dernier mardi et ainsi de suite. Ce ne sont pas des saints, ni des martyrs, ni des héros pour autant. Quant à choisir sa date, ce n'est pas très original non plus.

Si j'étais décidé, auparavant, à écrire une lettre « à qui de droit », c'était plutôt une pirouette, une farce, un pied de nez, l'occasion aussi de sortir quelques petites choses que j'ai sur le cœur.

Les ai-je encore sur le cœur ? Je ne le pense pas. C'est passé. Je suis un monsieur tranquille. Pour Mme Annelet, ma patronne, je suis Félix, un commis, sur qui elle peut compter, un homme dont elle connaît l'histoire et qu'elle ne s'habitue pas à regarder comme elle regarde le commun des mortels.

Pour d'autres, les commerçants du quartier, les patrons des petits restaurants où je m'offre parfois un repas, je suis monsieur Félix, qui habite au 3 de la rue des Arquebusiers.

Pour d'autres enfin, qui me voient passer à heure fixe en compagnie de Bib, je suppose que je suis l'homme au petit chien.

Pour une femme, je suis un ancien mari, pour une jeune fille et un jeune homme, un père dont ils se souviennent à peine et de qui on ne doit pas parler.

Pour trois autres personnes, une femme et deux enfants encore, je ne sais pas.

Les platanes du boulevard Beaumarchais avaient perdu la moitié de leurs feuilles. Les autos restaient rares et nous avons marché, Bib et moi, jusqu'à la place de la République où nous avons attendu l'autobus. Lorsqu'il s'est arrêté, je n'ai eu qu'à ouvrir le sac et Bib y a sauté à l'instant où le receveur allait m'annoncer que les chiens ne sont pas admis. Cela nous amuse d'attendre ainsi le dernier moment et il y a presque toujours des voyageurs pour éclater de rire devant la confusion de l'employé...

Ma première idée, la veille, avait été de consacrer cette ultime promenade à Puteaux, où je suis né et où j'ai vécu jusqu'à l'âge de vingt-cinq ans, rue Bourgeoise, près de l'église Sainte-Clotilde qu'on est occupé à démolir. Cela ne faisait-il pas trop pèlerinage ? Je suis retourné à Puteaux plusieurs fois. Je suis passé aussi devant l'appartement que j'ai occupé plus tard à Neuilly, boulevard Richard-Wallace, et je n'ai ressenti aucune émotion. Est-ce ridicule ou romantique de constater que je m'y cherchais en vain ?

Bien que je ne sois pas vraiment vieux, il a existé plusieurs Félix Allard que je trouve de plus en plus distincts les uns des autres et il en est, parmi eux, non seulement que je ne reconnais pas, mais que je ne comprends plus.

Place Blanche, nous sommes descendus du bus et j'ai rendu à Bib sa liberté. Rue Lepic, j'aurais préféré qu'on ne soit pas dimanche, afin de retrouver les petites charrettes le long des trottoirs, l'odeur des légumes et des fruits, des viandes aux étals des bouchers, la rumeur du marché. Presque seuls sur les trottoirs, nous avons marché vers la place du Tertre, nous arrêtant chaque fois que je me sentais essoufflé.

Pourquoi mon objectif était-il finalement la place du Tertre, je suis incapable de l'expliquer, car l'endroit ne se rattache à aucun de mes souvenirs, à aucun épisode mémorable de ma vie.

Malgré la saison avancée, il y avait dehors des tables recouvertes de nappes à carreaux, avec un brasero par-ci par-là, et beaucoup de monde mangeait déjà, des Français, provinciaux pour la plupart, et des étrangers à qui des peintres proposaient de faire leur portrait.

— C'est pour déjeuner ? m'a demandé un garçon revêche.

— Oui.

— Vous prendrez un apéritif ?

J'ai dit oui encore et j'ai commandé une Suze. Depuis des années, je ne bois ni vin ni alcool, comme le docteur me l'a prescrit. Pourquoi ai-je continué à suivre mon régime ces derniers temps, alors que ma décision était prise ? L'habitude ? Une façon indirecte de me punir ? De me punir de quoi ? Ce matin, j'ai mis de la saccharine dans mon café au lieu de sucre. Il y a pourtant du sucre chez moi, pour Bib qui, lui, n'est pas au régime.

Le choix de la Suze est plus inattendu. J'ai lancé ce mot sans réfléchir, bien que je n'en aie bu qu'une fois dans ma vie, dans un village dont je ne connais pas le nom, quelque part entre Le Mans et Angers.

J'étais en voiture avec Anne-Marie, une voiture décapotable, la première décapotable que je me sois achetée. Je ne pourrais plus dire si Anne-Marie était déjà enceinte de Philippe ou non. L'auberge, en dehors du village, avait l'air d'une fermette, avec une énorme truie dans un enclos et de la volaille blanche plein le verger.

Il faisait très chaud. La salle basse et sombre donnait à la fois sur la route et sur le potager où je revois avec précision les perches à haricots. La patronne au gros ventre était vêtue de noir.

— On peut déjeuner ?

— Pourquoi ne pourrait-on pas ?

— Qu'est-ce que vous avez à nous offrir ?

— D'abord du pâté avec des radis et des concombres. Si vous voulez, je peux ouvrir une boîte de sardines. Ensuite, je vous ferai sauter un poulet...

— Très bien...

— Qu'est-ce que vous buvez en attendant ?

Toute sa vie on prononce et on entend des phrases comme celles-là et quelques-unes s'enregistrent sans raison dans un repli du cerveau.

Je voyais, sur l'étagère, des bouteilles qui, la plupart, portaient des étiquettes qui ne m'étaient pas familières. Deux hommes étaient accoudés à une table, un marchand de bestiaux et un fermier, ai-je supposé, devant des verres remplis d'un liquide d'une curieuse couleur.

— Que boivent-ils ?

— De la Suze.

— Donnez-moi de la Suze aussi. Et pour toi, Anne-Marie ?

— Je vais essayer...

Cela me fait un drôle d'effet, soudain, de penser que je la tutoyais, que nous avons dormi dans le même lit pendant des années, que deux enfants, qui seront bientôt des adultes, mêlent dans leurs veines son sang et le mien.

Au moment même, on y attache de l'importance et un beau jour on s'aperçoit que ça ne laisse aucune trace. Je ne parviens pas à revoir son visage, sa silhouette, dans l'ombre de cette auberge qui paraissait sombre par contraste avec le soleil écrasant de la campagne.

Nous avons dû parler. Qu'avons-nous dit ? Ce que je revois, c'est la patronne, dans la cour, parmi ses volailles ébouriffées, en attrapant une, puis une autre, choisissant enfin un poulet qui dut lui paraître à point et allant lui trancher la tête sur un billot. Ce poulet, nous allions le manger et une gamine d'une douzaine d'années commençait à le plumer dans le soleil de midi.

Pourquoi ai-je commandé une Suze place du Tertre ? Je n'ai pas, ensuite, demandé de poulet, mais du foie de veau en papillote garni de pommes frites et j'ai bu une demi-bouteille de vin rosé. Bib, qui avait mangé avant notre départ, n'en a pas moins reçu sa part de viande et, comme on le regardait des tables voisines, il n'a pas résisté au désir d'exécuter quelques sauts périlleux.

J'ai connu la place du Tertre et le Sacré-Cœur il y a vingt ans, trente ans. Mes parents, si ma mémoire ne me trompe pas, m'ont amené ici avec ma sœur « pour voir le panorama de Paris » alors que j'étais encore à l'école communale, donc avant mes onze ans. Il me semble qu'il y avait moins de tables aux terrasses, moins de peintres avec leur chevalet le long des trottoirs, mais je ne suis pas venu à la recherche de souvenirs.

J'avais envie, pour mon dernier dimanche, d'un emploi du temps différent des autres et l'idée de revoir Paris d'en haut m'est soudain passée par la tête. Le déjeuner en plein air a suivi tout naturellement. C'est tout. Bib se demandait pourquoi je ne jouais pas à cacher sa balle ; je n'avais pas envie de me donner en spectacle...

— En route, Bib...

Je me suis arrêté assez longtemps sur le parvis du Sacré-Cœur, parmi la foule qui montait et descendait, les marchands de souvenirs et de cartes postales, les bonnes sœurs, les curés ou les vicaires qui surveillaient des files d'enfants de patronages.

Moi, je regardais les toits qui, sous le ciel uni, présentaient toute la gamme des gris et des roses. Machinalement, je me surprenais, comme un touriste, à repérer les monuments et je pensais aux générations qui... Non ! C'était malsain. Il valait mieux m'occuper des visages qui, presque tous, étaient vides d'expression. Des hommes, des femmes, des enfants, des bribes de phrases, presque toujours les mêmes :

— C'est dommage qu'il n'y ait pas de soleil... On verrait jusque...

Bib était désorienté par cette promenade si différente de nos promenades des autres dimanches, avec de longues stations sur les bancs et du gravier à gratter dans les allées. Il ne voyait guère que des jambes en mouvement, des pieds et encore des pieds qu'il lui fallait éviter en se faufilant avec adresse.

— Par ici, Bib...

Il a cru un instant que je voulais monter dans le funiculaire et il a tout de suite regardé le sac, prêt à y sauter. Je préférais descendre l'escalier que d'autres gravissaient lentement, la plupart s'arrêtant pour souffler toutes les quelques marches.

C'est alors que je les ai vus. J'avais dû croiser des dizaines de couples, mais aucun n'avait retenu mon attention. Celui-ci montait très lentement et, vu d'en haut, paraissait encore plus difforme qu'il ne l'était en réalité. La tête de l'homme m'a frappé d'abord, une tête monstrueusement grosse, une tête d'hydrocéphale comme on n'en voit d'habitude que dans les ouvrages de médecine, la peau lisse du même rose que la peau d'un bébé, sans un poil, les yeux protubérants et dénués de cils.

Sous un torse à peu près normal, on découvrait deux petites jambes si molles qu'elles semblaient pendre et il avait de la peine à marcher avec deux cannes, lançant un pied à gauche, un pied à droite, comme si chaque marche gravie représentait une prouesse. A chacune, il baissait la tête en prenant son élan, la relevait ensuite pour mesurer le chemin qu'il restait à parcourir, comme si la masse blanche du Sacré-Cœur, là-haut, était le but ultime de sa vie.

J'ignore s'il avait trente ans, ou quarante, ou plus. Il était en dehors du monde des hommes normaux. C'était sans doute un miracle qu'il fût encore en vie. Quant à sa compagne, une petite noiraude aux traits irréguliers, elle portait des chaussures orthopédiques dont une, aux ferrures visibles, lui montait jusqu'au genou.

Elle tenait une main sur le bras de l'homme, moins pour le soutenir, c'était évident, que par tendresse, et, chaque fois qu'il avait franchi une marche de plus, elle lui souriait pour le remercier ou le féliciter de son effort.

Notre rencontre, dans la réalité, a été brève, encore que j'aie ralenti le pas et que je me sois arrêté le temps d'allumer une cigarette.

Je descendais et ils montaient. Quand je suis arrivé à trois ou quatre mètres d'eux, ils ont marqué un temps et l'homme à la tête monstrueuse, aux jambes inconsistantes a demandé à sa compagne, d'une voix étonnamment douce et légère :

— Tu n'es pas trop fatiguée ?

Il lui souriait d'un sourire que je n'ai jamais vu sur un visage humain, un sourire qui m'a rappelé le visage extatique de certains bouddhas, et elle s'est écriée avec ferveur :

— Oh ! non... Je suis bien !...

Ils se sont regardés comme pour jouir chacun du bonheur de l'autre, puis ils ont regardé le Sacré-Cœur. Enfin, ils se sont retournés, la main dans la main, sur Paris qui s'étendait à leurs pieds et qui, à cet instant, leur appartenait.

Je suis passé sans bruit à côté d'eux et, quand j'ai tourné la tête, quelques marches plus bas, ils avaient repris leur lente et laborieuse ascension, les doigts de la boiteuse toujours sur le bras de l'homme sans cils.

vendredi 15 novembre

Hier, je n'ai pas écrit et j'en ai été déçu, irrité. Rien ne m'oblige d'écrire chaque soir dans ce cahier bleu. Je ne me le suis pas formellement promis. Je me croyais libre, libéré. Il n'en reste pas moins que, d'avoir fait une fois telle chose à une heure déterminée, crée déjà une habitude, presque un devoir.

Lorsque j'ai eu fini la vaisselle et réglé la clef du poêle pour la soirée, Bib m'a regardé d'un œil interrogateur ; dès que je me suis dirigé vers mon cagibi, il m'y a précédé et, sans en attendre la permission, a bondi sur mon fauteuil.

Mon intention était bien d'écrire. Je me suis assis à ma table, j'ai poussé la lampe à la bonne distance et ouvert le cahier à la page où je m'étais arrêté mercredi. Mon tort a-t-il été de relire les derniers paragraphes ?

— *Tu n'es pas trop fatiguée ?*

— *Oh ! non... Je suis bien !...*

Alors, je suis resté là, immobile, à remâcher ces deux répliques. Je n'irai pas jusqu'à dire qu'elles avaient perdu leur magie. Je revoyais les visages, les yeux. C'était le plus handicapé des deux, un monstre presque, qui ne devait qu'à un miracle d'avoir dépassé le stade de l'enfance, qui s'inquiétait de sa compagne.

Ce qui me troublait, ce qui entretenait ma mauvaise humeur, c'était le sentiment de m'y être laissé prendre. Ils avaient prononcé ces deux phrases, soit. Ils contemplaient, comme s'ils avaient attendu cette minute-là toute leur vie, la forme blanche du Sacré-Cœur. Puis, la main dans la main, ils s'étaient retournés vers le panorama de Paris.

Mais après ? Mais avant ? Mais tous les jours, toutes les autres heures ? Ils n'avaient pas pris le funiculaire, exprès, peut-être par mortification, peut-être à la suite d'un vœu, ou plus simplement pour éprouver leur forces. Jusqu'au moment où je les avais perdus de vue, ils avaient gagné.

Quelques minutes, quelques heures d'exaltation. Ne reportaient-ils pas l'un sur l'autre leur joie personnelle ? Chacun n'avait-il pas besoin d'un témoin ?

La plume à la main, je cherchais, maussade, sans rien trouver à écrire. Je ne voulais pas, je ne pouvais pas accepter cette communion-là. Il fallait coûte que coûte que je la réduise à un phénomène banal et je fouillais ma mémoire en quête d'instants de la même qualité.

Que sera l'homme à la peau d'enfant à mon âge, à quarante-huit ans ? Mort, vraisemblablement. Mais où ? Mais comment ? Avec quelles pensées dans sa grosse tête, quel regard de ses yeux sans cils ?

La femme aux appareils orthopédiques sera-t-elle encore là pour lui tenir la main ? Et son sort, à elle, en fin de compte ? Une petite vieille claudicante dans une mansarde comme la mienne, en plus pauvre, avec la compagnie, non d'un chien trop cher à nourrir, mais d'un géranium à la fenêtre ?

Pour moi, la réponse est capitale. Au point que je regrette d'être allé déjeuner dimanche place du Tertre. La lettre était tellement plus facile à écrire ! Je serais parti sans regret, je le jure. A plus forte raison sans remords. J'étais sûr de moi. J'étais en paix. Je sais ce que je dis car j'ai eu, plus que la plupart des hommes, le temps de penser, de mettre mes idées au point.

Justement, je me suis toujours méfié du « moment », m'ingéniant, dans la mesure du possible, à imaginer l'« après ». N'est-ce pas l'« après » qui compte ? Depuis dimanche, je doute. Je cherche. Il n'y a pas seulement Bib à me regarder parfois avec étonnement, sinon avec réprobation.

Hier, jeudi, Mme Annelet m'a appelé plusieurs fois à l'entresol, comme elle en a l'habitude. Dès que j'ai servi un client et qu'elle entend le déclic de la caisse enregistreuse, elle me sonne. De là-haut, elle entend tout. Un escalier de fer, en colimaçon, relie la boutique à sa chambre, où elle passe de plus en plus de temps dans son lit.

— Qu'est-ce que c'était, Félix ?

— Une cliente qui a acheté un livre d'occasion.

Nous vendons peu de livres neufs. Nous n'aurions pas la place pour caser tout ce qui paraît. L'enseigne dit :

C. ANNELET
Livres neufs et d'occasion
Achat de bibliothèques

Le « C » est pour Clarisse, mais elle n'aime pas plus ce prénom que je n'aime celui de Félix. Mon père, lui, ne s'appelait-il pas Désiré, et ma mère Joséphine ?

Un matin, voilà huit ans, alors que je me retrouvais seul dans Paris depuis quatre ou cinq semaines, en quête d'un moyen d'existence, je suis passé devant l'étroite vitrine de la librairie. Sur le trottoir, dans une boîte semblable à celles des quais, s'entassaient de vieux livres. Un carton avait été appliqué à la vitre à l'aide de papier gommé.

On cherche jeune employé.
S'adresser ici.

C'était en plein été et le soleil projetait l'ombre des platanes sur les maisons. Une jeune fille est passée, en robe claire, et je l'ai suivie des yeux, surpris de la confiance de sa démarche. Une boucle de cheveux sur la joue, son sac à main serré contre un sein rebondi, des cercles de sueur sous les bras, elle marchait vers la place de la Bastille et le monde était à elle.

J'ignore où elle allait ainsi et ce qu'elle est devenue. Moi, je poussai la porte, déclenchant une sonnerie, et je suis resté assez longtemps debout dans la pénombre, devant le comptoir. J'ai toussoté, à la fin, et un rideau à fleurs s'est entrouvert sur une porte d'arrière-boutique ; j'ai vu paraître une femme déjà âgée, aux gestes las, dont le regard avait une intensité comme hypnotique.

Les moindres détails me sont encore présents à l'esprit. D'abord ce rideau à fleurs rouges et à feuilles vertes sur fond jaune, inattendu dans une librairie. Par l'ouverture, je découvrais une pièce étroite, une fenêtre qui donnait sur la cour où un menuisier travaillait devant son atelier, recollant les pieds d'une chaise.

Il en recolle toujours. Des rayonnages, des livres, et encore des piles de livres par terre. Ce qui m'a le plus frappé, c'est la chaise longue d'un violet agressif, aussi inattendu que les fleurs du rideau.

Quant à la femme qui restait là à me fixer de ses yeux noirs, elle me faisait penser à une cartomancienne plutôt qu'à une libraire.

Je ne pouvais pas l'imaginer dans la rue, mêlée aux passants, bien qu'à cette époque-là elle marchât encore sans trop de peine. Après huit ans, je continue à ignorer son âge. Elle pourrait être une femme de soixante ans très détériorée ; elle pourrait être aussi, et je le soupçonne, une femme de soixante-quinze ans, sinon de quatre-vingts, qui a décidé de se survivre et qui en trouve l'énergie.

— Je viens de lire votre offre d'emploi...

Elle m'examinait des pieds à la tête et cela ne l'a pas fait rire qu'un homme mûr se présente pour une place de jeune employé. Ce n'est pas une personne qui s'étonne. Elle observe, s'efforce de comprendre et j'ai su tout de suite qu'elle avait beaucoup vécu, connu beaucoup d'hommes dans toutes les situations, qu'elle n'avait pas besoin de sortir de son arrière-boutique étouffante pour rester en contact avec la vie.

— Le jeune employé, hein ?

— Je n'ai que quarante ans.

— Avec des années qui ont compté double.

Je dois avoir pâli. J'étais sûr qu'elle avait deviné et, décidé à ne pas lui faire de confidences, je m'apprêtais à regagner le boulevard.

Avec l'indifférence de la voyante extralucide, elle continuait :

— Vos affaires ne me regardent pas. Ce que j'ai besoin de savoir, c'est si vous vous y connaissez en livres.

Elle n'avait pas dit en littérature, mais en livres, et le détail m'a frappé.

— J'ai fait trois ans de lettres à la Sorbonne.

C'était son tour de perdre un peu pied.

— Vous avez été professeur ?

— Non. J'ai abandonné mes études à la mort de mon père pour reprendre ses affaires.

La plupart des gens vous regardent à petits coups, comme à la dérobée, ou bien, s'ils vous regardent en face, ils s'efforcent de prendre une expression neutre ou souriante. Cette femme-là, au contraire, m'étudiait sans vergogne, et j'ai vite deviné qu'elle cherchait dans ses souvenirs.

— Vous avez beaucoup grossi, ces dernières années ?

C'était vrai et j'ai fait signe que oui.

— Vous habitiez Neuilly et vous vous appelez...

— Félix Allard.

Il y a eu un silence. Elle n'a pas pu empêcher un mince sourire d'étirer ses lèvres.

— La vie est drôle ! Entrez ici...

Elle a écarté davantage le rideau pour m'introduire dans l'arrière-boutique en désordre. Sur un guéridon se trouvaient un toast entamé, du thé et des magazines.

— Débarrassez la chaise. Posez les livres par terre, n'importe où. Je ne peux plus rester longtemps debout. C'est pourquoi j'ai mis une annonce à la vitrine.

Elle portait une robe sombre, beaucoup trop large pour ses épaules maigres. La poitrine et les bras étaient maigres aussi, de cette maigreur qui fait mal à voir. Par contre, à partir des hanches, son corps s'était épaissi et, quand elle s'est étendue sur la chaise longue, mon regard s'est arrêté malgré moi sur ses jambes enflées qu'elle a hâtivement recouvertes d'un plaid écossais à fond rouge.

— Vous êtes rentré dans votre famille ?

— Non.

— Dans ce cas, je suppose que vous vivez seul ? Vous avez trouvé à vous loger ?

— A deux pas d'ici, rue des Arquebusiers, au-dessus du marchand d'imperméables.

— Quel effet cela vous fait-il ?

— Aucun.

— Vous n'avez revu personne ?

— Je n'ai pas cherché à revoir qui que ce soit.

Ce n'était vrai qu'en partie. Tout dépend de ce que l'on entend par revoir. Elle allumait une cigarette.

— Vous fumez ?

Et, poussant vers moi le paquet de Gitanes :

— Vous êtes sûr que personne ne vous a envoyé ici ?

— Comme je vous l'ai déjà dit, j'ai vu l'annonce en passant.

— Vous comptez vous refaire une vie ?

— Cela dépend de ce que vous entendez par là.

— Une situation... des amis... peut-être une femme ?...

— Dans ce cas, je ne serais pas ici.

C'est difficile à expliquer. Nous échangions des phrases banales, du bout des lèvres, mais il n'y en avait pas moins comme une prise de contact en profondeur. Ce n'étaient pas les mots qui comptaient et, si elle était curieuse de moi, je ne l'étais pas moins d'elle. La différence, c'est que j'étais candidat à un emploi qu'elle pouvait m'offrir ou me refuser et que je n'avais pas le droit de poser de questions.

Or, surtout depuis que j'avais été admis dans cette arrière-boutique équivoque, je désirais presque passionnément être accepté.

— Si je comprends bien, vous avez pris l'habitude de vivre seul et vous vous en accommodez ?

— C'est à peu près ça.

— Moi aussi.

Elle ne m'en a pas appris davantage sur elle ce jour-là.

— Je suppose que je n'ai pas à craindre que vous chipiez de l'argent dans la caisse ?

Je me suis contenté de sourire. Les mots étaient de plus en plus lourds de sens.

— Je suppose aussi que vous n'avez pas de gros besoins. Si je demande un jeune employé, c'est que je ne peux pas offrir un salaire important...

Elle était avare, je l'ai deviné immédiatement, mais pas par amour de l'argent : avare comme le sont ceux qui en ont manqué, qui savent ce que c'est de n'avoir pas un franc en poche et de ne pas manger, ceux qui ont connu la vraie misère et qui restent hantés par la crainte d'y retomber.

— Vous vous rendez compte que la plupart des employeurs vous réclameraient des certificats ?

— C'est l'habitude.

— Et que, apprenant votre passé, ils hésiteraient à vous engager ?

— J'en ai fait l'expérience.

— Vous paraissez d'un tempérament calme. Je déteste le bruit, les accès de gaieté et de mauvaise humeur. Je ne demande pas qu'on m'aime et je me moque d'être sympathique ou non. Les gens ne m'intéressent pas et mon idéal serait de vivre dans un aquarium.

Il y avait, dans tout ce qu'elle disait, comme dans son regard, quelque chose de simple, candide et agressif à la fois. Au fait, je me demande à présent si ce n'est pas parce que, ce matin-là, elle a parlé d'aquarium, que j'ai acheté mon premier poisson rouge.

— Encore une question. Comment vous arrangez-vous, pour les femmes ?

Et, comme je ne trouvais pas tout de suite de réponse :

— J'ai une bonne de vingt ans, bien en chair, aguichante, qui ne peut pas voir un homme, même un homme comme vous, sans s'y frotter. Ce qui se passe la nuit dans sa chambre du sixième ne me regarde pas. Un jour ou l'autre, elle se trouvera enceinte, comme les autres, ou me quittera pour arpenter le boulevard Sébastopol. Ce que je n'admets pas, c'est qu'ici on se coure après et qu'on se tripote en chuchotant derrière les portes. Vous avez une amie ?

— Non.

— Vous les prenez dans la rue ?

Je me suis contenté d'un geste vague. C'était moi qui me sentais gêné devant cette femme jouant les confesseurs.

— Je crois que nous pourrons nous entendre. Cela ne coûte rien d'essayer. Mettons un essai de quinze jours. Vous avez l'intention de commencer quand ?

— Quand vous voudrez.

— Alors, tout de suite.

Il y a huit ans de ça. Comme elle le prévoyait, nous nous sommes fort bien habitués l'un à l'autre. Je jurerais que, du fond de sa chaise longue ou de son lit, elle devine ce que je fais et même ce que je pense.

Il m'arrive, à part moi, de l'appeler la sorcière. Depuis quelques mois, elle quitte rarement sa chambre, car ses jambes et ses pieds ont encore enflé. Il n'est plus question pour elle de chaussures, ni de pantoufles, et il faut presque la porter.

Sa chambre, je l'ai dit, aussi en désordre que l'arrière-boutique, se trouve juste au-dessus du magasin. Elle est basse de plafond, comme le reste du logement coincé en quelque sorte entre le rez-de-chaussée et le premier étage. Il y a une salle de bains à peine plus grande que la mienne, une cuisine, une salle à manger et une autre chambre qui sert de débarras.

Cinq ou six bonnes se sont succédé, des Bretonnes surtout, comme la bonne actuelle, Renée, qui n'a que dix-sept ans. Jugeant que celle-ci n'a pas assez de travail, Mme Annelet la prête, ou plutôt la loue deux heures chaque après-midi à des locataires du troisième, un jeune couple dont l'homme travaille au ministère de la Justice et la femme comme secrétaire d'un avocat.

Même dans son lit, ses épaules osseuses couvertes d'une vieille liseuse, Mme Annelet continue à dégager une énergie qui déroute. Il y a cinq ans qu'elle a mis le dernier médecin à la porte, tellement en colère qu'elle l'a poursuivi des mots les plus orduriers que j'aie entendu employer par une femme.

Depuis, elle ne suit aucun régime, refuse tout médicament, mange avec gourmandise, sinon avec boulimie, et garde toujours des aliments à portée de la main, toasts, gâteaux, bonbons, fruits confits, n'importe quoi, pourvu que cela se mange.

Il lui faut des livres aussi, et elle s'y plonge avec ardeur dès qu'elle a fini les magazines de la semaine, qu'elle lit de la première à la dernière ligne.

— Il n'y a rien d'autre, en bas, sur Marie-Antoinette ?

Elle connaît toutes les reines du passé, surtout leurs histoires d'amour, et il devient difficile de lui trouver des ouvrages qui la satisfassent.

— Je me moque des guerres et de la politique, Félix. Ce que je veux...

Je sais ce qu'elle veut. Je fouille les rayons. Je monte avec une pile de bouquins qui sentent le vieux papier. La boutique, à l'extérieur, est peinte en bleu, comme ce cahier. J'en ai la clef.

C'est moi qui, à huit heures, chaque matin, vais chercher la manivelle sous le comptoir et ressors pour lever le volet. Renée m'aide ensuite à sortir la boîte aux occasions et à la faire tenir d'aplomb sur le trottoir avec une ou deux cales.

Bib a son coin, sous le comptoir, près de la manivelle, et il s'est habitué à ne pas broncher quand un client ou une cliente se présente avec un chien. Il se contente, l'animal sorti, d'aller renifler sa trace.

Une sonnerie a été installée pour m'appeler à l'entresol. Mme Annelet me voit émerger du plancher, la tête, les épaules, le torse et parfois je n'ai pas besoin d'aller plus loin. J'annonce :

— Un jeune homme pour un Montaigne en livre de poche...

Elle entend, n'éprouve pas toujours le besoin de me regarder et continue sa lecture en grignotant quelque chose.

Comme je m'y attendais, Bib vient de m'interrompre. Il veut jouer. L'habitude est déjà prise de couper ma séance d'écriture. Pour la première fois, j'ai montré quelque agacement, comme cela m'arrivait jadis avec mes enfants lorsqu'ils me demandaient chaque soir la même histoire. Maintenant, j'ai tout le temps, car mon organisme exige de moins en moins de sommeil.

J'ai écrit, je crois, que si Mme Annelet n'ignore à peu près rien de moi, j'en sais fort peu sur elle. Une fois, pourtant, quelques mois après mon arrivée à la librairie du boulevard Beaumarchais, elle m'a parlé d'une partie de sa vie.

— Moi aussi, Félix, j'ai été mariée...

Son regard était sans tendresse, sa voix dure.

— Figurez-vous qu'à trente-cinq ans, je me suis mis en tête d'épouser un certain Émile Doyen, un homme de quarante ans, à peu près votre âge, qui avait l'air aussi paisible que vous. Son métier n'était pas moins tranquille : correcteur à l'Imprimerie du Croissant, où il passait ses journées ou ses nuits dans une cage de verre, penché sur des épreuves.

— Vous aviez déjà la librairie ?

— Pas encore. Je cherchais à reprendre un petit commerce.

Aucune allusion à ce qu'elle faisait avant. Un blanc d'au moins trente-cinq ans, qu'elle n'a jamais cherché, pour moi, à remplir.

— Je me suis installée sous mon nom de jeune fille, car je suis prudente et c'est avec mes économies que j'ai payé le fonds. Une semaine, mon mari partait le matin pour revenir le soir ; la semaine suivante, il était de nuit et me quittait après le dîner pour me réveiller au petit jour.

Son débit monotone, son visage sans expression semblaient vouloir souligner la platitude de sa vie conjugale. Elle ne prononçait ni le mot amour, ni le mot affection. Il n'y avait pas un portrait d'homme dans la maison. Pas de portraits d'elle non plus, ni de ses parents, aucun de ces instantanés pris avec des amis sur une plage ou à la montagne.

— Cela a duré dix ans.

Je demandai poliment :

— Qu'est-il arrivé ?

— Un matin, il a fait chercher ses affaires par un commissionnaire, m'annonçant dans une lettre qu'il avait décidé de divorcer, qu'il prenait tous les torts et les frais à sa charge, et il me donnait le nom et l'adresse de son avocat.

Je n'ai pas sa voyance, ni, peut-être, sa connaissance de la vie. J'ai eu l'impression, pourtant, qu'elle venait de révéler le point sensible, et c'est de là que je suis parti pour reconstituer son histoire. Est-elle vraie ? Est-elle fausse ? Plusieurs recoupements m'inclinent à penser que, sauf pour quelques détails, elle se rapproche autant qu'il se peut de la réalité.

— Savez-vous pour qui il me quittait, à cinquante ans ? Pour une gamine de dix-sept ans, qui vendait des journaux dans la rue, vêtue d'un pantalon d'homme et d'un veston de son père. Dès que cela lui a été légalement possible, il l'a épousée.

— Que sont-ils devenus ?

— Je suppose qu'ils sont toujours ensemble. Elle lui a peut-être fait des enfants, je n'en sais rien, je ne m'en préoccupe pas, et il y a des chances pour qu'il travaille encore à l'imprimerie, car c'est un métier où l'on vit vieux.

C'étaient moins les mots que le ton qui me frappait. Sous la voix feutrée, volontairement égale, on sentait le sarcasme, l'agressivité rentrée, en même temps, si paradoxal que cela paraisse, qu'une sorte d'indifférence, un détachement plutôt, obtenu non sans peine parce qu'il était nécessaire, vital.

Elle m'a certainement menti en m'affirmant qu'elle avait trente-cinq ans et Doyen quarante lors de leur mariage. Le contraire est plus que probable. D'après certains calculs, j'évalue à quarante-cinq ans son âge à cette époque.

Elle est née à Paris, elle me l'a souvent répété et je le crois, mais je crois aussi que c'est presque dans le ruisseau et certaines phrases qui lui ont échappé me font situer l'endroit aux alentours de la porte Saint-Martin.

A-t-elle connu les hôtels louches de ce quartier, devant lesquels des filles montent la garde, perchées sur des talons trop hauts, ou le boulevard Sébastopol qu'elle a évoqué plusieurs fois en parlant de ses bonnes ?

— Lorsque j'étais à Nice...

Ou bien :

— Cela me rappelle Narbonne...

Elle connaît presque toutes les villes du Midi et elle a une façon très particulière d'en parler. Elle ne les a pas visitées en touriste. Elle n'y possède pas de famille. Elle n'en a rapporté aucun bibelot, aucun souvenir.

Lorsqu'elle avait vingt ans, trente ans, quarante, les maisons closes étaient florissantes et nul ne songeait à les fermer. C'est là que je la situe, avec une quasi-certitude, pensionnaire d'abord, puis sous-maîtresse encore appétissante et coquette.

Elle ne parle pas des femmes comme les autres femmes en parlent.

Elle en a une connaissance plus intime, plus physique. On devine qu'elle les a vues nues, sous un jour cru, sortant, pour se précipiter vers le cabinet de toilette, de la chambre où se rhabille un client.

C'est un peu du même œil qu'elle regarde ses bonnes successives et, un jour qu'elle ne me savait pas dans l'escalier, je lui ai entendu dire à une petite brune qui n'est restée que deux mois :

— Toi, tu as eu un homme cette nuit. Tu sens encore !

A chacun sa hiérarchie, la voie ascensionnelle qui lui est ouverte. Elle a suivi la sienne en y mettant toute sa volonté. De la porte Saint-Martin aux maisons de Nice, de Béziers, d'Avignon pour diriger enfin, la maturité venue, vêtue de soie et ornée de bijoux, un établissement dans les environs de la Madeleine ou de la rue de Richelieu...

La dernière étape n'était-elle pas de s'installer à son compte et de tenir un vrai commerce ? Elle a choisi, parmi ses clients ou ailleurs, un homme honorable et tranquille lui apportant la respectabilité nécessaire. Je n'exclus pas qu'elle ait trouvé Émile Doyen par le canal des petites annonces.

La voilà, mariée, rayée, à la préfecture de police, de la liste des filles publiques. Elle vit, dans un magasin à elle, derrière un comptoir de librairie, avec une bonne à son service.

Il y a toutes les chances pour qu'elle ait été belle. Il suffit de l'entendre dire avec mépris :

— Toutes ces femmes mal bâties...

Elle n'est pas plus tendre pour l'anatomie des hommes. Elle a vu des nudités de toutes sortes, de tous les âges, dans toutes les positions.

Il arrive qu'elle vieillit, que son visage se creuse, que pendent ses seins et que ses jambes commencent à s'épaissir.

Peu importe si je me trompe, puisque je ne fais de mal à personne et qu'elle ne me lira sûrement pas. Une femme comme elle a dû lutter farouchement, refuser jusqu'au bout le vieillissement comme elle refuse encore la maladie.

... Jusqu'à cette lettre d'Émile Doyen, du calme, du miteux Doyen, choisi, exprès, sans passion ni ambition, qui la quitte pour une petite marchande de journaux ramassée dans la rue d'où elle-même est autrefois sortie...

Je crois que c'est ce jour-là qu'elle a fermé la fenêtre. Au sens propre et au sens figuré, car, là-haut, elle l'a fait exprès de placer son lit à un endroit d'où on ne peut voir les allées et venues du boulevard.

Ce qui se passe dehors ne l'intéresse pas. Elle n'en veut ni les bruits, ni les odeurs.

Si elle m'a compris dès le premier jour, j'ai peut-être les mêmes raisons, de mon côté, pour l'avoir comprise. Elle s'est enfermée.

Elle ne vit plus que de sa vie propre, qu'elle nourrit d'histoires de reines, de favorites et de célèbres courtisanes.

J'ai parlé de menus faits sur lesquels je m'appuie. Tout d'abord, j'ai retrouvé, derrière les livres du plus haut rayon, des ouvrages érotiques qui ne se vendent que sous le manteau. Les deux premières années, il est arrivé parfois qu'un client différent des autres pousse la porte vitrée, des hommes d'un certain âge pour la plupart, d'une condition sociale différente de la clientèle habituelle.

Ils paraissaient surpris en me voyant, hésitaient, demandaient avec gêne :

— La maison a changé de propriétaire ?

Ou encore :

— Ce n'est plus Mme Annelet qui...

— Mme Annelet est absente en ce moment. Je suis son commis.

Parfois je la disais souffrante, ou fatiguée. Je la devinais à l'écoute, là-haut.

— Si je peux vous servir...

— Merci. Je reviendrai...

J'attendais la sonnerie m'appelant dans la chambre.

— Comment était-il ?

Je le décrivais, sûr qu'elle savait aussitôt de qui je parlais. Elle n'insistait pas et n'essayait pas non plus de me fournir une explication.

J'ai pensé d'abord que le rideau, entre le magasin et l'arrière-boutique, avait été installé, en même temps que la chaise longue, quand la libraire avait commencé à marcher avec peine. En examinant la tringle et les vis, je me suis rendu compte qu'elles étaient là depuis des années et le papier peint, derrière la chaise longue, est d'une teinte beaucoup plus vive qu'ailleurs.

Non seulement on vendait des livres érotiques, mais l'amateur pouvait les feuilleter dans cette arrière-boutique à fausse allure de boudoir. En compagnie de Mme Annelet ? D'une vendeuse plus jeune ? D'une bonne bien dressée ?

Je l'ignore. Cela ne me regarde pas. Nos vies, à elle et à moi, n'ont aucun point commun, sinon, à un certain moment, une complète faillite et, en fin de compte, une volonté de solitude.

En réalité, nous jouons l'un et l'autre un drôle de jeu, à nous épier, à essayer chacun de deviner les pensées du partenaire, comme cela s'est passé au début entre Bib et moi et comme cela arrive encore à l'occasion.

Elle n'a pas de chien, pas de chat, pas de poisson rouge, pas de géranium sur l'appui de la fenêtre. Rien qu'une bonne qui, à ses yeux, ne diffère pas de ces filles nues et anonymes qu'elle poussait vers le salon.

Le jeudi est une de mes plus grosses journées, à cause des jeunes gens et des jeunes filles des écoles qui viennent par groupes ou isolément. Je les connais presque tous de vue, quelques-uns par leur nom. Il y en a, fils de gros bourgeois du quartier, qui ont un compte ouvert par leurs parents à qui j'adresse une facture en fin de mois.

Il y a aussi quelqu'un qui passe parfois devant la vitrine et que je m'attends depuis longtemps à voir pousser la porte vitrée, mais il ne le fait pas. Il habite à trois cents mètres à peine. Est-ce parce qu'il connaît ma présence derrière le comptoir qu'il achète ses livres ailleurs ?

Dix fois dans l'après-midi, comme toujours, la sonnerie a retenti.

— Qu'est-ce que c'était, Félix ?

— Un Stendhal de chez Garnier.

Elle a été habituée à avoir l'œil à tout. Jadis, elle devait questionner de même ses pensionnaires :

— Qu'est-ce qu'il t'a demandé ?

J'ai fermé plus tard que les autres jours de la semaine, à six heures et demie, sortant avec ma manivelle pour baisser le volet de fer. La boîte aux occasions rentrée avec l'aide de Renée, j'ai monté la recette. Une odeur de cassoulet venait de la cuisine. Il faisait très chaud dans la chambre et la poitrine maigre de Mme Annelet était presque nue sous sa liseuse. Après avoir compté les billets et les avoir remis dans l'enveloppe, elle a prononcé sans me regarder, comme s'il s'agissait d'une chose sans conséquence :

— Vous pensez à me quitter, Félix ?

Alors seulement, elle a levé les yeux vers moi et j'ai cru y lire une réelle anxiété. Surpris par la question, je ne répondais pas tout de suite et elle a ajouté, avec un rire sec dont elle n'use que pour se moquer d'elle-même :

— Vous savez que je déteste les nouveaux visages...

Elle désignait, d'un mouvement de tête, la cuisine où la bonne allait et venait.

— Pour les filles, cela m'est égal. Elles sont toutes pareilles et, si je les gardais trop longtemps, elles deviendraient impossibles.

Cela signifiait que, pour moi, le cas était différent.

— Qu'est-ce qui vous donne à penser que j'ai l'intention de vous quitter ?

— Je ne sais pas. Je le sens depuis un certain temps.

Et soudain, à ma grande stupeur :

— Quand avez-vous vu le docteur ?

— La dernière fois ? Il y aura bientôt six semaines.

— Que vous a dit cet imbécile ?

Trop tard pour reculer. L'inattendu des questions m'avait mis hors de mes gardes. J'ai essayé de rester évasif.

— Rien de nouveau...

— C'est-à-dire ?

J'avais mon pardessus sur le dos, car je n'étais monté que pour un instant, et je devais être ridicule, grand et mou, touchant presque le plafond bas, devant cette femme aux cheveux teints dans un lit.

— Combien de temps vous donne-t-il ?

J'ai avoué, à voix basse, honteusement :

— Deux ans. Peut-être trois...

— Pour tout ?

Elle savait que je comprendrais ces mots-là. Pas deux ans avant d'être infirme, cloué dans un lit, ou transporté à l'hôpital. Non ! Deux ans pour tout. Pour le définitif.

J'ai fait oui de la tête et j'ai senti le frémissement de son corps qui se tendait d'indignation. Soulevée sur un coude, elle m'a presque crié, la voix redevenue vulgaire :

— Et vous avez été assez bête pour le croire ? Hein ? Avouez !

— Il m'a dit...

— Les hommes sont tous les mêmes. Vous l'avez cru, je le sais, je le lis sur votre visage jour après jour. Il vous a mis cette idée dans la tête et, depuis, je la sens qui fait son chemin. Vous ignorez donc, idiot, qu'on ne meurt que quand on le veut bien ?

Ce n'était plus à moi qu'elle parlait, c'était à elle, et elle vibrait des pieds à la tête au point que la tension en était difficilement soutenable.

— Vous entendez ce que je vous dis ? C'est une question de volonté. Moi, par exemple, je ne veux pas mourir et je sais que je ne mourrai que quand je le voudrai, bien que je ne prenne aucune de leurs sales drogues et que je ne suive pas leurs régimes. Mais vous, une grande pièce d'homme, vous devenez tout pâle parce qu'un charlatan diplômé vous annonce que vous en avez pour deux ans ! Et il a dû dire ça sérieusement, le bougre, avec un visage de croque-mort.

» Vous ne vous rendez donc pas compte que c'est un assassinat ? Au suivant de ces messieurs ! Tirez la langue ! Voyons ce pouls ! Quand je touche ici, est-ce que je vous fais mal ? Je le pensais bien. Et ici ? Hé ! Hé ! Et vos selles ? Ha ! Ha ! Essoufflé quand vous courez après l'autobus, je parie ? Déshabillez-vous. Bien entendu, vous fumez. Vous mangez n'importe quelle saloperie, des matières grasses, du pain, des desserts ! Parbleu ! Étendez-vous. Comme ceci, oui. Ne bougez plus...

» Quand je pense que vous, Félix, vous vous y êtes laissé prendre comme les autres ! Vous vous êtes mis à suer, à guetter le regard du monsieur qui vous enfonçait un doigt ganté de caoutchouc dans le derrière. Il ne vous l'a pas mis dans le derrière ? Cela m'étonne. Ces gens-là adorent fourrer les doigts dans les trous...

» Deux ans ! Peut-être trois, à condition de ne plus fumer, de ne plus toucher aux filles, de manger des biscottes sans sel et des nouilles, non ?

» Les docteurs, moi, je les flanque à la porte, et je vivrai assez vieille pour les enterrer tous.

Elle s'est détendue aussi soudainement qu'elle s'était tendue. Maintenant, elle regardait le plafond et prononçait d'une voix différente :

— Vous alliez le faire ?

Je n'ai pas demandé quoi. Je n'ai rien dit. Elle a ajouté après un silence :

— Quand ?

— Je ne sais pas.

J'étais penaud. Je me sentais petit garçon. Alors elle a ri, toujours de son rire cassant.

— C'est déjà mieux. Eh bien, Félix, quand vous vous déciderez, soyez gentil pour me prévenir une semaine à l'avance, afin que je vous trouve un remplaçant. Celui-là, je vous jure, je m'assurerai qu'il n'est pas malade...

Est-ce à cause de cette conversation qu'hier au soir j'ai été incapable d'écrire dans ce cahier ? Dimanche, à Montmartre, deux bouts de phrase m'avaient assez troublé pour que je remette tout en question.

— *Tu n'es pas trop fatiguée ?*

— *Oh ! non... Je suis bien !...*

Jeudi, la sorcière en transes me lançait, rageuse :

— *Vous ne savez donc pas, idiot, qu'on ne meurt que quand on le veut bien ?*

Allons, Bib ! Il est temps de nous coucher. Demain est encore un jour.

samedi 16 novembre
2 heures du matin

J'ai préféré me lever. Depuis que je me suis mis au lit, vers minuit, je suis resté éveillé et, si j'ai somnolé, je n'ai pas cessé d'être conscient. Même quand mes pensées prenaient la forme de rêves, je me voyais, gros et malsain dans mon lit, sous le plafond en pente, et je sentais le poids de Bib contre ma jambe gauche.

Il m'arrive souvent de flotter ainsi entre la veille et le sommeil. Certaines nuits, je regarde l'heure cinq ou six fois, calculant le temps qui me sépare du matin, de ma routine, de la porte que je vais entrouvrir, en bas, pour permettre à Bib de s'élancer dans la rue.

A un moment donné, après avoir éteint la lampe, j'ai pensé à mon chien, justement. Je n'aime pas dire un chien. Je vis avec lui depuis cinq ans. On lui donnait trois ou quatre ans quand je l'ai emporté de la fourrière. Il a donc dans les neuf ans, ce qui signifie qu'il a dépassé la moitié de la vie normale d'un caniche.

En somme, nous avons le même âge, lui et moi. Son dos devient plus raide, son corps plus épais, mais il n'en continue pas moins à jouer avec ses petites balles, à faire le mort et, plus rarement, le saut périlleux.

Un instant, je l'ai vu, sur mon lit, aussi grand et volumineux que moi, sa grosse tête penchée sur mon visage qu'il examinait avec une curiosité morose.

Ce n'est pas la seule image déplaisante qui me soit passée par l'esprit. J'ai revu Mme Annelet aussi, dans sa chambre, déchaînée contre la mort. Tout ce qu'elle en dit, les défis qu'elle lui lance rageusement, c'est par peur. La panique la saisit à l'idée de devenir soudain un objet inerte, pourrissant, que les gens enfouissent sous terre au plus vite pour s'en débarrasser.

Dort-elle plus paisiblement que moi qui n'ai pas peur de mourir ? Attend-elle avec impatience les premiers signes du jour ? Jeudi soir, j'étais penaud devant elle, à ne savoir que dire, comme cela m'est arrivé quelquefois en présence de mon père. J'ai revu mon père, peut-être pas exactement tel qu'il était. J'ai revu la cour de notre maison de Puteaux, où j'ai passé tant d'heures à lire dans le soleil, ma chaise renversée en arrière, mes pieds sur des madriers blanchis par le ciment.

— Tu vas casser la chaise, Félix !

J'ai essayé de revoir ma mère.

Pourquoi ? Pourquoi ? Des questions, encore et toujours des questions, auxquelles je croyais avoir répondu une fois pour toutes alors qu'il reste tout autant de points d'interrogation.

Je me suis glissé hors de mon lit. Je n'ai pas eu besoin d'allumer, car la lune est presque pleine et il fait assez clair dans la mansarde pour que je distingue la forme de Bib et que je voie ses yeux entrouverts.

Il a d'abord cru que j'allais aux toilettes. Quand il s'est aperçu que je me dirigeais vers la fenêtre, il a hésité, comme j'hésitais autrefois avec mes parents, partagé entre son désir égoïste de se replonger dans le sommeil et le devoir — je suppose que dans son esprit c'est un devoir — de me suivre.

J'aimais bien mon père et ma mère. J'ai « aimé bien » un certain nombre de gens. Qu'est-ce que cela signifie au juste ?

Je viens, avant de m'asseoir à ma table et d'écrire ces lignes, de passer près d'un quart d'heure, debout, à regarder la rue, ses maisons, ses enseignes et ses trois réverbères. Le ciel est clair, sans un nuage visible. Toute la journée, il est resté d'un bleu pâle et uni, avec un soleil froid qui ne donnait presque pas d'ombres. A présent, il est argenté, la lune énorme au-dessus des toits, et tout paraît d'une immobilité de néant, tout est baigné d'une lumière neutre qui me fait penser à la lumière au-dessus des fauteuils de dentistes.

La différence entre Mme Annelet et moi... Je lui en veux de la place qu'elle a prise dans mes préoccupations ; je lui en veux aussi de penser de moi ce qu'elle en pense. Je lui en veux de me regarder comme elle me regarde, avec l'air de tout deviner, dédaignant de me demander si elle se trompe ou non.

Ma mère était ainsi. Maigre et brune comme elle. Mon grand-père Allard, Désiré, plus grand et plus large que moi, n'a jamais pardonné à mon père d'avoir épousé une petite femme chétive qui jouait du piano et du violon, et je ne suis pas sûr que mon père, à la longue, ne l'ait pas lui-même regretté.

Mme Annelet s'est battue pour sortir de la foule, pour s'assurer un petit morceau d'espace où elle peut enfin ne s'occuper que d'elle. A-t-elle conscience que cinq millions de Parisiens respirent, mangent et travaillent autour d'elle, si près que, malgré ses fenêtres fermées, elle est bien obligée d'en respirer l'haleine ?

Lui arrive-t-il de penser qu'au moment où elle s'endort, des populations s'éveillent à l'autre bout du monde, que des trains, des navires, des avions, vingt-quatre heures sur vingt-quatre, cherchent leur route dans l'obscurité ou dans la lumière éblouissante ?

Elle vit réellement seule. Moi pas. Le front sur la vitre, tout à l'heure, je regardais les murs grisâtres éclairés par la lune, les volets clos, les balcons vides, et je pensais à des boîtes à humains.

Je n'avais pas besoin d'effort pour imaginer une autre façade, place des Vosges, trois fenêtres, au second étage, moins hautes que les fenêtres du premier. Je ne suis jamais entré dans cet appartement-là. Il doit contenir des meubles que j'ai achetés, des tapis que j'ai choisis.

Autant que j'en puisse juger du dehors, ce n'est pas grand, deux chambres à coucher probablement, en plus du living-room, de la cuisine et de la salle de bains.

Les enfants ne sont plus en âge de dormir ensemble. A moins qu'il ne couche sur un divan du living-room, ce qui me surprendrait, Philippe dispose d'une chambre à lui, ce qui implique qu'Anne-Marie et Nicole, qui aura quatorze ans ce mois-ci, dorment dans la même pièce.

Dorment-elles dans ce qui a été notre lit, à Anne-Marie et à moi ? Cela ne me fait ni chaud ni froid. Je ne suis pas ému en y pensant. Je les vois dans la même lueur froide qui éclaire cette nuit les toits de Paris. Philippe et Nicole sont mes enfants. Comme tous les pères, j'ai arpenté les couloirs de la clinique pendant qu'ils luttaient pour venir au monde.

Il existe un autre appartement auquel je pense, plus près de moi, boulevard Beaumarchais, non pas à droite de la rue des Arquebusiers, comme la librairie, mais à gauche, dans la direction de la place de la République.

Ils ne se sont installés là qu'il y a deux ans, Monique, qui a trois ans de plus qu'Anne-Marie, c'est-à-dire quarante-trois ans, Daniel, qui en a dix-sept, et sa sœur Martine, qui en a quinze.

Ils vivent au quatrième et un balcon va d'un bout à l'autre de l'immeuble, coupé en deux par une grille en fers de lance, car il y a deux appartements par étage.

Trois groupes humains, pour autant qu'on puisse dire que Bib et moi comptons pour un groupe humain. J'oublie la boutique du boulevard Beaumarchais où, bon gré mal gré, je fais un peu partie du groupe de Mme Annelet.

Mais les liens ? Je ne trouve pas le mot juste. J'ai envie d'écrire les vibrations. On sentait des vibrations, dimanche après-midi, entre les deux estropiés qui gravissaient l'escalier Saint-Pierre, comme portés par des accords de grandes orgues.

Ils sont là, chacun dans sa case, et Renée, la bonne de Mme Annelet, dans la sienne, au sixième. Chacun respire, chacun rêve, comme Bib qui vient d'agiter les pattes en poussant de petits gémissements.

Les choses ne se passent pas comme elles auraient dû se passer. Je ne parle pas de la vie, mais de ce cahier dont je continue à noircir les pages avec mauvaise humeur et découragement. Mon idée, en commençant, était de tout rendre clair, non seulement aux autres, s'il arrive à d'autres de me lire, mais à moi. J'étais à peu près sûr d'y parvenir.

Il suffisait d'exposer mon cas, sincèrement, cruellement au besoin, pour arriver à la vérité. Est-ce que chacun, à un moment donné de sa vie, n'a pas plus ou moins le désir de faire le point ? Chacun ne se sent-il pas différent des autres et ne souffre-t-il pas d'être incompris ?

Prenez une femme, n'importe laquelle, la plus intelligente, la plus équilibrée, la plus vertueuse dans le sens courant du mot. Observez-la gravement, l'air troublé. Je l'ai fait. Tous les hommes l'ont fait.

— Je cherche à vous comprendre...

— A comprendre quoi ?...

— Vous le savez bien ; je ne suis pas le premier à vous le dire...

Qui que vous soyez, la voilà qui vous écoute.

— Vous n'êtes pas comme les autres... On sent en vous...

Cela se passe de la même façon pour un homme, qu'il soit un génie ou un imbécile.

— Je suis sûre que si vous écriviez l'histoire de votre vie...

Une toute petite terre flottant dans un espace formé d'on ne sait quoi, parmi des millions d'autres petites terres plus chaudes ou plus froides ; un individu minuscule, qui ne sera bientôt plus que de la matière dont on se débarrasse avec dégoût, entreprend gravement d'écrire l'histoire de sa vie.

De quelle vie ? De sa vie à lui, parbleu ! De ce qui se passe dans ce qu'il prend pour son cerveau.

A l'école, on lui a répété :

— Félix, vous avez tort de vous croire plus malin que les autres. Les règlements sont faits pour tout le monde...

On lui a appris aussi :

— Tu dois aimer tes parents.

Et les respecter. Leur obéir. Ce n'est pas un homme et une femme qui mangent la soupe devant toi. C'est un père et une mère.

Le grand-père, lui, est une sorte de patriarche ou d'apôtre comme on en voit sur les vitraux des églises.

— Montre-moi ton cahier scolaire... Tu as encore reculé d'une place... Tu n'es que cinquième.

Cinquième de quoi ?

— Que se passe-t-il ? Pourquoi as-tu moins bien travaillé ce trimestre ? N'oublie pas que toute ta carrière dépend de...

Et c'est vrai. Il faut choisir une carrière, trouver une place libre quelque part, à un étage ou à un autre, à Puteaux, à Neuilly, dans une cellule de la Maison Centrale de Melun ou dans un logement de la rue des Arquebusiers. Ou encore se faufiler, comme Mme Annelet, à travers les bordels du Sud et du Sud-Ouest, jusqu'à l'élégante maison de passe de Paris et la librairie du boulevard Beaumarchais.

Un beau jour ou un beau soir, on s'est trouvé à une terrasse de café, ou sur un banc, ou à marcher le long des trottoirs en compagnie d'un être humain qu'on ne connaissait pas la veille.

— A quoi pensez-vous ?

— A vous... Vous êtes un curieux garçon...

— En quoi suis-je curieux ?

— Cela vous arrive souvent de vous promener avec une jeune fille et de garder le silence ?

— C'est la première fois.

— Pourquoi avec moi ?

— Je ne sais pas...

Parce qu'elle est différente, bien sûr. Et alors, elle se raconte. On a hâte de se raconter à son tour. Chacun énumère ses différences. La peau aussi est différente, et le nez, les yeux, les oreilles, la bouche surtout, dont on a hâte de connaître le goût. Puis viennent les seins, le sexe qu'il faut bien essayer, les gémissements, différents aussi.

— Je t'aime.

— Moins que moi.

— Je me demande comment cela s'est produit.

— Il faut croire que c'était fatal.

Cette horrible lune glacée en devient poétique.

— Que se serait-il passé si le hasard ne nous avait pas réunis ?
— Ma vie n'aurait pas été la même.
— La mienne non plus.
— Elle aurait été vide, comme celle de la plupart des gens. Si peu d'êtres connaissent le véritable amour !
— Cela doit être terrible.
— Heureusement pour eux, ils n'en savent rien.
— Tu crois ?
— S'ils le savaient, ils se tireraient une balle dans la tête.
— Tu es effrayant.
— Je t'aime !

Cela me paraît invraisemblable que mon père et ma mère aient échangé ces propos-là. Parce qu'il s'agit de mon père et de ma mère. A plus forte raison mon grand-père et ma grand-mère.

— Quand nous serons nous deux...

Être deux dans un logement, dans une chambre, dans un taudis. Continuer à se raconter, chacun considérant que son histoire est la plus importante.

— Si tu venais à ne plus m'aimer...
— Tais-toi ! C'est impossible... A l'idée de me retrouver seule...

Voilà ! Ne plus être seul. Être deux pour ne plus être seul. Pourquoi pas trois, cinq, dix, cent ?

— Un jour, chérie, un être naîtra de notre amour...
— Oh ! oui... Un enfant de nous... Tu imagines ça ?... De nous !... Rien que de nous !...
— Je t'aime !
— Et moi donc !

La foule n'est plus un grouillement hostile, une masse d'individus qui défendent hargneusement leur place. C'est un témoin. Ce sont des visages qui se retournent sur un couple enlacé.

— Tu as vu ce gros type avec sa mine d'enterrement ? La façon dont il nous a regardés...
— Il nous envie...

Et la vieille femme qui s'attendrit, le gamin qui rigole.

— Comment l'appellerons-nous ?
— Si c'est un garçon...
— Et si c'est une fille ?
— Je veux que ce soit un garçon et qu'il te ressemble...

On est trois. On est quatre. J'enrage, comprenez-vous ? J'enrage qu'il en soit ainsi. J'enrage d'avoir besoin de l'écrire. Il y a une femme et deux gosses place des Vosges. Il y en a une autre, avec deux enfants aussi, sous un toit du boulevard Beaumarchais que je pourrais apercevoir si ma maison était plus haute. Des uns et des autres, je suis en quelque sorte responsable.

Voilà huit ans que je n'ai pas eu de contacts avec eux. Il y a peu de chances pour qu'ils me sachent ici. De toute façon, ils m'ignorent. Pour eux, je n'existe plus. Pourquoi existeraient-ils pour moi ?

Responsable, ai-je écrit ? De qui, de quoi est-on responsable ? Chacun fait ce qu'il peut, moi comme les autres, comme ma patronne — puisque maintenant j'ai une patronne — a fait ce qu'elle pouvait.

— Et mon grand-père ? demandera un jour un enfant dans un monde que je ne connaîtrai pas.

Un Philippe de trente ans, ou une Nicole qui ne sera plus une petite fille et qui ressemblera à sa mère, répondra :

— Ne parlons pas de ton grand-père.

— Pourquoi ? Il était méchant ?

Que dire ? Qui sait ? On s'en tirera peut-être avec :

— Vois-tu, ce n'était pas un homme comme un autre...

C'est peut-être pourquoi je voudrais savoir et je voudrais qu'on sache. Je m'y prends mal. Je suis gauche jusqu'au bout. En attendant, il fait froid. Je n'ai pas sommeil. Je n'ai pas envie de me recoucher. Je vais rallumer le feu, me préparer une tasse de café, me rasseoir devant cette table et, sans doute, y passer le reste de la nuit.

Je déteste cette lune suspendue au-dessus de ma tête, juste dans l'axe de la lucarne. J'espère que, tout à l'heure, elle aura changé de place et que je ne la verrai plus.

Non, Bib, ce n'est pas l'heure de se lever. Ne t'occupe pas de ton maître.

Dors, mon chien !

Un matin de mai, vers onze heures, je suis sorti de la Centrale de Melun, une valise à la main, et je me suis trouvé sur le parvis de l'église Notre-Dame dont, pendant un peu plus de quatre ans, je n'avais vu que les toits et les tours. L'air était léger, le soleil déjà chaud, et la première personne que j'ai rencontrée a été un vieux monsieur à moustaches blanches coiffé d'un panama.

Je n'étais pas désorienté, ni ému. J'ai surtout regardé les pavés, les trottoirs, les maisons, écouté le bruit des pas, puis, traversant la place, je suis entré, au coin d'une rue étroite, dans un petit café bien propre, au comptoir d'étain derrière lequel le patron en manches de chemise et en tablier bleu rangeait ses bouteilles.

J'aurais aussi bien pu être dans un bistrot de Puteaux ou du Quartier Latin. L'odeur était la même, la couleur du plancher, des quelques tables, la loi sur l'ivresse publique à sa place sur un des murs entre des réclames pour apéritifs.

— Un vin blanc.

— Sec ?

— Si vous voulez.

Je n'étais pas là pour le vin blanc. C'était une reprise de contact et le patron l'a compris. Sans m'avoir vu traverser la place, il savait d'où je venais. Il en recevait d'autres. J'ignore à quoi il nous reconnaissait. Au teint ? Au regard ?

— Alors, ça n'a pas été trop dur ?

J'ai dit non. C'était vrai. Le temps ne m'a pas paru long et je me demande, après coup, s'il ne m'a pas paru plus court que pendant le reste de ma vie.

— Paris ?

— Oui.

— Personne pour vous attendre ?

— Non.

Je l'ai remercié, de rien en particulier, de m'avoir parlé, peut-être, puis j'ai payé mes consommations et je me suis dirigé vers la gare, m'arrêtant un instant sur le pont pour regarder couler l'eau de la Seine.

Je n'ai pas eu la curiosité de me retourner pour voir une dernière fois la prison, ni pour essayer de repérer le toit de ma section.

A la gare, j'ai attendu assez longtemps un train et j'en ai profité pour manger un sandwich au jambon en buvant un second verre de vin blanc.

C'est alors, je crois, que j'ai compris que je ne regardais plus les choses et les gens de la même façon. Je l'avais prévu avant. Maintenant, j'en faisais l'expérience. Je voyais des hommes, des femmes, des visages, des mains, des chariots, des colis, des wagons arrêtés sur les voies, des lilas en fleur dans un jardin ; j'entendais les bruits, les voix ; je reconnaissais l'odeur des sandwiches, de la bière tirée au tonneau, du vin et de l'alcool. Mais je restais en dehors. Tout cela était extérieur à moi et ne me concernait pas.

Il n'y avait personne pour m'attendre à la sortie, en effet. Mais les autres, tous ceux partis avant moi, tenaient-ils tellement à trouver quelqu'un devant la porte ? Certains, peut-être par forfanterie, comme il y en a qui aiment être conduits ou attendus à la gare.

Par la portière, j'ai revu des paysages familiers, un morceau de Seine par-ci par-là, une écluse avec des bateaux, un pêcheur à la ligne au pied d'un talus, des carrières de sable. C'est la ligne de la Côte d'Azur. J'ai souvent pris le train bleu et, au retour, c'est à Melun que le garçon des wagons-lits nous éveillait avec le café.

On pourrait croire que j'étais plein de projets, que j'avais eu le temps d'échafauder des plans pour l'avenir. Le contraire est vrai. J'étais aussi vide qu'une page blanche, indifférent à tout, sauf à des détails ridicules, le journal que lisait mon voisin, la conversation de deux soldats en permission, des maraîchers aperçus un instant dans un vaste potager arrosé par une vingtaine de jets d'eau.

On trouve des hôtels autour de la gare de Lyon, mais je n'ai jamais aimé les abords des gares. On n'est pas encore dans la ville, ou on n'y est plus, et on ne se sent pas ailleurs.

Je n'avais aucune raison de choisir un quartier plutôt qu'un autre. Je n'ai plus personne à Puteaux. Neuilly n'est qu'un souvenir et il m'est arrivé de me demander si c'est bien moi qui y ai habité.

J'ai marché droit devant moi, comme je l'aurais fait si j'étais descendu à la gare du Nord ou à la gare Montparnasse. Je me suis retrouvé sur les quais, puis le long du bassin de l'Arsenal et enfin à la Bastille.

J'ai commencé, alors, à regarder les enseignes des hôtels bon marché, car ma valise, que je changeais de temps en temps de main, commençait à peser, et j'ai fini par entrer dans le couloir peint en blanc d'un hôtel de la rue Castex, tout à côté de la rue Saint-Antoine.

La patronne, tout en essuyant ses mains boudinées, m'a regardé avec attention. Je n'avais pas remarqué, avant, que les êtres humains s'observent avec méfiance avant d'entrer en contact. Il y a un temps mort, un échange plus ou moins furtif de coups d'œil.

— C'est pour une nuit ?

— Je préférerais, si ce n'est pas trop cher, une chambre à la semaine ou au mois.

— Vous êtes français ?

— Oui.

— Seul ?

— Oui.

Quelque chose la chiffonnait en moi, quelque chose qu'elle ne comprenait pas, mais elle m'a néanmoins montré une chambre donnant sur la cour. Je suis allé manger un morceau rue Saint-Antoine. J'ai encore bu un verre de vin blanc, puis je me suis couché tout habillé et j'ai été surpris, en me réveillant, de trouver la nuit tombée.

J'ai marché pendant une semaine, me risquant chaque fois un peu plus loin, prenant l'autobus pour la place de l'Opéra, une autre fois pour le Châtelet, puis encore... Il n'a pas plu une seule fois pendant cette semaine-là. Le temps est resté au beau fixe. Les femmes portaient des robes claires et légères de printemps. J'avais oublié la démarche particulière des femmes qui viennent de quitter leurs vêtements d'hiver. On dirait que leur demi-nudité leur procure une exaltation sexuelle et les rend provocantes à leur insu.

J'ai fini, le lundi ou le mardi, dans l'antichambre de Me Forniol, mon avocat, qui habite un immeuble digne et feutré du boulevard Haussmann. J'ai reconnu la secrétaire qu'il avait déjà au temps de mon procès. Ai-je changé à tel point que, de son côté, elle ne m'ait pas reconnu ?

— Vous avez rendez-vous ?

— Non.

Elle m'a tendu un bloc et un crayon : nom, objet de la visite, comme dans les ministères, avec des pointillés pour la réponse. Je me suis contenté de signer.

— Je crois que cela suffira, dis-je.

Elle a lu sans étonnement ni curiosité, comme si mon nom ne lui rappelait rien.

— Je crains que vous n'ayez longtemps à attendre. Me Forniol est en conférence.

Moi aussi, jadis, pour certains visiteurs, j'étais toujours en conférence.

— J'attendrai.

Je me suis assis, seul dans la salle d'attente où je suis resté à ne rien faire. C'est une chose que j'ai apprise. Ne pas bouger. Demeurer vide. J'entendais des sonneries de téléphone, la voix de la secrétaire, une voix d'homme, plus sourde, derrière une porte matelassée.

Un stagiaire est passé portant des dossiers sous le bras, un nouveau, un jeune que je ne connais pas. Il a paru surpris de trouver quelqu'un dans la pièce.

— Vous attendez Me Forniol ?

— Oui.

— Sa secrétaire vous a vu ?

— Oui.

Qu'est-ce qui lui faisait froncer les sourcils en me regardant ? Je n'avais pas de mouche sur le nez, ni de noir sur le visage. Ma tenue était correcte. J'attendais, immobile sur ma chaise.

Il a franchi la porte rembourrée, que quelqu'un a entrouverte un peu plus tard pour me lancer un coup d'œil, mais, de ma place, je ne pus le voir. Enfin la secrétaire, Mlle Emma ou Irma, je ne sais plus, est venue me chercher.

— Me Forniol va vous recevoir.

Elle m'a introduit dans le bureau où il n'y avait personne, m'a désigné une chaise et a disparu. On parlait dans la pièce voisine, dont la porte était entrouverte.

— Ne vous inquiétez pas, cher ami... Je demanderai la remise à quinzaine et, d'ici là, nous aurons le temps d'agir sur qui vous savez... Mais oui !... Mais oui !... Soyez tranquille... Notre adversaire ne peut rien tenter avant...

Il parlait au téléphone, de la même voix qu'il me parlait quatre ans plus tôt.

— Non. Je n'ai malheureusement aucune soirée libre cette semaine, mais transmettez à votre femme les amitiés de la mienne... Surtout, ne bougez pas et attendez de mes nouvelles... Tout ira bien...

Les mêmes mots aussi, ou à peu près. Maintenant, il parlait bas à quelqu'un et, quelques instants plus tard, il entrait, différent de sa voix, avec l'air grave, préoccupé de quelqu'un qu'écrasent les responsabilités.

Il n'a pas changé. Il est toujours jeune et élégant. Je me suis levé parce que là-bas, à Melun, on prend l'habitude de se lever dès que la porte s'ouvre.

Il me jette un coup d'œil et ne peut s'empêcher de trahir sa surprise.

— Vous voyez que vous en êtes sorti... commence-t-il.

Il calcule mentalement, tout en prenant place derrière son bureau.

— Au fait, vous avez donc bénéficié d'une remise de peine ? Si je ne me trompe, vous deviez être libéré dans...

— Six mois.

Il ne me demande pas de mes nouvelles, se donne encore moins le mal de jouer la cordialité.

— Ma secrétaire a dû vous dire que j'ai une matinée...

— Très chargée. Je n'ai pas l'intention de vous retenir.

Il semblerait que ma présence l'inquiète, ou le gêne. Pourtant, aux assises, il m'a défendu avec chaleur, voire avec passion.

— Que puis-je pour vous ?

Je me suis demandé s'il n'allait pas faire un geste vers son portefeuille.

— Les enfants vivent toujours avec ma femme ?

Il se ferme un peu plus, comme si je devenais réellement un adversaire.

— Pourquoi me posez-vous cette question ?

— Elle vous étonne ?

Il prend son temps, tripote un coupe-papier en ivoire en me regardant d'un air ennuyé.

— Écoutez, Allard... Je n'ai pas besoin de vous rappeler votre situation et je suppose qu'on vous a communiqué les papiers en temps utile...

Je reste impassible, sans expression. C'est lui qui perd contenance et qui joue maintenant avec le lobe de son oreille.

— Votre femme n'a pas demandé le divorce, comme elle l'aurait pu, afin de ne pas porter un autre nom que ses enfants...

— Même divorcée, je l'aurais autorisée à garder le mien...

Il me regarde sévèrement, choqué que je me permette cette observation. Dans son esprit, je ne devrais pas être ici, j'aurais dû avoir la décence de disparaître et, à plus forte raison, de me taire.

— Toujours est-il qu'elle s'est contentée de faire prononcer la séparation. Ensuite, sur les conseils d'un de mes confrères, elle a assuré sa tranquillité en demandant contre vous la déchéance paternelle en vertu de la loi du 24 juillet 1889...

Je ne bronche pas. Pourquoi broncherais-je, puisque je sais ?

Déchéance paternelle. Loi du 24 juillet 1889, article 2. C'est peut-être pour se rafraîchir la mémoire qu'il chuchotait tout à l'heure dans la pièce voisine.

Il conclut en écartant les mains :

— Dans ces conditions...

— Vous savez où ils habitent ?

Il a repris le coupe-papier.

— Je puis vous dire que je sais où habitent Mme Allard et ses enfants. Je les ai vus il y a moins de deux mois et ils se portent bien. Je m'excuse, on m'attend au Palais...

— Vous refusez de me communiquer leur adresse ?

— Pour quelle raison désirez-vous la connaître ? Vous n'avez aucun droit, légalement ni moralement, de troubler leur existence et, de mon côté, je me considère comme tenu par...

— Je n'ai rien à dire à Anne-Marie. Je ne désire pas la voir, ni discuter de quoi que ce soit avec elle. Je n'ai pas l'intention non plus de surgir devant les enfants et de leur déclarer :

» — Je suis votre père...

Je n'élevais pas la voix. Je n'étais ni courroucé, ni écœuré. Ce sont encore des mots qui, pour moi, ont perdu leur sens.

— Il se pourrait que, de temps en temps, avec la prudence voulue, je cherche à apercevoir les enfants de loin. Puisque, selon vous, c'est impossible, je m'adresserai ailleurs...

Je suppose que c'est mon calme, mon absence d'émotion qui l'ont impressionné. Peut-être aussi le fait qu'il était pressé et qu'il craignait que je le retienne en insistant.

— Vous me donnez votre parole que ce sont bien là vos intentions et que vous vous y tiendrez ?

Je me levai de mon siège.

— Vous n'avez pas besoin de ma parole. Vous oubliez la déchéance paternelle...

— Si je vous l'ai rappelée...

— C'est votre droit.

— Écoutez...

Il se levait à son tour, me reconduisait à la porte en murmurant :

— Oubliez cette visite. Je ne vous ai pas vu. Ils habitent au 23, place des Vosges.

— Ils ne manquent de rien ?

— De rien.

— Elle travaille ?

— Vous m'en demandez trop et j'ai déjà dix minutes de retard. Excusez-moi. Il me reste un coup de téléphone à donner.

Il ne m'a pas serré la main.

— Irma, soyez assez gentille pour reconduire...

C'est donc Irma. Quant à mon nom, il ne l'a pas prononcé, le remplaçant par des points de suspension.

Dix jours plus tôt, j'avais choisi un petit hôtel de la rue Castex, au coin de la rue Saint-Antoine, et voilà qu'Anne-Marie habitait place des Vosges avec les enfants. Quatre cents mètres ? Cinq cents ? Peu importe.

Forniol a eu tort de s'inquiéter. Philippe avait alors huit ans, Nicole six. Je les ai vus, de loin, avec leur bonne, car ils ont une bonne qui les conduit à l'école.

J'ai aperçu Anne-Marie aussi, qui, elle, possède une petite auto verte et qui, à part la coupe de cheveux, n'a pas changé. Elle travaillait à l'époque dans une maison de couture du faubourg Saint-Honoré. Depuis elle a créé sa propre boutique de frivolités près de Saint-Philippe-du-Roule.

La tentation ne m'est pas venue de les approcher, à plus forte raison de me faire connaître.

Si je viens d'en parler alors que la nuit arrive à sa fin et qu'il sera bientôt l'heure d'aller ouvrir la porte à Bib, c'est pour en revenir indirectement à moi-même.

Philippe, à huit ans, ne m'a pas intéressé, et sa sœur encore moins.

— Ce sont tes enfants...

Ceux d'Anne-Marie aussi. Et c'est vrai qu'il fut un temps où nous en faisions un monde.

— Il a ton nez...

— Le nez, peut-être, mais ses expressions sont les tiennes...

Le mien, le tien, on en revient toujours là. J'ai vu, dans un film documentaire, des millions de spermatozoïdes luttant férocement pour être le premier à percer l'ovule. Un seul gagne. Les autres ne servent à rien.

De cette bataille naît un enfant. Les miens donc, puisque ce sont les miens, vont à l'école avec d'autres enfants qui ont aussi un nez, une expression, qui tiennent d'un grand-père ou d'une grand-mère.

Je me suis occupé, moi, de me trouver un logement, et la chance m'a fait découvrir celui-ci qui est juste à ma mesure, dans un quartier d'entrepôts et de petits métiers comme à Puteaux.

A gauche, dans la rue, ce sont des Magasins Réunis, qui ont au moins vingt camions. Ailleurs, on fabrique des candélabres. En face de chez moi, un restaurant bon marché, à la façade peinte en bleu ciel, porte les mots « Chez Rose ».

Un jour, j'ai lu l'offre d'emploi à la vitrine de la librairie et, petit à petit, je me suis organisé. J'avais déjà grossi à Melun, sans que ce soit la faute de personne, ni des règlements des services pénitentiaires. J'ai continué de grossir, toujours un peu plus bouffi et plus laid, surtout le matin, mais je ne me sentais pas malade.

Je n'avais envie de rien, ni de contact avec les gens. J'étais parvenu à la sérénité. M'étant posé des questions, j'avais fini par y répondre d'une façon qui me paraissait satisfaisante. C'était inutile d'y revenir.

Cela ne m'empêchait pas d'aller de temps en temps m'asseoir sur un banc de la place des Vosges, d'où il m'arrivait d'apercevoir les enfants.

L'hiver, l'été, les jours plus longs, les jours plus courts, d'autres fruits, d'autres légumes aux petites charrettes de la rue Saint-Antoine ou au marché en plein air du boulevard Richard-Lenoir, pardessus ou veston, vacances de Pâques, grandes vacances, 15 août, rentrée. On vend tout à coup des livres sur la chasse ou sur la préparation du gibier et on commande les cartes de Noël. Et aussi, d'année en année, Mme Annelet qui reste de moins en moins debout, qui mange de plus en plus.

Je n'y mets aucune ironie. Je préparais mon café du matin, je nourrissais mon poisson rouge qui n'allait pas moins crever et qui aurait été bien surpris d'apprendre que je le remplacerais par un chien. Qu'est-ce qui me remplacera, moi, dans mon bocal ?

Philippe entre au lycée, le lycée Turgot, rue de Turbigo. Il change de silhouette, de démarche, de regard. Il devient plus long et plus maigre, avec les os saillants que j'avais à son âge.

C'est le moment où il doit commencer à avoir conscience d'exister. En tout cas, pour moi, c'est l'âge auquel j'ai fait cette découverte.

Presque tout de suite, le temps d'aller choisir un chien à Gennevilliers, de vendre des livres, de lever le volet le matin, de m'habituer à de nouvelles bonnes et de monter la recette à Mme Annelet, et Philippe atteint ses seize ans, prépare son bac. Pour son dernier anniversaire, en avril, sa mère lui a acheté un vélomoteur. Les premiers jours, il ne se lassait pas de tourner comme une grosse mouche autour des grilles de la place des Vosges.

Il s'est acheté une veste de cuir. Le jeudi, il va retrouver des garçons et des filles dans un café, près de la place de la République, où ils ne sont que des jeunes à boire des jus de fruits et à faire marcher le juke-box.

Moi, j'avais un vélo pour me rendre au lycée Pasteur, à Neuilly, faute de lycée à Puteaux.

— Moi... Moi...

Je les regarde, lui et Daniel, qui est entré au même lycée quand il est venu habiter avec sa mère et sa sœur boulevard Beaumarchais.

Daniel, qui a un an de plus, n'est pas dans la même classe. Ils n'appartiennent pas à la même bande. J'ignore s'ils se connaissent. Je compare. J'observe. Je me cache. Je me demande...

Six heures. Bib l'a senti et a sauté à bas du lit. Le feu est à nouveau éteint. Quand je serai allé ouvrir la porte, je ferai chauffer de l'eau pour le café.

dimanche 17 novembre
11 heures du matin

Il pleut depuis hier midi, une pluie drue, aux gouttes épaisses et froides, qui noircit les façades, dégouline sur les vitres, engorge les tuyaux de descente et, de quelque côté qu'on se tourne, le ciel est bouché, si sombre que, ce matin, les lampes sont partout allumées.

J'aime assez qu'il pleuve le dimanche. Non parce que j'envie ceux qui, au premier rayon de soleil, se précipitent vers la campagne. J'ai possédé une voiture, et même plusieurs à la fois. Je connais le chemin de Deauville et du Touquet, la route du Sud et les relais gastronomiques. Je n'envie personne.

S'il ne me déplaît pas que la pluie tombe le jour où les gens sont au repos, c'est qu'on sent alors que toutes les cases sont remplies, les maisons gorgées de vie humaine.

Hier soir, déjà, avec Bib, nous étions presque seuls à déambuler sur les trottoirs que des silhouettes ne faisaient que traverser en courant, d'une porte d'immeuble à une auto en stationnement dont le moteur ne tardait pas à tourner.

Les cinémas devaient être pleins, les restaurants, les dancings et, sans doute, sous les parapluies, des files résignées piétinaient-elles devant les portails illuminés des Champs-Élysées et des Grands Boulevards.

Il restait des trous dans les façades, des fenêtres obscures, des logements vides. Daniel, rasant les maisons, s'est dirigé vers le métro. Je suppose qu'il se rendait au cinéma. Sa mère et sa sœur sont restées dans l'appartement où, à onze heures, les lampes n'étaient pas éteintes. J'ignore ce qu'elles faisaient.

Place des Vosges, personne n'est sorti. Plusieurs voitures étaient rangées le long du trottoir et j'en ai vu arriver une d'où est descendu un jeune couple. Donnait-on une petite réception au second étage ? C'est probable, car des ombres passaient et repassaient derrière les rideaux comme si on dansait.

J'ai regagné le boulevard Beaumarchais et je suis resté un bon moment à l'abri d'une porte cochère dans l'espoir de voir rentrer Daniel. Bib, trempé, a fini par prendre un air si morne que j'ai abandonné mon poste.

Ce matin, nous sommes sortis encore, sans nous presser, marchant d'un pas égal dans les rues vides. J'entrevoyais parfois un visage derrière le tulle des fenêtres. On nous suivait des yeux en se demandant ce que nous faisions sous la pluie.

Je suppose que beaucoup en profitent pour dormir, ceux qui

n'ont pas d'enfants pour les éveiller dès le petit jour. D'autres écoutent vaguement la radio qui se confond avec celle de l'appartement voisin ou du dessus. Ce dont je suis à peu près sûr, c'est que Philippe n'est pas occupé à lire.

J'y ai pensé, assis sur un banc mouillé, assez loin de sa fenêtre pour que sa mère ne me reconnaisse pas s'il lui arrivait de jeter un coup d'œil dehors. Je n'ai jamais vu Philippe avec un livre autre que ses livres de classe. Daniel, oui, et je parierais qu'hier soir il n'est pas allé dans un cinéma populaire, ni dans une grande salle d'exclusivité, mais dans un ciné-club ou dans un théâtre d'avant-garde.

Les gouttes d'eau frappent le pavé avec tant de force qu'elles rebondissent et que l'eau s'introduit dans les souliers, imprègne les chaussettes et le bas du pantalon. J'ai mis mon pardessus à sécher près du feu où Bib se sèche aussi.

Il est maussade. Moi pas. Je ne suis pas gai. Je n'ai pas envie de chanter. Ai-je jamais eu envie de chanter ? Mon humeur n'en est pas moins d'une douceur sourde, comme certaines douleurs physiques auxquelles on finit par prendre plaisir.

Il pleuvait souvent dans mon enfance. La phrase est idiote. Je veux dire que, dans mes souvenirs, je retrouve beaucoup de pluie, de journées comme celle-ci où toute la famille restait à la maison, surtout quand j'étais très jeune, qu'on n'avait pas encore la camionnette ni le chauffage central et que le froid nous obligeait à nous réfugier dans la seule pièce chauffée.

Est-ce que Philippe, Daniel et les deux filles garderont aussi peu de souvenirs précis de leur petite enfance que moi ? On m'a pourtant affirmé que j'étais un enfant vif, éveillé, qui posait des questions déroutantes.

Je suis né en janvier 1915, au plus fort de la première guerre mondiale. Mon père, alors âgé d'une trentaine d'années, était mobilisé sur place, comme entrepreneur de maçonnerie, et s'occupait de travaux de défense autour de Paris. Puis Louise, ma sœur, est née, deux ans plus tard, pendant la guerre aussi.

Nous habitions encore la vieille maison avec mon grand-père, ma grand-mère et une de mes tantes, Léonore, qui n'était pas mariée.

Il paraît que ma grand-mère était une belle femme, bien en chair, comme on les aimait alors. C'était la fille d'un aubergiste de Chatou où mon grand-père, encore contremaître, allait canoter le dimanche.

Il existe un album de famille aux coins de cuivre qui contient des portraits d'eux, d'oncles et de tantes, de cousins que je ne connais pas. A Chatou, on appelait ma grand-mère la belle Joséphine.

Cela a dû être le premier décès dans la famille après ma venue au monde. J'avais environ quatre ans. Je ne me rappelle que la sonnette de l'enfant de chœur lorsque, à la tombée de la nuit, le vicaire est venu administrer l'extrême-onction.

De l'enterrement, je ne sais rien, mais j'ai suivi le travail des tapissiers qui retiraient les tentures noires ornées d'argent. Je revois aussi, dans l'après-midi, des hommes endimanchés, dans le salon qu'on n'ouvrait presque jamais. Ils buvaient, dans des petits verres, un alcool dont l'odeur m'est restée, fumaient des cigares et me mettaient à la porte.

Mon grand-père se trouvait parmi eux. Quelqu'un a dit :

— Il faut te faire une raison. Tu lui as donné une vie heureuse, de beaux enfants, et je suis sûr qu'elle est heureuse où elle est.

Les femmes, pendant ce temps, réunies dans la cuisine toujours un peu sombre, buvaient du café et mangeaient des gâteaux.

Quand, à l'école communale, j'ai commencé à apprendre l'histoire des Gaulois, j'ai surnommé mon grand-père Vercingétorix, à cause de ses grosses moustaches tombantes qui ont dû être rousses mais que je revois blanches.

Il y a eu d'autres enterrements, pas chez nous, mais dans la famille, ma mère avec un voile de crêpe sur le visage, mon père le plus souvent en noir quand il n'était pas en tenue de travail.

L'histoire la plus importante est celle de la vieille maison et de la neuve. Mon grand-père avait construit, dans le terrain vague qui touchait à notre cour et la prolongeait, une maison qui donnait dans la rue du Four, parallèle à la rue Bourgeoise.

Comme c'était son métier, il a dû la bâtir avec amour, mettant des vitraux aux fenêtres de l'escalier, des ornements de céramique sur la façade de briques et faisant alterner, sur le toit, les tuiles roses avec des tuiles presque noires.

Je m'embrouille facilement dans les dates. Je pourrais les retrouver. Ma sœur Louise doit être capable de dire à quelle date telle tante s'est mariée, l'âge de ses enfants ou de tel cousin au moment de sa mort.

Je me demande si c'était, si c'est encore, de ma part, de l'indifférence, ou bien si, dès mon enfance, je regardais tout ce monde sans m'en sentir solidaire.

Je ne m'en sentais pas étranger non plus. Je n'ai pas été le garçon qui se rebelle contre la vie familiale ou contre son milieu. J'en acceptais les rites. J'acceptais ceux du quartier, où je jouais dans la rue avec des camarades, certains, comme Popet, dont je me rappelle le nom et le visage.

J'ai joué aux billes, au cerceau, à la toupie ; plus tard, j'ai appartenu pendant quelques mois à l'équipe de football du lycée. Je n'étais pas un sauvage.

— Tu ennuies ta sœur, Félix !

Il paraît que je ne me montrais pas gentil avec elle, que j'en étais jaloux et que je faisais exprès de la bousculer. Alors, on m'envoyait dans la cour, pleine d'échelles, de sacs, de matériaux de construction, ou dans la rue où subsistaient des palissades.

L'histoire des deux maisons est compliquée, un peu mystérieuse, car on n'en parlait qu'à mi-mots devant ma sœur et moi. Ma grand-mère est morte à peu près au moment où la nouvelle maison venait d'être achevée. Mon grand-père est d'abord resté avec nous dans la vieille. C'est ma tante Julie, mariée à Cassegrain, qui avait déjà deux camions et qui est devenu un gros transporteur, qui s'est installée dans la neuve.

Cassegrain était coureur, comme on disait. Il buvait volontiers, parlait haut et n'acceptait la supériorité de personne. C'était un imbécile doué d'une vitalité inouïe et il ne supportait pas qu'on lui résiste. Est-ce vrai qu'un jour il a traversé la cour et que, trouvant ma mère seule, il a essayé de profiter de l'occasion ?

Pendant des semaines il y a eu des chuchotements, le soir, lorsque ma sœur et moi étions couchés, parfois des éclats de voix.

— Pauvre Julie ! Être tombée sur un homme comme celui-là ! Elle a de si beaux enfants...

Elle en avait deux à l'époque, dont un bébé qui passait ses journées dans un landau qu'on déplaçait selon la course du soleil. On ne se parlait plus, de maison à maison. D'autres incidents ont dû se produire, car on a coupé la cour en deux, d'abord par une barrière de bois peinte en vert, ensuite avec un mur.

J'ignore l'âge exact de mon grand-père quand il a décidé le partage de ses biens entre son fils et ses filles. Mon père héritait de l'entreprise, sous certaines conditions, et avait la charge du vieillard jusqu'à la fin de ses jours.

Tout cela m'apparaît comme ces paysages reflétés dans l'eau d'une mare qui les déforme. A quel moment tante Léonore, la seule restée célibataire, est-elle partie, une nuit, laissant une lettre annonçant qu'elle ne reviendrait pas ?

Je ne l'ai jamais revue, pour ma part. J'ai entendu dire qu'elle vivait à Marseille, puis à Alger. Quant à Vercingétorix, il s'ennuyait chez nous, avec une belle-fille maigre qui jouait du piano et qui lui servait une cuisine différente de la sienne.

La question a été débattue au cours d'une réunion de famille et, en fin de compte, le grand-père est passé de l'autre côté du mur pour vivre avec sa fille Julie dans la maison neuve.

Étant donné ce qui s'était passé avec Cassegrain, c'était une trahison. On s'est trouvés partagés en deux camps.

J'allais à l'école. J'étais un des trois meilleurs élèves de ma classe et cela me semblait aussi naturel qu'à mes parents. Mon principal concurrent pour la première place était un certain Godard, qui est devenu ingénieur du Service des eaux et qui doit être conseiller municipal de Puteaux, sinon maire.

Est-ce sur le conseil de mon instituteur qu'on m'a fait entrer au lycée Pasteur ? Je lisais beaucoup, la pluie d'hier et d'aujourd'hui me l'a remis en mémoire. Lorsqu'il pleuvait, qu'il faisait froid, qu'on était tous confinés dans la même pièce, je m'enfonçais les doigts dans les oreilles pour ne pas être distrait dans ma lecture.

J'ai pris des leçons de violon, avec mon autre grand-père, Justin Périnel, qui avait les cheveux en auréole, le regard fiévreux et les pommettes rouges. Plus pauvre que nous, il recevait ses élèves dans un salon si feutré, si encombré de fanfreluches et de bibelots que j'avais toujours la sensation d'étouffer.

Il est mort de tuberculose. Vercingétorix prétendait que le même sort attendait ma mère, qui n'en a pas moins vécu jusqu'à la fin de la seconde guerre.

— Que veux-tu devenir, quand tu seras grand ?

Je répondais, catégorique :

— Professeur.

— Professeur de quoi ?

— Je ne sais pas.

Mon juge d'instruction, un homme sensible, cherchant à comprendre, peut-être un peu trop, m'a posé un certain nombre de questions sur mon enfance, justement, je crois, parce qu'il soupçonnait mon cas de n'être pas aussi simple qu'il paraissait.

Il ne cherchait pas à cacher sa sympathie ni sa curiosité, en dépit de nos positions respectives. Un jour, après un assez long interrogatoire sur les faits, il m'a demandé :

— Quelle était votre ambition quand vous étiez jeune ?

— Devenir professeur.

Il n'a pas demandé de quoi, mais pourquoi. Je n'y avais jamais réfléchi. Dans mon esprit, cela allait de soi. N'avais-je pas rêvé d'abord de devenir receveur d'autobus ? Je le lui ai dit. Et quand il m'a parlé ensuite, l'air rêveur, j'ai deviné quels ouvrages de psychologie il avait lus.

— Ne trouvez-vous pas ça bizarre ? Un professeur se trouve dans la classe, mais n'en fait pas partie. Je veux dire qu'il n'est pas dans le rang, qu'il n'appartient pas au groupe.

— Cela ne m'était pas venu à l'esprit, m'excusai-je.

Il a ri en ajoutant :

— Beaucoup de garçons ambitionnent d'être receveurs d'autobus ou agents de police à cause de l'uniforme. Dans votre cas, je crois discerner un point commun avec la carrière professorale. Le receveur d'autobus se tient dans la voiture, mais lui non plus n'appartient pas à la catégorie des voyageurs qui l'entourent...

Je laisse à d'autres ces raisonnements. Voilà longtemps que je n'essaie plus de connaître la vie ou de me connaître à travers les livres.

Au départ, ce n'est pas moi qui ai choisi le latin. Ma mère aurait aimé me voir médecin. Elle vivait dans la terreur des échafaudages, des murs dressés dans le ciel, des poutres sur lesquelles mon père circulait au-dessus du vide comme un acrobate de cirque quand il allait surveiller les ouvriers d'un chantier.

Ces ouvriers, qui étaient six ou sept du temps de mon grand-père, furent bientôt vingt, et, en pleine saison, parfois trente. Mon père était de moins en moins souvent en vêtement de travail, de plus en plus dans son petit bureau où augmentait le nombre de classeurs verts et où il retirait son veston, troussait ses manches de chemise et donnait du jeu à sa cravate.

Ma sœur prenait des leçons de piano et en jouait plusieurs heures par jour. C'est un son qui m'est familier, comme le bruit de la première camionnette qu'on mettait en marche à l'aide d'une manivelle et qui était souvent rétive. Un camion, ensuite, a remplacé les charrettes à bras.

Quand il m'a fallu choisir, j'ai déclaré :

— Latin-grec.

Peut-être parce que le professeur avait souligné les difficultés du grec ? Beaucoup sont appelés, disait-il, mais on compte peu d'élus, semblant donner ainsi la suprématie au grec qui m'attirait aussi par le côté mystérieux de son écriture.

Mon juge d'instruction prétendrait que c'était encore, de ma part, un moyen d'échapper à la vie, à la vie du groupe, s'entend. Les classes de grec étaient les moins fréquentées et, chez les grands, qui préparaient le bac, ils n'étaient que six ou sept qu'on voyait bavarder dans la cour avec le professeur sur un pied d'égalité.

Mon grand-père Allard est mort quand j'étais en troisième ou en seconde. Les derniers temps, il se montrait déçu, malgré sa préférence pour sa fille Julie, de son existence chez les Cassegrain. Sa maison était bruyante, son gendre d'une vulgarité insolente, et il venait de plus en plus souvent se réfugier chez nous.

Il est mort dans la cour, de l'autre côté du mur, assis sur sa chaise. Sa pipe lui est tombée des mains. On a parlé de maladie de cœur. Je partageais si peu la vie de la maison que j'en sais peu de chose. Lorsque je n'étudiais pas, je lisais. Il m'arrivait couramment de lire un livre par jour, deux et trois pendant les vacances.

Je regardais avec étonnement ma sœur devenir une jeune fille et j'étais surpris de la façon dont elle parlait des garçons. Du point de vue sexuel, je n'étais pas précoce et c'est avec un condisciple, Ledoux, plus entreprenant que moi, qu'à quinze ans j'ai approché la première femme, une professionnelle que nous avions repérée depuis plusieurs jours.

— Tous les deux ? s'est-elle exclamée.

Notre naïveté l'a amusée. Par la suite, comme d'un commun accord, nous nous sommes évités, Ledoux et moi.

En 1930 — je suis à peu près sûr de l'année — nous sommes allés passer un mois à la mer. Mon père nous a conduits à Dieppe, où il avait loué un étage dans une villa, et il a dû nous quitter après quelques jours, ma mère, ma sœur et moi, car c'est en été qu'il avait le plus de travail.

J'entends la pluie tomber, je sens l'odeur du chien et de mon pardessus qui sèche, l'odeur de ma peau, car le poêle chauffe fort. Comme celui de Puteaux, on ne peut jamais le régler à la température voulue.

J'ai d'autres souvenirs que je pourrais évoquer. Ce qui m'intéresse, c'est de les comparer avec ceux qu'auront un jour Philippe et Daniel de la même période de leur vie. Ne prétend-on pas que c'est la période qui compte le plus et que le reste de notre existence en dépend ?

Pour ma part, je ne me retrouve pas dans le lycéen que j'ai été, peut-être parce que je ne cherchais pas à vivre par moi-même et que je m'enfonçais de plus en plus dans les livres.

Je revois mon père, un soir, un homme puissant au teint plus coloré que le nôtre, revenant d'un de ses chantiers avec encore de la poussière de chaux dans les cheveux et sur les épaules. C'était en hiver, puisque je ne travaillais pas dans ma chambre mais au salon, où l'on faisait maintenant du feu.

Je préparais un thème grec et il s'est penché sur la feuille que je couvrais de signes mystérieux pour lui. Il se tenait derrière moi et je ne le voyais pas. Je n'en ai pas moins eu conscience de sa satisfaction, de sa fierté, d'une sorte de respect qu'il éprouvait soudain pour son fils.

Je n'ai eu ni une enfance malheureuse, ni une enfance terne ou agitée. Je conserve autant de souvenirs ensoleillés que de souvenirs brumeux : dans la cour, par exemple, sur une chaise renversée en arrière, les pieds sur des madriers, avec un livre, et tous les bruits de la maison, ceux de Puteaux et des remorqueurs de la Seine me traversant la tête pour s'enregistrer à mon insu.

Il est trois heures et il pleut toujours. Mon pardessus, qui sèche lentement, pèse le double de son poids normal et, comme je n'en possède pas de rechange, il n'est pas question de sortir. Je crois en outre qu'une nouvelle promenade à travers les flaques d'eau ne serait pas du goût de Bib.

Il y a un certain temps, un samedi soir que je lui portais à l'entresol l'enveloppe quotidienne, Mme Annelet m'a demandé :

— Que faites-vous le dimanche, Félix ?

— Rien, ai-je répondu simplement.

Elle m'a regardé avec insistance et j'en conclus qu'elle a compris. Elle ne fait rien non plus. Elle ne fait rien de la semaine, sinon lire des magazines et des romans historiques. Depuis qu'elle est pratiquement immobilisée dans sa chambre, j'ai l'impression, chaque samedi soir, qu'elle va me rappeler.

Le dimanche matin, il lui reste Renée. Mais la bonne s'en va tout de suite après le déjeuner, car elle a son après-midi et sa soirée de congé, en plus d'un autre soir pendant la semaine. Il n'y a personne au rez-de-chaussée, dont les volets restent fermés. Mme Annelet n'a pas la ressource de me sonner. Un dîner froid est préparé à côté d'elle. Un jour comme aujourd'hui, en dehors du rebondissement de la pluie et du passage des autobus, le silence doit être total.

Depuis quelque temps, nos promenades à Bib et à moi se sont raccourcies à cause de ma santé. Voilà deux ans encore, il nous arrivait de longer les quais jusqu'à Charenton, regardant les tonneaux derrière les grilles de Bercy, les péniches amarrées les unes aux autres, nous arrêtant près d'un pêcheur à la ligne.

Nous connaissons tous les bancs. Je connais aussi les terrasses des bistrots où je fais halte dès que perce un rayon de soleil et il m'arrive d'y commander un vin blanc qui n'a jamais le même goût que celui que j'ai bu à ma sortie de Centrale.

Je suis stupéfait chaque fois que j'ai à confronter des dates. J'ai quarante-huit ans. Plus exactement, j'en aurai quarante-neuf en janvier. La plupart des hommes de mon âge sont mieux conservés que moi et je suis un vieillard prématuré.

Ceci n'a aucun rapport avec la question assez vague que je me pose : comment ma vie s'est-elle passée, comment le temps s'est-il écoulé, ces trente années qui me séparent de mon bac et de mon inscription à la Sorbonne.

D'une part, je ne me reconnais pas dans le jeune homme que j'étais et, d'autre part, j'ai l'illusion que c'était hier. Il m'est arrivé de me révolter à l'idée qu'une vie apporte si peu, passe sans presque laisser de traces.

A dix-huit, à vingt ans, quand je rêvais encore tout éveillé, je m'étais construit une petite théorie personnelle qui n'avait rien de scientifique, ni de philosophique, mais qui m'enchantait.

D'un cours de physique, j'avais retenu qu'un certain échange se produit entre des corps qui entrent en contact, qu'un frottement, par exemple, laisse sa marque sur les objets.

Ainsi, j'imaginais que nous laissons notre marque dans les lieux que nous traversons au cours de notre vie, un peu comme le gibier dont les chiens retrouvent la piste en reniflant l'air. Pas une odeur. Une autre sorte de sillage, ou encore comme une succession de fantômes, d'ectoplasmes.

J'ai découvert depuis longtemps qu'il n'en est rien, que les seules images qui nous survivent — pendant un temps si court ! — sont les images déformées, souvent caricaturales, qui flottent dans la mémoire de ceux qui nous ont connus.

Ce n'est pas pour cette raison que je m'attache aux pas de Philippe et de Daniel. La preuve, c'est que je ne me montre pas à eux. La dernière fois qu'ils m'ont vu, ils avaient moins de six ans et j'étais encore un bel homme, sans embonpoint, vêtu avec recherche.

Tout ce que je fais, c'est les regarder grandir et me persuader qu'ils sont en train de devenir des hommes. A leur âge, n'ai-je pas commencé à me prendre pour un homme aussi ?

Mon entrée à l'université n'a donné lieu à aucune discussion familiale. Du moment que je m'étais engagé dans la voie du latin-grec, c'était la seule issue et je n'avais qu'à continuer. Mon père regrettait bien, n'ayant qu'un fils, de ne pas le voir reprendre un jour son affaire, mais, au fond, il était fier de moi.

Je l'ai conduit, une fin d'après-midi, rue des Écoles, et il a foulé avec respect les vieux pavés de la cour.

— Tiens ! Ils ont mis une statue de Victor Hugo !

Rien ne pouvait le toucher davantage, Hugo étant un des rares auteurs à lui être familiers. De voir Pasteur à l'autre bout des marches le rassurait encore, comme si, avec ces deux hommes, j'étais en bonnes mains.

Je lui ai montré les amphithéâtres, dont il lisait le nom au fronton : Turgot, Richelieu, Guizot... Il s'est assis un moment sur un des bancs, dans une salle où il n'y avait que nous, et il n'en chuchotait pas moins comme dans une église.

J'aurais pu devenir professeur. Cette carrière, décidée à un âge où je ne comprenais même pas le sens du mot, m'aurait probablement convenu.

A la Santé, où j'ai séjourné pendant l'instruction de mon procès, on m'a proposé de donner des cours élémentaires à de jeunes délinquants. J'ai accepté. Pour des raisons que j'ignore, manque de place sans doute, on m'a bientôt transféré à Fresnes, où je ne suis resté que quelques semaines et où je n'ai eu d'autre occupation que de discuter avec mon avocat, Me Forniol.

Ma condamnation à cinq ans de travaux forcés une fois prononcée, on m'a conduit à Melun où, théoriquement, j'aurais dû subir pendant six mois l'épreuve d'isolement cellulaire. Ce sont les termes administratifs. On vit seul, jour et nuit, dans une cellule, ne voyant, une fois par jour, que le surveillant-chef et recevant une fois par mois la visite du directeur ou de son adjoint. Le silence est obligatoire.

Pour des peines plus longues que la mienne, la durée de l'isolement est d'un an et j'en ai entendu parler comme d'un cauchemar par la plupart des détenus.

Le médecin de l'établissement, qui passait de temps en temps, était surpris de ne pas me trouver abattu et mon indifférence semblait même l'inquiéter. Il a été jusqu'à recommander une surveillance spéciale pour éviter que je me suicide, je l'ai appris plus tard.

— J'ai l'impression que vous ne réagissez pas, m'avoua-t-il un jour. Vous dormez normalement ? Vous n'avez pas, parfois, une sensation d'étouffement ?

— Non.

— Vous mangez bien ?

— Tout ce qu'on me donne.

— Vous n'avez reçu aucune visite du dehors ?

— Non.

— Des lettres ?

— Non plus.

Il voulait me le faire dire, pour savoir sur quel ton j'en parlerais, car il était au courant par mon dossier, où tout était consigné.

— Pas de malaises ? Mal nulle part ?

Non. On m'avait donné à choisir entre différents travaux manuels et, faute d'un vrai métier, j'avais choisi de découper des pantins.

— Vous accomplissez votre promenade quotidienne ?

Dans le préau. C'est obligatoire. On ne voit que des murs et des briques. En marchant, on entend comme un écho les pas de ceux qui marchent dans les autres parties du préau en étoile. Il n'y a de visible que le gardien, au centre, morne, indifférent, qui fait son métier.

— A votre place, je demanderais la visite du neurologue. Vous y avez droit. Je ne peux pas vous y forcer. Cela vous ferait en tout cas passer quelques jours en observation à l'infirmerie.

— Mes nerfs sont en parfait état.

Je n'avais aucune envie d'être questionné par un spécialiste. On m'avait posé assez de questions pendant les six derniers mois, en m'épiant comme si je posais un problème. Le directeur s'intéressait à moi, lui aussi, dérouté, comme le médecin, par mon absence de réactions.

Cela tient sans doute à ce que les détenus d'un certain milieu social ont l'habitude de se plaindre, de réclamer des faveurs, de se porter malades, quand ils ne le deviennent pas réellement.

Des moines ne choisissent-ils pas, depuis des siècles, un genre de vie à peu près semblable ? Et combien d'autres, en pleine ville, se créent une routine plus sévère que celle de la prison ?

— Je ne pense pas que vous restiez longtemps en cellule, Allard. Dans mon dernier rapport, je propose de vous mettre par anticipation au régime commun et je souligne votre bonne conduite.

Quelle bonne conduite ? Aurais-je dû frapper le gardien-chef au cours de sa visite quotidienne ?

— D'après votre dossier, vous avez fait des études poussées en littérature. Que diriez-vous d'être affecté à la bibliothèque ? Celui qui nous sert de bibliothécaire depuis six ans doit être mis en liberté la semaine prochaine. Le poste est délicat, car il ne s'agit pas seulement de distribuer les livres au petit bonheur, mais de guider les lecteurs, surtout les jeunes détenus.

J'ai occupé le poste pendant près de quatre ans. Cela ressemblait un peu au professorat, après tout. Et je retrouvais la même odeur de vieux papier qu'à la bibliothèque Sainte-Geneviève. Presque tous mes compagnons recevaient des visites. Je n'en attendais pas. Je n'en ai pas eu une seule et cela ne m'a pas manqué. Au contraire !

Je suivais un emploi du temps monotone, comme maintenant dans ma prison plus grande de la rue des Arquebusiers, d'un bout du boulevard Beaumarchais, de la place des Vosges et des quais de la Seine.

Je continue à observer des règles que je me suis imposées ou qui se sont imposées à moi et je reste entouré de murs invisibles.

Dimanche dernier, je me suis permis un accroc au programme, je suis allé déjeuner place du Tertre et, autant que j'en puisse juger, cela ne m'a guère réussi.

N'est-il pas curieux que, quand j'évoque la Sorbonne, je retrouve cette notion de routine. Ma vie, en apparence, était aussi libre que possible. J'avais dépassé le stade où mes parents pouvaient s'occuper de moi. Ils ignoraient mes heures de cours, mes travaux, et jusqu'au jeu compliqué des différents examens et diplômes.

Ils me faisaient confiance, sans inquiétude à mon sujet, préoccupés par ma sœur qui commençait à sortir et à prendre des allures indépendantes.

— Si seulement elle pouvait tomber sur un brave garçon, capable de m'aider et de prendre un jour l'affaire en main ! soupirait mon père.

Je suis entré à la Sorbonne en 1932. J'étais un grand adolescent dégingandé à qui personne n'aurait prédit qu'il deviendrait un jour une masse graisseuse sur laquelle tous les vêtements paraissent mal coupés.

J'occupais encore ma chambre dans la vieille maison, avec des rayonnages bourrés de livres comme dans mon cagibi actuel.

Au lycée Pasteur, j'avais été un élève plutôt brillant et mes professeurs ne doutaient pas de ma réussite. Que m'est-il arrivé au printemps suivant, c'est-à-dire au printemps 1933 ?

Je reste incapable de le dire. J'avais choisi les matières obligatoires pour les candidats au professorat et établi mon programme.

La philosophie m'a d'abord passionné et, tout l'hiver, j'ai continué le grec, en plus de l'histoire ancienne et de l'histoire du Moyen Age.

Il existait encore un tramway, en ce temps-là, que je prenais tôt le matin, mes livres sous le bras, pour me rendre en ville, et je lisais en chemin. Au cours, je prenais des notes et je déjeunais le plus souvent dans un restaurant bon marché en attendant l'heure d'un autre cours.

Avec le beau temps, les jours plus longs, j'ai pris l'habitude de m'asseoir à une terrasse ou dans le jardin du Luxembourg et de ne rentrer à Puteaux qu'à la nuit.

Le mot qui me vient à l'esprit est engourdissement. Je m'engourdissais. Je me fondais dans le printemps, dans la lumière, dans la chaleur, dans le va-et-vient de la foule. Je regardais les passants et me mettais à les suivre en pensée comme pour reconstituer leur histoire.

Je suppose que c'est le plus près que je sois allé de ce qu'on appelle le bonheur. Le monde m'entrait dans la peau, l'ombre et le soleil, les arbres des squares, le piétinement continu du boulevard Saint-Michel aussi bien que l'odeur des bocks et que le bruit des billes de billard.

Pendant deux mois, je n'ai ouvert mes livres que distraitement, le regard vite accroché par un mendiant, par une robe rouge ou blanche, par un voilier d'enfant glissant sur l'eau du bassin. J'aurais pu passer une heure sans ennui à regarder vivre n'importe quoi, une fourmi, une abeille, une fleur.

On m'avait dressé à la discipline du lycée et je me trouvais lâché dans un univers mouvant, coloré, où je pouvais m'ébattre sans rendre de comptes à quiconque.

J'ai raté, à un point près, mon examen de littérature française sur un sujet pourtant facile : le théâtre dans la première moitié du XVIIIe siècle. Je n'en ai rien dit à la maison. Je venais de rencontrer une petite bonne qui travaillait chez un médecin du faubourg Saint-Germain et qui était rousse. Le soir, je devais attendre, au septième, assis au bord de son lit de fer, que les patrons aient fini de dîner et qu'elle ait lavé la vaisselle.

A cause d'elle, je ne suis resté qu'une semaine à Dieppe avec ma mère et ma sœur sous prétexte d'un travail indispensable à Paris. Comme par ironie, je devais me disputer avec cette fille quelques jours plus tard. Il m'a fallu deux semaines pour la remplacer, passées à battre la semelle dans les rues vidées par les vacances.

Toute cette époque reste, dans ma mémoire, baignée d'un brouillard lumineux. Rien ne comptait. Rien n'était important. Je sautais sans raison sur la plate-forme d'un autobus pour aller n'importe où. Je regardais les vitrines, m'asseyais dans les cafés. Si j'ai parlé de billard, c'est que j'y ai joué pendant deux ou trois mois au premier étage de la Brasserie de Cluny.

A la maison, c'était toujours de ma sœur qu'on s'inquiétait. On me traitait en homme et personne ne mettait mon avenir en doute.

Pourtant, à la fin du second hiver, je n'ambitionnais plus que la licence ès lettres libre, renonçant ainsi à entrer dans l'enseignement.

Je ne m'en effrayais pas. Il m'arrivait bien parfois, quand j'y pensais, d'avoir un moment de panique.

— Qu'est-ce que tu feras plus tard ?

J'avais tellement entendu cette question-là ! Eh bien ! de l'âge de dix-neuf ans à vingt ans et demi, je ne me la suis pas posée. J'ai voulu l'ignorer. Je choisissais les matières à ma guise, au gré d'un engouement passager, et c'est ainsi que je me suis inscrit, pour n'y aller que trois fois, à un cours de sociologie, et que j'ai failli apprendre le chinois.

La Sorbonne n'était plus qu'une excuse, un décor, un genre de vie.

Pendant des années, nous n'avons pas eu de bonne à la maison. Ma grand-mère n'en avait jamais eu, ni mes tantes, autant que je sache. C'était moins une question d'argent qu'une tradition, qu'une morale : la femme doit tenir son ménage et préparer les repas.

Mon grand-père avait construit des pavillons de banlieue d'une façon artisanale, montant les murs brique par brique. Mon père, dès les premières années, s'était outillé pour le ciment armé et, quand il a obtenu la commande d'un immeuble de six étages, il a augmenté son matériel et loué un terrain en bordure de Puteaux.

Ces changements ont dû coïncider plus ou moins avec l'entrée d'une bonne dans la maison et l'achat d'une nouvelle voiture, non plus une camionnette, mais une vraie voiture à quatre portes. Il était fatal que je demande à passer mon examen de conduite et que, le permis obtenu, j'emprunte l'auto de plus en plus souvent.

J'ai eu des camarades, pas des amis. J'ai fréquenté des filles, mais jamais longtemps la même. Malgré la voiture, je ne jouais pas les fils à papa. J'avais peu d'argent en poche et, si j'appréciais d'être bien habillé, je n'y attachais pas une importance exagérée.

A mesure que j'écris en essayant de mieux cerner cette période de trois années, je m'étonne davantage de mon inconscience. Je devais pourtant me rendre compte qu'à plus ou moins bref délai il me faudrait apprendre à mes parents que je n'avais décroché que deux diplômes, un en histoire du Moyen Age, l'autre en histoire générale de la philosophie. Or, ils ne m'ouvraient aucune porte, ne débouchaient sur aucune profession. Il n'était plus question de professorat et je n'avais rien appris d'autre.

J'avais lu. J'avais presque tout lu de ce qui compte. J'avais discuté pendant des heures, à la terrasse du d'Harcourt ou dans la salle enfumée, des auteurs russes, anglais, américains, de la vie des grands hommes et de l'évolution, que sais-je encore ?

Ensuite ? Je vivais au jour le jour, me gavant de joies égoïstes, de plaisirs d'un moment. La rue me fascinait, mais je pouvais aussi rester dans un square, les yeux mi-clos, à savourer la chaleur du soleil sur mes paupières en me sentant parfaitement heureux.

A dix-huit ans, ma sœur s'est fiancée à un représentant de commerce nommé Noblet et je crois que mes parents ont poussé un « ouf » de soulagement à l'idée que leur responsabilité serait bientôt dégagée.

Ce qui prouve à quel point j'étais devenu étranger à la maison, c'est que j'ignore où et comment ils se sont rencontrés. Je me souviens seulement des noces et du petit appartement qu'ils sont allés habiter rue Lamarck, à Montmartre.

Je ne sais pas non plus si mon père a essayé de convaincre Noblet d'entrer dans son affaire. Toujours est-il que, quelques années plus tard, celui-ci rachetait un fonds de quincaillerie à Rouen — pourquoi Rouen ? — où il a aujourd'hui la plus grosse maison d'articles de ménage de la ville.

Ils ont quatre enfants. Je n'ai vu que les deux premiers, aux cheveux bruns, presque noirs, comme leur père, mais aux yeux bleus des Allard, pour employer le langage des familles.

Il me restait à accomplir mon service militaire pour lequel, en qualité d'étudiant, j'avais obtenu un sursis. Il me restait aussi à gagner ma vie.

En attendant, je me contentais de la respirer comme, tout petit, paraît-il, je respirais une orange pendant des heures, fondant en larmes dès qu'on tentait de l'éplucher.

LE CAHIER JAUNE

lundi 18 novembre
9 heures du soir

Hier, j'ai dû serrer mon écriture, car j'étais arrivé à la fin de mon cahier et je n'en avais pas d'autre. Aujourd'hui je suis allé en chercher un à la papeterie et, pour changer, je l'ai choisi jaune. Je m'inquiète un peu d'avoir tant écrit. Je ne m'en rendais pas compte. Il ne faudrait pas que cela tourne à la manie et que les cahiers s'accumulent. Je n'aime pas non plus cette complaisance, ce goût qui me vient de me raconter. En achetant le cahier jaune, je me suis promis qu'il n'y en aurait pas d'autres, que ce serait le dernier, qu'en aucun cas cette mise au point à laquelle je me livre ne deviendra une excuse.

Il ne pleut plus. Pendant la nuit, le vent s'est mis à souffler avec violence et nous sommes bien placés, Bib et moi, pour l'entendre, nous qui logeons sous le toit.

Ce matin, c'était la tempête. Les journaux parlent de bateaux en difficulté sur la Manche, de dégâts sur la côte atlantique, d'une cheminée d'usine qui s'est effondrée en Normandie, de trains retardés par les arbres et les poteaux électriques abattus sur les voies.

Dans notre quartier, il y a eu quelques tuiles brisées sur les trottoirs et il en tombe encore de temps en temps. Ces déchaînements de la nature ont sur moi un effet excitant. Les autres jours, il est rare que je jette un coup d'œil à travers la vitre de la librairie. Aujourd'hui, je me suis tourné cent fois vers le trottoir.

C'était fascinant d'observer l'attitude des passants. Ceux qui se dirigeaient vers la Bastille se tenaient penchés en arrière, le pardessus plaqué au dos, poussés par la bourrasque, tandis que ceux qui marchaient vers la place de la République se courbaient en avant. Plusieurs fois j'ai assisté à la scène du monsieur courant après son chapeau et se baissant, la main tendue, au moment où celui-ci repartait de plus belle.

Nous avons eu peu de clients, je m'y attendais, Mme Annelet aussi, que le vent rend nerveuse, inquiète, mal dans sa peau, et qui m'a dérangé sans cesse. Renée, elle, a les yeux de quelqu'un qui n'a pas dormi, ce qui m'a rappelé la petite bonne rousse du boulevard Saint-Germain. Je me demande ce qu'elle est devenue. Je me pose la question pour tous ceux et toutes celles qui, à un moment donné, ont côtoyé ou traversé ma vie.

S'ils éprouvent la même curiosité à mon égard, quel est le destin qu'ils m'attribuent ?

A onze heures sept exactement — j'ai regardé l'heure à l'horloge électrique qui se trouve au-dessus du rideau à fleurs — le téléphone a sonné. J'ai décroché et j'ai dit allô.

— La librairie Annelet ?

— Oui.

Une voix féminine que je n'ai pas reconnue. Plusieurs clients nous passent leurs commandes par téléphone, pas beaucoup.

Après une hésitation, à ce qu'il m'a semblé, la voix a repris :

— Qui est à l'appareil ?

— Le commis.

Cette fois, l'hésitation a été si nette que j'ai demandé à mon tour :

— C'est à Mme Annelet que vous désirez parler ?

Elle a le téléphone près de son lit. Les deux appareils sont branchés sur une même ligne, de sorte qu'elle peut écouter les conversations, ce qu'elle ne manque pas de faire, j'en ai eu la confirmation un peu plus tard.

— Vous êtes bien M. Allard ?

Depuis que j'ai quitté Melun, personne ne m'a téléphoné, sinon les quelques clients dont j'ai parlé et pour qui je suis M. Félix. J'ai dit oui avec réluctance.

— Félix Allard ? a-t-on précisé.

— Oui.

Encore un temps mort. Ce n'était pourtant pas le vide complet sur la ligne, car je continuais à entendre une respiration. Un déclic m'a enfin indiqué qu'on venait de raccrocher.

Mme Annelet m'a laissé le temps de digérer ma surprise, de me poser des questions, d'échafauder des hypothèses. Je suis persuadé qu'elle avait besoin d'un effort sur elle-même pour ne pas me sonner tout de suite. Elle a attendu cinq minutes avant de pousser le bouton. Je suis monté. Renée mettait la chambre en ordre. L'aspirateur, sur le tapis, ne fonctionnait pas.

— Vous savez qui c'était, Félix ?

Je me suis habitué, à la longue, à être regardé ainsi, de ce regard immobile auquel n'échappe aucune trace de trouble ou de mensonge, aucun mouvement intérieur, si vague et si fugace soit-il. On a l'impression d'être nu, ou surpris dans une position humiliante, sur un cabinet, par exemple. Ma sœur avait la manie d'ouvrir brusquement la porte de la salle de bains quand j'étais au cabinet. Elle, cela ne la gênait pas d'être vue.

— Non. Je n'en ai aucune idée.

— Vous n'avez pas reconnu la voix ?

— J'ai essayé. J'essaie encore, sans résultat.

— Ce n'est pas celle de votre femme ?

— Certainement pas. La voix de ma femme est haut perchée.

— Elle a pu la changer exprès.

— Pas à ce point.

Ce n'était pas la voix de Monique non plus, la mère de Daniel, qui habite un peu plus loin sur le boulevard Beaumarchais.

— Vous avez eu une aventure ces derniers temps ?

— Non. Je n'ai pas touché un corps de femme depuis trois mois. L'envie ne m'en est pas venue.

— Quelqu'un qui vous connaît vous a vu entrer ici ou en sortir, ou bien vous a aperçu à travers la vitre.

— C'est possible.

— Vous avez peur ?

— De quoi ?

Je n'en étais pas moins troublé, inquiet, et je le suis encore à l'heure qu'il est. Elle poursuivait en allumant une cigarette :

— Il s'agit de quelqu'un qui vous a connu il y a longtemps et qui, comme vous avez changé, n'est pas sûr qu'il s'agisse bien de vous. Il y a des chances pour que vous rencontriez bientôt cette femme ou pour qu'elle vous écrive.

Un des rares clients de la journée est entré à ce moment-là et je suis descendu au magasin pour le servir. Je ne suis monté à nouveau qu'un peu avant le déjeuner.

— Dites-moi, Félix. Il y a une question que j'ai envie de vous poser depuis que vous m'avez parlé de votre projet.

— Quel projet ?

Je n'y étais pas. Je me sentais aussi absent que jadis sur une chaise du Luxembourg.

— De vous en aller pour de bon. Vous avez dû penser à la façon dont vous vous y prendrez, non ?

D'abord, je ne lui avais fait aucune confidence. Je ne lui avais parlé de rien et c'est elle qui m'avait tiré les vers du nez. Ensuite, je n'aimais pas qu'elle se serve du futur et non du conditionnel.

— Vous possédez un revolver ?

J'ai souri. Elle était sérieuse, elle, comme si l'affaire la concernait.

— Le poison ? Vous vous êtes procuré du poison ?

C'était aussi indécent que les irruptions de ma sœur dans la salle de bains. Je commence à croire que les femmes n'ont pas les mêmes pudeurs que nous. Je suis resté évasif.

— Cela dépend de ce qu'on appelle poison.

— Somnifère ?

— Peut-être.

— Vous êtes toujours décidé ? Vous ne craignez pas de changer d'avis et d'avoir envie de vivre une fois qu'il sera trop tard ? Cela doit être atroce ! Ne pas pouvoir bouger, ni appeler, rester là, immobile, à attendre, sans savoir au juste le temps qu'il faudra... Allez manger, Félix !... Vous m'avez gâché mon déjeuner...

J'ai pris le mien chez Rose, le petit restaurant en face de chez moi, parmi les emballeurs et les chauffeurs de camions. Ils sont habitués à moi et à Bib. Celui-ci les connaît et va les renifler l'un après l'autre en remuant son bout de queue.

Après, nous avons raccourci notre promenade, car le vent me coupait la respiration et mes lèvres devaient être bleuâtres.

L'après-midi, il n'y a eu aucun coup de téléphone. Mme Annelet ne m'a pas parlé de celui du matin et elle n'a pas fait de nouvelles allusions à ma mort.

Ce n'est pas à la mienne que j'ai pensé, moi, mais, revenant à ce que j'écrivais hier, à une autre mort qui a changé mon destin du jour au lendemain.

Le 7 juin, une des rares dates sur lesquelles je n'hésite pas. Un soleil lourd et brûlant de canicule qui ralentissait le mouvement dans les rues au point que les autobus même semblaient se traîner. Les couleurs étaient plus graves, plus épaisses, le feuillage des arbres, boulevard Saint-Michel, immobile et sombre comme un décor de théâtre.

A dix heures et demie, j'étais assis à une terrasse, celle du d'Harcourt, dans un fauteuil d'osier jaune, devant un verre de bière. Une jeune femme brune était assise à moins d'un mètre de moi devant un autre guéridon et elle venait de manger deux croissants en les trempant dans son café-crème.

Nous nous sommes regardés un certain nombre de fois, par petits coups, ce que j'appelais alors des regards en point d'interrogation. Je jouais volontiers à ce jeu-là. Cela marche ou cela ne marche pas.

Cela a marché. Après quelques minutes, elle n'a pas pu s'empêcher de rire.

— Vous êtes drôle. Qu'est-ce que vous me voulez ?

— Je ne sais pas encore.

Elle avait un léger accent étranger. Un peu plus tard, elle m'apprenait qu'elle s'appelait Sonia, que son père était un ingénieur russe travaillant en Belgique, où elle était née.

J'avais la voiture. Aux alentours de midi, nous en descendions, Sonia et moi, devant une auberge des bords de la Seine, à quelques kilomètres de Corbeil. Nous avons déjeuné dehors. Le café servi, je suis allé à l'intérieur parler bas à la patronne qui m'a remis une clef. A deux heures, Sonia était nue sur un lit de fer, dans une chambre blanchie à la chaux, aux persiennes closes, qui sentait le foin un peu moisi.

— Tu as une amie ?

— Non.

— Tu préfères, comme aujourd'hui, profiter des occasions qui se présentent ? Tu es venu souvent dans cette chambre ?

— Une seule fois.

C'était vrai.

— Avoue que tu aimes le changement.

— Cela dépend.

Nous nous sommes rhabillés vers cinq heures, après nous être assoupis quelque temps. Comme elle avait soif, nous sommes retournés à la terrasse où nous avons vidé une bouteille de vin blanc, du Saumur, je m'en souviens. J'étais las, engourdi. Elle n'en a pas moins tenu à ce que je m'arrête devant un bois pour cueillir des genêts. Tout cela donnait une odeur complexe et assez écœurante : sa transpiration, les genêts, le vin blanc, le foin du matelas...

Je l'ai déposée, à six heures, au coin du boulevard Raspail et, dans le rétroviseur, je l'ai vue, au milieu du trottoir, se remettre de la poudre et du rouge à lèvres tandis que des hommes se retournaient sur elle.

J'ai regagné Puteaux. Laissant l'auto dans la cour, j'ai poussé la porte de la maison en lançant comme d'habitude :

— On mange ?

Je me suis tu aussitôt. Je voyais devant moi l'escalier menant au premier étage, à gauche la porte de la cuisine, qui aurait dû être ouverte, à droite celle du salon. Je ne sais pas pourquoi tout m'a paru vide et figé. Alors, lentement, comme avec solennité, la porte de gauche s'est ouverte et j'ai vu ma mère rester un instant immobile devant moi, puis se jeter sur ma poitrine, où elle s'est mise à sangloter.

Par-dessus son épaule, je découvrais, dans la cuisine, des gens qui n'auraient pas dû s'y trouver, ma sœur et son mari, ma tante Julie qui ne mettait plus les pieds chez nous depuis plusieurs années, Victor, le contremaître, une vieille femme du voisinage et d'autres personnes encore, assises ou debout, immobiles, le visage inexpressif.

— Ton père, Félix !... Mon Dieu ! Qui m'aurait dit ce matin... Il était si gai !...

C'était la première fois que je tenais ainsi ma mère dans mes bras, non comme un fils, mais comme si, soudain, je venais de prendre la place de mon père.

— Tu sais comment il était... Il voulait tout voir par lui-même... Il se tenait là-haut, à un cinquième étage, sur une planche qui... Viens !...

Elle a tourné avec précaution, sans le moindre bruit, le bouton de la porte du salon. Elle l'a poussée avec la même douceur et, dans la pénombre, j'ai vu mon père mort, déjà enseveli, les mains jointes sur un chapelet, une bougie non allumée de chaque côté du lit qu'on avait descendu de la chambre.

Elle a chuchoté à mon oreille :

— Va l'embrasser...

Je crois qu'elle a dû me pousser légèrement. J'ai fait trois ou quatre pas, je me suis penché et j'ai posé les lèvres, furtivement, sans appuyer, sur le front qui était froid.

Après, je ne sais plus au juste. Je me suis enfui. Je me suis précipité dans l'escalier. Je me suis jeté sur mon lit de tout mon long et j'ai essayé de pleurer sans y parvenir. J'avais mal dans la poitrine. Je mordais le couvre-lit.

Pourquoi ce jour-là, justement, alors que moi, pendant ce temps...

Je grondais entre mes dents :

— C'est ma faute... C'est ma faute... C'est à cause de moi que c'est arrivé...

Pas seulement à cause de Sonia, de l'auberge et de ces horribles genêts. A cause de tout. A cause de ma tricherie, de ces trois années que je venais de voler à tout le monde.

Je frappais le lit à coups de poing.

— Non !... Non !... Je ne veux pas !...

On m'a touché l'épaule et je me suis retourné, furieux.

— Qu'est-ce que...

C'était ma sœur.

— Calme-toi, Félix... Il est indispensable que tu sois calme, pour maman... Elle a passé des heures atroces... Elle s'est montrée très courageuse... Ne lui enlève pas le peu de force qu'il lui reste...

De quel droit Louise venait-elle me parler ainsi ? Elle n'était plus de la famille. Elle portait un autre nom. Elle ne vivait pas chez nous.

— Il vaudrait mieux que tu descendes... Maman s'inquiète...

— Qu'est-ce qu'ils font en bas, les autres ?

— C'est la vieille Mme Rinquet qui a fait sa toilette quand on l'a ramené de l'hôpital... Maman était un peu perdue...

— Il n'est pas...

C'était dur de prononcer le mot.

— Il n'est pas mort sur le coup ?

Pourquoi était-elle soudain gênée ?

— Probablement que si... On ne sait pas... Victor se trouvait sur le chantier... Le médecin du quartier n'était pas chez lui et Victor a cru bien faire en alertant la police, qui a envoyé une ambulance...

Je la regardais méchamment.

— Et alors ?

— Alors, rien... Quand il est arrivé à l'hôpital, il était trop tard et on nous l'a renvoyé ici...

— A quelle heure l'accident s'est-il produit ?

— Vers dix heures et demie... A midi déjà on le ramenait... Maman m'a téléphoné... Je suis accourue avec André... Il a essayé de t'atteindre, téléphoné au secrétariat de la Sorbonne...

J'ai rougi, pris de peur, me demandant ce qu'on lui avait répondu.

— Ils ne t'ont pas trouvé... Personne ne savait où tu étais...

Je le savais, moi. Au moment où mon père mourait, je buvais de la bière à une terrasse du boulevard Saint-Michel en adressant des sourires stupides à ma voisine.

Alors qu'on le ramenait à la maison, nous roulions vers l'auberge des bords de la Seine et, pendant qu'on transformait le salon en chambre mortuaire, je faisais l'amour.

Mes mains sentaient encore la fille et le genêt. Je suis allé les laver. J'aurais voulu prendre un bain, me purifier. Je me considérais comme indigne.

— Qu'est-ce que tu vas faire ?

— Je descends...

— Ce n'est pas ce que je veux dire. Je parle de l'avenir, de maman, de la maison...

Elle pensait à tout, elle ! Moi, je me souvenais surtout du geste de ma mère qui, son mari mort, s'était tout naturellement jetée contre ma poitrine. J'étais aussi grand que mon père, pas tout à fait aussi large, ni aussi dur. Je n'en devenais pas moins l'homme de la famille.

— Tu viens ?

— Descends d'abord...

Et, tout en m'essuyant les mains, je fixais, dans le miroir, mon visage tendu, mes yeux pleins de questions.

C'était l'année du front populaire, je le sais parce que le convoi funèbre a croisé un cortège parsemé de drapeaux rouges, de pancartes, de banderoles, qui oscillaient au-dessus des têtes, et les manifestants ont presque tous enlevé leur casquette au passage. Je revois aussi, sur les murs, des affiches montrant un poing brandi.

Je ne me souviens pas du prétexte que ma sœur a trouvé pour passer la nuit à la maison avec son mari. Elle craignait peut-être que cette première soirée ne soit trop pénible à ma mère. Or, vers la fin de l'après-midi, le docteur Chollet, qui nous a soignés dès notre naissance, est venu la voir, comme en passant, et lui a administré un sédatif.

Le résultat, c'est que j'ai dû dîner avec Louise et mon beau-frère, rester ensuite un certain temps avec eux. J'ai découvert alors à quel point j'étais devenu un étranger. Pendant la dernière année, je ne rentrais guère à la maison que pour dormir et je pourrais compter les repas que j'ai pris en famille.

Des détails qui auraient dû m'être familiers m'étonnaient. C'est à peine si je connaissais la bonne, une Alsacienne nommée Frida. Elle aussi, dès la mort de mon père, s'est mise à me traiter comme le maître de la maison, et elle ne regardait pas avec le même respect le mari de Louise, qui n'était à ses yeux qu'un gendre.

— Tu as pris une décision, Félix ?

Je m'obstinais à ne pas la suivre sur ce terrain, à ne rien discuter avec elle.

— Il faudra pourtant que je sache. Si on doit vendre l'affaire, maman viendra sans doute vivre avec nous.

Avait-elle une arrière-pensée ? Je préfère n'en rien dire. Je suis encore resté une demi-heure avec eux, par politesse, puis j'ai prétexté des maux de tête pour aller me coucher.

Ils ont dû partir de bonne heure, le lendemain matin. Ce n'est pas resté dans ma mémoire. Je me rappelle fort bien la maison dont presque tous les volets étaient clos à cause du soleil et le bruissement, dehors, de l'air surchauffé.

Nous avons mangé pour la première fois face à face, ma mère et moi, et, tout en la regardant, j'ai calculé son âge. Mon père avait cinquante et un ans. Il était son aîné de quatre ans, de sorte qu'elle avait quarante-sept ans, ce qui me paraissait vieux. J'avais été surpris, les trois derniers jours, d'entendre les gens répéter :

— S'en aller si jeune !

A mes yeux, mon père avait eu une existence bien remplie et il avait reçu sa part. Je ne pourrais pas reconstituer nos allées et venues de ce jour-là. Ce que je sais c'est que, dans l'après-midi, alors que je descendais de ma chambre, j'ai trouvé ma mère dans le bureau, une petite pièce en partie vitrée où nous mettions rarement les pieds.

Je l'avais cherchée partout ailleurs et j'ai été surpris de la voir plongée dans du courrier, d'autant plus surpris qu'elle avait mis ses lunettes, que je lui avais rarement vues. On les lui avait ordonnées récemment pour lire et pour écrire.

— Je te dérange ? ai-je demandé gauchement.

Elle m'a souri de son nouveau sourire, qu'elle a gardé jusqu'à la fin de ses jours, un sourire doux-amer, qui m'a irrité plus d'une fois, surtout après plusieurs années. Je ne sais pourquoi il me rappelait la couleur mauve, qu'au temps de ma petite enfance les femmes adoptaient pour le demi-deuil.

— Tu sais bien que tu ne me déranges jamais.

— Qu'est-ce que tu cherches ?

— Victor a besoin d'une lettre qui a dû arriver récemment.

— Tu ne veux pas que je t'aide ?

Alors, tout à coup, à l'instant où elle me regardait, j'ai pris ma décision.

— Tu sais, maman, tu peux compter sur moi.

— Que veux-tu dire ?

— Que je reste. Je vais essayer de me mettre au courant.

— Tu reprendrais les affaires de ton père ?

— Pourquoi pas ?

— Et tu sacrifierais ta carrière, tes études, tout le mal que tu t'es donné ?

Nous trichions l'un et l'autre. Elle feignait d'être surprise de ma décision alors qu'elle l'attendait de moi. De mon côté, je n'avais pas d'autre issue.

— Je ne tiens pas tant que ça à devenir professeur.

— Tu te vois sur des échafaudages ?

— Ce n'est peut-être pas indispensable que j'y monte. J'aurai des gens pour m'aider, Victor, entre autres, qui me mettra petit à petit au courant.

— C'est pour moi que tu le fais, n'est-ce pas ?

— Mais non !

Cela devait rester le ton de nos relations pendant dix ans. Elle m'a embrassé avec effusion, mais elle ne s'est plus blottie contre ma poitrine.

— Tu es sûr, Félix ? Tu ne le regretteras pas un jour ?

— Dès demain, je commencerai à travailler avec Victor.

Il s'appelait Victor Michou et avait à peu près l'âge de mon père, un corps presque aussi large que long, un cou, des épaules et des biceps de lutteur. Il n'était pas peu fier d'avoir accompli son tour de France comme Compagnon, allant, souvent à pied, de ville en ville, de province en province, pour apprendre son métier et obtenir enfin la maîtrise.

Il était marié à une femme encore plus menue que ma mère et leur seul chagrin était de n'avoir pas d'enfant.

— Vous verrez, monsieur Félix ! Pour un homme qui a de l'instruction, ce n'est pas difficile. Moi, j'ai quitté l'école à douze ans et il a fallu des années pour mettre un certain nombre de choses dans cette tête-là...

Du temps de mon père, un comptable, M. Beauchef, venait un après-midi par semaine pour la tenue des livres. J'ai obtenu qu'il nous consacre un jour entier, puis deux, et il a fini par ne travailler que pour nous.

Nous sommes passés chez le notaire et j'ai signé un accord me donnant un délai de cinq ans pour verser à Louise sa part de la succession.

C'est un autre panneau de ma vie, d'une tout autre couleur que le précédent, fort différent aussi de ce qui devait suivre.

Ma mère, à ma surprise, non seulement s'intéressait à l'entreprise, mais était beaucoup plus au courant des affaires que je ne l'imaginais, ce qui me fait croire que mon père lui en parlait lorsqu'ils étaient seuls ensemble. Peut-être même lui demandait-il conseil à l'occasion ?

Les noms des clients, des fournisseurs, des ouvriers lui étaient familiers, et aussi des termes techniques que j'avais entendus souvent sans me préoccuper de leur signification. Elle savait où en étaient les chantiers et avait rencontré plusieurs des architectes.

J'ai parlé d'un sourire doux-amer. Le mot pourrait servir à qualifier notre existence. Mettons que celle-ci était d'une douceur monotone. Nous nous aimions bien, maman et moi, mais je m'apercevais que je la connaissais à peine et il est probable qu'elle faisait la même découverte à mon sujet.

— Comment vas-tu t'arranger pour ton service militaire, à présent que tu n'es plus étudiant ?

— Mon sursis reste valable un an. Après on verra.

C'est Noblet, le mari de ma sœur, qui m'a tiré d'affaire, je regrette de l'admettre, car il me déplaît de lui devoir de la reconnaissance. Nous ne nous sommes jamais disputés. Nous n'avons jamais cherché à nous rapprocher non plus. Mettons que je n'aime pas voir un étranger s'occuper de nos histoires de famille.

Il connaissait un député ou un sénateur qui m'a fait obtenir un nouveau sursis de deux ans en qualité de soutien de veuve.

Contrairement à ce qu'on pourrait penser, je me suis fort bien adapté à mon métier. Grâce à Victor et à M. Beauchef, j'ai été rapidement en mesure d'établir un devis de construction et les architectes, eux aussi, m'ont aidé.

Ensuite Fernand Dinaire, un garçon de trente ans, actif et intelligent, avec quelques années d'expérience, a été engagé comme conducteur de travaux quand les affaires se sont étendues davantage.

— Tu ne songes pas à te marier, Félix ? Tu ne peux pourtant pas rester comme ça toute ta vie...

Ma mère, bien entendu, ne tenait nullement à ce que je me marie. Nous formions, elle et moi, une sorte de ménage. Elle avait pris l'habitude de me traiter comme elle traitait mon père autrefois, avec le respect qu'on accorde encore, dans certains milieux, au chef de famille.

— Pourquoi ne sors-tu pas plus souvent le soir ? Cela te changerait les idées. A ton âge on doit voir des amis, des petites amies...

Elle parlait ainsi pour me sonder car, en fait, je sortais une ou deux fois par semaine et j'avais pris l'habitude, le samedi, de conduire ma mère au cinéma ou au théâtre.

— Regarde cette jeune fille, au troisième rang. Tu ne la trouves pas jolie ? Elle a un sourire si distingué !

En 1938, nous avons décidé ensemble de repeindre la maison extérieurement et intérieurement, de moderniser la cuisine, d'agrandir le bureau et d'installer une seconde salle de bains.

— Je ne te vois presque jamais avec un livre. Avant, tu lisais tant !

C'est vrai. Presque du jour au lendemain, j'avais perdu le goût de la lecture. J'étais sorti de mon engourdissement du Quartier Latin pour m'enliser dans un autre. Je ne dois être capable de m'intéresser qu'à une chose à la fois.

J'étais devenu un entrepreneur sérieux et mon âge n'inspirait plus la méfiance. Je m'habillais autrement. Je m'étais élargi. Je marchais d'un pas plus déterminé, plus mâle, et je parlais avec assurance, parfois, sur les chantiers, avec rudesse.

Je ne crois pas que je jouais un rôle, qu'à chaque période de ma vie je me sois mis dans la peau d'un personnage. Je ne me figurais pas être un entrepreneur de maçonnerie. J'en étais un, comme, boulevard Saint-Michel, j'étais un authentique étudiant.

De remise en remise, mon service militaire n'en approchait pas moins. Je suis entré à la caserne en août 1939, à Versailles, toujours grâce à mes responsabilités familiales. A la déclaration de guerre, je n'avais pas terminé l'instruction et je savais à peine manier un fusil.

Trois semaines plus tard, ainsi que cela s'était passé pour mon père en 1914, j'étais renvoyé à Puteaux et chargé de construire des abris antiaériens. Je conservais l'uniforme. Quelques-uns de mes ouvriers, éparpillés lors de la mobilisation, m'étaient revenus comme affectés spéciaux.

Lorsque les Allemands sont entrés dans Paris, nous nous sommes contentés de reprendre nos vêtements civils et ma mère, qui craignait de me voir emmené en Allemagne, a patiemment brûlé mes effets militaires. Mon casque et mon masque à gaz doivent encore se trouver dans la Seine, en aval du pont.

Paris, vidé par l'exode, s'est rempli peu à peu. On s'est habitué au rationnement, aux cartes d'alimentation, aux rideaux noirs devant les fenêtres, à l'obscurité des rues et à une atmosphère oppressante. Pour un temps, on s'est senti comme en dehors de la vie.

Frida accomplissait des prodiges pour nous servir un peu de beurre et de viande. Un œuf devenait un luxe. Je n'avais pas moins de mal à obtenir quelques sacs de chaux ou de ciment.

Le plus sage était de passer inaperçu, de se replier sur soi-même.

Je ne construisais pas, faute de matériaux. Victor et les quelques ouvriers qui n'étaient pas partis pour l'Allemagne suffisaient aux réparations et aux aménagements qu'on nous confiait.

— Si ton pauvre père était encore là...

Le mari de Louise était très actif. On les voyait rarement, ma sœur et lui. Ils étaient bien vêtus, bien chaussés, malgré les restrictions, et paraissaient prospères. J'ai tout lieu de penser que c'est l'argent gagné au marché noir qui a permis à Noblet, après la guerre, de s'installer à Rouen.

Quant à ceux de la maison neuve, de l'autre côté du mur, ils ne se cachaient pas et ils ont disparu à temps, à la libération, pour éviter des ennuis. Les camions de Cassegrain circulaient comme en temps de paix et on lui en a même vu deux nouveaux.

— Tu ne penses pas que Julie a tort de le laisser faire ? Je ne peux pas m'empêcher de penser qu'un jour cela finira mal. C'est un peu notre faute, à ton père et à moi. Nous n'aurions pas dû lui laisser épouser ce garçon.

Il n'a été qu'une fois question de ma tante Léonore, le jour du débarquement en Afrique du Nord.

— Je me demande ce qui va se passer à Alger et si Léonore y est encore.

En 1943, j'ai eu une liaison de plusieurs mois avec une jeune fille rencontrée dans un abri au cours d'une alerte. On la sentait sous-nourrie. Elle avait toujours les yeux inquiets, même quand nous étions couchés côte à côte dans un meublé de la rue Washington. Elle s'appelait Irène, Irène Lautier. C'est en tout cas le nom qu'elle m'a donné. Elle sursautait chaque fois qu'elle entendait des pas dans l'escalier.

— De quoi as-tu peur ?

— Je ne sais pas.

— Dans la rue, tu sembles toujours craindre d'être suivie, ici qu'on vienne t'arrêter.

— Tais-toi !

— Tu n'es pourtant pas juive ?

— Et si je l'étais ?

— Tu n'as pas le type juif.

— Cela ferait une différence, pour toi ?

— Aucune.

Avant la guerre, je ne m'étais jamais occupé de politique. Je n'ai adhéré à aucune association d'étudiants et le front populaire ne m'a ni effrayé ni réjoui. Est-ce encore paresse de ma part ? N'est-ce pas plutôt que les mouvements de masse ne m'intéressent pas ?

Je me sentais humilié de voir des uniformes allemands dans Paris. Je ne croyais qu'à moitié aux sévices contre les Juifs, me méfiant d'une propagande aussi bien que de l'autre.

— Écoute, Félix, si mardi tu ne me vois pas au rendez-vous, tu porteras ceci à l'adresse que je vais t'indiquer. N'y va surtout pas avant. N'essaie pas de savoir.

Elle a retiré une petite médaille de la Vierge, en argent, qu'elle avait à son collier.

— Remets-la en main propre.

J'en ai passé un mauvais dimanche et, le mardi, au métro Marbeuf, je tripotais la petite médaille dans ma poche. Irène n'est pas venue. L'adresse était celle d'un appartement bourgeois, rue de Rennes, au quatrième à gauche. L'immeuble semblait à moitié vide. Une partie des locataires avait dû se réfugier en zone libre ou en Angleterre.

J'ai sonné à trois reprises, n'entendant rien de l'autre côté de la porte, et j'ai pensé un instant à un piège. Le battant s'est enfin entrouvert sans bruit et un homme d'un certain âge, aux cheveux gris sale, sans faux col et en pantoufles, m'a regardé sans mot dire.

— Monsieur Demaret ?

— Vous venez de la part d'Irène ?

— Oui. Elle m'a prié de vous remettre ceci.

Il ne m'a pas invité à entrer. Par l'entrebâillement de la porte, j'apercevais un salon aux tapis roulés, aux meubles recouverts de housses, un grand miroir livide au-dessus de la cheminée.

Il a serré les dents en tendant la main, sans regarder l'objet. J'ai senti son effort pour balbutier :

— Merci.

Puis il a refermé la porte et je n'ai plus rien entendu.

Si je ne me trompe pas, cette scène se passait en janvier 1944. Quelques mois plus tard, c'était le débarquement, la libération de Paris, les défilés aux Champs-Élysées.

Il a dû y avoir un certain nombre de défilés. Pour ma part, j'en ai vu deux et je suis incapable de dire si c'est le Défilé de la Victoire, comme on l'appelait, ou celui des Américains, avec Eisenhower, qui a changé ma vie une fois de plus.

Ce que je sais, c'est que c'est celui qui a eu lieu en second. Pour le premier, je me trouvais dans la foule, au Rond-Point des Champs-Élysées, collé contre l'immeuble du *Figaro,* et je n'ai à peu près rien vu.

La veille du second, Victor m'a dit :

— Si cela vous intéresse, j'ai un tuyau pour vous. Un de mes anciens camarades, que je vois encore de temps en temps, est second concierge à l'hôtel Claridge. Allez le voir de ma part et il vous conduira sur le toit. Ils ont un grand toit plat, entouré d'une balustrade, d'où on découvre tout Paris, et vous verrez le défilé mieux que n'importe qui...

J'y suis allé. Il a été question que ma mère m'accompagne. Elle n'y a renoncé qu'au dernier moment, par crainte de la foule.

L'ami de Victor m'a en effet conduit jusqu'au toit, par les escaliers et les couloirs de service. Le Claridge regorgeait d'uniformes, de généraux, de colonels, d'amiraux de tous les pays alliés, y compris les Russes que je voyais pour la première fois.

Les civils étaient tous des personnages officiels, car l'hôtel était réquisitionné par le gouvernement. On sablait le champagne et le whisky à toutes les fenêtres, à tous les balcons ; partout des filles riaient, en uniforme aussi ou en robe claire.

Pourquoi le toit était-il presque désert ? Les locataires de l'hôtel n'y avaient sans doute pas pensé ou n'en connaissaient pas le chemin. Nous devions être en tout une dizaine. Quatre Américains, accompagnés de deux filles qu'ils ne connaissaient certainement pas la veille, avaient apporté une pleine caisse de champagne et, assis sur le toit, tournant le dos aux Champs-Élysées, ne s'occupaient que de boire.

J'ai aperçu, assez loin de moi, un couple enlacé devant la balustrade. Je regardais la foule, en bas, les rangs de soldats, les tanks, les canons, les fanfares, tandis que des avions passaient et repassaient à vingt mètres à peine de ma tête.

A certain moment, j'ai eu conscience d'une présence à ma droite. Une jeune fille en tailleur bleu marine, de coupe presque militaire, était accoudée à la même balustrade et regardait rêveusement le spectacle à nos pieds.

Comment lui ai-je adressé la parole ? Je l'ai oublié. J'ai dû lui demander si elle était française, puis si elle appartenait à l'armée. Elle m'a dit que non, qu'elle habitait l'hôtel, qu'elle était la secrétaire d'un nommé Desmarais, avec qui elle était revenue de Londres depuis peu. Il portait l'uniforme de colonel et devait occuper un poste important pour lui donner droit à un appartement au Claridge.

— Où étiez-vous, vous ?

— Chez moi, à Puteaux. Si on allait prendre un verre ?

Nous avons essayé en vain de nous faufiler jusqu'au bar de l'hôtel, où j'ai reçu une coupe de champagne sur mon pantalon.

— Sortons par-derrière. Ce sera plus calme rue de Ponthieu.

J'ai dû la défendre auparavant contre des mains indiscrètes, sans pouvoir empêcher que cinq ou six hommes l'embrassent goulûment.

Je ne portais pas l'uniforme. Ils en avaient presque tous. Je les ai peut-être enviés.

Par contraste, le petit bar où nous sommes entrés après avoir traversé la rue était un havre de paix.

— Qu'est-ce que vous prenez ?

— Un scotch sans glace.

Elle s'appelait Anne-Marie Varennes et j'allais l'épouser trois mois plus tard.

mercredi 20 novembre
10 heures du soir

Je n'ai pas écrit hier et ce n'est pas par paresse, ni parce que je n'avais rien à dire. Des idées, des souvenirs, je n'en ai que trop, et je suis pris d'une hâte fébrile de m'en débarrasser.

On dirait que je pressens que je n'irai pas jusqu'au bout, qu'un événement va se produire et remettre, une fois de plus, tout en question. Je ne sais pas quoi. Je suis saisi d'un malaise, d'une angoisse imprécise, et le regard de Mme Annelet n'est pas fait pour le dissiper. On jurerait qu'elle sait, qu'elle suit avec curiosité les progrès de...

Les progrès de quoi ? Pas de ma maladie. Je n'en parle à personne. Je refuse d'y penser. J'ai toujours haï la maladie, non pas parce qu'elle nous rapproche de la mort, mais parce qu'elle nous diminue, nous met à la merci des autres, sous leur dépendance. Cette pensée me révoltait déjà au lycée et je souhaitais périr dans un accident, comme mon père, avant d'entrer en dégénérescence.

Ce n'est pas à la légère que j'ai appelé ma patronne la sorcière. Les chats aussi ont l'air de savoir. Je ne crois pas à la voyance et cependant, hier matin encore, au sujet de la convocation, comment attribuer son attitude au hasard ?

Le facteur passe vers huit heures et demie et me salue invariablement par :

— Belle journée !

Ou :

— Sale temps !

Hier, c'était belle journée. Le vent avait tourné à l'est et le soleil a percé, encore pâle, presque joyeux. L'homme a posé le courrier sur le comptoir et est parti.

Des factures, des catalogues, des dépliants publicitaires. Mme Annelet reçoit peu de lettres. En huit ans, il n'en est pas arrivé une seule à mon nom boulevard Beaumarchais.

Or, hier matin, c'était bien mon nom et mon prénom qui figuraient sur une enveloppe de papier rugueux à en-tête du commissariat de police. A l'intérieur, une formule administrative, avec des blancs remplis au crayon violet.

Monsieur... (mon nom à la main) *est prié de se présenter au commissariat principal du IIIe arrondissement, rue Perrée, le...* (en violet : 21 novembre courant) *pour...* (en violet encore : affaire le concernant). *Se munir de la présente convocation.*

J'ai fourré le papier rose dans ma poche et je suis monté avec les factures et les prospectus. Il n'y avait eu aucun bruit de papier froissé. Je ne m'étais attardé que quelques secondes. Mme Annelet a jeté un coup d'œil sur les enveloppes, puis elle m'a regardé.

— C'est tout, Félix ?

J'ai fait oui de la tête.

— Vous en êtes sûr ?

N'est-ce pas humiliant, à quarante-huit ans, de se laisser prendre comme un gamin ? Pourtant, je ne rougis pas et mon visage est assez flasque pour que mes tressaillements se noient dans les replis de la peau.

— Pourquoi me cachez-vous la vérité ?

Je lui ai tendu la convocation et j'ai soupçonné un instant ma patronne d'être à la base de cette affaire, ce qui ne tient pas debout.

— Vous n'avez aucune idée de ce qu'ils vous veulent ?

— Aucune.

— Vous n'avez pas laissé votre chien errer sans laisse ou récolté une contravention pour une raison quelconque ? Dans ce cas, il faut croire que c'est la suite du coup de téléphone de lundi, non ?

C'est probable. Cela se rattache au passé, en tout cas. La preuve, c'est que le papier a été adressé à la librairie et non à mon domicile. Je suis inscrit régulièrement au même commissariat, qui possède donc mon adresse dans ses registres. Ils ne se sont pas donné la peine de chercher, se contentant de l'adresse qu'on leur fournissait. Mais qui la leur a fournie ?

— Enfin ! Jeudi vous connaîtrez la réponse.

Ce n'est pas non plus pour cette raison que je n'ai pas écrit hier dans ce cahier. Je voulais me prouver qu'il ne s'agit pas d'une sorte de vice. Je suis allé marcher avec Bib, qui est dérouté chaque fois que je commets une entorse à la règle.

Il n'y a pas que Mme Annelet à me regarder vivre. Mon chien aussi joue le rôle de témoin. Je me suis attardé place des Vosges plus longtemps que d'habitude, ce qui n'est pas agréable après la nuit tombée, car on ferme les grilles et il devient impossible de s'asseoir sur un banc. Les fenêtres d'Anne-Marie se sont obscurcies dès six heures et demie, ce qui est rare.

Peut-être me suis-je accordé un jour de répit parce que j'en arrive à une période difficile ? J'ai connu beaucoup d'hommes qui, tout au moins en apparence, gardent les mêmes opinions sur les gens et les choses. Ou alors, s'ils en changent, c'est après un temps assez long, et ils se raccrochent aussitôt à leur nouvelle façon de voir.

Ce n'est pas mon cas, surtout depuis mon procès, la Santé, Melun. Je peux remonter plus loin. Cela a dû commencer avec Anne-Marie. J'ai vécu six ans avec elle. Pendant des semaines, des mois entiers, mon opinion à son sujet ne changeait pas. Puis, tout à coup, à la suite d'un incident mineur, d'un mot, d'une attitude, je la voyais, pour un temps, avec d'autres yeux. Il est arrivé que le changement se produise deux fois au cours d'une même journée.

En me levant, en me rasant, en la quittant pour le bureau ou pour un de mes chantiers, je chantonnais, heureux, avec l'illusion de lui adresser un sourire à travers l'espace et de prendre un affectueux contact avec elle.

A midi, quand je rentrais, c'était parfois un homme amer, sans illusions, qui la regardait comme aux rayons X en se demandant ce qu'elle était venue faire dans sa vie.

Dans mon premier cahier, j'ai raillé les rencontres d'amoureux.

— *Pourquoi moi ?*

— *Parce que tu es différente.*

— *Vous aussi, vous êtes différent.*

Puis plus tard, quelques heures ou quelques jours plus tard :

— *Je ne pourrais plus vivre sans toi.*

— *C'est un miracle que nous nous soyons rencontrés. Que serait-il arrivé si...*

Un miracle ? Cela dépend du point de vue, et mon point de vue a si souvent changé que je suis devenu méfiant. J'ignore donc si ma présence sur le toit du Claridge, un jour de défilé militaire, a été un miracle ou une malédiction. Ce que je sais, c'est que, le lendemain, je suis rentré à Puteaux à dix heures du matin. J'avais trente ans. Ce n'était pas la première fois que je découchais. Ma mère ne m'a adressé aucun reproche et sa première question a été :

— Tu as pris ton petit déjeuner ?

J'avais bu le café et mangé des croissants dans le café-bar qui se trouve à côté de l'entrée du Claridge. Je savais que mon visage n'était pas mon visage de tous les jours. J'étais fiévreux, la peau sensible, les yeux brillants et j'essayais de ne pas laisser percer mon animation intérieure.

— Tu t'es bien amusé ?

— Très bien.

Le mot n'était pas exact et ma mère le savait. Je suis sûr, à présent, qu'il y eut, dès ce moment-là, quelque chose de changé entre nous et que ma mère a prévu la suite alors que je n'en avais pas la moindre idée.

Nous avions beaucoup bu, mangé je ne sais quoi, beaucoup parlé aussi, Anne-Marie et moi, dans l'immense kermesse qu'était cette nuit-là aux alentours des Champs-Élysées.

Ce qui s'est passé ailleurs dans Paris, je l'ignore, car nous tournions en rond, indifférents aux groupes de plus en plus échevelés qui essayaient de nous entraîner dans leur ronde.

Pour la protéger, je l'ai bientôt tenue par la taille et nous marchions hanche contre hanche. Nos mouvements se sont vite accordés et nous nous regardions de temps en temps pour voir chacun dans les yeux de l'autre le reflet de son propre ravissement.

Son nom de famille était Varennes. Elle est née à Lyon où son père, avant la guerre, était journaliste. Dès l'entrée des Allemands en Hollande, il avait prévu l'avenir et emmené sa famille à Londres.

En 1940, Anne-Marie, qui était enfant unique, avait dix-sept ans. Il lui restait son second bac à passer. Ils ont trouvé, dans le quartier de Pimlico, un logement de deux pièces, devant un marché en plein air assez semblable aux marchés de Paris. Le père a travaillé pour la B.B.C. La mère a donné des leçons de français.

Tout cela, dans mon esprit, s'associait au défilé des troupes auquel nous venions d'assister. Le blitz aussi. Elle me parlait beaucoup du blitz, des alertes, du vacarme des avions dans le ciel, des bombes et des immeubles qui s'écroulaient après avoir vacillé un instant.

— Qu'est-ce que vous faisiez, vous ?

Je ne la tutoyais pas encore. Le tu n'est venu que vers quatre ou cinq heures du matin.

— J'apprenais l'anglais. Mon père m'avait promis de me faire entrer dans les bureaux de la France Libre.

Il n'en a pas eu le temps. Sa femme et lui ont été ensevelis, avec d'autres personnes, sous les décombres de je ne sais quelle église devant laquelle ils passaient en se dirigeant vers un abri.

— Je devais sortir avec eux. Je ne sais pas pourquoi, à la dernière minute, j'ai décidé de rester.

Je voulais tout connaître. Je posais question sur question. Nous marchions à en avoir les pieds brûlants. Nous entrions dans un bar et nous buvions. La ronde continuait autour de nous et, bien qu'isolés, nous en suivions le rythme, en partagions l'excitation.

— M. Desmarais, qui connaissait bien mon père, m'a tirée d'affaire en m'accordant une place dans ses bureaux. Il dirigeait tout un service.

— Quel âge a-t-il ?

Ma question la fit rire.

— Je l'ignore. Je ne le lui ai pas demandé.

— Jeune, vieux ?

— Ni jeune, ni vieux. Peut-être trente-cinq ans ?

— Sa femme était avec lui à Londres ?

— Non. Il s'était embarqué à Calais, dès les premiers jours, et sa femme n'a pas pu le rejoindre.

— Vous êtes devenue sa secrétaire ?

— Pas tout de suite. Quelques mois plus tard.

Je ne l'ai jamais vu. Il y a toutes les chances pour que je ne le rencontre pas. J'ignore ce qu'il est devenu. Je n'ai aucune idée de son aspect physique, grand ou petit, blond ou brun, et cependant, durant des années, c'est l'homme qui a tenu le plus de place dans mes préoccupations. Je ne suis pas sûr, aujourd'hui encore, de ne pas le détester.

Colonel de fantaisie et chef de je ne sais quel service au temps des défilés et du Claridge, il est devenu plus tard sous-secrétaire d'État, mais je n'ai pas vu sa photographie dans les journaux et, dès le premier changement de gouvernement, il a disparu de la scène politique.

La nuit s'avançait. Les bars restaient aussi pleins et trépidants. Il nous est arrivé de danser comme les autres. Nous nous sommes retrouvés sur les trottoirs quand les toits commençaient à se dessiner sur un ciel plus clair, touché de rose.

Je n'osais pas lui poser la question. Elle devait y penser de son côté. J'avais la conviction que, si nous nous quittions ainsi, ce serait fini, qu'il ne me resterait que le souvenir d'une nuit un peu folle.

— Vous n'êtes pas fatiguée ?

— Pas du tout.

J'ai failli lui proposer d'aller vivre le lever du jour au bois de Boulogne. Nous passions et repassions devant le Claridge, remettant chaque fois la décision à plus tard, suivis des yeux par le portier.

— Il m'agace ! a-t-elle lancé soudain. On dirait qu'il se demande si nous allons nous décider...

Je l'ai poussée doucement vers la porte tournante et nous nous sommes trouvés dans les halls déserts.

— Quel étage ? a demandé le garçon d'ascenseur.

— Sixième ! a-t-elle répondu.

J'avais peur, une peur physique, douloureuse, que quelque chose se produise qui nous empêche d'aller jusqu'au bout. Nous avons suivi des couloirs de plus en plus étroits, qui nous conduisaient à l'arrière de l'hôtel. Je regardais les chaussures devant les portes. Elle m'a arrêté pour me désigner une paire de bottes en cuir fauve à côté d'escarpins aux talons démesurés.

— Qui est-ce ? ai-je demandé.

Elle a haussé les épaules en signe d'ignorance.

— Sûrement un général !

Elle a ouvert sa porte. Je l'ai refermée et, sans un mot, je me suis jeté sur elle. Pressentait-elle, elle aussi, que c'était important, que ces gestes allaient transformer nos vies ?

Je n'y pensais pas, mais j'étais tendu, farouche, presque cruel. Je voulais lui faire mal et je l'étreignais comme pour l'anéantir.

Après, nous nous sommes regardés comme si chacun se posait la même question. Nous étions pâles d'émotion. Il n'y avait aucune légèreté dans notre sourire.

— Quel étage habite Desmarais ?

— Au second... Cela change à l'arrivée de hauts dignitaires ou de nouvelles délégations... On n'est jamais sûr, en sortant le matin, de retrouver ses affaires dans la même chambre...

— Il est déjà monté ici ?

Elle a compris.

— Non.

— Et à Londres ?

— Oui.

— Quand tu avais dix-sept ans ?

— Un peu plus tard.

— Au bureau ?

— Dans sa chambre du Savoy.

— C'était la première fois ?

— J'étais vierge, oui.

— Cela a continué ?

— Pendant quelques mois.

Pourquoi avais-je la gorge serrée et des spasmes dans la poitrine ?

— Il y en a eu d'autres ?

— Bien sûr.

— Et maintenant ?

Elle a détourné la tête. Nous étions couchés côte à côte et je tenais sa main dans la mienne.

— On dirait que cela te fait mal, alors que cela a si peu d'importance.

— Nous aussi ?

— Je ne sais pas encore. Peut-être que non.

Eh ! oui, nous en arrivions, comme les autres, à la différence. Notre nuit était différente. Nous avons eu beau faire l'amour comme tout le monde, c'était pour des raisons différentes !

— Quand était-ce, la dernière fois ?

— La semaine dernière. Mercredi.

— Desmarais ?

J'en revenais obstinément à lui.

— Non. Un aviateur anglais.

— Il est encore à Paris ?

— Il a rejoint son escadrille le lendemain.

Je me moquais de l'aviateur anglais et des autres.

— Et avec Desmarais ?

— Il y a longtemps que c'est fini.

— Pourquoi ?

— Sans raison précise. Cela s'est terminé comme ça.

— Tu as envie de me revoir, moi ?

— J'en ai un peu peur.

Quel était son degré de sincérité ? Et le mien ? La part de l'alcool ? De l'atmosphère créée par le défilé et par des milliers de soldats déchaînés ?

Nous parlions sans venir à bout de notre curiosité et, quand nous nous sommes enlacés à nouveau, nous avons fait l'amour d'une façon grave et un peu triste.

— C'était la même chose avec...

Sachant quel nom j'allais prononcer, elle me mettait un doigt sur les lèvres et secouait la tête en se retenant de pleurer.

Plus tard, j'ai sonné le garçon, qui nous a monté une bouteille de whisky et de l'eau minérale. Il faisait grand jour. La chambre était étroite, sans luxe, une de ces chambres qu'on réserve, dans les palaces, aux chauffeurs des clients.

— Pourquoi ne t'es-tu pas marié ?

— Aucune femme ne m'en a donné l'envie.

— Tu vis seul ?

— Avec ma mère.

J'ai oublié ce qui nous a fait rire à nouveau comme nous avions ri pendant la soirée. C'est en riant que, la dernière fois, nos corps se sont affrontés, tandis que l'hôtel se remplissait de bruits et d'allées et venues.

— Tu vois ! Je ne suis plus jaloux. Je t'aime !

Je ne me demandais pas si c'était vrai ou non.

— Moi aussi, répondait-elle avec le même regard.

— Ce soir ?

— Peut-être.

— A notre petit bar de la rue de Ponthieu ?

Car nous avions déjà *notre* petit bar, le premier où nous soyons entrés.

— A huit heures ?

En pyjama et en robe de chambre bleue à pois blancs, elle m'a reconduit jusqu'à l'ascenseur.

— Je suppose que tu vas te coucher ? me dit ma mère.

Je n'avais pas sommeil. Je restais trépidant. J'ai néanmoins fini par m'endormir et quand je me suis réveillé, vers trois heures de l'après-midi, j'avais une douloureuse gueule de bois.

Pauvre vieux Bib ! Je te demande pardon. Après avoir caché deux fois ta balle sans conviction, sans me donner la peine de chercher un endroit difficile, j'ai feint de ne pas comprendre que tu avais encore envie de jouer. Tu n'as pas insisté mais, au lieu d'aller somnoler sur le lit, tu t'es laissé tomber sous la table à mes pieds.

Je sens que tu t'inquiètes de tous ces changements apportés à nos habitudes. Te demandes-tu, comme les hommes, ce que te réserve l'avenir ?

Tu es *mon* chien. As-tu conscience de m'appartenir ou est-ce moi, au contraire, dans ton esprit, qui n'existe que pour te nourrir, te promener et jouer avec toi ? La question n'est pas tellement ridicule. Je m'en pose de plus extravagantes.

Tiens ! J'y pense tout à coup. Tes tours, que tu fais si volontiers et qui m'amusent, ce n'est pas moi qui te les ai enseignés. Tu as eu un autre maître, qui s'est donné la joie ou la peine de te les apprendre. L'idée ne m'est jamais venue d'être jaloux de lui.

— *Je la veux à moi !*

Dès le troisième, le second, peut-être le premier jour. Je la voulais à moi, furieusement, à en serrer les poings, à en regarder de travers les passants dans la rue comme si le monde conspirait pour me la prendre.

A moi ! Qu'est-ce que cela signifie au juste ? L'usage exclusif de son corps ? Je me serais indigné si on m'avait parlé ainsi. Je la voulais toute, non seulement son être présent, mais son être passé et futur.

Il m'est arrivé d'être jaloux de son père, parce qu'il l'avait connue petite fille et qu'elle parlait de lui avec admiration et tendresse.

— Papa était comme toi, fort et calme. On sentait que, tant qu'il serait là, on n'aurait rien à craindre.

Je donnais la même impression à tout le monde : fort et calme.

— *Je la veux à moi !*

Et je lui demandais, soupçonneux, dès que je la retrouvais dans notre petit bar revenu à sa routine :

— Tu l'as vu ?

— Il m'a dicté du courrier pendant une heure.

— Rien d'autre ?

— Bien sûr que non !

Toujours Desmarais. Je ne suis pas certain, aujourd'hui, que, s'il n'avait pas existé, je n'aurais pas inventé un autre fantôme.

Comment m'y prendre pour qu'elle soit davantage à moi, pour avoir la certitude de la posséder ? Je la meurtrissais. Je la broyais. Je me faisais souffrir et je ne détestais pas la voir, au petit jour, vide de larmes, la voix rauque d'avoir sangloté, le visage blême, tuméfié, marqué de taches rouges.

Qu'est-ce que je voulais d'elle, en plus de ce qu'elle me donnait ? Je viens de me remémorer ma vie. Je me suis efforcé d'en donner une idée assez fidèle. Tout n'en est pas moins faussé à la base, parce que je suis seul à savoir. Et, moi-même, je ne suis plus sûr du vrai et du moins vrai. Si je devais vivre encore dix ans, vingt ans, le passé m'apparaîtrait probablement sous un jour différent.

— Raconte-moi ta vie à Lyon.

— A quel âge ?

A tous les âges ! Mais pourquoi, bon Dieu, vouloir ainsi, désespérément, qu'un autre être humain soit à soi ? Et elle, alors ? Ne devais-je pas lui appartenir aussi ? N'allait-elle pas devenir jalouse de ma mère, avec qui je continuais de vivre ?

Elle l'a été, plus tard, pour des raisons différentes.

— Écoute, Anne-Marie. Si je te demandais de le quitter ?

Desmarais, bien sûr, qui représentait le passé, l'ennemi, l'obstacle à renverser.

— Tu veux que je cherche une autre place ?

— Non.

Une place, cela signifiait des hommes, au moins un, et une partie de ses journées passée en dehors de moi, dans une atmosphère qui me serait inconnue.

— Je veux que tu sois ma femme.

— Je ne le suis pas ?

— Que tu sois ma femme légalement, que nous vivions ensemble, que nous ne nous quittions plus.

— Tu n'as pas peur, Félix ?

— De quoi ?

— De te tromper. Tu me connais depuis huit jours.

— Je t'aime. Je sais que je suis incapable de vivre sans toi.

Comme tout le monde, oui. Et c'était vraisemblablement un amour aussi exceptionnel que les autres. Plus rien ne comptait. Ma mère soupirait en m'observant. Jusqu'aux ouvriers qui échangeaient des clins d'œil derrière le dos d'un patron tantôt exultant, tantôt sombre et farouche.

— Quand peux-tu le quitter ?

— Quand je voudrai. Ici, il n'a plus guère besoin de moi, car il dispose d'autant de fonctionnaires qu'il en veut.

— Alors, demain ?

— Je lui parlerai demain matin.

— Je vais te chercher une chambre à Neuilly et je n'aurai que le pont à franchir.

— Tu sais, Félix, mes parents m'ont laissé un peu d'argent. Tu n'auras pas besoin de m'entretenir.

Elle disait ça en riant, mais le mot suffisait à déclencher une nouvelle crise.

— Tu oublies que tu es à moi.

— Cela ne signifie pas que...

Que quoi ? Je lui demandais deux mois, pour préparer ma mère — comme si elle ne s'était pas préparée elle-même ! —, pour arranger un appartement plus coquet dans la vieille maison et pour publier les bans. Importait-il de savoir qui de nous deux payerait le loyer de la chambre ?

— J'ai à te parler, maman.

— Tu vas te marier.

— Tu l'as deviné ?

— Quand ?

— Le plus tôt possible. Dans six semaines.

— Tu as l'intention d'aller habiter ailleurs ?

— Pourquoi ? A moins que cela ne te déplaise, nous habiterons là-haut.

— Quand me la présentes-tu ?

— Dès que tu voudras. Si je ne te l'ai pas amenée plus tôt, c'est qu'elle a très peur de toi. Elle est timide.

— Vraiment ?

Ma mère n'avait-elle pas suivi au jour le jour l'histoire de nos relations et ne savait-elle pas qu'à notre première rencontre j'avais quitté Anne-Marie à neuf heures et demie du matin ? Ne découchais-je pas presque toutes les nuits, même quand, pour la forme, je rentrais sans bruit à l'aube pour défaire mon lit ?

Je lui en ai voulu de l'ironie qui perçait dans son sourire et, dès ce moment, quelque chose a été cassé entre nous.

L'entrevue s'est correctement passée. Sans chaleur. Chacune est restée sur sa réserve.

— Puisque vous avez vécu en Angleterre, vous devez aimer le thé. Crème ou citron ?

Et moi qui tremblais dans la crainte d'un incident, d'une maladresse de l'une ou de l'autre !

— Qu'est-ce que tu en penses, maman ?

— Elle est gentille. Ce n'est pas ainsi que je me la figurais.

— Que veux-tu dire ?

— Je la voyais blonde et plus grande, je ne sais pas pourquoi. Elle s'habille avec goût.

— Très simplement.

Nous nous sommes mariés dans l'intimité, sans convoquer le ban et l'arrière-ban de la famille, pas même ma sœur Louise et son mari. J'ai tenu à ce que Victor soit mon témoin, et celui d'Anne-Marie a été mon conducteur de travaux.

Elle n'a aucune famille à Paris, n'y connaît personne, en dehors de son ancien patron et des gens revenus de Londres. Avant la guerre, elle n'y était venue qu'une fois, à l'âge de quinze ans, avec son père et sa mère.

Nous avons passé deux semaines sur la Côte d'Azur puis, de retour à la maison, nous avons essayé d'organiser notre nouvelle existence. Il n'y a pas eu d'éclats, ni de récriminations. En surface, tout se passait bien. Nous prenions nos repas avec ma mère. Anne-Marie avait proposé de donner un coup de main au bureau, mais on lui avait vite fait comprendre que c'était zone interdite.

Nous sortions beaucoup, parfois sans en avoir envie, parce que c'était le moyen d'être seuls. Ma mère, à la maison, ne s'imposait pas à nous, certes. Au contraire, elle se montrait trop discrète, ce qui nous rendait sa présence encore plus tangible. Un peu comme Bib, qui me punit en dormant sous la table, hors de ma vue, au lieu d'être à sa place sur le lit où j'ai l'habitude de le voir.

— Tu as l'intention de passer toute ta vie à Puteaux, Félix ?

— Je ne me suis pas encore posé la question.

— C'est indispensable à tes affaires ?

— Oui et non. Au point où elles en sont, c'est plutôt non, car j'ai suffisamment de chantiers ailleurs.

Je vivais dans la crainte de la blesser, de la peiner, de lui porter ombrage. Elle aussi, de son côté. Elle le disait.

— Tu es heureux, Félix ?

— Je suis le plus heureux des hommes. Du moment que tu m'aimes !

— Tu en doutes ?

— Non.

Oui. Non. Oui. Par moments, je n'étais pas loin de penser comme ma mère. Ma mère n'a jamais formulé d'opinion sur Anne-Marie, mais son attitude, ses regards, ses silences surtout, étaient plus éloquents que des discours.

— Tu verras, mon fils, que bientôt tu ne seras plus le maître chez toi. Déjà, elle fait de toi ce qu'elle veut, et ce n'est qu'un commencement.

La suite, est-ce vraiment Anne-Marie qui l'a voulue ? Nous dînions au restaurant, un soir, quand une jeune femme blonde s'est précipitée vers ma femme et l'a embrassée avec effusion.

— Anne-Marie !... Toi !...

— Monique !

— Je me suis si souvent demandé ce que tu étais devenue...

— Je te présente mon mari...

— Attends que j'appelle le mien...

Il était resté assis à leur table. Il s'appelait Cornille et on devinait à première vue qu'il était partout à son aise.

— Figure-toi, Fernand, que je viens de retrouver ma meilleure amie d'enfance, Anne-Marie Varennes, dont je t'ai si souvent parlé. Nous habitions porte à porte, sur le même quai, à Lyon, quand nous étions hautes comme ça... Mais pardon !... J'oublie que tu es mariée aussi... Comment t'appelles-tu à présent ?...

— Allard... Mon mari, Félix Allard...

On a mangé tous les quatre à la même table.

— Raconte ! Qu'as-tu fait depuis que je t'ai perdue de vue ?

J'allais encore souffrir, comme chaque fois qu'il était question de Londres. Cornille, de son côté, laissant bavarder les deux femmes, me posait des questions.

— Dans quelle branche êtes-vous ?

— Le bâtiment.

— Excellent ! La France va se mettre à construire comme au temps du baron Haussmann et, comme à cette époque-là, les entrepreneurs feront fortune.

Il était beaucoup plus parisien que moi et son aisance me faisait envie.

— Moi, si je m'occupe de publicité, c'est comme d'un tremplin pour les grandes affaires. Nous sommes les premiers à savoir ce qu'il y a dans le vent...

Ils habitaient un appartement moderne, quai de Passy. Nous avons pris l'habitude de nous rencontrer, d'aller au théâtre ensemble, puis de souper dans des cabarets où Cornille allait invariablement saluer les personnages en vue, baiser la main des dames.

Les deux femmes se téléphonaient dès le matin et se retrouvaient l'après-midi pour courir les boutiques.

— Tu aimes beaucoup Monique ?

— J'ai été contente de la retrouver.

— Parce qu'elle te rappelle ta vie à Lyon ?

— Mais non, Félix ! Tu ne vas pas être jaloux de Lyon, à présent ? Nous n'étions que des petites filles !

— Tu n'as été amoureuse de personne, à quatorze ou quinze ans ?

— De mon professeur de dessin, un monsieur à cheveux blancs qui sentait l'ail et qui portait un chapeau à large bord.

Les yeux de ma mère disaient :

— Cela commence !

Et Cornille, un soir :

— Dis donc, mon cher, si on se tutoyait ?

— Si tu veux.

— Cela t'ennuie que j'appelle ta femme Anne-Marie ?

Un quart d'heure plus tard, il dansait avec elle et je dansais avec Monique.

— Vous êtes jaloux, n'est-ce pas ?

— Cela se voit ?

— Ne vous inquiétez surtout pas pour ce qui est de mon mari. Il a toujours l'air de courtiser les femmes. C'est sa façon d'être. Il a besoin de faire la roue.

Il était plus disert, plus pétillant que moi. J'aurais voulu lui ressembler, jongler, comme lui, avec la vie et les gens.

— A propos, Félix, un de ces jours, il faudra que je te parle. J'ai en tête une petite idée qui pourrait nous mener loin, toi et moi. Tu ne connais pas encore mon bureau. Quand tu passeras par les Champs-Élysées, monte donc me serrer la main.

Il a dû insister plusieurs fois, me téléphoner, un matin, pour m'annoncer qu'il avait absolument besoin de me voir à trois heures. Quand j'y suis allé, j'ai aperçu, dans un des vastes fauteuils de cuir clair, un petit monsieur vêtu de noir, mal soigné, gras et luisant, dont les rares cheveux noirs, curieusement ramenés sur le crâne, avaient l'air de traits de pinceau.

— Mon bon ami Allard... Mon ami Mimieux... Tu ne connais pas Mimieux, mais tu vas le connaître... C'est un des hommes les plus au courant de ce qui se passe à Paris, qu'il s'agisse des journaux, des banques, des ministères ou du conseil municipal... Une sorte d'éminence grise, de trait d'union, tu comprends ?...

Non. Je ne comprenais pas encore. Mimieux avait les yeux globuleux, jaunâtres, et sa transpiration sentait le foie malade.

— Tu n'ignores pas que, pour décongestionner Paris...

Je croyais encore à des propos en l'air.

— Tu dois connaître la région de Montesson, les environs de Carrières-sur-Seine ?

— J'y suis passé.

Un quart d'heure plus tard, des plans étaient étalés sur le bureau et j'entends encore, pendant que Cornille parlait, le vacarme des Champs-Élysées, car c'était au début de l'été et les fenêtres étaient ouvertes.

— Tu vois ce terrain ? Nous l'avons sous option et, avant six mois, nous commençons à y construire un groupe d'immeubles de luxe, avec piscine, qui s'appellera la Résidence de la Tour. Cinquante-quatre appartements vendus sur plan avant que la première pierre ne soit posée. L'architecte, un des meilleurs de Paris, est au travail. Mimieux se charge de se procurer les autorisations nécessaires du ministère et des municipalités intéressées, car nous sommes à cheval sur deux communes.

» Ce que nous te demandons aujourd'hui, c'est si tu marches avec nous. Tu te rends compte que c'est un gros morceau et qu'il y a gros aussi à gagner. Il faudra que tu trouves l'outillage, la main-d'œuvre, quitte à la faire venir de l'étranger. Après ces immeubles-là, il y en aura d'autres...

— Tu me prends au dépourvu...

— J'ai tenu à te donner la préférence. Quand aurai-je ta réponse ?

— D'ici une semaine ?

— Mettons lundi. Cela te donne quatre jours. Dimanche, nous allons là-bas voir le terrain avec nos femmes. Bien entendu, tu auras besoin de nouveaux bureaux, en ville de préférence. Mimieux te trouvera ça.

J'ai compris, en rentrant à la maison, qu'Anne-Marie avait été mise au courant avant moi.

— Eugène t'a parlé de la Tour ?

— Oui.

— Qu'as-tu décidé ?

— Encore rien.

— Monique m'assure que c'est sérieux, qu'une grosse banque privée est dans le coup. A quoi penses-tu ?

— A rien.

— Tu hésites ?

— Je ne sais pas.

— Cela t'en coûte de quitter Puteaux ?

Ainsi donc, cela aussi avait été discuté. Je n'aurais pas seulement de nouveaux bureaux, mais un nouvel appartement. Sans ma mère, évidemment !

— A propos, tu sais que Monique est enceinte ?

— Son mari ne m'en a pas parlé.

— Elle me l'a annoncé hier. Tu n'aimerais pas que nous ayons un bébé, nous aussi ?

Il faut choisir entre une interprétation et une autre. Ma mère aurait sans doute grommelé :

— Chipie !

Cela m'arrivait aussi, mais je m'en voulais aussitôt.

Une femme à moi ! Un enfant à moi !

— Félix !

— Oui ?

— Je t'aime.

— Moi aussi.

— On le fait tout de suite ?

Elle riait, mais nous n'en étions pas moins un peu émus en nous jetant sur le lit.

— Chut !... Plus doucement... Ta mère est juste en dessous de nous...

A deux heures du matin, nous avions presque vidé une bouteille de scotch et nous discutions du quartier où nous irions habiter.

Demain jeudi, à quatre heures, je saurai ce qu'ils me veulent au commissariat.

jeudi 21 novembre

Ce qui les a le plus surpris, c'est de me voir arriver avec un chien. Pas seulement les policiers en uniforme, de l'autre côté de l'espèce de comptoir peint en gris, mais les gens qui attendaient sur les bancs, le dos au mur, une dizaine d'hommes et de femmes.

Tous les regards commençaient par en bas, par la petite masse boudinée de Bib, par mes pieds, mes jambes ; ils remontaient jusqu'à mon ventre pour s'arrêter ensuite avec insistance à mon visage, puis pour redescendre jusqu'au chien.

Qu'est-ce qui les étonnait, les choquait ?

Je tendais ma convocation rose à un des agents et le papier passait de main en main, provoquant chaque fois des froncements de sourcils et des coups d'œil dans ma direction, jusqu'à ce que quelqu'un l'emporte enfin dans une autre pièce.

— Asseyez-vous.

Pourvu que Bib ne se mette pas en tête de faire le mort ou des cabrioles ! Il n'existait aucun contact entre ceux qui attendaient et moi. Ils gardaient le silence, certes, mais, assis côte à côte, ils formaient un groupe où l'on pouvait noter des ressemblances. Pas avec moi. J'étais un étranger.

— Tu n'es pas comme les autres...

Je l'étais, pourtant, à l'époque où cela m'enchantait qu'on m'affirme le contraire. C'est maintenant que je ne le suis plus et ils le sentaient tous, alors que nous attendions du même côté de la barrière, en proie au même malaise, à la même crainte vague qu'on ressent dans ces endroits-là.

L'épreuve n'a duré que cinq minutes. Mes voisins avaient beau être arrivés les premiers, c'est mon nom qu'un employé en civil a prononcé en ouvrant une porte matelassée.

Je me levai, suivi de Bib au bout de sa laisse, et on nous regardait toujours avec la même curiosité, l'employé aussi, et enfin le commissaire assis derrière son bureau.

Je suis sûr qu'il a hésité à faire une observation au sujet du chien, mais il s'est ravisé et m'a désigné une chaise.

— Félix Allard ? C'est vous, n'est-ce pas, qui avez été condamné jadis à cinq ans de travaux forcés pour meurtre ?

Cela recommençait, comme à l'époque de mon procès. J'avais affaire à des gens dont le métier est de s'occuper des criminels. C'est le mot, et je suis bien obligé de l'employer, moi aussi.

Ils s'efforçaient de me parler d'une façon désinvolte, comme à un des leurs, le juge d'instruction surtout, qui se défendait mal d'une certaine sympathie à mon égard. Une sympathie mêlée de curiosité, pas de répugnance. Je n'ai pas senti de répugnance en ce temps-là. Plutôt de l'éloignement, de la gêne.

Celui qui a tué n'est plus un semblable. C'est un peu comme s'il cessait d'être tout à fait un homme.

— Comment a-t-il pu ? Que ressent-il ? Que pense-t-il ?

Je suis peut-être devenu d'une susceptibilité excessive et il est possible que je me leurre. Pourquoi les passants qui ne me connaissent pas, qui ignorent mon histoire, des personnes quelconques attendant sur le banc d'un commissariat de police, m'observent-ils comme si ma présence les dérangeait ?

D'autres hommes de mon âge sont visiblement malades et je ne suis pas le seul à promener un petit chien. Je ne porte pas de marques sur le visage.

— Vous travaillez, si je ne me trompe, comme commis à la librairie Annelet, boulevard Beaumarchais ?

— Depuis huit ans. J'y suis entré quelques semaines après ma sortie de Melun.

Cela me trouble d'être regardé ainsi.

— Vous vivez seul ?

— Avec mon chien.

— Vous avez un domicile ?

— A deux pas de la librairie, rue des Arquebusiers. Je suis venu m'inscrire ici même, dès que j'ai pris possession de mon logement.

Il décroche un téléphone intérieur, sans me quitter des yeux.

— Voulez-vous vérifier si un nommé Félix Allard... Allard, oui, sans H... s'il est bien inscrit rue des Arquebusiers ?... Merci... J'ai quelques questions à vous poser, monsieur Allard... Vous étiez marié et père de deux enfants, n'est-ce pas ?

— Je le suis toujours. Il n'y a pas eu de divorce.

— Une fois libéré, vous n'avez pas repris la vie conjugale. Est-ce vous qui en avez décidé ainsi ?

— Non.

— Vous n'avez pas revu votre femme ?

— Seulement de loin.

— Vous avez cherché à la revoir ?

— Pas exactement. Je l'ai aperçue un jour place des Vosges et j'ai appris qu'elle y habitait avec mon fils et ma fille.

— De quand date cette découverte ?

— De peu après mon installation rue des Arquebusiers.

— Vous n'auriez donc pas choisi ce quartier pour être à proximité de la place des Vosges ?

— Non.

— Vous ne désiriez pas revoir vos enfants ?

— Peut-être... De loin...

Chaque réponse le surprenait, l'éloignait un peu plus de la simple vérité.

— Vous n'avez pas essayé de leur parler ?

— Jamais.

— Ni à votre femme ?

— Non.

— Par crainte d'être mal accueilli ?

— Non.

On frappait à la porte et le fonctionnaire qui m'avait introduit posait une fiche sur le bureau et s'en allait. Cela devait être la confirmation de mon inscription aux registres.

— Je vois... Je vois... Ce n'est donc pas volontairement non plus que vous vous êtes rapproché d'une autre personne... Vous devinez de qui je veux parler ?

Je ne bronchais pas, mais je me sentais tout à coup très mal.

— Le hasard, je suis bien forcé, à présent, de le croire, a voulu que cette autre personne vienne habiter non loin de chez vous...

Elle a aussi deux enfants, un garçon et une fille... Voulez-vous me dire, monsieur Allard, pourquoi vous les suivez dans la rue et pourquoi il vous arrive de faire le guet devant leur immeuble ?

» Mme Cornille, lundi, quand elle a su où vous travaillez, s'est décidée à venir me voir... C'est une personne calme et réfléchie, vous le savez, n'est-ce pas ?... Lorsque sa fille, au début, lui a parlé d'un inconnu qu'elle retrouvait sans cesse sur son chemin et qui semblait la connaître, elle a mis ça sur le compte de l'imagination des gamines...

» Mais vous avez suivi le frère aussi, jusqu'au lycée Turgot, où vous avez attendu plusieurs fois sa sortie dans un petit café... Le niez-vous ?

— Non.

— Dites-moi, dans ce cas, la raison de cette sorte d'espionnage.

— Il ne s'agit pas d'espionnage. Je les regarde vivre.

— Pourquoi ?

— Je désire savoir ce qu'ils deviennent...

— Eux en particulier ?

— Oui.

— Les enfants de l'homme que vous avez tué ?

Par décence, j'ai baissé la tête. C'est, on me l'a appris, ce que chacun attend de moi.

— Et aussi, je suppose, ce que devient la femme que vous avez rendue veuve ?

— Je vous demande pardon.

— De quoi ?

— J'espérais qu'elle ne me remarquerait pas dans la foule. J'ai beaucoup changé en treize ans.

— Mme Cornille vous a aperçu aussi sous les fenêtres de l'avocat chez qui elle travaille, rue du Bac.

— Je n'ai jamais cherché à...

Je ne trouvais pas mes mots. J'étais anéanti. Si Anne-Marie était venue se plaindre de mes agissements, je n'en aurais pas été affecté.

— Je vous écoute, monsieur Allard.

— Je n'ai rien à dire... Je vous présente encore une fois mes excuses... Dorénavant, je veillerai à les éviter...

Je reconnaissais à peine ma voix, qui venait de très profond.

— Je vous le conseille vivement. Vous vous rendez compte, je suppose, qu'il est déplaisant pour une femme et pour des enfants de subir la présence de l'homme qui...

— Je vous en prie...

Mes paupières se gonflaient. Je ne voulais pas pleurer. Il ignorait qu'il m'enlevait le peu qu'il me restait. Il devait se figurer que j'étais troublé par le remords.

— Je conçois qu'il soit malaisé, dans votre situation, d'obtenir un autre emploi et de changer de quartier... J'insiste d'autant plus pour que vous cessiez de harasser cette famille à laquelle vous avez fait assez de mal... C'est bien entendu ?

— Je promets...

— J'espère que vous tiendrez parole car, dans le cas contraire, je me verrais forcé de prendre des mesures sévères à votre égard...

Il se levait, moins sûr de lui qu'il ne l'aurait désiré. Je balbutiai en me levant à mon tour :

— Je vous remercie...

Pour la première fois, si Bib ne m'avait pas suivi, en traînant sa laisse derrière lui, je l'aurais oublié.

J'ai traversé le bureau où les gens attendaient et leurs yeux m'ont suivi jusqu'à la porte. Le commissaire, cela me frappe tout à coup, ne m'a pas dit au revoir. Lui aussi m'a regardé m'éloigner sans un mot.

J'ai promis à Mme Annelet de retourner au magasin, où Renée me remplace et où elle doit, pour chaque client, aller à l'entresol s'assurer du prix des livres.

Je me suis arrêté pour boire un verre d'alcool et, quand mon regard est tombé sur Bib, j'avais l'air de le voir pour la première fois.

J'ai retiré mon pardessus dans l'arrière-boutique. Le chien est allé se réfugier à sa place, sous le comptoir. Je suis monté lentement et elle ne m'a pas questionné tout de suite. Je ne me sentais plus en terrain familier. On venait de couper mes derniers liens.

— C'était votre femme ?

J'ai secoué la tête.

— L'autre ?

Je me suis tourné vers elle avec stupeur. Je ne lui ai jamais parlé de la présence de Monique dans le quartier, ni de Daniel et de Martine.

— Comment savez-vous ?

— Je suis capable, comme tout le monde, de me servir d'un annuaire des téléphones. Quand vous avez commencé à changer...

Qu'est-ce qui a changé en moi ?

— ... je me suis posé des questions. Puis Renée vous a vu faire le pied de grue en face d'un certain immeuble. De quoi se plaint-elle ?

— Je ne sais pas.

— Vous n'avez pas essayé de lui parler, ou de parler aux enfants ?

— Jamais.

J'étais si sûr, au contraire, que c'est Daniel qui se rapprocherait de moi un jour ! J'aurais juré qu'il m'avait reconnu, qu'il était aussi curieux de moi que je l'étais de lui.

— Elle vous en veut toujours ?

— On ne me l'a pas dit.

— Pourquoi s'est-elle adressée à la police ?

— Pour que je cesse de les suivre.

J'ai subi trop d'interrogatoires pour ne pas avouer tout de suite une vérité qu'on finira quand même par me soutirer.

Je ne me débats plus. Je cède, peut-être par paresse. J'avais envie de m'en aller. Cette conversation m'effrayait, car je devinais où Mme Annelet voulait en arriver.

Elle n'a pas mis de gants.

— Vous êtes amoureux d'elle, Félix ?

Pourquoi tout gâcher, exprès ? Je n'en voulais pas au commissaire, qui n'avait fait que son métier. Mais elle, avec ses épaules squelettiques, son visage lourdement maquillé de tireuse de cartes et ses yeux noirs qui brillaient... N'a-t-elle pas eu un instant de frayeur ? Je la dévisageais, les dents serrées, et je suis presque sûr d'avoir été tenté de porter mes grosses mains à son cou.

— Déjà avant ? insistait-elle.

On ne me laissait rien, pas même le droit de rêver. Je n'ai pas répondu. Je suis descendu. Je serais aussi bien parti sans pardessus, comme tout à l'heure j'ai failli oublier Bib au commissariat. J'ai pourtant attendu derrière le comptoir que l'horloge marque six heures vingt-cinq et je me suis engagé docilement dans l'escalier en colimaçon pour aller lui remettre l'enveloppe.

— Écoutez, Félix...

— J'écoute.

— Regardez-moi. Vous m'entendez ?

— Oui.

— Promettez-moi d'être ici demain matin.

De quoi avait-elle peur ? Qu'elle se rassure donc. Je ne pensais pas à ça.

— Pourquoi ?

— Parce que j'ai besoin de vous.

A quel point les mots changent de résonance à des années de distance ! Je disais à Anne-Marie :

— Tu ne me quitteras jamais ?

— Pourquoi poses-tu cette question idiote ?

— Parce que j'ai besoin de toi !

— Moi aussi, Félix, j'ai besoin de toi !

Ce n'était vrai ni pour l'un, ni pour l'autre, mais nous ne le savions pas.

Ce soir, je n'ai pas dîné. Il me suffisait de passer la viande à la poêle et de réchauffer les légumes cuits achetés le matin. Je n'en ai pas eu le courage et je n'avais pas envie non plus d'aller m'asseoir dans un restaurant avec la conviction que tout le monde m'observait. D'ailleurs, je n'ai pas faim. J'ai préparé la pâtée de Bib, qui comprend de moins en moins mon comportement.

Autant l'avouer tout de suite, car on s'en apercevra probablement si quelqu'un lit un jour ces pages, j'ai acheté, en rentrant, une bouteille d'alcool, du marc de Bourgogne. On ne trouve pas de whisky dans les petites épiceries de quartier qui restent ouvertes le soir.

J'en ai bu un premier verre. Je m'en suis versé un autre, qui est posé devant moi. Une seule fois, quand j'étais étudiant, si on peut dire, je me suis saoulé au marc avec des camarades et je ne me suis jamais senti si mal en point que le lendemain matin. Sauf, peut-être, le lendemain de ma rencontre avec Anne-Marie sur le toit du Claridge.

Qu'est-ce qui m'empêcherait de boire ? Pas le souci de ma santé. Et notre amour, à Anne-Marie et moi, n'est-il pas né sous le signe de l'alcool ? N'avons-nous pas continué, tous les deux ? Mes fameuses crises de jalousie, qui me faisaient la déchirer, la salir, n'éclataient-elles pas lorsque j'étais ivre ?

Je suis tenté de brûler mes deux cahiers et de tout recommencer, mais alors en allant jusqu'au fond de la vérité, en grattant jusqu'à l'os. Pas seulement la vérité sur moi : la vérité sur les autres aussi.

Personne ne comprendrait. Il faudrait être moi, dans ma peau, et qui en aurait l'envie ? Je ne m'y sens pas bien non plus, dans cette peau flasque et blême, qui n'est plus à ma mesure. Mme Annelet se rend-elle compte de ce qu'elle vient de m'infliger ?

J'ai vidé le second verre et comme, depuis treize ans, je ne bois guère que de l'eau, j'en ressens déjà les effets. La tête me tourne un peu et je vois les mots que j'écris comme à travers des lunettes malpropres.

Je n'ai pas encore parlé du Félix Allard des années 1946, 47, 48, etc., jusqu'à l'année 1951. C'est un type que je reconnais à peine et que j'ai honte d'évoquer. Est-ce sa faute ? Et, si ce n'est pas la sienne, la faute de qui ?

Sait-on quel a été le premier soin de cet imbécile ? De demander à Cornille l'adresse de son tailleur afin de se commander des complets ! Parce que, dans le milieu où il pénétrait, on s'habille d'une façon différente. Toujours la différence, hein ? Que ce soit au Fouquet's, au Maxim's, dans les restaurants ou les boîtes à la mode, la coupe des vêtements est un premier mot de passe.

Puis la marque de la voiture. Puis la façon d'entrer, de se diriger vers sa table, de sourire aux gens de connaissance avec un petit geste de la main, de se pencher sur la carte et de s'adresser au maître d'hôtel...

Je n'ai pas joué au fort en thème, ni à l'étudiant. J'ai été les deux. Je l'ai déjà dit, mais cela importe peu. Je n'ai pas joué non plus à l'entrepreneur de Puteaux, costaud, un peu rude, ni à l'amant et au mari hanté par la jalousie.

Le reste, il faut bien croire que je l'avais en moi aussi. Je me prenais au sérieux. Je brassais des affaires. J'occupais, dans un des immeubles modernes de Neuilly, juste en face de Puteaux, un appartement pareil à ceux des producteurs de films, des vedettes et des industriels qui étaient mes voisins.

Je les retrouvais au théâtre, dans les endroits où l'on soupe, puis, à Noël et au Nouvel An, à Megève, à Pâques, à Cannes ou à Antibes, ensuite à Deauville et enfin, pour l'ouverture de la chasse, en Sologne.

Car j'ai chassé ! Nous sommes allés, Anne-Marie et moi, acheter des fusils chez Gastinne Renette et on nous a appris à nous en servir dans le sous-sol. J'ai appris à jouer au bridge et au poker aussi. J'ai même, une saison, pris des leçons d'équitation au bois de Boulogne.

J'avais mes bureaux rue Marbeuf, avec les mêmes fauteuils que Cornille et, quand Philippe est né, sa nurse a porté l'uniforme des nurses anglaises.

Cette vie a duré cinq ans. Cela allait vite. Il faut quand même que je joue un moment avec Bib. Je n'ai pas le droit de le décevoir et j'aurai peut-être encore besoin de lui.

— Demandez à Mimieux...

— Mimieux arrangera ça...

— Mimieux s'en occupe...

Il faisait penser à un crapaud. Sa main était moite et fondait dans la vôtre. Il habitait quelque part vers le haut du boulevard Voltaire mais je crois que personne n'a jamais été invité chez lui.

Il existait cependant une Mme Mimieux, qu'on ne voyait pas non plus, et je suppose qu'elle était aussi laide que lui. Ils n'avaient pas d'enfants.

Mimieux ne possédait pas de voiture et ne se déplaçait qu'en métro, ce qui lui permettait d'être à ses rendez-vous à l'heure précise. Il tirait sa montre de son gousset et un ressort en faisait sauter le couvercle, qu'il refermait ensuite avec un bruit sec. Je lui ai toujours vu le même complet noir et, s'il a porté des chaussures neuves, il n'y paraissait pas.

— La première chose, c'est de vous constituer en société anonyme...

— Mais...

— Attendez, pour élever des objections, que je vous aie expliqué...

Il a débuté à seize ans dans d'obscurs bureaux de contentieux de la rue Coquillière, près des Halles. Il n'a lu qu'un seul livre de sa vie, le Code Civil, qu'il connaît par cœur, et il passe pour l'homme le plus averti sur les lois régissant les sociétés et sur les moyens d'en user.

Il m'a convaincu et je suis allé trouver ma mère.

— Écoute, maman...

— Quand déménages-tu ?

— Ce n'est pas de cela que je veux te parler. Tu dois comprendre mon ambition de donner plus d'extension à notre affaire. N'est-ce pas ce que mon père a fait quand grand-père s'est retiré ? Nous entrons dans une période...

— Où comptes-tu t'installer ?

— Il est indispensable que les bureaux soient à Paris. Je conserverai les vieux entrepôts, quitte à en installer d'autres. Quant à toi, si tu désires que je laisse un contremaître et quelques ouvriers...

— Tu es gentil d'y avoir pensé, mais je me sens fatiguée et le repos me fera du bien.

— Pour ce qui est de nos arrangements...

— Du moment que tu me laisses la maison et que tu me donnes de quoi y vivre le restant de mes jours...

— Je me suis renseigné à bonne source. Pour obtenir les moyens dont j'ai besoin, les crédits bancaires en particulier, il est indispensable de constituer une société anonyme. Bien entendu, tu recevras ta part d'actions...

— Non, Félix. Je te remercie, mais je préfère ne pas être mêlée à ça.

C'était la première cloche d'alarme. Je ne l'ai pas entendue. La seconde a été sonnée par M. Beauchef, mon comptable.

— Ne le prenez pas de mauvaise part, monsieur Félix. Je ne me sentirais pas à l'aise dans votre nouvelle affaire.

— Que comptez-vous faire ?

— Retrouver mes anciens clients, des petits commerçants, des artisans qui ont besoin de moi une fois par semaine.

La grossesse de Monique touchait à son terme et Anne-Marie n'était pas encore enceinte. Nous continuions à sortir tous les quatre. Cornille dansait avec ma femme. Nous faisions tapisserie, Monique et moi, ce qui ne me privait pas, car je n'ai jamais été féru de danse.

— Anne-Marie a une vitalité étonnante.

J'évitais de répliquer :

— Comme Fernand !

Le même genre d'ardeur les animait. Le contact du public, de n'importe qui, agissait sur eux comme une étincelle. D'entrer dans un restaurant, de rencontrer quelqu'un de connaissance sur le trottoir, suffisait à les mettre en train. D'une seconde à l'autre, ils devenaient éblouissants, infatigables.

— Mimieux t'a dit, pour les actions ?

— Il m'en a parlé hier.

— Qu'en penses-tu ?

— Tu sais que je n'y connais rien.

Quand Mimieux exposait le mécanisme d'une affaire, tout paraissait clair et légitime. Je ne trouvais aucun argument à lui opposer.

C'était après, en m'endormant, qu'il me venait des doutes, des scrupules.

— N'oublie pas qu'il a monté plus de quarante sociétés et qu'il n'a jamais eu le moindre ennui.

En ma qualité d'entrepreneur, je ne figurais pas en nom dans l'Immobilière de la Tour, comme nous l'avions appelée. Un général à la retraite en présidait le conseil d'administration. Je n'en détenais pas moins un tiers des actions.

Il est vrai qu'en contrepartie, un paquet d'actions de ma propre entreprise était bloqué en banque. J'avais été obligé d'aller à Rouen voir ma sœur qui n'était pas entièrement remboursée de sa part d'héritage.

Rien ne me semblait anormal dans ces combinaisons, pas plus que d'habiter boulevard Richard-Wallace, en face de Bagatelle.

Mimieux, toujours Mimieux, m'avait déniché deux bulldozers, une grue et une excavatrice que l'armée américaine avait amenés en France pour l'aménagement d'aérodromes de campagne.

— Cette fois, Félix, ça y est ! Tu peux déboucher une bouteille de champagne...

— Qu'est-ce qui y est ?

— Tu ne devines pas ?

J'ai regardé Anne-Marie avec plus d'attention.

— C'est vrai ? Tu es enceinte ?

Je l'aimais. Il n'est pas possible qu'il en ait été autrement. Nous avons fait les fous, téléphoné aux Cornille, chez qui nous avons passé le reste de la soirée.

J'avais une grosse voiture américaine pour me rendre chaque jour à la Tour, où la construction avançait. Des maquettes avaient été exposées dans une vitrine des Champs-Élysées, que Cornille avait eu l'idée de louer, et, quatre mois plus tard, tous les appartements étaient vendus, alors que j'en étais à couler la dalle du second étage et à creuser la piscine.

J'ai offert une petite auto à Anne-Marie. Philippe est né. C'est un diamant que j'ai alors acheté à ma femme et, pour mon fils, le plus beau landau anglais. De nos fenêtres, bientôt, nous les avons vus, la nurse et lui, de l'autre côté de la grille du bois de Boulogne. En me penchant, j'apercevais aussi ma voiture, immense, avec, derrière, la minuscule mais coquette auto d'Anne-Marie.

— Tu es heureuse ?

— Et toi ?

Je répondais oui, évidemment. Je n'avais pas le temps de ne pas être heureux. Pendant la journée, les rendez-vous et les visites au chantier se succédaient sans un vide. Six personnes travaillaient dans mes bureaux. Je déjeunais souvent en ville avec les architectes, les fournisseurs, ou avec Cornille.

— Allô ? Anne-Marie ? Je te demande pardon, chérie, mais il m'est impossible de manger à la maison...

— Pauvre chou ! Tu travailles trop. C'est toujours entendu pour ce soir ?

Mais oui ! Chaque soir, il y avait quelque chose, une invitation à dîner, l'ouverture d'une nouvelle boîte, un gala quelque part.

Je l'aimais, puisque j'étais jaloux !

Pendant sa grossesse, elle me demandait parfois :

— Comment fais-tu, mon pauvre Félix ?

Car le médecin nous avait déconseillé les rapports sexuels après le troisième mois.

— Je n'y pense pas.

— Tu es sûr ? Tu n'as pas envie, de temps en temps, d'aller voir une autre femme ?

J'y allais. J'ai couché, entre autres, avec la secrétaire d'un des architectes, parce qu'elle avait de gros seins, et j'ai été surpris de la voir prise de fou rire au moment de la jouissance. Je connaissais, du côté de la Madeleine, des bars discrets où on est assuré de trouver de jolies filles.

— Tu crois que tu pourras t'en passer jusqu'au bout ?

— J'en suis certain.

Pourquoi éprouvais-je le besoin de mentir ?

— *Elle est à moi !*

J'y reviens toujours. Et moi, théoriquement, j'étais à elle, et Philippe était à nous. Puis, plus tard, Nicole qui, elle aussi, est née quelques mois après un enfant des Cornille, leur second. Cela ressemblait à une course entre les deux ménages. Nous en plaisantions.

— La prochaine fois, c'est nous qui donnons l'exemple !

Le premier vison a été pour Noël. Monique avait le sien depuis un an. J'étais devenu un client des magasins du faubourg Saint-Honoré, de la place Vendôme et d'ailleurs où, autrefois, je ne me serais pas aventuré. Je commandais chemises et pyjamas par douzaines. Je signais des chèques. Si je me trouvais embarrassé, Cornille disait :

— Vois donc Mimieux.

Cela s'arrangeait. Tout s'arrangeait. Pour le second groupe d'immeubles, bâti dans un parc près de Versailles, nous avons acheté une page entière dans les grands journaux. Il fallait de l'argent frais pour terminer la Tour, où nous avions largement dépassé les devis.

Cela regardait Mimieux. Le soir, pendant les week-ends et les vacances, nous vivions dans un autre monde. Faut-il dire les dix mille ? Peut-être moins, peut-être plus. Des industriels, des médecins, des avocats, des hommes d'affaires qui ont réussi.

Nous avions réussi. Cornille a loué une chasse dans la forêt d'Orléans, à Ingrannes, et y a fait construire une villa moderne, avec un immense chenil et des écuries. Nous y allions dès le samedi après-midi, puis dès le vendredi soir.

Tout cela me paraît glauque, irréel, peut-être parce que je viens de boire un quatrième verre de marc. Je tourne en rond. Depuis que j'ai commencé ces cahiers, en réalité, je gagne du temps, faute d'oser m'en prendre au vrai sujet.

Jusqu'à l'âge de trente ans, le mot amour n'a eu aucun sens pour moi. Puis il a signifié cette fièvre qui m'a pris lorsque j'ai rencontré Anne-Marie, et les tortures que je m'infligeais par ma jalousie. Que je lui infligeais aussi, je me demande aujourd'hui de quel droit !

Est-ce que son passé me regardait ? Avais-je des comptes à lui réclamer ? Étais-je à Londres, pendant le blitz, quand elle s'y est trouvée seule du jour au lendemain ? Qu'est-ce que je faisais de mon côté ? Qu'est-ce que je continuais de faire, et non seulement quand la maternité la rendait indisponible ?

Il ne m'en est pas moins arrivé, au cours de mes crises, de la traiter comme un être indigne, m'acharnant à lui enlever toute estime d'elle-même.

— Je te demande pardon, Félix. Cela me fait si mal de savoir que tu souffres à cause de moi...

Et pendant qu'elle dansait avec Cornille ou que, tard dans la nuit, ils commençaient une de leurs conversations interminables, nous échangions des regards, Monique et moi. Nous devions avoir l'air de deux complices. Nous étions un peu comme des mères qui surveillent avec attendrissement les jeux de leurs enfants.

— Ils sont infatigables, tous les deux !

Les soirées n'étaient jamais assez longues. J'avais sommeil, car je me levais de bonne heure. Monique aussi. Nous prenions notre mal en patience, unis par une sorte de franc-maçonnerie. J'aimais Anne-Marie et Monique aimait son Fernand. Elle me disait calmement, avec une pointe de résignation :

— Ce n'est pas sa faute. Il a besoin de sentir de la vie autour de lui. Il bouillonne tellement d'énergie !

Elle était fille de professeur, d'un professeur d'histoire, maintenant retraité, qui, à Lyon, écrivait un gros ouvrage sur les Mérovingiens. N'était-ce pas la carrière que j'avais choisie ? J'y voyais un lien de plus entre elle et moi.

— Je me demanderai toute ma vie pourquoi il m'a épousée, moi qui suis si bourgeoise...

Je m'attendais presque à l'entendre ajouter :

— C'est une femme comme Anne-Marie qu'il lui aurait fallu !

J'y ai pensé souvent, non pas comme à une réalité possible, mais comme à une vue de l'esprit. Cela restait théorique. Et, alors que je me mettais dans tous mes états au seul nom de Desmarais, je ne m'indignais pas.

Cela, personne ne l'a soupçonné, ne l'a dit, heureusement. Personne, sauf cette affreuse sorcière de Mme Annelet, ne l'a deviné.

Pas même Monique, j'en ai depuis aujourd'hui la quasi-certitude. Nous étions de bons amis qui se comprennent à mi-mot ou d'un simple regard.

— Quand je pense que Fernand pourrait avoir les plus jolies filles de Paris.

Il ne s'en faisait pas faute, mais ce n'était pas à moi de le trahir. Il me racontait ses aventures et il avait souvent besoin de moi pour un alibi.

— Cela ne t'ennuie pas que je téléphone à Monique pour lui annoncer que je déjeune avec toi ?

Tout en téléphonant, il m'adressait un clin d'œil.

— Tu as remarqué la petite brune, hier, à la Nouvelle Ève ? J'ai trouvé le moyen de lui demander son numéro de téléphone. Nous déjeunons ensemble tout à l'heure. Surtout, n'en parle pas à Anne-Marie. Entre femmes, on ne sait jamais.

Je n'en parlais pas à Anne-Marie. Nous avons loué une villa à Deauville.

Cela a duré cinq ans et je me demande ce que je serais aujourd'hui si cela avait continué. Ma mère est tombée malade. J'allais de temps en temps la voir dans la vieille maison où ma tante Julie, avec qui elle s'était réconciliée, lui tenait souvent compagnie. Par discrétion, ma femme ne m'accompagnait pas, sauf pour les souhaits de Nouvel An.

— Toujours heureux, Félix ?

— Mais oui, maman. C'est à toi qu'il faut demander des nouvelles. Ton rein ?

— Il reste capricieux. Sais-tu qui me soigne, depuis que notre vieux Chollet est mort ? Son fils, qui était médecin des hôpitaux et qui a repris sa clientèle.

Je l'ai vu, un grand garçon sérieux, un peu gauche.

— C'est grave, docteur ?

— Malheureusement, oui. J'ai fait examiner votre mère par un de mes anciens professeurs qui déconseille l'opération. On la torturerait inutilement. Tout au plus gagnerait-on un mois ou deux.

Elle a traîné pendant un an, avec Frida à ses côtés, et tante Julie qui, à cause du mur dans la cour, devait faire le tour par la rue Voltaire. J'ai été surpris, à l'enterrement, de voir M. Beauchef, dont je n'avais pas la nouvelle adresse et à qui je n'avais pas envoyé de faire-part.

Je tourne encore en rond. Il y a un grand vide dans la bouteille. Je pensais que l'alcool allait m'exciter, me donner une certaine véhémence, en tout cas m'enlever des hésitations et des pudeurs.

Je ne me suis jamais senti si mou et si veule. Sans les phrases de

Mme Annelet qui me trottent par la tête, j'avalerais tout de suite les deux tubes de somnifère que j'ai mis de côté et il ne serait plus question de rien.

Elle est parvenue à m'effrayer, la garce ! A l'idée que je pourrais changer d'avis quand il serait trop tard... Surtout ici, dans une maison où il n'y a pendant la nuit que Bib et moi... Il pleut. J'entends les gouttes se poser sur la lucarne au-dessus de ma tête...

Le commissaire n'a pas été trop dur avec moi. Mon aspect a dû lui inspirer la pitié. C'est Monique qui est allée le trouver pour lui demander d'intervenir. Anne-Marie, elle, ne s'est pas plainte. Il est difficile de croire qu'elle ne m'a jamais aperçu place des Vosges.

Pourquoi s'occuperait-elle de moi ? Elle a refait sa vie à sa façon. Une Anne-Marie ne reste pas dans l'embarras. Place des Vosges, elle est mère de famille. Dans sa boutique du faubourg Saint-Honoré, il y a un homme de quatre ou cinq ans plus jeune qu'elle avec qui elle est associée.

Je les ai vus. Je sais. Cela m'est indifférent. Elle reste jeune, mais elle ne tardera pas à passer le cap, et alors le drame commencera, comme jadis pour Mme Annelet. Elle se défendra plus sauvagement encore que la libraire.

C'est la femme que je voulais à moi, à moi seul. Ses enfants sont les miens. Il m'est arrivé d'en douter, de les mettre sur le compte d'un autre, pour m'excuser de les regarder avec curiosité.

Philippe me ressemble à son âge et cela me gêne plutôt que de me faire plaisir. On ne peut pas encore dire à qui Nicole ressemblera. Pour le moment, elle me rappelle ma sœur Louise.

Daniel, lui, est le portrait de sa mère, dont il a le calme et le sourire. C'est en partie à cause de ça que j'espérais toujours le voir pousser la porte de la librairie et me demander un livre quelconque afin d'avoir l'occasion de m'observer de plus près. Bien avant que le commissaire m'en parle, j'étais à peu près sûr qu'il m'avait reconnu. Il n'avait pourtant que cinq ans quand c'est arrivé.

Je l'ai fait sauter sur mes genoux, comme Cornille a fait sauter mes enfants sur les siens.

Je pue le marc. J'ai l'impression de le suer par tous les pores. Ma bouche est pâteuse, ma main lourde, ma tête pleine de pensées troubles. Je suis ivre. Un vieil homme malade et ivre en train d'écrire sous une lucarne qui laisse parfois tomber une grosse goutte d'eau froide. Je me fous de mon chien, je me fous de tout le monde, je me fous de Mme Annelet, d'Anne-Marie, des enfants, de Monique. Parfaitement ! Je me fous de Monique !

Je l'imagine au commissariat, très calme, sûre de son droit. Parbleu ! Ne travaille-t-elle pas chez un avocat ? Est-ce qu'elle couche avec lui aussi, comme Anne-Marie avec son associé, Antonio ? Car l'associé de ma femme s'appelle Antonio !

— Excusez-moi de vous déranger, monsieur le commissaire. Il y a un homme dans le quartier...

Salope ! Est-ce qu'elle ne le sait pas, non ? N'a-t-elle rien compris ? Est-ce que, vraiment, je la gênais beaucoup ? S'imaginait-elle que ma présence dans la rue suffisait à polluer l'air, à contaminer Daniel et Martine ?

— Le soir, il fait les cent pas avec son chien sur le trottoir d'en face, les yeux fixés sur nos fenêtres, et, quand il pleut, il s'abrite sous une porte cochère...

C'est tout ce qu'il me restait.

Merde ! Merde et re-merde ! Il faut que j'aille vomir, et cet imbécile de Bib va encore me regarder d'un air de reproche.

lundi 25 novembre

Je viens de passer deux jours et demi au lit, trois jours sans écrire. A certain moment, j'ai pris la décision de ne pas ajouter un mot à ces cahiers et de les détruire. Je n'étais pas tout à fait sincère quand je prétendais ignorer à qui je les destinais. Au fond, je pensais à Monique. Si ridicule que cela paraisse, c'était un peu une déclaration d'amour, d'un amour qui, celui-ci, ne ressemble pas aux autres. Il ne m'aurait pas déplu que Daniel, un jour, lise ces pages, lui aussi.

Maintenant, j'ai retrouvé mon calme, ma quiétude, plus exactement mon indifférence. Je crois que je suis à nouveau capable de me regarder, non plus du dedans, ce qui m'inclinait à la complaisance, mais du dehors, comme les autres me voient.

Je vais essayer de rester froid et lucide jusqu'au bout.

C'est jeudi que le commissaire de police m'a assené, sans le savoir, le coup le plus dur que j'aie eu à encaisser, et Mme Annelet, comme je devais m'y attendre, en a profité pour m'achever.

J'ai bu. Je n'ai aucune envie de relire ce que j'ai écrit jeudi soir. Je me suis couché et, à six heures, Bib m'a éveillé. Encore engourdi, ce qui m'arrive rarement, je me suis levé pour aller lui ouvrir la porte et c'est alors que tout s'est mis à tourner autour de moi et que je me suis abattu sur le plancher comme un gros insecte.

Ce n'était pas directement la faute du marc. J'ai eu d'autres vertiges, ces derniers mois, moins forts, qui m'obligeaient à m'arrêter dans la rue mais qui me laissaient debout. C'est angoissant les premières fois. On s'y habitue. Cela n'a rien à voir avec ma maladie. Ce n'est qu'une infirmité surajoutée.

Je n'ai pas perdu conscience et ce que je ressentais surtout était de l'humiliation, encore qu'il n'y eût que mon chien à me regarder sans comprendre et à pousser de petits jappements.

Il a dû croire, au début, à un nouveau jeu. Je me suis mis péniblement à quatre pattes. J'ai essayé de me tenir debout puis, y renonçant, avec des mouvements prudents, je suis parvenu à grimper dans mon lit.

Il pleuvait. Il pleut toujours. Voilà quatre jours qu'il tombe une pluie fine, invisible, et que je suis machinalement des yeux les rigoles d'eau sur les vitres. Dans mon lit, je jouais à deviner si une de ces bandes liquides obliquerait à gauche ou à droite et je me suis presque toujours trompé.

Bib, impatient, tournait en rond, avec de petits cris plaintifs. Je ne pouvais rien pour lui. Il ne pouvait rien pour moi. Il nous fallait tous les deux attendre. Nous avons entendu les ouvrières envahir les ateliers du premier étage, les camions décharger la marchandise au rez-de-chaussée.

En ne me voyant pas, à huit heures, Mme Annelet a pensé que je m'étais enfin suicidé. Je n'ai plus peur du mot. Plus de pudeur non plus. A huit heures et demie, comme je le prévoyais, elle m'a envoyé Renée et Bib a pu s'élancer dans la rue.

— Ainsi, vous voilà malade, à présent ! Est-ce qu'au moins vous avez appelé le docteur ?

Pour quoi faire ? Et comment, puisque je n'ai pas le téléphone ?

— Il faut que j'aille donner de vos nouvelles à madame. Est-ce qu'il y a quelque chose que je puisse faire pour vous ?

J'avais la gueule de bois, mais, tant que je restais couché, immobile, ce n'était pas douloureux, ni même désagréable. Elle m'a préparé du café qui m'a paru avoir mauvais goût. Elle est partie. Elle est revenue, vers dix heures, avec un pot contenant du bouillon de légumes.

— Madame a téléphoné à votre docteur, qui viendra vous voir dès qu'il pourra.

Bib ne s'est pas recouché sur le lit. Il est allé s'installer dans le coin le plus éloigné, comme s'il me boudait.

— J'allume du feu ?

— Si vous voulez.

Renée a fait la navette toute la journée entre le boulevard Beaumarchais et la rue des Arquebusiers. Elle a vingt-deux ans. Elle vivra longtemps après moi. Elle aussi doit penser que j'ai eu ma part. Peut-être s'étonne-t-elle que je ne sois pas encore mort et m'en veut-elle de lui imposer un travail supplémentaire ?

De moi-même, je n'aurais pas appelé le docteur Heim, qui habite boulevard Richard-Lenoir. Puisque Mme Annelet l'avait alerté, je pouvais m'attendre à le voir arriver d'un moment à l'autre.

Ce n'est qu'à trois heures de l'après-midi que j'ai entendu sa voiture s'arrêter devant la porte, puis, après un claquement de portière, son pas dans l'escalier.

— Il m'a été impossible de venir plus tôt, car j'ai une journée fort chargée.

J'aurais eu le temps de mourir. Mais d'autres ne sont-ils pas dans mon cas, des plus jeunes, des femmes, des enfants qui, comme on dit, ont toute la vie devant eux ?

Je le comprenais. Je comprenais son attitude qui reste, avec moi, strictement professionnelle, sans aucun effort pour établir un contact humain. Il m'examine, regarde sa montre en me tenant le poignet, prend ma tension, me tâte l'abdomen et se contente de froncer les sourcils.

— Que s'est-il passé ?

— Je me suis levé comme d'habitude et, tout de suite, je suis tombé par terre, pris de vertige.

— Vous suivez mes prescriptions ?

— Non.

En tant qu'homme, je ne l'intéresse pas ; en tant que malade, à peine, car il sait qu'il n'y a rien à faire.

Pourquoi nourrirait-il de la sympathie à mon égard ? Qui m'aimerait, si peu que ce soit ? Ma vue inspire plutôt la gêne, comme si on devinait que, dans cette masse de chair tremblotante que je suis devenu, la pourriture s'est déjà mise et poursuit lentement son œuvre.

On dirait parfois que, devant le spectacle que je leur impose, les gens se demandent :

— Est-ce qu'il ne va pas crier, gémir, se mettre à mordre ou à pleurer ?

Je ne crie pas, je ne mords pas et je ne pleure pas non plus. Je n'ai même pas pleuré dans le bureau du commissaire.

Le docteur Heim a aperçu la bouteille de marc à moitié vide.

— C'est vous ?

Qui d'autre serait venu boire dans ma mansarde ?

— Hier au soir ?

Peu importe que je lui inspire le dégoût ou le mépris. Je me suis retrouvé tel que j'étais il y a si peu de temps, deux semaines si je ne me trompe, avant de rencontrer mes deux monstres bêtement radieux qui gravissaient l'escalier du Sacré-Cœur.

Je m'étais juré de ne pas céder à la sentimentalité. Je crains de m'y être laissé aller une fois ou deux. Le séjour que je viens de faire dans mon lit a remis les choses à leur place. Puisque j'ai commencé à raconter mon histoire, je la terminerai, sans pitié pour moi.

Samedi, j'ai essayé par trois fois de me lever, prudemment, me retenant au lit, et j'ai compris que c'était inutile.

Renée est venue à plusieurs reprises, accrochant à la porte de la librairie l'écriteau qui annonce : « Fermé jusqu'à... heures. » Comme pour certains calendriers et pour le stationnement des autos, on tourne un disque de carton et un chiffre apparaît dans le voyant.

Dimanche, j'ai pu aller et venir dans ma chambre et j'ai dit à Renée de ne pas se déranger l'après-midi, de prendre son congé comme d'habitude. Nous sommes restés chacun dans notre trou, Mme Annelet et moi, pendant que des milliers de gens faisaient la queue à la porte des cinémas.

Où en étais-je ? Peu importe. Je n'essaie pas de recoller les morceaux. Cela devait casser. On vivait dans l'argent, dans tant d'argent qu'on ne savait qu'en faire, et cependant on en manquait sans cesse.

— Demande à Mimieux...

Ça ne pouvait pas durer indéfiniment et il m'arrivait de souhaiter que ça craque le plus tôt possible.

— Tu ne crois pas, Fernand, que...

— Toi, tu as toujours été pessimiste. Du moment que Mimieux...

Mimieux n'agitait pas le signal d'alarme, se contentait de me demander de temps en temps des signatures et j'étais habitué à signer n'importe quoi. De toute façon, c'était trop compliqué pour moi.

— Qui est-ce ? Qu'est-ce qu'ils font dans tes bureaux ?

J'avais aperçu des visages inconnus, sévères et froids, au service de la comptabilité, à l'Immobilière, où j'étais allé voir Cornille.

— Des spécialistes de la brigade financière.

— C'est dangereux, non ?

— Mimieux affirme que c'est une inspection de routine et qu'ils ne trouveront rien d'anormal.

Ils ont étudié les livres pendant une semaine entière, toujours impassibles et polis, puis ils se sont présentés à mes bureaux de la rue Marbeuf.

— Nous ne sommes pas en règle ?

— Dans les affaires, on n'est jamais en règle. Tant que Mimieux dit qu'il n'y a rien à craindre...

On recevait de plus en plus de coups de téléphone de clients qui avaient acheté des appartements et qui s'inquiétaient de voir que les travaux n'étaient pas commencés. Un écho a paru dans un hebdomadaire et a déclenché un début de panique. Mimieux, continuant à voyager en métro, se montrait plus réticent quand il s'agissait de donner de l'argent, que ce soit à Cornille, à moi ou aux maîtres d'état.

Anne-Marie, elle, vivait comme si de rien n'était. Nous sortions plus que jamais.

— Ce serait une maladresse de ne pas nous montrer. On en déduirait que...

Il n'y avait que Monique à me lancer parfois un coup d'œil

interrogateur. Je n'étais pas encore amoureux d'elle ou, si je l'étais, je ne m'en rendais pas compte. C'est à Melun que j'ai enfin eu le temps de réfléchir et de mettre au clair mes pensées et mes sentiments.

On était en avril. Pour une fois, nous n'étions pas allés passer les vacances de Pâques sur la Côte d'Azur, car ces messieurs du Parquet nous avaient poliment priés de ne pas nous éloigner de Paris et de nous tenir à leur disposition.

Le printemps était en avance, ensoleillé, plus chaud que les années précédentes, et je me vois encore apporter à la maison les premières fraises rangées dans du coton comme des bijoux dans leur écrin. Je ne trouvais pas Anne-Marie. Je suis entré dans notre chambre pour me changer. N'ayant plus de cigarettes en poche, j'ai ouvert son sac, qu'elle avait laissé sur un guéridon, afin d'en prendre une dans l'étui en or que je lui avais offert.

J'ai failli ne pas prêter attention à la clef que ma main venait de rencontrer au fond du sac. Sa forme m'a surpris. Ce n'était ni une clef de voiture, ni celle de notre appartement.

J'ai reçu un choc. Cela m'a fait mal, bien que je n'aie pas été tellement surpris. Tout de suite, j'ai pensé à Cornille et j'ai su. J'ai remis la clef à sa place puis, après un petit moment pour me composer un visage, je suis entré dans la nursery où Anne-Marie jouait avec les enfants.

— Des fraises ! Les premières !

Deux après-midi, à l'heure où elle avait coutume de sortir, soi-disant pour retrouver Monique ou faire des courses, j'ai attendu, au fond d'un taxi, à proximité de la maison. Le deuxième jour, elle a pris place dans sa petite auto et s'est arrêtée devant un immeuble de la rue de Longchamp où n'habitait personne de nos connaissances.

Il était trois heures. J'ai attendu jusqu'à cinq heures et c'est Cornille qui est sorti le premier.

Une situation dont on a tiré des drames, mais surtout des pièces comiques et des dessins drôles dans les journaux. Elle est sortie un quart d'heure plus tard.

— Quel après-midi ! Cela devient de plus en plus difficile de trouver de l'argent frais...

Il ne s'est pas demandé pourquoi je le reniflais. Le soir, tout naturellement, Anne-Marie s'est couchée dans notre lit.

— Vous admettez, insistait le juge d'instruction, qu'une semaine s'est écoulée entre cette découverte et votre crime ?

J'étais obligé de l'admettre, car j'étais tombé sur un chauffeur de taxi scrupuleux qui, après avoir vu ma photographie dans les journaux, s'était précipité au commissariat pour faire sa déposition.

C'est très important. Enfin, c'était important à l'époque. Mon avocat, Me Forniol, qui m'a reçu l'autre jour comme un pestiféré, m'a donné, à la Santé, un petit cours de droit pénal. Je connais encore par cœur deux articles du code.

Art. 295 — L'homicide commis volontairement est qualifié meurtre.

Art. 296 — Tout meurtre commis avec préméditation ou de guet-apens est qualifié assassinat.

— Pendant une semaine entière, donc, vous avez réfléchi à loisir, mûri votre décision.

Et, tandis qu'une voiture cellulaire me conduisait chaque jour au Palais de Justice, le Tribunal de commerce prononçait la faillite de l'Immobilière et de mon entreprise de construction, bloquant ainsi tous nos avoirs.

— Pourquoi avoir attendu si longtemps ?

— Je ne sais pas.

— L'envie de tuer vous est-elle venue dès le premier jour ?

La vérité, c'est non, je l'avoue pour la première fois. J'ai menti au juge, puis aux jurés, ce qui n'a pas empêché qu'une sorte de gêne plane sur tout le procès.

— Vous êtes d'un tempérament jaloux ?

— Oui, monsieur le président.

— Vous vous laissiez parfois aller à la violence ?

— Oui.

— Vis-à-vis de votre femme ?

— Seulement avec elle.

— Pourquoi ?

— Parce que je l'aimais.

Forniol me chapitrait.

— C'est le point capital. Préméditation, cela signifie la peine de mort. Sinon, les travaux forcés à temps.

J'avais retrouvé jadis, dans les affaires de mon père, un vieux revolver à barillet. Anne-Marie est venue déposer à la barre des témoins, sans me regarder une seule fois. On ne lui a pas fait prêter serment. A Monique non plus, qui, elle, m'a observé à la dérobée, comme si une idée la tracassait.

— Je vois au contraire, dans cette semaine d'attente, dans cette longue semaine de déchirements et d'agonie, une preuve de la sincérité de mon client... Sous le choc de la découverte, il est resté hébété... Petit à petit, à mesure que les heures, que les jours s'écoulaient, qu'il regardait sa femme, qu'il la voyait mentir, rire et jouer avec ses enfants...

C'est un vendredi que je me suis rendu rue de Longchamp, le gros revolver dans ma poche. La garçonnière, au rez-de-chaussée, donnait sur la cour, où un chauffeur lavait au jet la Rolls-Royce d'un locataire.

J'ai poussé le bouton de sonnerie, un petit bouton en os comme les autres, et j'ai attendu, la main droite dans ma poche. J'ai attendu assez longtemps. J'entendais des pas, à l'intérieur, le bruit caractéristique de pieds nus sur le tapis.

Cornille, qui n'avait qu'un pantalon sur le corps, a entrebâillé la porte, ouvert la bouche. Il a eu le temps de dire avec stupeur :

— Toi !

J'avais l'arme braquée vers lui et, avant que je ne tire, il a ouvert la bouche une fois de plus. J'ai lu sur ses lèvres le mot qu'il essayait de me crier :

— Non !

Trois balles, à bout portant. J'aurais vidé le barillet, si l'arme ne s'était pas enrayée. J'ai entrevu le corps nu d'Anne-Marie qui traversait la chambre en courant.

La concierge m'a regardé passer avec plus de curiosité que d'effroi. Elle a été la première à me regarder de cette façon-là. Je me suis rendu au poste de police de la rue de la Pompe.

— Je viens de tuer l'amant de ma femme.

Me Forniol me chuchotait, pendant le réquisitoire :

— Le président ne vous aime pas...

Déjà !

— Mais vous verrez que les jurés marcheront. A Paris, les jurés marchent toujours dans le cas de flagrant délit.

Ils ont marché. Ils n'ont pas retenu la préméditation. Me reconnaissant en outre les circonstances atténuantes, ils ont réduit ma peine à cinq ans.

J'étais presque sincère. Ma voix se cassait quand j'évoquais Anne-Marie.

Aujourd'hui lundi, lorsque je suis allé reprendre mon travail à la librairie et que Mme Annelet m'a regardé avec ses yeux d'extralucide, j'ai été sur le point de lui lancer :

— Ne cherchez plus !

Car elle est toujours à la poursuite d'une vérité qui lui échappe.

— Anne-Marie n'y a été pour rien. Il est même possible que je n'aie jamais aimé Anne-Marie. Je l'ai cru. Je me le suis fait croire. Parce que...

Bon Dieu, parce que, comme les autres, j'avais besoin de quelqu'un, de quelqu'un à moi, non ? Seulement, elle n'était pas plus à moi que Philippe et Nicole. Personne n'est à personne. Monique vient encore de me le prouver, alors qu'à elle je ne demandais rien. Personne non plus n'a pitié de personne.

En prison, on est à l'aise pour réfléchir. A Melun surtout, dans la bibliothèque, où j'avais comme ici mes petites habitudes, ma routine, et où j'ai pu, enfin, commencer à me regarder.

Je leur ai menti à tous, pas tant pour éviter une condamnation plus sévère que par crainte de m'avouer la vérité. Pendant l'instruction et le procès, j'étais parvenu à me la cacher à moi-même, à effacer presque complètement de ma mémoire l'incident qui s'était produit le mercredi aux Champs-Élysées.

Le vendredi précédent, j'avais vu Fernand Cornille, puis Anne-Marie, sortir de l'immeuble de la rue de Longchamp. Le samedi soir, nous sommes sortis tous les quatre ensemble. Le dimanche, nous sommes allés aux courses. Le lundi et le mardi, j'ai passé la plus grande partie du temps sur les chantiers.

Le mercredi après-midi, je me suis rendu aux Champs-Élysées avec l'intention de voir Mimieux, car j'avais besoin d'argent pour calmer un fournisseur devenu menaçant. J'ai traversé l'antichambre, le bureau des dactylos. La porte de Mimieux était entrouverte et, au moment où j'allais la pousser, j'ai entendu Cornille qui prononçait :

— Allard ? Je ne m'inquiète pas de lui. Ce n'est qu'un imbécile vaniteux, un faible qui continuera à faire ce que nous déciderons...

J'ai reculé sur la pointe des pieds.

— Je repasserai plus tard, ai-je annoncé au garçon de bureau.

Voilà le fond de l'affaire. J'ai compris, là, devant la porte, que je venais d'entendre la vérité. Je l'ai reçue, comme on dit, en plein dans les gencives.

Seulement, il n'avait pas le droit de la dire. Il n'avait pas le droit de me voler ma dignité, l'estime de moi-même. Personne n'en a le droit, car, sans cette estime, un homme cesse d'être un homme.

Je sais que j'ai agi de même, avec Anne-Marie, au début, quand dans mes crises de jalousie je la salissais à plaisir. Elle, elle ne m'a pas cru.

J'ai cru Cornille. J'ai su. Il m'a forcé à savoir.

Peu importe le reste. Je me moque qu'il se soit réfugié pendant des mois ou des années dans une garçonnière de la rue de Longchamp pour jouer avec le corps d'Anne-Marie et pour en tirer du plaisir.

Ce n'est pas ma femme qu'il m'a volée, c'est moi.

Je n'y reviendrai plus. Je vais fermer ce cahier une fois pour toutes. Et je ne me suiciderai même pas. Les deux tubes de barbiturique iront dans les cabinets.

Tant pis pour les gens s'ils assistent à ma décomposition plus ou moins lente et si, un jour ou l'autre, à l'hôpital, je donne du travail aux internes et aux infirmières.

Nous sommes tous des voleurs. Nous volons tous des vies ou des morceaux de vies pour en nourrir la nôtre.

La bouteille, à moitié vide, ne me tente pas.

Debout, Bib, mon garçon ! Il est dix heures. Je n'ai pas sommeil. Nous allons nous promener tous les deux sous la pluie et nous tournerons à droite, boulevard Beaumarchais, puisque nous n'avons plus le droit de passer sous certaines fenêtres.

Cela te suffit, à toi. Tu remues déjà la queue, imbécile !

FAITS DIVERS

Paris, 13 janvier.

Hier, à six heures et demie du soir, au coin du boulevard Beaumarchais et de la rue du Pas-de-la-Mule, un nommé Félix Allard, 49 ans, commis de librairie, a été victime d'un accident de la circulation. Il suivait le trottoir, tenant un petit chien en laisse, quand il est descendu sur la chaussée et a été renversé par un autobus auquel il tournait le dos. Il a eu la tête littéralement écrasée. Selon les premiers témoignages, Allard était sujet à des vertiges et on suppose qu'un malaise l'a fait dévier de son chemin si inopinément que le conducteur du véhicule n'a pas eu la possibilité de freiner.

Le chien, qui, par miracle, est indemne, a été conduit à la fourrière.

Noland (Vaud), le 25 septembre 1963.

MAIGRET ET LE FANTÔME

1

Les étranges nuits de l'inspecteur Lognon et les infirmités de Solange

Il était un peu plus de une heure, cette nuit-là, quand la lumière s'éteignit dans le bureau de Maigret. Le commissaire, les yeux gros de fatigue, poussa la porte du bureau des inspecteurs, où le jeune Lapointe et Bonfils restaient de garde.

— Bonne nuit, les enfants, grommela-t-il.

Dans le vaste couloir, les femmes de ménage balayaient et il leur adressa un petit signe de la main. Comme toujours à cette heure-là, il y avait un courant d'air et l'escalier qu'il descendait en compagnie de Janvier était humide et glacé.

On était au milieu de novembre. Il avait plu toute la journée. Depuis la veille à huit heures du matin, Maigret n'avait pas quitté l'atmosphère surchauffée de son bureau et, avant de traverser la cour, il releva le col de son pardessus.

— Je te dépose quelque part ?

Un taxi, appelé par téléphone, attendait devant le portail du Quai des Orfèvres.

— A n'importe quelle bouche de métro, patron.

Il tombait des cordes. La pluie rebondissait sur le pavé. L'inspecteur descendit de la voiture au Châtelet.

— Bonne nuit, patron.

— Bonne nuit, Janvier.

C'était un moment comme ils en avaient vécu des centaines ensemble, ressentant la même satisfaction un peu morne.

Quelques minutes plus tard, Maigret montait, sans bruit, l'escalier du boulevard Richard-Lenoir, cherchant la clé dans sa poche, la tournait délicatement dans la serrure, entendait presque tout de suite Mme Maigret qui se retournait dans le lit.

— C'est toi ?

Cela faisait des centaines, sinon des milliers de fois aussi qu'elle posait cette question-là d'une voix engourdie alors qu'il rentrait au milieu de la nuit, qu'elle tâtonnait pour allumer la lampe de chevet puis se levait, en chemise de nuit, jetait un coup d'œil à son mari pour se rendre compte de son humeur.

— C'est fini ?

— Oui.

— Le jeune a enfin parlé ?

Il répondit de la tête.

— Tu n'as pas faim ? Tu ne veux pas que je te prépare quelque chose ?

Il avait accroché son pardessus mouillé au portemanteau et dénouait sa cravate.

— Il y a de la bière dans le réfrigérateur ?

Il avait failli arrêter la voiture place de la République pour avaler un demi dans une brasserie encore ouverte.

— C'était bien ce que tu pensais ?

Une affaire banale, pour autant qu'une affaire mettant en cause le sort de plusieurs hommes puisse être qualifiée de banale. Les journaux avaient trouvé un titre sensationnel : *Le gang des motocyclettes.*

Une première fois, en plein jour, rue de Rennes, deux motos s'étaient arrêtées devant une bijouterie. Deux individus étaient descendus de la première, un de la seconde, et, se couvrant le visage de foulards rouges, ils avaient foncé vers la boutique, dont ils ressortaient quelques instants plus tard, pistolet à la main, avec les bijoux et les montres raflés dans la vitrine et sur le comptoir.

Sur le moment, la foule n'avait pas réagi, et quand, la première surprise passée, des automobilistes avaient pensé à prendre les voleurs en chasse, un tel embouteillage s'était produit qu'il avait couvert la fuite des voleurs.

— Ils recommenceront, avait prédit Maigret.

Le butin était maigre, car la bijouterie, tenue par une veuve, ne vendait que du bon marché.

— Ils ont voulu roder leur technique.

Pour la première fois, des motos étaient utilisées dans un hold-up.

Le commissaire ne se trompait pas puisque, trois jours plus tard, le même scénario se déroulait, cette fois dans une bijouterie de luxe du faubourg Saint-Honoré. Le résultat était le même, à la différence que les bandits emportaient des bijoux pour plusieurs millions d'anciens francs, deux cents millions, disaient les journaux, une centaine selon l'évaluation de l'assurance.

Au moment de sa fuite, pourtant, un des voleurs avait perdu son foulard et on l'arrêtait le surlendemain dans l'atelier de serrurerie où il travaillait, rue Saint-Paul.

Le même soir, on en tenait trois sous les verrous, l'aîné âgé de vingt-deux ans, le benjamin, Jean Bauche, dit Jeannot, ayant tout juste atteint ses dix-huit ans.

C'était un garçon blond, aux cheveux trop longs, fils d'une femme de ménage de la rue Saint-Antoine, qui travaillait, lui aussi, dans l'atelier de serrurerie.

— Nous nous sommes relayés toute la journée, Janvier et moi, disait à sa femme un Maigret maussade.

En buvant de la bière et en mangeant des sandwiches.

— Écoute, Jeannot. Tu te prends pour un dur. Ils t'ont fait croire que tu en étais un. Mais ce n'est ni toi, ni tes deux petits copains, qui avez eu l'idée de ces coups-là. Il y a quelqu'un derrière vous, quelqu'un qui a tout orchestré, en ayant soin de ne pas se mouiller. Sorti de Fresnes voilà deux mois, il n'a pas envie d'y retourner. Avoue qu'il était sur les lieux, dans une auto volée, et qu'il a protégé votre fuite en manœuvrant dans le trafic avec une fausse maladresse...

Maigret se déshabillait, buvant parfois une gorgée de bière, mettant sa femme au courant, en phrases courtes.

— Ces gamins sont les plus coriaces... On leur a inculqué un sens particulier de l'honneur...

Il avait fait arrêter trois chevaux de retour, dont un certain Gaston Nouveau. Comme on devait s'y attendre, il avait un solide alibi, deux personnes affirmant qu'au moment du hold-up il se trouvait dans un bar de l'avenue des Ternes.

Pendant des heures, les confrontations n'avaient rien donné. Victor Sidon, dit Mémère, parce qu'il était grassouillet, l'aîné des trois motocyclistes, regardait le commissaire d'un œil narquois. Saugier, dit Pétard, pleurait en jurant qu'il ne savait rien.

— Nous avons concentré nos efforts, Janvier et moi, sur le jeune Bauche. Nous avons fait venir sa mère, qui l'a supplié :

» — Parle, Jeannot ! Tu vois bien que ce n'est pas après toi que ces messieurs en ont. Ils comprennent que tu t'es laissé entraîner...

Vingt heures désagréables, à pousser implacablement un gamin jusqu'aux limites de la résistance humaine. Il n'est pas agréable non plus de le voir soudain craquer.

— Bon ! Je vais tout dire. C'est Nouveau, oui, qui nous a repérés au Lotus et qui nous a mis dans la combine...

Un petit bar de la rue Saint-Antoine, où jeunes gens et jeunes filles venaient écouter les juke-boxes.

— A cause de vous, quand je sortirai de prison, il me fera abattre par ses copains...

Voilà ! Une journée finie. Maigret se couchait, la tête lourde.

— A quelle heure dois-tu être au bureau ?

— A neuf heures.

— Tu ne peux pas dormir un peu plus tard ?

— Éveille-moi à huit heures.

Il n'y eut pour ainsi dire pas de transition. Il n'eut pas l'impression d'avoir dormi. Il lui sembla que, quelques minutes après qu'il eut fermé les yeux, la sonnerie de la porte d'entrée résonnait et que sa femme se glissait hors du lit.

On chuchotait, dans l'entrée. Il croyait reconnaître la voix, se disait qu'il était en train de rêver et s'enfonçait la tête dans l'oreiller.

Encore le pas de sa femme, qui se rapprochait du lit. Allait-elle se recoucher ? Quelqu'un s'était-il trompé de porte ? Non. Elle lui touchait l'épaule, ouvrait les rideaux et, sans avoir besoin de soulever les paupières, il se rendait compte qu'il faisait jour. Il questionna d'une voix pâteuse :

— Quelle heure est-il ?

— Sept heures.

— Quelqu'un est là ?

— Lapointe t'attend dans la salle à manger.

— Que veut-il ?

— Je ne sais pas. Reste un instant au lit, que je te prépare une tasse de café.

Pourquoi sa femme lui parlait-elle comme si on venait lui annoncer une mauvaise nouvelle ? Pourquoi avait-elle hésité à répondre à sa question ? Le jour était d'un gris sale et il pleuvait toujours.

La première idée de Maigret fut que Jean Bauche, effrayé par ses aveux, s'était pendu dans sa cellule du Dépôt. Il se leva sans attendre le café, passa son pantalon, se donna un coup de peigne et, encore barbouillé après un sommeil trop pesant, poussa la porte de la salle à manger.

Lapointe se tenait debout devant la fenêtre, vêtu d'un pardessus noir, un chapeau sombre à la main, les joues râpeuses après une nuit de garde.

Maigret se contenta de questionner du regard.

— Excusez-moi pour ce mauvais réveil, patron... Il est arrivé quelque chose, cette nuit, à quelqu'un que vous aimez bien...

— Janvier ?

— Non... Pas un homme du Quai...

Mme Maigret apportait deux grandes tasses de café.

— Lognon...

— Il est mort ?

— Grièvement blessé. On l'a transporté à Bichat et voilà trois heures que le professeur Mingault l'opère... Je n'ai pas voulu venir plus tôt, ni vous téléphoner, parce que, après la journée et la soirée d'hier, vous aviez besoin de repos... En outre, au début, on lui donnait peu de chances de vivre...

— Que lui est-il arrivé ?

— Deux balles, une dans le ventre, l'autre un peu en dessous de l'épaule...

— Où ?

— Avenue Junot, sur le trottoir...

— Il était seul ?

— Oui. Pour le moment, ce sont ses collègues du XVIIIe arrondissement qui enquêtent...

Maigret buvait son café à petites gorgées sans en éprouver la satisfaction des autres matins.

— J'ai pensé que, s'il reprend connaissance, vous voudrez être là. La voiture est en bas...

— On ne sait rien de l'attentat ?

— Presque rien. On ignore même ce qu'il faisait avenue Junot. C'est une concierge qui a entendu les coups de feu et a téléphoné à Police-Secours. Une balle a traversé son volet, brisé la vitre, et s'est logée dans le mur au-dessus de son lit...

— Je m'habille...

Il passa dans la salle de bains tandis que Mme Maigret dressait la table pour le petit déjeuner et que Lapointe, débarrassé de son pardessus, attendait.

Si l'inspecteur Lognon n'appartenait pas au Quai, malgré le désir qu'il en avait, Maigret n'en avait pas moins travaillé souvent avec lui, presque chaque fois qu'une affaire importante éclatait dans le XVIIIe arrondissement.

C'était un bourgeois, comme on disait, un des vingt inspecteurs en civil ayant leur bureau à la mairie de Montmartre, à l'angle de la rue Ordener et de la rue du Mont-Cenis.

Certains l'appelaient l'inspecteur Malgracieux, à cause de son air grognon. Maigret, lui, l'appelait l'inspecteur Malchanceux, et on aurait dit, en effet, que le pauvre Lognon avait le don d'attirer sur lui tous les malheurs.

Petit et maigre, il était enrhumé d'un bout de l'année à l'autre, ce qui lui donnait le nez rouge, les yeux larmoyants d'un ivrogne, alors qu'il était sans doute l'homme le plus sobre de la police.

Il était affligé d'une femme malade, qui se traînait de son lit à un fauteuil près de la fenêtre, de sorte qu'après son service Lognon devait s'occuper du ménage, du marché et de la cuisine. C'est tout juste si, une fois la semaine, il pouvait se payer une femme de ménage pour le grand nettoyage.

Quatre fois, il s'était présenté au concours de la P.J., qu'il avait raté chaque fois pour des fautes stupides, alors que sur le plan professionnel il était remarquable. Une sorte de chien de chasse qui, une fois sur une piste, ne la lâchait plus. Un obstiné. Un scrupuleux. Le type qui, croisant quelqu'un dans la rue, flairait tout de suite quelque chose d'équivoque.

— On espère le sauver ?

— A Bichat, on lui donne, paraît-il, trois chances sur dix...

Pour un homme qui avait mérité le surnom d'inspecteur Malchanceux, ce n'était pas encourageant.

— Il a pu parler ?

Maigret, sa femme et Lapointe mangeaient des croissants que le garçon boulanger venait de poser devant la porte.

— Ses collègues ne me l'ont pas dit et j'ai préféré ne pas insister...

Lognon n'était pas le seul à souffrir d'un complexe d'infériorité. La plupart des inspecteurs de quartier louchent avec envie vers la grande maison, comme on appelle le Quai des Orfèvres, et, quand ils sont sur une affaire intéressante, qui fera de gros titres dans les journaux, ils détestent qu'on vienne la leur prendre.

— Allons ! soupira Maigret en enfilant son pardessus encore humide de la veille.

Son regard croisa celui de sa femme, et il comprit qu'elle avait envie de lui parler, devina qu'elle venait d'avoir la même idée que lui.

— Tu comptes rentrer déjeuner ?

— C'est improbable..

— Dans ce cas, tu ne crois pas...

Elle pensait à Mme Lognon, seule et impotente dans son appartement.

— Habille-toi vite ! Nous te déposerons place Constantin-Pecqueur.

Les Lognon y avaient leur logement depuis vingt ans, dans un immeuble en briques rouges, avec un rang de briques jaunes autour des fenêtres, dont Maigret n'avait jamais pu retenir le numéro.

Lapointe prit le volant de la petite auto de la P.J. C'était la seconde fois, en tant d'années, que Mme Maigret montait dans une de ces voitures en compagnie de son mari.

Ils passaient devant des autobus bondés. Sur les trottoirs, les gens marchaient vite, penchés en avant, cramponnés à leur parapluie, que le vent tentait de leur arracher.

Ils atteignirent Montmartre, la rue Caulaincourt.

— C'est ici...

Au milieu du square, un couple en pierre se dressait, un sein de la femme émergeant des draperies du vêtement, et la statue était noire du côté où la pluie la frappait.

— Téléphone-moi au bureau, j'espère y être en fin de matinée...

Une affaire à peine finie, une autre commençait dont il ne savait encore rien. Il aimait bien Lognon. Souvent, dans ses rapports officiels, il avait souligné ses mérites, lui donnant même le bénéfice de succès qu'il avait obtenus personnellement. Cela n'avait servi à rien. L'inspecteur Malchanceux !

— A Bichat d'abord...

Un escalier. Des couloirs. Des portes ouvertes sur des rangées de lits et des regards de gens couchés qui accrochaient les deux hommes à leur passage.

On les envoya dans une mauvaise direction et ils durent redescendre dans la cour, monter un autre escalier avant de trouver enfin, devant une porte marquée *Chirurgie*, un inspecteur du XVIIIe qu'ils connaissaient, un nommé Créac, qui avait aux lèvres une cigarette non allumée.

— Je crois que vous feriez mieux d'éteindre votre pipe, monsieur le commissaire. Il y a ici une sorte de dragon qui va vous sauter dessus comme elle l'a fait quand j'ai voulu allumer ma cigarette...

Des infirmières passaient avec des bassins, des brocs, des plateaux chargés de fioles et d'instruments nickelés.

— Il est toujours là ?

Il était neuf heures moins le quart.

— Ils ont commencé à travailler dessus à quatre heures...

— Vous n'avez aucune nouvelle ?

— Non... J'ai essayé d'en avoir dans ce bureau à gauche, mais la vieille...

C'était le bureau de l'infirmière-chef, que Créac avait appelée le dragon. Maigret y frappa. Une voix peu amène lui cria d'entrer.

— Qu'est-ce que c'est ?

— Je m'excuse de vous déranger, madame. Je suis le chef de la Brigade criminelle à la Police judiciaire...

Le regard froid de la femme semblait dire :

« Et alors ? »

— Je voudrais savoir si vous avez des nouvelles de l'inspecteur qu'on opère en ce moment...

— J'en aurai quand l'opération sera terminée... Tout ce que je peux dire, c'est qu'il n'est pas mort, puisque le professeur n'est pas sorti...

— Était-il en état de parler quand on l'a amené ?

Elle le regarda, cette fois, comme si la question était stupide.

— Il lui restait à peine la moitié de son sang et il a fallu procéder d'urgence à une transfusion.

— Quand croyez-vous qu'il ait des chances de reprendre connaissance ?

— Vous le demanderez au professeur Mingault.

— Si vous disposez d'une chambre privée, je vous serais reconnaissant de la lui réserver. C'est important. Un inspecteur restera à son chevet...

Elle tendit l'oreille, car la porte de la chirurgie venait de s'ouvrir et un homme apparaissait dans le couloir, calot sur la tête, un tablier taché de sang sur sa blouse blanche.

— Monsieur le professeur, voici une personne qui...

— Commissaire Maigret...

— Enchanté.

— Il vit ?

— Pour le moment... A moins de complications, j'ai l'espoir de l'en tirer...

Son front ruisselait de sueur, son regard trahissait la fatigue.

— Un mot encore... Il serait important qu'on le mette dans une chambre privée...

— Voyez ça, madame Drasse... Vous permettez ?...

Il se dirigeait à grands pas vers son bureau. La porte s'ouvrait à nouveau. Un infirmier poussait un lit roulant où, sous le drap, se dessinait la forme d'un corps. De Lognon, raide et exsangue, on n'apercevait que le haut du visage.

— Conduisez-le au 218, Bernard...

— Bien, madame.

Elle suivait le chariot. Maigret, Lapointe et Créac lui emboîtaient le pas. C'était une procession lugubre, dans le jour blême qui tombait des hautes fenêtres, avec les lits alignés dans les salles devant lesquelles on passait. On croyait faire un mauvais rêve.

Un interne, qui sortait de la salle d'opération, suivait lui aussi le cortège.

— Vous êtes de la famille ?

— Non... Commissaire Maigret...

— Ah ! C'est vous ?

Il lui lancait un regard curieux, comme pour s'assurer qu'il ressemblait à l'image qu'il s'était faite de lui.

— Le professeur dit qu'il a des chances de s'en tirer...

C'était un monde à part, où les voix n'avaient pas la même sonorité qu'ailleurs et où les questions ne trouvaient pas d'écho.

— S'il vous l'a dit...

— Vous n'avez aucune idée du temps qu'il mettra à reprendre connaissance ?

La question de Maigret était-elle si absurde qu'on doive le regarder de cette façon ? L'infirmière-chef arrêtait les policiers devant la porte.

— Non. Pas maintenant.

Il fallait installer le blessé, sans doute lui donner des soins, car deux infirmières apportaient du matériel, y compris une tente à oxygène.

— Restez dans le couloir si vous y tenez, quoique je n'aime pas ça. Il y a des heures pour les visites.

Maigret regardait sa montre.

— Je crois que je vais vous laisser, Créac. Essayez d'être présent quand il reprendra ses esprits. S'il est capable de parler, notez très exactement ce qu'il dira...

Il n'était pas humilié, non. Il n'en ressentait pas moins un malaise, car il n'avait pas l'habitude d'être aussi mal reçu. Ici, sa notoriété n'avait aucun effet sur des gens pour qui la vie et la mort avaient un autre sens que pour le commun des hommes.

Il fut soulagé, dans la cour, de pouvoir allumer sa pipe tandis que Lapointe allumait une cigarette.

— Toi, tu ferais mieux d'aller te coucher. Dépose-moi seulement à la mairie du XVIIIe.

— Vous n'accepteriez pas que je reste avec vous, patron ?

— Tu as passé la nuit...

— A mon âge, vous savez...

Ils étaient à deux pas. Dans le bureau des inspecteurs, ils trouvèrent trois bourgeois qui rédigeaient des rapports et qui, penchés sur leur machine à écrire, avaient l'air d'employés consciencieux.

— Bonjour, messieurs... Qui d'entre vous est au courant ?...

Il les connaissait aussi, sinon par leur nom, tout au moins de vue, et tous les trois s'étaient levés.

— Chacun de nous et personne...

— Quelqu'un est allé avertir Mme Lognon ?

— Durantel s'en est chargé...

Le plancher portait des traces de semelles mouillées et l'air sentait le tabac refroidi.

— Lognon était sur une affaire ?

Ils se regardaient, hésitants. Enfin l'un d'eux, un petit gros, commença :

— C'est justement ce que nous nous sommes demandé... Vous connaissez Lognon, monsieur le divisionnaire... Il lui arrivait, quand il se croyait sur une piste, de prendre des airs mystérieux... Ce n'était pas rare qu'il travaille sur une affaire pendant des semaines sans nous en parler...

Parce que le pauvre Lognon avait l'habitude qu'un autre soit félicité à sa place !

— Depuis au moins quinze jours, il se montrait secret, avec, parfois, quand il rentrait au bureau, la mine de quelqu'un qui prépare une importante surprise...

— Il n'a fait aucune allusion ?

— Non. Seulement, il choisissait presque toujours le service de nuit...

— On sait dans quel secteur il travaillait ?

— Les patrouilles l'ont aperçu plusieurs fois, avenue Junot, non loin de l'endroit où il a été attaqué... Mais pas les derniers temps... Il quittait le bureau vers neuf heures du soir pour y revenir à trois ou quatre heures du matin... Il lui est arrivé de ne pas réapparaître de la nuit...

— Il n'a rédigé aucun rapport ?

— J'ai consulté le registre. Il se contentait d'inscrire le mot « néant »...

— Vous avez des hommes sur les lieux ?

— Ils sont trois, dirigés par Chinquier.

— Des journalistes ?

— Il est difficile de leur cacher un attentat contre un inspecteur... Vous ne voulez pas voir le commissaire ?

— Pas maintenant...

Avec Lapointe toujours au volant, Maigret se faisait conduire avenue Junot. Les arbres finissaient de perdre leurs feuilles, qui collaient au pavé mouillé. La pluie qui tombait toujours n'empêchait pas un attroupement d'une cinquantaine de personnes vers le milieu de l'avenue.

Des policiers en uniforme barraient un carré de trottoir, devant un immeuble de quatre étages. Quand Maigret descendit de voiture et dut se faufiler entre les curieux et les parapluies, les photographes ne le ratèrent pas.

— Encore une fois, commissaire... Refaites quelques pas dans la foule...

Il les regarda du même œil que l'infirmière-chef l'avait regardé à Bichat. Sur le morceau de trottoir désert, la pluie n'avait pas suffi à effacer une flaque de sang qui se diluait lentement, et, avec des bouts de bois, faute de pouvoir se servir de craie, on avait tant bien que mal dessiné la forme d'un corps.

L'inspecteur Deliot, qui appartenait aussi au commissariat du XVIIIe, retira son chapeau détrempé pour saluer Maigret.

— Chinquier est chez la concierge, monsieur le divisionnaire. C'est lui qui est arrivé le premier sur les lieux.

Le commissaire entra dans l'immeuble vieillot, mais très propre, bien tenu, et poussa la porte vitrée de la loge au moment où l'inspecteur Chinquier remettait son calepin dans sa poche.

— Je pensais que vous viendriez. J'étais surpris de ne voir personne du Quai.

— Je suis passé par Bichat.

— L'opération ?

— Elle semble avoir réussi. Le professeur prétend qu'il a des chances de s'en tirer.

La loge aussi était propre, coquette. La concierge, qui devait avoir dans les quarante-cinq ans, était une femme avenante, aux formes agréables.

— Asseyez-vous, messieurs... Je viens de raconter à l'inspecteur tout ce que je sais... Regardez par terre...

Le linoléum vert était jonché des éclats de la vitre qui manquait à la fenêtre.

— Et ici...

Elle désignait un trou, à un mètre environ au-dessus du lit qui occupait le fond de la pièce.

— Vous étiez seule ici ?

— Oui. Mon mari est concierge de nuit au Palace, avenue des Champs-Élysées, et ne rentre qu'à huit heures du matin.

— Où se trouve-t-il en ce moment ?

— Dans la cuisine...

Elle désignait une porte fermée.

— Il essaie de se reposer car il faudra bien, malgré tout, que ce soir il reprenne son travail.

— Je suppose, Chinquier, que vous avez posé toutes les questions utiles. Ne vous vexez pas si je les pose à mon tour.

— Vous avez besoin de moi ?

— Pas tout de suite.

— Dans ce cas, je monte un moment...

Maigret fronça les sourcils, se demandant où il montait ainsi, mais il n'insista pas afin de ménager la susceptibilité de l'inspecteur de quartier.

— Je m'excuse, madame...

— Mme Sauget. Les locataires m'appellent Angèle.

— Asseyez-vous, je vous en prie.

— J'ai tellement l'habitude de rester debout !

Elle alla refermer le rideau qui, pendant la journée, cachait le lit, la pièce devenant alors comme un petit salon.

— Vous ne voulez rien prendre ? Une tasse de café ?

— Merci. Cette nuit, donc, vous étiez couchée...

— Oui. J'ai entendu une voix qui prononçait :

» — Cordon, s'il vous plaît...

— Vous savez quelle heure il était ?

— Mon réveil a des chiffres phosphorescents. Il était deux heures vingt...

— Il s'agissait d'un de vos locataires qui sortait ?

— Non. C'était ce monsieur...

Elle manifestait l'embarras de quelqu'un qu'on force à une indiscrétion.

— Quel monsieur ?

— Celui qui a été attaqué...

Maigret et Lapointe se regardaient, ahuris.

— Vous voulez dire l'inspecteur Lognon ?

Elle approuvait de la tête, ajoutait :

— On est obligé de tout dire à la police, n'est-ce pas ? D'habitude, je ne parle pas de mes locataires, de ce qu'ils font ou de qui ils reçoivent. Leur vie privée ne me regarde pas. Mais, après ce qui s'est passé...

— Il y a longtemps que vous connaissez l'inspecteur ?

— Des années, oui... Depuis que nous habitons ici, mon mari et moi... Mais j'ignorais son nom... Je le voyais passer et je savais qu'il était de la police, car il est venu plusieurs fois dans la loge pour des vérifications d'identité... Il n'était pas causant...

— Dans quelles conditions l'avez-vous mieux connu ?

— Quand il a commencé à fréquenter la demoiselle du quatrième...

Cette fois, Maigret en resta sans voix. Quant à Lapointe, il était au comble de la stupeur. Les policiers ne sont pas nécessairement des saints. Maigret n'ignorait pas que, dans son propre service, certains ne se privaient pas d'aventures extra-conjugales.

Mais Lognon !... Que le Malgracieux rende visite, la nuit, à une demoiselle, à deux cents mètres à peine de son propre domicile !...

— Vous êtes sûre qu'il s'agit bien du même homme ?
— Il est assez reconnaissable, non ?
— Il y a longtemps que... qu'il montait voir cette personne ?
— Une dizaine de jours...
— Donc, un soir, je suppose, il est rentré avec elle ?
— Oui.
— A-t-il caché son visage en passant devant la loge ?
— Il me semble que oui.
— Il est revenu souvent ?
— Presque chaque soir...
— Il repartait très tard ?
— Au début, je veux dire les trois ou quatre premiers jours, il s'en allait un peu après minuit... Puis il est resté plus tard, jusqu'à deux ou trois heures du matin...
— Comment s'appelle cette femme ?
— Marinette... Marinette Augier... Une très jolie fille de vingt-cinq ans, une personne bien élevée...
— Elle a l'habitude de recevoir des hommes ?
— Je crois que je peux répondre, car elle ne s'est jamais cachée de sa conduite... Pendant un an, elle a reçu deux ou trois fois par semaine un beau garçon qu'elle m'a dit être son fiancé...
— Il passait la nuit chez elle ?
— Vous finirez quand même par le savoir... Oui... Quand il n'est plus venu, elle m'a paru triste... Un matin qu'elle venait chercher son courrier, je lui ai demandé si les fiançailles étaient rompues et elle m'a répondu :
» — Ne m'en parlez plus, ma bonne Angèle. Les hommes ne valent pas la peine qu'on se fasse du mauvais sang pour eux...
» Elle n'a pas dû y penser longtemps car elle a repris sa gaieté... C'est une fille très gaie, bien portante...
— Elle travaille ?
— Elle est esthéticienne, à ce qu'elle m'a dit, dans un salon de beauté de l'avenue Matignon... Cela explique qu'elle soit toujours si soignée, vêtue avec goût...
— Et son ami ?
— Le fiancé qui n'est pas revenu ? Il avait dans les trente ans. J'ignore son métier. Je ne connais que son prénom. Pour moi, c'était M. Henri, le nom qu'il donnait quand il passait, la nuit, devant la loge...
— La rupture date de quand ?
— De l'hiver dernier, aux alentours de Noël...
— De sorte que, pendant près d'un an, cette demoiselle... Comment l'appelez-vous... Marinette ?...
— Marinette Augier...
— Pendant près d'un an, donc, elle n'a reçu personne chez elle ?

— Seulement son frère, de temps en temps, qui habite la banlieue avec sa femme et qui a trois enfants.

— Il y a une quinzaine de jours, elle est rentrée, un soir, en compagnie de l'inspecteur Lognon ?

— Comme je vous l'ai dit.

— Et, depuis, il est revenu tous les jours ?

— Sauf dimanche, à moins que je ne l'aie vu ni entrer, ni sortir.

— Il ne venait jamais pendant la journée ?

— Non. Mais vous me faites penser à un détail. Un soir qu'il est arrivé vers neuf heures, comme d'habitude, j'ai couru après lui avant qu'il s'engage dans l'escalier pour lui dire :

» — Marinette n'est pas chez elle.

» — Je sais, m'a-t-il répondu. Elle est chez son frère...

» Il est monté quand même, sans explications, ce qui me fait supposer qu'elle lui avait donné la clé...

Maigret comprenait à présent pourquoi l'inspecteur Chinquier était monté.

— Votre locataire est là-haut en ce moment ?

— Non.

— Elle est allée à son travail ?

— J'ignore si elle y est allée mais, quand j'ai voulu lui annoncer la nouvelle avec des ménagements...

— A quelle heure ?

— Après avoir téléphoné à la police...

— Donc, avant trois heures du matin ?

— Oui... Je me suis dit qu'elle avait sûrement entendu les coups de feu... Tous les locataires les avaient entendus... Les uns étaient penchés à leur fenêtre, d'autres descendaient en robe de chambre pour savoir ce qui se passait...

» Sur le trottoir, ce n'était pas beau à voir... Je suis donc montée en courant et j'ai frappé à sa porte... Personne n'a répondu... Je suis entrée et j'ai trouvé l'appartement vide...

Elle regardait le commissaire avec une certaine satisfaction, comme pour dire :

« Vous en avez peut-être vu de drôles pendant votre carrière, mais avouez que vous ne vous attendiez pas à ça ! »

C'était vrai. Maigret et Lapointe ne pouvaient qu'échanger des regards sans expression. Maigret pensait qu'à la même heure sa femme, chez Mme Lognon, qui se prénommait Solange, était occupée à consoler celle-ci et sans doute à faire son ménage !

— Vous croyez qu'elle a quitté l'immeuble en même temps que lui ?

— Je suis certaine que non. J'ai l'oreille fine. Je suis sûre qu'il n'y avait qu'une seule personne, un homme...

— Il vous a crié son nom en passant ?

— Non. Il avait l'habitude de lancer : « Quatrième ! » Je reconnaissais sa voix. D'ailleurs, il était le seul à employer ce mot-là.

— Elle aurait pu sortir avant lui ?

— Non plus. Je n'ai donné le cordon qu'une seule fois la nuit dernière, à onze heures et demie, aux gens du troisième, qui rentraient du cinéma.

— Elle serait sortie après les coups de feu ?

— C'est la seule explication. Quand j'ai vu le corps sur le trottoir, je me suis précipitée ici pour téléphoner à Police-Secours... J'ai hésité à refermer la porte d'entrée... Je n'ai pas osé... Il me semblait que ce serait comme d'abandonner ce pauvre homme...

— Vous vous êtes penchée sur lui pour savoir s'il était mort ?

— Cela a été dur, car j'ai horreur du sang, mais je l'ai fait...

— Il avait sa connaissance ?

— Je ne sais pas...

— Il n'a rien dit ?

— Ses lèvres ont remué... Je sentais bien qu'il voulait parler... J'ai cru distinguer un mot, mais j'ai dû me tromper, car cela n'a pas de sens... Peut-être qu'il délirait...

— Quel mot ?

— Fantôme...

Elle rougit, comme si elle craignait que le commissaire et l'inspecteur se moquent d'elle ou l'accusent d'inventer.

2

Le déjeuner chez Manière

On aurait dit que l'homme avait choisi ce moment-là afin d'obtenir un effet théâtral. Peut-être, d'ailleurs, écoutait-il derrière la porte ? Le mot *fantôme* était à peine prononcé qu'on voyait le bouton tourner, le battant s'écarter légèrement, une tête apparaître alors que le corps restait en retrait.

Le visage était pâle, les traits brouillés, les paupières et la bouche tombantes, et Maigret mit quelques instants à comprendre que ce qui donnait au nouveau venu une expression lugubre était l'absence de son râtelier.

— Tu ne dors pas, Raoul ?

Et, comme si c'était nécessaire, elle présentait l'homme :

— Mon mari, monsieur le commissaire...

Beaucoup plus âgé qu'elle, il portait, sur un pyjama fripé, une robe de chambre d'un affreux violet.

En uniforme bordé d'or, derrière son comptoir du Palace, il

devait faire illusion, mais ici, non rasé, le corps las, la mine hargneuse de quelqu'un qui ne trouve pas le sommeil, il était à la fois ridicule et pitoyable.

Une tasse de café à la main, il saluait vaguement Maigret, puis son regard se fixait sur les rideaux de guipure au-delà desquels, dans la pluie persistante, des silhouettes sombres s'aggloméraient toujours, en dépit des sergents de ville qui s'efforçaient de les maintenir à distance.

— Cela va continuer longtemps ? gémit-il.

On lui volait le sommeil dont il avait besoin, le sommeil auquel il avait droit, et on aurait pu croire, à l'expression de son visage, que c'était lui la vraie victime.

— Pourquoi ne prends-tu pas un des comprimés que le docteur t'avait ordonnés ?

— Ils me font mal à l'estomac.

Il s'assit dans un coin pour boire son café, les pieds nus dans des pantoufles de feutre, et, pendant le reste de l'entretien, il n'ouvrit la bouche que pour soupirer.

— J'aimerais, madame, que vous essayiez de vous souvenir, presque seconde par seconde, de ce qui s'est passé à partir du moment où on vous a demandé le cordon.

Pourquoi cette femme appétissante avait épousé un homme de vingt ans au moins plus âgé qu'elle, cela ne le regardait pas, et sans doute ne l'avait-elle pas vu alors sans son dentier.

— J'ai entendu :

» — Cordon, s'il vous plaît.

» Et la voix, que j'ai reconnue, a ajouté :

» — Quatrième !

» Comme je vous l'ai déjà dit, j'ai regardé l'heure machinalement. C'est une habitude. Il était deux heures vingt. J'ai tendu la main pour pousser le bouton car, en réalité, il n'y a plus de cordon, mais un bouton électrique qui déclenche l'ouverture de la porte.

» Au même instant, j'ai cru entendre le bruit d'un moteur, comme si une auto stationnait, non pas devant la maison, mais devant la maison voisine, sans qu'on ait coupé les gaz. Je me suis même dit que c'étaient les Hardsin qui rentraient, un couple de l'immeuble d'à côté qui rentre souvent aux petites heures.

» Tout cela, n'est-ce pas, n'a duré que quelques secondes. J'entendais aussi les pas de M. Lognon dans le couloir. Puis la porte a claqué. Tout de suite après, le bruit de moteur est devenu plus fort, l'auto s'est mise en marche et un coup de feu a éclaté, un autre, un troisième...

» On aurait pu croire que le dernier avait été tiré dans la loge même, car il y a eu un choc sur le volet, l'éclatement de la vitre, un drôle de bruit au-dessus de ma tête...

— L'auto a continué sa route ? Vous êtes sûre qu'il y avait une auto ?

Le mari les regardait tour à tour, tête basse, en tournant la cuiller dans sa tasse.

— J'en suis certaine. La rue est en pente. Pour la monter, les voitures accélèrent. Celle-là a mis tous les gaz en se dirigeant vers la rue Norvins...

— Vous ne vous rappelez aucun cri ?

— Non. Je suis d'abord restée, car j'avais peur. Mais les femmes, vous savez, ont toujours besoin de savoir, de se rendre compte. J'ai allumé, attrapé ma robe de chambre, et je me suis précipitée dans le corridor.

— La porte de la rue était fermée ?

— Je vous l'ai dit. Je l'avais entendue claquer. J'y ai collé l'oreille et je n'ai entendu que la pluie. Alors, j'ai entrouvert et j'ai vu le corps à deux mètres à peine du seuil.

— Tourné vers le haut de la rue ou vers le bas ?

— Plutôt comme s'il se rendait rue Caulaincourt. Le malheureux se tenait le ventre à deux mains et les doigts ruisselaient de sang. Ses yeux ouverts me fixaient.

— Vous vous êtes penchée et c'est alors que vous avez entendu ou cru entendre le mot *fantôme* ?

— Je jurerais que c'est bien ce qu'il a murmuré. Des fenêtres se sont ouvertes. Les locataires n'ont pas le téléphone et sont obligés de se servir de l'appareil de la loge. Deux d'entre eux, qui l'ont demandé, sont depuis plus d'un an sur la liste d'attente.

» Je suis rentrée et j'ai cherché dans l'annuaire le numéro de Police-Secours. Ce sont des choses qu'on devrait savoir, mais on n'y pense pas, surtout dans une maison tranquille comme la nôtre...

— Le corridor était éclairé ?

— Non. Seulement ma loge. L'agent, au bout du fil, m'a posé des questions, craignant que ce soit une plaisanterie, de sorte que cela a pris un certain temps...

Le téléphone était mural. De l'endroit où il était placé, on ne pouvait voir dans le couloir.

— Des locataires sont descendus... Je vous ai raconté tout ça... Après avoir raccroché, j'ai pensé à Marinette et je me suis précipitée au quatrième...

— Je vous remercie. Me permettez-vous de me servir de votre appareil ?

Maigret appela la P.J.

— Allô ! C'est toi, Lucas ?... Tu as dû trouver une note de Lapointe au sujet de Lognon... Non, je ne suis plus à l'hôpital... On ne sait pas encore s'il s'en tirera... Je suis avenue Junot... Je voudrais que tu te rendes à Bichat... Oui, toi-même de préférence...

Prends ton air le plus officiel, car ces gens-là n'aiment pas beaucoup les intrus...

» Essaie de voir l'interne qui a assisté à l'opération, car le professeur Mingault doit être inaccessible à cette heure... Je suppose qu'ils ont trouvé la balle, probablement deux... Oui... J'aimerais avoir le plus de détails en attendant le rapport officiel... Quant aux balles, tu les porteras au laboratoire...

Jadis, on confiait ce travail à un expert de la ville, Gastinne Renette, mais on disposait maintenant d'un spécialiste en balistique dans les laboratoires de la P.J., sous les combles du Palais de Justice.

— Je te verrai tout à l'heure ou au début de l'après-midi...

Le commissaire se tournait vers Lapointe.

— Tu ne veux vraiment pas aller te coucher ?

— Je n'ai pas sommeil, patron...

Le concierge de nuit du Palace le regarda d'un œil à la fois envieux et réprobateur.

— Dans ce cas, file avenue Matignon. Les instituts de beauté ne doivent pas être si nombreux que tu ne trouves pas celui où travaille Marinette Augier... Il y a peu de chances pour qu'elle soit à son travail... Essaie d'en apprendre aussi long que possible sur elle...

— Compris, patron.

— Moi, je monte...

Maigret était un peu vexé de ne pas avoir pensé aux balles alors qu'il se trouvait à Bichat, mais ce n'était pas une enquête comme les autres. On aurait dit que, parce qu'il s'agissait de Lognon, elle prenait un caractère moins professionnel.

Là-bas, il avait surtout pensé à l'inspecteur et il s'était laissé impressionner par l'infirmière-chef, par le professeur, les salles où les malades en rang le suivaient des yeux.

La maison de l'avenue Junot n'avait pas d'ascenseur. Il n'y avait pas de tapis dans l'escalier non plus, mais le bois des marches, poli par l'usure, était bien ciré, la rampe lisse. Chaque étage comportait deux logements et sur certaines portes on voyait une plaque de cuivre avec un nom.

Au quatrième, il poussa la porte entrouverte, traversa une entrée assez obscure et se trouva dans un living-room où l'inspecteur Chinquier, assis dans un fauteuil recouvert d'un tissu à fleurs, fumait sa cigarette.

— Je vous attendais... Elle vous a tout raconté ?...

— Oui.

— Elle vous a parlé de l'auto ?... C'est ce qui m'a le plus frappé... Regardez ceci...

Debout, il tirait de sa poche trois douilles brillantes qu'il avait enveloppées dans un morceau de journal.

— Nous les avons trouvées dans la rue... Si on a tiré d'une

voiture en marche, ce qui paraît probable, le tireur avait le bras passé par la portière... Vous remarquerez que c'est du 7,63...

Chinquier était un policier sérieux, qui connaissait son affaire.

— On s'est probablement servi d'un pistolet Mauser automatique, une arme lourde, qu'on ne glisse pas dans un sac à main ou dans la poche du pantalon... Vous voyez ce que je veux dire ?... Cela sent le professionnel, et il avait au moins un complice au volant, car il n'a pas tiré en conduisant... D'habitude, un amant jaloux n'embauche pas des copains pour l'aider à abattre son rival... En outre, on a visé au ventre...

C'est plus sûr, en effet, que de viser la poitrine, car un homme s'en tire rarement quand il a les intestins perforés en une dizaine d'endroits par une balle de fort calibre.

— Vous avez visité le logement ?

— J'aimerais que vous regardiez vous-même...

Cette enquête présentait une autre particularité qui mettait Maigret mal à l'aise. Elle avait été commencée par les inspecteurs du quartier. Or, s'ils se moquaient volontiers de Lognon quand il était sur ses deux jambes, ce n'était pas moins leur collègue que des meurtriers avaient abattu. Le commissaire, dans ces conditions, ne pouvait guère les écarter pour prendre seul l'affaire en main.

— Cette pièce n'est pas mal, n'est-ce pas ?

Avec un peu de soleil, elle devait être plus agréable encore. Les murs étaient d'un jaune vibrant, le plancher verni, avec un tapis d'un jaune plus clair au milieu. Les meubles, assez modernes, avaient été choisis avec goût, formant à la fois salle à manger et salon, et il ne manquait ni la télévision, ni le tourne-disque.

Sur la table centrale, Maigret avait tout de suite remarqué une cafetière électrique, une tasse avec encore un fond de café, un sucrier et une bouteille de cognac.

— Une seule tasse... grommela-t-il. Vous n'y avez pas touché, Chinquier ? Vous devriez téléphoner au Quai pour qu'ils envoient des gens du laboratoire...

Il ne retirait pas son pardessus et il avait remis son chapeau sur la tête. Un des fauteuils était tourné vers la fenêtre, près d'un guéridon, et un cendrier contenait sept ou huit mégots de cigarettes.

Deux portes s'ouvraient sur le living-room. La première donnait accès à la cuisine, qui était propre, sans désordre, ressemblant davantage aux cuisines modèles des expositions qu'à celles qu'on trouve d'habitude dans les vieilles maisons de Paris.

La seconde porte était celle de la chambre. Le lit était défait. L'oreiller, le seul oreiller, portait encore en creux la trace d'une tête.

Une robe de chambre en soie bleu pâle avait été jetée sur le dossier d'une chaise, une veste de pyjama de femme, de même couleur, traînait par terre, et le pantalon gisait au pied d'un placard.

Chinquier remontait déjà.

— J'ai eu Moers au bout du fil. Il vous envoie l'équipe immédiatement. Vous avez eu le temps de jeter un coup d'œil ? Vous avez ouvert le placard ?

— Pas encore...

Il l'ouvrait. Cinq robes étaient pendues à des cintres, un manteau d'hiver garni de fourrure et deux tailleurs, un beige et l'autre bleu marine.

Sur la planche du haut, des valises étaient rangées.

— Vous voyez ce que je veux dire ? Il ne semble pas qu'elle ait emporté de bagages. Dans la commode, vous trouverez son linge bien en ordre.

Par la fenêtre, on découvrait une partie du panorama de Paris, mais, surtout aujourd'hui, le ciel gris d'où la pluie continuait à tomber. Une porte, au-delà du lit, était ouverte sur la salle de bains, et rien n'y manquait non plus, ni la brosse à dents, ni les crèmes de beauté.

A en juger par l'appartement, Marinette Augier était une personne de goût, qui passait une bonne partie de son temps chez elle et qui aimait son confort.

— J'ai oublié de demander à la concierge si elle faisait sa cuisine ou si elle mangeait au restaurant, avoua Maigret.

— J'ai posé la question. Elle mangeait presque toujours ici...

Le réfrigérateur contenait entre autres choses un demi-poulet froid, du beurre, du fromage, des fruits, deux bouteilles de bière et une bouteille d'eau minérale. Dans la chambre, une autre bouteille, sur la table de nuit, était entamée.

Sur cette même table de nuit, le cendrier intéressa davantage le commissaire, car on y voyait deux mégots de cigarettes marqués de rouge à lèvres.

— Elle fumait des américaines...

— Alors que, dans le living-room, on n'a fumé que du caporal, n'est-ce pas ?

Les deux hommes échangèrent un coup d'œil, car ils avaient eu la même idée.

— A en juger par l'état du lit, on ne paraît pas s'y être livré la nuit dernière à des ébats amoureux...

Malgré le drame, il était difficile de ne pas sourire à l'idée de l'inspecteur Malgracieux aux prises avec une jeune et jolie esthéticienne.

S'étaient-ils disputés ? Un Lognon boudeur, réfugié dans la pièce voisine, au fond d'un fauteuil, avait-il fumé cigarette sur cigarette pendant que sa maîtresse était au lit ?

Quelque chose clochait et Maigret se rendait compte, une fois de plus, qu'il n'avait pas mené cette affaire, dès le début, avec sa lucidité habituelle.

— Cela m'ennuie de vous demander de descendre à nouveau, Chinquier, mais il reste une question que j'ai oublié de poser. J'aimerais savoir si, quand la concierge est montée, elle a trouvé de la lumière dans le living-room.

— Je peux vous répondre. Il y avait de la lumière dans la chambre, dont la porte était ouverte, mais pas dans les autres pièces.

Ils retournaient ensemble dans ce living-room dont les deux portes-fenêtres donnaient sur un balcon longeant toute la façade comme on en trouve au dernier étage de nombreuses vieilles maisons de Paris.

Malgré la grisaille, on devinait plutôt qu'on ne voyait la tour Eiffel, des clochers d'églises et, sur des centaines de toits laqués par la pluie, des cheminées qui fumaient.

Maigret, à ses débuts, avait connu l'avenue Junot à peine tracée et ne comportant que quelques immeubles parmi les terrains vagues et les jardins. Un peintre, le premier, avait fait construire une sorte d'hôtel particulier qui passait alors pour très moderne.

D'autres avaient suivi son exemple, un romancier, une chanteuse d'opéra, et l'avenue Junot était devenue un endroit élégant.

Par les portes-fenêtres, le commissaire dominait plusieurs maisons particulières qui avaient fini par se toucher. Celle d'en face devait dater, d'après son style, d'une quinzaine d'années et comportait deux étages.

Appartenait-elle à un peintre, comme le second étage presque entièrement vitré semblait l'indiquer ? Des rideaux sombres étaient tirés, ne laissant entre eux qu'une ouverture de trente à quarante centimètres.

Si on avait demandé au commissaire à quoi il pensait, il aurait été en peine de répondre. Il enregistrait. En désordre. Au petit bonheur. Il regardait tantôt dehors, tantôt dans l'appartement, sachant qu'à un moment donné certaines images se rejoindraient et prendraient un sens.

On entendait du bruit dans la rue, des pas lourds dans l'escalier, des voix, des heurts. L'équipe de l'Identité judiciaire arrivait avec ses appareils, et Moers s'était dérangé en personne.

— Où est le corps ? questionna-t-il, ses yeux bleus toujours un peu étonnés derrière les verres épais de ses lunettes.

— Il n'y a pas de corps. Chinquier ne t'a rien dit ?

— J'ai fait au plus vite... s'excusait celui-ci.

— Il s'agit de Lognon, qui a été abattu au moment où il sortait de cette maison...

— Il est mort ?

— On l'a transporté à Bichat. Il s'en tirera peut-être. Il a passé une partie de la nuit dans cet appartement avec une femme. J'aimerais savoir si on trouve ses empreintes dans la chambre à coucher ou seulement dans cette pièce. Relève toutes les empreintes que tu pourras trouver... Vous descendez avec moi, Chinquier ?

Il attendit d'être dans le corridor du rez-de-chaussée pour lui dire à mi-voix :

— Il serait peut-être utile de questionner les locataires et les voisins. Il y a peu de chances pour que quelqu'un se soit trouvé à sa fenêtre, par le temps qu'il faisait, au moment des coups de feu, mais on ne sait jamais.

» Il est possible aussi que la jeune Marinette ait pris un taxi et, dans ce cas, il ne sera pas difficile de retrouver le chauffeur. Elle est sans doute descendue vers la place Constantin-Pecqueur, où les voitures sont moins rares qu'en haut de la Butte... Vous connaissez le quartier mieux que moi, ainsi que vos camarades...

Il soupira, en lui serrant la main :

— Bonne chance !

Et il poussa la porte vitrée de la loge. Le mari s'était décidé à se coucher dans son lit, car, derrière le rideau, on entendait un souffle régulier.

— Vous avez encore besoin de quelque chose ? murmura Angèle Sauget.

— Non. Je voulais téléphoner, mais je le ferai ailleurs. Je préfère le laisser dormir...

— Il ne faut pas lui en vouloir. Quand il n'a pas son nombre d'heures de sommeil, il devient impossible. Je lui ai donné un somnifère qui commence à faire son effet.

— Au cas où un détail oublié vous revienne, ne manquez pas de téléphoner à la P.J.

— Cela m'étonnerait, mais je vous le promets. Si seulement ces journalistes et ces photographes voulaient bien s'en aller ! Ce sont eux qui attirent les badauds...

— Je vais essayer de les éloigner...

Comme il s'y attendait, ils se jetèrent sur lui, malgré les agents, dès qu'il mit le pied sur le trottoir.

— Écoutez, messieurs, à l'heure qu'il est, je n'en sais pas plus que vous. L'inspecteur Lognon a été attaqué par des inconnus pendant son service...

— Son service ? lança une voix gouailleuse.

— J'ai dit pendant son service et je le répète. Grièvement blessé, il a été opéré par le professeur Mingault, à Bichat, mais il ne sera vraisemblablement pas en mesure de parler avant plusieurs heures, sinon plusieurs jours.

» D'ici là, on ne peut faire que des suppositions. En tout cas, il n'y a plus rien à voir ici, mais il est possible que, cet après-midi, Quai des Orfèvres, j'aie des nouvelles à vous apprendre...

— Qu'est-ce que l'inspecteur faisait dans cette maison ? Est-il vrai qu'une jeune femme a disparu ?

— A cet après-midi !

— Vous ne voulez rien dire ?

— Je ne sais rien.

Et, le col du pardessus relevé, les mains dans les poches, il descendit la rue. Deux ou trois déclics lui apprirent qu'on le photographiait, faute de mieux, et, quand il se retourna, les journalistes commençaient à se disperser.

Rue Caulaincourt, il entra dans le premier bistrot venu, où, comme il venait d'avoir un frisson, il commanda un grog.

— Donnez-moi trois jetons, voulez-vous ?

— Trois ?

Il but une large gorgée de son grog avant d'entrer dans la cabine téléphonique, et son premier appel fut pour l'hôpital Bichat. Comme il s'y attendait, on le brancha sur plusieurs services avant qu'il ait l'infirmière-chef de la chirurgie au bout du fil.

— Non, il n'est pas mort. Un interne est près de lui en ce moment et un de vos inspecteurs se tient dans le couloir. On ne peut toujours rien prévoir. Bon ! voilà qu'un autre de vos hommes entre dans mon bureau...

Il raccrocha, résigné, appela le Quai.

— Lapointe est rentré ?

— Il vient d'essayer de vous atteindre avenue Junot. Je vous le passe.

Par la vitre de la cabine, Maigret voyait l'étain du comptoir, le patron en bras de chemise, deux maçons à qui on versait de grands verres de vin rouge.

— C'est vous, patron ? J'ai trouvé tout de suite l'institut de beauté, car il n'y a que celui-là avenue Matignon. C'est un établissement de luxe, où opère un certain Marcellin, dont ces dames parlent avec un respect ému. Marinette Augier n'a pas pris son travail aujourd'hui et ses collègues en sont surprises car, paraît-il, elle est très ponctuelle et sérieuse...

» Elle ne s'est confiée à personne de ses relations avec l'inspecteur... Elle a un frère marié, qui habite Vanves, mais on ignore son adresse... Il travaille dans les assurances, et il est arrivé à Marinette de lui téléphoner à son bureau... La compagnie s'appelle La Fraternelle... J'ai cherché à l'annuaire... Cela se trouve rue Le Peletier...

» Je n'ai pas osé y aller avant de vous en parler...

— Janvier est là ?

— Il est occupé à taper un rapport.

— Demande-lui si c'est urgent. Je tiens à ce que tu te couches afin d'être dispos quand j'aurai besoin de toi...

Un silence au bout du fil. Puis la voix résignée de Lapointe :

— Il dit que ce n'est pas urgent...

— Alors, mets-le au courant. Qu'il se rende rue Le Peletier et qu'il essaie de savoir où Marinette a pu se réfugier...

D'autres clients entraient dans le petit café, des habitués qu'on servait sans leur demander ce qu'ils désiraient boire. On l'avait reconnu et on jetait des coups d'œil curieux vers la cabine vitrée.

Il dut chercher le numéro de Lognon. Comme il s'y attendait, ce fut Mme Maigret qui répondit.

— Où es-tu ? demanda-t-elle.

— Chut !... Ne lui dis surtout pas que je me trouve à deux pas... Comment va-t-elle ?...

Il comprit l'hésitation de sa femme.

— Je suppose qu'elle est couchée et qu'elle se sent plus mal que son mari ?

— Oui.

— Tu lui as préparé à manger ?

— Après être allée faire le marché dans le quartier.

— Elle peut donc rester seule ?

— Pas volontiers !

— Que cela lui plaise ou non, dis-lui que j'ai besoin de toi et viens me rejoindre le plus tôt possible chez Manière...

— Nous déjeunons ensemble ?

Elle n'en croyait pas ses oreilles. S'il leur arrivait, le samedi soir ou le dimanche, de manger au restaurant, ils n'y déjeunaient pratiquement jamais, à plus forte raison au cours d'une enquête.

Le commissaire alla finir son grog au comptoir tandis que les voix, autour de lui, n'avaient plus le même naturel. Il payait ainsi la publicité que les journaux lui faisaient à son corps défendant et qui compliquait souvent son travail.

Quelqu'un dit, sans le regarder :

— C'est vrai que des gangsters ont descendu le Malgracieux ?

Et un autre, mystérieux :

— Si ce sont vraiment des gangsters.

Le bruit courait donc déjà dans le quartier des relations entre l'inspecteur et Marinette. Maigret paya et, suivi par tous les regards, sortit du bistrot, se dirigea vers chez Manière.

C'était, à côté d'un escalier de pierre, une brasserie qu'avaient fréquentée les célébrités du quartier et on y coudoyait encore des actrices, des écrivains et des peintres. Il était trop tôt pour les habitués et la plupart des tables étaient libres, quatre, cinq clients seulement étaient accoudés au bar.

Il se débarrassa de son pardessus mouillé et de son chapeau, se laissa tomber, avec un soupir de satisfaction, sur la banquette, près de la vitre.

Il eut le temps de fumer une pipe, le regard rêveur, avant d'apercevoir Mme Maigret qui, tenant son parapluie comme un bouclier, traversait la rue.

— Cela me fait un drôle d'effet de te retrouver ici... Il y a au moins quinze ans que nous y sommes venus pour la dernière fois, un soir, après le théâtre... Tu t'en souviens ?...

— Oui... Qu'est-ce que tu manges ?

Il lui tendait la carte.

— Toi, je sais déjà que tu vas prendre une andouillette... Je peux m'offrir une petite folie en commandant un homard froid à la mayonnaise ?

Ils attendirent que les hors-d'œuvre et le vin de la Loire soient sur la table. Ils n'avaient pas de voisins. La vitre embuée rendait l'atmosphère intime.

— J'ai un peu l'impression d'être un de tes collaborateurs... Quand tu me téléphones que tu ne rentreras pas déjeuner, c'est ainsi que je t'imagine, avec Lucas ou Janvier...

— A moins que je ne sois dans mon bureau à me contenter de sandwiches et d'un verre de bière... Raconte...

— Je ne voudrais pas être méchante...

— Sois sincère.

— Tu m'as souvent parlé d'elle et de son mari... C'était lui que tu plaignais, et je n'étais pas loin de te trouver injuste...

— Et maintenant ?

— Je ne la plains plus autant, bien que ce ne soit sans doute pas sa faute... Je l'ai trouvée au lit, entourée de la concierge et d'une vieille voisine qui a la manie d'égrener son chapelet toute la journée... Elles avaient appelé le docteur car, à la voir, on aurait cru qu'elle allait mourir...

— Elle a été surprise de ta visite ?

— Tu sais ce qu'elle a commencé par me dire ?

» — En tout cas, votre mari ne pourra plus le persécuter... Il se repentira sûrement de n'avoir jamais laissé Charles entrer au Quai des Orfèvres...

» Au début, j'étais mal à l'aise... Par chance, le médecin est arrivé, un petit vieux tranquille, au regard ironique...

» La concierge est descendue. La vieille m'a suivie dans la salle à manger, avec toujours son chapelet à la main.

» — Pauvre femme ! Nous sommes quand même peu de chose ! Quand on pense à tout ce qui se passe autour de nous, on ose à peine se risquer dans la rue...

» Je lui ai demandé si Mme Lognon était gravement malade et elle m'a répondu qu'elle tenait à peine sur ses jambes, que c'était sans doute dans les os...

Ils ne pouvaient s'empêcher de se sourire, appréciant l'un comme l'autre l'intimité de ce repas dans une atmosphère différente de celle du boulevard Richard-Lenoir. Mme Maigret, surtout, était surexcitée et ses yeux brillaient plus que d'habitude, son teint s'animait à mesure qu'elle parlait.

Quand ils déjeunaient ou dînaient chez eux, c'était surtout Maigret qui parlait, car elle n'avait rien d'intéressant à raconter. Cette fois, elle avait conscience de lui être utile.

— Cela t'intéresse ?

— Beaucoup. Continue.

— La consultation finie, le médecin m'a fait signe de le suivre dans l'entrée et nous avons parlé à voix basse. Il m'a d'abord demandé si j'étais bien la femme du commissaire Maigret, et cela a paru l'étonner de me trouver là.

» Je lui ai expliqué... Enfin, tu devines ce que j'ai pu lui dire...

» — Je comprends votre sentiment, a-t-il grommelé. C'est fort généreux de votre part... Mais laissez-moi vous mettre en garde... Sans prétendre qu'elle soit d'une santé de fer, je peux vous affirmer qu'elle n'est atteinte d'aucune maladie grave... Voilà dix ans que je la soigne... Et je ne suis pas le seul !...

» Régulièrement, elle fait appel à l'un ou à l'autre de mes confrères, voulant coûte que coûte qu'on lui découvre un mal sérieux... Mais, quand je lui parle de consulter un psychiatre ou un neurologue, elle s'indigne en jurant qu'elle n'est pas folle et que je ne connais rien à mon métier...

» A-t-elle été déçue par son mariage ? Elle en veut, en tout cas, à son mari, d'être resté un simple inspecteur de quartier...

» Alors, elle se venge en se donnant pour malade, en l'obligeant à la soigner, à faire le ménage, à mener une existence impossible.

» Que vous soyez venue ce matin, d'accord... Mais, si vous vous montrez trop complaisante, elle vous retiendra par tous les moyens...

» J'ai téléphoné devant elle à Bichat et j'ai pu lui répéter que son mari a beaucoup de chances de s'en tirer... J'ai un peu exagéré... Cela importe peu, car ce n'est pas son mari qu'elle plaint, mais elle...

On apportait l'andouillette garnie de pommes frites, un demi-homard nappé de mayonnaise. Maigret remplissait les verres.

— Quand tu m'as téléphoné et que je lui ai annoncé que je devais la quitter pour une heure ou deux, elle m'a lancé, amère :

» — Votre mari a besoin de vous, bien entendu. Tous les hommes sont les mêmes...

» Puis, sautant du coq à l'âne :

» — Lorsque je serai veuve, je ne pourrai même plus, avec ma pension, conserver cet appartement où j'ai vécu vingt-cinq ans.

— Elle n'a pas fait allusion à l'existence d'une femme dans la vie de Lognon ?

— Elle m'a seulement dit que la police est un métier répugnant, où on fréquente toutes sortes de gens, y compris des prostituées...

— Tu as essayé de savoir si, les derniers temps, il se montrait différent ?

— Elle m'a répondu :

» — Depuis que j'ai fait la bêtise de l'épouser, il m'annonce périodiquement la grosse affaire qui va le mettre en vedette et obliger ses chefs à lui donner la place qu'il mérite... Au début, j'y croyais et je me réjouissais avec lui...

» En fin de compte, la grosse affaire tournait en queue de poisson, ou bien c'était un autre qui s'en donnait le mérite.

Mme Maigret ajoutait, enjouée comme son mari l'avait rarement vue :

— J'aime mieux avouer qu'à la façon dont elle m'a regardée en disant ça, il était clair que la personne qui se donnait tout le mérite n'était autre que toi... Pour ce qui est des derniers temps, elle s'est plainte de ce qu'on le désignait plus souvent qu'à son tour pour le service de nuit... C'est exact ?

— C'était lui qui le demandait.

— Il ne s'en est pas vanté devant elle... Il y a quatre ou cinq jours, il a annoncé qu'il y aurait bientôt du nouveau et que les journaux, cette fois, bon gré, mal gré, publieraient son portrait en première page...

— Elle n'a pas essayé d'en tirer davantage ?

— Elle n'y a pas cru, et je suppose qu'elle s'est moquée de lui. Attends ! Elle a pourtant ajouté quelque chose qui m'a frappée. Il lui a dit :

» — Les gens ne sont pas toujours ce qu'ils paraissent et, si on pouvait voir à travers les façades, il y aurait d'étranges surprises...

Ils furent interrompus par le patron, qui venait les saluer et leur offrir le pousse-café. Quand ils furent à nouveau seuls, Mme Maigret questionna, un peu anxieuse :

— Je t'ai été utile ? Cela te servira ?

Il ne répondit pas tout de suite car, tout en allumant sa pipe, il poursuivait une idée encore vague.

— Tu as entendu ?

— Oui. Ce que tu viens de m'apprendre va sans doute changer le cours de l'enquête...

Elle le regardait, encore incrédule, mais ravie. Ce déjeuner chez Manière resterait un de ses plus beaux souvenirs.

3

Les amours de Marinette

La pluie commençait à tomber moins dru, sans former, comme le matin, ces hachures rageuses qui vous prenaient en traître, et

Maigret, en regardant dehors, prolongeait encore un peu ce déjeuner au charme si exceptionnel.

Si Lognon avait pu les voir, il aurait eu une occasion de plus d'exhaler son amertume :

« Pendant que je souffre, sur un lit d'hôpital, les autres en profitent pour s'offrir un déjeuner d'amoureux chez Manière et parlent de ma pauvre femme comme d'une chipie ou d'une toquée... »

Une idée lui passa par la tête, pas nécessairement originale, ni profonde :

— C'est curieux que la susceptibilité des gens nous complique plus souvent l'existence que leurs véritables défauts ou leurs mensonges...

C'était surtout vrai dans son métier. Il se souvenait d'enquêtes qui s'étaient prolongées de plusieurs jours, sinon de plusieurs semaines, parce qu'il n'osait pas poser une question brutale à son interlocuteur ou encore parce que celui-ci répugnait à aborder certains sujets.

— Tu retournes à ton bureau ?

— Je vais d'abord avenue Junot. Et toi ?

— Tu ne crois pas que, si je la laisse seule, elle va t'accuser de l'abandonner, sans soins, tandis que son mari, à cause de son dévouement à la police, est mourant ?

C'était vrai. Mme Lognon, à qui le prénom de Solange seyait si mal, était capable de se lamenter devant les reporters qui ne tarderaient pas à sonner à sa porte, et Dieu sait ce que cela donnerait dans les journaux.

— Tu ne peux pourtant pas passer tes jours et tes nuits chez elle jusqu'à ce qu'il soit guéri. Essaie donc de t'arranger avec la vieille fille au chapelet.

— Elle s'appelle Mlle Papin.

— Pour un peu d'argent, elle acceptera sûrement de rester quelques heures dans l'appartement. A la rigueur, engage donc une infirmière...

Quand ils sortirent du restaurant, il ne tombait plus que des gouttes éparses, et ils se quittèrent place Constantin-Pecqueur. Maigret remonta lentement l'avenue Junot, aperçut l'inspecteur Chinquier qui sortait d'une maison et sonnait à la porte de la maison voisine.

Cela encore était un travail aussi délicat que décevant. On dérangeait des gens qui étaient tranquillement chez eux à vaquer à leurs petites affaires et que le seul mot « police » inquiétait ou hérissait.

— Puis-je vous demander si, la nuit dernière...

Tous savaient déjà qu'une tentative de meurtre avait eu lieu dans leur rue. Ne se sentaient-ils pas soupçonnés ? Et n'est-il pas parfois désagréable d'avouer à un inconnu ce qu'on a fait la nuit précédente ?

Malgré cela, Maigret aurait aimé être à la place de Chinquier, pour mieux connaître la rue, ses habitants, sa vie intime, ce qui l'aurait aidé à situer le drame, sinon à le comprendre.

C'était malheureusement un travail qu'un commissaire divisionnaire ne peut se permettre d'exécuter en personne et on lui reprochait déjà d'être trop souvent dehors au lieu de diriger ses hommes de son bureau.

Il ne restait qu'un agent en faction devant la maison de Marinette. La tache de sang, sur le trottoir, se devinait encore. Quelques passants s'arrêtaient un instant, sans se grouper, et les journalistes avaient disparu.

— Rien de neuf ?

— Rien, monsieur le divisionnaire. Cela s'est calmé...

Dans la loge, les Sauget traînaient à table, le concierge de nuit du Palace toujours dans son horrible robe de chambre, et toujours non rasé.

— Ne vous dérangez pas... Je monte un instant au quatrième, mais je voudrais vous poser une ou deux questions en passant... Je suppose que Mlle Augier n'a pas de voiture ?

— Elle s'est acheté un scooter, il y a deux ans, et l'a revendu deux ou trois mois plus tard à la suite d'un accrochage...

— Où a-t-elle l'habitude de passer ses vacances ?

— L'été dernier, elle est allée en Espagne et en est revenue si bronzée que je ne l'ai pas reconnue tout de suite...

— Seule ?

— Avec une amie, à ce qu'elle m'a dit.

— Elle recevait souvent des amies ?

— Non. A part le fiancé dont je vous ai parlé et l'inspecteur qui lui rendait visite les derniers temps, elle vivait plutôt solitaire...

— Et le dimanche ?

— Elle partait souvent le samedi soir, car elle travaillait le samedi après-midi, pour revenir le lundi dans la matinée. Les salons de coiffure sont fermés le lundi matin...

— Elle ne devait donc pas aller très loin ?

— Ce que je sais, c'est qu'elle nageait. Elle parlait souvent des heures qu'elle passait dans l'eau...

Il gravit les quatre étages, passa un bon quart d'heure à ouvrir tiroirs et placards, à examiner les vêtements, le linge et les menus objets qui révèlent le caractère et les goûts d'une personne.

Si rien n'était vraiment coûteux, tout avait été choisi avec soin. Il trouva une lettre, datée de Grenoble, qui lui avait échappé le matin. D'une écriture d'homme, elle était tendre et enjouée, et ce n'est qu'aux dernières phrases que le commissaire comprit qu'elle venait du père de Marinette.

...Ta sœur est à nouveau enceinte et son ingénieur de mari en est plus fier que s'il avait construit le plus grand barrage du monde... Quant à ta mère, elle se débat toujours parmi une quarantaine de moutards et elle nous rapporte le soir une bonne odeur de pipi d'enfant...

Une photo de mariage, du mariage de la sœur, vraisemblablement, datant de quelques années. Autour du couple se tenaient les parents, figés et gauches comme toujours sur ces photos-là, un homme jeune et sa femme devant un garçonnet de trois ans et enfin une personne aux yeux vifs et pétillants qui devait être Marinette.

Il mit la photo dans sa poche. Un peu plus tard, un taxi le conduisait au Quai, où il retrouvait son bureau qu'il avait quitté à une heure du matin après s'être obstiné pendant des heures et des heures à éclaircir l'histoire du hold-up.

Il n'avait pas eu le temps de retirer son pardessus que Janvier frappait à sa porte.

— J'ai vu le frère, patron. Je l'ai trouvé à son bureau, rue Le Peletier, où il occupe un poste assez important.

Maigret lui montra la photo de mariage.

— C'est celui-ci ?

Janvier désigna sans hésiter le père du garçonnet.

— Il était au courant de ce qui s'est passé la nuit dernière ?

— Non. Les journaux viennent seulement de sortir. Il m'a d'abord affirmé qu'il s'agissait sûrement d'une erreur, que ce n'est pas dans le caractère de sa sœur de prendre la fuite ou de se cacher.

» — Elle est tellement franche qu'il m'arrive de le lui reprocher, car cela ne plaît pas à tout le monde...

— Il ne t'a pas semblé qu'il te cachait quelque chose ?

Maigret s'était assis et tripotait ses pipes avant d'en choisir une, qu'il bourra lentement.

— Non. Je le prends pour un garçon très bien. Il m'a fourni sans hésiter les renseignements sur sa famille. Le père est professeur d'anglais au lycée de Grenoble et la mère dirige une école maternelle. Il y a une autre sœur à Grenoble, mariée à un ingénieur qui lui fait un enfant chaque année...

— Je sais...

Maigret n'ajoutait pas qu'il l'avait appris par la lettre trouvée dans un tiroir.

— Après son bac, Marinette a décidé de vivre à Paris, où elle a d'abord travaillé comme sténodactylo chez un avocat. La vie de bureau ne lui plaisant pas, elle a suivi des cours d'esthéticienne. Son rêve, d'après son frère, est d'ouvrir un jour un institut de beauté...

— Et le fiancé ?

— Elle a été réellement fiancée. Le garçon, qui s'appelle Jean-Claude Ternel, est le fils d'un industriel parisien. Marinette l'a présenté à son frère. Il a été question qu'elle l'emmène à Grenoble pour le montrer à ses parents...

Il est décourageant, dans une affaire criminelle, de ne trouver en face de soi que des gens normaux, car on se demande pourquoi et comment ils ont été mêlés à un drame.

— Le frère sait-il que ce Jean-Claude passait souvent la nuit ici ?

— Il n'a pas insisté sur ce point mais m'a laissé entendre que si, en tant que frère, il ne pouvait pas approuver, il était assez à la page pour ne pas condamner sa sœur...

— Une famille modèle, en somme ! grogna Maigret.

— Je l'ai trouvé très sympathique...

L'appartement de l'avenue Junot aussi, qui devait refléter la personnalité de Marinette, était sympathique.

— Je n'en désire pas moins mettre la main sur elle le plus tôt possible. Son frère l'a vue ces derniers temps ?

— Pas la semaine dernière, mais la semaine précédente. Quand elle n'allait pas à la campagne, elle passait l'après-midi du dimanche chez son frère et sa belle-sœur. Ils habitent Vanves, en bordure du parc municipal, ce qui, comme dit François Augier, est bien pratique pour les enfants...

— Elle ne leur a parlé de rien ?

— Elle leur a dit, incidemment, qu'elle avait rencontré un type étonnant et que, bientôt, elle aurait une histoire extraordinaire à leur raconter. Sa belle-sœur l'a taquinée.

» — Un nouveau fiancé ?

Janvier semblait gêné de n'apporter que des nouvelles aussi banales.

— Elle a juré que non, qu'une expérience suffisait...

— Pourquoi a-t-elle rompu avec Jean-Claude ?

— Elle a fini par comprendre que c'est un mou, incapable d'effort, et que, dans le fond, il n'était pas si enchanté de s'être engagé. Il a été recalé deux fois au bac. Son père l'a ensuite envoyé en Angleterre, chez un ami, où cela n'a pas très bien tourné. En fin de compte, on lui a confié un poste dans les bureaux, à Paris, mais il ne donne guère satisfaction...

— Veux-tu voir à quelle heure, la nuit dernière ou ce matin, il y avait un train pour Grenoble ?

Cela ne donna rien. En prenant le premier train, Marinette aurait pu être maintenant chez ses parents. Ni son père, qu'on finit par atteindre au lycée, ni sa mère ne l'avaient vue.

Une fois de plus, il fallait donner des explications délicates afin de ne pas inquiéter ces braves gens.

— Mais non... Il ne lui est certainement rien arrivé... Ne craignez rien, madame Augier... Le hasard a voulu que, la nuit dernière, votre fille ait été témoin d'un meurtre... Non ! Pas chez elle... Cela s'est simplement passé avenue Junot... Pour une raison que j'ignore encore, elle a préféré disparaître pour quelque temps... J'ai pensé qu'elle pouvait s'être réfugiée chez vous.

L'appareil raccroché, le commissaire se tourna vers Janvier.

— Ouf ! Qu'est-ce que tu voulais que je lui dise ?... Lapointe a questionné ce matin les jeunes filles de l'institut de beauté et aucune ne sait où Marinette passait ses dimanches... Elle est partie sans bagages, sans vêtements de rechange, sous la pluie. Elle n'ignore pas que, dans un hôtel, elle serait tout de suite repérée.

» Ou elle se trouve chez une amie en qui elle a toute confiance, ou elle s'est rendue dans un endroit qui lui est familier, un endroit discret, une auberge de banlieue, par exemple...

» Elle est passionnée de natation... Il est peu probable, en raison de son budget, qu'elle s'offre chaque semaine un séjour à la mer... Il y a mille coins possibles, au bord de la Seine, de la Marne ou de l'Oise...

» Va donc voir ce Jean-Claude et essaie de savoir où ils avaient l'habitude de se rendre...

Moers, dans le bureau voisin, attendait son tour, apportant, dans une petite boîte de carton, les balles et les trois douilles.

— L'expert est d'accord, patron. Il s'agit bien de calibre 7,63 et l'arme utilisée est presque sûrement un Mauser.

— Les empreintes ?

— Je me demande ce que vous en penserez. On retrouve celles de l'inspecteur Lognon un peu partout dans le living-room, y compris sur les boutons de la radio...

— Pas sur ceux de la télévision ?

— Non. Dans la cuisine, il a ouvert le réfrigérateur et une boîte en fer qui contient du café moulu... On retrouve aussi ses empreintes sur la cafetière électrique... Pourquoi souriez-vous ? Je dis des bêtises ?

— Non. Continue.

— Lognon s'est servi du verre et de la tasse. Quant à la bouteille de cognac, elle porte à la fois les empreintes digitales de l'inspecteur et celles de la jeune fille...

— La chambre ?

— Aucune trace de Lognon. Pas un de ses cheveux sur l'oreiller, mais un cheveu de femme. Pas la moindre parcelle de boue non plus, bien que, à ce qu'on m'a dit, Lognon soit arrivé avenue Junot par une pluie battante...

Avec Moers et son équipe, aucun détail n'était négligé.

— Il semble être resté assez longtemps assis dans le fauteuil qui se trouve devant une des portes-fenêtres. C'est alors, je suppose, qu'il a fait marcher la radio. A un autre moment, il a ouvert cette porte, laissant de magnifiques empreintes sur le bouton, et j'ai ramassé un de ses mégots sur le balcon. Vous souriez toujours...

— Parce que cela confirme l'idée qui m'est venue tout à l'heure en écoutant parler ma femme...

Tout n'inclinait-il pas à penser que le Malgracieux, que sa femme avait réduit à l'esclavage, s'était offert, enfin, une aventure amoureuse, et qu'il se consolait avenue Junot des heures mornes passées dans l'appartement de la place Constantin-Pecqueur ?

— Je souris, mon vieux Moers, à l'idée que ses collègues le prennent soudain pour un don Juan. Je jurerais, vois-tu, qu'il n'y avait rien entre eux, et je le regrette presque pour lui.

» Il passait ses soirées dans la pièce de devant, le living-room, le plus souvent près de la fenêtre, et la jeune Marinette avait assez de confiance en lui pour aller se coucher malgré sa présence...

» Tu n'as rien trouvé d'autre ?

— Un peu de sable, dans les chaussures de la jeune fille, des chaussures à talons plats qu'elle devait porter à la campagne. C'est du sable de rivière. Nous avons, là-haut, des centaines d'échantillons différents, mais il faudra des heures, avec beaucoup de chance, pour déterminer d'où vient ce sable-là...

— Tiens-moi au courant... Quelqu'un m'attend-il encore à côté ?

— Un inspecteur du XVIIIe.

— Avec des petites moustaches brunes ?

— Oui.

— C'est Chinquier. En passant, prie-le d'entrer.

La pluie recommençait à tomber, une pluie fine, une sorte de brouillard qui adoucissait la lumière. Les nuages, dans le ciel, bougeaient à peine et se transformaient peu à peu en une calotte d'un gris uni.

— Alors, Chinquier ?

— Je n'en ai pas fini avec la rue et mes hommes continuent à faire du porte-à-porte. Encore heureux qu'il n'y ait qu'une quarantaine de numéros de chaque côté. Cela n'en représente pas moins dans les deux cents personnes à interroger.

— Ce qui m'intéresse surtout, ce sont les maisons d'en face.

— Si vous le permettez, monsieur le commissaire, j'y viendrai dans un instant, car je crois que je devine votre idée. J'ai commencé par les locataires de la maison d'où sortait le pauvre Lognon. Au rez-de-chaussée n'habite qu'un vieux couple, les Guèbre, qui sont depuis un mois au Mexique, où vit leur fille mariée...

Il avait tiré de sa poche un calepin dont plusieurs pages étaient couvertes de noms et de croquis. Avec lui aussi, il fallait y aller doucement si on ne voulait pas le vexer.

— Les autres étages comportent chacun deux appartements. Au premier, la veuve Faisant est vendeuse dans une maison de couture, et un couple de rentiers, les Lanier, s'est précipité à la fenêtre tout de suite après les coups de feu. Ils ont vu la voiture s'éloigner, sans malheureusement distinguer son numéro...

Les yeux mi-clos, Maigret écoutait vaguement, comme un ronron, en tirant parfois sur sa pipe, le minutieux rapport de l'inspecteur.

Il commença à tendre l'oreille quand il fut question d'un certain Maclet, qui occupait le second étage de la maison voisine. D'après Chinquier, c'était un vieillard grinçant qui s'était enfermé une fois pour toutes et qui, par ses fenêtres, se contentait de jeter sur le monde un regard ironique.

— Ses rhumatismes ne lui permettent plus de marcher. Il se traîne, à l'aide de ses deux cannes, dans un appartement crasseux où aucune femme de ménage n'a le droit de pénétrer. Chaque jour, sa concierge dépose à sa porte les victuailles qu'il lui commande par un billet posé sur le paillasson.

» Il n'a pas la radio, ne lit pas les journaux. La concierge prétend qu'il est riche, bien qu'il vive presque misérablement. Il a une fille mariée, qui a essayé plusieurs fois de le faire interner...

— Il est vraiment fou ?

— Vous allez voir. J'ai eu toutes les peines du monde à obtenir qu'il m'ouvre sa porte et il a fallu que je menace de revenir avec un serrurier. Quand il s'est enfin décidé, il m'a longuement examiné de la tête aux pieds en soupirant :

» — Vous êtes un peu jeune pour ce métier-là, non ?

» Je lui ai répondu que j'avais trente-cinq ans et il a répété deux ou trois fois :

» — Un gamin !... Un gamin !... Qu'est-ce qu'on sait, à trente-cinq ans ?... Qu'est-ce qu'on est capable de comprendre ?...

— Il vous a appris du nouveau ?

— Il m'a surtout parlé du Hollandais d'en face... Il s'agit de la maison que nous avons vue ce matin du balcon, le petit hôtel particulier dont le second étage est vitré comme un atelier d'artiste...

» Cette maison a été construite, il y a quinze ans, par un certain Norris Jonker, qui a aujourd'hui soixante-quatre ans, et dont la femme, splendide, paraît-il, est beaucoup plus jeune que lui...

Une fois de plus, Maigret regrettait de n'avoir pas pu effectuer ce travail en personne. Il aurait aimé rencontrer ce vieux misanthrope rhumatisant qui s'était retiré du monde en plein Paris, en plein Montmartre, et qui passait son temps à observer les gens d'en face.

— Il est devenu bavard, tout à coup ; comme il a la manie de sauter d'une idée à l'autre et de glisser des commentaires dans son discours, j'ai peur de ne pas vous répéter tout ce qu'il m'a dit...

» J'ai vu, plus tard, le Hollandais, et il vaut mieux que je vous en parle tout de suite... C'est un homme agréable, élégant, cultivé, qui appartient à une famille très connue et très riche de Hollande... Son père dirigeait, à Amsterdam, la Banque Jonker, Haag et Cie...

Lui-même ne s'est jamais intéressé à la finance et il a passé de nombreuses années à courir le monde...

» Quand il a découvert qu'il n'était heureux qu'à Paris, il a fait construire cet hôtel particulier de l'avenue Junot tandis que son frère Hans, depuis la mort du père, dirige la banque...

» Norris Jonker, lui, se contente de toucher les dividendes et de les transformer en tableaux...

— En tableaux ? répéta Maigret.

— Il paraît qu'il possède une des plus belles collections de Paris...

— Un instant !... Vous avez sonné à la porte... Qui vous a ouvert ?

— Un valet de chambre très blond, très rose de teint, assez jeune...

— Vous avez annoncé que vous étiez de la police ?

— Oui. Il n'a pas paru surpris et m'a fait entrer dans un hall où il m'a désigné un siège... Je ne m'y connais pas en peinture, mais j'ai déchiffré les signatures de gens dont j'ai quand même entendu parler : Gauguin, Cézanne, Renoir... Beaucoup de femmes nues...

— Vous avez attendu longtemps ?

— Une dizaine de minutes... La porte à deux battants, entre le hall et le salon, était ouverte, et j'ai vu passer une jeune femme aux cheveux noirs, encore en peignoir, à trois heures de l'après-midi... Je me trompe peut-être, mais j'ai eu l'impression qu'elle était venue m'examiner... Quelques minutes plus tard, le valet de chambre m'a fait traverser le salon, et j'ai été introduit dans un bureau garni de livres de haut en bas...

» M. Jonker m'accueillit, vêtu d'un pantalon de flanelle, d'une chemise de soie à col ouvert et d'un veston en velours noir... Ses cheveux sont très blancs, son teint presque aussi rose que celui de son domestique...

» Un plateau, avec un flacon et des verres, se trouvait sur le bureau.

» — Asseyez-vous... Je vous écoute... m'a-t-il dit sans le moindre accent.

Il était clair que l'inspecteur Chinquier avait été impressionné par le luxe de la maison et par les tableaux autant que par la distinction du Hollandais.

— J'avoue que je ne savais par où commencer... Je lui ai demandé s'il avait entendu les coups de feu et il m'a répondu que non, que sa chambre donnait sur l'autre face de la maison, opposée à l'avenue Junot, et que les murs épais ne laissaient guère pénétrer les bruits.

» — J'ai horreur du bruit... m'a-t-il déclaré avant de m'offrir un verre d'une liqueur que je ne connais pas, une liqueur très forte, à l'arrière-goût d'orange...

» — Vous devez pourtant être au courant de ce qui s'est passé la nuit dernière en face de chez vous ?

» — Carl m'en a parlé en m'apportant mon petit déjeuner, vers dix heures. C'est mon valet de chambre, le fils d'un de nos fermiers. Il m'a dit que l'avenue Junot était très agitée parce qu'un policier avait été attaqué par des gangsters.

— Quel air avait-il ? demanda Maigret en tripotant sa pipe.

— Calme, souriant, d'une politesse inattendue chez un homme qu'on vient déranger à l'improviste.

» — Si vous voulez interroger Carl, je le mets volontiers à votre disposition, mais il couche, lui aussi, du côté du jardin et il m'a affirmé qu'il n'avait rien entendu non plus.

» — Vous êtes marié, monsieur Jonker ?

» — Certainement. Ma femme a été désagréablement surprise en apprenant ce qui s'était passé à quelques mètres de chez nous.

A ce point de son récit, Chinquier marqua un léger trouble.

— J'ignore si j'ai eu raison, monsieur le commissaire. J'aurais aimé lui poser beaucoup d'autres questions. Je n'ai pas osé, me disant en fin de compte qu'il était plus urgent de vous mettre au courant...

— Revenons donc au vieil infirme.

— Justement. C'est à cause de lui que j'aurais voulu parler de certaines choses au Hollandais. Une des premières phrases de Maclet, en effet, a été :

» — Que feriez-vous, inspecteur, si vous aviez une des plus belles femmes de Paris ?... Ha ! Ha ! vous ne répondez pas... Et vous êtes loin d'avoir soixante-quatre ou soixante-cinq ans... Bon ! Posons la question autrement... Que fait un homme de cet âge qui dispose à toute heure d'une créature magnifique ?...

» Eh bien ! le monsieur d'en face doit avoir des idées particulières sur ce sujet... Je dors peu... Les nouvelles politiques ne m'intéressent pas, ni les catastrophes dont parlent la radio et les journaux...

» Je m'amuse à penser... Vous comprenez ?... Je regarde par la fenêtre et je pense... Peu de gens savent à quel point il est amusant de penser...

» Par exemple à ce Hollandais et à sa femme... Ils sortent peu, une fois ou deux par semaine, elle en robe du soir, lui en smoking, rentrent rarement après une heure du matin, ce qui signifie qu'ils se contentent de dîner chez des amis ou d'aller au théâtre...

» Eux-même ne donnent jamais de dîners... Ils ne reçoivent pas davantage à déjeuner... Et d'ailleurs ils ne déjeunent guère avant trois heures de l'après-midi...

» Vous voyez... On se distrait comme on peut... On observe... On devine... On met ses petites idées bout à bout...

» Alors quand, deux ou trois fois la semaine, on voit une jolie fille sonner à la porte, vers huit heures du soir, et ne repartir que très tard dans la nuit, si ce n'est pas au petit matin...

Décidément, Maigret regrettait de n'avoir pas interrogé ce vieillard original.

— Ce n'est pas tout, monsieur de la police... Avouez que mes radotages commencent à vous intéresser... Surtout quand j'aurai ajouté que ce n'est jamais la même jeune personne...

» Elles arrivent le plus souvent en taxi, quelquefois à pied... De ma fenêtre, je les vois regarder le numéro des maisons, ce qui a un sens aussi, n'est-ce pas votre avis ?...

» Cela signifie que quelqu'un leur a fixé rendez-vous à une adresse déterminée...

» Enfin, je n'ai pas toujours été le vieil animal malade qui s'enferme dans sa tanière et je m'y connais assez bien en femmes...

» Remarquez le réverbère à cinq mètres de la porte... Dans votre métier, vous reconnaissez du premier coup d'œil les femmes pour qui l'amour est une profession, n'est-ce pas ?... Et vous reconnaissez aussi celles qui vivent, si on peut dire, à la limite, danseuses de cabaret, figurantes de théâtre ou de cinéma, qui ne dédaignent pas une aventure profitable...

Maigret s'était levé d'une détente.

— Dites donc, Chinquier, vous avez compris ?

— Compris quoi ?

— Comment cela a commencé pour Lognon. Il passait fréquemment, la nuit, avenue Junot, dont il connaissait la plupart des habitants... Si, à plusieurs reprises, il a vu les femmes que vous décrivez entrer dans l'hôtel particulier du Hollandais...

— J'y ai pensé aussi. Mais aucune loi n'interdit à un homme, même d'un certain âge, d'aimer la variété.

Ce n'était pas une raison suffisante, en effet, pour que le Malgracieux cherche et trouve le moyen d'observer sans être vu l'hôtel particulier.

— Il y aurait une explication.

— Laquelle ?

— Qu'il ait attendu la sortie d'une de ces visiteuses. Il se peut même qu'il soit tombé sur une prostituée dont il avait déjà eu à s'occuper...

— Je vois... Chacun n'en est pas moins libre de...

— Cela dépend de ce qui se passait dans la maison, ou de ce que la femme y a vu... Que vous a encore appris votre sympathique vieillard ?...

Car Maigret était de plus en plus attiré par l'étrange bonhomme à sa fenêtre.

— Je lui ai posé toutes les questions qui me passaient par la tête. J'ai noté ses réponses.

Chinquier avait de nouveau recours à son calepin noir.

— Question : Ces femmes ne venaient-elles pas pour le domestique ?

» Réponse : Tout d'abord, le valet de chambre est amoureux de la bonne de la crémerie, au bas de la rue, une petite boulotte qui éclate de rire à chaque instant... Elle vient l'attendre plusieurs soirs par semaine... Elle se tient dans l'ombre, à une dizaine de mètres de la maison, je pourrais vous montrer l'endroit exact, et il ne tarde pas à la rejoindre...

» Question : Vers quelle heure ?

» Réponse : Dix heures environ... Je suppose qu'il sert à table, et on dîne tard dans la maison... Ils se promènent bras dessus, bras dessous, s'arrêtent pour s'embrasser et, avant de se quitter, restent un bon moment collés l'un à l'autre dans le renfoncement que vous apercevez à droite...

» Question : Il ne la reconduit pas ?

» Réponse : Non. Elle descend la rue seule, heureuse, en sautillant... On dirait parfois qu'elle va se mettre à danser... Il y a une autre raison pour laquelle il est impossible que les femmes dont je vous ai parlé viennent pour le valet de chambre... Plusieurs fois, elles ont sonné à la porte en son absence...

» Question : Qui leur a ouvert ?

» Réponse : Justement !... Encore une bizarrerie bien amusante... C'était tantôt le Hollandais et tantôt sa femme...

» Question : Ils ont une voiture ?

» Réponse : Oui. Une grosse voiture américaine.

» Question : Un chauffeur ?

» Réponse : C'est Carl qui endosse un uniforme de chauffeur et qui conduit.

» Question : D'autres domestiques vivent dans la maison ?

» Réponse : Une cuisinière et deux femmes de chambre... Les femmes de chambre changent souvent...

» Question : Ils reçoivent beaucoup de visites, en dehors des dames en question ?

» Réponse : Quelques-unes... Celui qui vient le plus fréquemment, dans le courant de l'après-midi, est un homme d'une quarantaine d'années, au type américain, qui conduit une voiture de sport jaune...

» Question : Il reste longtemps ?

» Réponse : Une heure ou deux...

» Question : Il ne vient jamais le soir ou la nuit ?

» Réponse : Cela lui est arrivé deux fois, il y a un mois environ, de venir dans la soirée, vers dix heures, en compagnie d'une jeune femme. Il n'a fait qu'entrer et sortir, laissant sa compagne dans la maison.

» Question : C'était la même les deux fois ?

» Réponse : Non.

Maigret imaginait le sourire sardonique et presque voluptueux tout ensemble du vieillard qui découvrait ces petits mystères.

— Réponse : Il y a aussi un homme chauve et pourtant encore jeune qui arrive en taxi, la nuit tombée, et repart avec des paquets.

» Question : Quel genre de paquets ?

» Réponse : Cela pourrait être des tableaux. Cela pourrait aussi bien être n'importe quoi...

» Voilà à peu près tout ce que je sais, monsieur l'inspecteur... Il y a des années qu'il ne m'est pas arrivé de tant parler, et j'espère ne pas être obligé de recommencer avant longtemps... Je vous préviens qu'il est inutile de me convoquer dans un bureau de police ou dans le cabinet d'un juge...

» A plus forte raison ne comptez pas sur moi pour aller témoigner aux Assises, si cette affaire va jusque-là...

» Nous avons bavardé... Je vous ai communiqué mes petites idées... Elles sont dorénavant à vous, et je refuse de me déranger sous quelque prétexte que ce soit...

Chinquier devait prouver l'instant d'après que les inspecteurs de quartier sont des gens qui connaissent leur métier.

— En sortant plus tard de la maison du Hollandais, je me demandais si le bonhomme d'en face ne s'était pas moqué de moi. J'ai pensé que, si je pouvais contrôler un de ses dires, cela prouverait en faveur du reste.

» Alors, je me suis rendu à la crémerie. J'ai attendu dehors que la serveuse soit seule dans la boutique. C'est bien la petite boulotte qu'on m'a décrite, une fille arrivée récemment de la campagne et qui s'émerveille encore de se trouver à Paris...

» Je suis entré et je lui ai demandé :

» — Vous connaissez un nommé Carl ?

» Elle a rougi, s'est tournée avec inquiétude vers une porte ouverte en murmurant :

» — Qui êtes-vous ? Qu'est-ce que ça peut vous faire ?

» — Un simple renseignement. Je suis de la police.

» — Qu'est-ce qu'on lui reproche ?

» — Rien. Il s'agit d'une vérification. Vous êtes fiancés ?

» — Il est possible qu'on se marie un jour, mais il ne me l'a pas encore proposé...

» — Vous le voyez plusieurs soirs chaque semaine ?

» — Quand je peux...

» — Vous l'attendez à quelques mètres de la maison de l'avenue Junot ?

» — Qui vous l'a dit ?

» Et, comme une femme volumineuse surgissait de l'arrière-boutique, elle a eu la présence d'esprit de prononcer à voix haute :

» — Non, monsieur, nous n'avons plus de gorgonzola, mais nous avons du roquefort... Cela se ressemble...

Maigret sourit.

— Vous avez acheté du roquefort ?

— J'ai prétendu que ma femme n'aimait que le gorgonzola... C'est tout, monsieur le commissaire... J'ignore ce que mes collègues m'apporteront ce soir... On a des nouvelles du pauvre Lognon ?

— J'ai fait téléphoner à l'hôpital tout à l'heure. Les médecins ne se prononcent toujours pas et il n'a pas repris connaissance. On craint que la seconde balle, qui l'a atteint en dessous de l'épaule, n'ait touché le sommet du poumon droit, mais il est impossible de le radiographier dans son état actuel...

— Je me demande ce qu'il a découvert pour qu'on lui tire dessus... Vous serez aussi surpris que moi quand vous aurez vu le Hollandais... Je n'imagine pas qu'un homme comme lui...

— Il y a une chose que j'aimerais que vous fassiez, Chinquier... Quand vos hommes seront rentrés, et surtout quand les nuiteux prendront leur service, qu'ils s'occupent tous des femmes... Certaines, m'avez-vous dit, sont venues à pied avenue Junot, de sorte qu'elles sont peut-être du quartier...

» Qu'on passe les boîtes de nuit au peigne fin... Je ne crois pas, d'après les descriptions de votre invalide, qu'il faille chercher sur les trottoirs... Vous voyez ce que je veux dire ?...

» On finira peut-être par en dénicher une qui soit allée avenue Junot...

Sans doute aurait-il été encore plus intéressant de retrouver Marinette Augier. Est-ce que Moers et les gens du laboratoire, avec leurs échantillons de sable, le mettraient enfin sur une piste ?

4

La visite au Hollandais

— Allô ! L'ambassade des Pays-Bas écoute...

La voix jeune et fraîche, avec un léger accent, faisait penser aux paysages à moulins à vent qu'on voit sur des boîtes de cacao.

— J'aimerais parler au premier secrétaire, mademoiselle.

— De la part de qui ?

— Commissaire Maigret, de la Police judiciaire.

— Un instant. Je vais voir si M. Goudekamp est à son bureau.

Il entendait à nouveau la voix un peu plus tard.

— M. Goudekamp est en conférence, mais je vais vous passer le second secrétaire, M. de Vries... Ne quittez pas...

Une voix d'homme, cette fois, moins fraîche, bien entendu, avec un accent plus prononcé.

— Ici, Hubert de Vries, second secrétaire de l'ambassade des Pays-Bas.

— Commissaire principal Maigret, chef de la Brigade criminelle.

— Je vous écoute...

M. de Vries, à l'autre bout du fil, devait être raide et soupçonneux, jeune sans doute, puisqu'il n'était encore que second secrétaire, blond peut-être, un peu trop bien habillé, à la façon des gens du Nord.

— J'aimerais avoir quelques renseignements au sujet d'un de vos ressortissants qui habite Paris depuis longtemps et dont le nom vous est fort probablement connu...

— Où êtes-vous en ce moment, monsieur Maigret ?

— Dans mon bureau, Quai des Orfèvres.

— Veuillez ne pas le prendre en mauvaise part si je vous rappelle dans un instant.

Il s'écoula cinq minutes avant que la sonnerie retentisse.

— Je m'excuse, monsieur Maigret, mais toutes sortes de gens nous téléphonent, et certains se parent d'un titre qu'ils n'ont pas. Vous vouliez me parler d'un sujet hollandais habitant Paris ?

— De M. Norris Jonker...

Pourquoi Maigret eut-il l'impression que son interlocuteur invisible se tenait soudain sur ses gardes ?

— Oui...

— Vous le connaissez ?

— Il existe beaucoup de Jonker en Hollande, presque autant que de Durand chez vous. Norris n'est pas non plus un prénom rare.

— Ce Norris Jonker serait apparenté aux banquiers d'Amsterdam.

— La Banque Jonker, Haag et Cie est une des plus anciennes du pays. Le vieux Kees Jonker est mort il y a une quinzaine d'années et son fils Hans, si je ne me trompe pas, est à la tête de l'affaire.

— Et Norris Jonker ?

— Je ne le connais pas personnellement.

— Vous savez néanmoins qu'il existe ?

— Certainement. Je crois qu'il appartient au Golf-Club de Saint-Cloud, où il est possible que je l'aie croisé à mon insu...

— Il est marié ?

— A une Anglaise, m'a-t-on dit. Puis-je vous demander à mon tour, monsieur Maigret, pourquoi vous vous intéressez à M. Jonker ?

— D'une façon très indirecte.

— Vous l'avez vu ?

— Pas encore.

— Ne croyez-vous pas qu'il serait plus simple d'obtenir ces renseignements de lui-même ? Je dois être en mesure de vous donner son adresse...

— Je la connais...

— Norris Jonker fréquente peu l'ambassade. Il appartient à une famille, non seulement respectable, mais éminente, et j'ai tout lieu de croire qu'il est lui-même un homme respectable. Il est surtout connu pour sa collection de tableaux.

— Vous n'êtes pas renseigné sur sa femme non plus ?

— Je serais plus à l'aise pour vous répondre si je savais la raison de vos questions. Mme Jonker, à ce que j'ai entendu dire, est originaire du midi de la France et a été mariée à un Anglais, Herbert Muir, de Manchester, qui fabrique des roulements à billes.

— Ils n'ont pas d'enfants ?

— Pas à ma connaissance.

Maigret comprit qu'il n'en tirerait pas davantage et appela un autre numéro, celui d'un commissaire-priseur avec qui il avait été plusieurs fois en rapport et qui était appelé souvent comme expert devant les tribunaux.

— Monsieur Manessi ? Ici, Maigret...

— Un instant, que j'aille fermer la porte... Bon ! Je vous écoute... Vous voilà dans la peinture ?

— Je n'en sais rien. Connaissez-vous un Hollandais du nom de Norris Jonker ?

— Celui qui habite avenue Junot ? Non seulement je le connais, mais il m'est arrivé d'expertiser des toiles pour son compte. Il possède une des plus belles collections de tableaux de la seconde moitié du XIXe siècle et du début du XXe...

— Cela suppose qu'il est très riche ?

— Son père était banquier et déjà amateur de peinture. Norris Jonker a été élevé parmi les Van Gogh, les Pissarro, les Manet et les Renoir. Rien d'étonnant à ce qu'il ne se soit pas intéressé à la banque. Il a hérité d'une bonne partie des toiles, et les dividendes que la banque, dirigée par son frère, lui rapporte, le mettent à même d'augmenter sa collection...

— Vous l'avez rencontré personnellement ?

— Oui. Et vous ?

— Pas encore.

— Il a davantage le type du gentleman anglais que du Hollandais. Si je me souviens bien, après des études à Oxford, il a vécu longtemps en Angleterre, et je me suis laissé dire qu'il a fini la dernière guerre comme colonel de l'armée britannique.

— Sa femme ?

— Une créature splendide qui, très jeune, a été mariée à un Anglais de Manchester...

— Les roulements à billes, je sais...

— Je me demande pourquoi vous vous intéressez à Jonker. J'espère qu'il n'a pas été victime d'un vol de tableaux ?

— Non.

C'était au tour du commissaire de se montrer évasif.

— Ils sortent beaucoup ?

— Pas que je sache.

— Jonker fréquente d'autres amateurs de peinture ?

— Il suit les ventes, bien entendu, sait quand une belle pièce doit passer à Drouot, à Galliera, chez Sotheby ou à New York...

— Il se déplace ?

— Vous m'en demandez trop. Il a beaucoup voyagé mais j'ignore s'il continue. On ne se dérange pas nécessairement pour acheter un tableau en vente publique. Au contraire, les gros acheteurs se font le plus souvent représenter...

— En résumé, c'est un homme à qui on peut se fier ?

— Les yeux fermés.

— Je vous remercie.

Cela ne simplifiait rien, et Maigret se leva sans enthousiasme pour aller prendre son pardessus et son chapeau dans le placard.

Plus les gens sont connus, importants, respectables, plus il est délicat d'aller sonner chez eux pour leur poser des questions, et il n'est pas rare qu'ils se plaignent en haut lieu, ce qui vaut au policier des lendemains désagréables.

Il hésita à emmener un de ses inspecteurs, décida de se rendre seul avenue Junot afin de rendre sa visite moins officielle.

Une demi-heure plus tard, un taxi le déposait devant l'hôtel particulier, et il remit sa carte à Carl, le valet de chambre en veste blanche, fut conduit dans le hall, comme l'avait été avant lui l'inspecteur Chinquier, mais, peut-être à cause de son grade, il n'attendit que cinq minutes au lieu de dix.

— Si vous voulez me suivre...

Carl le précéda à travers le salon, où il n'eut pas la chance de croiser la belle Mme Jonker, et lui ouvrit la porte du bureau. Le Hollandais n'avait pas changé de tenue, ni, aurait-on dit, de place. Assis devant un bureau Empire, il examinait des gravures à l'aide d'une énorme loupe qui comportait un foyer lumineux.

Il se leva tout de suite, et Maigret put constater que la description qu'on lui avait fournie était exacte. Avec son pantalon de flanelle grise, sa chemise de soie souple, son veston de velours noir, il était l'image même du gentleman anglais dans l'intimité. Il en avait le flegme aussi. Ni surpris, ni ému, il prononçait :

— Monsieur Maigret ?

Il désignait à son hôte un fauteuil de cuir, de l'autre côté du bureau, et reprenait sa place.

— Je suis très flatté, croyez-le, de rencontrer un homme aussi célèbre que vous...

Il parlait lentement, comme si, après tant d'années, il pensait encore en néerlandais et devait traduire chaque mot.

— Je suis un peu surpris aussi de recevoir, pour la deuxième fois, la visite de la police...

Il attendait, en regardant ses mains grasses et soignées. Sans être gros, il avait ce qu'on appelait jadis une belle prestance et, vers 1900, il aurait pu servir de modèle à un dessinateur de *la Vie parisienne*.

Le visage était un peu mou, les yeux bleus derrière des lunettes sans monture visible maintenues par de fines branches d'or.

Maigret commença, non sans une certaine gêne :

— L'inspecteur Chinquier m'a en effet mis au courant de sa visite. C'est un inspecteur de quartier et il n'appartient pas directement à nos services...

— Dois-je comprendre que vous devez vérifier son rapport ?

— Pas exactement. Mais peut-être n'a-t-il pas posé toutes les questions qu'il aurait dû poser.

Le Hollandais, qui jouait avec la loupe, regarda Maigret dans les yeux, et on lisait à la fois beaucoup de malice et un rien de naïveté dans ses prunelles claires.

— Écoutez-moi, monsieur Maigret. J'ai soixante-quatre ans et j'ai vécu dans beaucoup de pays. Voilà longtemps que je suis fixé en France, où je me sens si bien que j'y ai construit ma maison.

» Mon casier judiciaire est vierge, comme vous dites ici, et je n'ai jamais mis les pieds dans un tribunal ou dans un poste de police.

» Il paraît que des coups de feu ont été tirés la nuit dernière dans la rue, en face de chez moi. Comme je l'ai déclaré à l'inspecteur, ni moi ni ma femme n'avons rien entendu, nos chambres se trouvant de l'autre côté de la maison.

» Que penseriez-vous, dites-moi, si vous étiez à ma place et moi à la vôtre ?

— Je considérerais certes ces visites comme peu agréables, car il n'est jamais plaisant de voir pénétrer chez soi des gens qu'on ne connaît pas...

— Pardon ! Pardon ! Je ne me plains pas de vous avoir devant moi, bien au contraire, puisque cela me permet de rencontrer quelqu'un dont j'ai beaucoup entendu parler. Je me place, vous le savez, à un autre point de vue.

» Votre inspecteur m'a posé des questions plus ou moins indiscrètes, mais pas trop, en définitive, étant donné sa profession. J'ignore ce que seront les vôtres, mais je suis surpris qu'un fonctionnaire de votre rang se soit dérangé en personne.

— Si je vous répondais que c'est par déférence...

— J'en serais flatté tout en hésitant à vous croire. Et peut-être serait-il plus sage, de ma part, de m'informer de la légalité de votre présence ici.

— Je ne m'y opposerais pas, monsieur Jonker, et vous êtes libre de téléphoner à votre avocat. J'ajoute que je suis venu sans aucun mandat et que c'est votre droit de me mettre dehors. Il n'en est pas moins évident que ce manque de collaboration de votre part risquerait de passer pour de l'hostilité, sinon pour le désir de cacher quelque chose...

Le Hollandais, dans son fauteuil, souriait, tendait la main vers une boîte de cigares.

— Vous fumez, je pense ?

— Seulement la pipe.

— Ne vous gênez pas.

Lui-même choisissait un cigare qu'il faisait craquer à son oreille, en coupait le bout à l'aide d'un instrument en or et l'allumait lentement, d'un geste quasi rituel.

— Une question encore, faisait-il entre deux bouffées de fumée d'un beau bleu. Dois-je comprendre que je suis le seul, dans l'avenue Junot, à avoir l'honneur de votre visite, ou bien attachez-vous assez d'importance à cette affaire pour aller en personne de maison en maison questionner les habitants ?

Maigret, lui aussi, se mettait à chercher ses mots.

— Vous n'êtes pas le premier, dans la rue, à qui je pose des questions. Mes inspecteurs vont, comme vous dites, de maison en maison, mais, en ce qui vous concerne, j'ai cru devoir me déranger...

L'autre eut l'air de remercier de la tête, mais il n'en croyait rien.

— J'essaierai donc de vous répondre, dans la mesure où il ne s'agit pas d'une intrusion dans ma vie privée.

Maigret ouvrait la bouche quand la sonnerie du téléphone résonna.

— Vous permettez ?

Jonker décrochait, répondait en anglais, brièvement, les sourcils froncés. L'anglais scolaire du commissaire n'était pas fameux et ne lui avait pas servi à grand-chose à Londres, encore moins au cours de ses deux voyages aux États-Unis, où ses interlocuteurs, pourtant, mettaient beaucoup de bonne volonté à le comprendre.

Il n'en sut pas moins que le Hollandais objectait qu'il n'était pas libre et qu'à une question posée par son interlocuteur invisible il répondait :

— De la même firme, oui... Je vous rappellerai tout à l'heure...

Cela ne signifiait-il pas qu'il était occupé par quelqu'un de la même profession que l'inspecteur reçu plus tôt ?

— Excusez-moi... Je suis à vous...

Il prenait une pose confortable, légèrement renversé en arrière, accoudé aux bras du fauteuil, regardant parfois la cendre blanche de son cigare qui s'allongeait peu à peu.

— Vous m'avez demandé, monsieur Jonker, ce que je ferais si j'étais à votre place. J'ai envie de vous prier à mon tour de vous mettre à la mienne. Lorsqu'un crime est commis, dans ce quartier ou dans un autre, il y a toujours des voisins pour se souvenir de singularités qui ne les avaient pas frappés ou auxquelles ils n'avaient pas attaché d'importance.

— Je crois que vous appelez ça des ragots, n'est-ce pas ?

— Si vous voulez. Il se fait que notre devoir est de les vérifier, car, si beaucoup sont fantaisistes, il arrive que certains nous mettent sur une piste sérieuse.

— Voyons donc ces ragots.

Mais le commissaire n'avait pas l'intention d'aller droit au but. Il était encore incapable de décider si son interlocuteur était un brave homme malicieux ou si, au contraire, c'était quelqu'un de très fort qui se tenait sur ses gardes tout en jouant la candeur.

— Vous êtes marié, monsieur Jonker.

— Cela vous étonne ?

— Non. On m'a affirmé que Mme Jonker est une très belle femme.

— Je vous demande à nouveau : cela vous étonne ? Je suis certes un monsieur d'un certain âge, beaucoup diraient un vieux monsieur, en ajoutant peut-être que je suis assez bien conservé.

» Ma femme, elle, n'a que trente-quatre ans, ce qui donne exactement trente ans de différence entre nous. Croyez-vous que nous soyons les seuls dans notre cas, à Paris ou ailleurs ? Cette situation surprend-elle tellement ?

— Mme Jonker est d'origine française ?

— Je constate que vous vous êtes renseigné. Elle est née à Nice, oui, mais c'est à Londres que j'ai fait sa connaissance.

— Elle a été mariée une première fois ?

Jonker laissait percer une certaine impatience, qui pouvait être celle d'un gentleman choqué qu'on pénètre dans sa vie privée et surtout qu'on parle de sa femme.

— Elle a été Mrs Muir avant d'être Mme Jonker, dit-il plus sèchement.

Il ajouta, après avoir fixé un bon moment son cigare :

— Sachez aussi, puisque vous avez tenu à aborder ce sujet, qu'elle ne m'a pas épousé pour mon argent, car elle était déjà ce qu'on appelle une personne riche.

— Vous sortez assez peu pour un homme de votre condition, monsieur Jonker.

— C'est un reproche ? Figurez-vous que j'ai passé une grande partie de ma vie à sortir, que ce soit ici, à Londres, aux États-Unis, aux Indes, en Australie ou ailleurs. Lorsque vous aurez mon âge...

— Je n'en suis pas si loin...

— Lorsque vous aurez mon âge, dis-je, vous préférerez probablement votre intérieur aux soirées mondaines, aux clubs et aux boîtes de nuit...

— Je vous comprends d'autant mieux que vous devez être très amoureux de Mme Jonker...

Cette fois, l'ancien colonel de l'armée anglaise se raidit et ne répondit que par un mouvement sec de la tête, qui fit tomber la cendre de son cigare.

Le moment délicat, que Maigret avait reculé le plus possible, approchait, et le commissaire se donnait encore un court délai en rallumant sa pipe éteinte.

— Vous avez employé le mot « ragots » et je suis prêt à croire, si vous me l'affirmez, que certaines informations que nous avons reçues appartiennent à cette catégorie...

La main du Hollandais ne tremblait-elle pas légèrement ? Toujours est-il qu'il tendit le bras vers le flacon de cristal et se remplit un verre.

— Vous aimez le curaçao ?

— Je vous remercie.

— Vous préférez le whisky ?

Sans attendre la réponse, il pressa sur un timbre. Carl apparut aussitôt.

— Du scotch, s'il vous plaît... Eau gazeuse ou eau plate ?

— Gazeuse...

Pendant cet entracte, ils se turent, et Maigret jeta un coup d'œil sur les bibliothèques qui recouvraient entièrement les murs. Elles contenaient surtout des livres d'art, non seulement sur la peinture, mais sur l'architecture et la sculpture des temps les plus reculés, et on y voyait aussi, reliés, les catalogues des grandes ventes depuis une quarantaine d'années.

— Merci, Carl... Vous avez annoncé à madame que je suis occupé ?

Par politesse, il avait choisi de parler français à son domestique.

— Elle est toujours là-haut ?

— Oui, monsieur...

— Et maintenant, monsieur Maigret, je bois à votre santé et j'attends les ragots annoncés...

— Je ne sais pas ce qu'il en est en Hollande, mais, à Paris, de nombreuses personnes, de vieilles gens surtout, plus encore à Montmartre qu'ailleurs, passent une bonne partie du temps à leur fenêtre... Ainsi nous a-t-il été rapporté que, fréquemment, souvent deux ou trois fois par semaine, des jeunes femmes sonnent, le soir, à votre porte, et sont introduites dans la maison...

Les oreilles du Hollandais étaient soudain devenues rouges et, sans répondre, il tira sur son cigare.

— J'aurais pu croire qu'il s'agissait d'amies de Mme Jonker si ces personnes n'appartenaient à un milieu particulier, ce qui rendrait l'hypothèse injurieuse...

Il lui était rarement arrivé de choisir ses mots, ses phrases avec autant de soin. Rarement aussi il s'était senti aussi mal à l'aise.

— Niez-vous que ces visites aient eu lieu ?

— Si vous vous êtes dérangé, monsieur Maigret, c'est que vous êtes sûr de vos renseignements. Avouez-le ! Avouez que, si j'avais la malencontreuse idée de vous contredire, vous me mettriez en présence d'un ou de plusieurs témoins...

— Vous ne m'avez pas répondu.

— Que vous a-t-on raconté d'autre au sujet de ces jeunes femmes ?

— J'avais posé une question et vous m'en posez une autre.

— Je suis chez moi, n'est-ce pas ? Si je me trouvais dans votre bureau, notre position à chacun serait différente...

Le commissaire préféra céder.

— Mettons donc que ces personnes appartiennent à la catégorie de ce qu'on appelle les femmes légères. Elles ne font pas qu'entrer et sortir, mais passent dans la maison une partie de la nuit, sinon la nuit entière...

— C'est exact.

Il ne détournait pas le regard, au contraire, mais le bleu de ses yeux s'était brouillé et devenait gris.

Pour se donner le courage de continuer, Maigret dut penser à Lognon sur son lit d'hôpital, à l'inconnu qui, usant d'une des armes les plus meurtrières, avait vicieusement visé au ventre.

Jonker ne l'aidait pas, en apparence aussi impassible qu'un joueur de poker.

— Si je me trompe, veuillez m'arrêter. J'ai pensé d'abord que ces demoiselles venaient pour votre valet de chambre ; puis j'ai appris que celui-ci a une petite amie et qu'il lui arrive de se trouver dehors avec elle lors des visites auxquelles je fais allusion.

» Puis-je vous demander où est la chambre de votre domestique ?

— Au second étage, près de l'atelier.

— Les femmes de chambre et la cuisinière couchent au second étage aussi ?

— Non. La maison comporte une annexe, dans le jardin, où logent ces trois femmes.

— Il vous est arrivé souvent d'ouvrir la porte aux visiteuses du soir ?...

Il ne répondait ni oui ni non, fixant toujours le commissaire dans les yeux.

— Je m'excuse d'ajouter que, selon mes renseignements, Mme Jonker les a introduites plusieurs fois dans la maison...

— Nous sommes bien surveillés, n'est-ce pas ? Mieux encore que par nos vieilles femmes, dans les petits villages de Hollande. Voulez-vous me dire à présent quel rapport vous établissez entre ces visites, prétendues ou réelles, et les coups de feu tirés dans la rue ?

» Car je me refuse à penser que je suis visé personnellement et que, pour une raison que j'ignore, on essaie de faire de moi un indésirable...

— Il n'en est pas question et je m'efforce de jouer cartes sur table. La façon dont s'est déroulé le drame de la nuit dernière, l'arme employée et quelques autres détails que je ne puis vous révéler, me donnent à penser que le tireur était un professionnel.

— Et vous me croyez en contact avec ces gens-là ?

— Je vais faire une supposition toute gratuite. Vous passez pour un homme très riche, monsieur Jonker. Cette maison contient plus d'œuvres d'art que beaucoup de musées de province et leur valeur est sans doute inestimable...

» L'immeuble comporte-t-il un système de sécurité ?

— Non. Les vrais professionnels, comme vous dites, se moquent des systèmes les plus perfectionnés, cela a été encore prouvé récemment dans votre propre pays. Je préfère une bonne assurance...

— Vous n'avez jamais été l'objet d'une tentative de cambriolage ?

— Pas à ma connaissance.

— Vous êtes sûr de vos domestiques ?

— De Carl et de la cuisinière, qui sont avec moi depuis plus de vingt ans, oui. Je connais moins les femmes de chambre, mais ma femme ne les a pas engagées sans exiger de sérieuses références. Vous ne m'avez toujours pas expliqué le rapport entre ce que vous appelez mes visiteuses et...

— J'y arrive...

Maigret ne s'en était pas trop mal tiré jusqu'ici et il s'offrit en récompense une gorgée de whisky.

— Supposez qu'une bande de voleurs de tableaux, comme il en existe plusieurs de par le monde, ait projeté un cambriolage chez vous... Supposez qu'un inspecteur du quartier en ait eu vent, mais d'une façon trop imprécise pour agir directement... Supposez que, la nuit dernière, comme les nuits précédentes, cet inspecteur ait été posté en face de cette maison afin de prendre les cambrioleurs en flagrant délit...

— Cela aurait été imprudent de sa part, ne trouvez-vous pas ?

— Dans notre métier, monsieur Jonker, nous sommes souvent obligés d'être imprudents...

— Excusez-moi...

— Les bandes qui se spécialisent dans les œuvres d'art, si elles s'adjoignent à l'occasion un tueur, sont en général composées de gens intelligents, cultivés, qui n'agissent pas sans se renseigner... Puisque vous êtes sûr de vos domestiques, il me reste à penser qu'une de ces demoiselles...

Jonker croyait-il à ce raisonnement du commissaire ou flairait-il un piège ? C'était impossible à savoir.

— Les jeunes femmes qui travaillent dans les cabarets de nuit sont plus ou moins en contact avec ce qu'on appelle en France le milieu...

— Êtes-vous venu me demander la liste, noms, adresses et numéros de téléphone, de celles qui sont venues ici ?

Son ironie devenait acide.

— Ce ne serait peut-être pas inutile, mais j'aimerais savoir surtout ce qu'elles venaient faire dans votre maison.

Ouf ! Il était presque au bout. Jonker, immobile, son cigare éteint entre les doigts, le regardait toujours en pleine face, sans ciller.

— Bien ! fit-il enfin en se levant.

Et, après avoir déposé son mégot dans un cendrier bleu, il fit quelques pas dans le bureau.

— Je vous avais annoncé, au début de cet entretien, que je répondrais à toutes vos questions, à condition qu'elles ne concernent pas ma vie privée. Vous vous y êtes pris fort adroitement, et je vous en félicite, pour amener cette vie privée sur le tapis tout en la liant aux événements de la nuit.

Il s'arrêtait devant Maigret, qui s'était levé à son tour.

— Il y a longtemps, je pense, que vous appartenez à la police ?

— Vingt-huit ans.

— Je suppose que vous n'avez pas enquêté uniquement dans la pègre. Est-ce la première fois que vous voyez un homme de mon âge et dans ma situation sacrifier à certains instincts et considérez-vous ça comme répréhensible ?

» Paris ne passe pas pour une ville puritaine, monsieur Maigret. Dans mon pays, je serais montré du doigt, peut-être renié par ma famille.

» Beaucoup d'étrangers qui vivent ici ou sur la Côte d'Azur n'ont choisi la France qu'à cause de la liberté dont on y jouit dans ce domaine...

— Puis-je savoir si Mme Jonker...

— Mme Jonker n'est pas puritaine et connaît la vie. Elle n'ignore pas que certains hommes de mon âge ont besoin de changement pour les stimuler... Vous m'avez obligé à parler de choses très intimes et j'espère que vous êtes à présent satisfait...

Il semblait considérer l'entretien comme terminé, cela se voyait à la façon dont il regardait la porte.

Maigret, pourtant, revenait à la charge, doucement, à mi-voix.

— Vous avez parlé tout à l'heure de noms, d'adresses et de numéros de téléphone...

— J'espère que vous ne me les demandez pas ? Ces personnes, si elles ne mènent pas une vie exemplaire, n'ont pas de comptes à rendre à la police, et il serait indécent de ma part de les mettre dans une position embarrassante...

— Vous m'avez déclaré que vous sortiez peu et que vous ne fréquentiez pas les cabarets. Comment donc faisiez-vous la connaissance de vos visiteuses ?

Nouveau silence. Nouvelle hésitation.

— Vous ignorez comment cela se passe ? soupira-t-il enfin.

— Il existe, en effet, des pourvoyeuses et des pourvoyeurs, mais leur activité, à eux, tombe sous le coup de la loi.

— Leurs clients tombent-ils, eux aussi, sous le coup de cette loi ?

— On pourrait, à la rigueur, les accuser de complicité, mais, d'habitude...

— D'habitude, on laisse les clients tranquilles, n'est-il pas vrai ? Dans ce cas, monsieur Maigret, je crois que je n'ai plus rien à vous dire...

— Il me reste, à moi, une requête à vous adresser.

— C'est vraiment une requête ? Ce mot n'en cache-t-il pas un autre ?

Les deux hommes en étaient presque à la lutte ouverte.

— Mon Dieu, si vous la rejetiez, je serais peut-être obligé de recourir à des moyens légaux.

— Voyons donc cette requête...

— J'aimerais visiter votre maison.

— Le mot français n'est-il pas « perquisitionner » ?

— Vous oubliez que, jusqu'ici, je suis parti de l'hypothèse que vous étiez une victime éventuelle...

— Et vous désirez me protéger ?

— Peut-être.

— Venez donc...

Il n'était plus question de lui offrir un cigare, ni de lui servir à boire. Jonker était devenu soudain très grand bourgeois, sinon grand seigneur.

— Vous avez vu cette pièce, où je me tiens une bonne partie de la journée. Dois-je vous ouvrir les tiroirs ?

— Non.

— Je vous signale que celui de droite contient un pistolet automatique, un Lüger, que j'ai rapporté de la guerre.

Il le montrait, en ajoutant :

— Il est chargé... J'en ai un autre, un browning, dans ma chambre à coucher, chargé aussi, que je vous montrerai plus tard...

» Voici le salon... Vous n'êtes pas venu pour admirer les tableaux, mais je vous recommande cependant de jeter un coup d'œil à ce Gauguin, qui est considéré comme un des plus beaux de ce peintre et que je léguerai au musée d'Amsterdam...

» Par ici... Vous y connaissez-vous en tapis ?... Passons... Nous voici dans la salle à manger, et le tableau, à gauche de la cheminée, est le dernier qu'ait peint Cézanne...

» Cette porte donne sur une petite pièce que j'ai voulue intime, très féminine, et qui est le petit salon de ma femme...

» ... L'office... Carl occupé à nettoyer l'argenterie... C'est de l'argenterie anglaise du XVIIe siècle qui n'a que le défaut d'être lourde à manier...

» La cuisine est au sous-sol... La cuisinière aussi... Vous tenez à descendre ?

Son aisance, volontairement ou non, avait quelque chose d'insultant.

— Montons donc... L'escalier provient d'un vieux château des environs d'Utrecht... A gauche, mon appartement...

Il ouvrait les portes, comme un agent de location montrant une villa à un amateur éventuel.

— Un bureau encore, vous voyez, comme au rez-de-chaussée... J'aime les livres et ils me sont très utiles... Ces classeurs, à gauche, contiennent l'histoire de quelques milliers de tableaux, avec la liste de leurs propriétaires successifs et les prix qu'ils ont été payés à chaque vente...

» Ma chambre... Dans la table de nuit, l'automatique annoncé... Un vulgaire 6,35 qui ne servirait guère en cas d'agression...

Partout, même sur les murs de l'escalier, les tableaux se touchaient presque, et les plus beaux se trouvaient, non dans le salon, mais dans la chambre du Hollandais, une chambre très sobre, aux meubles anglais et aux profonds fauteuils de cuir.

— Ma salle de bains... Voyons maintenant l'autre côté, mais permettez-moi de m'assurer que ma femme n'est pas chez elle...

Il frappa, entrouvrit la porte, fit quelques pas.

— Vous pouvez me suivre... Son boudoir, pour lequel j'ai trouvé ces deux Fragonard... Les bergères ont appartenu à la Pompadour... Si vous étiez ici en qualité d'amateur d'art, monsieur Maigret, et non de policier, j'aurais plaisir à m'arrêter avec vous devant chaque pièce... La chambre...

Toute tendue de satin fraise écrasée.

— La salle de bains...

Le commissaire n'y entra pas mais aperçut une baignoire qui était plutôt une vasque de marbre noir dans laquelle on descendait par plusieurs marches.

— Montons encore... Vous avez le droit de tout voir, n'est-il pas vrai ?

Il ouvrait encore une porte.

— La chambre de Carl... Et, plus loin, sa salle de bains... Vous remarquerez qu'il a la télévision... Il préfère les images en noir et blanc aux tableaux de maître...

Il frappa à la porte d'en face, une lourde porte richement sculptée qui devait provenir aussi de quelque château.

— Vous permettez, chérie ?... Je fais visiter la maison à M. Maigret, qui est le chef de la Brigade criminelle... C'est bien cela, monsieur le commissaire ?...

Maigret venait de recevoir un choc. Au milieu de l'atelier vitré, debout devant un chevalet, se dressait une silhouette blanche qui lui rappela le mot de Lognon : le *fantôme*...

Ce n'était pas une blouse de peintre comme on en voit d'habitude que portait Mme Jonker. Cela ressemblait davantage à la robe d'un dominicain et le tissu avait l'épaisseur et le moelleux d'une sortie de bain.

En outre, la femme du Hollandais portait autour de la tête un turban blanc fait du même tissu.

Elle avait une palette à la main gauche, un pinceau dans la droite, et ses yeux noirs se posaient avec curiosité sur le commissaire.

— J'ai souvent entendu parler de vous, monsieur Maigret, et je suis heureuse de vous connaître. Excusez-moi si je ne vous serre pas la main...

Se débarrassant du pinceau, elle essuyait cette main sur le vêtement blanc, où elle laissait des traînées vertes.

— J'espère que vous n'êtes pas connaisseur en peinture... Si vous l'êtes, je vous supplie de ne pas regarder ce que je fais...

C'était inattendu, après être passé devant tant de chefs-d'œuvre accrochés aux murs de la maison, de se trouver devant une toile où l'on ne voyait que des taches informes.

5

La chambre aux graffiti

Il se passa à cet instant-là quelque chose que Maigret aurait été incapable de définir, un changement de ton, ou plutôt une sorte de décalage qui donnait soudain plus de poids aux gestes, aux mots, aux attitudes. Cela tenait-il à la présence de la jeune femme, toujours drapée dans son étrange costume, ou à l'atmosphère de la pièce ?

Dans une immense cheminée de pierre blanche, des bûches flambaient en crépitant et les flammes semblaient jouer les farfadets.

Le commissaire comprenait à présent pourquoi les rideaux de l'atelier qu'on voyait des fenêtres de Marinette Augier étaient presque constamment tirés. Cet atelier n'était pas seulement vitré d'un côté, mais de deux, ce qui permettait de choisir la lumière désirée.

Ces rideaux étaient faits d'un jute noir, épais, devenu gris au lavage, qui avait rétréci, de sorte qu'ils ne joignaient plus.

D'un côté, on découvrait les toits jusqu'à Saint-Ouen ; de l'autre, avec en premier plan les ailes du Moulin de la Galette, Paris presque entier, le tracé de ses boulevards, la trouée plus large des Champs-Élysées, les méandres de la Seine et la coupole dorée des Invalides.

Ce n'était pas ce panorama qui fascinait Maigret, dont les sens étaient en éveil. Il est difficile, plongé subitement dans un milieu inconnu, de le saisir dans sa totalité, et pourtant c'était un peu ce qui lui arrivait.

Tout le frappait à la fois, les deux murs nus, par exemple, d'un blanc cru, avec les flammes vivantes de la cheminée au milieu d'un des deux.

Mme Jonker était occupée à peindre au moment où les deux hommes étaient entrés. N'aurait-il pas dû y avoir, logiquement, des toiles sur ces murs ? Et aussi, comme dans tous les ateliers d'artistes, d'autres toiles rangées les unes contre les autres ? Or, le plancher, en bois verni, était aussi nu que les murs.

Près du chevalet, un guéridon supportait une boîte pleine de tubes de couleurs.

Sur une autre table, plus loin, une table en bois blanc, seul objet vulgaire aperçu jusqu'ici dans la maison, on voyait, pêle-mêle, des pots, des boîtes en fer-blanc, des bouteilles et des chiffons.

Pour compléter le mobilier, deux armoires anciennes, une chaise et un fauteuil dont le velours brun avait commencé à déteindre.

Ce qu'il y avait d'anormal, il ne faisait que le pressentir, mais il était alerté, et la phrase prononcée par le Hollandais ne le frappa que davantage. Il disait, s'adressant à sa femme :

— Le commissaire n'est pas ici pour admirer mes tableaux mais, si étrange que cela paraisse, pour disserter sur la jalousie. Il semble surpris que toutes les femmes ne soient pas jalouses...

Cela aurait pu passer pour une remarque banale, un tantinet ironique. Pour Maigret, cela se traduisait par un avertissement que Jonker lançait à sa femme, et il aurait juré que celle-ci, d'un battement de paupières, accusait réception du message.

— Votre femme est jalouse, monsieur Maigret ?

— Je vous avoue, madame, qu'elle ne m'a pas encore donné l'occasion de me poser la question.

— Il doit cependant défiler beaucoup de femmes dans votre bureau ?

Se trompait-il ? Il croyait percevoir comme un signal, mais un signal qui, cette fois, s'adressait à lui.

Ce fut au point qu'il chercha dans sa mémoire, se demandant s'il n'avait jamais vu, Quai des Orfèvres, la femme qui était ici devant lui. Leurs regards s'étaient rencontrés. Elle avait toujours, sur son beau visage, le sourire vague et poli d'une maîtresse de maison qui reçoit. Mais ne lisait-il pas autre chose dans ses yeux bruns et très grands, aux longs cils qui battaient ?

— Je vous en prie, murmurait-il, n'abandonnez pas votre travail à cause de moi...

Car elle posait la palette sur le guéridon, retirait le tissu blanc qui lui entourait le front comme un turban et, secouant la tête, rendait leur pli à ses cheveux noirs.

— Vous êtes d'origine française, je pense ?

— Norris vous l'a dit ?

La question était naturelle, banale. Avait-il tort d'y voir un sens caché ?

— Je le savais avant de venir.

— Vous vous êtes donc renseigné sur nous ?

Jonker était moins désinvolte que dans son bureau du rez-de-chaussée et que quand, avec une ironie un peu méprisante, il faisait visiter au pas de course, comme un guide de musée ou de château, les différentes pièces de la maison.

— Tu es fatiguée, chérie ? Tu as envie d'aller te reposer ?

Un nouveau signal ? Un ordre ?

Elle retirait le burnous blanc qui l'enveloppait et en émergeait dans une robe noire et moulante. Du coup elle paraissait plus grande et elle révélait des formes pleines qui avaient atteint une savoureuse maturité.

— Il y a longtemps que vous peignez, madame ?

Au lieu de répondre directement, elle expliquait :

— Il est difficile de vivre dans une maison couverte de toiles, avec un mari qui n'a d'autre passion que les tableaux, sans être tentée de manier un pinceau. Incapable de me mesurer avec les maîtres que j'ai du matin au soir sous les yeux, il a bien fallu que je me contente de peinture abstraite. Surtout, ne me demandez pas ce que mon barbouillage représente...

Les années passées en Angleterre et à Paris n'avaient pas tout à fait effacé son accent du Midi, et Maigret était de plus en plus attentif aux moindres nuances.

— Vous êtes née à Nice ?

— On vous l'a révélé aussi ?

Ce fut son tour, les yeux dans les yeux, de lui envoyer son message.

— J'aime beaucoup l'église Sainte-Réparate...

Elle ne rougit pas, mais marqua imperceptiblement le coup.

— Je vois que vous connaissez la ville...

C'était le vieux Nice qu'il venait d'évoquer d'un mot, le quartier le plus pauvre, aux rues étroites où le soleil pénètre rarement et où, d'un bout de l'année à l'autre, du linge sèche entre les maisons.

Il était à peu près sûr, maintenant, que c'était là qu'elle était née, dans une de ces maisons croulantes où s'entassent quinze ou vingt familles et où la marmaille grouille dans les escaliers et dans les cours.

Il lui semblait même qu'elle l'admettait implicitement par son attitude et qu'ils venaient d'échanger tous les deux, devant le mari à qui ces subtilités échappaient, comme un signe maçonnique.

Maigret avait beau être commissaire divisionnaire et chef de la Brigade criminelle de la P.J., il appartenait au peuple.

Elle pouvait vivre, elle, parmi des tableaux dignes du Louvre, s'habiller chez les grands couturiers, avoir fait les beaux soirs de Manchester et de Londres, parée de diamants, de rubis et d'émeraudes, elle avait été élevée à l'ombre de Sainte-Réparate, et il n'aurait pas été surpris d'apprendre qu'elle avait vendu des fleurs aux terrasses de la place Masséna.

Chacun des deux, maintenant, jouait son rôle, comme si, en dessous des mots prononcés, ils en échangeaient d'autres qui ne regardaient pas le fils du banquier hollandais.

— C'est pour vous que votre mari a construit ce splendide atelier ?

— Oh ! non... Quand il a bâti cette maison, il ne me connaissait pas... Il avait une amie très chère qui, elle, était un vrai peintre et qui expose encore dans les galeries... Je me demande pourquoi il ne l'a pas épousée... Sans doute n'était-elle plus assez jeune ?... Qu'en dites-vous, Norris ?

— Je ne me souviens plus...

— Vous voyez comme il est bien élevé et délicat !

— Je vous ai demandé tout à l'heure si vous peignez depuis longtemps.

— Je ne sais pas... Plusieurs mois...

— Vous passez une partie de vos journées dans cet atelier ?

— C'est un véritable interrogatoire, plaisantait-elle. On voit, à votre question, que vous n'êtes pas une femme et une maîtresse de maison... Si vous me demandiez, par exemple, ce que j'ai fait hier à telle heure, je serais sans doute en peine de répondre... Je suis paresseuse... Et je prétends que, pour les paresseux, les journées passent plus vite que pour les autres, encore que la plupart des gens prétendent le contraire.

» Je me lève tard... Je traîne... Je bavarde avec ma femme de chambre... La cuisinière vient me demander mes instructions... L'heure de déjeuner sonne alors que je n'ai pas encore conscience d'avoir commencé à vivre...

— Vous parlez beaucoup, ma chérie...

Et Maigret :

— Ce que j'ignorais, c'est qu'on puisse peindre la nuit...

Cette fois, il était indiscutable que les Jonker, mari et femme, échangeaient un coup d'œil. Le Hollandais répondait le premier.

— Cela n'arrivait peut-être pas aux impressionnistes amoureux des jeux du soleil, mais je connais des modernes qui considèrent que la lumière artificielle rehausse les couleurs de plusieurs tons...

— C'est pour cela, madame, que vous peignez le soir ?

— Je peins quand l'envie m'en prend.

— Et elle vous en prend après le dîner, vous retenant devant votre chevalet jusqu'à des deux heures du matin...

Elle s'efforçait de sourire.

— Décidément, on ne peut rien vous cacher...

Il désignait le rideau noir, devant la baie vitrée qui donnait sur l'avenue Junot.

— Ce rideau, vous le voyez, ne ferme plus hermétiquement. J'ai remarqué qu'il existe, dans chaque rue, au moins une personne souffrant d'insomnie. J'en parlais tout à l'heure à votre mari. Les plus cultivés lisent, ou écoutent de la musique. Les autres regardent par la fenêtre...

Jonker, maintenant, laissait la direction des opérations à sa femme, comme s'il n'était plus sur son terrain. Soucieux, il feignait de n'accorder qu'une oreille distraite à l'entretien et, deux ou trois fois, il alla se camper devant le panorama de Paris.

Le ciel était de plus en plus clair, d'un blanc de plus en plus lumineux, surtout à l'ouest, où on devinait presque le soleil prêt à se coucher.

— Vos toiles sont dans ces armoires ?

— Non... Vous désirez vous en assurer ?... Je ne vous en veux pas de votre indiscrétion... Après tout, vous faites votre métier.

Elle ouvrait une des armoires, qui contenait des rouleaux de papier à dessin, des provisions de tubes de couleurs, des bouteilles encore, des boîtes, comme sur la table, le tout en désordre.

Dans la seconde armoire, il n'y avait rien, que trois toiles blanches qui portaient l'étiquette d'un marchand de la rue Lepic.

— Vous êtes déçu ? Vous espériez trouver un squelette ?

Elle faisait allusion au proverbe anglais prétendant que chaque famille a son cadavre dans une armoire.

— Il faut longtemps pour faire un squelette, répondait-il, le front plissé. Pour le moment, Lognon est encore sur un lit d'hôpital...

— De qui parlez-vous, qui a un si drôle de nom ?

— Un inspecteur...

— Celui qui a été attaqué cette nuit ?

— Êtes-vous sûre, madame, que vous étiez dans votre chambre au moment du coup de feu, plus exactement des trois coups de feu ?

— Je crois, monsieur Maigret, intervint Jonker, que, cette fois, vous allez trop loin...

— Dans ce cas, répondez-moi vous-même. Mme Norris consacre une partie de son temps à la peinture, en particulier de nombreuses soirées qui se terminent souvent tard... Or, je la trouve dans un atelier à peu près vide.

— Existe-t-il une loi française obligeant les gens à meubler un atelier ?

— On pourrait s'attendre, à tout le moins, à voir ici un certain nombre de toiles, achevées ou non... Que faites-vous de vos œuvres, madame ?

Le signe qu'elle adressait à son mari ne signifiait-il pas qu'elle lui laissait la tâche de répondre ?

— Mirella n'a pas la prétention d'être peintre...

Il entendait le prénom pour la première fois. On avait dû, jadis, l'appeler Mireille.

— La plupart du temps, elle détruit ses œuvres dès qu'elles sont terminées...

— Un instant, monsieur Norris... Excusez-moi, encore une fois, de me montrer tatillon... Il m'est arrivé de fréquenter des peintres... S'ils détruisent une toile, que font-ils ?...

— Ils la coupent en morceaux, les brûlent ou les jettent à la poubelle...

— Mais avant ça ?

— Je ne comprends pas.

— J'en suis surpris de la part de l'amateur que vous êtes. Prétendez-vous qu'ils jettent le châssis aussi ?... Or, il y a trois châssis dans cette armoire, neufs tous les trois...

— Ma femme donne parfois à des amis les toiles dont elle est le moins mécontente...

— Ce sont celles-là que quelqu'un vient chercher le soir ?

— Le soir ou pendant la journée...

— S'il s'agit des œuvres de votre femme, elles sont plus nombreuses qu'elle ne me l'a donné à penser...

— Il y en a d'autres...

— Vous avez encore besoin de moi ? questionnait Mme Jonker. Vous ne désirez pas que nous descendions et que je vous fasse servir une tasse de thé ?...

— Pas tout de suite, madame. Votre mari a bien voulu me piloter dans la maison, mais il ne m'a pas montré ce qui se trouve derrière cette porte...

Une porte massive, en chêne sombre, au fond de l'atelier.

— Qui sait ? Nous allons peut-être trouver enfin quelques-unes de vos œuvres ?...

Il y eut de la tension, de l'électricité dans l'air. Les voix devinrent plus mates, plus coupantes.

— Je crains bien que non, monsieur Maigret.

— Pourquoi en êtes-vous si sûr ?

— Parce que depuis des mois, sinon des années, cette porte n'a pas été ouverte... C'était autrefois la chambre de la personne dont ma femme vous a parlé, disons la pièce où il lui arrivait de se reposer entre deux séances de travail...

— Et vous la conservez comme un sanctuaire ? Après tant d'années ?

Il attaquait exprès, pour mettre l'adversaire hors de ses gonds. Il lui semblait que le moment était venu de pousser son avantage à fond, et, cette fois, par exception, la scène n'avait pas pour cadre son bureau du Quai des Orfèvres, mais un atelier d'artiste d'où on découvrait le panorama de Paris.

Les poings du Hollandais s'étaient serrés, mais il n'en garda pas moins sa maîtrise.

— Je suis convaincu, monsieur Maigret, que, si je me rendais chez vous à l'improviste, si je fouillais dans les coins, si je posais question sur question à votre femme, bien des détails de votre vie privée me paraîtraient bizarres, sinon inexplicables. Voyez-vous, chacun de nous a sa mentalité, son comportement, qui restent incompréhensibles aux autres...

» Cette maison est assez grande... Je ne m'occupe pratiquement que de mes tableaux... Notre vie mondaine est fort limitée, et ma femme, comme elle vous l'a dit, s'amuse incidemment à peindre... Est-il surprenant qu'elle n'attache pas d'importance à ce que deviennent ses toiles, soit qu'elle les brûle, qu'elle les jette à la poubelle ou qu'elle les donne à des amis ?...

— Quels amis ?

— Je suis obligé de vous faire une réponse que je crois vous avoir déjà donnée dans mon bureau. Il ne serait pas élégant de ma part, en me montrant indiscret, d'exposer des tiers aux désagréments que nous valent présentement des coups de feu tirés dans notre rue par des inconnus...

— Pour en revenir à cette porte...

— J'ignore combien de pièces comporte votre appartement, monsieur Maigret. Cette maison en compte trente-deux. Quatre domestiques y vont et viennent. Il est arrivé qu'une femme de chambre soit renvoyée pour indélicatesse...

» Qu'une clé se perde, dans ces conditions, n'étonnera aucune personne de notre milieu...

— Et vous n'en avez pas fait faire d'autre ?

— Je n'y ai pas pensé.

— Vous êtes sûr que la clé n'est pas dans la maison ?

— Pas à ma connaissance... Si elle s'y trouve, on la retrouvera un jour à l'endroit le plus inattendu...

— Vous permettez que je me serve de ce téléphone ?

Car il y avait un appareil sur la table. Maigret avait remarqué que la plupart des pièces de la maison en comportaient un, sans doute reliés à la fois entre eux et à l'extérieur.

— Quelle est votre intention ?

— D'appeler un serrurier...

— Je ne crois pas que je le tolérerais, car il me semble que vous outrepassez vos droits...

— Je vais donc téléphoner au Parquet, qui m'enverra un mandat de perquisition en bonne et due forme...

Le mari et sa femme se regardèrent une fois de plus. Ce fut Mirella qui se dirigea vers l'armoire, portant le tabouret qu'elle avait pris près du chevalet. Elle y monta, tendit le bras, passa la main au-dessus du meuble et, quand elle la retira, elle tenait une clé.

— Voyez-vous, monsieur Jonker, un détail m'a frappé, ou plutôt deux détails jumeaux. La porte de cet atelier comporte un verrou, mais, contrairement à l'habitude, ce verrou est posé à l'extérieur.

» Tout à l'heure, tandis que vous me parliez, j'ai noté qu'il en est de même de cette porte...

— Libre à vous de vous étonner, monsieur Maigret, ce que vous ne cessez de faire depuis votre entrée dans la maison. Votre genre de vie et le nôtre sont trop différents pour que vous puissiez comprendre...

— J'essaie, vous voyez...

Il prenait la clé que Mme Jonker lui tendait et se dirigeait vers la porte fermée. Sans que bougent ses interlocuteurs, qui avaient l'air de deux silhouettes figées dans l'immensité de l'atelier, il faisait jouer la serrure.

— Depuis combien de temps m'avez-vous dit que cette porte n'a pas été ouverte ?

— Peu importe.

— Je ne vous demande pas de vous approcher, madame, et vous devinez pourquoi, mais je voudrais que votre mari vienne jusqu'ici...

Le Hollandais s'avançait, s'efforçant de porter beau.

— Vous remarquerez d'abord que ce plancher est propre, sans trace de poussière, et, si vous le touchez, vous constaterez que, par places, le bois conserve une certaine humidité, comme s'il avait été lavé récemment à grande eau... Qui a nettoyé cette pièce, ce matin ou la nuit dernière ?

Il entendit la voix de Mirella, derrière lui, qui répondait :

— Ce n'est certainement pas moi... Vous pourrez vous informer auprès des femmes de chambre... A moins que Carl ait reçu des instructions de mon mari...

La pièce n'était pas grande. La fenêtre donnait, comme la baie vitrée, sur le panorama de Paris, et les vieux rideaux à fleurs étaient maculés de peinture. Par endroits, on aurait même juré que quelqu'un, après avoir peint avec les doigts, s'y était essuyé les mains.

Dans un coin se trouvait un lit de fer avec son matelas, mais sans draps, sans couvertures.

Ce qui frappait le plus, c'était ce qu'il était difficile d'appeler autrement que les graffiti. Sur les murs d'un blanc sale, on s'était complu à dessiner des formes obscènes comme on en voit dans certains urinoirs. La différence, c'est qu'au lieu d'être tracées au crayon, elles l'avaient été avec de la peinture, du vert, du bleu, du jaune, du violet.

— Je ne me permets pas de vous demander, monsieur Jonker, si vous attribuez ces dessins à votre ancienne amie... Une silhouette rend d'ailleurs cette hypothèse impossible...

C'était, en quelques traits épais, un portrait de Mirella, plus vivant que bien des toiles du salon.

— Vous attendez une explication ?

— Cela me paraît normal. Nos genres de vie, comme vous l'avez dit, peuvent être très différents. Il est possible que j'aie une certaine difficulté à comprendre votre comportement. Je n'en suis pas moins convaincu que vos amis eux-mêmes, ceux de votre milieu, seraient fort surpris en découvrant ces... hum !... mettons ces fresques, sous votre toit...

Non seulement on avait reproduit, avec luxe de détails, les parties du corps humain habituellement cachées, mais on voyait de véritables scènes d'un érotisme échevelé. Par contraste, près du lit, des barres verticales rappelaient au commissaire celles que les prisonniers tracent pour marquer le temps écoulé.

— La personne qui vivait ici comptait-elle donc les jours avec tant d'impatience ?

— Je ne comprends pas.

— Vous ignoriez l'existence de ces graffiti ?

— J'ai jeté un coup d'œil à cette pièce il y a longtemps...

— Combien de temps ?

— Plusieurs mois, je vous l'ai dit... J'ai été choqué par ce que j'ai vu et, fermant la porte à double tour, j'ai jeté la clé au-dessus de l'armoire...

— En présence de votre femme ?

— Je ne m'en souviens pas...

— Vous savez ce qu'il y a sur les murs de cette pièce, madame ?

Elle fit oui de la tête.

— Quelle impression avez-vous ressentie en y trouvant votre portrait ?

— Je n'appelle pas ça un portrait, mais un vague croquis, comme n'importe quel peintre peut en barbouiller...

— J'attends que vous vous mettiez d'accord pour me dire ce qu'il en est.

Il y eut un silence, et Maigret tira sa pipe de sa poche sans y être invité.

— Je me demande, murmura le Hollandais, si je ne ferais pas mieux d'appeler mon avocat. Je ne connais pas assez les lois françaises pour savoir si vous avez le droit de nous questionner de la sorte.

— Si, au lieu de fournir dès maintenant une réponse plausible, vous faites appel à votre avocat, donnez-lui donc rendez-vous au Quai des Orfèvres, car, dans ce cas, je vous y emmène immédiatement...

— Sans mandat ?

— Avec ou sans mandat. Au besoin, le mandat sera ici dans une demi-heure...

Le commissaire se dirigeait vers le téléphone.

— Attendez !...

— Qui a occupé cette chambre ?

— C'est une vieille histoire... Ne voulez-vous pas que nous descendions et que nous continuions cet entretien en prenant un verre ? Il ne me déplairait pas de fumer un cigare et je n'en ai pas sur moi...

— A condition que Mme Jonker nous accompagne...

Elle marcha la première, d'une démarche lasse, comme résignée. Maigret venait ensuite, Jonker sur les talons.

— Ici ? questionna Mirella quand ils arrivèrent au salon.

— Je préfère mon bureau...

— Qu'est-ce que je peux vous offrir, monsieur Maigret ?

— Rien à présent...

Elle voyait le verre dans lequel il avait bu précédemment et qui était resté, avec celui de son mari, sur le bureau. Le refus du commissaire ne signifiait-il pas que la situation avait changé ?

Il faisait plus sombre dans la pièce, et le Hollandais alluma les lampes, se servit du curaçao, lança à sa femme un coup d'œil interrogateur.

— Non. Je préfère un whisky...

Il se décida le premier à s'asseoir, reprenant presque exactement la pose qu'il avait une heure plus tôt. Sa femme resta debout, un verre à la main.

— Il y a deux ou trois ans... commença l'amateur de tableaux en coupant le bout de son cigare.

Le commissaire l'interrompit.

— Avez-vous remarqué que vous n'êtes jamais précis ? Depuis que je suis ici, vous n'avez jamais cité une date, un nom, sinon des noms de peintres morts depuis longtemps... Vous parlez de quelques semaines, de quelques mois, de quelques années, de tôt ou de tard dans la soirée...

— Peut-être parce que je ne me préoccupe pas du temps ? Figurez-vous que je ne dois pas me trouver dans un bureau à telle ou telle heure et que, jusqu'aujourd'hui, je n'ai eu de comptes à rendre à personne...

Il redevenait agressif, sa morgue, exagérée, sonnant moins vrai. Maigret surprit, sur le visage de la femme, une inquiétude, une désapprobation.

« Toi, ma petite, pensa-t-il, tu sais, par expérience, qu'il ne sert à rien de jouer ce jeu-là avec la police... »

Était-ce à Nice, dans sa jeunesse, qu'elle avait eu affaire à elle, en Angleterre, ou ailleurs ?

— Libre à vous de me croire ou de ne pas me croire, monsieur

Maigret... Je vous répète qu'il y a deux ou trois ans, on m'a signalé un jeune peintre de talent qui était dans une misère si complète qu'il lui arrivait de dormir sous les ponts et de chercher dans les poubelles de quoi manger...

— Vous venez de dire « on ». Est-ce un ami, ou un marchand de tableaux, qui vous a signalé ce jeune homme ?

Jonker fit le geste de chasser une mouche.

— Peu importe ! Je ne m'en souviens pas. Toujours est-il que j'ai eu honte de cet atelier qui ne servait à rien...

— Votre femme ne peignait donc pas encore ?

— Non... Je ne l'aurais pas introduit ici...

— Quel est le nom de cet amateur de graffiti ?

— Je n'ai jamais connu que son prénom...

— Qui est ?

Un léger temps :

— Pedro.

Il inventait visiblement.

— Un Espagnol ? Un Italien ?

— Figurez-vous que je ne m'en suis pas préoccupé. J'ai mis l'atelier et la chambre à sa disposition. Je lui ai donné de l'argent pour acheter des couleurs et des toiles.

— Et, le soir, vous l'enfermiez pour l'empêcher de courir le guilledou ?

— Je ne l'enfermais pas.

— Pourquoi, dans ce cas, ces verrous extérieurs ?

— Ils ont été posés lors de la construction de la maison.

— Pour quelle raison ?

— Une raison fort simple. Elle ne vous vient pas à l'esprit parce que vous n'êtes pas collectionneur. Pendant longtemps, j'ai remisé dans cet atelier les toiles qui ne trouvaient pas place sur les murs... Il était logique de les enfermer du dehors, faute de pouvoir le faire du dedans...

— Je croyais que l'atelier avait été aménagé pour votre amie peintre de l'époque...

— Mettons que les verrous aient été posés lorsqu'elle a cessé de vivre ici...

— Y compris sur la porte de la chambre ?

— Je ne suis même pas sûr d'avoir dit au serrurier d'en installer un sur cette porte...

— Pour en revenir à Pedro...

— Il a vécu quelques mois dans la maison.

— *Quelques !* souligna Maigret, tandis que Mirella ne pouvait s'empêcher de sourire.

Le Hollandais s'impatientait et il devait avoir une maîtrise de soi peu commune pour ne pas laisser éclater sa colère.

— Il avait du talent ?

— Beaucoup.

— Il a fait carrière ? Il est devenu un peintre connu ?

— Je l'ignore... Je suis monté un certain nombre de fois dans l'atelier et j'ai admiré ses toiles...

— Vous en avez acheté ?

— Comment pouvais-je acheter des toiles à un homme à qui je fournissais le gîte et le couvert ?

— De sorte que vous ne possédez pas une seule de ses œuvres ?... L'idée ne lui est pas venue, à lui, de vous en offrir avant son départ ?...

— Avez-vous vu une seule toile, dans la maison, datant de moins de trente ans ?... Un amateur de peinture est souvent collectionneur... Et chaque collectionneur limite son intérêt à un champ déterminé... Pour ma part, je commence à Van Gogh et je finis à Modigliani...

— Pedro prenait ses repas là-haut ?

— Je suppose.

— C'était Carl qui montait le servir ?

— Ces détails regardent ma femme.

— C'était Carl, répondait celle-ci, sans conviction.

— Il sortait beaucoup ?

— Comme tous les garçons de son âge.

— Au fait, quel âge avait-il ?

— Vingt-deux ou vingt-trois ans. Il a fini par se faire des amis et des amies. Au début, il n'en amenait dans l'atelier qu'un ou deux à la fois. Puis il a exagéré. Certaines nuits, ils étaient une vingtaine à mener grand tapage juste au-dessus de l'appartement de ma femme, ce qui empêchait celle-ci de dormir...

— Vous n'avez jamais eu la curiosité de monter voir ce qui se passait, madame ?

— Mon mari s'en est chargé.

— Et le résultat a été ?

— Il a mis Pedro à la porte, non sans lui remettre une certaine somme d'argent.

— C'est alors que vous avez découvert les graffiti ?

Jonker fit oui de la tête.

— Vous aussi, madame ? Dans ce cas, votre portrait a dû vous révéler que Pedro était amoureux de vous. Vous a-t-il jamais fait la cour ?

— Si vous continuez sur ce ton, monsieur Maigret, j'aurai le regret d'informer mon ambassadeur de votre façon d'agir, prononça sévèrement Jonker.

— Vous lui parlerez aussi des personnes qui se glissent le soir dans la maison et y passent une partie ou la totalité de la nuit ?

— Je croyais connaître les Français...

— Je croyais connaître les Hollandais...

Mirella intervint :

— Si vous cessiez de vous disputer tous les deux ? Je comprends que mon mari soit irrité de s'entendre poser certaines questions, surtout lorsqu'il s'agit de moi. Je comprends d'autre part la difficulté, pour le commissaire, à admettre notre genre de vie...

» En ce qui concerne ces femmes, monsieur Maigret, j'ai toujours été au courant, avant même que nous soyons mariés... Vous seriez surpris du nombre de maris dans son cas... La plupart se cachent, surtout dans les cercles bien-pensants... Lui préfère la franchise, et j'y ai vu un hommage à mon intelligence et mon affection...

Il remarqua qu'elle ne disait pas « amour ».

— Je crois, pour ma part, que c'est le fait de n'avoir rien à dissimuler qui explique le vague de certaines réponses et d'apparentes contradictions...

— Je vais donc, à vous, poser une question précise. Jusqu'à quelle heure, la nuit dernière, êtes-vous restée dans l'atelier ?

— J'ai besoin de réfléchir, car je ne m'embarrasse pas de montre pour travailler, et vous avez pu noter qu'il n'existe pas d'horloge là-haut... Vers onze heures, j'ai envoyé ma femme de chambre personnelle se coucher...

— Vous étiez au second étage ?

— Oui. Elle est venue me demander si elle devait m'attendre pour m'aider à ma toilette de nuit...

— Vous travailliez au tableau qui se trouve encore sur le chevalet ?

— J'ai mis longtemps, le fusain à la main, un chiffon de l'autre, à chercher un sujet...

— Quel est le sujet de cette toile ?

— Appelons ça une harmonie... La peinture abstraite ne se fait pas au petit bonheur... Peut-être exige-t-elle plus de réflexion et de tâtonnements que la peinture figurative...

— Nous parlions d'heures...

— Il pouvait être une heure du matin quand je suis descendue dans mon appartement.

— Vous avez éteint la lumière dans l'atelier ?

— Je crois. C'est un geste machinal.

— Vous portiez le même vêtement blanc et le même turban qu'aujourd'hui ?

— A la vérité, il s'agit d'une vieille sortie de bain et d'une serviette-éponge. Il m'aurait paru ridicule, alors que je ne peins que pour me distraire, d'acheter la blouse des professionnels...

— Votre mari était couché ? Vous n'êtes pas allée lui dire bonsoir ?

— Ce n'est pas l'habitude quand je me couche après lui.

— Par crainte de le trouver en compagnie d'une de ses visiteuses ?

— Si vous voulez.

— Je crois que nous arrivons presque au bout...

Il sentit une détente dans la pièce, mais, de sa part, c'était une vieille ruse. Il rallumait lentement sa pipe, semblait chercher dans sa tête s'il n'oubliait rien.

— Tout à l'heure, monsieur Jonker, vous avez souligné, non sans tact, que je ne connais rien à la mentalité et aux faits et gestes d'un amateur d'art. Je vois, par votre bibliothèque, que vous suivez les ventes importantes. Vous achetez beaucoup, puisqu'à certain moment vous avez été obligé de ranger dans l'atelier des toiles qui ne trouvaient plus place ailleurs...

» Dois-je en déduire que vous revendez les pièces qui ont cessé de vous plaire ?

— Je vais essayer, une fois pour toutes, de m'expliquer. J'ai hérité d'un certain nombre de tableaux de mon père, qui n'était pas seulement un grand financier, mais qui a été un des premiers à découvrir des artistes dont les musées se disputent aujourd'hui les œuvres.

» Mes revenus, bien qu'importants, ne me permettaient pas de m'offrir à l'infini les peintures qui me tentent.

» Comme tout collectionneur, j'ai commencé par des pièces de second choix, appelons ça des œuvres mineures, de grands artistes...

» Petit à petit, à mesure qu'elles prenaient de la valeur et que mon goût s'affinait, j'ai revendu une partie de ces toiles pour en acquérir de plus importantes...

— Excusez-moi de vous interrompre. Vous avez continué jusqu'à ces derniers temps ?

— J'ai l'intention de continuer jusqu'à ma mort.

— Ces œuvres que vous vendez, vous les envoyez à l'Hôtel Drouot, ou bien les confiez-vous à un marchand de tableaux ?

— Cela m'est arrivé, assez rarement, d'envoyer un tableau ou deux à une vente publique. Cependant, les pièces qui y passent aux enchères proviennent le plus souvent de successions. Un amateur s'y prend de préférence autrement.

— C'est-à-dire ?

— Il connaît le marché. Il sait, par exemple, que tel musée des États-Unis ou d'Amérique du Sud cherche un Renoir, un Picasso de l'époque bleue. S'il désire se défaire d'une toile de ce genre, il établit des contacts...

— Cela expliquerait que des voisins ont vu des tableaux sortir de chez vous ?...

— Ceux-là et ceux de ma femme...

— Pouvez-vous, monsieur Jonker, me fournir le nom de quelques-uns de vos acheteurs ? Ne parlons, par exemple, que de la dernière année...

— Non.

C'était un non froid et catégorique.

— Dois-je en conclure qu'il s'agit d'un trafic clandestin ?

— Je n'aime pas ce mot-là. Les opérations de ce genre se font avec discrétion. La plupart des pays, par exemple, réglementent la sortie des œuvres d'art afin de protéger le patrimoine national.

» Non seulement les musées exercent un droit de préemption, mais l'autorisation d'exporter est fréquemment refusée.

» Vous pourrez voir, dans le salon, une des premières œuvres de Chirico qui a franchi en fraude la frontière italienne, ainsi qu'un Manet qui, si incroyable que cela vous paraisse, est venu de Russie.

» Comprenez-vous que je ne puisse citer des noms ? On m'achète une toile. Je la remets à l'acheteur. Il me paie et je n'ai pas à me préoccuper de ce qu'elle devient...

— Vous l'ignorez ?

— Je veux l'ignorer. Ce n'est pas mon affaire. Pas plus que de découvrir le chemin parcouru par une toile que j'achète...

Maigret se leva. Il avait l'impression d'être dans cette maison depuis une éternité et l'atmosphère feutrée, à peine réelle, commençait à lui peser. En outre, il avait soif, mais, au point où ils en étaient, Jonker et lui, il n'avait plus le droit d'accepter un verre.

— Je m'excuse, madame, d'avoir interrompu votre travail et gâché votre après-midi...

Le regard de Mirella ne contenait-il pas une question ?

« Ce n'est pas fini, n'est-ce pas ? semblait-elle dire. Je connais les méthodes de la police. Vous n'allez pas nous lâcher et je me demande quel piège vous nous préparez... »

Tournée vers son mari, elle hésita, ouvrit la bouche, revint à Maigret pour murmurer banalement :

— Enchantée de vous avoir connu...

Jonker, debout, écrasant le bout de son cigare dans le cendrier, prononçait à son tour :

— Je m'excuse de n'avoir pas toujours gardé mon sang-froid... On ne devrait jamais oublier ses devoirs d'hôte...

On ne sonnait pas le valet de chambre pour le reconduire, mais le Hollandais le précédait en personne jusqu'à la porte, qu'il ouvrait. Dehors, l'air frais avait un goût d'humidité et de poussière. Un halo commençait à se former autour des lampadaires.

En face, les fenêtres de Marinette Augier étaient obscures. Il n'y avait pas de lumière non plus au premier étage de la maison voisine mais un visage de vieillard était collé à la vitre.

Maigret faillit adresser un signe amical au vieux Maclet fidèle à son poste. Il hésita même à aller frapper à sa porte, mais des démarches plus urgentes l'attendaient.

Cela ne l'empêcha pas, avant de monter en taxi au coin de la rue Caulaincourt, d'entrer dans le bistrot du matin et de boire coup sur coup deux grands verres de bière.

6

L'ivrogne aux pieds nus

Les habitudes se prennent vite, dans les bistrots de quartier. Parce qu'il avait bu un grog le matin, le patron aux manches troussées parut surpris que son client commande de la bière. Et quand Maigret demanda un jeton de téléphone, il questionna :

— Un seul ?

Celui qui avait précédé Maigret dans la cabine avait fait, lui, une sérieuse consommation de calvados, car l'air en restait imbibé et le combiné même sentait l'alcool de pomme.

— Allô ! Qui est à l'appareil ?

— L'inspecteur Neveu.

— Lucas n'est pas au bureau ?

— Je l'appelle... Un instant... Il est en communication sur une autre ligne...

Le commissaire, sans s'impatienter, regardait vaguement le décor rassurant du petit café, son comptoir d'étain, ses bouteilles aux formes et aux étiquettes familières. Les journaux parlent avec complaisance ou avec inquiétude d'un monde qui change avec une rapidité vertigineuse et il avait sous les yeux, après tant d'années et une guerre mondiale, les marques d'apéritifs qu'il voyait, enfant, dans l'auberge de son village.

— Excusez-moi, patron...

— Je voudrais qu'on surveille au plus tôt la maison d'un certain Norris Jonker, avenue Junot. C'est en face de l'immeuble dont sortait Lognon quand il a été attaqué. Mets au moins deux hommes et une voiture...

— Je ne suis pas sûr qu'il en reste dans la cour. Je crains que non...

— Débrouille-toi... Non seulement il faut suivre les Jonker s'ils sortent de chez eux, mais filer les visiteurs éventuels... Fais vite...

Dans le taxi qui se faufilait à travers les lumières, il se sentait d'une étrange humeur. Il aurait dû être content de lui, car il ne s'était pas laissé impressionner par le Hollandais, sa morgue, sa richesse, ni par la beauté épanouie de Mirella.

Rarement, en une seule journée, il avait recueilli autant de détails sur une affaire dont il n'avait aucune idée en se levant le matin. Non seulement la maison de l'amateur d'art s'était animée et avait livré bon nombre de petits secrets, mais l'avenue Junot, qu'il croyait connaître, avait pris un nouveau visage.

Pourquoi restait-il insatisfait de lui, vaguement inquiet ? Il se posait la question, s'efforçait d'y répondre, et ce n'est qu'en traversant le Pont-au-Change et en apercevant la silhouette familière du vieux Palais de Justice qu'il crut trouver la cause de son malaise.

Alors qu'il avait passé la plus grande partie de son temps dans le bureau de Norris Jonker, qu'il avait visité la maison du haut en bas, que la scène la plus dramatique s'était déroulée dans l'atelier du second étage, ce n'était pas de ces endroits qu'il gardait le souvenir le plus vif.

L'image qui restait dans sa mémoire, obstinée comme une ritournelle de chanson, était celle de la petite chambre au lit de fer, et il comprenait soudain le pourquoi de son inquiétude.

Comme en gros plan de cinéma, il revoyait les dessins obscènes, tracés sur les murs blancs, à larges coups de pinceau, en rouge, en noir, en bleu. Lorsqu'il essayait d'évoquer Mirella Jonker, c'était son portrait en quelques larges traits dessinés comme à la diable qui restait le plus vivant.

Celui ou celle qui avait créé cette image, avec une fureur passionnée, l'entourant de symboles sexuels délirants, n'était-il pas un fou ou une folle ? Les dessins d'aliénés qu'il lui avait été donné de voir n'avaient-ils pas cette même force et cette puissance hallucinante d'évocation ?

La chambre avait été occupée récemment, c'était incontestable. Pourquoi, autrement, l'aurait-on nettoyée à grande eau au cours des dernières heures ? Et pourquoi n'avait-on pas osé en reblanchir les murs ?

Il gravit à pas lents le grand escalier de la P.J. Comme cela lui arrivait souvent, il n'entra pas directement chez lui, mais passa par le bureau des inspecteurs. Sous les globes lumineux, chacun travaillait à sa table comme les élèves d'une école du soir.

Il ne regarda personne en particulier, mais cela le rassurait de reprendre contact avec la maison et son atmosphère professionnelle.

Pas plus que des collégiens au passage du professeur, ils ne levaient la tête ; pourtant chacun sut qu'il était grave, anxieux, que son visage n'était pas seulement marqué par la fatigue, mais par une sorte d'épuisement.

— Ma femme n'a pas appelé ?

— Non, patron.

— Qu'on la demande, chez moi. Si elle n'y est pas, essayez le numéro de Lognon...

... Peut-être pas un vrai fou, pas un être à interner dans un hôpital psychiatrique, mais un violent, incapable de maîtriser ses instincts...

— Allô ! C'est toi ?...

Elle avait regagné leur appartement et devait être occupée à préparer le dîner.

— Il y a longtemps que tu es rentrée ?

— Plus d'une heure. Au fond, je crois qu'elle ne tient pas tellement à ma présence... Elle a été flattée que je me dérange pour elle, mais elle ne se sent pas à l'aise avec moi... Elle préfère de beaucoup la présence de la vieille fille au chapelet... A elles deux, elles peuvent se lamenter tout leur soûl et faire le compte sans fin de leurs petites misères...

» Je suis allée acheter dans le quartier quelques gâteries... J'ai glissé un billet dans la main de la vieille, qui n'a pas bronché, et j'ai promis de passer demain matin...

» Et toi ? Tu comptes rentrer dîner ?

— Je ne sais pas encore. J'en doute.

— Comment va Lognon ?

— Aux dernières nouvelles, il vivait, mais je rentre seulement au bureau...

— A ce soir, j'espère...

— A ce soir...

Il ne l'appelait pas par son prénom, ni elle par le sien. Elle ne lui disait pas chéri et il ne lui disait pas chérie. A quoi bon, puisqu'ils se sentaient en quelque sorte une même personne ?

Il raccrochait, ouvrait la porte.

— Janvier est là ?

— Je viens, patron...

Et Maigret, assis à son bureau, sur lequel il rangeait ses pipes :

— Lognon, d'abord...

— J'ai téléphoné à Bichat il y a dix minutes... L'infirmière-chef commence à s'impatienter... État stationnaire... Les médecins ne s'attendent pas à ce qu'il se produise un changement avant demain au plus tôt... Il est dans le coma et, quand il ouvre les yeux, il ne sait pas où il se trouve, qui est autour de lui, ni ce qui lui est arrivé...

— Tu as vu l'ex-fiancé de Marinette Augier ?

— Je l'ai trouvé à son bureau et il a paru terrifié à l'idée que son père aurait pu apprendre que j'appartiens à la police... Le père est, paraît-il, un homme sévère, qui fait trembler son personnel... Jean-Claude, lui, n'est qu'un bellâtre mollasse et veule... Il m'a entraîné dehors et, devant la demoiselle de la réception, a joué la comédie pour me faire passer pour un client...

— Qu'est-ce qu'ils fabriquent ?

— Des tubes métalliques en je ne sais quoi, du cuivre, du fer ou de la fonte. C'est une grosse boîte sinistre comme on en trouve du côté de l'avenue de la République et du boulevard Voltaire... Il m'a conduit dans un café, loin du bureau... Les journaux de l'après-midi parlent de la fusillade et des blessures de Lognon, mais ne citent pas Marinette... Jean-Claude ne les avait d'ailleurs pas lus...

— Il s'est montré coopératif ?

— Il a tellement peur de son père et, en général, de tout ce qui pourrait compliquer son existence, qu'il m'aurait confessé tous ses péchés de jeunesse... Je lui ai appris que Marinette avait brusquement quitté son domicile et que nous avions un besoin urgent de son témoignage...

» — Vous avez été fiancés pendant près d'un an...

» — Fiancés, vous savez... Le mot est exagéré...

» — Ou trop faible, puisque vous passiez chez elle une ou deux nuits par semaine...

» Cela l'a fort ennuyé que nous le sachions.

» — En tout cas, si elle attend un enfant, il ne peut être de moi, car il y a plus de neuf mois que nous ne nous sommes pas rencontrés...

» Vous voyez le genre, patron ! Je lui ai parlé de leurs week-ends.

» — Il y a bien sans doute des endroits où vous vous rendiez de préférence... Vous avez une voiture ?...

» — Bien entendu.

» — Alliez-vous à la mer ou restiez-vous aux environs de Paris ?

» — Aux environs de Paris... Pas toujours au même endroit... Nous choisissions une auberge, presque toujours au bord de l'eau, car Marinette était folle de natation et de canotage... Elle n'appréciait pas les hostelleries, les endroits élégants et sophistiqués... Au fond, elle avait des goûts très peuple...

» J'ai fini par lui soutirer une demi-douzaine d'adresses, celles des coins où ils sont allés plusieurs fois, l'Auberge du Clou, à Courcelles, dans la vallée de Chevreuse, chez Mélanie, à Saint-Fargeau, entre Corbeil et Melun, Félix et Félicie, à Pomponne... C'est au bord de la Marne, non loin de Lagny... Elle avait un faible pour ce bistrot-là, car ce n'est qu'un bistrot de campagne avec deux chambres sans eau courante...

» Puis Créguy, aux environs de Meaux, une guinguette dont il a oublié le nom et dont le patron est sourd... La Pie-qui-Danse, en pleine campagne, entre Meulan et Apremont... Ils ont déjeuné une seule fois au Coq-Hardy, à Bougival...

— Tu as vérifié ?

— J'ai cru qu'il valait mieux que je reste ici pour centraliser les renseignements. J'aurais pu téléphoner à la police des différents patelins, mais j'ai eu peur que, par maladresse, ils fassent fuir la demoiselle... Ce n'est pas très régulier, vu que ces endroits sont en dehors de la Seine, mais j'ai cru comprendre que vous étiez pressé...

— Alors ?

— J'ai envoyé un homme dans chaque direction, Lourtie, Jamin et Lagrume...

— Chacun a pris une voiture ?

— Oui, avoua Janvier avec inquiétude.

— Voilà pourquoi Lucas vient de m'annoncer qu'il n'y en a probablement plus de disponible ?

— Je m'excuse...

— Tu as bien fait... Pas encore de résultats ?

— Seulement à l'Auberge du Clou... Rien de ce côté... Les autres ne tarderont pas à faire leur rapport...

Maigret fumait sa pipe en silence, comme oublieux de la présence de l'inspecteur.

— Vous n'avez plus besoin de moi ?

— Pas pour le moment. Ne pars pas sans me prévenir. Dis à Lucas de rester aussi...

Il avait envie de faire vite. Après sa longue visite de l'après-midi chez le Hollandais, il sentait que quelqu'un était menacé, tout en restant incapable de dire sur qui pesait cette menace.

Bien entendu, on s'était ingénié à lui montrer un décor. Si les tableaux accrochés aux murs étaient authentiques, tout ce qu'il avait vu d'autre et ce qu'il avait entendu n'était-il pas faux ?

— Passez-moi le Bureau des étrangers...

On ne prit qu'une dizaine de minutes pour lui fournir le nom de jeune fille de Mme Jonker. Son prénom n'était pas Mireille, comme il l'avait pensé à cause de Mirella et de ses origines méridionales, mais banalement Marcelle, son nom de famille était Maillant.

— Donnez-moi la P.J. de Nice, voulez-vous ? De préférence le commissaire Bastiani...

Faute de tenir en place, il cherchait dans toutes les directions, au petit bonheur.

— Allô ! Bastiani ? Comment allez-vous, mon vieux ?... Comme le temps ?... Ici, il pleut depuis trois jours et ce n'est que depuis midi qu'il se contente de faire gris... Dites donc, j'aimerais que vos hommes fouillent en vitesse de vieilles paperasses... S'il n'y a rien dans les vôtres, ils pourraient essayer au Palais de Justice. Il s'agit d'une certaine Marcelle Maillant, née à Nice, vraisemblablement dans le vieux quartier, aux alentours de Sainte-Réparate...

» Elle a trente-quatre ans. Après avoir épousé un Anglais du nom de Muir, qui fabrique des roulements à billes à Manchester, elle a vécu un certain nombre d'années à Londres, où elle s'est mariée à un riche Hollandais, Norris Jonker, et elle vit actuellement à Paris...

» Une splendide femme, de celles sur lesquelles on se retourne dans la rue... Grande, brune, portant bien la toilette... Très femme du monde, avec pourtant un rien qui me fait tiquer... Vous voyez ce que je veux dire ?... Il y a une faille, j'ignore laquelle, et sa façon de me regarder me l'a confirmé...

» Oui. C'est vraiment urgent... Je jurerais qu'il se prépare du vilain et je voudrais l'empêcher... Au fait, vous n'avez pas connu Lognon, quand vous étiez Rue des Saussaies ?... Le Malgracieux, oui... Il a été abattu la nuit dernière... Il n'est pas mort, mais on ne répond pas de lui... Il s'agit de cette affaire, oui... Je me demande à quel titre et à quel point elle y est mêlée, mais vos renseignements me l'apprendront peut-être...

» Je reste au bureau... Toute la nuit s'il le faut...

Il n'ignorait pas qu'en apprenant que l'enquête concernait un collègue abattu, Bastiani et ses hommes allaient en mettre un coup. C'était pour eux un point d'honneur.

Pendant cinq bonnes minutes, il parut rêvasser, s'assoupir, puis son bras se tendit vers le téléphone.

— Je voudrais la communication avec Scotland Yard... En priorité... L'inspecteur Pyke... Un instant... Non ! L'inspecteur-chef Pyke...

Ils s'étaient connus en France, où le digne M. Pyke était venu se mettre au courant des méthodes de la P.J., et de celles de Maigret en particulier, surpris de constater que Maigret n'avait pas de méthode du tout.

Par deux fois ils s'étaient revus à Londres, et étaient devenus bons amis. Quelques mois plus tôt, Maigret avait appris que Pyke avait pris du galon.

S'il eut Scotland Yard en trois minutes, il en fallut presque dix pour obtenir son correspondant au bout du fil, quelques autres pour échanger des congratulations en mauvais anglais d'une part, en mauvais français de l'autre.

— ... Maillant, oui... *M* comme Maurice, *A* comme André...

Il devait épeler les noms.

— ... Muir... *M* comme Maurice encore... *U* comme Ursule...

— Ce nom-là, je le connais... Il s'agit de sir Herbert Muir ?... De Manchester ?... La reine l'a fait *sir* voilà trois ans...

— Deuxième mari : Norris Jonker...

Il épelait encore, rappelait le passage du Hollandais dans l'armée anglaise, son grade de colonel.

— Il y a peut-être eu d'autres hommes entre les deux... Il semble qu'elle ait vécu un certain temps à Londres, où elle n'a pas dû rester solitaire...

Maigret avait soin d'ajouter qu'il s'agissait d'un attentat contre un policier et M. Pyke déclarait gravement :

— Ici, le coupable serait pendu, homme ou femme. On pend toujours pour les crimes contre la police...

Comme Bastiani, il promettait de rappeler.

Il était six heures et demie. Quand il ouvrit la porte de communication, Maigret ne trouva plus dans le grand bureau que quatre ou cinq inspecteurs.

— Rien chez Mélanie, à Saint-Fargeau, patron. Rien non plus au Coq-Hardy, comme je m'y attendais, ni à la Pie-qui-Danse... Il nous reste la Marne, puisque la vallée de Chevreuse et la Seine n'ont rien donné...

Maigret allait rentrer dans son bureau quand l'inspecteur Chinquier, très agité, entra dans la pièce.

— Le commissaire est ici ?

Il l'aperçut en même temps qu'il posait la question.

— J'ai du nouveau... Plutôt que de vous téléphoner du bureau, j'ai préféré accourir moi-même...

— Entrez...

— J'ai laissé un témoin dans l'antichambre, pour le cas où vous voudriez l'interroger...

— Asseyez-vous et racontez d'abord...

— Je peux enlever mon pardessus ? Je me suis tant démené aujourd'hui que je suis en nage... Voilà !... Comme vous l'avez demandé, les hommes du XVIIIe se sont occupés à passer l'avenue Junot et les environs immédiats au peigne fin... Pendant des heures, en dehors du vieux Maclet, cela n'a rien donné... Puis, tout à coup, on m'a fourni un renseignement qui m'a paru de première...

» On était déjà passé dans cette maison au début de l'après-midi et on avait interrogé la concierge et ceux des locataires qui se trouvaient chez eux, pas beaucoup, surtout des femmes, car les hommes étaient à leur travail...

» Il s'agit d'un immeuble de rapport situé tout en haut de l'avenue...

» Au moment où un de mes collègues s'y présentait à nouveau, il y a moins d'une heure, un homme entrait dans la loge pour retirer son courrier, un certain Langeron, qui fait du porte-à-porte en vendant des aspirateurs... Je l'ai amené...

» C'est un bonhomme assez terne, plus habitué à se faire mettre dehors qu'à être reçu à bras ouverts... Il vit seul, dans un logement du troisième étage, et travaille à des heures irrégulières, espérant toujours tomber chez les gens au moment propice...

» Le plus souvent, il prépare lui-même ses repas, mais, quand il a réussi une affaire, il s'offre à dîner au restaurant... C'est ce qui est arrivé hier... Entre six et huit heures, alors que les gens sont généralement chez eux, il a vendu deux aspirateurs et, après un apéritif dans une brasserie de la place Clichy, il a dîné copieusement dans un petit restaurant de la rue Caulaincourt...

» Un peu avant dix heures du soir, il remontait l'avenue Junot, son aspirateur de démonstration à la main... A hauteur de la maison du Hollandais, une voiture stationnait, une Jaguar jaune dont la plaque minéralogique l'a frappé parce qu'elle était marquée TT en lettres rouges...

» Il n'était plus qu'à quelques mètres quand la porte s'est ouverte...

— Il est sûr que c'est la porte de l'hôtel des Jonker ?

— Il connaît les maisons de l'avenue Junot comme ses poches, car, naturellement, il a essayé d'y vendre des aspirateurs... Écoutez bien... Deux hommes sont sortis, soutenant un troisième tellement ivre qu'il ne tenait plus debout...

» Quand les deux personnages qui portaient pour ainsi dire l'autre dans la voiture ont aperçu Langeron, ils ont fait mine de retraiter vers la maison, mais l'un des deux a grommelé :

» — Allons !... Marche, imbécile !... Si ce n'est pas une honte de se mettre dans un pareil état !...

— Ils l'ont emmené ?

— Attendez. Ce n'est pas tout. D'abord, mon marchand d'aspirateurs affirme que celui qui a parlé avait un fort accent anglais... Ensuite, l'ivrogne, lui, ne portait ni chaussures, ni chaussettes... Il paraît que ses pieds nus traînaient sur le trottoir... On l'a installé sur la banquette arrière, avec un de ceux qui le soutenaient, et l'autre a pris le volant... La voiture a démarré en trombe...

» Vous voulez que j'appelle mon homme ?

Maigret hésita, persuadé qu'il y avait de moins en moins de temps à perdre.

— Installez-vous avec lui à côté et enregistrez sa déposition. Assurez-vous qu'il n'oublie rien. Un détail peut prendre de l'importance...

— Qu'est-ce que j'en fais ensuite ?

— Vous m'en reparlerez quand vous aurez fini...

La veille, à la même heure, il s'acharnait sur le jeune Bauche, dit Jeannot, et, à une heure du matin, lui arrachait l'aveu qui permettait de boucler Gaston Nouveau.

Il commençait à se demander si, cette nuit encore, la lumière n'allait pas briller jusqu'à Dieu sait quelle heure dans son bureau. Cela arrivait rarement deux fois de suite. Entre deux affaires, il y avait presque toujours une pause et, paradoxalement, si cette pause se prolongeait, Maigret devenait maussade et mal dans sa peau.

— Le Service des voitures... En vitesse !...

Il ne se souvenait pas avoir vu de Jaguar jaune, couleur assez peu courante pour une voiture anglaise. Le TT indiquait que l'auto était entrée en France avec un propriétaire étranger qui ne séjournait qu'un certain temps dans le pays et qui, par conséquent, n'avait pas payé les droits de douane.

— Qui s'occupe des TT chez vous ?... Rorive ?... Il n'est pas là ?... Il n'y a plus personne ?... Et toi, tu es là, non ?... Écoute, mon petit... Il faut absolument que tu te débrouilles... Ou bien va dans le bureau de Rorive et cherche-moi le renseignement que je te demande, ou bien téléphone-lui et fais-le venir tout de suite... Peu importe s'il est à table... Compris ?... Il s'agit d'une Jaguar... Jaguar, oui...

» Elle circulait hier soir encore dans Paris... Elle est jaune et porte une plaque TT... Non ! Je ne connais pas le numéro... Ce serait trop beau... Mais je présume qu'il n'y a pas des douzaines de Jaguar jaunes en TT à Paris...

» Grouille-toi d'une façon ou d'une autre et téléphone-moi le renseignement au Quai... Le nom du propriétaire, son adresse, la date d'arrivée en France... A tout de suite... Mes excuses à Rorive si tu es forcé de le déranger... Je lui revaudrai ça... Dis-lui qu'il s'agit de retrouver le type qui a descendu Lognon... Oui, l'inspecteur du XVIIIe...

Il alla entrouvrir la porte pour appeler Janvier.

— Toujours rien de la Marne ?

— Pas encore. Lagrume a peut-être eu une panne...

— Quelle heure est-il ?

— Sept heures...

— J'ai soif... Tu pourrais faire monter des demis... Tant que tu y es, je crois que ce ne serait pas inutile de commander des sandwiches...

— Pour combien de personnes ?

— Je n'en sais rien... Une pile de sandwiches...

Marchant de long en large, les mains derrière le dos, il finit par décrocher une fois de plus l'appareil.

— Ma femme, s'il vous plaît...

Pour lui annoncer qu'il ne rentrerait sûrement pas dîner.

Il avait à peine raccroché que la sonnerie résonnait, et il se précipita vers l'appareil.

— Allô !... Oui... Bastiani ?... Alors, ça a été plus facile que tu ne l'imaginais ?... De la chance ?... Bon !... Vas-y...

Il s'installait à son bureau, approchait un bloc de sa main, saisissait un crayon.

— Quel nom dis-tu ?... Stanley Hobson... Comment ?... C'est une longue histoire ?... Fais-la aussi courte que possible, sans rien oublier... Mais non, mon vieux... Je suis un peu nerveux, ce soir... J'ai la conviction qu'il faut aller vite en besogne... Un certain ivrogne aux pieds nus me tarabuste... Bon... J'écoute...

L'affaire datait de seize ans. On avait arrêté à Nice, dans un grand hôtel de la Promenade des Anglais, un certain Stanley Hobson, fiché par Scotland Yard comme voleur de bijoux... Plusieurs vols de bijoux venaient d'être commis dans des villas d'Antibes et de Cannes, un autre dans une chambre de l'hôtel qu'habitait Hobson.

Au moment de son arrestation, il se trouvait en compagnie d'une fille qui n'avait pas tout à fait dix-huit ans et qui était sa maîtresse depuis plusieurs semaines.

On l'avait embarquée avec lui. Tous les deux avaient été interrogés pendant trois jours. La chambre avait été fouillée. On avait fouillé aussi, dans le vieux Nice, l'appartement de la mère de la jeune fille, qui travaillait au marché aux fleurs.

Aucun bijou n'avait été retrouvé. Faute de preuves, le couple avait été relâché et, deux jours plus tard, il franchissait la frontière italienne.

On n'avait plus entendu parler, à Nice, de Hobson ni de Marcelle Maillant, car c'était bien d'elle qu'il s'agissait.

— Vous savez ce que la mère est devenue ?

— Depuis plusieurs années, elle habite un confortable appartement rue Saint-Sauveur et vit en rentière. J'ai envoyé chez elle un de mes hommes, qui n'est pas encore revenu. Sans doute reçoit-elle des mandats de sa fille...

— Merci, Bastiani. A tout à l'heure, je l'espère...

La machine commençait à tourner, comme Maigret disait volontiers, et, à ces moments-là, il aurait voulu que tous les bureaux fussent ouverts jour et nuit.

— Viens un instant, Lucas... Tu vas descendre aux Garnis... J'espère qu'il y reste quelqu'un... Note le nom... Stanley Hobson... D'après Bastiani, il doit avoir aujourd'hui entre quarante-cinq et quarante-huit ans... Je n'ai pas son signalement mais, il y a plus de quinze ans, Scotland Yard envoyait sa fiche à toutes les polices en le donnant pour un voleur international de bijoux...

» Monte aux Sommiers s'il le faut... Il y a des chances pour qu'ils aient quelque chose sur lui...

Lucas parti, Maigret regardait le téléphone d'un air de reproche, comme s'il lui en voulait de ne pas sonner à chaque instant. Chinquier frappait à sa porte.

— Voilà, monsieur le commissaire. Le rapport est tapé et Langeron l'a signé. Il demande s'il peut aller dîner. Vous ne voulez vraiment pas le voir ?

Maigret se contenta d'un coup d'œil par l'entrebâillement de la porte. Le personnage était banal, effacé.

— Qu'il mange et qu'il revienne ensuite, à tout hasard. Je ne sais pas encore si j'aurai besoin de lui, ni quand, mais il n'y a déjà que trop de gens éparpillés dans la nature...

— Qu'est-ce que je fais ?

— Vous n'avez pas faim ? Vous ne dînez jamais ?

— J'aimerais être encore utile...

— Le mieux est que vous retourniez au XVIIIe pour me tenir au courant de ce qui se passe dans le quartier...

— Vous avez un espoir ?

— Si je n'en avais pas, j'irais dîner avec ma femme en regardant la télévision...

Le garçon de la Brasserie Dauphine était encore dans le bureau de Maigret, où il avait posé un plateau couvert de verres de bière et de sandwiches, quand le téléphone sonna.

— Bon !... Bravo !... Ed ?... Ed tout court ?... Un Américain ?... Je comprends... Même leurs présidents prennent un diminutif... Ed Gollan... Deux *l* ? Tu as l'adresse ?... Hein ?

Maigret se rembrunissait. Il s'agissait du propriétaire de la Jaguar jaune.

— Tu es sûr qu'il n'existe que celle-là à Paris ?... Bon !... Merci, vieux... Je verrai ce que ça donne, mais j'aurais préféré qu'il ne s'agisse pas d'un client du Ritz...

Il pénétrait une fois de plus chez les inspecteurs.

— Que deux hommes se préparent à prendre une voiture... J'espère qu'il en reste en bas ?...

— Il vient d'en rentrer deux.

L'instant d'après, il reprenait le téléphone.

— Le Ritz ?... Passez-moi le concierge, s'il vous plaît, mademoiselle... Allô ! Le concierge ?... C'est vous, Pierre ?... Ici, Maigret...

Il lui était arrivé plusieurs fois d'enquêter dans l'hôtel de la place Vendôme, un des plus selects, sinon le plus select de Paris, et chaque fois il y avait mis la discrétion voulue.

— Le commissaire, oui... Écoutez-moi bien et ne prononcez pas de noms... A cette heure-ci, il doit y avoir du monde dans le hall... Avez-vous comme client un certain Gollan ?... Ed Gollan...

— Un instant, voulez-vous ? Je fais transférer la communication dans une des cabines...

Il confirmait un peu plus tard :

— Il est chez nous, oui... Il y descend fréquemment... C'est un Américain, né à San Francisco, qui voyage beaucoup et qui vient trois ou quatre fois par an à Paris... En général, il reste une vingtaine de jours...

— Quel âge ?

— Trente-huit ans... Pas du tout le type de l'homme d'affaires mais le type de l'intellectuel... D'après son passeport, il est critique d'art et, m'a-t-on affirmé, un expert de réputation internationale... Il a reçu plusieurs fois le directeur du Louvre, et des grands marchands de tableaux viennent le voir...

— Il est dans son appartement en ce moment ?

— Quelle heure est-il ?... Sept heures et demie ?... Il y a toutes les chances pour qu'il se trouve au bar...

— Voulez-vous vous en assurer discrètement ?

Encore une attente.

— Il y est, oui...

— Seul ?

— En compagnie d'une jolie femme.

— Une cliente de l'hôtel ?

— Ce n'est pas tout à fait le genre ; il lui est déjà arrivé de venir prendre un verre avec lui et, tout à l'heure, ils iront sans doute dîner en ville...

— Voulez-vous me faire savoir s'ils font mine de sortir ?

— Seulement, je ne peux pas les retenir...

— Passez-moi simplement un coup de fil... Et merci !...

Il appela Lucas.

— Écoute-moi bien. C'est important et délicat. Tu vas filer au Ritz avec un inspecteur... Tu demanderas de ma part au concierge si Ed Gollan est toujours au bar... S'il y est, comme je l'espère, tu laisseras ton copain dans le hall et tu aborderas discrètement Gollan et sa compagne...

» Inutile d'exhiber ta médaille ni de prononcer à voix haute le mot « police »... Dis-lui qu'il s'agit de sa voiture, que nous avons un renseignement à lui demander, et insiste pour qu'il te suive...

— Et la femme ? Je l'emmène aussi ?

— A moins qu'elle ne soit grande et brune, très belle et qu'elle se prénomme Mirella...

Lucas loucha vers les demis encore embués puis s'éloigna sans mot dire.

— Surtout, fais vite... Roule à toute allure...

Si la bière était bonne, le sandwich ne passait pas. Maigret était trop fébrile pour manger. Rien ne collait dans cette affaire. A peine hasardait-il une hypothèse que les faits venaient la démentir.

Et, à part le mystérieux Stanley Hobson, on ne tombait que sur des personnages en apparence respectables.

Il finit par appeler, chez lui, Manessi, le commissaire-priseur.

— C'est encore moi, oui... J'espère que vous n'êtes pas en train de donner une cocktail-party... Si ?... Alors, je fais court... Est-ce que le nom de Gollan vous dit quelque chose ? Un des meilleurs experts américains ?...

Il soupira plusieurs fois en écoutant ce que Manessi lui disait au bout du fil.

— Oui... Oui... Je devais m'y attendre... Encore une question... On a prétendu cet après-midi devant moi que les vrais amateurs de peinture achètent et revendent souvent leurs tableaux en sous-main... C'est exact ?... Je ne vous demande pas de noms, bien sûr... Non ! Je ne suis pas sur une affaire de tableaux, ou, si j'y suis, c'est à mon insu... Un dernier mot... Se pourrait-il qu'un homme comme Norris Jonker ait de faux tableaux dans sa collection ?...

Un éclat de rire lui répondit.

— S'il en a, il y en a au Louvre aussi... Il est vrai que certaines gens prétendent que la Joconde est une fausse Joconde...

La porte s'ouvrait en coup de vent. Un Janvier excité, radieux, attendait avec impatience la fin de la communication pour claironner la nouvelle.

— Je vous remercie... Retournez à vos invités... Je me trompe peut-être, mais je pense que j'aurai encore besoin de vous...

Janvier lançait :

— Ça y est, patron !... On l'a retrouvée...

— Marinette ?

— Oui... Lagrume la ramène... Il n'a pas eu de panne, mais il paraît que, dans l'obscurité, ce n'est pas facile de trouver l'auberge de Félix et Félicie... Elle est en dehors de Pomponne, au bout d'un chemin de terre qui ne mène nulle part...

— Elle a parlé ?

— Elle jure ignorer ce qui s'est passé... En entendant les coups de feu, elle a tout de suite pensé à Lognon... Elle a eu peur qu'on s'en prenne à elle aussi...

— Pourquoi ?

— Elle ne l'a pas expliqué... Elle n'a fait aucune difficulté pour suivre Lagrume, sauf qu'elle a demandé à voir sa médaille...

Elle serait dans une heure au plus Quai des Orfèvres. D'ici là, si tout marchait bien, Ed Gollan s'y trouverait aussi, furieux sans doute, menaçant d'en appeler à son ambassade. C'est fou le nombre de gens qui se réclament de leur ambassade !

— Allô !... Oui... Moi-même, cher monsieur Pyke...

Le nouvel inspecteur-chef de Scotland Yard débitait ses nouvelles sans se presser, lisant apparemment un texte qu'il avait sous les yeux et répétant chaque information importante.

Car il y en avait d'extrêmement importantes. Par exemple, le divorce de Mirella avec son premier mari, Herbert Muir, après seulement deux ans de mariage. Il avait été prononcé aux torts de la jeune femme, et le complice, le correspondant, comme on dit au Royaume-Uni, n'était autre qu'un certain Stanley Hobson.

Non seulement le couple avait été pris en flagrant délit, dans un quartier peu recommandable de Manchester où logeait Hobson, mais on avait établi que, pendant les deux années qu'avait duré le mariage, le couple n'avait pas cessé de se voir.

— Je n'ai pas encore retrouvé la trace de Stanley à Londres dans les années qui ont suivi. J'espère vous renseigner demain. Deux de mes hommes vont prendre langue avec des gens de Soho qui sont au courant de ce qui se passe dans un certain milieu...

» Un détail que j'allais oublier... Hobson est plus connu sous le nom de Stan le Chauve... Dès l'âge de vingt-trois ou vingt-quatre ans, à la suite de je ne sais quelle maladie, il a perdu tous ses cheveux, ses cils et ses sourcils...

Maigret, qui avait chaud, alla entrouvrir la fenêtre, et il était occupé à vider un des verres de bière quand il entendit, dans le couloir, parler français avec l'accent américain. Il ne saisissait pas les mots mais la voix indiquait clairement que le visiteur malgré lui n'était pas content.

C'est pourquoi il fit son sourire le plus accueillant, le plus bonhomme et, ouvrant la porte, prononça :

— Entrez, je vous en prie, monsieur Gollan, et pardonnez-moi de vous avoir dérangé...

7

Le choix de Mirella

Ed Gollan avait les cheveux bruns coupés en brosse, très courts. Malgré le temps gris et froid, il ne s'embarrassait pas de pardessus, et son complet, d'un tissu léger, sans rembourrage aux épaules, allongeait encore sa silhouette.

Il parlait sans chercher ses mots, malgré sa colère, dans un français correct.

— Ce monsieur, disait-il en désignant Lucas, m'a en effet dérangé dans des conditions particulièrement désagréables, non seulement pour moi, mais pour une dame qui m'accompagnait...

Maigret faisait signe à Lucas de sortir du bureau.

— J'en suis désolé, monsieur Gollan. Si c'est cette personne qui vous préoccupe, sachez que des mésaventures de ce genre font partie de son métier...

Le critique marqua le coup.

— Je suppose qu'il est question de ma voiture ?

— Vous êtes le propriétaire d'une Jaguar jaune, n'est-ce pas ?

— Je l'étais.

— Que voulez-vous dire ?

— Que je suis allé en personne, ce matin, au commissariat du Ier arrondissement, signaler qu'elle m'a été volée.

— Où étiez-vous hier soir, monsieur Gollan ?

— Chez le consul du Mexique, qui a son domicile privé boulevard des Italiens.

— Vous y avez dîné ?

— En compagnie d'une douzaine de personnes.

— Vous y étiez encore vers dix heures ?

— Non seulement à dix heures, mais à deux heures du matin, comme vous pourrez le vérifier.

Apercevant le plateau avec les verres de bière et les sandwiches, il parut surpris.

— J'aimerais que vous me disiez tout de suite...

— Un instant. Je suis pressé aussi, plus pressé que vous, croyez-le, mais il est indispensable de procéder avec ordre. Vous aviez laissé votre voiture boulevard des Italiens ?

— Non. Vous savez mieux que moi qu'il est à peu près impossible d'y parquer...

— Où se trouvait-elle quand vous l'avez vue pour la dernière fois ?

— Place Vendôme, où un certain nombre de places sont réservées aux clients du Ritz. Je n'avais que quelques centaines de mètres à franchir pour me rendre chez mon ami.

— Vous n'avez pas quitté son appartement ?

— Non.

— Vous y avez reçu un coup de téléphone ?

Il hésita, surpris de voir Maigret au courant.

— D'une femme, oui.

— Une femme que vous ne pouvez pas nommer, je suppose ? Ne s'agirait-il pas de Mme Jonker ?

— Cela aurait pu être elle, car je connais en effet les Jonker.

— Lorsque vous êtes rentré à l'hôtel, vous n'avez pas remarqué que votre voiture n'était plus à sa place ?

— Je suis rentré par la rue Cambon, comme la plupart des clients...

— Vous connaissez Stanley Hobson ?

— Je ne suis pas disposé, monsieur Maigret, à subir un interrogatoire avant de savoir à quoi vous essayez de me mêler.

— Il se fait que certains de vos amis sont en difficulté...

— Quels amis ?

— Norris Jonker, par exemple... Vous lui avez acheté et vendu des toiles, je suppose ?

— Je ne suis pas marchand de tableaux... Il arrive à des musées et à des particuliers de me confier qu'ils cherchent une toile de tel peintre, de telle importance, de telle époque... Si, au cours de mes voyages, j'apprends qu'un tableau de ce genre est à vendre, je me contente de le signaler...

— Sans commission ?

— Ceci ne vous regarde pas. C'est l'affaire du fisc de mon pays...

— Vous ignorez, bien entendu, qui a pu voler votre voiture ? La clé était sur le tableau de bord ?

— Dans la boîte à gants. C'est le seul moyen pour moi, qui suis distrait, de ne pas la perdre.

Maigret tendait l'oreille aux bruits du couloir et semblait mener cet interrogatoire sans conviction, du bout des lèvres.

Gollan n'en était-il pas le premier surpris ?

— Je suppose que, maintenant, je puis aller retrouver cette dame que j'ai invitée à dîner ?

— Pas tout de suite... Je crains d'avoir encore besoin de vous tout à l'heure...

Maigret avait entendu des pas, une porte s'ouvrir et se refermer, une voix de femme dans le bureau voisin. C'était la soirée des portes ouvertes et fermées, comme on l'appellerait plus tard.

— Tu veux venir un instant dans mon bureau, Janvier ? Il ne serait pas poli de laisser M. Gollan seul... Nous lui avons fait rater son dîner, et s'il désire un sandwich...

Les quelques inspecteurs qu'on avait gardés, y compris Lagrume, fier de son succès, jetaient des regards curieux à une jeune fille charmante, vêtue d'un tailleur bleu, qui, de son côté, observait ce qui se passait autour d'elle.

— Vous êtes le commissaire Maigret, n'est-ce pas ? J'ai vu votre photo dans les journaux. Dites-moi vite s'il est mort...

— Non, mademoiselle Augier. Il a été blessé grièvement, mais les médecins espèrent le sauver...

— C'est lui qui vous a parlé de moi ?

— Il n'est pas en état de parler et ne le sera pas avant de longues heures, sinon avant deux ou trois jours. Voulez-vous me suivre ?

Il l'introduisait dans un petit bureau, dont il refermait la porte.

— Vous me comprendrez, je crois, si je vous dis que le temps presse. C'est pourquoi je ne vous demande pas de me raconter en détail ce que vous savez. Il sera temps plus tard. Je vais vous poser quelques questions. Est-ce vous qui avez signalé à l'inspecteur Lognon qu'il se passait des choses bizarres dans la maison d'en face ?

— Non. Je n'avais rien remarqué, sinon que, le soir, il y avait fréquemment de la lumière dans l'atelier...

— Où vous a-t-il rencontrée ?

— Dans la rue, alors que je rentrais chez moi. Il m'a dit qu'il s'était renseigné sur le logement que j'occupais, qu'il avait besoin d'y passer deux ou trois soirs à la fenêtre afin de surveiller quelqu'un. Il m'a montré sa médaille de la police et sa carte. Je n'étais pas trop rassurée et j'ai failli téléphoner au commissariat...

— Qu'est-ce qui vous a décidée ?

— Il paraissait malheureux. Il m'a raconté qu'il n'avait jamais eu de chance mais que, si je l'aidais, tout allait changer, car il était sur une très grosse affaire...

— Il vous a dit laquelle ?

— Pas le premier soir.

— Vous êtes restée avec lui ce premier soir ?

— Un certain temps, oui, dans l'obscurité. Les rideaux de l'atelier, en face, ne joignaient pas complètement et, de temps en temps, on voyait passer un homme qui tenait une palette et des pinceaux à la main...

— Vêtu de blanc ? Avec une serviette autour de la tête ?

— Oui. J'ai remarqué en riant qu'il avait l'air d'un fantôme...

— Vous l'avez vu peindre ?

— Une fois. Il avait son chevalet, ce soir-là, dans la partie de l'atelier que nous pouvions découvrir et il peignait furieusement...

— Qu'appelez-vous peindre furieusement ?

— Je ne sais pas. Il me donnait l'impression d'un possédé...

— Vous avez vu d'autres personnes dans l'atelier ?

— Une femme... Elle se déshabillait... Ou plutôt il lui arrachait presque ses vêtements...

— Grande et brune ?

— Ce n'était pas Mme Jonker, que je connais de vue.

— Vous avez vu M. Jonker aussi ?

— Pas dans l'atelier. Dans l'atelier, j'ai aperçu une fois un homme chauve, d'un certain âge...

— Que s'est-il passé hier au soir ?

— Comme d'autres soirs, je me suis couchée de bonne heure. J'ai un métier fatigant et il arrive que l'institut de beauté reste ouvert très tard, surtout quand il y a un grand bal ou un gala...

— Lognon était dans le living-room ?

— Oui. Nous avions fini par bien nous entendre tous les deux... Il n'a jamais essayé de me faire la cour et il se montrait très gentil avec moi, d'une gentillesse paternelle... Pour me remercier, il m'apportait quelques chocolats, ou un bouquet de violettes...

— Vous dormiez, à dix heures ?

— J'étais au lit, mais je ne dormais pas encore. Je lisais le journal... Il a frappé à ma porte... Surexcité, il m'a annoncé qu'il y avait du nouveau, qu'on venait d'emmener le peintre, que cela s'était passé trop vite pour lui donner le temps de descendre...

» — Il vaut mieux que je reste encore un peu... Il est probable qu'un des hommes reviendra...

» Il est retourné à la fenêtre et je me suis endormie... Les coups de feu m'ont réveillée... J'ai regardé dehors... En me penchant, j'ai vu un corps sur le trottoir... Je ne savais pas encore ce que j'allais faire, mais j'ai commencé à m'habiller... La concierge est montée et m'a mise au courant...

— Pourquoi vous êtes-vous enfuie ?

— J'ai pensé que, si les gangsters savaient qui il était et ce qu'il faisait dans la maison, ils allaient s'en prendre à moi aussi... J'ignorais encore où j'irais... Je n'ai pas réfléchi...

— Vous avez pris un taxi ?

— Non. Je suis descendue à pied jusqu'à la place Clichy et je suis restée un certain temps dans un café encore ouvert où des filles m'examinaient des pieds à la tête... Je me suis souvenue d'une auberge où je suis allée plusieurs fois, jadis, avec un ami...

— Jean-Claude, oui...

— C'est par lui...

— Écoutez, mademoiselle. Tout ce qui vous est arrivé m'intéresse, et je serais heureux d'entendre des détails de votre aventure. Mais j'ai l'impression qu'il y a plus urgent. Je vous demande, en m'attendant, de rester gentiment dans le bureau de mes inspecteurs, où je vais vous reconduire... Janvier en profitera pour prendre votre déposition par écrit...

— Lognon ne s'est pas trompé ?

— Non ! Lognon connaît son métier et se trompe rarement... Comme il vous l'a dit, il n'a pas de chance... Ou bien quelqu'un lui coupe l'herbe sous le pied, ou bien il se fait descendre au moment où il allait gagner la partie... Venez !...

Il la laissa dans le bureau voisin, retrouva Janvier dans le sien.

— Tu prendras la déposition de la demoiselle...

Du coup, Gollan, qui était assis, se leva.

— Vous l'avez amenée ici ?

— Il ne s'agit pas de la vôtre, monsieur Gollan, mais d'une vraie demoiselle... Vous ne connaissez toujours pas Stanley Hobson, dit Stan le Chauve ?

— Je n'ai pas à répondre.

— Comme vous voudrez... Asseyez-vous... Vous tirerez peut-être profit de la conversation téléphonique que je vais avoir... Allô !... Passez-moi M. Jonker, s'il vous plaît... Norris Jonker, avenue Junot...

» Allô ! Monsieur Jonker ?... Ici, Maigret... Depuis que je vous ai quitté, j'ai trouvé la réponse à beaucoup des questions que je vous ai posées... La vraie réponse, vous comprenez ?...

» Par exemple, j'ai dans mon bureau M. Gollan, qui n'est pas satisfait d'avoir été dérangé et qui n'a toujours pas retrouvé sa voiture... Une Jaguar jaune... Celle qui stationnait devant chez vous hier à dix heures du soir et qui a emmené, entre autres, votre locataire...

» Je dis votre locataire, oui... Dans un triste état, semble-t-il... Sans chaussettes ni souliers...

» Écoutez-moi bien, monsieur Jonker... Je pourrais, tout à l'heure ou demain matin, vous faire légalement appréhender pour certains trafics peu légaux que vous connaissez mieux que moi... Je vous signale à tout hasard que votre maison est gardée par la police...

» Je vous prie de venir ici, dès maintenant, en compagnie de Mme Jonker, pour continuer notre conversation de l'après-midi... Si votre femme faisait des difficultés, dites-lui que nous connaissons toute son histoire... Il est possible que, outre M. Gollan, elle rencontre ici un certain Stan le Chauve...

» Taisez-vous, monsieur Jonker !... C'est moi qui parle et, dans quelques instants, ce sera votre tour de parler... Il est désagréable d'être mêlé à une affaire de faux, mais il serait plus grave d'être accusé de complicité de meurtre, n'est-il pas vrai ?...

» Je suis persuadé que l'inspecteur Lognon a été attaqué à votre insu et, probablement, à l'insu de M. Gollan... Mais j'ai bien peur qu'un autre crime se prépare, auquel vous seriez plus étroitement mêlé, puisqu'il s'agit de l'homme que vous gardiez enfermé chez vous... Où est-il ?... Dites-moi où il a été emmené et par qui... Non ! pas lorsque vous arriverez ici... Pas dans une demi-heure... Tout de suite, vous entendez, monsieur Jonker ?...

Il entendit le murmure d'une voix de femme. Mirella devait être penchée sur son mari. Que lui conseillait-elle ?

— Je vous jure, monsieur Maigret...

— Et moi, je vous répète que le temps presse...

— Attendez !... Je n'ai pas le numéro en tête... J'ai besoin de consulter mon carnet...

Alors, Mirella intervint ouvertement.

— Il va vous donner l'adresse, monsieur Maigret... Il s'agit de Mario de Lucia, qui occupe un studio près des Champs-Élysées... Voici mon mari...

Jonker lisait :

— Mario de Lucia, 27 *bis*, rue de Berri... C'est lui qui s'est chargé de Frederico...

— Et Frederico est le peintre qui travaillait dans votre atelier ?

— Oui... Frederico Palestri...

— Je vous attends, monsieur Jonker... Ne manquez pas d'amener votre femme...

Maigret ne regarda même pas le critique américain. Il décrochait déjà l'appareil.

— Passez-moi le commissariat du IXe... Allô !... Qui est à l'appareil ?... Dubois ?... Prenez trois ou quatre hommes avec vous... Je dis bien trois ou quatre, armés, car l'individu est dangereux... Vous irez au 27 *bis*, rue de Berri, et vous monterez dans le studio d'un certain Mario de Lucia... S'il est chez lui, comme c'est probable, vous l'arrêterez, oui, malgré l'heure...

» Vous trouverez dans le logement un homme qui y est séquestré, Frederico Palestri... Je voudrais avoir ces deux personnes ici le plus tôt possible... Encore une fois, attention !... Mario de Lucia est armé d'un Mauser 7,63... Trouvez l'arme s'il ne la porte pas sur lui...

Il se tournait vers Ed Gollan.

— Vous voyez, cher monsieur, que vous aviez tort de protester. J'ai mis longtemps à comprendre, car je ne suis guère au courant du trafic des tableaux vrais ou faux... En outre, votre ami Jonker est un gentleman qui ne perd pas aisément son sang-froid...

Il saisissait une fois de plus le téléphone, qui venait de sonner.

— Oui... Allô !... Lucas ?... Où es-tu ?... Quai de la Tournelle ?... Hôtel de la Tournelle ?... Je comprends... Il dîne dans un bistrot d'à côté ?... Non, pas seul... Demande à deux inspecteurs du quartier de t'accompagner... Après tout, c'est peut-être lui qui s'amuse avec un automatique de gros calibre... Cela m'étonnerait, mais c'est assez du pauvre Lognon...

Il marchait jusqu'à la porte des inspecteurs.

— J'aimerais de la bière fraîche...

Il revenait s'asseoir à son bureau, bourrait une pipe.

— Et voilà, monsieur Gollan !... J'espère que votre peintre est encore vivant... Je ne connais pas Mario de Lucia, mais il est probable qu'il figure aux Sommiers sous un nom ou sous un autre... Sinon, nous nous adresserons à la police italienne... Nous allons être renseignés dans quelques minutes... Avouez que vous êtes aussi anxieux que moi...

— Je ne parlerai qu'en présence de mon avocat, maître Spangler... Son numéro est Odéon 18.24... Non, je me trompe...

— Peu importe, monsieur Gollan... Au point où nous en sommes, je ne suis pas pressé de vous entendre... Il est dommage qu'un homme comme vous se soit fourvoyé dans cette affaire, et j'espère que maître Spangler trouvera de solides arguments pour vous défendre...

La bière n'était pas arrivée que le téléphone sonnait.

— Oui... Dubois ?...

Il écouta un bon moment sans mot dire.

— Bon !... Merci... Ce n'est pas ta faute... Fais directement ton rapport au Parquet... Je passerai là-bas plus tard...

Maigret se leva, refusant de répondre au regard interrogateur de l'Américain. Celui-ci était pâle.

— Il est arrivé quelque chose ? Je vous jure que si...

— Restez assis et taisez-vous.

Il passa à côté, fit signe à Janvier, qui tapait la déposition de Marinette Augier, de le suivre dans le couloir.

— Cela ne va pas, patron ?

— Je ne sais pas encore ce qui s'est passé au juste... On a trouvé le peintre pendu à la chaîne de la chasse d'eau, dans la salle de bains où il était enfermé... Mario de Lucia a disparu... Tu trouveras probablement sa fiche là-haut... Donne l'alerte générale, les gares, les aéroports, les frontières...

— Et Marinette ?...

— Elle attendra...

Un couple montait l'escalier, suivi à distance par un policier du XVIIIe arrondissement.

— Veuillez entrer dans cette pièce et m'attendre, madame Jonker...

Les deux femmes, qui se connaissaient de vue, ne s'étaient jamais trouvées si près l'une de l'autre et s'observaient curieusement.

— Vous, monsieur Jonker, suivez-moi...

Il l'emmenait dans le petit bureau où il avait reçu Marinette Augier.

— Asseyez-vous...

— Vous l'avez retrouvé ?

— Oui.

— Vivant ?

Le Hollandais n'avait plus son teint rose, ni son assurance. En quelques heures, il était devenu un vieil homme.

— Lucia l'a... tué ?

— On l'a trouvé pendu dans la salle de bains...

— J'ai toujours dit que cela finirait mal...

— A qui ?

— A Mirella... Aux autres... Surtout à ma femme...

— Que savez-vous d'elle ?

C'était dur à avouer, mais il y parvint, tête basse.

— Tout, je pense...

— Nice et Stanley Hobson ?

— Oui.

— Ce qui, à Manchester, a précédé le divorce avec Herbert Muir ?

— Oui.

— Vous avez fait sa connaissance à Londres ?

— Dans une propriété des environs de Londres, chez des amis... Elle était fort populaire dans une certaine société...

— Et vous en êtes tombé amoureux ?... C'est vous qui avez proposé de l'épouser ?...

— Oui.

— Vous saviez déjà ?

— Cela va vous paraître incroyable, mais un Hollandais comprendrait... J'ai chargé une agence de police privée de me renseigner sur elle... J'ai appris qu'elle avait vécu plusieurs années avec Hobson, dit Stan le Chauve, que la police anglaise n'a pu mettre qu'une fois, pour deux ans, sous les verrous...

» Il l'a retrouvée à Manchester, alors qu'elle était Mme Muir... A Londres, il ne vivait pas avec elle, mais venait de temps en temps la voir pour lui extorquer de l'argent...

On frappait à la porte.

— Vous voulez de la bière, patron ?

— Vous, monsieur Jonker, vous préférerez sans doute un cognac ?... Je m'excuse de ne pouvoir vous offrir de cette liqueur que vous buvez chez vous... Qu'on apporte la bouteille de fine qui se trouve dans mon placard...

Ils se retrouvaient en tête à tête et l'alcool, bu d'un trait, remettait un peu de couleur sur les joues du Hollandais.

— Voyez-vous, monsieur Maigret, je ne peux pas me passer d'elle... C'est très dangereux, à mon âge, de tomber amoureux... Elle m'a expliqué que Hobson la faisait chanter, qu'elle pourrait s'en débarrasser avec une certaine somme d'argent, et je l'ai crue... J'ai payé...

— Comment a commencé l'histoire des tableaux ?

— Vous aurez de la peine à me croire, car vous n'êtes pas collectionneur...

— Je collectionne les hommes...

— Je me demande à quelle rubrique vous me classerez dans votre collection... Peut-être celle des imbéciles ?... Puisque vous vous êtes renseigné sur moi, on vous a sûrement dit que je suis un véritable expert en ce qui concerne la peinture d'une certaine époque... Quand on ne se passionne, pendant tant d'années, que pour une seule chose, on finit par s'y connaître, n'est-ce pas ?...

» On me demande souvent mon avis sur une toile... Et il suffit qu'un tableau ait figuré dans ma collection pour lui donner une valeur indiscutable...

— Pour l'authentifier, en somme...

— C'est ce qui se passe pour tous les grands amateurs... Je vous l'ai dit chez moi : je revendais certaines pièces afin d'en acheter d'autres, toujours plus belles et plus rares... Quand on a commencé, il est difficile de s'arrêter... Une fois, je me suis trompé...

Il parlait d'une voix morne, indifférent à ce qui pouvait désormais lui arriver.

— Il s'agissait pourtant d'un Van Gogh... Pas un de ceux que j'ai hérités de mon père... Un tableau acheté par l'intermédiaire d'un courtier et que j'aurais juré authentique... Je l'ai conservé un certain temps dans mon salon... Un amateur sud-américain m'en a offert une somme qui me permettait d'acheter une toile dont j'avais depuis longtemps envie...

» Le marché a eu lieu... Quelques mois plus tard, un certain Gollan, que je ne connaissais que de nom, est venu me voir...

— Il y a combien de temps de cela ?

— Environ un an... Il m'a parlé du Van Gogh, qu'il avait eu l'occasion de voir chez mon acheteur vénézuélien, et m'a démontré que c'était un faux habile...

» — Je n'en ai rien dit à votre acheteur, a-t-il précisé. Ce serait très désagréable pour vous, n'est-ce pas, qu'on apprenne que vous avez vendu un faux tableau... D'autres à qui vous avez cédé des toiles pourraient s'inquiéter. C'est votre collection entière qui deviendrait suspecte...

» Vous n'êtes pas collectionneur, je le répète... Vous n'avez pas idée du coup que cette histoire m'a porté...

» Gollan est revenu me voir... Un jour, il m'a annoncé qu'il avait découvert l'auteur du faux, un garçon génial, prétendit-il, capable d'imiter aussi bien un Manet qu'un Renoir ou un Vlaminck...

— Votre femme était présente à l'entretien ?

— Je ne m'en souviens pas... Peut-être est-ce moi qui lui en ai parlé par la suite ?... Peut-être m'a-t-elle encouragé à accepter ce qu'on me proposait ?... Peut-être aurais-je accepté de moi-même ?...

On dit que je suis un homme riche, mais le mot « richesse » est vague... Si je peux m'acheter certains tableaux, mes moyens ne me permettent pas de m'en offrir d'autres, si tentante que soit l'occasion... Comprenez-vous ?

— Ce que je crois comprendre, c'est qu'on avait besoin que les faux tableaux, en passant par chez vous, deviennent indiscutables...

— C'est à peu près ça... Je plaçais une ou deux fausses toiles parmi les miennes et...

— Un instant ! Quand vous a-t-on présenté Palestri ?

— Un mois ou deux plus tard... J'avais vendu, par l'intermédiaire de Gollan, deux de ses œuvres... Gollan les plaçait de préférence chez des amateurs sud-américains ou dans des petits musées peu connus...

» Palestri lui donnait du souci, car c'était une sorte de fou de génie, obsédé sexuel par surcroît... Vous l'avez deviné en visitant sa chambre, n'est-ce pas ?

— J'ai commencé à comprendre quand j'ai vu votre femme debout devant le chevalet...

— Il fallait bien donner le change...

— Quand et comment avez-vous découvert qu'on s'intéressait à ce qui se passait chez vous ?

— Ce n'est pas moi qui m'en suis aperçu, mais Hobson...

— Car Hobson était rentré dans la vie de votre femme ?

— Tous les deux juraient que non... Hobson était un ami de Gollan... C'est lui qui avait déniché Palestri... Vous parvenez à me suivre ?...

— Oui...

— J'étais pris dans l'engrenage... J'ai accepté qu'il travaille dans l'atelier, où personne n'aurait l'idée de venir le chercher... Il couchait dans la chambre que vous connaissez... Il ne demandait pas à sortir, à condition qu'on lui procure des femmes... La peinture et les femmes étaient ses seules passions...

— On m'a dit qu'il peignait furieusement...

— Oui... On plaçait devant lui deux ou trois tableaux d'un maître... Il tournait autour comme un matador autour d'un taureau et, quelques heures ou quelques jours plus tard, on trouvait une toile d'une inspiration et d'une facture tellement identiques que tout le monde s'y méprenait...

» C'était un locataire très désagréable...

— A cause de ses exigences en matière de femmes ?

— Et de sa grossièreté. Même vis-à-vis de ma femme...

— S'est-il contenté d'être grossier ?

— J'aime mieux ne pas savoir s'il est allé trop loin... Peut-être... Vous avez vu le portrait qu'il a tracé d'elle en quelques coups de pinceau...

» Une passion, monsieur Maigret, c'est déjà beaucoup pour un homme, et j'aurais dû me contenter de celle de la peinture, rester un collectionneur raisonnable... Il a fallu que je rencontre Mirella... Cependant rien n'est de sa faute... Qu'est-ce que vous me demandiez ?

» Ah ! oui... Qui a découvert que nous étions soupçonnés... C'est une femme dont je ne me rappelle même plus le nom, strip-teaseuse dans un cabaret des Champs-Élysées, je crois, que Lucia avait amenée pour Palestri...

» Le lendemain, elle a téléphoné à Lucia pour lui annoncer qu'elle avait été suivie en sortant de chez moi, puis accostée par un curieux bonhomme qui lui avait posé toutes sortes de questions... Lucia et Stan ont surveillé le quartier... Ils ont remarqué que, le soir, un personnage petit et maigre, assez mal habillé, rôdait avenue Junot...

» Plus tard, ils l'ont vu entrer avec une jeune fille dans la maison d'en face... Il y restait dans l'obscurité, près de la fenêtre, se croyant invisible, mais comme il était incapable de se priver de fumer, on apercevait de temps en temps le bout de sa cigarette...

— Personne n'a pensé qu'il était de la police ?

— Stan Hobson a prétendu que, s'il s'agissait de la police, des guetteurs se seraient relayés... Or, c'était toujours le même, et il a conclu que le bonhomme appartenait à une autre bande, ou qu'il s'efforçait d'en apprendre assez pour nous faire chanter...

» Il devenait urgent que Palestri disparaisse de la maison... Lucia et Hobson s'en sont chargés, hier soir, utilisant la voiture de Gollan...

— Ce dernier était au courant, je présume ?

— Palestri refusait de partir, persuadé que, après l'avoir utilisé pendant près d'un an, on avait l'intention de le supprimer... Il a fallu l'assommer... Il avait eu le temps de lancer ses chaussures dans le jardin...

— Vous étiez présent ?

— Non.

— Votre femme ?

— Non !... Nous attendions son départ pour remettre l'atelier et la chambre en état... La veille, déjà, Stan avait emporté les châssis et la toile en train... Ce que je puis vous affirmer, s'il m'est encore permis de vous demander de me croire, c'est que j'ignorais leur intention d'abattre l'inspecteur... Je n'ai compris qu'en entendant les coups de feu...

Il y eut un long silence. Maigret était las et regardait avec une sympathie impuissante le vieil homme qui, devant lui, tendait une main hésitante vers la bouteille de cognac.

— Vous permettez ?

Le verre une fois vide, Jonker s'efforça de sourire.

— De toute façon, c'est fini pour moi, n'est-ce pas ?... Je me demande ce qui va me manquer le plus...

Ses tableaux, qui lui avaient coûté si cher ? Sa femme, sur qui il n'avait jamais eu d'illusions, mais dont il avait tant besoin ?

— Vous verrez, monsieur Maigret, qu'on ne croira pas qu'un homme intelligent puisse se montrer aussi naïf...

Il ajouta, après un temps de réflexion :

— Sauf, peut-être, les collectionneurs...

Dans un autre bureau, Lucas avait commencé l'interrogatoire de Stan le Chauve.

Ce furent, pendant deux heures encore, des allées et venues de pièce en pièce, des questions, des réponses, des crépitements de machines à écrire.

Il était près d'une heure, comme la veille, quand les lumières s'éteignirent.

— Je vais vous reconduire, mademoiselle... Cette nuit vous pouvez dormir chez vous sans crainte...

Ils étaient tous les deux dans le fond du taxi.

— Vous m'en voulez, monsieur Maigret ?

— De quoi ?

— Si je n'avais pas perdu la tête et si je ne m'étais pas enfuie, votre travail n'aurait-il pas été facilité ?

— Nous aurions gagné quelques heures, mais le résultat est le même...

Il ne paraissait pas si content de ce résultat, et même Mirella, au moment où on l'emmenait au Dépôt, avait eu droit à un regard qui ne manquait pas de sympathie.

Lognon sortit de Bichat un mois plus tard, plus maigre que jamais, une étincelle dans les yeux, car, au commissariat du XVIIIe, il était désormais une sorte de héros. En outre, ce n'était pas la photographie de Maigret, mais la sienne, que les journaux avaient publiée.

Le même jour, il partit avec sa femme pour un village des Ardennes où les médecins lui ordonnaient deux mois de convalescence.

Deux mois qu'il passa, comme Mme Maigret l'avait prévu, à soigner Mme Lognon.

Mario de Lucia avait été arrêté à la frontière belge. Hobson et lui devaient récolter dix ans de travaux forcés.

Gollan nia toute connaissance de l'attentat de l'avenue Junot et s'en tira avec deux ans de prison pour escroquerie.

Jonker n'eut qu'un an de la même peine et, les mois de prévention comptant double, sortit libre des Assises.

... Au bras de sa femme, car Mirella, faute de preuves, avait été acquittée.

Maigret, debout au fond de la salle, s'éclipsa un des premiers pour éviter de les rencontrer, surtout qu'il avait promis de téléphoner à Mme Maigret pour lui annoncer le verdict.

C'était déjà une vieille affaire, puisqu'on était en juin et que les gens ne parlaient plus que des vacances.

Noland (Vaud), le 23 juin 1963.

MAIGRET SE DÉFEND

1

— Dites donc, Maigret...

Un bout de phrase dont le commissaire se souviendrait plus tard, mais qui, sur le moment, ne l'avait pas frappé. Tout était familier : le décor, les visages, et même les gestes des personnages, si familier qu'on n'y prêtait plus attention. Cela se passait rue Popincourt, à quelques centaines de mètres du boulevard Richard-Lenoir, chez les Pardon, où les Maigret avaient l'habitude, depuis plusieurs années, de dîner une fois par mois.

Et, une fois par mois aussi, le docteur et sa femme venaient dîner chez le commissaire. C'était l'occasion, pour les deux femmes, de se livrer à un amical concours de cuisine mijotée.

On s'était attardé à table, comme toujours. Solange, la fille des Pardon, enceinte pour la seconde fois, ressemblait à un personnage de baudruche et semblait s'excuser d'être disgracieuse. Elle était venue passer quelques jours chez ses parents pendant que son mari, ingénieur dans la banlieue est, assistait à un congrès à Nice.

On était en juin. La journée avait été étouffante et la soirée était orageuse. Par la fenêtre ouverte, on entrevoyait parfois la lune entre deux nuages noirs qu'elle bordait un instant de blanc.

Ces dames, selon une tradition établie dès le premier dîner, avaient servi le café et se tenaient à l'autre bout du salon, où elles parlaient à mi-voix, laissant les deux hommes en tête à tête. C'était le salon d'attente du médecin, et des magazines fatigués s'empilaient sur un guéridon.

Au fait, un petit détail différait des autres fois. Pendant que Maigret bourrait et allumait sa pipe, Pardon avait disparu un instant dans son cabinet et en était revenu avec une boîte de cigares.

— Je ne vous en offre pas, Maigret...

— Merci... Vous fumez le cigare, à présent ?

Il n'avait jamais vu le médecin fumer autre chose que la cigarette. Après un bref coup d'œil à sa femme, Pardon avait murmuré :

— Elle me l'a demandé.

— A cause des articles sur le cancer du poumon ?

— Elle en a été fort impressionnée.

— Vous y croyez ?

Pardon avait haussé les épaules.

— Même si j'y croyais...

Il avait ajouté à voix basse :

— Dehors, j'avoue que je...

Il trichait. Chez lui, il s'imposait le cigare, qui ne lui seyait pas, mais, ailleurs, il fumait la cigarette, en fraude, en cachette, comme un collégien.

Il n'était pas grand, ni gras. Ses cheveux bruns commençaient à s'argenter et son visage portait les traces d'une vie harassante. La soirée finissait rarement sans l'appel angoissé d'un malade et sans que Pardon s'excuse d'avoir à quitter ses hôtes.

— Dites donc, Maigret...

Il avait dit ça avec hésitation, avec une certaine timidité.

— Nous devons être à peu près du même âge...

— J'ai cinquante-deux ans...

Le médecin le savait, puisqu'il soignait le commissaire et qu'il avait dû établir sa fiche.

— Dans trois ans, la retraite. Dans la police, à cinquante-cinq ans, on nous envoie pêcher à la ligne...

Un peu de mélancolie. Les deux hommes, près de la fenêtre, recevaient parfois une bouffée de fraîcheur et apercevaient dans le ciel un éclair que n'accompagnait aucun bruit de tonnerre. Quelques fenêtres étaient éclairées dans les maisons d'en face, des silhouettes passaient derrière les rideaux, un vieillard accoudé à l'appui de sa fenêtre, dans une chambre obscure, semblait les regarder, fixement.

— Moi, j'en ai quarante-neuf... Au collège, trois ans de différence comptent... Pas à notre âge...

Maigret ne prévoyait pas que les détails de cette conversation paresseuse lui reviendraient un jour en mémoire. Il aimait bien Pardon. C'était un des rares hommes avec qui il avait plaisir à passer la soirée.

Le médecin de quartier continuait, en cherchant toujours ses mots :

— Nous avons un peu, vous et moi, la même expérience des hommes... Beaucoup de mes clients pourraient devenir les vôtres...

C'était vrai car, dans le quartier surpeuplé, on rencontrait de tout, du meilleur et du pire.

— J'aimerais vous poser une question...

Son embarras était visible. Ils étaient amis, certes, comme les deux femmes étaient amies. Ils n'en éprouvaient pas moins une pudeur à aborder certains sujets. Par exemple, ils n'avaient jamais parlé politique, ou religion.

— Dans toute votre carrière, continuait Pardon, avez-vous jamais rencontré un criminel vraiment méchant... je veux dire...

Il cherchait toujours ses mots, s'efforçant de préciser sa pensée.

— ... Un criminel conscient, bien entendu, responsable de ses actes, agissant par pure méchanceté, par vice, diraient certains... Je ne parle pas des bourreaux d'enfants, par exemple, qui sont presque tous des êtres frustes dont l'âge mental dépasse à peine dix ans et qui, mal à l'aise dans un monde d'adultes, s'adonnent à l'ivrognerie...

— Vous parlez du criminel pur, en somme ?

— Pur ou impur... Disons le criminel total...

— Selon le code pénal ?

— Non. Selon vous...

Maigret, les yeux plissés, observait son ami à travers la fumée de sa pipe. Il visait surtout le cigare, que Pardon tenait gauchement et dont la cendre trop longue allait tomber sur le tapis. Il finit par sourire, et le docteur, gêné, fixa le cigare à son tour.

Ils se comprirent. C'était cette histoire de cigarettes et de cigares qui avait tracassé le médecin des petites gens et qui l'avait poussé, peut-être inconsciemment, à poser sa question.

Il avait quarante-neuf ans, il venait de le dire. Chaque jour, depuis plus de vingt ans, il se penchait sur des dizaines de malades qui le regardaient comme le Bon Dieu et qui attendaient tout de lui, la santé, la vie, un conseil, la solution de leurs problèmes.

Il avait sauvé des hommes, des femmes, des enfants. Il en avait aidé d'autres à accepter leur destin. En quelques minutes, quotidiennement, il était appelé à prendre des décisions plus irréversibles que celles des juges d'un tribunal.

Parce qu'elle avait lu des articles de journaux, sa femme lui avait demandé de renoncer à la cigarette, et il n'avait pas eu le courage de la peiner ou de l'inquiéter en refusant. Chez lui, donc, il s'efforçait de tirer maladroitement sur un cigare qui devait avoir mauvais goût.

Mais, à peine dehors, au volant de sa voiture qui le conduisait au chevet d'un être souffrant, il allumait une cigarette d'une main tremblante de coupable.

Maigret ne répondait pas tout de suite à la question que son ami venait de poser. Il avait failli répliquer :

« Et vous ? »

C'était trop facile.

— Si, par malheur, j'avais été obligé de devenir magistrat, commença-t-il d'une voix hésitante, ou si j'étais désigné comme juré dans un procès d'assises, je me demande... Non ! Je suis certain que je ne prendrais pas sur moi de juger un homme...

— Quel que soit le crime ?

— Ce n'est pas le crime qui compte... C'est ce qui se passe, ou ce qui s'est passé, chez celui qui l'a commis...

— Donc, vous ne vous êtes pas trouvé devant un cas dans lequel vous auriez condamné sans hésiter ?

— Ce que vous avez appelé la méchanceté ?... A première vue, oui... J'ai eu, dans mon bureau, des gens que je n'ai pu m'empêcher de gifler... Puis, à mesure que j'allais plus avant dans mon investigation...

La conversation, sur ce sujet, s'était arrêtée là, car une des femmes s'était approchée, Maigret ne savait plus laquelle.

— Un peu d'armagnac ?

Au tour de Pardon de jeter un bref coup d'œil à Maigret.

— Non... Merci.

— Au fait, quand vous ai-je examiné pour la dernière fois ?

— Il y a environ un an...

Un coup de tonnerre éclatait, semblait rouler de toit en toit, mais la pluie qu'on attendait depuis plusieurs jours ne tombait toujours pas.

— Si on passait un instant dans mon cabinet ?

Le premier-né de la fille Pardon y dormait dans un berceau pliant.

— Ne vous inquiétez pas. Il a le sommeil dur. Seulement jusqu'à cinq heures du matin, hélas !... Voyons votre tension...

Maigret se trouva en bras de chemise, puis le torse nu. Pardon avait pris naturellement l'air grave et un peu lointain du praticien.

— Respirez... Plus profondément... Aspirez par la bouche... Bien... Étendez-vous ici et desserrez votre ceinture... Je suppose que vous ne vous êtes pas résigné à travailler moins, à un rythme plus lent, comme je vous l'ai conseillé ?

— Et vous ?

— Je sais... Je sais... Le régime ?

Maigret hochait négativement la tête.

— Le vin, la bière, l'alcool ? Vous en avez diminué la quantité ?

— Je ne suis arrivé qu'à un résultat : à avoir honte quand j'avale un verre de bière ou de calvados. Entre deux enquêtes, je reste des jours entiers à ne prendre qu'un peu de vin à table. Puis j'entre dans un café pour observer la maison d'en face. Je respire l'odeur aigrelette des bistrots parisiens et...

Comme Pardon avec ses cigarettes. Pourtant, l'un et l'autre étaient des hommes !

Les Maigret étaient rentrés chez eux à pied par la rue du Chemin-Vert, selon leur habitude.

— Comment te trouve-t-il ?

— Bien.

C'est le moment, bien entendu, que le ciel choisit pour déverser d'un coup sur Paris toute l'eau amassée pendant des semaines de chaleur.

— Si on s'abritait sous un porche ?

C'était de l'histoire ancienne. Il y avait dix jours que les Maigret avaient dîné chez les Pardon. Il faisait de nouveau chaud. Des gens commençaient à partir en vacances. Le commissaire, dans son bureau, travaillait sans veston, la fenêtre large ouverte, et la Seine avait les mêmes reflets glauques que la mer certains matins sans brise.

A dix heures et demie, alors qu'il parcourait les rapports de ses collaborateurs, Joseph, le vieil huissier, frappa à la porte d'une façon que tout le monde, dans la maison, reconnaissait. Il entrait sans attendre de réponse, posait une enveloppe sur le bureau du commissaire.

Maigret sourcilla en voyant l'en-tête gravé : *Cabinet du préfet de police.*

Une carte, à l'intérieur.

Le commissaire divisionnaire Maigret est prié de se présenter le 28 juin à 11 heures au cabinet de M. le préfet de police.

Le sang jaillit aux joues de Maigret comme quand, lycéen, il était appelé chez le principal. Le 28 juin... Il regarda machinalement le calendrier... On était bien le mardi 28 juin... Et il était dix heures et demie... La convocation n'était pas arrivée par la poste, mais par un planton.

Depuis plus de trente ans qu'il appartenait à la Police judiciaire, depuis dix ans qu'il était à la tête de la Brigade criminelle, c'était la première fois qu'on le convoquait de la sorte.

Il avait vu se succéder une bonne douzaine de préfets, avec lesquels il avait entretenu des rapports plus ou moins agréables, et certains étaient restés si peu de temps à leur poste qu'il n'avait pas eu l'occasion de leur parler.

D'autres l'appelaient au téléphone, lui demandaient de bien vouloir se rendre à leur cabinet, et il s'agissait presque toujours d'une mission délicate, rarement agréable : tirer d'un mauvais pas le fils ou la fille d'un haut personnage, sinon le haut personnage en personne.

Sa première réaction fut de se précipiter chez le directeur de la P.J. Celui-ci était certainement au courant. Le matin même, pourtant, au rapport, il n'avait rien dit à Maigret, s'était comporté comme d'habitude, l'air absent, posant de rares questions comme sans y attacher d'importance.

Il n'occupait son poste que depuis trois ans et, lors de sa nomination, il n'avait aucune expérience de la police, sinon, peut-être, par les romans. C'était un haut fonctionnaire qui avait appartenu à différents ministères.

Maigret se souvenait du temps où le directeur de la P.J. était choisi parmi les commissaires. Ses collègues, à certaine époque, le taquinaient en lui répétant qu'il finirait dans le fauteuil du grand patron.

Il passa à côté, l'air soucieux, lança à ses collaborateurs :

— Si on me demande, je suis chez le préfet.

Deux des hommes, au moins, levèrent sur lui des yeux surpris.

Lucas et Janvier avaient senti de l'inquiétude et de la mauvaise humeur dans la voix de Maigret, qu'ils connaissaient mieux que les autres.

La pipe aux dents, il descendit le grand escalier poussiéreux, passa sous la voûte, fit un signe de la main aux agents en faction et suivit le quai des Orfèvres pour tourner un peu plus tard le coin du boulevard du Palais.

Il faillit, avant d'affronter le grand manitou, entrer dans le bar d'en face et boire un verre de quelque chose, de n'importe quoi, de la bière, du vin blanc, un apéritif quelconque, et c'est à ce moment que, pour la première fois, il se souvint du dernier dîner des Pardon, de l'histoire des cigarettes, de la consultation près du berceau pliant.

Les factionnaires le reconnurent et il pénétra dans l'ascenseur.

— Cabinet du préfet.

— Vous avez une convocation ?

Il la montra de mauvaise grâce. N'entrait pas ici qui voulait. On le conduisait dans une salle d'attente qu'il connaissait bien.

— Veuillez attendre...

Comme s'il avait le choix ! Le préfet était un nouveau, lui aussi. Deux ans en fonctions. Un jeune. C'était la mode. Il n'avait pas quarante ans mais, passé par Normale, il avait accumulé ensuite assez de diplômes pour être placé à la tête de n'importe quelle administration.

Le préfet-balai, comme les journaux l'avaient surnommé à la suite de sa première conférence de presse. Car les préfets, comme les vedettes de cinéma, donnaient maintenant des conférences de presse auxquelles ils n'oubliaient pas de convoquer la télévision.

— Messieurs, Paris doit être une capitale propre et, pour cela, il est indispensable de lui donner un sérieux coup de balai. Trop de gens, pendant les dernières années, trop d'intérêts privés sont intervenus dans...

Onze heures cinq... Onze heures dix... Onze heures et quart... Devant son guéridon, l'huissier à chaîne d'argent somnolait, frôlant parfois le commissaire d'un regard indifférent. Cet homme-là, cependant, était presque aussi ancien que Maigret dans la maison.

Une sonnerie grêle. L'huissier se levait à regret, entrouvrait la porte, faisait un signe, et le commissaire pénétrait enfin dans le grand bureau où régnaient la moquette verte et le style Empire.

— Asseyez-vous, monsieur le commissaire principal...

Une voix douce, au timbre agréable ; un visage mince, très jeune, encadré de cheveux blonds. Chacun savait par les journaux qu'avant de prendre place dans son fauteuil, le préfet passait chaque matin par le stade Roland-Garros pour se mettre en forme par quelques sets de tennis.

Il donnait une impression de santé, de vigueur, de netteté aussi dans des vêtements qu'il devait se faire faire à Londres. Il souriait.

Sur toutes ses photographies, il souriait. Son sourire, il est vrai, ne s'adressait à personne. C'était à lui-même qu'il souriait de la sorte, avec une pudique satisfaction.

— Dites-moi...

Comme Pardon, l'autre soir, sauf que le préfet, au lieu d'un cigare, fumait une cigarette. Peut-être parce que sa femme n'était pas présente ?

Avait-il le même sourire satisfait en présence de sa femme ?

— Vous êtes entré jeune dans la police, je pense ?

— A vingt-deux ans.

— Quel âge avez-vous aujourd'hui ?

— Cinquante-deux.

Toujours comme Pardon, mais vraisemblablement pour d'autres raisons.

Maigret avait son air le plus bougon et tripotait une pipe vide sans oser la bourrer. Il ajouta un peu comme pour provoquer le sort :

— A trois ans de la retraite...

— En effet... Cela ne vous semble pas long ?

Il se sentait devenir rouge et, pour ne pas donner cours à sa colère, il fixait le bronze qui ornait les pieds du bureau.

— Vous avez débuté directement à la P.J. ?

La voix avait toujours la même douceur, une douceur impersonnelle, peut-être apprise.

— De mon temps, on ne débutait pas à la P.J. Comme mes camarades de l'époque, j'ai commencé dans un commissariat, celui du IXᵉ arrondissement.

— En uniforme ?

— J'étais secrétaire du commissaire. Plus tard, j'ai fait un stage à la voie publique...

Le préfet l'étudiait avec une curiosité qui n'était ni bienveillante ni agressive.

— Ensuite, vous êtes passé par différents services ?

— Le métro, les grands magasins, les gares, les mœurs, les jeux...

— Cela paraît vous avoir laissé un souvenir agréable.

— Mes années de lycée aussi...

— Si je vous dis ça, c'est que vous en parlez volontiers.

Cette fois, Maigret devint cramoisi.

— Cela signifie ?

— A moins que ce ne soient les autres qui en parlent pour vous... Vous êtes très connu, monsieur Maigret, très populaire...

On aurait pu penser, tant la voix restait douce, que le préfet l'avait convoqué pour lui adresser des félicitations.

— Vos méthodes, comme disent les journaux, sont assez spectaculaires...

Le manitou se levait, marchait vers la fenêtre, où il regardait un moment les voitures et les autobus passer devant le Palais de Justice. Quand il revint vers le centre de la pièce, son sourire s'était accentué, donc sa satisfaction de lui-même.

— Arrivé au sommet de l'échelle, puisque vous êtes maintenant chef de la Brigade criminelle, vous n'avez pas pu vous départir des habitudes de vos débuts... Vous passez peu de temps dans votre bureau, me suis-je laissé dire ?

— Assez peu, oui, monsieur le préfet.

— Vous aimez vous charger en personne de tâches qui incombent normalement à vos inspecteurs...

Silence.

— Y compris ce que vous appelez des planques...

Cette fois, Maigret, décidé, les dents serrées, bourrait sa pipe.

— C'est ainsi qu'on peut vous voir des heures durant dans des petits bars, dans des cafés, dans maints endroits où on ne s'attendrait pas à rencontrer un fonctionnaire de votre rang...

Allait-il ou non l'allumer ? Il n'osait pas encore. Il se contenait, toujours dans son fauteuil, tandis que le mince et élégant préfet allait et venait de l'autre côté du bureau d'acajou.

— Ce sont là des méthodes périmées qui, en leur temps, ont peut-être eu du bon...

L'allumette craqua et fit sursauter le jeune homme, mais il ne fit aucune observation. Son sourire revint, tout pareil, après s'être effacé l'espace d'une seconde.

— Cette vieille police a ses traditions... Les indicateurs, par exemple... On entretient des relations cordiales avec des personnages qui vivent en marge de la loi ; on ferme les yeux sur leurs peccadilles et, de leur côté, ils vous donnent un coup de main... Vous continuez à vous servir d'indicateurs, monsieur Maigret ?

— Comme toutes les polices du monde.

— Vous fermez aussi les yeux ?

— Quand c'est nécessaire.

— Vous ne vous êtes jamais rendu compte que beaucoup de choses ont changé depuis l'époque de vos débuts ?

— J'ai vu défiler neuf directeurs de la P.J. et onze préfets de police.

Tant pis ! C'était une question d'honnêteté vis-à-vis de lui-même, vis-à-vis de tous ses camarades du Quai, des anciens, en tout cas, car les jeunes inspecteurs prenaient volontiers les attitudes de ce joueur de tennis.

Si le préfet encaissa le coup, cela ne parut pas à la surface. Il aurait pu être diplomate. Qui sait ? Il finirait peut-être ambassadeur.

— Vous connaissez Mlle Prieur ?

La véritable attaque commençait. Sur quel terrain ? Maigret n'était pas encore en mesure de le deviner.

— Devrais-je la connaître, monsieur le préfet ?

— Certainement.

— C'est cependant la première fois que j'entends ce nom-là.

— Mlle Nicole Prieur... Vous n'avez jamais entendu parler non plus de M. Jean-Baptiste Prieur, maître des requêtes au Conseil d'État ?

— Non.

— Il habite au 42 du boulevard de Courcelles.

— Je ne vous contredirai pas.

— Il est l'oncle de Nicole, qui vit avec lui.

— Je vous crois, monsieur le préfet.

— Et moi, je vous demande, monsieur le commissaire principal, où vous étiez cette nuit à une heure du matin.

Cette fois, c'était parti plus sec et les yeux ne souriaient plus.

— J'attends votre réponse.

— Il s'agit d'un interrogatoire ?

— Entendez-le comme vous le voudrez. Je vous ai posé une question précise.

— Puis-je vous demander à quel titre ?

— En tant que votre supérieur hiérarchique.

— Bien.

Maigret prit son temps. Il ne s'était jamais senti aussi humilié de sa vie et ses doigts se serraient à en devenir blancs sur le fourneau de sa pipe éteinte.

— Je me suis couché à dix heures et demie, après avoir regardé la télévision avec ma femme.

— Vous avez dîné chez vous ?

— Oui.

— A quelle heure êtes-vous sorti ?

— J'y arrive, monsieur le préfet. Un peu avant minuit, le téléphone a sonné...

— Je suppose que votre numéro est à l'annuaire ?

— C'est exact.

— N'est-ce pas incommode ? Cela ne permet-il pas à toutes sortes de gens, y compris à des plaisantins, de s'adresser à vous ?

— Je l'ai pensé, moi aussi. Pendant des années, mon numéro n'a pas été publié, mais les gens finissaient néanmoins par le découvrir. Après en avoir changé cinq ou six fois, je l'ai laissé paraître à l'annuaire, comme tout le monde...

— Ce qui est commode pour vos indicateurs... Ce qui permet aussi de vous appeler personnellement au lieu d'appeler la P.J., vous procurant, aux yeux du public, tout le bénéfice d'une affaire...

Maigret parvint à se taire.

— On vous aurait donc téléphoné un peu avant minuit. Combien de temps avant minuit ?

— J'ai commencé par répondre dans l'obscurité. La conversation a été longue. Lorsque ma femme a tourné le commutateur, il était minuit moins dix.

— Qui vous téléphonait de la sorte ? Quelqu'un que vous connaissez ?

— Non. Une femme.

— Elle vous a dit son nom ?

— Pas à ce moment-là.

— Donc, pas au cours de cette conversation téléphonique que vous *auriez* eue avec elle ?

— Que j'*ai* eue.

— Soit ! Elle vous a donné rendez-vous en ville ?

— Dans un sens, oui.

— Que voulez-vous dire ?

Il commençait à comprendre qu'il avait été naïf et il lui en coûtait d'en convenir devant ce blanc-bec au sourire satisfait.

— Elle venait d'arriver à Paris, où elle n'avait jamais mis les pieds auparavant...

— Pardon ?

— Je vous répète ce qu'elle m'a dit. Elle a ajouté qu'elle était la fille d'un magistrat de La Rochelle, qu'elle avait dix-huit ans, qu'elle étouffait dans une famille trop austère, d'autant plus qu'une amie d'école, à Paris depuis un an, lui vantait les charmes et possibilités de la capitale...

— Original, n'est-ce pas ?

— J'ai reçu des confessions moins originales qui n'en étaient pas moins sincères. Connaissez-vous le nombre de jeunes filles, certaines de bonne famille, comme on dit, qui, chaque année...

— Je lis les statistiques.

— Je vous accorde que son histoire n'était pas neuve et, si elle l'avait été davantage, je ne me serais peut-être pas dérangé. Elle était partie de chez elle sans avertir ses parents, emportant une valise de vêtements et d'objets personnels ainsi que ses économies... Son amie l'attendait à la gare Montparnasse... Cette amie n'était pas seule... Un homme d'une trentaine d'années l'accompagnait, qu'elle présenta comme son fiancé...

— Un homme brun, comme chez les tireuses de cartes ?

— Ils sont montés dans une Lancia rouge et, une dizaine de minutes plus tard, ils se sont arrêtés devant un hôtel.

— Vous savez quel hôtel ?

— Non.

— Ni, je suppose, dans quel quartier il est situé ?

— C'est exact, monsieur le préfet, mais j'ai connu dans ma carrière des histoires plus extravagantes qui n'en étaient pas moins véridiques. Cette jeune fille ne connaissait pas Paris. Elle y débarquait pour la première fois. Une amie d'enfance l'attendait et lui présentait son fiancé. On lui faisait suivre, en auto, des rues et des boulevards qu'elle n'avait jamais vus. On s'arrêtait enfin devant un hôtel qui paraissait de troisième ordre, où elle laissait ses bagages, et on l'emmenait dîner. On la faisait boire...

Maigret se souvenait de la voix pathétique au téléphone, des mots simples mais justes, émouvants, des phrases que, lui semblait-il, il était impossible d'inventer.

« C'est vrai que je suis encore un peu ivre... avouait-elle. Je ne sais même pas ce que j'ai bu... »

« — Viens donc voir mon appartement... m'a dit mon amie.

» Et tous les deux m'ont conduite dans une sorte de studio moderne où j'ai tout de suite été prise de panique devant les gravures et surtout les photographies qui ornaient les murs... Mon amie riait...

» — C'est ça qui te fait peur ?... Montre-lui donc, Marco, que ce n'est pas si terrible... »

— Si je comprends bien, elle vous a raconté cela par téléphone, et vous écoutiez, au lit, près de Mme Maigret.

— C'est exact, sauf, peut-être, qu'elle ne m'a fourni certains détails que par la suite.

— Car il y a eu une suite ?

— Un moment est venu où elle a préféré s'enfuir et où elle s'est retrouvée seule dans Paris, sans ses bagages, sans son sac et sans son argent...

— C'est alors que l'idée lui est venue de vous téléphoner ?... Évidemment, elle connaissait votre nom par les journaux... Elle n'avait pas son sac, mais elle a trouvé l'argent pour vous appeler d'un téléphone public...

— D'un café où elle est entrée, a commandé une consommation et a demandé un jeton de téléphone... Les patrons de café n'ont pas l'habitude de faire payer d'avance...

— Vous avez donc volé à son secours. Pourquoi n'avez-vous pas chargé le commissariat du quartier de la dépanner ?

Parce que Maigret avait un doute, mais il était décidé à n'en pas parler. D'ailleurs, désormais, il en dirait le moins possible.

— Voyez-vous, monsieur le commissaire principal, la jeune fille en question n'est nullement une petite provinciale et sa version des faits ne ressemble nullement à la vôtre. M. Jean-Baptiste Prieur s'est inquiété, ce matin, de ne pas voir sa nièce au petit déjeuner et d'apprendre qu'elle ne se trouvait pas dans sa chambre.

» Elle est rentrée, défaite, presque hagarde, à huit heures et demie du matin. Son récit a tellement ému le conseiller d'État qu'il a téléphoné personnellement au ministre de l'Intérieur. Mis au courant à mon tour, j'ai chargé un sténographe de prendre la déposition de Mlle Prieur. Vous êtes à trois ans de la retraite, monsieur Maigret...

Les paroles de Pardon lui revenaient.

— Dites-moi... Avez-vous rencontré, au cours de votre carrière...

La méchanceté pure ! Le mal pour le mal ! Le mal accompli en toute connaissance de cause !

Mais qui ?

— Qu'attendez-vous de moi, monsieur le préfet ? Ma démission ?

— Je devrais l'accepter.

— Qu'est-ce qui vous en empêche ?

— Vous lirez le récit qui a été dactylographié. Vous voudrez bien me répéter par écrit, dans les moindres détails, votre version des événements. Je vous interdis, bien entendu, d'importuner Mlle Prieur et d'interroger qui que ce soit à son sujet. Je vous convoquerai lorsque j'aurai reçu votre déposition.

Il marchait vers la porte et l'ouvrait, un vague sourire toujours aux lèvres.

2

Maigret, dédaignant l'ascenseur, se trouvait sur la troisième ou la quatrième marche de l'escalier de marbre blanc quand la porte se rouvrit. C'était l'huissier manchot, qui ne pouvait pas, lui, jouer au tennis chaque matin.

— M. le préfet vous prie de revenir un instant, monsieur le commissaire principal.

Il resta là un instant, flottant, sans savoir s'il remonterait les quelques marches ou continuerait à descendre. Il finit par traverser à nouveau l'antichambre, et le préfet lui-même lui ouvrit sa porte.

— J'ai oublié de préciser que je ne veux aucune rumeur, Quai des Orfèvres, au sujet de cette affaire. A plus forte raison, je vous tiendrai personnellement pour responsable du moindre écho dans la presse.

Comme le commissaire restait immobile, il ajouta en guise de congé :

— Je vous remercie.

— Moi aussi, monsieur le préfet.

L'avait-il dit ? Ne l'avait-il pas dit ? Il ne savait plus. Il revit l'huissier, à qui il adressa un signe de la main, descendit, pour de bon cette fois, l'escalier de marbre. Dehors, il fut surpris de retrouver le soleil, la chaleur, des hommes et des femmes en mouvement, le flot des voitures, les couleurs et les odeurs de la vie quotidienne.

Un spasme lui serrait la poitrine et, comme un cardiaque, il y porta machinalement la main en s'arrêtant un instant de marcher.

Pardon lui avait affirmé que ce n'était rien, seulement de l'aérophagie. Ces crises n'en étaient pas moins angoissantes, surtout quand elles étaient accompagnées de vertige. Les objets, les passants devenaient moins réels, comme sur une photo bougée ou mal mise au point.

Au coin du boulevard, il poussa la porte d'un café-bar dont la moitié des vitres donnaient sur le quai et où, depuis des années, il avait l'habitude de prendre un verre en passant.

— Un demi, monsieur le commissaire ?

Il respirait mal. Son front était couvert de sueur, et il se regarda anxieusement dans le miroir, entre les bouteilles alignées sur l'étagère.

— Un cognac...

Il n'était plus rouge, mais pâle, le regard fixe.

— Un petit ou un grand ?

— Un grand ! lança-t-il avec ironie.

Toujours à cause de Pardon. C'était inouï comme cet entretien, en apparence si banal, qu'il avait eu avec son ami, prenait de l'importance. Le médecin lui avait conseillé de moins boire, mais lui-même, qui, chez lui, fumait le cigare pour complaire à sa femme, s'empressait, à peine dehors, d'allumer une cigarette.

— *Est-ce que, dans votre carrière, vous avez rencontré...*

Le criminel vicieux, la méchanceté pour la méchanceté.

Il ne souriait même pas avec ironie.

— Un autre, François...

L'horloge marquait midi moins vingt. Tout s'était déroulé en moins d'une demi-heure, une demi-heure qui constituait comme un fossé dans sa vie. Il y avait désormais le passé et le présent, avant et après. Après ?

Les images restaient troubles. Et s'il allait tomber, ici, sur le carrelage du café, parmi les gens qui prenaient l'apéritif sans s'occuper de lui ?

Allons, Maigret ! Pas de sentimentalité. Pas d'enfantillages. Combien d'hommes qu'il interrogeait dans son bureau avaient senti leur cœur battre trop fort, ou avaient eu l'impression qu'il cessait de battre ? A eux aussi il avait servi un verre du cognac qu'il gardait dans son placard.

— Je vous dois ?...

Il payait. Il avait chaud. Il faisait vraiment chaud. Les autres aussi essuyaient de temps en temps leur front de leur mouchoir. Pourquoi François le regardait-il comme s'il avait tout à coup changé ?

Il ne zigzaguait pas. Il n'était pas ivre. On n'est pas ivre avec deux verres de cognac, même doubles. Il attendait sagement le feu vert pour traverser et se diriger vers le fameux 38 du quai des Orfèvres.

Il n'en voulait plus à ce morveux de préfet, à qui, un peu plus tôt, il aurait si volontiers envoyé son poing dans la figure. Le préfet, dans cette affaire, n'était qu'un pion.

Il n'aimait pas, certes, les policiers de la vieille école. Maigret était le dernier, parmi les divisionnaires. Il avait vu successivement les autres prendre leur retraite et il avait dû s'habituer à des visages plus jeunes, à une façon différente d'envisager le métier.

Il ne restait guère, au Quai, comme ancien, que le vieux Barnacle, un inspecteur déjà en place quand Maigret était arrivé et qui occupait toujours le même poste, car il n'était pas parvenu à passer un seul examen.

On l'appelait l'Enrhumé, à cause de son rhume de cerveau quasi perpétuel, ou encore l'Homme aux grands pieds. Il ne trouvait jamais de chaussures à sa taille, des pieds sensibles. Or, faute de pouvoir l'employer à des tâches plus difficiles, c'était lui qu'on envoyait faire du porte à porte, comme un marchand d'aspirateurs, interroger les concierges, voire les habitants d'une rue entière.

Pauvre Barnacle ! Maigret ne s'était jamais senti si proche de lui. L'inspecteur quittait le service dans trois mois. Et Maigret ?

Il leva la main pour saluer les hommes de garde, gravit lentement l'escalier, s'arrêta au beau milieu parce qu'il lui semblait de nouveau que son cœur ne battait pas régulièrement.

Il entra dans son bureau, dont il referma la porte, et regarda autour de lui comme si le spectacle était inhabituel. Il en connaissait pourtant les moindres détails. Les objets, avec les années, avaient eu le temps de se figer, de prendre un aspect éternel. Il fut tenté d'ouvrir le placard où se trouvaient le lavabo et la fameuse bouteille de cognac pour clients défaillants.

Haussant les épaules, il pénétra chez les inspecteurs.

— Rien de nouveau, mes enfants ?

On le regardait comme François, le garçon du bar. Lucas se levait.

— Encore un hold-up dans une bijouterie...

— Tu t'en occupes, veux-tu ?

Il restait là, flottant entre le réel et l'irréel.

— Téléphone à ma femme que je ne rentrerai pas déjeuner... Puis, avant de partir, commande-moi quelques sandwiches et de la bière...

Ses collaborateurs se demandaient ce qui lui arrivait. Que pouvait-il leur dire, alors qu'il ne le savait pas encore ? Pour la première fois, c'était à lui qu'on s'attaquait, qu'on réclamait des comptes.

Il retira son veston, ouvrit le second battant de la fenêtre et se laissa tomber dans son fauteuil. Six pipes s'alignaient sur son bureau, des dossiers qu'il n'avait pas encore ouverts, des pièces à signer aussi, sans doute.

Il choisit une pipe, la plus grosse, qu'il bourra avec lenteur, et, quand il l'alluma, elle n'avait pas bon goût. Il dut se relever pour prendre dans son veston les papiers que le préfet lui avait remis.

On avait envoyé un sténographe boulevard de Courcelles, chez M. Jean-Baptiste Prieur, afin de prendre la déposition de la jeune nièce. Ce sténographe était vraisemblablement un inspecteur. Dans quel service l'avait-on choisi ?

Maître des requêtes au Conseil d'État. Maigret se souvenait vaguement avoir lu les mots « Conseil d'État » au-dessus d'une porte monumentale, place du Palais-Royal. C'était un organisme qui se situait très haut dans la hiérarchie gouvernementale, mais, comme la plupart des Français, il n'avait qu'une idée assez vague de ses attributions.

Le Conseil d'État, lui semblait-il, veillait à la constitutionnalité des lois et décrets et sans doute décidait-il aussi de la recevabilité des plaintes des particuliers et des communautés contre l'État.

Maître des requêtes, cela signifiait donc que le personnage portant ce titre était chargé de présenter au Conseil les plaintes en question, d'étudier préalablement les dossiers, de donner un avis motivé.

Déposition de Mlle Nicole Prieur, 18 ans, étudiante, domiciliée chez son oncle, M. Jean-Baptiste Prieur, maître des requêtes au Conseil d'État, 42, boulevard de Courcelles, le 28 juin à 9 h 30 du matin.

Boulevard de Courcelles : de gros immeubles en face du parc Monceau, de larges portails, des chauffeurs astiquant les voitures dans les cours et des concierges en uniforme comme l'huissier du préfet.

Lundi soir, après avoir dîné avec mon oncle, je me suis rendue chez une amie, Martine Bouet, boulevard Saint-Germain, dont le père est médecin. J'ai pris le métro, car mon oncle avait besoin de la voiture...

Maigret prenait des notes. Après le dîner, la veille, il regardait la télévision avec Mme Maigret, sans aucun pressentiment de ce qui l'attendait un peu plus tard.

Dans la chambre de Martine, nous avons passé la plus grande partie de la soirée à écouter de nouveaux disques qu'elle avait reçus pour son anniversaire. Martine est folle de musique. Moi aussi. Un peu moins qu'elle.

Comme tout était innocent et virginal ! Les deux jeunes filles, dans la chambre, écoutant... Écoutant quoi ? Du Bach ? Des chansonnettes à la mode ? Du jazz ?

Je l'ai quittée vers onze heures et demie, et ma première idée a été de rentrer en métro. Une fois sur le boulevard, cependant, l'envie m'a prise de marcher un peu, car la nuit était fraîche et la journée avait été étouffante.

Il essayait de l'imaginer, dans le salon du boulevard de Courcelles, dictant cette déposition, l'air important. Les phrases semblaient sortir d'une composition. Son oncle était-il présent ? Y avait-il eu des corrections, des retours en arrière ?

A un certain moment, je me suis engagée dans la rue de Seine afin de gagner les quais, car j'adore me promener sur les quais, surtout la nuit... C'est alors que je me suis aperçue que j'avais oublié chez Martine deux disques que j'avais apportés afin de les lui faire entendre.

Mon oncle a l'habitude de se coucher tôt, car il se lève avec le jour. Je savais qu'il n'était sorti que pour une heure environ. J'ai eu peur que Martine ne téléphone à la maison pour dire que j'avais oublié mes disques...

C'était possible. Tout est possible, Maigret le savait maintenant mieux que jamais. Ce passage sonnait cependant moins clair que le début du récit.

Je me trouvais devant un petit café où le patron était assis, près de la vitre, à lire son journal. Je revois nettement les mots peints sur la devanture : « Chez Désiré. »

Un bistrot à l'ancienne mode, avec comptoir d'étain, cinq ou six tables en bois verni, une lumière assez pauvre ! Je suis entrée...

Maigret n'allait pas tarder à entrer en scène et il se demandait de quelle façon son personnage serait introduit. A cette heure-là, la veille, il dormait innocemment dans le lit conjugal, à côté de Mme Maigret.

J'ai tout de suite demandé un jeton de téléphone et le patron s'est levé avec mauvaise grâce, comme s'il regrettait d'être dérangé. Je lui ai dit de me servir un café à n'importe quelle table et je suis entrée dans la cabine.

Une fois Martine au bout du fil, nous avons bavardé un bon moment. Elle voulait savoir où j'étais. Je lui ai répondu que je téléphonais d'un adorable bistrot à l'ancienne mode où il n'y avait pas un chat... Ou plutôt si : il y avait un chat, un gros chat tigré, sur les genoux du patron... Il a été question, un moment, qu'elle me rejoigne, mais je lui ai dit que je ne resterais pas longtemps, que je désirais marcher quelques centaines de mètres avant de prendre le métro...

Chez Maigret, l'esprit du policier reprenait le dessus. Elle avait sûrement téléphoné à son amie, car le détail était contrôlable. Elle se trouvait bien chez Désiré, puisque c'est là que Maigret l'avait rejointe un peu plus tard. Il y avait donc eu deux coups de téléphone, l'un à Martine, l'autre au commissaire.

Elle ne parlait que d'un seul jeton. Maigret avait hâte de savoir s'il allait être question d'un deuxième.

Notre bavardage a duré une dizaine de minutes, peut-être un peu plus. Nous venions de nous quitter, certes, mais deux jeunes filles trouvent toujours des choses à se raconter... On croit qu'on a fini et on se lance sur un nouveau sujet...

Cela signifiait que le premier coup de téléphone n'avait pas été pour Martine, mais pour Maigret, ce qui donnait à celui-ci le temps de s'habiller, de sauter dans un taxi et d'arriver rue de Seine.

Je me suis assise ensuite à la table où mon café était servi. Le patron avait repris sa place près de la fenêtre, le chat la sienne sur ses genoux. Un journal du soir traînait sur une chaise et, comme je ne l'avais pas lu, j'ai commencé à le parcourir, le temps que mon café refroidisse.

J'ignore combien de minutes se sont écoulées.

Ici encore, elle devait tenir compte du témoignage éventuel du patron de bistrot. A ce moment, elle se demandait sans doute si le commissaire, après la comédie qu'elle lui avait jouée au téléphone, viendrait ou non. Le minutage, en tout cas, était parfait.

— Entrez ! cria Maigret.

C'était le garçon de la Brasserie Dauphine qui apportait un plateau de sandwiches et deux bouteilles de bière.

— Posez-les là...

Il n'avait pas faim, ni soif. Le front plissé, il alla refermer la porte que le garçon avait mal fermée en partant.

Un détail, en tout cas, était vrai : la tasse de café. Et, quand Maigret était arrivé chez Désiré, il y avait bien un journal, à moitié déplié sur une chaise, près de la jeune fille.

Le temps m'a paru assez court, mais je ne jurerais pas qu'il l'a été réellement, car mon oncle me reproche souvent de n'avoir aucune notion de l'heure... J'allais sortir mon porte-monnaie de ma poche... Je portais un tailleur léger muni de deux poches, de sorte que je n'avais pas emporté de sac à main... C'est un de mes défauts aussi d'oublier mes sacs à main n'importe où... Aussi, je choisis autant que possible des vêtements avec poches.

Astucieux. Cela réglait l'histoire du sac à main soi-disant volé.

C'est à ce moment qu'un homme est entré, assez grand, large d'épaules, le visage massif...

Merci pour la description !

Je me trompe peut-être, mais j'ai l'impression qu'il m'avait observée un certain temps à travers la vitre... Je revois vaguement une silhouette comme la sienne allant et venant sur le trottoir...

J'ai cru, d'abord, qu'il se dirigeait vers moi, mais il s'est assis à la table voisine, ou plutôt il s'est laissé tomber sur une chaise et s'est épongé le front... J'ignore s'il avait déjà bu... Cette idée m'est venue à l'esprit...

Attention ! A partir d'ici, surtout, sa déposition devait coïncider avec ce que le tenancier du bar dirait plus tard.

Son visage m'était familier, sans que je parvienne à mettre un nom dessus... Puis je me suis souvenue que j'avais vu sa photographie dans les journaux...

Il a paru deviner ma pensée et il m'a dit :

— Vous ne vous trompez pas... Je suis bien le commissaire Maigret...

Cela, c'était une faute. Maigret n'aurait jamais prononcé une telle phrase. Mais il fallait que la jeune fille explique d'une façon plausible que la conversation s'était engagée immédiatement.

Or, toujours sur sa chaise, Désiré était un témoin gênant.

Dans la réalité, il ne s'était pas levé à l'entrée du commissaire, à qui il s'était contenté de jeter un coup d'œil par-dessus son journal. On pouvait se demander pourquoi il gardait son bar ouvert. Peut-être par habitude ? Ou bien pour rester seul à lire son journal en paix au lieu de se coucher à côté de sa femme ?

Je ne suis pas de ces jeunes filles qui courent après les vedettes et les célébrités afin de leur demander un autographe. Des célébrités, mon oncle en reçoit chaque semaine boulevard de Courcelles.

J'étais pourtant satisfaite de voir un policier de près, à plus forte raison celui dont on parle le plus... Je l'imaginais plus gros, surtout plus gras... Ce qui m'a le plus surprise, au premier abord, c'est son air guilleret, et je me suis tout de suite demandé s'il n'avait pas bu quelques verres...

On y revenait ! Et, du coup, Maigret retrouvait la fameuse soirée chez les Pardon, qui prenait décidément une importance ridicule dans son esprit. On l'accusait d'avoir bu ! Maintenant aussi, il avait bu. Deux cognacs. Des grands ! Le garçon de café pourrait en témoigner. Et il y avait de la bière sur le plateau. Comme par défi, il s'en versa un verre, saisit rageusement un sandwich, dans lequel il mordit, et qu'il reposa aussitôt.

Il n'avait pas faim. Il rageait, plongeant toujours plus avant dans un monde irréel où il jouait le rôle principal sans savoir au juste quel était ce rôle.

Dans un cauchemar, on a conscience que tout est faux. Même si, tant que dure le sommeil, on se croit dans la réalité, le réveil met bientôt fin à l'incohérence.

Ici, c'était la réalité qui était incohérente. Il ne dormait pas. Il ne rêvait pas. Il avait devant lui une déposition qui n'était pas une lettre anonyme quelconque, ou le récit d'un aliéné, mais un document très officiel que lui avait remis le préfet de police en personne.

Et le préfet de police y croyait. Est-ce que Maigret n'allait pas finir par y croire à son tour ? Il se rappelait ce qui avait précédé cette scène du café. La sonnerie du téléphone, puis la voix de la jeune fille, lui-même qui écoutait dans l'obscurité, hésitant à raccrocher, Mme Maigret, ensuite, qui allumait la lampe de chevet et demandait :

— Qu'est-ce que c'est ?

Il haussait les épaules, toujours attentif au récit fait d'une voix hachée et suppliante.

A ce moment-là, il était encore dans du solide, chez lui, dans une chambre qu'il occupait depuis plus de vingt-cinq ans. Sa femme était près de lui, bien réelle, elle aussi.

Elle lui tendait une pipe qu'il n'avait pas vidée avant de se coucher et frottait une allumette. Elle savait que, tiré brusquement du sommeil, il aimait quelques bouffées de pipe pour se mettre d'aplomb.

Le bureau, autour de lui, il l'occupait depuis longtemps aussi. Il l'avait cru réel et il le devenait déjà moins. Qui sait ce qui se passerait quand Maigret remettrait au préfet sa version des faits ?

Que lui avait dit le puissant chef, qui promettait depuis deux ans de balayer Paris et jouait chaque matin au tennis à Roland-Garros, où il se laissait complaisamment photographier ?

Entre parenthèses, il s'était montré méchamment injuste en ce qui concernait la célébrité du commissaire. Celui-ci ne l'avait jamais cherchée. Au contraire. Combien de fois ses investigations n'avaient-elles pas été compliquées par le fait qu'on le reconnaissait partout ? Était-ce sa faute si les journalistes avaient créé une légende autour de sa personne ?

Bon ! Où en était-il ? Ah ! oui... Le préfet avait prononcé une phrase dans le genre de :

— Ainsi, parce qu'une inconnue vous a raconté une histoire touchante et assez peu vraisemblable, vous vous êtes levé en pleine nuit pour vous précipiter dans le bistrot qu'elle vous désignait... Chef de la Brigade criminelle, l'idée ne vous est pas venue d'appeler le commissariat le plus proche et d'envoyer un inspecteur s'occuper de cette affaire...

Il n'avait pas tellement tort. La preuve, c'est que Mme Maigret lui avait dit à peu près la même chose.

— Pourquoi n'envoies-tu pas un inspecteur ?

Justement parce que l'affaire n'était pas nette, parce que les faits qu'on lui relatait au bout du fil avaient quelque chose d'incohérent. La vie n'est-elle pas souvent incohérente ? Il en avait la preuve, une fois de plus, à la différence que, cette fois, il se trouvait au centre de cette incohérence.

Un point pour le préfet. D'ailleurs, ce n'était plus à lui que Maigret en voulait. Il n'avait plus envie de lui envoyer son poing dans la figure. Ce n'était qu'un pion dans l'affaire et, lui aussi, il faisait à présent figure d'imbécile.

Il vida son verre, en remplit un second, qu'il posa à portée de la main, prit le temps d'allumer une pipe avant de se pencher sur les feuillets dactylographiés.

Il a commandé du vin blanc. Le patron lui a demandé :

— Cacheté ?

Il a répondu que oui et on lui a apporté un verre et une petite bouteille. Il m'a proposé d'en boire aussi mais je lui ai dit que je venais de prendre un café. Je ne sais plus comment il a amené sa proposition. Une phrase comme :

— La plupart des gens se font une idée fausse de notre métier... Vous aussi, je le parierais...

— On parle surtout de vos interrogatoires, des aveux que vous finissez par obtenir à l'usure...

— Cela, c'est la fin... Ce qui compte, c'est le travail de routine... Tenez, ce soir, je suis à la recherche d'un malfaiteur dangereux que je trouverai presque sûrement dans un des bars du quartier...

Malgré son pathos, le récit qu'elle avait fait au téléphone, l'histoire de son amie et du sinistre Marco, tenait mieux le coup à l'examen que les phrases qu'elle mettait dans la bouche de Maigret.

— Si cela vous amuse de me suivre...

Il s'est levé, persuadé de mon acceptation. Il a jeté de la monnaie sur la table et, quand j'ai voulu régler ma consommation, le patron m'a répondu que c'était fait.

Je suis sortie en même temps que lui.

— Vos parents vous attendent ?

— Mon oncle ne s'inquiète pas de l'heure à laquelle je rentre. Il a confiance en moi...

— Dans ce cas, venez...

J'ai cédé à la curiosité. Je me souviens d'être passée par la rue Jacob et d'être entrée, dans une petite rue dont j'ai oublié le nom, dans un bar où de nombreuses personnes se pressaient autour du comptoir.

Je regardais surtout les visages autour de moi, me demandant si le criminel que le commissaire recherchait était un des consommateurs. Il m'a tendu un verre. C'était du whisky. J'ai hésité à le boire, mais j'avais soif, car je venais d'avaler du café amer que j'avais laissé refroidir.

Je soupçonne que mon verre a été rempli ensuite à mon insu et que j'en ai bu deux en croyant n'en boire qu'un. Tout le monde était debout, coude à coude. Il faisait chaud et l'endroit était plein de fumée.

— Venez... Je n'ai repéré, ici, que deux souteneurs sans intérêt... L'homme que je cherche est ailleurs...

— Je préférerais rentrer chez moi...

— Donnez-moi encore une demi-heure et vous aurez sans doute la chance d'assister à une arrestation sensationnelle dont on parlera demain en première page des journaux...

Il fallait, pour que son histoire tienne debout, qu'il ait eu le temps de l'enivrer. Elle devait aussi rester assez vague afin qu'il soit impossible de retrouver les endroits où elle prétendait avoir été emmenée. Les deux histoires, en somme, devaient pouvoir se superposer, aussi fausses l'une que l'autre, avec néanmoins pour chacune les mêmes points d'appui dans la réalité.

Le second endroit était en sous-sol et on y jouait du jazz... Des gens dansaient... Je ne connais pas les caves de Saint-Germain-des-Prés, mais je suppose que c'en était une... Le commissaire m'a fait boire à nouveau... Je n'étais plus moi-même... Je me sentais vaciller et j'ai cru qu'un verre me remettrait...

Ensuite, cela devient de plus en plus flou, avec des trous complets dans ma mémoire... Sur le trottoir, il m'a tenue par le bras puis, sous prétexte que je risquais de tomber, par la taille... J'ai essayé de le repousser... Il m'a fait franchir une porte, suivre un corridor mal éclairé... Il a parlé à quelqu'un à travers un guichet, un vieux bonhomme mal rasé, aux cheveux blancs...

Je revois un escalier étroit, de la moquette rouge, des chambres numérotées, le commissaire tournant une clé...

Je répétais machinalement :

— Non !... Non !... Je ne veux pas...

Il riait... Nous étions dans une chambre, près d'un lit...

— Laissez-moi !... Laissez-moi, ou j'appelle...

Je jurerais qu'il m'a répondu :

— Vous oubliez que la police, c'est moi !

C'était presque vrai. Pas la dernière phrase, certes. Et la jeune fille ne s'était pas débattue. Maigret ne l'avait pas non plus conduite de bar en bar et il ne lui avait rien fait boire.

Ce qui était vrai, c'était la rencontre chez Désiré, avec d'autres phrases échangées de part et d'autre. La demoiselle, à ce moment-là, se prénommait bien Nicole, mais elle prétendait que son nom était Carvet et qu'elle était la fille d'un juge de paix de La Rochelle.

Son amie, celle qui l'attendait à la gare avec Marco, s'appelait Laure Dubuisson, fille d'un mareyeur de la même ville.

— Si je comprends bien, vous ne savez ni où habite votre amie, ni où on vous a conduite, ni où vous avez laissé vos bagages. Enfin, vous seriez incapable de reconnaître l'hôtel d'où vous vous êtes enfuie en laissant votre sac à main contenant vos économies...

Elle était encore ivre et son haleine sentait l'alcool.

— Ce qui importe, avant tout, c'est de vous trouver un lit pour la nuit... Venez...

C'était exact qu'il avait jeté de la monnaie sur la table. Exact aussi qu'une fois boulevard Saint-Germain, il l'avait soutenue en lui tenant le bras, et qu'un peu plus tard, comme elle vacillait davantage, il lui avait soutenu la taille.

Il connaissait un hôtel décent, pas cher, l'Hôtel de Savoie, rue des Écoles. Ils ne s'étaient pas arrêtés en route, en dépit des accusations de Nicole.

— Comment pouviez-vous écrire à votre amie, puisque vous ne connaissez pas son adresse ?...

D'une voix pâteuse, elle répondait :

— Vous croyez que je mens, que je vous raconte des histoires ? Je lui écrivais poste restante, tiens ! Laure a toujours aimé le mystère... Quand elle était petite, à l'école, elle faisait croire...

Il ne se rappelait plus ce que Laure faisait croire. Il écoutait à peine, pressé de s'en débarrasser.

C'était vrai encore que le gardien de nuit de l'Hôtel de Savoie, mal rasé, avait les cheveux blancs, et qu'il lui avait tendu une clé en grommelant :

— Deuxième à gauche...

Il n'y avait pas d'ascenseur.

— Aidez-moi à monter l'escalier... Je ne tiens plus sur mes jambes...

Il l'avait aidée, et maintenant il ne délimitait plus très bien la vérité et la fable.

— Je n'en peux plus, monsieur Maigret... Je suis très soûle, n'est-ce pas ?... J'ai honte... Jamais plus je n'oserai retourner chez mes parents...

Ils arrivaient au second étage et Maigret, en effet, tournait la clé dans la serrure.

— Dormez sans vous inquiéter de rien. Demain matin, je m'occuperai de cette histoire.

Dans la chambre, elle fit un faux pas, roula par terre et n'essaya pas de se relever. Dans quelques instants, elle serait endormie.

Il la releva, lui retira ses chaussures, la veste de son tailleur. Il allait la laisser ainsi quand elle geignit :

— J'ai soif !

Il pénétra dans un minuscule cabinet de toilette, rinça le verre à dents, qu'il emplit d'eau fraîche. Quand il revint, elle était assise sur le lit et s'efforçait de retirer sa jupe.

— Ma ceinture me fait mal...

Elle buvait, fixant sur lui un regard de détresse.

— Vous ne voulez pas m'aider ?... Si vous saviez comme je suis malade !... Je me demande si je ne vais pas vomir...

Il l'avait aidée à se déshabiller et elle n'avait gardé que sa combinaison.

Elle n'avait pas vomi.

— Alors ? lui avait demandé Mme Maigret quand il était rentré chez lui.

— Une curieuse histoire... On verra ça demain...

— C'est une belle fille ?

— J'avoue que je n'y ai pas prêté attention... elle était ivre morte...

— Qu'en as-tu fait ?

— Je l'ai installée à l'hôtel, où il a fallu que je la mette au lit...

— Tu l'as déshabillée ?

— Il a bien fallu...

— Tu n'as pas peur...

Mme Maigret avait des antennes. Il n'était pas satisfait non plus. A neuf heures, en arrivant à son bureau, il commença par téléphoner à l'Hôtel de Savoie, où on lui répondit que la personne du 32 était partie en annonçant que le commissaire Maigret, qui l'avait amenée, viendrait payer sa note.

Dix minutes plus tard, le téléphoniste de la P.J. lui apprenait qu'il n'existait pas de juge de paix nommé Carvet à La Rochelle et qu'aucun Carvet ne figurait à l'annuaire. Aucun Dubuisson non plus.

3

— *Vous oubliez que la police, c'est moi !*

Maigret était debout devant la fenêtre ouverte, les deux mains enfoncées dans les poches, la mâchoire serrée sur le tuyau de sa pipe. Il n'avait pas eu le courage de relire une seconde fois la dictée de Nicole Prieur. Longtemps il était resté tassé dans son fauteuil, accablé, écœuré, sans une ombre de combativité. Longtemps il s'était senti comme déjà un étranger dans son bureau, percevant vaguement les bruits de voix et les allées et venues dans la salle des inspecteurs.

Il lui restait trois ans avant la retraite. Pardon, lui aussi, l'avait souligné. Pourquoi ? Parce qu'il le trouvait fatigué ? Parce qu'il avait découvert, en l'examinant, quelque chose qui clochait et dont il ne voulait pas lui parler ?

Il lui avait recommandé de moins boire, voire de ne pas boire du tout. Un peu de vin aux repas. Bientôt, on lui donnerait un régime à suivre. Puis des pilules à prendre à des heures déterminées. Il était en passe d'entrer dans le monde des vieillards dont les organes deviennent l'un après l'autre fragiles ou défaillants, à la façon des vieilles autos, auxquelles il faut sans cesse changer des pièces. Seulement, pour les hommes, on ne vend pas encore de pièces détachées.

Il était inconscient de la fuite du temps. Les taches de soleil, dans le bureau, sur la moquette et le mur, changeaient insensiblement de place sans qu'il s'en aperçoive.

Il n'avait ni combativité, ni le moindre désir de se défendre. Il acceptait la défaite. Pendant un long moment, même, il en ressentit un certain soulagement. Plus de responsabilités. Plus de soirées, de nuits éreintantes, à s'acharner sur un homme dont les aveux mettraient le point final à une enquête.

— *Vous oubliez que la police, c'est moi !*

C'est peut-être cette petite phrase-là qui le sauva. Il était déjà presque à Meung-sur-Loire, où la maison était prête à les accueillir, sa femme et lui, avec le jardin qu'il cultiverait, comme ses voisins, les fleurs et les légumes qu'il arroserait paisiblement au lever et au coucher du soleil, les cannes à pêche rangées dans la cabane...

— *Vous oubliez que la police...*

C'était à tel point en dehors de son caractère, cela rendait un son si faux qu'un sourire finit par détendre son visage et qu'un moment vint où il se déplia lentement. Il se retrouva debout, regarda les sandwiches qu'il avait dédaignés. Il en prit un, mâcha une première bouchée et ouvrit la bouteille de bière qui restait. Il mangea ainsi, debout devant la fenêtre, à regarder la Seine à travers le feuillage immobile des arbres de la berge.

Il reprenait enfin contact avec le monde extérieur, avec des passants qui allaient quelque part, un jeune couple enlacé qui traversait lentement le pont Saint-Michel, s'arrêtant au milieu pour regarder passer un train de bateaux, pour voir l'eau couler, pour contempler n'importe quoi, car seule comptait leur joie de vivre, qu'ils exprimèrent en s'embrassant.

Des machines à écrire cliquetaient, à côté. Les inspecteurs devaient de temps en temps interroger la porte de leur patron, échanger des coups d'œil inquiets.

Il retourna à son bureau pour lire la dernière phrase de la déposition de Nicole Prieur, car il y avait encore une phrase.

Il n'a pas abusé de moi. Je suppose qu'au dernier moment, il a été pris de peur...

Il bourrait une pipe, retournait à la fenêtre, plus ferme, une petite flamme dans les yeux. Puis, après un soupir, il allait enfin ouvrir la porte du bureau voisin.

Lucas était absent. Beaucoup d'autres aussi, éparpillés dans Paris. Le jeune Lapointe prenait ses vacances. Janvier tapait un rapport à la machine. Tous savaient qu'il était là, à les regarder, mais ils n'osaient pas lever la tête, par discrétion, parce qu'ils savaient que, pour que le commissaire s'enferme de la sorte, il devait se passer quelque chose de grave.

L'horloge marquait trois heures.

— Veux-tu venir avec ton bloc, Janvier ?

Janvier était, avec Lapointe, le meilleur sténographe de l'équipe, et il ne tarda pas à entrer dans le bureau, dont il referma la porte. Son regard contenait une question qu'il n'osait pas formuler.

— Assieds-toi... Je dicte...

Ce fut moins long qu'il ne le prévoyait. Une heure plus tôt, il aurait fourni des explications, émis des hypothèses. Maintenant, il se bornait aux faits, évitant tout ce qui pouvait ressembler à un commentaire.

A mesure qu'il avançait dans son récit, l'inspecteur Janvier devenait plus grave, fronçait les sourcils, jetait parfois un regard anxieux à son chef.

Vingt minutes suffirent.

— Tu taperas ça en trois exemplaires...

— Bien, patron...

Maigret hésita quelques secondes. Le préfet l'avait fait revenir dans son cabinet tout exprès pour lui recommander de ne parler de cette affaire à personne.

— Lis...

Il poussait de la main la déposition de la jeune fille. Après une vingtaine de lignes, Janvier rougissait, comme Maigret avait rougi le matin à la Préfecture.

— Qui a bien pu...

Brave Janvier ! Lucas et lui étaient les plus anciens collaborateurs de Maigret, et les trois hommes n'avaient plus besoin de beaucoup de mots pour se comprendre.

Tout de suite, sans prendre le temps de réfléchir, Janvier posait la même question que Maigret avait mis plus de temps à formuler, parce qu'il était directement impliqué.

— Qui ?

— C'est ce que je voudrais bien savoir... Qui ?...

Ils avaient l'habitude des demoiselles plus ou moins nymphomaniaques, plus ou moins hystériques, qui venaient périodiquement jouer leur petit numéro Quai des Orfèvres. On comptait même des habituées, qu'on revoyait à dates fixes, comme les soi-disant tueurs du clair de lune chers aux journaux.

Maigret, bien entendu, avait envisagé cette hypothèse, mais une détraquée n'aurait pas joué son double rôle sans commettre une seule faute. Ce double rôle, quelqu'un le lui avait appris.

— Pendant que tu tapes ce rapport, je vais me livrer à une expérience dont je crois connaître d'avance le résultat...

Janvier aussi, qui avait deviné.

— Ne parle pas de cette affaire à tes collègues. Le grand manitou la considère comme un secret d'État. S'il te reste du temps, essaie de te renseigner sur M. Jean-Baptiste Prieur...

Au moment où Maigret allait sortir de la pièce, Janvier murmura :

— J'espère que vous ne vous tracassez pas, patron ?

— J'ai offert ma démission.

— Il l'a refusée ?

— Il a dit qu'il devrait l'accepter, mais que...

— Alors ?

— Je reste. Tant qu'on ne me flanque pas à la porte. Je suis décidé à me défendre...

Un taxi le conduisit d'abord rue de Seine, où il poussa nonchalamment la porte de chez Désiré. Le patron était derrière son comptoir, à servir un groupe de plâtriers en blouse blanche qui venaient avaler un coup de rouge. Dans un coin, un homme d'un certain âge écrivait une lettre devant une tasse de café.

Désiré n'avait eu besoin que d'un coup d'œil pour reconnaître son client de la nuit précédente, mais il n'en laissa rien voir, évita de le regarder en face, se mit à tripoter des verres et des bouteilles.

— Un petit vin blanc... Non bouché, cette fois...

L'homme, aux yeux globuleux, au teint mauve, que la chaleur semblait accabler, posa un verre sur l'étain du comptoir, jongla avec une bouteille.

— Soixante centimes...

Les plâtriers ne s'occupaient pas de Maigret. Le consommateur à la lettre non plus, qui avait des difficultés avec son stylo-bille.

— Dites-moi, patron...

Désiré se tournait vers lui avec mauvaise grâce.

— Je n'ai rien oublié chez vous, hier soir ? Je n'ai pas laissé mon parapluie ?

— Personne n'a laissé de parapluie.

— Vous vous souvenez de la jeune fille qui m'a attendu après m'avoir téléphoné ? Vous a-t-elle demandé un ou deux jetons de téléphone ?

Le patron se taisait, l'air buté.

— Cela ne me regarde pas. D'ailleurs, je ne me souviens pas de ce qui s'est passé hier soir et je n'ai pas à en parler...

— Quelqu'un est venu ce matin pour vous recommander de vous taire ?

Les ouvriers tendaient soudain l'oreille, observaient le commissaire, qu'ils détaillaient de la tête aux pieds.

— C'est soixante centimes... répéta le vieil imbécile.

Maigret posa une pièce de un franc sur le comptoir et se dirigea vers la porte.

— Vous oubliez votre monnaie... Je n'accepte pas de pourboires...

La scène ne fut pas très différente à l'Hôtel de Savoie, rue des Écoles. La patronne était une femme grassouillette, aux cheveux teints en roux, qui gardait un certain charme. Elle se tenait dans le bureau, près du tableau de clés.

— Bonjour, madame...

Il sut, dès le premier regard qu'elle lui lança, qu'elle connaissait son identité. Il la déclina quand même.

— Commissaire Maigret, de la Police judiciaire...

— Oui...

— La nuit dernière, j'ai amené ici une jeune fille et je viens payer sa chambre, car elle était sans argent...

— Vous ne me devez rien.

— Elle a payé ?

— Peu importe. Vous ne me devez rien.

— Quelqu'un est donc venu, ce matin, payer à sa place et questionner votre gardien de nuit ?

— Écoutez, monsieur le commissaire, je sais qui vous êtes et je n'ai rien contre vous, mais je ne désire pas me créer des ennuis. J'ignore tout de cette personne et de ce dont vous parlez. Mes livres sont en ordre. La police n'a jamais rien eu à nous reprocher, ni l'inspecteur des contributions...

— Je vous remercie.

— Je m'excuse de ne pouvoir vous répondre autrement...

— Je comprends.

On avait fait diligence. Inutile de téléphoner à Martine Bouet, l'amie chez qui la demoiselle Prieur avait passé la soirée à écouter des disques. Elle ne répondrait pas davantage. Il était à peu près certain, d'ailleurs, que, de chez Désiré, Nicole avait bien donné un coup de téléphone boulevard Saint-Germain.

Ce n'était pas le préfet qui avait manigancé cette affaire. Il n'appréciait pas les policiers de la vieille école et c'était son droit. Il n'aimait particulièrement pas Maigret, dont les journaux parlaient trop à son gré. C'était son droit aussi.

Le ministre de l'Intérieur, affolé, lui téléphonait le matin pour le mettre au courant d'une histoire qui risquait de les embarrasser tous les deux.

Ces gens-là n'étaient pas des héros, ni des saints. Ils n'avaient accédé à leur poste qu'à force d'intrigues qu'ils préféraient oublier et il leur restait à avaler un certain nombre de couleuvres pour se maintenir en place.

Maigret était impliqué dans une histoire douteuse, sinon dans un scandale ? Un influent dignitaire du pays se plaignait et menaçait de s'adresser en plus haut lieu encore ?

Tout cela était humain. Et quelle satisfaction, pour le préfet-balai, de tenir devant lui un aîné, plus populaire que lui, et de lui débiter d'une voix douce ses quatre vérités !

Paris grésillait dans le soleil. Aux façades, beaucoup de volets étaient fermés pour procurer un peu de fraîcheur. Par-ci par-là, des hommes pêchaient à la ligne, et il y avait d'autres amoureux que ceux du pont Saint-Michel, deux, en particulier, qui avaient retiré leurs chaussures et qui laissaient pendre leurs pieds nus au-dessus de l'eau. Ils riaient en regardant leurs orteils, qu'ils remuaient d'une façon grotesque.

— Janvier !...

— Je viens, patron...

Il était occupé au téléphone. Quand il entra dans le bureau de Maigret, il apportait des feuillets dactylographiés. Le commissaire commença à les lire. Il n'en lut que quatre ou cinq lignes.

— Tu es sûr de n'avoir rien oubié ?

— J'ai collationné. Je préférerais pourtant que...

Non ! Maigret n'avait aucune envie de retrouver ses propres phrases. Il signait d'une plume lourde, prenait une enveloppe officielle dans son bureau, y écrivait l'adresse et sonnait l'huissier.

— A faire porter tout de suite par un planton au cabinet du préfet...

» Je t'écoute, Janvier...

— J'ai donné un coup de téléphone à un de mes amis qui est avocat et qui est assez bien introduit dans les milieux de la haute administration.

— Il connaît notre Prieur ?

— C'est un juriste de premier ordre, un des meilleurs, paraît-il, de notre temps. Il a été marié et sa femme a été tuée dans un accident d'auto il y a une dizaine d'années. Son père était armateur...

— A La Rochelle ?

— Vous l'avez deviné.

Ils souriaient tous les deux. Il est rare que quelqu'un qui ment invente entièrement. La jeune fille qui lui avait fait par téléphone un récit si poignant se disait de La Rochelle. Son père était magistrat et son amie fille de mareyeur...

— Continue.

— Il a encore un frère, là-bas, qui s'occupe des bateaux. Quant à lui, il jouit d'une fortune personnelle et occupe un vaste appartement boulevard de Courcelles. Un autre frère, Christophe, qui était marié, qui avait une fille et qui vivait au Maroc, s'est suicidé dans des circonstances que mon ami ignore. Sa femme a disparu de la circulation. On croit qu'elle s'est remariée à un

Américain et qu'elle habite le Texas. Quant à la fille, c'est la Nicole Prieur que vous connaissez...

— Rien d'autre ?

— La demoiselle, qui a passé son bac l'an dernier, suit des cours en Sorbonne...

— Quel genre de fille ?

— Mon ami n'a pas eu l'occasion de la rencontrer, mais il pense que sa femme l'a vue quelquefois. Il lui en parlera en rentrant chez lui...

Aucune raison, pour M. Jean-Baptiste Prieur, maître des requêtes au Conseil d'État et juriste éminent, de nourrir de la haine à l'égard d'un Maigret dont il ignorait peut-être le nom et, à plus forte raison, pour monter contre lui une machination dans laquelle sa nièce risquait sa réputation.

— Je donnerais gros pour une conversation en tête à tête avec cette gamine...

— Je crains, patron, qu'on ne vous en laisse pas l'occasion...

— Tu as une idée, toi, de la personne qui a assez d'intérêt à me voir en dehors de la circulation pour monter toute cette affaire ?

— Vous gênez sûrement bon nombre de gens... Pour ne parler que de ceux qui, depuis deux mois, dévalisent les bijouteries en plein jour... Ce matin encore, avenue Victor-Hugo...

— Ils ont laissé des traces ?

— Aucune.

— Ils ont tiré ?

— Non plus. Ils sont repartis tranquillement en voiture et personne n'a réagi, pas même le bijoutier, si ému derrière son comptoir qu'il a mis une minute à pousser le bouton d'alarme... Vous pensez à quelque chose ?

— Peut-être... Où étais-je, hier, à onze heures du matin ?

Janvier le savait, car il avait piloté la petite auto noire.

— Chez Manuel.

— Et la veille, vers la même heure ?

— Chez Manuel.

— Et...

Trois fois, en une semaine, Maigret avait rendu visite à Manuel Palmari, l'ancien patron du Clou-Doré, rue Fontaine, qui vivait à présent comme un retraité dans son appartement bourgeois de la rue des Acacias.

— C'est peut-être idiot, mais j'ai envie d'aller de nouveau lui poser quelques questions...

Cela paraissait insensé, mais les événements de la nuit précédente n'étaient-ils pas aussi insensés ?

Palmari, plus souvent appelé Manuel par les gens du milieu, avait régné trente ans à Montmartre, où il avait débuté comme jeune souteneur.

Avait-il eu d'autres activités, dès cette époque à laquelle Maigret, jeune aussi, l'avait connu ? Le commissaire, alors inspecteur, l'en avait fort soupçonné sans toutefois être capable de le trouver en défaut.

Pendant ces trente années, bien des truands avaient disparu des alentours de Pigalle. Les uns s'étaient fait descendre par des rivaux ; d'autres, après quelques années de prison, étaient interdits de séjour ; d'autres encore tenaient une auberge plus ou moins louche entre Marseille et Nice.

Manuel, qui n'avait pas tardé à engraisser, avait trouvé le moyen, lui, de s'acheter le Clou-Doré, qui n'était à l'époque qu'un zinc miteux, dans le genre de celui de Désiré, à la différence qu'on y rencontrait surtout des mauvais garçons.

Le zinc s'était bientôt transformé en un bar moderne, puis en un restaurant de quelques tables. Les clients, qui avaient cessé d'être des jeunots, arrivaient dans de grosses voitures américaines.

Maigret y déjeunait parfois, s'attardait jusqu'à ce que la petite salle décorée en rouge et or se vide.

— Dis donc, Manuel...

— Oui, monsieur le commissaire.

— Le type qui a une cicatrice au coin de l'œil et qui était assis dans ce coin...

— Vous savez, moi, les clients, je les vois entrer et sortir, je leur sers à bouffer et à boire, j'encaisse leur fric, et ni vu ni connu...

Manuel était un comédien-né. Il jouait la comédie pour lui-même autant que pour les autres et il lui arrivait, satisfait de son rôle, d'adresser un clin d'œil à son auditeur.

— Voilà longtemps qu'on se connaît, n'est-ce pas ?

— Nous étions plus sveltes tous les deux, dites donc, monsieur Maigret !

— Et tu n'avais pas un sou vaillant.

— Pour manger de la vache enragée, j'en ai mangé, c'est vrai, preuve que je ne me suis jamais mouillé...

— Ou que tu étais déjà trop malin...

— Vous me trouvez malin, vous ? C'est à peine si je suis allé à l'école, et je lis difficilement le journal...

— Manuel !

— Oui ?

— Le type à la cicatrice...

— Bon !... Compris... Moi, je n'ai rien à en dire... Cette cicatrice-là, il ne l'avait pas voilà deux mois... Deux mois, ça fait mars... Et, en mars...

En mars, une bagarre avait éclaté entre deux bandes, près du bassin de Pigalle, accompagnée d'un échange de coups de feu ; un tué était resté sur le trottoir et deux blessés avaient disparu comme par enchantement.

Le préfet-balai, qui jouait au tennis et qui avait juré de nettoyer Paris, n'aimait pas les indicateurs, et les anciennes méthodes lui répugnaient.

C'était justement chez un indicateur que Maigret se rendait dans la voiture conduite par Janvier, chez Manuel qui, trois ans plus tôt, alors qu'il ouvrait la porte du Clou-Doré, aux petites heures du matin, pour baisser les volets, avait reçu une demi-douzaine de balles de mitraillette dans la cuisse et le ventre.

De l'hôpital où on l'avait transporté, il n'avait pas tardé à se faire conduire dans une des meilleures cliniques privées de Neuilly. Tout le monde, à commencer par les médecins, était persuadé qu'il n'en sortirait pas vivant.

A Neuilly aussi, Maigret était allé le voir plusieurs fois.

— Vous me faites de la peine, monsieur le commissaire... Voyez-vous, votre seul défaut, à vous autres, dans la police, c'est de ne jamais croire les gens... Il devait y avoir deux types dans l'auto, c'est certain, car on ne manie pas une mitraillette en tenant le volant... Mais, parole d'homme, je ne les ai pas vus, pour la bonne raison que je leur tournais le dos...

» Lorsqu'on baisse un volet de fer, on tourne le dos à la rue, non ?

— Tu ne le baissais pas encore. Tu venais juste d'ouvrir la porte.

— Mais j'étais déjà tourné vers la maison... Réfléchissez, vous qui avez de l'instruction... Des types essaient de me descendre... Grâce à eux, on me laisse entendre que je ne marcherai jamais plus sur mes deux jambes... Je vais passer le reste de mes jours dans une petite voiture, comme un gâteux... Bon ! Vous pensez que je n'aimerais pas les voir en tôle, les gars qui m'ont fait ça ?...

Il n'avait pas parlé. Maigret s'y attendait. Quelques semaines plus tard, deux jeunes truands étaient abattus dans les environs de Toulon, des truands qui avaient quitté précipitamment Paris peu après la fusillade.

— Ces gars-là, vous savez, monsieur le commissaire, ça va et ça vient sans trop de raisons. Si on devait compter ceux qui découvrent soudain que l'air de Paris devient malsain...

L'auto montait les Champs-Élysées, contournait l'Arc de Triomphe, descendait l'avenue Mac-Mahon pour s'engager à gauche dans la rue des Acacias.

Le quartier était bourgeois, paisible, avec encore, par-ci par-là, entre deux immeubles locatifs, un petit hôtel particulier à façade patinée.

— Je monte avec vous, patron ?

— Non... Cherche ton collègue... Je ne sais pas qui est de corvée aujourd'hui...

— Le gros Lourtie.

— Tu le trouveras dans un coin quelconque... Il pourra te dire ce qu'Aline a fait depuis ce matin...

Aline était un personnage, elle aussi. A l'époque du Clou-Doré, elle servait au restaurant, une fille encore maigre, les cheveux noirs en désordre, l'œil sombre et brillant. On la savait la maîtresse de Manuel, qui l'avait ramassée sur le trottoir.

A la clinique, il avait obtenu pour elle une petite chambre communiquant avec la sienne. C'est elle, sur ses instructions, qui avait trouvé un gérant pour le Clou-Doré et qui allait parfois jeter un coup d'œil au restaurant et vérifier la recette.

En trois ans, elle avait perdu ses angles et s'était arrondie. Elle n'avait plus la tignasse en désordre et, vêtue avec une coquetterie discrète, elle faisait très « petite madame ».

L'immeuble était discret, confortable, avec un ascenseur large et silencieux, des portes d'acajou. Maigret poussa le bouton du quatrième, sonna ensuite à la porte de gauche. Il attendit assez longtemps le bruit léger de la petite voiture caoutchoutée qui venait du fond de l'appartement.

— Qui est là ? demanda Manuel à travers la porte.

— Maigret.

— Encore !

La porte s'ouvrit.

— Entrez... Je suis seul... J'étais en train de sommeiller quand vous avez sonné...

Manuel avait maintenant des cheveux d'un beau blanc soyeux qui donnaient à son visage une certaine dignité. Il portait une chemise blanche immaculée, un pantalon de soie, des pantoufles rouges.

— Vous, alors, pour un homme qui me connaît depuis si longtemps et à qui j'ai rendu tant de services... Non !... Ne restons pas dans le salon... Je me demande d'ailleurs pourquoi j'ai un salon, car ce n'est pas mon genre et je ne reçois personne...

Il s'était aménagé un coin à lui, une petite pièce qui donnait sur la rue. On y trouvait la télévision, un tourne-disque, deux ou trois transistors de tailles différentes, des journaux, des magazines et des centaines de romans policiers. Un divan rouge occupait un angle à côté d'un fauteuil recouvert du même satin.

Manuel ne fumait pas. Il n'avait jamais fumé. Il ne buvait pas non plus.

— Vous savez que je n'aime pas parler en l'air, mais je vous préviens qu'un de ces jours je me fâcherai. Je suis un citoyen libre, sans casier judiciaire. Je paie patente pour mon restaurant de la rue Fontaine et mes impôts rubis sur l'ongle... Je vis ici comme une souris dans son trou... Je ne peux pas, à cause de ma jambe, sortir de l'appartement, et il faut qu'on me déshabille et qu'on me lave comme un bébé, qu'on me mette au lit et qu'on m'en sorte...

Maigret, connaissant son homme, attendait la fin de la comédie. Pour l'instant, Manuel jouait les bourrus.

— Mon téléphone, là, à côté de vous, est branché sur la table d'écoute... Ne me dites pas non... Je ne suis pas né d'hier... Vous non plus... Qu'on enregistre mes conversations, je m'en moque... Mais qu'on ne fiche pas la paix à Aline, c'est une autre paire de manches...

— Quelqu'un l'a molestée ?

— Allons, monsieur Maigret... Vous êtes plus malin que moi...

— J'en doute...

— Hein ? Vous prétendez que moi, qui sais à peine lire et écrire...

Son leitmotiv. Il en était aussi fier que d'autres de leurs diplômes !

Maigret tirait sur sa pipe en souriant et murmurait :

— Si j'étais aussi malin que vous, Manuel, vous n'ignorez pas que vous seriez depuis longtemps en tôle...

— Voilà ! Toujours la vieille chanson... Pour en revenir à Aline, aujourd'hui, c'est un grand soufflé qui la file... Hier, un petit brun... Demain un autre... Elle ne peut pas aller acheter deux côtelettes et du fromage sans qu'un de vos hommes soit sur ses talons...

» Vous, vous êtes correct, soit, et je vous aime bien, ce qui n'est pas une raison pour venir me voir presque chaque jour comme un parent malade... Pourquoi ne pas m'apporter des douceurs et des fleurs ?... Si seulement vous me disiez une fois pour toutes ce que vous voulez savoir...

— Aujourd'hui, il s'agit d'une affaire personnelle...

— Personnelle à qui ?

— Vous connaissez Nicole ?

— Nicole quoi ? Il y a des Nicole plein les trottoirs de Paris... Qu'est-ce qu'elle fait, la vôtre ?

— Elle suit des cours en Sorbonne...

— En quoi ?

— A l'Université, si vous préférez...

— Et je devrais connaître une fille qui va à l'Université ?

— Je vous pose la question... elle s'appelle Nicole Prieur...

— Jamais entendu parler...

— Elle vit avec un oncle pas loin d'ici, boulevard de Courcelles... Cet oncle, Jean-Baptiste Prieur, est maître des requêtes au Conseil d'État...

L'ahurissement de Manuel n'était pas feint, ou alors il était encore meilleur comédien que Nicole elle-même.

— Vous parlez sérieusement ?... Mais, bon Dieu ! je ne sais même pas ce que c'est le Conseil d'État, moi !... Vous vous figurez que je connais toutes ces huiles ?...

— Vous ne connaissez pas non plus Désiré, qui tient un bistrot rue de Seine ?

— Première fois que j'entends son nom...

— Ni les deux petits gars qui ont travaillé ce matin avenue Victor-Hugo...

Manuel se redressait dans son fauteuil roulant.

— Holà ! Attention !... Si c'est pour en arriver là et pour m'embrouiller que vous m'avez servi tout ce baratin, je ne joue plus... A l'occasion, je vous ai gentiment filé un tuyau... Bon !... On ne tient pas un bar à Pigalle sans être bien avec la police...

» J'écoute la radio, comme tout un chacun... Je sais donc ce qui s'est passé ce matin où vous dites... Qu'est-ce que je viendrais faire, moi, dans cette histoire ?... Trois ans que je ne bouge pas d'ici, que personne, pour ainsi dire, ne vient me voir... Je serais curieux de savoir, dans ces conditions, comment je pourrais jouer les caïds...

» La dernière fois, c'était encore d'une bijouterie, boulevard Saint-Martin, que vous êtes venu me parler... Et la fois d'avant...

— Où est Aline ?

— Elle fait des courses.

— Dans le quartier ?

— Sais pas... Si vous tenez à ce que je vous le dise, elle est allée s'acheter des culottes et des soutiens-gorge... Votre inspecteur pourra vous le confirmer ce soir...

— Elle est sortie ce matin ?

— Ce matin, elle est allée chez le dentiste, en face... Si la fenêtre du toubib avait été ouverte, j'aurais pu la voir dans la chaise à bascule...

En face, ce n'était pas un immeuble locatif, mais un hôtel particulier d'un seul étage surmonté de mansardes. La maison était construite en pierres devenues gris sombre. Les ardoises du toit avaient, au soleil, les mêmes reflets bleutés et rosés à la fois que la Seine à certaines heures.

— Il y a longtemps qu'elle souffre des dents ?

— Depuis trois jours...

Si Aline était allée précédemment chez le dentiste, Maigret l'aurait su par le rapport des inspecteurs qui la filaient depuis trois semaines.

— Comment s'appelle-t-il ?

— Qui ?

— Le dentiste !

— On voit sa plaque d'ici... je ne peux pas lire de si loin... Elle m'a dit qu'il y avait un dentiste en face, et je ne me suis pas occupé de son nom... Ce que je sais, c'est que son assistante ou son infirmière, comme vous voudrez, est une grande bringue décharnée que je ne voudrais pour rien au monde dans mon lit... Tenez ! Voilà Aline qui rentre...

Il avait l'ouïe fine car, malgré le salon et le vestibule qui les séparaient de la porte d'entrée, Manuel avait entendu la clé tourner dans la serrure.

4

La porte du salon était ouverte, et on vit Aline qui le traversait à pas nets, rapides, juchée sur des talons aiguilles, vêtue d'un tailleur de lin orange, ses cheveux noirs strictement coiffés. D'une main elle tenait un sac à main noir comme sa chevelure et de l'autre des sachets de papier portant, l'un la marque d'une lingerie du Lido, l'autre celle d'un magasin de la rue Marbeuf.

Elle avait aperçu Maigret de loin, mais n'avait pas sourcillé, n'avait pas fait mine de le reconnaître et, quand elle entra dans la pièce où se tenaient les deux hommes, elle passa devant lui comme s'il n'avait pas existé, se pencha pour poser un baiser sur le front de Manuel.

— Alors, papa, il est encore ici, celui-là ?

Elle avait vingt-deux ans. Palmari approchait de la soixantaine. Le « papa », pourtant, n'avait rien de filial. C'était, dans la bouche d'Aline, un petit nom affectueux, et le sourire de l'ex-tenancier du Clou-Doré semblait dire :

« Vous voyez quelle femme c'est ? »

Le fait est que la gamine qui avait débuté sur les trottoirs du boulevard Sébastopol dès l'âge de seize ans devait maintenant, dans la rue, être prise pour une bourgeoise élégante, la jeune femme d'un médecin, d'un ingénieur, d'un avocat.

— D'ici à ce qu'il apporte son pyjama et ses pantoufles, sans oublier sa brosse à dents et son rasoir...

Elle parlait sans regarder le commissaire, d'une voix haut perchée, avec un fort accent faubourien. Elle l'exagérait à plaisir, comme Manuel jouait les comiques. On aurait dit deux comédiens qui se lançaient des répliques apprises, chacun connaissant son rôle sur le bout des doigts.

Drôle de fille ! Brune comme elle l'était, avec ses yeux noisette et sa peau basanée, elle n'était pas originaire du Midi mais d'un petit village du Morbihan, d'où elle était venue à Paris en qualité de bonne d'enfant.

Elle avait travaillé six mois environ dans un ménage très riche de Neuilly qui n'avait pas hésité à lui confier une petite fille de trois ans et un bébé au berceau, même quand elle avait commencé à courir les musettes des Gravilliers et de la rue de Lappe.

Elle avait jeté ses deux sacs de papier sur le divan ; elle continuait, forçant toujours sur l'accent parigot :

— Qu'est-ce qu'il veut, cette fois-ci ?

— Sois pas méchante avec lui, Aline. Tu sais bien que le commissaire est mon ami.

— Ton ami à toi, peut-être. Moi, il me casse les pieds, et je déteste l'odeur de pipe sale.

Maigret n'était pas offusqué et tirait lentement sur sa pipe en la regardant. Il soupçonnait que c'était elle, se souvenant de ses anciens patrons, qui avait voulu cet appartement confortable et bourgeois, alors que Manuel se contentait jadis de l'entresol obscur qu'il occupait au-dessus de son restaurant.

Elle devait avoir envie de respectabilité.

— Tu connais quelqu'un qui travaille au Conseil d'État, toi ? lui demandait l'infirme avec une pointe d'ironie.

— Si c'est lui qui te le demande, réponds-lui que je ne sais même pas ce que c'est... Tu remarqueras qu'il commence à loucher vers mes paquets... Chiche qu'avant cinq minutes il me demande à voir ce qu'il y a dedans... Peut-être, après tout, que c'est un vicieux qui s'excite en tripotant de la lingerie féminine...

Le téléphone sonnait. L'homme, dans sa petite voiture, sourcillait, regardait l'appareil, puis le commissaire.

— Allô !... Comment ?... Oui, il est ici... C'est pour vous, monsieur Maigret...

— Qu'est-ce que je te disais ? A la prochaine, il se fera adresser son courrier chez nous...

— Allô !... Oui... Je t'écoute...

C'était Janvier, qui téléphonait d'un petit café de la rue.

— Je vous appelle à tout hasard, patron... Lourtie est à côté de moi... Il s'est fait semer par la fille... En sortant de chez elle, elle a marché droit vers la station de métro des Ternes... Elle a pris un billet de première et est descendue sur le quai de la ligne qui conduit à l'Étoile... Lourtie l'a suivie... Quand elle a pénétré dans le wagon, il s'y est glissé par l'autre porte... Juste au moment où les portes se refermaient, elle a sauté sur le quai et Lourtie n'a pas pu se faufiler à temps... Il est revenu ici et elle vient de rentrer en taxi...

— Merci.

— Cela va comme vous voulez ?

— Non.

Elle s'était assise sur le divan, près des deux paquets, et, les jambes haut croisées, regardant toujours Manuel et non l'hôte à qui elle semblait avoir juré de ne pas adresser la parole, elle disait :

— C'est le flic de service... Ils ont beau se relayer, je commence à connaître leur tête... Celui d'aujourd'hui est un gros bouffi toujours sur le point d'attraper une congestion...

— Dites-moi, mon petit...

— On n'a pas gardé les cochons ensemble, lui et moi, papa... Tu lui as permis de me tutoyer ?

— Je vous appelle mademoiselle ?

— Ce ne serait pas plus correct qu'il m'appelle madame ?

On se moquait de lui, et Manuel, fier de la gamine qu'il avait formée, la regardait avec une gentille tendresse.

— Je t'assure, Aline, qu'il ne nous veut pas de mal...

— Pourquoi avez-vous semé l'inspecteur qui vous suivait ?

— Je suppose qu'il ne lui est jamais arrivé, à lui, de changer d'avis à la dernière minute ?

C'était toujours à Manuel qu'elle s'adressait.

— Ma première intention était d'aller aux Galeries. Puis, à peine dans le métro, j'ai pensé que je trouverais aussi bien ce que je cherchais dans le quartier... Il peut voir... Il peut même toucher... J'en serai quitte pour laver mes culottes et mes soutiens-gorge avant de les porter...

La petite guerre durait depuis bien avant elle. Elle avait commencé entre Palmari et le commissaire quand le jeune marlou, encore efflanqué et sans le sou, avait acheté comptant le bar de la rue Fontaine. Comme par hasard, cela se passait quelques semaines après un hold-up dans une bijouterie.

Pour la première fois, les malfaiteurs avaient utilisé une technique qui devait s'avérer payante, mais qui paraissait alors d'une folle audace. Deux hommes brisaient la vitrine d'un coup de marteau, saisissaient les bijoux par poignées, sans souci des passants, trop surpris pour réagir, ni du bijoutier qui gesticulait à l'intérieur. Ils sautaient ensuite dans l'auto où un complice les attendait, et s'enfonçaient dans le trafic.

On n'avait jamais retrouvé ni les bijoux, ni les auteurs du coup de main. En deux ans, à l'époque, une dizaine d'attaques du même genre s'étaient produites, jusqu'à ce qu'on mette la main sur un des assaillants, un jeune, pas encore fiché, Génaro, qui s'était tu et avait tiré cinq ans.

Palmari, de plus en plus prospère, transformait son zinc en bar élégant, puis en un restaurant coûteux.

— Les affaires marchent, se contentait-il de répondre à Maigret quand celui-ci allait le questionner d'un air innocent. Je réussis aussi pas trop mal avec les canassons...

Et c'était vrai que le dimanche il fermait son établissement pour se rendre à Auteuil, à Longchamp ou à Vincennes selon la saison.

Trois fois les auteurs de hold-up de bijouteries avaient été arrêtés. Presque tous étaient des clients du Clou-Doré. Aucun n'avait mangé le morceau, ni indiqué comment ils comptaient écouler la marchandise.

Pendant deux ans, trois ans, quatre ans, il ne se passait rien. Puis des vols de bijoux se succédaient dans le même style, avec des hommes dont le signalement différait des précédents, comme si une nouvelle bande avait été formée par le chef.

— Écoutez-moi, mon petit...

— Me voilà encore son petit ! Demande-lui donc si nous avons couché ensemble, lui et moi...

— Cela suffit !... Je peux revenir avec un mandat, ou vous emmener, si vous le préférez, pour vous interroger dans mon bureau... Connaissez-vous une certaine Nicole Prieur ?...

Elle réfléchissait, se tournait une fois de plus vers Manuel.

— Tu connais, toi ? Moi, ce nom-là ne me dit rien.

— Une jeune fille qui habite boulevard de Courcelles, où elle vit avec son oncle, qui est un personnage important...

— Tu connais des gens importants, à part le commissaire, papa ?

— Fort bien !... Je reviendrai... Je vais seulement vous dire ceci à tous les deux, et Manuel au moins comprendra : il existe quelque part dans Paris des gens, ou une seule personne, qui ont décidé de se débarrasser de moi...

Aline ouvrit la bouche pour une nouvelle plaisanterie, mais son amant la regarda sévèrement pour lui ordonner de se taire. Il était soudain intéressé.

— On veut vous faire la peau ?

— Non. Ce qu'on vise, c'est ma démission, plus exactement ma mise à la retraite...

— Cela en arrangerait sûrement beaucoup...

Aline ne put s'empêcher de lancer de sa voix aigrelette :

— Tu parles ! A commencer par moi !

— Continuez, monsieur le commissaire.

— On m'a flanqué une fille dans les jambes.

— Et vous avez marché ?

— Non.

— Cela m'aurait étonné de vous. Je me souviens d'avoir essayé, dans le temps.

— Le résultat est le même. On a monté minutieusement une comédie assez habile pour que j'aie l'air d'avoir couru après cette personne dans des conditions crapuleuses...

— La Nicole je ne sais quoi ?

— Oui.

Maigret, plus grave, regardait Manuel dans les yeux.

— Ou je gêne quelqu'un très fort, quelqu'un que je suis sur le point de prendre la main dans le sac ou qui se le figure...

Il marquait un temps, et Manuel, sérieux aussi, répétait :

— Continuez.

— Il faut que ce soit quelqu'un de très intelligent, au courant de mes habitudes et des méthodes de la police... Quelqu'un qui se sente traqué et qui se dise qu'en se débarrassant de moi il sera tranquille... Cela ne vous fait penser à personne, Manuel ?

Aline se taisait, sentant qu'elle n'avait plus à intervenir entre les deux hommes. On pénétrait dans un domaine qui la dépassait.

— Cela pourrait aussi être un vicieux... commençait Manuel.

— J'y ai pensé. J'ai envisagé aussi une vengeance. J'ai revu la liste des affaires dont je me suis occupé les derniers temps et même les dernières années. Aucun des personnages en cause n'avait à la fois le motif et les possibilités de monter le coup...

— C'est à moi que vous venez demander conseil ?

— Vous savez très bien que, depuis quelque temps, la police vous serre de près...

— Et que vous faites suivre Aline dans la rue... Je me demande encore pourquoi...

— Vous l'apprendrez peut-être un jour...

— Si on ne vous démissionne pas, à ce que je comprends ?

— Exactement.

— De sorte que vous me soupçonnez, moi, d'avoir monté la combine avec la jeune fille en question, la nièce de je ne sais plus quelle huile...

— Je suis venu vous voir, à tout hasard...

Il y eut un silence assez impressionnant.

— Vous connaissez des gens capables d'une combine de ce genre, Manuel ?

— J'en connais qui aimeraient assez vous coller une balle dans la peau, mais il ne leur viendrait pas à l'idée de vous mêler à une histoire de mœurs...

Il ajouta, après s'être éclairci la voix :

— Quant à moi, je ne suis peut-être pas un petit saint, mais je vous jure, sur la tête d'Aline, que j'ignorais tout de cette histoire avant que vous entriez ici... Pour le reste, on verra...

Ce fut une surprise d'entendre à nouveau la voix de la jeune femme. Elle ne s'adressait plus à Manuel. Le timbre n'était plus haut perché, agaçant. L'accent avait presque disparu.

— Peut-être que, si vous racontiez ce qui s'est passé, ça me donnerait une idée... Quand il s'agit d'une femme, il vaut souvent mieux s'adresser à une autre femme...

Le préfet-balai aurait probablement étouffé d'indignation s'il avait su qu'un commissaire divisionnaire, chef de la Brigade criminelle, faisait des confidences à une ancienne prostituée et à un homme qui passait, à tort ou à raison, pour un des caïds du milieu.

En quelques phrases, Maigret raconta son aventure. Aline ne souriait pas. A mesure que le récit se poursuivait, son front se plissait davantage, et elle restait immobile au bord du divan, les jambes toujours croisées, le menton dans les mains.

— Vous n'avez pas sa photo ?

— Non.

— Et vous n'êtes pas encore allé boulevard de Courcelles pour la questionner entre quatre yeux ?

— Je n'en ai pas le droit.

— Eh bien ! mon vieux... Ce qu'elle doit être pincée !...

Maigret se tourna vivement vers elle, frappé par son exclamation.

— Pourquoi, pincée ?

— Mettez-vous à sa place... Voilà une jeune fille de bonne famille, riche, vivant avec un oncle qui est un monsieur important, et tout, et tout... Elle ne vous a jamais vu... Elle ne vous connaît sans doute que pour avoir lu votre nom dans les journaux...

» Elle ne vous en joue pas moins une comédie qui pourrait mal tourner... Elle rentre chez elle à huit heures du matin, sachant que son oncle, furibond, l'attend au tournant et va drôlement la questionner... Quel âge disiez-vous qu'elle a, cette pucelle ?

— Dix-huit ans.

— C'est l'âge. Si vous voulez mon avis, cette fille-là est folle d'un homme qui en fait ce qu'il veut... Il lui a dicté ce qu'elle devait dire et il a mis le scénario au point... Le jour où vous mettrez la main sur lui...

Elle ajouta avec une pointe d'admiration :

— Quand ces demoiselles-là s'y mettent, elles sont quand même plus garces que les putains... Qu'en dis-tu, papa ?

— Comme toi... L'histoire ne me plaît pas...

Est-ce que, Maigret une fois dans l'escalier, ils s'étaient regardés en riant ? Le commissaire aurait juré que non. Il les avait laissés plutôt soucieux.

Pour sa part, il n'avait rien appris et il ne se sentait pas fier en cherchant le bistrot où ses deux inspecteurs l'attendaient. Il le trouva aussitôt, à côté de l'hôtel particulier du dentiste.

— Un demi !

Il avait soif. Tant pis pour Pardon. Il commençait à en vouloir au docteur de leur conversation de la semaine précédente. Le médecin lui avait conseillé de se ménager, lui laissant entendre qu'il devenait tout doucement un vieillard bientôt bon seulement à pêcher à la ligne dans la Loire. Le préfet en aurait été ravi.

— Je vous demande pardon, patron, balbutiait Lourtie accoudé au bar. Je ne pouvais pas prévoir que cette femme...

— Ça va...

— Je reste ?

— En attendant la relève... Viens, Janvier...

Et un peu plus tard, tandis qu'ils roulaient :

— Passe par le boulevard de Courcelles...

Il regardait les numéros. Le 42 était juste en face de la grande entrée du parc Monceau, aux grilles ornées de flèches dorées. On entendait des cris d'enfants que surveillait un gardien en uniforme bleu. L'immeuble était vaste. La porte cochère, immense, très haute, était flanquée de deux hommes, et on imaginait les équipages qui pénétraient autrefois, fringants, dans la cour, où les écuries avaient été transformées en garages.

Une forteresse. C'est ainsi que Maigret appelait ces maisons-là dans son for intérieur. Ce n'était pas une concierge qui régnait sur la loge mais un personnage en livrée, et il n'y sentait sûrement pas le ragoût mijoté. L'escalier devait être de marbre, les appartements vastes et hauts de plafond, couverts de tapis qui rendaient les pas silencieux.

Ces immeubles des beaux quartiers l'avaient fort impressionné à son arrivée à Paris. Les valets de chambre portaient encore le gilet rayé, les soubrettes des bonnets de dentelle, les nurses, qui poussaient les landaus dans le parc, des uniformes anglais.

Bien des fois, depuis, il avait été amené à enquêter dans ces maisons, et il avait toujours ressenti la même gêne, peut-être une certaine agressivité qui ne venait pourtant pas de l'envie.

L'expérience lui avait appris que la plupart des habitants étaient en quelque sorte des intouchables. S'ils n'étaient pas personnellement d'influents personnages, ils avaient des amis haut placés et menaçaient de se plaindre comme Prieur s'était plaint directement au ministre de l'Intérieur.

Janvier avait ralenti. La voiture était presque arrêtée. Le commissaire grommelait entre ses dents :

— La garce !...

Puis, conscient de son impuissance, d'un ton résigné, amer :

— Va !... Au Quai...

Au Quai des Orfèvres, où on avait le droit de harceler n'importe qui de questions pendant vingt-quatre heures, sinon pendant deux ou trois jours, avec intermède de verres de bière et de sandwiches, de courts repos sur une paillasse. N'importe qui, sauf ces gens-là, sauf Mlle Nicole Prieur.

Janvier se taisait, comprenant que ce n'était pas le moment d'ouvrir la bouche.

— Une jeune fille de son monde doit voyager à l'étranger, remarqua soudain Maigret. Elle a donc un passeport. Ce qui implique une fiche avec sa photographie à la Préfecture de police...

Il connaissait bien le bureau où ces fiches étaient classées dans des meubles métalliques peints en vert et cent fois il s'était adressé au fonctionnaire qui les tenait à jour, un certain Loriot, qui n'hésitait pas à lui ouvrir ses tiroirs.

Mais pas pour Mlle Prieur ! Il était obligé de s'y prendre autrement. Aline avait raison : il avait besoin, le plus tôt possible, d'une photographie de la jeune fille.

— Barnacle a toujours son Leica ?

— Il se séparerait plutôt de sa femme que de son appareil...

— Il a une femme ?

Chose curieuse : depuis plus de trente ans que Maigret connaissait l'inspecteur Barnacle, il n'avait jamais rien su de sa vie privée.

Il le croyait célibataire. Avec son costume noir et flottant, aux coudes lustrés, aux manches effilochées, qu'il portait des années et auquel il manquait toujours un bouton, avec son air de quelqu'un qui courbe l'échine sous le poids de l'adversité, Barnacle faisait plutôt penser à un veuf de fraîche date dont le chagrin n'a pas eu le temps de se dissiper.

Il appartenait au Quai quand Maigret en avait franchi pour la première fois le portail. Maigret l'avait appelé monsieur et il en gardait l'habitude. De sorte que les inspecteurs disaient, eux aussi, monsieur Barnacle, avec une pointe d'ironie, comme si monsieur était un prénom ou un sobriquet.

Dans son bureau, il sonna le vieil huissier.

— Envoyez-moi monsieur Barnacle, s'il est dans la maison...

L'animation diminuait dans les bureaux et les couloirs. Il n'était pas loin de six heures. Le soleil restait haut et la brise ne soufflait pas encore, les rideaux, des deux côtés des fenêtres, tombaient droit, sans un frémissement.

— Vous m'avez demandé, monsieur le commissaire ?

— Asseyez-vous, monsieur Barnacle...

L'inspecteur n'était son aîné que de deux ans et demi. Est-ce que, dans deux ans et demi, Maigret aurait ce visage résigné, ces yeux sans joie, sans curiosité, cette peau flasque, usée, ces épaules lasses ?

Barnacle n'avait-il pas été toujours ainsi ? Il était marié. Donc, il avait été plus ou moins amoureux. Il avait fait la cour à une jeune fille, lui avait offert des violettes, s'était promené bras dessus, bras dessous avec elle en s'arrêtant pour l'embrasser. C'était presque impensable.

— Non seulement il est marié, venait de lui apprendre Janvier, mais sa femme, dans le quartier, passe pour avoir encore la cuisse légère. Elle rentre souvent tard, parfois elle ne rentre pas du tout de la nuit, et c'est lui qui, après sa journée, prépare le dîner et fait le ménage...

Barnacle n'était certes pas un cerveau mais, lancé sur une piste, il ne la lâchait pas et il passait aussi inaperçu dans la foule que, dans Paris, certains murs grisâtres couverts d'affiches à moitié décollées.

— J'aimerais vous confier une mission, monsieur Barnacle, mais j'hésite car, si on en avait vent en haut lieu, vous risqueriez la mise à la retraite anticipée.

— Cela ne ferait jamais que trois mois de moins à traîner mes semelles sur les trottoirs...

Il n'y avait pas de reproche dans sa voix. Barnacle n'était pas un aigri, n'en voulait à personne ; sans doute n'en voulait-il pas à sa femme non plus.

— J'accomplirai votre mission, monsieur le commissaire.

— Il s'agit de photographier une jeune fille... Où, quand, comment, je l'ignore, et c'est votre affaire...

— J'en ai l'habitude...

C'était vrai. Souvent on avait recours aux talents de photographe de Barnacle et à son air miteux. Lorsqu'on désirait la photo d'un suspect, il s'installait à un endroit où celui-ci passerait probablement et, son Leica sur la poitrine, jouait les photographes ambulants qu'on voit, de plus en plus nombreux, aux Champs-Élysées, sur les Grands Boulevards et un peu partout dans Paris.

Il avait même fait imprimer, comme eux, de petits cartons avec un nom, une adresse fictifs et un numéro, qu'il poussait dans la main des gens.

— Elle habite boulevard de Courcelles et suit des cours à la Sorbonne. Elle a une amie boulevard Saint-Germain, la fille du docteur Bouet, dont vous trouverez le numéro à l'annuaire. En dehors de ça, j'ignore qui elle fréquente et où elle passe ses journées.

— Elle possède une voiture ?

— Si oui, c'est récent, car elle n'a que dix-huit ans. Son oncle est un personnage important, maître des requêtes au Conseil d'État, et je suppose qu'il a auto et chauffeur... Je vous avertis que, si vous vous adressez au concierge, il s'empressera d'en avertir le cabinet du préfet... Celui-ci nous interdit strictement de nous occuper d'elle... Vous voyez le tableau ?

— Cela prendra peut-être un peu plus de temps... Vous pouvez me dire à quoi elle ressemble ?

Maigret lui fournit la description de Nicole Prieur.

— Par un temps comme celui-ci, soliloquait monsieur Barnacle, il y a des chances pour qu'elle n'ait pas passé l'après-midi chez elle. Ces gens-là dînent tard... Il me reste peut-être le temps...

A la porte, il se retourna avec, sur son visage grisâtre, ce qui pouvait passer pour un sourire.

— Surtout, en cas d'ennuis, ne bougez pas pour moi... Depuis si longtemps que j'ai envie de leur dire merde !...

Maigret n'en revenait pas. Ce mouton résigné qu'avait toujours été Barnacle se révélait, à trois mois de la retraite, un mouton enragé. Il ajoutait avec un ricanement :

— Ils n'ont pas le droit de toucher à ma retraite... Ils me la doivent, vous comprenez ?... C'est mon argent, de l'argent qu'ils m'ont retenu pendant toutes ces bon Dieu d'années...

Maigret signa des pièces posées sur son bureau. Il n'y avait rien de nouveau à tenter sans la photographie. Il se sentait vide, inutile.

Il poussa pourtant, par habitude, comme chaque soir avant de quitter la P.J., la porte du bureau des inspecteurs. Lucas était là, le crâne plus dégarni que quand il était entré dans le service du commissaire.

— Viens un instant...

Il s'en voulait de ne pas le mettre au courant. Ce n'était pas à cause des ordres du préfet, puisqu'il avait parlé à Janvier, mais parce qu'il n'avait pas le courage de raconter à nouveau cette histoire humiliante.

— Entre... Tu peux t'asseoir...

— Ça ne va pas, patron ?

— Pas trop, non... Peu importe... Tu ne connais par hasard personne qui suive des cours en Sorbonne, toi ?

— Des cours de quoi ?

— Je l'ignore.

— Vous savez, ils sont des milliers d'étudiants et d'étudiantes...

Lucas regardait le tapis, avec l'air de réfléchir.

— Je connais bien un des concierges, qui est vaguement parent de ma femme, mais ce n'est jamais qu'un concierge...

— Vous êtes en bons termes tous les deux ?

— Je le rencontre tous les trois ou quatre ans à l'occasion d'une réunion de famille, d'un deuil ou d'un mariage...

— Peux-tu lui téléphoner et lui donner rendez-vous quelque part ?... Dans un café, par exemple ?...

— Je vais voir s'il est de service...

— Téléphone d'ici.

L'homme plus ou moins cousin de Mme Lucas s'appelait Oscar Coutant et on finit par l'avoir au bout du fil.

— Lucas, oui... Comment vas-tu ?... Non... Elle se porte très bien... Elle me prie de te dire le bonjour de sa part... Tante Emma ?... Il y a au moins trois mois que nous ne l'avons vue... Toujours aussi sourde, oui... Dis donc... J'aimerais te rencontrer pour te demander un renseignement... Rien d'important... J'aime autant ne pas me montrer là-bas... Comment ?... Six heures et demie ?... J'ai le temps d'arriver... Le premier à gauche, en partant du boulevard Saint-Michel ?... J'y serai...

Lucas lançait à Maigret un coup d'œil interrogateur.

— C'est d'accord... A tout de suite, vieux...

Et, au commissaire :

— On l'a eu juste au moment où il s'apprêtait à partir... Il nous attendra dans un bar, rue Monsieur-le-Prince, où il a l'habitude de s'arrêter pour prendre l'apéritif... C'est sur son chemin... Qu'est-ce que je lui demande ?...

— Il vaut mieux que je t'accompagne. Appelle vite un taxi...

Sauf un peu de vin aux repas... avait décrété Pardon.

C'était le quantième bar dans lequel Maigret avait été obligé de pénétrer depuis vingt-quatre heures ? Il aurait pu commander des jus de fruits, bien sûr...

L'Oscar Coutant, à quarante ans, avait les contours douillets des hommes qui restent immobiles toute la journée et qui sont portés sur les apéritifs. On le sentait fier de son poste, qu'il devait tenir avec dignité, sinon avec solennité. Il travaillait à la Sorbonne. Des professeurs illustres lui serraient la main en passant. Des étudiants qu'il n'hésitait pas à morigéner à l'occasion portaient des noms connus et seraient un jour banquiers ou ministres.

— Je te présente le commissaire Maigret, mon patron...

— Enchanté... Je ne vous ai jamais vu chez nous...

Il ne parlait pas de son appartement, évidemment, mais de la Sorbonne.

— A votre service, monsieur le commissaire... On aime toujours rencontrer des gens célèbres... Et quant à être célèbre, vous, alors !... Je vous voyais plus gros, si vous me permettez de dire mon opinion... Plus gros et plus grand... Nous devons avoir la même taille et, quant à moi, je pèse quatre-vingts... Qu'est-ce que vous prenez ? Un petit anis ?... Jules ! Remets-moi ça et deux anis pour ces messieurs... Ainsi, vous vous intéressez à un de nos mômes ?

— Je me demande si vous connaissez une étudiante du nom de Nicole Prieur...

— La nièce du...

— Oui...

— Ça, c'est la bande de l'Étoile, des gosses qui nous donnent du fil à retordre et avec qui il faut se montrer ferme... Ils sont une vingtaine, garçons et filles, qui arrivent dans des autos de grand sport, des Jaguar, des Ferrari, que sais-je, et qui les parquent aux places réservées aux professeurs... Heureusement que tous les professeurs n'ont pas de voiture et circulent le plus souvent en métro...

— Quels cours suit-elle ?

— Attendez que je me mette le tableau en tête... nous tenons tout ça à jour, vous comprenez, mais il y a tant de noms à retenir...

A l'écouter, on aurait pu croire qu'il portait tout le poids de la Sorbonne sur les épaules.

— Bon... Ça me revient... Elle est à l'histoire de l'art, avec une copine, la fille d'un médecin, Bouet...

— Qui d'autre appartient à cette bande de l'Étoile ?

— Nous l'appelons ainsi parce qu'ils habitent la plupart aux environs de l'Arc de Triomphe, avenue Hoche, avenue Marceau, avenue Foch et ainsi de suite... Le plus enragé est le fils d'un ambassadeur sud-américain, qui conduit une Ferrari bleue décapotable... Il s'appelle Martinez, et une grappe de filles l'accompagnent toujours... Un autre, un grand blond, est le fils Dariman, des produits chimiques... Vous savez, la bande n'est pas toujours la même... Ça se dispute... on voit des nouveaux ou des nouvelles... Le soir et une bonne partie de la nuit ils se retrouvent dans un club...

— Vous savez où ?

— On en a parlé dans les journaux... Bien sûr, je ne fréquente pas ces endroits-là et je ne suis pas très au courant... C'est avenue de la Grande-Armée ou dans les parages... Au restaurant du rez-de-chaussée, tout qui en a les moyens peut aller manger... Le club est au sous-sol et il paraît qu'il faut en être membre pour y entrer... Attendez... Je cherche le nom... Je l'ai au bout de la langue...

— Le Club des Cent-Clés ?... suggéra Lucas.

— C'est ça... Comment sais-tu ?...

— Parce que, comme toi, je l'ai lu dans le journal... Une fois admis comme membre, on reçoit une clé symbolique, une clé dorée, qui est supposée ouvrir les portes du club...

Maigret se levait. Le cousin s'apprêtait en effet à commander une nouvelle tournée et à se lancer dans d'interminables considérations sur la Sorbonne.

— Je vous remercie et vous prie de bien vouloir m'excuser...

Un peu plus tard, boulevard Saint-Michel, il se laissait tomber sur la banquette d'un taxi et lançait :

— Boulevard Richard-Lenoir...

— Entendu, commissaire...

D'ici à ce que le préfet de police interdise aux chauffeurs de taxi de le reconnaître !

Il avait rarement eu autant l'envie de rentrer chez lui et de retrouver les yeux tendres et gais de sa femme.

5

Dès qu'elle reconnut son pas dans l'escalier, elle vint lui ouvrir la porte, en robe d'intérieur à fleurs et en pantoufles. L'appartement sentait l'encaustique.

— Je te demande pardon de ne pas être habillée, mais, quand tu m'as fait téléphoner que tu ne rentrerais pas déjeuner, j'ai pensé que tu étais sur une nouvelle affaire et j'en ai profité pour cirer le parquet. Qu'est-ce que tu as ? Tu es préoccupé ?

— Je suis sur une nouvelle affaire, comme tu dis. L'affaire Maigret.

Il souriait un peu jaune, car il est pénible, vers la fin d'une carrière comme la sienne, de voir ses chefs douter de vous, surtout quand il s'agit d'un jeune coq orgueilleux et frémissant d'ambition comme le préfet.

Si l'indignation du matin s'était dissipée, il n'en restait pas moins un fond d'amertume que le commissaire s'était efforcé de ne pas montrer à ses collaborateurs, à son brave Janvier et à Lucas en particulier.

— Il se pourrait que nous soyons à Meung-sur-Loire plus tôt que nous ne le pensions...

— De quoi parles-tu ?

— L'histoire de la nuit dernière... Cette fille qui a téléphoné et que je suis allé rejoindre rue de Seine...

— Ne me dis pas qu'on l'a retrouvée morte ?

— Pour moi, c'est presque pire. Elle est rentrée chez elle, à huit heures du matin. Elle habite boulevard de Courcelles et son oncle est un personnage important de la République...

— C'est drôle. J'ai pensé toute la journée à cette fille-là et à ce qu'elle t'a raconté. Quelque chose me chiffonnait...

— Elle m'accuse de l'avoir interpellée dans un café où elle s'était arrêtée pour téléphoner à une amie et d'avoir tenté de la séduire en lui promettant de la faire assister à une arrestation. Profitant de son innocence, je l'aurais enivrée, la traînant de bar en bar, pour la faire entrer enfin, inconsciente, dans une chambre d'hôtel, où je l'aurais dévêtue contre son gré...

— Qui a cru cela ?

— Tous ces messieurs, semble-t-il, à commencer par le ministre de l'Intérieur, pour continuer par le préfet de police...

— Tu as donné ta démission ?

— Pas encore.

— Tu vas te défendre, j'espère ?

— J'essaie, depuis onze heures du matin... C'est un peu pour cela que je t'invite à dîner en ville...

— Tu tombes bien. Comme j'ignorais à quelle heure tu rentrerais, je n'ai qu'un dîner froid... Comment veux-tu que je m'habille ?

— Ce que tu as de mieux...

Quelques minutes plus tard, sous la douche, il essayait d'entendre ce que lui disait sa femme. Ils étaient obligés de parler très fort.

— Tu as interrogé cette fille ?

— On m'interdit de m'approcher d'elle ou de son domicile.

— Pourquoi a-t-elle fait ça ? Tu as une idée ?

— Pas encore... Cela viendra peut-être ce soir...

Ils s'habillaient, échangeant des phrases confiantes. Mme Maigret ne s'était pas affolée et elle avait prononcé la première le mot « démission ». Pas un instant elle n'avait douté de son mari, et elle n'avait rien perdu de sa bonne humeur.

— Où allons-nous ?

— Dans un restaurant qui a deux étoiles dans le Michelin, avenue de la Grande-Armée.

On vivait les jours les plus longs de l'année. Le soleil n'était pas couché et Paris ouvrait toutes ses fenêtres à l'air fraîchissant du soir. Des hommes en bras de chemise fumaient leur pipe ou leur cigarette en regardant les passants, des femmes en tenue de nuit s'interpellaient d'une fenêtre à l'autre, et, en marchant le long des trottoirs, on entendait des radios discordantes.

Tous deux descendirent dans le métro. Des collègues taquinaient

Maigret à ce sujet. Il était un des rares, au Quai, à ne pas posséder de voiture. Cela tenait en partie à ce que, lorsqu'il était en âge d'apprendre à conduire et à y trouver du plaisir, il n'en avait pas les moyens.

Maintenant, il était trop tard. Il risquerait de rester le nez en l'air à regarder le soleil jouer dans le feuillage des arbres, à se retourner sur un passant ou une passante, ou encore, au cours d'une enquête, de se perdre dans une de ses rêveries maussades.

Il y pensait avec ironie, assis à côté de sa femme dans le wagon, balancé, comme elle et les autres voyageurs, de gauche à droite et de droite à gauche, d'avant en arrière et d'arrière en avant.

Mme Maigret aurait pu le piloter. Beaucoup d'hommes se font conduire par leur femme.

— Tu me vois, moi, responsable d'une tonne de ferraille lancée à cent kilomètres à l'heure ? J'aurais tellement peur de faire mal à quelqu'un !... Surtout que les agents vous obligent sans cesse à rouler plus vite...

Janvier avait une 6 CV. Lucas parlait d'en acheter une. Maigret y serait obligé quand il vivrait à Meung-sur-Loire, à moins de mener avec sa femme la vie d'un couple de provinciaux de 1900. A la campagne, il s'habituerait peut-être, sans craindre de prendre les feux rouges pour des ballons d'enfant. Il en serait quitte, comme autrefois, pour venir à Paris par le train.

— A quoi penses-tu ?

— A rien...

A rien et à tout, à la vie, à sa carrière, à l'entrevue du matin dans le cabinet du préfet, à Manuel dans sa voiture d'infirme et à l'étrange fille qu'était Aline.

Le restaurant, aux vitres discrètement voilées de tulle, se trouvait presque au bas de l'avenue. Il était confortable, élégant, à moitié vide, car une partie de sa clientèle était déjà à la campagne ou à la mer. A droite de l'entrée, un escalier conduisait au sous-sol, où un grand rideau rouge était tendu.

— Vous désirez une table près d'une des fenêtres ?

— Ici.

Maigret en désignait une en face de l'escalier, faisait passer sa femme sur la banquette, étudiait la carte.

— Tu aimerais du canard à l'orange ?

— Qu'y a-t-il d'autre ?

— Une page entière...

Ils finirent par choisir une vichyssoise rafraîchissante et le canard, qui était le plat du jour. Le maître d'hôtel avait rejoint les garçons et devait leur souffler :

— C'est le commissaire Maigret...

Tous le regardaient curieusement. Il y était habitué mais, malgré l'opinion du préfet, ce n'était guère agréable.

— Tu as une raison pour avoir choisi ce restaurant ? Nous n'y sommes jamais venus...

— Moi, oui, voilà longtemps, au cours de je ne sais plus quelle enquête... Si je ne me trompe, je recherchais un escroc international qui avait l'habitude de déjeuner ici...

— La maison paraît respectable...

— Les escrocs internationaux ne mangent que dans des maisons respectables et descendent dans les meilleurs hôtels...

Il était neuf heures. Une jeune femme entra et s'engagea dans l'escalier. Elle n'avait pas l'air d'une cliente, plutôt d'une préposée au vestiaire ou aux lavabos.

Dix minutes plus tard, ce fut le tour d'un homme aux traits fatigués. Lui non plus n'appartenait pas à la jeunesse dorée mais était du mauvais côté de la barrière, le côté de ceux qui servent les autres.

Le club, en bas, devait ouvrir plus tard et on procédait à présent à la mise en place, comme, le matin, dans les petits bars et les cafés.

On entendit, étouffées par le rideau rouge, quelques mesures de musique, puis d'autres, avec des tonalités différentes : on essayait des disques pour régler le son.

— Tu le trouves meilleur que le mien ?

— Non... Rien, au restaurant, n'est meilleur que chez nous...

Elle parlait du canard. Ils bavardaient de tout et de rien. Parfois, lorsqu'elle ne se sentait pas observée, Mme Maigret regardait gravement son mari, essayant de savoir jusqu'à quel point il était affecté. Il avait commandé un vieux saint-émilion auquel elle touchait à peine.

Se demandait-elle, elle aussi, s'il ne buvait pas trop et si cela n'entrait pas pour une bonne part dans sa fatigue ? Car il paraissait fatigué. Elle en avait parlé à Pardon, en chuchotant, entre deux portes. Son mari en avait été conscient. Qu'est-ce que le médecin lui avait répondu ?

— Fromage ? J'aperçois un brie bien tentant...

— J'en prendrai un petit morceau...

— Dites-moi, maître d'hôtel... Le club qui se trouve au sous-sol...

— Oui, monsieur... Le Club des Cent-Clés...

— Pourquoi cent ?

— Ce n'est pas de mon ressort... Je m'occupe du restaurant, pas du club...

— Tout le monde peut y pénétrer ?

— Non. C'est strictement privé. Il est indispensable d'être membre.

— Comment s'inscrit-on ?

— Vous désirez vraiment en faire partie ?

Il paraissait surpris, regardait tour à tour le commissaire et Mme Maigret, que cet examen faisait rougir.

— Cela vous étonne ?

— Non... Oui... C'est surtout un club de jeunes, qui viennent ici pour danser... Ils ne tarderont pas à arriver... Voulez-vous que j'appelle l'animateur ?

Il était déjà en route pour le sous-sol, où il restait assez longtemps et d'où on le revoyait surgir en compagnie d'un homme jeune, en smoking, que Maigret croyait reconnaître.

— Voici M. Landry, qui vous fournira tous les renseignements...

Celui-ci tendait la main.

— Bonsoir, monsieur le commissaire...

Il s'inclinait devant Mme Maigret.

— Très honoré, madame... Peu de gens, à Paris, ont la chance de vous connaître, car votre mari ne vous montre pas volontiers en public... Vous permettez ?...

Il saisissait une chaise par le dossier, s'y asseyait, sortait de sa poche un étui à cigarettes en argent.

— La fumée ne vous dérange pas, je suppose ?

Il avait dans les trente-cinq ans. Son smoking était d'une coupe parfaite et il le portait avec l'aisance de ceux qui s'habillent tous les soirs.

Beau garçon, on pouvait peut-être lui reprocher trop d'assurance, quelque chose de narquois, sinon d'agressif dans le regard. Son sourire était charmant, charmeur même, mais on sentait qu'à la moindre menace il sortirait ses griffes.

— On m'apprend que vous vous intéressez à notre club ?

— Je suis tenté de m'y inscrire... A moins qu'il n'existe une limite d'âge ?...

— Il en a été question, au début... On a parlé de trente ans, ce qui aurait écarté d'excellents éléments... Vous avez entendu parler des Cent-Clés, monsieur le commissaire ?

— Assez vaguement, et je suis un peu surpris de vous retrouver ici... Vous occupez, m'a-t-on dit, le poste d'animateur ?...

— De secrétaire, d'animateur, d'homme à tout faire, en quelque sorte... Le mot « animateur » est à la mode.

Maigret l'avait connu alors que Landry n'avait guère plus de dix-huit ans. Il débarquait de province. Son père était directeur des postes à Angers ou à Tours, en tout cas dans une des grandes villes des bords de la Loire. Impatient de faire son chemin dans la vie parisienne, il écrivait des échos pour les journaux, se faufilant habilement dans la foule des réceptions et des cocktails où il pouvait approcher des gens connus.

Un jour, il était venu voir Maigret Quai des Orfèvres, plein d'assurance, exhibant une carte de presse d'un hebdomadaire spécialisé dans les révélations sensationnelles.

Marcel Landry ne doutait de rien, surtout pas de lui.

— Vous comprenez, monsieur le commissaire, ce qui intéresse nos lecteurs, ce n'est pas l'organisation de la P.J., dont la presse quotidienne a souvent parlé, mais les dessous d'une maison où vient échouer, si je peux dire, tout le linge sale de Paris...

» J'espère que l'expression ne vous choque pas... Il ne s'agit pas de publier des noms, bien entendu... Et je peux ajouter que mon journal n'hésiterait pas à y mettre un assez gros prix...

Il était trop jeune à l'époque pour que Maigret se fâche, et le commissaire l'avait assez gentiment flanqué à la porte. Deux ou trois ans plus tard, il avait entendu sa voix à la radio, où il était devenu speaker commercial.

Ensuite, il y avait eu un vide. Landry était de ces personnages qu'on rencontre partout pendant un certain temps, à qui on s'habitue à serrer la main sans savoir au juste qui ils sont, qui disparaissent soudain sans raison apparente et qu'on voit refaire surface sous une nouvelle forme.

De quels métiers obscurs Landry avait-il vécu pendant des années ? S'il avait enfreint la loi, ce n'était pas arrivé jusqu'aux oreilles de la police. On l'avait retrouvé secrétaire d'une vedette de la chanson à qui il servait de chevalier servant.

L'ayant quittée deux ou trois ans plus tard, il écrivait des Mémoires révélant les moindres détails de la vie intime de la vedette, qui lui intentait un procès.

L'avait-elle gagné ou perdu, Maigret l'ignorait, et voilà qu'il avait devant lui, souriant et nerveux à la fois, le jeune d'autrefois, vieilli de seize ou dix-sept ans, mais encore dans un remarquable état de fraîcheur.

— Le Club des Cent-Clés, voyez-vous, diffère des clubs qui s'ouvrent chaque semaine à Paris en ceci qu'il est un vrai club. Il faut réellement en être membre pour franchir le rideau rouge du sous-sol. Quant au chiffre cent, il est là pour limiter le nombre des membres, qui n'est d'ailleurs, à ce jour, que de quatre-vingt-cinq ou quatre-vingt-six...

— Des jeunes gens et des jeunes filles appartenant à des familles fortunées, je suppose ?

— Pour arriver à une sélection, nous avons fixé la cotisation à six cents francs... Par contre, les consommations sont tarifées à peine au-dessus du prix coûtant... Vous dansez ?

Maigret fut si surpris qu'il ne comprit pas immédiatement le sens de la question.

— Vous dites ?

— Je vous demande si vous aimez la danse, les danses modernes, évidemment, car vous ne vous attendez pas à ce qu'ici on danse la valse ou la polka... Vous dansez aussi, madame Maigret ?

Ne sachant que répondre, elle regardait son mari pour l'appeler à son secours.

— Nous dansons tous les deux, eh oui !... Cela vous surprend ?

— Un peu... Je ne vous ai jamais vu sur une piste de danse, et la réputation qu'on vous fait...

— Celle d'un gros balourd qui tète sa pipe, l'air grognon...

— Je n'ai pas dit ça... Vous voulez sérieusement vous faire inscrire ?

— Sérieusement.

— Vous connaissez deux membres du club pour vous servir de parrains ? Ceci aussi vous confirme qu'il s'agit d'un véritable club. Tout candidat doit être présenté par deux parrains, et un comité de douze membres décide, à la majorité, de son admission...

— Si je pouvais jeter un coup d'œil sur la liste des membres, j'y trouverais certainement plus de deux personnes de ma connaissance qui appuieraient ma candidature...

Marcel Landry ne broncha pas. Tous deux savaient qu'ils jouaient la comédie. Landry fixait sur le commissaire un regard aigu, plus intrigué qu'inquiet, retrouvait son sourire et se dirigeait vers l'escalier. Quand il revint, il tenait à la main un registre relié de cuir rouge.

— Ce cahier est toujours à la disposition des membres, sur un guéridon, derrière le rideau. Comme vous le verrez, il ne contient pas seulement les noms et les adresses des cotisants mais encore ceux des parrains de chacun...

» Je serais surpris que vous y trouviez de vos clients...

» A la lettre *A* : Abouchère, fils du sénateur Abouchère... Vicomte d'Arceau... Chez nous, il ne porte pas son titre... Son père est membre du Jockey-Club et il en sera membre à son tour comme l'ont été son grand-père et le père de son grand-père... Barillard, des Huiles Barillard... Mlle Barillard épouse le mois prochain Éric Cornal, des Biscuits Cornal, qu'elle a connu ici... Ce registre pourrait être considéré comme le Bottin mondain des jeunes...

» Certains poursuivent leurs études, et nous les voyons peu en ce moment, car c'est la période des examens... D'autres travaillent... Nous avons aussi des couples...

Les adresses étaient toutes ce qu'on appelle de bonnes adresses, de celles qui classent un personnage.

Maigret laissait glisser un doigt sur la page en remuant les lèvres. Son index s'arrêtait sur un nom.

« François Mélan, 38 ans, stomatologiste, 32 *bis* rue des Acacias. »

— N'est-ce pas le dentiste qui est installé dans un petit hôtel particulier ?

— J'avoue que je n'ai jamais mis les pieds chez lui. Il vient souvent, bien qu'il ne danse guère. Il paraît que c'est un homme d'une intelligence remarquable...

Le doigt descendait, s'arrêtait à nouveau cependant que Maigret s'efforçait de ne pas montrer son intérêt.

« Nicole Prieur, 17 ans, 42 boulevard de Courcelles... »

Le plus intéressant se trouvait plus loin, dans la colonne réservée aux parrains. Ceux-ci, pour Nicole, n'étaient autres que le docteur François Mélan et Martine Bouet.

— Mlle Bouet n'est-elle pas une grande blonde ?

— Je vois que vous la connaissez. C'est une des meilleures danseuses du club... Très amie avec Mlle Prieur...

— Mlle Prieur vient souvent ?

Les doigts de Landry tapotaient la table. Peut-être n'avait-il rien à se reprocher, mais, dans la carrière indécise qu'il avait choisie, et avec ses ambitions, il n'était pas prudent de se mettre la police à dos.

Les instructions du préfet n'étaient pas encore arrivées avenue de la Grande-Armée. Mme Maigret, pour sa part, assistait avec curiosité au travail de son mari. C'était la première fois qu'elle en avait l'occasion et elle s'évertuait à deviner ce qui se cachait sous les répliques banales en apparence que les deux hommes échangeaient.

— Mlle Prieur est une de nos plus fidèles... On la voit deux ou trois fois la semaine pour le moins...

— Seule ?

— Seule ou avec une bande...

— Elle reste jusqu'à la fermeture ?

— Assez fréquemment.

— A quelle heure fermez-vous ?

— Cela dépend de l'ambiance. Des membres, parfois, amènent avec eux une vedette du théâtre ou du cinéma, un chanteur, une chanteuse, une célébrité quelconque... Il nous est arrivé d'éteindre à six heures du matin, mais le plus souvent, à deux heures, trois heures, il n'y a plus personne...

— Mlle Prieur est déjà venue en compagnie de son oncle ?

— Une fois, au début. Pour la plupart des jeunes filles, c'est presque une tradition. Le premier soir, les parents tiennent à se rendre compte par eux-mêmes... M. Prieur nous a tous étonnés... On s'attendait à voir un personnage solennel... Vous le connaissez ?

— Non.

— Il est maître des requêtes au Conseil d'Etat, on prétend que c'est un de nos plus savants juristes. Eh bien ! imaginez un homme de cinquante ou cinquante-cinq ans, large d'épaules, au visage sculpté comme celui d'un paysan, à la barbe courte et drue qui lui couvre le visage et aux sourcils touffus... Un sanglier débonnaire... Il a commandé un double whisky... Moins d'un quart d'heure plus tard, il était sur la piste, dansant avec sa nièce... Il est resté deux heures et, en sortant, il m'a félicité, ajoutant que, s'il n'avait pas pris l'habitude de se lever de très bonne heure, il se serait attardé davantage...

— On se fait des idées fausses sur les gens... Il n'est pas revenu ?

— Non.

— La nuit dernière non plus ?

— Certainement pas.

— Avec qui se trouvait Mlle Prieur la nuit dernière ?

— La nuit dernière ?... Attendez !... Il faut que je fasse mentalement le plan des tables... La nuit dernière, je ne l'ai pas vue...

— Son amie non plus ?

— Vous parlez de Martine Bouet ?... Non... Je ne la situe pas non plus...

— Je vous remercie...

— Vous désirez toujours poser votre candidature ?... Vous avez trouvé dans cette liste des parrains éventuels ?...

— Il n'en manque pas... J'y penserai... Je vois que vos membres commencent à arriver...

— Il est temps, en effet, que je descende...

— A propos, connaissez-vous Manuel ?

— L'acteur ?

— Manuel Palmari...

— Que fait-il ?

— Rien.

— Je ne vois pas... Non... Je devrais le connaître ?...

— Il vaut mieux pas... Merci encore, monsieur Landry.

— Vous ne voulez pas venir jeter un coup d'œil en bas ?... Vous non plus, madame ?... Dans ce cas, permettez-moi...

Mme Maigret attendit patiemment que son mari ait payé l'addition et qu'ils soient tous deux dehors pour demander :

— Tu as appris ce que tu voulais ?

— J'ai appris beaucoup de choses, mais j'ignore leur importance... Tant que nous sommes dans le quartier, passons donc par la rue des Acacias...

Chemin faisant, il soupira :

— Pourvu que Nicole Prieur n'ait pas l'envie de venir danser ce soir au club.

— Tu crois qu'il parlera ?

— Il l'avertira sûrement et lui dira que je l'ai questionné avec insistance à son sujet... Si elle le répète à son oncle, demain nous pouvons commencer nos bagages...

Il disait cela d'un ton si léger qu'elle remarqua en lui serrant le bras plus fort :

— Tu es triste ? Tu essaies de me le cacher ?

— Non. Au point où j'en suis, vois-tu, je me demande ce que je préfère : m'en aller ou continuer...

— Le choc a été très dur, ce matin ?

— Assez... J'étais, pour la première fois de ma vie, du mauvais côté du bureau... Je me demande si j'aurai encore le cœur de procéder à certains interrogatoires...

— Pourquoi ne t'es-tu pas défendu ?

— Parce que cela n'aurait servi à rien et que j'aurais risqué de me mettre en colère...

— Tu crois que cette fille...

— Elle ne compte pas... Ce n'est qu'un pion... Tout est trop bien machiné, y compris la question des heures, les deux témoignages possibles... Martine Bouet, d'abord... Le jeton de téléphone... Un seul... Puis Désiré... Elle n'a certainement pas titubé devant lui et ne lui a pas parlé comme une femme ivre... C'est à moi qu'elle parlait à mi-voix et il ne pouvait pas l'entendre... Les bars où je suis censé l'avoir fait boire...

» La description qu'elle en fait peut s'appliquer à cinquante bars et caves de Saint-Germain-des-Prés et, dans une douzaine de ces endroits au moins, la foule est assez dense pour que nous puissions être passés inaperçus...

» L'hôtel enfin, où je suis effectivement monté au second étage avec elle et où elle a été assez habile pour me retenir une bonne dizaine de minutes dans sa chambre...

— Tu as une idée ?

— Des bouts d'idées... Beaucoup de bouts... Par malheur, un seul de ces bouts est le bon et il importe de bien choisir...

La rue des Acacias était presque déserte. Des fenêtres restaient éclairées, y compris deux des fenêtres de la maison du dentiste. Maigret s'approcha de la plaque qu'il n'avait vue que de loin lors de sa visite à Manuel :

Dr François Mélan, stomatologiste.
De 10 h à midi et sur rendez-vous.

— Pourquoi met-il « stomatologiste » ?

— C'est plus distingué que dentiste.

Il leva les yeux vers les fenêtres de Manuel et aperçut Aline, accoudée, qui fumait une cigarette.

Quelques mètres plus loin, un homme qui se tenait dans une encoignure murmura au passage de Maigret et de sa femme :

— Bonne nuit, monsieur le commissaire...

C'était Jaquemain, un de ses inspecteurs, qui allait passer la nuit dans la rue.

— Bonne nuit, vieux...

Le couple prit le métro aux Ternes. La journée avait été déprimante mais se terminait, grâce à Mme Maigret, dans une sérénité relative. Boulevard Richard-Lenoir, une grosse lune, teintée de rose, les regardait marcher, bras dessus, bras dessous, vers leur maison.

Un accident de la circulation retarda l'autobus dans lequel il avait pris place, et il arriva Quai des Orfèvres à neuf heures dix.

— Personne ne m'a demandé ?

— Non, monsieur le commissaire... Seulement l'inspecteur Lourtie...

— Je le verrai après le rapport...

Il prit les dossiers sur son bureau et se précipita vers le bureau du directeur, où les autres chefs de division se trouvaient déjà réunis.

— Je m'excuse, monsieur le directeur...

— Vous disiez, Bernard ?

Le chef de la Police des jeux continuait son rapport d'une voix monotone.

— Bon... Et vous, Maigret ?... Cette bijouterie, hier encore...

Maigret s'était attendu à une séance pénible, à des regards fuyants ou réprobateurs, mais il semblait que rien n'avait transpiré de ce qui s'était passé la veille chez le préfet.

La routine de chaque matin. Les fenêtres ouvertes. Des oiseaux qui chantaient. Un clochard, au bord de la Seine, qui lavait son linge avec application.

Un quart d'heure plus tard, Barnacle, toujours vêtu de noir, se glissait dans le bureau de Maigret.

— J'en ai trois, annonçait-il en tendant des photos agrandies, mais je ne sais pas quelle est la bonne...

Il voulait dire la bonne jeune fille, c'est-à-dire Nicole Prieur. La première, une personne joufflue aux yeux naïfs, ne lui ressemblait en rien. La seconde avait à peine seize ans, ce qui inclinait à penser que les connaissances du pauvre Barnacle en matière de jeunes filles étaient restées rudimentaires.

La troisième était bien Nicole, vêtue d'une robe claire, un sac à main blanc sous le bras.

— J'ai une autre photo d'elle, en pied...

L'inspecteur la sortait, comme un prestidigitateur, d'une poche de son veston flottant. Le cliché avait été pris devant les grilles du parc Monceau, où la jeune fille tenait en laisse un teckel occupé à faire ses besoins.

— C'est ce que vous souhaitiez ?

— Parfait, Barnacle.

— Vous en désirez d'autres exemplaires ?

— Si possible, oui. Trois ou quatre...

Cela avait déjà moins d'importance, à présent. Sans Oscar, le petit-cousin de Lucas, ou plutôt de Mme Lucas, ces photographies auraient joué un plus grand rôle. Elles en joueraient peut-être encore un, bien que le commissaire crût tenir un bout de piste.

— Vous voulez que je vous les tire tout de suite ?

Maigret oubliait un peu que l'inspecteur avait risqué sa place pour aller prendre ces photographies à la sauvette.

— Vous avez eu du mal ?

— Pas trop... Vous savez, dans la rue, je ne suis pas voyant... Je me confonds avec le paysage... Dans les squares et les parcs, on trouve presque toujours un ou deux types dans mon genre et on n'y fait plus attention...

Il parlait de lui sans amertume ni ironie.

— Elle ne s'est aperçue de rien, tout occupée de son chien qui refusait de traverser la chaussée et qu'elle a dû prendre sous le bras. J'ai un cliché d'elle avec le chien sous le bras, mais il est flou et je ne l'ai pas tiré...

— Merci, Barnacle... Vous êtes un chic type...

— C'est vous qui avez toujours été chic avec moi...

Barnacle parti, ce fut le tour de Janvier.

— C'est la jeune fille en question ?

— Oui. J'aimerais que tu te rendes rue Fontaine...

— Au Clou-Doré ?

— Oui. Montre la photo aux garçons. Essaie de savoir s'ils l'ont déjà vue au restaurant. Tu peux aussi pousser une pointe dans les environs...

— Vous ne sortez pas, patron ?

— Si. Je vais rue des Acacias.

— Vous n'avez pas besoin de moi pour vous conduire ?

— Je préfère que tu ailles à Montmartre avant l'heure du coup de feu. Dis à Lucas de m'attendre en bas avec une voiture...

Il y avait déjà une buée chaude dans l'air, comme cela se voit au-dessus de la mer, et les Champs-Élysées vibraient dans une lumière dorée.

— Merci pour le cousin, mon vieux Lucas.

— De rien, patron. Il me vaut une bonne gueule de bois. Il était si fier de vous avoir rencontré et d'avoir trinqué avec vous que les anis ont succédé aux anis. Désormais, il va parler de son ami Maigret comme s'il vous connaissait depuis les bancs de l'école... Où dois-je vous arrêter ?... Chez Manuel ?

C'était déjà devenu une habitude.

— Si tu veux. Je me rends dans la maison d'en face.

— Je vous attends ?

— Oui. Il est possible que ce soit très court.

Il sonna à la porte. Une femme au visage allongé, au type espagnol, l'observa sans aménité en demandant :

— Vous désirez ?

— Voir le docteur.

— Vous avez rendez-vous ?

— Oui.

— Alors, montez... La porte de droite...

Elle le suivit des yeux tandis qu'il gravissait les marches de vieux chêne couvertes en partie d'une moquette verdâtre et tachée. Le tablier de la bonne était taché aussi. Mme Maigret aurait trouvé la maison mal entretenue.

6

Il ne se pressait pas, pour le plaisir de faire poireauter plus longtemps la bonne dans le corridor du rez-de-chaussée. Et, tout en montant, il essayait de définir l'odeur qui régnait dans la maison, une odeur qu'il connaissait, qui n'était pas sans charme, qui remontait aussi loin que son enfance : celle des vieilles maisons, des boiseries humides, avec un relent de terreau.

Le petit hôtel particulier devait avoir conservé un jardin à l'arrière, comme on en trouve encore à Paris, avec un arbre que, toujours à cause de l'odeur, Maigret aurait parié être un tilleul.

Il ne s'était jamais trouvé plus en porte à faux qu'ici, car il n'avait aucun droit d'y être et, si le dentiste se plaignait le moins du monde, le commissaire serait désavoué et aurait des comptes à rendre.

On aurait dit qu'il accumulait à plaisir les fautes que le préfet lui reprochait. A peine lui parlait-on de son goût pour les indicateurs qu'il se précipitait chez Manuel, qui en était un.

On lui interdisait de parler de Nicole et il allait, dans un bistrot, questionner à son sujet un employé de la Sorbonne.

La moindre allusion à cette affaire, à la P.J., était défendue, et il mettait Janvier au courant, puis Lucas, envoyait le pauvre Barnacle photographier clandestinement la demoiselle.

Enfin, sous un prétexte si transparent que Marcel Landry ne s'y était pas laissé prendre un instant, il se faisait montrer le registre d'un cercle privé auquel la nièce du maître des requêtes appartenait.

Toutes ces infractions en une seule journée ! Après s'être aventuré si loin, il ne voyait aucune raison de s'arrêter. Ou bien il réussissait, ou bien il échouait et, pour tout le monde, sa carrière s'achevait lamentablement.

Avait-il seulement découvert quelque chose ? Oui. Il ne mesurait pas encore la valeur du renseignement, mais il avait trouvé un lien entre deux femmes aussi différentes et vivant dans des milieux aussi opposés que Nicole Prieur et qu'Aline, la maîtresse de Manuel. Nicole avait eu le docteur Mélan comme parrain au Club des Cent-Clés. Une fois au moins, la veille, Aline s'était rendue chez le même médecin pour se faire soigner les dents.

Tout cela lui passa par la tête en quelques secondes et, arrivé au premier étage, il se dirigea, non vers la porte de droite, comme l'Espagnole le lui avait dit, mais vers celle de gauche. Il aimait assez voir l'intérieur des gens dont il s'occupait, surtout les pièces où il n'était pas invité.

La porte était fermée à clé ou au verrou et une voix fit au-dessous de lui :

— Vous ne connaissez pas votre droite ?

La domestique avait gravi quelques marches. Ses grands yeux noirs n'avaient pas beaucoup plus d'expression que ceux d'une vache au pré, mais ce n'en était pas moins une magnifique femelle.

Une plaque d'émail portait les mots : *Sonnez et entrez.*

Il sonna, tourna le bouton, se trouva dans une salle d'attente qui ressemblait à un salon de province, où une seule personne était assise, une femme encore assez jeune, d'apparence anxieuse et mal portante.

Dédaignant les magazines empilés sur un guéridon doré, elle restait immobile, les deux mains sur son sac, le regard fixé sur le tapis à fleurs. C'est à peine si elle lui jeta un coup d'œil indifférent avant de retourner à sa contemplation mélancolique.

Une porte s'ouvrit en face de lui et la secrétaire ou l'infirmière au long nez, dont Manuel lui avait parlé, l'apostropha sans aménité. Sa voix était sèche, son regard dur. C'était une de ces laides assez laides pour n'avoir pas connu de jeunesse, ni d'adolescence, et pour en rendre le monde entier responsable.

— Vous désirez ?

— Voir le docteur Mélan.

— Pour une consultation ?

— Oui.

— Vous avez rendez-vous ?

— Non.

— Le docteur ne reçoit que sur rendez-vous.

— La plaque, à droite de la porte, annonce, au contraire, qu'il reçoit de dix heures à midi et, l'après-midi seulement, sur rendez-vous.

— C'est une vieille plaque.

— J'ai été pris, la nuit dernière, d'une rage de dents, et l'aspirine ne me soulage pas. Je voudrais que le docteur...

— Vous êtes déjà venu ?

— Non.

— Vous habitez le quartier ?

— Non plus.

— Comment se fait-il que vous ayez choisi le docteur Mélan ?

— Je passais dans la rue et j'ai vu sa plaque...

— Suivez-moi...

Elle l'introduisait dans un petit bureau aux murs blancs, mais d'un blanc aussi douteux que le reste de la maison. Elle s'installa au bureau.

— Asseyez-vous... Je ne garantis pas que le docteur pourra vous voir entre deux clients, mais je vais à tout hasard remplir votre fiche. Votre nom ?

— Maigret... Jules Maigret...

— Profession ?

— Fonctionnaire...

— Age, adresse...

— Cinquante-deux ans... Boulevard Richard-Lenoir...

Elle ne bronchait pas. Il est vrai que sa tête était penchée sur la fiche et qu'il ne voyait pas ses yeux.

— Quelle est la dent qui vous fait souffrir ?

— Une molaire de droite, je ne sais pas laquelle, la seconde, je pense...

— Allez attendre à côté... Je ne vous garantis rien... Si vous êtes pressé, je vous conseille de chercher un autre dentiste...

— J'attendrai...

La fenêtre de la salle d'attente donnait bien sur un jardin et il y vit, au milieu d'une pelouse qui souffrait de la chaleur, le tilleul auquel il avait pensé.

Il vit aussi, contre un mur assez haut, une serre délabrée, des outils de jardinage, des plates-bandes mal entretenues.

Au-delà se dressait une maison de six ou sept étages. C'était l'arrière de la maison qu'on découvrait de la sorte et, à plusieurs fenêtres, du linge séchait sur des cordes.

Il s'assit, tripota sa pipe dans sa poche. Il l'aurait peut-être allumée s'il n'avait eu en face de lui la jeune femme au regard triste. Un tic-tac. Celui d'une pendule en marbre noir comme il y en avait dans les bureaux du Quai des Orfèvres. Elle marquait dix heures vingt minutes. Il se demandait s'il serait encore là à attendre quand elle marquerait midi.

Il s'efforçait de ne pas penser, de ne pas échafauder d'hypothèses, de garder l'esprit disponible et, pour passer le temps, il enregistrait de menus détails, le miroir, au-dessus de la cheminée, où les mouches, depuis des années, avaient laissé de petites traces brunes, les chenets Second Empire, les fauteuils dépareillés. Rien n'était laid en soi. La maison non plus, construite vers 1870 ou 1880, bien avant les immeubles locatifs de la rue.

Elle ne tarderait pas à disparaître. On sentait la fin proche et c'est peut-être pourquoi on ne faisait pas les frais d'un coup de peinture.

On devinait aussi la maison sans femme, sans enfants.

La troisième porte de la pièce était matelassée, comme encore chez de vieux notaires et dans quelques administrations. On n'entendait rien de ce qui se passait au-delà.

Le silence, d'ailleurs, régnait dans tout l'immeuble et c'est à peine si, la fenêtre fermée, on percevait quelques chants d'oiseaux dans le tilleul.

Dehors, il faisait chaud. Ici, la fraîcheur saisissait.

— Le docteur vous prie de l'excuser, mademoiselle... Il vous recevra dans quelques minutes...

C'était l'infirmière, à qui la jeune cliente répondait par un regard résigné.

— Veuillez me suivre, monsieur Maigret...

Elle ouvrait la porte rembourrée, puis la porte peinte en gris qui se trouvait derrière. Ils passaient brusquement de l'ombre au soleil. Un homme en blanc, assis devant un bureau Louis-Philippe, tenait entre ses doigts la fiche récemment remplie au nom du commissaire.

L'infirmière avait disparu. François Mélan prenait le temps de lire la fiche jusqu'au bout tandis que Maigret s'avançait de deux ou trois pas.

— Asseyez-vous...

Il était fort différent de ce qu'on aurait pu imaginer d'après la conversation de Marcel Landry et on le voyait plus mal encore que l'oncle de Nicole dans le sous-sol vibrant de musique du Club des Cent-Clés.

C'était un vrai roux, roux flamboyant, de ces roux que, dès l'enfance, leurs petits camarades appellent Carotte. Il levait la tête et on découvrait des verres épais, sans monture apparente, derrière lesquels vivaient des yeux d'un bleu limpide.

Il paraissait très jeune et, à trente-huit ans, on aurait pu le prendre pour un étudiant.

— Cette rage de dents vous a saisi brusquement ?

Il ne faisait pas allusion à la profession de Maigret et son regard était sans curiosité.

— Hier soir, oui, au moment de me mettre au lit...

— Vous en avez souffert auparavant ? Pendant les dernières semaines ?

— Non. J'ai plutôt de bonnes dents. Je ne suis pas allé plus d'une dizaine de fois de ma vie chez le dentiste...

— Nous allons voir ça...

Il se levait et Maigret faisait une nouvelle découverte : Mélan était immense et le dépassait de près d'une tête. Sa blouse, à peine plus fraîche que celle de l'infirmière, ne couvrait pas les genoux et son pantalon avait besoin d'un coup de fer.

Le fauteuil articulé se trouvait au milieu de la pièce, surmonté, comme d'habitude, par le disque d'une lampe couleur de pleine lune. Entre le fauteuil et la fenêtre, des instruments étaient rangés sur une table étroite.

Maigret s'installait, hésitant. On lui passait une chaînette derrière la nuque et on y attachait une serviette. D'une pression du pied sur la pédale, le docteur surélevait lentement le fauteuil.

Tout cela était banal. La même scène, avec les mêmes gestes, se passait à l'instant même chez des centaines de dentistes parisiens.

— Renversez la tête... Bien... Ouvrez la bouche...

Ici, le silence était moins total que dans le reste de la maison. Le cabinet donnait sur la rue. Il n'avait pas de vitres dépolies, mais des rideaux de tulle à travers lesquels on apercevait la façade crème d'en face, des fenêtres ouvertes, une femme qui allait et venait dans sa cuisine.

Les bruits de la rue montaient, une rumeur imprécise sur laquelle se détachaient quelques bruits plus aigus.

Mélan, impassible, passait un petit miroir sur une flamme, saisissait un instrument brillant.

— Ouvrez davantage, s'il vous plaît...

Alors qu'il se penchait, Maigret vit son visage de très près, comme à travers un verre grossissant. La peau était épaisse, rougeâtre, comme chez beaucoup de roux, granuleuse, avec quelques taches de son.

Le docteur ne parlait pas. Depuis que le commissaire était entré, il n'avait prononcé qu'un minimum de mots et, lorsqu'il s'était levé, déployant son grand corps, il l'avait fait avec la gaucherie d'un timide.

A l'aide d'un instrument pointu, il grattait la surface des molaires.

— Vous sentez quelque chose ?

— Non... essayait d'articuler Maigret, la bouche ouverte...

— Et maintenant ?

— Non...

— Ici ?...

Toujours rien. C'était vrai. Maigret n'avait presque jamais souffert des dents. Le médecin échangeait son instrument contre un petit marteau.

— Je vous fais mal ?

— C'est désagréable...

— Mais pas de douleur vive ?...

Pourquoi, brusquement, le commissaire se promit-il que, dans aucun cas, il ne se laisserait faire de piqûre ? Il se mettait à avoir peur. Pas une peur panique. Une peur vague, indéterminée. Il se trouvait, presque couché, la tête renversée, la bouche ouverte, dans un fauteuil dont il était en quelque sorte prisonnier.

Pourquoi s'était-il introduit dans cette maison ? Parce qu'il recherchait l'homme qui s'était attaqué à lui vicieusement. Le mot que Pardon avait employé quand il avait demandé en substance :

— *Avez-vous rencontré, dans votre carrière, un criminel vraiment méchant, vicieux...*

Il cherchait quelqu'un qui, pour se débarrasser de lui, ou par haine de sa personne, s'était efforcé de le déshonorer en échafaudant un plan compliqué, minutieusement mis au point, et en utilisant comme instrument une jeune fille de bonne famille. Pourquoi, au fait, dit-on de bonne famille ? Parce que les autres sont de mauvaise famille ?

S'il était ici, donc, c'est qu'il avait des raisons, si vagues soient-elles, de suspecter le stomatologiste aux cheveux roux.

Il ne pouvait rien lire dans les yeux bleus que grossissaient les verres des lunettes. Les traits du visage étaient aussi rigides que du béton et l'haleine sentait la cigarette refroidie.

— *Tout homme est susceptible de devenir un assassin s'il a pour cela des mobiles suffisants.*

Maigret avait prononcé cette phrase, un jour, pour répondre à une question de Pardon ou d'un journaliste.

Or, quelqu'un avait tenté de le déshonorer, de l'éloigner d'un jour à l'autre de son poste.

A supposer que ce soit Mélan... Vingt-quatre heures ne s'étaient pas écoulées depuis l'entrevue avec le préfet de police que, non seulement le commissaire était encore à son poste, mais qu'il surgissait chez le dentiste...

Ce n'était pas un raisonnement... Des pensées confuses... Si... Et si...

Mais si Mélan, puisque c'était chez lui que Maigret se trouvait en ce moment, avait des raisons suffisantes pour monter la machination dont Nicole avait été l'instrument, n'en avait-il pas autant pour se débarrasser autrement du commissaire ?

— Rincez-vous la bouche et crachez.

Maigret obéissait sous l'œil du médecin debout, immobile, toujours impassible.

— Vos dents sont parfaitement saines et n'ont pas pu vous faire souffrir... Si vous avez été incommodé, la nuit dernière, si vous avez réellement ressenti des élancements douloureux dans la partie droite de la mâchoire, cela pourrait provenir d'un début de sinusite...

— Il n'y a rien à faire ?

— Cela regarde votre médecin habituel...

Pour ranger ses instruments, il tournait le dos, et Maigret se dégageait non sans peine du fauteuil qu'on avait négligé de baisser. Avançant alors d'un pas, il se trouva à moins de deux mètres de la fenêtre et il aperçut, à travers le tulle des rideaux, Aline, en négligé, qui fumait une cigarette en regardant dans la rue.

Il connaissait la distribution des pièces dans l'appartement d'en face. La fenêtre à laquelle l'amie de Manuel se tenait était celle du cagibi où l'infirme passait le plus clair de ses journées.

Il pâlit un peu, car cette découverte lui inspirait une peur rétrospective, une peur beaucoup plus précise que celle de tout à l'heure.

— Je vous dois ? murmurait-il.

— Vous réglerez ça avec mon assistante...

Toujours calme en apparence, toujours aussi gauche, le visage immobile, les yeux sans expression, le médecin ouvrait la porte du petit bureau où Maigret avait rempli sa fiche.

Sans un mot, le dentiste refermait la porte. L'assistante désignait au commissaire le siège qu'il avait occupé.

— Attendez un instant...

Sans doute allait-elle introduire la cliente au visage triste.

Sur le bureau se trouvait un casier de bois, long, étroit, où des fiches étaient posées sur la tranche comme les jeux de cartes dans un sabot de baccara. La tentation était forte. C'était peut-être un piège. Maigret ne bougea pas.

— Vous êtes inscrit à la Sécurité sociale ? Veuillez me montrer votre carte...

Il la chercha dans son portefeuille toujours bourré de papiers inutiles et la tendit à la femme laide. Celle-ci prit note du numéro.

— C'est vingt francs pour la visite... Votre caisse vous remboursera quatre-vingts pour cent...

Elle lui rendit sa carte. Elle non plus ne se mettait pas en frais de politesse. Elle le laissait se diriger vers la porte et pressait un timbre qui déclenchait une faible sonnerie au rez-de-chaussée.

— Vous pouvez descendre...

— Je vous remercie...

Il retrouvait l'escalier et son odeur. L'Espagnole l'attendait au bas des marches et le suivait jusqu'à la porte d'entrée, qu'elle refermait derrière lui. Par miracle, Lucas avait trouvé une place à l'ombre et lisait un journal derrière son volant.

Maigret leva la tête, ne vit plus Aline à sa fenêtre, pénétra dans l'immeuble d'en face.

Au troisième, il sonna, entendit un vrombissement d'aspirateur, fut accueilli par la vieille femme de ménage qu'il avait aperçue lors de précédentes visites.

— C'est pour M. Palmari ?

— Et pour Mlle Aline.

— Je crois que madame est dans son bain. Entrez toujours...

Il retrouvait le salon. La porte du cagibi était ouverte et Manuel, en pyjama de soie, dans son fauteuil, écoutait la radio, dont il tourna le bouton à regret.

— Encore !

Maigret s'avança et l'aspirateur recommença à ronfler derrière lui sur les moquettes du salon.

— C'est surtout à Aline que je voudrais parler.

— Elle était ici il y a quelques minutes.

— Je sais. Je l'ai vue à la fenêtre.

— Elle est allée prendre son bain... Qu'est-ce que vous lui voulez ?

— A vrai dire, je ne le sais pas encore...

— Écoutez, monsieur le commissaire... J'ai toujours été régulier avec vous... Je vous ai rendu, à l'occasion, quelques petits services qui, s'ils avaient été connus en leur temps, m'auraient valu d'autres balles dans la peau que celles que j'ai reçues voilà trois ans...

» Maintenant, vous exagérez et j'en ai ma tape de me voir mettre sur le dos toutes les saloperies qui se mijotent à Paris... Vous toléreriez, vous, qu'on soit toujours à vous observer d'un air soupçonneux et à vous poser des questions à la noix, sans même vous dire de quoi il retourne ?...

— C'est un peu mon cas en ce moment, non ?

— Raison de plus pour ne pas emmerder les autres. Aline vous a vu, tout à l'heure, sortir de la voiture et sonner chez le dentiste... Cela, parce qu'elle vous a dit hier qu'elle était allée se faire soigner les dents...

— Non...

— Alors quoi ? Je ne comprends plus. Vous ne me ferez pas croire que c'est aussi votre dentiste...

— J'attends Aline... Ainsi, je n'aurai pas à me répéter...

Il se dirigea vers la fenêtre et, les mains dans les poches, regarda dehors, visant particulièrement la fenêtre voilée de tulle derrière laquelle le docteur Mélan soignait sa cliente.

On ne voyait rien à l'intérieur. C'est à peine si on devinait des taches plus claires, surtout la blouse du dentiste quand il s'approchait de la fenêtre pour saisir un instrument.

— Combien de fois suis-je venu en une semaine, Manuel ?

— Trois fois... Vous prenez tant de place que je répondrais volontiers dix... Quand j'étais rue Fontaine, cela avait moins d'importance... Dans un bar, les gens vont et viennent... Tout le monde a le droit de boire un verre et beaucoup de clients aiment faire la conversation... Tant pis pour le patron si on le dérange... C'est son métier...

» Ici, c'est notre appartement, à Aline et à moi. L'appartement de quelqu'un, c'est sacré, non ? Même la police ne peut en franchir la porte sans un mandat... Ai-je raison ?

Maigret n'avait pas écouté et répondait d'un geste vague.

— Combien de fois, demanda-t-il, pendant que je bavardais avec vous, me suis-je campé devant cette fenêtre ?

Manuel haussa les épaules. La question lui paraissait idiote.

— Ce que je sais, c'est que vous ne restez pas longtemps assis...

Dans son bureau, comme boulevard Richard-Lenoir, Maigret avait l'habitude de marcher jusqu'à la fenêtre et d'y rester campé, à regarder n'importe quoi, les fenêtres d'en face, les arbres, la Seine ou les passants. Peut-être était-ce un signe de claustrophobie ? Partout, il cherchait instinctivement un contact avec l'extérieur.

Aline entrait, en peignoir de bain jaune canari, des gouttelettes d'eau dans ses cheveux ébouriffés.

— Qu'est-ce que je disais hier ? Il a apporté son pyjama ?

Mais, face à un Maigret plus grave que d'habitude, elle cessait de plaisanter.

— Écoutez, Aline, je ne suis pas ici pour vous ennuyer et je vous donne ma parole que l'enquête que je mène ne concerne ni vous, ni Manuel, en tout cas au moins au point où j'en suis...

Elle le regardait de travers, encore soupçonneuse.

— Répondez-moi franchement. Cela vaudra mieux pour tout le monde, croyez-moi. Était-ce bien la première fois, hier, que vous pénétriez dans la maison d'en face ?

— Bien sûr. J'ai eu mal aux dents pour la première fois de ma vie...

— Je vous ai vue, tout à l'heure, accoudée à cette fenêtre et fumant une cigarette...

— Vous étiez là ?

Elle désignait la fenêtre voilée de tulle.

— Dans le même fauteuil que vous avez occupé. Je suppose que vous vous accoudez souvent à la fenêtre ?

— Comme tout le monde... Il faut prendre l'air...

— Vous ne connaissez aucun des habitants de l'hôtel particulier ?

— Il y en a beaucoup ? Je croyais...

— Vous croyiez quoi ?

— Qu'il n'y avait que le docteur, Carola et l'assistante.

— Carola est la bonne ?

— Bonne, cuisinière, femme de chambre, concierge, tout ce qu'on veut... Elle est seule à entretenir la bicoque... Je la rencontre parfois chez les commerçants du quartier... A cause de son accent, je lui ai demandé si elle était espagnole et elle m'a répondu que oui... Elle n'est pas causante, mais nous nous disons quand même bonjour...

— Et l'assistante ?

— Mlle Motte...

— Carola vous a dit son nom ?

— Oui. Elle ne dort pas dans la maison. A midi, elle va déjeuner dans un petit restaurant du bas de la rue et elle reprend son service vers deux heures. Le soir, c'est moins régulier... Il lui arrive de rester jusqu'à sept ou huit heures...

— Vous ne savez pas où elle habite ?

— Je ne me le suis jamais demandé. De près, elle fait encore plus peur que de loin.

— Elle a rempli votre fiche ?

— Comme pour un passeport.

— Elle ne vous a pas posé de questions indiscrètes ?

— Elle m'a demandé qui m'avait donné l'adresse du docteur. Je lui ai répondu que j'habitais en face. Au fait, si, elle m'a posé une drôle de question :

» — A quel étage ?

— C'est tout ?

Aline réfléchissait.

— A peu près... Je ne vois pas... A moins que... Je me tenais debout devant elle... Elle m'a examinée des pieds à la tête de ses petits yeux durs et méchants...

» — Vous ne souffrez de rien d'autre ? m'a-t-elle demandé.

» — J'ai répondu que non et elle n'a pas insisté. On n'emporte pas un certificat de vaccination quand on va chez le dentiste, non ?

Manuel connaissait assez Maigret pour comprendre qu'il approchait d'une vérité encore fuyante. On le sentait flairer de tous les côtés, à droite, à gauche... Il tendait à Aline la photographie de Nicole Prieur.

— Vous ne l'avez jamais vue rue Fontaine ?

— C'est la demoiselle dont vous avez parlé hier ?

Il faisait oui de la tête.

— Rue Fontaine, non... Mais je l'ai vue dans cette rue, sur le trottoir d'en face...

— Elle se rendait chez le dentiste ?

— C'est exact. Sauf que ce n'était jamais pendant les heures de consultation...

— Tard le soir ?

— Pas particulièrement tard... Neuf heures, neuf heures et demie...

— Le cabinet était éclairé ?

— Pas ces jours-là...

— Vous voulez dire qu'il est éclairé d'autres soirs ?

— Assez souvent, oui...

— Vous pouvez voir à travers le tulle des rideaux ?

— Non. On ferme les persiennes. On n'en aperçoit pas moins la lumière à travers les fentes...

— Si je comprends bien, Nicole Prieur ne vient pas voir le docteur Mélan en qualité de cliente...

Cela, il le savait depuis la veille au soir.

— Le médecin reçoit d'autres personnes en dehors de ses heures de consultation... Des hommes ?... Des femmes ?...

Aline écarquillait les yeux.

— Tiens ! Vous m'y faites penser... Je vois de temps en temps entrer des hommes pendant la journée, moins nombreux cependant que les femmes...

— Jeunes ?

— Il y en a de jeunes et de moins jeunes... Vous savez, je ne suis pas concierge et je ne passe pas mon temps à épier les gens qui entrent et qui sortent... Il se fait que je me tiens souvent à la fenêtre...

— Je le lui ai assez reproché, bougonna Manuel. Je me suis demandé s'il n'y avait pas un tourtereau sous roche ou si elle ne commençait pas à s'ennuyer avec moi...

— Toi, tu es bête, tiens !

— Bête ou pas bête, je connais mon âge, et cette sacrée patte n'arrange rien...

— Des quantités de jeunes, comme tu dis, ne t'arrivent pas à la cheville...

L'allusion était transparente, le sourire de Manuel trahissait sa fierté, et ils paraissaient vraiment amoureux l'un de l'autre.

— Le soir, ce sont des hommes aussi ?

— Qu'est-ce que vous avez derrière la tête ?

— Encore rien de précis. Je tâtonne...

— Il me semble que vous tâtonnez dans de curieux endroits...

— Que voulez-vous dire ?

— Au sujet de ces femmes, le soir... Vous pensez qu'elles ne viennent peut-être pas pour se faire soigner les dents, hein ? Or, comme il les reçoit dans son cabinet, ce n'est pas non plus pour jouer à la bête à deux dos... Il y a sûrement, dans la maison, des endroits plus confortables pour ces jeux-là et le docteur n'a pas de femme jalouse pour lui faire des scènes... Vous en déduisez qu'elles ont autre chose à soigner que la bouche...

— Vous avez déjà été enceinte ?

Elle regarda Manuel, qui haussa les épaules.

— Comme tout le monde, pardi !

— Vous n'avez pas d'enfants ?...

— N'en parlez pas !... Le monde est mal fait... Quand on n'en veut pas, on se met à enfler du ventre rien que de regarder un homme... Puis quand, comme à présent, on aimerait avoir un gosse dans la maison... pas vrai, papa ?... bernique ! Plus rien à faire...

— C'est un médecin qui vous a aidée ?

— Dans ce temps-là, je n'aurais pas pu me payer un toubib. Ceux qui font ça demandent des prix fous, à cause du risque. Alors, je suis allée trouver une madame Pipi...

— Une tenancière de lavabos ?

— Ne me racontez pas que vous l'ignorez... Elles sont au moins dix, à Montmartre, toujours prêtes, pour pas trop cher, à aider les jeunettes dans le pétrin...

Ses prunelles fixaient le vide ; un souvenir lui revenait.

— Dites donc ! Si vous avez raison, je comprends à présent pourquoi la vieille pie m'examinait de haut en bas et de bas en haut comme pour étudier mon anatomie... Cela explique aussi pourquoi elle m'a demandé si je ne souffrais pas d'autre chose que des dents...

— Le dentiste, lui, ne vous a rien dit de spécial ?

— C'est à peine s'il a ouvert la bouche. De près, on croirait que les yeux vont lui sortir de sa tête d'orange... « Ouvrez la bouche... Rincez... Crachez... Ouvrez... »

— Vous devez le revoir ?

— Demain matin... Il m'a posé un pansement provisoire qui me donne mauvais goût et me gâte la cigarette...

— Si je vous demandais...

Mais Manuel intervint.

— Pas de ça, monsieur le commissaire... On vous rend de petits services, soit... Ce qui ne vous empêche d'ailleurs pas d'essayer de me mettre dans le bain... Inutile de protester... Je sais ce que je sais... Mais cette histoire-là, c'est comme le pansement d'Aline : ça pue !... Et moi, qui ai mon mot à dire, je le dis : c'est non !... Je lui interdis même de retourner dans cette maison-là... Pansement ou pas pansement, elle en sera quitte pour s'adresser à un autre dentiste...

7

A onze heures et demie, Maigret pénétrait dans son bureau et jetait son chapeau sur un fauteuil. Il n'avait pas eu le temps de choisir une pipe fraîche qu'on frappait à la porte et que le vieux Joseph entrait.

— M. le directeur vous demande, monsieur le commissaire... C'est la troisième fois qu'il m'envoie...

Au fait, le triste Barnacle aux pieds sensibles n'était pas le plus ancien dans la maison, mais c'était l'huissier à chaîne d'argent qui, à force de vivre dans une antichambre où n'entrait pas la lumière du jour, avait pris la couleur de l'ivoire.

Le commissaire le suivit, pénétra pour la seconde fois de la matinée dans le bureau directorial, dont il avait franchi le seuil des dizaines de milliers de fois.

— Asseyez-vous, Maigret...

On lui désignait un fauteuil à la frontière de l'ombre et du soleil. Les trois fenêtres laissaient pénétrer tous les bruits du dehors et le directeur, comme pour donner à cet entretien un caractère plus confidentiel, se leva pour les fermer.

Il paraissait plus qu'embarrassé. Il s'appelait Roland Blutet. Dès son installation, il avait paru mal à l'aise dans ses fonctions car ils étaient encore, à l'époque, plusieurs vétérans comme Maigret à la tête des différents services.

Il s'était efforcé de prendre le ton de la maison, comme on

appelait autrefois la P.J., un ton difficile à définir, bourru et familier, sans vaines politesses, à base de confiance des uns dans les autres.

Il n'y avait pas si longtemps, on dirigeait un service sans beaucoup de diplômes, mais en ayant à peu près tout vu en matière d'humanité. Rien n'étonnait. Rien n'indignait non plus.

On avait eu, en face de soi, les pires criminels et souvent on les avait vus pleurer. On avait vu aussi des hommes risquer leur vie pour en arrêter un autre que les tribunaux allaient remettre dans la circulation et qui recommencerait.

— Je vous ai fait demander trois fois ce matin, Maigret...

— On vient de me le dire.

— Vous n'étiez pas dans votre bureau...

Le directeur ne savait où regarder et sa main tremblait tandis qu'il allumait une cigarette.

— Je croyais que vos hommes s'occupaient en priorité des voleurs de bijoux et de leur dernier exploit, avenue Victor-Hugo...

— C'est exact...

— Il est onze heures et demie...

Il portait un gilet, une montre plate au bout d'une chaîne dans le gousset.

— Permettez-moi de vous demander où vous avez passé la matinée...

C'était plus dur que chez le préfet. D'abord, cela se passait Quai des Orfèvres et non dans un endroit qui, pour Maigret, était presque anonyme. Ce bureau, il y était venu en bras de chemise, pour bavarder avec des directeurs qui étaient d'anciens collègues et des amis.

Blutet, en outre, jouait mal son rôle.

— Je suis allé chez le dentiste...

— Je suppose que vous l'avez choisi dans votre quartier ?

— Suis-je obligé de vous répondre, monsieur le directeur ? Jusqu'ici, à l'exception d'hier, j'ai procédé à de nombreux interrogatoires, mais je n'en ai pas subi. J'ignorais que nous ayons à fournir le nom et l'adresse de notre dentiste, de notre médecin, peut-être aussi de notre tailleur...

— Je vous comprends...

— Vraiment ? lança-t-il avec ironie.

— Je me mets à votre place, croyez-le... Et cela m'est pénible, en ce moment, de me trouver à la mienne... Je n'agis que sur des ordres qui me sont venus de plus haut... Que répondriez-vous si je vous réclamais votre emploi du temps, heure par heure, depuis hier après-midi ?...

— Je vous donnerais ma démission...

— Essayez de comprendre ma situation... Vous n'ignorez pas le bruit que fait la presse autour de ces vols de bijoux qui se répètent avec une sorte d'insolence depuis deux mois...

— Plus de la moitié ont eu lieu sur la Côte d'Azur et à Deauville, en dehors de notre juridiction...

— Par la même bande !... En tout cas, par les mêmes méthodes... Le dernier vol a eu lieu hier matin... Êtes-vous allé sur place, selon votre habitude ?

— Non.

— Avez-vous lu les rapports de vos inspecteurs ?

— Non.

— Tenez-vous une piste ?

— Je suis la même piste depuis que ces vols ont repris...

— Sans résultat ?

— Je n'ai encore aucune preuve, en effet... J'attends une imprudence, une erreur, un petit fait sans importance apparente qui me permettra d'agir...

— Ce matin, vous n'êtes pas allé chez votre dentiste mais, en effet, chez un dentiste, rue des Acacias, et vos dents sont parfaitement saines... Soupçonnez-vous ce dentiste d'être pour quoi que ce soit dans les vols de bijoux ?...

— Non...

— Votre seconde visite a été pour la maison d'en face...

— Où habite un de mes indicateurs...

— Vous lui avez parlé des vols de bijoux ?

— Non.

— Écoutez-moi bien, Maigret. Vous savez que, quand je suis entré ici, j'avais la plus grande admiration pour l'homme et pour le policier que vous êtes... Rien n'a changé... Je me trouve aujourd'hui obligé, je vous l'ai dit, de jouer un rôle qui ne me plaît pas...

» Hier, vous avez été convoqué chez le préfet de police... Il vous a parlé d'une affaire qui ne me regarde pas et dont je ne connais et n'ai à connaître que les grandes lignes... Avant de vous quitter, il vous a prié instamment de ne vous occuper de cette affaire ni de loin ni de près, de n'en parler à personne, même parmi vos collègues et vos inspecteurs... Est-ce exact ?

— C'est exact...

Le directeur jeta un coup d'œil sur un papier posé devant lui.

— Hier, donc, après cet entretien, vous êtes resté enfermé dans votre bureau jusqu'à trois heures environ. Vous vous êtes rendu alors dans un petit café de la rue de Seine à l'enseigne de Chez Désiré. On vous retrouve un peu plus tard dans un hôtel de la rue des Écoles, où vous vous entretenez quelques minutes avec la patronne. Ces deux endroits ont-ils un lien avec l'affaire dont on vous a interdit de vous occuper ?

— Oui.

— Vous êtes allé ensuite, en compagnie de l'inspecteur Janvier, rue des Acacias, où vous avez passé un temps assez long avec un personnage suspect nommé Manuel Palmari, qu'il vous est arrivé d'employer comme indicateur.

— Je suppose que j'ai été suivi par ce que les journaux appellent les polices parallèles, monsieur le directeur ?

Il ne disait pas patron, comme d'habitude. Il était écœuré. Au surplus, le soleil frappait en plein et il avait le visage en sueur.

Roland Blutet feignit de ne pas avoir entendu.

— De retour au Quai, vous avez convoqué dans votre bureau un vieil inspecteur nommé Barnacle, que vous avez chargé d'une mission... Il s'agissait de photographier une certaine personne à son insu, une personne dont le préfet de police...

— ... m'avait interdit de m'occuper...

— Un peu plus tard, vous vous trouvez dans un petit bar de la rue Monsieur-le-Prince, en compagnie de l'inspecteur principal Lucas et d'un concierge de la Sorbonne... A-t-il été question du vol de bijoux ?

— Non.

— De la jeune fille dont j'ai parlé ?

— Oui.

— Est-ce par hasard que vous avez emmené dîner Mme Maigret dans un restaurant de l'avenue de la Grande-Armée ?

— Non.

— Qu'en questionnant un certain Landry vous êtes parvenu à vous faire présenter le registre d'un club ?...

— Tout est exact, monsieur le directeur. J'avoue qu'il ne m'est pas venu à l'esprit de m'assurer que je n'étais pas suivi... Jusqu'à présent, j'ai vécu de l'autre côté de la barrière...

— Si cela vous intéresse, je peux vous certifier que je ne suis pour rien dans ces filatures et que je n'ai appris que ce matin le peu que je connaissais de l'affaire... On paraît y attacher une grande importance en haut lieu... Je suis un fonctionnaire... Je dois aller jusqu'au bout de la mission qui m'a été confiée...

— Vous désirez des aveux écrits ?

— Ne me rendez pas ma tâche plus difficile, Maigret... Je n'en suis pas fier, croyez-le...

— Je le crois volontiers...

— Il reste que, pendant vingt-quatre heures, vous avez détaché trois inspecteurs au moins de vos services pour des tâches qu'ils n'avaient pas à assumer, autrement dit pour votre convenance personnelle... Je ne pense pas que des sanctions seront prises à leur égard, car ces hommes ignoraient tout de votre entretien avec le préfet de police... Il me reste...

Le directeur avait chaud aussi et s'épongeait.

— Il me reste à vous dire quelle solution m'a été suggérée... Vous avez besoin de repos... Vous avez beaucoup travaillé ces derniers temps, sans prendre le moindre congé... Vous nous demandez un congé de maladie qui durera jusqu'à ce que l'enquête administrative vous concernant soit terminée...

Il n'était arrivé au bout qu'avec peine. Il n'osait plus regarder l'homme assis devant lui. Il se sentait gêné comme devant un animal qu'on a voulu abattre et qu'on n'est parvenu qu'à blesser.

— Cela ne durera vraisemblablement que quelques jours. Selon les règlements, vous aurez le loisir de vous défendre... Je crois savoir que vous avez déjà fait connaître votre version des événements...

Maigret se levait, lourdement.

— Je vous remercie, monsieur le directeur.

Puis, au grand étonnement de celui-ci, il se dirigeait vers la première fenêtre.

— Je suppose qu'on peut les ouvrir à nouveau ?

Il les ouvrait une à une, prenant le temps de respirer l'air chaud du dehors, de voir des êtres humains s'agiter dans le bon vieux décor de Paris.

— Votre congé commence dès à présent, n'est-ce pas ?

Il fit oui de la tête et sortit. Le directeur ne lui tendait pas la main, mais la tenait un peu en avant du corps, prêt à saisir celle du commissaire si celui-ci faisait un geste.

Maigret ne le fit pas. Il ne s'affala pas non plus, comme la veille, dans un fauteuil de son bureau, mais il se dirigea tout de suite vers le local des inspecteurs.

— Lucas !... Janvier !...

Il ne vit pas Barnacle.

— Entrez, mes enfants... Vous allez travailler sans moi pendant quelque temps...

Janvier pâlit, les mâchoires si serrées, car il avait compris, qu'il n'aurait pas pu prononcer une parole.

— Je suis fatigué, peut-être malade... L'administration, bonne mère, prend soin de ma santé et me permet le repos...

Il marcha de long en large pour ne pas laisser voir à ses plus proches collaborateurs qu'il avait les yeux humides.

— Vous continuerez à vous occuper de l'affaire des bijoux... Vous n'ignorez ni l'un ni l'autre ce que j'en pense... Et vous savez que je suis têtu...

Il déposait sa pipe éteinte dans le grand cendrier de verre et en bourrait une autre.

— On n'ignore rien, en haut lieu, de vos faits et gestes depuis hier... On n'ignore rien des miens non plus, bien entendu... Il faudra avertir Barnacle dès qu'il rentrera...

» Il est probable que vous serez suivis l'un et l'autre comme je l'ai été et comme je vais continuer de l'être... Cela ne me servirait à rien, au contraire, que des sanctions soient prises contre vous... Donc, vous oubliez ce que vous savez de cette affaire...

Il leur souriait.

— Voilà !... J'ai fini... Cela a été moins difficile pour moi qu'il y a un moment pour le directeur...

Il se dirigeait vers le fauteuil où il avait laissé son chapeau.

— Au revoir, mes enfants...

Janvier, le premier, retrouva la parole.

— Vous savez, patron...

— Oui ?

— Je suis allé au Clou-Doré... J'ai montré la photographie... Personne, là-bas, ne la connaît...

— Cela n'a plus d'importance...

— Vous abandonnez ?

Il les regarda tour à tour.

— C'est ainsi que vous me connaissez ?

— Vous voulez dire que vous continuez, tout seul, sans moyens, avec vos mouvements surveillés ?

— J'essaierai...

Ils souriaient maintenant tous les deux avec émotion, ne sachant plus que faire, comment s'exprimer.

— Allons... Pas de sentimentalité... A un de ces jours...

Il écourtait les poignées de main, se dirigeait vers la porte et, quelques instants plus tard, descendait le grand escalier de la P.J.

La voûte franchie, les deux factionnaires le saluèrent et il leur rendit leur salut avec une pointe d'ironie. C'était drôle de voir soudain le monde d'un autre œil, l'œil d'un homme libre.

Il n'avait rien à faire, aucune raison de tourner à droite plutôt qu'à gauche.

C'était peut-être un des pêcheurs, au bord de l'eau, qui allait abandonner sa ligne pour le suivre. Ou le chauffeur d'une voiture grise en stationnement à cent mètres.

Il choisit de tourner à droite. Il n'était pas différent des autres jours quand il entra à la Brasserie Dauphine, où le patron vint, comme d'habitude, lui serrer la main.

— Ça va, commissaire ?

— Et comment !

— Qu'est-ce que vous prendrez ?

— Je me le demande...

Il cherchait une boisson différente, pas un apéritif banal. Un souvenir lui vint de ses débuts à Paris. On lançait alors une boisson nouvelle, qui avait été son apéritif favori pendant un an ou deux.

— Cela existe encore, le mandarin-curaçao ?

— Mais oui. On n'en demande pas souvent et les jeunes ne savent pas ce que c'est, mais nous en gardons toujours une bouteille dans les rayons... Un zeste de citron ?

Il en but deux, ne retrouvant qu'en partie le goût d'autrefois.

Puis il gagna lentement le Châtelet et attendit son autobus. Il n'était pas pressé.

— Tu es très triste ? demandait Mme Maigret en mettant la table, car elle avait été surprise de voir son mari rentrer de si bonne heure.

— Non. Le coup a été dur, sur le moment, plus dur que chez le préfet, j'ignore pourquoi, d'ailleurs, peut-être parce que cela se passait dans la maison... A présent, je me sens les mains libres et c'est plutôt un soulagement...

— Tu n'as pas peur ?

— Je ne risque qu'une sanction administrative, et la plus grave serait ma mise à la retraite anticipée...

— Je ne parle pas de cela... Les gens que tu veux démasquer...

— Ils ne peuvent plus agir, en ce qui me concerne, sans me donner raison... Le patron, ce matin, a eu un mot de trop... Il m'a dit :

» — Vos dents sont parfaitement saines.

» Sans cela, j'aurais pu croire qu'il tenait ses informations des hommes chargés de me suivre. Ils n'ont pas vu l'intérieur de ma bouche... Même Ajoupa, notre dentiste, ne pourrait pas affirmer que, ce matin, j'ai les dents saines, car il ne m'a pas vu depuis plus d'un an...

» Cela signifie que le docteur Mélan, dès mon départ, a téléphoné, sans doute à Nicole Prieur... Celle-ci s'est plainte une fois de plus à son oncle... Le même cirque qu'hier matin : ministre de l'Intérieur, préfet de police et enfin directeur de la P.J... Si on observe les choses avec détachement, c'est assez amusant...

— Qu'est-ce que tu vas faire de tes journées ?

— Continuer.

— Seul ?

— On n'est jamais tout à fait seul... Tiens !... Pour commencer, je téléphone à ce brave Pardon... Il doit être rentré de ses visites...

Peu après, le docteur Pardon disait :

— Je viens juste de rentrer et je me mettais à table...

— Dites-moi, Pardon, j'ai encore une fois besoin de vous...

Il lui était arrivé plusieurs fois, en effet, d'appeler Pardon pour un renseignement médical, ou une information sur un de ses confrères.

Sans se connaître personnellement, il est assez facile, aux médecins, de se renseigner les uns sur les autres. Sortant des mêmes écoles, ils ont toujours un ami qui a été le condisciple d'Un tel ou d'Un tel, un professeur, un ancien interne des hôpitaux.

Le milieu est relativement clos et, en outre, on se retrouve dans les congrès.

— Cette fois, il s'agit d'un dentiste, ou plutôt, comme le précise la plaque de cuivre, d'un stomatologiste...

— Personnellement, je n'en connais pas beaucoup...

— Il s'agit d'un certain François Mélan, trente-huit ans, qui vit et qui a son cabinet dans un hôtel particulier de la rue des Acacias...

Il y eut un silence au bout du fil.

— Vous le connaissez ?

— Non... Je calculais... Toujours la question d'âge... Trente-huit ans, c'est déjà une autre génération... Il me sera plus facile de trouver quelqu'un qui le connaisse parmi les professeurs...

— Cela pourrait se faire rapidement ?

— Avec de la chance, je vais donner quelques coups de téléphone. Je peux aussi bien tomber juste au premier qu'au dernier. Il faut aussi que je consulte mes annuaires. L'affaire est importante ?

— Très. Pour moi personnellement... Vous avez des projets pour ce soir ?

Il l'entendit demander à sa femme :

— Tu as des projets pour ce soir ?

Il entendit même, en arrière-fond, celle-ci répondre :

— Tu avais parlé hier de me conduire au cinéma...

— Non, pas de projets, disait Pardon devant l'appareil.

— Et le cinéma ?

— Vous avez entendu ?... Je ne tiens pas au cinéma...

— Voulez-vous dîner à la maison tous les deux ?... Tous les trois si votre fille est encore chez vous...

— Non, elle a retrouvé son mari...

— A ce soir ?

— A ce soir... Si j'ai le renseignement plus tôt, je vous appelle à votre bureau ?

— Je n'ai plus de bureau...

— Quoi ?... Vous parlez sérieusement ?...

— Mettons que, jusqu'à nouvel ordre, je sois redevenu un simple citoyen, sans privilèges ni responsabilités...

Cela ressemble à un après-midi de dimanche, à la différence que Paris, autour de lui, vivait sa vie des jours de semaine, que les bruits, les odeurs, la lumière n'étaient pas ceux du dimanche.

Après le déjeuner, il s'assoupit dans son fauteuil sans s'en rendre compte et, en ouvrant les yeux, il fut surpris de voir qu'il était trois heures et demie.

— J'ai vraiment dormi... constata-t-il, la voix pâteuse.

— Tu as même ronflé. Tu désires une tasse de café ?

— J'en boirais volontiers.

Il avait besoin de remettre ses idées en ordre, mais il refusait de penser à l'affaire, jugeant préférable de la laisser se décanter en lui.

Que pouvait-il tenter ? A peu près rien. Selon toute probabilité, quelqu'un, boulevard Richard-Lenoir, se tenait en faction, prêt à le suivre partout où il irait.

Il n'était pas question d'aller se présenter boulevard de Courcelles, encore moins d'attendre Nicole Prieur à la sortie des cours. Elle serait capable d'appeler à l'aide et il se trouverait dans une situation ridicule.

Lui permettrait-on seulement de sonner encore à la porte du docteur Mélan ? Improbable. Il n'était même pas sûr qu'il aurait accès à l'appartement de Manuel. Quant à lui téléphoner, c'était impossible puisqu'il avait ordonné lui-même que le propriétaire du Clou-Doré soit branché sur la table d'écoute.

— J'ai mis le sucre... Attention, il est brûlant...

Elle regardait son mari avec une pointe d'inquiétude et il lui souriait, bonasse.

— Ne t'inquiète pas, madame Maigret... Ton vieux bonhomme de mari tiendra le coup...

C'était dans ses moments enjoués qu'il l'appelait Mme Maigret, et elle en était toute surprise.

— Tu as l'air calme.

— Je le suis.

— A te voir, on ne croirait pas que tu as des problèmes...

— Parce qu'ils se résoudront fatalement...

— Tu sors ?

— Je vais marcher un peu...

— Tu es sûr de ne pas courir de danger ?

— Un autobus ou une voiture, comme tout le monde...

On devinait quand même une émotion sous-jacente. Il buvait son café à petites gorgées.

— Tu as fait les courses pour le dîner ?

— J'ai téléphoné... Tout a été livré... Tu veux savoir ce qu'on mange ?

— Je préfère la surprise...

Il n'avait pas parcouru cent mètres sur le trottoir que, en se retournant, il repérait ses suiveurs. Car ils étaient deux et ils se donnaient soudain le mal de gesticuler en parlant comme s'ils étaient plongés dans une discussion passionnée.

Maigret ne les connaissait pas. Ils devaient appartenir à un service rattaché directement au ministère de l'Intérieur.

Il alla ainsi jusqu'à la Bastille, hésita à semer ses deux hommes, pour le plaisir de leur jouer un tour, finit par y renoncer et par hausser les épaules.

Il resta près d'une heure assis à une terrasse, comme un rentier, à lire les journaux du soir qu'il venait d'acheter au kiosque.

Il rentra chez lui par le boulevard Beaumarchais et la rue du Chemin-Vert. Comme il lui restait du temps à passer, il prit une douche et se fit beau.

Pardon n'avait pas téléphoné. Le couple arriva à huit heures et on se mit à table aussitôt car il y avait comme entrée un soufflé, suivi d'un coq au vin.

— Cela m'a pris un certain temps, jusqu'à ce que la chance me fasse tomber sur quelqu'un qui connaît bien votre homme... Je vous en parlerai tout à l'heure...

— Vous vous souvenez de ce que nous disions à notre dernier dîner chez vous ?... Le criminel vicieux... Le mal pour le mal... Je vous ai répondu que je n'avais aucune raison d'y croire... Je me demande ce soir si je ne me suis pas trompé...

Il ne voulait pas, à table, en parler plus longuement. On servit le café au salon et les deux hommes emportèrent le leur dans le petit bureau que Maigret s'était aménagé.

— Vous permettez, mesdames ?

— Vous prendrez de la prunelle ou de la framboise ?

Pardon répondit, comme pour les deux :

— Ni de l'une, ni de l'autre...

La fenêtre était ouverte et le soir commençait à tomber tout comme lors de leur dernier entretien, à la différence que l'air était calme, le ciel serein, sans menace d'orage.

— Ce n'est qu'à mon cinquième ou sixième coup de téléphone qu'un de mes correspondants m'a remis en mémoire un homme que j'ai assez bien connu dans le temps, dont j'ai surtout connu la sœur. Je crois même que, vers l'âge de dix-huit ans, j'ai eu vaguement la tentation de l'épouser...

» Je les avais complètement perdus de vue l'un et l'autre... Il se fait que ce Vivier habite à deux pas de chez moi, boulevard Voltaire... J'ai pu passer un moment chez lui, entre deux malades... Il est professeur de stomatologie et il connaît très bien François Mélan, qu'il appelle le jeune Mélan et qu'il a eu comme élève...

Pardon lança à Maigret un long regard avant de questionner :

— Vous vous intéressez beaucoup à lui ?... Il s'agit d'une affaire criminelle ?...

Et le commissaire de répondre lentement :

— Ou bien je me trompe, et d'ici une semaine je prendrai ma retraite à Meung-sur-Loire, ou bien j'ai raison et je me trouve devant le cas le plus curieux de ma carrière...

— Mélan est au centre de ce cas ?

— Oui...

— C'est drôle...

— Pourquoi ?

— Parce qu'il existe certaines similitudes entre ce que vous venez de dire et l'opinion de Vivier. Vous êtes allé chez Mélan ?

— Ce matin, sous prétexte d'une rage de dents.

— Il est grand, roux, très myope, les yeux bleus, et il a de longs bras ?

— Je n'ai pas remarqué la longueur de ses bras.

— Que vous a-t-il dit ?

— Que j'avais les dents saines.

— Il faut d'abord savoir qu'il sort d'un milieu humble, très pauvre. Son père était journalier dans un village de la Somme... La famille était à peu près la plus misérable et, par-dessus le marché, le père s'enivrait tous les samedis... Il y avait cinq enfants... François Mélan avait et doit encore avoir une sœur plus âgée que lui de deux ou trois ans... Tout cela, Vivier ne l'a appris que longtemps après avoir rencontré son élève...

» Pendant deux ans, il n'a à peu près rien su de lui. Mélan n'est pas un homme qui se confie. Il n'avait pas d'amis. On ne lui connaissait aucune relation féminine...

» A la Faculté, on ignorait qu'il travaillait de nuit pour payer ses études, et Vivier se demande encore où il a fait ses classes secondaires et dans quelles conditions. Je vais essayer de vous citer textuellement quelques-unes de ses phrases :

» — Un garçon doué, une intelligence brillante, un caractère renfermé, sans doute tourmenté...

Maigret écoutait avec l'air de caser chaque mot à sa place dans son cerveau.

— Vivier a fini par le prendre pour assistant, non seulement afin de lui rendre service, mais parce que c'était le meilleur de ses élèves...

» — Au début, j'en ai souffert, m'a-t-il avoué. C'est pénible d'avoir un assistant qui ne prononce pas un mot en dehors du service et dont on ignore tout de la vie personnelle... Un soir, je l'ai invité chez moi et il a fallu que j'insiste pour le décider... Après le dîner, je l'ai emmené dans mon cabinet et je me suis efforcé de le confesser... Nous avions bu du vin... J'ai servi du cognac... Il n'y a touché qu'avec réluctance... Petit à petit, pourtant, il s'est animé et j'ai connu des bribes de son passé...

Pardon alluma un cigare, observa à nouveau Maigret.

— Cela cadre toujours avec le personnage ?

— J'ai hâte d'apprendre la suite...

— Elle est simple et dramatique à la fois... A la Faculté, les condisciples de Mélan l'avaient baptisé le Puceau... Le bruit courait même qu'il avait des tendances homosexuelles...

» L'histoire qu'il a confiée à Vivier explique son comportement. Il avait quatorze ans, si je ne me trompe, lors de l'invasion allemande... Sa famille était trop pauvre pour fuir comme tant d'autres le long des routes...

» Un soir, Mélan et sa sœur se tenaient au bord du chemin quand deux motocyclistes sont apparus... C'étaient les premiers soldats allemands qu'ils voyaient... Ils se sont arrêtés pour leur demander où se trouvait je ne sais quel village... Puis ils ont parlé entre eux en riant...

» Enfin, ils ont fait signe à la jeune fille de se coucher sur le talus et, comme elle hésitait, ils l'y ont étendue de force... Tous les deux en ont abusé avant de repartir en se moquant du gamin, qui n'avait pas bougé...

» Cette révélation de l'acte sexuel dans de pareilles conditions peut fort bien avoir produit un traumatisme chez un enfant sensible...

» — C'est à cause de ce souvenir qu'on ne vous voit jamais avec des jeunes filles ? a questionné Vivier.

» Et son assistant a répondu avec embarras :

» — Je ne sais pas... Peut-être qu'un jour je me marierai comme tout le monde... Je me demande si j'oserai, si je suis capable de rendre une femme heureuse...

Il y eut un silence. Maigret était si grave que Pardon parla le premier.

— Vous croyez qu'il a commis un crime ?

Le commissaire ne répondit pas tout de suite.

— Jusqu'ici, je ne pensais pas à un vrai crime. Maintenant, j'en suis presque certain... Le professeur ne vous a rien révélé d'autre ?

— Pas au sujet de Mélan. Au sujet de son assistante, qui a travaillé un certain temps pour Vivier. Vous l'avez vue aussi ?

— Oui.

— C'est vrai qu'elle est si laide ?

— Encore plus.

— On dit qu'elle est méchante comme la gale, c'est le mot que Vivier a employé. En réalité, c'est la fille la plus sensible et la plus dévouée, et, dans son quartier, c'est chez elle qu'on vient sonner quand il y a un malade ou un agonisant à veiller...

— Quel est son quartier ?

— Je ne m'en suis pas informé. Je peux téléphoner à Vivier et lui demander son adresse...

8

Maigret était d'un calme impressionnant. Rien ne paraissait à la surface de ce qui se passait en lui, sinon qu'il acquérait un poids, une densité nouvelle. Pardon le voyait pour la première fois au moment où les fils d'une enquête commençaient à se nouer, où une vérité prenait forme peu à peu, et il observait son ami, comme s'il cherchait à découvrir les mécanismes en action derrière ce visage lourd et sans expression.

— Quel homme est Vivier ? A-t-il les idées larges ?

— Sauf si on lui parle de l'intervention de l'État dans l'organisation de la médecine. C'est un des plus enragés parmi les protestataires, un individualiste forcené.

Tirant lentement sur sa pipe, le commissaire gardait souvent le silence, sans pourtant donner l'impression qu'il réfléchissait. Il paraissait plutôt absent et on s'étonnait de le voir revenir ensuite au point précis de la conversation où il l'avait laissée.

— Il y a des chances de le trouver chez lui ?

— Il prépare un gros traité de stomatologie qui sera l'œuvre de sa vie et il y consacre une partie de ses nuits.

— Voulez-vous l'appeler au téléphone et lui demander s'il me permet de lui dire quelques mots ?

L'instant d'après, le docteur avait Vivier au bout du fil.

— Ici, Pardon... Je vous appelle de chez mon ami Maigret et je m'excuse de vous déranger dans votre travail... Le commissaire aimerait vous parler un instant...

La réponse devait être drôle, car le médecin sourit.

— Mais oui... Je vous le passe...

Il tendit le combiné à Maigret.

— Je vous prie de m'excuser aussi, monsieur le professeur... Si vous acceptiez de répondre à deux ou trois questions, vous faciliteriez énormément ma tâche... Oui, Pardon m'a mis au courant de votre conversation, qui est, pour moi, d'un intérêt capital...

» Je tiens à préciser que je fais appel à vous à titre privé... Je suis pour un temps indéterminé en congé de maladie... Non... Je ne suis pas souffrant ou, si je le suis, c'est très grave, car mon ami Pardon, qui est mon médecin traitant, affirme que ma santé est parfaite...

» La vérité est qu'au cours d'une enquête j'ai été amené à m'occuper de gens qui ont le bras long et, comme j'ai l'habitude d'aller jusqu'au bout de ce que j'entreprends, on m'a vivement conseillé de me reposer quelques jours...

» Voici ma première question, monsieur le professeur : seriez-vous très surpris d'apprendre que votre ancien assistant, le docteur Mélan, a commis un ou plusieurs actes criminels ?...

Il y eut, à l'autre bout du fil, une sorte d'aboiement qui pouvait passer pour un rire. Quand la voix de Vivier se fit entendre, ce fut la voix sonore d'un homme qui a ses opinions et les exprime avec vigueur.

— Étonné, mon cher commissaire, je le serais à peine si on m'apprenait la même chose de moi, de vous ou de ma concierge... Sous une pression extérieure ou intérieure suffisante, n'importe qui est susceptible de commettre des actes que la loi et la morale réprouvent...

— Dans son cas, penseriez-vous plutôt à une pression intérieure qu'à une pression extérieure ?

— Vous l'avez rencontré ?

— Ce matin, quelques minutes.

— Pardon vous a répété ce que je lui ai dit de Mélan ?

— Il vient de le faire.

— Quel est votre avis, à vous ?

— Je préférerais connaître le vôtre.

— Pression intérieure, sans discussion ! Mélan est le type classique de l'introverti qui ne permet pas à ses émotions de paraître à la surface. A part une ou deux conversations où j'ai pu, non sans peine, le pousser à parler de lui, il ne s'est probablement jamais confié à personne.

— A supposer qu'il ait commis un crime, n'importe lequel, lui reconnaîtriez-vous une responsabilité atténuée ?

— Vous adressez-vous au médecin ou à l'homme ? En tant que médecin, ce n'est pas ma spécialité. Je laisserais aux psychiatres le soin de se prononcer, et leur opinion dépendrait des circonstances...

Il ajouta, ironique :

— De l'âge des psychiatres aussi, et de l'école à laquelle ils appartiennent...

— En tant qu'homme ?

— Personnellement, le connaissant comme je le connais, je serais volontiers témoin à décharge...

— Ma seconde question est plus difficile à formuler et je crains qu'elle vous surprenne... Un homme comme Mélan, se sentant acculé, agirait-il d'une façon simple ou d'une façon compliquée...

— Dites donc, monsieur Maigret, vous paraissez le connaître presque aussi bien que moi... D'une façon compliquée, évidemment !... Et le mot « compliqué » n'est pas assez fort... Lorsqu'il travaillait à mes côtés, Mélan a toujours choisi, en tout, même pour répondre à une question d'examen, la voie la plus complexe... C'est tout le contraire de ce que j'appellerais un cerveau à sens unique... Il saisit toutes les possibilités, toutes les ramifications possibles d'un sujet et il s'acharne à ne rien laisser dans l'ombre...

— Je vous remercie... Il me reste à vous demander un service, si vous croyez que vous pouvez me le rendre et si vous m'accordez votre confiance... Il est possible que je me trompe, que les hypothèses que j'échafaude en ce moment se révèlent fausses avant la fin de la nuit... Par contre, si les faits les confirment, plusieurs personnes courent un danger grave... Un entretien avec Mlle Motte suffirait sans doute à éclaircir ce point...

» Je suppose qu'elle a le téléphone... Si vous obtenez qu'elle me reçoive, soit chez elle, soit n'importe où, ce soir même, de nouveaux drames seraient vraisemblablement évités...

— La pauvre Motte vous fait peur, à vous aussi ? Quand je

pense que, sans son physique ingrat, tout le monde la considérerait comme un ange !... Je lui téléphone... A quel numéro dois-je vous rappeler ?

Maigret se leva, passa dans le salon, où les deux femmes chuchotaient afin de ne pas les déranger.

— Je prendrai quand même une goutte de prunelle... A moins que Pardon me retire le verre des mains...

Pardon n'en fit rien. Il étudiait toujours son ami avec une curiosité admirative non exempte de crainte.

Il se demandait de quoi Maigret était parti pour échafauder ses hypothèses et il aurait aimé reconstituer le cheminement de sa pensée.

— Allô !... Oui, c'est moi, monsieur le professeur... Elle accepte de me recevoir tout de suite ?... Cela n'a pas été trop difficile ?... Un peu ?... Puis-je vous demander son adresse ?... Rue des Francs-Bourgeois, oui... Oui... Oui... Je connais l'immeuble... J'ai habité un certain temps à deux pas, place des Vosges... Je vous suis très reconnaissant... Oui... Moi aussi, je serais heureux de vous rencontrer...

Quand il se redressa, il était toujours aussi calme mais on discernait, dans ses yeux, une petite lueur qui n'y était pas auparavant.

— Vous ne m'en voudrez pas, Pardon, de vous laisser avec ces dames ?... Au fait, il y a des chances pour que je sois branché sur la table d'écoute... Je me demande si des gens qui s'intéressent à mes faits ne seront pas là-bas avant moi... En bas, un ou deux inspecteurs des services spéciaux doivent faire les cent pas...

— Pourquoi ne vous conduirais-je pas ? J'ai ma voiture. Je serai de retour dans quelques minutes...

Ils passèrent au salon.

— Tu sors ? Pour longtemps ?

— Je n'ai aucune idée de l'heure à laquelle je rentrerai...

— Tu ne cours pas de risques ?

— Plus au point où j'en suis... Pardon me véhicule et revient tout de suite...

En chemin, il ne prononça pas un mot. Aucune voiture ne le suivait. Le sachant avec les Pardon, avait-on relâché la surveillance ?

La rue des Francs-Bourgeois, dans le quartier du Marais, conservait encore quelques hôtels historiques qui abritaient maintenant une foule de ménages besogneux, petits artisans pour la plupart, beaucoup originaires de Pologne, de Hongrie ou de l'ancienne Lituanie.

— Bonne nuit, Pardon... Merci... Si je réussis, je vous le devrai en grande partie...

— Bonne chance...

Maigret sonnait. La concierge invisible déclenchait l'ouverture d'une petite porte encastrée dans la porte cochère et il traversait ce qui avait été la cour d'honneur de quelque grand seigneur.

— Mlle Motte, s'il vous plaît ?

A travers une lucarne, une voix répondait :

— Deuxième à gauche... Première porte...

L'escalier s'éclaira au moment où il s'y engageait et il aperçut l'assistante du docteur Mélan penchée au-dessus de la rampe. Quand il arriva à sa hauteur, elle murmura :

— J'ai pensé que vous ne trouveriez peut-être pas le chemin... La maison est assez compliquée...

Elle était différente en robe sombre qu'en uniforme, plus vulnérable, aurait-on dit. L'inquiétude se lisait dans ses yeux enfoncés dans les orbites. Sur sa peau trop blanche, l'émotion avait fait surgir des taches rouges.

— Par ici... Dépêchez-vous... Les lampes vont s'éteindre...

Elle l'introduisit dans une pièce très propre, presque gaie, à la fois salon et salle à manger, où les meubles provinciaux, patinés par le temps, apportaient une note paisible et rassurante.

— Asseyez-vous... Vous pouvez fumer...

— J'espère que le professeur ne vous a pas éveillée ?

— Je dors peu...

On ne voyait ni radio, ni télévision, mais beaucoup de livres sur les rayonnages, et il y en avait un d'ouvert près d'un fauteuil.

— Vous avez oublié votre pipe ?

Elle n'essayait pas de lui adresser un sourire accueillant, ni de cacher ses préoccupations.

— J'ai compris, en vous voyant ce matin dans la salle d'attente, que les choses allaient mal tourner... Ce qui me surprend, c'est que vous soyez venu ici...

— Comme je l'ai dit au professeur Vivier, mademoiselle, je m'y trouve à titre privé... Je n'ai aucun droit de vous importuner... Mes supérieurs hiérarchiques m'ont mis en congé de maladie afin d'éviter tout ennui à des personnes influentes...

» Vous aviez le droit de me fermer la porte au nez, ce qui vous explique que j'aie demandé l'intervention du professeur Vivier, en qui vous avez confiance... Maintenant encore, vous avez le droit de ne pas répondre à mes questions...

Il parlait lentement, à mi-voix, et on aurait pu penser qu'il doutait de lui.

— Avant-hier, j'ai été l'objet d'une machination soigneusement montée contre moi, d'un piège assez subtil pour que j'y tombe à coup à peu près sûr...

Deux jours à peine ! Tous les incidents qui s'étaient produits depuis se bousculaient dans la mémoire de Maigret, ceux qui étaient importants et ceux qui l'étaient moins, la petite voiture de Manuel et les taches sur les murs de l'hôtel particulier d'en face, les cheveux noirs de la bonne du docteur et les yeux bleus de celui-ci, grossis démesurément par les verres, à quelques centimètres du visage du commissaire...

Chaque détail prendrait sa place, à un moment donné, en même temps que sa signification et que son importance dans l'ensemble.

— Il n'y a jamais qu'une vérité, prétendait volontiers Maigret. Le difficile est de la reconnaître, de la dénicher là où elle se trouve...

— Vous prendrez une tasse de café ?

— Merci... Vous êtes anxieuse de connaître le but exact de ma visite... J'en ai maintenant appris assez sur le passé du docteur Mélan pour m'expliquer son comportement...

Elle le regardait avec plus d'attention encore que Pardon tout à l'heure, les mains jointes sur son giron.

— La personne qui m'a tendu ce piège était aux abois... Sa tendance, devant un problème, est de chercher la solution la plus subtile et la plus compliquée...

» Curieusement, il a fallu un concours de circonstances quasi miraculeux pour que je m'intéresse à ses faits et gestes...

Les yeux écarquillés, elle balbutia, stupéfaite :

— Vous ne faisiez pas surveiller le docteur depuis plusieurs semaines ?

— Non, mademoiselle... Je faisais surveiller un truand qui habite l'immeuble d'en face, et les hommes que vous avez aperçus dans la rue avaient pour mission de savoir qui lui rendait visite et de suivre sa maîtresse lorsqu'elle sortait...

— Je n'arrive pas...

— ... à me croire. C'est pourtant la vérité. Moi-même, ces derniers temps, je suis allé à plusieurs reprises chez ce personnage qui s'appelle Manuel Palmari et, selon une vieille habitude, il m'est arrivé de me camper devant la fenêtre...

— Ainsi, vous n'étiez pas là pour...

— Pour le docteur Mélan ? J'ignorais jusqu'à son nom et, si j'ai pu paraître m'intéresser à son hôtel particulier, c'est que j'ai un faible pour les vieilles maisons...

» J'ai été, je vous l'ai dit, victime d'une machination... Quelqu'un cherchait à m'écarter... Quelqu'un qui, au lieu d'employer la manière forte, a échafaudé un plan compliqué, presque diabolique, dans lequel il n'y avait aucune paille...

» Soupçonnant Manuel de certains méfaits et le tenant à l'œil depuis longtemps, j'ai commencé par penser à lui et je lui ai rendu plusieurs visites...

» J'ai appris, par ailleurs, que Mlle Prieur, qui a joué un rôle important dans l'affaire, appartenait à un club de l'avenue de la Grande-Armée... Sur le registre de ce club, j'ai trouvé, au titre de parrain de la jeune fille, le nom de votre patron, et l'envie m'est venue de le voir de plus près...

— C'est impensable...

Elle ne mettait pas la parole de Maigret en doute, mais elle était ahurie par le cheminement imprévisible du destin.

— Le docteur Mélan aurait pu jouer le jeu, m'arracher ou me tarauder une dent qui n'en avait nul besoin... Au contraire, il m'a déclaré honnêtement que j'avais les dents saines et m'a reconduit à la porte sans un mot, sans une question...

— Il était terrorisé... Depuis plusieurs semaines, il vit dans une panique continuelle...

— Il vous en a parlé ?

— Non, mais je le connais assez pour le savoir... Carola aussi...

— La bonne ?... C'est sa maîtresse ?...

— Il n'a pas de maîtresse... Carola couche tout au fond de la maison, sous les toits, bien qu'il y ait des chambres à ne savoir qu'en faire...

— Vous comprenez, mademoiselle, pourquoi je suis ici ?

— Pour m'interroger.

— Pas exactement, car je ne sais même pas quelles questions vous poser. J'ai tenu à jouer franc jeu avec vous. Comme je vous l'ai dit, je suis en ce moment sans aucun pouvoir. Je ne possède aucune certitude non plus et mes hypothèses restent assez vagues.

» Personne n'a pu imaginer la machination dont j'ai été l'objet sans y avoir un intérêt primordial, à moins de me haïr personnellement.

» Or, le docteur Mélan me connaît peut-être de nom mais, jusqu'à ce matin, il ne m'avait jamais rencontré...

» Ma présence dans l'appartement d'en face, après celle de mes inspecteurs dans la rue, l'a pourtant terrorisé... Pourquoi, et quel intérêt assez puissant avait-il pour me désarmer ?

» C'est de là que je suis parti. Qu'aurais-je pu découvrir sur lui d'assez grave pour expliquer son comportement ?

» Ici encore, le hasard a joué. Aline, la maîtresse de Manuel, a souffert des dents pour la première fois de sa vie et, naturellement, elle s'est adressée au dentiste d'en face.

» Elle n'est peut-être pas intelligente, mais elle possède une faculté d'intuition peu commune. C'est une femelle dans le plein sens du mot.

» Mélan lui a posé deux petites questions de trop, ou plutôt je crois me souvenir que c'est vous qui avez posé la première :

» — *Qui vous a envoyée ici ?*

» C'est une question qu'un dentiste ou sa secrétaire adressent rarement à une cliente.

» La seconde :

» — *Vous ne souffrez de rien d'autre ?*

» Impressionnée par l'atmosphère de la maison, Aline a laissé travailler son cerveau. Elle s'est souvenue de la lumière qu'elle voyait souvent, le soir, dans le cabinet de consultation. Lorsque je l'ai interrogée, elle m'a répondu que, la nuit tombée, aucun homme, mais seulement des femmes, sonnaient à la porte...

— Le soir, je n'étais pas là.

— Je sais. Vous devez cependant être au courant de ces visites ?...

— Écoutez, monsieur le commissaire. J'ai accepté de vous recevoir, à cause du professeur Vivier. Je vous déclare néanmoins que je ferai tout au monde pour qu'il n'arrive rien au docteur Mélan... C'est un homme qui a souffert toute sa vie, qui souffre plus que jamais, qui souffrira toujours... Il a eu une enfance particulièrement pénible...

— Je sais à quel incident vous faites allusion...

— Un incident ? Il ne m'a parlé d'aucun incident... Il ne se confie à personne...

— Sa sœur, au début de la guerre...

— J'ignorais qu'il eût une sœur...

Maigret lui raconta l'histoire du viol et elle écarquilla de nouveau les yeux.

— Ceci explique peut-être bien des choses...

— Je peux vous dire que, quoi qu'il arrive, selon le professeur Vivier, les psychiatres lui trouveront une responsabilité atténuée... Vivier lui-même s'inscrit d'avance comme témoin à décharge... Et peut-être serai-je à ses côtés...

— Vous ?

— Moi. Mais j'ai besoin de votre aide. Vous reconnaissez qu'il vit dans la peur. Une importante proportion des crimes sont commis sous le coup de la peur...

— On l'emprisonnera quand même... Et il n'est pas homme à supporter la prison...

— J'ai entendu dire ça de tous ceux que j'ai arrêtés... Vous savez aussi bien que moi que le docteur pratiquait l'avortement, n'est-ce pas ?

— Je l'ai compris le jour où j'ai trouvé dans un tiroir une sonde et d'autres objets dont il n'avait que faire...

— Aucun autre indice ?

— Je suis incapable de l'accabler.

— Voulez-vous mon avis, mademoiselle ?... Dites-moi d'abord si Mélan est chrétien...

— Il ne pratique aucune religion...

— Dans ce cas, l'avortement, pour lui, n'est pas nécessairement une faute grave. C'est une question de morale, qui varie selon les latitudes et les pays. Certains l'admettent et d'autres le condamnent. Voyez-vous, s'il n'y avait que cela, je ne pense pas que votre patron serait assez affolé pour agir comme il agit depuis quelques jours... Cette idée ne vous est pas venue ?

— Si...

— Pourquoi ?

Elle détourna la tête et, après un assez long silence, balbutia :

— Ce que vous me demandez est terrible... Il n'a que moi...

— Que voulez-vous dire ?

— Qu'il a toujours été seul... Absolument seul... Je sais bien qu'il sort, qu'il se rend à ce club dont vous avez parlé... C'est pour se rassurer, peut-être aussi pour...

— ... pour recruter des clientes ?

— J'y ai pensé.

— Et Nicole Prieur ?

— Je soupçonne que, la première fois, elle est venue pour la même chose que les autres...

— Que les autres visiteuses du soir ?

— Oui... Je ne possède pas de fiche à son nom... C'est une petite hystérique qui s'est jetée à son cou, et je suis certaine que c'est elle qui le poursuit...

— Elle est sa maîtresse ?

Un nouveau silence.

— Voulez-vous que je réponde à votre place ? proposait Maigret. Vous êtes convaincue que Mélan n'a jamais eu de maîtresse, pas plus à présent que quand il était étudiant et que ses camarades l'appelaient le Puceau...

— J'ignorais ce surnom...

— Ai-je raison ?

— Cela m'est venu à l'esprit...

— Et alors, comme moi, vous avez soupçonné autre chose...

Elle se leva, à bout de nerfs, arpenta la pièce.

— Vous me mettez à la torture.

— Vous préférez qu'il y ait de nouveaux crimes ?

Elle le regarda soudain dans les yeux, affolée.

— Comment avez-vous appris tout ça ? Carola a parlé ?

— Carola sait ?

— Bon ! Il faut donc que j'aille jusqu'au bout. Je ne peux pas garder ce secret plus longtemps. J'ai été surprise, dès mon entrée chez le docteur Mélan, de me voir écartée de son cabinet lorsqu'il recevait une cliente...

— Vous parlez des clientes de jour ?

— Fatalement, puisque, le soir, j'étais absente.

— N'importe quelle cliente ?

— Non. Pour certaines, comme pour les clients, peu nombreux d'ailleurs, je jouais le rôle normal d'une assistante, tendant au docteur les instruments dont il avait besoin, préparant les radios, etc.

— Mais, pour certaines clientes, on vous renvoyait dans votre bureau ?

— Oui.

— Sans explications ?

— Le docteur Mélan ne fournit jamais d'explications.
— Vous avez eu un soupçon ?
— A cause d'un article de journal... Aux États-Unis, dans le Connecticut, je crois, un dentiste n'hésitait pas, lorsqu'une cliente lui paraissait désirable, à forcer sur les anesthésiques...
— Un timide, probablement, lui aussi, n'est-ce pas ? qui n'avait ni femme ni maîtresse...
— Oui...
— Que s'est-il passé récemment pour vous donner une certitude ?
— Une cliente est entrée et n'est pas ressortie... Je m'en suis étonnée, car elles repassent toujours par mon bureau... Il m'a répondu qu'il l'avait reconduite par le petit escalier...
— Carola prétend que non ?
— Oui. Sa cuisine donne sur cet escalier et la porte est toujours ouverte... En outre...
— Je vous écoute...
— Rien... Je ne peux pas...
— Je vais encore vous aider... Le docteur a un jardinier ?
— Non...
— C'est lui-même qui cultive le jardin ?
— Très peu... On y voit plus d'herbes folles que de fleurs...
— Vous avez demandé à Carola si, cette nuit-là...
— Non... C'est elle qui m'en a parlé...
— Et vous n'en avez rien dit à personne ?...
— Non... Il est seul... Il se croit laid...
Elle était seule. Elle était laide.
— C'est l'unique accident ?
— A ma connaissance...
— Mais vous n'êtes pas là quand il reçoit les clientes du soir... Carola, elle, se trouve-t-elle dans la maison ?...
— Elle va parfois au cinéma...
— Donc, d'autres accidents ont pu se produire...
— Ce n'est pas impossible.
— Il peut s'en produire encore...
— Que voulez-vous de moi ?
— Que vous m'aidiez. Je n'ai pas le droit d'aller rue des Acacias, où la police m'empêcherait d'entrer. En outre, si je m'y rendais, il n'est pas exclu que Mélan se tire une balle dans la tête. Il possède une arme ?
— Oui... Un vieux revolver de l'armée.
— Vous allez lui téléphoner, lui annoncer que vous avez quelque chose de grave et d'urgent à lui communiquer, dont il est plus prudent de ne pas parler par téléphone... Vous lui demanderez de venir ici... Je suppose qu'il a sa voiture... Il a confiance en vous...
— Et s'il apporte son revolver ?
— Pas pour venir chez vous...

— Ainsi, il ne lui restera personne, pas même moi...

— Pensez à celle ou celles dont on retrouvera vraisemblablement les restes dans le jardin.

— Je comprends... C'est quand même dur... Pourquoi faut-il que ce soit moi ?... Si vous êtes catholique, cela vous rappelle quelque chose, non ?...

Et, comme il hochait la tête, elle laissa tomber :

— Judas !

Lentement, elle se dirigea vers le téléphone. Ses doigts maigres manœuvrèrent le cadran. Les taches rouges s'étaient effacées sur son visage et elle gardait les yeux à moitié clos.

— C'est vous, docteur ?... Ici, Motte...

Du moment où elle raccrocha, elle ne prononça plus une parole. Maigret non plus. Ils étaient assis face à face, sans se regarder, et ils attendaient. Deux fois le commissaire ralluma sa pipe car il oubliait d'aspirer.

L'un et l'autre devaient à un effort de volonté de ne pas arpenter la pièce de long en large pour tromper leur impatience.

De temps en temps, Maigret regardait l'heure à sa montre. Mlle Motte la voyait, par-dessus la tête du policier, à la pendule dont il entendait le tic-tac.

Le temps semblait long. Mélan viendrait-il ? S'il avait compris que tout était fini pour lui, il s'était peut-être déjà tiré une balle dans la tête. Mais Carola l'aurait sans doute entendu et sa première réaction aurait été de téléphoner à l'infirmière avant d'alerter la police, qu'elle ne semblait pas aimer.

Carola était peut-être au cinéma. Et si Nicole Prieur, ce soir... Mlle Motte devait, de son côté, se poser des questions plus ou moins semblables. Par la fenêtre entrouverte, on entendait les rares bruits de la rue, le glissement d'une auto, un passant, de loin en loin, un couple dont on percevait les voix...

Cela parut une éternité, alors qu'il ne s'écoula en réalité qu'une vingtaine de minutes, vingt minutes de silence et d'immobilité.

L'arrêt d'une voiture. Un léger crissement de freins. Des pas sur le trottoir puis une sonnerie lointaine, étouffée. La petite porte qui se refermait dans la grande. Des pas sur les pavés inégaux de la cour, la porte vitrée qui s'ouvrait à son tour, l'escalier...

Mlle Motte porta la main à sa poitrine et balbutia pour elle-même :

— Je ne peux pas...

Il crut, en la voyant se lever, qu'elle allait se précipiter dans la cuisine, se cacher, s'enfuir peut-être par un autre escalier. Debout, elle ne bougeait pas, et il se levait à son tour, aussi impressionné qu'elle.

Le silence était tel qu'on entendit le léger déclic de la minuterie dans le couloir. Les lampes venaient de s'éteindre. Une main tâtonnait contre la porte et l'infirmière faisait trois pas pour l'ouvrir.

Mélan portait un complet gris et tenait son chapeau à la main. Il s'avançait d'un mètre, se retournait sans avoir vu Maigret, regardait Mlle Motte, ouvrait la bouche puis, se retournant, découvrait le commissaire.

Il ne parla pas tout de suite. Il ne tenta pas non plus de se précipiter dehors. Malgré sa surprise, son émotion, on devinait qu'il s'efforçait de comprendre, que son cerveau travaillait vite.

Le problème devait lui paraître difficile à résoudre. Après un moment, il secoua la tête, comme il aurait effacé une équation au tableau noir pour recommencer à zéro. Toutes ses facultés étaient tendues à bloc.

A présent, il les regardait l'un après l'autre, le front plissé, puis il regardait les fauteuils dans lesquels ils étaient précédemment assis, la pipe dans le cendrier, à portée du commissaire.

— Il y a longtemps que vous êtes ici ? lui demandait-il enfin d'une voix presque paisible.

— Assez longtemps...

Ses yeux bleus s'attardaient sur le visage douloureux de l'infirmière. Ils n'exprimaient ni colère, ni indignation. De la surprise, certes, mais encore et toujours une question... une question... une question...

Il avait besoin de comprendre... Il voulait comprendre... Il possédait un cerveau exceptionnel... On lui avait toujours répété qu'il avait un cerveau exceptionnel... Il l'avait prouvé... Il était parti de tout en bas... de tout en bas... et il...

— Ce n'est pas elle, docteur, prononçait Maigret pour mettre fin à cette scène pénible. Lorsque je suis entré ici, je savais déjà tout, ou à peu près tout... Je n'avais besoin que d'une confirmation...

Pas de haine dans les yeux de Mélan, qui fixaient le commissaire. Qu'est-ce que Pardon lui avait demandé, lors de leur dernier dîner rue Popincourt ? Un crime vicieux, consciemment perpétré... Le mal pour le mal...

Un moment, Maigret avait cru le rencontrer pour la première fois de sa carrière...

Mélan ne le haïssait pas. Mélan ne haïssait personne. Il avait peur. Peut-être avait-il eu peur toute sa vie...

— J'ai téléphoné au professeur Vivier...

La stupeur du dentiste croissait encore, mais il ne disait pas un mot, et il n'y avait que ses yeux pour l'exprimer avec le grossissement des lunettes.

— Il sera témoin à décharge... Peut-être le serai-je aussi...

Épilogue

Vingt minutes plus tard, la voiture de Mélan s'arrêtait devant le commissariat principal du IIIe arrondissement, rue Perrée, et Maigret en descendait le premier.

Quand ils entrèrent dans le couloir, ce fut au tour du dentiste de passer devant.

— Plus loin... La deuxième porte à gauche...

Un des inspecteurs, les pieds sur la table, lisait le journal en fumant sa pipe ; un autre tapait un rapport sur une machine à écrire déglinguée.

Tous les deux se levèrent en reconnaissant le commissaire.

— Bonsoir, messieurs... Je m'excuse de vous déranger... Je ne suis pas en fonctions... J'accompagne simplement le docteur Mélan, qui désire faire une déposition... Je suppose que c'est toi qui vas la taper, Bassin ?...

Il le connaissait depuis vingt ans.

— Il est possible que, cette pièce une fois signée, vous ayez à conduire le docteur au Dépôt... Gentiment... Sans brutalité... Bonsoir, docteur...

Lorsque Maigret rentra chez lui, les Pardon étaient partis. Mme Maigret n'était pas couchée.

— Alors ?

— Il est en train d'avouer...

— Quoi ?

— Tout. Tout ce qu'il a sur le cœur... Nous le saurons demain par les journaux... Ceux de l'après-midi, car il est trop tard pour les journaux du matin...

— C'est lui qui t'a valu tes ennuis ?

— Il avait peur, parce qu'il m'avait aperçu à une fenêtre et qu'il se figurait que je le surveillais...

— Que vas-tu faire ?

— Attendre...

La convocation arriva à dix heures du matin, par un agent cycliste. Il n'était pas mandé chez le préfet de police, mais chez le directeur de la P.J.

— Entrez...

Il poussait la porte, la pipe à la bouche, comme, depuis tant d'années, il entrait dans ce même bureau chaque matin, quels qu'en soient les occupants successifs.

— C'est vous, Maigret... Asseyez-vous... Que voulez-vous que je vous dise ?

— Rien, monsieur le directeur.

— Monsieur le directeur ?

— Patron, si vous préférez...

— Je préfère... Vous m'en voulez ?

— Non...

— J'ai téléphoné au préfet, qui a téléphoné au ministre de l'Intérieur...

— Qui, à son tour, a téléphoné à son ami Jean-Baptiste Prieur...

— C'est probable... Janvier vous attend dans votre bureau... Il était de garde cette nuit... C'est lui qui a été alerté par le IIIe arrondissement...

» Il s'est rendu de bonne heure, avec un terrassier, rue des Acacias, où on a mis au jour les restes de trois femmes...

» La première a été enterrée il y a environ cinq ans... Pour la seconde, le médecin légiste hésite entre deux et trois ans... La troisième est morte voilà moins d'un mois...

Le directeur, lui aussi, se posait une question. Comment Maigret...

Mais il n'osait pas l'exprimer à voix haute.

— A vous de continuer l'enquête, bien entendu...

Et à prouver ensuite que Manuel était l'homme qui tirait les ficelles, derrière les voleurs de bijoux.

On le verrait souvent encore rue des Acacias.

Épalinges (Vaud), le 28 juillet 1964.

LE PETIT SAINT

PREMIÈRE PARTIE

Le petit garçon de la rue Mouffetard

1

Il avait entre quatre et cinq ans lorsque le monde commença à vivre autour de lui, lorsqu'il prit conscience d'une vraie scène se jouant entre des êtres humains qu'il était capable de distinguer les uns des autres, de situer dans l'espace, dans un décor déterminé. Il n'aurait pas pu préciser, plus tard, si c'était en été ou en hiver, bien qu'il eût déjà le sens des saisons. Probablement en automne, car une légère buée ternissait la fenêtre sans rideau et la lumière du bec de gaz d'en face, seule à éclairer la chambre, jaunâtre, semblait humide.

Avait-il dormi ? Son corps était chaud sous la couverture. Aucun bruit particulier ne l'avait éveillé en sursaut. Il avait seulement entendu, derrière le rideau, qui n'était qu'un vieux drap de lit suspendu à une tringle, un halètement familier, entrecoupé de gémissements, avec parfois le grincement des ressorts du lit. C'était sa mère qui couchait dans ce lit, presque toujours avec quelqu'un. Puis, du même côté que lui du drap tenant lieu de cloison, il y avait Vladimir, ensuite Alice, ensuite les jumeaux, lui-même, chacun sur sa paillasse, et, contre le mur, le bébé dans son lit-cage.

Vladimir était un grand, d'au moins onze ans et demi, sinon plus. Alice devait en avoir neuf et les jumeaux, tous les deux roux, avec des taches de rousseur sous les yeux, sept ans environ.

Les paillasses étaient posées côte à côte à même le plancher et sentaient le foin moisi. Il régnait d'autres odeurs qui étaient celles de chez eux, de leur univers, puis les odeurs de toute la maison et, quand on ouvrait la fenêtre, les odeurs du dehors.

Il avait ouvert les yeux, non par curiosité, mais parce qu'il était éveillé. Il avait reconnu les reflets du bec de gaz au plafond et à travers la toile de séparation. Il avait vaguement écouté le halètement, puis, petit à petit, il avait distingué la silhouette de Vladimir, en chemise, les genoux sur sa paillasse, qui regardait par un trou du drap de lit.

Louis n'était pas surpris, ni curieux. Tout cela lui était familier, comme s'il l'eût vécu souvent à son insu. Pour la première fois, seulement, les images, les sons, se rassemblaient, formaient un tout qui avait un sens.

— Alice ! avait chuchoté Vladimir en se tournant vers sa sœur.

— Quoi ?

— Tu dors ?

— Presque.

— Regarde...

Elle aussi était en chemise. Personne ne portait de vêtements de nuit et on se couchait, le soir, en chemise de jour.

— Quoi ?

Vladimir l'attirait sur sa paillasse et, à genoux, elle regardait à son tour.

Les jumeaux ne bougeaient pas, la respiration régulière. Émilie, le bébé de six mois, ne comptait pas encore, dans le lit-cage qui leur avait servi tour à tour.

Il entendit à nouveau la voix étouffée, pourtant distincte, de Vladimir qui commandait :

— Fais-le-moi.

— Tu me le feras après ?

Vladimir s'était couché, la chemise relevée au-dessus du ventre.

— Attention à tes dents.

Louis en avait été si peu ému, si peu surpris, qu'il s'était réassoupi. Quand il avait émergé une seconde fois du sommeil, Vladimir et Alice paraissaient dormir, les jumeaux ne bougeaient toujours pas, mais la lampe à pétrole était allumée dans la cuisine dont la porte restait ouverte. Il s'en dégageait une odeur de café arrosé d'alcool et deux personnes parlaient à voix basse.

N'en était-il pas ainsi dans tous les logements, dans toutes les maisons, dans toutes les familles ?

Sa grand-mère avait remarqué un jour :

— Louis parle à peine. Il doit être un peu arriéré.

Il ne savait plus qui avait répondu :

— Peut-être n'en pense-t-il pas moins ? Ce sont souvent ces enfants-là qui observent le plus.

Il n'y avait pas fait attention, parce qu'il ne savait pas ce que cela signifiait, mais, pour une raison ou pour une autre, les mots lui étaient restés dans la tête. Il y en avait d'autres, et surtout des images, car, même s'il était réellement en retard, il n'avait pas vécu jusqu'à quatre ans sans rien voir autour de lui.

Seulement, c'était un peu comme s'il avait voulu réduire le monde à un espace aussi restreint que possible.

— Si on le laissait faire à son idée, cet enfant ne sortirait jamais de la maison.

Avait-il entendu cette réflexion ou la lui avait-on répétée plus tard ? Il n'est pas facile de faire la part entre ce qui s'est passé réellement, à un moment précis, et ce qu'on vous a dit par la suite.

Le trou, dans le vieux drap de lit qui pendait, l'histoire de Vladimir et de sa sœur, il en était sûr, faisaient partie, malgré la lueur vague du dehors, de la vie réelle. Il avait vu son frère et sa sœur faire la même chose par la suite, en plein jour, sans se préoccuper de lui.

Il y avait eu un père dans la maison, un homme qui s'appelait Heurteau, Lambert Heurteau, qu'il n'avait pas connu, sinon par une photographie, la seule à être fixée au mur de la chambre. Il se tenait debout, drôlement habillé, à côté de sa mère qui portait une robe blanche et un voile.

Lambert Heurteau n'était pas leur père à tous. A quel âge découvrit-il que, dans la plupart des familles, tous les enfants ont le même père ? Pas chez eux. Pas chez d'autres de la rue Mouffetard non plus, où ils habitaient.

Sa mère s'appelait Gabrielle Heurteau. Son nom de jeune fille était Cuchas. Quant à l'aîné, son vrai nom était Joseph Heurteau, mais Louis ne comprit que beaucoup plus tard, quand il alla à l'école, pourquoi on l'appelait Vladimir.

Alice aussi s'appelait Heurteau.

— Celle-là, il est difficile de savoir à qui elle ressemble. En tout cas, il n'y a qu'à regarder ses yeux et son nez pointu pour prévoir qu'elle ira loin.

— A moins qu'elle ne pousse une petite charrette dans la rue comme sa mère et sa grand-mère.

Les jumeaux étaient des Heurteau aussi.

— Ce sont les seuls qu'il ne pourrait pas renier !

Pourquoi Louis n'avait-il pas connu l'homme du portrait et s'appelait-il Cuchas ? Personne ne paraissait s'en préoccuper et, pendant des années, il ne s'en préoccupa pas non plus. Ensuite, quand il sut, cela lui fut indifférent.

Ce qui compta le plus, d'abord, ce furent les deux chambres dans lesquelles ils vivaient, plus exactement la chambre et la cuisine. Dans la journée, on faisait glisser vers le mur le drap de lit muni d'anneaux de cuivre et on découvrait alors, à gauche de la fenêtre, un lit en noyer, très haut, ses deux matelas, sa courtepointe et l'énorme édredon.

L'image était vague, mais Louis aurait juré qu'il avait vu sa mère dans ce lit-là, entourée d'autres femmes, qu'elle avait beaucoup crié tandis qu'on le retenait dans la cuisine ; qu'ensuite on lui avait montré un vilain bébé en lui annonçant qu'il avait une nouvelle petite sœur.

Sa grand-mère était présente aussi. Pour lui, c'était une vieille femme très grosse que tout le monde appelait Ernestine.

Était-il né, lui aussi, dans le lit de noyer, et avait-il tété les seins de sa mère comme il l'avait vu faire par Émilie ? Personne ne disait Émilie. Il avait mis longtemps à connaître son nom. On disait simplement la petite, comme on disait les jumeaux.

— Vous autres, les jumeaux, laissez la petite tranquille et allez jouer dehors.

Beaucoup plus tard, et seulement devenu adulte, Louis devait retrouver d'autres images qu'il n'avait pas eu conscience d'enregistrer et qui, peut-être parce qu'elles composaient sa vie quotidienne, ne l'avaient pas frappé sur le moment.

Les murs de la chambre avaient été jadis recouverts d'un papier peint dont il ne restait que des lambeaux où l'on retrouvait pourtant des personnages habillés comme au temps des rois. Sur un de ces lambeaux, près de la porte, figurait une jeune femme aux jupes très larges qui se balançait sur une escarpolette.

Le reste était du plâtre, jauni, sali, marqué d'initiales à la pointe du couteau et de dessins représentant les parties sexuelles qu'on avait essayé d'effacer. Qui les avait dessinés ? Qui avait tenté de les faire disparaître ?

Pas sa mère, vraisemblablement. Cela ne la gênait pas, l'été, de rester nue dans la chambre et même dans la cuisine. Quand elle n'avait pas encore noué son gros chignon roux, les cheveux lui pendaient jusqu'aux reins et, au bas de son ventre un peu rebondi, les poils étaient très fins, légers, du même ton clair que les cheveux d'Alice.

Elle était gaie et il lui arrivait souvent de chanter en faisant le ménage, quand elle avait le temps de le faire.

Les paillasses étaient brunes, d'une toile épaisse et rêche, sauf celle de Vladimir, qui était bleuâtre. On ne trouvait de draps que dans le lit de noyer et dans le berceau émaillé.

— Alice ! Va faire chauffer le biberon de ta sœur.

— Pourquoi est-ce toujours moi ?

Qui lui avait donné le biberon, à lui ? Les jumeaux n'avaient que trois ans de plus que lui. Alice était son aînée de quatre ans et demi. Était-ce Vladimir qui, lui, avait huit ans quand Louis était né ?

Ces questions-là ne lui venaient pas encore à l'esprit, sauf quelques-unes, les plus simples, qui ne le troublaient pas, parce que tout lui paraissait naturel. Plus tard, beaucoup plus tard, il se demanderait comment telle ou telle chose se passait, au temps de son enfance, rue Mouffetard, mais ce serait par simple curiosité, comme un amusement.

On était en 1897 ou 1898 quand il avait observé ce que sa sœur faisait docilement à Vladimir sans que cela l'intéresse assez pour l'empêcher de se rendormir. Cela ne l'étonnait pas que sa mère porte un haut corset qui laissait des traces sur sa peau fine et tendre ; non plus de voir, dans la rue, certains hommes coiffés de casquettes, d'autres de chapeaux melons, d'autres enfin de hauts-de-forme de soie.

Il avait entendu dire que la famille était pauvre ; mais tout le monde ne l'était-il pas dans la maison, presque tout le monde dans la rue, sauf les commerçants, comme son oncle Hector, qui tenait une boucherie au coin de la rue du Pot-de-Fer ?

— S'il n'avait pas été hâbleur et beau garçon, il n'aurait pas embobeliné la fille Lenain. D'ailleurs, on ne la lui a donnée que parce qu'elle boite. Tous les Lenain sont pourris. Le grand-père a fini dans un asile et, quant au frère d'Azaïs, Dieu sait de quoi il est mort. Je ne serais pas étonné d'apprendre qu'Hector, bien qu'il soit mon frère, ne l'y ait un peu aidé...

Elle riait. Sa mère riait aussi souvent qu'elle chantait. Quand elle était au lit avec un homme, elle commençait par soupirer, par gémir, mais cela se terminait toujours par un éclat de rire.

Elle se levait très tôt matin, parfois, l'été, à trois heures. Elle allait se débarbouiller dans la cuisine, où se trouvait un robinet de cuivre. L'hiver, elle allumait le feu avant de partir. Il arrivait que Louis l'entende. D'autres fois, en s'éveillant, il s'apercevait qu'elle n'était plus là.

Il savait qu'avec sa charrette à bras, qu'elle louait à un certain Mathias, qui en avait une pleine cour, rue Censier, elle se dirigeait vers les halles pour s'approvisionner en légumes ou en fruits. A six heures, elle prenait sa place au bord du trottoir, en face du marchand de chaussures, alors que la grand-mère s'installait, une centaine de mètres plus bas, près de l'église Saint-Médard.

Tout cela, à quatre ans, à cinq, il l'ignorait ou plutôt cela appartenait à un monde qui n'était pas le sien, qui n'avait qu'un lointain rapport avec sa réalité quotidienne.

Par exemple, le poêle, pendant longtemps, eut plus d'importance que sa mère et fut le point central de son existence. Il ne savait pas encore qui l'allumait, ni comment. Il revoyait seulement sa mère, haletante d'avoir monté l'escalier, traverser la chambre en portant un seau de charbon dont le poids la faisait pencher du côté droit.

Il n'existait pas de porte entre la cuisine et le corridor. On devait passer par la chambre. Cela ne déplaisait pas à Louis qu'il n'y eût qu'une issue à leur logement. C'était rassurant, car on se sentait bien enfermé, comme, la nuit, il s'enfermait dans la couverture enroulée à son corps.

Dans la cuisine, le poêle prenait une bonne partie de la place, à côté de l'évier.

— C'est une chance que nous ayons l'eau à l'étage. Il n'y a pas beaucoup de gens dans la rue, même de beaucoup plus riches que nous, qui ont l'eau dans leur logement. Si seulement nous avions le gaz aussi...

Il savait ce qu'était le gaz, car il en voyait, le soir, l'éclairage blafard dans les boutiques d'en face et dans certains appartements. Il était même installé dans la cour de l'immeuble, ou plutôt dans l'atelier du menuisier.

De sa paillasse, Louis entendait frotter des allumettes au soufre dont il aimait l'odeur. Ensuite, presque toujours, sa mère soupirait, grommelait des mots qu'il ne distinguait pas, et l'odeur de pétrole succédait à celle du soufre, l'effaçait, bientôt effacée à son tour par l'odeur du petit bois et du charbon.

Il aurait pu se lever pour aller voir. Il le fit plus tard, vers l'âge de six ou sept ans. Jusque-là, il préféra ce mystère du feu tel qu'il le découvrait de son lit et, comme il se célébrait très tôt matin, presque toujours quand il faisait encore noir, il se rendormait avant la fin, avant le jet de vapeur qui sortait de la bouilloire, les gouttes qui tombaient, une à une, dans la cafetière, en transformant une fois de plus l'odeur du logement.

On lui raconta, plus tard, qu'on avait essayé, à deux ans, de le mettre à l'école maternelle, qu'il n'avait pas pleuré mais s'était débattu et que, sa mère partie, il s'était enfui par la fenêtre. Comme il ne connaissait pas encore sa maison de l'extérieur, il errait entre les charrettes des marchandes des quatre-saisons et un agent de police avait fini par l'interpeller.

— Que cherches-tu, petit ?

— Je cherche maman.

— Où est-elle, ta maman ?

— Je ne sais pas.

— Tu l'as perdue ?

— Oui.

— Comment t'appelles-tu ?

— Je ne sais pas.

— Tu ne sais pas ton nom ? Tu ne sais pas non plus où tu habites ?

— Non.

Il portait une petite robe, comme, à cette époque, les garçons de son âge, et ses cheveux lui tombaient presque sur les épaules.

— Tu ne serais pas une fille, par hasard ?

— Non. C'est ma sœur.

Il n'en avait qu'une, car Émilie n'était pas née.

— Qu'est-ce qu'il fait, ton père ?

— Je n'en ai pas. Je veux rentrer chez nous.

L'agent, paraît-il, l'avait entraîné de boutique en boutique.

— Vous connaissez ce gosse-là ?

On l'examinait avec plus ou moins d'attention en hochant la tête.

— Tu es du quartier, au moins ?

— Je ne sais pas.

Enfin, il avait aperçu sa mère derrière sa charrette chargée de légumes. Ou plutôt, dans le récit qu'on lui en fit, sa mère l'aperçut, sa petite main dans celle du sergent de ville.

— Qu'est-ce que tu fais ici, Louis ?

— Je ne sais pas.

— Comment t'y es-tu pris pour quitter l'école ?

— Je ne veux plus aller à l'école.

— Tu gardes ma charrette un moment, Germaine ?

Elle l'avait reconduit à la maison où les jumeaux, assis par terre dans la cuisine, jouaient avec des cubes. Ce n'étaient pas ses souvenirs à lui. Il était incapable de remonter si loin dans le passé.

— Même à six ans, on a eu toutes les peines du monde à te garder à l'école. Tu refusais d'apprendre...

Peut-être n'était-ce pas tant d'apprendre qu'il refusait, mais d'être arraché à un univers qu'il considérait comme le sien et où il se sentait en sûreté.

Il aimait la chambre qu'un drap de lit pendu à une tringle coupait en deux, l'odeur des paillasses alignées, le portrait de sa mère en voile blanc et d'un homme à moustaches blondes, les lambeaux de papier peint, surtout la jeune fille à l'escarpolette ; il aimait surtout la chaleur que le poêle dégageait, par vagues, par bouffées, le ronflement qu'il faisait parfois entendre, les cendres lumineuses qui dégringolaient soudain dans le tiroir du bas.

— Il ne parle pas beaucoup, ton fils !

Qu'est-ce qu'il aurait dit ?

Il devait essayer souvent, plus tard, à des âges différents, de reconstituer les étapes successives de cette naissance du monde autour de lui. Non pas parce qu'il y attachait de l'importance. Ce n'était qu'un jeu, à la fois secret et voluptueux.

Il ne parvint jamais à un enchaînement satisfaisant. Des images manquaient, en particulier les siennes, car il ne connut au mieux que la photographie de mariage de sa mère et de Lambert Heurteau. Celui-ci posait une main sur l'épaule de sa femme, l'autre, gantée et tenant le deuxième gant, sur un guéridon qui fascina longtemps Louis, jusqu'au jour où, se hasardant hors du quartier, il découvrit un guéridon identique chez un brocanteur.

Pourquoi, en contemplant le visage mal éclairé, les moustaches tombantes, d'un blond fade, de cet homme qu'il n'avait jamais vu, lui sembla-t-il qu'il était mort.

— Mais non, imbécile. S'il était mort, maman serait veuve et nous serions orphelins.

— Moi aussi ?

— Pas toi, puisqu'il n'est pas ton père.

— Pourquoi ?

— Parce qu'il était parti depuis longtemps quand tu es né.

— Pourquoi ?

Peut-être parce qu'il en avait marre. Ou que leur mère en avait marre.

Cette conversation datait de plusieurs années plus tard, vers ses huit ou neuf ans, à peu près, quand il avait osé poser des questions à Vladimir. Vladimir continuait à le mépriser, mais se donnait maintenant la peine de lui répondre avec condescendance.

— Ils se disputaient ?

— Quand il avait bu, ou que maman avait bu. Tu n'as jamais entendu maman se disputer avec les autres ?

— Il la battait ?

— Quelquefois. Maman était plus forte que lui et, à la fin, c'était lui qui recevait les coups.

— Comment le sais-tu ?

— Parce que je regardais par le trou et que, quand ils buvaient dans la cuisine, j'écoutais.

Vladimir avait adopté une attitude de défi, soutenant sans broncher le regard de n'importe qui, ne cédant devant personne. Il était le seul brun de la famille, plus grand, plus nerveux que les autres, de longs cils palpitant autour de ses prunelles sombres.

— Moi, je m'en f... Ce n'est pas mon père. Maman était enceinte avant de le connaître. Mon vrai père, c'était un Russe et j'ai entendu maman raconter à quelqu'un qu'il était anarchiste.

— Qu'est-ce qu'il faisait ?

— Il préparait des bombes et les faisait éclater.

Avant cela, Louis avait dû découvrir un des deux pôles de leur logement, l'évier et le robinet, presque aussi importants que le poêle. Le dimanche matin, leur mère, qui ne travaillait pas ce jour-là, mettait de l'eau à chauffer dans une vaste bassine à lessive.

Elle était obligée d'aller demander l'aide de M. Kob, leur voisin, pour poser la bassine d'eau presque bouillante sur le carrelage rougeâtre de la cuisine. M. Kob ne se faisait pas prier, car Gabrielle était nue sous son peignoir et montrait généreusement ses seins en se penchant.

A cette heure-là, le dimanche, il sentait le cosmétique et portait un appareil en tulle pour fixer ses moustaches noires.

Alice, parce que c'était une fille et qu'elle était moins sale, passait dans l'eau la première, savonnée des pieds à la tête, les cheveux pendant en mèches mouillées sur ses joues et ses épaules creuses.

Ensuite, Vladimir venait de droit et exigeait de se laver seul.

— Pense au moins à te laver les oreilles.

— Je laverai ce qu'il me plaira.

Venaient les jumeaux, tantôt l'un, tantôt l'autre le premier. Dans la rue et à l'école, on les appelait les rouquins et on en avait peur, car ils étaient toujours à chercher la bataille. A la maison, au contraire, ils se montraient indifférents, comme s'ils ne se sentaient pas de la famille. Ils avaient les yeux d'un bleu-violet, la peau pâle et, à peu près chaque hiver, ils attrapaient la grippe ensemble.

— A toi, Louis.

L'eau était déjà bleue, visqueuse de savon. Louis n'était pas dégoûté de passer le cinquième. Il n'était jamais dégoûté. Par les odeurs non plus. Est-ce que quelqu'un, dans la maison et dans le quartier, était dégoûté par les odeurs ?

Il n'existait pas de cabinets à l'étage. Ni la voûte, ni la cour, ni l'escalier n'étaient éclairés, de sorte que, dans la chambre, l'objet le plus important était un pot de chambre en lourde faïence blanche. Tout le monde s'en servait, leur mère la première, et aussi les hommes qui venaient la voir, qui vivaient parfois un mois avec eux, parfois quelques jours, parfois une seule nuit.

— Merde ! Ce sacré pot de chambre est encore plein !

Celui-là était un cocher, qui apportait chaque soir dans la poche de sa houppelande deux litres de vin rouge. Ils ne se couchaient pas tout de suite, Gabrielle et lui, restaient assis dans la cuisine, les coudes sur la table, à la lumière de la lampe à pétrole, et parlaient à mi-voix en buvant leur vin. Quand la mère commençait à rire, cela signifiait qu'ils se coucheraient bientôt.

On baissait la mèche de la lampe, qui ne tardait pas à s'éteindre, et la chambre n'était plus éclairée que par le bec de gaz d'en face. Comme on était au premier étage et que la rue Mouffetard n'est pas large, il faisait assez clair. L'homme, en pan de chemise, en caleçon long, soulevait le pot que les enfants avaient rempli.

— Merde ! Ce foutu pot de chambre...

Il ouvrait la fenêtre et le vidait sur le trottoir tandis que Gabrielle riait de plus belle. Elle le versait, elle, dans l'évier de la cuisine, puis faisait couler l'eau. Le cocher était venu pendant près d'un mois. Un dimanche, il les avait emmenés dans son fiacre au bois de Boulogne, tous entassés, Émilie, qui devait avoir un an, sur les genoux de sa mère, Vladimir sur le siège haut perché, et Vladimir n'avait pas tardé à se servir du fouet.

Ce fut, pour des années, leur plus long voyage. A vrai dire, ils n'en firent jamais d'autre tous ensemble.

Certes, Gabrielle partait très tôt pour les halles, avec sa mère et d'autres marchandes des quatre-saisons, chacune poussant sa charrette. Mais, dès que le marché commençait le long des trottoirs, elle passait le reste de la journée à cent mètres à peine de chez eux.

Quand Émilie était toute petite, Alice s'en occupait et c'était elle aussi qui rechargeait le poêle et tisonnait. De temps en temps, leur mère confiait sa charrette pour quelques minutes à une voisine.

— Tiens ! Tu mettras cette viande à cuire avec des oignons et un filet de vinaigre.

Ce n'était pas de la viande de chez son frère, Hector le Riche, comme elle l'appelait.

— Depuis que cette espèce de maquereau a épousé sa boiteuse et qu'il est devenu patron, il ne connaît plus sa famille.

Au fond, elle ne lui en voulait pas. Elle était plutôt fière de lui. N'est-ce pas toujours ainsi que cela se passe dans les familles et n'en aurait-elle pas fait autant à sa place ?

Elle avait un autre frère, Jean, un peu simple, allumeur de réverbères, qui passait le soir, muni d'une longue perche au bout de laquelle brillait une petite flamme pour allumer les becs de gaz et qui passait de nouveau tôt matin pour les éteindre.

— Un métier de fainéant. Pourtant, c'est le seul de nous tous qui soit allé à l'école jusqu'à quinze ans.

Tout cela s'était enregistré pêle-mêle. Louis n'avait jamais l'air d'écouter. Des voix lui parvenaient, avec toujours, surtout l'été, quand les deux fenêtres, celle de la cuisine et celle de la chambre, étaient ouvertes, le vacarme de la rue.

— Celui-là, il ne s'intéresse à rien.

C'était peut-être vrai. Certaines phrases, cependant, certaines intonations, se casaient dans sa mémoire, sans qu'il se préoccupât de les mettre en ordre, de les rapprocher les unes des autres, d'essayer de comprendre.

— Et pourtant, il a l'air intelligent...

A cause de son sourire, vraisemblablement, un sourire doux, sans ironie, sans méchanceté, sans agressivité, que quelqu'un compara un jour au sourire de saint Médard, dont l'église se dressait au bas de la rue.

Il était heureux. Il regardait. Il allait de découverte en découverte mais, au contraire de Vladimir, il ne s'efforçait pas de comprendre. Cela lui suffisait de contempler une mouche sur le mur de plâtre, ou des gouttes d'eau qui roulaient sur la vitre.

Certaines gouttes d'eau, par exemple, plus grosses et plus troubles, rattrapaient les autres en coupant au court au lieu de zigzaguer. Parfois, cela durait des heures, avec, pour fond, l'énorme botte rouge à pompon doré qui servait d'enseigne au marchand de chaussures d'en face.

Il s'appelait Stieb et son nom, qu'il ne put lire que beaucoup plus tard, était calligraphié à l'anglaise sur les deux vitrines encadrant l'étroite porte. On voyait les gens entrer, surtout des femmes avec un ou plusieurs enfants, et c'était fascinant de les observer alors qu'ils gesticulaient sans qu'on entende leurs paroles. M. Stieb avait une barbe carrée, un faux col à pointes cassées, une cravate-plastron mauve et une redingote.

Il faisait asseoir la mère, les enfants, s'agenouillait pour déchausser ceux-ci, puis commençait le jeu des boîtes, qu'il allait prendre dans les rayons et dont, avec des gestes de prestidigitateur, il retirait des souliers de toutes formes.

— Non... faisait la tête de la mère, qui tenait un filet à provisions sur les genoux.

— Attendez ! Attendez ! J'ai votre affaire. Que dites-vous de ceux-ci ?

— Non... Non...

Pas du vernis. Pas du chevreau. De bons gros souliers à semelles épaisses, de préférence avec des clous !

A gauche, dans la pénombre, la maigre et sévère Mme Stieb assistait, indifférente, à la scène. Elle était laide. Les rouquins l'appelaient la guenon malade.

On devait l'enterrer un an ou deux plus tard. Toute la rue Mouffetard, y compris les marchandes des quatre-saisons, suivit son enterrement. Les volets restèrent baissés trois jours. Quand M. Stieb les rouvrit, il y avait une vendeuse dans le magasin.

Les volets étaient fascinants aussi. Ceux du marchand de chaussures se baissaient à l'aide d'une manivelle qu'on introduisait dans un petit trou de la devanture, et une autre manivelle, l'été, faisait descendre une toile à rayures rouges et jaunes dont le bord s'arrêtait juste au-dessus de la tête des passants, de sorte que les plus grands, ou ceux qui portaient un haut-de-forme, devaient se baisser. Une nouvelle tente, unie, grisâtre, les y obligeait de nouveau devant la boutique du tripier.

Les commerçants ne fermaient pas tous à la même heure et l'épicier, qui n'avait qu'une vitrine, mais dont la boutique s'étendait en profondeur, était le dernier à accrocher deux panneaux de bois qu'il calait avec une barre et un cadenas avant de faire de même avec la porte, de sorte qu'il était obligé de rentrer chez lui par l'impasse.

Louis vivait des heures à la fenêtre, comme il en vivait, dans la cour, à regarder le menuisier travailler dans son atelier vitré. C'était un grand homme maigre, qui s'appelait Floquet et qui s'arrêtait de temps en temps de manier la scie ou le rabot pour rouler une cigarette.

Il n'était sans doute pas assez riche pour se payer un apprenti et, quand il avait besoin d'un coup de main, pour maintenir deux pièces de bois ensemble, il appelait sa femme qui surgissait, toujours fraîche, en tablier amidonné, de la cuisine.

Quand, au printemps ou en été, une partie du vitrage était ouverte, une bonne odeur de bois frais et de colle émanait de l'atelier, un peu gâchée par celle de l'unique cabinet de l'immeuble dont la porte, dans laquelle on avait scié un cœur, était jour et nuit entrouverte, découvrant, à même le sol, une plaque de faïence sale, avec deux emplacements pour les pieds et un trou au milieu.

Au-delà de la cour s'ouvrait un autre monde encore, car l'immeuble était vaste. Si tous les locataires étaient plus ou moins pauvres, ceux dont les fenêtres donnaient sur la rue étaient les privilégiés. On y comptait même des gens comme M. Kob, qui ne sortait qu'en chapeau melon, parfois en haut-de-forme, et presque toujours en redingote. On disait qu'il était préparateur à la Faculté de Médecine et que c'était lui qui découpait les cadavres non réclamés par les parents.

Même dans cette partie de la maison, cependant, on comptait plus de vieilles gens que de jeunes, des veuves et des veufs, surtout des veuves. Certaines recevaient une petite aide de leurs enfants. Quelques-unes possédaient des économies. D'autres étaient inscrites à l'Assistance Publique et trois au moins, des étages supérieurs, ne pouvaient plus descendre l'escalier.

Une sorte de tunnel conduisait à la seconde cour où s'alignaient les poubelles dont les chats, la nuit, les rats aussi, disait-on, faisaient basculer les couvercles mal fermés. Un escalier débouchait à droite, les premières marches en pierre, les autres en bois. La rampe de fer était soutenue par des barreaux trop espacés et plusieurs enfants s'étaient blessés ; l'un d'eux était mort en tombant de deux ou trois étages.

Tout le monde ne parlait pas français. Une petite fille et son père avaient les yeux bridés. Un grand nègre aux lèvres épaisses vivait avec une toute petite femme à la peau aussi pâle que celle des jumeaux.

Louis s'asseyait sur une marche et regardait. Il posait rarement des questions. Quand sa mère rentrait seule pour le repas, elle était trop occupée avec les autres et, presque chaque soir, il y avait un homme dans la chambre, parfois un inconnu, le plus souvent quelqu'un qui restait assez longtemps et qui ne dédaignait pas de jouer avec les enfants, comme cela avait été le cas du cocher.

Vladimir, seul, aurait pu éclaircir certains points, mais il regardait son frère d'un œil si hautain et si méprisant que Louis préférait se taire.

Pourtant, Louis aurait pu le dénoncer. Vladimir avait pris l'habitude d'apporter, le soir, des choses qui ne lui appartenaient pas, des bonbons, du chocolat qu'il suçait en s'endormant, des pièces de monnaie qu'il cachait dans sa paillasse, un canif qui brillait comme un canif en argent et même une montre de dame qu'il lui arrivait, avant de s'endormir, de tenir contre son oreille.

Un jour, Alice découvrit la montre et, quand Vladimir rentra, elle la lui balança, au bout de sa chaînette, devant son nez.

— Où as-tu trouvé ça, Vladimir ?

— Rends-la-moi.

— Je ne te la rendrai que si tu m'en trouves une autre.

— Je t'ordonne de me la rendre.

— Et moi, je t'avertis que, si tu ne me la laisses pas, je le dis à maman. Je lui dirai aussi que tu regardes par le trou et que tu m'obliges à faire comme elle.

— Cela lui est égal. Rends-moi la montre.

— Non.

— Je te promets de t'en donner une autre.

— Quand tu me l'apporteras, je te rendrai celle-ci. Elle est en or ?

— En plaqué.

— C'est du toc ?

— Pas du toc, du plaqué. C'est presque aussi bon que de l'or. Écoute, Alice...

— Non.

Alors, Vladimir avait passé sa rage sur Louis.

— Qu'est-ce que tu fais ici, toi ?

— Rien.

— Tu écoutais ?

— J'ai entendu.

Vladimir était allé chercher le canif, qu'il avait ouvert d'un geste décidé.

— Si tu as le malheur d'en parler à maman ou à n'importe qui d'autre, je te pique. Tu sais ce que cela veut dire ?

— Oui.

— Viens ici.

— Non.

— Tu n'y gagneras rien.

Vladimir s'était avancé, avait saisi le poignet de Louis, lui avait soulevé la manche et, d'un coup sec, avait enfoncé la pointe de la lame d'un millimètre ou deux.

— Cela fait mal ?

— Oui.

— Eh bien, si je te pique pour de bon, cela fera encore plus mal et il faudra peut-être qu'on te conduise à l'hôpital. Tu te souviens, le mois dernier, de l'homme qu'on a trouvé sur le trottoir avec un couteau enfoncé dans le ventre ?

Tous ceux qui se levaient de bonne heure l'avaient vu de leur fenêtre, car il était resté plus d'une heure sans secours.

— Bon ! Alors, ferme-la. Compris ?

— Compris.

Et Louis s'éloignait de son frère en souriant.

2

Était-ce un jeu de sa mémoire, une illusion d'optique ? Il eut l'impression, plus tard, que son enfance avait été une succession de périodes de découvertes, d'activité intense, et de périodes d'assoupissement dont il ne lui restait aucun souvenir, sinon une sorte de tonalité générale, tantôt de la grisaille, tantôt comme un brouillard lumineux.

Il en était de même de ses contacts avec les êtres. Certains semblaient avoir, pour un temps, disparu de sa vie, alors qu'il avait continué à les côtoyer chaque jour, alors que d'autres passaient, sans raison apparente, au premier plan, avec des détails si minutieux qu'ils en devenaient saugrenus.

Ce fut le cas de M. Stieb, le marchand de chaussures, dont les gestes, les jeux de physionomie, lui restèrent gravés dans l'esprit au point qu'il se souvenait quand il s'était taillé la barbe ou quand il avait changé le style de ses faux cols.

Il suivit ainsi, sans essayer de comprendre, de sa fenêtre au premier étage, un manège qui, pour lui, n'avait pas d'importance, mais qui dut en avoir énormément pour M. Stieb. La nouvelle vendeuse était brune, dotée d'une forte poitrine, de hanches larges et de fesses rebondies. Elle se vêtait strictement de noir, comme en deuil, elle aussi. Était-ce une veuve, ou quelqu'un de la famille, la sœur cadette de Mme Stieb, par exemple ?

Au début, elle servait les clients et s'agenouillait devant les pieds déchaussés, jonglait avec les boîtes de carton, montait sur l'échelle qui glissait devant les rayons.

Jadis, lorsqu'il n'y avait personne à servir, M. Stieb se campait à la porte du magasin et adressait volontiers la parole, d'une façon engageante, aux passantes qui s'arrêtaient devant les vitrines.

Maintenant, dès qu'il avait un moment de libre, il disparaissait avec sa vendeuse dans l'arrière-boutique jusqu'à ce que, quelques semaines plus tard, M. Stieb, comme avant, servît la clientèle tandis que la jeune femme au corps dru prenait place à la caisse.

Louis ne se souvint pas du mariage, qui dut être célébré pendant une de ses périodes d'apathie. Il ne sut jamais non plus si Vladimir vola une autre montre pour sa sœur. Vers sa cinquième année, il y eut un vide de plusieurs mois dont il ne lui resta presque rien, sinon une impression de soleil et de chaleur, des odeurs de victuailles et de poisson qui montaient de la rue.

Vladimir, qui avait treize ans, rentrait de l'école avec un cartable qu'il lançait dans un coin, près du lit de fer d'Émilie, mais Louis ne lui vit jamais ouvrir un livre ou un cahier, ne l'entendit pas non plus parler de sa classe, de son instituteur ni de ses camarades, alors que les jumeaux, parfois, s'asseyaient face à face à la table de la cuisine pour faire leurs devoirs et apprendre leurs leçons.

Ils étaient tous différents. Sauf le fait qu'ils vivaient sous le même toit, mangeaient le plus souvent ensemble, dormaient sur des paillasses posées côte à côte et se lavaient, le dimanche, dans la même eau, ils avaient peu de contacts.

Vladimir avait le poil noir, épais mais souple, avec une mèche qui lui tombait sur un œil.

Les jumeaux, au visage plus carré, plus osseux, taillaient leurs cheveux roux en brosse.

Alice était blonde, d'apparence fragile, et sa poitrine commençait à montrer de petites enflures autour des tétons.

Louis ne se voyait pas. Le seul miroir était suspendu au mur trop haut pour lui et ne servait qu'à leur mère au moment de dresser son chignon.

Louis était petit, il le savait, plus petit que les autres garçons de son âge, et ses cheveux étaient encore plus fins que ceux de sa sœur.

Quant à Émilie, elle commençait à marcher dans une sorte d'enclos qu'on lui aménageait pendant la journée avec les paillasses.

Pourquoi Vladimir était-il plus présent à ses yeux que les jumeaux dont, pour une longue période, il restait incapable de se rappeler les faits et gestes ?

Cet été-là, sa mère lui coupa les cheveux et il fut surpris de lui en voir mettre une mèche bouclée dans un papier de soie. Or, s'il se souvint de la mèche, du papier de soie, il ne garda aucun souvenir de l'opération elle-même et il n'aurait pas pu dire, plus tard, sur quelle chaise, ni à quel endroit du logement il était assis.

Il découvrait la rue Mouffetard, où il commençait à se promener seul, les mains dans les poches. Dans son esprit, elle était divisée en deux parties distinctes.

A droite de chez lui, en montant la Contrescarpe, les boutiques n'étaient pas aussi serrées les unes contre les autres, on voyait moins d'impasses sombres entre les maisons et il y avait peu de petites charrettes le long des trottoirs. C'était un monde étranger.

En descendant vers l'église Saint-Médard, la rue devenait plus épaisse, plus grouillante, pleine de bruits et d'odeurs, des cris des marchandes, de victuailles entassées et de détritus dans le ruisseau.

Il allait souvent voir sa mère, dont il reconnaissait de loin la charrette peinte en vert avec, aux heures de soleil, un toit de toile maintenu par deux bâtons et des ficelles.

— Goûtez mes belles pêches, ma petite madame... N'ayez pas peur... Il n'y en a pas de pareilles sur tout le marché...

Cela changeait chaque jour : des pêches, des prunes, des laitues, des haricots verts.

— Mes poires Williams, monsieur... Allons ! Ne soyez pas timide... Votre femme ne vous grondera pas...

Une ardoise était fichée au sommet de la pyramide et, entre les brancards de la charrette, une planchette servait de support à la balance et aux poids de fonte.

Sa mère n'avait guère le temps de lui parler. On ne parlait jamais beaucoup dans la famille.

— Alice est avec ta petite sœur ?

Il se demandait si Alice avait jamais fréquenté l'école. Sa mère lui donnait un fruit, à d'autres saisons une branche de rhubarbe acide, quelques fèves à la cosse épaisse et velue, parfois une pièce d'un sou. Il marchait, ballotté par la foule, s'arrêtant pour regarder, à la poissonnerie, les monceaux de moules, de crevettes, les poissons aux yeux glauques.

Il lui arrivait aussi d'enjamber un homme qui dormait, vêtu de haillons, le visage hirsute, en travers du trottoir, à côté d'une flaque de vomissure.

Il ne dépassait jamais l'église, qui était sa frontière, et il ne s'intéressait pas aux fiacres, aux omnibus qui passaient dans un vacarme de sabots de chevaux.

Son seul voyage en dehors du quartier, avec la famille entassée dans la voiture du cocher, lui paraissait déjà irréel. Il avait vu couler la Seine, des églises, des bâtiments immenses, des rues larges, aux maisons silencieuses, où il ne passait personne, des avenues et des voitures tirées par deux et même par quatre chevaux où des jeunes femmes vêtues de blanc jouaient avec leur ombrelle. Il avait aperçu des cavaliers aux bottes brillantes, des officiers aux épaulettes d'or.

C'était beau, sans doute. Sa mère s'extasiait.

— Toute sa robe est en vraie dentelle et elle porte assez de bijoux pour acheter la moitié de la rue Mouffetard...

Il n'en était pas touché. Pour lui, c'était en dehors du réel et il avait fini par s'assoupir.

Les Doré, en face, étaient plus vrais et, pendant un temps, tinrent une place importante dans sa vie. Ils habitaient le premier étage au-dessus de la boutique de M. Stieb, mais ce n'était pas un logement comme le leur. Il comportait au moins quatre pièces, peut-être cinq ou six, car Louis ne découvrait ce qui se trouvait derrière qu'au hasard d'une porte ouverte.

Les planchers étaient si bien cirés que le soleil s'y jouait comme sur une vitre et, à certains endroits, ils étaient couverts de tapis de toutes les couleurs, où dominait le rouge sombre.

Mme Doré et son mari étaient vieux. Ils avaient au moins cinquante ans. L'été, leurs trois fenêtres restaient ouvertes toute la journée et une jeune bonne en tablier blanc, un bonnet sur la tête, venait y battre les vêtements et les tapis au-dessus du trottoir.

D'autres habitants de la rue avaient-ils une bonne ? Mme Doré portait un corset si raide qu'il lui donnait l'aspect d'une statue. Son chignon serré, encore noir, se teintait de gris. On ne la voyait jamais en négligé. Ses robes, aux larges épaules à gigot, étaient de couleurs difficiles à préciser, violettes, par exemple, avec des reflets mauves, ou feuille-morte, ou encore bleu lavande.

Les deux pièces de devant étaient la salle à manger et le salon et, pour le petit déjeuner, Mme Doré était déjà harnachée, sans un cheveu hors de l'alignement, une guimpe blanche ou noire l'obligeant à tenir la tête droite, le menton haut.

Des quantités de petits plats, d'ustensiles que Louis ne connaissait pas, étaient posés sur la nappe blanche et, presque chaque jour. Mme Doré appelait la bonne, en agitant une sonnette, pour lui faire remettre tel ou tel objet à sa place exacte.

M. Doré était gras, portait de larges favoris, et s'habillait, chez lui, d'un veston couleur havane à brandebourgs.

On ne les voyait presque pas parler. Il lisait son journal dans un fauteuil de velours. Son teint était coloré et, après chaque repas, sa femme allait prendre un flacon dans le buffet et lui servait un petit verre qu'il accompagnait d'un cigare.

C'étaient leurs propriétaires et ils étaient propriétaires aussi de la maison qu'ils habitaient, sans compter, prétendait-on, de quatre ou cinq autres immeubles de la rue.

L'été, M. Doré sortait vêtu d'une redingote gris perle et prenait bien garde de ne pas crotter ses souliers vernis en marchant dans les détritus. Il avait invariablement à la main une canne à pommeau d'ivoire et ses yeux étaient toujours tristes.

C'étaient eux, jadis, qui tenaient la quincaillerie, un peu plus bas, que le grand-père Doré avait fondée après avoir débuté maréchal-ferrant.

Les Doré se rattachaient, pour Louis, à sa maladie et à celle de ses frères et sœurs. Par des recoupements, il établit plus tard qu'il avait environ cinq ans et demi. Cela se situait après un été chaud, qu'il avait passé le plus souvent dans la rue.

Il y avait eu ensuite une série d'orages dont un, plus violent que les autres, avait transformé la rue en pente en torrent et, comme les égouts avaient regorgé, une puanteur avait régné pendant plusieurs jours. Des ouvriers et des pompiers étaient même venus creuser une tranchée pour réparer les dégâts.

Les orages finis, la pluie avait persisté, chaque jour plus froide. Il ne savait pas si cela se passait en octobre ou en novembre. En tout cas, on avait commencé à allumer du feu dans le poêle de la cuisine et les vitres étaient couvertes d'une buée sur laquelle il dessinait avec ses doigts.

Une nuit, Louis avait eu mal au ventre et était allé deux fois sur le pot. Le matin, il avait très chaud et ressentait un chatouillement dans les yeux.

Il n'en avait parlé à personne, parce que ce n'était pas désagréable. Il était même sorti un moment dans la matinée et avait rencontré M. Doré, en pardessus, portant un parapluie roulé à la place de sa canne.

— Tu ne manges pas ?

— Je n'ai pas faim.

— Tu es encore allé au cabinet ce matin ?

— Une fois.

— Liquide ?

— Je ne sais pas. Non. Pas trop liquide...

— Si cela continue, je demanderai un remède au pharmacien.

Aucun docteur n'avait, à sa connaissance, pénétré dans leur logement. Il connaissait, pour le voir passer, sa trousse à la main, celui qui soignait presque tout le quartier, un homme à barbiche blanche, aux épaules voûtées, habillé de noir et qui marchait d'un pas las comme s'il était à bout de fatigue.

Sa mère préférait s'adresser au pharmacien, qui lui posait quelques questions et lui vendait un sirop, une poudre à diluer dans de l'eau, ou des cachets blanchâtres qui fondaient sur la langue quand on ne parvenait pas à les avaler et qui, alors, laissaient un goût amer.

— Tu es malade, Louis ?

Alice gardait la petite. Elle ne se plaignait jamais de tout ce qu'on réclamait d'elle. Elle ne jouait jamais non plus. Elle n'était pas triste, mais son regard n'était pas celui des autres petites filles.

— Non. J'ai seulement eu mal au ventre.

— Tu es tout rouge.

Il sentait bien que sa peau devenait de plus en plus brûlante et il alla coller son front à la vitre pour se rafraîchir. Il avait chaud et froid. C'était désagréable et agréable tout ensemble. Il aurait aimé se coucher, mais il n'osait pas car, s'il était vraiment malade, on l'emmènerait à l'hôpital. Si personne de la famille n'y était encore allé, il arrivait qu'on dise :

— Tiens ! Le petit de la marchande de poisson est à l'hôpital.

— Qu'est-ce qu'il a ?

— On ne sait pas. Il paraît que c'est dans la tête.

De temps en temps, une ambulance s'arrêtait au bord du trottoir, des infirmiers entraient dans une maison avec une civière et en ressortaient avec quelqu'un dessus, le plus souvent un vieil homme ou une vieille femme. Il en avait vu une qui se débattait, essayait de se libérer et criait :

— Je ne veux pas y aller... Je ne veux pas... Au secours !... Ne les laissez pas faire, vous autres... Maria !... Hortense !... Au secours !... Si j'y entre, je n'en sortirai jamais, et j'aime mieux mourir chez moi...

Louis avait assisté à la scène sans broncher. Une seule personne, une petite vieille, avait commenté l'incident.

— Je la comprends, la pauvre. On est sans doute mieux soigné à Cochin mais, moi aussi, je préfère mourir dans mon lit...

Louis ne voulait pas aller mourir à l'hôpital et il ne dit rien ce soir-là, bien que, plusieurs fois, il eût l'impression que les murs tournaient autour de lui. Il fit des cauchemars. Il se sentait volumineux, toujours plus volumineux, comme si on le gonflait, au point de remplir la pièce, et il montait.

Il ne savait pas comment il montait, mais il avait perdu contact avec le sol et il suppliait qu'on le retienne, qu'on l'aide à redescendre.

Quand il s'éveilla, sa couverture était humide, son corps comme vidé. Sa mère était partie depuis longtemps pour les halles. Il faisait grand jour et sans doute était-elle déjà à sa place, avec la charrette, au bord du trottoir. Assise sur la paillasse d'un des rouquins, Alice, le menton sur la main, le regardait comme elle ne l'avait jamais regardé.

— Je suis rouge ? demanda-t-il inquiet.

— Non. Au contraire. Tu es tout blanc.

Elle semblait plongée dans une profonde rêverie et ne détournait pas de lui son regard.

— Tu as faim ?

— Non.

— Tu veux un bol de café au lait ?

Il ne savait pas. Il n'avait envie de rien. Ou plutôt il aurait aimé se rendormir, car ses paupières étaient lourdes, gonflées, et il se sentait las.

— Tu en veux ou non ?

Il fit signe que oui, l'entendit aller et venir dans la cuisine, tandis qu'Émilie se traînait sur le plancher en poussant une boîte de fer-blanc. Alice revint avec le bol, l'aida à se soulever et, comme il protestait, lui dit gravement :

— Tu dois faire ce que je te dis. C'est moi ton infirmière. Si tu ne m'obéis pas, tu vas mourir.

Il essaya de boire, la gorge contractée, mais il n'en était pas à la moitié du bol qu'il rejetait le liquide d'un jet.

— Tu vois que tu es très malade. Si on t'emportait à l'hôpital, on t'ouvrirait sans doute le ventre, comme on l'a fait à une petite fille que je connais. Il en est sorti plein de pus et après on l'a recousue. Elle m'a montré la couture, qui est longue comme ça, et il paraît que là-bas ils ont une chambre pleine de cercueils pour ceux qui meurent...

Elle lui paraissait soudain beaucoup plus âgée que lui et il ne doutait pas de la véracité de ce qu'elle lui disait avec le détachement de quelqu'un qui sait mais qui n'y peut rien.

— Je ne suis pas malade.

— Si ! Tu es très malade.

— Ce n'est pas vrai.

— C'est vrai. Je vais te soigner.

— Qu'est-ce que tu vas me faire ?

Il la voyait déjà lui ouvrant le ventre avec un couteau de cuisine ou avec des ciseaux.

— Je demanderai un médicament au pharmacien.

— Tu ne diras rien à maman ?

— Et où est-ce que je trouverai des sous ?

— Il doit y en avoir dans la paillasse de Vladimir.

— Tu l'aimes bien, Vladimir ?

— Oui.

Il aimait tout le monde, même les jumeaux qui ne s'occupaient de lui que pour s'en moquer. Ils prétendaient qu'il était trop petit, qu'il ne grandirait pas, qu'il serait plus tard un tout petit homme, peut-être un nain, comme il en habitait un rue du Pot-de-Fer.

— Moi, je ne l'aime pas.

Elle ajoutait, retirant sans surprise des objets inattendus et des pièces de monnaie de la paillasse de son frère :

— Il est cruel. Quelquefois, au lieu de me lécher, il me mord la pissie...

Il ne la vit pas sortir, ne se souvint pas de ce qui se passa ensuite ce jour-là. Quand il ouvrit une première fois les yeux, sa mère était dans la cuisine, sans homme avec elle, et la lampe à pétrole était allumée.

Il sentit qu'il avait un pansement humide et tiède autour de la poitrine et du ventre et il avait du mal à respirer, sans doute parce que le pansement était trop serré. Malgré lui, il se mit à geindre et sa mère s'agenouilla à côté de lui tandis que les autres continuaient à dormir.

— Tu as mal ?

— Non.

Il essayait d'écarter le pansement.

— J'étouffe.

— N'y touche pas. Cela te fait du bien.

Elle avait posé sa main fraîche sur son front.

— Tu as déjà moins chaud. Tu vas boire un peu de bouillon que je t'ai préparé.

Il n'avait pas faim, seulement soif, soif d'eau bien fraîche, mais on le força à boire le bouillon à la cuiller. Il était si fatigué qu'il ne pensait déjà plus qu'à se rendormir, mais il eut encore la force de demander :

— Pourquoi est-ce tout mouillé ?

— Parce que tu as fait deux fois et que j'ai dû laver ta paillasse.

Cela dura deux jours, il ne le sut qu'après. Sa grand-mère passa une de ces journées-là à la maison et, elle aussi, lui fit prendre du bouillon à la cuiller. Dès qu'il ouvrait les yeux, il s'assurait qu'il était encore dans leur chambre, craignant toujours qu'on l'eût transporté à l'hôpital. Il s'assurait aussi que le vieux médecin n'était pas là.

Une fois, il aperçut Vladimir, qui le regardait un peu de la même façon qu'Alice, comme s'il s'attendait à le voir mourir et comme s'il était curieux de savoir de quelle façon ça se passait.

— T'as mal ?
— Non.
— T'as froid ?
— J'ai chaud.
— Pourtant, hier, tu grelottais et tu claquais des dents.
— Le docteur est venu ?
— Pour quoi faire ? T'as envie d'un chocolat ?
— Non.
Il ajouta :
— Merci.

Car c'était la première fois que Vladimir lui offrait un des bonbons qu'il chipait aux étalages et dont il gardait toujours des provisions. Il était plein de tendresse pour Vladimir, pour Alice, pour les jumeaux, pour la petite Émilie qu'il ne voyait pas, qu'il n'entendait pas, car on avait transporté son lit-cage dans la cuisine.

Les autres, les plus grands, étaient assez forts pour se défendre contre la contagion. Tous, à un âge ou à un autre, avaient eu la même chose, de la fièvre, mal au ventre, de la diarrhée.

— Merci, répéta-t-il avec plus de gravité.

Il aurait souhaité que sa mère soit là aussi, et sa grand-mère, que tout le monde soit autour de lui, car il lui semblait qu'ils formaient un bloc, qu'ils étaient différents des autres, qu'eux seuls, tous ensemble, avaient le pouvoir de défendre l'un des leurs.

Il se sentait tout petit. Les rouquins avaient raison. S'il vivait, si on l'aidait à vivre, il resterait le plus petit de la famille.

Il n'était qu'un enfant et cela lui faisait presque peur de devenir un jour une grande personne. Sa mère serait vieille, aussi vieille que sa grand-mère. Peut-être même qu'elle serait morte ?

Dès qu'il serait grand, Vladimir s'en irait et on ne le reverrait jamais. Puis les jumeaux s'en iraient. Pourquoi pensait-il qu'ils épouseraient la même femme ?

Lui pourrait épouser Alice, afin qu'elle reste toujours avec lui. Il craignait qu'on le laisse seul. Si on le laissait seul, il allait mourir.

On parlait, dans la cuisine, comme s'il ne pouvait pas entendre. C'était la voix de sa mère et celle d'une voisine, une vieille de la maison d'à côté, qui faisait des ménages et qui sentait mauvais.

— Vous n'avez qu'à lui refaire son pansement, le plus chaud possible, toutes les deux heures, en diluant dans l'eau une cuiller à soupe de farine de moutarde et une bonne poignée de son.

Puis sa mère :

— Il faut que je retourne à mon travail. Cette semaine, avec la pluie, on n'a presque rien fait. S'il arrivait quelque chose, madame Gibelin, venez tout de suite me prévenir.

— Comptez sur moi, madame Heurteau. Le travail, c'est le travail, et je vous comprends bien, allez, moi qui ai travaillé tous les jours de ma vie.

... S'il arrivait quelque chose... S'il arrivait quelque chose... S'il arrivait...

Peut-être était-il en train de mourir, car il ne sentait plus rien.

Il ne sut pas combien de temps dura sa maladie, ni ce qu'elle fut au juste, car elle se confondit, non seulement dans son souvenir, mais dans celui de ses frères et de sa sœur, avec la maladie des autres. Olivier, un des jumeaux, rentrant un soir de l'école, se plaignit de maux de tête et ne tarda pas à vomir. Gabrielle était à la maison. Elle lui fit boire une tisane, qu'il rendit, et, malgré ses supplications, lui entoura le torse d'un pansement humide.

L'hiver était avancé puisque, le lendemain matin, Louis en était sûr, il était à genoux sur une chaise à regarder tomber la neige et, de l'autre côté de la rue, Mme Doré, estompée par le clair-obscur, contemplait pensivement le même spectacle.

Ce fut une période extraordinaire car, tandis qu'il guérissait et reprenait des forces, Vladimir annonçait à son tour, avec un coup d'œil mauvais à son frère :

— Ça y est ! Tu me l'as donnée aussi...

A cause des malades, on surchauffait le logement et, dix fois par jour, on allait vider le pot de chambre dans le cabinet de la cour. Gabrielle était obligée de travailler car, comme elle disait, on ne donne du pain à crédit qu'aux gens riches.

Mme Gibelin ne venait que deux ou trois heures par jour et s'occupait surtout d'Émilie. Le second rouquin, Guy, rejoignit son frère sur le rang de paillasses.

Louis revoyait sa mère, quittant sa charrette pour un moment, monter l'escalier en hâte, tâter les fronts, préparer une compresse humide ou distribuer des cuillerées de sirop visqueux, pour repartir en serrant sur sa poitrine son châle de laine tricotée.

— Si on a besoin de moi, viens me chercher, Louis.

Car il était finalement le mieux portant de tous. Ses cheveux, plus fins que jamais, bouclaient davantage. Il passait la plus grande partie du temps à la fenêtre, ou à regarder les cendres brillantes tomber dans le tiroir du poêle.

Alice fut moins atteinte que les autres. Elle eut des frissons, elle aussi, de la fièvre, et la nuit elle poussait des gémissements, parfois de vrais cris, en essayant de repousser quelqu'un.

La petite Émilie, à quatre pattes, allait et venait d'une pièce à l'autre, jouant avec n'importe quoi, suçant tout ce qui lui tombait sous la main. Personne ne se rendit compte qu'elle était malade à son tour. Elle n'avait pas mauvaise mine, ne se plaignait pas. On la coucha, comme chaque soir, dans son lit de fer et, le matin, comme elle ne s'éveillait pas, sa mère, en se penchant sur elle, s'aperçut qu'elle était morte.

Mme Gibelin, qui arriva un peu plus tard, alla acheter une bouteille de cognac à l'épicerie, trois maisons plus loin, pour la remonter, et elle en but elle-même un bon verre.

— Il faut annoncer le décès à la mairie, qui enverra le docteur.

Louis ne pleura pas, ne fut pas vraiment triste. Son sentiment dominant était l'étonnement.

Il avait commencé la série et c'était le plus jeune des enfants qui mourait de la maladie.

Les allées et venues qui suivirent troublèrent sa tranquillité et il en voulut à ces gens qui entraient, regardaient le visage blanc de la petite fille, se lamentaient, donnant des conseils, racontant des souvenirs personnels, s'informant s'il y aurait des obsèques à l'église.

Le vieux docteur vint aussi, pour la première fois, avec sa trousse, et ce qui le frappa le plus fut le drap pendu à une tringle qui isolait le lit de noyer.

Il ausculta les jumeaux et Alice, sans savoir que Vladimir était caché dans le placard de la cuisine. Il posait des questions d'un air résigné, en homme qui a tout entendu. Comment cela avait-il commencé ?... Par Louis ?... Louis, c'était celui-ci ?... Montre-moi ta langue, mon garçon... N'aie pas peur... Alors, c'est toi qui as été malade ?... Tu avais mal au ventre ?... Tu allais tout le temps à la selle ?... Qu'est-ce que vous lui avez donné, madame ?... Vous lui avez mis des compresses humides ?... Bon... Il n'avait pas de maux de tête ?... Il vous reconnaissait ?... Puis cela a été au tour de celui-ci ?... Ta langue... Tu avales facilement ?... Tu as eu mal au ventre aussi ?... Puis ton frère ?... Évidemment... évidemment... Ces enfants auraient dû être isolés dès le premier jour... Je ne vous adresse pas de reproche... De toute façon, il n'y a pas de place à l'hôpital et on n'aurait pas pu les accepter... Et toi, petite fille, tu te sens mieux ?... Je parie que tu as commencé par soigner tes frères...

Il cherchait une table, un appui pour écrire, et c'est dans la cuisine qu'il rédigea le certificat de décès, puis, à tout hasard, une ordonnance.

— Est-ce que ce n'est pas vous qui vendez des légumes avec une petite charrette un peu plus bas ? Je vous ai déjà aperçue. Vous êtes du quartier, n'est-ce pas ? Je crois que ma femme se fournit souvent chez vous...

Pour la mise en cercueil, on avait enfermé les enfants, malades ou non, dans la cuisine. Louis s'attendait à des coups de marteau et fut déçu de n'entendre que la conversation du menuisier et de son aide. Ce n'était pas le menuisier d'en bas, mais un autre, plus important, qui ne fabriquait que des cercueils.

Émilie avait-elle passé cette nuit-là avec eux ? Ce souvenir lui manquait, comme d'autres souvenirs plus importants que ceux qui s'étaient gravés dans sa mémoire. En tout cas, l'enterrement eut lieu un matin de gel et de grand vent. Les voisins, qui attendaient dans la rue, retenaient leur chapeau, et les jupes des femmes se collaient à leurs jambes d'un côté, battaient, de l'autre, comme des drapeaux.

Vladimir était assez rétabli pour sortir, car il disparut un peu plus tard et on ne le revit qu'à la tombée du jour. Gabrielle rentra un peu saoule, en compagnie de sa mère qui voulait à toute force la mettre au lit avec une bouillotte.

— J'ai si peur que tu n'aies pris froid au cimetière...

— Non, maman, ce n'est pas un jour comme aujourd'hui que je vais me dorloter.

Mme Gibelin avait préparé du ragoût et tout le monde en mangea avec appétit, même les jumeaux, qui avaient encore de la température.

— Ce qui me console, c'est qu'elle n'ait pas souffert, et il vaut peut-être mieux pour elle qu'elle n'ait pas connu cette chienne de vie.

— Gabrielle !

La grand-mère rappelait sa fille à l'ordre, car celle-ci, pour se remonter, se servait largement de vin rouge.

— Tu as raison, maman. Pourquoi s'en faire ? C'est la vie, non ?

Ce n'est que beaucoup plus tard que Louis apprit ces détails, de seconde main, de la bouche de Vladimir, et Alice n'avait peut-être pas tort quand elle prétendait que Vladimir était cruel. Un jour, elle aussi, devait se confier à Louis.

— Tu n'imagines pas ce qu'il me forçait à faire.

— Je l'ai vu.

— Quand il regardait par le trou et que j'étais obligée d'imiter maman ?

— Oui, admettait-il en rougissant.

— Ce n'est pas tout. Il enrageait de ne pas y parvenir comme les hommes, tu comprends ? Alors, il cachait sous sa paillasse une grosse carotte et il me l'enfonçait. Je ne pouvais même pas crier, à cause de maman et du type qui était avec elle. Je ne sais combien de fois j'ai saigné et ça me brûlait pendant plusieurs jours.

Il aurait fallu confronter tous les témoignages. Cela se fit plus ou moins, de bric et de broc, au cours des années, mais Louis n'écoutait que d'une oreille distraite, comme si la vérité des autres ne l'intéressait pas.

A cet âge-là non plus, vers sa sixième année, il ne prenait pas parti. Sa mère, survenant au cours d'une bataille entre Vladimir et les rouquins, lui demandait :

— Qui a commencé, Louis ?

Et il répondait doucement :

— Je ne sais pas, maman. Je ne regardais pas.

Pourtant, il regardait beaucoup de gens et de choses, mais pas celles auxquelles on s'attendait à ce qu'il s'intéresse. Le même hiver, en retard sur les autres, il entra à la communale.

Il aurait dû garder des impressions de son premier jour en classe, qui marquait un tournant dans sa vie. Il ne lui en resta pas le moindre souvenir, alors qu'il se revoyait très bien chez Lenain, le magasin de confection près duquel sa mère installait sa charrette, essayant des tabliers à carreaux bleus.

Ce qui lui en resta fut surtout l'odeur des tissus, la raideur du tablier amidonné, puis, un quart d'heure plus tard, la vue de M. Stieb, de tout près, qui lui essayait des brodequins.

— Ils usent tellement, M. Stieb ! On jurerait qu'ils le font exprès.

A ce moment-là, il se demandait, lui :

— Est-ce que M. Stieb et la demoiselle qui sourit derrière la caisse vont se marier ?

Ils le firent discrètement au printemps, sans robe blanche et sans voile, sans bouquet, et les volets restèrent fermés pendant les trois jours de leur voyage de noces.

Sur le long mur gris, il était écrit : *Défense d'afficher.* Puis il y avait un bâtiment du même gris, deux étages de classes, un perron usé, une porte peinte en vert. Ce n'était pas par cette porte-là qu'on entrait, mais par une petite porte dans le mur de la cour. Au milieu, la terre était durcie à force d'avoir été piétinée ; autour, une bande de deux ou trois mètres de pavés et, d'un seul côté, un préau pour les jours de pluie.

Sa classe était au rez-de-chaussée et, de sa place, au premier rang, il voyait les troncs noirs de quatre marronniers. On l'avait placé en avant parce qu'il était le plus petit.

— Tu es sûr que tu as six ans ?

— Oui, monsieur.

Cela, ce n'était pas le premier jour, mais le second ou le troisième. Le premier jour, il avait dû s'installer n'importe où, sur un banc disponible. Des cartes géographiques garnissaient les murs, il ignorait de quel pays, car il n'avait pas encore appris à lire, mais il pouvait contempler les taches de couleurs différentes séparées par des lignes sinueuses du bleu clair, du jaune, du vert, surtout le rose violacé de la plus grande des taches.

Sur son pupitre aussi, il y avait un fouillis de traits passionnants : d'abord les veines du bois, qui ressortaient malgré la peinture noire, puis les dessins mystérieux que des élèves, pendant des années, avaient tracés du bout d'un canif.

— Qu'est-ce que tu regardes, Cuchas ?

— Rien, monsieur.

Chaque fois que le maître l'appelait par son nom, il y avait un élève pour s'esclaffer, comme si c'était extraordinaire ou comique.

— Qu'est-ce que je disais ?

— Je ne sais pas, monsieur.

Car on lui avait appris à dire monsieur chaque fois que l'instituteur lui adressait la parole. Cela ne lui était pas difficile, étant d'un naturel déférent et poli.

— Tu n'écoutais pas ?

— Non, monsieur.

— Pourquoi es-tu à l'école ?

— Pour apprendre.

— Qu'est-ce que j'ai tracé sur le tableau noir ?

— Des jambages, monsieur.

— Tu vas tracer les mêmes jambages sur ton ardoise, en prenant soin qu'ils soient à la même distance l'un de l'autre.

Il s'y appliquait. Il ne se révoltait pas, comme Vladimir, et n'avait pas, comme les jumeaux, l'horreur de l'école où ils ne pouvaient se déchaîner que pendant les récréations. Les filles étaient de l'autre côté des bâtiments et disposaient d'une cour plus petite, sans arbres, pour leurs récréations.

Les grands déferlèrent vers dix heures, et, avant de les voir, il entendit le vacarme de leurs souliers cloutés dans l'escalier. Les jumeaux avaient déjà lancé une balle de caoutchouc rouge que les autres leur disputaient et qu'ils défendaient avec énergie, se l'envoyant l'un à l'autre par-dessus les têtes et repoussant de durs coups d'épaules et parfois à coups de pied ceux qui étaient sur le point de s'en emparer.

Vladimir était un des plus grands et se promenait à l'écart avec un ami que Louis connaissait de vue parce qu'il était le fils de commerçants de la rue.

Il ignorait leur nom. On disait : chez les Espagnols. Il n'y avait pas de vitrine. C'était comme un large corridor, avec, des deux côtés, des marchandises qui débordaient de partout, certaines que Louis était allé contempler souvent avec plus d'admiration encore que d'envie.

Des noix de coco, par exemple, aux poils rêches, avec une touffe rousse en forme de barbiche. Des grenades, dont une était coupée en deux pour faire admirer la couleur de la chair fragile qui entourait les pépins.

Il n'avait jamais mangé de noix de coco, ni de grenades, ni de ces mandarines enveloppées précieusement de papier argenté.

Les oranges étaient entourées de papier de soie plissé et des saucissons inconnus pendaient au plafond, et des jambons plats, des dattes aux tiges tressées.

Tout devait être bon, savoureux, différent de ce qu'on mangeait chez eux, ces petits poissons qui trempaient dans une sauce piquante, ces salades de crevettes, ces anchois si bien rangés en cercle dans des tonneaux, les noix de toutes sortes, les bouteilles entourées de paille, les boîtes de conserves de toutes les couleurs...

Cela l'émerveillait de découvrir que Vladimir était l'ami du fils des Espagnols, d'un garçon qui vivait au milieu de tant de bonnes choses et qui, sans doute, en mangeait.

Lui aussi était noir de poil, avait d'épais sourcils, des lèvres rouges de femme maquillée. Ils semblaient tous les deux, dédaignant l'agitation des autres, échanger des secrets, et on sentait, à l'attitude de l'Espagnol, que Vladimir était le chef admiré de son compagnon.

— A quoi penses-tu, Cuchas ?

— Je regardais mon frère, monsieur.

— Tu le regarderas tout à loisir à la maison. Ici, on travaille.

Car la récréation des petits avait lieu après celle des grands. Quand il se trouva à son tour dans la cour, il n'eut aucune envie de jouer avec ses condisciples, ni de faire leur connaissance. Celui qui partageait son pupitre s'approcha de lui, un petit aussi, à peine plus grand que lui, avec un gros bouton rouge sur le front.

— Pourquoi est-ce que tu t'appelles Cuchas ?

— Parce que c'est mon nom.

— Un nom de quel pays ?

— Je ne sais pas.

— Tu ne sais pas de quel pays est ton père ?

— Je n'en ai pas.

— Tu n'as pas de père ?

— Non.

— Il est mort ?

— Je ne sais pas.

— Ta mère ne le sait pas non plus ?

La question lui parut si absurde qu'il haussa les épaules. Il s'était promis d'aller regarder de plus près le tronc noir d'un des arbres qui avait une bosse, comme une grosse verrue, et d'y passer la main. L'écorce comportait des dessins compliqués, comme les cartes géographiques, mais ils étaient gravés profondément et on pouvait y enfoncer le doigt.

— Où est-ce que tu habites ?

— Rue Mouffetard.

— Que fait ta mère ?

— Elle vend des légumes.

— Elle a une boutique ?

— Non. Dans une charrette.

— Vous êtes pauvres ?

— Je ne sais pas.

C'était vrai. Il ne s'était jamais demandé s'ils étaient pauvres. Plus exactement, tout le monde était pauvre dans la maison. Même M. Kob, qui découpait des cadavres et portait des faux cols en celluloïd.

— Ces gens-là sont obligés de dépenser leur argent pour s'habiller, disait sa mère, et je suis sûre qu'ils mangent moins bien que nous.

Il y en a qui jouent les messieurs et les madames et qui, après avoir marchandé pendant un quart d'heure, me demandent si je n'ai pas de légumes défraîchis.

— Moi, mon père travaille dans une banque.

Cela n'impressionna pas Louis, qui ignorait ce qu'était une banque.

— Ma mère ne travaille pas et nous avons une femme de ménage tous les samedis. Mes deux sœurs vont en classe chez les religieuses. C'est parce que tu ne manges pas assez que tu es si petit ?

— J'ai toujours été le plus petit.

— Pourquoi ?

— Je ne sais pas.

Il ne se posait pas la question.

Au fait, s'il était toujours si calme, le sourire serein, c'est peut-être parce qu'il ne se posait pas de questions.

— Tant pis pour toi car, si un grand te battait, tu ne pourrais pas te défendre.

C'était déjà l'heure d'aller s'aligner devant la classe et de s'asseoir chacun à son banc pour tracer des jambages.

3

L'instituteur était un homme assez gros, à chair molle, mal modelée, incolore, qui s'appelait M. Charles. C'était son nom de famille. Il avait vingt-huit ans et il n'était pas marié. Par économie, il prenait pension chez une veuve de la rue Lhomond qui reprisait ses chemises et ses vêtements jamais neufs. Il n'avait presque pas de nez, une bouche d'enfant et on sentait qu'il souffrait de n'être pas beau ni de pouvoir prétendre à un minimum d'élégance.

Dès les premiers jours, des rapports mystérieux s'établirent entre lui et Louis, aussi invisibles à la surface qu'un courant électrique. Ce n'était ni de la sympathie, ni de l'antipathie. Peut-être, de la part de l'instituteur, dont la seule coquetterie assez naïve était de porter des gilets de fantaisie sous un veston noir mal coupé, usé jusqu'à la trame, était-ce surtout de la curiosité ?

Il faisait deux classes dans la même pièce aux murs peints en vert pâle et, tandis que les petits en étaient encore à tracer des jambages sur leur ardoise, ceux de seconde étudiaient la table de multiplication et l'histoire des Gaulois.

Louis s'appliquait, sans ardeur ni enthousiasme. Il faisait correctement ce qu'on lui demandait de faire et, quand son voisin, le fils de l'employé de banque, quitta la communale, en plein trimestre, pour une école privée, l'instituteur lui dit :

— Cuchas, dorénavant vous vous occuperez du poêle.

Tous les élèves éclatèrent de rire. L'instituteur l'avait-il fait exprès ? Le poêle, un gros cylindre noir haut de près de deux mètres, dont le tuyau se perdait dans le plafond, paraissait plus monumental encore quand le petit Louis s'en approchait pour en ouvrir la gueule et le recharger.

Pourtant, c'étaient les meilleurs moments de la journée. On ne ménageait pas le charbon, comme chez lui. On n'utilisait pas non plus des boulets grisâtres, mais du bel anthracite luisant, qui donnait des flammes claires et vivantes. C'était si beau, si fascinant que Louis hésitait chaque fois à refermer la porte de fonte.

Dans la cour, il ne jouait pas. Il n'en avait pas envie. Il restait dans un coin, à regarder, ou à ramasser des cailloux incrustés dans la terre dure. Les autres le bousculaient, exprès, en passant près de lui en courant. Il lui arrivait de tomber de tout son long et il se relevait sans protester, sans mauvaise humeur ni rancune, un sourire vague aux lèvres, une sorte de lumière intime dans ses yeux bleus.

Ces deux années, dans la classe de M. Charles, passèrent si vite qu'il n'aurait pu dire ensuite quand il avait commencé à lire et à écrire.

Pour lui, c'étaient les arbres de la cour qui marquaient le cours du temps. Les troncs devenaient moins noirs, paraissaient moins rugueux ; puis des bourgeons durs apparaissaient à l'extrémité des branches. Les moineaux piaillaient davantage et on apercevait bientôt d'autres oiseaux inconnus.

— Que faites-vous, Cuchas ?

L'habitude était prise de prononcer son nom avec une emphase qui le rendait comique.

— Je regarde.

— Puis-je vous demander ce que vous regardez avec autant d'attention ?

— Le nuage.

Un nuage léger, blanc et rose, qui restait suspendu, juste au-dessus d'un des marronniers, dans le ciel bleu pâle.

— C'est intéressant, je suppose ?

— Oui, monsieur.

Les élèves s'esclaffaient. C'était devenu un jeu, auquel M. Charles participait par ses questions inattendues, prononcées d'une voix volontairement douce, insidieuse.

— A quoi sert donc votre ardoise ?

— A écrire, monsieur.

L'incident des billes se situa plus tard, quand les bourgeons, après avoir gonflé, commencèrent à éclater sous la poussée des jeunes feuilles. Tout le monde, à la récréation, s'était mis à jouer aux billes et Louis en avait dans sa poche, qu'il tripotait de la main sans, la plupart du temps, oser les en sortir.

La plupart étaient des agates aux fines veinures. D'autres présentaient, à l'intérieur du verre, des spirales multicolores. Il ne les avait pas achetées. Vladimir, qui affectait maintenant avec lui des airs protecteurs, lui avait dit, un jour de générosité :

— Tu peux prendre mes billes si cela t'amuse. A mon âge, on ne joue plus à ces jeux-là.

Il arrivait cependant à Louis, dans un coin de la cour, de sortir des billes de sa poche et de les faire briller au soleil.

— Où les as-tu achetées ?

C'était un grand, nommé Randal, qui se considérait comme le chef du principal groupe.

— Je ne les ai pas achetées.

— Tu les as chipées ?

On sentait déjà que Randal allait devenir menaçant.

— Non. Mon grand frère me les a données.

— Eh bien, toi, tu vas me donner la jaune et la bleue.

— Non.

— Tu vas me donner la jaune et la bleue.

— Non.

Quatre ou cinq garçons de la bande à Randal les entouraient.

— Tu as entendu ce que je t'ai dit ?

— Oui.

— Tu sais ce qui va se passer ?

— Non.

Alors, l'élève, qui avait une tête de plus que lui, s'était précipité, après un clin d'œil à ses camarades. Louis, par un mouvement instinctif de défense, avait enfoncé sa main serrée sur les billes dans la poche de son pantalon tandis que Randal s'efforçait de faire sortir cette main en lui tordant le bras.

— Et maintenant ?

— Non.

Ils avaient roulé par terre, parmi les jambes des spectateurs, et Randal frappait, tirait, poussait. Un craquement annonça que le pantalon, pourtant en épais velours à côtes, se déchirait.

— Tu refuses toujours ?

— Oui. Elles m'appartiennent.

— Ce n'est pas vrai. Tu me les as volées.

Louis saignait du coin de la lèvre. De longues jambes noires s'approchaient.

— Que se passe-t-il ici ? On se bat ?

Randal fut le plus prompt à se relever.

— Non, monsieur. C'est lui.

— Vous voulez dire que Cuchas vous a attaqué ?

Louis se relevait aussi et, passant la main sur ses lèvres, la retirait tachée de sang.

— Pourquoi vous êtes-vous battus tous les deux ?

— Nous ne nous sommes pas battus. Il m'a volé deux billes, une jaune et une bleue, et refuse de me les rendre.

M. Charles étudiait les visages autour de lui. Les spectateurs ne disaient ni oui ni non. Un ou deux, pourtant, des camarades de Randal, hochaient affirmativement la tête.

— C'est vrai, Cuchas ?

Alors, Louis, au lieu de répondre, sortit de sa poche son poing toujours serré, l'ouvrit, choisit les deux billes convoitées pour les tendre à son adversaire. Celui-ci, stupéfait, hésitait à les prendre. M. Charles fut-il dupe ?

— Alors, Randal, vous ne les voulez plus ?

— Si, monsieur.

— Vous voyez que c'était inutile de déchirer le pantalon de votre camarade et de lui égratigner le visage.

— Je m'excuse, monsieur.

Or, il apparut à tous que Cuchas souriait, d'un sourire à peine perceptible, comme le reflet d'une joie intérieure.

— Que cela ne se reproduise pas. Le premier que je surprends à se battre fera deux heures de retenue.

A dater de ce jour-là, l'évolution s'opéra plus rapidement, d'une façon à peine visible, à la fois chez les élèves et dans le for intérieur de Louis.

On pouvait lui donner un coup de pied en passant sans qu'il riposte ou aille se plaindre au maître. Quand, de loin en loin, il apportait un petit pain au chocolat pour manger à la récréation, il suffisait de l'exiger d'une certaine façon pour qu'il le donne.

Les autres, après la classe, s'en allaient presque tous par petits groupes, tandis qu'il se dirigeait seul, son cartable au dos, vers le coin de la rue Mouffetard, en regardant les façades, le soleil ou la pluie sur les toits, n'importe quoi.

Son sourire n'était peut-être pas un vrai sourire mais le reflet d'une satisfaction douce et quasi continue qu'on pouvait prendre pour de la placidité.

Il n'y avait pas que Vladimir à s'irriter de cette placidité. De plus petits que Randal s'attaquaient à lui à leur tour pour le plaisir de se sentir plus forts que quelqu'un.

— Je parie que, si je te donnais une gifle, tu n'oserais pas me la rendre.

Qu'aurait-il pu répondre ? Il encaissa la gifle, ne pleura pas, dédaigna même de porter la main à sa joue.

— Il ne te manque pas quelque chose dans la tête ? Tu n'es pas un peu dingue, non ?

— Ce n'est pas seulement qu'il soit dingue. Tu ne comprends pas qu'il se prend pour un petit saint ? Je parie qu'il va à la messe tous les dimanches. Peut-être qu'il est enfant de chœur.

Il n'était jamais allé à la messe. Leur mère ne leur parlait de Dieu que pour lancer, quand un malheur arrivait :

— Qu'est-ce que j'ai donc fait à ce sacré Bon Dieu ?

Elle avait cependant épousé Heurteau à l'église et on avait célébré l'absoute avant de conduire le corps d'Émilie au cimetière.

Il ne suivait pas non plus le cours de religion, qu'un vicaire venait donner une fois par semaine après la classe.

— Ah non ! s'était-elle récriée quand il avait apporté à la maison le billet de l'école demandant aux parents s'ils désiraient ou non que leur enfant reçoive une instruction religieuse. Pour qu'il te raconte des histoires de péchés et te mette dans la tête que je suis une mauvaise femme ! La religion, c'est pour les riches.

Le petit saint. Le mot avait été lancé par hasard, au cours d'une récréation, et allait lui rester toute sa vie.

— Viens ici, petit saint. Tu n'aurais pas une toupie en poche ?

Car, après le temps des billes, était venu celui des toupies. Les marronniers fleurissaient. Ils devinrent plus touffus, avec des trous sombres dans leur feuillage. M. Charles observait toujours Louis avec étonnement et, quand vint la fin de l'année scolaire, Louis fut surpris d'apprendre qu'il était le premier de sa classe.

Il n'avait pas l'impression d'avoir étudié. Il était gêné par les regards goguenards ou envieux que ses camarades lui lançaient.

Comme il rentrait chez lui, en se faufilant dans la foule de la rue Mouffetard, la voix d'un gamin qui courait et qu'il n'eut pas le temps de reconnaître lui lança :

— Va donc, petit saint !

Il ne l'était pas. S'il ne chipait pas, comme Vladimir, ce n'était pas par honnêteté, mais parce qu'il n'en éprouvait pas le désir, ni peut-être le courage. Trop de gens pourraient se mettre à ses trousses, qui couraient plus vite que lui et étaient plus forts. On le conduirait à la police, puis à la prison.

Pendant un temps, il eut peur qu'on n'enferme Vladimir. C'était après les vacances et au cours de l'hiver qui, cette année-là, fut si froid que sa mère et les autres marchandes furent obligées d'allumer un brasero près de leur charrette pour s'y chauffer sans cesse les doigts qui dépassaient des mitaines.

Un matin qu'ils étaient tous dans la cuisine, autour de la table couverte d'une toile cirée, on avait frappé à la porte, ce qui était mauvais signe, car le facteur ne montait pas chez eux et personne ne venait les voir.

— Va ouvrir, Vladimir.

Il devait passer par la chambre, puisque la cuisine ne donnait pas sur le corridor. Vladimir avait la bouche pleine. On l'entendit tourner le bouton.

— C'est ici qu'habite la femme Heurteau ?

Chose curieuse, Vladimir qui, d'habitude, n'avait pas la langue dans sa poche, ne disait pas un mot et, quand il parut dans l'encadrement de la porte, son visage était blême de peur, ses traits tirés, son regard fuyant. Derrière lui, on apercevait l'uniforme d'un agent à la peau rougie par la bise.

— Vous vous appelez bien Heurteau ?

Il tirait avec peine un papier de sa poche, les mains étaient raides de froid.

— Heurteau Gabrielle-Françoise-Joséphine, née Cuchas...

Elle était troublée aussi, mais pas effrayée, comme Vladimir.

— Si vous êtes du quartier, vous, vous êtes un nouveau, car je ne vous ai jamais vu. Vos camarades pourront vous dire que ma licence est en ordre, que je n'ai jamais truqué mes poids ni ma balance et que ce n'est pas mon genre de faire du scandale sur la voie publique.

Sur quoi elle saisit son bol de café et se mit à boire.

— Quand avez-vous vu votre mari pour la dernière fois ?

Elle ne joua pas la stupéfaction. Elle était réellement stupéfaite par cette soudaine évocation de son ancien mari.

— Lambert ?

Il regardait à nouveau son papier.

— Lambert-Xavier-Marie Heurteau, né à Saint-Josephère, Nièvre, le...

Ce qui frappa le plus Louis, c'est que le père des jumeaux eût, parmi ses prénoms, celui de Marie.

— Attendez que je calcule. Louis va sur ses huit ans. Sur ses huit ou sur ses sept ans ?

Elle comptait sur les doigts.

— Il aura huit ans en septembre prochain. Les jumeaux en ont dix. Lambert est parti un beau jour, entre les deux accouchements, dix ou onze mois avant la naissance de Louis, même que je me suis demandé un moment s'il n'était pas de lui. Vous prendrez bien une tasse de café pour vous réchauffer ?

Cela lui permettait de se lever, d'aller chercher un bol dans l'armoire, de saisir la cafetière sur le poêle.

— Asseyez-vous donc.

Il n'y avait que juste le nombre de chaises pour la famille, mais Vladimir restait debout, méfiant.

— Vous voyez que ça fait belle lurette. Deux morceaux de sucre ? Du lait ? Pour en revenir à Lambert, de quoi s'agit-il ?

— Vous ne l'avez jamais revu ?

— Jamais. Disparu. Envolé sans laisser de traces, sinon des dettes dans les bistrots, qu'il a fallu que je paie. Il paraît que c'est la loi.

— Il ne vous a pas écrit ?

— D'abord, il aurait dû être capable d'écrire. C'est à peine s'il savait tracer son nom.

— Je lis ici qu'il était carreleur de son métier.

— Quand ça lui prenait de travailler. De son métier, je dirais plutôt qu'il était chômeur. A peine embauché de huit jours par un patron, il se blessait à la main, ou au pied, ou il attrapait une bronchite, quand il ne se disputait pas avec le contremaître. Remarquez que je ne lui en veux pas. Il n'était pas fort de la poitrine et il crachait le sang. Une fois par mois, il se rendait à la consultation de Cochin où, en plein hiver, on leur faisait faire la queue dans la cour. On lui disait qu'il devait prendre des forces, que le climat était mauvais pour lui, qu'il ferait mieux de vivre du côté de Nice. Vous nous voyez à Nice, vous ? Alors, il n'y croyait plus et, la première chose qu'il faisait, en quittant l'hôpital, était d'entrer chez le marchand de vin. Quand il revenait, il était saoul comme une grive et incapable de retirer son pantalon.

— Vous vous disputiez ?

— Regardez-moi bien, monsieur l'agent. Est-ce que j'ai l'air d'une femme qui se dispute avec les gens ? Demandez dans toute la rue si Gabrielle s'est jamais disputée de sa vie ! Même avec les clientes les plus grincheuses, je leur dis leurs quatre vérités avec le sourire. Il lui est arrivé de me battre, mais je ne me défendais pas, car cela ne faisait pas mal.

— Je suis chargé de vous emmener.

— Au commissariat ?

— A la morgue. Des clochards de la place Maubert l'ont reconnu, mais comme, sur les registres, vous restez sa femme, il est nécessaire que vous veniez le reconnaître officiellement.

— Lambert est mort ?

Elle ne parlait pas d'une voix tragique. Elle était à peine étonnée, sans tristesse.

— On a fini par le mettre à l'hôpital ? Je suis bête ! S'il était mort à l'hôpital, vous ne me conduiriez pas à la morgue, n'est-ce pas ? Eh bien ! mes enfants, si je m'attendais à cette nouvelle en allumant mon feu ce matin...

Les jumeaux, indifférents, continuaient de manger leurs épaisses tartines qu'ils trempaient dans le café au lait. Il s'agissait d'un père qu'ils n'avaient guère connu. Alice, elle, se souvenait peut-être de son visage, de ses moustaches qui sentaient le vin ou l'alcool ?

Était-il arrivé qu'il les fasse sauter sur ses genoux, qu'il les promène par la main dans les rues désertes du dimanche ? Heurteau possédait-il seulement un costume du dimanche ?

Alice était surtout intéressée par le visage rougeaud du jeune agent, Louis fasciné par les boutons argentés de la tunique qu'il voyait pour la première fois de si près et qu'il aurait aimé toucher.

— Au fait, comment est-il mort ?

— Il s'est jeté dans la Seine, du Pont-Marie, vers onze heures du soir. Des clochards, qui avaient allumé un feu sous le pont et qui le connaissaient, sont allés avertir la brigade fluviale, mais ce n'est que deux heures plus tard qu'on a repêché le corps à plus d'un kilomètre en aval. On n'a rien trouvé dans ses poches, qu'un livret militaire crasseux.

— Puisqu'il faut y aller, allons-y !

Elle cherchait son châle, ses mitaines. Alice demandait, de la voix blanche qu'elle prenait depuis quelque temps quand elle savait d'avance qu'on lui dirait non :

— Je peux t'accompagner ?

Elle n'était pas émue. Son visage paraissait seulement plus long, ses traits plus pointus, et les ailes du nez se pinçaient. Sa mère lui lança un coup d'œil que Louis lui avait rarement vu.

— T'es vicieuse, non ? Voilà que t'as envie d'aller voir un macchabée sous le robinet, à présent ?

Il n'assista pas à l'enterrement. Il ne sut même pas s'il y eut un véritable enterrement, une cérémonie à l'église, un cortège et un cercueil qu'on descend dans la fosse avec des cordes, au cimetière.

Une fois, il avait suivi un corbillard, par curiosité, pour savoir comment ça se passait. Il admirait les corbillards, surtout ceux de seconde classe, avec des glands et des franges en argent, des chevaux vêtus d'une sorte de manteau.

Il était impressionné aussi par les femmes à peine reconnaissables sous leurs voiles de crêpe et qui tenaient un mouchoir à la main.

Le cimetière était beau. C'était agréable de marcher dans les allées couvertes de feuilles mortes qui faisaient un curieux bruit sous les semelles.

Enfin, s'ils avaient été catholiques, il aurait aimé être l'enfant de chœur en surplis blanc marchant devant tout le monde et tenant une longue perche noire surmontée d'un crucifix.

Heurteau était indigent, un mot qu'il avait souvent entendu mais dont il ne connaissait le sens que depuis peu. Quelque part, dans le quartier fabuleux que le cocher leur avait fait traverser un dimanche, vivaient les gens riches qui, pour lui, appartenaient à une autre espèce et qu'on ne risquait pas de rencontrer rue Mouffetard. Ensuite venaient les bourgeois, de qui sa mère parlait parfois et qui se situaient, à ses yeux, dans les larges rues tranquilles et dans les avenues, comme l'avenue des Gobelins, ou le boulevard de Port-Royal où ils habitaient des maisons de pierre grise.

Il y avait encore les propriétaires, ceux d'en face, par exemple, au-dessus de la boutique de M. Stieb, qui ne faisaient rien que toucher les loyers et mettre à la porte les locataires qui ne payaient pas.

Les commerçants vivaient à part, importants ou moins importants. Enfin venait la masse des pauvres, la majorité de la rue et du quartier.

Les indigents, eux, n'avaient pas de quoi manger tous les jours. Des personnes de l'Assistance Publique venaient les visiter quand ils étaient infirmes. On leur distribuait des bons de pain, afin qu'ils ne meurent pas tout à fait, et certains, quand ils étaient ivres, dormaient sur le trottoir, de vieux journaux sous leur veste en guise de couverture.

Heurteau était un indigent, comme les locataires du fond de la cour, comme celui qu'on avait vu par la fenêtre avec un couteau dans le ventre.

— Qu'est-ce qu'on fait des indigents quand ils meurent ?

— On les enterre dans la fosse commune. Ou bien, si personne ne les réclame, M. Kob s'en occupe.

Sa mère avait-elle réclamé Heurteau ? Il n'en était pas sûr. Il n'osa pas le lui demander. Il préféra imaginer M. Kob le découpant sur une grande table et rangeant avec soin les morceaux comme à l'étalage du boucher.

Gabrielle recevait de nouveau des hommes. En fait, il y en eut toujours, sauf pendant les semaines qui suivirent la mort d'Émilie, ce qui avait été, pour leur mère, une façon de porter le deuil.

Elle eut quelques nuits solitaires aussi après la mort de son mari, dont on n'avait jamais beaucoup parlé mais dont, désormais, on ne parla plus dans la famille. La photo de mariage, pourtant, resta à sa place sur le mur de la chambre, dans son cadre noir et or.

Louis commençait à se rendre compte de son aspect physique. Il existait, à l'étalage d'un magasin de mode plein de chapeaux à fleurs, un miroir dans lequel il lui arrivait de se regarder. Il était réellement petit, beaucoup plus petit que les garçons de son âge, mais ses traits étaient très fins, pas des traits de bébé ou de garçonnet, déjà les traits d'un homme, et ses yeux vifs pétillaient, ses lèvres étaient plus sinueuses que celles de ses frères et même de sa sœur.

Il rougissait facilement, surtout quand un passant ou une passante le surprenait à se contempler dans le miroir. Et pourtant, il n'était pas vaniteux. Peut-être, s'il avait pu se changer, aurait-il préféré être un grand garçon moqueur et brutal comme Vladimir ? Le jour où il avait reçu son livret scolaire, il s'était contenté de le poser sur la table de la cuisine, sans rien dire, et il se passa quarante-huit heures avant que sa mère, en l'ouvrant, n'apprenne qu'il était le premier de sa classe.

— Ainsi donc, s'étonna-t-elle, tu es le plus intelligent de tous ! C'est bien la première fois qu'il y a un premier prix dans la famille.

Sur quoi Vladimir avait lancé, amer et moqueur :

— C'est le petit saint !

— Que veux-tu dire ?

— Ses camarades l'appellent ainsi à l'école. Parce qu'il encaisse les torgnoles sans se défendre, se contentant de lever les bras pour se protéger, et qu'ensuite il refuse de dire au maître qui l'a rossé.

— C'est vrai, Louis ?

— Je suis le plus petit.

Il mentait, et la preuve en était que ses joues devenaient roses. Même s'il avait été bâti comme les jumeaux, il n'aurait probablement pas riposté. Les coups ne faisaient pas très mal. Après quelques instants, on ne sentait plus rien, et cela ne valait pas la peine de prolonger une bagarre. Un jour, ils se lasseraient de toujours taper sur le même et le laisseraient rêvasser dans son coin.

Il n'aimait pas qu'on s'occupe de lui, qu'on lui pose des questions, qu'on l'arrache à ses préoccupations du moment. Il commençait à s'intéresser, non plus seulement au poêle, à l'escalier, à la cour, à l'atelier du menuisier et aux boutiques de la rue, mais aux gens, à sa mère, à ses frères, à des visages qu'il apercevait dans la rue. Cependant, même en ce qui concernait sa famille, il ne se sentait pas touché, restait en dehors, sans souffrir ou se réjouir de quoi que ce soit.

— Un ami, M. Pliska.

Il arrivait à leur mère de leur présenter ceux de ses amants qui revenaient plusieurs nuits, plusieurs semaines, et qui jouaient à l'occasion avec les enfants.

M. Pliska, qu'elle appelait Stefan, dura au moins deux mois, pendant lesquels se situèrent les vacances de Noël. C'était un grand garçon d'à peine vingt-cinq ans, bâti en hercule. Quand il se tenait debout dans la cuisine, la pièce paraissait trop petite pour lui et les chaises craquaient sous son poids.

On ignorait ce qu'il faisait. Quand Gabrielle se levait pour se rendre aux halles, il s'installait en travers dans le lit et dormait tard, jusqu'à neuf ou dix heures. Le bruit ne le réveillait pas.

Il était très blond, presque blanc de cheveux, avec une peau d'orange marquée par endroits de petite vérole. Il ne parlait que quelques mots de français, essayait d'en apprendre d'autres. Tout de suite, sans s'intéresser à Vladimir ni aux jumeaux, il avait jeté son dévolu sur Louis, bien qu'il fît souvent des compliments à Alice, qu'il affectait de traiter en jeune fille. Il lui arrivait même de lui baiser la main, sans qu'on pût savoir si c'était par plaisanterie ou s'il était sérieux.

— Jolie ! S'extasiait-il. Beaucoup jolie !

Rien ne pouvait l'empêcher, en caleçon et le torse nu, de descendre dans la cour, le pardessus sur les épaules, et d'y faire de minutieuses ablutions au robinet. Quand il remontait, il rayonnait de satisfaction, fredonnait une chanson de son pays, préparait son blaireau, aiguisait son rasoir, car il ne portait ni barbe ni moustaches.

— C'est quoi ? demandait-il à Louis en lui désignant l'unique miroir du logement.

— Un miroir.

— Mi-roa-re... répétait-il avec application.

— Ou une glace.

— Glace ? Pourquoi glace ? Moi patiner glace...

Si le froid ne lui faisait pas peur, il n'en appréciait pas moins la bonne chaleur du poêle près duquel il s'asseyait, un jeu d'échecs de poche sur les genoux.

— Comment dit... ?

Et il faisait tourner un doigt sur son front.

— Toqué ?... Maboul ?... Idiot ?...

— Non...

Il répétait son geste avec impatience.

— Fou ?

Il s'en montrait ravi comme d'une victoire.

— Fou, oui... Voilà : fou... Et fou va prendre... Comment dit... ?

C'était son mot favori : comment dit ? Cette fois, il se levait et trottait dans la cuisine.

— Cheval ?

— Cheval !... Bien !... Fou va prendre cheval... Mais fou malade...

Pour être sûr du mot malade il s'efforçait de tousser.

— Malade, oui ?... Beaucoup malade... Dans deux...

Il mimait un boxeur.

— Coups ?

— Juste. Dans deux coups, reine... (son doigt dessinait une couronne sur sa tête)... reine, oui ?... Reine prendra fou...

C'était si passionnant, grâce à ses mimiques, qu'en deux semaines Louis connaissait les pièces du jeu d'échecs, leur maniement et quelques coups classiques.

— Toi jouer ? Moi donner toi reine et tours...

Ce fut le seul Noël qu'on fêtât. Les autres années, on se contentait de manger du boudin. M. Pliska revint, le 24 décembre au soir, avec un arbre de Noël haut d'un mètre, qu'il installa au milieu de la table, puis il y posa des paquets : un poulet en gelée, du pâté, du jambon et une bouteille de mousseux.

Pour Gabrielle, il avait acheté une broche en émail représentant une rose, pour Vladimir un sifflet qui ressemblait aux sifflets des agents, pour Alice un dé à coudre, si léger que l'aiguille devait le traverser. C'était l'intention qui comptait. Les jumeaux reçurent chacun une toupie et Louis une boîte de crayons de couleur.

Tout le monde eut droit au mousseux et, quand il vit la bouteille presque vide, il se précipita dehors, en manches de chemise, revint l'instant d'après avec une seconde bouteille et des gâteaux secs.

Ensuite il chanta, insista pour que Gabrielle chante à son tour.

— C'est femme de ma vie ! s'écria-t-il dans un élan d'enthousiame, en se tournant vers les enfants, après qu'elle eut chanté une romance dont elle ne se rappelait que le premier couplet et la fin du dernier.

La rue était claire, bruyante, toutes boutiques ouvertes, toutes fenêtres éclairées. On aurait dit un canal de lumière et Louis alla plusieurs fois regarder par la fenêtre, car il n'avait plus faim pour les gâteaux et le mousseux lui donnait mal au cœur.

Les idées de M. Pliska lui venaient toujours brusquement. Tout à coup, il se levait de sa chaise et s'élançait vers le corridor comme s'il était pris d'un besoin urgent. Cette fois, il resta plus longtemps dehors, si longtemps que, quand il revint, triomphant, les enfants étaient déshabillés. Il brandissait, en répétant un mot tchèque, une bouteille carrée qui contenait une liqueur jaunâtre et dont l'étiquette était couverte de signes illisibles.

— Pour Noël !... Seulement Noël !... Santé, femme ma vie... Ma vie toujours...

Gabrielle, goûtant avec méfiance, avait trouvé que c'était fort, mais elle avait dû s'y habituer, car elle était restée à boire dans la cuisine une partie de la nuit tandis que les enfants, surexcités, dormaient mal, réveillés tantôt par un chant de M. Pliska, tantôt par ses sanglots, enfin par les ressorts du lit sur lequel ils s'affalaient tous les deux.

Il disparaissait d'habitude l'après-midi et une partie de la soirée.

— Moi travail... Beaucoup travail...

Il montrait sa tête, pour expliquer que c'était avec son cerveau qu'il travaillait. Il lui arrivait aussi de bouder, de rester deux jours sans dire un mot, se contentant d'expliquer à Louis, décidément son favori :

— Mère cruelle... Toutes femmes cruelles... Hommes très malheureux... Pliska malheureux...

Il avait apporté une valise d'un curieux modèle, plaquée d'étiquettes de chemin de fer, qui resta longtemps dans le coin de la chambre où se trouvait autrefois le lit de fer d'Émilie et où il rangeait avec soin ses vêtements et ses objets personnels.

Au fait, qu'était devenu le lit de fer ? Il avait disparu presque en même temps que la petite fille, sans doute pour finir chez un brocanteur.

Pliska disparut à son tour, ainsi que sa valise, Gabrielle n'expliqua pas pourquoi. Elle n'expliquait jamais. Peut-être n'essayait-elle pas de s'expliquer à elle-même le pourquoi des choses.

Pour Louis, ce fut l'hiver des découvertes. La première l'étonna à peine. Une nuit qu'un mauvais rêve l'avait réveillé en sursaut et que la lune l'empêchait de se rendormir, il était allé s'accouder sans bruit à la fenêtre. Cette grosse lune, bien plus que le bec de gaz d'en face, éclairait le paysage et lui donnait un aspect irréel. Sur le trottoir, juste devant l'impasse, quatre poubelles étaient rangées, si pleines que les couvercles ne fermaient pas.

Il avait souvent vu les chiffonniers, avec leur crochet, fouiller les poubelles et enfouir dans le sac qu'ils portaient au dos ou dans une charrette d'enfant ce qui pouvait encore servir. Cette nuit-là, deux personnes fouillaient les poubelles d'en face, un homme et une femme, mais ce n'étaient pas des chiffonniers et, ce qu'ils cherchaient, c'étaient des croûtons de pain, n'importe quoi qui se mange et qu'ils portaient aussitôt à leur bouche.

Ils n'étaient pas vieux. Ils ne portaient pas de haillons, comme ceux de la place Maubert. Ils étaient plus jeunes que leur mère, à peine plus âgés que M. Pliska. Il existait donc une catégorie en dessous des indigents qui reçoivent des bons de pain, une aide du bureau de bienfaisance, ou qui peuvent manger la soupe à l'Armée du Salut.

Quand ils eurent fini d'inventorier les quatre poubelles, ils se mirent en route vers le bas de la rue, sans un mot, sans se regarder.

La seconde découverte fut plus importante. D'abord, il sut que l'ami de Vladimir, le fils des Espagnols, s'appelait Ramon, car, en passant devant la boutique, il entendit sa mère l'appeler ainsi avant de lui crier quelque chose qu'il ne comprit pas.

Deux ou trois fois, en se promenant dans la rue après quatre heures, quand les lumières étaient allumées, il avait aperçu son frère et Ramon qui suivaient le trottoir en se donnant l'air d'animaux à l'affût. Non seulement Vladimir était le plus grand, le plus décidé, mais on sentait qu'il était le chef et que son compagnon était son esclave.

Ce soir-là devait être un samedi, car il y avait plus de monde que d'habitude dans la rue étroite que rétrécissaient encore les étalages débordant des boutiques et les voitures des marchandes de quatre-saisons.

Louis venait de parler à sa mère. Il remontait vers la maison quand il vit Vladimir et Ramon arrêtés au bord de la chaussée. Ils parlaient bas, la mine importante. Vladimir faisait vraiment figure de chef et, même de loin, on devinait qu'il donnait un ordre.

Ramon, vêtu d'un pardessus en ratine bleue à boutons dorés, hésitait, émettait des objections et, à la fin, Vladimir se contenta de le pousser du trottoir d'un coup de genou dans les reins.

Une fois encore, au milieu de la rue, Ramon se tourna, suppliant, ne rencontrant que le regard dur de son camarade. En face de lui se trouvait une boutique de volailles et gibiers. Un sanglier en partie débité pendait à un crochet près d'une guirlande de canards sauvages et d'autres oiseaux que Louis ne connaissait pas, n'en ayant jamais vu de vivants et n'en ayant jamais mangé.

Sur un étal, des poulets plumés étaient rangés, marqués d'une étiquette et, à gauche de la porte, des lapins de garenne non dépouillés.

Deux femmes attendaient leur tour. Un vieux monsieur en chapeau melon se faisait montrer des oiseaux qu'il reniflait longuement.

Ramon attendit le moment où personne n'était tourné vers lui, saisit un lapin qu'il glissa sous son pardessus et se mit à marcher très vite cependant que Vladimir, sur l'autre trottoir, remontait la rue sans se presser.

Louis les suivit de loin. Ils se retrouvèrent rue de l'Arbalète, mal éclairée, où Ramon tendit, comme en hommage ou en tribut de loyauté, le lapin à son ami.

Vladimir le prit par les oreilles, lui fit décrire deux ou trois tours en l'air et le lança dans la première impasse venue.

Louis se souvint alors de la montre, des bonbons, des objets disparates que son frère cachait jadis dans sa paillasse. Continuait-il à en amasser ? Il n'avait pas eu, depuis, la curiosité de s'en assurer. Cela lui était égal. L'important, c'est que Vladimir ait pu décider Ramon à voler. Était-ce, déjà, l'Espagnol qui s'était emparé de la montre ? Probablement pas. Il paraissait novice. Il avait supplié, ne s'était décidé qu'à contrecœur à traverser la rue.

Maintenant, un lapin bon à manger gisait dans une impasse où les rats ne tarderaient pas à se le disputer.

Louis n'en dit rien à personne. Il ne disait jamais rien.

Un jour, il vit un rassemblement dans le haut de la rue et n'eut pas de mal à se faufiler au premier rang. Il ne s'agissait que d'un vendeur à la sauvette entouré de badauds. Il était long, squelettique, le menton en galoche, le nez démesuré, et il jouait de son visage comme s'il était en caoutchouc.

— Suivez-moi bien, mesdames et messieurs, et de la sagesse des dames, du bon sens de leur mari découlera, pour chaque ménage, un quart d'heure de gagné par jour, sans compter trois ou quatre scènes de ménage chaque semaine.

Il ne portait pas de faux col. D'une petite valise, qu'il ne faisait qu'entrouvrir comme si elle contenait des trésors, il sortait un col très haut, à deux épaisseurs de toile et, en faisant mine de se tortiller devant un miroir, le fixait avec deux boutons.

— Première opération, la plus facile, surtout si votre femme ou votre petite amie vous donne un coup de main.

Nouveau plongeon dans la mallette dont il retirait, cette fois, une cravate d'un violet agressif.

— Et voici la seconde opération matinale à laquelle sont condamnés les hommes élégants. Remarquez que cette cravate est neuve, plus facile à manier qu'une vieille.

Suivait alors une comédie qu'il jouait des mains, des yeux, du cou, de la bouche, de tout son corps, se contorsionnant pour faire pénétrer la cravate entre les deux épaisseurs du faux col amidonné.

Après quoi, épuisé, il renonçait, s'épongeait, désignait dans l'assistance une femme boulotte et hilare qui tenait un cabas sous le bras.

— Vous, madame, acceptez donc d'être mon épouse pour un instant. Ne craignez rien. Nous sommes en public et je sais me tenir. Veuillez m'aider à mettre cette cravate en place.

Il lui avait pris son cabas, glissé la cravate dans ses mains boudinées. Comme elle était plus petite que lui, il se penchait comiquement, à moitié étranglé chaque fois qu'on soulevait le rabat du faux col.

— Et voilà, mesdames, messieurs, la cause de la moitié, que dis-je ? des trois quarts des scènes de ménage, l'autre quart étant causé par le corset de nos compagnes. Malheureusement, je ne m'occupe pas de corsets, car la Préfecture de police interdit ces démonstrations en public.

Il ne lui restait qu'à prendre dans la valise un appareil en celluloïd sur lequel, en un tour de main, la cravate se trouva fixée. Deux ou trois secondes plus tard, elle avait pris sa place dans le faux col.

— Mesdames, messieurs, tout le monde ne profitera malheureusement pas de cet instrument génial qui assurera la paix des ménages et enverra les valets de chambre en chômage.

La valise était enfin ouverte. Au moment où la vente commençait, un des spectateurs poussa sa femme du coude et, lui désignant Louis, toujours au premier rang, murmura :

— Je n'ai jamais vu un regard aussi malicieux que celui de cet enfant-là !

Louis entendit et ne sourit pas. Il savait déjà, confusément, que ce n'était pas vrai, qu'il n'y avait en lui aucune malice, qu'il s'était contenté de regarder, d'enregistrer et que, désormais, chaque détail de cette scène, la bouche tordue du camelot, la robe noire à petits pois blancs de la femme dodue, sa verrue sur la joue, l'expression des divers spectateurs étaient en lui.

Il ne se moquait pas d'eux. Il ne les trouvait pas ridicules. Il n'avait encore rien trouvé de ridicule depuis qu'il était né, rien non plus qui ne valût la peine d'être regardé avec intérêt.

4

Vladimir n'allait plus à l'école, où il n'était pas parvenu à obtenir son certificat d'études. Ou plutôt, sans doute, mais il ne se donnait la peine de l'expliquer à personne — sauf peut-être à Ramon ? — il n'avait pas voulu l'obtenir, par protestation, par défi.

Dès le début, il avait tenu à être le dernier de sa classe. Il avait toujours été grand pour son âge et, vers ses quinze ans, il avait soudain poussé de près de dix centimètres.

Non seulement il était à l'étroit dans ses vêtements mais il ne s'habituait pas à sa taille et ses mouvements étaient gauches, sa démarche tantôt trop virile, tantôt enfantine. Son visage se couvrait d'un duvet sombre qui lui donnait l'air mal lavé et Louis le surprit qui se mettait de la poudre de riz de leur mère pour cacher ses boutons.

Pendant deux ou trois semaines, on ne l'avait presque pas vu de la journée. Il n'errait pas dans la rue Mouffetard avec son ami espagnol, maintenant au lycée dont il portait l'uniforme.

Que faisait Vladimir de ses journées dont il rentrait le regard à la fois fiévreux, arrogant et abattu ?

— Quand te décideras-tu à travailler ? lui demandait sa mère.

Il répondait, en homme qui n'a pas de comptes à rendre :

— Tu le verras bien.

Elle fut sûrement inquiète de lui voir un nouveau complet pour lequel elle ne lui avait pas donné d'argent, des souliers neufs, une chemise blanche et un col à pointes cassées.

— Lundi matin, j'entre comme apprenti chez M. Brillanceau.

— Le serrurier de la rue Tournefort ? Tu veux devenir serrurier ?

Il avait pris sa décision seul, sans en parler à personne, et on ne sut jamais par quel cheminement ou après quelles expériences il en était arrivé à choisir la serrurerie.

Louis connaissait l'atelier, qui n'était pas loin de son école. Il se trouvait au coin d'une impasse comme il y en avait tant dans le quartier, du côté de la rue qui ne recevait pas le soleil, et les vitres étaient si sales, les murs si noirs, avec des centaines de clefs et d'outils pendus à des clous, qu'un bec Auer brûlait toute la journée.

M. Brillanceau avait la couleur de son métier. Il était gris, l'œil triste, avec toujours à la bouche, comme enfoncée dans ses moustaches grisâtres, une pipe courbe la plupart du temps éteinte.

Vladimir commençait ses journées à sept heures du matin, emportant un bidon en fer rempli de café et des tartines dans une ancienne boîte à biscuits.

La vie de la maison, soudain, changeait vite. Alice avait treize ans et, bien que frêle, paraissait plus que son âge. Elle avait passé son certificat de justesse, mais refusait de continuer ses études et restait à la maison où elle s'occupait du ménage et préparait les repas.

— Qu'est-ce que tu faisais, toi, à mon âge ?

A quoi Gabrielle répondait franchement :

— J'aime mieux ne pas te le dire.

Parfois Alice allait remplacer sa mère pendant une heure à la charrette. Parfois aussi, le soir, elle disparaissait assez longtemps et, quand elle se déshabillait pour s'étendre sur la paillasse voisine de la sienne, Louis reniflait une odeur étrangère à la famille, une odeur de garçon.

Elle était pâle, assez jolie pour qu'on se retourne sur elle dans la rue. Elle commençait à se servir de fards, maladroitement, ce qui lui donnait un air équivoque. Les petits seins en poire, un duvet blond et léger au bas du ventre, elle mettait une certaine ostentation à se montrer nue devant ses frères en faisant traîner sa toilette.

On sentait approcher une sorte de dislocation. Il n'y avait plus, dans le logement, l'ancienne cohésion, et, une nuit, éclata une scène violente au cours de laquelle Louis vit pour la première fois sa mère en fureur.

Depuis quelques jours, elle rentrait avec un homme d'un certain âge qu'elle appelait papa et qui passait la nuit avec elle derrière le rideau troué. Il était énorme, le torse velu, les mains impressionnantes. Il devait travailler aux halles, car il partait le matin avec elle sans se donner la peine de se passer le visage à l'eau fraîche.

Il sentait fort, faisait l'amour très vite, à grands coups de reins qui ébranlaient le plancher, après quoi il s'abattait sur le lit et sombrait dans le sommeil.

Une nuit, la quatrième ou la cinquième, la voix aiguë de Gabrielle réveilla Louis.

— Veux-tu la lâcher, espèce de saligaud !

Il ne faisait pas jour. Le ciel commençait seulement à devenir grisâtre, éclairant vaguement la chambre en même temps que le bec de gaz de la rue. Louis, sans bouger, les yeux entrouverts, découvrit la masse de l'homme sur le lit de sa sœur, dont il n'apercevait que les cheveux blonds.

— Laisse-la tranquille, tu entends, crapule ?

Il continuait à respirer fort et à émettre une sorte de rire. Peut-être qu'ils avaient bu la veille, Gabrielle et lui, comme cela arrivait si souvent avec d'autres ?

Elle s'efforçait de l'arracher de sa paillasse.

— Fous-moi la paix, putain !

Vladimir, soudain réveillé, frappait des deux poings la nuque de l'homme qui ne paraissait rien sentir. Alors, Gabrielle, en chemise, se précipita dans la cuisine, revint avec le tisonnier et se mit à frapper à son tour, criant de toutes ses forces :

— Salaud ! Cochon ! Satyre !

Il commença par grogner, se mit à quatre pattes, l'air hébété, découvrant le corps d'Alice qui leva les mains devant son visage.

Gabrielle frappait toujours et du sang gicla, à la base du crâne, tandis que l'homme vacillant arrivait péniblement à se hisser debout.

Les jumeaux, qui ne bougeaient pas, étaient sûrement éveillés. La scène oscillait entre le grotesque et le tragique. Tous les protagonistes étaient en chemise. Pour une raison quelconque, peut-être par habitude, l'homme avait gardé ses chaussettes.

On aurait dit un bœuf que le tueur de l'abattoir a raté de son merlin. Louis aurait juré, plus tard, que ses yeux étaient devenus rouges. Il hésitait à foncer, ses immenses mains ouvertes, et Gabrielle, le tisonnier à la main, continuait à lui tenir tête.

— Maman ! cria un des jumeaux avec effroi, tandis que l'homme faisait un pas vers elle.

— T'occupe pas de moi, toi ! Je vais lui faire son affaire !

Le tisonnier s'éleva, retomba avec force. Il rata heureusement la tête du mâle, érafla la joue et s'abattit sur l'épaule. On entendit comme un craquement d'os.

— Maintenant, ordure, si tu n'en as pas assez, tu n'as qu'à le dire.

Elle n'hésitait pas à se retourner, ne craignant plus rien de lui. Elle ramassait les vêtements en tas sur le plancher, marchait vers la porte, les jetait dans le corridor.

— F... le camp, si tu ne veux pas que je te finisse, charogne !

C'était le tour des gros souliers de voler dans l'étroit couloir vers lequel l'homme qu'elle appelait papa quelques heures plus tôt se dirigeait d'une démarche incertaine.

Sans souci des voisins, elle lui claqua la porte au nez et, en rentrant, elle restait si excitée qu'elle renversa le pot de chambre.

Debout, elle interpellait sa fille qui se cachait le visage.

— Et toi, tu ne pouvais pas crier, petite garce ? Avoue que ça te plaisait !

Les emmerdements, comme disait Gabrielle, qui aimait les mots expressifs, se suivirent. Le lendemain, on recevait une lettre, ce qui n'arrivait à peu près jamais. Le directeur de l'école « priait Mme veuve Heurteau de bien vouloir se présenter à son cabinet pour affaire importante ».

Louis s'y attendait. Depuis quelques semaines, il apercevait de moins en moins souvent les rouquins à la récréation. Ils partaient et revenaient aux heures habituelles avec leur cartable, mais ils ne se rendaient pas à l'école.

Quand Gabrielle rentra, elle était furieuse, d'une fureur, cette fois, dans laquelle entrait une part de comédie.

— Alors, vous deux, vous vous figurez que j'ai la vie trop facile et il faut que vous me la compliquiez encore ? Voulez-vous me dire où vous traînez la plupart de vos journées ? Réponds, toi, Guy.

C'était le plus vulnérable et, bien qu'ils fussent nés le même jour, il paraissait plus jeune que son frère.

— Je ne sais pas, maman.

— Tu ne sais pas à quoi vous passez votre temps ?

Sa main devenait menaçante et Olivier s'interposa.

— On n'aime pas l'école, man. Ils nous ont pris en grippe. C'est sur nous que tout retombe. Quand quelqu'un parle pendant la classe, on ne cherche pas à savoir qui c'est. Le maître dit :

» — Silence, les rouquins !

— Il ne nous appelle pas par notre nom, comme les autres. Nous sommes les rouquins. Et c'est toujours nous, même quand on n'a rien fait, qu'on envoie au piquet. Les gosses, eux, s'écartent de nous et prétendent que nous sentons les légumes pourris.

— Qui a dit ça ?

— Tous. Ils sont tous contre nous.

A cause des légumes, la solidarité renaissait.

— Tu ne leur as pas demandé ce que faisait leur mère ?

— Non, maman.

C'était le côté sournois des jumeaux.

— Il y en a qui font un plus sale métier que moi et j'en connais au moins deux qui gagnent leur vie avec leur derrière. Vous pourrez le leur dire, la prochaine fois. Mais il faudra que vous alliez à l'école, car il paraît qu'ils ont fait une enquête, que je ne suis pas une bonne mère, que je vous laisse vagabonder sans m'occuper de vous. Le solennel imbécile qui m'a reçue et qu'ils appellent le directeur m'a menacée d'envoyer un rapport à la police et de demander que vous soyez envoyés dans une colonie.

— Une colonie ?

— Je crois que c'est le mot qu'il a employé. Une maison de redressement, quoi !

Y eut-il un lien entre ces événements et l'habitude que prit Louis, peu de temps après, d'accompagner sa mère aux halles ? Il ne se posa pas la question. Comme pour beaucoup de ses faits et gestes qui auraient une place importante dans ses souvenirs, cela se fit, un beau jour, simplement, sans qu'il cherchât à en connaître les raisons.

Un matin de printemps, très tôt, avant le lever du soleil, alors que sa mère s'habillait, il demanda d'une voix humble, couché sur sa paillasse :

— Je peux venir avec toi ?

— Venir aux halles ?

— Oui. Il y a longtemps que j'en ai envie.

— Tu as besoin de dormir.

— Je ne me rendormirai quand même pas. Une fois, maman ! Une seule petite fois !

Il ne trichait pas. Son intention était d'accompagner sa mère une seule fois.

— C'est oui ? Je peux ?

Il avait déjà enfilé son pantalon et il s'habilla plus vite que jamais. Sauf l'hiver, quand elle allumait le feu avant de partir, leur mère ne buvait pas son café à la maison.

— C'est toi qui pousseras la charrette ? plaisanta-t-elle en descendant l'escalier obscur où il fallait tâter le mur de la main pour ne pas manquer une marche.

— J'essayerai.

L'expérience était exaltante. Dans la cour, il respirait déjà l'odeur de la nuit qui n'est pas la même que celle de la journée et il était surpris, en remontant la rue, de découvrir une lumière. Elle éclairait un bistrot étroit, peu profond, avec deux tables sombres près du zinc en fer à cheval. Le patron était chauve, portait une chemise très blanche, aux manches retroussées, et un tablier bleu.

Une femme était accoudée au comptoir, un châle sur les épaules, et trempait son croissant dans du café au lait. C'était une odeur neuve aussi, une image neuve, et Louis était heureux de penser qu'à cette heure presque tout le monde dormait encore.

— Salut, Céline ! Deux jus, Ernest.

Il plaçait tour à tour deux verres sous le percolateur qui laissait gicler un jet de vapeur.

— Crème pour le mouffeton ?

— Tu veux du lait, Louis ?

— Un peu. Je peux manger un croissant ?

Il y en avait un plein panier, encore chauds, croustillants, qui sortaient du four, et on lui en laissa manger quatre, ce qui ne lui était pas arrivé de sa vie.

Le patron saisissait une bouteille sur les rayons, une bouteille qui se terminait par un long bec d'étain et, sans rien demander, suivant sans doute un rite de tous les jours, il envoya une giclée d'alcool dans le café de sa mère, qui répandit aussitôt une odeur différente. Elle aussi mangeait des croissants, commandait un second café qui recevait une nouvelle giclée.

— On y va, Gabrielle ? T'as tout vendu, hier ?

— Il m'est resté tout juste de quoi faire une soupe.

Tout était différent, le bruit des pas sur le trottoir, l'aspect des maisons. Il y en avait de quatre étages, deux ou trois en brique rouge, une autre peinte en blanc, qui voisinaient avec des maisons d'un seul étage. Un fiacre passait, vide, le cocher somnolant sur le siège.

On tournait à droite dans la rue du Pot-de-Fer et, dans une cour, on retrouvait d'autres femmes, parmi lesquelles la grand-mère ; chacune, sous l'œil mal éveillé d'un petit homme au gros ventre, choisissait une des charrettes alignées contre un mur, allait chercher, dans une remise obscure, sa balance et ses poids.

— Où as-tu encore passé la nuit, Henriette ?

Elles s'interpellaient, riaient comme des petites filles à la récréation, se taquinaient, échangeaient des rosseries qu'elles seules pouvaient comprendre. On en voyait d'assez jeunes et des vieilles. La plupart étaient grosses, le visage couperosé, les doigts boudinés, les chevilles enflées.

Sans s'attendre, elles sortaient de la cour, gagnaient la rue Lhomond. Quand on passa devant le Panthéon, le ciel s'éclaircissait et, boulevard Saint-Michel, un omnibus, tiré par six chevaux aux sabots bruyants, faillit accrocher la charrette en la dépassant.

— Va donc, corbillard ! lança sa mère.

Ils franchirent le pont Saint-Michel et Louis, à droite, parce qu'on l'avait placé du côté du trottoir, poussait de toutes ses forces. Il aurait aimé se trouver dans les brancards, conduire seul la charrette, mais il n'osa pas le demander.

Le Palais de Justice était sombre et vide et seule une lumière glauque indiquait la porte de la Morgue.

Après le pont au Change, l'animation commençait et plusieurs omnibus attendaient de partir. Puis, rue des Halles, on entendait toutes sortes de bruits, on apercevait des tombereaux chargés de pyramides de choux, de carottes, des cageots pleins de poules vivantes ou de lapins.

Les gens, ici, étaient bien éveillés, car la vie avait commencé depuis longtemps, pour beaucoup bien avant minuit, et, au-delà des pavillons éclairés au gaz, d'où sortait une rumeur continue, un piétinement ininterrompu, des cris, des appels, des jurons et des rires, un petit train alignait ses wagons derrière sa locomotive qui fumait paisiblement.

— T'as pas mal aux pieds ?

— Non, man.

— T'as pas froid ?

Il n'avait pas mal aux pieds, il n'avait pas froid et il vivait la plus belle aventure de sa vie. Ses narines frémissaient sans parvenir à capter toutes les odeurs, car elles changeaient de dix mètres en dix mètres.

On voyait des légumes, des fruits, de la volaille, des caisses d'œufs partout, sur les trottoirs, sur la chaussée, plein les pavillons, et tout bougeait, s'entassait à un endroit pour être ensuite transporté dans un autre.

On lançait des chiffres. On écrivait au crayon violet, dans des calepins noirs. Des forts des halles fonçaient, leur grand chapeau sur la tête, un demi-bœuf sur l'épaule. Des baquets débordaient de boyaux. Des femmes, assises sur des tabourets, plumaient la volaille avec des gestes de prestidigitateur.

Tout paraissait chaotique, mais il ne tarderait pas à apprendre que, sous un désordre apparent, chaque camion, chaque caisse, chaque chou-fleur, chaque lapin, chaque homme avait sa place, son rôle précis.

Il retrouvait des silhouettes comme il en traînait rue Mouffetard, de vieux barbus vêtus de loques, les cheveux sur la nuque, qui portaient des caisses trop lourdes pour eux d'un camion à un entrepôt tandis qu'un jeune homme pointait chacun de leurs passages.

La grand-mère les dépassait et Gabrielle lui criait :

— C'est un jour à prendre des choux rouges.

Pourquoi ? Il comprenait qu'elle avait tout vu, les pancartes sur des piles de marchandises, les légumes que chargeaient déjà d'autres vendeuses de la rue Mouffetard.

— Faut du flair, dans notre métier, expliquait-elle à Louis.

Il lui était reconnaissant, car c'était la première confidence sur sa vie professionnelle.

— Certaines achètent n'importe quoi, parce que c'est bon marché...

Elle écoutait les chiffres au passage, s'arrêta, tentée, devant des caisses de pommes.

— Combien ?

Puis, sans répondre, elle continua de pousser sa charrette vers une rue où l'animation continuait, pénétra dans un hall haut de plafond. Sur un tableau noir, à côté du nom des denrées, des chiffres étaient tracés à la craie, qu'un homme en blouse noire changeait sans cesse, comme l'instituteur sur l'estrade.

Des employés travaillaient dans une cage vitrée. Tout allait vite. Il fallait avoir l'œil aux aguets pour ne pas être renversé par un des porteurs et Louis, instinctivement, tenait un bout du tablier de sa mère.

— T'as pas de choux rouges, Samuel ?

— T'en as vu au tableau ?

— C'est pas inscrit.

— Va demander à François. Il en reste peut-être quelques caisses.

Elle ne changeait pas facilement d'avis et Louis était content de voir que tout le monde la connaissait, la traitait avec une familiarité affectueuse. Elle eut ses choux rouges et le chemin recommença en sens inverse, par d'autres rues, pour éviter celles où l'encombrement rendait le passage difficile.

Le soleil était levé. Les vitres des maisons brillaient. Les roses étaient plus roses, les rouges plus rouges, les bleus plus bleus. On commençait à voir des cuisinières et même des femmes bien habillées portant des filets à provisions.

Ils croisèrent trois hommes en habit et haut-de-forme qui sortaient d'un restaurant en compagnie de jeunes femmes couvertes de fanfreluches. Un des hommes, éméché, voulait à tout prix louer à un maraîcher sa charrette et ses percherons pour rentrer chez lui.

Louis poussait de son mieux, sentait une résistance à chaque pavé, et sa mère fit halte avant le Châtelet.

— Attends-moi ici.

Elle entra chez un marchand de vin où on lui servit d'office un petit verre. Elle l'avala d'un trait, prit de la monnaie dans la sacoche, sous son tablier, et la jeta sur le comptoir.

C'était un matin glorieux, éclatant de vie. Tout vivait. Tout était coloré. Tout sentait bon et on buvait l'air plutôt que de le respirer.

— Tu n'es pas fatigué ?

— Oh ! non maman.

— Qu'est-ce que tu vas faire en attendant l'heure de l'école ?

Car, à six heures et demie déjà, elle rangeait sa charrette à sa place habituelle, en face de la poissonnerie, et elle n'était pas la première.

— N'aie pas peur. Je trouverai bien quelque chose.

La tête lui tournait, ses jambes étaient molles, il était gavé. Il monta lentement l'escalier sombre, poussa la porte de la chambre, où les jumeaux dormaient encore. Sa sœur, dans la cuisine, allumait du bois pour le café.

— Vladimir est parti ?

— Il y a cinq minutes. D'où viens-tu, toi ?

— Je suis allé avec maman.

— Aux halles ? Elle a bien voulu ? T'as faim ?

— J'ai mangé des croissants.

— T'en as de la chance !

Il était tenté de s'étendre sur sa paillasse, pour digérer en paix ce qu'il venait de vivre. Le feu aux joues, il savait que, s'il avait l'imprudence de se coucher, il sombrerait dans un sommeil béat.

Il s'obligea, assis près de la fenêtre, à répéter ses leçons. Alice alla éveiller les jumeaux à petits coups de pied et ils grognèrent avant d'apparaître, en chemise, les cheveux en brosse, les yeux gonflés de sommeil.

— Qu'est-ce que tu fais, toi, petit saint ?

— Je ne fais rien.

Ils étaient agressifs dès leur réveil !

— Il est allé avec maman aux halles.

— Pour quoi faire ?

— Demande-le-lui.

— Pour voir, dit tranquillement Louis.

Il ne savait pas encore que cela deviendrait une habitude, ni qu'en classe il savourerait cette torpeur qui le tenait suspendu entre le rêve et la réalité.

— Vous rêvez, Cuchas ?

— Non, monsieur.

— Douze fois vingt-sept ?

— Trois cent vingt-quatre.

Un vague sourire, que personne ne comprenait, flottait sur son visage.

Ce voyage matinal aux halles, derrière la charrette de sa mère, devait tenir une place importante dans ses souvenirs et dans sa vie, mais ensuite la légende s'en mêla et il devint, même pour lui, difficile de faire la part exacte entre le vrai, l'exagération et le mensonge.

On écrivit, par exemple, que, pendant plusieurs années, malgré son jeune âge et sa faible constitution, il se leva chaque nuit à trois heures du matin, hiver comme été.

Or, sa mère ne partait pas toujours à trois heures du matin. Cela dépendait des saisons. Dès l'automne, elle quittait plus tard la rue Mouffetard, car il eût été inutile de se trouver dès six heures avec sa marchandise le long du trottoir où il ne passait personne et où les becs de gaz n'étaient pas éteints.

Certains matins aussi, selon son compagnon, elle s'accordait une heure ou deux de sommeil de plus.

Enfin, Louis lui-même ne s'éveillait pas toujours. C'était vrai que, souvent, dès que sa mère s'éveillait, il s'éveillait aussi, qu'il lui arrivait de se lever avant elle, mais il se rendormait parfois, à moins que ce ne soit un jeudi, un jour de congé, ou pendant les vacances.

On dit aussi que les dames des halles l'avaient surnommé le petit saint dans leur émerveillement de voir un enfant s'imposer autant de discipline pour aider sa mère. En quoi pouvait-il l'aider, au début, avec ses maigres bras ? C'était pour lui qu'il y allait, pour renouveler l'émerveillement, pour compléter son jeu d'images exaltantes, celle de la Seine, par exemple, qui l'avait à peine frappé la première fois, des remorqueurs qui tiraient leurs chalands et disparaissaient un instant sous l'arche du pont, des péniches traînées par des chevaux qu'un charretier suivait lentement sur le chemin de halage. Des images, il en découvrait sans cesse, des façades jaunes et des vertes, des enseignes, des réduits bourrés de tonneaux.

Ce n'étaient pas les marchandes des halles, mais ses camarades d'école, qui l'avaient surnommé le petit saint. Le mot avait gagné les halles par hasard. Une femme, à qui sa mère marchandait des paniers de prunes sur le carreau, s'était extasiée devant lui.

— Quel joli enfant ! On dirait une miniature !

S'il n'avait plus ses cheveux longs de fille, ils restaient plus longs que ceux de la plupart des garçons et, très fins, avaient tendance à voleter autour de son visage qui n'en paraissait que plus délicatement dessiné.

Gabrielle avait répliqué :

— Il vaudrait mieux pour lui qu'il ne soit pas une miniature, mais une brute comme ses frères. A l'école, on profite de sa taille pour lui taper dessus et, comme il refuse de désigner le coupable, ils l'ont appelé le petit saint.

On raconta aussi que, dès l'âge de six ans, il se passionna pour les échecs, parce que M. Pliska, pendant quelques jours, devant le poêle de la cuisine, lui apprit la marche des pions.

Or, ce ne fut qu'un an ou deux plus tard, quand on commença à lui donner son dimanche, qu'il économisa pour s'acheter un jeu d'échecs bon marché qui tenait dans la poche et dont les pièces n'étaient ni en ivoire ni en bois, mais en carton.

Il lui arrivait alors, quand il pleuvait, de s'installer près de la fenêtre et de rester une heure penché sur les carrés noirs et blancs.

Vers cette époque, le propriétaire, M. Doré, décida d'installer le gaz dans la maison et la lampe à pétrole finit chez un brocanteur, comme le lit de fer d'Émilie, rendue inutile par un manchon incandescent qui pendait, non seulement au milieu de la cuisine, mais au milieu de la chambre.

Ces manchons, qu'on suspendait délicatement au bout du tube amenant le gaz, étaient d'une matière fragile et tombaient en poussière dès qu'on les touchait ou qu'ils subissaient une secousse. Ils donnèrent lieu à toute une série de petits drames car il y avait, à l'étage au-dessus, une famille de Piémontais comptant sept ou huit enfants.

Le père, qui travaillait dans des chantiers de construction, portait de lourdes bottes et le soir, en rentrant, les gardait aux pieds, arpentait la pièce, jouait avec les enfants, faisait trembler le plafond, de sorte qu'on devait changer le manchon de la chambre deux fois par semaine.

— Je vais aller leur dire deux mots, à ces brutes.

Gabrielle montait bravement l'escalier éclairé désormais par un bec-papillon qui fournissait une flamme dansante, tantôt blanche, et tantôt jaune. Elle frappait à une porte et, pendant un quart d'heure, c'était un échange d'injures en français et en italien.

Les enfants pleuraient, la mère glapissait, Vladimir, s'il était à la maison, montait à la rescousse.

D'autres locataires, dérangés par le bruit, prenaient tout le monde à partie et, une fois qu'il était allé voir, Louis avait découvert, dans l'entrebâillement d'une porte, une vieille femme squelettique qui appartenait déjà à un autre monde et qui, les yeux vitreux, égrenait un chapelet.

Sans cet incident, il aurait toujours ignoré qu'elle existait, car elle ne quittait pas sa chambre et ce n'est que six ou sept mois plus tard qu'on l'emmena de très bonne heure, à la sauvette, dans un cercueil de sapin blanc qui ressemblait aux caisses des halles.

Vladimir continuait à travailler chez M. Brillanceau, portait une casquette, un costume de travail en grosse toile bleue. Il fumait des cigarettes qu'il roulait et affectait de laisser pendre de sa lèvre inférieure.

Dans la rue, il marchait les mains dans les poches, dédaigneux, roulant les épaules, comme si tout le monde avait les yeux sur lui.

Il maigrissait. Ses traits se tiraient et il avait les yeux de plus en plus cernés. Il est vrai que, certains soirs, il ne rentrait qu'à minuit et qu'une première fois, une nuit d'hiver que Louis ne situait pas exactement, il ne rentra qu'au petit déjeuner.

Il avait une nouvelle façon de regarder les hommes qui passaient la nuit avec leur mère. Il les toisait, goguenard et agressif, comme pour les défier de s'en prendre à lui.

Un dimanche matin, toujours en hiver, un grand jeune homme à tête de musicien buvait son café et mangeait des tartines avec eux quand Vladimir, qui, le dimanche, faisait presque toujours la grasse matinée, était entré, les yeux ensommeillés.

— Vous ne vous contentez pas de faire l'amour avec ma mère, vous. Il faut encore qu'on vous entretienne.

On le sentait hargneux, prêt à n'importe quoi, prêt à mordre.

— Tais-toi, Vladimir, et mêle-toi de ce qui te regarde. Reste assis, Philippe. Ne t'occupe pas de ce qu'il dit. Le matin, il est comme ça et une heure après il n'y pense plus.

Le musicien n'en préféra pas moins s'en aller et son départ se fit gauchement, dans un silence pénible. La porte à peine refermée, Vladimir attaquait de nouveau. S'étant servi de café, installé devant son bol, les coudes sur la table, il lançait à sa mère :

— Est-ce que tu les fais payer ou est-ce que tu ne les fais pas payer ?

— Si je les faisais payer, je serais une putain et ta mère n'en est pas une.

— Alors, tu es une conne.

— Je suis une femme, un point c'est tout, et je n'y peux rien si j'ai besoin d'un homme dans mon lit. Je me suis mariée en croyant que c'était le plus pratique. Je suis tombée sur un pauvre type à moitié impuissant qui passait son temps dans les bistrots et ne rentrait que pour vomir.

— Ce n'est pas une raison.

— Une raison pour quoi ?

— Rien.

On voyait bien qu'il avait une idée de derrière la tête mais, buté, il mastiquait en refrénant sa colère.

— Si tu n'es pas satisfait de ta mère, cherches-en une autre. Tu n'as pas honte d'avoir parlé comme tu l'as fait devant ta sœur ?

Il regarda Alice et ouvrit la bouche, parvint à se contrôler et se tut. Ce ne fut qu'en quittant la cuisine qu'on l'entendit grommeler :

— Toutes des putains, oui !

Vingt ans plus tard, Vladimir devait avouer à Louis qu'il avait eu, la veille de ce dimanche-là, son premier chagrin d'amour, trouvant la fille avec qui il sortait chaque soir et pour qui il dépensait son argent dans une encoignure, avec un homme qui lui faisait l'amour, debout.

Il lui avait écarté son pardessus qui les cachait et il avait vu. Il était décidé à se battre. L'autre s'était enfui à toutes jambes et soudain Vladimir, qui courait derrière lui, n'avait plus entendu de bruits de pas. L'homme devait s'être caché dans l'ombre d'une impasse comme il y en avait tant dans le quartier. Peut-être avait-il gravi l'escalier de la première maison venue et attendait-il, assis sur une marche ?

Vladimir avait cherché longtemps cependant que la fille était rentrée chez elle.

— Celui-là, je l'aurais tué, avoua-t-il.

Il avoua aussi que, pour la première fois de sa vie, il avait pleuré, lui qui, enfant, s'était interdit de verser une larme, de laisser entendre une plainte.

On s'habituait au nouvel éclairage, moins intime que la lampe à pétrole. Au lieu d'un cercle délimité de lumière entouré d'une zone d'ombre, les deux pièces recevaient dans leurs recoins la même clarté blanche qui en révélait les plaies.

On se rendait tout à coup compte que les murs étaient sales, que les paillasses avaient été maintes fois rapiécées, parfois avec des tissus de couleurs différentes. Le plafond était crevassé et un large trait de plâtre trop blanc marquait le passage du tuyau du gaz.

Était-ce cet hiver-là ? L'hiver suivant ? Louis ne parvenait pas à s'en souvenir, ignorant s'il était en troisième ou en quatrième année, car l'instituteur avait changé de classe en même temps que les élèves. Louis était toujours premier, bien qu'à son banc il se montrât aussi rêveur que par le passé.

Il avait retrouvé, par hasard, les crayons de couleur que le Tchèque lui avait donnés le jour de Noël et qu'il gardait dans son cartable.

Le maître ne ressemblait pas à celui qu'il avait eu dans la petite classe. Il était mince, avec des moustaches et une barbiche à la d'Artagnan qu'il tiraillait d'une main nerveuse. Il avait de très belles mains, longues et blanches, aux ongles soignés. Il devait gagner peu d'argent, comme les autres, mais n'en visait pas moins à l'élégance. Sa jaquette, usée, était bien coupée et ne sortait pas d'un magasin de confection. Ses cols et ses manchettes étaient presque toujours propres et ses souliers en cuir fin.

Au début, Louis l'avait agacé par sa placidité, par son sourire où l'instituteur voyait peut-être de l'ironie. Puis il l'avait observé davantage, surgissant derrière lui au moment d'une composition, l'interrogeant à brûle-pourpoint après avoir feint de regarder ailleurs.

On aurait dit que, pour lui, Louis était une énigme qu'il mettait son point d'honneur à résoudre. Peut-être crut-il l'avoir résolue ce matin-là ? C'était un jour de halles et Louis, somnolent, écoutait la leçon tout en dessinant, en noir et en violet, un des arbres dénudés de la cour.

Il ne s'était pas aperçu que la voix de l'instituteur, qui s'appelait Huguet, se déplaçait, ne parvenait plus de l'estrade, mais du fond de la classe, jusqu'à ce qu'une main bien connue saisisse le dessin non terminé.

Chose curieuse, M. Huguet ne lui dit rien, ne le punit pas, et ce n'est qu'une dizaine de jours plus tard, à la récréation, qu'il s'approcha de Louis.

— Que comptez-vous faire plus tard, Cuchas ?

— Je ne sais pas, monsieur.

— Il n'y a rien qui vous tente ?

Il chercha dans sa tête, s'efforçant d'être sincère, comme à son habitude.

— Non, monsieur, finit-il par conclure, déçu.

— Ah !

Ce fut tout. A peu près à la même époque, une semaine ou deux plus tard, sa mère reçut une nouvelle convocation du directeur. Les jumeaux étaient restés trois jours d'affilée sans mettre les pieds à l'école. Il fut question de la police, du juge des enfants.

Les rouquins, le soir, laissèrent passer la rafale sans broncher. Le lendemain midi, on les vit à table comme d'habitude. Le soir, ils ne rentrèrent pas. Par deux fois, en dépit du mauvais temps, Gabrielle, serrant son châle sur sa poitrine, parcourut le quartier, questionnant les commerçants.

Le gaz, dans la cuisine, brûla presque toute la nuit. Ce fut Vladimir, le matin, avant de partir pour son travail, qui eut l'idée de la boîte à biscuits. Il y en avait six, avec des dessins différents, sur une étagère.

Celle où l'on voyait un moulin contenait la farine, celle qui représentait *l'Angélus* de Millet le sucre, et ainsi de suite pour le café, les sachets d'épices, jusqu'à la dernière, dans l'angle du mur, enluminée, sur toutes ses faces, de roses pompons.

Celle-ci constituait le coffre-fort de la famille. On y trouvait le livret de mariage de Gabrielle, l'acte de naissance des enfants, quelques papiers jaunis qui étaient peut-être de vieilles lettres, les quittances de loyer et, depuis peu, les quittances du gaz. Enfin, leur mère y gardait le trésor du ménage, quelques dizaines de francs dans un porte-monnaie d'homme et les petites pièces qui servaient pour les achats dans le quartier.

Gabrielle, qui n'était pas allée aux halles cette nuit-là, avait déjà compris.

— Je le pensais bien. Ils ont emporté l'argent et n'ont laissé que les pièces de bronze.

— Qu'est-ce que je vais faire, Vladimir ?

Pour la première fois, elle s'adressait à lui comme à un homme, lui demandait conseil comme s'il fût soudain devenu chef de famille.

— Ils n'iront pas bien loin. Quelqu'un finira par les remarquer et les signalera à la police.

— A moins qu'ils ne reviennent d'eux-mêmes, l'argent dépensé. Où peuvent-ils avoir couché, par un temps pareil ? Si encore on était en été !

— Ils ne reviendront pas d'eux-mêmes.

— Comment le sais-tu ?

— Je les connais mieux que toi. Tu dois signaler leur disparition au commissariat.

— Alors, ils ne me les rendront pas, surtout après ce que m'a dit le directeur de l'école. On les enfermera dans une maison de correction. Ils sont trop jeunes, Vladimir !

Ou bien ils avaient onze ans, ou ils en avaient treize, c'est ce que Louis, plus tard, ne parvint pas à établir.

— On ne les acceptera dans aucun hôtel sans leur poser de questions. Ils ne peuvent quand même pas coucher sous les ponts, mes enfants.

Elle pleurait et Alice se mettait à pleurer à son tour. Elle était la plus proche, par son âge, des jumeaux, puisqu'elle n'avait qu'un an et demi de plus qu'eux. Ils avaient joué davantage ensemble et ils parlaient plus volontiers avec elle, alors qu'ils restaient secrets devant les autres, parce qu'elle était une fille.

— Il est l'heure de mon travail. Surtout, man, va au commissariat. Sinon, c'est à toi qu'ils réclameront des comptes.

— Que veux-tu dire ?

— Rien. Vas-y ! C'est la seule solution.

Du jour au lendemain, Vladimir devenait un homme et leur mère le sentit si bien qu'elle commença à s'habiller dès qu'il fut parti. Elle avait une robe des dimanches qu'elle ne portait presque jamais et qui lui durait depuis trois ou quatre ans, une robe bleu lilas, en soie, avec un empiècement et un haut col de dentelle qui lui donnait l'air d'une jeune fille, car son visage était resté frais, sans rides, et elle riait pour un rien.

Elle préféra se vêtir comme tous les jours, jeta son châle noir sur ses épaules.

— N'oublie pas l'heure de la classe, Louis. Si le directeur te pose des questions, réponds que tu ne sais pas où sont tes frères.

Elle reniflait encore en sortant de la chambre, mais son attitude était plus brave et, dans la rue, elle tint la tête haute comme si elle faisait déjà face au commissaire. Le directeur ne fit pas comparaître Louis. Savait-il seulement que le jeune Cuchas et les frères Heurteau appartenaient à la même famille ? Ils n'étaient que des noms, parmi tant d'autres, sur ses listes, et il ne connaissait que les élèves qu'il avait à rappeler à l'ordre.

Il faisait froid. Il pleuvait. Les ruisseaux, des deux côtés de la chaussée, charriaient des détritus quand Louis rentra chez lui pour déjeuner. Peut-être y avait-il autant de détritus les autres jours, mais, ce jour-là, il les remarqua. Pour lui, c'était une journée sans couleur, sans goût, sans les sons habituels. Il marchait dans le vide et, quand il vit sa mère et sa sœur se mettre à table dans la cuisine, il ne leur posa pas de questions, sentant qu'elles n'avaient rien de bon à lui apprendre.

— Personne ne t'a rien dit, Louis ?

— Non, maman.

— Je suis allée au commissariat.

— Je sais.

— Ils vont essayer de les retrouver. Ils ont été polis. Ils m'ont même fait asseoir. Te voilà, Vladimir ! Assieds-toi et commencez à manger. Moi, je n'ai pas faim.

» Je disais à ton frère qu'ils ont été polis et que le commissaire m'a fait asseoir. Il doit avoir des enfants, car il a tout de suite compris et comme, à un moment donné, je ne pouvais plus retenir mes larmes, il s'est levé pour venir me tapoter l'épaule.

» Ils vont faire ce qu'ils peuvent et il paraît que ce n'est pas à Paris qu'on les retrouvera. Ils ont l'habitude. On leur signale des fugues, comme ils disent, toutes les semaines.

» Il m'a demandé si nous avions habité la campagne, si nous y allions en vacances ou si nous y avions des parents, car c'est presque toujours là que les enfants se rendent. La plupart prennent le train, souvent un train de marchandises.

» Je lui ai demandé si on allait les enfermer et il m'a répondu qu'il croyait que non, que j'étais connue dans le quartier pour une commerçante honnête à qui la police n'a jamais eu à dresser de contraventions.

— Tu vois !

— J'ai eu raison de suivre ton conseil. Il y aura toujours le commissaire pour nous défendre.

— Il ne t'a pas parlé de moi ?

— Pourquoi ? Tu le connais ?

— C'est un homme corpulent, avec une chaîne de montre garnie de breloques sur son gilet ?

— Oui. On t'a emmené au commissariat et tu ne nous l'as jamais dit ?

— J'étais un mioche. J'avais à peu près l'âge de Louis et un agent m'a surpris alors que je chipais une poignée de bonbons à un étalage. L'agent m'a emmené en me soulevant comme un tapis. Le commissaire a fait sa grosse voix. J'ai pleuré, en suppliant de ne rien te dire parce que tu avais assez de misères comme ça.

— Eh bien, toi, alors !

Elle en était si médusée qu'elle en oubliait les jumeaux. Ce n'est que deux jours plus tard qu'on les ramena de Rouen, où on les avait trouvés blottis derrière des caisses dans un wagon de marchandises. Ils croyaient que le train se rendait au Havre, où ils espéraient se glisser à bord d'un bateau. Ils avaient choisi le mauvais wagon, qu'on avait décroché à Rouen.

Ils ne fournirent aucun détail sur leur aventure, passèrent un après-midi au commissariat et le porte-monnaie reprit sa place dans la boîte aux roses pompons. Il n'y manquait que deux francs.

5

— Écoutez-moi, Guy et Olivier. Les autres aussi, car ce qui concerne les uns vous concerne tous.

Gabrielle était lasse. Alors que, d'habitude, les événements laissaient sur elle si peu de trace et qu'elle reprenait si vite sa bonne humeur, la fugue des jumeaux l'avait marquée et elle manquait de ressort, laissait voir, sinon son découragement, tout au moins une grande fatigue.

— J'ai encore eu aujourd'hui une conversation avec le commissaire. Je t'en supplie, Guy, ne regarde pas dans le vide comme si cela ne t'intéressait pas. C'est de ton avenir et de celui de ton frère qu'il s'agit. Il a pris à cœur votre situation. On ne veut plus vous voir à votre école.

» Il pense que cela ne servirait à rien de vous envoyer dans une autre. Vous aurez bientôt treize ans et n'obtiendrez jamais votre certificat d'études. Je ne l'ai pas non plus, ni ma mère, ni bien des gars qui se sont fait une situation. Alors, pour éviter la maison de redressement, il me conseille de vous placer en apprentissage. Il a trouvé un patron qui vous accepte, M. Cottin, l'imprimeur de la rue du Cardinal-Lemoine.

C'était au-delà de la Contrescarpe, des frontières de Louis, dans un monde où il ne s'aventurait guère.

— Je vous préviens que M. Cottin est sévère, mais on m'affirme qu'il est juste et bon avec ses ouvriers. La première idée du commissaire était de vous séparer. Je l'ai supplié de ne pas le faire, en lui affirmant que vous ne le supporteriez pas. Voulez-vous devenir typographes ?

Ils avaient haussé tous les deux les épaules.

— Je crois que c'est votre meilleure chance. C'est ton avis aussi, Vladimir ?

— Bien sûr que cela vaut mieux que la maison de redressement.

— Eh bien, vous commencerez lundi matin. Demain, nous irons acheter les vêtements dont vous avez besoin.

Il sembla à Louis qu'il régnait ce soir-là dans leur logement une atmosphère différente, qu'on y respirait une gêne, une émotion difficile à définir. Peut-être était-ce la fin d'un certain genre d'existence ?

Jusqu'alors, ils avaient vécu les uns avec les autres comme dans un terrier, à l'abri du monde extérieur et, quoi qu'il advienne, il y avait leur mère pour les protéger. Les paillasses, en rang contre le mur, ne formaient qu'un grand lit et la mère, s'il y avait le plus souvent un homme avec elle, n'était séparée d'eux que par un drap de lit suspendu à une tringle.

Il y avait un commencement et une fin, le lit de noyer à un bout, le petit lit de fer d'Émilie à l'autre, avec toute la nichée entre les deux.

Le lit de fer avait disparu en même temps qu'Émilie. Vladimir était devenu un homme, qui n'apparaissait qu'irrégulièrement aux repas et menait, en dehors d'eux, une vie dont on ne savait à peu près rien.

Deux ou trois fois déjà, Alice, qui avait quinze ans, avait laissé entendre qu'elle s'ennuyait, seule à la maison pendant des heures, et qu'un jour elle se chercherait du travail. Elle était devenue une jeune fille, sortait le soir pour aller danser et rapportait à la maison des odeurs étrangères.

Une fois les jumeaux chez M. Cottin, il n'y avait plus que Louis à l'école.

Curieusement, c'était au gaz qu'il en voulait. Il lui semblait que, depuis qu'on avait installé cette lumière blanche et dure dans les deux pièces, leur vie avait changé et qu'une partie de leur intimité, de la chaleur du terrier, s'était dissipée. Même le dieu-poêle, trop éclairé, n'avait plus son aspect d'animal débonnaire et c'est à peine si on distinguait le scintillement des cendres qui tombaient de temps en temps en pluie fine à travers la grille.

Est-ce cela qui le rapprocha de sa mère, le poussa à aller plus souvent aux halles avec elle, à passer un moment près de sa charrette quand il sortait de l'école ? Pendant les années qui suivirent, il y eut, entre eux, des liens qui n'existaient pas auparavant.

Il était devenu le dernier de la nichée, le dernier petit. Elle le dit implicitement, un jour que Vladimir demanda pourquoi on ne déménageait pas pour un logement plus confortable où il aurait sa chambre. Il lui manquait d'avoir une chambre à lui. Il ne disposait même pas d'une armoire, partageait la penderie avec sa mère, ses frères et sa sœur.

— A quoi bon ? avait répliqué Gabrielle. Toi, tu ne resteras plus longtemps avec nous et il ne se passera pas tant d'années avant ton service militaire. Alice, comme je la connais, se mariera à la première occasion. Les jumeaux travaillent dehors et ne rentrent pas déjeuner.

Il était arrivé souvent à Louis de s'arrêter devant la blanchisserie, à la façade peinte en bleu pâle, dont la porte, toujours ouverte, laissait échapper une odeur spéciale, presque aussi agréable que celle de la boulangerie. Comme la plupart des boutiques de la rue, celle-ci, étroite de façade, était toute en profondeur et cinq ou six femmes, en rang derrière une longue table recouverte de molleton blanc, repassaient du linge. Derrière elles se dressait un poêle spécial, avec des pans obliques pour mettre les fers à chauffer.

La plupart des ouvrières étaient jeunes et, l'été, elles ne devaient rien porter sous leur blouse blanche, car on voyait leurs seins bouger à chaque mouvement, leurs hanches rouler librement.

Il savait que la patronne s'appelait Mme Antoine, qu'elle avait commencé comme apprentie et elle se tenait la plupart du temps dans une pièce du fond où elle s'occupait de l'inscription du linge et des factures.

Le lavage avait lieu au sous-sol, dans une cave encombrée de grandes cuves dont les soupiraux s'ouvraient sur la cour.

C'est chez Mme Antoine que, vers le début de l'automne, Alice décida de travailler.

Dès lors, il n'y eut plus d'heure pour les repas. Y en avait-il jamais eu vraiment ? Les uns et les autres rentraient à des moments différents. On savait où prendre le pain. On trouvait du fromage, du jambon ou du pâté de foie, dans le garde-manger, une caisse à claire-voie que Vladimir avait recouverte d'une toile métallique et fixée, dehors, sur l'appui de fenêtre.

On continuait, le dimanche, à préparer un plat cuisiné, du bœuf à la mode, un ragoût de mouton, plus rarement une poule que Gabrielle s'était procurée à bon compte. Pourtant, même le dimanche, on était rarement au complet autour de la table, surtout s'il faisait beau.

Vladimir s'habillait comme un homme et il s'était acheté, à la Samaritaine, un complet à la mode, à petits carreaux noirs et blancs, à veste courte, qu'il accompagnait d'un faux col droit et d'un nœud papillon.

L'été, il se coiffait d'un canotier à large bord posé de travers et, pendant quelques mois, on le vit faire des moulinets avec une canne.

Depuis longtemps, son espace vital s'était agrandi et la rue Mouffetard ne constituait plus pour lui qu'un dortoir. Il prenait le train pour se rendre au bord de la Seine, à Saint-Cloud ou à Bougival, et parlait de s'acheter un vélocipède dès qu'il aurait mis assez d'argent de côté.

Alice aussi portait un canotier, au bord beaucoup plus large, entouré d'un ruban rouge dont les bouts lui tombaient dans le dos.

— Mes enfants, où voulez-vous que je prenne tout cet argent ?

On n'avait jamais tant parlé d'argent que depuis que les grands travaillaient. Alice avait obtenu, pour l'été, une robe blanche garnie de broderie anglaise et, l'hiver approchant, elle rêva d'une robe de velours qu'elle avait vue à l'étalage des demoiselles Pochon.

Le samedi soir, elle allait, avec des amies, danser à Bullier, un grand bal, tout au bout du boulevard Saint-Michel, où elle rencontrait des étudiants. Le lendemain, elle avait toujours une histoire à raconter d'un air animé et on entendait des noms qu'on ne connaissait pas : Valérie, Olga, Suzanne, Eugène, Roland.

— Roland, alors, c'est le plus chic type de la bande. Il est à l'université, où il étudie pour être avocat, comme son père. C'est son père qui a défendu les anarchistes qui ont lancé une bombe devant la Taverne Royale.

On parlait beaucoup d'anarchistes et de bombes, du Métropolitain, un réseau de tunnels en dessous de Paris où passeraient des trains plus rapides que les omnibus. Personne, dans la famille, ne lisait les journaux. Seul Vladimir apportait parfois des fascicules intitulés Nick Carter, dont la couverture montrait un homme au menton carré qui menaçait quelqu'un de son revolver, ou délivrait une jeune fille attachée à un arbre ou au pied d'un lit.

En face de l'église Saint-Médard, autour d'un kiosque à journaux, d'autres publications étaient suspendues par des pinces à linge, *le Petit Parisien Illustré,* par exemple, décrivant en couleurs violentes le fait divers de la semaine, un vieillard étranglé rue Caulaincourt, l'empoisonneuse du quartier des Ternes...

Tout cela commençait à exister, pour Louis, en bordure de sa vie. Avant, le monde se réduisait à un espace clos, qui s'était peu à peu agrandi à son insu, un peu comme pour les jumeaux, par exemple, qui passaient maintenant presque tous leurs dimanches sur les fortifications.

Cela lui rappelait une des rares conversations avec sa mère. Car quand ils se rendaient ensemble aux halles, ils parlaient peu, malgré la longueur du chemin. Louis ne s'était jamais demandé à quoi sa mère pensait, tout en remarquant qu'elle n'était pas absorbée, comme lui, par le spectacle de la rue.

Elle franchissait la Seine, au pont Saint-Michel, sans pouvoir dire la couleur de ce jour-là, ni s'il y avait du courant, et sans doute n'avait-elle jamais vraiment regardé les tours de Notre-Dame.

Elle travaillait. Toutes les grandes personnes travaillent, sauf les propriétaires, comme M. et Mme Doré, les gens riches qui montent à cheval, roulent en calèche, vont aux courses en chapeau haut de forme gris et dînent dans des restaurants aux banquettes de velours et aux lustres de cristal.

Cela, il ne le savait que depuis peu, depuis qu'il allait de temps en temps regarder les journaux illustrés du kiosque.

— A quoi penses-tu, Louis ?

— A rien, man.

Elle poussait encore sa charrette sur quelques mètres de pavé, ses beaux yeux bleus fixés droit devant elle.

— Tu es un curieux bonhomme.

Il existait entre eux une intimité faite d'une tendresse vague, qui ne se manifestait jamais par des mots, par des effusions, seulement par des regards furtifs, pudiques, ou par certaines intonations.

Il est vrai qu'il ne se souvenait pas d'avoir été blotti dans ses bras, comme dans ses livres de lecture. Lorsqu'il était bébé, peut-être ? Il gardait une vague image de sa mère tenant Émilie contre sa poitrine, mais c'était pour lui donner le sein.

— Tu ne penses vraiment à rien ?

— Je ne sais pas.

— Il paraît qu'on pense toujours à quelque chose, même quand on ne s'en rend pas compte. Je ne sais plus qui m'a dit ça, quelqu'un qui avait fait des études.

Ils marchaient encore un peu et le vacarme d'un tram jaune et rouge les dépassait. Louis était fasciné par les trams, à cause de leurs couleurs d'abord, qui égayaient la rue, puis du tintement qu'ils faisaient entendre pour avertir de leur approche et des étincelles bleues qu'on voyait parfois au bout de leur trolley.

Depuis peu, il lui arrivait, la nuit tombée, de s'aventurer jusqu'au boulevard Saint-Michel rien que pour les regarder passer, car c'était plus beau dans l'obscurité. Des gens qui se trouvaient à l'intérieur, on ne voyait que le haut du corps et la tête, comme dans un guignol. Ils étaient alignés côte à côte, silencieux, le regard fixe, dans la lumière diffuse d'un autre monde, et à chaque cahot les têtes se penchaient toutes d'un même côté avant de se redresser lentement.

— Quand ils avaient ton âge, et bien avant, tes frères et ta sœur n'arrêtaient pas de poser des questions. En classe, tu ne poses pas de questions non plus ?

Il dut réfléchir. L'univers de l'école était tellement en dehors de celui des halles !

— Non, maman.

— Et tes camarades ?

— Je n'ai pas de camarades.

— Il ne t'arrive pas de jouer avec les autres élèves ?

— Non.

— Ce sont eux qui ne veulent pas jouer avec toi ?

Cela le gênait que, sans raison apparente, elle essaie ainsi de pénétrer dans son monde secret. Ce n'était pas un monde, plutôt un livre d'images peut-être ridicule dont il n'avait pas envie de parler.

— Tu n'aimes pas jouer ?

— Je joue.

— Tout seul ?

— Quelquefois, je joue aux échecs.

— Ce n'est pas un jeu de jeune garçon.

— J'ai joué aux billes, à la toupie, au cerceau.

Pas longtemps, mais c'était arrivé.

— Tu ne ris jamais. Tu es heureux, Louis ?

— Très heureux, maman.

— Tu n'aurais pas préféré naître dans une autre famille ? Il n'y a rien qui te manque ?

— Je t'ai.

Elle le regarda, stupéfaite, les yeux brillants.

— Tu m'aimes vraiment ?

— Oui, maman.

Si elle n'avait pas eu à pousser sa charrette et s'ils n'avaient pas déjà pénétré dans la rue des Halles, où il était impossible de s'arrêter au milieu du trafic, elle l'aurait sans doute embrassé, ou serré contre sa belle poitrine. Elle fit mine de rire, d'un rire voilé.

— Tu ne vas pas prétendre que je te suffis ?

— Si, maman.

— Tu es le plus adorable garçon du monde. Pourvu que tu continues à être heureux. Si seulement je pouvais deviner ce qui se passe dans ta tête ! Avec Vladimir, avec ta sœur, même avec Guy et Olivier, si sauvages soient-ils, je crois que j'y arrive et que je me trompe rarement. Toi, tu restes un mystère. Et pourtant — je ne devrais pas le dire — c'est toi que je préfère...

Elle ne pouvait s'empêcher d'ajouter :

— Bien que Vladimir...

Comme si Vladimir, pour elle, était à part. Il était né qu'elle était toute jeune et elle était enceinte de lui lorsqu'elle avait épousé Heurteau. Vladimir appartenait à une autre race, au point que, bien qu'il figurât sous le prénom de Joseph à l'état civil, on l'appelait toujours Vladimir. Son vrai père s'appelait-il Vladimir ? Était-ce un Russe ? L'avait-elle aimé ? Était-ce lui qui l'avait abandonnée ?

Des questions l'effleuraient, comme elles devaient lui passer par l'esprit plus tard, mais il ne se les posait pas vraiment, elles n'avaient pas d'importance à ses yeux et il ne fit jamais rien pour en trouver la solution.

Ils avaient pénétré dans l'immense hall de Samuel et sa mère, levant la tête vers le tableau noir, semblait honteuse de cette conversation insolite.

— Qu'est-ce que je vais pouvoir prendre aujourd'hui ?

Le tableau était devenu familier à Louis. Dès qu'on pénétrait dans le périmètre des halles, son œil attentif observait les piles de légumes et de fruits, son esprit retenait les prix inscrits sur les pancartes et ceux que les vendeuses lançaient à tout vent dans une concurrence acharnée.

— Des pommes, maman.

— Pourquoi des pommes ?

— Parce que ce sont des rouges, celles que les enfants aiment le mieux. Aujourd'hui, elles ne sont pas chères.

Il n'ajoutait pas qu'il admirait la couleur pourpre des reinettes étoilées, les dessins dorés qui illuminaient leur peau, leur forme un peu aplatie.

— Tu me les fais combien, les pommes, Samuel ?

— Combien de caisses ?

— De quoi former un gros tas sur la charrette. A la Mouffe, plus il y en a, plus ça attire les gens, car ils ont l'impression qu'on brade, par peur de ne pas tout vendre.

C'était vrai. Il avait vu sa mère rester des heures à vendre quelques bottes de poireaux restant au fond de la charrette alors que, quand celle-ci en débordait, elle ne savait où donner de la tête.

— A deux sous de moins, je t'en prends dix caisses.

Il sentit qu'elle voulait lui faire plaisir et cela le tracassa jusqu'à sa sortie de classe. A midi, il courut voir où en était la vente et fut joyeux de découvrir, de loin, que la pyramide avait fondu.

Sa mère était enjouée.

— Tu vois, bonhomme, tu m'as porté chance. Tiens ! Va t'acheter une barre de chocolat.

Elle lui donnait un sou, qu'il n'osa pas refuser, mais il regrettait qu'on le récompense, d'autant plus qu'il ne le méritait pas, qu'il n'avait pas pensé à elle, mais aux pommes. Il acheta néanmoins le chocolat et le suça en remontant la rue. La voix de sa sœur le héla comme il venait de passer devant la blanchisserie.

— Maman t'a donné de l'argent ? Pourquoi ?

— Parce que je lui ai conseillé d'acheter des pommes et qu'elle les a presque toutes vendues.

On devait être en automne ; il faisait presque aussi chaud qu'en été et de larges cernes de sueur se dessinaient sous les bras d'Alice. Ils n'allaient être que deux à déjeuner. Leur mère, quand la vente marchait, préférait tout liquider avant de rentrer et se contentait d'un morceau sur le pouce, un quignon de pain avec du saucisson, deux ou trois visites au bistrot d'en face pour avaler un verre de vin.

— Qu'est-ce que tu aimes mieux, Louis ? Du fromage de Hollande ou du camembert ?

— Il n'y a rien d'autre ?

— Il reste de la confiture de groseilles, mais tu sais que maman n'aime pas qu'on en mange à midi.

— Alors, du camembert.

Ce fut une coïncidence et non une légende qu'il créa par la suite, comme d'autres devaient en créer autour de son enfance. Le chocolat était un point de repère. Louis n'était pas friand de chocolat. C'était Vladimir qui, à son âge, en mangeait chaque fois qu'il pouvait s'en payer. Sa mère, en lui tendant la pièce, avait dû les confondre. Se mettant à table, il avait encore le goût de chocolat à la bouche, de sorte que le camembert lui parut moins bon que d'habitude.

Sa mère, le matin, s'était presque livrée à des confidences, lui avait montré plus de tendresse que d'habitude et il avait eu l'impression qu'elle l'aimait comme un petit chat tiède et doux qui n'a pas encore de défense.

Or, tandis qu'ils mangeaient face à face, sa sœur regardait tantôt la fenêtre, tantôt son frère, avec l'air d'hésiter.

— Écoute, Louis. Je crois que tu m'aimes bien et que je ne t'ai jamais fait de misères.

Elle grignotait sans appétit, parlait du bout des lèvres.

— Tu es un chic type, capable de garder un secret. J'ai besoin d'en parler à quelqu'un et je n'ose pas m'adresser à Vladimir ni à maman. Vladimir se mettrait en colère. Quant à maman...

Il attendait, gêné, comme il l'avait été le matin, par le rôle de confident.

— Je crois que je suis enceinte, Louis.

Elle était surprise de le voir impassible, comme si la nouvelle n'avait rien de surprenant ni de dramatique.

— Tu as entendu ? Tu sais ce que ça veut dire, non ?

— Bien sûr que je sais. Tu vas avoir un enfant.

— Je me demande si je dois le laisser venir. Je n'ai pas tout à fait mes seize ans.

— Maman n'était pas beaucoup plus âgée quand elle a eu Vladimir.

— Ce n'est pas la même chose.

— Pourquoi ?

— Moi, je ne pourrais même pas dire qui est le père. Sylvie, ma copine à la blanchisserie, a été enceinte deux fois. Les deux fois, elle est allée trouver une sage-femme qui habite le quartier et qui le lui a fait partir. La première fois, elle n'en a pas souffert et n'a pas manqué un jour de travail. La deuxième fois, elle a été si malade qu'elle a dû consulter un médecin qui lui a fait un curetage. Elle me conseille pourtant d'aller chez la sage-femme. J'ai peur, Louis ! Qu'est-ce que tu ferais à ma place ?

— Rien.

— Tu le laisserais venir ?

— Bien sûr.

— Même si ça devait gâcher ma vie ?

— Pourquoi un enfant gâcherait-il ta vie ?

Il sentit qu'elle lui en voulait de son apparente indifférence. Qu'aurait-il pu lui dire d'autre ? Alice aurait un enfant, un point c'est tout.

Le temps passa vite à cette époque-là. Il avait connu des époques longues, aux semaines interminables, aux hivers qui n'en finissaient pas, alors qu'on parlait chaque jour du printemps et des bourgeons ;

il avait connu des époques courtes qui vous ramenaient à l'école qu'on croyait avoir à peine quittée.

Ce fut une époque très brève et les saisons s'entremêlèrent au point que plus tard il fut incapable de s'y retrouver.

Il devait se souvenir des soirs qu'il passait à attendre que sa sœur parle enfin de l'enfant à leur mère car, à tort ou à raison, depuis qu'il était dans le secret, il lui voyait la taille plus épaisse, le visage pâle, l'expression résignée.

En même temps, il remarquait que sa mère recevait de moins en moins d'hommes. Peut-être même n'eut-elle plus d'amants réguliers, qui traînaient le matin au lit, mangeaient avec eux et revenaient le soir comme s'ils étaient de la famille.

Les jumeaux rentraient fatigués de leur travail, les ongles noirs, les vêtements sentant le plomb et l'encre d'imprimerie et se couchaient tôt. Ils allaient régulièrement à l'atelier. M. Cottin n'aurait pas toléré une absence. Leur attitude n'en restait pas moins farouche, leur regard sournois. Ils faisaient ce qu'ils avaient à faire, parce qu'il le fallait, mais ils se considéraient comme des prisonniers et un jour ils prendraient leur revanche.

— Tu n'as pas sommeil, Louis ?

Ils n'étaient que trois dans la cuisine, sa mère, sa sœur et lui. Comme il ne répondait pas tout de suite, Alice lui adressa un signe d'intelligence et il comprit qu'elle allait parler.

Elle referma la porte derrière lui et, inquiet, il ne s'endormit pas tout de suite, s'attendant à des éclats de voix.

La conversation commença sur un ton monotone, sans autre chose que des sons confus, et il se retrouva le matin sans rien savoir de la suite. Il n'avait pas entendu sa mère se lever, mais elle n'était plus dans son lit. Ses trois frères, qui commençaient leur travail à sept heures, étaient partis. Alice, elle, commençait à six heures et demie, de sorte qu'il était seul dans le logement, ce qui arrivait souvent quand il n'accompagnait pas sa mère aux halles.

Il restait du café dans la cafetière à fleurs, au coin du feu. Il mangea vite, pour avoir le temps de dégringoler une partie de la rue avant de se rendre en classe. Il vit Alice qui repassait avec les autres, la troisième dans le rang et, comme il collait son visage à la vitre, elle finit par l'apercevoir. Elle lui sourit, fit, de la tête, un signe qui voulait dire oui, c'est-à-dire que tout s'était bien passé.

Presque aussitôt, lui sembla-t-il, sa grossesse devint évidente et il se demanda si elle ne l'exagérait pas à plaisir en serrant davantage ses robes à la taille. Elle marchait un peu renversée en arrière, comme pour résister au poids de son ventre, pourtant encore tout petit.

— Tu connais la nouvelle, Louis ? lui demanda sa mère quand il alla la voir à quatre heures près de sa charrette.

— Oui, maman.

— Tu es content de devenir oncle ?

— Oui, maman.

Il n'y eut que Vladimir, ses épais sourcils noirs froncés, à montrer du ressentiment à l'égard de sa sœur.

— Tu es bête assez pour l'avoir fait exprès ! Au fond, tu joues à la poupée.

Car Alice avait acheté de la laine à tricoter, des aiguilles, un magazine en couleurs intitulé *Layettes* et elle se mettait, le soir, à tricoter, ce qui ne l'empêcha pas d'aller danser le samedi suivant au bal Bullier ni les autres samedis.

Quant à leur mère, si elle ne recevait plus d'hommes, elle commençait à sortir le soir, le samedi aussi, de sorte que, ce jour-là, Louis restait seul à la maison. Elle faisait une toilette qu'on ne lui connaissait autrefois qu'à de rares occasions, sortant la robe de soie bleu lavande de son carton, lui donnant un coup de fer ainsi qu'à ses jupons, et elle portait un corset que Louis devait l'aider à lacer.

— Je grossis, remarquait-elle. Si je continue, je vais devenir énorme. C'est à croire que le métier veut ça.

Elle avait décousu en partie la fameuse robe pour l'élargir et, même ainsi, elle s'y trouvait serrée. Poudrée, maquillée, parfumée à l'œillet, elle embrassait Louis au front.

— Bonne nuit, mon petit bonhomme. Tu es brave, tu sais ! J'espère que, plus tard, tu ne garderas pas un trop mauvais souvenir de moi.

Quelques semaines après, Alice eut le temps de lui expliquer, tout en tricotant des chaussons qui ressemblaient à des chaussons de poupée :

— Maman a été chic. Moi, à cause d'elle et de vous tous, je lui proposais d'aller travailler à la campagne, dans une ferme ou dans une auberge où on m'aurait sûrement embauchée pour la nourriture. Vous n'auriez eu qu'à raconter aux gens que j'étais fatiguée et qu'on m'avait envoyée chez des parents de province, ou dans un sanatorium. J'aurais accouché, laissé l'enfant en nourrice ; personne n'aurait rien su. Maman m'a tout de suite dit non, que je n'avais pas à avoir honte, que toutes les commerçantes de la rue, y compris les plus pimbêches, avaient eu leur premier enfant avant leur mariage ou seulement quatre ou cinq mois après.

» — Regarde-les bien en face, ma fille, porte ton œuf en avant, comme une vraie femelle, et ne t'avise pas de baisser les yeux.

Il se faisait beaucoup de travaux à Paris et des rues étaient éventrées. On installait l'électricité partout. Un samedi soir que sa mère ne s'était pas habillée, Louis lui demanda :

— Je peux aller jusqu'à la Belle Jardinière ?

— A cette heure, le magasin est fermé.

— Je sais, mais je voudrais voir les lampes à arc.

On en parlait à l'école. On parlait de beaucoup de choses qu'il ne connaissait pas, de la Tour Eiffel, par exemple, qu'il n'avait vue que de loin et au haut de laquelle la plupart de ses condisciples étaient montés.

Beaucoup, l'été, prenaient le train pour aller chez leurs grands-parents ou chez des tantes à la campagne. Au moins deux, dans sa classe, avaient de la famille à Caen et avaient vu la mer.

Lui n'était pas monté dans un tramway. Il n'en était pas amer, n'avait aucune hâte de connaître de nouvelles expériences, n'essayait pas d'agrandir son univers. Peut-être même tout ce qui entourait ce cercle bien délimité lui faisait-il peur. Il laissait le monde venir à lui, petit à petit, morceau par morceau.

— Tu aimerais que j'aille avec toi ?

— Cela me ferait plaisir mais, si tu as quelque chose à faire, je connais le chemin.

Il voyait, chaque fois qu'il se rendait aux halles, les grands magasins et, de loin, les mannequins de cire figés en d'étranges postures.

La soirée fut inoubliable.

— Tu veux que je m'habille ?

Il n'osait répondre ni oui ni non. Elle s'habilla avec autant de soin que pour ses sorties amoureuses, mit le même parfum à base d'œillet, la poudre rosée, du rouge sur ses lèvres.

— Tu ne me trouves pas trop vieille ?

— Oh ! non, s'écria-t-il avec ferveur.

Elle ferma la porte, mit la clef sous son paillasson. Dans la rue, elle proposa soudain :

— Tiens-moi le bras, comme si tu étais mon amoureux.

Cela ne lui était jamais arrivé. Il s'obligeait à marcher sur la pointe des pieds, car il grandissait peu. S'ils avaient rencontré Vladimir, celui-ci aurait ricané tandis que les rouquins auraient regardé ailleurs.

— On prend le tram jusqu'au Châtelet ?

Toutes les lumières lui dansaient dans la tête. Pour la première fois, le soir, il voyait les gens aux terrasses illuminées. Dans le tramway, il retenait son souffle, afin de ne pas perdre une miette de son émotion, souriait vaguement à la dame en noir que le mouvement de la voiture ballottait drôlement. Tantôt on aurait cru qu'elle allait s'endormir et soudain, au moment où sa tête frôlait l'épaule de son voisin, elle ouvrait des yeux étonnés.

Il vit les fameuses lampes à arc, de grosses boules qui répandaient une lumière vive, bleuâtre, tremblant et émettant un grésillement. Quand on en fixait une et qu'on fermait les yeux, on voyait dix boules, vingt boules dans sa tête et elles mettaient longtemps à s'éteindre.

— Au printemps, si tout va bien, je t'offrirai un costume comme celui-ci.

Un garçon de cire, aux cheveux peints, portait un costume marin au grand col encadré de blanc. Il avait l'air de faire un pas en avant, la main tendue, pour recevoir quelque chose, et portait des souliers vernis.

— Viens. Je t'offre un verre.

Il était arrivé à sa mère de lui offrir, aux halles, un verre de soda, dans les bistrots où elle se remontait d'un coup de vin. Il n'était pas entré dans un vrai café. Il y en avait un, en face du Châtelet, aux murs garnis de glaces, aux tables de marbre blanc et il regardait la foule avec inquiétude en se demandant s'il y aurait de la place.

Beaucoup d'hommes suivaient sa mère des yeux et certains lui adressaient des sourires aguicheurs. Elle était resplendissante. Il la voyait belle, dans la lumière des lustres qui animait son visage, faisait pétiller ses yeux et luire la soie de la robe.

— Un sirop de grenadine pour mon fils et, pour moi, une liqueur d'abricot.

Les mots aussi étaient nouveaux pour lui. Il découvrait que sa mère, qu'il voyait le plus souvent poussant sa charrette, fréquentait des endroits comme celui-ci. Elle s'y trouvait à son aise.

Alors qu'elle lui avait presque reproché de ne pas poser de questions, il en posa une. Bien plus que les glaces et le plafond où étaient peintes des femmes nues, bien plus que le vaste comptoir blanc et or où les garçons allaient prendre les consommations et où régnait une caissière portant un camée sur sa robe noire, un objet le fascinait : une grosse boule de métal brillant au bout d'une tige de métal.

Il n'y en avait pas une seule, mais quatre, à des endroits différents de la vaste pièce.

— Dis, maman, à quoi ça sert, ces boules ?

Peut-être fut-il dépité par la réponse :

— A mettre les torchons.

Il obtint son certificat d'études. Au lieu d'être premier, comme les autres années, il ne fut que troisième. Il n'avait travaillé ni plus ni moins que d'habitude. Peut-être avait-il été fasciné davantage par le monde extérieur.

Il y avait longtemps que sa sœur, dont le ventre avait grossi et dont les traits s'étaient un peu brouillés, avait abandonné la layette.

— Au fond, cela revient plus cher que de l'acheter au magasin.

La vérité, c'est qu'elle avait pris goût à la lecture. Elle avait découvert, boulevard de Port-Royal, la boutique d'un bouquiniste qui se prolongeait, sur le trottoir, par des boîtes comme on en voit sur les quais.

Les romans populaires qu'elle lisait, à la couverture coloriée comme les illustrés du dimanche, coûtaient soixante-cinq centimes et, moyennant dix centimes, on pouvait les échanger contre d'autres après les avoir lus.

La plupart étaient sales, les pages cornées, tachées de gras, mais leur papier jauni, rugueux, avait une bonne odeur. Il lui arrivait d'en lire jusqu'à trois par semaine, surtout vers la fin, quand elle ne put plus rester debout toute la journée à repasser.

Parfois, les jambes lasses, elle demandait à Louis d'aller échanger un livre à sa place.

— Qu'est-ce que tu veux ?

— Tu sais bien. Un livre triste.

Elle n'était pas triste et se réjouissait d'avoir son bébé.

— Je crois que maman a raison. Si je le garde ici, je ne pourrai plus travailler, ni sortir le soir. Je suis trop jeune pour vivre dans deux pièces avec un bébé et il vaut mieux, pour lui comme pour moi, que je le mette en nourrice. Sans compter qu'il jouira du grand air et que j'irai le voir tous les dimanches.

Il y eut des jours de fièvre. On achetait le journal, pour les petites annonces, et on les discutait le soir.

— Meaux ! C'est bien, mais trop loin de Paris. Imagine le chemin que tu aurais à parcourir rien que pour prendre le train.

On parla de Sartrouville, de Corbeil, d'un village près d'Étampes, pour finir par une Mme Campois, à Meudon. Il n'y avait que quelques minutes en train de la gare Montparnasse. Vladimir avait une bonne amie régulière et ne fut pas de la partie ; les jumeaux non plus, qui avaient organisé une bande sur les remparts et qui, chaque dimanche, s'en prenaient à une bande rivale.

Leur mère avait mis sa belle robe. Alice, en bleu, portait un large chapeau de paille qu'un ruban attaché sous le menton empêchait d'être enlevé par le vent.

Louis prit le tram pour la seconde fois, franchit le portillon d'une gare, monta dans un wagon de troisième classe rempli de militaires en pantalons rouges.

Ils eurent de la peine, à Clamart, à trouver le chemin que Mme Campois avait indiqué dans sa lettre, ou plutôt dans la lettre qu'elle avait fait écrire par un voisin.

Une première fois ils se trompèrent. La route était couverte d'une épaisse couche de poussière dans laquelle les pieds enfonçaient et des coquelicots piquetaient de rouge les champs de blé. Il faisait chaud. La peau sentait bon. Tout sentait bon, l'air, les prés, les étables devant lesquelles on passait, les vaches.

Ils s'arrêtèrent pour s'informer au seuil d'une ferme et repartirent les jambes molles, du soleil plein le crâne. Enfin, ils aperçurent un homme botté de cuir, vêtu de velours brun, campé au bord du chemin, qui semblait attendre.

— Madame Heurteau ? Vous n'avez pas eu trop de mal à trouver ? C'est qu'ici nous sommes dans un coin perdu.

Il désignait en contrebas un toit rosé, un mur blanchi à la chaux. Les pommiers étaient lourds de fruits. L'herbe luisait. Deux chèvres vinrent les regarder avant de s'éloigner en gambadant comme pour les inviter à jouer.

— C'est à vous ? demanda Alice excitée.

— Ben oui. On a quelques bêtes. Il faut bien que ma femme s'occupe.

Des poules picoraient autour de la maison blanche, des canards et deux grosses oies pataudes, car, à quelques mètres de la maison, une mare était couverte de lentilles d'eau.

— Rosalie ! appelait l'homme.

Elle surgissait d'une pièce basse, blanchie à la chaux comme le reste de la maison, leur faisait son plus beau sourire. Elle avait un visage épanoui, d'énormes seins, des hanches qui roulaient quand elle se mettait en marche. On apercevait, dans la cuisine, un gamin d'un an et demi environ assis par terre.

— C'est mon premier. Je l'ai allaité en même temps que le petit-fils du docteur Dubois, chez qui mon mari est cocher. J'avais tellement de lait que j'aurais pu en nourrir trois. Entrez donc vous asseoir et prendre quelque chose.

Les chaises avaient des fonds de paille. On ne voyait pas de poêle, mais des cendres, dans la cheminée où pendait un crochet de fer.

— C'est pour quand, vous ? demandait Rosalie en regardant le ventre d'Alice en connaisseuse.

— Probablement d'ici quinze jours.

— Eh bien, moi, telle que vous me voyez, cela pourrait venir cette nuit, demain ou après-demain au plus tard. Pas vrai, Léonard ? Venez donc voir par ici.

Poussant une porte, elle leur montrait une vaste chambre, avec des fenêtres des deux côtés, un lit recouvert d'une courtepointe blanche, deux berceaux d'osier garnis de volants de tulle qui semblaient attendre. Dans le coin opposé, à côté d'une énorme armoire, se trouvait le petit lit du gamin.

— Comme ça, vous comprenez, je les ai toujours sous les yeux. Si on se met d'accord sur les conditions, vous pouvez me l'apporter quand vous voudrez et le docteur Dubois vous dira qu'il sera bien soigné.

Léonard permit à Louis de cueillir des pommes à un des arbres du verger, attirant une branche à sa hauteur.

— Tu peux en prendre plusieurs. Autant que tu en as envie. On en a tellement, cette année ! Tu veux voir les lapins ?

Il y en avait un plein clapier et d'autres restaient immobiles, sauf le mouvement mécanique de leurs joues, dans un carré d'herbe entouré d'un treillage.

— Tu aimerais vivre à la campagne ?

— Je ne sais pas.

— Tu préfères Paris ?

— Je ne sais pas.

On servit à sa mère un petit verre d'eau-de-vie. Alice y trempa un morceau de sucre. Louis eut droit à de l'eau glacée qu'on tira du puits dans un seau de bois.

Sa mère l'éveilla quand le train entra dans la gare Montparnasse et il avait le feu aux joues, les yeux fiévreux. Il lui semblait qu'un événement important venait d'avoir lieu, que le cocon protecteur qui l'entourait avait brusquement craqué et il se sentait le cœur à la fois lourd et plein d'allégresse.

SECONDE PARTIE

Le petit garçon de la rue de l'Abbé-de-l'Épée

1

Les dates, chez eux, ne comptaient guère. Il n'y avait pas de calendrier au mur. On comptait plutôt par saisons, Gabrielle par les légumes et les fruits qui se succédaient dans la charrette, les cerises, les fraises, les premiers petits pois et les haricots verts, les pêches qui devenaient moins chères au plus chaud de l'été, les pommes à l'automne, les choux et les salsifis de l'hiver.

L'apparition ou la disparition des braseros sur le trottoir était aussi un signe, et enfin les jours sans marché, parce que le froid excessif, un brouillard dont on parlait longtemps, le verglas ou une neige épaisse auraient empêché d'atteindre les halles en poussant la charrette chargée et que, d'ailleurs, les ménagères ne sortaient pas de chez elle.

Gabrielle n'aurait pas pu dire la date de la naissance des enfants sans consulter les papiers officiels qui jaunissaient au fond de la boîte à biscuits et, pour mesurer le temps, on avait recours aux événements mémorables : l'année où la Seine avait gelé, celle où Émilie était morte, l'automne où on avait installé le gaz, l'époque à laquelle Vladimir était entré en apprentissage chez M. Brillanceau.

Il s'en ajoutait à mesure que les enfants grandissaient et des repères étaient communs à tous, d'autres particuliers à chacun.

Pour Louis, par exemple, ce n'était pas tant l'enfant d'Alice qui comptait, que son premier voyage en chemin de fer. Ce qui constituait sa découverte de la vie, la silhouette de Vladimir regardant par le trou du drap de lit, puis les cheveux blonds de sa sœur sur son ventre nu, avait plus d'importance que le mariage d'Alice avec un garçon charcutier qui s'appelait Gaston Cottereau et travaillait rue de Rennes.

Il restait aussi l'écart entre les petits et les grands, et celui entre les enfants et la mère, qui avait varié plusieurs fois. Par exemple, Vladimir avait été un petit, à une époque où un homme vivait à demeure dans la maison, et il devait en garder le souvenir, tandis que, pour Louis, Vladimir avait toujours été un grand ; il ne se rappelait, lui, que d'hommes qui passaient, des odeurs, des voix, des pas différents, de ceux qui restaient trois jours et de ceux qui restaient un mois, de ceux qui mangeaient avec eux et de ceux qu'on ne voyait que le soir, de sorte que Pliska, qui n'était qu'une vague silhouette dans la mémoire de Vladimir, ou d'Alice, restait pour lui un personnage important.

Il était le seul, peut-être, avec sa mère, pour qui la petite Émilie, dont on ne parlait plus, avait eu une existence réelle, parce qu'en ce temps-là il passait ses journées entières dans la maison.

Vladimir et Alice étaient les aînés, qui se comprenaient et échangeaient des secrets. Puis, soudain, Vladimir était devenu un homme, à qui sa mère demandait des conseils, tandis qu'Alice restait pour un temps une petite fille, dont la différence d'âge avec les jumeaux, ensuite avec Louis, s'amenuisait.

Ce n'était pas sa première journée à l'école qui comptait, mais la première fois qu'il y avait été battu parce qu'il refusait de donner ses billes. Son carnet scolaire n'existait plus, alors qu'il revoyait la main de l'instituteur, dont il avait de la peine à retrouver le nom, surgissant par-dessus son épaule et saisissant le dessin qu'il venait de tracer d'un des marronniers de la cour.

Était-ce M. Charles ? Non ! M. Charles était le grand garçon à la bouche molle. Celui-là était M. Huguet.

La fugue des rouquins n'avait pas de date, se situait à n'importe quelle époque, la première fugue, celle qui s'était terminée à Rouen. La découverte des halles, dans les jupes de sa mère, gardait une autre précision dans le temps et dans l'espace.

Il y eut ensuite la conversation avec sa mère, sur un banc, dans un square, où ils étaient assis tous les deux et où des pigeons venaient quémander du pain qu'ils n'avaient pas songé à apporter.

Pourquoi se trouvaient-ils dans un square, vers le milieu de l'après-midi ? Il aurait été incapable de le dire, comme de citer le nom du square qui ne se trouvait pas loin d'un hôpital.

Or, il n'était plus un petit enfant. Il avait retenu des détails de ses six ou sept ans et celui-ci s'était effacé.

— Tu es intelligent, Louis. Tu apprends sans peine. Tu es le seul d'entre nous à avoir ton certificat d'études. Réponds-moi franchement : est-ce que tu aimerais continuer tes études ?

— Je ne crois pas, maman.

— Tu as pensé à ce que tu feras plus tard ?

— Pas exactement.

— Et maintenant ? Tu es moins fort que tes frères. Je ne te vois pas travaillant dans un atelier ou sur des échafaudages. Si tu as envie d'entrer dans une autre école, ne t'inquiète pas de l'argent. Tes frères commencent à en gagner. J'ai de bonnes clientes et suis solide sur mes jambes.

— Merci, maman, mais je n'en ai pas envie.

— Tu ne peux pas continuer indéfiniment à me suivre aux halles le matin et à rêvasser le reste de la journée.

— Je voudrais travailler aux halles. Chez M. Samuel.

— Qu'est-ce que tu y ferais ?

— J'y ai vu, l'an dernier, un gamin qui portait des fiches d'un bout à l'autre du hall et faisait des courses dehors.

— La Puce !

— Je serais capable de faire la même chose.

M. Samuel ne portait jamais de veston, ni de faux col. Il était obèse, les jambes courtes, un gros ventre débordant de son pantalon maintenu par des bretelles bleu pâle. Ses mentons en accordéon variaient selon qu'il tenait la tête droite ou la baissait et une toute petite casquette noire était juchée au sommet de son crâne chauve.

Un crayon derrière l'oreille, il trônait au milieu de son hall dont les passants, pendant la journée, rue Coquillière, ne soupçonnaient pas l'importance. Pour eux, ce n'était qu'une porte cochère.

La nuit, on découvrait une voûte de verre, comme dans les gares, des caisses empilées, des cageots, des sacs. Trois employés, dont une femme, n'arrêtaient pas de travailler dans la cage de verre, les petites charrettes entraient, se faufilaient, ressortaient pleines, tandis que des chiffres s'inscrivaient sur le tableau noir.

Pendant des années, cet entrepôt, bourse du petit commerce en marge de la grande bourse de l'alimentation qu'étaient les halles de Paris, allait être l'élément vital de Louis comme l'eau est l'élément du poisson.

Il n'était plus question de partir avec sa mère, entre trois et six heures du matin, selon les saisons. Il prenait son travail dès dix heures du soir, quand on commençait à voir traîner les loqueteux cherchant de l'embauche.

A cette heure-là, l'entrepôt était presque vide. Il n'y restait que des invendus de la veille. Samuel, le crayon derrière l'oreille, attendait les premiers camions qui venaient, les chevaux fourbus, de la plaine d'Argenteuil ou d'une autre campagne.

Au début, le hall était éclairé au gaz, mais on n'allait pas tarder à y installer des lampes à arc aussi fortes que celles de la Belle Jardinière.

— Non, Victor. Je ne peux pas payer ce prix-là. Tu connais mes clients. Ce ne sont pas des gens qui vendent comme ils veulent et qui refilent une ristourne à la cuisinière ou au maître d'hôtel.

Il essayait de prendre son monde par les sentiments et avait facilement la larme à l'œil.

— Moi, je nourris le petit peuple, le petit peuple qui travaille dur et qui ignore que c'est à Samuel qu'il doit d'avoir des pêches sur sa table, comme les bourgeois, au lieu de se contenter de prunes à cochons. Vous autres, de la campagne, vous vous figurez qu'à Paris il n'y a que des riches.

Il avait plusieurs couplets à son répertoire, qu'il récitait sans donner le temps de l'interrompre.

— Bonjour, petit. Viens voir ici.

Pour lui, Louis fut toujours le petit, sans autre nom.

— Ce petit, tiens ! Je l'ai embauché par charité, parce que sa mère a je ne sais combien d'enfants et que cette nuit elle sera ici, avec les autres, à pousser sa charrette. La grand-mère la pousse depuis trente ans. Va demander au bureau si Vacher a téléphoné au sujet des poireaux, petit.

C'était vrai que Samuel ne vendait pas aux magasins des beaux quartiers, mais aux marchands de légumes qui n'ont qu'une boutique étroite, quelques paniers sur le trottoir, et qui ne ferment qu'à dix heures du soir.

Louis rapportait une fiche du bureau. Tout se réglait à l'aide de feuillets arrachés à des carnets où une feuille de papier carbone gardait la copie.

— En voilà encore un qui me prend pour Crésus !

Il saisissait son crayon, biffait un chiffre, en traçait un autre.

— Dis-leur que c'est à prendre ou à laisser.

Louis repartait dans le hall dallé où, quand il n'y avait personne, ses pas résonnaient comme dans une église. Les magasiniers commençaient à recevoir la marchandise. Le téléphone mural, dans la cage de verre, sonnait sans cesse et l'employé criait très fort pour se faire entendre.

— Cours chez cette crapule de Chailloux et dis-lui...

C'était rue Rambuteau, rue de la Ferronnerie, rue Sainte-Opportune, ou encore dans un des vastes pavillons fantomatiques. Il se faufilait, un billet à la main, découvrait un mandataire ou un grossiste aussi affairé que Samuel.

Deux heures, trois heures se passaient ainsi à s'acheter les uns aux autres, à se tenir au courant des prix qui variaient au gré des arrivages, et le petit train d'Arpajon alignait bientôt dans la rue ses wagons qui sentaient la campagne.

Le hall se remplissait de marchandises. On embauchait des pauvres types pour les coltiner.

La seconde année, déjà, ce fut le travail de Louis de se tenir près du portail et de vérifier les entrées : tant de caisses de ceci, tant de cageots de cela. Sans oublier de noter les marques.

Certains de ceux qu'on employait ainsi deux ou trois heures et qui allaient ensuite manger un cornet de frites et un cervelas au coin de la rue Montmartre étaient des jeunes, à peine arrivés d'une maison douillette de province, qui se heurtaient à un Paris dur et indifférent.

Les autres, les vieux, qu'on retrouvait ensuite, titubant, à la sortie des bistrots, n'avaient plus d'illusions.

Des femmes à gros derrière, à hauts talons, passaient et repassaient, s'arrêtaient sous le globe éclairé à la porte d'un hôtel.

A un moment donné, la marée se retournait. Les chiffres à la craie, tracés par M. Page au tableau noir, changeaient chaque fois que Louis, qui faisait la navette entre la cage de verre et lui, apportait un nouveau papier. La marchandise, à peine entrée, commençait à sortir, non plus par tombereaux, mais par quelques caisses à la fois. Il reconnaissait sa mère parmi les acheteuses, trouvait le temps de lui souffler en passant :

— Attends encore un peu et prends les carottes.

A huit heures du matin, il n'y avait plus aucun bruit, aucune allée et venue, et un homme en tablier bleu lavait au jet les dalles du hall.

— A ce soir, petit.

Il entrait dans un bar pour boire un café et manger des croissants, s'offrait parfois un ou deux cornets de frites.

Rue Mouffetard, le logement était vide et, une fois déshabillé, il se jetait sur sa paillasse. Les autres paillasses devaient disparaître une à une aussi discrètement que le petit lit d'Émilie.

Ce fut d'abord celle de Vladimir, qui partit pour son service militaire, à Toulon, et ne comprit jamais pourquoi on l'avait enrôlé dans les fusiliers marins, alors qu'il n'avait vu la mer qu'en photographie.

Il vint plusieurs fois en permission et les pantalons larges, le col bleu, le béret à pompon lui seyaient.

Il dut passer plusieurs fois par Paris au cours de son service, mais il ne rendait pas toujours visite au logement de la rue Mouffetard.

Un printemps, vers le mois d'avril, deux paillasses disparurent à leur tour. Les jumeaux, âgés d'une quinzaine d'années, mais grands et forts comme des gars de vingt ans, faisaient une fugue définitive. Ils avaient laissé un billet sur la table de la cuisine.

Pas la peine de prévenir la police. On ne reviendra pas. Adieu à tous.

Ils avaient signé tous les deux. Le billet comportait quatre fautes d'orthographe. Cette fois, ils n'avaient pas pris l'argent dans la boîte, seulement leur extrait d'acte de naissance et ce qu'ils possédaient comme linge et vêtements, ce qui ne constituait pas un baluchon trop lourd pour leurs épaules.

La chambre faisait soudain vide. Le rideau ne paraissait plus à sa place. Un jour qu'elle était restée au lit parce qu'elle avait la grippe, Gabrielle remarqua :

— Je me demande pourquoi on garde ce vieux drap de lit qui ne sert plus à rien. Tu ne veux pas qu'on l'enlève, Louis ?

Elle lui demandait conseil à son tour. Il l'avait enlevé, y compris, non sans mal, la tringle trop bien fixée.

— Mon Dieu, comme la chambre paraît grande ! Je ne me souvenais pas qu'elle était si grande.

Sans doute l'imaginait-elle comme au temps de son mariage avec Heurteau, quand il n'y avait encore que Vladimir à dormir dans le lit-cage.

Le soir, Alice s'arrêta sur le seuil, stupéfaite, et s'exclama à son tour :

— Que c'est grand !

— A peine couchée, elle murmurait :

— Dis, maman, cela t'embêterait que je dorme avec toi ?

— Tu n'as pas peur d'attraper ma grippe ?

— Tu oublies que je l'ai eue la première.

La paillasse resta inutilisée quelques jours et, un matin, en rentrant, Louis alla la déposer sur les poubelles, dans la cour, où le menuisier était remplacé par un autre, car le précédent s'était suicidé. On l'avait trouvé pendu dans la cave, après l'avoir cherché pendant deux jours, car il n'y descendait jamais et, comme c'était l'été, personne n'était allé chercher du charbon. Le bruit courut qu'il était neurasthénique.

Un autre habitant de la rue, Ramon, le fils des Espagnols, disparut de la circulation. C'était Alice qui mettait son frère au courant des nouvelles, car il ne parlait pour ainsi dire à personne.

— Tu sais qu'il a failli être fourré en prison ?

Louis ne se montrait pas surpris.

— Un jeune homme si beau, si élégant, toujours soigné de sa personne. Eh bien, il appartenait à une petite bande qui, le soir, arrachait leur sac à main aux femmes seules. Deux autres ont été arrêtés avec lui, mais on ignore leur nom, car il paraît que ce sont des fils de famille bien. Les parents ont payé et ont étouffé l'affaire. Ramon a été envoyé chez un oncle en Espagne et a annoncé qu'il voulait entrer dans une école d'officiers.

Tout changeait, vite ou petit à petit, selon les périodes. Les automobiles, qui avaient été une telle rareté qu'on se déplaçait pour en voir une, devenaient plus nombreuses que les équipages et on rencontrait autant de taximètres dans les rues que de fiacres. On ne disait plus le Métropolitain, mais le métro, et, parfois, on apercevait un aéroplane passer dans le ciel.

Une des femmes à hauts talons qui arpentaient les trottoirs des halles était plus jeune que les autres, plus petite et plus mince, avec des cheveux sombres et des yeux noirs.

Un matin d'hiver qu'il finissait son travail, elle avait lancé à Louis :

— Tu as déjà essayé, petit ?

Il avait répondu franchement que non. Comment avait-elle deviné que, depuis quelque temps, il en avait envie ?

— Tu veux que je t'apprenne ?

Le mot l'avait choqué.

— Je sais comment on fait.

— Mais tu ne sais pas encore comme c'est bon. Viens ! J'ai le béguin. Tu me donneras ce que tu voudras.

Elle avait une chambre au quatrième, dans l'hôtel dont il voyait la nuit le globe allumé à cinquante mètres de l'entrepôt.

— Tu as de la chance ! Comme tu es le dernier et que je me couche, tu me verras déshabillée.

Il la regarda faire, sans se dévêtir, et, quand elle fut nue, elle se jeta sur le lit dont la courtepointe était protégée en partie par de la toile cirée.

— Tu viens ? Approche. Je vais t'aider. Je parie que tu as honte de me montrer ton machin.

Il hochait la tête, hésitant, déçu. Il aurait voulu ne pas lui faire de peine, ni la vexer. Tout à l'heure, quand elle se déshabillait, il avait envie d'elle. Elle avait eu tort de se mettre entièrement nue, d'écarter les jambes, d'exhiber un sexe envahi de longs poils noirs.

Celui de sa mère était entouré d'une mousse roussâtre qui se détachait délicatement sur la blancheur du ventre.

L'autre sexe, qu'il avait souvent vu, qu'il voyait encore à l'occasion, celui de sa sœur, était à peine ombré d'un duvet blond.

— Qu'est-ce qui t'arrive ?

— Je ne sais pas.

— Je te dégoûte ?

— Non.

— Tu viens, ou tu ne viens pas ?

Il hochait la tête en reculant vers la porte, balbutiait :

— Je vous demande pardon.

— Alors ça, c'est trop fort ! Je te fais une fleur parce que voilà des mois que tu me reluques quand je passe devant la maison de Samuel. Pour une fois, je me déshabille, ce qui ferait rigoler les copines, en me disant que tu es puceau et que ça t'aidera. Or, monsieur fait la fine bouche. Dis donc, espèce de petit morveux, de demi-portion, est-ce que tu t'imagines...

Il n'en entendit pas la fin. Il dégringolait l'escalier, effrayé à l'idée qu'elle allait le poursuivre dans la tenue où elle était, continuer à lui crier des injures et que les portes de l'hôtel allaient s'ouvrir les unes après les autres.

Dans la rue, il continua à hâter le pas et ce n'est qu'une fois en sécurité au Châtelet qu'il se souvint qu'il n'avait pas mangé.

Debout devant un bar aux murs couverts de céramiques, il trempa, d'un air morne, son croissant dans du café et, pour la première fois de sa vie, se demanda s'il était comme un autre.

Est-ce que, si elle n'avait pas été aussi brune, avec un triangle de poils qui lui arrivait au nombril, il aurait pu ? Elle avait de beaux yeux. Elle était gentille, au début.

Elle l'avait traité de demi-portion. Des condisciples, à l'école, lui avaient déjà lancé cette plaisanterie et il y était habitué. Mais n'avait-elle pas donné à l'expression un sens spécial ?

Il aurait peut-être dû essayer le jour même avec une blonde ou une rousse, pour se rassurer. Il se rappelait la phrase d'une commerçante de la rue s'adressant à sa mère, quand il portait encore les cheveux longs :

— Est-ce un petit garçon ou une petite fille ?

Il n'essayerait plus avant longtemps. Il craignait de se découvrir impuissant.

Il ne fit aucun rapprochement entre cette aventure et l'événement, beaucoup plus important, qui prit place quelques semaines plus tard. Pourtant, l'image de la femme lui revenait souvent à l'esprit. Il en rêva plusieurs fois, dans la chambre où on avait dû installer un store, depuis qu'il y dormait pendant la journée.

Il retrouvait même des détails qu'il n'avait pas cru remarquer, comme la couleur brune des tétons et la large rosace qui les cernait. Non seulement elle avait des poils haut sur le ventre, mais, très bas, à l'intérieur des cuisses.

Cet après-midi-là, il avait vingt-deux francs en poche. Pour d'autres sommes, il devait s'y perdre plus tard, car l'argent changerait maintes fois de valeur au cours de sa vie. Il gagnait quarante francs par mois chez M. Samuel, les remettait à sa mère, ainsi que les pourboires des maraîchers, et sa mère lui donnait à son tour de l'argent de poche chaque semaine.

Vingt-deux francs représentaient les économies de deux mois. Il avait repéré le magasin, dans le bas de la rue de Richelieu, non loin de la Bibliothèque Nationale. C'était une papeterie importante, à deux vitrines, occupant dix employés rien que dans le magasin, et dont un rayon entier était réservé aux peintures pour artistes.

Il s'était souvent arrêté à l'étalage, regardant ce qu'il appelait des couleurs, car il n'avait aucune idée des différentes techniques, et tout le fascinait, les couleurs en godets de faïence blanche alignés dans des boîtes de fer, les craies aux tons plus doux et plus tendres, les tubes en coffrets où une palette se fixait dans le couvercle.

Il devait être cinq heures de l'après-midi. Selon le temps, selon sa fatigue, son humeur du moment, il avait deux façons d'employer ses journées. Certains matins, il rentrait rue Mouffetard et se couchait tout de suite, vers neuf heures, pour se lever à quatre ou cinq heures de l'après-midi, ce qu'il avait fait ce jour-là.

D'autres jours, il préférait flâner, s'asseoir sur un banc, marcher dans un nouveau quartier, puis embrasser sa mère au bord du trottoir, manger et dormir jusqu'au soir.

Vendeurs et vendeuses portaient les mêmes blouses de toile écrue. Il y avait trois vendeuses et il attendit, dehors, de les voir occupées avec des clients, pour entrer à son tour et se diriger vers le comptoir des artistes.

— Qu'est-ce que vous désirez, jeune homme ?

A cause de sa taille, tout le monde lui donnait moins que son âge et les gens prenaient avec lui un air protecteur, presque attendri.

— Je voudrais des couleurs, monsieur.

— Des crayons de couleur ?

— Non. J'en ai déjà.

Il conservait jalousement ceux que lui avait donnés jadis Pliska, sans savoir au juste pourquoi, ne s'en servant qu'à de rares occasions.

— De l'aquarelle ? De la gouache ?

— Je ne sais pas.

Il osait à peine exprimer son désir, craignant qu'on ne se moque de lui.

— Les couleurs les plus brillantes.

Et, après une hésitation, un coup d'œil furtif aux merveilles que contenaient les rayons, il ajouta :

— Des couleurs pures.

Il avait prononcé ce dernier mot avec un tel accent, une telle ferveur que le vendeur, d'un certain âge, s'intéressa à lui.

— Si je comprends bien, vous n'avez jamais peint ?

— J'ai dessiné parfois avec des crayons de couleur.

— Quelqu'un a vu vos dessins, vous a conseillé de peindre ?

— Personne.

— Vous avez vu beaucoup de tableaux ?

— Jamais.

Il lui était arrivé de s'arrêter devant des galeries de peintures, dans les environs de la rue de Seine. Ce qu'on exposait en vitrine ne l'avait pas intéressé. Il ne lui était pas venu à l'esprit qu'on pouvait entrer, voir d'autres toiles à l'intérieur et partir sans rien acheter.

— Beaucoup de jeunes gens commencent par l'aquarelle.

Il lui en montrait une boîte ouverte, en saisissait une seconde.

— Celles-ci sont en tubes et celles-ci en godets.

— Les couleurs restent aussi brillantes ?

— Pas tout à fait. Les gouaches pâlissent déjà moins.

— C'est mieux ?

— Cela dépend de ce que vous voulez faire. Des paysages ? Des portraits ?

Il n'osait pas dire « tout ensemble », des taches, des traits, des couleurs les unes à côté des autres, comme il en voyait dans la rue et comme il en avait plein ses souvenirs.

— Bien entendu, si vous tenez à obtenir un véritable éclat, il n'y a que la peinture à l'huile.

Il en ouvrait un coffret, où trente tubes au moins étaient rangés entre deux flacons plats de métal.

— Il y a des couleurs que je n'aime pas.

Il les désignait du doigt : celle-ci... celle-ci... celle-ci...

— Pourquoi ne les aimez-vous pas ? insistait le vendeur, amusé.

— Elles font sombre et triste. Elles ne pétillent pas.

— Le plus simple, c'est d'opérer comme les peintres : acheter une boîte vide, une palette, et choisir vos couleurs. Venez voir.

Il le conduisait vers un comptoir au dessus vitré que Louis n'avait pas remarqué et il lui sembla que, sous le verre, toutes les couleurs du monde s'offraient à lui.

— Je peux toucher les tubes ?

— Mais oui.

La vitre retirée, il saisissait un tube long et mince et lisait : *Vert Véronèse.*

— C'est le plus vert ?

— Il y a plus de vingt sortes de verts et leur éclat dépend des couleurs qui les entourent.

— Je comprends.

C'était vrai. Il avait compris et il passa un quart d'heure à examiner le cercle coloré qui indiquait la couleur contenue dans chaque tube.

— C'est bien le même à l'intérieur.

— Absolument. Bien entendu, vous pouvez les mélanger sur la palette.

Les noms l'enchantaient, plus évocateurs que les poèmes qu'on lui avait appris à l'école : *jaune de Naples, terre de Sienne brûlée, laque carminée, bleu d'outremer...*

Il en mettait de côté, ceux qui lui semblaient essentiels, mais il aurait rêvé d'acheter tout ce que contenaient les casiers.

— Vous croyez que j'ai ce qu'il me faut ?

— A mon avis, il vous manque des bruns, des jaunes sombres.

— Je ne les aime pas.

— Il vous faut aussi de l'huile et de la térébenthine, ainsi qu'une palette, bien entendu.

— C'est cher ?

— Voici du bon marché. La boîte et la palette, avec les deux flacons, ne coûtent que douze francs. Voyez si la palette est à votre main.

Il ignorait comment s'en servir, pourquoi il y avait un trou.

— Comme ceci, vous voyez ? Le creux de la palette contre votre corps, la partie courbe à l'extérieur. Ce sera plus facile quand votre main aura grandi.

— Cela coûte combien en tout ?

Il était radieux. Sa main tripotait les pièces d'argent dans sa poche. Le vendeur regardait chaque étiquette, inscrivait les chiffres, effectuait une rapide addition.

— Trente-quatre francs soixante.

Louis n'aurait pas pensé que d'aussi petits tubes coûtaient si cher. Un gros tube de bleu n'était marqué que deux francs et contenait dix fois plus de peinture que les autres. Sans oser demander d'explications, il bafouilla :

— Je n'ai pas pris assez d'argent. Je vais revenir. Surtout, gardez-les-moi. Jusqu'à quelle heure le magasin reste-t-il ouvert ?

— Sept heures.

L'homme dut croire qu'il ne reviendrait pas et le suivit des yeux avec une pointe de mélancolie. Cependant quand il le vit, sur le trottoir, s'élancer en courant, il sourit, confiant. C'est à peine si, jusqu'à la rue Mouffetard, Louis ralentit deux fois pour reprendre son souffle. Sa mère était encore à son poste.

— Maman !

— Qu'est-ce que tu as ?

— Rien. Écoute. C'est très important. Il faut absolument que tu me prêtes quinze francs. Je te jure que je te les rendrai.

— Qu'est-ce que tu as l'intention de faire avec quinze francs ?

— Tu verras. Je te le dirai après. Je suis pressé.

Elle ne l'avait jamais vu ainsi. Pour la première fois, il manifestait une passion vive, exigeante.

— Tiens ! Mais ne t'essouffle pas ainsi.

Il en acheta d'autres, par la suite, au même vendeur, qui s'était pris d'affection pour lui. Chacun ignorait le nom de l'autre, mais il existait comme un lien secret entre eux.

— Un jour, il vous faudra un chevalet. Sur quoi peignez-vous ?

— Sur du gros papier.

— Vous essayerez la toile.

Il lui montra des châssis préparés, expliqua la différence entre les différents formats.

— Remarquez que vous pouvez préparer les toiles vous-même, avec de la colle et du blanc de zinc. Beaucoup de peintres le font.

Il n'osait pas y croire et pourtant il ne vivait plus que pour ça, comme si les années passées n'avaient été qu'une préparation secrète. Il peignait le matin, en rentrant de son travail, près de la fenêtre, car c'était le moment où il faisait le plus clair.

On l'aurait surpris si on lui avait parlé de modèles. Il ne regardait rien, sinon parfois les ouvriers qui faisaient un vacarme en démolissant à coups de pioche la devanture de M. Stieb, le marchand de chaussures, et celle du tripier d'à côté. On dressa des échafaudages. Vinrent d'autres corps de métier et, un beau soir, on vit briller le plus beau magasin de la rue, aux deux vitrines tout en verre, une grande salle meublée de fauteuils d'acajou et de tabourets assortis, à gauche pour les dames, à droite pour les hommes, au fond, où on apercevait un cheval de bois pommelé, pour les enfants.

M. Stieb embaucha des vendeuses, qu'il choisit jeunes et jolies. Alice, qui avait repris son travail à la blanchisserie, se présenta et fut engagée. C'est indirectement, à cause de M. Stieb, aux vêtements de plus en plus impeccables, qu'elle trouva un mari, car un soir elle eut à servir un grand garçon brun et un peu gauche. Le lendemain, il l'attendait à la sortie. Le samedi, ils allaient danser ensemble. Trois mois plus tard, Alice annonçait à sa mère qu'elle se mariait au printemps.

— Il s'appelle Gaston, Gaston Cottereau. Il a vingt-cinq ans et est ouvrier charcutier dans une grande charcuterie de la rue de Rennes. Si tu voyais tout ce qu'il y a à l'étalage ! Ils font des coquilles de homard, des salades de crevettes, des croquettes de poulet...

— Où habite-t-il ?

— Pour le moment, ses patrons lui louent une chambre, mais nous cherchons un logement dans le quartier.

— Et François ?

— Gaston ne veut pas que je travaille, une fois mariée, et François vivra avec nous.

C'était un gros garçon rose, au nez camus, qui ne ressemblait à personne de la famille et qui marchait déjà sur ses grosses jambes à bourrelets.

C'est à peine si Louis se souvint du mariage, du repas de noces, au premier étage d'un restaurant, avec des inconnus, les parents de Gaston Cottereau qui vivaient à Saint-Aubin, dans la Nièvre, et avaient des visages colorés qu'on aurait dit taillés dans du bois.

Il essaya, le lendemain et les jours suivants, de faire leur portrait, raides devant la nappe blanche, et, sans savoir pourquoi, il peignit sur celle-ci un corps de femme étendu, un corps nu qui ressemblait à celui de sa sœur dont la tête, comme sans importance, n'était qu'une indication floue.

Il n'était pas content de ce qu'il peignait, car cela restait pâteux. Il se refusait à mélanger les couleurs, avait de la peine à situer les visages ou les objets sur des plans différents.

Il existait des écoles. Son vendeur de la rue de Richelieu lui avait demandé si, quand il en aurait l'âge, il entrerait aux Beaux-Arts, et Louis n'osa pas lui avouer qu'il n'avait que son certificat d'études et travaillait la nuit aux halles. Il comptait y travailler toute sa vie, y monter peu à peu en grade, car M. Samuel avait de l'affection pour lui.

— Dis donc, petit. Grimpe sur l'escabeau et essaie d'écrire des chiffres dans les colonnes.

Il ignorait que celui qui écrivait les prix au tableau noir depuis des années était entré la veille à l'hôpital et n'en sortirait probablement pas vivant. On devait l'opérer le lendemain ou le surlendemain, il ne sut pas de quoi.

— Je n'arrive pas tout en haut, monsieur.

— Écris sur les autres lignes.

Il lui lança des chiffres à la volée. La craie crissa sur le tableau, comme à l'école. Louis suivait coûte que coûte, comme si sa vie en dépendait.

— Tes chiffres sont meilleurs que ceux du pauvre Albert. Je peux les lire sans lunettes. On va voir ton écriture. Vas-y ! Choux-fleurs. Carottes. Navets. Pas si vite. Pêches premier choix. Melons de Cavaillon. Bon ! Tu peux descendre. Je vais dire à Michel de surélever l'escabeau de trente centimètres. A partir de lundi, je te donne soixante francs par mois et on verra à t'augmenter à la fin de l'année.

N'était-ce pas merveilleux ? Il n'en parla pas à sa mère, lui fit la surprise quand elle vint s'approvisionner. Les marchandes du quartier l'avaient reconnu.

— Gabrielle ! Regarde donc là-haut...

Surprise, elle lui adressait des signes, mais il n'avait pas le temps de lui répondre, attrapant les chiffres à la volée, effaçant, écrivant, planant au-dessus des têtes qui lui apparaissaient sous un jour différent.

Son travail le passionnait. L'aspect de la salle changeait à chaque instant. Il aurait pu peindre pendant dix ans sans épuiser la matière qu'il avait sous les yeux.

Alice et son mari avaient trouvé un appartement à un quatrième étage, rue des Écoles, en face de la Sorbonne.

— Nous avons même un balcon, de sorte que François peut prendre l'air quand je fais mon ménage.

Elle venait souvent se promener, tenant son fils par la main, rue Mouffetard, bavardait avec sa mère qui lui fourrait des légumes dans son filet, mais elle ne montait presque jamais dans le logement où elle avait vécu si longtemps.

Ils n'étaient plus que deux à l'occuper, à présent, et ils y étaient d'autant plus à l'aise qu'ils ne s'y trouvaient guère en même temps, sauf le dimanche.

Louis trouva un lit d'occasion, qu'il plaça contre le mur, à l'ancienne place d'Émilie. Il acheta une table de nuit au marbre fêlé et qu'il obtint pour une bouchée de pain.

Une fois le lit de sa mère tiré contre cette table de nuit, il restait un vaste espace vide du côté de la fenêtre et, un beau jour, il y dressa un chevalet, un modeste chevalet de campagne en bois blanc qu'il convoitait depuis longtemps.

Il avait peut-être trouvé le moyen d'alléger sa peinture, d'empêcher les empâtements, ce qu'il appelait la barbouille, sans être sûr du résultat. Au lieu d'étendre les couleurs avec soin, comme sur un mur ou sur une porte, il choisissait un pinceau fin et déposait sur le carton de petites touches de tons purs. Car il restait hanté par les couleurs pures. Elles n'étaient jamais assez claires, assez vibrantes à son gré. Il aurait voulu les voir frétiller.

Il n'en était pas encore à s'offrir de la toile et trouvait des cartons tant qu'il en voulait sur les poubelles. Il les préparait comme le vendeur le lui avait conseillé. Cela prenait beaucoup de temps, mais il n'avait pas la notion du temps ; il ne l'avait jamais eue ; à des années de distance, les événements se disposaient, comme sur une même ligne.

Il dormait, un jour, d'un sommeil chaud et voluptueux, quand on lui toucha l'épaule et que sa mère lui dit :

— Louis ! Éveille-toi.

Sa voix le frappa, car elle était grave, tragique.

— Qu'est-ce qu'il y a, man ?

Elle le regardait, pâle, les traits tirés, l'air, soudain, d'un être figé par le sort.

— C'est la guerre, Louis.

— Où ça ?

— Ici. En France. Les Allemands nous ont attaqués. On a collé les affiches annonçant la mobilisation générale.

— Tu crois que les Allemands viendront à Paris ?

— J'espère que nous les battrons. Les hommes partent, les régiments défilent...

Il ne réagissait pas et il crut sentir un reproche dans la voix de sa mère quand elle ajouta :

— Vladimir sera dans les premiers.

Il n'avait pas pensé à Vladimir. Sa première idée avait été qu'il avait à peine seize ans, qu'il était trop petit pour être soldat et que, du moment que les Allemands n'arrivaient pas jusqu'à Paris, la vie continuerait comme aujourd'hui.

— Si les jumeaux sont en France ou dans les colonies, ils seront mobilisés aussi, car ils vont sur leurs dix-neuf ans...

Elle comptait sur ses doigts, en remuant les lèvres.

— Ils ont même plus de dix-neuf ans, puisqu'ils sont nés en avril. On les prendra tout de suite et, s'ils ne donnent pas signe de vie, ils seront déserteurs.

— Je te demande pardon, man.

— C'est naturel. Il y a aussi le mari d'Alice, qui est dragon. Ce sont eux qu'on envoie en estafette au-devant des lignes, il me l'a expliqué un jour sans se douter que cela arriverait bientôt.

Elle se pencha sur lui pour l'embrasser, distraite, l'esprit ailleurs.

— Je me demande si Vladimir viendra me dire au revoir.

Il vint le soir, en tenue de campagne, son barda sur le dos. Il ne paraissait pas impressionné par les événements.

— Salut, maman. Salut, toi.

Il les embrassa sur les deux joues.

— Faut que je file à la gare de l'Est. Ce n'est pas le jour de manquer le train. A bientôt, vous deux. N'ayez pas peur, on les aura !

Une femme blonde, très maquillée, aux talons hauts, l'attendait dans la rue et lui prit le bras. Des commerçants lui apportaient qui un fromage, qui une demi-bouteille de cognac qu'il fourrait dans sa musette.

La fleuriste lui tendit un œillet qu'il planta au bout de son fusil. Quand il disparut au bas de la rue, Gabrielle s'écarta de la fenêtre où elle était restée accoudée et, assise devant la table, murmura :

— Passe-moi le vin, veux-tu, Louis ?

Ce soir-là, elle s'enivra seule, lugubrement, tandis que défilaient dans la rue des groupes de jeunes qui hurlaient des chansons patriotiques et des chansons à boire.

2

Cette guerre-là laissa peu de traces en lui, quelques souvenirs concernant surtout sa famille. Chez lui, personne ne lisait les journaux et on ne le fit pas davantage maintenant qu'ils n'étaient plus que sa mère et lui rue Mouffetard. Il essaya, parce qu'il entendait parler du communiqué. Il essaya plus tard encore, à d'autres âges, ne parvint jamais à s'intéresser aux nouvelles. C'étaient des mots, des phrases, qui n'avaient aucune répercussion en lui. Il ne pouvait pas voir, sentir, toucher. Il n'y avait aucune vibration.

Peut-être, s'il avait eu deux ans et une dizaine de centimètres de plus, en 1914, aurait-il été grisé par la frénésie populaire et se serait-il engagé sans attendre l'appel sous les drapeaux. Alors, dans les tranchées, la guerre serait entrée en lui, aurait fait partie de son être et, comme cela devait être le cas pour tant d'autres, l'aurait-elle accompagné pendant son existence.

Rue Mouffetard, la frénésie, en dehors de quelques chants, de quelques saouleries, n'exista pratiquement pas. C'était une rue où la préoccupation essentielle était, chaque jour, de trouver de quoi manger et, pour ceux qui avaient des petits, de les nourrir.

Aux halles, on vit de moins en moins d'hommes jeunes, puis d'hommes d'âge moyen, mais le rythme restait le même, les choux restaient des choux, la volaille de la volaille, et on continuait à voir des quartiers de bœuf à leurs crochets, le petit train d'Arpajon s'aligner le long des pavillons.

Il ne devait conserver qu'un souvenir confus des dates historiques, des batailles dont on graverait le nom dans la pierre et il confondrait les noms des généraux.

Le premier vrai souvenir de guerre, à part la mobilisation générale, qu'il n'avait vécue que de sa fenêtre, ce fut l'arrivée, un soir, alors que sa mère et lui dînaient en tête à tête dans la cuisine, d'une Alice aux yeux rouges et fixes, aux gestes qu'il jugea théâtraux. Du seuil, elle s'élança vers sa mère qui eut tout juste le temps de la recevoir dans ses bras.

— Maman ! Oh ! maman ! C'est affreux...

C'était faux. Sa sœur n'était pas ainsi. Sa mère aussi, le premier jour, avait adopté une attitude tragique qui ne lui seyait pas. Elles étaient peut-être sincères toutes les deux, mais exagéraient le geste, comme les gens qui prononcent des discours.

Alice sanglotait sur un sein où il ne lui avait jamais vu mettre la tête et sanglotait sans parler. Enfin, elle se dégageait, tendait un papier à l'aspect officiel.

— C'est pour m'annoncer que Gaston est mort. Il a été tué dans un bois, près de Charleroi, en Belgique, au cours d'une patrouille.

Pour Louis, ce Gaston Cottereau était un étranger et, eût-il vécu, il serait resté en marge de la famille, tout comme le jeune François, qui était le fils de sa sœur mais, physiquement, ne ressemblait à personne.

Il n'en prenait pas moins conscience, ce soir-là, que la guerre tuait réellement. C'était, pour lui, le premier mort.

— Ma pauvre fille ! Tu t'es mariée à un mauvais moment, mais on ne pouvait pas le savoir, personne ne pouvait le savoir. Où est François ?

— Je l'ai laissé chez une voisine, une femme qui a aussi son mari au front.

— Qu'est-ce que tu vas faire ?

— Je ne sais pas encore. Il paraît qu'on nous donnera une aide, une pension. Nous avions à peine fini d'arranger l'appartement.

Elle s'avisait seulement de la présence de son frère.

— Tu as de la chance, toi, Louis !

Elle n'avait pas besoin de préciser. Elle faisait allusion, non à son âge, mais à sa petite taille. Il n'assista pas aux doléances des deux femmes qui n'étaient guère sincères, Gabrielle, en tout cas, qui n'aimait pas ce Cottereau ni sa famille.

Il se rendit à son travail. Dans le hall de Samuel, rien n'était changé, sinon qu'un employé du bureau et deux magasiniers étaient partis et avaient été remplacés.

Ses couleurs, comme il disait, car il ne prononçait jamais le mot peinture, restaient le centre de ses préoccupations. La guerre s'y refléta sous la forme de drapeaux, de clairons luisant au soleil, de soldats aux pantalons rouges, d'épaulettes. Plus tard, quand on changea les uniformes, il en aima le bleu qu'il mit dans plusieurs compositions.

Sa sœur ne resta pas longtemps à Paris. Les parents Cottereau, dans leur village de la Nièvre, conservant peut-être des souvenirs de 1870, imaginaient la capitale affamée et les Parisiens mangeant des rats. Ils avaient écrit à Alice pour lui demander de les rejoindre à Saint-Aubin où ils possédaient une ferme de trois ou quatre vaches et où l'enfant serait assuré d'une bonne nourriture.

— J'ai trouvé quelqu'un qui me sous-loue l'appartement, la femme d'un officier anglais occupant je ne sais quel poste à Paris.

Après un an à peine, Louis passait dans la cage de verre, car un autre employé était mobilisé. Il gagnait cent francs. Sa mère aussi gagnait plus d'argent qu'avant la guerre et ils se sentaient presque riches.

Comme leurs occupations les obligeaient à jouer à cache-cache, qu'on ne pouvait pas, en plein été, allumer le feu rien que pour préparer du café ou cuire deux œufs, ils firent installer, à côté du vieux poêle, qui servirait les jours d'hiver, un réchaud à gaz et, après quelques semaines, ils y étaient si bien habitués qu'ils ne comprenaient plus comment ils avaient pu s'en passer.

Quand ils dînaient ensemble, il arrivait à Gabrielle de tomber dans une rêverie mélancolique. Ce n'était plus le chagrin violent et spectaculaire des premiers jours, mais c'était plus impressionnant.

— Vladimir ne nous écrit pas. Deux petits billets en tout, seulement pour dire qu'il se porte bien et qu'il a été nommé caporal. Je suis sûre qu'il écrit à cette fille, qu'il ne s'est jamais donné la peine de nous présenter et dont nous ignorons le nom.

On ne savait pas non plus de quoi Vladimir avait vécu entre la fin de son service militaire et la déclaration de guerre. C'était un autre homme qu'on avait vu revenir, hâlé, de son long séjour à

Toulon. Il avait de nouveaux gestes, des tics qu'on ne lui connaissait pas et son regard était devenu plus agressif que jamais.

— Tu vas retourner chez M. Brillanceau ? Je l'ai rencontré il y a deux mois, et il est prêt à te reprendre.

— Il risque de m'attendre longtemps.

Son sourire était moqueur. Il avait toujours été moqueur, mais non de cette façon désinvolte.

— Qu'est-ce que tu comptes faire ?

— Je ne sais pas. J'ai loué une chambre et je verrai venir.

Il ne faisait pas allusion à la possibilité de reprendre sa place dans la maison.

— Tu restes dans le quartier, au moins ?

— Le quartier, je l'ai assez vu. Je vais habiter rue de Clichy.

Elle était timide devant lui, comme si elle craignait qu'il se fâche et s'en aille pour de bon.

— Tu viendras nous voir ?

— Bien sûr.

— Tu me laisseras ton adresse ?

— Quand elle sera définitive, je te la donnerai. Pour le moment, je vis à l'hôtel.

— Ce n'est pas trop cher ?

— Ça va.

Deux billets de quelques mots en plus d'un an ! Comme les autres, il avait dû avoir des permissions, qu'il avait certainement passées à Paris.

Certes, on n'était pas, chez eux, habitué aux effusions, et leur mère avait mené sa vie à sa guise sans beaucoup s'occuper d'eux dès qu'ils avaient été en âge de tenir sur leurs pattes.

Louis découvrait, petit à petit, que les liens entre Gabrielle et ses enfants étaient plus forts qu'il ne l'avait cru. Cela ne ressemblait pas à l'amour maternel dont il entendait parler, ou qu'on apprenait à l'école.

On aurait dit, plutôt, qu'à son insu, le cordon ombilical qui l'avait réunie à ses enfants n'avait jamais été coupé tout à fait.

— C'est drôle, Louis, que tu te sois mis à peindre.

Elle lui parlait rarement de ses tableaux. Il était sûr qu'elle y jetait un coup d'œil en rentrant, mais ils ressemblaient si peu à l'idée qu'elle avait de la peinture qu'elle préférait se taire.

— Tu comptes en faire ton métier ?

— Ce n'est pas un métier.

— Il y en a qui en vivent. J'ai connu un vieux bonhomme, avec un grand chapeau et une lavallière à pois. C'était un spécialiste.

» Si je me souviens bien, tu n'étais pas né. Je n'étais pas mal, en ce temps-là. Il prétendait que j'étais belle, que je pourrais gagner ma vie comme modèle, à ne rien faire que me coucher, nue, et à rester immobile.

» Je suis allée poser une fois dans son atelier, près de Saint-Germain-des-Prés, et il ne m'a même pas touchée. C'est tout juste s'il me parlait. J'avais tout le temps envie de rire, je ne sais pas pourquoi. Je trouvais drôle d'être toute nue, pendant des heures, devant un monsieur qui n'essayait pas de vous peloter.

» Il m'a donné cinq francs, en me demandant de revenir quand je voudrais. Il gagnait bien sa vie et il avait, en plus de l'atelier, un joli appartement, bien meublé, avec un grand balcon.

N'avait-elle pas envie d'ajouter :

— Tu devrais peindre comme lui.

Il s'en tirait déjà mieux avec ses touches de couleurs pures, surtout depuis qu'il peignait sur toile. La difficulté restait de « faire tenir ensemble » des choses qui paraissaient n'avoir aucun rapport entre elles.

Il ne cherchait pas à copier la réalité, une chaise, une rue, une femme, un tramway. Il lui arrivait de le faire, comme exercice, et y parvenait assez bien. Mais c'étaient des images. Ce qu'il aurait voulu obtenir, c'était la réalité elle-même, telle qu'il la voyait, ou plutôt telle qu'elle se composait, sans qu'il le fasse exprès, dans son esprit.

Par exemple, il avait mis le petit François, hésitant sur ses jambes boudinées, seul au milieu de la cour de l'école. C'était l'hiver, puisqu'il y avait de la neige, mais il voulait que le ciel fût un ciel d'été, et un tram jaune et rouge, plein de visages collés aux vitres, passait devant le mur.

Il n'aurait pas pu expliquer. C'était trop compliqué. Le vendeur de la rue de Richelieu le lui avait si souvent conseillé qu'il avait fini par se rendre rue du Faubourg-Saint-Honoré et rue La Boétie, où se trouvaient plusieurs galeries de peinture.

— Vous verrez les meilleurs impressionnistes, Cézanne, Renoir, Sisley, Pissarro. Il y a peu de temps, on se moquait d'eux et aujourd'hui il faut être très riche pour s'offrir une de leurs toiles. Vous verrez aussi les fauves, dont les critiques ne savent pas que dire : Vlaminck, Derain, d'autres dont j'ai oublié les noms. Enfin, un drôle de type, à demi clochard, qui passe sa vie dans les bistrots de Montmartre et dont on reconnaît les tableaux de loin.

Il avait regardé les toiles exposées en vitrine et s'en voulait d'être resté froid. C'était beau, certes. Il se sentait écrasé par le métier de ces peintres qui savaient où poser leurs taches de couleur en leur donnant le maximum de valeur.

Il n'en était pas moins déçu. Cela ne ressemblait pas à ce qu'il cherchait. S'il montrait ses toiles à l'employé, celui-ci se désintéresserait de lui. Louis avait fini par connaître son nom, parce qu'on l'avait appelé du fond du magasin : M. Suard. Il était ami d'un peintre nommé Marquet et d'un autre, plus jeune, Othon Friesz.

— Certains viennent de loin pour s'approvisionner chez nous, parce que nous tenons des marques étrangères, surtout des marques hollandaises qu'il est difficile de trouver à Paris.

— Elles sont plus pures ?

— A mon avis, elles gardent plus longtemps leur éclat. L'ennui avec la plupart des couleurs, c'est que l'ombre s'y met et les peintres actuels ne veulent plus vernir leurs toiles. Comment, d'ailleurs, vernir un tableau peint en pleine pâte ?

Il apprenait des mots, des techniques insoupçonnées.

— Vous n'avez jamais été tenté de travailler dans un atelier, chez Jullian, par exemple ? Ils ont de bons modèles, un professeur qui donne des conseils.

La naïveté de Louis dans ce domaine ravissait M. Suard autant que sa passion.

— Il ne s'agit pas d'écoles, comme les Beaux-Arts. Chacun entre quand il lui plaît, apportant son matériel, s'installe devant un chevalet libre et dessine ou peint le modèle. On paie tant par heure.

Il avait failli demander :

— Quel modèle ?

Mais, se souvenant de sa mère et du peintre au large chapeau qui se spécialisait dans les marchandes des quatre-saisons, il avait compris.

— Vous avez un de ces ateliers non loin d'ici, rue du Faubourg-Montmartre.

Il y était allé un matin, emportant sa boîte. La lumière était aussi froide qu'à certaines heures chez M. Samuel, sauf qu'on ne voyait jamais le soleil, la verrière étant exposée au nord. Le silence était impressionnant, sinistre. Trente ou quarante personnes, hommes et femmes, surtout des jeunes filles et des hommes d'un certain âge, se tenaient devant leur chevalet, debout ou assis, autour d'un socle de bois sur lequel une fille nue, aux cuisses maigres, joignait les mains derrière sa nuque.

Les uns peignaient, d'autres dessinaient, effaçaient, dessinaient à nouveau, tandis qu'un vieux monsieur à barbiche et à lorgnon se campait silencieusement, tour à tour, derrière chacun.

Parfois, du bout du doigt, il désignait, sans rien dire, un trait de fusain. Ou encore il saisissait le pinceau d'une jeune fille, redressait, en deux ou trois touches, le mouvement d'un bras, la position d'une jambe.

— Vous désirez un chevalet ?

— Non, monsieur. Merci.

Il n'aurait pu travailler dans cette ambiance et n'avait que faire du modèle. Peut-être, un jour, s'il en avait le courage, parlerait-il à M. Suard de ce qu'il avait en tête, mais c'était impossible à expliquer tant que ce ne fût sur une toile.

Quand il en avait terminé une, le plus souvent, il la grattait avec un couteau à palette, un instrument souple et doux, voluptueux à manier. Après quelques jours de séchage, il étendait une couche de blanc de zinc et obtenait une toile neuve, ce qui revenait moins cher.

— Je me demande, Louis, ce que les jumeaux sont devenus.

Lui aussi remontait de temps en temps dans le passé. Il lui arrivait d'évoquer Émilie, dont nul n'avait parlé pendant des années. Sa mère gardait des souvenirs précis sur chacun, pas les mêmes que les siens, de sorte que, dans les conversations, ils ne se faisaient pas écho.

— Tu te rappelles le jour où un monsieur très bien, avec une décoration, a ramené dans ses bras Olivier évanoui ? Guy et lui jouaient à sauter par-dessus un banc à pieds joints. Olivier avait raté son coup et sa tête avait heurté le pavé si durement que le monsieur, qui lisait sur le même banc et qui aurait pu leur en vouloir de le déranger, l'avait cru mort.

— J'étais né ?

— Je crois. Oui. Que je suis bête ! Tu avais au moins six ans, puisque tu allais à l'école.

Il n'en conservait aucun souvenir, pas plus que sa mère ne se rappelait la plupart des événements qui, pour lui, constituaient l'histoire de la famille.

— Ce qui me console, c'est de savoir qu'ils n'étaient pas malheureux.

Il la regardait sans comprendre, troublé qu'on mélange d'autres souvenirs aux siens, car il ne se sentait plus si sûr de lui. C'étaient comme des fausses notes.

— Tu as oublié qu'ils sont partis une première fois et qu'on les a retrouvés dans un train de marchandises, à Rouen ?

— Je m'en souviens...

— Si le commissaire...

Il écoutait distraitement, agacé, répugnant à entendre de nouveau tous les détails.

— La deuxième fois...

— Je sais, maman.

Elle lui lançait un regard de reproche.

— La semaine dernière, j'ai dû voir un docteur, car je souffrais du ventre. Je ne t'en ai pas parlé pour ne pas t'inquiéter, et parce que ce sont des affaires de femmes.

Il avait entendu des allusions aux maladies vénériennes et se demanda si sa mère en avait une, ce qui le fit rougir.

— Peu importe. C'est un homme très gentil, compréhensif, qui m'a questionnée sur ma vie. Je lui ai parlé des jumeaux et lui ai avoué que c'était sûrement arrivé par ma faute.

» Il m'a juré que non, que ni moi ni le genre de vie que nous menions n'avaient provoqué leurs fugues. C'est un cas que les médecins connaissent bien et je comprends maintenant pourquoi le commissaire de police n'a pas été plus sévère avec eux.

» Ils ont ça dans le sang. Ils le tenaient de leur père, qui ne se trouvait bien nulle part et qui a fini comme tu le sais.

» Ces deux-là, je suis sûre, pour de bonnes raisons, qu'ils sont de Heurteau. Alice, je ne pourrais pas le jurer et je préférerais qu'elle ne soit pas de lui.

Il était obligé de rester là, mal à l'aise. Il était intéressé, certes, mais il aurait préféré qu'elle ne lui en parle pas.

— Certains font des fugues cinq ou six fois par an. Même enfermés, ils trouvent le moyen de s'échapper et il y en a qui se sont tués en essayant de s'enfuir par la fenêtre, comme des somnambules. Tu savais ça, toi ?

— Non.

— Ce qui me rassure, c'est que, dans la plupart des cas, cela s'arrange avec l'âge. Je regagne l'espoir de les revoir un jour. Pense qu'ils ont plus de vingt ans ! Ils devraient être soldats. Je me demande pourquoi on n'a jamais reçu de convocation pour leur conseil de révision.

— Tu sais, maman, avec les administrations...

— C'est quand même curieux. Lorsqu'il s'agit du service militaire, ils savent, d'habitude, retrouver les gens. Ils ont assez de gendarmes pour ça !

On devait être en 1916. La guerre durait depuis deux ans et on ne s'en étonnait plus.

Gabrielle avait-elle eu une prémonition ? Quelques jours après cette conversation, elle recevait, comme Alice deux ans plus tôt, un papier officiel lui annonçant que son fils, le sergent Olivier Heurteau, avait été tué devant le fort de Douaumont, au cours d'une opération dangereuse pour laquelle il s'était porté volontaire, et que la médaille militaire avec palme lui avait été attribuée à titre posthume.

Les objets personnels retrouvés sur lui seraient envoyés ultérieurement à la famille.

Ce qui les intrigua l'un comme l'autre, c'est que les Bataillons d'Afrique avaient mauvaise réputation, tout au moins avant la guerre, car on y envoyait les fortes têtes, les mauvais garçons, les petits maquereaux de la porte Saint-Martin, de Montmartre ou d'ailleurs, ceux qui étaient passés par une maison de correction ou qui, à l'âge du service, avaient déjà un casier judiciaire.

Cela faisait un drôle d'effet aussi de n'avoir des nouvelles que d'un des rouquins et on n'aurait pas été surpris d'apprendre qu'ils étaient morts en même temps.

On ne tarda pas à recevoir les affaires d'Olivier. C'était, des deux, celui qui paraissait l'aîné, la forte tête, tandis que Guy, de la même taille et de la même carrure, semblait plus doux, hésitant, mais suivait son frère comme son ombre.

Par le livret militaire, on apprit qu'Olivier s'était engagé volontairement dans les Bataillons d'Afrique, bien avant la guerre, « avec le consentement de ses parents », ce qui laissait supposer qu'il avait imité l'écriture de sa mère.

Son adresse était une rue d'Oran, sa profession cultivateur. On trouva un couteau à cran d'arrêt, à manche de corne, à la lame souvent affûtée, dont il avait dû se servir dans le bled et dans les tranchées. Un vieux portefeuille, qui avait séjourné dans la boue, ne contenait que quelques billets de banque, des timbres — pourquoi des timbres, puisque les soldats n'affranchissaient pas leur correspondance ? — une carte postale d'Algérie, à l'adresse tracée d'une écriture à peine lisible et signée d'un prénom indéchiffrable. Au-dessus de cette signature, on avait dessiné une étoile, un cœur, un animal qui aurait pu être une chèvre aussi bien qu'un cheval.

Une photographie mal tirée donnait peut-être la clef de ce message, car elle représentait une jeune Bédouine accroupie sur le sol à côté d'un âne chargé de deux paniers.

Si ce n'était pas une tache sur l'épreuve, elle portait un tatouage au milieu du front et paraissait avoir treize ou quatorze ans ; ses grands yeux émerveillés regardaient droit devant elle, exprimant l'adoration.

— C'est sa petite amie, tu ne crois pas ?

— Je ne sais pas, maman.

— Je ne pense pas que, là-bas, ils aient le droit de se marier, surtout avec une indigène, tant qu'ils sont sous les drapeaux. S'il était marié, d'ailleurs, c'est à elle qu'on aurait envoyé ses affaires.

Il restait une pipe et une blague à tabac en vessie de porc contenant encore un peu de tabac de troupe, ainsi qu'un briquet à amadou.

— Guy s'est sûrement engagé en même temps que lui, dans le même régiment. Je vais me renseigner au ministère de la Guerre. J'irai moi-même car, si je leur écris, ils ne me répondront pas.

Elle y passa une journée entière, non seulement au ministère, mais dans les bureaux disséminés aux quatre coins de Paris. Quand elle rentra, exténuée, elle gardait de l'espoir.

— J'ai fini par trouver la bonne porte. Je n'ai jamais vu autant de femmes, jeunes et vieilles, faisant la queue dans des cours et dans des corridors. Un lieutenant, qui ressemble au commissaire, m'a promis de se procurer avant huit jours la liste des engagés volontaires, en 1912, dans les Bataillons d'Afrique.

Elle eut un sourire où se lisait une certaine fierté :

— Tu sais, Louis, nous avions tort de croire qu'il n'y a que des voyous aux Bat' d'Af' ! J'ai posé la question au lieutenant. Il m'a confirmé qu'on y envoyait surtout les fortes têtes et ceux qui ont encouru des condamnations.

» C'est différent pour ceux qui s'y engagent, des garçons attirés par l'aventure, par la vie dure, aux confins du désert, couchant plus souvent sous la tente que dans une chambrée.

» — Au front, m'a-t-il déclaré, ce sont nos meilleurs soldats.

» Il en a connu personnellement un qui, après dix ans, devenu sous-lieutenant, s'est fait prêtre.

La réponse vint en effet, non pas après une semaine mais après un mois environ, apportée par un planton, comme si le courrier des ministères était trop important ou trop confidentiel pour être confié à la poste. On confirmait l'engagement volontaire d'Olivier Heurteau, le 21 octobre 1912, mais on n'avait découvert aucune mention d'un Guy Heurteau cette année-là, ni les années suivantes, dans les régiments d'Afrique.

— Tu crois que cela signifie qu'il est mort ?

— Je ne sais pas, maman. Ils ont pu se séparer. Guy est peut-être tombé amoureux d'une fille et l'a épousée.

— Il n'avait pas le droit de le faire sans mon consentement. Il n'était pas majeur.

— Olivier ne pouvait pas s'engager non plus. Peut-être Guy est-il allé vivre dans un autre pays, en Amérique du Sud, par exemple. Quand il vivait ici, il parlait souvent de l'Amérique du Sud.

Elle hochait la tête, incrédule. Cela restait, pour elle, un mystère, et on devinait, à certains silences, à certain regard vague qui lui venait tout à coup, qu'elle ne cessait de s'en préoccuper.

Louis devenait de plus en plus ami avec M. Suard et il lui arrivait d'entrer dans la papeterie de la rue de Richelieu, quand il le voyait libre, pour bavarder avec lui sans acheter un tube de couleur.

— C'est dommage que je me sois marié trop jeune et que j'aie eu tout de suite des enfants, car j'ai trois enfants, dont une fille de votre âge.

» Encore heureux que ce soit une fille car le conseil de révision ne tarderait pas à s'en occuper !

» Remarquez que je ne me plains pas. Moi aussi, j'ai rêvé d'être peintre. C'est pour ça que j'ai demandé à être affecté à ce rayon.

» Plus tard, qui sait, il n'est pas impossible que je devienne marchand de tableaux, que j'ouvre une petite galerie. Pas avec des noms importants, car cela demande trop de capital et on n'y a pas de mérite. Avec des jeunes que j'aurai découverts. J'ai déjà quelques toiles que des clients m'ont cédées pour pas cher...

Est-ce par gentillesse, pour ne pas vexer Louis, qu'il ajouta :

— Quand vous serez content de vous, je serai heureux de voir un de vos tableaux.

— Je ne serai jamais content. Vous savez bien que je ne suis pas un vrai peintre.

Au début de 1917 — en tout cas, c'était l'hiver où il faisait si froid et où le charbon manquait ; l'hiver aussi où on parlait de mutineries dans l'armée et de soldats fusillés pour l'exemple — au début de 1917, Gabrielle apprit, par une marchande de la rue Saint-Antoine, qui avait travaillé jadis rue Mouffetard, que Vladimir était à Paris.

Elle affirmait l'avoir vu sur les Grands Boulevards, non loin de la rue Montmartre, où elle était allée visiter sa fille qui était vendeuse.

— Je te jure, Gabrielle, que je ne me suis pas trompée. N'oublie pas que je l'ai connu tout petit et que, plus tard, il m'a souvent chipé des pêches sur ma charrette. Il était en marin sans béret, un pansement autour de la tête. Les passants se retournaient sur lui et il en paraissait fier. Je lui ai lancé :

» — Hé ! Vladimir ! On ne reconnaît plus ses amies ?

» A quoi il a répondu :

» — Salut, tante Emma.

» C'est ainsi qu'il m'appelait quand toi et moi on était toujours ensemble, nos charrettes bout à bout.

— Dire qu'il n'est pas venu me voir !

— S'il est blessé, il a une permission de convalescence. Il a tout le temps.

— C'est chez cette chipie qu'il vit en attendant.

— S'il était marié, ce serait tout comme.

— Tu as raison. Je deviens jalouse de mes enfants. Sa sœur ne nous écrit pas une fois par deux mois et nous avons reçu une seule photographie de son fils.

Vladimir vint, offrit même à sa mère un bijou oriental, une amulette qui ne devait pas être en or, mais qu'elle porta désormais fièrement à son cou. Il parlait des Balkans, de Constantinople, comme de Clignancourt ou de la porte des Lilas.

— Tu as appris qu'Olivier est mort ?

— Non.

— Il était sergent, décoré de la médaille militaire. J'ai sa médaille ici. Tu veux la voir ?

— J'en ai tant vu ! Et Guy ? Mort aussi ?

— On n'a pas de nouvelles de Guy. Personne ne sait ce qu'il est devenu.

Il aurait pu dire des morts ce qu'il venait de dire des médailles militaires : il en avait tant vu !

— Et toi, avec ta blessure, on ne t'a pas donné de décoration ?

Louis tressaillit en voyant le visage de son frère, en entendant le son de sa voix coupante :

— Moi, je ne suis pas le genre de types à qui on remet des médailles. Même si j'étais mort, comme Olivier.

— Tu ne veux pas me laisser ton adresse à Paris, pour le cas où j'aurais des nouvelles de Guy ?

Il se contenta de répondre, évasif :

— Je reviendrai te voir avant de partir.

— Quand t'en vas-tu ?

— Quand les toubibs le décideront.

— C'est grave ?

— Un trou dans le crâne. Ils ont retiré ce qu'ils ont pu, mais il reste un bout de shrapnel quelque part.

— Tu souffres encore ?

— De temps en temps.

Un après-midi, sur le pont Saint-Michel, Louis fit une rencontre inattendue : l'immense, le colossal M. Pliska, maintenant barbu, les cheveux blonds sur la nuque. Louis n'aurait pas été sûr que c'était lui si le géant tchèque ne l'avait reconnu et ne lui avait broyé la main.

— Petit Louis, hein ? Que devenir ?

Il ne parlait guère mieux le français que jadis et accompagnait toujours ses mots de regards interrogateurs et de gesticulations.

— Ton mère, Gabrielle ? Gabrielle, oui ?

Il se souvenait de la belle rousse avec qui il avait vécu près de deux mois, mais n'était plus sûr de son prénom.

— Frère Vladimir. Petite sœur. Grande fille, maintenant ?

— Elle est mariée et a un fils.

— Moi, beaucoup difficile, beaucoup misères, parce que moi étranger. Deux ans dans un camp concen... comment dites ça ? Mot difficile. Concentra...

— Concentration.

— Beau pays. Soleil. Sud de la France, mais fils de fer pointus.

— Barbelés.

— Oui. Baraques mauvaises. Soupe mauvaise. Beaucoup petites bêtes. Puces, vous dites ? Et dans cheveux ?

— Des poux ?

— Tout le monde poux. Maintenant fini. Moi, atelier. Viens voir atelier. Gros travail. Sculptures. Marchands venir voir sculptures. Pas acheter, mais venir voir.

Par crainte de lui déplaire autant que par curiosité, Louis le suivit et ils prirent le tram jusqu'au boulevard Montparnasse. Pliska le conduisit rue Campagne-Première, où ils pénétrèrent dans une maison assez récente.

— Ici. Ascenseur. Connais ?

Il y avait un ascenseur, en effet, qui les conduisit tout en haut, au sixième étage, où Pliska tira une clef de sa poche et ouvrit fièrement sa porte.

— Mon atelier.

Louis fut ébloui. La pièce, très vaste, était éclairée par une verrière qui la séparait de la rue et une partie du toit en pente était vitrée.

— Magnifique, n'est-ce pas ? Moi travailler.

Il retirait son veston, son gilet, sa cravate, avec l'air d'un lutteur qui lance un défi au public sur les tréteaux d'une baraque foraine.

Un gros bloc de glaise attirait l'œil, au milieu de la pièce, sur un socle tournant.

— Vois ? Quand fini, formidable. Formidable on dit ?

Pour le moment, cela évoquait un couple enlacé. On reconnaissait des formes humaines, sans pouvoir dire ce qui était une jambe ou un bras. Louis, troublé, regardait de tous ses yeux et une douce émotion l'envahissait. Il y avait surtout une masse assez lourde, une croupe au dessin déjà défini, qui lui donnait une impression de sensualité plus profonde que la croupe d'une femme vivante.

— Sculpter très dur. Très beaucoup dur. Ici...

Sur une stèle de bois blanc, on découvrait un cheval et un cavalier faits de morceaux de fer qu'on eût dits ramassés dans un atelier.

— Don Quissotte.

— Don Quichotte ?

— Oui. Rigolo. Non. Pas rigolo.

Ses sourcils se fronçaient, ses yeux clairs s'assombrissaient.

— Marchands dire rigolo. Moi pas rigolo. Moi et marchands...

Il faisait mine de les jeter dans la rue, du haut de ses six étages, à travers la cloison vitrée.

— Beaucoup travailler. Beaucoup faire amour. Pas beaucoup manger parce que pas vendre. Alors, moi, porter bœufs.

— Aux halles ?

— Halles, oui. Connais halles ?

Quand il apprit que Louis y travaillait aussi, il voulut trinquer et ouvrit une bouteille dont la forme et l'étiquette rappelaient un ancien Noël.

— Pas boire ?

— Non. Trop jeune.

— Moi trop boire. Pas bon.

Il frappait sa poitrine à la façon d'un gorille et éclatait de rire.

— Voir toi halles. Toi revenir. Toi voir amour fini.

Ce qu'il appelait l'amour, c'était le bloc de glaise pesant une demi-tonne, au milieu de l'atelier. Alors qu'ils travaillaient la nuit si près l'un de l'autre, ils devaient rester longtemps sans se rencontrer à nouveau, car les halles ont leurs quartiers définis, leurs activités diverses, et les heures de travail de Pliska, par exemple, ne coïncidaient pas avec celles de Louis.

Celui-ci, en montant en grade et en recevant de l'augmentation, s'était enfermé dans sa cage de verre et ne pouvait plus, comme à ses débuts, aller porter, en se faufilant, les messages de M. Samuel aux mandataires des rues voisines ou dans les pavillons.

C'est de cette rencontre avec le Tchèque, indiscutablement, que naquit en lui l'idée d'atelier et, dès lors, en passant dans les rues, il s'assurait qu'il n'y avait pas de verrières, ou mieux d'atelier d'artisan au fond d'une cour.

Son tour vint de recevoir un papier officiel. Le 12 mars, il dut se présenter à la mairie, muni d'un extrait d'acte de naissance, afin de passer devant le conseil de révision. Il n'en parla pas à sa mère, absente quand il avait trouvé l'enveloppe sous la porte. Il passa une semaine d'angoisse, non dans la crainte d'être reconnu bon pour le service, mais à l'idée qu'il devrait se montrer nu devant des hommes.

Il était le seul de la famille à être pudique. Sa mère et sa sœur n'avaient aucune honte de leur nudité, qu'elles exhibaient avec une candeur peut-être mêlée de satisfaction. Vladimir n'avait commencé à cacher ses parties sexuelles que vers sa treizième année et les rouquins n'y prêtaient pas attention.

Louis n'avait jamais fait ses grands besoins dans le pot, sauf au cours d'une enfance dont il ne gardait pas le souvenir.

L'escalier avait beau, l'hiver, être envahi par un air glacé, il pouvait régner, comme dans la cour, une obscurité menaçante, il n'en descendait pas moins, la nuit, quand il devenait presque malade à force de se retenir.

Et, lorsqu'on le lavait dans la bassine, il tenait toujours à la main une débarbouillette dont il se cachait le sexe tant qu'il n'était pas à l'abri de l'eau savonneuse.

Ils étaient une quarantaine au moins, dans une pièce poussiéreuse, démunie de crochets pour les vêtements, mais on ne leur en ordonna pas moins de se déshabiller.

— En vitesse, les gars. A onze heures arrive une autre fournée.

Il fut plus mal à l'aise quand il reconnut des anciens condisciples d'école, trois ou quatre, y compris le fils d'avocat, dont il avait oublié le nom, qui avait quitté la communale pour entrer dans une institution privée.

— Tiens ! Le petit saint !

Un rigolo lança, après un coup d'œil de haut en bas à Louis :

— Tu es sûr que ce n'est pas une fille ?

— Nous, on le prenait pour un garçon, mais il a eu le temps de changer. Montre ton machin, petit saint, qu'on sache si tu en es vraiment un.

Se tenant les mains sur le bas-ventre, il s'efforçait de leur tourner le dos.

— Il faudra bien qu'il le montre quand il défilera. Et tu sais ce qu'il fera, le major ? Il te tirera un bon coup sur les couilles et, s'il ne t'a pas à la bonne, il t'enfoncera un doigt dans le derrière. Crois pas que j'invente. Mon frère y est passé l'an dernier et m'a refilé le tuyau. Pourquoi qu'ils t'appellent le petit saint, ceux-là ? Tu vas tous les matins à confesse ? Tu gardes ta virginité pour ton mariage ?

La porte finit par s'ouvrir sur une pièce plus grande où des hommes étaient assis derrière une table recouverte d'un tapis vert. Il ne les distingua pas les uns des autres. Bien qu'il ne fermât pas les yeux, il ne voyait que des ombres, des silhouettes, deux uniformes bleu horizon et une file de corps nus.

— Monte. Tiens-toi droit. Plus droit que ça. Qu'est-ce que tu tripotes avec tes mains ?

Un des hommes en uniforme annonçait :

— Un mètre cinquante-quatre.

Des rires fusaient.

— Approche, lui ordonnait le major.

Peut-être, avec la consommation d'hommes au front, la taille ne comptait-elle plus ? Il ne craignait pas de recevoir une balle, d'être tué par un éclat d'obus. Ce qui l'effrayait, c'était la brutalité, les ordres lancés d'une voix hargneuse, l'obligation de faire sans discuter ce qu'on lui ordonnait.

Il était décidé, si on lui donnait un fusil, de ne jamais tirer, ou de tirer en l'air.

Le major lui enfonçait les doigts entre les côtes, entre les omoplates, puis après lui avoir tâté les muscles, prononçait :

— Réformé n° 1.

On le poussait dehors.

— Qu'est-ce que tu attends, mon gars ? T'as pas entendu le major ? La patrie ne veut pas de toi.

Il se passa trois jours avant qu'il dise à sa mère, en dînant, d'une voix neutre :

— Tu sais, maman, je suis réformé.

— Ce n'est pas malheureux. Ainsi, je suis sûre d'en garder un.

Louis la regardait avec le vague sourire qui les intriguait tous et qui ne reflétait pas nécessairement la joie ou la gaieté.

Sa guerre était finie.

3

Sa mère continuait à aller chaque matin aux halles pour s'approvisionner, mais on entendait moins souvent sa voix claire et vibrante lancer des plaisanteries. Il se souvenait du temps où il en reconnaissait l'éclat, dans le vacarme de la grande salle au toit vitré, comme on reconnaissait de loin l'éclat de sa chevelure.

Sa grand-mère continuait, elle aussi, à pousser sa charrette dans les rues obscures du petit matin, mais il y avait de plus en plus de jours où on ne la voyait pas et où, entre deux clientes, Gabrielle montait dans sa chambre du bas de la rue, près de Saint-Médard, pour s'assurer qu'elle n'était pas malade et ne manquait de rien.

Cette chambre, Louis la connaissait à peine. Il y était allé deux ou trois fois, quand il était petit, et la revoyait sombre, encombrée de meubles, avec un buffet de salle à manger dont les portes supérieures, vitrées, laissaient voir de la vaisselle, une table et des chaises sculptées, en faux ancien, des rideaux de velours passé, verdâtres, et des bibelots, des vases, des statuettes, des bonbonnières en porcelaine.

— Fais attention, Louis. La dernière fois qu'il est venu, ton frère Vladimir a encore cassé une soucoupe à laquelle je tenais. Ce sont des souvenirs.

Il régnait une autre odeur que chez eux et il soupçonnait la vieille femme de ne pas aimer qu'on pénètre chez elle, même ses petits-enfants. Il l'avait toujours considérée comme vieille, mais elle ne l'était pas tellement car, dans la famille, les filles accouchaient de bonne heure.

Au printemps 1919, Gabrielle devait avoir cinquante-quatre ans. Son frère, le boucher, qu'on feignait d'ignorer, bien qu'il eût sa boucherie dans leur rue, et qui les ignorait aussi, ne savait pas que Louis était son neveu. C'était le premier enfant de la vieille, qu'elle avait eu vers sa seizième année.

Elle avait beaucoup maigri et il lui venait mauvais caractère. Une fois qu'elle était restée une semaine entière sans qu'on la vît aux halles, Gabrielle rassura Louis qui s'inquiétait.

— Ne crains rien pour maman. Elle pourrait vivre de ses rentes, car elle a entassé un joli magot. Elle n'a jamais dépensé. Elle ne m'a pas aidée non plus, même quand, au début, j'étais dans le pétrin. Elle me disait :

» — Chacun pour soi, ma fille ! On élève ses enfants jusqu'à ce qu'ils soient en âge de se tirer d'affaire. Après, ils n'ont qu'à compter sur eux-mêmes. Je n'espère rien de personne et je n'ai pas envie, une fois vieille, de vous intenter des procès, à ton frère et à toi, pour vous obliger à me verser une pension alimentaire.

C'était le soir, entre huit et neuf heures, que Louis et sa mère se retrouvaient à la maison.

— Qu'as-tu envie de manger, Louis ? Une omelette ? Un beef-steak ?

— Une omelette, maman, avec du fromage, s'il y en a.

A table, ils étaient assis face à face et il y avait de longs silences. On aurait pu croire qu'ils s'observaient. C'était vrai en ce qui concernait Louis.

Pendant des années, il avait vu sa mère avec les mêmes yeux et elle n'avait jamais eu d'âge. Si elle n'avait guère changé physiquement, son corps restant ferme, son visage sans rides, il avait l'impression qu'une sorte de grisaille l'avait envahie.

Avant, on ne la voyait jamais triste, préoccupée, et la mort d'Émilie ne l'avait abattue que pendant quelques jours. En somme, elle acceptait la vie comme elle venait, savourant la meilleure part, se contentant sans rechigner de la moins bonne, rejetant le reste comme s'il n'avait pas existé.

Était-ce parce que ses enfants grandissaient et l'observaient avec des yeux nouveaux qu'elle avait cessé, tout à coup, de recevoir des hommes ? Elle le faisait pourtant encore quand Vladimir avait quinze ans.

Sa vie s'était assourdie. Pour parler en termes de peinture, comme M. Suard, des ombres se formaient, des endroits ternes sur la toile.

S'il lui arrivait encore de sortir le samedi soir, elle ne portait plus la robe bleu lavande que Louis avait tant aimée. La mode avait changé avec la guerre. Les jupons, petit à petit, avaient disparu, les lourds corsets à baleines, les robes qui balayaient le sol et les bottines lacées jusqu'à mi-jambe.

Les femmes montraient, non seulement leurs chevilles, mais la moitié de leurs mollets, portaient sur leur jupe des vestes de style militaire. On s'en étonnait si peu que Louis était obligé de faire un effort pour se souvenir des modes d'avant la guerre.

Elle continuait à se déshabiller devant lui.

— Cela ne t'ennuie pas que je sorte ?

— Pourquoi, maman ?

— Tu pourrais me trouver trop vieille.

— Tu ne seras jamais trop vieille.

— Cela ne te gêne pas de voir ta mère courir au bal comme une chienne en chaleur ?

Il lui souriait d'un sourire qu'il voulait rassurant.

— Tu ne sors jamais, toi.

— Je sors la journée.

— Je ne t'ai jamais vu avec une bonne amie. En as-tu une ?

— Non, maman.

— Pourquoi ? A dix-neuf ans, un garçon a besoin de femmes.

Il comprenait ce qui la tracassait et cela lui rappelait les plaisanteries du conseil de révision.

— N'aie pas peur. Je suis un homme.

Elle gardait l'habitude d'aller droit au but.

— Tu le fais ?

— Quelquefois.

— Tu pourrais en avoir pour rien, autant que tu voudrais, surtout que la plupart des hommes sont au front. Si tu savais comme les femmes se disputent les soldats en permission !

— Cela me prendrait trop de temps.

Ce n'était pas tout à fait exact, n'exprimait qu'une partie d'une vérité trop compliquée qu'il n'était pas sûr de comprendre.

Pendant longtemps, le souvenir de son impuissance devant un fouillis de poils noirs l'avait empêché de recommencer l'expérience. Il était rare qu'une fringale réveille son tourment.

Comme tout le monde, des visions érotiques l'empêchaient de s'endormir, mais il avait trouvé une méthode pour rendre le besoin physique moins lancinant. Ces images, parfois extravagantes, il s'efforçait de les composer, de les voir comme les scènes de la rue, en taches de couleur, de les entourer d'autres éléments et de créer, dans sa tête, un tableau dont, à la fin, il aurait pu reconstituer chaque détail.

Il y avait une toile qu'il avait envie de peindre, qu'il ne pouvait pas peindre à présent parce que sa mère la verrait et qu'il en avait honte.

Les couleurs en seraient aussi gaies, aussi vives que celles qu'il employait d'habitude et pourtant, d'avance, il intitulerait cette composition *La Guerre.*

Il s'y mettrait dès qu'il aurait un atelier, surtout que le tableau serait assez grand. La perspective serait celle des Champs-Élysées, avec la verdure des rangées d'arbres, des maisons claires et dont on n'aurait pas besoin de distinguer les détails, sinon une profusion de drapeaux aux fenêtres.

La foule serait représentée par des points noirs, piquetée de bleu, de blanc et de rouge.

L'important, c'était le défilé. Il hésitait, pour le titre, entre *La Guerre* et *Le Défilé,* attendant, pour décider, que la toile soit peinte.

Des rangs de soldats, plus grands que la foule. Cela ne le gênait pas, dans ses œuvres, qu'il y eût disproportion entre les personnages ou entre les objets.

Des soldats nus, les uns roses, d'autres livides, comme au conseil de révision. Ils porteraient chacun un fusil, seraient coiffés d'un képi ou d'un casque de tranchée, il ne savait pas encore.

Un officier, nu aussi, ressemblant au major, caracolerait, à cheval, devant eux. Ils se dirigeraient vers l'Arc de Triomphe, sauf que celui-ci serait remplacé par le sexe monumental et sombre d'une femme aux jambes écartées.

C'était difficile à réaliser. Il n'y arriverait sans doute jamais. Il était pourtant venu à bout d'une toile presque aussi compliquée qu'il appelait *Le Petit Train d'Arpajon* et qui, dans son esprit, devait résumer les halles.

Il avait parlé à M. Suard du *Petit Train d'Arpajon* et M. Suard aurait aimé voir le tableau.

— Dès que j'aurai trouvé un atelier.

— Il y en a de libres à Montmartre.

— C'est trop loin.

Trop loin de sa mère, certes, car il irait voir sa mère tous les jours, vraisemblablement dîner avec elle. Il ignorait comment cela s'arrangerait et il prévoyait que cela serait pénible. La véritable raison de son refus de Montmartre, c'est qu'il s'y sentirait en pays étranger, loin des images qu'il avait récoltées à son insu pendant dix-neuf ans.

C'est en sortant de la papeterie, justement, par un après-midi chaud et moite, qu'il avait croisé une femme pas très grande, pas jeune non plus, mais dodue, au joli visage souriant. Elle lui avait lancé au passage un regard complice qui ne ressemblait pas à celui des femmes qui se livrent au raccrochage. Il se demanda s'il avait bien compris. Quand il s'était retourné, elle s'était retournée aussi, au même instant, et il avait fait demi-tour.

Elle portait un tailleur bleu à boutons dorés, et un calot militaire du même bleu, comme c'était la mode, était planté sur des cheveux bouclés.

Elle ne lui avait pas laissé la peine des premiers pas.

— Tu viens ? Je n'habite qu'à cinq minutes.

Il la prévint honnêtement qu'il n'était pas riche.

— Cela ne fait rien. On s'arrangera.

Il lui donnait la trentaine. On aurait pu la prendre pour une vendeuse d'un magasin des Grands Boulevards, ou pour une dactylo. Elle ressemblait un peu à Mlle Blanche, qui travaillait chaque nuit avec lui dans la cage de verre et à qui il n'avait jamais osé adresser de propositions, malgré son envie.

Elle occupait un logement coquet dans une rue bordant le Palais-Royal, derrière la Comédie-Française. A la fenêtre, un canari sautillait dans une cage. Le parquet était ciré, les meubles luisaient de propreté.

— Cela t'arrive souvent d'accoster les femmes dans la rue ?

— C'est la première fois.

Ou presque la première. L'autre l'avait interpellé et il n'avait eu qu'à la suivre.

— Quel âge as-tu ? Seize ans ? Dix-sept ?

— Dix-neuf. On me croit plus jeune à cause de ma taille.

— Et de ta jolie frimousse, non ? Sais-tu que tu as l'air malicieux en diable ?

Elle retirait son chapeau, son tailleur. Une porte ouverte découvrait une petite salle à manger au-delà de laquelle devait se trouver une cuisine.

— Tu es gêné ?

— Je ne sais pas. Un peu.

— Tu ne t'es jamais déshabillé devant une femme ?

— Pas tout à fait, non.

— Tu n'as jamais fait l'amour ?

Elle comprit son silence.

— Tu sais, il n'y a pas de honte à ça. Chacun a dû commencer un jour. A ton âge, j'étais dans le même cas. J'ai fini par me décider ; j'avais une belle frousse et tu serais étonné si tu savais comment je m'imaginais que cela allait se passer.

Elle n'avait encore découvert que sa poitrine, aussi belle que celle de Gabrielle, sauf qu'elle n'en avait pas les reflets nacrés.

— Viens t'asseoir ici.

Sur un canapé recouvert de tissu jaune, qu'on retrouverait souvent dans ses toiles.

— Tu aimes les seins ?

— Oui.

— C'est ce qui t'excite dans une femme ?

Elle lui parlait gentiment, comme s'ils étaient de bons camarades se connaissant depuis longtemps.

— Ne te figure pas que j'aie l'habitude de faire le trottoir. Cela y ressemble, mais c'est très différent. Tu n'es jamais allé dans ce qu'on appelle, dans les annonces de journaux, une maison de massage ? Ce sont, la plupart du temps, des appartements.

» Moi, je suis chez Mme Georgette, rue Notre-Dame-de-Lorette. C'est calme et discret. Nous ne sommes que trois ou quatre, rarement cinq, et les clients sont des gens sérieux, des habitués. Il faudra que tu viennes voir. Une de mes copines, Arlette, a juste ses vingt et un ans.

Il lui caressait les seins en regardant le canari dans la cage et elle ne le bouscula pas, continua de parler sur un ton léger. Elle lui avait déboutonné peu à peu ses vêtements et il n'eut pas honte de se trouver nu avec elle sur le lit.

Il se demandait s'il n'allait pas l'aimer. La pénétration fut une expérience qu'il n'avait pas imaginée ainsi, très douce, dont il ressentit le bien-être dans son corps tout entier.

— Reste un moment comme ça, lui soufflait-elle en lui caressant les cheveux et en regardant son visage, de très près, avec une curiosité attendrie.

Il s'étonna, après, qu'elle ne considérât pas que c'était fini et ils restèrent étendus côte à côte à bavarder, les yeux au plafond.

— Qu'est-ce que tu fais dans la vie ? Je parie que tu étudies.

— Je travaille aux halles.

— Toi, aux halles ?

— Un jour, je ferai de la peinture. J'ai commencé, mais c'est mauvais.

Elle ne se rhabilla pas, plus tard, revêtit une robe de chambre du même bleu que l'ancienne robe de sa mère.

Gêné, il glissait la main dans sa poche, s'effrayant à l'idée que, comme la première fois qu'il avait acheté des couleurs, il ne doive courir chercher de l'argent.

— Non. Pas aujourd'hui. J'ai une autre idée. Tu vas descendre et tu trouveras un pâtissier à gauche rue des Petits-Champs. Tu achèteras des gâteaux, ce que tu voudras, sauf au chocolat, car le chocolat ne me réussit pas. En face, il y a une épicerie et, s'il te reste assez d'argent, tu y prendras une bouteille de porto. Inutile de choisir le plus cher, car je n'y connais rien et, pour moi, du porto c'est du porto.

Se demanda-t-elle s'il reviendrait ou lui faisait-elle confiance ? Il lut le nom des rues sur les plaques bleues, car le coin ne lui était pas familier. Elle habitait rue Montpensier et, pour se rendre rue des Petits-Champs, il dut prendre par la rue de Beaujolais.

Il trouva la pâtisserie, l'épicerie d'en face. Il conservait son odeur sur la peau et il lui semblait que les passants devaient voir qu'il avait fait deux fois l'amour.

Elle était accoudée à la fenêtre, près du canari, quand il revint avec ses paquets, et la porte s'ouvrit au moment où il mettait les pieds sur le palier.

— Tu es gentil.

Curieusement, elle s'appelait Louise, lui Louis.

— Chez Mme Georgette, on dit Loulou.

— Je peux dire Louise ?

— Tu préfères ? On prétend que cela fait romantique, à cause d'un opéra.

— Moi, je m'appelle Louis.

— Louis qui ?

— Cuchas.

— C'est un nom étranger ?

— Je ne crois pas. C'est celui de ma mère et de ma grand-mère, nées toutes les deux, comme moi, rue Mouffetard.

— Débouche la bouteille. Il y a un tire-bouchon dans le buffet.

Ils étaient passés dans la salle à manger. Le ciel était joli, très tendre, malgré la chaleur, au-dessus des toits du Palais-Royal.

Elle remplissait les verres, lui en tendait un et il but en la regardant dans les yeux. Il n'aimait rien d'alcoolisé. Cela lui tournait tout de suite la tête.

— Je pourrai revenir ?

— On dirait que ça t'a plu.

— Oui. Je...

Il ne trouvait pas les mots, se sentait troublé, baigné d'un sentiment qu'il n'avait connu que devant sa mère ou sa sœur, une fois ou deux, quand il était plus jeune, devant Vladimir. Il aurait voulu qu'elle reste heureuse et gaie, que rien de désagréable ne lui arrive.

Elle remplissait à nouveau les verres.

— A ta santé !

Le goût ne lui déplaisait pas, ni la chaleur qu'il ressentait dans la poitrine, puis, plus tard, dans la tête. Ses yeux devaient briller, ses oreilles devenir rouges.

— Vous savez...

— Tout à l'heure, tu disais tu...

— Tu sais, Louise...

C'était vraiment trop difficile de la remercier comme il l'aurait voulu, comme elle le méritait, de lui faire comprendre l'importance de ce qui venait de se passer, du cadeau merveilleux qu'elle lui avait offert et qui lui durerait toute sa vie, il en avait la certitude.

Elle ne pouvait pas le deviner. Il aurait aimé lui dire aussi que la rue Notre-Dame-de-Lorette ne comptait pas pour lui, qu'elle était...

Il s'y perdait, bafouillait, devait se contenir pour ne pas avoir les larmes aux yeux.

— Tu es un bon garçon, Louis, tout plein gentil. Moi aussi, ça me fera plaisir de te revoir, mais ne viens pas à la même heure qu'aujourd'hui. C'est par hasard, parce que j'avais quelqu'un à voir, que je ne suis pas allée travailler cet après-midi.

— Qui ? osa-t-il demander.

— Non ! Ne deviens pas jaloux. Cela t'étonnerait si je te répondais que c'est mon oncle, qui vient une fois par mois de Tours et m'invite à déjeuner. Il est vigneron. Mon père aussi était vigneron. Il est mort un des premiers en 1914.

— Comme mon beau-frère.

— Il était dans les dragons.

— Mon beau-frère aussi.

— D'habitude, je travaille jusqu'à sept ou huit heures et, comme je dîne dans un restaurant de la place Saint-Georges, je ne suis guère ici que vers dix heures.

— Et le matin ?

— Je dors tard, je fais ma toilette, mon marché, car je prépare mon déjeuner.

— Moi, je commence mon travail à dix heures du soir.

— Tous les soirs ?

— Sauf le dimanche.

— Moi, le dimanche, je vais à la campagne avec des amies.

— Alors ?

— Viens frapper de temps en temps vers dix heures du matin. Ce n'est pas le moment où tu dors ?

— Je dors aussi bien l'après-midi.

— Tant pis si tu me trouves fripée et le visage luisant dans mon lit. Autant vider la bouteille, ne penses-tu pas ?

Il but un troisième verre, la moitié d'un quatrième et, quand elle le reconduisit sur le palier, il était très animé.

— C'est une journée que... une journée que je... Tu ne me trouves pas ridicule ?

— Non. Mais il est temps que tu dînes. Ta mère t'attend.

Il ne se souvenait pas de le lui avoir dit.

— Va, maintenant !

Et, pensive, elle le regarda descendre la première volée de l'escalier.

Il ne revit Louise que deux fois, apportant chaque fois une bouteille de porto et des petits gâteaux. Certains matins, en quittant les halles, il avait trop sommeil et ne pensait qu'à s'abattre sur son lit sans prendre la peine de baisser le store.

D'autres fois, son désir de travailler à une toile le faisait se précipiter rue Mouffetard.

La dernière fois qu'il gravit les marches de l'escalier, il ne se sentait pas en forme. Il était venu par conviction. Il tira la sonnette et attendit. D'abord, on ne répondit pas, bien qu'il crût entendre des voix de l'intérieur. Il sonna une seconde fois et il y eut des pas sur le parquet, la porte s'entrouvrit, il entrevit un homme qui avait enfilé en hâte la robe de chambre bleue de Louise.

— Qu'est-ce que c'est ?

— Rien, répondit-il sans insister.

Il n'en devait pas moins réaliser, quelques mois plus tard, un tableau qu'il intitula : *Portrait de Louise.* On n'y voyait ni visage, ni corps, mais une fenêtre, une cage suspendue, un canari et, au-dessus des toits du Palais-Royal, un ciel du bleu le plus éblouissant et le plus tendre qu'il eût obtenu jusqu'alors.

En octobre, un mois avant le fameux jour de l'Armistice, il attendit fébrilement le tête-à-tête du soir avec sa mère à la table du dîner. Il se sentait mauvaise conscience, se faisait l'effet d'un bourreau et, d'avance, était prêt à céder.

— J'ai une nouvelle à t'annoncer, maman.

— Tu te maries, toi aussi ?

Après lui, il n'y aurait plus que Gabrielle, dans le logement qu'il avait connu si plein qu'on devait y défendre sa place.

— Je ne me marie pas. Je crois que je ne me marierai jamais. J'ai trouvé un atelier. Attends ! Cela ne signifie pas que je te quitte. Que se passe-t-il à présent ? Nous ne sommes ensemble à la maison que pour le dîner. Tu travailles et tu dors à d'autres heures que moi. L'atelier, ce sera mon lieu de travail, tu comprends, comme Vladimir allait chez M. Brillanceau. Souviens-toi, maman. Tu ne voyais Vladimir, ni les jumeaux, plus longtemps que tu ne me vois.

— Où coucheras-tu ?

Il rougit.

— D'abord, je te promets de venir dîner avec toi tous les jours. Les dimanches, je les passerai avec toi, soit ici, soit dans mon atelier, où cela me fera plaisir de te voir.

— Tu emportes ton lit ?

— Si tu veux bien. J'ai envie de travailler de plus en plus. Je ne me couche que quand je suis à bout.

— Où est-ce ?

— Pas loin d'ici, rue de l'Abbé-de-l'Épée.

— C'est cher ?

— Trente francs par mois, avec un cabinet de toilette.

— Tu as signé le bail ?

— Je le signerai demain matin, si tu le permets.

— Et si je ne le permettais pas ? lança-t-elle dans un éclat de rire. Mais oui, poussin, que je te le permets ! Des plumes et des ergots te sont venus sans que je m'en aperçoive. Et toi, à vingt ans, tu rougis pour venir me demander ta liberté.

— C'est à cause de ma peinture, tu comprends ?

— Mais oui ! Mais oui ! C'est toujours à cause de quelque chose.

Elle ne pleurait pas, ne paraissait pas triste.

— Quand déménages-tu ?

— Demain, j'emporterai mes affaires, mon matériel de peinture et mes toiles.

— Avec ma charrette ?

— Quand tu n'en auras plus besoin. Je dormirai ici et, après-demain...

Il imagina la chambre, où le lit de sa mère, au milieu d'un vaste espace vide, paraîtrait tout petit. Il ignorait sa chance. Un mois plus tard, avec le retour des hommes encore aux armées, avec les étrangers qui allaient envahir Paris, les peintres qui se concentreraient à Montparnasse, il n'aurait rien trouvé d'équivalent à son atelier sans une petite fortune.

C'était dans la cour d'une vieille maison, plutôt d'une maison ancienne, pas d'une vieille maison comme la leur ; elle avait dû être jadis un hôtel particulier et on l'avait entretenue au cours de ses deux ou trois siècles d'existence. Les murs étaient en pierre, la voûte, spacieuse, donnait sur une cour à petits pavés au milieu de laquelle se dressait un tilleul.

Il n'y avait d'appartements que dans le bâtiment en façade, habités par des bourgeois, des fonctionnaires, un dentiste, un jeune ménage dont le mari était prisonnier en Allemagne et dont le fils, de trois ou quatre ans, était seul à jouer dans la cour.

La construction basse, au fond de celle-ci, avait sans doute servi autrefois d'écurie. On en avait fait un atelier vitré qu'un même artisan avait occupé pendant cinquante ans, un ébéniste spécialisé dans la réfection des meubles anciens qui avait pour clients les meilleurs antiquaires de la rue du Bac, de la rue de Seine et de la rue Jacob.

— Il est mort il y a juste un mois, monsieur. Moi, je ne suis dans la maison que depuis dix ans, mais il travaillait déjà au fond de la cour voilà cinquante ans et peut-être avant. On raconte qu'il a été marié pendant quinze ans et, du jour où il a été veuf, on n'a plus vu une femme entrer chez lui, même pour faire son ménage car il préférait s'en occuper lui-même.

Elle parlait ainsi en lui montrant les lieux.

— Quand je pense que des meubles étaient entassés jusqu'au plafond et que tout est vide.

» Un neveu de province, son seul héritier, ne s'est pas donné la peine de venir à Paris pour l'enterrement et a tout fait envoyer à la salle des ventes, y compris un poêle comme je n'en ai jamais vu, énorme, orné de cuivre, sur lequel il y avait toujours de la colle à chauffer.

» Tenez ! C'est lui qui a construit cette cloison qui forme une jolie chambre. Derrière, voici le cabinet de toilette, pour lequel il n'a pas non plus fait appel à des ouvriers.

» Vous êtes tranquille, au moins ? Vous en avez l'air. Je ne voudrais pas d'un de ces peintres qui invitent la nuit des amis et des modèles et font du vacarme jusqu'au petit jour. Vous paraissez plutôt timide.

— Tu sais, maman, il y a même l'électricité !

Dans ses rêves les plus audacieux, il n'aurait pas envisagé pareil bonheur. Le lendemain, radieux, il poussait la charrette avec ses premières affaires, qui ne pesaient pas lourd. Le jour suivant, il démontait son lit, s'efforçait de centrer celui de sa mère au milieu du mur.

La concierge, en bavardant, lui avait fourni une idée. Pendant plusieurs jours, il rôda dans les salles de l'Hôtel Drouot, non pas celles, évidemment, où se vendent les tableaux de maîtres, les bijoux, les meubles anciens, mais les salles à bric-à-brac. Il finit par dénicher un poêle en fonte, cylindrique, échappé de quelque gare de province, qu'il eut pour presque rien, ainsi qu'un fauteuil bas, sans aucun style, mais dans lequel il se sentait bien assis.

Il observait sa promesse de dîner avec sa mère.

— Il faudra que tu me comptes ma part des repas.

— T'es bête, mon Louis. Je comprends qu'on t'ait appelé le petit saint. Est-ce que je te comptais ton lait, qui me sortait du corps ?

— C'est différent. Si tu devais continuer à nourrir tous tes enfants...

Il aurait dû se mordre la langue. Tous, venait-il de dire. De cinq, il en restait trois. De Guy, on ne savait rien. Vladimir se contentait, de loin en loin, d'une visite de quelques minutes, avec, toujours, cette femme qui l'attendait dans la rue.

Alice avait écrit que, réflexion faite, elle ne comptait pas rentrer à Paris après la guerre, qu'elle avait revendu les meubles de son appartement à sa sous-locataire anglaise et que, peut-être, un jour prochain, elle se remarierait. Elle n'envoyait pas de photographie de son fils François, dont elle se contentait de dire qu'il se portait bien.

— Tu viendras dimanche, maman ? Il manquera des meubles. Je n'ai acheté que la vaisselle indispensable. La cuisine est petite, une sorte de placard, mais contient un réchaud à gaz.

Elle vint, habillée comme pour les bals, le samedi soir, regardant tout, reniflant une odeur de vernis et de vieux bois qui persistait.

— C'est bien, admit-elle par gentillesse plus que par conviction.

— Tu as vu mon tilleul ?

Car il l'avait incorporé à son univers, ignorant que, comme le vieil ébéniste, il vivrait à son compte pendant cinquante ans et davantage.

— Cela paraît grand mais, quand je serai un vrai peintre, j'aurai besoin de place.

— Pourquoi ne mets-tu pas au mur ce que tu fais ?

Les quelques toiles qu'il avait gardées sans les recouvrir de blanc pour peindre de nouveau dessus, étaient rangées face au mur.

— Plus tard. Ce n'est pas assez bon. Si je les voyais tout le temps, je les déchirerais et peut-être ne peindrais-je plus ?

Elle revint rarement, ne se sentant pas chez elle, moins encore que si Louis avait vécu avec une autre femme.

— Samedi soir, j'aurai une visite, un homme qui s'y connaît en peinture. C'est lui qui me vend les couleurs et il m'a donné des conseils. Il est l'ami de beaucoup de peintres et, un jour, il compte s'installer comme marchand de tableaux.

Il ne se doutait pas, en parlant ainsi, doucement, en souriant malgré son exaltation intérieure, qu'il s'éloignait davantage de Gabrielle que ne l'avaient fait Vladimir ou Alice.

Pourtant, il n'était qu'à cinq minutes de la rue Mouffetard. On trouvait, dans sa nouvelle rue, des boutiques pareilles à celles de la rue qu'il avait quittée. Le boulevard Saint-Michel où, chaque matin, sa mère poussait sa charrette, était à deux pas, quelques maisons plus loin. Juste en face, c'étaient les arbres, les bancs, les chaises en fer du Luxembourg.

— Il n'est que neuf heures, man... J'ai le temps de te reconduire.

— A quoi bon t'obliger à un détour ?

Il y tenait. Il eut tort car, ce dimanche soir, avec les boutiques fermées, les fenêtres ouvertes sur les logements, les gens qui s'y accoudaient, il se sentit étranger à son tour. Ce n'était plus la rue dont l'image restait fixée dans sa mémoire, une image dont il avait besoin, qu'il ne fallait pas qu'on lui vole. Il avait promis à sa mère d'aller dîner avec elle chaque soir et il se demandait soudain s'il aurait le courage de tenir parole.

Tout à coup, les événements se précipitèrent, à commencer par la visite de M. Suard. Il ne s'étonna pas, lui, de ne pas voir les toiles accrochées aux murs.

— Je peux regarder ?

Le hasard lui fit prendre d'abord *Le Petit Train d'Arpajon* et son premier mouvement fut de surprise, agréable ou désagréable. Pendant plusieurs minutes, son regard alla tour à tour de Louis au tableau, comme s'il confrontait un portrait avec le modèle.

— En somme... Non !... J'allais dire une bêtise... Je vais m'y prendre autrement... Je suppose que vous n'avez pas essayé de reproduire la réalité ?...

Et Louis prononça simplement, encore que troublé :

— Pourquoi ?

— C'est une impression des halles que vous avez cherché à donner, n'est-ce pas ?

— Pourquoi les halles ?

— Le petit train... Le pavillon de gauche et ce quartier de bœuf aussi grand que le pavillon... Les choux du premier plan...

— Je n'ai pas essayé de peindre les halles.

— De peindre quoi, alors ?

— Je ne sais pas. J'ai commencé par le petit train. C'est pourquoi j'ai appelé ce tableau *Le Petit Train d'Arpajon.* Il aurait pu passer ailleurs, dans une rue, voire aux Champs-Élysées.

— D'une certaine façon, chaque chose représentée est réelle.

— Tout est réel.

— Vous avez vu des Odilon Redon ?

— Non.

— Lui aussi croit qu'il peint du réel et c'est vrai dans un sens. Vous rêvez beaucoup ?

— Pas quand je dors.

— Mais vous rêvez ?

— Je ne sais pas. Je marche. Je m'assieds sur un banc. Je regarde.

— En pensant à quoi ?

— A rien.

Allait-on lui répliquer, comme son premier instituteur, celui à la bouche molle, qu'il est impossible de ne penser à rien ?

— Et ce tableau-ci, comment l'intitulez-vous ?

— Vous savez, les titres que je donne, c'est pour moi. Comme, au début, on donne un nom à ses enfants, ou un sobriquet qui changera plus tard. Cette petite toile, dans mon esprit, c'est *Portrait de Louise.*

— Vous en êtes amoureux ?

— Plus maintenant.

— Elle a joué un rôle important dans votre vie ?

— Peut-être. Je crois. Ce que je n'arrive pas à obtenir, c'est le pétillement que je voudrais, l'espace frémissant entre les objets. Vous comprenez ?

— Je comprends. Monnet a passé sa vie à cette recherche.

Il en était déçu. Il aurait voulu être le premier à nourrir cette ambition.

— Seulement, Monnet tentait d'atteindre ce résultat avec la lumière. L'objet n'avait pas d'importance.

— Mes choux, mon bœuf, mon petit train ont beaucoup d'importance.

M. Suard était rêveur.

— Vous êtes un curieux homme. Je devrais dire un curieux jeune homme, car vous n'avez pas vingt ans.

— Je les aurai en décembre.

— Votre travail aux halles vous fatigue ?

— Il me prend du temps et m'oblige à dormir une partie de la journée.

— Qu'est-ce que c'est, ce tableau plus grand que les autres ?

— Une toile ratée. Une esquisse. J'avais l'intention de la refaire, en grand, comme une fresque, quand je disposerais d'assez de place et d'argent.

Il la retournait à regret et M. Suard fut plus surpris encore qu'à la vue du premier tableau.

— N'en dites pas le titre. Je tiens à deviner. *La Guerre,* non ?

— J'hésitais entre *La Guerre* et *Le Défilé.* Il est possible que je recommence un jour. Les soldats resteront nus, coiffés du casque et du képi. Je préfère le képi, pour la couleur.

— Que mettrez-vous à la place de la femme ?

Ainsi, M. Suard avait deviné que c'était ce monstrueux sexe féminin qui le gênait. Devinait-il aussi pourquoi ?

— Je ne sais pas encore. Peut-être l'Arc de Triomphe ?

— Vous avez besoin de celui-ci pour entreprendre l'autre ?

— Non. Je travaillerai sans le regarder. Je le connais par cœur.

— Écoutez-moi, Louis. Vous permettez que je vous appelle ainsi ?

Quelques mois plus tard, M. Suard devait le tutoyer, mais Louis ne lui rendrait jamais la réciproque et, pendant de longues années, continuerait à l'appeler M. Suard.

— Bien sûr. Cela me fera plaisir.

— Je voudrais vous acheter cette toile que vous faites mine de renier, que vous renierez peut-être un jour, mais à laquelle j'attache beaucoup d'importance.

— Pourquoi ?

— Vous êtes un artiste et n'avez pas besoin de comprendre. Peut-être vaut-il mieux que vous ne compreniez pas trop. Des expressionnistes allemands ont travaillé dans le même sens, des intellectuels qui savaient où ils allaient, s'efforçaient d'exprimer une idée. Vous saviez, en peignant les soldats, qu'ils se dirigeraient en rangs vers un sexe monumental ?

— Non.

— Vers quoi, dans votre esprit, se dirigeaient-ils ?

— Je ne sais pas. Au conseil de révision nous étions nus. J'ai ajouté le fusil et le képi et, au lieu de nous faire défiler devant le major, j'en ai mis beaucoup plus, en rangs.

— Cette femme-là. Non ! Ne me répondez pas. Je ne suis pas riche. Je connais des peintres qui n'exposent pas encore dans les galeries. Je leur achète une toile de temps en temps. Je vous avoue, entre nous, que j'ai cessé de fumer et de prendre l'apéritif pour acheter à l'occasion une toile de plus. Je vous en offre cent francs, cinquante ce mois-ci et cinquante le mois prochain. Si, mettons dans cinq ans, vos toiles ont atteint un prix supérieur, je m'engage à vous verser le reste.

— C'est trop. Je vous la donne.

— Je sais ce que je fais. Voici les cinquante francs. J'étais sûr, en venant ici, de vous acheter quelque chose, mais je ne me doutais pas que ce serait un tableau pareil.

— Pourquoi ?

— *Le Petit Train d'Arpajon* aura plus de succès, pas tout de suite, mais dans quelques années. Voyez-vous, Louis, vous n'êtes ni un impressionniste, ni un fauve, ni un cubiste. Vous n'êtes pas non plus un peintre du dimanche. Si, comme je le souhaite, vous restez vous-même, on aura du mal à vous classer. Je ne comprends pas tout à fait, moi non plus, mais il y a quelque chose.

— Je ne parviens pas à mettre sur la toile ce que je voudrais. Je crois que je n'y arriverai jamais.

— Vous avez un morceau de papier ? Il pleut et je tiens à emporter ce tableau.

Peu de temps après, il dormait, en plein jour, comme il en avait l'habitude. C'eût été trop coûteux d'acheter des rideaux pour une baie vitrée de huit mètres de long et de quatre mètres de hauteur.

On frappait violemment à sa porte et il ne se retrouva pas tout de suite dans la réalité.

— M. Cuchas ! M. Cuchas ! Éveillez-vous.

Et la voix de la concierge hurlait littéralement :

— La guerre est finie !

Il la remercia sans ouvrir, car il était en chemise et en caleçon. Une rumeur, des chants, des musiques, venaient du boulevard Saint-Michel. Il hésita un instant, pieds nus sur le plancher froid, puis se recoucha et se rendormit.

Le soir, il eut de la peine à atteindre les halles, où des couples dansaient sur le carreau. Dans l'entrepôt de la rue Coquillière, on ne dansait pas et M. Samuel, le ventre débordant de son pantalon, comme à l'accoutumée, ne prononçait pas un mot de trop, le visage cireux. On venait de lui apprendre que son fils était mort de la grippe espagnole, dans un hôpital militaire d'Amiens.

M. Samuel devait mourir plus tard, en plein travail, en pleine foule, au milieu du vacarme, d'une crise d'apoplexie.

D'anciens employés, démobilisés, avaient le droit de reprendre leur place. L'affaire avait été rachetée par deux associés qui ne connaissaient rien du métier et qui commencèrent par interdire l'accès du hall aux petites charrettes qu'ils jugeaient encombrantes et d'un faible rendement.

Les marchandes de la rue Mouffetard se dispersèrent, choisissant un autre fournisseur, ou préférant rôder sur le carreau en quête de la bonne affaire.

Gabrielle fut de celles-ci, de sorte que Louis ne la voyait plus au cours de la nuit ou au lever du soleil.

Du bureau vitré, il était retourné au tableau noir. Il lui arrivait d'être si fatigué d'avoir peint une grande partie de la journée qu'il s'embrouillait dans les chiffres qu'on lui lançait.

Un des associés, qui avait gagné beaucoup d'argent dans les vieux métaux, était particulièrement mal embouché et avait choisi Louis pour bête noire. Il s'appelait Smelke et il était difficile de déterminer de quel pays lui venait son accent.

M. Suard, qui avait versé le reste des cent francs, avait emporté *Le Petit Train d'Arpajon* pour le montrer à deux ou trois amateurs que la toile pouvait intéresser. Il commençait à se faire une clientèle, non de gens riches, qui achetaient dans les galeries les toiles de peintres haut cotés, mais de gens qui aimaient assez la peinture pour y consacrer le peu d'argent dont ils disposaient, des médecins, des avocats, des commerçants, des employés.

— J'ai honte de vous dire ça, Louis. Parmi ceux que je connais, un seul est intéressé et ne peut mettre que quatre-vingts francs.

— C'est beaucoup, non ?

— A votre place, je n'accepterais pas.

— Et si cela me permettait de quitter les halles ?

— Alors, c'est différent.

Le Petit Train d'Arpajon s'en allait à son tour. Un jour, on en trouverait la reproduction, grandeur nature, dans la plupart des librairies, en France comme à l'étranger, même en Afrique. Quatre-vingts francs serait exactement le prix de la reproduction.

4

Combien de temps dîna-t-il chez sa mère presque chaque jour ? La réponse à cette question, comme à bien d'autres, dépendit de l'époque à laquelle il s'interrogea car le temps, à quarante ans, lui parut plus long qu'à soixante ; les événements se situaient telle ou telle année et il arrivait que leur ordre chronologique variât.

Sa mère, qui vivait encore après la guerre de 1940, lui adressa plusieurs fois un reproche qu'il n'eut pas conscience de mériter.

— Si tu étais resté avec moi, si tu avais continué à venir me voir, je ne serais pas ici avec ce fou et je serais restée, comme ma mère jusqu'à sa mort, dans notre bonne rue Mouffetard.

En 1945, elle habitait un coquet pavillon à Joinville, au bord de la Marne.

— Léon est de plus en plus impossible. Figure-toi qu'à son âge et au mien, il devient jaloux et que, quand il pêche à la ligne, c'est juste devant la maison, pour me surveiller.

Elle avait dépassé ses soixante-dix ans et le Léon en question, son second mari, avait six ou sept ans de plus qu'elle. Il ne paraissait pas son âge, se tenait aussi droit, les épaules aussi larges, la chair aussi drue que quand Louis l'avait rencontré pour la première fois.

Comme les jumeaux jadis, son visage carré était surmonté de cheveux en brosse, mais tout blancs.

Louis était sûr, lui, d'avoir continué longtemps à dîner en tête à tête avec sa mère et il se revoyait, dès qu'il avait un peu d'argent, apporter un mets qu'ils n'avaient pas l'habitude de manger, une langouste, des coquilles Saint-Jacques qu'il suffisait de réchauffer, un poulet froid, du vin bouché ou une petite boîte de foie gras.

La lettre de Guy datait de la fin de 1919 ou du début de 1920 et ils étaient à table tous les deux, il n'était pas encore question de Léon quand elle l'avait tirée de son sac.

— C'est curieux, Louis. Tu vas voir. Ce n'est pas son écriture, mais il a signé.

L'enveloppe portait plusieurs timbres de la République de l'Équateur.

Ma chère maman,

Je suppose que, maintenant que la guerre est finie depuis un certain temps, les lettres ne passent plus par la censure et que je peux t'écrire sans t'attirer d'ennuis. Tu seras étonnée en recevant cette lettre qui, je l'espère, vous trouvera tous en bonne santé. Excuse-moi de ne pas t'écrire moi-même. Tu sais que je n'ai jamais été fort en orthographe vu que j'ai à peine fréquenté l'école.

Je n'ai pas de nouvelles d'Olivier, ni de personne. J'ignore si Olivier a épousé sa petite Bédouine et s'il vit toujours à Oran. Quand je l'ai quitté, il parlait de s'engager dans la Légion étrangère ou dans les Bataillons d'Afrique. Je souhaite qu'il n'ait pas fait cette bêtise.

Tu trouveras peut-être, sur cette carte d'Amérique du Sud, la ville de Guayaquil, à peu près en face des îles Galapagos. Te souviens-tu qu'Olivier et moi parlions souvent, à la maison, des îles Galapagos, où tu ne me croyais pas quand je te disais qu'on y trouvait des tortues géantes, vieilles de plusieurs centaines d'années, si grandes que deux personnes pouvaient s'asseoir dessus ?

Eh bien, elles existent. C'est avec l'idée de vivre dans une île déserte que nous sommes partis, Olivier et moi. Malheureusement, le bateau sur lequel nous nous étions embarqués en cachette a fait escale en Algérie où on nous a découverts. Alors, nous avons rêvé de gagner assez d'argent pour nous embarquer à Dakar.

Nous avons travaillé comme manœuvres et à d'autres métiers. Olivier a rencontré une petite fille qui mendiait dans les rues.

Je reconnais que, pour une Bédouine, elle était fort belle. D'habitude ces gens-là vivent dans la montagne et sont d'un caractère orgueilleux.

Je me demande comment celle-là a échoué à Oran, et pourquoi elle tendait la main dans les rues, les yeux couverts de mouches.

Olivier ne voulait pas continuer. Nous nous sommes disputés et je suis parti seul, arrivant un beau jour à Panama, qui est un drôle de pays, où on m'a embauché sur un cargo descendant la côte du Pacifique.

Je ne te donne pas les détails, car cela a pris du temps et j'ai eu bien des aventures et des difficultés. Si je commençais à raconter ma vie, la pauvre Dorothy n'en finirait pas d'écrire cette lettre que je lui dicte. Elle a beaucoup d'instruction. C'est une Anglaise, née à Quito, la capitale de l'Équateur, où son père était consul.

Il l'a fait étudier à Quito d'abord, puis à Panama, où il existe un collège américain, après quoi il l'a envoyée en Angleterre où elle a choisi les sciences naturelles.

Elle me supplie, pendant que je dicte cette lettre, de ne pas tant parler d'elle et je m'assure qu'elle écrit tout ce que je dis. Elle a même travaillé assez longtemps au Muséum. Lorsqu'elle est revenue ici, elle était comme qui dirait en mission.

Moi, je cherchais toujours à me rendre aux Galapagos. Il aurait fallu que je loue un bateau et je n'avais pas assez d'argent. J'ai travaillé comme garçon d'ascenseur à l'hôtel, car ils ont construit un hôtel de huit étages. Je me suis débrouillé jusqu'à ce que je rencontre Dorothy, qui a huit ans de plus que moi.

Nous nous sommes mariés en quelques minutes chez un pasteur anglais, de sorte que je suis devenu protestant, mais ni Dorothy ni moi n'y attachons d'importance.

Je ne comprends pas encore comment elle a pu tomber amoureuse d'une grande brute qui sait à peine écrire et à qui elle a dû tout apprendre.

Maintenant, nous habitons un bungalow, ce qui veut dire une maison de bois, très confortable, avec tout ce qu'il faut, à trente kilomètres de la ville. Comme la route ne va pas plus loin, nous vivons en pleine brousse.

Il fait plus chaud qu'en Afrique. Les plantes poussent à une vitesse extraordinaire et tu seras étonnée d'apprendre que nous gagnons notre vie à chasser les papillons, les oiseaux-mouches et les aigrettes, que nous envoyons à New York et à Londres où on nous les achète très cher.

Il existe aussi certains lézards et certains oiseaux que nous attrapons vivants et que les jardins zoologiques s'arrachent.

Dorothy s'occupe de la correspondance et m'accompagne dans la brousse, où il faut être prudent, à cause des bêtes, non seulement les jaguars, mais surtout les insectes.

Nous menons la bonne vie. Trois métis s'occupent du bungalow et préparent nos repas. Je parle l'espagnol et l'anglais presque mieux que le français. Ce qui me chagrine, c'est que je ne pourrai jamais aller te voir en France, où on m'arrêterait comme déserteur.

J'ai hésité, quand j'ai appris que la guerre était déclarée. Le consul aurait payé mon voyage. Il m'en a voulu quand il a su que je préférais rester et, pendant des années, il a fait semblant de ne pas me reconnaître.

Maintenant, il n'y pense plus, m'appelle Forte-Tête et, la semaine dernière encore, est venu boire un whisky chez nous. Dorothy et moi n'avons pas d'enfants. Écris-nous des nouvelles de tous. Tu trouveras l'adresse en bas de la page. San José, c'est le nom du village le plus proche de chez nous.

Je t'embrasse comme je t'aime. Pardon d'être parti. Je n'aurais pas pu faire autrement.

Ton fils qui t'aime,

Guy

A soixante-quinze ans passés, Gabrielle gardait encore la lettre dans la boîte à biscuits qu'elle avait emportée à Joinville. L'incident de Léon s'était produit après, Louis en était sûr, en 1921 ou 1922. Elle faisait encore les halles. Il était allé chez elle un dimanche matin vers dix heures, car elle n'aimait pas son atelier ni ses peintures. Il l'avait trouvée en négligé, en face d'un homme, à peine grisonnant, qui paraissait chez lui.

— Ne te sauve pas, Louis. Ce n'est pas ce que tu crois. Je te présente Léon, Léon Hanet, contremaître dans une grande entreprise de plomberie du boulevard Voltaire. Il est veuf depuis dix ans, a deux filles mariées, dont une avec un docteur.

L'homme n'avait qu'un pantalon, une chemise blanche sans col sur le corps, les pieds nus chaussés de savates.

Sa mère avait un rire gêné.

— Figure-toi que Léon s'est mis en tête de m'épouser. Il gagne largement sa vie et ne veut plus que je pousse ma charrette.

A son tour, elle trahissait la rue Mouffetard en même temps que le clan. Les autres étaient partis, certes, mais il n'était pas venu à l'esprit de Louis qu'elle ne resterait pas dans leur logement.

— Il a un joli appartement boulevard Richard-Lenoir. Qu'est-ce que tu en penses ? J'ai beau riposter que je suis trop vieille...

Elle s'était remariée, discrètement, sans l'annoncer à personne, et des Polonais avaient envahi leur ancien logement.

On devait raconter dans les journaux, dans des biographies, que, longtemps méconnu, il avait eu faim pendant des années et qu'il lui était arrivé de manger ce qu'il découvrait dans les poubelles.

C'était faux. La légende venait de ce qu'il avait dû parler un jour du couple aperçu par la fenêtre, rue Mouffetard. Il avait ajouté que, plus tard, il avait été curieux d'ouvrir deux ou trois poubelles sur son passage pour savoir ce qu'elles contenaient de mangeable.

Quant à la faim, il n'y attachait pas d'importance. Il n'avait jamais été gourmand. Même quand il avait de l'argent, il lui arrivait de se contenter de lait, d'œufs durs et de fromage. Parfois, il avait dû s'en passer, c'est vrai. Pas pendant des années. Seulement par intermittence.

On avait aussi tendance à l'inclure dans ce qu'on appelait les peintres de Montparnasse qui, après la guerre, avaient envahi le XVIe arrondissement et qu'on voyait, parlant toutes les langues, à la Rotonde d'abord, à la terrasse du Dôme et enfin à la Coupole.

On n'y rencontrait pas seulement des peintres et des sculpteurs, hommes et femmes, dans des accoutrements bizarres, mais des écrivains, des poètes, des critiques, que n'avaient pas tardé à venir lorgner les touristes.

Louis avait-il passé un mois, à raison de quelques heures par jour, dans un coin de la Rotonde, devant un café crème, sans jamais adresser la parole à quiconque ?

Il y avait reconnu des peintres au nom connu qui, surtout, à la fin, n'arrivaient qu'entourés d'une cour d'esthètes et de jolies filles. Certains possédaient des voitures extravagantes que les badauds entouraient.

Louis ne s'était mêlé à aucun groupe. Personne, à Montparnasse, ne connaissait son nom. Il n'était qu'un petit jeune homme mince, aux cheveux ébouriffés, au sourire satisfait.

M. Suard avait quitté la papeterie de la rue de Richelieu trop tard ou trop tôt. Trop tard parce que, en 1923 ou 1924, on voyait autant de galeries de peinture à Montparnasse que de boîtes de nuit, sans compter celles, de plus en plus vastes et luxueuses, qui naissaient faubourg Saint-Honoré.

L'argent avait changé de valeur. Jadis, chez sa mère, on comptait en sous. Maintenant, on comptait par centaines, par milliers de francs, et des peintres, dont on ne parlerait plus dans dix ans, vendaient leurs toiles plus cher que celles d'un maître italien de la Renaissance.

M. Suard s'y était pris trop tôt aussi parce qu'on n'avait pas encore commencé, comme cela devait se faire plus tard, à distinguer entre ce qui resterait et ce qui finirait au marché aux puces.

La rue de Seine n'était pas mal placée, mais l'étroite vitrine peinte en vert sombre se trouvait coincée entre une boucherie aux étals de marbre couverts de volailles et une modeste boutique de légumes dont les paniers et les caisses débordaient, comme rue Mouffetard, jusqu'au milieu du trottoir.

Le passant ne s'apercevait pas qu'il existait, entre les deux, un marchand de tableaux, surtout que les toiles exposées, les affiches annonçant parfois une exposition, portaient des noms inconnus.

C'est à cette période qu'on fit allusion, plus tard, en écrivant que Cuchas avait traîné la misère pendant des années.

Cela dura des années, en effet, jusqu'en 1927 ou 1928, avec des hauts et des bas. Pour tenir le coup, M. Suard vendit une partie de ses meubles et changea son appartement de la porte d'Orléans contre un logement moins cher.

Quand il voyait entrer Louis, une toile sous le bras, il était partagé entre l'enthousiasme et son désespoir de n'avoir pas d'argent à lui donner.

— Tu es au bout de ton rouleau ?

Louis, souriant, hochait la tête.

— Un amateur doit revenir lundi. Je suis sûr qu'il reviendra. Il est mordu par une de tes toiles, *Les Paniers,* mais j'ai refusé de la lui laisser pour une pièce de pain. C'est maintenant qu'il faut établir ta réputation et, si je te vends moins cher que les autres, personne ne te prendra au sérieux.

Le bol était plein, à moitié plein ou vide, selon les mois ou les semaines. C'était un gros bol de grès, qui avait servi à Dieu sait quoi. Il était impossible de dire quel artisan l'avait cuit, dans quel four, et avait obtenu ce rouge vif et métallique qui avait accroché le regard de Louis, à la foire de Saint-Ouen où il allait parfois rôder le dimanche.

Il l'avait posé sur une étagère, car l'atelier s'encombrait peu à peu de tables, de tréteaux, de chevalets, d'objets qui n'intéressaient personne, des presse-papiers dans lesquels on voyait tomber la neige, des bouteilles de formes biscornues et de toutes les couleurs, un bric-à-brac qu'il appelait son trésor.

Le bol rouge remplaçait, rue de l'Abbé-de-l'Épée, la boîte à biscuits de sa mère. Quand il rentrait avec un peu d'argent, Cuchas le mettait dans le bol, monnaie ou billets.

— Regarde s'il reste assez dans le bol pour acheter du saucisson, disait-il sans cesser de peindre.

Il y avait souvent une femme avec lui. Il avait confectionné de ses mains un étroit divan, car il détestait dormir avec quelqu'un.

Il n'avait jamais su dire non et chacune considérait son sourire, sa façon de tenir la tête penchée, comme une acceptation.

— Tu es peintre, je parie ?

Il porta le même complet pendant dix ans, taillé dans le velours à côtes dont étaient faits, dans son enfance, les pantalons des terrassiers. Ce n'était pas pour avoir l'air d'un peintre qu'il l'avait choisi. Il en avait toujours eu envie. Pour le reste, il s'occupait peu de ce qu'il portait et il lui arrivait de garder une chemise sur le corps pendant quinze jours.

— Tu as un regard qui doit plaire aux femmes.

Il n'y croyait pas. Cela lui était égal. Il les laissait faire. Elles le suivaient chez lui. Trois chats avaient trouvé refuge dans son atelier et il acceptait la présence d'une femme comme celle des chats. Il ne lui déplaisait pas de voir un corps nu aller et venir dans la grande pièce vitrée. A cause des plaintes d'un locataire dont les fenêtres donnaient sur la cour, il avait dû, un jour qu'il y avait de l'argent dans le bol, faire confectionner un rideau dans la matière la moins chère qu'il pût trouver, de la toile à sac.

Il n'était pas pauvre, ni riche. Il passait son temps à peindre, en quête de ce scintillement de l'espace qu'il recherchait depuis si longtemps et qu'il continua à chercher toute sa vie.

Certaines compagnes restaient deux jours, d'autres un mois ou davantage. Il y eut pendant un certain temps deux lesbiennes, dont une Suédoise, qui ne savaient plus où coucher. Elles l'aimaient bien, la Suédoise surtout, qu'il semblait fasciner et qui le comparait à un lutin de son pays.

Pourquoi, un jour que Suard, découragé, parlait de mettre la clef sous la porte, Cuchas pensa-t-il soudain à Pliska ? Il l'avait revu quelques soirs plus tôt, à la terrasse du Dôme, au milieu d'un cercle de gens qui parlaient des langues différentes. C'était le plus grand, le plus fort. Sa voix avait une telle résonance, que, malgré le vacarme de la rue, on l'entendait à l'autre bout de la terrasse.

— Toi demande mon prénom ?... Pas prénom... Seulement Pliska... Pliska... Vous tous entendre...

Ivre, il n'en reconnut pas moins Louis, qu'il désigna à son auditoire.

— Demande mon ami... connu enfant... Lui savoir Pliska grand sculpteur... Plus grand sculpteur du monde... Lui avoir vu *Couple*... Plus *Couple*... Changé nom... *Procréation*... Hein !... *Procréation*... Comprenez ?...

Cette *Procréation,* qui devait faire la gloire de Pliska et lancer la Galerie Suard, non plus rue de Seine, mais rue La Boétie, attira l'attention d'un critique d'art américain qui parcourait l'Europe, chargé par un milliardaire de Philadelphie d'acheter ce qu'il existait de mieux en peinture et en sculpture pour son musée particulier destiné à sa ville.

C'est ainsi qu'une petite toile de Cuchas, intitulée *La Noce,* traversa l'Atlantique dans le même bateau que le monument du Tchèque.

Vers la trentaine, il devint grassouillet et ses pommettes, s'arrondissant, effacèrent un peu ses traits. Presque chaque jour, il se rendait dans un restaurant de chauffeurs, au bar d'étain et aux chaises à fond de paille, à l'enseigne des Caves d'Anjou. Il s'asseyait dans le même coin, car il aimait les coins, mal à l'aise, trop en vue, ou vulnérable au milieu d'une pièce.

— Un petit blanc, M. Cuchas ?

Le chat roux lui sautait sur les genoux et il le caressait machinalement. Il buvait peu, deux ou trois verres de vin blanc par jour, marchait dans les rues, s'arrêtait pour regarder un pan de mur, des ouvriers sur un échafaudage. Il aimait les bancs, surtout des petits squares où il n'y a presque personne et où il pouvait passer deux heures sans se rendre compte de la fuite du temps.

Suard commençait à vendre ses tableaux plus cher et le bol était presque toujours plein.

— C'est là-dedans que vous gardez votre argent ?

— Il est beau, n'est-ce pas ? Je n'ai jamais obtenu le même rouge.

— N'importe qui peut y puiser.

Il haussait les épaules. Argent ou pas argent, cela changeait si peu sa vie ! On aurait dit parfois qu'il rôdait autour de Mouffetard comme autour d'un cercle magique.

Pendant longtemps, il s'était trouvé à l'intérieur et il semblait hésiter à y rentrer. N'avait-il pas choisi les Caves d'Anjou, au coin de la rue Rataud, parce que c'était à la frontière de son ancien univers ?

Vladimir vivait entre Marseille et Toulon. Il possédait une auto qui s'arrêta deux ou trois fois devant l'atelier. Il était plus ironique et plus agressif qu'autrefois, avec un certain poids inquiétant dans le regard.

— Tu as vu maman ?

— Oui. Je n'aime pas son type.

— Ils sont mariés.

— Je sais.

— Alice aussi. Elle a épousé un marchand de bestiaux et prétend qu'elle est heureuse.

Elle vint le voir à son tour, sans son mari ni ses enfants, car elle en avait eu deux autres de son second mariage.

— Tu es seule à Paris ?

— Non. Nous sommes venus tous les cinq pour le Salon de l'Auto.

Elle avait engraissé. Son regard était terne.

— Nous construisons une nouvelle maison, une villa, à cinq

kilomètres de Nevers. Mon mari rachète tous les herbages qu'il peut trouver. C'est le meilleur placement. Demain, j'irai voir maman.

— Tu as son adresse ?

— Elle me l'a envoyée sur une carte.

— Elle est remariée.

— C'est drôle, non ? A son âge, j'aurais été gênée.

Il lui arrivait de rester cinq heures, six heures, à travailler à une toile puis, jetant ses pinceaux, de s'abattre sur son lit pour pleurer.

Pliska l'encourageait, chaque fois accompagné d'une nouvelle fille à qui il commandait, dès qu'elle ouvrait la bouche :

— Toi pas parler... Pas connaître... Seulement baiser...

Il examinait les toiles l'une après l'autre, sourcils froncés. Il avait été ému de retrouver sur une table la boîte de crayons qu'il avait donnée au petit Louis un soir de Noël.

— Tu gardes ?

Ils étaient presque intacts, n'ayant servi qu'à dessiner l'arbre, dans la cour de l'école, et à tracer deux ou trois croquis enfantins. Le bleu foncé manquait, que sa sœur lui avait pris un soir qu'elle dessinait sur du papier gris le patron d'une jupe d'après un journal de mode.

Depuis, il avait peint un autre arbre, le tilleul de la cour, *Monsieur Arbre.*

— Pourquoi *Monsieur ?*

Que pouvait-il répondre ? Il souriait, gêné.

— Je ne sais pas.

Il en avait été de même pour les choux. Il avait peint beaucoup de choux. La plupart des gens mangent des légumes sans avoir jamais regardé vivre un chou, un poireau, de jeunes carottes.

— Vous trouvez les choux décoratifs ?

— Non. Pas décoratifs.

Des journalistes commençaient à venir le questionner.

— C'est un souvenir du temps où vous travailliez aux halles ?

— Je ne sais pas.

Un jour qu'il assistait, à la Galerie Suard, au vernissage d'une exposition d'un autre peintre, une voix lança :

— Par exemple ! Le petit saint !

Une main se tendait. Il essayait en vain de mettre un nom sur le visage qu'il connaissait pourtant bien.

— Tu ne te souviens pas ? Marchal. Raoul Marchal, celui qui t'a rossé à cause d'une bille jaune. C'est toi qui exposes ?

— Non.

— On m'a dit que tu étais devenu peintre. Ça marche ?

Il le détaillait de la tête aux pieds, comme pour juger, à sa mine et à sa mise, le degré de son succès.

— Je travaille.

— Tu vends ?

— Quelquefois.

— C'est bien, ce que fait ce type-là ? Moi, je n'y connais rien. J'ai reçu une invitation parce que j'ai mis de l'argent dans un petit hebdomadaire.

Un journaliste, qui avait entendu, s'approcha.

— Pourquoi l'avez-vous appelé le petit saint ?

— Cuchas ? Parce que, à la communale, il se laissait rosser par tout le monde sans se plaindre au maître.

» Ou peut-être parce que, à trois heures du matin, il aidait sa mère à pousser la charrette jusqu'aux halles et à en revenir. Elle était marchande des quatre-saisons. Ils étaient très pauvres. Si je me souviens bien, il y avait deux jumeaux, plus âgés que nous, méchants comme des teignes.

Il ne protesta pas, continua de sourire, comme il souriait jadis, quand on lui donnait des gifles ou des coups de pied. L'histoire parut dans un journal du soir, que la concierge, tout émue, lui apporta.

— Je comprends, à présent, ces chats que vous gardez chez vous, ces filles qui vous prennent tout ce qu'elles veulent.

La légende se répandit. Avant la seconde guerre, en 1939, beaucoup l'appelaient le petit saint et sa caricature était surmontée d'une auréole.

A quarante-deux ans, il n'avait pas eu la curiosité de voyager et ce ne fut qu'au moment de l'exode, quand on s'attendait d'une heure à l'autre à l'arrivée des Allemands à Paris, qu'il prit la route du Sud. Un de ses acheteurs, médecin, le prit dans sa voiture jusqu'à Moulins, mais n'allait pas plus loin car sa femme y avait de la famille et il était impensable que les Allemands arrivent jusque-là.

Il fit des bouts de chemin sur des camions, d'autres à pied. A Lyon, après avoir attendu une nuit et un jour sur le quai, il put pénétrer dans un train qui le conduisit jusqu'à Cannes où il ne trouva pas à se loger.

La vue de la mer l'exalta. Il fut néanmoins obligé de s'en éloigner en remontant, vers Mougins d'abord, puis à Mouans-Sartoux, un vrai village, sans villas, sans hôtels pour touristes, à quelques kilomètres de Grasse.

Il y passa la guerre. Il ne lut pas plus de journaux qu'au cours de la première. Il avait loué une bicoque qui lui servait d'atelier. Suard et sa famille s'étaient installés à Nice.

— Alors, trouves-tu la lumière assez brillante, les couleurs assez pures ?

— Je le croyais au début.

Pendant deux ans, il s'était acharné à rendre l'éclat de la nature.

— Tu ne le crois plus ?

— La lumière mange tout, étouffe tout. Il n'en reste qu'une sorte de bouillie. J'aurais mieux fait de rester à Paris.

— Nous y serons bientôt. Tiens ! Je t'ai apporté un peu de beurre, que des amis m'ont envoyé.

Bientôt... Pas bientôt... Cela dura encore trois ans. Suard vendait ses toiles si cher qu'il ne savait que faire de l'argent. Les gens, dans la crainte d'une dévaluation de la monnaie, achetaient n'importe quoi.

— Tu veux que je te le garde ?

— Cela m'est égal.

Il avait son coin dans l'auberge du pays, dont il reniflait l'odeur avec délices. Son embonpoint avait disparu et ne devait pas lui revenir. Au contraire. Quand il retrouva son atelier de Paris, où il fut surpris de retrouver chaque objet à sa place, il commença à s'affiner. Ses cheveux, restés aériens, étaient devenus gris et, voletant autour de son visage, le faisaient paraître plus mince et plus délicatement modelé que quand il était enfant.

Il existait de ses toiles dans de nombreux musées. On s'étonnait de le voir dans cet atelier sans confort où il ne voulait même pas le téléphone. Il continuait de porter un costume de velours à côtes, sans retrouver le tissu épais, chaud et solide de jadis.

Sa grand-mère était morte. Sa mère et son mari occupaient toujours le pavillon de Joinville. Il ne restait personne de la famille rue Mouffetard et, quand il y retourna, il reconnut peu de visages. M. Stieb était mort. Les Doré aussi. Leur maison restait debout, mais on construisait à côté un immeuble de six étages.

— Vous êtes bien Louis Cuchas, le demi-frère du nommé Joseph Heurteau ?

Il faillit dire non, à cause de ce Joseph insolite.

— Vous voulez dire Vladimir ?

— Vous connaissez donc son surnom ?

— On l'appelait ainsi quand je suis né.

— Pourquoi ?

— Je ne sais pas.

C'était en 1960. Il avait maintenant les cheveux blancs et on aurait dit, tant ses traits devenaient purs, qu'il se désincarnait pour n'être plus qu'un regard limpide, un sourire doux et troublant.

Ils étaient deux dans son atelier, qui lui avaient montré leur plaque de police.

— Depuis quand ne l'avez-vous plus vu ?

— La dernière fois, c'était à Cannes, pendant la guerre.

— Que faisait-il ?

— Je ne sais pas.

— Vous ne lui avez pas demandé de quoi il vivait ?

— Non.

— Il dépensait beaucoup d'argent ?

— Je ne sais pas.

— Vous n'avez pas remarqué qu'il était entouré de types louches ?

— Il était seul avec une femme. Je l'ai rencontré par hasard, dans un café.

— Vous permettez qu'on visite votre atelier ?

Ils cherchèrent partout, avec méthode. Découragé, l'un d'eux avoua :

— On n'a rien trouvé chez votre mère non plus.

— Qu'est-ce que vous cherchez ?

— La drogue. Joseph Heurteau, dit Vladimir, est un des principaux caïds de la drogue en France. On l'a coincé pour une affaire de maquereautage, mais il s'agit maintenant d'y mettre le paquet.

Il n'entendit plus parler de Vladimir pendant un an. Il arrivait presque à faire vibrer les éléments de sa toile en les entourant d'air ou de lumière. Presque. Pas tout à fait. Cela demanderait des années.

Il apprit par sa mère que Vladimir avait été condamné à quinze ans de travaux forcés.

Il continua à peindre toute la journée. Dans la plupart de ses toiles, on retrouvait des traces de sa mère, de sa sœur Alice, et même de la petite Émilie. Personne ne s'en apercevait. Le visage des rouquins revenait plusieurs fois aussi, le poêle, une bille jaune, le drap de lit troué séparant les paillasses du lit de Gabrielle.

Il aurait bientôt soixante-dix ans, marchait à pas menus, conscient de sa fragilité. Il aimait, le soir, s'asseoir dans un cinéma de quartier, au milieu de la foule chaude. Il découvrait, quand on projetait de courtes bandes, les acteurs du temps où il était jeune homme et où il s'était à peine aperçu de l'existence du cinéma.

Il avait beaucoup travaillé. Il travaillait toujours. Il lui faudrait des années encore pour rendre ce qu'il sentait en lui depuis toujours.

— Quel est exactement votre but ?

— Je ne sais pas.

C'était la phrase qu'il avait le plus souvent prononcée dans sa vie et qu'il continuait à répéter.

M. Suard était mort. Son fils, qui avait pris la direction de la galerie, l'appelait maître. Beaucoup de gens l'appelaient maître.

Il se souvenait du soir où il avait cru voir un léger voile sur le visage si longtemps rayonnant de sa mère. Un des jumeaux était mort. Émilie était morte. La jolie Alice était grasse et dure. Elle aussi avait le voile. Et Vladimir n'avait aucune chance de sortir vivant de prison. Il n'en restait qu'un, là-bas, en Équateur, qui ne donnait plus de ses nouvelles. Il approchait de ses soixante-quinze ans, sa femme avait dépassé le cap des quatre-vingts. Vivaient-ils et chassaient-ils toujours les papillons et les oiseaux de paradis ?

Parfois il croyait sentir le voile l'envahir à son tour. Il pensait aux paillasses, au lit d'Émilie, à la rue Mouffetard, à la charrette arrivant aux halles.

Ne leur avait-il pas pris quelque chose à tous, à tout le monde ? Ne s'était-il pas servi de leur substance ?

Il ne savait pas, ne devait pas savoir, sinon il serait incapable d'aller jusqu'au bout.

Il continuait à trotter menu, à sourire.

— Puis-je vous demander, maître, quelle image vous avez de vous-même ?

Il ne réfléchit pas longtemps. Son visage, un instant, s'illumina, tandis qu'il disait, joyeux et pudique :

— Celle d'un petit garçon.

Épalinges (Vaud), le 13 octobre 1964.

LE TRAIN DE VENISE

PREMIÈRE PARTIE

1

Pourquoi toute l'image était-elle centrée sur sa fille ? Cela le gênait un peu, ou plutôt c'est après surtout qu'il y pensa, une fois le train en marche. Et encore ne fut-ce, en réalité, qu'une impression fugace, née au rythme du wagon et aussitôt absorbée par le paysage.

Pourquoi Josée et non sa femme ou son jeune fils, alors qu'ils étaient groupés tous les trois dans la moiteur du soleil ?

Peut-être parce que la silhouette de sa fille, dans une gare, debout devant un train en partance, était plus incongrue ? Elle avait douze ans ; elle était grande et mince, les jambes et les bras encore grêles, et les bains de mer, le soleil de la plage avaient donné à ses cheveux blonds des reflets argentés.

Au moment de quitter la pension, Dominique lui avait dit :

— Tu ne vas pas conduire ton père à la gare en maillot de bain ?

— Pourquoi pas ? On voit des tas de gens qui prennent le motoscafo en maillot. Et le motoscafo s'arrête juste devant la gare. Tout de suite après, nous allons nous baigner, non ?

Dominique portait un short et on voyait le dessin de son soutien-gorge sous la chemisette à rayures qu'elle avait achetée dans une étroite rue grouillante dont il avait oublié le nom, près d'un canal.

Était-ce d'avoir constaté que les seins de sa fille commençaient à pousser qui le gênait ?

Tout cela était confus, comme la lumière du matin, comme cette vapeur scintillante et chaude, presque palpable, entre l'eau et le ciel.

Il gardait dans les membres, dans la tête, le frémissement du bateau qui les avait amenés du Lido, son mouvement régulier sur les longues vagues plates, ses soubresauts chaque fois qu'on rencontrait un autre bateau.

La vue de Venise, soudain, dans le petit matin déjà chaud, les tours, les coupoles, les palais, Saint-Marc et le Grand Canal, les gondoles et, parce que c'était dimanche, des cloches qui sonnaient à toutes les églises, à tous les campaniles.

— Je peux acheter une glace, papa ?

— A huit heures du matin ?

— Moi aussi ? demandait le gamin, qui n'avait que six ans.

Il s'appelait Louis mais, depuis sa plus petite enfance, à cause du biberon qu'il réclamait ainsi, on avait gardé l'habitude de dire Bib.

Bib aussi était en costume de bain, avec une chemise à carreaux par-dessus ; les deux enfants étaient coiffés de chapeaux de gondoliers, en paille, à fond et à bord plats, avec un ruban rouge pour Josée et un bleu pour son frère.

Peut-être, au fond, Calmar n'aimait-il pas le dépaysement et il y avait déjà quinze jours qu'il se sentait dépaysé, sans racines, sans rien de solide sur quoi s'appuyer. Ce n'était pas lui, mais sa femme, qui avait voulu passer les vacances à Venise et, bien entendu, les enfants avaient fait chorus.

Il détestait les départs aussi, les adieux. Il restait là, debout devant la vitre baissée d'un compartiment qui n'était même pas propre car c'était le seul wagon du train qui venait de plus loin, de Trieste et d'au-delà, un wagon d'une autre couleur que les autres, à l'aspect étranger, à l'odeur différente.

Un homme assis près de lui, à le toucher, le regardait de bas en haut. Sans doute était-il déjà dans la voiture quand on l'avait accrochée au train de Venise ?

En réalité, Calmar ne se posait pas de questions précises. Il enregistrait à son insu, un peu impatient, à regarder le quai dans la lumière blonde, le kiosque à journaux dans le coin gauche du tableau, à gauche et à droite d'autres personnes qui attendaient comme sa femme et ses enfants, les yeux fixés sur un parent ou un ami.

Tout s'était passé normalement. Le train devait partir à 7 h 54. A 7 h 52, un homme en uniforme avait remonté le convoi pour refermer les portières tandis qu'un mécanicien passait de wagon en wagon en frappant de son marteau ici et là. Chaque fois qu'il avait pris le train, il avait assisté au même manège, se demandant chaque fois sur quoi l'homme frappait de la sorte, et oubliant ensuite de se renseigner.

Le chef de gare sortait de son bureau, un sifflet entre les lèvres, un drapeau rouge, roulé comme un parapluie, à la main. De la vapeur giclait de quelque part. Ce n'était pas de la vapeur, puisque le train était électrique, mais, d'une façon ou de l'autre, on purgeait les freins, avec les mêmes giclements et les mêmes soubresauts que dans tous les trains.

Les coups de sifflet, enfin. Josée, qui suçait sa glace, sa gelato, comme elle disait maintenant, une main levée en signe d'adieu. Dominique recommandait :

— Surtout soigne-toi bien et prends tous tes repas chez Étienne.

Un restaurant qu'ils connaissaient, boulevard des Batignolles, à deux pas de chez eux, et où, selon Dominique, la cuisine était propre et la nourriture saine.

Le drapeau rouge était déployé. Le chef de gare levait le bras, tout comme Josée et à présent Bib qui l'imitait.

Le train aurait dû partir. L'horloge marquait 7 h 55.

Or, au lieu d'achever son geste, le chef de gare, qui voyait tout le train en enfilade, baissait les bras, tout en donnant une série de coups de sifflet brefs et impérieux.

Le train ne partait pas. Les gens du quai regardaient vers l'avant. Calmar se penchait sans voir autre chose que des têtes penchées comme la sienne.

— Que se passe-t-il ?

— Je ne sais pas, répondait Dominique, je ne vois rien d'anormal.

Elle était mince, moins que sa fille, bien entendu, et, même en short, elle gardait une certaine allure. Faute de pouvoir bronzer, comme les enfants, elle avait la peau rougie par le soleil et des lunettes cachaient ses yeux bleus.

Le chef de gare, vers qui les regards convergeaient, ne semblait plus pressé. Le drapeau sous le bras, il regardait toujours du côté de la locomotive, sans impatience, attendant Dieu sait quoi, et c'était un peu, dans toute la gare, comme un film s'arrêtant brusquement sur une image fixe, sur une simple photographie en couleur.

Des mains ne savaient plus que faire du mouchoir déjà déployé. Des sourires d'adieu restaient en suspens et tournaient à la grimace.

— Un retardataire ? demandait une voix près de Calmar.

— Je ne sais pas. Je ne vois courir personne.

L'homme se levait, court et carré, laissant son journal sur la banquette.

— Vous permettez ?

Dans le cadre de la fenêtre, son visage et ses épaules se substituaient un moment à ceux de Justin.

— Avec les Italiens, on ne sait jamais...

Il avait eu le temps de voir Dominique et les deux enfants. Calmar reprenait sa place, un sourire contraint aux lèvres. Il sentait bien que Josée et Bib étaient impatients de s'ébrouer, de se précipiter hors de cette gare surchauffée, de bondir dans le vaporetto qui les conduirait à la plage. Dominique, elle, avait une expression soucieuse, mélancolique.

— Surtout, soigne-toi bien, Justin.

— Je te le promets.

— Je crois que, cette fois, le train va partir.

Il s'en fallait encore de deux interminables minutes pendant lesquelles tout le monde observait le chef de gare indifférent.

Enfin, un sous-chef sortit d'un bureau à porte vitrée, fit un signe, et le chef de gare siffla, attendit encore quelques instants et agita son drapeau. Le convoi s'ébranla. Le quai glissa, avec ses silhouettes alignées. Justin se pencha davantage tandis que rapetissait la silhouette de sa fille, que son maillot rouge se confondait peu à peu avec toutes les couleurs de la gare.

Le soleil les happait, pénétrait violemment dans le compartiment en même temps qu'une bouffée d'air brûlant et, avec un soupir, Calmar baissa le rideau de toile bleue qui se gonfla comme une voile et qui remonta deux ou trois fois avant de se fixer dans la bonne position.

On était parti.

Assis à sa place, il avait le loisir, maintenant, même s'il n'en avait pas envie, d'examiner son compagnon de voyage qui avait froissé son journal et l'avait glissé sous la banquette.

Pendant un long moment, les deux hommes jouèrent à qui n'aurait pas l'air de regarder l'autre, à la différence, peut-être, que l'inconnu apportait moins de hâte à détourner les yeux que son compagnon.

Il avait un certain âge, peut-être cinquante-cinq ans, peut-être soixante, et ses épaules étaient très larges, son torse puissant, son visage durement dessiné.

Calmar avait eu le temps de remarquer que son journal était imprimé en caractères cyrilliques. Du russe ? Du slovène ?

Le rideau bleuâtre se releva d'un seul coup, livrant à nouveau passage au soleil, et cette fois ce fut l'homme qui se leva, l'arrangea avec l'air de s'y connaître.

— Français ? questionna-t-il en se rasseyant.

— Oui.

— Paris ?

— Oui.

— J'ai remarqué que votre femme a l'accent parisien.

Calmar ne voyait pas d'inconvénient à engager la conversation, mais les débuts sont toujours gênants. Le train s'arrêtait déjà à Venezia Mestre, l'autre gare de Venise, et des gens du pays longeaient les couloirs à la recherche des secondes classes.

— Vos affaires vous obligent à rentrer avant votre famille ?

— Nous devions tous repartir aujourd'hui. Malheureusement, il n'y avait plus une seule place disponible dans le rapide de 10 h 32. Plutôt que d'obliger ma famille à changer à Lausanne et à passer la nuit dans le train, je suis parti seul, lui laissant quelques jours en plus, comme les enfants en avaient envie.

Il lui semblait que son compagnon regardait avec insistance son complet en tissu léger, mêlé de soie, à l'aspect granité. C'était la première fois de sa vie qu'il portait un vêtement aussi clair, d'un blanc jaunâtre, mais sa femme avait insisté pour qu'il l'achète, dans la même rue étroite où elle avait acheté ses corsages.

— Tu es presque le seul, Justin, à porter du sombre.

Il aurait préféré être habillé autrement pour voyager. A Venise, ou dans leur pension de famille, cela passait encore. Mais, ici, il se sentait déguisé. Cela n'allait pas avec son physique, avec son corps empâté.

— Bonnes vacances ? Vous avez eu du beau temps ?

— A part deux ou trois orages.

— Vous aimez la cuisine italienne ?

— Les enfants l'adorent, sauf les fruits de mer auxquels mon garçon refuse de toucher...

— Or, si vous étiez dans une pension, on vous a servi des fruits de mer tous les jours.

Il tiqua. Comment cet inconnu, qui ne le voyait que depuis quelques minutes, avait-il deviné qu'ils étaient descendus dans une pension de famille et non dans un des grands hôtels du Lido ?

Il se sentait vaguement humilié et il regrettait davantage d'avoir mis son complet de toile et soie dont la coupe italienne ne lui seyait pas du tout.

Cet homme placide, assis devant lui, commençait à l'agacer et à l'intriguer tout ensemble. Il avait dû, sans en avoir l'air, juger déjà de la qualité de ses deux valises, achetées pour la circonstance et qui n'étaient pas de toute première qualité. Calmar avait entendu dire que les portiers de palaces jugent les clients sur leurs bagages comme certains hommes jugent les femmes, non à leur robe ou à leurs fourrures, mais à leurs chaussures.

— Vous êtes dans les affaires ?

— Plutôt dans l'industrie, dans la petite industrie, mais pas à mon compte.

C'était plus fort que lui. Alors que l'autre n'avait aucun droit de le questionner, il lui répondait avec une sincérité presque scrupuleuse.

— Vous permettez ?

Il retirait son veston, car la transpiration lui giclait de tous les pores, malgré l'air qui secouait toujours le rideau et menaçait sans cesse de le décrocher une fois de plus.

Il avait de grands cernes mouillés sous les bras et il en avait honte comme d'une infirmité. Au bureau aussi, il en était gêné, surtout devant les dactylos.

— Votre fille sera une bien belle femme...

L'homme l'avait à peine entrevue !

— Elle tient beaucoup de sa mère, en plus vif...

C'était vrai. Ce qui manquait à Dominique, c'était de l'élan, de la spontanéité, ce qu'on appelle du piquant. A trente-deux ans, elle était svelte, avec des traits agréables, des yeux d'un bleu très doux, une démarche gracieuse, mais il y avait toujours en elle quelque chose d'effacé, comme si elle craignait d'attirer l'attention, de prendre une place plus grande que celle qui lui revenait.

— Votre femme a une très belle voix de contralto.

Justin sourit d'un sourire nerveux. Comment cet homme avait-il remarqué tout ça ? C'était vrai que la voix de Dominique, grave et feutrée, contrastait avec la fragilité apparente de sa personne et en devenait émouvante.

Déjà une nouvelle gare, Padoue, un grouillement sur le quai, des centaines de gens, semblait-il, à l'assaut du train, des familles, beaucoup d'enfants, des bébés sur les bras de leur mère et même une grosse paysanne qui transportait des poulets dans un cageot.

Il en entrait par toutes les portières et on en voyait passer dans le couloir, se bousculant, essayant de remonter vers l'avant du train à l'assaut de places libres.

— Vous verrez que, tout à l'heure, on ne pourra plus passer dans les couloirs.

— Vous avez déjà pris ce train ?

— Pas celui-ci précisément, mais d'autres du même genre. On se demande parfois où les Italiens vont et viennent avec tant d'acharnement, à croire, certains jours, que toute l'Italie est en mouvement à la recherche d'un endroit pour s'y établir enfin.

Il avait un accent que Calmar était incapable de préciser.

— Ingénieur ?

La question, une fois encore, le faisait sursauter. Tout au moins avait-il la satisfaction, cette fois, de voir son compagnon se tromper.

— Non. Je ne suis pas du tout un technicien. Je travaille dans la partie commerciale et mon titre, puisque dans notre affaire chacun possède un titre, est directeur commercial pour l'étranger.

— *You speak english* ?

Il répondait, en anglais également :

— J'ai été professeur d'anglais au lycée Carnot.

— Vous parlez l'allemand aussi ?

— L'allemand aussi.

— L'italien ?

— Non. Juste de quoi lire les menus des restaurants.

A cause d'une courbe de la voie, la toile bleue claqua davantage et se releva brusquement. Le contrôleur, qui entrait dans le compartiment, mit plusieurs minutes à la fixer, après quoi il leur demanda leur billet.

Celui de Calmar était un simple rectangle de carton, celui de l'inconnu formé de plusieurs feuillets jaunes retenus ensemble par des agrafes. L'employé en arracha une page qu'il glissa dans sa sacoche.

Si on lui avait demandé, dans le train, quelles étaient ses impressions, il aurait été incapable de les analyser et il se serait sans doute contenté de répliquer avec mauvaise humeur qu'il avait hâte d'être arrivé.

Il en aurait été de même, à peu près, si on l'avait questionné au sujet de ses vacances. Il était gavé de soleil, du grouillement des baigneurs sur le sable, du bruit des vaporetti et des motoscafi, de la place Saint-Marc et de ses pigeons, des boutiques où tout paraissait si bon marché et où l'on achetait des objets inutiles, uniquement à cause du dépaysement, gavé, excédé de tous les bruits, ceux du jour et de la nuit, des chants et des orchestres, des appels des enfants et des pas dans l'escalier.

C'était vite devenu une obsession, à chaque repas, de traduire à Josée et à son frère la liste des plats et de discuter avec eux ce qu'ils avaient le droit de choisir.

Sans compter son humiliation, au fond, d'avoir choisi une pension de famille qui ne donnait même pas sur la mer.

Et pourtant, il le savait, dans quelques semaines, dans quelques mois, dans un an, les journées du Lido lui apparaîtraient parmi les plus lumineuses et les plus agréables de sa vie et il désespérerait d'en retrouver de pareilles.

Il en était ainsi chaque année. C'était l'année précédente qui était belle, même les automnes et les hivers avec leurs grippes et les petites maladies des enfants qui l'inquiétaient si fort sur le moment.

Cela tenait-il à une impuissance, chez lui, d'être heureux autrement qu'à retardement ou est-ce le sort de la plupart des hommes ? Il l'ignorait, faute d'oser poser la question à quiconque, à plus forte raison à ses camarades de bureau qui se moqueraient de lui.

Pour le moment, par exemple, mal dans sa peau, il comptait les heures qui le séparaient de Lausanne, puis de Paris. Il y avait d'abord la chaleur, de plus en plus accablante à mesure que la matinée avançait. Un moment, il était allé ouvrir la porte du couloir. Comme toutes les vitres de celui-ci étaient ouvertes, le courant d'air était insoutenable.

Le rideau s'arracha une fois de plus et, cette fois, la tringle tordue ne permit plus que de le remettre de travers, laissant un large rayon de soleil lui cuire le visage.

Il aurait pu changer de place. Il en restait quatre de libres dans le compartiment, malgré les fiches de location accrochées au-dessus des autres sièges. Les voyageurs monteraient sans doute à une prochaine gare.

Des gares, il y en avait toutes les vingt minutes : Lonizo, San Bonifacio, Vérone...

A chacune, la même cohue, le train pris d'assaut et le même défilé commun affolé dans le couloir. Bientôt, d'ailleurs, il n'y eut plus de défilé car les voyageurs de seconde classe bouchaient hermétiquement l'espace en dehors des compartiments. Les bagages hétéroclites occupaient autant de place que les humains, valises fermées par une courroie ou par des cordes, paniers, boîtes de carton, ballots aux formes imprécises.

Tout cela s'empilait plus haut que les vitres et des enfants étaient assis par terre. On devait les enjamber, en se glissant entre les parents, pour gagner les toilettes. Quelques gares plus loin, il devint impossible de s'y rendre.

Personne, pourtant, ne tentait de s'emparer de ces quatre places vides, rembourrées, confortables, tentantes. Des femmes restaient debout, donnant le biberon ou le sein à un bébé, secouées par les heurts du train, sans même penser qu'elles pourraient s'asseoir. Il n'y avait aucune envie dans leurs yeux, ni de rancune, ni de tristesse.

— Vous passez vos fins de semaine à la campagne ?

— Du côté de Poissy, oui. Vous connaissez ?

— C'est entre Paris et Mantes-la-Jolie, n'est-ce pas ?

Au fond, l'homme ne questionnait pas tant qu'il n'affirmait. Il donnait l'impression de connaître d'avance les réponses, de ne les poser que pour obtenir une confirmation.

— Voiture ?

— Oui. Une quatre chevaux. J'en ai besoin dans Paris, surtout pour aller des bureaux à l'usine.

— Et vous avez préféré le train aux routes encombrées. Je le comprends, surtout avec des enfants.

On avait cependant failli venir à Venise en auto. C'était Josée, bien entendu, qui en avait envie, alors qu'après vingt kilomètres elle calculait déjà le temps qu'il faudrait pour arriver.

Il avait été tenté, lui aussi.

— Dans ce cas, nous ne pourrons presque pas emporter de bagages. Pas la moitié de ce que chacun a prévu.

La voix sage de Dominique.

— Maison de campagne ?

L'homme, lui, n'éprouvait pas le besoin de s'éponger et son front ne portait aucune trace de sueur. De temps en temps, quand le train s'arrêtait pas trop loin du chariot de boissons et de victuailles — il était le plus souvent à l'autre bout du train — il commandait une petite bouteille de Campari-soda et Calmar finit par l'imiter.

— Il y a un chariot dans le train aussi, mais il n'arrivera pas jusqu'à nous avant Milan.

Au fond, Calmar s'en voulait de sa docilité. Il répondait sans restriction à toutes les questions qu'on lui posait et, de son côté, il n'osait pas en poser une seule, de celles qui lui passaient par la tête.

Par exemple, il avait remarqué que son compagnon n'avait aucun bagage dans le filet. Ses valises se trouvaient-elles dans le fourgon ou voyageait-il les mains vides ?

Le wagon venait de Belgrade, via Trieste. Sous le siège se trouvait un journal d'un pays slave. N'aurait-il pas dû demander naturellement :

— Vous venez de Belgrade ?

Ou même :

— Vous êtes Yougoslave ?

C'était improbable. L'inconnu n'en avait pas le type. Il parlait aussi couramment le français que l'anglais et l'allemand, et il s'adressait aux employés en bon italien.

Or, il portait un complet très quelconque, en lainage sombre, presque noir, pas particulièrement bien coupé. Sa cravate, dont il n'éprouvait pas le besoin de relâcher le nœud pour ouvrir le col de la chemise, était banale aussi.

Pourquoi donc Calmar se sentait-il devant lui comme un petit garçon ? Et pourquoi, quand les silences devenaient trop longs, se sentait-il obligé de parler, alors que son compagnon s'accommodait fort bien de longues poses sans même feindre de somnoler ?

— Mon beau-père a eu l'idée d'ouvrir à la sortie de Poissy, sur une colline qui domine la Seine, une sorte de ferme-restaurant. C'est plutôt une fermette et les animaux y font de la figuration : deux vaches, un vieux cheval, une chèvre, trois brebis, quelques oies, quelques canards et des poules. Les clients mangent dans la salle commune aux poutres apparentes. Ils adorent ça.

— Vous y allez tous les dimanches ?

— Le plus souvent, oui. Ma femme reste très attachée à ses parents. Les enfants sont fous des animaux et ma fille passe ses après-midi à tourner dans le pré sur le dos du cheval.

Il s'attendait presque à s'entendre demander :

— Et vous ?

Lui, presque toujours, allait se coucher tout habillé dans la première chambre venue.

Une petite gare, quand même, devant laquelle on passait sans s'arrêter : Sommacampagna. Puis c'était Castelnuovo di Verona, Peschiera del Garda, Desenzano, Lonato...

— Je ne pourrai pas descendre à Lausanne comme je l'espérais, car j'ai un avion à prendre à Genève et ce train m'y conduit juste en temps voulu...

Tiens ! Pour la première fois, c'était de lui qu'il parlait. Mais il n'expliquait toujours pas pourquoi il avait pris un si mauvais train, qui s'arrêtait dans les moindres gares, ni pourquoi on ne lui voyait aucun bagage. S'il venait de Belgrade ou de Trieste, il ne devait pas manquer d'avions pour le conduire à Genève.

— Vous travaillez dans une grosse affaire ?

L'homme en revenait aux questions.

— Ce qu'on appelle aujourd'hui une affaire en expansion. Elle a débuté dans une quincaillerie de Neuilly, puis dans un atelier de Nanterre. Nous avons à présent une usine entre Dreux et Chartres et une autre en construction dans le Finistère.

Brescia. Des gens qui descendaient, le double au moins qui montaient et qui se serraient de plus en plus dans les couloirs.

A l'arrivée à Milan, la chemise de Calmar était détrempée. Il avait faim.

— Je dois avoir le temps de... commença-t-il.

— Je ne vous conseille pas de quitter notre wagon. On ne va pas tarder à le décrocher pour le raccrocher à un autre train.

C'était vrai. Tout juste put-il happer, par la fenêtre, un sandwich et une bouteille de bière. Une locomotive en miniature les sortait de la gare et les abandonnait en plein soleil au milieu d'un réseau de rails.

— On nous ramènera en gare tout à l'heure.

— Vous avez déjà pris ce train ?

— Je le connais. Je connais presque tous les trains. A Milan, nos compagnons vont monter.

Il désignait les tickets de réservation.

— Deux pour Lausanne et un pour Genève. Le quatrième s'arrête à Sion.

Il ne s'était pourtant pas levé de son siège, pas même pour aller faire pipi. A part eux, le wagon était presque vide. Il n'y avait plus que deux Américaines dans le compartiment voisin et un gros homme qui dormait trois cases plus loin. Personne debout. Les Américaines, inquiètes, se figuraient qu'on les avait oubliées et lançaient sur les voies et vers la gare lointaine des regards de détresse.

Il faisait plus chaud que quand le train roulait.

— Je suppose qu'à Lausanne vous prenez le train de 20 h 37 pour Paris ?

C'était exact. C'était toujours exact ! Cet homme-là était une sorte de Dieu le Père.

— Nous arrivons à Lausanne à 17 h 05. Je me demandais si je pourrais vous demander un service. A moins, bien sûr, que vous n'ayez déjà disposé de votre temps.

— Pas du tout. Je ne sais que faire de ces deux heures.

— Vous connaissez la ville ?

— Non.

— Vous n'aviez pas l'intention de la visiter ?

— Pas par cette chaleur !

— Sur le quai I, près de la consigne, se trouvent plusieurs rangées de casiers à bagages.

Il tirait une clef de sa poche.

— Ceci est la clef du 155. Le casier contient une mallette ni lourde, ni encombrante. Je crains vraiment d'abuser.

— Mais non. Je vous en prie.

— Il s'agirait de prendre cette mallette et, pour cela, il y aura environ un franc cinquante en argent suisse à glisser dans la fente. Voici un peu de menue monnaie.

Calmar fit mine de protester.

— Attendez ! Ceci, à la rigueur, si le train reste assez longtemps en gare, je pourrais m'en charger moi-même. Mais il s'agit ensuite de porter la mallette à l'adresse que voici...

Il écrivait une adresse sur une page d'un calepin rouge, déchirait la page qu'il tendait, avec la clef, à son compagnon.

— C'est à moins de cinq minutes de la gare en taxi. Permettez-moi de vous remettre aussi l'argent suisse pour le taxi.

Une secousse. On les accrochait à un train qui les repoussait jusqu'à un quai de gare différent de celui par lequel ils étaient arrivés et où une rangée de voyageurs attendait.

— Je vous remercie d'avance...

Le garçon du wagon-restaurant passait, distribuant des tickets. L'inconnu en prit un pour le premier service. Calmar n'eut pas le courage d'aller manger. Son sandwich et sa bière lui restaient sur l'estomac. Il se sentait peu appétissant dans sa chemise détrempée et il se contenta d'une petite bouteille de Campari-soda au chariot.

Les voyageurs pour Genève étaient des Anglais qui eurent de la peine à caser leurs sacs de golf dans le filet. La dame devait descendre à Brig, et le monsieur, qui lisait la *Tribune de Lausanne*, s'arrêterait vraisemblablement dans cette ville.

Il resta seul pendant près d'une heure, car tout le monde répondit à la sonnette du wagon-restaurant.

On atteignit la rive du lac Majeur et, dans les petites gares, la ruée recommençait, des gens reprenaient place dans le couloir.

Il entendit vaguement crier le long du quai :

— Arona !... Arona !...

Puis Stresa, où il entrouvrit les yeux et aperçut des toits rouges sous des palmiers. Baveno. Verbania, Pallanza...

A Domodossola, les couloirs se vidaient enfin et les chariots se précipitaient vers les wagons.

— Passeports...

On ne fit que jeter un coup d'œil au sien, comme à celui des deux Anglais et de la femme. Le policier regarda avec plus d'attention celui de l'inconnu, mais il n'y eut pas de méfiance particulière dans le regard qu'il lui lança après avoir étudié la photographie. Il se contenta, avant d'apposer le cachet, de tourner toutes les pages. Après quoi il le tendit avec un certain respect et esquissa un salut de la main.

Calmar avait dormi près d'une heure alors que le soleil atteignait son visage et il en restait maussade, avec un mauvais goût dans la bouche, de sorte qu'il reprit un de ces sodas roses auxquels il avait goûté ce jour-là pour la première fois.

— Douane ! Rien à déclarer ?

Des carabinieri sur le quai.

— Qu'y a-t-il dans cette valise ?

— Des vêtements et du linge.

On pouvait croire que c'était fini, mais on restait un quart d'heure encore avant de se diriger lentement vers le Simplon dont, en se penchant, on finit par apercevoir l'entrée sombre. A ce moment, Calmar se tenait debout à la portière. Les lampes s'étaient allumées. Il sentit plutôt qu'il ne vit son compagnon se lever et se diriger vers le couloir. Une fois le train dans le tunnel, il se rassit devant la place vide, releva la vitre et attendit.

Il n'aimait pas les tunnels. En sens contraire, celui-ci lui avait paru interminable, malgré la joie de ses enfants. Après dix bonnes minutes, il s'étonna de ne pas voir revenir l'homme qu'il avait depuis huit heures du matin en face de lui.

Pourquoi se leva-t-il à son tour et se dirigea-t-il vers les toilettes ? Alors qu'il s'attendait à apercevoir le mot « occupé » sur la petite plaque d'émail, il lut le mot « libre », et il entra pour se laver machinalement les mains.

L'homme n'était toujours pas de retour dans le compartiment et il n'y était pas davantage quand le train, surgissant dans le soleil, s'arrêta dans la gare suisse de Brig où montèrent de nouveaux policiers et de nouveaux douaniers.

— Passeports !

— Rien à déclarer ?

— Des vêtements, du linge. Je suis en transit pour Paris.

Le policier regardait la place vide, l'étiquette.

— Il n'y a personne ?

— Il y avait quelqu'un. Il est sorti du compartiment à l'entrée du tunnel.

— Ses bagages ?

— Il n'en avait pas. A moins...

— A moins que quoi ?

— Qu'ils ne soient dans le fourgon.

L'homme inscrivit quelques mots dans son calepin.

— Merci.

C'était tout. La dame était descendue. Des voyageurs achetaient du chocolat. Le train repartait, ses couloirs vides, le long d'un Rhône aux eaux blanchâtres qui paraissait d'une fraîcheur idéale.

Deux arrêts encore, sans bousculades, sans foule, sans adieux : Sion, puis, au bord du Léman, Montreux.

L'homme n'avait toujours pas reparu quand le train arriva à Lausanne et Calmar avait en vain parcouru le train de bout en bout.

2

Jusqu'ici, il avait vécu sa journée comme une quelconque journée de voyage, abruti par le soleil, par la chaleur, par ce rideau bleuâtre dont le battement avait fini par devenir obsédant. Il n'avait pas conscience d'enregistrer quoi que ce soit et ce ne serait que plus tard, en fouillant dans ce fatras d'impressions et d'images, de bouts de pensées à peine cohérentes, qu'il retrouverait des souvenirs précis.

A partir de Lausanne, au contraire, tout devint très net, en lui comme autour de lui, tout s'inscrivit dans sa mémoire avec la minutie d'un daguerréotype. C'était un peu comme s'il se dédoublait tout à coup, se regardait vivre, observait d'un œil lucide le Justin Calmar un peu gras, court sur pattes, les cheveux bruns collés au front par la sueur, qui commençait par rester immobile, indécis, ses deux valises à côté de lui, sur le quai 5 de la gare.

Et dès lors, en effet, un choix se présenta à lui, des décisions successives à prendre, qu'il tenait à peser en honnête homme car, toute sa vie, il s'était comporté en honnête homme, avec une certaine énergie, avec peut-être aussi une certaine complaisance.

A Venise, dans le vertige du départ dont il gardait surtout la vision de sa fille en maillot de bain rouge, un cornet de crème glacée à la main, il avait vaguement conscience qu'un homme, assis à côté de lui, le regardait de bas en haut et, un peu plus tard, il notait que cet homme tenait à la main un journal imprimé dans une langue slave.

Cet homme, petit à petit, par des questions anodines, avait obtenu de lui, sur sa vie, sur les siens, sur son travail, des renseignements qu'il lui avait fournis avec une docilité dont il avait un peu honte.

Pourquoi l'étranger lui était-il apparu comme un personnage hors série ? Rien dans son aspect, sinon son calme, ses yeux qui ne semblaient rien regarder et qui remarquaient tout, n'attirait l'attention.

Calmar ne s'était-il pas dit, au fond de lui-même :

— C'est un fort !

Comme son patron, Joseph Baudelin, ancien quincaillier avenue de Neuilly, devenu un industriel important, était un fort. Et, confusément, Calmar, qui ne se prenait pourtant pas pour un faible, enviait les forts, ceux qui n'ont besoin de personne, qui n'ont pas besoin de règles, qui ne sourient pas lorsqu'on leur adresse la parole, qui restent eux-mêmes, en toute circonstance, sans se soucier de ce qu'on peut penser d'eux.

Est-ce que son patron, par exemple, avait besoin de se considérer comme un honnête homme ? Est-ce que son compagnon de train était ou cherchait à passer pour un honnête homme ?

La première question, au sujet de celui-ci, était de savoir s'il fallait signaler sa disparition à quelqu'un, au chef de gare ou au commissaire de police.

Calmar n'en avait-il pas parlé déjà, d'une façon vague, il est vrai, au fonctionnaire qui, à Brig, avait examiné les passeports ?

Pourquoi l'homme, gagnant un compartiment éloigné, n'en serait-il pas descendu, à Brig, justement, et, se mêlant à la foule, n'aurait-il pas quitté la gare ?

De quel droit, quel que soit le cas, allait-il s'en mêler ? On l'avait chargé d'une mission. Le mot était trop fort. Une simple commission, dont n'importe qui aurait pu s'acquitter à sa place. Il avait en poche la clef d'un casier à bagages, de la petite monnaie suisse et un billet de dix francs pour le taxi.

Il finit par s'enfoncer dans le souterrain où, comme à Brig, on vendait du chocolat, et il remonta à la surface sur le premier quai. Il avait tout le temps devant lui. Il se dirigea d'abord vers la consigne, où il dut faire la queue pendant plusieurs minutes avant de déposer ses deux valises.

Les casiers métalliques étaient juste en face, portant chacun un numéro, et, quand il trouva le 155, il constata qu'il n'y avait qu'un franc cinquante à payer.

Il ne savait encore rien, ne prévoyait rien. Néanmoins il y avait dans ses gestes, dans les regards qu'il lançait autour de lui, quelque chose de furtif, comme s'il accomplissait une action pas nécessairement répréhensible mais à tout le moins équivoque.

Ce n'était pas lui qui avait déposé une mallette dans le coffre. En lisant les instructions, il découvrait que le tarif était de trente centimes par jour, c'est-à-dire que la mallette avait été déposée cinq jours plus tôt.

Dans quelles circonstances, et comment cette clef était-elle arrivée, depuis, jusqu'à l'inconnu qui, la veille au soir, se trouvait encore à Trieste ou à Belgrade ?

Il lui semblait, en enfonçant la clef dans la serrure, qu'il se créait entre lui et l'inconnu une sorte de complicité. Mais de quoi devenait-il complice ?

Il glissait une pièce d'un franc, puis une pièce de cinquante centimes dans la fente, tournait la clef et saisissait, en s'assurant que personne ne prêtait attention à lui, une mallette brunâtre, ni lourde, ni encombrante.

C'était plutôt ce que les hommes d'affaires appellent un porte-documents, épais d'une quinzaine de centimètres, long de quarante environ, large de vingt-cinq ou trente.

Quelques instants plus tard, il était hors de la gare et montait dans le premier taxi en stationnement. De grands gaillards passaient, en culottes courtes, chaussés de gros souliers à clous, un sac de montagne verdâtre au dos, un petit chapeau vert sur la tête, comme sur les cartes postales, et une forte odeur de mâles en sueur et de gamelles lui frappa les narines comme au passage de soldats revenant de l'exercice.

Il dut prendre dans son portefeuille la page de carnet que l'homme lui avait remise et qu'il n'avait pas encore eu la curiosité de regarder : *Arlette Staub, 24, rue du Bugnon.*

— 24, rue du Bugnon. Il paraît que ce n'est qu'à cinq minutes.

— Même pas. Pas le dimanche.

Il avait oublié qu'on était dimanche et, s'il avait vu les routes encombrées de voitures, les rues de la ville étaient presque désertes et silencieuses.

On montait, on tournait, on montait à nouveau, tout Lausanne semblait bâti sur une pente raide. Il aperçut de vastes bâtiments, l'hôpital cantonal, avec des malades et des infirmières à toutes les fenêtres et à toutes les terrasses.

Il ne se rendait pas compte que l'auto était arrêtée.

— C'est ici.

Une série d'immeubles modernes, en face de l'hôpital, avec aussi des terrasses à chaque appartement. Le taxi stationnait devant un bar et un velum vert pâle abritait quelques guéridons.

— Attendez-moi. Je n'en ai que pour quelques minutes.

Le chauffeur ne se donna pas la peine de répondre, cependant que Calmar commençait à acquérir un certain sens de culpabilité. Encore une fois, il ne commettait pas un acte répréhensible, défendu, en venant apporter cette mallette à l'adresse qu'un inconnu lui avait griffonnée sur une page de calepin.

Pourquoi, alors, préférait-il ne pas être remarqué et se demandait-il si les buveurs de café et de bière de la terrasse étaient intrigués par son complet presque blanc, de coupe italienne ?

Il s'attendait, comme à Paris, à trouver une loge de concierge. A la place, il vit une série de boîtes à lettres, avec une carte de visite ou un nom écrit à la plume sur chacune d'elles. Il y avait quatre rangs égaux de boîtes, correspondant sans doute aux étages, et le nom d'Arlette Staub se trouvait suivi du numéro 37, à la troisième rangée.

Il pénétra dans l'ascenseur qui le déposa dans un couloir assez long. Chaque porte, à nouveau, portait une carte de visite ou un nom écrit à la main. Dans chacune aussi un cercle de verre, de la taille d'un bouton, permettait aux locataires de voir leurs visiteurs avant de leur ouvrir.

37... La dernière porte au fond du couloir. Il pressait le timbre électrique, en nage tout à coup, comme au plus chaud de la journée, pressé d'en finir, pris de panique sans raison apparente.

Est-ce qu'on l'observait à travers cet œil de verre inséré dans la porte d'acajou ou de palissandre ?

Il s'impatientait, sonnait à nouveau, tendait l'oreille et, comme la porte ne bougeait toujours pas, comme il n'entendait aucun bruit, il posa machinalement la main sur la poignée.

Le battant céda sans qu'il y mît pour ainsi dire du sien et il avança d'un pas.

— Quelqu'un !... Mademoiselle Staub !... Quelqu'un !...

Un manteau en toile beige pendait en face de lui dans l'entrée et, à gauche, une porte était ouverte sur un living-room plein de soleil. La porte de la terrasse aussi était large ouverte et l'air du dehors gonflait le rideau comme dans le train de Venise.

— Allô !... Quelqu'un !...

Il ajouta stupidement :

— Il n'y a personne ?

Il était tenté de poser la mallette par terre, de s'en aller, de refermer la porte derrière lui et de se faire reconduire à la gare. Il allait sans doute agir ainsi quand il aperçut, au pied d'un divan recouvert de bleu pâle, une paire de chaussures, deux jambes, une combinaison puis enfin la nuque et les cheveux roussâtres d'une femme. Elle était couchée de tout son long sur le tapis d'un bleu plus sombre que le couvre-divan, un bras étendu, l'autre, comme tordu, replié sous elle.

Il ne vit pas son visage, car elle était à plat ventre. Il ne vit pas de sang non plus. Il ne fit que se pencher un instant pour toucher la main.

— Mademoiselle Staub !...

Mais il était évident que Mlle Staub était morte. Il ne réfléchit pas, ne choisit pas entre les différentes attitudes possibles. Il sortit à reculons, referma vivement la porte et, sans se donner la peine d'appeler l'ascenseur, s'engagea dans l'escalier. Ce ne fut qu'en bas qu'il se rendit compte qu'il tenait encore à la main le porte-documents.

L'espace d'un éclair, il fut tenté de remonter, mais son chauffeur l'avait aperçu et, sortant un bras de l'auto, lui ouvrait la portière.

Heureusement ! Sinon, il aurait été capable d'entrer dans le petit café et de commander n'importe quel alcool pour se remettre d'aplomb.

— A la gare ?

— Oui, à la gare.

Là ou ailleurs. Il avait hâte de s'éloigner. Pendant que la voiture virait pour redescendre la rue, il apercevait, sur certaines des terrasses de l'immeuble, ici un couple accoudé, ailleurs un enfant, en maillot rouge comme sa fille, qui jouait, accroupi devant un chariot de couleurs vives, et, au quatrième, il crut deviner une femme qui prenait un bain de soleil, couchée sur le ventre, elle aussi.

Qu'aurait-il dû faire ? Il croyait se souvenir d'un téléphone dans le living-room du troisième. Son devoir n'aurait-il pas été d'appeler tout de suite la police ? Il n'y avait pas pensé. Sa seule idée avait été de s'éloigner le plus vite possible de la morte et, maintenant seulement, il se rendait compte de sa situation.

Qu'aurait-il répondu aux policiers qui l'auraient trouvé dans un appartement inconnu, devant le cadavre d'une femme inconnue, dans une ville où il venait de mettre les pieds pour la première fois de sa vie ?

— On m'a chargé de lui remettre ce porte-documents...

— Qui ?

— Je ne sais pas. Un homme d'un certain âge qui se trouvait dans le même compartiment que moi du train de Venise.

— Son nom ? Son adresse ?

— Je ne sais pas.

— Pourquoi vous a-t-il chargé de cette mission ?

— Parce qu'il devait continuer son voyage jusqu'à Genève et que le train ne restait que trois ou quatre minutes en gare.

— Il existe d'autres trains.

— L'avion l'attendait à Cointrin.

— Pour où ?

— Il ne me l'a pas dit.

— Mais il vous a confié cette mallette en vous informant de son intention de prendre un avion.

— Oui.

— Il se trouve donc en ce moment en route pour Genève ?

— Je ne le crois pas.

— Pourquoi ?

— Parce que je ne l'ai pas revu dans le train après le tunnel du Simplon.

— Vous pensez donc qu'il a quitté le train en plein tunnel ?

— Je ne sais pas.

— Vous êtes quand même venu ici avec la mallette. Où vous l'a-t-il remise ?

— Il ne me l'a pas remise en personne. Il m'a donné la clef d'un casier à bagages de la gare... Le 155... Je me souviens du numéro... Il m'a aussi donné de la monnaie suisse et un billet de dix francs pour le taxi...

C'était impossible ! Il imaginait la scène, puis les mêmes questions, dans un bureau du commissariat de police, puis encore les mêmes, sans doute, dans le cabinet d'un juge d'instruction.

Il n'avait rien fait de mal. Il n'avait même pas eu, réellement, l'intention de rendre service. On pouvait dire qu'on l'y avait forcé, que cette mallette lui était arrivée entre les mains par un concours de circonstances fortuites et que ce n'était pas de son plein gré qu'il avait poussé la porte d'Arlette Staub, un nom qu'il ne connaissait pas quelques minutes plus tôt bien qu'il l'eût, inscrit sur un bout de papier, dans son portefeuille.

Elle paraissait bien morte. Sa main était glacée. Il ignorait de quoi elle était morte. Ce qu'il savait, c'est qu'elle portait des souliers à hauts talons sur des bas bien tirés, une combinaison de soie rose pâle, qu'elle donnait l'impression d'une femme qui, au moment où la mort l'avait frappée, d'une façon ou d'une autre, était occupée à s'habiller.

Il ne lui restait qu'à passer sa robe et à prendre son sac à main qui se trouvaient sur le divan.

L'atmosphère du living-room était coquette, luxueuse. Il devait y avoir une salle de bains, une cuisine, peut-être une autre pièce ? A moins que le divan, la nuit, ne se transforme en lit ? Il l'ignorait. Il ne faisait que supposer. Encore une fois, il ne savait rien.

Or, il ne pouvait pas répondre aux gens qu'il ne savait rien.

— Quatre francs septante...

Il tendait son billet de dix francs suisses, hésitant à laisser le porte-documents dans la voiture. Il risquait qu'un client le trouve avant son départ pour Paris et, avec son complet crème tout froissé par les heures passées dans le train de Venise, il fournissait un signalement trop facile.

Il n'était que six heures et demie. Là-bas, au Lido, Dominique et les enfants avaient quitté la plage où, le soir, il faisait habituellement frais, pour se diriger, avec les peignoirs de bains, les seaux, les pelles, le ballon à gonfler et le grand sac de toile, vers la pension de famille.

— Laisse-moi prendre ma douche demain matin, maman... Tu vois bien que je ne suis pas sale...

C'était chaque soir la même rengaine.

— Vous êtes tous les deux couverts de sable...

— Le sable, ce n'est pas sale... L'eau de mer purifie tout...

— Ne discutez pas, les enfants... Vous allez encore me donner mal à la tête...

Généralement, Dominique appelait :

— Justin !... Fais-leur donc entendre raison... Si seulement ta fille ne voulait pas toujours discuter...

Il descendit dans les lavabos de la gare avec l'intention encore vague d'y laisser la mallette mais il se rendit compte que son geste ne passerait pas inaperçu. Il remonta, découragé. Il avait presque l'envie de s'asseoir sur une des marches et de rester là, à attendre les événements, la tête entre les mains.

Encore près de deux heures à attendre, les deux heures les plus dangereuses, lui semblait-il.

A tort ou à raison, il se figurait qu'une fois dans le train il se sentirait plus tranquille, surtout la frontière passée.

Il poussa la porte du buffet des premières classes. Il ne vit pas de bar, dut s'asseoir, commanda un whisky, ce qui lui arrivait rarement car, à part un peu de vin aux repas, il ne buvait presque jamais. C'était l'inconnu qui lui avait donné l'envie de goûter au Campari-soda dont il avait bu cinq ou six petites bouteilles au cours de la journée.

— Je suis un honnête homme !

Il l'avait toujours été. Il avait toujours fait de son mieux. Il s'était souvent sacrifié pour les autres, comme il venait encore de le faire en passant les vacances sur une plage qu'il avait pourtant détestée dès le premier jour.

Les chambres, à la pension de famille, étaient exiguës, sans confort. Il fallait parfois attendre une demi-heure que la salle de douches soit libre, au fond du couloir. Les enfants exigeaient que la porte reste ouverte toute la nuit entre la chambre des parents et la leur, de sorte que pendant deux semaines, sa femme et lui n'avaient pu que voler, de temps en temps, quelques minutes d'une intimité entrecoupée des « chut » ou des « attention » de Dominique.

Méritait-il d'en arriver où il en était, d'avoir presque des remords, comme un criminel, de se comporter, en définitive, à la façon d'un criminel ?

Pourquoi l'homme dont il ignorait le nom avait-il disparu entre Domodossola et Brig, alors que le train franchissait l'interminable tunnel du Simplon ? Son humeur, toute la journée, n'avait pas été celle d'un être qui a l'intention de se suicider.

Néanmoins, sous un prétexte — car cela ressemblait de plus en plus à un prétexte — il avait chargé Calmar, qu'il ne connaissait pas la veille, d'une mission qui devait être importante.

Et que contenait cette mallette, à présent posée sur une chaise à côté de lui ?

Et, s'il ne s'était pas suicidé, pourquoi, comment avait-il disparu ? Quelqu'un l'avait-il poussé du train alors qu'il entrait dans les toilettes ou qu'il en sortait ?

C'était presque plus vraisemblable que son départ à Brig, mêlé à la foule, car c'était un poste frontière et on y examinait les passeports de tous les voyageurs, aussi bien dans le train qu'à la sortie de la gare.

— Mademoiselle...

Il claquait des doigts pour attirer l'attention de la serveuse.

— La même chose s'il vous plaît.

— Un whisky, un !

Et si, à la douane française, on lui demandait, comme c'était probable, d'ouvrir ce porte-documents dont il ne possédait même pas la clef ?

— Je m'excuse, messieurs... J'ai perdu la clef en route...

Or, ce porte-documents était solide, en vrai cuir, épais, et non en matière plastique — et il s'y connaissait, puisqu'il travaillait depuis près de dix ans dans le plastique !

Usé, certes, ne payant plus de mine. Il avait dû traîner dans les salles d'attente de gares, d'aéroports, dans bien des bureaux pour être usé de la sorte, mais les serrures, d'excellente qualité, n'étaient pas de ces serrures passe-partout qu'on fait sauter à la pointe d'un canif.

— Mon Dieu, faites que...

Il ne croyait pas en Dieu, ou il n'y croyait plus. Ou peut-être y croyait-il encore un peu, au fond, dans les circonstances difficiles. Quand Josée, deux ans plus tôt, avait dû être opérée, à chaud, d'une appendicite, il avait murmuré de même :

— Mon Dieu, faites que...

Il avait même fait un vœu, il ne se souvenait plus lequel, qu'il n'avait d'ailleurs pas réalisé. Que penserait sa fille, que penserait sa femme, si on leur apprenait qu'il avait été arrêté comme suspect du meurtre d'une jeune femme dans un appartement inconnu de Lausanne ?

Et M. Baudelin ? Et son ami Bob, le dessinateur, et tous ses collègues ?

— Je me demande, mademoiselle, si je ne vais pas manger quelque chose. Y a-t-il un wagon-restaurant dans le train de Paris ?

— Celui de 20 h 37 ? Je crains bien que non. Qu'est-ce que je vous sers ? Il y a des filets de perche, du poulet à la crème et de la croûte aux morilles.

Il n'avait pas faim, mais il commanda la croûte aux morilles, à cause du nom, et parce qu'on mangeait rarement des morilles à la maison.

— Et comme vin ? Vin du pays ou beaujolais ?

— Beaujolais...

Cela lui était égal. Tout lui était égal, sauf cette mallette qui s'était accrochée à lui, et aussi ce complet que sa femme avait voulu qu'il porte ce jour-là et qui le désignait autant à l'attention que s'il avait brandi un drapeau.

— Mon Dieu, faites que...

Il y avait cinq personnes, dont un prêtre, dans le compartiment, et Calmar n'occupait même pas un coin mais une place entre une dame d'une cinquantaine d'années, qui s'écartait sans cesse de lui comme si son contact la gênait, et un vieillard décoré de la rosette de la Légion d'honneur qui lisait le *Figaro* puis qui, la frontière franchie, s'endormit aussi paisiblement que dans son lit.

Le prêtre, en face de lui, portait des souliers noirs à larges boucles d'argent. En face de la dame, son mari, petit, maigre, nerveux, s'excusa dix fois de se faufiler entre les jambes pour gagner les toilettes et le couloir.

— Tu as pris tes comprimés ?

— Oui. Tout de suite après le dîner, à Lausanne.

— Deux ?

— Mais oui.

— Tu ne digères pas ?

Gêné, il regardait les autres avec l'espoir qu'ils n'entendaient pas.

— Tu n'aurais pas dû manger de la langue de veau. Tu sais bien qu'elle ne te réussit pas...

Une jeune fille seule, longue, svelte, dans l'autre coin, montrait candidement ses jambes. Elle avait les cheveux roussâtres, comme Arlette Staub, et chaque fois que Calmar entrevoyait involontairement un peu de chair au-dessus des bas, il évoquait le corps sur la moquette bleue de la rue du Bugnon.

Le plus surprenant c'est que, s'il avait rencontré Arlette n'importe où, dans ce train, par exemple, il ne l'aurait pas reconnue. Il faudrait qu'il sache. Les journaux français ne parleraient vraisemblablement pas de sa mort, à moins qu'il ne s'agisse d'un crime sensationnel.

Le journal d'ici semblait être la *Gazette de Lausanne*. On lui avait dit, jadis, que le kiosque à journaux de la place de l'Opéra, en face du Café de la Paix, vendait des journaux de tous les pays et il se promit, le lendemain, d'aller y acheter la feuille suisse.

Parlerait-on déjà de l'affaire ? Est-ce que à cette heure, le corps avait été découvert ? Si la jeune femme vivait seule, si elle n'avait pas de femme de ménage, il se passerait peut-être plusieurs jours, surtout en période de vacances, avant qu'on ne s'inquiète d'elle.

Il n'aurait pas dû boire de whisky, ni manger de morilles. Il se sentait aussi mal en point que le mari de sa voisine et, s'il l'avait pu, il serait allé vomir aux toilettes. L'approche de la douane le rendait malade. Il ne s'était jamais senti aussi seul dans la vie et c'était une impression qu'il détestait par-dessus tout.

S'il s'était trouvé vraiment seul dans le compartiment, il en aurait moins souffert. Mais ils étaient six à se regarder, sans contact les uns avec les autres, et on aurait pu croire que tous ces regards, pas seulement ceux qui s'adressaient à lui, mais ceux qui s'adressaient aux autres aussi, étaient méfiants ou accusateurs.

Même la femme à sa gauche et son mari. Elle lui en voulait d'avoir mangé ce qu'il avait mangé, de ce qu'il dérangeait les autres chaque fois qu'il se levait, et il lui en voulait à son tour de son manque de compréhension et de ses reproches.

Il ne se sentait jamais tout à fait heureux dans la foule et si l'achat d'une voiture avait été pour lui une telle délivrance, cela n'était pas parce qu'il pouvait désormais se rendre à son gré où il voulait, mais parce qu'il échappait à ces regards que les gens fixent les uns sur les autres dans le métro ou dans l'autobus.

Il ne l'avouerait jamais à Dominique, évidemment : s'il l'avait épousée, c'était avant tout pour ne plus être seul. Il l'aimait, certes. Elle lui avait plu dès le premier jour. Cependant, s'il ne l'avait pas rencontrée, il en aurait épousé une autre.

Et, comme sa voisine en voulait à son mari, il en voulait à Dominique de lui avoir imposé la foule du Lido, surtout la promiscuité de la pension de famille où, dans la salle à manger, les gens se regardaient les uns les autres comme dans un wagon-restaurant.

Pire peut-être, il lui en voulait obscurément, à elle aussi, de le regarder ; de le regarder comme si elle pensait :

— Quel homme est-ce, au fond ? Il est mon mari. Je vis avec lui depuis treize ans. Nous dormons dans le même lit. Nos corps n'ont pas de secrets. Mais, quand il m'embrasse en rentrant de son bureau, qu'est-ce qu'il pense ? Qu'est-ce qu'il a fait ? Que se passerait-il si je mourais ? Quel est son sentiment véritable vis-à-vis des enfants ?

On arrivait déjà à Vallorbe et c'était le petit manège habituel des policiers et des gens de la douane.

— Préparez vos passeports, s'il vous plaît...

Il s'attendait, comme un coupable, à ce qu'on examine le sien avec plus d'intérêt que les autres ; on le lui rendit après un vague coup d'œil.

— Rien à déclarer, messieurs-dames ?

Même le prêtre avait changé de regard, prenait, comme les autres, un air faussement candide.

— Rien, messieurs...

— Qu'y a-t-il dans cette valise ?

— Du linge, quelques objets de piété que je rapporte de Rome à l'intention de mes paroissiens...

— Pas d'or, de bijoux, de montres ? Pas de chocolats, de cigares, de cigarettes ?

Le monsieur de la dame était obligé de monter sur la banquette pour retirer la valise brune qu'on lui demandait d'ouvrir et le douanier glissait les mains sous les vêtements et le linge.

— Qu'y a-t-il dans cette mallette ?

— Des papiers d'affaires... articulait Calmar avec un naturel qui le surprenait.

— Cette valise est à vous ?

— Oui.

— Ouvrez...

Ouf ! Il n'y avait rien à déclarer dans la valise et il recevait l'absolution du douanier qui passait dans le compartiment voisin sans avoir puni personne parmi eux.

D'autres devaient avoir la conscience moins tranquille, car on emmenait un couple chargé de lourds bagages vers les bureaux de la douane et la femme, perchée sur de hauts talons, avait la démarche de quelqu'un qui s'attend à des ennuis.

Le train repartait, avec ses wagons-lits silencieux, ses wagons-couchettes où, faute de s'y être pris à temps, Calmar n'avait pas accès, et enfin ses wagons ordinaires comme celui-ci où, la lampe une fois en veilleuse, chacun s'essaya à dormir. Il n'y eut que le vieux monsieur à ronfler légèrement, tandis que la jeune fille, en face de lui, repliée en chien de fusil, montrait encore beaucoup plus de ses jambes.

Il essayait de ne pas penser, de se laisser aller aux mouvements du train mais, dès qu'il croyait s'assoupir, un détail de la journée lui revenait et son esprit se remettait au travail.

Pourquoi l'inconnu, dès Venise, l'avait-il choisi ?

C'était idiot. Il ne l'avait pas choisi, puisqu'il n'y avait personne d'autre dans le compartiment. Il lui avait néanmoins fait passer une sorte d'examen. Ses questions n'étaient pas gratuites. Il tenait à savoir à quel genre d'homme il avait affaire.

Et il l'avait su tout de suite. A un honnête homme. A un idiot d'honnête homme, sur qui on pouvait compter pour une mission de ce genre.

Sinon, sans doute aurait-il changé de compartiment et se serait-il adressé à quelqu'un d'autre.

Quant à sa disparition... Un instant, il songea à un enlèvement, mais on n'enlève pas quelqu'un d'un train dans un tunnel comme le Simplon !

Donc, disparition volontaire, ou suicide. Et, dans ces deux cas, il y avait comme une tricherie à son égard.

Bien entendu, l'homme ignorait qu'Arlette Staub était morte, sinon il ne se serait pas donné tant de mal pour lui faire parvenir le porte-documents dont elle n'avait plus que faire.

En définitive, Calmar avait tort de se montrer si sévère : sans la mort de la jeune femme, son rôle se serait borné à celui, banal et sans danger, d'un commissionnaire bénévole.

Et pourtant... Il restait le casier automatique à bagages, où la mallette n'était restée que cinq jours. Or, l'inconnu, qui revenait d'au-delà de Venise, de Trieste ou de Belgrade, sinon d'ailleurs, en possédait la clef. La lui avait-on envoyée par lettre exprès ? Était-ce lui qui avait déposé le porte-documents avant son voyage ?

Mais pourquoi ? Pourquoi ceci ? Pourquoi cela ? Pourquoi lui ? Pourquoi tout ?

Il finit par s'assoupir, entendit vaguement crier Dijon, des portières claquer, des ordres lancés par les employés et, quand il se réveilla, il faisait grand jour. Le prêtre, qui ne dormait pas, le regardait et fut gêné de le voir surprendre ce regard, comme s'il avait en quelque sorte abusé de son sommeil pour lui faire subir un examen. Examen de conscience...

C'était idiot ! Il ne fallait pas qu'il se mette à penser de la sorte et il se leva, prit son rasoir dans sa valise et alla s'enfermer un bon quart d'heure dans les lavabos. Quand il en sortit, il resta dans le couloir, essaya de se repérer, reconnut les bords de la Seine du côté de Melun, se mit à la recherche du wagon-restaurant, traversa une demi-douzaine de wagons avant de rencontrer un employé qui lui apprit qu'il n'y en avait pas.

Ce fut enfin la gare de Lyon, à six heures et demie du matin, avec la longueur du train à parcourir car il se retrouvait en queue de convoi. En passant devant le kiosque à journaux, il eut la curiosité de demander :

— Vous recevez la *Tribune de Lausanne* ?

— La *Tribune* et la *Gazette*, oui, monsieur.

— Je suppose que vous n'en avez pas ce matin ?

— Nous n'aurons le numéro du lundi matin que vers midi et demie.

— On les trouve en ville aussi ?

— On doit les trouver dans les kiosques des Champs-Élysées et de l'Opéra.

— Je vous remercie.

Son idée fixe, qui tournait au vertige, était devenue d'arriver chez lui sain et sauf. Il lança à un chauffeur de taxi :

— Rue Legendre... Je vous arrêterai...

Il fit pourtant attendre la voiture devant un tabac, car il n'avait plus de cigarettes et il avait envie d'une tasse de café. Machinalement, il mangea deux croissants qui, malgré ses soucis, lui firent plaisir, car il retrouvait les vrais croissants de Paris.

— Un autre café, s'il vous plaît.

Chez lui. Sa concierge, qu'il ne put éviter.

— Et comment va madame, monsieur Calmar ? Et les enfants ? Je suis sûre que ces amours n'ont pas assez de leurs yeux pour voir toutes les merveilles de Venise...

Elle lui tendait des prospectus, quelques factures arrivées après qu'elle eut cessé de faire suivre son courrier.

— Vous allez trouver la maison bien vide. Nous voilà déjà le 20 août et il n'y a presque personne de rentré. C'est la même chose avec les fournisseurs. Si vous saviez où il faut courir pour acheter de la viande !

Le brave vieil ascenseur un peu branlant dont il retrouvait l'odeur à la fois familière et indéfinissable. L'escalier recouvert de son tapis brun. La porte brune, avec son bouton de cuivre un peu terni depuis que Dominique n'était pas là pour le frotter chaque jour.

Il eut d'abord une désillusion. Tout était sombre. Il n'avait pas pensé que les volets seraient fermés et son premier soin fut de les ouvrir tous, même dans la chambre des enfants. Il eut aussi l'idée, en passant devant le réfrigérateur, de le rebrancher, et seulement alors il revint vers le salon-salle à manger où il avait posé la mallette sur la table.

Allait-il vraiment l'ouvrir, la forcer ? Théoriquement, il n'en avait pas le droit, puisque ni le porte-documents ni son contenu ne lui appartenaient.

Mais n'était-il pas nécessaire, indispensable, après ce qui s'était passé, de découvrir la nature de ce contenu ?

Il trichait, sachant fort bien que ce n'était pas pour lui une question de devoir, mais de curiosité, de besoin de connaître.

Et pourquoi pas de se défendre ? Car enfin, à cause de cette mallette, il venait de passer des heures qu'un criminel seul, d'habitude, a l'occasion de vivre. Or, ce porte-documents contenait sans doute l'explication de ses mésaventures.

Il possédait lui aussi une serviette fermée à clef, qui lui servait à rapporter du travail du bureau, et il alla chercher son trousseau dans un tiroir de la chambre à coucher. Son regard tomba sur le réveil arrêté. Il prit le temps de le remonter, comme s'il hésitait encore, puis il remonta l'horloge, sur la cheminée de marbre du salon. Bien entendu, la clef ne marchait pas et il ne parvint qu'à la tordre. C'était de la marchandise bon marché.

Il se rendit à la cuisine où ils gardaient les outils qu'on trouve dans tous les ménages : un marteau, un tournevis, des tenailles, des pinces, pêle-mêle avec le tire-bouchon et différents modèles d'ouvre-boîtes.

Il se donna un dernier répit : il alla fermer à clef la porte d'entrée, comme s'il se sentait déjà devenir plus coupable. Enfin, après s'être débarrassé de son veston, de sa cravate, il essaya de forcer les deux serrures, avec les pinces d'abord, puis avec les tenailles, pour réussir, en fin de compte, avec le tournevis.

Les deux pattes de métal sautèrent. Le couvercle se souleva légèrement. Il n'eut qu'à le lever avec la main et il se trouva devant des liasses de billets de banque bien rangées, comme par un caissier ou un encaisseur.

Ce n'étaient pas des francs français, mais surtout des billets de cent dollars, par paquets d'une centaine, jugea-t-il à première vue, à côté de billets de cinquante livres sterling, et de liasses moins épaisses de francs suisses.

Son premier réflexe fut de regarder en face de l'autre côté de la rue, mais la femme qui allait et venait dans sa chambre à coucher, dont elle faisait le ménage, ne se tourna pas une seule fois de son côté.

— Pas tout de suite... murmura-t-il pour lui-même.

Pas maintenant. Il avait besoin de se remettre, de réfléchir. Il était fatigué, fiévreux, après une journée et une nuit passées en train. Il ne se sentait pas dans son état normal. Il lui fallait d'abord reprendre son équilibre.

Il emporta la mallette avec lui, la glissa, à moitié fermée, sous la commode de sa chambre et, quelques instants plus tard, après avoir ouvert les robinets de la baignoire, il se mettait tout nu.

Il ne s'était jamais senti ni si nu ni si seul de sa vie.

3

— Quand tu rentreras à Paris, ton costume aura besoin de nettoyage. Surtout, ne le mets pas dans la corbeille à linge. Mme Léonard serait capable de le donner à laver à la blanchisserie et je me méfie de ces tissus qui ont tendance à rétrécir. Il vaut mieux que tu le portes toi-même à nettoyer rue des Dames.

Deux fois seulement il avait vécu seul dans l'appartement de la rue Legendre, les deux fois que Dominique était entrée en clinique pour accoucher. Non, trois fois, car elle était allée passer trois jours au Havre lors de l'accouchement de sa sœur, mariée à un maître d'hôtel de la Transat.

Est-ce par protestation contre cette voix qu'il lui semblait entendre qu'il fourra le complet crème dans la corbeille à linge ?

— Tu seras très fatigué en arrivant, mon chéri. Comme tu ne retourneras au bureau que l'après-midi, essaie de dormir et laisse à Mme Léonard le soin de défaire tes bagages.

Mme Léonard était la femme de ménage, qui ne venait que deux après-midi par semaine, une toute petite femme sèche qui n'en avait pas moins une croupe démesurée, projetée en arrière, de sorte qu'elle paraissait toujours précipitée en avant. Elle avait été longtemps mariée à un homme malade, qu'elle avait soigné pendant près de vingt ans. Du matin au soir, elle faisait des ménages. Souvent, la nuit, elle s'occupait de la toilette des morts du quartier.

Elle vivait seule dans une rue voisine, quelque part sous les toits, ne parlant pour ainsi dire à personne, se contentant de grommeler :

— Ces riches, tout de même !

Et, pour elle, ses clients étaient tous des riches, les commerçants aussi, et même la concierge.

Dans sa baignoire, il pensa à elle, se demandant comment elle pouvait vivre ainsi sans sombrer dans le désespoir. N'en existait-il pas des milliers, des dizaines de milliers comme elle dans Paris, sans compter celles, plus malheureuses, qui pouvaient à peine se traîner dans leur logement ou qui étaient clouées au lit, à la merci des voisins ou d'une assistante sociale ?

Il y avait une fortune sous la commode, il ignorait combien et il ne voulait pas le savoir tout de suite.

— Essaie de dormir et...

Il essaya, car il était vraiment fatigué. Il mit un pyjama, comme s'il n'était pas seul, s'étendit sur le lit après avoir fermé les rideaux. La mallette, quoi qu'il fasse, lui restait présente à l'esprit et il se posait des questions à son sujet, des questions un peu embrouillées, car le bain, après vingt-quatre heures de train, l'engourdissait.

L'inconnu de Venise était-il un voleur international qui s'était servi de lui consciemment, pour ne pas courir personnellement le risque d'aller retirer le porte-documents ?

Dans ce cas, pourquoi avait-on tué Arlette Staub ? Au fait, il avait gardé dans son portefeuille le billet sur lequel l'adresse de cette femme était griffonnée. C'était dangereux. Même au bureau, le papier pourrait glisser du portefeuille au moment où il le tirerait de sa poche. A supposer que le nom soit tout à l'heure dans les journaux...

Il se leva une première fois, se dirigea vers la commode où se trouvait le contenu de ses poches et déchira la feuille de carnet en petits morceaux. Il allait les jeter dans la corbeille quand l'idée lui vint que Mme Léonard, qui serait seule dans l'appartement l'après-midi, aurait peut-être la curiosité de reconstituer le puzzle.

Il devenait soudain d'une prudence maniaque. Il brûla les bouts de papier dans un cendrier et jeta les cendres dans le cabinet dont il déclencha la chasse d'eau.

Quand il se recoucha, il n'avait plus sommeil. Il n'essaya pas de fermer les yeux. Et si les billets étaient faux ? Il voyait mieux son inconnu du train à la tête d'une organisation de faux-monnayeurs. Tout était possible. Trafic d'armes ? Espionnage ?

Pour combien y avait-il d'argent dans la mallette ? Il s'était promis, comme pour se prouver son calme, de ne compter que plus tard, vers la fin de la matinée, après deux ou trois heures de repos, mais il se leva à nouveau, laissa les rideaux fermés, à tout hasard, à cause de la femme d'en face, et s'assit devant la coiffeuse de Dominique.

Les liasses de dollars contenaient bien, chacune, cent billets, ce qui représentait, pour des blocs moins épais qu'un livre de poche, une valeur de dix mille dollars.

Vingt liasses. Tous ces billets, qui paraissaient neufs, valaient en tout deux cent mille dollars ! Quant aux billets anglais, il en compta cinquante paquets de vingt, soit cinquante mille livres.

Il se leva pour aller prendre un papier, un crayon, calcula le montant du contenu de la mallette. Les dollars valaient grosso modo un million de nouveaux francs et il se sentit pris de vertige, la sueur lui gicla de tous les pores, sa main se mit à trembler.

Un million ! Plus presque sept cent mille francs en livres anglaises !

Sans compter, dans le fond du porte-documents, des billets qu'on ne s'était pas donné la peine de réunir par une bande gommée, comme pour les autres : vingt mille marks allemands et dix billets de mille francs suisses, larges et épais.

— Monsieur le commissaire, je viens vous apporter une mallette qui... que... Un inconnu, dans le train de Venise, m'a remis une clef en me demandant... Il m'avait écrit une adresse sur un bout de papier... Je l'ai brûlé tout à l'heure... Pourquoi ?... A cause de Mme Léonard, notre femme de ménage... Non, je n'avais pas l'intention de garder cet argent... Si j'ai forcé la serrure...

C'était impensable. Aucun homme dans son bon sens n'ajouterait foi à son récit.

— Je me suis rendu en taxi à l'adresse indiquée, rue du Bugnon, chez une nommée Arlette Staub... J'ai sonné... Comme on ne répondait pas, j'ai tourné machinalement le bouton de la porte et celle-ci s'est ouverte... La jeune femme était morte... Je suppose qu'elle a été assassinée... Je n'ai pas vu de sang... Peut-être l'a-t-on étranglée ?... A cette heure, la police de Lausanne est sans doute au courant...

Il se troublait davantage encore en pensant tout à coup qu'il faudrait cacher cette mallette, en tout cas son contenu. La mallette, il pouvait aller la jeter quelque part, dans la Seine, par exemple, dès qu'il ferait nuit. Pour cet après-midi, il pouvait l'enfermer dans un des tiroirs de la commode, car ceux-ci fermaient à clef.

Est-ce que Mme Léonard s'apercevrait que les tiroirs étaient fermés à clef ? Car il fallait les fermer tous les trois, ce qui ne s'était jamais fait.

Pour la première fois, il se rendait compte que, dans l'appartement, aucun meuble n'était jamais fermé, qu'il n'existait pas un endroit où il pût cacher un objet quelconque.

Sa femme, les enfants, Mme Léonard, n'importe qui, ses belles-sœurs ou sa belle-mère quand elles venaient en visite, pouvaient ouvrir n'importe quel tiroir, n'importe quelle armoire ou quel placard.

Or, samedi, sa femme et ses enfants rentreraient de vacances. Il n'avait pris aucune décision. S'il pensait à une cachette, ce n'était pas parce qu'il entendait garder l'argent. Tout au moins définitivement. Mais il devait bien attendre de savoir.

Lentement, toujours en pyjama, il fit le tour des pièces. Leur chambre d'abord, la chambre d'un couple de gens moyens, aux meubles assez modernes, d'assez bonne qualité, mais d'une banalité absolue. Il devait exister des chambres exactement semblables dans des milliers d'appartements plus ou moins pareils au leur aussi.

Encore était-ce un progrès. Quand ils s'étaient mariés, ils n'occupaient qu'un logement de deux pièces, dans un vieil immeuble du boulevard des Batignolles, et ils avaient acheté des meubles d'occasion, en particulier un de ces lits de noyer, très hauts, comme il en avait vu toute son enfance dans la chambre de son père et de sa mère.

Celui-ci était bas et il avait mis longtemps à s'y habituer. A s'habituer aussi à la légèreté de la commode, des deux fauteuils aux sièges recouverts de velours orange, de la table, de la coiffeuse.

C'était l'appartement de ses beaux-parents et il en avait hérité quand Louis Lavaud, le père de sa femme, avait pris sa retraite de maître d'hôtel au Wepler, place Clichy, pour aller s'installer à son compte sur la colline de Poissy.

Du temps des Lavaud, l'appartement était sombre. Le living-room actuel, aussi moderne que la chambre à coucher, était alors tapissé de papier mordoré imitant le cuir de Cordoue.

— Vous ferez ce que vous voudrez, mes enfants, puisque c'est maintenant chez vous, mais vous ne trouverez plus de papier-peint de cette qualité. On peut le laver à grande eau sans qu'il fasse une cloque. Combien de fois l'as-tu lavé, Joséphine ?

A l'époque aussi, les meubles étaient lourds, en chêne massif, et les chaises, autour de la table centrale, recouvertes de cuir gaufré.

Exactement comme à Gien, comme chez ses parents ! Sauf que, chez ses parents, on ne se servait à peu près jamais de la salle à manger et qu'on mangeait dans la cuisine, derrière la boutique.

Il n'était pas un voleur. Il n'avait pas l'intention d'utiliser cet argent qui, pour le moment, semblait n'appartenir à personne.

A supposer qu'il aille donner à la police le signalement de l'inconnu du train... A supposer qu'on le retrouve vivant... Ne serait-ce pas trahir la confiance que cet homme avait mise en lui ?

Et cette confiance, il ne la lui avait pas accordée au hasard, parce qu'il était son voisin de compartiment. L'homme l'avait longuement observé, lui avait posé des questions précises, au point qu'à Milan il connaissait presque tout de sa vie.

Même que, quand il était à l'école communale, puis au lycée, ses camarades l'appelaient l'asticot. Pas seulement parce qu'il était plus grassouillet que les autres. Ce surnom lui venait de ce que son père était marchand d'articles de pêche, quai Lenoir, non loin du Vieux Pont qui enjambe la Loire.

La maison était étroite, toute en hauteur, avec un pignon dentelé comme on en voit encore à Bruxelles. La boutique était étroite aussi, encombrée de cannes en roseau ou en bambou, entourée de tiroirs vitrés qui contenaient des flotteurs de toutes les couleurs, de toutes les tailles, des soies, des crins de cheval, des rouleaux de catgut, des plombs, des centaines, des milliers peut-être d'articles parmi lesquels son père était seul à se retrouver.

Par-dessus le marché, il vendait des asticots, des vers de vase et des porte-bois et, le dimanche, il avait toujours, pour la pêche au brochet, un vivier plein de goujons.

Son père était grand et maigre, tout le contraire de lui, blond par surcroît, avec des moustaches claires et tombantes, et Justin lui avait donné un surnom qu'il n'avait jamais dit à personne : le Gaulois anémique.

Car il avait le teint blême, des taches de rousseur, paraissait toujours fatigué, sur le point de plier son long corps en deux.

Il était mort jeune, à quarante-deux ans, de la poitrine. Sa mère disait d'une pneumonie, mais il s'agissait vraisemblablement de tuberculose.

Elle avait continué le commerce. Elle le tenait encore, seule, avec toujours Oscar qui allait, le samedi soir, pêcher les goujons à coups d'épervier et qui entretenait au fond du jardinet la « fabrique à asticots ». A cause des plaintes des voisins, on avait camouflé à l'aide d'une charmille la perche sur laquelle on plantait une tête de mouton fournie par le boucher. Après quelques jours, les asticots s'y mettaient et tombaient les uns après les autres dans un tamis garni de sciure de bois.

On les vendait à la cuiller. Quand il était enfant, la cuiller à soupe d'asticots coûtait vingt-cinq centimes.

Pourquoi pensait-il à cela tout en cherchant une place où cacher les billets ? De place, il n'y en avait pas. Il n'y avait même plus, comme au début de leur mariage, une énorme armoire à glace au-dessus de laquelle on pouvait poser un objet qui se trouvait caché par la corniche.

Il alla chercher sa propre serviette, la vida de son contenu — il n'y avait que des prospectus — et y fourra les liasses. Il en retira un billet de cent dollars, un seul, destiné à une expérience.

C'était une expérience nécessaire aussi. Il n'avait toujours rien, il n'aurait jamais rien d'un voleur. Ne devait-il pas savoir, afin de déterminer sa conduite, s'il s'agissait de vraie ou de fausse monnaie ?

— Surtout, Justin, prends tes repas chez Étienne...

Une manie, comme on en a sans doute dans tous les ménages. Ou, si l'on veut, une tradition. Quand il n'était encore que répétiteur au lycée Carnot et qu'ils avaient très peu d'argent, il leur arrivait, de loin en loin, d'aller s'offrir un vrai dîner dans un restaurant du boulevard des Batignolles, un restaurant à l'ancienne mode, avec des glaces sur les murs, un haut comptoir pour la caissière et des boules de métal pour les torchons. La caissière, c'était Mme Étienne. M. Étienne, lui, qui avait un énorme nez rouge, allait de l'un à l'autre, conseillant la sole normande ou le cassoulet.

Ils y étaient allés souvent quand Dominique était enceinte. Ils y avaient dîné aussi lors de plusieurs anniversaires de mariage.

Pour sa femme, maintenant encore, on ne mangeait bien et sainement que chez Étienne.

Eh bien ! il n'irait pas déjeuner chez Étienne. Il avait autre chose à faire, d'autres soucis. Et souci était le moindre mot !

Il s'habilla, après avoir ouvert les rideaux. Il tourna à tout hasard le bouton de la radio, mais n'entendit que des chansons et de la publicité.

— Le nombre de trains spéciaux, pour le week-end, a battu tous les records. Cela tient à ce que la plupart des gens en vacances ont profité du pont du 15 août...

Il y avait peu de chances qu'Europe N° 1 ou Radio-Luxembourg parle d'une jeune femme trouvée morte dans un appartement de Lausanne, à moins qu'il ne s'agisse d'une importante affaire internationale. Cela, il était quasiment impossible de le savoir si on ne connaissait pas l'existence de la mallette.

Au kiosque de la gare, on lui avait dit que les journaux de Lausanne arriveraient vers midi ou midi et demie.

Il ne pouvait pas laisser dans l'appartement, à la curiosité de Mme Léonard, la mallette aux deux serrures forcées. Il préféra l'emballer. Là encore, il se rendit compte de la difficulté de certaines choses qui semblent à première vue toutes naturelles. Il n'y avait pas de papier d'emballage dans la maison !

Un tiroir contenait bien des bouts de ficelle, le tiroir aux outils et aux ouvre-boîtes, mais nulle part de ce papier brun et solide avec lequel on fait des paquets.

A cause des vacances et du grand nettoyage que Mme Léonard avait fait pendant leur absence, il ne traînait pas de vieux journaux non plus.

Il se souvint qu'il y avait du papier, non pas brun, mais bleuâtre, au fond des tiroirs de la commode. Il en prit un, qu'il aurait tout le temps de remplacer. Il serait plus neuf que les autres. Dominique s'en apercevrait.

— Tiens ! Tu as changé le papier du second tiroir ?

Le tiroir où ses chemises et ses sous-vêtements étaient rangés. Que répondrait-il ?

— J'ai renversé...

Renversé quoi ? On ne boit pas son café, ni un verre de vin, en choisissant une chemise dans un tiroir.

— J'ai laissé tomber ma cigarette et...

Il trouverait bien. S'il se laissait hanter, dès maintenant, par ces menus problèmes, il n'en sortirait pas.

Il fit un paquet à peu près solide, ferma sa serviette à clef, la laissa dans le placard où elle se trouvait d'habitude, persuadé que Mme Léonard n'aurait pas l'idée, comme il l'avait fait avec le porte-documents, d'en forcer la serrure.

Il pensait trop. Il devait rester calme. Réfléchir, certes, avant de prendre une décision, mais réfléchir sans se laisser troubler.

Il descendit. La concierge le salua.

— Je vous croyais couché... Après un voyage aussi fatigant...

— Hélas ! j'ai à faire, madame Godeau...

— Surtout, prenez soin de vous. Je suis sûre que Mme Calmar n'aimerait pas savoir que, pendant son absence, son homme se laisse aller... Je me souviens de mon pauvre mari... Je ne l'ai quitté que quinze jours pendant toute notre vie commune et je sais ce que les hommes deviennent une fois laissés à eux-mêmes...

Il pénétra, un peu plus loin dans la rue, dans le garage où il laissait sa voiture.

— Tiens ! monsieur Calmar... Je croyais que vous ne rentreriez que la semaine prochaine... J'ai dû me tromper de date... Ce ne sera pas long...

Il fallut néanmoins déplacer une dizaine de voitures avant de dégager la sienne qui se trouvait, couverte de poussière, tout au fond du garage.

— Je vous demande pardon... Si j'avais su... Laissez-moi au moins lui donner un coup de chiffon...

Son paquet le gênait. Il espérait que le garagiste ne le remarquerait pas. Au lieu de l'enfermer dans le coffre, il se contenta de le jeter négligemment sur un siège.

— Bonne journée, malgré la chaleur... Je ne sais pas quel temps vous avez eu là-bas, mais ici voilà bien des années qu'il n'a pas fait aussi chaud... Vous connaissez le quartier aussi bien que moi, puisque vous y vivez depuis treize ans... Ce sont de braves gens... Eh bien ! j'ai vu des ménagères faire leur marché en short, comme sur les plages, et des enfants jouer dans la rue en costume de bain...

Il se dirigea vers l'Opéra, par des rues presque vides. Il trouva même, dans la rue Auber, une place pour sa voiture, se hâta vers une des banques des Grands Boulevards.

En gravissant les marches, en pénétrant dans le hall qui paraissait sombre, par contraste avec le soleil du dehors, et où régnait une certaine fraîcheur, il se sentait pris de panique.

Il se rendait compte que c'était le premier pas important. Non ! Le premier pas avait été d'ouvrir le casier à bagages, sur le quai I de la gare de Lausanne... Pas tout à fait, car, à ce moment-là, l'histoire de l'inconnu du train était encore plausible... A la rigueur, en remuant ciel et terre, ne pourrait-on retrouver le contrôleur italien qui avait poinçonné les billets aux environs de Padoue et qui se souviendrait sans doute du billet rose qu'il avait arraché du carnet ? Il y avait aussi le policier de Domodossola, qui avait examiné lentement le passeport et l'avait rendu avec un petit salut presque respectueux...

Pourquoi ce salut, au fait ? Le même policier n'avait pas salué Calmar. Est-ce qu'il s'agissait de quelqu'un de connu, ou occupant une situation importante dans un pays quelconque ? D'un diplomate, par exemple ? Non, il ne ressemblait pas à un diplomate. Il ne ressemblait à rien. Il était pratiquement indescriptible.

Il cherchait maintenant le guichet des changes devant lequel cinq ou six personnes attendaient, des Américains et deux Allemandes.

Les Américains tendaient des *traveller's cheques* qu'on leur demandait de signer et, après un bref coup d'œil pour comparer les signatures, on leur comptait des billets français. L'un d'eux entama une discussion parce qu'il n'était pas d'accord avec le change et, derrière lui, les deux Allemandes, la mère et la fille, manifestèrent leur impatience.

Il était presque midi. Il avait peur de voir le guichet se fermer. Il se souvint en même temps qu'il avait laissé le paquet à la mallette sur le siège de sa voiture au lieu de s'arrêter, comme il en avait formé le projet, dans une rue tranquille pour l'enfermer dans le coffre. Bah ! La voiture était fermée et un paquet mal ficelé ne pouvait guère tenter les voleurs.

Encore deux personnes... Puis une... Puis lui... Il s'efforça de ne pas avoir la main tremblante pour tendre le billet de cent dollars. Comme il s'y attendait, le caissier leva les yeux vers lui, légèrement surpris, tripota un instant le billet entre le pouce et l'index, pour s'assurer qu'il avait l'épaisseur et la consistance voulues, puis il le regarda en transparence.

— Un instant, s'il vous plaît...

Il reculait pour ouvrir un tiroir qui se trouvait devant son ventre, en sortait un étroit registre qui comportait des colonnes de chiffres.

Tout cela, en réalité, ne dura que quelques instants, et il y avait maintenant un groupe de jeunes Italiens qui attendaient leur tour derrière Calmar.

Le tiroir refermé, le caissier questionna :

— En argent français, je suppose ?

— S'il vous plaît...

Les billets crissaient sous ses doigts, des billets de dix francs dont il soulevait les coins, car ils étaient en liasses, comme les dollars et les livres de la mallette.

Puis il comptait des coupures, enfin des pièces de deux francs et d'un franc.

Calmar, sans se donner la peine de glisser les billets dans son portefeuille, les fourra dans sa poche. Les dollars n'étaient pas faux ! Il y en avait pour plus d'un million et demi de francs dans sa serviette négligemment posée sur le rayon d'un placard, dans son appartement de la rue Legendre.

Pour la première fois de sa vie, il dépensait de l'argent qui ne lui appartenait pas. Non. Une fois, il avait volé, réellement volé, en connaissance de cause. Il avait dix ou onze ans. Il faisait chaud, comme aujourd'hui. A cette époque-là, ses parents et lui ne partaient pas en vacances. C'était, au contraire, la meilleure saison pour le commerce. Il arrivait à son père, après le déjeuner, de s'assoupir dans son fauteuil d'osier de la cuisine, où il sursautait lorsqu'il entendait tinter la sonnette de la boutique.

Il ne se souvenait plus où était sa mère ce jour-là. Peut-être à étendre le linge sur l'herbe du jardin ? En tout cas, il s'était glissé sans bruit derrière le comptoir et avait plongé la main dans le tiroir où on mettait l'argent. Il n'avait pris que cinquante centimes. Quelques minutes plus tard, il achetait un cornet de glace à l'Italien qui poussait sa petite charrette jaune dans les rues.

Il marchait ainsi, léchant la crème vanillée, quand il avait aperçu de loin un camarade de l'école. Et, comme ce n'était pas dimanche, comme il n'avait pas l'habitude de pouvoir s'offrir un cornet de glace les jours de semaine, il avait laissé tomber son cornet dans le ruisseau, puis s'était hâté de tourner dans la première rue à gauche.

Il était très rouge. Il sentait le sang battre dans ses tempes. Il s'était regardé dans le miroir d'une épicerie et, comme il était assez mystique, il s'était précipité à l'église pour se confesser.

Cette fois, dans la seconde salle du Café de la Paix, il n'aurait pas dû avoir mauvaise conscience. Il ne voulait pas avoir mauvaise conscience. S'il ne s'était pas installé à la terrasse, où il faisait plus frais, pour déjeuner, c'est qu'il n'avait pas envie d'être aperçu par un employé du bureau, ou par un client, car il ne lui arrivait guère de fréquenter des endroits aussi coûteux.

Il n'en avait pas moins commandé des plats très chers, les hors-d'œuvre variés, une demi-langouste, puis une brochette de foies de volaille, tous plats qu'on servait rarement à la maison.

Sans doute était-ce un pas de plus, mais il était inéluctable. Ce n'était pas par lucre, mais par besoin de savoir, qu'il avait changé le billet de cent dollars à la banque.

De sorte qu'il avait en poche de l'argent qu'il ne pouvait pas dépenser légalement.

S'il avait acheté un objet dont il avait envie, un étui à cigarettes, par exemple, ou un briquet à gaz, Dominique n'aurait pas manqué de s'en étonner, tout comme s'il lui avait fait un cadeau ou offert des jouets aux enfants.

Dans tous les cas, les comptes n'auraient pas été exacts. Elle ne contrôlait pas nécessairement ses dépenses, tout au moins pas par méfiance. Elle savait bien entendu combien il gagnait, combien il gardait d'argent de poche après lui avoir remis l'argent du ménage. Ces cinq cents francs, c'était de l'argent venu de nulle part, de l'argent qu'il devait dépenser avant samedi, puisqu'il n'existait pas officiellement.

Cette pensée commençait à le tracasser. Il se rendait bien compte du sens du mot « commençait ». Il avait conscience de l'enchaînement inexorable des faits depuis le moment où, à Venise, alors qu'il regardait un décor immobile dont sa fille était le centre, il avait senti près de lui la présence d'un homme qui l'observait, de bas en haut...

Pas une fois, depuis, il n'avait réellement pris une initiative. Ses faits et gestes avaient découlé les uns des autres sans qu'il y participe.

Avant d'entrer au Café de la Paix, il avait demandé, au kiosque, la *Tribune de Lausanne* qui n'était pas arrivée.

— Peut-être d'ici une demi-heure...

Il n'en envisageait pas moins le cas où il serait obligé de garder le million et demi que contenait sa serviette et dont la vieille Mme Léonard, qui détestait tant les riches, tous les riches, tous ceux qui avaient quelques sous ou quelques loisirs de plus qu'elle, était loin de soupçonner l'existence.

En supposant... Par exemple, dans l'état actuel des choses, des informations qu'il possédait, il n'était pas question d'aller verser l'argent dans un commissariat de police. Il ne pouvait pas non plus le déposer dans une banque, l'y bloquer, en somme, pour l'en retirer quand il apprendrait éventuellement à qui il appartenait.

Le geste aurait été beau. Il en avait rêvé un moment pendant qu'il mangeait les hors-d'œuvre. Il se tairait. Il ne parlerait à personne du train de Venise, ni de la serviette, ni d'Arlette Staub. Il garderait stoïquement son secret, malgré l'inquiétude dans laquelle celui-ci le faisait vivre, malgré les soupçons qui risquaient de peser sur lui.

Puis, un jour que les journaux dévoileraient la vérité sur l'inconnu du train et sur la fortune déposée dans un casier automatique de la gare de Lausanne, il se présenterait au commissariat de son quartier, ou mieux, à un échelon plus élevé, à la Police judiciaire.

— Monsieur le directeur, je suis venu vous apporter l'argent... Vous pouvez vérifier... Le compte y est, à l'exception d'un seul billet de cent dollars que j'ai cru devoir changer dans une banque du boulevard des Italiens afin de m'assurer qu'il ne s'agissait pas de fausse monnaie...

Pourquoi pas ? Cela arriverait peut-être un jour et tout le monde le féliciterait.

— Vous devez comprendre qu'il m'était impossible d'agir autrement... Certes, en quittant l'appartement d'Arlette Staub, rue du Bugnon, j'aurais dû avertir la police... Dans mon affolement, je ne l'ai pas fait, et je me serais sans doute moins affolé si je n'avais pas été un honnête homme... Dès lors, j'étais obligé de...

Seulement, c'était impossible d'ouvrir un compte en banque sans fournir des papiers d'identité. Et les banques, dans certains cas, ne sont-elles pas tenues de fournir aux contributions directes les comptes de leurs clients ?

Pour un coffre aussi, il devrait montrer des papiers, en signer d'autres.

Une idée folle... Il en était à la langouste... Ce soir, avant de rentrer chez lui, il se proposait de jeter la vieille mallette vide dans la Seine. Pourquoi n'y pas jeter l'argent en même temps ? Une pluie de billets ! Des centaines de milliers de francs qui s'en iraient au fil de l'eau...

C'était impraticable. Personne, dans son bon sens, ne se séparerait ainsi d'une fortune.

Il avait trop préjugé de son appétit et c'est à peine s'il toucha aux foies de volaille.

— Dites-moi, garçon, voulez-vous demander au kiosque si la *Tribune de Lausanne* est arrivée ? Si oui, soyez gentil de m'en apporter un numéro...

Une gaffe. Le moindre détail pouvait suffire à le faire remarquer. Ce sont ces faits sans importance qui restent dans la mémoire des gens et leur reviennent tout à coup le moment venu.

— Tiens ! Justement, ce jour-là, un client qui faisait un déjeuner bien arrosé m'a demandé de lui acheter la *Tribune de Lausanne*.

Devait-il aussi se cacher pour la lire ? Il la parcourut tout en buvant son café, car il ne prit pas de dessert.

Pas de faits divers en première page, pas de gros titres, rien que des informations de politique étrangère. En seconde page, des annonces. En troisième, un long article sur la pollution des eaux du Léman et un compte rendu du Conseil cantonal.

Pages suivantes : nouvelles du Valais, puis du canton de Neuchâtel, de Genève, enfin du canton de Vaud : incendie à Morges, collision de voitures à Cossonay, cycliste renversé à...

Lausanne : « Nos Hôtes ». Visite d'une délégation de pédagogues américains... Collision... Tête-à-queue... Cambriolage manqué d'une bijouterie de la rue de Bourg... Un vilain monsieur...

Ensuite, des pages de sports et, au dos du journal, encore de la politique étrangère. Rien sur Arlette Staub. Rien sur l'homme disparu du train dans le tunnel du Simplon (à moins qu'il ne soit descendu à Brig !).

En tout cas, il saurait maintenant à quelle page regarder.

— L'addition, maître d'hôtel...

Le journal n'avait résolu aucun de ses problèmes et il le laissa sur la banquette. Il était une heure et demie. Là-bas, au Lido, Dominique et les enfants quittaient la pension de famille pour aller reprendre leur place sur la plage. Car chacun y réservait plus ou moins son espace vital, comme par une entente tacite. On retrouvait les mêmes groupes, à la même distance. On finissait par s'adresser un vague sourire.

— Surtout, Josée, ne mets pas les pieds dans l'eau avant l'heure du bain...

— Et moi ? questionnait Bib, l'air innocent.

— Toi non plus, bien sûr. Si je le dis à ta sœur...

— C'est parce que je suis la plus désobéissante, je sais. Pour toi, j'ai tous les défauts. N'empêche que les autres n'attendent pas deux heures avant de se mettre les jambes dans l'eau ni même avant de se baigner...

Peut-être, pendant le déjeuner à la *pensione de famiglia,* Dominique avait-elle remarqué :

— A cette heure-ci, votre père est en train de manger chez Étienne. J'espère qu'il n'aura pas choisi un plat trop lourd...

Il retrouva sa voiture et, cette fois, n'oublia pas d'enfermer dans le coffre la vieille serviette aux serrures forcées. Il prit par les Champs-Élysées pour se rendre avenue de Neuilly. Un peu avant la Défense, il s'arrêta devant un bâtiment peint en jaune clair qui portait les mots : *Asfax — Robur — Rob.*

Puis, en plus petites lettres : *Société anonyme.*

L'immeuble n'avait que deux étages et des mansardes, mais il était assez large. Avant et pendant la guerre encore, c'était une quincaillerie à l'ancienne mode où l'on trouvait de tout, des casseroles en aluminium, des barils de clous, des boulons de tous calibres, des outils pour toutes les professions artisanales, du grillage à poules aussi bien que des haltères et des tringles à rideaux.

A l'époque, le vieux Baudelin vivait encore, auréolé de cheveux blancs, vêtu du matin au soir d'une longue blouse du même gris que tout le fer qu'il vendait sous une forme ou sous une autre.

Son fils, le Joseph Baudelin actuel, portait la même tenue et rôdait, lui aussi, dans une atmosphère d'aquarium, car l'immense magasin, qui comportait une galerie, était éclairé par une cloison vitrée donnant sur la cour.

C'est au fond de cette cour, dans une sorte de remise, que le fils Baudelin avait fait ses premières expériences. Il n'y connaissait rien en matières plastiques. Il remarquait seulement qu'on s'en servait de plus en plus pour des ustensiles de ménage et pour des articles de toutes sortes.

Au lieu de s'adresser à un spécialiste, il était allé trouver un camarade, un chimiste, Étienne Racinet, qui gagnait sa vie en faisant des analyses d'urine et de sang. Racinet était célibataire, petit et rougeaud, toujours de bonne humeur, et il lui arrivait souvent de travailler dans son laboratoire jusqu'au milieu de la nuit.

Quelques semaines plus tard, il avait réuni et digéré une énorme documentation sur les produits qui existaient à ce moment et, depuis lors, il en avait ajouté beaucoup d'autres à sa liste, car il en naissait pour ainsi dire chaque semaine : polyéthylène, polyprylène, polystyrène, polycarbonate, etc.

— Pour se procurer la matière première, pas de problème... Cela se vend dans le commerce, en poudre, en granulés, en pastilles ou en pâte... Mais, si vous voulez produire quelque chose, il vous faut un mélangeur, car il y a une série d'ingrédients à ajouter, un four, pour porter le mélange à la température voulue, enfin une presse et des moules...

— Cela prend beaucoup de place ?

— Cela dépend de la grandeur des objets à fabriquer...

Baudelin avait commencé par des objets de petite dimension, des manches de brosses à dents, par exemple, des cuillers et des fourchettes pour le camping, des seaux de plage, des pelles et des râteaux d'enfants, des coquetiers, des anneaux de serviette...

De la vieille quincaillerie, il ne restait plus que la carcasse. Un rez-de-chaussée moderne, au plafond lumineux, était devenu la salle d'exposition des produits Asfax, Robur et Rob.

Les bureaux étaient au premier étage, tout au moins les bureaux de Paris, car il y avait d'autres bureaux à Nanterre et les principaux se trouvaient à l'usine de Brézolles.

Calmar gravit rapidement l'escalier de marbre, s'arrêta un instant devant la cabine vitrée qui portait le mot *Réception*.

— Le patron est arrivé ?

— Il est venu ce matin et vous a demandé.

— Il sait pourtant que je ne devais reprendre mon travail qu'après-midi...

— Vous avez oublié comment il est, monsieur Calmar ?

Ce n'était pas un mauvais homme, au contraire. Mais il détestait ne pas trouver les gens là où il s'attendait à les trouver. Chacun dans sa case. Son rêve, son idéal aurait été un monde sans dimanches, sans vacances. Est-ce qu'il prenait des vacances, lui ?

Un monde sans femmes et sans enfants. Rentrait-il souvent chez lui, dans le double appartement du boulevard Richard-Wallace, face au bois de Boulogne, où sa femme et sa fille vivaient avec quatre ou cinq domestiques ? A peine y mettait-il les pieds une fois par semaine. A peine connaissait-il la villa qu'il leur avait achetée à Mougins.

Il dormait là-haut, dans un ancien débarras près duquel il avait fait installer une salle de bains rudimentaire.

— Il est parti pour Brézolles ?

— Avec lui, on ne sait jamais.

Pour Brézolles ou pour Nanterre. Ou même pour les nouveaux chantiers du Finistère. On le croyait en banlieue et il téléphonait de Londres ou de Francfort. C'était sa vie. C'était une partie de la vie de Calmar aussi, puisqu'il passait un bon tiers de son temps avenue de Neuilly.

— Alors, enfin de retour ?

La voix joyeuse de Jouve, que tout le monde appelait Bob, le fantaisiste, le comique de la maison.

— T'as encore engraissé, dis donc !... Et t'as pas bruni du tout... Tu es sûr que c'est bien à Venise que t'es allé... ?

Bob fronça les sourcils.

— Qu'est-ce qui ne va pas, vieux ?

Jouve était son seul ami. Pourtant, il était bien obligé de lui répondre avec un sourire contraint :

— Rien... Le voyage... Ce train du matin au soir, avec des couloirs si encombrés qu'il était impossible d'aller pisser, puis un autre train toute la nuit...

— Ta femme, les gosses ?

— Ils sont restés là-bas. Ils rentrent samedi...

4

Jusqu'alors, il n'avait rencontré sa concierge que deux fois, les deux fois très brièvement ; il n'avait pas vu son garagiste plus longtemps. Les autres ne comptaient pas : le caissier de banque du boulevard des Italiens qui ne s'était intéressé qu'au billet de cent dollars et qui avait été satisfait de son authenticité, le maître d'hôtel et le garçon du Café de la Paix.

Maintenant, cela devenait différent et les plaisanteries de Bob l'inquiétèrent, alors qu'il entrait dans son bureau où l'attendait une pile de catalogues arrivés des États-Unis en son absence.

Jouve passait pour un garçon léger, qui ne prenait rien au sérieux et qui avait gardé l'esprit des Beaux-Arts. Une sorte d'hurluberlu, qui ne pouvait pas voir passer une dactylo à sa portée sans lui mettre la main à la croupe ou à la poitrine, même Mlle Valérie, la plus laide, la plus disgracieuse, qui se croyait obligée de pousser des cris d'effroi comme s'il tentait de la violer.

Il vivait dans un atelier du quai des Grands-Augustins et, s'il avait toujours une compagne, elles changeaient en moyenne chaque mois. C'était d'ailleurs curieux, car elles se ressemblaient toutes, petites, noiraudes, avec de grands yeux doux, de sorte qu'on se demandait pourquoi il ne gardait pas la même.

Quand il faisait des farces, ce qui lui était habituel, il avait l'air d'un grand gamin blond aux yeux rieurs ; en réalité, il était du même âge que Calmar et ils s'étaient connus quand celui-ci suivait encore des cours à la Sorbonne et qu'ils fréquentaient tous les deux un restaurant bon marché du quai des Tournelles, la Petite Cloche, où il n'y avait qu'un plat du jour inscrit à la craie sur une ardoise.

Le patron avait lu dans les journaux que des collègues s'étaient enrichis en acceptant des toiles de jeunes peintres en payement de leurs repas et il lui arrivait d'agir ainsi avec des élèves des Beaux-Arts.

Jouve peignait-il toujours ? Il le prétendait et c'était possible car il était difficile de faire la part du sérieux et celle de la gouaille dans ce qu'il racontait.

— Tu sais, vieux, je vais devoir me marier... Je compte sur toi comme témoin...

— Avec qui ?

— Avec Aline, parbleu ! Voilà près de trois mois qu'on est ensemble et elle vient de m'annoncer qu'elle est enceinte... Alors, comme son père est gendarme dans je ne sais quel patelin de l'Isère...

Il ajoutait comiquement :

— On devrait toujours demander à ses petites amies la profession de leur père... Un gendarme, tu parles !... Pourquoi pas un garde municipal... ?

Il y avait des mois de cela. C'était avant l'hiver. Aux alentours du 1er janvier, Calmar avait questionné :

— Comment va Aline ?

— Aline ?... quelle Aline ?...

— La fille du gendarme...

— Eh bien, mon petit père, figure-toi que, d'abord, ce n'était pas un gendarme, mais un cantonnier... Ensuite, un beau matin, elle a filé avec je ne sais quel jeune maquereau rencontré dans un bal...

— Et l'enfant ?

— Je suppose qu'il n'y avait pas d'enfant... En tout cas, moi, ça ne me regarde plus... Tu n'as pas encore rencontré Françoise ?... Il n'y a que trois semaines qu'elle vit avec moi mais, cette fois, je crois que c'est pour de bon...

Il lui était arrivé d'envier Jouve. En l'observant davantage, il en était venu à la conclusion que son ami était moins heureux que lui et que, s'il plaisantait à tout propos, c'était pour cacher sa mélancolie.

Jouve l'observait aussi. Aujourd'hui en particulier. Leurs bureaux communiquaient. Celui de Bob était une sorte d'atelier avec une grande table de dessinateur près de la fenêtre, des croquis épinglés sur les murs, des objets inattendus, tous en plastique, qui encombraient le plancher. Le patron en apportait de nouveaux chaque semaine.

— Étudiez-moi ce seau, Jouve. Un concurrent vient de le sortir. Il n'est pas mal, mais nous pouvons faire mieux, d'abord en arrondissant les bords...

Arrondir ! C'était sa marotte. Curieusement, c'était peut-être aussi, en partie, le secret de sa fortune. Donner aux objets en plastique, quels qu'ils soient, un aspect plus rond, plus doux, plus confortable.

— Quand un seau, une bassine, une brosse à dents ont des lignes sèches, les gens s'imaginent que c'est de la camelote.

Jouve, en bras de chemise, venait trouver Calmar.

— Il paraît que, dans le catalogue de Sears-Roebuck, tu vas trouver des tas de nouveaux machins...

Ils faisaient l'un et l'autre un drôle de métier. Chacun, bien entendu, comme à peu près tout le monde dans la maison, avait un titre. Jouve était directeur artistique ; Calmar, lui, avait été bombardé directeur des services étrangers.

Curieuse boutique. Le système n'en donnait pas moins des résultats. Le « directeur des services techniques », ou encore « directeur des laboratoires », n'avait-il pas consacré la plus grande partie de sa vie à des analyses d'urine ?

On faisait visiter aux clients la salle d'exposition du rez-de-chaussée, en se gardant de leur montrer les fameux laboratoires et les bureaux d'études. Les bureaux d'études, c'était l'atelier de Jouve, même s'il en existait d'autres, plus sérieux en apparence, avec des ingénieurs et des gens sortis des écoles techniques, à l'usine de Nanterre, d'autres, encore et surtout, dans l'usine moderne de Brézolles qui occupait deux cents ouvriers et ouvrières.

Ici, à Neuilly, c'était le cerveau, avec la chambre du grand patron, aussi nue qu'une chambre de bonne, au second étage, et un cagibi où couchait Marcel, le chauffeur, les soirs où il n'avait pas le temps de rentrer chez lui.

Le laboratoire, c'était l'ancien atelier du fond de la cour, d'où tout était sorti et qui s'était transformé peu à peu. Le petit et rondouillard M. Racinet s'y livrait à des recherches qui avaient l'air de jeux d'enfants, essayant des mélanges, des couleurs, actionnant la presse avec la seule aide de l'ancien magasinier de la quincaillerie, un certain Cadoux, qui savait tout faire.

— Dis donc, vieux...

Bob était debout devant Calmar, une cigarette éteinte aux lèvres.

— Tu es sûr que tu te sens bien ?... Il ne s'est rien passé, là-bas, entre Dominique et toi ?...

— Que se serait-il passé ?... Je t'assure...

— Bon ! Ne te fâche pas... Tu n'as pas l'air dans ton assiette, voilà tout... Dominique va bien ?

— Très bien...

— Elle brunit ?

— Tu sais bien qu'elle ne parvient pas à brunir... Elle devient rouge et elle pèle...

Il y avait un secret entre eux, assez gênant pour Justin Calmar, d'ailleurs. Quand on lui demandait où il avait rencontré sa femme, il répondait d'un ton léger :

— Dans le métro, figurez-vous... Comme quoi le métro a du

bon... Nous faisions tous les deux, chaque jour, le même trajet, et nous avons fini par nous adresser la parole...

Ce n'était pas vrai. Il avait rencontré Dominique à la Petite Cloche alors qu'elle était la maîtresse passagère de Bob et qu'elle travaillait comme vendeuse dans une ganterie du boulevard Saint-Michel.

Ils s'étaient quittés, Bob et elle. Comment Justin avait-il pris la succession de son ami, c'était une histoire confuse, qu'il n'avait jamais bien démêlée.

L'important, c'est qu'elle était sa femme, depuis treize ans, et qu'il était heureux avec elle.

— Je te jure que je suis parfaitement heureux...

— C'est possible ! C'est possible ! Seulement, on ne le dirait pas...

— Tu crois que le patron va venir ?

— Qu'est-ce que cela peut te faire ?

— Challans est toujours en vacances ?

— Jusqu'au 1er septembre.

Le directeur commercial. Enfin, il en était de lui comme des autres. Il portait le titre de directeur général, mais il devait avoir été choisi parce qu'il s'habillait d'une façon élégante et sobre, parce qu'il avait de la prestance et qu'il pouvait parler pendant des heures de n'importe quoi en laissant croire qu'il connaissait la question à fond.

En réalité, c'était un ancien représentant en produits chimiques qu'on avait installé dans le plus beau bureau de la maison, précédé d'une antichambre où se trouvait le central téléphonique et deux secrétaires.

Challans recevait les clients, les pilotait gravement, d'objet en objet, dans le hall d'exposition. Le plus souvent, lorsqu'il discutait d'une affaire dans son bureau, le grand patron, Baudelin, entrait avec l'air de rien et la plupart des gens le prenaient pour un employé quelconque.

— Vous ne croyez pas, monsieur le directeur, que vous pourriez accorder à monsieur les marges de crédit qu'il demande ?

Cela ressemblait à une farce. Or, Joseph Baudelin était l'homme le moins farceur de la terre. Avec son aspect de vieux serviteur de confiance, il voyait tout, était partout, décidait de tout, aussi bien ici à Neuilly que dans les usines.

Souvent, il allait rôder dans les grands magasins et autres établissements à succursales multiples où il tripotait, comme un client, les objets exposés.

— Vous êtes sûre, mademoiselle, que ce seau supporte une température de quatre-vingts degrés ?

— Personne ne s'est jamais plaint, monsieur.

— La couleur ne se ternit pas après quelques semaines dans les rayons ?

— Voyez vous-même...

— Combien en vendez-vous par semaine ?

— Je ne sais pas... Je ne suis pas chef de service...

Il achetait, sans avoir dit qui il était, et il arrivait dans l'atelier de Bob avec un paquet sous le bras.

— Étudiez-moi cette horreur, mon petit. C'est mal foutu, mais cela se vend. Donc, si vous arrivez à arrondir, et si Racinet obtient une couleur plus plaisante, qui ne passe pas au soleil...

Calmar se rendait compte, tout à coup, qu'il avait été heureux dans cette maison, et il se répétait qu'il n'y avait aucune raison pour ne pas continuer à l'être.

— Où pourrais-je cacher les billets ?

Il y avait, dans son bureau, un vaste meuble aux portes à glissières où il rangeait ses catalogues. Il existait une serrure mais, comme on n'avait jamais fermé le meuble, la clef était perdue depuis longtemps.

Dans le coin gauche, près de la fenêtre, il disposait d'un classeur métallique vert pour la correspondance. La clef était à sa place et, le soir, il se contentait de la glisser dans son tiroir qui, lui, ne fermait pas.

Qu'est-ce qui fermait dans la maison ? Rien, probablement, sinon la petite armoire en palissandre dans laquelle François Challans gardait le whisky, le cognac et le porto destinés aux clients de marque.

Même dans le laboratoire du fond de la cour, Racinet ne considérait pas ses formules comme assez originales pour être conservées sous clef.

Où Calmar aurait-il pu cacher une fortune de plus d'un million et demi de francs ? Et comment, si elle venait à être découverte, prétendre qu'elle était à lui ?

C'était à cela qu'il pensait tout en feignant d'étudier les illustrations des catalogues américains. Ce matin encore, les billets, dans la serviette, étaient des billets anonymes, qui n'appartenaient provisoirement à personne.

Provisoirement. La preuve, c'est qu'il avait envisagé un moment, aux environs de midi encore, la possibilité de les déposer en banque jusqu'à nouvel ordre ou de louer un coffre pour les mettre en lieu sûr.

A son insu, il commençait à penser à cette fortune comme à la sienne. Il n'en était pas à se demander ce qu'il en ferait. Il n'avait aucun projet. Il restait dans le vague. Ce n'était pas tout à fait à lui, mais il était possible, si les événements tournaient d'une certaine façon, que cela devienne son bien.

Sans que cela soit un vol. Ni une malhonnêteté. Il serait forcé de garder l'argent, voilà tout, comme il était obligé aujourd'hui de le cacher quelque part.

Cette perspective était à la fois séduisante et angoissante. Plus angoissante qu'agréable, pour le moment. Parce qu'il n'y avait rien encore de définitif. Parce que des problèmes se posaient.

Avant tout, de savoir ce qu'était devenu l'homme du train de Venise et qui il était. Un espion, un trafiquant international, comme il y avait de bonnes raisons de le penser ?

Dans ce cas, à qui rendre l'argent ? Pouvait-il se présenter au consulat d'un pays quelconque, à supposer qu'il s'agisse d'espionnage, et déclarer :

— Je désire vous remettre une somme qu'un de vos agents a déposée dans un casier à bagages de la gare de Lausanne dont il m'avait confié la clef...

Pourquoi lui confier cette clef à lui ? Pour aller porter ensuite la mallette à une certaine Arlette Staub...

— Lorsque je suis arrivé chez elle, elle était morte...

C'était grotesque. Et s'il s'agissait d'une bande internationale ? A qui, dans ce cas, appartenait l'argent ? Pas à l'homme de Venise, puisque les billets étaient venus illégalement entre ses mains. Le produit d'un vol, d'une escroquerie ou d'une fraude ne peut devenir en aucun cas la propriété de l'auteur du délit ou de ses complices.

Au demeurant, où étaient les complices ? Quels complices ?

Sa position avait paru presque simple, au premier abord, et elle se compliquait à mesure qu'il y réfléchissait, même s'il s'efforçait par tous les moyens de ne pas réfléchir. Il aurait voulu que le patron entre dans son bureau, lui donne un travail urgent, de quoi occuper ses jours et ses nuits pendant la semaine entière.

Les complices... Il n'y avait pas seulement les complices. Ou, dans ce cas, l'un d'eux avait trahi, avait tenté d'agir pour son compte en tuant Arlette.

C'était beaucoup plus grave et il en eut soudain des sueurs froides, une envie d'aller vomir le bon déjeuner, trop riche, trop lourd, qu'il s'était offert au Café de la Paix.

Il était urgent de mettre les choses au point.

La clef, d'abord, élément essentiel, puisqu'elle pouvait mettre celui qui l'avait entre les mains en possession du million et demi.

Cette clef, le dimanche 19 août, entre Venise et Milan, se trouvait dans la poche de l'inconnu qui la lui avait remise, sous prétexte qu'il avait un avion à prendre à Genève et qu'il n'aurait pas le temps de descendre du train.

Donc, détenteur provisoire de la clef, entre Milan et Lausanne : lui, Justin Calmar.

Qui le savait ? L'homme qui la lui avait confiée, évidemment. Mais rien ne prouvait que quelqu'un d'autre n'était pas au courant. Pendant des heures, le train n'avait pas désempli et des gens de toutes sortes stationnaient dans le couloir, qui pouvaient avoir vu ce qui se passait.

Pourquoi l'homme aurait-il disparu de son propre gré ? Pourquoi, par exemple, se serait-il suicidé en sautant du train sous le Simplon ? Et pourquoi, s'il en était ainsi, la *Tribune* du matin n'en avait-elle pas parlé ? On verrait bien le lendemain.

Il avait disparu, soit ! Quelqu'un, dans le train, à Lausanne ou ailleurs, n'en connaissait pas moins l'existence de la mallette, puisque la jeune Staub avait été assassinée peu avant la visite de Calmar.

Celui qui l'avait tuée savait-il qu'elle devait recevoir l'argent, en dépôt, vraisemblablement, ou pour le remettre à une tierce personne ?

Pourquoi, alors, le crime avait-il été commis trop tôt ? Une demi-heure, une heure, deux heures plus tard, la fortune se serait trouvée dans l'appartement de la rue du Bugnon.

Ouf !... Il n'en pouvait plus... Il était aussi harassé que s'il avait fait vingt fois le tour du bois de Boulogne, par cette chaleur, au pas de course.

— Tu es vert, vieux... Si c'est l'estomac, tu devrais prendre du bicarbonate de soude...

Bob était trop malin, malgré ses airs farfelus, pour croire à une indigestion. Il devait déjà avoir compris que son camarade était hanté par un problème : un problème insoluble !

Pourquoi, oui, pourquoi la personne qui s'était débarrassée d'Arlette Staub ne se débarrasserait-elle pas de Justin à son tour ? Même s'il n'avait plus l'argent !

Il se serait résigné, à la rigueur, à aller ce soir même remettre les billets dans le porte-documents déglingué et à jeter le tout dans la Seine, assez loin de Paris, dans un endroit désert.

A quoi ce geste l'avancerait-il ? Si quelqu'un — ce qui était parfaitement plausible — le savait en possession des billets, il ne saurait pas, il n'imaginerait même pas que Calmar avait tout à coup décidé de les flanquer à l'eau.

Alors ? Où, quand, à quel endroit allait-il être en danger ? Quand il rentrerait chez lui ? Quelqu'un pouvait déjà s'y trouver caché. Pas encore, à cause de Mme Léonard. Mais, après cinq heures, l'appartement serait vide et n'importe qui d'un peu adroit n'aurait aucune peine à forcer la serrure.

Ce n'était pas indispensable. Il dînait chez Étienne, boulevard des Batignolles, pour faire plaisir à Dominique. Il rentrait chez lui, allumait les lampes. Un homme montait, sonnait. Le laisserait-il à la porte en essayant de faire croire qu'il n'était pas chez lui, alors qu'on voyait les lumières de la rue ?

Ici même, il n'était pas en sécurité. Tout à l'heure, il descendrait au laboratoire, pour s'assurer qu'il n'y avait pas une cachette sûre pour les billets. Il devait aussi, à son retour de vacances, serrer la main de Racinet et celle de Cadoux, qu'il n'avait pas vus depuis deux semaines.

Le temps qu'il traverse la cour et n'importe qui lui sautait dessus, ou lui envoyait une balle de revolver avant qu'il sache d'où venait le coup.

Ce matin, il avait fait une première découverte, qui l'affectait plus qu'il ne l'avait cru sur le moment : chez lui, dans son propre appartement, lui, un homme de trente-cinq ans, marié, père de famille, un homme avec des responsabilités, ne disposait pas d'un seul endroit où déposer un objet à l'insu des autres.

N'était-ce pas comme si toute une vie privée, personnelle, lui était interdite ?

En réalité, cela signifiait qu'il était prisonnier de son ménage. Non seulement il lui était interdit de rentrer à telle ou telle heure sans rendre des comptes, de dépenser de l'argent sans que sa femme le sache, d'avoir mal à l'estomac ou d'être inquiet sans qu'on le remarque, mais il se trouvait dans l'impossibilité de garder le moindre bout de papier pour lui seul !

— Dis, papa, qu'est-ce que c'est, cette boîte ?

Ou bien :

— Qu'est-ce qu'il y a dans ce paquet ?

Cela le poursuivait au bureau, où il s'était toujours cru les coudées franches ! Dans les cabinets, au moins, il pouvait s'enfermer. Il le fit et, rien que de voir la cuvette, vomit son déjeuner.

— Tiens ! Tu as déjà meilleure mine, vieux. Tu dînes avec moi à la Petite Cloche, ce soir ? Je te présenterai Françoise. Elle est rigolote, tu verras. Je n'ai jamais connu de fille aussi mal embouchée...

— Malheureusement, je suis pris...

Bob fronçait les sourcils. Il savait Dominique absente. Il savait aussi que Justin n'avait pas d'autre ami que lui et qu'il n'allait sûrement pas profiter de sa solitude à Paris pour dîner chez sa belle-sœur ou, à Poissy, dans l'auberge de ses beaux-parents.

Calmar, qui avait surpris l'étonnement de Jouve, s'empressait d'ajouter :

— Un type que j'ai rencontré à Venise et à qui j'ai promis...

Aïe ! Une gaffe. Une gaffe comme, désormais, il devait se garder d'en commettre. Bob était capable, innocemment, quand il se trouverait avec Dominique et lui, de demander :

— A propos, ton ami de Venise...

Il se reprit, aggravant son cas :

— Quand je dis Venise... En réalité, je l'ai rencontré dans le train...

— Un Français ?

— Non... Un type d'Europe centrale, je ne sais pas au juste d'où...

Il en était là, à surveiller ses moindres paroles et l'expression de son visage.

C'est à un endroit ridiculement éloigné, aux environs de Sartrouville, qu'il se débarrassa du vieux porte-documents que peu de gens, sans doute, auraient été capables d'identifier.

Pour comble d'ironie, il avait dû, auparavant, manger malgré tout des foies de volaille.

— Alors, monsieur Calmar, ces vacances ? Et cette charmante Mme Calmar ?

Il ne faisait pas encore nuit quand il était entré chez Étienne et le patron n'avait pas manqué de venir lui serrer la main ; il n'avait pas manqué non plus de remarquer :

— Il me semble que vous n'êtes pas très bronzé... Pour quelqu'un qui revient de vacances, vous avez plutôt mauvaise mine... On va vous préparer un menu léger : une julienne pour commencer, puis une petite omelette aux foies de volaille dont vous vous lècherez les doigts...

Même l'omelette, il devait l'accepter, car cela pourrait donner, un jour que Dominique l'accompagnerait au restaurant :

— Vous vous souvenez de votre premier repas, au retour de Venise, quand vous n'avez pas voulu de mes foies de volaille ?...

Elle saurait qu'il n'avait pas déjeuné boulevard des Batignolles... De question en question, de mensonge en mensonge... Il commençait à se méfier !

A moins... Une nouvelle idée lui venait à l'esprit mais il répugnait à l'envisager sérieusement : à moins de mettre Dominique au courant.

Quelle serait sa réaction ? Elle était certainement aussi honnête que lui. Elle commencerait par lui reprocher de ne pas s'être adressé tout de suite à la police.

Il parviendrait peut-être à la convaincre que, du moment qu'il avait accepté la clef des mains de l'inconnu du train, c'était devenu à peu près impossible. Et maintenant, demain, les jours suivants, ce serait plus impossible que jamais, à moins de développements imprévus.

Il était de plus en plus certain que cet argent resterait en sa possession, quoi qu'il arrive. Et que, s'il en parlait à sa femme, si elle en arrivait, comme c'était probable, aux mêmes conclusions que lui, elle prendrait désormais la direction de leur vie.

— Il faut d'abord penser aux enfants, Justin. Je t'ai toujours dit que l'air de Paris ne leur vaut rien. Souviens-toi : dès le début de notre mariage, j'ai insisté pour que nous achetions une petite maison à la campagne. On peut en trouver qu'on ne paie qu'en quinze ans...

Cela, parce que ses parents s'étaient retirés près de Poissy !

— Qu'est-ce que tu faisais quand je t'ai connu ? Tu étais professeur d'anglais au lycée Carnot, n'est-ce pas ? C'est de ton plein gré, pour gagner plus d'argent, que tu as renoncé à l'enseignement. Tu parlais même, à cette époque-là, de préparer ton agrégation...

» Eh bien ! maintenant, rien ne t'en empêche... Nous nous installerons n'importe où, dans un endroit agréable, non loin d'une rivière... Tu t'arranges pour te faire nommer à la ville voisine...

» Exempt de soucis d'argent, tu continues tes travaux à ta guise... Pendant ce temps-là, les enfants auront une vie saine... Nous mettrons de l'argent de côté pour leurs études quand ils seront grands, car on ne sait jamais ce qui peut arriver...

Non ! Cet argent-là, pour lequel il souffrait et pour lequel il souffrirait sans doute encore, ne servirait pas à réaliser les rêves de Dominique.

Une première raison, c'est que ce n'étaient pas ses rêves à lui. Même et surtout quand ils en avaient l'air. L'idée d'agrégation, par exemple ! C'était vrai qu'elle lui avait passé par la tête. C'était vrai que, pendant un certain temps, il s'était vu sous les traits d'un professeur préparant tranquillement, les pieds dans ses pantoufles, des ouvrages sur les langues comparées, ou sur tel poète anglais, Byron, par exemple, et son influence sur la littérature universelle.

La vérité, c'est qu'il avait choisi sa carrière parce qu'un professeur, en troisième, avait dit :

— Ce garçon a le don inné des langues...

Ensuite, il avait obtenu une bourse. Après sa licence ès lettres, il avait passé son C.A.P.E.S. pour l'anglais et l'allemand, ce qui signifiait qu'il était admis à enseigner ces deux langues dans les « établissements publics du second degré ».

C'était son époque du Quartier Latin, l'époque où il vivait dans un petit hôtel, derrière la Halle aux Vins, et, les jours fastes, allait manger à la Petite Cloche où il avait rencontré Robert Jouve.

Sa mère était contente de le voir devenir professeur, regrettant seulement qu'il ne soit pas nommé à Gien, mais à Paris. Elle ignorait qu'au début il n'était que répétiteur et, pour elle, cela n'aurait pas fait de différence. Elle disait sûrement à ses clients :

— Mon fils le professeur...

Il ne s'était pas laissé pousser dans cette voie. En réalité, personne n'avait essayé de le pousser, mais on ne pouvait pas dire non plus qu'il avait fait un choix délibéré. Il avait suivi le courant, épousant Dominique et vivant avec elle dans le deux pièces sur la cour du boulevard des Batignolles, à moins de cent mètres du restaurant où il venait de dîner.

Il avait connu la tribu Lavaud, qui vivait alors dans leur appartement actuel, le père, maître d'hôtel à l'époque, qui avait une très haute idée de son rôle social. Le Wepler était encore le rendez-vous d'un certain nombre de vedettes et de critiques qui l'appelaient familièrement Louis. De son côté, quand il parlait d'eux ou d'elles, il avait tendance à les désigner par leur prénom, comme s'ils se situaient sur le même plan.

— Vois-tu, mon garçon, dans mon métier, tout le monde vous connaît et on connaît tout le monde. Il n'existe pas de profession où l'on se fasse d'aussi intéressantes relations. Sans compter qu'on en apprend sur les gens beaucoup plus qu'ils ne l'imaginent. Si un homme comme moi, qui a quarante ans de Paris, écrivait ses mémoires... Toi, tu enseignes aux mômes de mes clients, mais tu ne connais d'eux que la surface...

Une sœur aînée était mariée au Havre, toujours dans la limonade, puisque son mari était chef barman à la Transat. L'autre, Rolande, était la secrétaire d'un avocat de la rive gauche et vivait seule assez mystérieusement.

Qui sait ? Dominique, bien qu'indépendante de ses parents, tout au moins en apparence, proposerait peut-être :

— Pourquoi n'achèterions-nous pas un restaurant dans le genre de celui de papa ?

Car elle avait ça dans le sang. Le dimanche, pendant qu'il montait faire la sieste, elle était ravie de donner un coup de main en bas, à la cuisine ou dans la salle. Il la surprenait en tablier.

— Tu comprends, Justin, ils étaient débordés. C'est naturel, comme nous ne payons pas nos repas...

Ce n'était pas lui qui avait envie d'aller chaque dimanche à Poissy. Les enfants, soit, à cause du vieux cheval. Quant à lui, il aurait préféré changer parfois de décor.

Et, pour ce qui était de l'enseignement... C'était étrange de découvrir soudain, parce qu'un inconnu lui avait poussé presque de force une clef dans la main, que presque toute sa vie était basée sur des demi-vérités, sinon sur des mensonges.

Il était heureux à Carnot, les premiers temps. Il considérait, lui aussi, tout comme son beau-père, son métier comme un des plus beaux qui soient.

Cela l'enchantait de voir en face de lui des rangs de visages attentifs et il avait hâte d'enseigner en deuxième et en première afin de communiquer à des jeunes son admiration pour les poètes anglais.

Ce n'était pas pour une question d'argent qu'il avait quitté l'enseignement, comme il l'avait laissé croire à Dominique, et seul Bob était dans le secret.

La vérité, c'est qu'il avait piteusement raté sa carrière de professeur. Cela, après deux ans, alors, justement, qu'il avait encore le feu sacré.

Il avait pourtant fait tout ce qui était en son pouvoir. Connaissant la répugnance de la plupart des élèves pour les langues étrangères, il s'était efforcé de rendre son enseignement attrayant. Par exemple, il inventait des dialogues amusants, humoristiques, entre ses meilleurs élèves et lui.

— Vous me paraissez bien sérieux aujourd'hui, monsieur Brown.

— C'est parce que j'ai oublié mon parapluie.

— Il pleut donc ?

— Il pourrait donc ne pas pleuvoir ?

Ils riaient. Il n'y en avait qu'un, toujours le même, au fond de la classe, Mimoune, à ne pas rire et à se désintéresser de ce qui se passait autour de lui.

— Puis-je vous demander, monsieur Mimoune, à quoi vous pensez ?

— A rien, monsieur.

— Je me permets de vous rappeler, monsieur Mimoune, qu'en ce moment vous êtes censé penser à la leçon de langue anglaise. C'est pourquoi, je suppose, vos parents vous envoient ici...

Le garçon était têtu, buté. Son regard, à ces moments-là, exprimait une haine sordide.

— Monsieur Mimoune, traduisez-moi la première phrase de la page 65.

— J'ai oublié mon livre, monsieur.

— Demandez à votre voisin de vous prêter le sien.

— Je n'emprunte jamais rien à personne.

— Monsieur Mimoune, vous me copierez trois fois la page 65.

C'était ridicule : une bataille de longue haleine entre un homme déjà fait, investi d'autorité sur sa classe, et un enfant de douze ans, fort, lui, du fait que son père était chef de cabinet dans un important ministère.

— Monsieur Mimoune...

— Oui, monsieur ?

Ce « oui, monsieur » était tellement sardonique que souvent Calmar renonçait.

— Rien. Asseyez-vous. Nous essayerons de ne pas déranger vos rêveries, pour autant que vous veuilliez bien ne pas nous déranger...

Dans les autres classes, Calmar n'avait guère de difficultés. Dans celle de Mimoune, les choses se gâtèrent petit à petit et deux clans ne tardèrent pas à se dessiner.

Il le sentit surtout aux rires. Un moment vint où ses plaisanteries n'eurent plus de succès que sur la moitié de la classe, puis sur une portion de moins en moins importante.

— Bien, messieurs, si vous préférez la sévérité, je me montrerai donc sévère, à mon grand regret, je m'empresse de l'ajouter...

Il ne faisait que les classes de sixième et de cinquième. L'année où Mimoune, malgré ses notes en anglais, passa en quatrième, le hasard voulut que Justin fût promu et désigné pour cette classe.

Le garçon n'était plus tout à fait un enfant. Sa voix était devenue plus grave. Son regard reflétait, non seulement une rancune tenace, mais une volonté inexplicable d'avoir le dernier mot.

— Monsieur Mimoune...

— Oui, monsieur.

— Vous avez votre choix de textes ?

— Oui, monsieur...

— Voulez-vous avoir l'obligeance...

— Ce ne sera pas par obligeance, monsieur, mais par obligation...

— Sans m'en réjouir, je ne vous en félicite pas moins de votre subtilité, que j'aimerais retrouver dans vos explications de texte. Page 42, s'il vous plaît...

Deux fois, Calmar avait été appelé chez le proviseur. On ne lui citait jamais le nom de Mimoune. On parlait de parents en général, d'une façon vague.

— Certains se plaignent, monsieur Calmar, d'un manque de rigueur dans votre enseignement. Il paraîtrait que vous aimez assez faire rire vos élèves, fût-ce au détriment de la discipline, ce qui ne vous empêche pas, à d'autres moments, de vous montrer d'une sévérité excessive... Veuillez y penser... N'oubliez pas que la vérité est au milieu... Vous pouvez disposer, monsieur Calmar...

La gifle vint en juin de sa troisième année dans l'enseignement. Josée avait un an et demi, faisait ses dents. Le temps était lourd. Les beaux-parents n'avaient pas encore quitté Paris et le ménage vivait dans le deux pièces des Batignolles. Tout le printemps, Dominique avait été mal portante.

Mimoune se montrait à la fois plus calme et plus virulent que jamais.

— Monsieur Mimoune, je vous ai déjà dit que j'interdis l'usage du chewing-gum dans la classe...

— Monsieur le professeur, je me permets de vous faire remarquer que vous nous donnez l'exemple en suçant régulièrement des cachous.

Ce qui était vrai, car, à l'époque, Calmar souffrait souvent de l'estomac et détestait, lorsqu'il parlait aux élèves, de se savoir mauvaise haleine.

— Je ne vous permets pas de...

— Et moi, je ne tolère pas qu'un...

Ils parlaient à la fois, à un mètre l'un de l'autre, et Mimoune, qui s'était levé, avait maintenant la taille de son professeur. Qui, le premier, avait fait un geste que l'autre avait mal compris ? Toujours est-il qu'une gifle avait claqué, suivie d'un silence comme la classe n'en avait jamais connu, puis d'un tumulte.

— Monsieur le proviseur, je vous assure que je me suis cru menacé. Il me regardait si haineusement que, quand il a décroisé les bras, j'ai cru que...

— Silence, monsieur Calmar. Veuillez le laisser parler...

— Il m'a frappé, monsieur le proviseur. Je sais qu'il en avait envie depuis longtemps. Voilà trois ans que je suis sa bête noire.

— Que répondez-vous, monsieur Calmar ?

— Que, depuis trois ans, en effet, cet élève...

A quoi bon ? Il était perdant. Et pas seulement par la faute de Mimoune. Les autres s'y étaient mis. Les professeurs, les surveillants, le proviseur enfin l'observaient avec méfiance, comme s'ils voyaient en lui la brebis galeuse.

Il était entré dans l'enseignement avec joie, avec même un réel enthousiasme.

— C'est raté, mon vieux Bob. On ne m'a encore adressé qu'un blâme. Un jour ou l'autre, ce sera plus grave. On m'enverra dans un petit trou de province jusqu'au moment où on me conseillera de démissionner...

— Que vas-tu faire ?

— Je ne sais pas... Je ne me vois pas interprète chez Cook ou concierge de grand hôtel. C'est pourtant tout ce qui m'est possible avec mes connaissances...

— Dis donc, tu connais l'allemand aussi ?

— A peu près aussi bien que l'anglais...

— Il faut que j'en parle à mon patron...

— Tu crois qu'il y a de la place pour moi dans une entreprise de plastiques ?...

— Tu ne connais pas Baudelin... Lui-même, est-il un industriel ?... Non. C'était un quincaillier et il ne connaissait rien aux matières plastiques... Qu'est-ce que je suis, moi ?... Peintre et ancien élève des Beaux-Arts, ce qui ne l'a pas empêché de m'embaucher comme dessinateur de cuvettes, de brosses à dents, de couverts pour le camping et de gourdes incassables.

» La semaine dernière encore, il s'est plaint de ce que personne ne sût l'anglais dans la maison.

» — Ces foutus Américains, disait-il, ont des modèles plus au point que les nôtres et inventent tous les jours de nouveaux objets en plastique... Si seulement quelqu'un était capable de lire leurs catalogues...

C'était ça, son poste. C'était par les catalogues de Sears-Roebuck, de Macy's, de Gimbel's et autres grands magasins que tout avait commencé.

Dominique n'en était pas moins persuadée, comme ses beaux-parents, que c'était pour gagner plus d'argent qu'il avait quitté l'enseignement.

— Je sais que c'est un sacrifice que tu nous fais, Justin, à Josée et à moi... (Bib n'était pas encore né.) Ce n'est pas trop dur ?... Tu es sûr que tu ne le regretteras pas ?...

— Mais non, chérie...

De quoi, désormais, n'allait-il pas devoir la convaincre ? Il y pensait, dans son lit, dans leur lit, où, seul, il se sentait mal à l'aise, obsédé à l'idée de la serviette pleine de billets posée négligemment, comme un objet sans valeur, dans le placard de l'entrée.

Et si... ?

SECONDE PARTIE

1

— Mon pauvre Justin ! Tu n'as pas bonne mine. J'espère que tu as mangé chez Étienne et qu'on y a pris soin de toi ?

Dès la gare, le samedi, elle lui lançait de brefs regards inquiets.

— Tu as pris régulièrement ton médicament pour le foie ?

Cela datait de loin, du temps où il avait commencé, au lycée, sa longue bataille avec Mimoune. Il se tracassait d'autant plus qu'il ne voyait d'autre issue pour lui que l'enseignement et il sentait qu'il ne tiendrait pas longtemps le coup. Son estomac en subissait le contrecoup. Ils avaient déjà pour médecin le docteur Bosson, qui continuait à soigner toute la famille.

Or, ce n'était pas Bosson qui avait parlé de son foie, mais Dominique.

— Vous ne trouvez pas, docteur, qu'il a le foie délicat ?

Comme Bosson ne contrariait jamais personne, il avait hoché la tête et grommelé un vague :

— Peut-être un peu...

Il lui avait ordonné une poudre à prendre au réveil et après les principaux repas. Pendant des mois, Justin oubliait de la prendre.

— Tu devrais faire attention. Ton teint redevient jaune...

C'était drôle de les retrouver, de revoir sa fille en robe, plus brune qu'il l'avait quittée, et Bib qui lui apparaissait tout à coup comme un déjà grand bonhomme.

Il ne se sentait pas entièrement à l'unisson avec eux. De leur côté, ils devinaient confusément, surtout Dominique, qu'il y avait quelque chose de changé.

— Tu es sorti souvent le soir ?

— Une seule fois, avec Bob.

— Tu es rentré tard ?

— A onze heures. Les autres soirs, j'étais au lit dès dix heures...

— Mme Léonard est venue chaque jour faire le ménage comme je le lui avais demandé ?

— Je suppose. Je ne l'ai pas vue mais, le soir, tout était en ordre...

— Tu n'as pas d'ennuis au bureau ?

— Pas le moindre.

Il fallait s'habituer, procéder à une sorte de réajustement.

Il s'était produit beaucoup de menus événements pendant la semaine, mais il n'avait pas le droit d'en parler. Le mardi, il avait acheté la *Tribune de Lausanne* dans un kiosque des Champs-Élysées, l'avait fourrée dans sa poche, était entré dans un bistrot et, après avoir commandé un apéritif, était allé parcourir le journal dans les toilettes.

Il ne pouvait courir le risque d'être aperçu en train de lire un journal suisse, lui qui, de toute sa vie, n'avait passé que moins de trois heures dans ce pays et qui n'y comptait ni parents ni amis.

A la rubrique « Valais », il y avait du nouveau et son cœur se mit à battre plus fort.

Un corps déchiqueté sous le Simplon

Dans la nuit de dimanche à lundi, les équipes d'entretien des voies ont fait, dans le tunnel du Simplon, une découverte macabre. A cinq kilomètres de Brig, en effet, elles ont trouvé, éparpillés sur le ballast, les restes horriblement déchiquetés d'un homme d'un certain âge qui n'a pu être identifié. On suppose qu'il s'agit d'un voyageur qui, dans l'obscurité du tunnel, s'est trompé de porte et a perdu l'équilibre.

De nombreux trains, surtout en cette période de vacances, franchissent le Simplon, particulièrement le samedi et le dimanche, et il est impossible, dans l'état actuel de l'enquête, de déterminer de quel convoi l'infortuné voyageur est tombé.

Pas de gros titres. Pas de pathos, à part l'*horriblement* et l'*infortuné voyageur*. Ce n'était qu'un fait divers comme un autre. On en reparlerait ou on n'en reparlerait pas.

Ce qui était important, c'est que l'inconnu du train de Venise ne viendrait pas réclamer à Justin le contenu de la mallette. On ne faisait allusion ni à son passeport, ni au contenu de son portefeuille, ce qui était assez étrange, à moins que celui ou ceux qui l'avaient poussé dans l'obscurité du tunnel ne s'en soient emparés avant leur crime.

Deux pages plus loin, un autre titre, dans le même caractère modeste :

Une manucure lausannoise étranglée

Lundi, en fin de journée, la police a été appelée dans un appartement de la rue du Bugnon où une locataire, Juliette P..., couturière, s'était étonnée de n'entendre aucun bruit chez sa voisine. Trouvant la porte non verrouillée, elle l'avait entrouverte et avait aperçu, dans le living-room, le corps sans vie de celle-ci. Il s'agit d'une demoiselle Arlette Staub, née à Zürich, vivant depuis plusieurs années dans notre ville.

Arlette Staub exerçait la profession de manucure. Elle a travaillé en particulier assez longtemps dans un des hôtels les plus connus de Lausanne, fréquenté par une clientèle internationale.

Il semble, cependant, que la jeune femme, jolie et élégante, ne se contentait pas de son salaire et qu'elle recevait à son domicile d'assez nombreux visiteurs.

Bien que la police reste discrète sur cette affaire, nous croyons savoir que la manucure, âgée de vingt-cinq ans, aurait été étranglée, dans l'après-midi de dimanche, à l'aide d'une écharpe de soie bleue qui a été retrouvée non loin du corps.

Rien d'autre. Pas trop de pathos non plus. Ni de pitié à l'égard d'une jeune femme *élégante* qui ne *se contentait peut-être pas de son salaire* et qui recevait à son domicile *d'assez nombreux visiteurs.*

Un détail, pourtant, qui ne laissait pas d'être inquiétant pour Calmar : *La police reste discrète sur cette affaire...*

Cela ne signifiait-il pas que la police tenait tout au moins le bout d'une piste qu'elle ne voulait pas dévoiler ? N'avait-on pas remarqué un homme en complet crème qui, le dimanche, en fin d'après-midi, s'était arrêté en face de l'immeuble et, quelques instants plus tard, était remonté en taxi ?

Le chauffeur n'avait-il pas été retrouvé ? N'avait-il pas fourni son signalement et parlé de la serviette ?

Au buffet de la gare, la serveuse se souvenait certainement de lui, de ses deux whiskies, de son visage inquiet ou défait...

Tout cela faisait désormais partie de sa vie. Il s'en accommodait presque. Le lundi soir, il était allé en voiture jusqu'à Sartrouville pour jeter dans la Seine la mallette enveloppée de papier bleuâtre qui avait flotté un bon moment avant de s'enfoncer dans l'eau.

Il se méfiait de tout, des voitures arrêtées dans l'obscurité, qui pouvaient cacher des amoureux, des péniches amarrées le long des quais, des clochards endormis au pied d'un arbre ou d'une pile de pont.

Il avait eu soin de prendre tous ses repas chez Étienne, sauf le soir où il était allé dîner avec Bob et sa nouvelle maîtresse, la Françoise mal embouchée qui avait dû s'écrier quand il les avait quittés :

— Dis donc, il n'est pas marrant, ton copain...

Il n'avait jamais été marrant. Mais, à part la période la plus sombre du lycée, il ne croyait pas avoir été plus lugubre qu'un autre. Le soir, il aidait Josée à faire ses devoirs et Josée n'hésitait pas à le taquiner, ce qu'elle n'aurait pas osé faire avec un père grognon ou solennel.

Non. Il était comme les autres, comme la plupart des autres. Maintenant encore, n'agissait-il pas comme n'importe qui aurait agi à sa place ?

Faute d'une cachette sûre dans les bureaux ou dans le laboratoire de l'avenue de Neuilly, il s'était résigné à une solution qui ne lui plaisait qu'à moitié et qu'il considérait comme provisoire.

Puisqu'il avait pris la mallette dans un casier automatique de gare, pourquoi ne pas continuer à employer ce système ?

Le mardi, il avait quitté le bureau plus tôt que d'habitude et avait traversé presque tout Paris pour se rendre dans une maroquinerie du boulevard Beaumarchais. Il n'avait pas le droit d'effectuer dans son quartier un achat qui pourrait paraître inexplicable et il s'était souvenu de ce magasin aperçu un jour en passant, à peu près à hauteur du Cirque d'Hiver.

Seule la dimension comptait, pas la qualité. Au contraire, la mallette devait être assez quelconque pour ne pas le faire remarquer chaque fois qu'il irait la retirer.

Car il était obligé, désormais, d'aller la retirer tous les cinq jours. C'était le règlement. Après cinq jours, les casiers étaient ouverts par le préposé à la consigne et le contenu conservé, sur les rayons de cette consigne, pendant un délai de six mois.

Il ne voulait pas courir ce risque. Il aurait pu louer un casier pour une durée plus longue, mais il aurait été astreint à remplir une formule, à fournir un nom et une adresse.

Il avait commencé par la gare Saint-Lazare. Avant le dimanche, il lui fallait reprendre la mallette ou remettre de la monnaie dans la fente, ce qu'il trouvait risqué. Il préférait changer chaque fois de gare.

Tout cela était beaucoup plus compliqué que cela ne le paraissait au premier abord. Jamais, jusqu'au retour de Venise, il ne s'était rendu compte qu'il vivait prisonnier d'une routine et que, vingt-quatre heures sur vingt-quatre, ses faits et gestes étaient observés, soit par sa femme ou par les enfants, soit, au bureau, par son patron, ses collègues et les dactylos.

La preuve, c'est qu'il n'avait jamais tant entendu parler de sa mauvaise mine. Il n'avait pas le droit de mal digérer, d'être soucieux, tracassé.

— Qu'est-ce qui ne va pas, vieux ?

Dominique se levait de table pour aller lui chercher ses petits sachets de poudre.

— Si tu n'es pas mieux dans deux ou trois jours, je téléphonerai au docteur Bosson...

Il habitait à trois maisons de chez eux et on le voyait passer avec sa vieille trousse à la main, une trousse si lourde qu'il avait toujours l'air d'avoir une épaule plus basse que l'autre. Il avait de grosses moustaches poivre et sel qui le faisaient ressembler à un chien barbet et, quand il examinait un malade, il ne cessait de grommeler entre ses dents.

Il les aimait bien, en particulier Josée, qu'il avait vue naître. Peut-être aimait-il tous ses patients ?

Justin n'avait aucune envie d'être examiné par le docteur et, d'ici à ce que sa femme s'inquiète davantage, il avait le temps de reconquérir un minimum d'équilibre. Cela allait déjà mieux. Il parvenait à envisager sans fièvre, sans trop d'angoisse, ce qu'il devait faire et ne pas faire, ce qu'il devait dire et ce qu'il ne devait pas dire.

M. Baudelin, lui aussi, s'en était mêlé. Le mardi, il avait fait irruption dans le bureau de Calmar.

— Tiens ! Déjà rentré ?

Comme s'il ne savait pas qu'il avait exigé que Justin reprenne son travail le lundi après-midi !

— Vous, on ne peut pas dire que les vacances vous aient fait du bien. Il est vrai qu'elles ne font de bien à personne. On court les routes avec le seul souci de dépasser les camions, on couche dans de mauvaises chambres, on se gave de n'importe quoi en s'imaginant que, parce qu'on n'est pas chez soi, la nourriture est meilleure. Ensuite, on passe ses journées à attraper des coups de soleil, à se disputer avec sa femme ou à crier sur les enfants et, quand on rentre enfin, c'est pour se reposer au bureau. Reposez-vous, mon ami ! Vous avez tout le temps. Quant à moi, je n'ai pas pris de vacances et j'espère n'avoir jamais à en prendre...

Sans les samedis après-midi et les dimanches, Baudelin aurait sans doute été un homme heureux. Ces jours-là, il ne se sentait pas dans son assiette.

Un samedi après-midi que Calmar avait dû revenir au bureau pour y prendre un dossier sur lequel il avait l'intention de travailler le dimanche, il avait trouvé les bureaux vides, silencieux. Sur lui aussi, cela avait eu un effet déprimant. L'immeuble avait comme un air d'abandon et tout ce qui, en semaine, paraissait important, prenait soudain un visage futile.

Le hall d'exposition, par exemple, avec ses objets hétéroclites, en plastique de toutes les couleurs, devenait la caricature d'un magasin. Les casiers à correspondance perdaient leur solennité et les machines à écrire, sous leur housse, avaient quelque chose de funèbre.

Il était difficile de croire que, les autres jours, toute la maison vivait, que des gens allaient et venaient, l'air grave, s'occupant de ces seaux jaunes ou verts, de ces couverts transparents, de ces bouteilles, de ces peignes, de tous ces objets, fruits de longues recherches, de discussions, d'essais de laboratoire, qui prenaient soudain un aspect saugrenu.

Justin était assis à son bureau, cherchant les pièces dont il avait besoin, quand il avait entendu un cliquetis de machine à écrire au-dessus de lui. Intrigué, il était monté au deuxième étage, où il mettait rarement les pieds.

Il y avait trouvé le patron, en pyjama et en robe de chambre, qui tapait à deux doigts sur une machine portative qu'il ne lui connaissait pas.

— Qu'est-ce que vous venez faire ici un samedi après-midi, vous ?

— Je vous demande pardon. Je suis venu chercher des documents que je me propose de traduire à tête reposée à la maison.

— Vous faites du zèle, à présent ?

Il prenait un air bourru, mais Calmar avait senti que le déjà vieil homme n'était pas fâché de voir un être humain. Il devait passer son temps, ces jours-là, à errer dans les bureaux vides, dans le laboratoire, dans les remises. On s'en apercevait le lundi quand il appelait une des dactylos afin de lui dicter les observations qu'il avait faites et qui se traduisaient en notes brèves pour les différents chefs de service.

Alors que les bureaux du premier étage étaient modernes, confortables, celui de Baudelin était une sorte de capharnaüm auquel aucun client n'avait jamais eu accès. A côté de classeurs verts, on voyait, sur les murs, des rayonnages de bois blanc bourrés de catalogues et de papiers de toutes sortes. Et par terre, dans les coins, s'empilaient des produits de la maison, surtout des produits ratés qui avaient fait l'objet de recherches de la part de Bob ou de M. Racinet.

Souvent, le dimanche matin, le patron se faisait conduire par Marcel, son chauffeur, à Nanterre ou à l'usine de Brézolles, où il ne rencontrait que le gardien et où, comme ici, il errait dans les locaux vides.

Depuis que des chantiers étaient ouverts dans le Finistère, il passait parfois la nuit en voiture et, le dimanche, les gens qui passaient en auto pouvaient le voir allant et venant, solitaire, sous les grues, autour des trous béants, des malaxeuses et des broyeuses.

— J'espère que votre femme a mieux profité que vous de son séjour à Venise ?

— Elle ne rentre que samedi...

Il ne l'avait vue qu'une fois, à l'occasion du vingtième anniversaire de la maison, quand on avait réuni tout le personnel autour d'un buffet, dans le hall d'exposition. Il avait la mémoire des visages, des noms. Il n'oubliait rien. Ainsi, il s'était souvenu que Justin était allé en vacances à Venise et il savait certainement où se trouvait chacun de ses employés.

Peut-être lui aurait-il été moins facile de dire ce que faisaient sa femme et sa fille.

— Il faudra que je fasse attention à lui... pensa Justin.

Il ne voyait pas souvent le patron, la plupart du temps pour quelques instants, entre deux portes, mais, de tous, c'était le plus dangereux.

Bob l'observait davantage, lui posait des questions, avec l'air de s'inquiéter. Mais Bob en arriverait vite à la seule solution qu'il considérait comme normale.

— Tous les mariages sont destinés à tourner mal... lançait-il volontiers avec son air de plaisanter. Du moment qu'on met deux êtres ensemble, un mâle et une femelle, il est ridicule de croire que l'un des deux va sacrifier éternellement sa personnalité.

Bob, lui, n'avait jamais vécu avec une femme plus de trois mois. Ne le regrettait-il pas ? N'était-ce pas par impuissance à faire partie d'un vrai couple qu'il était si pessimiste ?

— Pendant un temps, on marche la main dans la main, ou bras-dessus bras-dessous. On se raconte. Chacun adore se raconter, tout en ne prêtant qu'une oreille distraite à ce que l'autre lui raconte à son tour... La seconde, la troisième fois qu'une femme débite la même histoire du temps de son enfance, l'irritation commence, et il en est de même si c'est l'homme qui rappelle ce qu'il faisait à dix-sept ans...

Il concluait :

— C'est comme un combat de boxe. Il faut qu'en fin de compte l'un des deux gagne et que l'autre se résigne. Toute la question est : lequel ?...

Justin avait l'impression que, dans son ménage, ni l'un ni l'autre n'avait essayé de gagner. Ce n'était que maintenant qu'il se rendait compte des limites étroites entre lesquelles sa vie était enfermée.

Rien que pour aller changer la mallette de casier, il fallait, chaque cinq jours, trouver une excuse, soit au bureau, s'il le quittait plus tôt que d'habitude, soit chez lui s'il rentrait plus tard.

Les rares fois qu'il lui arrivait de s'arrêter en route, jadis, c'était pour acheter, par exemple, les premières violettes pour Dominique, car il lui avait toujours acheté les premières violettes et la tradition durait depuis treize ans ; ou encore il apportait une primeur à l'intention des enfants, les premières cerises, les premiers abricots, les premières pêches, l'hiver, parfois, un gâteau qu'il achetait toujours dans la même pâtisserie de l'avenue de la Grande-Armée.

— Excusez-moi, mes enfants, je suis un peu en retard. J'ai été arrêté par un accident qui s'est produit juste devant moi et c'est une chance qu'on ne m'ait pas pris comme témoin... J'ai fait celui qui n'avait rien vu...

Il ne pourrait pas inventer des accidents tous les cinq jours. Cela s'arrangerait, évidemment. C'était une question de mise au point, d'organisation, comme disait pompeusement le pompeux François Challans qui appréciait tant le mot efficacité.

L'homme du train de Venise était mort. Arlette Staub, la manucure de mœurs légères, à en croire la *Tribune de Lausanne*, était morte aussi. Ni au sujet de l'un ni au sujet de l'autre, il n'avait été question de la mallette et des billets. Pas question non plus d'espionnage ou de bande internationale.

Jusqu'à nouvel avis, le million et demi n'appartenait à personne, ce qui revenait à dire qu'il appartenait à Justin Calmar.

Et, à moins de nécessité, celui-ci était décidé à le garder. Encore une fois, ce n'était pas par cupidité car, au fond, il n'avait pas la moindre idée de ce qu'il en ferait. Il n'avait changé qu'un seul billet et il avait eu peine à le dépenser.

— Tiens ! Tu t'es acheté une nouvelle cravate ?

— Je me suis dit que cela te ferait plaisir de me voir avec une cravate un peu plus gaie...

C'était elle, d'habitude, qui lui choisissait ses cravates, cadeau inévitable pour son anniversaire, pour Noël, pour la journée des pères. Il n'avait pas résisté au désir de s'offrir une cravate à rayures rouges et bleues dans une chemiserie de l'avenue George-V où, avant, il n'aurait jamais mis les pieds.

— Tu as dû la payer cher...

— Moins cher que je ne le pensais... Dix-huit francs...

Ce n'était pas vrai. Il l'avait payée vingt-cinq. Et il regrettait déjà son mensonge. Il était vital qu'il devienne plus prudent et qu'il garde l'esprit toujours en alerte. Le nom du magasin se trouvait à l'intérieur de la cravate. A supposer que Dominique, pour son prochain anniversaire, entre dans cette maison et demande une cravate de dix-huit francs ?...

Il avait travaillé toute sa vie. Enfant, il travaillait plus que ses petits camarades afin d'obtenir une bourse et, professeur de lycée, il s'était donné plus de mal que ses collègues, ce qui ne l'avait pas empêché, à cause d'un gamin nommé Mimoune, d'échouer piteusement.

Il avait une revanche à prendre, une revanche secrète, solitaire, puisqu'il ne pouvait avouer à personne qu'il était devenu un homme riche.

A mesure que les jours, les semaines passaient, sa femme devenait plus attentive, plus protectrice. Elle l'observait sans cesse à la dérobée.

— Tu es sûr que tu n'as pas d'ennuis que tu me caches ?

— Je le jure, ma chérie.

— Alors, cela doit être la fatigue.

— Je t'assure que je ne travaille pas plus que d'habitude.

Ses beaux-parents, le dimanche, lui jetaient aussi de petits coups d'œil et on devait parler de lui en famille. La preuve, c'est qu'un dimanche matin qu'il se promenait avec sa fille dans le quartier alors que Bib, enrhumé, ne pouvait pas sortir, elle lui avait dit tout à coup, avec la mine grave d'une grande personne :

— Au fond, nous sommes toutes des égoïstes...

— De qui parles-tu ?

— De nous, les femmes... Des enfants aussi, si tu veux...

— Pourquoi me dis-tu ça ?

— Parce qu'on est tellement habituées à ce que les hommes travaillent qu'on n'y fait plus attention. Nous sommes toujours à réclamer quelque chose. La semaine dernière, j'ai voulu que maman m'achète un nouveau pull-over pour l'automne, sous prétexte que celui de l'année dernière me serre trop, alors que j'aurais encore pu le mettre... La vérité, c'est que j'avais envie d'un pull bleu pâle, comme mon amie Charlotte... Cela fait autant de travail en plus pour toi... Tu me pardonnes d'être aussi égoïste, dis ?

Même elle qui devenait protectrice, qui s'inquiétait quand il ne reprenait pas d'un plat à table.

— Tu n'as pas faim ?

— J'ai assez mangé.

— Tu es sûr que tu manges suffisamment pour un homme comme toi ?

— Mais oui, ma chérie...

Mlle Denave aussi, la plus laide des secrétaires, celle que Bob ne pouvait pas rencontrer dans les couloirs sans lui taper sur les fesses pour la faire rougir, semblait reporter sur lui l'amour silencieux qu'elle avait eu pour son camarade.

Dès qu'il entrait au secrétariat en quête d'une dactylo libre, elle se levait la première, abandonnant une lettre au beau milieu.

— Vous avez besoin de moi, monsieur Calmar ?

D'elle ou d'une autre. Elle prenait vis-à-vis de lui un air encore plus humble que vis-à-vis des autres, comme s'il eût été le personnage important de la maison.

— Tout va comme vous le voulez, monsieur Calmar ?

— Mais oui. Mais oui.

Cette sollicitude, cette sorte d'espionnage l'irritait. Il se sentait comme prisonnier d'un cercle de regards attentifs à ses moindres faits et gestes, à ses moindres expressions de physionomie, aussi bien ici, au bureau, qu'à la maison.

Un jour, dans une lettre à une maison de produits chimiques américaine à laquelle il demandait les caractéristiques d'un nouveau produit synthétique de base, il commit une erreur dans l'avant-dernier paragraphe. Il était six heures moins cinq quand il finit de dicter à Mlle Denave et, à peine dans sa voiture, il se rendit compte qu'il avait employé un mot pour un autre, que tout le sens en était changé. Il se promit de corriger le lendemain, y pensa encore en s'endormant.

— Ne pas oublier de dire à Denave...

Or, le lendemain, quand il trouva la lettre sur son bureau et qu'il la parcourut, il constata que l'erreur avait été corrigée.

— Mademoiselle Denave... Veuillez venir un instant, s'il vous plaît...

— Oui, monsieur Calmar...

Il la regardait sévèrement.

— C'est bien la lettre que je vous ai dictée hier en fin de journée ?... Dites-moi... Est-elle conforme à ma dictée ?

— C'est-à-dire...

— Vous n'avez pas changé un mot ?

— Je m'excuse, monsieur Calmar... Je suppose que vous étiez fatigué... Vous avez pris un mot pour un autre et je me suis permis de rectifier...

— Et si c'était pourtant ce mot-là que j'avais eu en tête ?

Elle baissa la tête, comme prête à pleurer.

— Dorénavant, ne faites plus cela, voulez-vous, et ne préjugez pas de ma fatigue... Je me porte très bien, mademoiselle Denave... très bien, entendez-vous ?... Beaucoup mieux que certaines gens l'imaginent...

Il avait tort. Il ne fallait pas recommencer, avec cette pauvre fille qui le prenait sous sa protection, l'histoire de Mimoune. Mais aussi pourquoi croire qu'il avait besoin d'être protégé ? Contre quoi ? Contre qui ?

Il était, au contraire, en train de s'organiser. Une fois sur deux, maintenant que le danger immédiat semblait écarté, il laissait la serviette dans le même casier et se contentait d'y glisser de la monnaie.

Il avait trouvé deux nouveaux kiosques à journaux où il pouvait se procurer la *Tribune*, dont un place de l'Étoile, ce qui diminuait l'importance de ses déplacements. Il n'en continuait pas moins à entrer ensuite dans un café ou dans un bar et à aller s'enfermer dans les lavabos pour parcourir le journal.

On ne parlait plus de l'homme du Simplon, à croire que la police helvétique n'attachait aucune importance à ce fait divers. A moins que ce ne soit le contraire. Lorsque la police se tait sur une affaire, cela ne signifie-t-il pas parfois que celle-ci est d'une telle envergure qu'il vaut mieux ne pas attirer l'attention ? S'il y avait des implications politiques, ce silence ne deviendrait-il pas également naturel ?

Pas davantage question d'Arlette Staub. Ce qui s'était passé en

Suisse ce dimanche 19 août, en dehors des défilés folkloriques et des accidents d'auto, semblait ne jamais avoir existé.

Il ne s'en méfiait pas moins. Il se souvenait d'une affaire dont les journaux avaient parlé longuement quelques années plus tôt et dont le nom rappelait un des détails de son affaire à lui, pour autant qu'on puisse parler de son affaire : Briggs ou Bricks...

Le journal expliquait qu'une importante entreprise, dans tous les États-Unis, se chargeait des transports de fonds pour les banques et pour la grande industrie, disposant de camions blindés et d'équipes de policiers privés.

Des malfaiteurs, à Boston, avaient observé pendant des semaines, des mois, les allées et venues des camions blindés de l'agence de cette ville. Ils avaient remarqué ainsi que, pendant quelques heures chaque jour, des sommes considérables étaient enfermées dans les locaux avant leur transport.

Il s'agissait, il est vrai, d'une véritable forteresse. Pendant plus d'un an, ils n'en avaient pas moins préparé le coup qu'on avait appelé à l'époque le coup le plus audacieux et le plus important du siècle.

Il ne se souvenait pas des détails. Toujours est-il que les quatre ou cinq hommes s'étaient emparés en fin de compte de cinq ou six cent mille dollars sans laisser la moindre trace.

Des années durant, la police avait travaillé dans l'ombre. Des soupçons lui étaient venus sur certains hommes qui fréquentaient un des bars de la basse ville et, jour après jour, ces hommes avaient été pris en filature.

Pas un n'avait dépensé un dollar qui ne soit légitimement à lui. Pas un ne s'était livré à une dépense un tant soit peu extravagante.

Toutes les banques avaient les numéros des billets, tous les grands magasins. Pendant près de dix ans, aucun billet volé n'avait été mis en circulation, que ce soit en Amérique ou à l'étranger.

Quelques semaines encore et la prescription jouerait car, comme il n'y avait pas eu d'effusion de sang, la prescription, selon la loi américaine, intervenait après un délai de dix années.

C'est alors qu'une petite banque locale avait signalé un billet de dix dollars appartenant à une des séries. Par le commerçant qui avait effectué ce dépôt, on en était arrivé à un des suspects et, cinq jours exactement avant la date de la prescription, la bande entière était arrêtée.

Ainsi, les cinq hommes avaient tenu le coup, vivant chichement pendant des années, tandis qu'une fortune avait été enterrée par eux, dans un cimetière, si Calmar se souvenait bien.

Un seul, à la dernière minute, n'avait pas résisté. Son gosse ou sa femme était malade. Il était allé, de nuit, prélever quelques billets...

Il ne devait jamais perdre cette histoire de vue. Il n'était certes pas un malfaiteur. Il n'avait rien volé. Ce n'était pas lui qui avait poussé l'homme de Venise hors du train, dans le tunnel du Simplon. Ce n'était pas lui non plus qui avait étranglé la manucure, avec une écharpe de soie bleue, au moment où elle s'habillait pour sortir.

Le hasard, simplement, avait mis entre ses mains une fortune qui n'appartenait à personne. En y réfléchissant davantage, il en arrivait à une conclusion encore plus optimiste.

Il était hors de doute que l'inconnu du train l'avait choisi en connaissance de cause. Sinon, pendant presque tout le voyage, pourquoi l'aurait-il questionné avec tant d'insistance sur lui-même, sur les siens, sur son travail, ses goûts, ses habitudes ?

C'était au point que Justin s'en était voulu d'avoir été trop bavard, de s'être laissé tirer les vers du nez, d'avoir parlé de lui-même avec complaisance, alors que, de son côté, il n'avait pas posé la moindre question.

N'était-ce pas clair, à présent, qu'un interrogatoire aussi minutieux ne correspondait pas à la simple mission à laquelle Calmar avait cru tout d'abord, une mission — il se souvenait de l'avoir pensé à Lausanne — qu'on aurait pu confier au premier commissionnaire venu ? Un des porteurs de la gare, par exemple, aurait aussi bien fait l'affaire.

Et si son compagnon était resté vague sur l'avion à prendre, n'était-ce pas que cet avion n'existait pas ?

Ou bien il savait qu'il allait profiter de l'obscurité du Simplon pour se suicider, ou bien il courait un danger dont il avait conscience et il prévoyait qu'il n'arriverait pas à destination.

D'ailleurs, est-il naturel, à moins d'urgence, de se diriger tout à coup vers les toilettes alors que le train franchit un des plus longs tunnels d'Europe ? Pas une fois, de Venise à Milan, puis de Milan à Domodossola, l'homme n'avait éprouvé le besoin de se retirer.

Avait-il un rendez-vous mystérieux au bout du couloir, ou dans un autre compartiment ? L'hypothèse du suicide n'était-elle pas plus probable ? Cela n'expliquait-il pas qu'il n'ait pas été identifié ? N'avait-il pas pris soin, avant de sauter, de détruire ses papiers et le passeport que Calmar lui avait vu entre les mains à la frontière italienne ?

S'il avait choisi Justin au lieu de se mettre en quête d'un autre voyageur comme il y en avait plein le train, n'était-ce pas parce qu'il savait que la mission n'était peut-être pas aussi simple qu'elle en avait l'air ?

Prévoyait-il l'éventualité de la mort d'Arlette Staub ? Et, dans ce cas, ne préférait-il pas qu'il n'y ait pas de scandale, que d'autres personnes ne soient pas impliquées comme elles le seraient peut-être si Calmar allait tout bêtement remettre le million et demi à la police en racontant son histoire ?

Cette version ne lui déplaisait pas. Il la mettait petit à petit au point et, chaque jour, elle devenait plus vraisemblable, avec des fioritures qui s'y ajoutaient par-ci par-là, comme le fait qu'à certain moment, peu avant de lui remettre la clef, le voyageur lui aurait dit en le regardant droit dans les yeux :

— Je sais que vous êtes un honnête homme, monsieur...

Pourquoi n'aurait-ce pas été vrai ? Cela devenait vrai.

C'était vrai. Il y avait bien des phrases qui leur avaient échappé à l'un ou à l'autre à cause du vacarme du train et du vent qui agitait le rideau. Il était à peu près sûr que cette phrase-là avait été prononcée.

Cela n'avait d'ailleurs plus guère d'importance. Le cap de la culpabilité était franchi. Il avait décidé une fois pour toutes qu'il n'était pas coupable et la question ne se posait plus.

Il n'en avait pas moins un certain nombre de soucis qui n'étaient pas si faciles à éliminer. Par exemple, le dimanche, où ils allaient comme d'habitude en voiture à Poissy. Sa femme, assise à côté de lui, remarquait que les feuilles des arbres commençaient à roussir. Puis, quelques centaines de mètres plus loin, elle soupirait :

— C'est fou ce que la vie a encore augmenté cette année...

Il ne répondait pas, la phrase ne demandant pas de réponse, et il se doutait que la suite n'allait pas tarder.

— Hier, j'étais avenue de Wagram, devant une boutique qui n'est pourtant pas particulièrement chère. Je vois un petit tailleur d'automne couleur feuilles mortes, très simple, très seyant, je dois le dire, un peu dans le genre des tailleurs Chanel. Tiens ! c'est dans cette maison que, l'an dernier, j'ai acheté ma petite robe de lainage vert... J'entre, je demande le prix... Devine...

— Je ne sais pas...

— Trois cent vingt-neuf francs !... Trois cent vingt-neuf francs pour un petit deux-pièces comme on en voit pour ainsi dire à tout le monde...

— Tu ne l'as pas acheté ?

— Tu es fou ? Tu ne te rends pas compte ?

— Je trouve que, s'il te plaît, tu as eu tort... Tu devrais aller le chercher dès demain...

Trois cent et des francs ! Qu'est-ce que c'était maintenant, pour lui qui possédait plus d'un million et demi, qu'une pareille somme ?

— Je me demande à quoi tu penses. Tu ne te rends donc plus compte de la valeur de l'argent ? Tu oublies que je vais devoir rhabiller entièrement les enfants pour l'hiver, car c'est fou ce qu'ils ont encore grandi...

Il avait soudain pitié d'elle, pitié d'eux. Pendant des années il avait vécu sans se rendre compte de l'extrême modestie de leur condition. Dans son enfance, certes, il avait eu envie d'un tas de choses que ses parents, surtout après la mort de son père, n'avaient jamais pu lui payer. Même le cornet de crème glacée était strictement dominical et il ne se souvenait pas avoir mangé une glace un jour de semaine, sinon à l'occasion d'une fête carillonnée.

Il portait des chaussures plus frustes, plus épaisses que la plupart de ses camarades de collège, parce qu'elles étaient plus solides, et il n'avait droit à un nouveau complet qu'une fois l'an, à un pardessus tous les deux ans, même si le dernier acheté commençait à le gêner aux entournures.

Au début de son mariage, ils étaient assez gênés, surtout les fins de mois, et on aurait pu compter les fois qu'ils s'étaient offert un déjeuner ou un dîner chez Étienne, un restaurant pourtant modeste.

Il préférait ne pas y penser, ne pas le savoir, mais il avait la quasi-certitude que certaines fois, vers le 25 ou 26, sa femme était allée emprunter un peu d'argent à ses parents « pour joindre les deux bouts ».

Et la pauvre Dominique, après treize ans, en était encore à se priver d'un petit tailleur qu'elle avait dû admirer longtemps dans la vitrine avant de se décider à entrer ! Elle avait demandé le prix avant d'essayer. Elle avait dû murmurer, par pudeur :

— Je viendrai le voir avec mon mari...

Jusqu'à Josée qui se confessait à lui d'avoir réclamé un chandail alors qu'elle n'en avait pas strictement besoin et qui se figurait ainsi avoir ajouté à ses soucis et à sa fatigue.

— A quoi penses-tu, Justin ?

— A rien... Je regarde la voiture qui est devant nous et je me demande si elle va dépasser la camionnette...

— Comment va Bob ?

— Très bien, comme toujours.

— Il a une nouvelle amie ?

— Je ne sais pas. Je ne suis pas sorti avec lui depuis ton retour de Venise, tu le sais bien.

— Tu aurais pu la voir en sortant du bureau.

— Tu t'imagines qu'elle vient l'attendre sur le trottoir, comme les mamans à la sortie de l'école ?

— Non, mais quand vous prenez l'apéritif, lui et toi...

Le signal d'alarme fonctionnait.

— Que veux-tu dire ?

Il essayait de gagner du temps, de réfléchir.

— Cela ne t'arrive pas, de temps en temps, avant de rentrer ?

Elle avait senti son haleine, bien sûr. C'était exact que, quand il allait lire la *Tribune de Lausanne*, il buvait chaque fois un apéritif.

— Oui, mais pas nécessairement avec Bob...

Il ne fallait pas que ce soit avec quelqu'un qu'elle avait l'habitude de rencontrer. Ils passaient parfois la soirée avec Bob, pas souvent, il est vrai, mais une fois risquait d'être de trop.

— Je vous en veux un peu, Bob, de débaucher mon mari...

Bien entendu, depuis qu'elle avait épousé Calmar, elle ne disait plus tu à Jouve et elle le vouvoyait.

— Moi, Dominique ?

Il ne lui disait quand même pas madame, après avoir vécu deux ou trois mois avec elle.

— Cet apéritif que vous prenez ensemble tous les jours...

Dangereux ! Tout devenait dangereux, même son haleine !

— Tu oublies qu'il y a un bar dans le bureau de Challans et que, ses jours de bonne humeur, il nous traite volontiers en client...

— Il doit être souvent de bonne humeur ces temps-ci... Ses vacances lui ont fait plus de bien qu'à toi... Au fait, où va-t-il passer ses vacances ?

— A Saint-Valery-en-Caux, où il possède un petit yacht et où il passe la plus grande partie de son temps en mer.

— Avec sa femme ?

— Il ne me l'a pas dit...

— J'aurai le temps de monter à cheval avant de déjeuner, papa ?

— Oui, ma chérie...

Tout à l'heure, il dormirait, dans une des chambres au-dessus de la salle d'auberge. C'était toujours ça de gagné.

2

Il y eut des semaines douloureuses, angoissantes. Il lui arrivait, au bureau, ou chez lui à table, de se sentir soudain le front couvert de sueur, les nerfs noués, la poitrine oppressée et, à ces moments-là, tout regard fixé sur lui lui devenait insupportable.

Il se persuadait peu à peu que l'argent lui appartenait, qu'il l'avait légitimement gagné, qu'il était injuste, révoltant, de ne pouvoir y toucher pour s'acheter le moindre objet dont il avait envie depuis des années ou qu'il désirait offrir à sa femme ou aux enfants.

Il se demandait même, parfois, si les billets étaient encore dans la mallette.

Certes, la clef, différente tous les cinq jours, du casier qu'il choisissait presque chaque fois dans une gare différente, ne quittait pas sa poche, et il craignait toujours d'entendre Dominique lui demander à quoi elle correspondait.

Puisque, après un certain délai, un préposé ouvrait les casiers pour en déposer le contenu à la consigne, il existait un double de ces clefs, ou un passe-partout. Un des préposés ne pouvait-il pas avoir la curiosité, apercevant Justin plusieurs fois dans son secteur, d'ouvrir son casier et...

C'était improbable. C'était même invraisemblable mais il avait pris l'habitude, depuis Lausanne, de penser à tout, aux hypothèses les plus extravagantes.

Ce n'était pas d'une fortune qu'il avait envie. L'idée ne lui était pas venue un instant de changer quoi que ce soit à leur vie, de quitter sa place chez M. Baudelin, d'occuper un appartement différent, d'aller se prélasser sur la Côte d'Azur ou d'acheter une maison à la campagne.

Il s'était habitué à certains décors, à une certaine routine et il se serait senti dépaysé.

Ce qu'il brûlait de réaliser, c'était de menus désirs, de menus souhaits qu'il avait en lui depuis son enfance. Acheter un certain modèle de canif, par exemple, comme on en vendait, quand il était enfant, chez le père Cachat, l'armurier de Gien. Apporter de temps en temps des cadeaux à ses enfants, à sa femme.

Quand, le dimanche, ils n'allaient pas à Poissy, ils passaient volontiers l'après-midi à lécher les vitrines, perdus dans la foule qui piétinait le long des Champs-Élysées, de l'avenue Matignon et du faubourg Saint-Honoré.

— Regarde, papa...

Ce n'était qu'une babiole de quelques francs, mais la mère n'entraînait pas moins Josée par la main.

— Qu'est-ce que tu en ferais ? Si nous devions acheter tout ce qui te fait envie...

Elle-même, Dominique, ne tombait-elle pas en arrêt devant un sac à main, un foulard de chez Hermès ou d'ailleurs ?

Justement, c'était ces petites choses qui leur auraient donné le plus de plaisir et qu'il aurait tant aimé leur acheter. Sans de longues discussions. Sans hésitation, comme cela arrivait chaque fois qu'il fallait décider d'une emplette. Pousser la porte du magasin. Désigner l'objet. Ne pas en demander le prix...

Il pensait de plus en plus souvent aux voleurs de Boston et il finissait par les admirer, par trouver injuste qu'ils soient enfermés, pour quinze ans au moins, sans avoir touché à un seul billet, sans s'être offert la moindre satisfaction, sans espoir de s'en offrir un jour.

Et le pauvre type, le complice qui les avait trahis par faiblesse, parce que, pris de vertige une semaine avant la date, il n'avait pas résisté à son envie de se comporter en homme riche...

En octobre, il ne résista pas tout à fait, lui non plus. Il était pour la seconde ou la troisième fois à la gare Saint-Lazare. Il emporta la mallette dans les lavabos et l'ouvrit, soi-disant pour s'assurer qu'on n'avait pas échangé sa fortune contre de vieux journaux.

Les billets étaient à leur place. Il se trouva une nouvelle excuse pour en détacher un billet de cinquante livres, car il en était arrivé à avoir besoin de se créer des excuses vis-à-vis de lui-même.

Les billets américains étaient authentiques, il en avait fait l'expérience, tout au moins celui qu'il avait changé dans une banque du boulevard des Italiens. Mais l'argent anglais ?

Il se rendit dans une autre banque. Le caissier se livra à peu près au même manège et lui tendit enfin, sans le regarder, des billets de banque français.

Il ne savait où les mettre. Il ne savait qu'en faire. Il se contenta d'entrer dans un de ces bars de la rue Marbeuf où il n'avait jamais mis les pieds et, seul sur un haut tabouret, de boire une demi-bouteille du meilleur champagne.

Il n'en eut aucun plaisir. Il avait de l'argent de reste, même après avoir mis un billet de cent francs dans la casquette d'un aveugle qui dut être fort surpris par la suite.

Il fallait absolument trouver une solution. C'était vital. Il était assez lucide pour se rendre compte qu'il subissait une détérioration morale, nerveuse, que ses paniques le prenaient de plus en plus souvent et qu'on le regardait avec un intérêt accru.

Pendant près d'une semaine, il pensa à la Loterie nationale, pesant le pour et le contre, essayant d'envisager tous les obstacles, tous les dangers. Puis, au début de novembre, il crut enfin avoir trouvé le moyen.

Il prit encore son temps, près de deux semaines. Un lundi soir, il rentra chez lui, les bras chargés de paquets, le visage volontairement rayonnant, malgré la peur qui le poignait.

— Qu'est-ce qu'il t'arrive, Justin ? Tu te crois à Noël ?

— Patience, mes enfants...

— Qu'est-ce que c'est, papa ?

D'abord, pour Bib, une auto qu'on manœuvrait en tous sens à l'aide d'une manette reliée à la voiture par un fil souple.

— C'est vraiment pour moi ?

Dominique l'observait, méfiante, inquiète.

— Et pour moi, papa ?

Une serviette d'écolière, que Josée réclamait depuis deux ans, car, depuis qu'elle allait en classe, elle traînait la même serviette inusable qui avait pris un aspect grisâtre et rugueux.

Pour Dominique, un clip qu'elle avait regardé, un dimanche, dans une vitrine des Champs-Élysées.

— Cela irait bien avec mon tailleur bleu, tu ne trouves pas ? avait-elle alors remarqué.

Pour lui enfin, le fameux canif, avec six lames différentes, un tournevis, un tire-bouchon, une véritable scie. Le canif était en corne de cerf, exactement celui qu'il avait admiré pendant son enfance dans la vitrine de l'armurier.

— Et voilà, mes enfants !... Dites merci aux chevaux...

— Les chevaux ? répétait Dominique, qui n'osait pas se réjouir.

— C'est très simple. Samedi matin, au bureau, un client m'a dit qu'il avait un tuyau sûr pour le tiercé. Son beau-frère est jockey ou entraîneur, je ne sais pas au juste, à Maisons-Laffitte. Il m'a demandé si je voulais risquer cinq francs et je lui ai remis cinq francs afin qu'il les joue pour moi.

» Je ne connais rien aux courses. J'ignorais jusqu'au nom des chevaux sur lesquels il allait miser... J'ai été surpris, cet après-midi, quand il m'a apporté plus de six cents francs en m'annonçant que nous avions gagné « dans le désordre »... Il paraît que, si nous avions joué les mêmes chevaux « dans l'ordre », c'est plus de douze mille francs que nous aurions touchés...

Dominique se détendait quelque peu, mais restait songeuse.

— J'ai entendu dire que ceux qui jouent pour la première fois gagnent presque toujours...

Josée bourrait déjà sa nouvelle serviette de livres de classe et de cahiers tandis que Bib cherchait le truc pour actionner son auto.

— Elle va toujours en arrière, papa...

— Je vais te montrer...

Il dut y consacrer plusieurs minutes.

— J'espère, Justin, que tu ne vas pas y prendre goût... Vois-tu, j'ai tellement entendu parler des courses pendant mon enfance...

Il connaissait l'histoire, qui appartenait à la tradition des Lavaud. Le grand-père possédait un restaurant de premier ordre, rue des Petits-Champs, fréquenté alors par des chroniqueurs connus, des écrivains, des gens du monde. Pendant des années, le restaurant avait été à la mode et certains financiers, entre la Bourse et Longchamp, venaient y déjeuner en jaquette et en haut-de-forme gris.

— Il a commencé par jouer de temps en temps de petites sommes, lorsqu'on lui donnait un tuyau... Puis il a voulu voir les chevaux et il a quitté son restaurant presque chaque après-midi, laissant au chef la direction des cuisines...

» Il paraît qu'il a gagné gros au début... Il a même été question de remettre le restaurant à neuf, ce qui lui aurait fait perdre son caractère...

» Hélas ! c'est l'argent qui est parti le premier... Trois ans plus tard, mon grand-père n'était plus que maître d'hôtel dans son propre établissement, qui avait été repris par un de ses commis...

» Si papa avait hérité de l'affaire, comme cela aurait dû normalement se passer, il n'aurait pas été forcé, à quatorze ans, d'entrer comme chasseur au Wepler...

Il tenta de plaisanter, avec un sourire contraint :

— Il n'aurait pas connu ta mère...

Car sa belle-mère avait été, elle, demoiselle du vestiaire dans la même brasserie.

— Mon grand-père a fini misérablement, faisant chaque semaine la tournée de ses enfants pour leur soutirer un peu d'argent... Et c'est sur un champ de course qu'il est mort, à Saint-Cloud, d'une crise cardiaque, a-t-on prétendu, mais, j'en suis presque sûre ! de malnutrition...

Il fallait y aller doucement, adroitement. Avant tout, trouver, pour la prochaine fois, quelque chose dont Dominique avait une forte envie. Il chercha, essaya de se souvenir de toutes les petites phrases que les femmes lancent innocemment dans la conversation, des étalages devant lesquels elle s'était arrêtée avec le plus de complaisance.

Il attendit quinze jours. Le lundi, il ne dit rien, mais eut soin de prendre un air guilleret.

— Tu as encore joué, Justin ?

— Chut !... se contenta-t-il de murmurer, mystérieux, avec un coup d'œil vers les enfants.

Puis, plus tard, dans leur lit :

— J'ai eu tort, l'autre fois, de dire devant eux comment cet argent m'était venu. Je ne considère pas nécessairement le Pari Mutuel comme immoral, mais il vaut mieux, en effet, ne pas leur parler de sommes si facilement gagnées...

— Tu as gagné ?

— Un peu.

— Combien ?

— Assez pour que, demain, tu aies une agréable surprise...

Ainsi, petit à petit, il se bâtissait un vice, un vice-alibi, comme il l'appelait.

— Je crois que je préférerais n'avoir pas de surprise.

— Écoute, Dominique, trouverais-tu normal de laisser passer de l'argent à portée de la main, de l'argent qui ne doit rien à personne, de l'argent légitime, sans le prendre ?

— Je t'ai dit souvent ce que je pense des courses...

— Tu n'achètes jamais de dixièmes de la Loterie nationale ?

Il tenait un argument, un bon, car, presque chaque semaine, en faisant son marché, Dominique achetait un dixième et, quand elle en avait l'occasion, elle regardait le tirage à la télévision, son billet à la main.

— Je n'ai rien gagné.

— Si. Mille anciens francs, il y a quatre ans...

— Après avoir acheté pour plus de mille anciens francs de billets dans les années précédentes...

— Et si tu avais gagné les cent millions ?

— Ce sont des choses qui n'arrivent qu'en rêve...

— Cela arrive pourtant chaque semaine à quelqu'un, sans compter les autres lots.

Elle parlait comme il aurait parlé avant le voyage de Venise.

Son cadeau, cette fois, était une machine à laver la vaisselle et, malgré elle, elle en eut des larmes de joie.

— Je savais que tu en avais envie. Je vais t'avouer un secret. Presque tous les soirs, tu es en retard pour les nouvelles de huit heures, à la télévision, à cause de la vaisselle. Désormais, tu seras avec moi...

Car ils couchaient les enfants un peu avant huit heures — c'était le travail, si l'on peut dire, de Justin — afin de passer la plupart de leurs soirées à la télévision.

— C'est gentil d'avoir pensé à cela... Mais tu ne vas pas continuer, dis ?... Combien as-tu joué ?...

— Toujours cinq francs...

— La semaine dernière, tu n'as pas joué ?

— Cinq francs, que j'ai perdus. Il ne m'en reste pas moins, pour les trois semaines, un bénéfice de mille trois cent et quelques francs.

— Tes collègues le savent ?

— Mon client ne tient pas à ce que je leur en parle car, si cela se répandait, nous risquerions de faire baisser la cote.

— Qui est-ce ?

— Quelqu'un dont je ne t'ai jamais parlé, un certain Leferre...

— Comme du fer ?

— Non. Avec deux *r* et un *e*.

Il avait dû, d'une seconde à l'autre, donner un nom au personnage qui allait petit à petit prendre vie.

— Que fait-il dans la vie ?

— Il est acheteur, pour le rayon de sports, dans un grand magasin de Paris... Ce sont des gens importants... Quand un article réussit chez eux, cela signifie qu'il réussira dans toute la France...

— Pourquoi est-ce toi et pas Challans qui le reçoit ? Il me semblait que tu ne t'occupais que de la partie étrangère...

Improviser encore, avec la terreur de commettre une gaffe, de prononcer la phrase, le mot, qu'il ne fallait pas, qui entraînerait d'autres questions auxquelles il lui serait impossible de répondre sans s'enfoncer dans l'invraisemblance.

— La première fois qu'il est venu avenue de Neuilly, il cherchait des nouveautés pour un grand magasin anglais qu'il représente également. On me l'a tout naturellement envoyé. Par la suite, il a continué à s'adresser à moi. Challans n'était pas content, bien entendu...

— Tu te l'es mis à dos ?

— Quand même pas. Cela s'est arrangé. De temps en temps, je le conduis...

— Leferre ou Challans ?

— Leferre, bien entendu... Si tu m'interromps tout le temps, je n'en aurai jamais fini... Je disais donc que, de temps en temps, je conduis Leferre dans le bureau de Challans, plus impressionnant que le mien...

» Alors, ce solennel imbécile est tout heureux de montrer son bar, d'offrir l'apéritif, de traiter Leferre comme son client à lui, c'est-à-dire comme si je n'étais qu'un intermédiaire occasionnel qui le débarrasse de quelques soucis...

C'était compliqué, évidemment. Il ne se cachait pas que cela le deviendrait davantage, qu'il devait rester sur ses gardes, n'agir, ne parler surtout, qu'avec une extrême prudence.

Cela influençait son humeur. Ses premiers achats l'avaient rendu joyeux, un peu comme s'il avait enfin brisé Dieu sait quel cercle magique dans lequel il s'était senti longtemps enfermé.

Il pouvait désormais avoir en poche de petites sommes dont il n'avait pas à rendre compte. Leferre était toujours là pour expliquer que, certains jours, l'haleine de Justin soit quelque peu chargée d'alcool.

Car maintenant, il prenait l'apéritif, régulièrement, matin et soir.

Comme il ne pouvait pas entrer, sans être remarqué, dans un café proche du bureau, comme il ne pouvait pas parquer non plus aux Champs-Élysées ou n'importe où en zone bleue, il s'était tracé des itinéraires qui lui permettaient de ranger sa voiture quelques instants dans des rues peu passantes.

Il entrait dans un bar, commandait son apéritif qu'il buvait en vitesse, souvent en faisant signe au patron ou au garçon de « remettre ça ».

Cela lui procurait une fébrilité nouvelle, un sens du danger imminent, de la catastrophe possible, qu'il avait connu quand, commençant une classe au lycée Carnot, il cherchait Mimoune des yeux en se demandant de quel accrochage il était menacé.

Il changeait de bar presque chaque jour. Son visage ne devait pas devenir assez familier dans un de ces endroits pour qu'il passât pour un client régulier.

Un samedi soir, il ouvrit ostensiblement le journal à la page des courses et, quand le commentateur de la télévision parla du tiercé du lendemain, il tira son crayon de sa poche, prit des notes en marge.

— Qu'est-ce que tu fais, Justin ?

Il préparait l'avenir. Leferre ne pouvait pas, logiquement, venir chaque semaine avenue de Neuilly. Justin, de son côté, ne pouvait pas être devenu suffisamment familier avec lui pour lui demander des tuyaux par téléphone.

Il n'avait pas besoin de fortes sommes, certes. Il n'en éprouvait pas moins le besoin d'avoir de l'argent en poche, de l'argent gratuit, comme il disait à part lui.

Cela l'aidait, même vis-à-vis de ses collègues. Par exemple, quand

Challans faisait le beau, comme un chien dans une exposition canine, il avait le droit de se dire :

— Continue à plastronner, mon vieux !... Je sais que tu as le titre de directeur général, que ton bureau est plus luxueux que le mien, que tu as le droit de t'absenter sous n'importe quel prétexte, que tu as acheté un appartement moderne dans un nouveau groupe d'immeubles de La Celle-Saint-Cloud, où les locataires disposent d'une piscine et de quatre tennis... Tu gagnes le double de moi et ton fils est entré l'an dernier à Sciences-Po...

» Malgré cela, tu n'en as pas moins toutes les peines du monde à joindre les deux bouts... Je suis sûr que tu as des dettes et que ton fameux tailleur n'est pas payé régulièrement...

» Moi, je suis riche... Je peux sortir d'ici et acheter des havanes, quitte à n'en tirer qu'une bouffée et à les écraser ensuite sous mon talon...

» De l'argent, j'en ai autant que j'en veux... A tel point que je ne sais qu'en faire et que mon souci est de trouver le moyen de le dépenser...

» Je suis riche, tu entends ?

S'il n'avait pas été superstitieux, il aurait ajouté :

— Riche à crever !

Sa femme murmurait après un soupir :

— Tu n'as pas vu Leferre ?

— Après les commandes qu'il a passées, il sera quelques semaines sans venir nous voir.

— Tu vas jouer quand même ?

— Cinq francs, demain matin, au P.M.U.

— Tu joues les chevaux que la télévision a désignés comme gagnants probables ?

— Non. Je prends des notes. Je lis les journaux. Demain matin, je suivrai mon inspiration.

— Nous n'allons pas à Poissy ?

— Tu ne trouves pas que cela devient monotone ? L'été, je ne dis pas. Par beau temps, les enfants peuvent jouer dehors. Mais, en novembre, rester assis tous ensemble autour d'une table à attendre les clients...

— Tu m'inquiètes, Justin... Je ne sais pas ce qui t'arrive mais, depuis que nous sommes rentrés de vacances, tu n'es plus le même homme... Au début, je me suis demandé si tu n'étais pas malade et si tu n'essayais pas de me le cacher...

— Je parie que tu as téléphoné au docteur Bosson.

— Oui. Il m'a posé quelques questions : comment tu mangeais, comment tu dormais, etc., puis il m'a dit que, si cela continuait, il viendrait te voir... Tu es sûr que tu n'es pas malade ?

— Au contraire. Je ne me suis jamais aussi bien porté de ma vie.

Pour son haleine, il avait trouvé un truc. Il achetait des dragées à la chlorophylle qu'il suffisait de sucer pour faire disparaître toute odeur d'alcool. Seulement, il ne pouvait en avoir en poche quand il rentrait à la maison car, en brossant son complet, il arrivait à sa femme de vider ses poches.

Au début, assez naïvement, il en achetait un paquet, chaque jour dans une pharmacie différente, et jetait ce qui ne lui servait pas.

Puis il avait pensé à une solution toute bête. C'était souvent, maintenant, la solution toute bête qui ne lui venait pas à l'esprit, ou dont il se méfiait : il gardait le paquet dans le tiroir à son bureau.

Si quelqu'un s'en étonnait, il en serait quitte pour répondre qu'il avait des brûlures d'estomac et que la chlorophylle lui faisait du bien.

— Je te demanderai seulement, Justin, de ne pas parler de chevaux devant les enfants...

— Bien entendu !... D'ailleurs, demain matin, j'irai déposer ma mise dans un café des environs sous prétexte d'une course à faire.

— Josée sera déçue...

— Je ne peux pourtant pas la conduire dans un bureau du P.M.U...

— Tu pourrais ne pas jouer, non ?

— Tu ne te rends pas compte, ma chérie, que je prends peu de distractions ? Préférerais-tu un homme qui court après les femmes, ou qui va chaque soir retrouver ses amis au café pour jouer au billard ou au bridge ?... Je travaille toute la journée... Ensuite, mon plaisir est d'être avec toi et les enfants... Tu ne crois pas que, s'il me vient un petit défaut, un défaut innocent, tu pourrais me le passer ?

— Je ne comprends pas.

— Quoi ?

— Le plaisir que tu prends tout à coup à jouer...

— Parce que je gagne...

— Et quand tu perdras ?

— Je ne perdrai que cinq francs par semaine, le prix de deux paquets de cigarettes...

— Tu as raison... Je sais... Je te croyais plus fort que ça...

Il avait réussi : il était devenu un faible !

Bob était assis sur un coin du bureau, une cigarette collée à la lèvre inférieure, ses manches de chemise retroussées. En qualité d'artiste de la maison, il retirait son veston dès son arrivée, portait, l'été, des polos, l'hiver des chemises de laine à poches plaquées.

— Tu commences à m'inquiéter sérieusement, mon vieux Justin... Tu vas probablement me dire que je me mêle de ce qui ne me regarde pas, mais tu n'ignores pas l'amitié que j'ai pour vous deux...

— Pour nous deux ?

— Pour Dominique et toi, si tu préfères. Elle ne sait encore rien ?

Ce fut une des fois où il eut le plus peur.

— Que veux-tu dire ?

— Écoute, idiot ! Elle n'est pas plus naïve que moi, et il y a un bout de temps que j'ai deviné. Qui est-ce ?

Il ne comprenait vraiment pas.

— Je peux te dire quand ça a commencé et j'aurais dû me douter dès le début de ce qui se passait. C'est tellement en dehors de ton caractère que j'ai pensé à tout, sauf à ça... C'est la semaine que tu as passée seul à Paris, quand ta femme et les gosses étaient encore à Venise, que tu as dû la rencontrer...

» A moins, ce qui est fort possible, que tu n'aies fait sa connaissance dans le train... Juste ?... Tu l'as connue dans le train ?... Et c'est à cause d'elle que, dès ton retour, tu as été si bizarre ?

Calmar se taisait, s'efforçant de penser vite, de peser le pour et le contre.

— Tu avoues ?

— Je n'ai rien à avouer.

— Tu ne nies pas non plus ?

— Je n'ai rien à dire...

— Si j'avais un conseil à te donner, je ferais remarquer que c'est un peu trop voyant. D'abord, toi qui n'étais jamais le premier à quitter le bureau, tout au contraire, tu te précipites dehors sans dire au revoir aux copains et souvent tu prends un prétexte pour partir avant l'heure.

» L'après-midi, c'est pareil. Avant, il t'arrivait de bavarder avec moi au bord du trottoir, de me demander si j'avais ma voiture... Que dis-tu ?...

— Rien. J'écoute.

— Ensuite, ce sont tes cravates qui sont devenues différentes... Tu t'es mis aussi à prendre l'apéritif... Mais si ! Ne nie pas... Il n'y a pas que ton haleine à te trahir... Ce n'est pas à un buveur incorrigible comme moi qu'on apprend à reconnaître un type qui vient de s'envoyer deux ou trois verres...

— Je ne prends jamais trois verres...

— Mettons que deux te produisent le même effet... Et tu suces des bonbons à la chlorophylle pour que ta femme ne s'en aperçoive pas...

— Tu as fouillé mes tiroirs ?

— Je n'en ai pas eu le besoin. Je t'ai vu en glisser dans ta bouche et j'en ai senti l'odeur... Enfin, maintenant, ta veste à carreaux.

Justin souriait malgré lui. Cette veste à carreaux, en vrai tweed écossais, était le plus beau cadeau qu'il lui eût enfin été possible de se faire. Il y avait des années qu'il en désirait une semblable, depuis son adolescence. Comme professeur, il avait dû se borner à des complets assez neutres. Ici aussi, il avait cru nécessaire, comme la plupart des autres, sauf Bob, de s'habiller en gris ou en bleu marine.

Quand il était rentré chez lui avec la veste, Dominique s'était écriée :

— Tu ne vas pas mettre ça pour aller au bureau, je suppose ?

— Pourquoi ?

— Ce n'est pas un costume pour recevoir des clients.

— Je ne reçois pas de clients...

— Et Leferre ? Et les autres dont tu m'as parlé ?

— Ce n'est pas la même chose. Ils viennent pour me demander conseil. Ils ne s'attendent pas à ce que je sois vêtu comme un caissier de banque ou comme un réceptionniste de palace. Tiens ! Leferre, puisque tu parles de lui, est toujours habillé de tweed, lui aussi...

Le tissu était à la fois doux et rugueux. Avec un pantalon gris sombre, c'était exactement la tenue que portent les acteurs américains quand, dans un film, ils ont à jouer le personnage d'un mâle qui ne s'en laisse pas conter, d'un homme indépendant et courageux, calme, sûr de lui.

— Qui est-ce ? Une des filles de la maison ? Madeleine ?

Il hochait la tête.

— Olga ?

— Non.

— C'est quelqu'un d'ici ?

— Je ne sais pas. Je n'ai rien à dire...

— Attends !... Ce n'est pourtant pas cette pauvre Valérie, qui se précipite dès que tu sonnes pour une dactylo...

— Non. Ce n'est pas Mlle Denave.

— Je n'en suis pas aussi sûr que tu ne veux le paraître... En tout cas, vieux, ce que je te conseille, c'est de faire attention. Dominique t'adore. C'est une bonne fille, qui a confiance en toi. Si elle apprend un jour que tu as une liaison...

N'était-ce pas assez ahurissant que Bob lui fasse la leçon, au nom, en somme, de Dominique, qui avait été sa maîtresse avant de devenir Mme Calmar ?

— Ne crains rien. Je suis assez grand pour me conduire.

— C'est que, justement, tu es le type à te créer des embêtements. Moi, j'ai l'habitude. Les femmes savant d'avance que ce ne sera pas sérieux, que cela ne durera que quelques semaines et qu'il est inutile qu'elles essayent de se raccrocher.

» Toi, tu es un sentimental et, si tu tombais sur une garce qui sache s'y prendre, je ne répondrais pas de l'avenir...

— Tu n'es pas chargé d'en répondre, n'est-ce pas ?

— Comme tu voudras. Je t'ai averti.

Bob sorti de son bureau, Calmar avait envie de se frotter les mains, tant cette histoire le ravissait.

A la maison, il avait l'alibi du P.M.U., il était devenu le brave homme saisi soudain par la passion du jeu et incapable de s'en passer.

Au bureau, il était déjà, pour Bob, il allait devenir pour tout le monde, l'homme marié, père de famille, qui cache honteusement une liaison.

Ainsi, on pourrait continuer à l'épier. D'un côté comme de l'autre on mettrait ses bizarreries, ses sautes d'humeur sur un de ses deux vices.

Sans conviction, parce qu'il s'en tenait scrupuleusement à la ligne de conduite qu'il s'était tracée, il allait chaque jour acheter la *Tribune* dans un des quatre ou cinq kiosques qui, à sa connaissance, vendaient ce journal. Le lendemain, il fut surpris de lire, en cinquième page :

Arrestation dans l'affaire de la manucure

Nos lecteurs se souviennent peut-être que, le 20 août dernier, une jeune manucure d'origine zurichoise résidant dans notre ville a été trouvée étranglée dans son appartement de la rue du Bugnon et que la mort semblait remonter à l'après-midi de la veille.

Nous apprenons aujourd'hui que, depuis trois jours, la Police de sûreté a arrêté un ressortissant hollandais pour l'interroger au sujet de cette affaire. Aux dernières nouvelles, il serait maintenu au secret par le juge d'instruction La Pallud.

Juste au moment où il commençait à se détendre, à jouir en paix de son argent !

Quel était ce ressortissant hollandais, et le fait qu'il soit hollandais n'indiquait-il pas une organisation internationale ?

L'homme de Venise, à l'accent d'Europe centrale, venait, ce dimanche-là, de Belgrade ou de Trieste.

Arlette Staub, à en croire la *Tribune* du mois d'août, avait travaillé comme manucure dans des hôtels fréquentés par une clientèle cosmopolite.

« Et moi je suis français ! » avait-il envie d'ajouter presque comiquement.

— Maintenant, mesdames et messieurs, quelques nouvelles sportives... En cyclisme...

Il n'écoutait pas. Il pensait au Hollandais, aux chances qu'il y avait pour qu'il parle de la mallette et de son contenu, auquel cas il n'était pas impossible qu'on découvre, même après des mois, qu'un individu vêtu d'un complet crème, qui s'était fait conduire en taxi rue du Bugnon, un porte-documents à la main, était ensuite revenu précipitamment à la gare et avait bu coup sur coup deux whiskies.

— C'est dimanche prochain, premier dimanche de décembre, qu'aura lieu à Maisons-Laffitte la dernière grande réunion hippique de la saison... Nous donnerons samedi, comme d'habitude, nos pronostics, mais d'ores et déjà il semble que la jument Belle-de-Mai, qui s'est classée deuxième dans le Prix de...

Il avait bien entendu : dernière réunion hippique de la saison. Cela voulait-il dire que, pendant un temps plus ou moins long, il n'y aurait plus de tiercé ?

Encore une mauvaise nouvelle, car il s'était installé dans sa nouvelle routine. Le samedi soir, pendant le film ou la dramatique, il annotait consciencieusement la page hippique du journal et, le dimanche matin, il s'en allait seul, presque toujours à pied.

— Dans quelle agence du P.M.U. prends-tu tes paris ? lui avait demandé Dominique.

— Je change chaque dimanche. C'est pourquoi, certaines fois, je prends la voiture, d'autres fois pas. Si j'allais toujours dans le même bureau, on s'apercevrait vite de ma chance et d'autres parieraient sur les mêmes chevaux. En outre, il vaut mieux qu'on ne sache pas que je gagne tout cet argent, ne fût-ce qu'à cause du percepteur.

— Tu crois qu'on doit déclarer les gains au jeu ?

— Je ne sais pas. J'essayerai de me renseigner discrètement.

Encore une tuile. Car Dominique était assez scrupuleuse pour, si c'était la loi, l'obliger à déclarer ces sommes.

Puisque c'était la dernière réunion, il allait frapper un grand coup, afin de se faire de l'avance. Ce dimanche-là, après son retour, ils étaient allés à Poissy, ce qui ne leur était pas arrivé depuis des semaines. Vers le milieu de l'après-midi, il somnolait dans une des chambres, selon son habitude, quand Dominique entra.

— Dis donc, Justin, peux-tu me dire quels chevaux tu as joués ?

Il sourit avec effort.

— Jamais, ma chérie. On ne pose pas cette question à un turfiste. Si j'y répondais, je crois que cela me porterait malheur. En tout cas, j'en aurais l'impression et je ne choisirais plus les chevaux aussi librement selon mon inspiration...

— Belle-de-Mai ?

— Oui... C'est la favorite...

— Germinal ?

— Qui t'a parlé de Germinal ? Je croyais que tu ne lisais jamais la rubrique des courses ?

— Je ne la lis pas, mais on vient d'en parler à la radio. Tu l'as joué ?

— Peut-être.

— Et Palsembleu ? Réponds vite...

— Je te répète la même chose : peut-être.

— Si tu as joué ces trois chevaux-là, dans l'ordre, tu as gagné un argent fou... Ils rapportent deux mille sept cents et je ne sais combien de francs pour un franc...

— Ce n'est pas extraordinaire.

— Regarde vite...

— Inutile. Je les ai joués.

— Regarde quand même, Justin...

Elle était plus fiévreuse que lui. Heureusement qu'il avait toujours des billets de tiercé en poche et que sa femme était incapable de s'y retrouver dans les petits trous que l'on perçait pour marquer son pari.

— Voilà !... Belle-de-Mai, Palsembleu, Germinal, Lousteau et Gargamelle...

— Tu en as cité cinq... Et tu as cité Palsembleu en second...

— Par erreur... Je te jure que je les ai joués dans l'ordre et le fait que j'ai misé sur cinq chevaux n'y change rien.

— Combien as-tu joué ?

— Dix francs...

— Je croyais que tu ne jouais que cinq francs à la fois ?

— Aujourd'hui, j'en ai joué dix...

— De sorte que tu as gagné plus de vingt mille francs ?

— C'est exact... Écoute, chérie, dès que j'aurai touché l'argent, tu sais ce que tu vas faire ?

— Je suis joyeuse et j'ai des remords tout à la fois. J'aimerais tellement mieux que cette somme nous soit venue autrement ! Je ne peux m'empêcher de penser à mon grand-père. Ce qui m'étonne, c'est que tu restes si calme...

— Peut-être parce que je ne suis pas vraiment joueur et qu'ainsi je ne risque pas de finir mal comme tu le craignais. Demain donc, ou après-demain, tu iras chercher un beau manteau de fourrure...

— Tu es fou ?

— Je n'ai pas dit un vison...

Il ajouta, s'efforçant de rire :

— Ni un chinchilla... Je ne sais pas ce que tu préfères... Une fois, tu m'as parlé de léopard...

— Ce n'est pas pour l'hiver... Et le léopard est trop voyant... C'est bon pour les femmes qui ont trois ou quatre fourrures différentes...

— Alors quoi ?

— Tu veux que je te dise de quoi je rêve ?... Même en très bonne qualité, ce n'est pas tellement cher... Un manteau de chat sauvage... C'est de nouveau à la mode... On les fait très souples, discrets...

— Tu achèteras aussi le tailleur de trois cent vingt-neuf francs, avenue de Wagram ? Avec le reste...

— Avec le reste, ou plutôt avec une partie du reste, car il faut penser à l'avenir, nous ferons repeindre l'appartement, qui en a besoin depuis longtemps...

Pour la première fois depuis qu'ils venaient passer les dimanches à Poissy, elle se dirigea vers la porte et, rougissant comme une jeune fille, en tira le verrou avant de rejoindre son mari sur le lit.

— Tu ne joueras plus, dis ? Tu le promets ?

3

Il avait un nouveau complet, de nouveaux souliers, un nouveau pardessus et un nouveau chapeau, mais cela ne lui faisait pas le moindre plaisir et il eut presque honte le matin où il les porta pour venir au bureau.

A cause de la plaisanterie de Bob au sujet de sa veste à carreaux, il s'était commandé des vêtements conformistes, très habillés, poussant le ridicule jusqu'à s'adresser au tailleur de François Challans.

Quand il était jeune, on le rhabillait des pieds à la tête une fois l'an, à Pâques, sauf le pardessus qu'on achetait pour la Toussaint.

Les enfants aussi étaient rhabillés de neuf. Ils ne parlaient plus que de Noël, comme la radio, la télévision, et il y avait des sapins dans toutes les vitrines, des guirlandes lumineuses tendues au-dessus des rues commerçantes, un sapin géant, le plus grand du monde, prétendait la presse, sur le parvis de Notre-Dame.

Dominique était heureuse de son manteau de chat sauvage et elle avait acheté la toque assortie qui, posée en travers sur ses cheveux blonds, lui donnait un aspect plus doux, plus fragile, plus tendre. Elle rappelait ainsi les élégantes des gravures anciennes qu'on voit, en traîneau, emmitouflées de fourrures, les mains frileusement enfoncées dans un manchon.

Mais était-elle si douce et si tendre ?

Elle veillait sur sa santé, certes, s'inquiétait dès qu'il montrait une certaine nervosité ou un certain abattement, ce qui lui arrivait sans cesse, il n'aurait pas pu expliquer pourquoi.

Ce n'était pas seulement la peur que l'affaire de Lausanne tourne mal. Les billets du porte-documents avaient fini par passer au second plan. C'était devenu machinal d'aller tous les quatre ou cinq jours changer la mallette de gare et il lui arrivait de se tromper, de se diriger d'abord vers la gare Saint-Lazare avant de se souvenir que le dernier dépôt avait été fait à la gare de Lyon.

Il buvait pour boire, se sentait plus déprimé à mesure que les fêtes approchaient.

— Mais non, mes enfants, nous ne pouvons pas aller à la montagne. Si les enfants ont des vacances, les grandes personnes n'en ont pas...

Bib avait dicté à sa sœur une liste longue d'une page des cadeaux qu'il désirait et on y retrouvait, bien entendu, les panoplies correspondant aux feuilletons qu'il voyait à la télévision.

— Maintenant que papa gagne beaucoup d'argent...

Car, pour expliquer l'abondance de vêtements, leur mère avait expliqué :

— Votre papa a si bien travaillé que son patron a décidé de l'augmenter.

— Qu'est-ce que c'est, maman, augmenter ?

— De lui donner une plus forte somme d'argent chaque mois...

— Alors, on va déménager ?

— Pourquoi demandes-tu ça ?

Bib se souvenait sans doute de conversations qu'il avait surprises alors que Dominique et son mari bavardaient sans penser qu'il écoutait. Il leur était arrivé souvent d'envisager, pour un jour lointain, « quand ils seraient riches », l'achat d'une petite maison dans les environs de Paris, ou encore, comme Challans, d'un appartement dans un immeuble neuf.

Josée, elle, avait pris son père à part.

— Merci, papa ! Je suis contente que tu aies fait tout ça pour nous, mais j'ai peur que tu ne te fatigues trop.

Après un silence, elle continuait, gênée :

— Ne ris pas de moi si je dis une bêtise.

» Je ne peux pas m'empêcher de penser, et c'est souvent à toi que je pense. Est-ce vrai qu'on peut mourir de fatigue ?

— Qui t'a raconté ça ?

— Personne. J'ai souvent entendu maman soupirer :

» — Je meurs de fatigue...

» Or, maman n'a pas autant de travail, ni autant de soucis que toi. Le bureau, c'est plus dur qu'à l'école, n'est-ce pas ? Et, à l'école, surtout quand on fait du calcul, il m'arrive de me sentir si fatiguée que j'ai envie de pleurer et que je me demande si je ne vais pas mourir la tête sur mon pupitre... Cela n'arrive jamais, dis ?

— Jamais, ma chérie... Mon bureau, quoi que ta mère en dise quand vous faites trop de bruit le soir, n'est pas plus fatigant que l'école...

Le temps était gris. Il pleuvait beaucoup. Les jours où il ne pleuvait pas, le ciel était d'un blanc cru et la bise balayait les rues.

Calmar était triste, d'une tristesse imprécise, et il pensait plus souvent que d'habitude aux classes du lycée Carnot, à l'existence qu'il menait alors et à laquelle un Mimoune avait mis fin.

Qu'était-il devenu, Mimoune ? Était-il entré, comme son père, dans la haute administration et dans la politique ? Le retrouverait-on un jour ministre ? C'était possible et cela aussi le peinait sans raison.

Il y avait eu des moments où le mystère dont il était obligé d'entourer ses démarches lui procurait une certaine excitation, même le geste banal d'ouvrir la *Tribune*. Il se demandait à présent si cela valait la peine de continuer.

Il se demandait aussi... Mais cela restait plus vague. De la fortune entassée dans la serviette du boulevard Beaumarchais, il n'avait fait, en somme, que retirer quelques billets.

Il en restait de quoi acheter dix maisons à la campagne, ou dix appartements comme celui de Challans à La Celle-Saint-Cloud. Toute la famille aurait pu vivre dans un village du Midi où il n'aurait rien d'autre à faire que d'aller à la pêche.

Il n'était jamais allé à la pêche, même enfant, peut-être à cause du métier de son père et de son surnom d'Asticot.

Ce n'était pas du découragement à proprement parler. C'était une lassitude, une mélancolie qu'il avait envie de qualifier de cosmique.

Il y avait une grande ville, plus de cinq millions d'hommes, de femmes et d'enfants autour de lui. Quatre fois par jour, il s'intégrait dans des flots de voitures qui allaient quelque part sans qu'on puisse savoir où. Chacun allait quelque part. Chacun se pressait. Chacun travaillait pour acheter ceci ou cela et la télévision vantait les bienfaits des sports d'hiver, les joies d'une croisière en Méditerranée ou ailleurs.

Depuis Venise, la Méditerranée l'écœurait. Il n'était jamais allé aux sports d'hiver et il ne se voyait pas avec des skis aux pieds, tombant lourdement tous les cinq mètres à la grande joie des enfants.

Il préférait son appartement de la rue Legendre, bien que ce ne fût pas tout à fait son appartement, qu'il leur eût été cédé par ses beaux-parents. Autrement dit, ce n'était pas un appartement Calmar, mais un appartement Lavaud.

Dominique était une Lavaud et le resterait malgré elle. La preuve, sa terreur du jeu, à cause de la ruine d'un grand-père qui, après tout, pouvait aussi bien avoir été causée par une mauvaise gestion.

Les Lavaud, le père de Dominique, en tout cas, n'étaient pas intelligents. Ils avaient leurs vérités à eux, les vérités de la famille, qu'on n'avait pas le droit de discuter ou de mettre en doute.

— Mes enfants, moi, je dis...

Moi, je dis... C'était péremptoire. La voix de la sagesse, de l'expérience.

Il était écœuré à l'idée de continuer à les voir chaque dimanche et d'aller passer chez eux la journée de Noël parmi des clients inconnus de lui mais qui ne l'étaient pas pour le père Lavaud.

Bref, il était las, pour rien, pour tout, et il se demandait s'il continuerait à porter son nouveau complet, son nouveau pardessus dans lesquels il se sentait déguisé.

Il n'y avait que Mlle Denave, la plus laide des dactylos, à le regarder avec une admiration béate et à se précipiter dans son bureau à la moindre occasion.

Elle aussi avait commencé par être amoureuse de Bob. Comme Dominique ! Justin se demandait ce que Bob avait de particulier pour attirer ainsi les femmes.

Il avait été célibataire, lui aussi. Il avait eu très peu d'amourettes, surtout des aventures d'un jour ou d'une semaine, qu'il avait dû interrompre parce que ses partenaires prenaient tout de suite les choses sérieusement.

A Bob, elles ne se mettaient pas à parler mariage. Elles se montraient gaies, enjouées, s'efforçaient de lui plaire, alors qu'il ne se mettait pas en frais pour elles. Jamais il ne leur demandait :

— Où aimerais-tu dîner ?

Il les emmenait dans un restaurant de son goût et c'était lui qui commandait à sa fantaisie. Il ne leur demandait pas non plus ce qu'elles avaient envie de faire. Il faisait. Et, quand il en avait assez, il s'en tirait par une pirouette.

Est-ce que Bob était heureux ? Justin soupçonnait que non, malgré son égoïsme si méticuleusement organisé.

Est-ce que Calmar, lui, était heureux ? Pas seulement depuis Venise et cette ridicule affaire du train ! Il ne se posait pas la question, voilà tout, ou rarement, ou alors il s'empressait de penser à autre chose, aux mille petits soucis de la vie en famille et de la vie au bureau.

Cela continuerait ainsi... Josée, qui commençait à avoir de petits seins, grandirait encore, deviendrait une jeune fille qui réclamerait le droit de sortir le soir avec des amis ou des amies.

— Tu le lui permets, Justin ? Tu trouves que c'est la place d'une jeune fille, chez des gens qui ne surveillent pas leurs enfants et qui les laissent danser jusqu'à minuit ?...

Et elle ? Que faisait-elle jusqu'à minuit quand il l'avait connue ? Elle couchait avec Bob. Il lui arrivait d'y rester jusqu'au matin, jusqu'à l'heure de se rendre à sa ganterie du boulevard Saint-Michel, grâce à la complicité d'une amie chez qui elle était censée dormir une ou deux fois par semaine.

Lui, elle l'avait fait attendre un mois.

— Voyez-vous, Justin, je ne suis pas encore sûre de vous aimer... Vous êtes un bon camarade... Je me sens en sécurité avec vous... Vous donnez l'impression d'un homme solide, sur qui on peut s'appuyer...

Et Bob ? S'était-elle demandé si elle l'aimait ? Non !

Dès le premier jour, en somme, Calmar avait été le mari possible et c'était le futur mari, et pas l'homme, surtout pas l'amant éventuel, qu'elle mettait à l'épreuve.

Il ne lui en voulait pas. Il l'aimait. Il s'était habitué à elle. Il craignait de lui faire de la peine. C'est cela l'amour, non ?

Il craignait aussi son regard trop perspicace, la façon qu'elle avait, au moment le plus inattendu, de lui poser des questions embarrassantes.

— Ils n'ont pas remarqué, au bureau, que tu as changé ?

— Pourquoi aurais-je changé ?

— Tu le sais bien, Justin. Je suppose que cela vient de tout cet argent que tu as gagné au tiercé... Mais je ne comprends toujours pas... Tu n'étais déjà plus le même quand les enfants et moi sommes rentrés de Venise... Jouais-tu déjà, à ce moment-là ?

— Je crois... Oui... Je ne me souviens plus de la date...

— Tu connaissais Leferre ?

— Depuis longtemps...

— Pourtant, il ne t'avait jamais donné de tuyaux...

— On n'en a pas nécessairement chaque semaine. Peut-être ne me connaissait-il pas assez bien...

— Il t'est arrivé de gagner de l'argent sans me le dire ?

— Je ne sais plus, ma chérie... Si oui, c'était sûrement des petites sommes...

— Cela signifie, néanmoins, que tu es capable de me cacher quelque chose...

Et elle ? Était-elle sûre de ne rien lui cacher, de ne lui avoir rien caché, pendant les treize années qu'ils avaient vécues ensemble ?

— C'est bizarre...

— Qu'est-ce qui est bizarre ?

— Toi... Tout... Il y a quinze jours, je m'y suis laissé prendre... Tout cet argent qui nous tombait dans les mains... Je me suis dit que cela aurait été trop bête de ne pas en profiter et de ne pas en faire profiter les enfants... J'avoue que cela m'a fait plaisir de m'acheter un manteau de fourrure que j'aurais dû attendre pendant des années... Maintenant...

— Maintenant ?

— Rien...

Elle avait envie de pleurer et lui avait envie de la prendre dans ses bras, de lui dire à voix basse :

— Tu as raison... Vois-tu, chérie, tout ça n'existe pas... Le mieux, c'est de t'avouer la vérité... Elle devient trop lourde pour moi... Il y a des moments où j'ai envie de la crier à n'importe qui, au bureau, dans la rue, dans un de ces bistrots où je passe chaque jour pour aller lire, enfermé dans les cabinets, un journal suisse...

» Je suis riche, Dominique, et je ne sais que faire de mon argent, c'est à peine si j'ai le droit d'y toucher prudemment et je n'en risque pas moins, à tout moment, de recevoir une balle dans la tête ou de me retrouver en prison...

Sans avoir rien fait de mal !

La preuve qu'il courait des risques, il devait la trouver dans la *Tribune* du lendemain.

Épilogue inattendu du crime de la rue du Bugnon

Nous avons annoncé dans un précédent numéro l'arrestation, en corrélation avec l'assassinat d'une manucure de notre ville, rue du Bugnon, d'un ressortissant hollandais gardé à la disposition du juge La Pallud.

Or, après seulement quelques jours d'instruction, ce personnage, qui n'aurait fait aucune révélation, s'est pendu dans sa cellule à l'aide de bandes découpées dans sa chemise.

Il s'agit d'un certain Nicolas de V..., trente-cinq ans, courtier en pierres précieuses, dont la dernière adresse connue était à Amsterdam.

Il était marié et père de trois enfants. Sa femme, interrogée par la police néerlandaise, a affirmé que les activités de son mari étaient régulières et qu'il était obligé, pour ses affaires, d'effectuer de fréquents déplacements à l'étranger. Elle ne se souvient pas de l'endroit où il se trouvait le 19 août mais, à sa connaissance, son mari n'aurait pas mis les pieds en Suisse depuis plus d'une année.

Marié, lui aussi. Trois enfants au lieu de deux. Il s'était pendu dans sa cellule après avoir découpé sa chemise pour confectionner une sorte de corde !

Et s'il ne s'était pas pendu ? Si on l'avait pendu ? Si on n'avait trouvé que ce moyen d'éviter des révélations gênantes ?

Gênantes pour qui ? Existait-il d'autres magots cachés ailleurs, dans d'autres casiers à bagages, dans d'autres gares d'Europe ?

Il était écœuré. Il en avait assez. L'envie lui venait d'aller trouver la police et de se décharger une bonne fois de son trop-plein. S'il ne le faisait pas, ce n'était pas pour lui, mais pour sa femme et ses enfants.

Il ne savait même pas quelle peine il risquait. D'ailleurs, on ne le croirait pas. Même Dominique ne le croirait pas. Il y avait des semaines, des mois qu'elle se méfiait de lui et qu'elle l'épiait, s'efforçant, par ses questions insidieuses, de le mettre en contradiction avec lui-même. Alors, qui ?

Bob ? Bob continuait à plaisanter avec lui quand il entrait dans son bureau, mais il y entrait de plus en plus rarement et, quand il lançait ses sornettes, on sentait que le cœur n'y était pas.

— Te voilà presque aussi beau que notre resplendissant directeur général... Qu'est-ce qui t'arrive, vieux ?... Tu as hérité ?...

» Au fait, il faudra qu'un de ces soirs tu viennes dîner avec moi et ma nouvelle... En compagnie de Dominique, bien entendu... N'aie pas peur : celle-ci est très bien élevée et ne lance pas de gros mots...

» Elle est même trop bien élevée à mon gré et exige que j'éteigne la lumière avant de se déshabiller... C'est crevant, parce que, une fois à poil, cela lui est parfaitement égal qu'on allume toutes les lampes... Sais-tu ce que fait son père ?... Il est inspecteur des contributions... Excellente relation !... Dommage que je ne puisse pas lui dire que je suis un peu de la famille...

Justin ne riait pas, ne souriait pas.

— Comment va Dominique ?

— Bien.

— Les enfants ?

— Très bien.

— Et toi ?

Bob éclatait de rire.

— Toi, mon vieux, si j'y croyais, je t'enverrais chez un psychanalyste... Il te trouverait sûrement un complexe quelconque... J'espère que ce n'est pas le complexe d'Œdipe... Je t'avoue, entre nous, que je n'ai jamais su au juste ce qu'est le complexe d'Œdipe... Éducation négligée...

» Blague à part, tu devrais prendre garde à ta santé... Tout le monde se demande ce qui t'arrive... Il faudra que cela sorte un jour... En attendant, sache que je suis là et qu'il n'y a pas seulement sur l'oreiller que je recueille des confidences...

M. Baudelin, lui, ne disait rien, l'observait à la dérobée et sortait du bureau en poussant un soupir. S'il avait horreur que des cases soient vides dans ses établissements, il n'en détestait pas moins les gens malades et les tristes. Une de ses phrases favorites était :

— Ne compliquez pas, mon ami... Ne compliquez pas...

Il avait chargé Challans — car il avait horreur de procéder personnellement aux exécutions — de donner son congé à une dactylo qui, sans raison avouée, se mettait à verser des larmes au beau milieu d'une dictée.

Ce n'est qu'un an plus tard, lorsqu'elle était morte, qu'on avait appris qu'elle se savait atteinte de leucémie et qu'elle laissait une mère sans ressources. Cela arrive !

Vendredi. Il avait quitté le bureau de bonne heure, sous prétexte d'une visite à son dentiste, car il devait une fois de plus changer la serviette de place.

C'était aujourd'hui le tour de la gare de l'Est. Comme par fatalité, il n'y avait aucune gare à proximité de son travail ou de son domicile et il était obligé, une ou deux fois par semaine, de traverser les quartiers de Paris les plus encombrés.

Il était particulièrement découragé ce soir-là et il avait failli renverser un vendeur de journaux qui se faufilait entre les voitures en dehors du passage des piétons.

Il n'eut pas le courage de changer de gare. C'était déjà plein de gens en gros souliers et en chandails multicolores, des skis sur l'épaule, qui prenaient les trains d'assaut. Il avait eu la joue éraflée par un ski.

Penché sur le casier 27, il en retirait la mallette, se dirigeait vers une autre rangée et glissait de la monnaie dans le casier 62 afin d'y déposer sa fortune.

Il ne regardait plus autour de lui. Il se laissait aller, depuis quelques jours, à un certain fatalisme, et il en arrivait à se demander si, pour éviter tant de complications, tant d'allées et venues harassantes, il ne laisserait pas simplement la mallette, fermée à clef, dans son placard du bureau.

Il y réfléchirait pendant le week-end, puisque aussi bien il avait pris l'habitude de réfléchir avant chacun de ses gestes.

C'était devenu une manie. Il le faisait sans s'en rendre compte, comme s'il avait dans la tête une petite mécanique toujours en mouvement, même la nuit, car il lui arrivait souvent de s'éveiller en sursaut, rêvant d'un danger auquel il n'avait pas encore pensé.

Penché en avant, il refermait le casier, glissait la clef dans son trousseau et, au moment où il se redressait, il apercevait devant lui le visage de Mlle Denave.

— Vous partez en voyage, monsieur Calmar ?

La preuve qu'il aurait dû être toujours sur ses gardes, c'est qu'il eut la folie de prononcer :

— Vous m'avez suivie ?

— Moi ? Mais non. Vous ne savez pas que je prends chaque soir le train pour Lagny, où j'habite avec ma mère ?

Non. Il ne s'était jamais demandé ce que Valérie faisait après ses heures de service. Elle le regardait avec attention en même temps qu'avec une tendresse protectrice.

— Vous êtes tout rouge. Vous avez dû vous presser. Moi aussi, j'ai quitté le bureau plus tôt que d'habitude et j'ai pris le métro...

Il éprouva le besoin d'expliquer. Il savait qu'il ne fallait jamais expliquer, mais c'était plus fort que lui. Il ne pouvait supporter le silence, le regard amoureux, stupidement amoureux, dont elle l'enveloppait. On aurait dit que, de le surprendre ainsi, l'attendrissait, comme on s'attendrit de voir un enfant chiper de la confiture.

— J'ai accompagné un ami au train et, au moment où celui-ci

s'est mis en marche, je me suis aperçu que j'avais gardé sa serviette à la main, car il était encombré de deux valises...

Ne l'avait-elle pas vu prendre la serviette dans le premier casier ?

— Je suis contente de vous avoir rencontré, monsieur Calmar. Ce n'est pas la même chose de vous voir ici qu'au bureau...

— Bonsoir, mademoiselle Denave...

— Bonsoir, monsieur Calmar... Attendez !... Il y a une chose que j'ai envie de vous dire depuis longtemps sans en avoir jamais le courage... Ici, dans la foule, c'est plus facile... Je voudrais que vous sachiez que je suis votre amie, que vous n'avez pas de meilleure amie que moi et que je ferais n'importe quoi pour vous aider...

Sans attendre sa réponse ou sa réaction, elle se précipita vers les quais et disparut parmi les skieurs en tenue de montagne.

4

— Monsieur Calmar...

— Oui, mademoiselle...

Elle était entrée dans son bureau si discrètement qu'il ne s'en était pas aperçu et qu'il avait sursauté. Elle avait eu soin de se munir d'un bloc à sténo et d'un crayon.

— Vous vous souvenez de ce que je vous ai dit hier à la gare ?

Embarrassé, il murmurait en regardant ailleurs :

— Je crois, oui...

— Je voudrais que vous sachiez que ce n'étaient pas des mots en l'air...

Il y avait certainement préméditation, car elle portait une robe qu'il ne lui avait jamais vue et elle était plus maquillée que d'habitude. Si le maquillage ne rendait pas son visage moins ingrat, la robe, presque collante, révélait un corps qu'il ne lui aurait pas soupçonné.

— J'ai besoin de vous parler, monsieur Calmar, et cela devient urgent...

— Je vous écoute...

— Pas maintenant... Pas avec ces portes par lesquelles n'importe qui peut entrer à tout moment...

Elle lui souriait, discrète et complice, certaine qu'il comprenait sa discrétion.

— J'ai pensé à une chose... Nous sommes samedi... Cet après-midi, les locaux seront vides...

— A moins que le patron...

— M. Baudelin est parti pour Brézolles et ne reviendra pas avant lundi matin. C'est moi qui ai tapé les lettres et les télégrammes fixant ses rendez-vous...

Il la regardait, atterré, se demandant où elle voulait en venir.

— Vous pourrez dire à votre femme que vous avez un travail urgent et que vous devez faire des heures supplémentaires... Moi, je me suis déjà arrangée avec M. Challans...

— Qu'est-ce que vous avez arrangé avec lui ?

— Je lui ai dit que mon classement était en retard et que je préférais travailler une heure ou deux cet après-midi plutôt que de rester après la journée la semaine prochaine...

— Mais...

— A deux heures ?

On aurait juré qu'il lui faisait la cour depuis longtemps et qu'elle lui accordait enfin le rendez-vous convoité.

— C'est que...

— Je comprends que vous soyez troublé... Vous verrez !... A cet après-midi...

Il en oublia d'acheter la *Tribune* et, après avoir bu, non pas deux, mais trois apéritifs, il négligea de croquer la dragée à la chlorophylle qu'il avait pourtant mise dans la poche de son veston.

— Qu'est-ce que tu as, Justin ?

— Rien. Sinon que je suis obligé d'aller au bureau cet après-midi... Un travail idiot... Nous avons reçu ce matin le nouveau catalogue de Sears-Roebuck... Cette année, il pèse près d'un kilo, et le patron désire que, dès lundi matin, je lui présente une liste des nouveautés...

— Bah ! de toute façon, il pleut...

Il ne comprit pas tout de suite le sens de cette réponse.

— Qu'est-ce que tu aurais fait ici ? Il n'y a rien de bon à la télévision et j'ai promis aux enfants de les emmener goûter chez Clémence...

Il mangea distraitement, arriva avenue de Neuilly vingt minutes en avance et demanda au gardien :

— Mlle Denave est arrivée ?

— Non, monsieur. Elle doit venir ?

— Elle a un travail urgent à terminer avec moi... Vous n'avez pas vu le patron ?

— Il est parti ce matin vers dix heures avec M. Marcel...

Il arpenta son bureau, troublé, inquiet, avec, en outre, le sens du ridicule de la situation. N'avait-il pas été ridicule toute sa vie et, dès l'école maternelle, n'avait-on pas commencé à se moquer de l'Asticot ?

Il entendit ses pas dans l'escalier, resta debout au milieu du bureau, l'entendit fureter dans le sien avant d'ouvrir la porte.

— Écoutez, Justin... Je sais que je ne devrais pas vous appeler ainsi, mais, aujourd'hui, je ne peux pas vous appeler autrement...

Elle était nerveuse, surexcitée, et ses doigts tripotaient un mouchoir bordé de fine dentelle.

— Voyez-vous, je ne peux pas supporter de vous sentir malheureux... Vous comprenez ?... Je suis sûre que vous vous êtes aperçu que je vous aime et, de votre côté, vous n'avez rien fait pour me décourager...

C'était, pour lui, comme s'il s'était trouvé soudain dans un épais brouillard. Il entendait les mots, en comprenait le sens, sans parvenir pour autant à croire à la réalité de cette scène. Il avait envie de crier :

— Vous êtes folle ! Vous êtes réellement folle !...

Prendre son chapeau, son pardessus et s'élancer dehors, à l'air libre, parmi des gens normaux qui ne lui tiendraient pas de pareils discours...

— Des collègues me plaignent parce que je suis seule, sans se rendre compte que vous êtes ici le plus seul de tous... Est-ce vrai, Justin ?

— Je ne sais pas... Je ne comprends pas...

— Mais si, vous comprenez... Voilà des mois, depuis votre retour de vacances, que vous cherchez quelqu'un à qui vous confier... Quand on a un secret comme le vôtre sur le cœur, cela doit être une situation terrible... Vous avez dû penser d'abord à votre femme, à votre ami Bob, que sais-je, mais vous n'avez pas pu...

Elle était si émue qu'elle en avait les yeux brillants et que les larmes ne devaient pas être loin.

— Vous avez pris l'habitude de m'appeler de préférence aux autres secrétaires... Vous m'avez étudiée... Ce sont des choses qui, pour une femme, ne passent pas inaperçues... Plusieurs fois, vous avez hésité à me dire quelque chose...

— Je vous assure, mademoiselle...

— Chut !... Si je vous disais que je sais ?...

— Vous savez quoi ?

— Peut-être pas toute la vérité, mais je soupçonne le reste...

— Vous vous imaginez qu'il y a une femme dans ma vie ?

— Plus maintenant !... Il y en a peut-être eu une, à la fin du mois d'août et au début de septembre... Sans doute avez-vous fait sa connaissance à Venise ou dans le train du retour...

» Vous êtes revenu changé... A cause de cette femme, vous avez eu besoin d'argent... Excusez-moi... Je me mêle de ce qui ne me regarde pas, mais ce n'est pas ma faute si je vous aime, si vous êtes le seul homme par qui j'ai jamais été attirée...

Elle n'était qu'à un mètre de lui et pleurait sans songer à essuyer ses larmes.

— Voilà ce que je voulais vous dire en tête à tête... Je ne sais pas d'une façon certaine où vous avez pris l'argent, mais je le soupçonne... Honnête comme vous l'êtes, vous vous rongez, moins par peur d'être découvert, que parce que vous vous demandez comment rendre les sommes que vous avez prises... Écoute, Justin...

Elle lui disait tu. Elle se rapprochait de lui. Elle se jetait sur sa poitrine. Pleurant toujours, elle poursuivait :

— J'ai des économies dont je n'ai pas besoin, car ma mère et moi avons toujours vécu modestement. Puisque je ne me marierai jamais...

Il n'osait pas se dégager. Il se sentait ému, non par ce qu'elle lui disait, mais par la pitié qui lui venait soudain vis-à-vis de lui-même.

— Tu pourras rembourser... Tu retrouveras ton calme, ta bonne humeur... Tu es fort, tu le sais bien, et ce serait une stupidité de te laisser abattre à cause d'une peccadille...

— Mais...

— La mallette, hier, à la gare de l'Est...

Elle le regardait à travers ses larmes et, soudain, elle colla aux siennes des lèvres gourmandes et maladroites.

— Chut !... Ne dis rien... Tout à l'heure, tu me raconteras, n'est-ce pas ?... Nous envisagerons ensemble les dispositions à prendre...

Elle l'embrassait à nouveau. Malgré sa petite taille et son corps menu, elle avait des muscles d'une force insoupçonnée et ils roulèrent tous les deux sur la moquette.

— Prends-moi, Justin !... Il y a si longtemps que j'attends ce moment-ci... Je t'en supplie !...

Il en avait le vertige. Il ne savait plus rien. Sa main remontait sur la chair d'une cuisse chaude et brusquement il la possédait tandis qu'elle poussait un cri aigu.

Elle était vierge, à trente-deux ou trente-trois ans. Il avait honte, mais elle le serrait si fort contre elle qu'il était incapable de se dégager et qu'il ne pouvait plus respirer.

Quand elle lui permit de relever la tête, il vit des chaussures d'homme sur le tapis, des jambes, un veston, enfin le visage sans expression de M. Baudelin.

Il se remit gauchement debout, tandis que Mlle Denave restait encore un moment par terre, la robe troussée jusqu'au ventre, puis la rabattait lentement.

— Excusez-moi, monsieur Baudelin...

Alors lui apparut, dans sa lumière réelle, le grotesque de la situation, le grotesque de tout ce qui venait de se passer, de ce qui se passait depuis le train de Venise, le grotesque de sa vie, en somme, et peut-être de celle des autres.

Comme pour la gifle de Mimoune, il n'eut pas le temps de réfléchir, de se contrôler, et il s'élança vers la fenêtre qu'il ouvrit maladroitement et qu'il enjamba. Il pleuvait. Le pavé était mouillé. Il entendit un cri, presque le même que quand il avait pénétré Mlle Denave, et, au milieu du chaos, se détachait une maigre silhouette rouge, une petite fille qui agitait la main tout en suçant un cornet de crème glacée.

Épalinges (Vaud), le 3 juin 1965.

Trois nouvelles inédites

La chanteuse de Pigalle

L'invalide à la tête de bois

Le gros lot

1952. Georges Simenon a quitté le vieux continent depuis bientôt sept ans. Il vit heureux à Lakeville dans le Connecticut avec le sentiment de s'intégrer naturellement à la vie américaine. Il habitera cinq années durant la vieille maison-rempart de Shadow Rock Farm qui restera le plus long port d'attache qu'il ait jamais eu avant son installation en Suisse. Cinq années de bonheur et d'équilibre. Son fils Johnny a 2 ans. Marie-Jo naîtra l'année suivante. Sa réussite professionnelle est totale. Ses livres — il en écrit environ 6 par an — sont tous des best-sellers, à New York comme à Paris. Il vient de terminer La Mort de Belle *qui sera un de ses plus grands succès, et il prépare un voyage en Europe qui s'annonce triomphal.*

En janvier-février à Lakeville, l'atmosphère est fébrile. En même temps que l'emploi du temps de Paris, Simenon doit fixer ceux de Genève, Zürich, Liège, Bruxelles — où il a été élu membre de l'Académie Royale de Langue et de Littérature françaises de Belgique —, Londres, Milan, Rome, Barcelone. Dans l'agitation, les Simenon multiplient les voyages à New York pour régler d'ultimes affaires (Simenon a toujours négocié lui-même la vente de ses livres à l'étranger et les droits d'adaptation de ses œuvres pour le cinéma ou la télévision).

Dans une lettre à son éditeur parisien, Sven Nielsen, Simenon parle de l'amorce d'une série de télévision pour CBS « dans le genre Maigret mais avec des personnages nouveaux ». Il a déjà écrit une nouvelle — il s'agit de La Chanteuse de Pigalle. *Mais, à New York, « ces gens étaient pressés. On n'avait pas le temps de traduire. » Une lecture a été organisée dans la chambre d'hôtel des Simenon. Denise lisait à voix haute en anglais un texte écrit en français tandis qu'un sténographe prenait note.*

Quelques semaines plus tard, Simenon annonce à son éditeur qu'une seconde nouvelle est écrite (L'Invalide à la tête de bois), *qu'il en faudrait trois pour faire un volume. Cette troisième nouvelle n'a jamais vu le jour, Justin Duclos, l'invalide à la tête de bois, ne devait pas trouver place au panthéon de la mythologie policière. Le projet avec CBS n'aboutit pas — comme avait déjà avorté une précédente tentative américaine d'adaptation des Maigret pour la télévision.*

Les nouvelles seront enfouies dans les archives Simenon — et oubliées. Les manuscrits reliés avec celui, plus tardif, de La Femme en France, *seront déposés au Fonds Simenon de l'Université de Liège en juin 1976 avec l'ensemble de la donation que fit Simenon à sa ville. Ils n'y étaient jusqu'à ce jour connus que de quelques spécialistes.*

La troisième nouvelle présentée ici, Le gros lot, *date également de la « période américaine » de Simenon. Unique en son genre, elle est née d'une commande faite par le Reader's Digest pour une série intitulée « L'être le plus extraordinaire que j'ai rencontré ». Et Charles Perrin est bien un « héros » simenonien exemplaire — qui n'est pas sans rappeler le personnage central de* Maigret et l'homme du banc *achevé l'année précédente.*

Ce texte court n'a jamais été publié.

LA CHANTEUSE DE PIGALLE

1

Mme Arnaud, la concierge, si maigre que sa robe pendait toujours comme si elle était accrochée à un cintre, ouvrit la dernière fenêtre puis, se tournant vers le logement, eut l'air, comme chaque matin, d'en fouiller les recoins de son regard de souris pour s'assurer qu'elle n'avait plus rien à faire.

— Vous n'avez plus besoin de moi, mademoiselle Lili ?

Cela signifiait qu'il était dix heures du matin et qu'elle avait fini de donner son coup de main quotidien à la jeune fille.

On était en avril et les fenêtres étaient ouvertes, le soleil de printemps restait pâle, le ciel d'un bleu d'aquarelle, avec une fine buée qui montait de la Seine.

— Je ne vois plus rien pour vous, madame Arnaud. Merci.

Et la concierge, qui aimait de faire les mêmes gestes, de prononcer les mêmes mots aux mêmes moments, comme si le rythme de cette routine donnait un charme à la monotonie de sa vie, se tournait avec satisfaction vers Justin Duclos.

— Vous êtes bien ? Vous avez votre pipe, votre tabac, vos allumettes, vos journaux ?

L'invalide, dans son fauteuil à grandes roues caoutchoutées, lui adressait un signe reconnaissant. C'était tout. Elle n'avait plus qu'à redescendre dans sa loge où quelque chose mijotait déjà sur le coin du feu.

Peut-être parce que Duclos ne quittait plus l'appartement depuis des années, il y avait quantité d'autres traditions qui meublaient les journées, comme, par exemple, le bonjour du bouquiniste.

Les fenêtres donnaient sur le quai de la Tournelle, un des quais de Paris où des marchands viennent étaler de vieux livres et des gravures le long des parapets.

Il y en avait un, en face, très vieux, aux cheveux d'un blanc magnifique, qui ne manquait jamais, à dix heures, de lever la tête. De sa place, il n'apercevait que le haut du visage de Duclos, mais cela lui suffisait, il lui adressait un grand salut, après quoi, d'un geste machinal, il tirait une montre en argent de sa poche et la mettait à l'heure.

C'était surtout parce qu'elles avaient besoin d'être deux pour habiller le vieillard que la concierge venait chaque matin donner un coup de main à Lili. C'était aussi pour que la pièce dans laquelle il se tenait toute la journée ne soit pas trop longtemps en désordre.

Il restait les chambres et la cuisine à faire, les courses dans le quartier, le déjeuner.

Des remorqueurs passaient, tirant leur chapelet de péniches au pont fraîchement lavé. On entendait grincer des grues. On apercevait, à gauche, les tours de Notre-Dame et la saison des touristes commençait, des cars s'arrêtaient sur le parvis et, parfois, à travers le vacarme de la ville, on devinait la voix du guide amplifiée par un haut-parleur.

Si Justin Duclos avait pu se pencher, il aurait même vu la grande bâtisse jaunâtre du Palais de Justice, les fenêtres du bureau qu'il avait si longtemps occupé à la Police Judiciaire.

Ils habitaient une vieille maison sans ascenseur. Peut-être était-ce encore une distraction d'entendre les pas dans l'escalier, de deviner à qui ils appartenaient.

Justin reconnut-il ceux de son vieux collègue Berna, maintenant chef de la Brigade Spéciale ? La sonnette tintait au-dessus de la porte. Lili allait ouvrir.

— Bonjour, petite.

— Bonjour, monsieur Berna.

Il était gros. Il était énorme, si gros qu'il marchait les jambes écartées, et ceux qui ne le connaissaient pas le prenaient pour un mou.

— Comment va Justin ?

— Très bien. Entrez.

Avec lui aussi, il existait des rites. Il repoussait son chapeau en arrière, attirait une chaise près du fauteuil roulant et s'y asseyait sans rien dire.

Quand Berna venait le voir de la sorte, il y avait invariablement une lueur de gaîté dans les yeux de l'ancien commissaire qui tirait de petits coups sur sa pipe et se gardait bien de poser des questions.

Toujours, les premiers mots étaient, après un silence plus ou moins long :

— Je passais dans le quartier...

Et Justin pensait :

— Menteur !

Car il avait appartenu assez longtemps à la Maison pour savoir que le chef de la Brigade Spéciale n'a pas le loisir de se promener sur les quais à dix heures du matin.

— Lu les journaux ?

C'était visible. Ils étaient là, étalés sur une chaise à côté du fauteuil.

— Ils ne disent pas tout. Pas encore...

Justin attendait, en s'efforçant de ne pas sourire.

— On prétendra sans doute qu'il s'agit d'un maniaque. Il y en a qui le croient.

Lili allait et venait dans la chambre à coucher, mais elle avait laissé la porte ouverte et ne perdait pas un mot.

— Il y en a eu une deuxième.

— Chanteuse aussi ?

Duclos avait enfin ouvert la bouche, posé une question, et c'était au tour d'Émile Berna de triompher, comme s'il venait de marquer un point.

— Pas seulement ça.

— Quoi ?

— Chanteuse dans le même établissement.

— Le Pélican ?

Ils étaient plus graves, à présent, et, dans la chambre, Lili évitait de faire du bruit. Depuis trois jours, les journaux parlaient longuement de ce qu'ils appelaient « La Chanteuse de Pigalle ».

C'était pourtant un drame banal en apparence, un de ces drames d'après minuit qui ont pour ainsi dire tous la même couleur.

Le Pélican, dans le bas de la rue Pigalle, près de la rue Notre-Dame-de-Lorette, était une petite boîte sans éclat, une de celles qui, coincées entre des établissements plus célèbres, n'ont l'air de compter que sur les noctambules déçus ou égarés.

Quelques photos, à la fenêtre garnie de rideaux à carreaux rouges, représentaient une danseuse à l'éventail qui montrait d'elle-même tout ce que la Préfecture de Police permet de montrer et une jeune femme moulée dans une robe de soie noire qu'on annonçait comme « La Chanteuse de Pigalle ».

Il en avait vu défiler plusieurs, toujours en robe noire collante, toujours aussi avec de grands yeux nostalgiques, qui chantaient les mêmes couplets d'une voix un peu cassée.

Le titre restait inchangé. Il appartenait à la maison. C'était Louis, le patron, qui l'avait trouvé et qui, le jugeant bon, le gardait comme une sorte de marque de fabrique.

Le Pélican fermait tard, souvent vers quatre ou cinq heures du matin, car il ramassait la clientèle des cabarets qui fermaient les uns après les autres.

L'avant-dernière « Chanteuse de Pigalle », qui s'appelait Odette Lagrange, et qui vivait dans un hôtel du faubourg Montmartre, était sortie, trois nuits plus tôt, alors que le jour commençait à se lever. Louis, à ce moment-là, était occupé à accrocher les volets à la devanture. Elle lui avait dit bonsoir. Au coin de la rue Notre-Dame-de-Lorette, elle avait serré la main de la danseuse qui montait vers Montmartre.

— A ce soir.

Un agent cycliste qui passait avait assisté à cette scène familière des petits matins du quartier. Il avait tourné dans une rue à gauche, sans se retourner.

Il avait fait un tour dans le quartier, sans se presser. Cela lui avait pris un peu moins de dix minutes avant de rejoindre la rue Notre-Dame-de-Lorette par le bas, place Saint-Georges, et là il avait aperçu une forme sombre sur le trottoir.

C'était Odette Lagrange, qu'il avait vue vivante un peu plus tôt, et qui avait été abattue d'une balle en pleine poitrine.

— Tu as lu les détails ? demandait Émile Berna à son ancien collègue.

— J'ai lu.

— Qu'est-ce que tu en as pensé ?

— Rien.

— Tu connais Louis ?

— Je l'ai arrêté trois ou quatre fois il y a une quinzaine d'années.

— Il prétend être rentré tout de suite après avoir assujetti les volets et être monté dans sa chambre où sa femme l'attendait. Ils ont leur logement au-dessus de la boîte.

— Je sais.

— Sa femme, évidemment, confirme ses dires. C'est elle qui prépare la cuisine pour les clients qui désirent manger un morceau. Tous les deux affirment qu'ils n'ont vu personne d'équivoque dans l'établissement cette nuit-là. Odette Lagrange vivait seule. On ne lui connaît pas d'amis. Pas d'ennemis non plus. Son sac à main gisait près d'elle sur le trottoir et n'a pas été ouvert. On ne lui a pas non plus pris ses bijoux. Pourquoi me regardes-tu comme ça ?

— Parce que j'attends la suite. C'est la suite qui est intéressante et qui te tracasse, non ?

Cinquante fois, Berna était venu ainsi, comme en passant, pour obtenir une indication ou un conseil de son ancien collègue ; pas une fois, il n'avait avoué le but de sa visite.

— Bien entendu, la nuit suivante, nous avons surveillé le Pélican.

Et Justin répétait avec une douce ironie :

— Bien entendu.

— Nous avons aussi questionné les gens qui habitent place Saint-Georges et une chose paraît certaine : le meurtrier n'était pas en voiture.

— Donc, il était à pied.

— Tu te moques de moi ?

— Continue. Tu disais que Louis a déniché une nouvelle « Chanteuse de Pigalle ».

— J'ai dit ça ?

— Tu allais le dire.

— Exact. Pas la première nuit, mais la suivante. Une certaine Lucy Perrin qui, celle-ci, vit avec sa mère boulevard des Batignolles.

— C'est elle qui s'est présentée ?

— Oui. En réalité, c'était...

— *C'était ?*

— Malheureusement. Attends. Je dis que c'était une élève du conservatoire, une gamine très bien, autant qu'on en puisse juger, qui se préparait pour le théâtre mais qui avait décidé de chanter à Montmartre pour gagner sa vie en attendant.

— Je vois. Elle est sortie du Pélican au petit jour, elle aussi. Elle a dit bonsoir à Louis.

Berna avait pris un air grognon.

— Je suppose que tu avais un inspecteur dans la rue ?
— Parbleu !
— Il l'a suivie ?
— Oui.
— Pour se rendre boulevard des Batignolles, elle n'a pas dû passer par la place Saint-Georges. Je suppose donc...
— Elle n'a pas été tuée place Saint-Georges, en effet. Elle est rentrée chez elle, je veux dire dans l'immeuble que sa mère et elle habitaient. Leur logement est au cinquième étage. Il y a un ascenseur. La concierge se souvient de lui avoir donné le cordon et d'avoir entendu monter l'ascenseur.
— Je suppose que l'inspecteur, rassuré, est rentré au Quai des Orfèvres.
— Il est allé se coucher, car il avait fini son service. Une heure plus tard, c'est la mère qui nous a alertés en nous annonçant que sa fille n'était pas rentrée.
Il y eut du bruit, dans la chambre. Justin Duclos questionna en élevant un peu la voix :
— Qu'est-ce que tu fais, Lili ?
— Je finis de ranger.
Le gros Berna soupirait après avoir allumé une cigarette qui paraissait hors de proportion avec son énorme visage :
— Voilà ! C'est tout. Je pensais que cela t'intéresserait.
— C'est intéressant.
— C'est surtout embêtant. Les journaux ne sont pas encore au courant de la seconde affaire. Si Lucy Perrin n'avait pas travaillé dans la même boîte que la première, dans le même costume, en quelque sorte sous le même nom, sa disparition passerait inaperçue.
Détournant la tête comme chaque fois qu'il était embarrassé, il questionna :
— Tu crois à une corrélation, toi ?
— Lucy Perrin n'avait pas d'amis non plus, ni d'ennemis ?
— Un petit ami, qu'elle appelait son fiancé, un élève du conservatoire, comme elle. Il ne chante pas. Il joue du violon.
— Il n'est pas allé l'entendre au Pélican ?
— Il ne savait pas qu'elle avait accepté un engagement.
— Il aurait été fâché ?
— Il est jaloux. Mais pas au point de la tuer.
— Parce que tu crois qu'on l'a tuée ?
— Je ne sais pas. Je ne m'explique pas sa disparition.
— Et Louis ?
— Louis non plus. Il s'arrache les derniers cheveux en prétendant que c'est la fin de son cabaret, qu'aucune chanteuse ne voudra plus passer chez lui, qu'il ferait aussi bien de mettre dès maintenant la clef sous la porte.
— Il parle de s'en aller ?
— Il dit tout ce qui lui passe par la tête. Il est furieux, affirme que

ces choses-là n'arrivent qu'à lui, que ce n'est pas la peine de s'être racheté une conduite pour être fourré dans les ennuis jusqu'au cou.

— Il y a quatorze ans qu'il n'a pas subi de condamnation.

— Je sais. J'ai vérifié.

Justin Duclos posa sa pipe sur le rebord de la fenêtre et, avec une agilité dont on ne l'aurait pas cru capable, manœuvra son fauteuil en poussant de sa main les deux grandes roues. Il arriva ainsi devant une commode ventrue dont il ouvrit un des tiroirs et son ancien collègue prit un air candide.

Duclos n'aimait pas qu'on s'intéresse de trop près à ses trésors. Dans le tiroir, il y avait une centaine au moins de carnets recouverts de toile cirée noire, tous du même modèle, de ces carnets bon marché dont se servent les blanchisseuses.

Du temps où il appartenait encore au Quai des Orfèvres, ces carnets-là étaient déjà célèbres, il avait l'habitude, quand il était sur une affaire, d'en tirer un de sa poche, de mouiller la pointe de son crayon et de griffonner quelques mots d'une écriture quasi illisible.

— Quinze ans... grommela-t-il. Attends.

Les carnets étaient numérotés. Il trouva celui qu'il cherchait, tourna les pages.

— La dernière fois que Louis a été condamné, c'est pour avoir essayé de passer en Belgique de la marchandise volée dans un magasin du boulevard Saint-Martin. Il travaillait avec Fred-le-Tatoué. Tu sais ce qu'est devenu Fred ?

— Il y a longtemps que je n'en ai pas entendu parler.

— Tu feras peut-être bien de te renseigner. Celui-là n'a pas dû se racheter une conduite. Je me souviens lui avoir mis la main au collet certain matin d'hiver dans un garni de la rue Saint-Antoine... Un instant...

N'était-ce pas cela que le commissaire, avec l'air de rien, était venu chercher ? Avec Justin, il s'épargnait des heures de recherches laborieuses.

— Il y a huit ans, l'année avant mon accident... J'ai trouvé... 7 janvier... Hôtel de la Lune...

Il feuilleta quelques pages.

— Cinq ans de prison. Il est donc en liberté depuis trois ans, à moins que, depuis, tu l'aies renvoyé en tôle.

Berna se leva avec effort, écrasa le bout de sa cigarette dans un cendrier.

— Je te remercie, vieux.

— C'est moi qui te remercie d'être venu me serrer la main en passant.

Sur le seuil, le gros homme se retourna :

— Qu'est-ce que tu ferais, à ma place ?

— Je chercherais.

— Où ?

— Partout.

— Et s'il arrive malheur à une troisième « Chanteuse de Pigalle » ?

— Ce serait une indication. Tu crois que Louis en trouvera une autre ?

Lili arriva à point pour reconduire le commissaire.

— Au revoir, petite fille.

— Pas si petite fille que ça ! riposta-t-elle. Vingt-trois la semaine dernière.

— Le temps passe... Je revois encore le jour où...

Allons ! Il valait mieux ne pas parler de ça, ne pas rappeler dans quelles circonstances, vingt ans auparavant, Justin Duclos, qui n'était qu'inspecteur et qui avait encore sa femme, avait adopté une enfant qu'aucun parent, et pour cause, ne viendrait jamais réclamer.

— Tu as entendu, Lili ? questionna l'ancien commissaire quand ils furent à nouveau seuls.

— Oui.

— Tu écoutais ?

Elle dit franchement :

— Oui.

— Cela t'intéresse ?

Cela semblait toujours le confondre.

— Vous le savez bien.

Il ne lui demanda pas pourquoi. C'était un sujet tabou.

— Maintenant, il faut que j'aille faire mon marché. Vous aimeriez un gigot d'agneau ?

Le soleil devenait plus brillant et la fumée de pipe montait doucement dans l'air calme. Une verdure très pâle, encore frêle, commençait à se montrer aux marronniers du quai.

— Je ne serai pas longue.

Elle endossa la veste de son tailleur bleu, se planta un petit chapeau rouge sur la tête et descendit l'escalier, son sac à provisions à la main. En passant, elle entr'ouvrit la porte de la loge et cria à Mme Arnaud :

— Je reviens tout de suite...

Mais, quand elle remonta l'escalier, une demi-heure plus tard, elle s'arrêta à l'étage en dessous du leur, sonna à une porte qu'une jeune fille un peu plus âgée qu'elle vint ouvrir.

— Bonjour, Juliette. J'ai besoin de toi.

— Oui ?

Au ton sur lequel ce « oui » était prononcé, on comprenait que cela devait arriver souvent, mais que Juliette n'en était pas fâchée.

— Tu as encore ta robe de satin noir ? Cela ne te ferait rien de me la prêter ?

— Tu sais bien que je suis plus maigre que toi.

— Justement. Il faut qu'elle colle.

— Et si elle craque ?

Lili plaisanta :

— Je me retiendrai de respirer.

— Quand la veux-tu ?

— Cet après-midi. Puis probablement toute la nuit. N'en parle à personne. C'est très important.

A trois heures, ce jour-là, Justin Duclos était occupé à lire les journaux de l'après-midi devant sa fenêtre.

— Je sors une heure ou deux, annonça-t-elle. Si vous avez besoin de quelque chose, Juliette est chez elle...

Cela arrivait fréquemment. Juliette, qui était couturière et qui passait presque tout son temps chez elle, habitait en dessous et l'ancien commissaire n'avait qu'à frapper le plancher avec sa canne pour l'avertir qu'il avait besoin de quelque chose. C'était rare, car il mettait son point d'honneur à se servir lui-même en dépit de son infirmité.

La robe de soie noire dans un carton, Lili se précipita vers le métro et n'en émergea que place Pigalle. En plein jour, la rue Pigalle était banale et elle finit par trouver une devanture étroite, aux rideaux à carreaux rouges, au-dessus de laquelle, la nuit, le mot « Pélican » devait briller en lettres pourpres.

Un homme était arrêté sur le trottoir un peu plus bas, qui paraissait s'intéresser à un étalage de lingerie féminine, et elle supposa que c'était un des inspecteurs du commissaire Berna. Elle n'en essaya pas moins le bouton de la porte et celle-ci s'ouvrit. Il faisait sombre à l'intérieur. Il y avait un long bar à droite, puis des tables vernies autour d'une piste minuscule et, derrière, une estrade pour trois ou quatre musiciens, avec le mot « Pélican » peint sur la batterie ainsi que la silhouette d'une femme en noir.

— Il y a quelqu'un ?

Ses yeux n'étaient pas encore habitués au demi-jour qui régnait. Quelqu'un se leva, dans le fond à gauche, un homme court et trapu, en bras de chemise, qui n'était pas rasé et dont quelques cheveux noirs étaient ramenés sur le crâne chauve.

— Vous êtes le patron ? questionna-t-elle, en faisant la brave.

Un bout de cigare aux lèvres, il la regardait s'avancer et son expression n'avait rien d'encourageant.

— Qu'est-ce que vous voulez ?

— Vous êtes M. Louis ?

— Faut-il que je vous montre ma carte d'identité ?

— Je vous demande pardon. J'ai lu le journal qui vient de paraître.

— Et après ?

— Il dit que Lucy Perrin a disparu. Je suppose donc qu'elle ne viendra pas chanter ce soir.

Il ne l'invitait pas à s'asseoir, ne s'asseyait pas non plus. Les mains dans les poches, il avait l'air d'un gros ours méfiant.

— J'ai pensé que je pourrais peut-être faire l'affaire.

— Quelle affaire ?

— La « Chanteuse de Pigalle ».

Il haussa les épaules, comme dégoûté, et le regard qu'il lança à son petit tailleur de jeune fille comme il faut disait assez ce qu'il pensait.

— Vous ne me permettriez pas d'essayer ?

— Essayer quoi ?

— De faire une répétition. J'ai ma robe...

Il dut se méfier, car soudain il tourna un commutateur électrique qui alluma les lampes les plus proches et il l'examina attentivement.

— Dites donc, mon petit, qui est-ce qui vous envoie, vous ?

— Personne. J'ai lu le journal. Il y a longtemps que je cherche une occasion.

— Une occasion de vous faire zigouiller ?

— De chanter à Montmartre.

— Qui est-ce ?

— Je ne comprends pas.

— Qui vous a envoyée ?

— Personne, je vous le répète.

On aurait dit qu'elle allait pleurer.

— Laissez-moi seulement vous montrer que je peux faire l'affaire...

Elle avait tellement peur qu'il la mette dehors qu'elle regardait autour d'elle, avisait la première porte, celle d'une cuisine toute froide qui ne devait servir que la nuit et où il n'y avait personne.

— Donnez-moi une minute. Le temps de me changer.

Cela prit à peine la minute. C'était comme si elle avait répété ses moindres mouvements. La robe noire était tellement étroite qu'elle dut retirer sa combinaison et, d'un geste rapide, elle changea le mouvement de sa coiffure, d'un autre geste elle s'écrasa du rouge sur les lèvres, souligna ses cils de crayon sombre.

Quand elle reparut dans la salle, ce fut pour marcher droit au piano, sans donner à Louis le temps de protester.

— Je connais ses chansons. J'ai les disques chez moi...

Il l'écoutait chanter, surpris, inquiet, se mettait à rôder autour d'elle comme pour mieux la voir sous toutes ses faces. Il y eut des pas dans un escalier, une porte s'ouvrit, une grosse femme en négligé resta debout dans l'encadrement, à l'observer, elle aussi.

Quand le premier couplet fut fini, c'est la femme qui questionna en regardant Louis d'un œil presque aussi méfiant que le sien :

— Où as-tu déniché « ça » ?

— Je ne l'ai pas dénichée. C'est elle qui est venue se présenter.

— De la part de qui ?

— De personne ! répéta Lili avec force. Je vous assure que personne ne m'a envoyée. J'ai besoin de gagner ma vie. Je veux faire ma carrière dans les cabarets. J'ai lu le journal...

Le mari et la femme se regardaient. La femme haussa les épaules et se dirigea vers l'escalier en grommelant :

— Fais comme tu voudras. Je n'aime pas ça.

— Vous me laisserez essayer ce soir, n'est-ce pas, monsieur Louis ?

Hésitant, il regardait dehors par-dessus le rideau. Sans doute voyait-il la silhouette de l'inspecteur qu'il devait connaître ? Peut-être fut-il sur le point d'aller lui demander conseil ?

Lili s'était remise à chanter, de la voix qu'il fallait, la voix un peu cassée, un peu rauque des filles.

— Ferme-la ! commanda-t-il enfin.

— C'est oui ?

— Tu as un ami ?

— Pas pour le moment.

— Tu connais Émile ?

— Cela dépend quel Émile. J'ai un cousin, en province, qui s'appelle ainsi. Je peux revenir ce soir ?

Elle alla se changer sans attendre la réponse. Quand elle revint, elle avait à la main la boîte contenant la robe noire.

— Autant que je la laisse ici. Où est-ce que je la mets ?

Il la lui prit et la posa derrière le comptoir, l'air toujours aussi vague. Pour rentrer chez elle, elle changea cinq fois de métro par crainte que l'inspecteur se soit mis en tête de la suivre.

— Il n'a pas appelé ?

— Non. Ma robe ?

— Je l'ai laissée là-bas. J'en aurai besoin cette nuit. Rassure-toi : elle n'a pas craqué.

2

Tout le temps qu'elles se maquillèrent, Natacha se tut obstinément, mais son regard, dans la glace, ne cessait de détailler Lili.

Natacha n'était pas son vrai nom mais celui par lequel on l'annonçait au programme et elle n'était pas russe, elle devait venir du Midi, de Marseille ou de Nice. Lili aussi l'observait, avec moins d'ostentation, par petits coups d'œil furtifs.

Toutes les deux avaient gravi un escalier sombre qui conduisait au premier étage et elles étaient entrées dans la chambre de Louis et de sa femme, une chambre si banale, si terne que cela aurait pu être celle de n'importe quel couple de retraités, par exemple, avec des bibelots de mauvais goût sur les meubles et des photographies aux murs.

En bas, les musiciens étaient arrivés et accordaient leurs instruments.

Louis, son corps dru sanglé dans un smoking, le visage rasé de près mais le menton bleu quand même, se tenait près du bar, prêt à accueillir les clients, tandis que sa femme avait pris possession de la cuisine.

En dehors d'eux, il n'y avait qu'un barman au type et à l'accent italien et un garçon très vieux, au teint si blême qu'on avait l'impression que, sous la peau, le sang s'était peu à peu décoloré.

Louis les avait présentées l'une à l'autre.

— Natacha, qui travaille ici depuis plus d'un an. Lili, une nouvelle. Allez toutes les deux vous mettre en tenue.

Et il avait tendu à Lili la boîte en carton qui contenait sa robe.

Il ne paraissait pas enchanté de l'avoir embauchée et continuait à la regarder avec de gros yeux méfiants.

Natacha, elle, l'inspectait en femme, et en femme qui en a vu de toutes les couleurs, aucun détail ne lui échappait, ni la coupe des ongles, ni la jeunesse de la chair, ni la façon dont Lili étendait le fard sur son visage.

Certains hommes devaient la trouver belle, un fruit mûr, voluptueux, et sans doute ne voyaient-ils pas ce qu'il y avait déjà de fané en elle, ni d'amer. Elle ne devait pas, devant eux, laisser sa bouche prendre le pli dur qu'elle avait en regardant sa compagne dans le miroir.

— Première fois ?

— Dans un cabaret, oui.

Les questions étaient précises et, avec Natacha, la moindre faute serait tout de suite relevée.

— Où, alors ?

— J'ai fait de la figuration et il m'est arrivé de chanter dans les chœurs.

— Pourquoi es-tu venue ici ?

— Parce que j'ai pensé que c'était une chance.

— Tu as un homme ?

— Pas pour le moment.

Natacha devait penser, devait *savoir* qu'elle n'en avait jamais eu.

— Avec qui vis-tu ?

— Avec personne.

— Tu t'es payé un taxi pour venir...

Il s'était mis à pleuvoir, à la fin de la journée, une pluie crépitante de printemps, et Lili n'avait pas les chaussures humides. C'était vrai qu'elle avait pris un taxi, parce qu'elle était partie à la dernière minute, après avoir fait monter Juliette dans sa chambre pour le cas où l'ancien commissaire appellerait. Cela n'arrivait jamais. Il prétendait que, ce qui avait fait sa force dans la police, c'était sa faculté de sommeil.

— Tu ferais mieux de laisser tomber.

— Pourquoi ?

— Parce que ce n'est pas ta place.

Natacha ajouta comme si elle suivait une idée :

— Tu es du genre de la petite d'hier.

— Vous voulez dire que je risque de me faire tuer aussi ?

Mais c'était déjà fini. La danseuse n'avait pas envie d'en dire davantage. Elle se levait, étirait son corps à moitié nu et, soupirant, revêtait, comme un uniforme, une étrange robe de lamé qui n'avait pas de dos et qu'elle pouvait détacher d'un simple mouvement au cours de sa danse de l'évantail.

— Dépêche-toi. Nous devons descendre.

Il y avait déjà quelques minutes que l'orchestre jouait et, quand elles pénétrèrent dans la salle, une douzaine de spectateurs occupaient les tables, deux ou trois hommes étaient accoudés au bar.

— Tu t'assieds à cette table-ci et, si un client te demande ce que tu prends, tu commandes du champagne.

Louis vint parler bas à Natacha, fit signe aux musiciens qui annoncèrent le numéro par un roulement de tambour. La plupart des lampes s'éteignirent. Un projecteur inonda la piste d'une lumière bleuâtre. D'un mouvement sec, la danseuse déploya son éventail de plumes et s'avança.

Mais Lili ne prit pas attention à son numéro. Tout de suite, elle avait reconnu un des consommateurs du bar et celui-ci, de son côté, l'avait reconnue. Dans les yeux de l'homme, il y avait eu d'abord de la stupeur, puis une muette interrogation. Enfin, il lui adressait des signes pour lui faire comprendre qu'il avait absolument besoin de lui parler.

Lili n'avait pas pensé à ça. En dehors du chef de la Brigade Spéciale, Berna, qu'elle n'avait guère de chances de rencontrer ici en personne, elle ne connaissait qu'un des inspecteurs de la P. J., le petit Lapointe, comme Duclos l'appelait, et c'était justement lui qu'on avait envoyé cette nuit pour surveiller la boîte.

Il n'était d'ailleurs pas petit du tout. C'était au contraire un garçon long et mince qui, de temps en temps, lorsqu'une affaire le tracassait, venait demander conseil à l'ancien commissaire.

— Il a l'air d'un jeune marié ou d'un enfant de chœur.

L'enfant de chœur était exagéré, mais le jeune marié faisait image, Lapointe, à vingt-cinq ou vingt-six ans, avait un aspect si frais, si candide que nul ne le prenait pour un inspecteur de police.

Quelques bravos éclataient. Un nouveau roulement de tambour annonçait la fin de la danse et Natacha, nue derrière son éventail, s'éloignait à reculons.

— A toi...

Alors, il y eut une petite flamme dans les yeux de Lili. Elle savait que Lapointe, en la voyant sur la piste, en entendant sa voix rauque et nostalgique, n'en croirait ni ses yeux ni ses oreilles.

Ce numéro-là, elle l'avait répété souvent, et tant d'autres. Sous le projecteur qui, de bleu, était devenu rouge, elle n'était plus une jeune fille, mais tellement la « Chanteuse de Pigalle », la fille qui, nuit après nuit, égrène avec lassitude ses mêmes chansons entre deux bouteilles de champagne, que Louis lui-même fronçait les sourcils, échangeait avec le barman un regard étonné.

Quant à elle, c'était Lapointe qu'elle fixait, de l'ironie, du défi plein ses yeux. Et c'était lui qui perdait contenance, saisissait son verre, buvait machinalement, mal à l'aise, pris sans doute de Dieu sait quels soupçons.

Pouvait-il réellement croire qu'elle faisait ça chaque soir, par goût ou pour quelque raison mystérieuse ?

Elle avait à peine fini, elle reculait, elle aussi, saluait une dernière fois, se préparait à s'asseoir à la table que Natacha lui avait désignée qu'il se précipitait à grands pas. Louis, inquiet, le regardait faire. Natacha, qui se tenait plus près de Lili, tendait l'oreille.

— Il faut que je vous parle.

Et elle, comme si elle ne le reconnaissait pas, de la voix qu'elle prenait pour ses chansons :

— Je suppose que vous êtes un flic ?

— Écoutez...

— Je suppose aussi que vous avez le droit de m'interroger ?

Louis avait eu le temps de les rejoindre.

— Dites, monsieur Louis, c'est un flic qui veut me parler. Qu'est-ce que je fais ?

Puis, sans lui donner le temps de répondre :

— Je l'emmène là-haut ? Je suppose qu'il vaut mieux que ça ne se passe pas devant les clients ?

Elle ouvrait la porte, faisait signe à Lapointe de la suivre dans l'escalier obscur.

— Je vous préviens que je passe à nouveau dans une demi-heure. Et que, pour ce qui est de me faire du plat, cela ne prendra pas.

Est-ce que son accent avait été convaincant ? Ce n'était pas tant Louis qu'il fallait tromper que Natacha, qui s'était avancée jusqu'au bas de l'escalier.

— Entrez ici. Qu'est-ce que vous me voulez ?

Elle refermait la porte, mettait un doigt sur ses lèvres.

— Parlez bas ! chuchotait-elle.

Puis, sur la pointe des pieds, elle se dirigeait vers une seconde porte. Elle ne savait pas ce qu'il y avait derrière, probablement une autre chambre. Elle en tourna le bouton, mais la porte était fermée à clef.

— Qu'est-ce qui vous a pris ? questionna Lapointe qui paraissait furieux et qui se contrôlait avec peine.

— Et vous ?

— Vous n'allez pas me dire que votre père sait que vous êtes ici ?

Tout le monde parlait de Justin Duclos comme de son père.

— Pourquoi pas ? répliqua-t-elle.

Et, de sa voix de piste, très haut :

— Alors ? Allez-y ! Posez vos questions ! Qu'est-ce que vous attendez ? Vous n'imaginez pas que c'est moi qui ai descendu les deux chanteuses ?

— Il sait ? répéta-t-il.

Elle haussa les épaules. Qu'aurait-elle pu répondre ? Ce n'était pas la première fois qu'il lui arrivait de chercher à résoudre un problème qui déroutait la police. Ce n'était pas la première fois non plus que cela l'amenait à passer une partie de la nuit ailleurs qu'au quai de la Tournelle et à se mêler à d'étranges milieux.

Certains matins, le Quai des Orfèvres entendait au téléphone une voix anonyme qui disait :

— La preuve que vous cherchez dans l'affaire de l'avenue de l'Opéra se trouve chambre 18, Hôtel Beauséjour.

Justin Duclos ne lui avait jamais rien dit, n'avait jamais fait mention de ses absences. Jamais non plus il ne s'était étonné en la voyant parcourir les carnets noirs du fameux tiroir.

Ils étaient aussi intimes qu'un vrai père et une vraie fille peuvent l'être, mais il y avait des sujets qu'ils n'abordaient jamais, peut-être par une sorte de pudeur.

Lapointe, lui, qui n'avait aucun droit sur elle, était déchaîné. Il regardait avec dégoût le décor où elle paraissait à son aise, la table à maquillage, les vêtements de ville de Natacha jetés sur le lit.

— Il y a longtemps que vous faites ce métier-là ?

— Et vous ?

— C'est ma carrière. Ce n'est pas la même chose.

— Pourquoi l'avez-vous choisie ?

Et, comme il ne répondait pas :

— Parce que vous vous êtes senti la vocation, non ? Parce que vous avez une âme de flic. Pourquoi n'aurais-je pas une âme de flic, moi aussi ?

Elle marcha vers la porte qu'elle ouvrit brusquement et dit, sans paraître étonnée, à Natacha qui cherchait une contenance :

— Entre ! Il peut aussi bien poser ses questions devant toi. Il veut savoir pourquoi je suis venue, qui m'a demandé de chanter ici. Je lui ai répondu ce que je t'ai répondu tout à l'heure, que j'ai senti passer la chance et que je l'ai saisie au vol, mais il ne veut pas me croire.

— C'est tout ce que vous avez à dire ? grommelait un Lapointe blanc de colère.

— C'est tout ce que vous avez à me demander ? Je suppose que vous allez faire une enquête sur mes tenants et aboutissants et que, quand je sortirai d'ici, à quatre heures du matin, vous me suivrez. Si j'en crois le journal, il y avait un flic comme vous, peut-être vous, derrière Lucy Perrin la nuit dernière.

Est-ce que Natacha était convaincue ? Lili, plus encore que tout à l'heure sur la piste, avait l'impression d'avoir attrapé l'accent juste et cela lui procurait une certaine excitation. Elle voulait aller jusqu'au bout.

— D'ailleurs, qu'est-ce qui prouve que Lucy Perrin soit morte et que ce n'est pas une manigance de la police ? D'après vous, elle est rentrée chez elle et, soudain, s'est volatilisée.

Elle vit les sourcils de Natacha se froncer.

— Et puis, en voilà assez. Louis ne me paie pas pour vous faire du boniment et, si vous tenez à me questionner, vous n'avez qu'à me convoquer au Quai des Orfèvres.

Elle se tourna vers la danseuse.

— Tu viens, Natacha ?

Elle laissait Lapointe, ahuri, au milieu de la chambre et, au moment de quitter celle-ci, se retournait pour lui tirer la langue.

Il les suivit dans l'escalier, se faufila entre les tables et alla reprendre sa place au bar. Un peu plus tard, il pénétra dans la cabine téléphonique et Lili se demanda s'il n'était pas en train de téléphoner quai de la Tournelle. Oserait-il ? A la réflexion, elle pensa que non.

— Je déteste ces types-là, soupira-t-elle en s'asseyant à côté de Natacha.

— T'as déjà eu affaire à eux ?

Au lieu de risquer une réponse qui aurait pu être imprudente, elle préféra regarder durement devant elle, comme quelqu'un qui en a gros sur le cœur.

— Qu'est-ce qu'il voulait ?

— Tu as entendu.

— Je suis arrivée au moment où tu ouvrais la porte.

Lili en avait eu l'impression, mais elle était quand même soulagée de savoir que l'autre n'avait pas surpris le début de leur entretien.

— Ce qui a l'air de les intriguer, c'est la raison pour laquelle je suis venue chanter. Ils s'imaginent que l'idée n'est pas de moi, que quelqu'un m'a envoyée. Je me demande s'il ne se figure pas que je ne suis pas ici de mon plein gré.

On avait posé des consommations devant elles, pour la frime, des verres qui ne contenaient que de l'eau colorée. Natacha, machinalement, faisait des yeux le tour de la salle, mais il n'y avait aucun client solitaire décidé à lui offrir une bouteille. Cela arrivait surtout plus tard, après la fermeture des autres cabarets. Deux couples dansaient. L'atmosphère était morne. Louis, qui prétendait être au mieux avec la police, s'était approché de Lapointe à qui il avait essayé d'offrir une consommation « sur le compte de la maison ».

— Cigarette ?

Lili en accepta une, pencha son visage vers l'allumette que Natacha lui tendait.

— Merci. Je me demande pourquoi ils ont cette idée-là. Peut-être qu'ils suivent une piste dont on ne parle pas dans les journaux ?

— Pourquoi crois-tu ça ? questionna la danseuse, les coudes sur la table, le menton sur ses mains croisées.

— Je ne sais pas. Une idée. En tout cas, je n'ai pas peur. Il n'y a pas de raison que quelqu'un s'amuse à tuer la chanteuse du Pélican, quelle qu'elle soit. Pourquoi ne tuerait-on pas aussi bien la danseuse ? Est-ce qu'on a essayé de te tuer ? Non ! Alors ?

— Tu es plus fortiche que tu en as l'air. Au début, je t'ai prise pour une jeunette, comme celle d'hier, Lucy Perrin. Je me demande encore...

— Quoi ?

— Rien.

Elle se leva pour faire à nouveau son numéro, car le cabaret manquait d'animation, deux fois déjà la porte s'était entr'ouverte, des gens avaient jeté un coup d'œil et, ne trouvant pas l'atmosphère qu'ils cherchaient, s'étaient éloignés.

Lapointe, maintenant, évitait de regarder de son côté, mais elle voyait bien qu'il pensait à elle, elle était sûre qu'elle n'aurait pas fait cent pas dehors qu'il la rejoindrait. A qui avait-il téléphoné ? Au Quai des Orfèvres ? Pourquoi ?

Elle rougit en pensant que c'était probablement pour demander du renfort afin d'être sûr de la protéger. De quoi se mêlait-il ?

Louis était venu prendre la place que Natacha avait laissée libre.

— Il a été méchant ? questionna-t-il à mi-voix en désignant l'inspecteur du menton.

— Pas trop.

— Je le connais. Ce n'est pas un mauvais, mais il fait du zèle.

Elle sourit.

— Ça ne prend pas avec moi ! affirma-t-elle.

C'était curieux de voir, de derrière, Natacha faire son numéro. Il y avait aussi, parmi les musiciens, un jeune accordéoniste qui avait repéré Lili et lui lançait des regards langoureux.

Il était environ deux heures du matin. Un groupe de quatre étrangers qui venaient d'entrer et qui avaient déjà beaucoup bu applaudissaient bruyamment, en riant fort, sans attendre la fin du numéro de la danseuse.

La nuit paraissait plus longue à Lili qu'elle l'avait pensé et elle revoyait le sourire de Justin Duclos quand elle était allée lui dire bonsoir.

Elle n'avait jamais vu ce sourire-là à personne, le sourire d'un homme qui aurait tout vécu, tout compris.

Pourquoi n'aurait-il pas compris ça aussi ? Et, dans ce cas, est-ce que cela ne lui faisait pas plaisir ?

— A toi !...

On voyait des rigoles de sueur dans le dos de Natacha. Il commençait à faire très chaud. Lili étouffait un peu dans sa robe trop collante. Elle chanta encore, tournée vers les nouveaux venus qui croyaient bon de battre la mesure en cadence. Elle remarqua que Lapointe buvait du whisky, qu'il en était à son troisième verre, comme s'il avait besoin de passer sa nervosité.

Quand elle termina son numéro, Natacha était installée à la table des étrangers sur laquelle le garçon parcheminé venait de poser un seau à champagne.

On la fit venir aussi et elle crut que Lapointe allait intervenir avec indignation.

A quatre heures, il n'y avait plus que trois consommateurs en dehors de l'inspecteur, et Louis se tourna vers les musiciens, battit des mains.

— On ferme !

Lili, une fois de plus, suivit Natacha dans l'escalier. Toutes les deux saisirent des serviettes pour se démaquiller. La danseuse avait la chair lasse, la bouche maussade.

Comme au début de la soirée, Lili avait l'impression qu'elle hésitait à lui poser une question ou à lui dire quelque chose. Il valait mieux attendre que cela vienne de soi-même, ne pas la brusquer.

— Je crois que tu es une bonne fille.

Lili rit.

— Je crois aussi.

— Pourquoi as-tu raconté au flic que Lucy Perrin n'était peut-être pas morte ?

— Je ne sais pas. Pour parler. Pour le faire enrager.

Elle prit un temps, chercha un coin propre de la serviette, prononça plus sérieusement :

— Peut-être, après tout, que c'est vrai.

— Je le pense aussi.

— Ah !

Natacha, maintenant, choisissait ses mots et Lili devait éviter de paraître trop attentive.

— Je n'en suis pas sûre. Mais, la nuit dernière, j'ai vu qu'elle n'était pas faite pour ce métier-là. Je lui ai demandé si elle n'avait pas peur. Avec les maniaques qui tuent les femmes à quatre heures du matin, on ne sait jamais.

Lili eut vraiment l'air de frissonner.

— J'ai ajouté qu'à sa place j'irais me mettre au vert pendant un certain temps.

— C'est ce qu'elle a fait ?

— Je n'en sais rien. Cela ne me regarde pas. Si j'étais toi, je ne resterais pas non plus dans la circulation.

Lili la regarda. Il était impossible de savoir s'il y avait une menace dans l'attitude de Natacha.

— Où est-ce que j'irais ?

— N'importe où. A la campagne.

— J'ai promis à Louis...

— Louis en trouvera autant qu'il en veut...

Elle était en peignoir, un peignoir de teinte indéfinissable tout maculé de poudre et de fards.

— Faut que je téléphone... dit-elle soudain.

Et Lili, l'air naïf :

— A qui ?

La danseuse sortit sans répondre. Alors, toute seule dans la chambre, Lili commença à avoir peur. Un instant, il lui sembla que le bouton de la porte qui communiquait avec une autre chambre avait tourné. Elle se leva, cherchant sa robe, anxieuse de ne pas être surprise à demi vêtue, et elle entendit des pas dans l'escalier, des pas lents, réguliers, avec ce craquement particulier de certains souliers vernis.

Louis parut sur le seuil au moment où elle passait sa robe et elle se demanda si c'était de lui qu'elle devait avoir peur. Il paraissait très fatigué, avec des cernes sombres sous les yeux. Il n'osait pas la regarder en face. Il n'expliquait pas pourquoi il était monté.

Elle questionna le plus naturellement du monde :

— Comment aimez-vous mon numéro ?

Se trompait-elle ? Écoutait-il les bruits d'en bas comme s'il craignait, lui aussi, d'être surpris ?

— Le numéro est bon, c'est même le meilleur que j'aie jamais eu, mais...

Il n'acheva pas sa phrase. Quelqu'un montait légèrement, rapidement. C'était Natacha qui, tout de suite, les regarda l'un après l'autre comme pour les prendre en faute.

— Vous étiez en train de lui faire du plat ? demanda-t-elle à Louis, la bouche mauvaise.

Il s'efforça de rire.

— Je croyais que votre femme vous défendait de monter quand les artistes s'habillent.

C'était déjà un vieil homme, au fond, un homme fatigué, tourmenté.

— Je voulais savoir si elle reviendrait.

— On verra ça demain.

Eut-il vraiment peur pour elle ? Il marchait lentement vers la porte, en homme qui réfléchit.

— En tout cas, je vais lui appeler un taxi.

— Parce que ce n'est pas assez des flics pour la protéger ?

A ce moment-là, Lili vit sa compagne dans le miroir tandis qu'elle ne se savait pas observée et elle fut sûre que Natacha lançait à Louis un regard furieux.

Un geste preste pour assujettir son petit chapeau rouge et elle était prête, elle prononçait légèrement :

— Je laisse ma robe ici. Si je ne viens pas demain, cela signifiera que...

— Plaisante pas avec ces choses-là ! laissa tomber la fille.

3

Elle referma la portière du taxi au moment précis où Lapointe essayait d'y entrer et faillit éclater de rire de sa mine déconfite, lui lança, pour le bénéfice de Louis qui fermait ses volets :

— Quand vous aurez besoin de moi, convoquez-moi donc au Quai des Orfèvres.

Une auto qui stationnait un peu plus haut dans la rue se mit à suivre le taxi et elle reconnut une des petites voitures noires de la Préfecture de Police. Lapointe avait pris ses précautions pour la protéger coûte que coûte et elle n'en fut pas fâchée. Elle donna l'adresse du quai de la Tournelle.

Eut-elle un peu peur en montant l'escalier désert ? Une fois la porte de l'appartement refermée, elle resta immobile, à écouter, et quelques instants plus tard un homme descendit sans bruit, un inspecteur aussi, certainement, que Lapointe avait posté dans l'immeuble pour qu'elle ne disparaisse pas comme Lucy Perrin. Sans doute, à présent, allait-il s'asseoir sur une des marches jusqu'à ce que le va-et-vient matinal des locataires l'oblige à choisir un autre poste d'observation.

— Lève-toi, ma fille, et file dans ton lit ! murmura-t-elle en secouant la pauvre Juliette qui était toute chaude dans les draps.

Cinq minutes plus tard, elle dormait profondément et il lui sembla que c'était tout de suite après que la sonnerie du réveille-matin lui vrillait la tête.

Elle prépara le café, le porta à Justin Duclos. Mme Arnaud, la concierge, vint l'aider comme les autres jours, et le temps passa vite, ce fut dix heures, la phrase traditionnelle de la maigre femme :

— Vous n'avez plus besoin de moi, mademoiselle Lili ?

Justin Duclos, à sa fenêtre, recevait le salut quotidien du marchand de vieux livres et d'estampes.

— Je vais faire le marché ! annonça-t-elle en saisissant son petit chapeau rouge.

Il n'essaya pas de la retenir. Peut-être ne savait-il rien ? Elle n'avait pas fait dix pas dehors qu'un homme lui emboîtait le pas et elle n'eut pas besoin de le regarder pour comprendre que c'était le petit Lapointe.

— Et maintenant ? questionna-t-il.

— Je suppose que, si même je vous le demandais, vous ne me laisseriez pas seule ?

— J'y suis décidé.

— Dans ce cas, suivez !

Et elle héla un taxi, donna l'adresse de Lucy Perrin, boulevard des Batignolles. Paris était plus éclatant après la pluie de la veille au soir et il y avait des fleurs plein les petites charrettes le long des trottoirs.

Une fois hors de la voiture, elle pénétra dans un bar qui sentait le vin blanc.

— Vous pouvez m'offrir un café, dit-elle à Lapointe.

Quant à elle, elle feuilleta l'annuaire des téléphones, s'assura que les Perrin n'étaient pas abonnés.

— Cela ne vous fait rien de m'attendre ici quelques minutes ?

— Je suppose que vous avez l'intention de découvrir ce que la police n'est pas parvenue à découvrir ?

Elle répondit simplement :

— Oui.

La concierge était occupée à laver le porche.

— Mme Perrin est chez elle ?

— Je ne l'ai pas encore vue sortir.

— Je suppose que Lucy n'est pas rentrée ?

On ne se méfiait pas d'elle. Elle pouvait être une amie, toute simple dans son tailleur bleu que Juliette lui avait fait, avec un corsage clair et la tache rouge de son chapeau.

— Je suppose que, quand on a besoin de téléphoner à Mme Perrin, on l'appelle dans votre loge ?

— Ce n'est pas la peine de lui faire descendre cinq étages. La vieille Mme Roy, sur le même palier, a le téléphone et...

C'est à la porte de Mme Roy qu'elle sonna et la vieille femme lui ouvrit, un mouchoir sur la tête, un chiffon à poussières à la main.

— Excusez-moi de vous déranger. Vous rappelez-vous à quelle heure, hier, on a appelé votre voisine, Mme Perrin, au téléphone ?

Elle ne lui donnait pas le temps de s'étonner.

— Voyons... Je venais de mettre mon ragoût au feu... Il devait être un peu passé onze heures... Mais qu'est-ce que...

— Ne vous dérangez pas. Merci. Je vais voir Mme Perrin.

Elle sonnait en effet à la porte d'en face tandis que la vieille la regardait faire avec ahurissement et ne refermait sa porte qu'une fois que la jeune fille avait disparu dans l'autre appartement.

— N'ayez pas peur, madame Perrin... Je suis une amie...

— Une amie de Lucy ?

— Si vous voulez.

Le logement était propre et gai et il y avait des géraniums sur l'appui de la fenêtre. Mme Perrin n'avait pas la mine abattue d'une femme qui vient de perdre sa fille.

— Il faut que vous me disiez d'où Lucy vous a appelée au téléphone hier matin.

— Qui vous a dit... ?

— Je sais qu'elle vous a appelée, qu'elle est à la campagne, pas loin de Paris...

— Elle m'a recommandé de n'en parler à personne. Il paraît que c'est *une question de vie ou de mort* et que...

— C'est justement pour la tirer d'affaire que j'ai besoin de savoir... Je suppose que, l'été, il vous arrive à toutes les deux d'aller passer le week-end dans les environs et que c'est là que Lucy...

— Vous êtes sûre que vous ne lui voulez pas de mal ? Je ne savais même pas qu'elle chantait dans ce cabaret. Elle m'avait dit...

— Où est-elle ?

— Elle m'a téléphoné du « Vieux Garçon ».

— Près de Corbeil ?

— Oui... C'est une auberge où...

— Je connais. Merci. Si elle vous appelle encore, répondez-lui que tout va bien...

Elle se heurta presque à Lapointe qui l'attendait au bord du trottoir et tenait gauchement un bouquet de violettes.

— La Police Judiciaire vous rembourse vos frais de taxi ?

— Quand le caissier ne les trouve pas exagérés.

— Il s'agit d'aller loin, hors ville...

— J'en serai quitte pour en être de ma poche si le voyage ne sert à rien.

— Nous allons chercher Lucy Perrin.

Avant de monter dans la voiture, elle s'enquit :

— Le Pélican est toujours gardé ?

— Jour et nuit.

— Vous êtes sûr que personne ne peut en sortir sans être vu ?

— La maison n'a qu'une issue.

— Et les toits ?

— Impossible. On a vérifié.

— A Corbeil ! lança-t-elle au chauffeur, tout en prenant d'un geste naturel les fleurs de la main de son compagnon.

— Est-ce que vous allez enfin m'expliquer… ?

— Rien du tout.

— Pourquoi avez-vous… ?

— Parlez de printemps, de fleurs, d'amour, de tout ce que vous voudrez, sauf de la « Chanteuse de Pigalle ».

— Avouez que…

— Si vous insistez, je vous fais descendre.

Ils ne mirent que quarante-cinq minutes pour atteindre l'auberge des bords de la Seine et un peu avant Lili s'était arrêtée pour téléphoner à Justin Duclos.

— Allô ! Tout va bien à la maison ? Je crois que je serai en retard, car j'ai rencontré une amie et…

Elle était enjouée. L'air du matin lui fouettait le sang et on n'aurait pas pu penser à la voir qu'elle n'avait à peu près pas dormi, on n'aurait pas imaginé non plus que c'était la même fille qui, en robe noire très collante, chantait les trottoirs de Pigalle d'une voix nostalgique.

A cette époque de l'année, l'auberge était vide et le patron, au bord de l'eau, était occupé à repeindre en vert les canots qu'il louait, l'été, pour la pêche.

Elle ne lui demanda rien, entra dans la salle et, par la porte de la cuisine, aperçut une jeune fille qui bavardait avec la patronne.

Lucy aurait presque pu être sa sœur, en plus jeune encore, en plus inquiet aussi. Elle les regardait tous les deux avec une subite frayeur et Lili se hâta de dire :

— N'ayez pas peur…

Puis, un tantinet ironique :

— Ce jeune homme, sans en avoir l'air, est inspecteur de la Police Judiciaire.

Mais cela ne rassurait pas Lucy Perrin.

— Comment avez-vous su… ?

— Venez vous asseoir et peut-être que la patronne voudra bien nous servir quelque chose. Calmez-vous, Lucy. Il ne peut plus rien vous arriver.

— Je me demande comment vous avez su que… C'est ma mère qui a parlé ?

— Seulement quand elle n'a plus pu faire autrement.

— Et les gens du Pélican ?

— Il n'y a rien à craindre d'eux.

— Ils sont arrêtés ? Natacha aussi ?

— Qu'est-ce que Natacha vous a dit exactement ? Attendez. Ne répondez pas tout de suite. Vous étiez toutes les deux, probablement à vous maquiller, dans la chambre du premier.

— Comment savez-vous ?

— Il s'est passé quelque chose. Peut-être qu'une porte s'est ouverte, la porte qui est toujours fermée à clef ?

Lucy secoua la tête.

— Non. Je n'ai rien vu. J'ai seulement entendu...

— Quoi ?

— Des gémissements. Et une sorte de cri comme en pousserait une bête blessée.

— Qu'est-ce que Natacha a fait ?

— Elle m'a commandé de me dépêcher et de descendre.

— Elle est restée là-haut ?

— Oui.

— Et, après, vous êtes remontée ?

— A la fin de la soirée, pour me rhabiller.

— C'est alors qu'elle vous a parlé ?

— Elle m'a posé des questions sur ce que je faisais, sur ma mère, sur mon fiancé, puis elle m'a conseillé de ne plus chanter au Pélican. Elle avait une façon de me regarder qui me faisait peur. Puis elle m'a dit qu'on allait sûrement me suivre, qu'on essayerait sans doute de me tuer comme on avait tué Odette Lagrange, celle qui chantait avant moi.

— Elle a insisté pour que vous passiez quelques jours à la campagne sans rien dire à personne, même à votre mère ?

— Oui.

— C'est elle qui vous a dit de rentrer dans votre immeuble mais de ne pas rentrer chez vous, d'attendre un moment, puis de repartir et de prendre un taxi ?

— Comme je n'avais pas d'argent sur moi, elle m'en a donné.

Lili se tourna vers Lapointe.

— Vous avez compris ?

Il ne voulait pas avouer qu'il n'avait rien compris du tout, mais son visage le disait si clairement qu'elle éclata de rire.

— Nous ferions mieux de rentrer à Paris.

— Avec moi ? s'effraya Lucy. Et s'ils me tuent ?

— Ils ne tueront plus personne.

— Comment le savez-vous ?

Lili se tourna vers Lapointe.

— Peut-être gagnerez-vous du temps en demandant par téléphone à la P. J. de visiter la seconde chambre du premier étage ?

Personne n'y avait pensé. Ce n'était pas si surprenant, étant donné que le crime ne s'était pas produit dans l'établissement, qu'au moment où il se commettait Louis était chez lui et qu'on ne pouvait par conséquent pas le considérer comme suspect.

— J'aurais préféré y aller moi-même, soupira Lapointe.

— Peut-être que les minutes comptent.

Elle finit son verre de vin blanc. En remontant dans le taxi avec Lucy, elle donna les violettes à celle-ci en disant :

— Moi qui oubliais. L'inspecteur a pensé à vous apporter des fleurs.

Elle était très gaie, comme en vacances, s'amusait de l'air compassé de Lapointe mal assis sur le strapontin.

— Vous croyez que Natacha... ? commença Lucy Perrin.

— Natacha a fait ce qu'elle a pu. Probablement qu'avec la première, Odette Lagrange, il n'y avait rien d'autre à tenter.

— Pourquoi ?

— Peut-être qu'Odette Lagrange n'a pas fait qu'entendre.

— Cela vous amuse ? grommela Lapointe en allumant une cigarette.

— Quoi ?

— De jouer aux devinettes et de me donner l'air d'un imbécile ?

Comme on approchait de Paris, le chauffeur demanda :

— Où est-ce que je vous dépose ?

— Laissez-moi sur les quais, dit-elle. Quant à eux, je crois qu'ils se rendent à la Police Judiciaire. Mon pauvre père va se contenter de viande froide, ce midi.

Ils la virent s'engouffrer dans une charcuterie. Pour elle, c'était fini. Cela ne la regardait plus. Elle retrouvait ses petits soucis de ménagère et, la nuit prochaine, elle ne revêtirait pas la robe noire de Juliette sous le regard méfiant de la danseuse.

Quand elle rentra dans l'appartement où le soleil commençait à pénétrer et qui était tout saturé d'odeur de pipe, Justin Duclos ne lui posa pas de questions.

Alors, en dressant les deux couverts, elle éprouva le besoin de jouer avec le feu. Elle s'en voulait d'avoir menti au sujet d'une amie rencontrée. Elle s'en voulait chaque fois qu'elle était obligée de mentir. C'était presque une réparation de fournir à Justin Duclos comme un indice. A lui d'en tirer ou non des déductions.

— Je crois que votre ami Berna ne tardera pas à venir vous voir, lança-t-elle sans le regarder.

Il dit seulement :

— D'après les journaux, il y a eu une troisième chanteuse de Pigalle et, à l'heure qu'il est, elle n'est pas morte.

Elle répéta, toute joyeuse :

— Non. Elle n'est pas morte.

— C'est un signe.

— Oui.

— Je suis sûr que Berna en aura tiré ses conclusions.

Elle commençait à desservir quand on entendit dans l'escalier le pas caractéristique du gros chef de la Brigade Spéciale.

Cette fois, Lili ne se donna pas la peine de quitter la pièce.

— Une tasse de café, monsieur Berna ?

— Et un verre de calvados à côté si c'est possible, petite.

Il se cala sur une chaise, les jambes écartées, alluma une cigarette dont il avait une façon à lui de rejeter lentement la fumée par les narines.

Cela prit tout un temps. C'était le jeu, entre les deux hommes. En somme, à qui s'impatienterait et parlerait le premier.

Le gros gagna. Justin Duclos questionna, avec l'air de fixer un petit nuage en forme de duvet dans le ciel bleu :

— Qui est-ce ?

— De qui parles-tu ?

— L'homme qui était dans la seconde chambre.

Lili faillit laisser tomber la tasse qu'elle tenait à la main et elle se tourna trop vivement vers son père qui feignit de ne pas le remarquer.

— Jo-le-Chauve.

Cette fois, la jeune fille devint pâle, sentit ses jambes mollir, prise soudain d'une peur rétrospective. Est-ce qu'elle aurait pénétré dans la chambre du Pélican si elle avait su qu'elle n'était séparée de Jo-le-Chauve que par une porte ?

Il y avait plus de six mois que la police le recherchait. En six mois, il avait commis au moins trois attaques à main armée, toujours contre des encaisseurs de banque, selon une technique brutale qui était sa marque de fabrique. Il tuait. Froidement. Il tirait sur la foule s'il le fallait.

Justin Duclos questionnait encore, comme sûr de la réponse :

— Blessé ?

— Dis donc, est-ce que c'est toi ou moi qui a fait l'enquête ? Il est blessé, oui, et même salement. Nous nous en doutions, au Quai, car le dernier encaisseur abattu a eu le temps de tirer et il y avait du sang sur le trottoir.

» Il s'est réfugié chez Louis, ou bien ses complices l'y ont transporté, et Louis, terrorisé, n'a pas osé manger le morceau.

— La danseuse ?

— Elle est avec lui depuis des mois.

— Odette Lagrange a eu le malheur de voir ce qu'elle ne devait pas voir.

— A ce moment-là, on n'avait pas encore pensé à fermer la porte de la chambre à clef. Elle a entendu du bruit et a ouvert. Elle l'a reconnu. Son portrait a assez paru dans les journaux.

— Natacha a téléphoné à un complice pour la faire descendre.

— Oui. Ce que je ne comprends pas, c'est pourquoi Louis a embauché une autre chanteuse, alors qu'il avait toujours le blessé chez lui.

— Sans doute parce qu'il a pensé que, si les choses ne se passaient pas comme d'habitude, cela attirerait l'attention sur le Pélican. Ils ont dû se dire aussi qu'en fermant la porte à clef...

— Et Jo-le-Chauve s'est mis à gémir, prononça Lili, toujours par une sorte de défi.

Comme ils la regardaient, elle ajouta modestement :

— Du moins, c'est ce que je suppose.

— A ta santé ! fit le gros commissaire en portant à ses lèvres le verre qu'il réchauffait depuis un moment dans le creux de sa main. Sais-tu qui a découvert le pot aux roses ?

Un petit silence. Duclos allumait sa pipe sans regarder personne.

— Un garçon dont je n'aurais pas attendu ça, ton protégé, le petit Lapointe. A l'heure qu'il est, il est encore occupé à les interroger. C'est Jo-le-Chauve qui lui donne le plus de fil à retordre. Pourtant, s'ils avaient été réellement intelligents...

Alors Justin Duclos, poussant sa chaise roulante dans le soleil, prononça sa phrase favorite qui était devenue célèbre au Quai des Orfèvres :

— Si les assassins étaient intelligents, ils ne tueraient pas. A la tienne, Émile !

Pourquoi, tout en buvant son calvados, échangea-t-il un clin d'œil avec Lili ?

Lakeville (Connecticut), le 30 janvier 1952.

L'INVALIDE A LA TÊTE DE BOIS

1

Cela se passait vers la fin juin, une année que la chaleur était si forte qu'il était question de fermer les écoles communales. Les arbres, devant les fenêtres du quai de la Tournelle, formaient une masse de verdure immobile au cœur de laquelle s'étaient réfugiés des milliers d'oiseaux.

L'appartement avait vécu sa vie routinière de tous les matins. Mme Arnaud, la concierge, était montée pour aider Lili à habiller Justin Duclos et pour l'installer dans son fauteuil roulant.

A quel moment Lili avait-elle aperçu l'homme pour la première fois ? Vers huit heures, probablement, quand elle avait ouvert les fenêtres toutes grandes et que le vacarme du Paris matinal s'était engouffré dans l'appartement. A ce moment-là, elle n'y avait guère prêté attention. On était tout près de la place Maubert et, chaque matin, des clochards, qui avaient dormi la tête sur une table de bistrot, s'en venaient respirer l'air des quais. Elle les connaissait presque tous de vue. Il y en avait à qui Justin Duclos avait eu affaire lorsqu'il dirigeait la Brigade Spéciale et dont il lui avait raconté l'histoire.

La plupart, pourtant, n'avaient pas de passé criminel. C'étaient des gens qui, un beau jour, avaient lâché la corde, comme disait Duclos, et qui, malgré leurs apparences, étaient inoffensifs.

A dix heures, Mme Arnaud avait regagné sa loge et le bouquiniste d'en face avait salué l'ancien commissaire installé à la fenêtre, sa première pipe à la bouche.

Une après-midi qu'elle rentrait et qu'il était ainsi à son poste habituel, Lili avait entendu un titi parisien dire à un autre, en désignant le vieillard :

— Vise l'invalide à la tête de bois !

Elle n'avait pas pu se fâcher, ni s'empêcher de sourire car, du trottoir, bien qu'on ne vît que la tête de Duclos, on devinait qu'il était paralysé. La balle qui, jadis, avait atteint sa colonne vertébrale, non seulement lui avait enlevé l'usage des jambes, mais avait raidi tout son corps, sa nuque en particulier. Il avait perdu aussi la mobilité de ses traits et il fallait le voir de près pour distinguer l'expression de son visage.

Elle y était tellement habituée, depuis sept ans qu'il était ainsi, qu'elle ne s'en apercevait plus et seule l'exclamation du gamin des rues le lui avait fait voir un instant comme les autres le voyaient.

C'est vers dix heures aussi, avant d'aller faire la chambre, qu'elle observa l'homme, sur le quai, en fronçant les sourcils, car il lui semblait qu'il regardait les fenêtres. Elle comprit que ce n'était pas un clochard comme les autres. S'il avait probablement dormi dans ses vêtements, ceux-ci conservaient une certaine décence. C'était surtout son visage qui était différent. Il n'avait pas ce regard vide et résigné de ceux dont la préoccupation n'est plus que de trouver un coup de rouge et un coin pour dormir.

Elle en eut presque peur, tant il y avait quelque chose de concentré et de tragique dans ses yeux aux prunelles d'un gris clair.

— Qui est-ce ? avait-elle failli demander à son père adoptif.

Elle savait qu'il n'aimait pas les questions. Il avait vu l'homme, lui aussi, elle en était sûre. Elle aurait même juré qu'il le connaissait fort bien, que c'était pour lui que le vagabond était là, à faire quelques pas devant les boîtes de bouquinistes, à s'arrêter comme pour observer les bateaux qui passaient ou les moineaux qui se disputaient des miettes de pain, à lancer parfois un bref coup d'œil aux fenêtres.

— Montera-t-il ? Ne montera-t-il pas ?

Elle sourit. Cela lui faisait toujours plaisir de deviner ce qu'il y avait dans la tête de Duclos et elle était certaine que c'était cela qu'il pensait en fumant sa pipe à petites bouffées.

Elle s'occupa des lits. La fenêtre de la chambre donnait sur le quai aussi et elle ne perdait pas de vue les allées et venues de l'homme sur le trottoir.

Elle n'aurait pas pu lui donner d'âge. On aurait aussi bien dit qu'il avait cinquante ans que soixante-dix, tant on le sentait usé.

Sa curiosité monta graduellement et, à la fin, elle se mit à souhaiter qu'il ait le courage de monter.

La dernière fois qu'elle se pencha à la fenêtre, il n'était plus là. Dix bonnes minutes s'écoulèrent avant qu'on entendît, non la sonnette, mais de petits coups frappés à la porte.

Comme si l'homme pensait :

— Je vais frapper très doucement. Si on m'entend, c'est que le sort a décidé que je dois entrer. Si on ne m'entend pas, je m'en vais.

Elle se précipita et traversa la pièce commune où Duclos se tenait et elle sut qu'il avait enregistré sa hâte. L'homme était là, dans la pénombre du palier, encore hésitant, à croire qu'il n'ouvrirait pas la bouche. Il finit pourtant par articuler d'une voix un peu rauque :

— Le commissaire est ici ?

Il le savait, puisqu'il l'avait vu d'en bas. Ce ne fut d'ailleurs pas Lili qui lui répondit, mais Duclos, qu'on entendit lancer de loin :

— Entre, Camus !

Pourquoi l'homme sursautait-il en entendant ce nom-là ? Est-ce que ce n'était pas le sien ? Ne s'attendait-il pas à être reconnu ? Elle lui souriait pour le mettre à l'aise, s'effaçait, le voyait poser son chapeau sur une chaise. Comme il traversait le living-room pour s'approcher du fauteuil roulant, elle remarqua qu'il traînait la jambe d'une façon particulière.

— Assieds-toi, disait Justin Duclos.

Et le visiteur s'asseyait sur l'extrême bord d'une chaise.

Après quoi tous les deux se turent. Lili n'avait rien à faire dans la pièce. Elle s'y attardait pourtant, changeant des objets de place. Comme ils gardaient tous les deux le même silence obstiné, elle se résigna, dépitée, à gagner la chambre à coucher où elle n'avait pas fini son travail.

A son habitude, elle en laissa la porte ouverte. Et le silence continuait, à côté. Elle avait beau tendre l'oreille, elle ne surprenait pas le moindre chuchotement, de sorte qu'elle finit par aller refermer la porte avec bruit, trahissant sa mauvaise humeur.

Ce silence-là, cette façon dont l'homme avait hésité pendant près de trois heures à monter, les coups frappés à la porte où pendait pourtant un cordon de sonnette, sa démarche enfin, son regard fixe, cette attente des deux interlocuteurs n'était pas sans l'angoisser.

Elle ne se serait pas permis d'écouter à la porte, mais il lui arrivait de s'en approcher et, à certain moment, elle entendit un murmure de voix.

Pourquoi parlaient-ils bas ?

Souvent d'étranges personnages pénétraient dans le logement du quai de la Tournelle. Pendant les quarante ans qu'il avait passés à la Police Judiciaire, dont dix ans à la tête de la Brigade Spéciale, Justin Duclos avait rencontré, non seulement tous les types de criminels, mais toute la lie qui grouille en marge des grandes villes et que ses habitants, le plus souvent, ne découvrent avec stupeur que les jours d'émeutes, quand certains quartiers, soudain, se déversent sur les Grands Boulevards et les Champs-Élysées.

Parmi ces gens-là, certains lui avaient servi d'indicateurs et, de temps en temps, plutôt que de s'adresser au Quai des Orfèvres, venaient encore le voir.

Il y en avait d'autres qu'il avait aidés à s'acheter une conduite et qui lui conservaient de la reconnaissance.

Il y en avait enfin qu'il avait arrêtés, fait condamner, et qui, sortis de prison, éprouvaient le besoin de lui rendre visite, parce que, comme ils disaient dans leur langage, il avait été régulier avec eux, ou encore parce qu'il s'était occupé de leur femme et des mioches.

Jamais on n'avait attendu qu'elle referme la porte pour parler. Jamais non plus quelqu'un n'avait hésité pendant trois heures d'horloge à monter les quatre étages.

Lili sourit en pensant que la concierge avait dû, une fois de plus, avoir un haut-le-corps en voyant le visiteur passer devant la loge.

Après un quart d'heure environ, il lui sembla qu'elle n'entendait plus rien et, de son air le plus naturel, ouvrit la porte. Les deux hommes étaient toujours face à face et tous les deux se taisaient, tous les deux paraissaient graves. Justin Duclos regardait vaguement par la fenêtre tandis que son hôte fixait le plancher d'un œil intense.

— Qu'est-ce que c'est, Lili ?

— Rien. J'ai fini ici. Je me demandais si je pouvais aller faire mon marché.

Pourquoi était-elle nerveuse ? Elle venait de lancer cette phrase-là sans réfléchir. D'habitude, quand son père recevait, elle évitait de quitter l'appartement, car elle avait toujours peur pour lui.

— Dis-toi bien qu'ils ne me feront jamais de mal ! lui avait-il maintes fois affirmé.

Et il lui avait expliqué sa théorie sur ce sujet :

— Les criminels peuvent tuer un policier qui les poursuit pour éviter d'être pris. Jamais *après* ! Jamais pour se venger. Au contraire ! Si étrange que cela paraisse, une certaine intimité, souvent une certaine sympathie, naît entre un malfaiteur et l'inspecteur qui, après des heures d'interrogatoires, l'a contraint à avouer.

N'était-il pas arrivé, par trois fois au moins, que des assassins qu'il avait envoyés à l'échafaud lui demandent comme une faveur personnelle d'assister à leurs derniers moments ?

A cela, Lili objectait :

— Et celui qui a tiré sur vous le jour de votre mise à la retraite ?

Alors, le visage de Duclos se fermait et il aurait presque mérité le nom d'invalide à la tête de bois.

— C'est une autre histoire.

— Quelqu'un a pourtant tiré.

Pendant sa longue carrière, Duclos passait pour avoir résolu les énigmes les plus difficiles. En quittant le Quai des Orfèvres, il se flattait de ne laisser à ses successeurs aucune affaire en suspens.

Ses collègues, ce jour-là, lui avaient offert le porto dans le bureau du chef, lui avaient remis une médaille commémorative ainsi qu'une montre en or. C'était vers la fin de l'été. Avec quelques intimes, il s'était rendu ensuite à la Brasserie Dauphine pour une dernière tournée.

— J'appelle un taxi ? avait proposé Émile Berna qui, à peu de temps de là, devait occuper son poste.

— Je suis à la retraite, c'est vrai, mais je ne suis pas encore gâteux ! avait-il répliqué.

Le quai de la Tournelle était à deux pas. Ses compagnons ne prenaient pas la même direction que lui. Il s'était mis à marcher, la pipe aux dents, de son pas régulier qui faisait penser à un métronome.

Or, entre le quai des Orfèvres et le quai de la Tournelle, il devait être abattu d'une balle sans même avoir eu le temps de voir son agresseur, sans savoir d'où le coup était parti.

On supposait que le meurtrier était en auto, mais on n'en était pas sûr. Le quai était désert, la nuit tombait, des autobus menaient grand vacarme en franchissant le pont Saint-Michel.

— Vous voyez bien que, parfois, ils tirent sur les policiers !

Et lui, de répondre avec une certaine logique :

— Je n'étais plus policier depuis plusieurs heures.

Ce mystère-là n'avait jamais été éclairci. Est-ce que, de son fauteuil d'infirme, Duclos avait essayé de le résoudre ? Berna était venu souvent le voir. Ils avaient dû en parler ensemble. Mais, de son plein gré, l'ancien commissaire n'y faisait jamais allusion.

Allait-elle le laisser seul avec cet homme étrange qui surgissait probablement du passé ?

— Tu peux aller.

Et il ajouta, avec un léger retroussis des lèvres qui voulait être un sourire à l'adresse de son visiteur :

— N'aie pas peur.

Elle ne pouvait plus reculer. Elle mit son chapeau, prit son sac à provisions, son argent, et les deux hommes se taisaient toujours.

C'est alors, en descendant, qu'elle décida d'en savoir davantage et, au lieu de gagner la rue tout de suite, elle entra, à l'étage d'en dessous, chez son amie Juliette.

— Tu veux me rendre un service ?

C'était tellement devenu un *leitmotiv*, Lili avait tellement l'habitude de mettre Juliette, qui était couturière en chambre, à toutes les sauces, qu'elles éclatèrent de rire.

— Je dois écouter pour savoir s'il a besoin de moi ?

— Non. Prends mon sac, l'argent. Va m'acheter de quoi déjeuner et dîner. Ce que tu voudras, sauf du veau. N'oublie pas les œufs, le beurre et le pain. Tu sais ce qu'il nous faut. Si, quand tu rentreras, tu ne me trouves pas ici, ne t'inquiète pas et garde les provisions jusqu'à mon retour.

Juliette ne mit pas de chapeau. Elle n'en portait jamais et il lui arrivait de faire son marché en pantoufles.

Son amie partie, Lili laissa la porte contre et guetta les pas dans l'escalier. Elle attendit vingt bonnes minutes. La porte, enfin, s'ouvrit et se referma à l'étage supérieur. L'étranger descendit de sa drôle de démarche, comme si une de ses jambes était raide. Lili n'attendit pas qu'il soit en bas pour le suivre, car elle ne pouvait prévoir de quel côté il se dirigerait, et un peu plus tard elle le vit qui déambulait dans le soleil en direction du pont Sully.

Par bonheur, il ne se retourna pas. Il traînait toujours la jambe, mais il marchait plus vite qu'elle l'aurait cru, en homme qui sait où il va.

Il n'avait pas traversé la chaussée, rasait les maisons, ne s'en éloignant que quand il avait à contourner la terrasse d'un petit bistrot ou d'un restaurant de chauffeurs.

Il l'impressionnait moins, maintenant. Dans le coude à coude de la rue, elle ne comprenait plus pourquoi elle avait été aussi inquiète et, deux ou trois fois, elle fut sur le point de faire demi-tour.

Puis l'idée lui vint à l'esprit qu'en son absence il avait peut-être tué Duclos. Cela aurait-il pu se passer au-dessus de sa tête sans qu'elle l'entende ?

Sa nervosité lui revenait. Elle avait envie de retourner en arrière, d'aller s'assurer que son père adoptif était encore en vie.

L'instant d'après, elle se disait que, si elle perdait la trace de l'homme, elle ne la retrouverait sans doute pas et qu'elle ne saurait jamais qui il était.

C'était curieux, parce que les rues étaient gaies, pleines de vie bruyante et que tout, autour d'elle, semblait se moquer de ses préoccupations.

Un peu avant de s'engager sur le pont, l'homme entra dans un bar et elle s'arrêta devant une vitrine d'antiquaire. Heureusement, ce n'était pas un restaurant. Il y avait des chances pour qu'il ne fasse qu'y boire un verre en passant, car ces bistrots-là ne sont pas, en général, des endroits où l'on s'attarde.

Quelques minutes plus tard, en effet, elle le vit ressortir en s'essuyant les lèvres. Il traversa la rue, fit une dizaine de pas sur le pont et le reste se passa si vite que Lili n'eut littéralement le temps de rien observer.

Du côté d'Austerlitz, des sirènes annonçaient midi. D'autres répondaient dans le quartier de la gare de Lyon et, juste à ce moment-là, parmi tous ces bruits, il y eut un autre bruit, comme un raté de moteur ou l'éclatement d'un pneu.

Une auto venait en sens inverse, qui lui parut sombre : noire ou bleue. Elle n'aurait même pas pu dire s'il y avait une ou plusieurs personnes à l'intérieur.

Et l'homme tomba les bras en croix, sur le trottoir, sans un cri, sans une plainte, tandis que la voiture avait l'air de faire un bond en avant et s'engouffrait dans l'animation du boulevard Saint-Germain.

Elle fut probablement la seule à se rendre un compte exact de ce qui s'était passé. Une femme d'un certain âge s'arrêta près du corps étendu, se pencha, toucha l'épaule et, se redressant avec horreur, se mit à crier. Un agent, à l'autre bout du pont, sifflait, sans trop savoir pourquoi.

Le premier mouvement de Lili fut de se précipiter en avant. Mais le sergent de ville arrivait en sens inverse. Elle craignit qu'on la cite comme témoin et, hâtant le pas, avec l'air d'une personne très pressée, elle gagna l'autre trottoir et continua son chemin.

Elle prit, toujours d'une démarche rapide, le quai de Béthune, revint par le pont de la Tournelle d'où elle pouvait apercevoir la tête de son père dans le cadre de la fenêtre. Reconnaîtrait-il, de loin, son chapeau rouge ? Il y avait des chances, à cette heure-ci, qu'il soit occupé à lire ses journaux.

Elle entra, essoufflée, chez Juliette.

— Déjà ? s'étonna celle-ci.

— Qu'est-ce que tu as acheté ?

— Des côtelettes de porc pour midi et de la langue pour ce soir.

Elle dut boire un verre d'eau fraîche. Ses jambes tremblaient.

— Tu es toute pâle.

— Il y a de quoi.

— Remarque que je ne te demande rien.

— Non… répondit-elle distraitement en prenant le sac à provisions et en s'engageant dans l'escalier.

Elle avait décidé de ne rien dire. Vers deux heures, Justin Duclos apprendrait l'attentat par les journaux de l'après-midi, à moins que, d'ici là, comme cela arrivait souvent, il reçoive un coup de téléphone du Quai des Orfèvres, ou la visite du gros Émile Berna.

— Côtelettes de porc ! annonça-t-elle pour se donner une contenance. Langue pour ce soir.

Quelquefois, elle lui en voulait de son calme, de son obstination à ne pas poser de questions. Il était ainsi avec tout le monde. Berna en savait quelque chose, que cette attitude jetait parfois hors de ses gonds. On aurait dit que Duclos n'avait pas besoin que les gens parlent, qu'il devinait tout ce qu'il voulait savoir.

Les journaux étaient épars autour de lui. Il fumait sa pipe sans rien dire.

Ce n'est qu'à table qu'elle ne parvint plus à se contenir.

— C'est un homme bien, ce Camus ? questionna-t-elle en évitant de le regarder.

— Cela dépend de ce qu'on entend par là.

Allant à la pêche, elle continua :

— On dirait quelqu'un qui a fait de la prison.

— Pas de la prison, corrigea-t-il doucement.

Et, comme si c'était la chose la plus naturelle du monde :

— Du bagne ! Vingt ans.

Elle était surprise qu'il lui fournisse ces renseignements et elle tenta de profiter de son humeur.

— Il a tué quelqu'un ?

— On l'a condamné pour ça.

Elle n'osa pas lui demander pourquoi Camus, rentré en France, était venu rendre visite à l'ancien commissaire. Soudain, un détail la frappa, qui la rendit fébrile.

L'homme avait fait vingt ans de bagne. Or, il y avait à peu près vingt ans que Duclos l'avait recueillie et adoptée après avoir envoyé son père à l'échafaud.

La visite de Camus n'avait-elle pas un rapport avec cette affaire-là ?

Son père s'appelait Joseph Vallé. Elle n'était encore qu'une toute jeune fille quand elle était allée lire son histoire dans la collection d'un grand journal du matin.

Une vieille mercière avait été tuée rue Picpus et, aux dires des témoins, trois hommes avaient fait le coup. Or, on n'en avait retrouvé que deux. Tous les deux niaient avoir frappé (c'était un vilain assassinat à coups de tuyau de plomb) et accusaient un certain René, dont ils prétendaient ne connaître que le prénom.

On ne les avait pas crus. Le procureur général, aux Assises, avait été très dur, accusant les deux hommes de s'abriter derrière un « René mythique ».

Ils avaient payé, quelques semaines plus tard, et c'était un des cas où Duclos avait, sur la demande d'au moins un des condamnés, assisté à l'exécution.

Quant à sa mère, qu'on avait crue en fuite — et qui avait abandonné Lili, âgée de quelques mois, dans une chambre d'hôtel du quartier de la Bastille —, on l'avait repêchée deux semaines plus tard devant une écluse en aval de Paris. Est-ce qu'elle s'était suicidée ? En savait-elle trop et le mystérieux René l'avait-il mise définitivement dans l'impossibilité de parler ?

— Qu'est-ce que tu as, petite ?

— Moi ? s'écria-t-elle, sortant de son cauchemar et regardant autour d'elle avec des yeux éblouis.

— A quoi pensais-tu ?

— Je ne sais pas.

— C'est rare que les côtelettes soient trop peu cuites.

— Elles sont trop peu cuites ?

— Et plus rare encore que tu ne t'en aperçoives pas.

— Pardon. Je ne l'ai pas fait exprès.

C'était ridicule. C'était une réponse de petite fille prise en faute. Elle avait bien l'impression d'être prise en faute. La langue lui démangeait de tout lui dire. Mais alors, ne l'empêcherait-il pas d'agir comme elle avait envie de le faire ?

Elle avait hâte qu'il se mette à somnoler dans son fauteuil comme il le faisait chaque après-midi. Le grand tiroir de la commode, avec les douzaines de calepins noirs où, au cours de sa carrière, Duclos avait pris des notes sur toutes les affaires qu'il avait suivies, l'attirait.

Il ne lui avait jamais défendu d'y fouiller. Souvent, devant lui, elle feuilletait ces carnets, posait des questions de pure curiosité.

— Qu'est-ce que c'était, l'affaire Bonfils ?

Il la lui racontait, comme à d'autres on raconte des contes de fées.

— Je vous sers tout de suite votre café.

Cela lui fit du bien d'aller dans la cuisine et de n'avoir pas besoin, pour un instant, de surveiller l'expression de son visage. Après avoir posé le café sur un plateau, elle ramassa les journaux, qu'elle mettait machinalement en pile. Ce fut par hasard que son regard tomba sur des mots griffonnés au crayon dans la marge de l'un d'eux. Elle feignit de ne pas le voir, mais eut soin de poser les journaux à un endroit qui lui serait accessible pendant la sieste de son père.

— Une pipe ?

— Non. Tu peux fermer à moitié les persiennes. Il commence à faire vraiment chaud.

Il buvait son café à petites gorgées, croisait les mains sur son estomac et fermait les yeux. Elle n'avait jamais su s'il dormait vraiment l'après-midi. Il prétendait que non, qu'il ne faisait que rêver éveillé, mais elle l'avait déjà vu sursauter quand la sonnette se mettait à tinter.

La table débarrassée, elle emporta les journaux dans sa chambre. C'était son père qui avait noté :

« Gaston — Copains — Roquette »

Roquette était sans doute là pour « rue de la Roquette ». Mais « copains » ?

Elle réfléchit un moment, revint sur la pointe des pieds dans le living-room pour prendre l'annuaire des téléphones et Duclos ne bougea pas.

Elle chercha d'abord sans succès à la rubrique des cafés, puis des restaurants, des brasseries, enfin à la rubrique des bars et fut assez fiérote quand elle lut :

« Bar des Copains — 33 bis, rue de la Roquette »

Quand, un peu après deux heures, elle descendit chercher le journal de l'après-midi, celui-ci annonçait en gros caractères :

« Un inconnu abattu en plein midi sur le pont Sully »

L'article était court. Il commençait par :

« Au moment de mettre sous presse... »

Et il contenait cette phrase :

« La victime n'avait sur elle aucune pièce d'identité, aucun papier, mais on espère l'identifier rapidement grâce aux tatouages dont ses bras et sa poitrine sont recouverts. Certains de ces tatouages laissent supposer qu'il s'agit d'un repris de justice. »

2

Ce n'était pas la première fois qu'elle obéissait à une impulsion irraisonnée mais, à peine dans la cabine téléphonique, elle eut le pressentiment qu'elle commettait une bêtise. C'était dans un petit bar tranquille du quartier, à côté de la boulangerie où elle prenait le pain chaque matin. Le patron, un brave Bourguignon aux manches toujours troussées, la connaissait, l'avait vue, petite fille, faire déjà le marché avec la gravité d'une ménagère.

Elle tenait son jeton à la main et sa panique, soudain, la certitude d'un danger, furent si fortes qu'elle se retourna pour sortir. Le patron la regardait, de son comptoir, à travers la vitre. Il la regardait peut-être vaguement, sans penser à elle, et pourtant c'est à cause de lui, par respect humain, en somme, qu'elle laissa tomber la pièce dans l'appareil et composa le numéro du Bar des Copains.

Une voix, à l'autre bout du fil, dit presque tout de suite :

— Allô...

Et elle dut faire un effort pour prononcer :

— Je voudrais parler à M. Gaston, s'il vous plaît.

Il y eut un silence. Il était encore temps de raccrocher, mais elle ne le fit pas. Il lui semblait que son interlocuteur réfléchissait.

— Gaston qui ? demanda-t-il enfin.

Et elle, carrément :

— Gaston tout court.

Un silence encore. Elle se doutait bien que le Bar des Copains, à cette heure, devait être à peu près vide. Elle connaissait le quartier de la Roquette. Le 33 bis était tout près de la rue de Lappe, où la vie ne commence guère avant le coucher du soleil, quand les lumières roses ou mauves s'allument dans les musettes d'où sortent des ritournelles d'accordéons.

— De la part de qui ?

Elle chercha un nom, n'importe lequel, et le hasard voulu que celui de sa mère lui vînt aux lèvres.

— De Lucile.

— Je vais voir.

L'appareil resta si longtemps muet qu'elle se demanda si on n'avait pas raccroché. Elle allait se décider enfin à partir quand il y eut du bruit, à l'autre bout, deux voix qui parlaient bas, enfin une des voix, pas la même que la précédente, qui questionnait :

— Qui est à l'appareil ?

— C'est de la part de Lucile, qui m'a chargée d'une commission pour M. Gaston.

— J'écoute.

— Je ne peux pas parler au téléphone. Elle a bien recommandé que je vous voie personnellement.

— Où êtes-vous ?

— En ville.

— Qui êtes-vous ?

— Une protégée de Lucile.

Il devait y avoir un homme à chaque écouteur, car elle surprit à nouveau un vague murmure, comme si deux personnes se consultaient.

— Dites donc, mon petit, ce n'est pas un bateau ?

— Non.

Elle était allée trop loin pour reculer. Elle n'en avait plus envie. Elle voulait coûte que coûte rencontrer cet homme dont elle ne savait rien. Alors, comme il se taisait à nouveau, elle eut encore une impulsion, plus risquée que la précédente, et, ainsi que la première fois, elle sentit qu'elle avait tort d'y céder.

Par crainte qu'il raccroche, elle murmura très bas, comme on lance un appât :

— C'est au sujet de Camus.

La respiration de son interlocuteur ne fut plus la même, ce qui lui prouvait qu'elle avait touché juste.

— Des gens peuvent vous entendre ?

— Non. Je suis dans une cabine publique.

— D'autres sont au courant de votre coup de téléphone ?

— Personne que Lucile.

— Vous êtes sûre que vous n'êtes pas suivie ?

— Certaine.

— Écoutez. Je ne peux pas vous voir en ce moment. Vous êtes libre ce soir ?

— Seulement après dix heures.

Ils chuchotèrent encore, à l'autre bout.

— Vous êtes déjà venue ici ?

Elle mentit.

— Oui.

— Dans ce cas, vous n'aurez qu'à venir vers onze heures, ce soir, et vous asseoir à la table sous l'horloge.

— J'y serai.

Quand elle sortit de la cabine, elle était si émue qu'elle faillit commander un verre d'alcool pour se remettre, mais elle n'osa pas, car le patron se serait étonné.

— Le commissaire va bien ? questionna-t-il.

— Très bien. Merci. Je cours le rejoindre.

Ce fut une étrange après-midi. Elle ne savait pas encore ce qu'elle ferait le soir ou, plus exactement, tout en se donnant l'air d'hésiter, elle savait qu'elle finirait par aller au rendez-vous. En même temps, elle avait peur. Elle épiait Justin Duclos qui, de son côté, lui semblait-il, l'observait avec plus d'acuité que de coutume.

Il y eut un coup de téléphone pour lui un peu après trois heures et, dès les premiers mots, elle sut que c'était son ami Émile Berna, le chef de la Brigade Spéciale. Elle s'y attendait. Dès qu'il y avait une affaire difficile, on était sûr d'entendre la voix de Berna au téléphone, ou de voir l'ancien subordonné de Duclos venir s'asseoir, avec l'air de rien, dans le logement, pour lui demander conseil.

Or, leurs coups de téléphone ressemblaient à leurs entretiens, c'est-à-dire comportaient plus de silences que de mots prononcés. On aurait dit qu'ils jouaient à qui ferait parler l'autre.

— Je viens de lire, oui. Si le journal avait publié une photographie, je l'aurais probablement reconnu.

Une longue pause. Assise près de la seconde fenêtre, Lili était occupée à raccommoder du linge.

— Beau travail, mon vieux, disait enfin Duclos. Quel nom ? Camus ? Évariste Camus ?

Elle leva la tête, se demandant s'il allait parler de la visite du matin, et cela lui fit un curieux effet de le voir mentir.

— A première vue, non... Je me souviens vaguement d'un Camus, mais c'était il y a très longtemps...

Elle pouvait presque entendre la voix de Berna qui vibrait dans l'écouteur.

— Si tu veux... Je vais jeter un coup d'œil dans mes carnets... Si je trouve quelque chose, je te rappellerai...

Pourquoi avait-il, en parlant ainsi, le regard si malicieux ? Quand il raccrocha, il paraissait de joyeuse humeur et, avec l'habileté extraordinaire qu'il avait acquise, poussant les deux grandes roues de son fauteuil, il amena celui-ci devant la commode où étaient enfermés les calepins noirs.

— C'est le nom de l'homme qui a été tué sur le pont Sully ? questionna-t-elle en prenant son air le plus innocent.

— Ils l'ont identifié, oui. Ce n'était pas malin.

— Il me semblait que le visiteur de ce matin a donné le même nom.

Il tourna la tête pour la regarder.

— Tu as une bonne mémoire, dit-il.

— C'est lui ?

— Même si c'est lui, Berna n'a pas besoin de le savoir, en tout cas pas tout de suite.

Elle risqua, de plus en plus candide :

— Pourquoi ?

Ce ne fut plus de la malice, mais quelque chose d'assez dur qui passa dans les yeux du vieillard. Pour la première fois, il eut presque l'air de la remettre à sa place, encore qu'il parlât d'une voix très affectueuse :

— En général, les petites filles ne s'occupent pas de ces affaires-là et, lorsqu'elles lisent les journaux, s'intéressent plutôt au feuilleton.

Elle n'insista pas. Pendant près d'une demi-heure, il feuilleta les calepins où étaient résumées toutes les affaires criminelles des quarante dernières années. Puis il manœuvra à nouveau son fauteuil, composa un numéro.

— Passez-moi le chef. Ici, Duclos... Allô ! C'est toi, Émile ? Je suppose que tu as trouvé tout ce que tu cherchais aux Sommiers ?

Il tenait un des carnets à la main, écoutait la voix et les silences de son interlocuteur.

— Je comprends. Les petits détails personnels, oui. Eh bien, voilà. Il n'y en a pas beaucoup. C'est moi qui l'ai arrêté, il y a vingt ans, en effet, en compagnie de l'inspecteur Torrence. C'était un médecin de la rue Caulaincourt. Il était jeune et très pauvre. Parmi ses clientes, il y avait une femme de quinze ans plus âgée que lui qui possédait de la fortune. Tu trouveras tout cela dans le compte rendu du procès. Je crois qu'au début c'est elle qui l'a poursuivi de ses assiduités, car c'était son genre. Elle lui faisait des cadeaux importants. Il s'est mis à jouer. Il a toujours prétendu qu'il ne l'avait pas tuée volontairement, qu'elle exigeait de lui des piqûres de morphine et que c'est par erreur qu'il lui a injecté je ne sais plus quel poison. Affolé, il a essayé de dissoudre son corps dans sa baignoire remplie d'acide sulfurique.

Les mots faisaient tellement image que Lili était devenue blême et que son aiguille tremblait.

— On n'a jamais pu prouver la préméditation. Il s'en est tiré avec vingt ans de bagne. Avant le procès, je l'ai vu assez souvent dans sa prison... Comment ?... C'est une question à laquelle je préfère ne pas répondre, car je ne suis pas Dieu le Père... En tout cas, il a payé, n'est-ce pas ?

Est-ce que Berna devinait qu'il y avait anguille sous roche ? Soupçonnait-il Camus, rentré en France, d'avoir repris contact avec l'ancien commissaire ? Il insistait. Duclos ne faisait que des réponses évasives.

Quand il eut raccroché, Lili s'empressa de proposer :

— Je pourrais aller chercher la dernière édition des journaux. Il doit y avoir de nouveaux détails.

— Inutile. Je les connais.

Il ne se passa rien d'autre. Il faisait chaud. Une sorte de brume couvrait Paris, à travers laquelle on voyait le gros globe du soleil qui, de jaune, tournait petit à petit au rouge.

Duclos n'était pas tout à fait comme les autres jours. Deux ou trois fois, il tendit la main vers l'appareil téléphonique et se ravisa. Soudain, alors qu'elle n'y pensait plus, il lui dit :

— Tu avais raison. Va chercher les journaux.

Elle fut si sûre que c'était pour l'éloigner qu'elle nota la position exacte du téléphone. Elle ne resta que quelques minutes dehors. Cette fois, la photographie de Camus figurait en première page, avec son nom et un résumé de son histoire d'autrefois.

Lorsqu'elle remonta, essoufflée, le téléphone, comme elle l'avait prévu, avait légèrement changé de place.

— Qu'est-ce que tu as fait des journaux de ce matin, petite ?

— Je ne sais pas. Je les ai posés quelque part.

Elle fit semblant de chercher et elle savait qu'en cela encore elle avait tort, qu'il était beaucoup plus malin qu'elle et qu'il ne serait pas dupe.

— J'ai dû les laisser dans ma chambre...

Il ne fit que les feuilleter, évidemment pour retrouver la note crayonnée en marge.

N'était-il pas plus sage de lui avouer qu'elle avait téléphoné au mystérieux Gaston et qu'il lui avait donné rendez-vous pour onze heures au Bar des Copains ?

Dans ce cas, il lui faudrait admettre aussi qu'elle avait suivi Camus, assisté au meurtre.

Dans son esprit, il était trop tard. Elle avait commencé quelque chose et elle mettait son point d'honneur à aller jusqu'au bout, même si son instinct lui disait qu'elle se lançait sur une voie dangereuse.

Elle aurait bien voulu feuilleter le calepin mais, comme par inadvertance, ce qu'il ne faisait jamais, Duclos l'avait glissé dans sa poche.

Elle prépara le dîner. Puis, un peu avant dix heures, la concierge monta pour l'aider à mettre l'infirme au lit.

Elle attendit dix heures et demie, choisit une petite robe démodée, en coton, qui ne lui allait plus, tripota si drôlement un de ses chapeaux qu'elle eut l'air d'une boniche. C'était ce qu'elle voulait. En dehors des professionnelles, en dehors aussi des belles madames qui viennent y chercher le petit frisson, les musettes de la rue de Lappe et de la Roquette sont surtout fréquentés par les petites bonnes qui se donnent des airs affranchis.

Elle soigna son maquillage dans ce sens, mit trop de poudre, écrasa maladroitement le rouge sur ses lèvres.

— Qu'est-ce qui t'arrive encore ? s'exclama Juliette quand elle alla frapper à sa porte.

— Je sors.

— J'espère que tu ne vas pas chez des gens bien avec cette tête-là !

— Toujours la même consigne. Si mon père appelle...

— Tu n'as pas peur ?

— De quoi ? répliqua-t-elle bravement.

Or, elle n'avait jamais eu aussi peur de sa vie. Peut-être, si Juliette avait insisté le moins du monde, ne serait-elle pas sortie. Elle avait presque envie de lui dire :

— Retiens-moi !

Elle ne prit pas de taxi. La place de la Bastille n'était pas loin. La nuit était chaude, avec des couples qui se promenaient bras dessus bras dessous le long des quais, quelques-uns étroitement enlacés dans l'ombre des portes cochères, tandis que de braves bourgeois du quartier promenaient leur chien.

Dans le quartier de la Bastille, la fête nocturne avait commencé, toutes les enseignes de la rue de Lappe brillaient dans l'obscurité et, des portes ouvertes, s'échappait le vacarme des orchestres.

Devant chaque hôtel meublé, il y avait deux ou trois femmes et Lili, en passant, s'essayait à copier leur allure.

Elle n'avait pas pensé une seule fois à se retourner et c'est dans la foule de cette sorte de foire quotidienne, seulement, qu'elle se demanda si elle n'avait pas été suivie. Il était trop tard pour s'en assurer. Elle essaya, ne remarqua aucune silhouette inattendue et, retenant sa respiration, s'engouffra au Bar des Copains comme quelqu'un qui se jette à l'eau.

Ici, il n'y avait pas de musique. Comme il n'y avait rien de spectaculaire, les curieux du Paris nocturne n'y faisaient pas escale. A première vue, c'était un bar tout ce qu'il y a de banal, guère différent de celui d'où elle avait téléphoné l'après-midi. Le fait qu'il était mal éclairé, que les murs étaient d'un jaune sale lui donnait cependant un aspect assez triste.

Elle vit peu de femmes, deux seulement, l'une avec un homme, attablée près de la porte, lui parlant bas avec une sourde véhémence, l'autre en compagnie de quatre consommateurs qui jouaient à la belote.

Elle eut l'impression qu'on ne faisait pas attention à elle et cela ne la rassura pas. Personne ne levait la tête à son entrée pour la regarder de la tête aux pieds comme cela aurait paru naturel. Sur un des murs, il y avait une horloge-réclame qui marquait onze heures dix. La table sous l'horloge était libre et on semblait l'avoir fait exprès de la laisser inoccupée.

Elle alla s'y asseoir. Elle se souvenait de ce qu'elle devait commander pour être dans la note, mais, au dernier moment, faillit ne pas retrouver le mot.

— Un diabolo... fit-elle enfin.

Sans un mot, on posa devant elle un verre où la bière et la limonade étaient mélangées.

Est-ce qu'elle s'était fait des idées ? On continuait à ne pas s'occuper d'elle. Le patron, derrière le comptoir, ressemblait à la plupart des patrons de bistrots, ses manches retroussées sur des bras velus comme ceux du Bourguignon. Le garçon était tout petit, tout jeune.

Devait-elle s'informer de M. Gaston ? Devait-elle attendre sans rien dire ?

Un quart d'heure passa. Elle avait emporté des cigarettes, bien qu'elle n'ait pas l'habitude de fumer, et elle fumait gauchement, ce qui la mettait dans la note de son personnage.

Un homme entra, alla s'accouder au bar où il but un diabolo, lui jeta un vague coup d'œil et sortit.

Quelques instants plus tard, il revint, ne commanda rien mais parla à voix basse au patron qui, de son air le plus naturel, contourna le comptoir et s'approcha de Lili.

— C'est vous qui attendez quelqu'un ?

— Oui.

— Il n'a pas pu venir jusqu'ici, mais il vous attend.

Elle questionna, figée :

— Où ?

— On va vous conduire...

L'homme du bar s'était approché de la table, sa cigarette aux lèvres, comme s'il s'agissait d'une commission quelconque dont on l'avait chargé.

— Venez avec moi, dit-il. Ce n'est pas loin.

— C'est que...

Elle aperçut la cabine téléphonique dans un coin.

— Il faut que je donne un coup de téléphone.

Les deux hommes s'étaient regardés. Ce fut le patron qui répondit avec fermeté :

— L'appareil est en dérangement.

Ce n'était pas vrai, puisqu'elle avait appelé l'après-midi même et que, quelques minutes plus tôt, la femme qui accompagnait les quatre joueurs de cartes était allée demander une communication.

Elle se sentit tellement petite fille à ce moment-là qu'elle eut envie de se mettre à pleurer. Elle ne pouvait plus comprendre comment elle s'était engagée si sottement dans cette aventure, surtout après avoir vu de quelle façon on avait supprimé Camus.

En regardant autour d'elle, elle avait l'impression, maintenant, que le bar n'était pas ce qu'il lui avait paru, que les joueurs de belote n'étaient peut-être là que pour la surveiller, que le couple, près de la porte, était prêt à l'empêcher de sortir.

L'homme qui était venu la chercher et qui avait de petites virgules sombres en guise de moustache montrait, en souriant, deux dents en or qu'on aurait jurées toutes neuves.

Comme elle ouvrait son sac pour y prendre de la monnaie, il dit :

— Laissez...

Et, au patron :

— Mets ça à mon compte, Bob.

Qu'est-ce qu'elle pouvait faire ? Si elle refusait de le suivre, y aurait-il une seule personne, dans le bistrot, pour se mettre de son côté ? Une fois dans la rue, évidemment, elle pouvait crier. Il y avait généralement deux ou trois sergents de ville au coin de la rue de Lappe. Mais cela faisait au moins cent mètres de trottoir et la plupart des gens qui s'y trouvaient appartenaient plutôt à l'autre côté de la barricade.

Camus, ce matin, aurait-il eu le temps de crier ?

Toutes ces pensées lui passaient dans la tête, à une vitesse vertigineuse, tandis que l'homme aux dents en or lui souriait toujours d'un sourire qui lui semblait menaçant.

Elle s'était levée, gagnait encore un peu de temps en feignant d'arranger son chapeau devant une glace sans éclat.

On ne se retourna pas davantage sur elle quand elle sortit que quand elle était entrée et elle fut happée par les bruits de la rue, eut un moment l'impression d'avoir échappé au plus gros danger.

— Où est-ce ? demanda-t-elle.

Elle s'était dit qu'une voiture les attendait probablement au bord du trottoir et c'est ce dont elle avait eu le plus peur. Mais ils marchaient. Son compagnon murmurait :

— Tout près...

Elle ne remarquait pas qu'il la mettait du côté des maisons. Et, à certain moment, il y eut l'entrée sombre d'une impasse. Cela se passa aussi vite que pour Camus sur le pont Sully. Elle se rendit à peine compte que l'homme aux dents en or la poussait. Elle se trouva dans l'obscurité complète du passage et quelque chose de mou s'abattit sur son visage en même temps que des bras vigoureux la renversaient en arrière.

Elle était dans l'impossibilité de crier, de se débattre. En dehors de celui qui l'avait amenée là, ils devaient être deux, dont elle entendait la respiration, mais qui ne prononçaient pas un mot.

Un bâillon sur la bouche, une sorte de sac qui sentait mauvais sur la tête, les poignets liés derrière son dos, on la poussait à nouveau, on la forçait à marcher sur les pavés inégaux de l'allée. Elle ne voyait rien, pensait à Duclos et, pour la première fois, souhaitait que celui-ci eût tout deviné de ses projets.

On ouvrait une porte, on la soulevait, des mains lui saisissaient les jambes, d'autres les épaules, et on la transportait ainsi en haut d'un escalier qui devait être étroit, car son corps heurtait sans cesse le mur raboteux.

Enfin, elle se trouva couchée sur un lit dont le sommier grinça, un lit de fer, lui sembla-t-il, étroit et dur.

Les hommes, les trois hommes, sans doute, n'avaient pas échangé une parole. Elle les entendait aller et venir. Puis les pas eurent l'air de s'éloigner. Il y en eut dans un corridor, d'autres dans l'escalier, et enfin ce fut le silence.

Elle se crut seule, commença, d'abord prudemment, puis avec plus de vigueur, à se tortiller sur le lit dans l'espoir de libérer ses mains. Chaque fois que le sommier grinçait, elle s'arrêtait, recommençait avec des mouvements mieux calculés. Ce n'était pas une corde qu'on lui avait passée aux poignets, mais une sorte de foulard, peut-être en soie, dont il lui semblait qu'elle finirait, avec de la patience, par se défaire.

Elle avait très chaud. La chambre sentait le renfermé. Malgré le sac qui lui couvrait toujours la tête, elle savait qu'il y avait de la lumière, pas beaucoup, probablement une seule lampe électrique qui pendait du plafond.

Si les hommes ne revenaient pas trop vite — étaient-ils allés chercher le sinistre Gaston ? — elle en aurait fini avec ses liens dans une dizaine de minutes.

Elle haletait, comprit qu'elle devait ménager ses efforts, cessa de s'agiter à vide et n'exécuta plus que des mouvements calculés. Grâce, peut-être, à la sueur qui lui giclait de la peau, la soie céda enfin, une main se dégagea, puis l'autre, et, avec un soupir de soulagement, elle arracha le sac qui lui couvrait la tête et le visage. Il n'y avait plus que le bâillon à enlever.

Elle allait le faire et elle commençait seulement à regarder autour d'elle quand, à moins de trois mètres, elle vit un homme assis dans un vieux fauteuil en tapisserie.

Il riait silencieusement en la regardant et le sentiment dominant de Lili, à ce moment, ne fut pas la peur, ce fut l'humiliation. Ainsi donc, pendant tout le temps qu'elle avait travaillé à se dégager, il était là, qui la contemplait avec une féroce ironie !

Il était complètement chauve, le détail la frappa. Il devait avoir au moins soixante ans. Il se tenait dans son fauteuil presque aussi raide que Justin Duclos dans le sien et, sur ses genoux, il y avait un revolver sur lequel une de ses mains était négligemment posée.

C'était hallucinant de le voir rire ainsi, sans qu'un son sortît de sa bouche. La chambre était sordide. En dehors du lit et du fauteuil, aussi minables l'un que l'autre, on ne voyait qu'une cuvette et un broc en faïence sur une table aux pieds de bambou.

Elle ferma les yeux, espérant contre toute évidence que c'était une hallucination. Quand elle les rouvrit, il était toujours là, avec son même rire comme intérieur, et, prise de rage, arrachant enfin son bâillon, elle lui cracha au visage en s'écriant comme une petite fille en colère :

— Sale bête !

Il rit de plus belle, au comble de la jubilation.

3

Le plus effrayant, c'était le désaccord entre le personnage et son rire. Son visage, en effet, était plutôt le visage dur, renfermé, comme sans vie extérieure, d'un homme qui passe ses jours dans la pénombre d'une arrière-boutique ou d'un bureau où le soleil ne pénètre jamais. Il aurait pu être un homme de loi à l'ancienne mode. Il aurait pu être un usurier. Son costume, en plein été, était noir, d'une forme vague, lustré aux coudes, avec des traces d'aliments sur les revers.

Il ne devait pas lui arriver souvent de rire ainsi, peut-être était-ce la première fois depuis des années et ses traits qui n'en avaient pas le pli se contorsionnaient étrangement.

Après quelques instants, d'ailleurs, le rire s'effaça aussi instantanément qu'il était né et, alors que Lili restait assise au bord du lit de fer, regardant autour d'elle comme pour chercher une issue en dépit du revolver, l'homme l'observa à son tour, parla enfin.

— Vous vouliez voir Gaston, à ce que l'on m'a dit ?

Et elle, agressive, sentant qu'il était vain de ruser :

— Je suppose que c'est vous ?

— Justement, ce n'est pas moi. Ce n'est personne. Comprenez-vous, maintenant ?

— Non.

— Gaston n'est qu'un mot de passe, qui sert pour arriver jusqu'à moi. Vous y êtes parvenue. Qu'est-ce que vous me voulez ?

Comme elle cherchait en vain une réponse plausible, il tira un carton de sa poche, le retourna pour le lui montrer. C'était une photographie, prise une dizaine d'années plus tôt, alors que Mme Duclos vivait encore et que son mari était chef de la Brigade Spéciale. Lili, là-dessus, avait un peu plus de dix ans. Elle se souvenait encore du dimanche, à la campagne, où la photo avait été prise par un des pensionnaires de l'hôtel où ils passaient leurs vacances. Elle avait deux tresses dans le dos.

— Vous connaissez cette petite fille-là ?

A quoi bon nier ? Ses traits n'avaient pas changé.

— Bien des événements se sont passés depuis, n'est-ce pas ? ajouta-t-il avec une expression de satisfaction intense. Ce monsieur qui vous accompagne a eu quelques ennuis et il aurait de la peine, aujourd'hui, à vous conduire à la campagne.

— Vous saviez que j'allais venir ?

Elle avait le cœur battant. Sa peur n'était pas dissipée, au contraire, mais un autre sentiment s'y mêlait, une curiosité brûlante, la quasi-certitude qu'elle vivait une heure capitale et que bien des mystères allaient être expliqués.

L'homme aussi paraissait vivre une heure qu'il avait attendue pendant des années et on aurait dit qu'il la dégustait comme on déguste un vieil alcool, à petites gorgées.

— Inutile de regarder la porte et la fenêtre, dit-il. Personne n'est jamais sorti d'ici sans mon consentement. Or, maintenant que vous m'avez vu, j'ai le regret de vous annoncer que vous ne pouvez plus sortir.

— Vous n'avez pas répondu à ma question.

— J'aurais plutôt cru que vous alliez me demander grâce.

— Vous le feriez, vous ?

— Je l'ai fait. C'est bien pour cela que Justin Duclos est cloué dans un fauteuil pour le reste de ses jours.

Ses narines s'étaient pincées. Il parlait d'une voix plus neutre, d'une netteté de machine.

— J'aurais pu vous laisser me raconter votre boniment, jouer avec vous comme le chat avec la souris. Cela aurait été amusant d'entendre ce que vous auriez inventé.

— Vous avez eu pitié ? ironisa-t-elle.

Car, chose étrange, elle était plus calme, plus maîtresse d'elle-même que tout à l'heure dans la salle du bar. La partie était jouée. Elle était à la merci de son compagnon. Elle savait qu'elle n'avait rien à attendre de lui. L'aide, s'il devait y en avoir, viendrait de l'extérieur, et elle n'y comptait guère.

— Si vous me connaissiez mieux, si vous aviez assisté à la scène qui a eu lieu autrefois entre moi et celui que vous appelez votre père, vous ne parleriez pas de pitié. Seulement, j'ai envie qu'il y ait enfin quelqu'un qui sache. Vous ne comprenez pas cela ?

— Je crois que je comprends. Quelqu'un que vous empêcherez ensuite de parler ?

— Exactement. Figurez-vous que je suis un très vieil ami de Duclos, un camarade d'enfance, que nous sommes allés à l'école ensemble, que je l'appelais Justin et qu'il m'appelait... Peu importe comment il m'appelait.

— Vous imaginez donc la possibilité que je parle ?

— On ne prend jamais assez de précautions, articula-t-il en la regardant gravement. Surtout avec Justin. Jusqu'ici, j'ai été le plus malin.

Ce fut son tour de regarder la porte avec une pointe d'inquiétude.

— Pourquoi l'avez-vous supplié ?

— Parce qu'il avait arrêté mon fils. Je n'en avais qu'un. On n'avait pas de preuves contre lui. Il s'agissait d'un crime. Justin aurait pu, dès les premiers jours, arrêter son enquête, ou chercher mollement. Je suis allé le voir dans son bureau du quai des Orfèvres, sans succès.

Je suis retourné chez lui, quai de la Tournelle, et, ce soir-là, je me suis mis à genoux devant lui.

Il y eut un silence, puis des mots qui tombaient un à un.

— Il n'en a pas moins envoyé mon fils à la guillotine. Il y a douze ans de cela. Pendant cinq ans, j'ai retardé le soin de me venger. Savez-vous pourquoi ?

Il n'attendait pas de réponse. C'était pour lui autant que pour elle qu'il parlait.

— Parce que, depuis plus de vingt ans aujourd'hui, Justin me recherchait sans savoir que c'était moi qu'il cherchait. Et il ne m'a jamais trouvé ! Jamais il n'est parvenu à remonter jusqu'à moi ! Il a fait condamner dix de mes hommes, il en a envoyé au bagne sans être capable de deviner qui tirait les ficelles.

Il ne bougeait pas de son fauteuil où il devait passer des journées entières, si on en jugeait par sa faculté d'immobilité. Mais, sous cette rigidité de surface, on sentait qu'il vivait intensément.

— Vous voyez, petite fille, qu'en cherchant à rencontrer un M. Gaston qui n'existe pas, on découvre parfois des choses étonnantes.

— Ne m'appelez pas petite fille.

— Je me souviens pourtant du temps où vous n'étiez qu'un bébé vagissant et où un de mes hommes, parce qu'il venait d'avoir un enfant, prétendait changer d'existence.

Elle ne bougeait plus, n'osait plus ouvrir la bouche, par crainte qu'il se taise.

— Car j'ai connu votre vrai père aussi. J'ai connu tant et tant de ces garçons-là dans ma vie ! Justin l'a envoyé à l'échafaud, comme quelques autres, je suppose que vous le savez ? Mais ce que vous ne savez sans doute pas, c'est que je l'y ai aidé, parce que, quand des gens comme votre père commencent à avoir des velléités d'honnêteté, ils deviennent dangereux pour leurs amis. Je suis sûr qu'il a été tenté de parler, une fois pris, mais il n'ignorait pas que, dans ce cas, il arriverait malheur à certain bébé comme il est arrivé malheur à sa femme.

— Vous êtes un monstre ! ne put-elle s'empêcher de s'exclamer.

Et lui, satisfait, de laisser tomber :

— Oui. Tout au moins est-ce l'idée que se font d'un homme comme moi les Duclos et compagnie. En attendant, mon petit, vous n'en êtes pas moins la fille d'un assassin.

— Je le savais.

— Ce qui ne vous a pas empêchée d'aider les flics.

Il eut à nouveau son rire silencieux. Puis il se leva, marcha jusqu'à la porte qu'il entrouvrit, parla bas pendant quelques instants à quelqu'un qui se tenait sur le palier, sans doute l'homme aux dents en or. Debout, il se révélait beaucoup plus petit qu'elle l'avait pensé car, s'il avait le torse d'un homme normal, ses jambes étaient très petites. A d'autres moments, cela devait lui donner l'air ridicule, mais, en l'occurrence, il n'en était que plus impressionnant.

— Tout va bien, annonça-t-il en revenant prendre sa place. Nous avons le temps de causer. En somme, qu'est-ce que vous désirez savoir ?

— C'est vous qui avez fait tuer ma mère ?

L'air modeste d'un artiste qu'on félicite, il murmura :

— C'était nécessaire, je croyais vous l'avoir dit.

— Vous avez fait tuer Camus ?

— Nécessaire aussi, et je me permets d'ajouter que cela a été du beau travail. Il paraît d'ailleurs que vous étiez là.

— Comment le savez-vous ?

— Un des deux hommes qui se trouvaient dans la voiture vous a aperçue, à quelques pas de Camus. Votre image s'est en quelque sorte photographiée sur sa rétine, comme cela arrive dans ces moments-là, et, tout à l'heure, au Bar des Copains, il vous a reconnue. Vous ne me demandez pas pourquoi je me donne tant de mal ? Il est pourtant indispensable que vous le sachiez. Mon fils, lui, dans sa cellule, a passé des semaines à attendre la mort. Et savez-vous le pire ? Savez-vous quel est, à mes yeux, le plus grand crime de Justin ? C'est que, à la fin, il en avait fait un honnête homme. Au point que, quand j'ai fait annoncer à mon garçon que j'allais organiser son évasion, il m'a répondu qu'il préférait payer.

Il rit, plus fort que précédemment, mais il y avait des larmes de colère dans ses yeux.

— Justin me l'a volé deux fois, en somme. Malgré ça, le grand homme, l'as des as, le policier infaillible, n'a jamais pu arriver jusqu'à moi. Il n'a pas non plus soupçonné d'où venait la balle qui, faute de le tuer, l'a cloué dans son fauteuil. Les cambriolages, les meurtres ont continué et, de temps à autre, on en a arrêté les exécutants sans qu'une seule fois je sois inquiété. Lequel, de lui ou de moi, est le plus fort, voulez-vous me le dire ? Or, si je suis le plus fort, c'est parce que je les hais, parce que j'ai toujours haï, parce que, aussi loin que je puisse remonter dans mes souvenirs, j'ai haï ceux qui s'intitulent eux-mêmes les honnêtes gens.

Comme il caressait la crosse du revolver, elle ne put s'empêcher de lui lancer :

— N'empêche que vous êtes trop lâche pour tuer vous-même !

Il redressa si brusquement la tête qu'elle eut peur et, à l'expression de son visage, elle comprit qu'elle avait frappé juste.

— Qui vous a dit cela ?

— Il n'y a pas besoin qu'on me le dise. Je suis sûre que ce n'est même pas vous qui avez tiré sur Justin Duclos. Vous êtes un lâche, n'est-ce pas ? Je me demande si ce n'est pas parce que vous êtes un lâche que vous haïssez avec tant de force. Vous avez dû débuter dans la vie par des petits tripotages malpropres...

Pour la première fois, elle souhaitait que son père adoptif ait deviné ses intentions. Tout en écoutant les paroles de son interlocuteur, elle se remémorait les moindres détails de la journée, essayant d'y trouver un indice.

Si Duclos l'avait devinée, n'avait-il pas pris ses précautions pour la protéger ? Dans ce cas, pourtant, pourquoi l'avait-il laissée partir ? Ne savait-il pas à quoi elle était exposée ?

— J'ai commencé comme brocanteur, dit-il d'une voix sourde, comme un très pauvre brocanteur, dans une rue populeuse de Montmartre.

— Et maintenant vous êtes riche, je suppose ?

— Personne n'imagine à quel point je suis riche. Mes collaborateurs les plus intimes ne soupçonnent pas que je possède deux des plus importantes salles de vente de Paris, des entrepôts, une maison d'antiquités, sans compter quelques bijouteries, non seulement à Paris, mais ailleurs en France.

— En somme, vous faites voler pour votre compte, assassiner au besoin, et vous vous chargez de la vente du butin.

— C'est à peu près cela. Ou, si vous préférez, je suis le cerveau.

— Et votre fils était un des bras.

— Il vaudrait mieux pour vous ne pas trop me parler de lui.

— Ni de mon vrai père, que vous avez utilisé, lui aussi ?

— Demain matin, Justin va s'éveiller et vous appeler en vain. Il comprendra tout de suite, car il est intelligent, que votre disparition a un rapport avec la visite que cet idiot de Camus a eu l'imprudence de lui rendre.

— Vous faisiez suivre Camus ?

— Depuis son débarquement en France. Voyez-vous, mon petit, je suis un homme très puissant. Le Quai des Orfèvres est puissant aussi et possède ses moyens d'information. Mais ces gens-là sont victimes de la routine administrative et des règlements. En outre, ils ne voient les choses que de l'extérieur. Ce qui se passe dans les prisons, ce qui se passe au bagne, je l'apprenais le plus souvent avant eux. C'est ainsi que j'ai appris que, peu de jours avant que Camus ait fini son terme, quelqu'un, là-bas, qui a travaillé pour moi et qui a eu des ennuis, lui avait fait des confidences. Remarquez que ce bavard ne m'a jamais vu, qu'il ignore mon nom, que ce n'était qu'un sous-ordre et que, tout ce qu'il a pu révéler, c'est le mot de passe, ce fameux « Gaston » qui vous a amenée ici.

» Il n'y a que deux ou trois personnes à appartenir à l'échelon supérieur de mon organisation. Les autres téléphonent au Bar des Copains, qui m'appartient, bien entendu, où ils sont examinés avec soin et où, au besoin, on leur passe leur consigne.

» Cela, Duclos ne l'a jamais soupçonné. Depuis sept ans qu'il est invalide, je sais qu'il se ronge, dans son fauteuil articulé, en se demandant qui l'y a cloué pour le reste de ses jours.

» Maintenant, vous savez tout et mon seul regret est que je ne puisse pas le lui faire savoir, à lui aussi. Je voudrais tellement qu'il me supplie à son tour ! Imaginez la scène. La voix cassée par l'émotion, il me demande :

» — Rends-moi ma fille.

» Car, jadis, nous nous disions tu. Moi, je lui réponds :

» — Rends-moi mon fils.

» — Tu sais bien que je ne peux pas.

» — Tant pis pour toi...

» Il se met à pleurer. Car il doit pleurer, lui aussi. J'ai bien pleuré, moi, quand je suis allé le voir ! Peut-être même qu'il tombe à genoux, qu'il se traîne à mes pieds.

» — Ne la tue pas, pour l'amour de Dieu.

» — Je ne crois pas en Dieu.

» — Pour l'amour de n'importe quoi.

» — Je ne crois pas à l'amour...

Elle avait l'impression de ne plus respirer, tant c'était impressionnant de le voir s'échauffer ainsi sans que son teint se colore, sans qu'on sente un sentiment autre que la haine déformer son visage.

— Ce serait le plus beau jour de ma vie. Ce serait le couronnement de ma carrière.

— Mais vous continueriez quand même ?

Il la regarda dans les yeux et elle le vit hésiter.

— Je l'ignore. Je crois que je lui téléphonerais, sans lui dire qui je suis. Quand mon fils est monté à l'échafaud, il était là, il l'a vu mourir. J'aimerais qu'il assiste, lui aussi. Peut-être pourra-t-il entendre au bout du fil... ?

L'idée venait de germer en lui et l'excitait. Il se leva pour la seconde fois et marcha jusqu'à la porte, d'un pas plus rapide que précédemment. Un instant Lili se demanda si elle ne pourrait pas essayer de bondir et de lui arracher son revolver. Il avait avoué qu'il était lâche, qu'il n'avait jamais osé tuer. Hésiterait-il à tirer s'il était menacé ? Comme s'il la devinait, il murmura :

— N'essayez pas ça...

Et il ouvrit vivement la porte. Il était sûr de lui. Il avait été sûr de lui toute sa vie. Pendant trente ans, peut-être, il avait défié la police, supprimant sans hésiter ceux qui pouvaient le gêner.

On voyait monter à ses lèvres les mots qu'il allait adresser à l'homme aux dents en or mais, à la surprise de Lili, il ne parla pas, il y eut, dans l'entrebâillement de la porte, un drôle de tumulte et, catapulté par un coup de tête dans l'estomac, le vieillard fit deux ou trois pas en arrière en vacillant avant de s'abattre sur le plancher.

Il n'avait pas lâché son revolver et une balle alla s'enfoncer dans le mur.

Un colosse avait déjà bondi sur lui et l'écrasait de son poids, lui immobilisant les bras, tandis qu'une autre silhouette se penchait sur la main qui tenait l'arme.

— Intacte ? questionnait une voix angoissée.

C'était le petit Lapointe, l'inspecteur au visage de jeune marié, qu'elle n'avait jamais vu aussi fiévreux. Il n'avait pas le temps de la questionner davantage car, tandis que la lutte continuait sur le plancher, le gros Émile Berna, le chef en personne, s'approchait de la jeune fille et lui posait les deux mains sur les épaules.

— Je suis content... balbutiait-il. Je suis bien content d'être arrivé à temps...

On voyait la sueur gicler de son front, ruisseler sur tout son visage.

— Je n'ai jamais eu aussi peur de ma vie. Sacré Justin !...

— Je sais tout... s'empressa-t-elle de lui dire.

Mais lui, haussant les épaules :

— Cela m'est égal. Ce qui compte, c'est que vous soyez vivante. Si Justin me fait encore un de ces coups-là...

— Ce n'est pas lui. C'est moi qui...

— Il savait. Il m'a téléphoné cet après-midi au Quai des Orfèvres pour me demander...

— Pour vous demander quoi ?

Il y eut le bruit métallique des menottes qui se referment tandis que deux hommes se relevaient et qu'un troisième restait étendu sur les planches.

— Vous savez qui c'est, patron ?

— Laissez-moi d'abord m'occuper de la gamine...

Car Berna n'avait jamais pu se décider à la traiter en grande personne.

— Vous avez fait du beau travail, sans vous en rendre compte, mais nous serions quand même arrivés à la vérité...

— Vous croyez ?

Il grommela :

— Non. Mais vous m'auriez évité la maladie de cœur que j'ai peut-être attrapée.

— C'est Rabut, lui annonçait Lapointe.

— Le Rabut des salles de vente ?

Puis, à Lili, après un coup d'œil à l'homme étendu par terre :

— Il a parlé ?

— Il m'a raconté toute son histoire. En somme, les hommes ressemblent plus aux femmes qu'on le pense et éprouvent aussi le besoin de raconter leur vie.

— Cela doit être du joli ! Sortons d'ici.

En se dirigeant vers le palier, elle se souvint de l'homme aux dents en or.

— Qu'est-ce que vous avez fait de celui qui montait la garde ?

— J'ai envoyé quelqu'un le chercher.

— Qui ? Comment ne s'est-il pas méfié ? De la chambre, on n'a rien entendu.

— Parce que c'est un homme en qui il avait toute confiance qui est venu lui demander de descendre un instant.

Ils avaient atteint la ruelle. Au bout de celle-ci stationnaient trois voitures et, à cent mètres, une auto cellulaire. Aux deux coins de rue, on apercevait des barrages d'agents.

Pas un instant, pendant qu'elle était enfermée avec Rabut, Lili ne s'était imaginé qu'il y avait autour d'elle un tel déploiement de forces. Berna la faisait monter dans la première auto.

— Quai de la Tournelle, dit-il au chauffeur.

Il se retourna vers un des inspecteurs.

— On a téléphoné à Duclos ?

Et elle, surprise :

— Il ne dort pas ?

— Il n'a pas dormi un instant cette nuit. C'est lui, en réalité, qui a tout dirigé.

— Mais il ne savait pas !

— Il en savait si peu qu'à quatre heures de l'après-midi il m'appelait au bout du fil pour me demander de disséminer des forces de police autour du Bar des Copains.

— Il ignorait que je m'y rendrais.

— Tellement peu que deux de mes agents vous suivaient dès le moment où vous êtes sortie de chez vous.

Elle eut un mouvement de dépit enfantin.

— Dans ce cas, il n'avait pas besoin de moi.

— Au contraire. Nous aurions pu nous adresser cent fois au Bar des Copains et demander M. Gaston sans obtenir le moindre résultat. Coffrer des comparses ? Ils n'auraient pas mangé le morceau.

— Il savait aussi que c'est celui qui a fait tirer sur lui ?

— Oui.

— Et qui...

Elle allait parler de son père, de sa mère, mais elle se tut. On atteignait déjà le quai de la Tournelle où il y avait un bruissement léger dans les marronniers. Une fenêtre était éclairée, au quatrième étage, et, derrière le cadre clair, on apercevait l'ombre d'une tête immobile.

Ce fut Berna qui sonna à la porte et grogna en passant devant la loge de la concierge :

— Duclos...

Ils montèrent l'escalier l'un derrière l'autre. Au passage, ils virent s'entrouvrir la porte de Juliette qui, constatant que Lili n'était pas seule, s'imagina qu'elle s'était fait pincer et se retira vivement.

C'était bon de retrouver le calme du living-room, Justin Duclos dans son fauteuil, sa pipe à la bouche.

— Je te ramène la gosse ! On t'a téléphoné que tout était fini ?

— Je te remercie, oui.

Justin la cherchait du regard et il y avait dans ses yeux une expression qu'elle n'y avait jamais vue. On aurait dit qu'il hésitait à lui demander pardon de l'avoir laissée s'exposer de la sorte, qu'en même temps il lui adressait un grand merci.

— Tu ne t'assieds pas, Émile ?

— Il faut que je file au Quai pour interroger Rabut tant qu'il est chaud.

— Il ne parlera pas.

— Cela n'a plus d'importance. Il a raconté sa vie à ta fille.

Tourné vers celle-ci, il murmura :

— Je prendrais quand même bien un petit verre.

Il semblait surpris de les voir agir tous les deux comme si rien ne s'était passé.

— Vous n'avez pas envie de vous embrasser ? grogna-t-il en portant son verre à ses lèvres.

Ce fut Lili qui répondit :

— Nous avons le temps.

— J'ai compris. Je m'en vais. J'essayerai de n'avoir pas besoin de vous demain avant midi.

Tourné vers Duclos :

— Qu'est-ce que je fais avec les journaux ? Je parle d'elle ?

Lili s'exclama :

— Sûrement pas !

Quand il fut sorti, enfin, que la porte fut refermée, elle ne se précipita pas dans les bras de Duclos, se contenta d'aller se camper devant lui.

— Vous avez vraiment eu confiance en moi ? questionna-t-elle, le visage tout drôle.

Il fit oui de la tête.

— Vous aviez réellement besoin de moi ?

Il répéta le même signe.

— Vous avez eu peur ?

Cette fois, il détourna la tête et, alors seulement, elle se jeta dans ses bras comme si elle était encore une petite fille.

Longtemps plus tard, après avoir reniflé, elle lui souffla à l'oreille :

— C'est lui qui...

— Chut !... je sais...

— Et quand j'étais un bébé, c'est lui...

— Chut !... Demain...

— Vous saviez aussi ?

— Je m'en doutais.

Il cherchait le verre qu'elle lui avait servi en même temps qu'à Berna et auquel il n'avait pas touché et elle se demanda un instant ce qu'il y avait d'étrange dans sa physionomie, comprit enfin que c'était le rouge à lèvres dont elle l'avait barbouillé.

Lakeville (Connecticut), février 1952.

LE GROS LOT

Quand le premier événement se produisit, Charles Perrin avait quarante-trois ans. Il était marié depuis dix-sept ans et sa fille, Nicole, venait d'avoir ses quatorze ans. Toute sa vie, il avait habité le même quartier de Paris, où il était né, le quartier Saint-Antoine, habité par des commerçants, des artisans et des employés comme lui.

La journée avait commencé comme les autres quand le réveille-matin avait sonné à six heures et demie et qu'il s'était rasé en écoutant la radio pendant que sa femme préparait le petit déjeuner. A huit heures dix, il avait descendu les quatre étages et, sur le trottoir, s'était faufilé entre les ménagères qui entouraient les petites charrettes de légumes et de fruits.

Devant l'entrée du métro, il acheta son journal, attendit sur le quai en regardant les titres de la première page et une fois dans le wagon seulement se mit à lire. Comme chaque mois à la même date, le journal donnait la liste des numéros gagnants de la Loterie nationale et Charles Perrin la parcourut les yeux. Il connaissait son numéro par cœur, car il avait la mémoire des chiffres. Depuis trois ans qu'il prenait un billet chaque mois, il n'avait rien gagné et il ne lui était jamais venu à l'idée qu'il pourrait gagner un lot important, seulement un de cinq ou de dix mille francs, par exemple, et c'est sans doute pourquoi il commençait la colonne par le bas.

C'est au moment où des voyageurs qui descendaient et d'autres qui montaient le bousculèrent qu'il vit son numéro, non pas dans la liste, mais, en caractères gras, en haut de celle-ci. Il eut beau se frotter les yeux, tirer son billet de son portefeuille, confronter les chiffres un à un, il dut se rendre à l'évidence : il était bel et bien le gagnant du gros lot de cinq millions de francs.

Rue d'Enghien, dans le quartier des affaires, chez Gavelle et Saimbron, marchands de porcelaine et de verrerie en gros, où il avait son bureau dans une sorte de cage vitrée, il ne dit rien à personne. Comme les autres jours, il alla déjeuner à midi dans le petit restaurant d'en face où il avait sa serviette dans un casier et ce n'est qu'à deux heures et demie qu'il osa frapper à la porte du bureau de M. Saimbron. Il paraissait si embarrassé que celui-ci se méprit :

— J'espère que vous ne venez pas me demander une augmentation ?

Cela lui était arrivé trois fois en dix-neuf ans, chaque fois sur les insistances de sa femme.

— Non, monsieur. Je voudrais seulement quitter la maison pendant une heure pour me rendre chez le dentiste.

Au siège de la Loterie nationale, on ne s'étonna pas qu'il ne fournisse pas son nom. D'autres, avant lui, avaient gardé l'anonymat, soit pour éviter la publicité, soit par crainte des tapeurs. Il prit ensuite un taxi pour se rendre dans un quartier aussi éloigné du sien que possible, à la porte Maillot, et déposa l'argent dans une succursale de banque.

Le soir, il se contenta, en rentrant chez lui, d'acheter de la pâtisserie et, comme il s'y attendait, il reçut le regard inquiet et réprobateur de sa femme, se hâta d'expliquer :

— M. Saimbron m'a annoncé une bonne nouvelle. Je serai augmenté à partir de la fin du mois.

— Tu t'es décidé à demander une augmentation ?

Elle en croyait à peine ses oreilles. Elle avait l'habitude de dire, que Nicole soit là ou non :

— Tu resteras un petit comptable toute ta vie. Tu n'as aucune ambition. Tu n'oses même pas regarder ton patron en face.

Le lendemain, pourtant, il frappa une fois de plus à la porte du redoutable M. Saimbron.

— Vous n'allez pas me dire que vous devez encore voir votre dentiste ?

— Non, monsieur. Je viens vous donner mon congé. Ma femme et moi avons décidé d'aller vivre en province, où nous venons d'hériter d'une petite maison.

C'étaient ses premiers mensonges. Il devait s'y habituer petit à petit. En apparence, il n'y avait rien de changé à son existence. Il se levait toujours à six heures et demie, se rasait en écoutant la radio, quittait l'appartement à huit heures dix et se dirigeait vers sa station de métro.

Au lieu de se rendre rue d'Enghien et de prendre place dans son bureau vitré, il se dirigeait vers la Bibliothèque Nationale. Qu'aurait-il pu faire d'autre dans les rues de Paris à huit heures et demie du matin ? Toute sa vie il avait eu la passion de la lecture et n'avait pu la satisfaire car si, après le dîner, il prenait un livre, sa femme ne manquait jamais de l'interrompre pour lui parler de n'importe quoi, ou bien c'était Nicole qu'il devait aider à faire ses devoirs.

Il lut les œuvres complètes d'Alexandre Dumas, de la première à la dernière ligne, puis d'autres auteurs, y compris leur correspondance, jusqu'à ce que le hasard lui fasse apercevoir dans les rayons la collection de la *Gazette des Tribunaux* dont les premiers fascicules étaient vieux d'un siècle et demi. Il devint familier avec toutes les causes célèbres. Quand sa femme lui parlait d'un procès en cours, il lui arrivait de se couper :

— Cela me rappelle l'affaire Lamotte, à Reims, en 1852.

— Qui est-ce qui t'a parlé de l'affaire Lamotte ?

— Un collègue de bureau, Ledent, qui se passionne pour ces choses-là.

Il venait d'inventer Ledent. Bientôt, il fut obligé d'inventer un nouveau directeur car, pour la Noël, il avait décidé d'acheter à sa femme un manteau de fourrure en mouton rasé. M. Saimbron était déjà censé lui avoir donné une augmentation. Ce n'était pas l'homme qui aurait en outre accordé un bonus, en fin d'année, à ses employés.

— Il paraît que nous allons avoir un nouveau directeur.

— M. Saimbron se retire ?

— Il a sans doute décidé de mettre quelqu'un au courant avant de prendre sa retraite.

Il l'appela M. Juramie, un nom qu'il avait aperçu sur une devanture et qui lui plaisait. Ce fut ce M. Juramie qui permit l'achat du manteau de fourrure et, en outre, d'un sac à main pour Nicole.

M. Juramie était chasseur et, comme il appréciait les services de Charles Perrin, il lui apportait assez souvent du gibier, un lièvre, un faisan, une cuisse de chevreuil.

— Tu as l'air d'être au mieux avec ton M. Juramie.

— Il m'observe, me pose des questions. Je ne serais pas surpris qu'un de ces jours il me confie un poste plus important.

La Bibliothèque Nationale ne lui prenait pas tout son temps. Il avait toujours eu une autre passion inassouvie, celle du billard, et, l'après-midi, il se rendait dans un café de la porte Maillot, non loin de sa banque, où il était à peu près sûr de trouver des partenaires.

Un soir, il rentra avec des souliers bruns dont il avait envie depuis longtemps.

— Tu vas aller au bureau avec des souliers bruns, maintenant ?

— M. Juramie en porte lui-même. Il n'est pas du tout vieux jeu comme M. Saimbron.

Ce M. Juramie s'était pris d'une réelle amitié pour Charles Perrin à qui il dit un jour :

— La place d'un homme comme vous n'est pas à la comptabilité.

— Il a vraiment dit ça ?

— Mais oui. Non seulement il l'a dit, mais, la semaine prochaine, je prendrai le poste de chef du département étranger.

L'augmentation permit de passer les vacances à la mer. Un nouveau bonus, en fin d'année, paya un mobilier rustique pour la salle à manger.

Perrin était devenu le bras droit de M. Juramie. Après trois ans, il était bel et bien le sous-directeur de la firme. Mme Perrin n'en revenait pas, s'habituait à regarder son mari avec un respect involontaire. Elle avait même, parfois, des moments d'inquiétude :

— Tu es sûr que tu gagnes tout cet argent ?

— Que veux-tu dire ?

— Je ne sais pas. On lit parfois dans les journaux des histoires de comptables qui commettent des imprudences. Tout cela vient si vite...

— Je t'affirme que je ne prends d'argent à personne.

Pour son beau-frère et sa belle-sœur, aux yeux de qui, jadis, il était une sorte de nullité, il devenait un personnage important.

— Quand tu seras le grand patron, tu pourras peut-être donner une place à mon fils dans ton bureau !

Ils n'avaient pas déménagé. Il tenait à son quartier, à sa rue, à son appartement autant qu'à ses habitudes. Quand Nicole eut seize ans et demi et termina ses études secondaires, elle annonça qu'elle allait chercher une place de dactylo. Il essaya de la convaincre que ce n'était pas nécessaire, qu'elle pouvait continuer ses études. Il eut sa femme et sa fille contre lui :

— Tu as une bonne situation, soit. Mais ce n'est pas suffisant et on ne sait jamais ce qui peut arriver.

Elle entra dans une compagnie d'assurances de la rue Le Pelletier et, le matin, ils prirent le métro ensemble, mais sans descendre à la même station.

L'amitié de M. Juramie n'avait plus de bornes. Il lui arriva même d'envoyer une robe neuve à Nicole en expliquant qu'il l'avait achetée pour sa fille à lui mais que celle-ci n'en avait pas aimé la couleur.

— Cela ira à la vôtre, quoique vous m'ayez dit qu'elle est blonde.

Quand il ne trouvait pas de partenaire pour le billard, il allait au cinéma, devait parfois se mordre la langue, quand on parlait d'un film, pour ne pas dire :

— Je l'ai déjà vu.

De sa fréquentation à la Bibliothèque Nationale, il lui venait des connaissances quasi universelles et il lui arrivait, par exemple, de parler de l'Amérique du Sud comme s'il y avait vécu pendant dix ans.

Le second événement se produisit avec autant de soudaineté que le premier. Un soir, en rentrant, il vit sa fille qui l'attendait à la sortie du métro et, à son air, il comprit qu'il y avait quelque chose.

— N'allons pas à la maison tout de suite, dit-elle.

— Qu'est-ce que tu as ?

— Je suis allée cet après-midi à ton bureau. J'avais une grande nouvelle à t'annoncer.

— Quelle nouvelle ?

— Maintenant, cela n'a plus d'importance. On m'a dit...

— Que je ne travaille plus pour eux.

— Oui. J'ai demandé à parler à M. Juramie et on m'a répondu qu'il n'a jamais existé.

Pâle, les yeux fixes, elle balbutia :

— Où as-tu pris l'argent ?

— Viens. Rentrons. Je te le dirai après le dîner, en même temps qu'à ta mère.

J'ai connu Charles Perrin (qui ne s'appelle pas ainsi, bien entendu) à Antibes, sur la Côte d'Azur, où il a acheté une librairie et où il passe le plus clair de ses journées à lire dans un fauteuil derrière le comptoir. Ce n'est qu'après des mois de fréquentation qu'il m'a fait ses confidences.

— Quand j'ai eu fini ma confession, a-t-il conclu, ma femme a dit :

» — Ainsi, tu n'avais même pas eu d'augmentation ! J'aurais dû m'en douter !

Il avait repris son air humble, timide.

— Ma fille est mariée. C'est pour me demander mon consentement qu'elle avait voulu me voir au bureau. Ma femme a une vie assez mondaine, des thés presque toutes les après-midis. Je ne me plains pas, mais je ne peux pas m'empêcher de regretter la Bibliothèque Nationale où on ne venait pas me déranger toutes les dix minutes pour me demander un livre.

Il ajouta en regardant la mer bleue au-delà des vitres :

— La rue Saint-Antoine me manque aussi. Si j'avais seulement gagné un petit lot de dix ou vingt mille francs...

Lakeville (Connecticut), le 11 novembre 1953.

Tous les romans

M **L'affaire Saint-Fiacre,** « Les Roches Grises », Antibes (Alpes-Maritimes), janvier 1932. Fayard, 1932. TOUT SIMENON 17

L'aîné des Ferchaux, Saint-Mesmin-le-Vieux (Vendée), 7 décembre 1943. Gallimard, 1945. TOUT SIMENON 25

M **L'ami d'enfance de Maigret,** Épalinges (Vaud), 24 juin 1968. Presses de la Cité, 1968. TOUT SIMENON 14

M **L'amie de Madame Maigret,** Carmel by the Sea (Californie), 22 décembre 1949. Presses de la Cité, 1950. TOUT SIMENON 4

L'Ane Rouge, « La Richardière », Marsilly (Charente-Maritime), automne 1932. Fayard, 1933. TOUT SIMENON 18

Les anneaux de Bicêtre, « Noland », Échandens (Vaud), 25 octobre 1962. Presses de la Cité, 1963. TOUT SIMENON 11

Antoine et Julie, « Shadow Rock Farm », Lakeville (Connecticut), 4 décembre 1952. Presses de la Cité, 1953. TOUT SIMENON 6

L'assassin, Hôtel P.L.M., Combloux (Haute-Savoie), décembre 1935. Gallimard, 1937. TOUT SIMENON 20

Au bout du rouleau, Saint Andrews (Nouveau-Brunswick), 5 juin 1946. Presses de la Cité, 1947. TOUT SIMENON 1

M **Au Rendez-Vous des Terre-Neuvas,** à bord de l'*Ostrogoth*, Morsang-sur-Seine (Seine-et-Marne), juillet 1931. Fayard, 1931. TOUT SIMENON 16

Les autres, « Noland », Échandens (Vaud), 17 novembre 1961. Presses de la Cité, 1962. TOUT SIMENON 11

Le bateau d'Émile, recueil de nouvelles. Gallimard, 1954. TOUT SIMENON 25

Bergelon, Nieul-sur-Mer (Charente-Maritime), septembre 1939. Gallimard, 1941. TOUT SIMENON 22

Betty, « Noland », Échandens (Vaud), 12 octobre 1960. Presses de la Cité, 1961. TOUT SIMENON 10

Le bilan Malétras, Saint-Mesmin-le-Vieux (Vendée), 12 mai 1943. Gallimard, 1948. TOUT SIMENON 25

Le blanc à lunettes, « Les Tamaris », Porquerolles (Var), printemps 1936. Gallimard, 1937. TOUT SIMENON 20

La boule noire, « La Gatounière », Mougins (Alpes-Maritimes), 28 avril 1955. Presses de la Cité, 1955. TOUT SIMENON 8

Le bourgmestre de Furnes, Nieul-sur-Mer (Charente-Maritime), automne 1938 [29 décembre 1938]. Gallimard, 1939. TOUT SIMENON 22

M **La danseuse du Gai-Moulin,** à bord de l'*Ostrogoth*, Ouistreham (Calvados), septembre 1931. Fayard, 1931. TOUT SIMENON 17
Le déménagement, Épalinges (Vaud), 27 juin 1967. Presses de la Cité, 1967. TOUT SIMENON 13
Les demoiselles de Concarneau, Porquerolles (Var), printemps 1934 [« La Cour-Dieu », Ingrannes (Loiret), automne 1935]. Gallimard, 1936. TOUT SIMENON 19
Le destin des Malou, « Coral Sands », Bradenton Beach (Floride), 22 février 1947. Presses de la Cité, 1947. TOUT SIMENON 1
Dimanche, « Noland », Échandens (Vaud), 3 juillet 1958. Presses de la Cité, 1959. TOUT SIMENON 9
La disparition d'Odile, Épalinges (Vaud), 4 octobre 1970. Presses de la Cité, 1971. TOUT SIMENON 15
Les dossiers de l'agence O, recueil de nouvelles. Gallimard, 1943. TOUT SIMENON 24

M **L'écluse n° 1,** « La Richardière », Marsilly (Charente-Maritime), avril 1933. Fayard, 1933. TOUT SIMENON 18
En cas de malheur, « Golden Gate », Cannes (Alpes-Maritimes), 8 novembre 1955. Presses de la Cité, 1956. TOUT SIMENON 8
L'enterrement de Monsieur Bouvet, Carmel by the Sea (Californie), 25 février 1950. Presses de la Cité, 1950. TOUT SIMENON 4
L'escalier de fer, « Shadow Rock Farm », Lakeville (Connecticut), 12 mai 1953. Presses de la Cité, 1953. TOUT SIMENON 6
L'évadé, « La Richardière », Marsilly (Charente-Maritime), été 1932 [automne 1934]. Gallimard, 1936. TOUT SIMENON 19

Les fantômes du chapelier, « Stud Barn », Tumacacori (Arizona), 13 décembre 1948. Presses de la Cité, 1949. TOUT SIMENON 3
Faubourg, « La Cour-Dieu », Ingrannes (Loiret), octobre 1934 [automne 1935]. Gallimard, 1937. TOUT SIMENON 20
M **Félicie est là,** château de Terre-Neuve, Fontenay-le-Comte (Vendée), été 1941 [« Les Peupliers », La Faute-sur-Mer (Vendée), mai 1942]. Gallimard, 1944. TOUT SIMENON 24
La fenêtre des Rouet, château de Terre-Neuve, Fontenay-le-Comte (Vendée), 7 juillet 1942. Éditions de la Jeune Parque, 1945. TOUT SIMENON 1
Feux rouges, « Shadow Rock Farm », Lakeville (Connecticut), 14 juillet 1953. Presses de la Cité, 1953. TOUT SIMENON 6
Les fiançailles de Monsieur Hire, Porquerolles (Var), printemps 1933 [« La Richardière », Marsilly (Charente-Maritime), automne 1932]. Fayard, 1933. TOUT SIMENON 18
Le fils, « Golden Gate », Cannes (Alpes-Maritimes), 28 décembre 1956. Presses de la Cité, 1957. TOUT SIMENON 9
Le fils Cardinaud, château de Terre-Neuve, Fontenay-le-Comte (Vendée), octobre 1941 [22 juillet 1941]. Gallimard, 1942. TOUT SIMENON 23

M **Liberty Bar,** « La Richardière », Marsilly (Charente-Maritime), mai 1932. Fayard, 1932. TOUT SIMENON 17
Le locataire, « La Richardière », Marsilly (Charente-Maritime), mars 1932 [automne 1933]. Gallimard, 1934. TOUT SIMENON 19
Long cours, Paris [Neuilly-sur-Seine (Seine)], octobre 1935. Gallimard, 1936. TOUT SIMENON 19

M **Maigret,** Porquerolles (Var), juin 1933 [« La Richardière », Marsilly (Charente-Maritime), janvier 1934]. Fayard, 1934. TOUT SIMENON 18
M **Maigret à l'école,** « Shadow Rock Farm », Lakeville (Connecticut), 8 décembre 1953. Presses de la Cité, 1954. TOUT SIMENON 7
M **Maigret à New-York,** Sainte-Marguerite-du-Lac-Masson (Québec), 7 mars 1946. Presses de la Cité, 1947. TOUT SIMENON 1
M **Maigret a peur,** « Shadow Rock Farm », Lakeville (Connecticut), 27 mars 1953. Presses de la Cité, 1953. TOUT SIMENON 6
M **Maigret au Picratt's,** « Shadow Rock Farm », Lakeville (Connecticut), 8 décembre 1950. Presses de la Cité, 1951. TOUT SIMENON 5
M **Maigret aux assises,** « Noland », Échandens (Vaud), 23 novembre 1959. Presses de la Cité, 1960. TOUT SIMENON 10
M **Maigret à Vichy,** Épalinges (Vaud), 11 septembe 1967. Presses de la Cité, 1968. TOUT SIMENON 13
M **Maigret chez le coroner,** Tucson (Arizona), 30 juillet 1949. Presses de la Cité, 1949. TOUT SIMENON 3
M **Maigret chez le ministre,** « Shadow Rock Farm », Lakeville (Connecticut), 23 août 1954. Presses de la Cité, 1955. TOUT SIMENON 7
M **Maigret en meublé,** « Shadow Rock Farm », Lakeville (Connecticut), 21 février 1951. Presses de la Cité, 1951. TOUT SIMENON 5
M **Maigret et l'affaire Nahour,** Épalinges (Vaud), 8 février 1966. Presses de la Cité, 1967. TOUT SIMENON 13
M **Maigret et la Grande Perche,** « Shadow Rock Farm », Lakeville (Connecticut), 8 mai 1951. Presses de la Cité, 1951. TOUT SIMENON 5
M **Maigret et la jeune morte,** « Shadow Rock Farm », Lakeville (Connecticut), 18 janvier 1954. Presses de la cité, 1954. TOUT SIMENON 7
M **Maigret et la vieille dame,** Carmel by the Sea (Californie), 8 décembre 1949. Presses de la Cité, 1950. TOUT SIMENON 4
M **Maigret et le client du samedi,** « Noland », Échandens (Vaud), 27 février 1962. Presses de la Cité, 1962. TOUT SIMENON 11
M **Maigret et le clochard,** « Noland », Échandens (Vaud), 2 mai 1962. Presses de la Cité, 1963. TOUT SIMENON 11
M **Maigret et le corps sans tête,** « Shadow Rock Farm », Lakeville (Connecticut), 25 janvier 1955. Presses de la Cité, 1955. TOUT SIMENON 8
M **Maigret et le fantôme,** « Noland », Échandens (Vaud), 23 juin 1963. Presses de la Cité, 1964. TOUT SIMENON 12
M **Maigret et le marchand de vin,** Épalinges (Vaud), 29 septembre 1969. Presses de la Cité, 1970. TOUT SIMENON 14

La maison du canal, « La Richardière », Marsilly (Charente-Maritime), janvier 1933. Fayard, 1933. TOUT SIMENON 18

M **La maison du juge,** Nieul-sur-Mer (Charente-Maritime), hiver 1939-1940 [31 janvier 1940]. Gallimard, 1942. TOUT SIMENON 23

Malempin, château de Scharrachbergheim (Bas-Rhin), mars 1939. Gallimard, 1940. TOUT SIMENON 22

La Marie du port, Hôtel de l'Europe, Port-en-Bessin (Calvados), octobre 1937. Gallimard, 1938. TOUT SIMENON 21

Marie qui louche, « Shadow Rock Farm », Lakeville (Connecticut), 17 août 1951. Presses de la Cité, 1952. TOUT SIMENON 5

La mauvaise étoile, recueil de récits-reportages, « La Cour-Dieu », Ingrannes (Loiret), juin 1936 [1935]. Gallimard, 1938. TOUT SIMENON 20

M **Les Mémoires de Maigret,** « Shadow Rock Farm », Lakeville (Connecticut), 27 septembre 1950. Presses de la Cité, 1951. TOUT SIMENON 4

M **Mon ami Maigret,** « Stud Barn », Tumacacori (Arizona), 2 février 1949. Presses de la Cité, 1949. TOUT SIMENON 3

M **Monsieur Gallet, décédé,** à bord de l'*Ostrogoth*, Morsang-sur-Seine (Seine-et-Marne), été 1930. Fayard, 1931. TOUT SIMENON 16

Monsieur La Souris, « Les Tamaris », Porquerolles (Var), février 1937. Gallimard, 1938. TOUT SIMENON 21

La mort d'Auguste, Épalinges (Vaud), 17 mars 1966. Presses de la Cité, 1966. TOUT SIMENON 13

La mort de Belle, « Shadow Rock Farm », Lakeville (Connecticut), 14 décembre 1951. Presses de la Cité, 1952. TOUT SIMENON 6

Le nègre, « Golden Gate », Cannes (Alpes-Maritimes), 16 avril 1957. Presses de la Cité, 1957. TOUT SIMENON 9

La neige était sale, Tucson (Arizona), 20 mars 1948. Presses de la Cité, 1948. TOUT SIMENON 3

Les noces de Poitiers, Saint-Mesmin-le-Vieux (Vendée), hiver 1943-1944. Gallimard, 1946. TOUT SIMENON 25

M **Les nouvelles enquêtes de Maigret,** recueil de nouvelles. Gallimard, 1944. TOUT SIMENON 24 et 25

Nouvelles exotiques. Publiées dans le volume intitulé *Signé Picpus*. Gallimard, 1944. TOUT SIMENON 24

« Nouvelles introuvables » 1931-1934. TOUT SIMENON 18

« Nouvelles introuvables » 1936-1941. TOUT SIMENON 22

Novembre, Épalinges (Vaud), 19 juin 1969. Presses de la Cité, 1969. TOUT SIMENON 14

M **La nuit du carrefour,** château de la Michaudière, Guigneville près La Ferté-Alais (Seine-et-Oise), avril 1931. Fayard, 1931. TOUT SIMENON 16

M **L'ombre chinoise,** « Les Roches Grises », Antibes (Alpes-Maritimes), décembre 1931. Fayard, 1932. TOUT SIMENON 17

45° à l'ombre, à bord de l'*Araldo*, en Méditerranée, juin 1934. Gallimard, 1936. TOUT SIMENON 19
Quartier nègre, à bord de l'*Araldo*, juillet 1934 [« La Cour-Dieu », Ingrannes (Loiret), été 1935]. Gallimard, 1935. TOUT SIMENON 19
Les quatre jours du pauvre homme, Tucson (Arizona), 4 juillet 1949. Presses de la Cité, 1949. TOUT SIMENON 3

Le rapport du gendarme, château de Terre-Neuve, Fontenay-le-Comte (Vendée), septembre 1941. Gallimard, 1944. TOUT SIMENON 24
Le Relais d'Alsace, à bord de l'*Ostrogoth*, au pont Marie, Paris, juillet 1931. Fayard, 1931. TOUT SIMENON 16
Les rescapés du Télémaque, Igls (Tyrol), décembre 1936. Gallimard, 1938. TOUT SIMENON 20
M **Le revolver de Maigret,** « Shadow Rock Farm », Lakeville (Connecticut), 20 juin 1952. Presses de la Cité, 1952. TOUT SIMENON 6
Le riche homme, Épalinges (Vaud), 9 mars 1970. Presses de la Cité, 1970. TOUT SIMENON 15
La rue aux trois poussins, recueil de nouvelles. Presses de la Cité, 1963. TOUT SIMENON 12

M **Les scrupules de Maigret,** « Noland », Échandens (Vaud), 16 décembre 1957. Presses de la Cité, 1958. TOUT SIMENON 9
Les sept minutes, recueil de nouvelles. Gallimard, 1938. TOUT SIMENON 20
M **Signé Picpus,** château de Terre-Neuve, Fontenay-le-Comte (Vendée), été 1941. Gallimard, 1944. TOUT SIMENON 24
Les sœurs Lacroix, Hôtel de l'Étoile, Saint-Thibault-sur-Loire (Cher), décembre 1937 [novembre 1937]. Gallimard, 1938. TOUT SIMENON 21
Strip-tease, « Golden Gate », Cannes (Alpes-Maritimes), 12 juin 1957. Presses de la Cité, 1958. TOUT SIMENON 9
Les suicidés, « La Richardière », Marsilly (Charente-Maritime), été 1932 [décembre 1933]. Gallimard, 1934. TOUT SIMENON 19
Le suspect, Paris, octobre 1937 [Neuilly-sur-Seine (Seine), septembre 1937]. Gallimard, 1938. TOUT SIMENON 21

Tante Jeanne, « Shadow Rock Farm », Lakeville (Connecticut), 8 septembre 1950. Presses de la Cité, 1951. TOUT SIMENON 4
Les témoins, « Shadow Rock Farm », Lakeville (Connecticut), 27 septembre 1954. Presses de la Cité, 1955. TOUT SIMENON 7
Le temps d'Anaïs, « Shadow Rock Farm », Lakeville (Connecticut), 1er novembre 1950. Presses de la Cité, 1951. TOUT SIMENON 5
Le testament Donadieu, « Les Tamaris », Porquerolles (Var), août 1936. Gallimard, 1937. TOUT SIMENON 20
M **La tête d'un homme,** Hôtel L'Aiglon, boulevard Raspail, Paris, septembre 1930 [hiver 1930-1931]. Fayard, 1931. TOUT SIMENON 16

Toutes les nouvelles

M **L'affaire du boulevard Beaumarchais,** Neuilly-sur-Seine, 1936. Publiée pour la première fois dans *Paris-Soir-Dimanche,* le 25 octobre 1936. In *Les nouvelles enquêtes de Maigret.* Gallimard, 1944. TOUT SIMENON 24.

L'affaire du canal, 1929. Nouvelle inédite. TOUT SIMENON 18

L'affaire Lefrançois, Paris, hiver 1928-1929. Publiée pour la première fois dans *Détective,* les 21 mars et 4 avril 1929. In *Les 13 mystères.* Fayard, 1932. TOUT SIMENON 18

L'Amiral a disparu, La Rochelle, printemps 1938. Publiée pour la première fois dans *Police-Roman,* le 10 mai 1940. In *Le Petit Docteur.* Gallimard, 1943. TOUT SIMENON 23

L'amoureux aux pantoufles, La Rochelle, printemps 1938. Publiée pour la première fois dans *Police-Roman,* le 24 janvier 1941. In *Le Petit Docteur.* Gallimard, 1943. TOUT SIMENON 23

M **L'amoureux de Madame Maigret,** Neuilly-sur-Seine, hiver 1937-1938. Publiée pour la première fois dans *Police-Roman,* le 28 juillet 1939. In *Les nouvelles enquêtes de Maigret.* Gallimard, 1944. TOUT SIMENON 25

Annette et la dame blonde. Publiée pour la première fois dans *Pour Elle,* janvier-février 1941. In *La rue aux trois poussins.* Presses de la Cité, 1963. TOUT SIMENON 12

Arnold Schuttringer, Stavoren (Pays-Bas), hiver 1929-1930. Publiée pour la première fois dans *Détective,* les 17 avril et 1er mai 1930. In *Les 13 coupables.* Fayard, 1932. TOUT SIMENON 17

L'arrestation du musicien, La Rochelle, printemps 1938. Publiée pour la première fois dans *Police-Roman,* le 16 mai 1941. In *Les dossiers de l'Agence O.* Gallimard, 1943. TOUT SIMENON 24

L'as de l'arrestation. Publiée pour la première fois dans *Benjamin,* le 13 décembre 1934. Non recueillie en volume. TOUT SIMENON 18

M **L'auberge aux noyés,** Neuilly-sur-Seine, hiver 1937-1938. Publiée pour la première fois dans *Police-Film/Police-Roman,* le 11 novembre 1938. In *Les nouvelles enquêtes de Maigret.* Gallimard, 1944. TOUT SIMENON 25

L'aventurier au parapluie. Publiée pour la première fois dans *Tout et Tout,* le 22 février 1941. Non recueillie en volume. TOUT SIMENON 22

Le château des disparus, 1929. Publiée pour la première fois dans *Détective,* les 14 et 28 novembre 1929. In *Les 13 énigmes.* Fayard, 1932. TOUT SIMENON 18

La cheminée du Lorraine, Paris, hiver 1928-1929. Publiée pour la première fois dans *Détective,* les 9 et 23 mai 1929. In *Les 13 mystères.* Fayard, 1932. TOUT SIMENON 18

Le chien jaune, 1929. Publiée pour la première fois dans *Détective,* les 24 octobre et 7 novembre 1929. In *Les 13 énigmes.* Fayard, 1932. TOUT SIMENON 18

M **Le client le plus obstiné du monde,** Ste-Marguerite-du-Lac-Masson (Québec), Canada, 2 mai 1946. In *Maigret et l'inspecteur Malgracieux.* Presses de la Cité, 1947. TOUT SIMENON 2

Le Club des Vieilles Dames, La Rochelle, printemps 1938. Publiée pour la première fois dans *Police-Roman,* le 10 octobre 1941. In *Les dossiers de l'Agence O.* Gallimard, 1943. TOUT SIMENON 24

Le coffre-fort de la S.S.S., Paris, hiver 1928-1929. Publiée pour la première fois dans *Détective,* les 28 mars et 11 avril 1929. In *Les 13 mystères.* Fayard, 1932. TOUT SIMENON 18

Le comique du Saint-Antoine. Publiée pour la première fois dans *Gringoire,* le 18 janvier 1940. In *La rue aux trois poussins.* Presses de la Cité, 1963. TOUT SIMENON 12

Le corps disparu, 1929. Publiée pour la première fois dans *Détective,* les 10 et 24 octobre 1929. In *Les 13 énigmes.* Fayard, 1932. TOUT SIMENON 18

Le crime du Malgracieux. Publiée pour la première fois dans *Gringoire,* le 25 avril 1940. In *La rue aux trois poussins.* Presses de la Cité, 1963. TOUT SIMENON 12

La demoiselle en bleu pâle, La Rochelle, printemps 1938. Publiée pour la première fois dans *Police-Roman,* le 24 novembre 1939. In *Le Petit Docteur.* Gallimard, 1943. TOUT SIMENON 23

Les demoiselles de Queue de Vache, 1941. In *La rue aux trois poussins.* Presses de la Cité, 1963. TOUT SIMENON 12

Le dénommé Popaul, Paris, hiver 1928-1929. Publiée pour la première fois dans *Détective,* les 25 avril et 9 mai 1929. In *Les 13 mystères.* Fayard, 1932. TOUT SIMENON 18

Le destin de Monsieur Saft. Publiée pour la première fois dans *Gringoire,* le 21 novembre 1940. Recueillie en volume par Gilbert Sigaux, Éditions Rencontre, 1969. TOUT SIMENON 22

Le deuil de Fonsine, Les Sables-d'Olonne (Vendée), 9 janvier 1945. In *Maigret et les petits cochons sans queue.* Presses de la Cité, 1950. TOUT SIMENON 4

Les deux ingénieurs, Paris, hiver 1928-1929. Publiée pour la première fois dans *Détective,* les 30 mai et 13 juin 1929. In *Les 13 mystères.* Fayard, 1932. TOUT SIMENON 18

Le docteur de Kirkenes. Publiée pour la première fois dans *Gringoire,* le 21 décembre 1939. In *La rue aux trois poussins.* Presses de la Cité, 1963. TOUT SIMENON 12

Le fantôme de Monsieur Marbe, La Rochelle, printemps 1938. Publiée pour la première fois dans *Police-Roman,* le 5 janvier 1940. In *Le Petit Docteur.* Gallimard, 1943. TOUT SIMENON 23

La femme du pilote. Publiée pour la première fois dans *Gringoire,* le 3 octobre 1940. In *Le bateau d'Émile.* Gallimard, 1954. TOUT SIMENON 25

M **La fenêtre ouverte,** Neuilly-sur-Seine, 1936. Publiée pour la première fois dans *Paris-Soir-Dimanche,* le 8 novembre 1936. In *Les nouvelles enquêtes de Maigret.* Gallimard, 1944. TOUT SIMENON 24

Le flair du Petit Docteur, La Rochelle, printemps 1938. Publiée pour la première fois sous le titre *Rendez-vous avec un mort,* dans *Police-Roman,* le 3 novembre 1939. In *Le Petit Docteur.* Gallimard, 1943. TOUT SIMENON 23

Les « Flamands », Stavoren (Pays-Bas), hiver 1929-1930. Publiée pour la première fois dans *Détective,* les 3 et 17 avril 1930. In *Les 13 coupables.* Fayard, 1932. TOUT SIMENON 17

La fleuriste de Deauville, La Rochelle, printemps 1938. Publiée pour la première fois dans *Police-Roman,* le 18 juillet 1941. In *Les dossiers de l'Agence O.* Gallimard, 1943. TOUT SIMENON 24

La folle d'Itteville, Morsang-sur-Seine [Guigneville-sur-Essonne], printemps 1931. Publiée pour la première fois dans la collection « Phototexte », Éd. Jacques Haumont, 1931. Recueillie en volume par Gilbert Sigaux, Éditions Rencontre, 1967. TOUT SIMENON 18

Le Grand Langoustier, à bord de l'*Ostrogoth,* Morsang-sur-Seine (Seine-et-Marne), printemps 1931. Publiée pour la première fois dans *Marianne,* septembre-octobre 1933. In *Les sept minutes.* Gallimard, 1938. TOUT SIMENON 20

Le gros lot, Lakeville (Connecticut), le 11 novembre 1953. Nouvelle inédite. TOUT SIMENON 12 (supplément)

« G.7 », 1929. Publiée pour la première fois dans *Détective,* les 12 et 26 septembre 1929. In *Les 13 énigmes.* Fayard, 1932. TOUT SIMENON 18

Hans Peter, 1929. Publiée pour la première fois dans *Détective,* les 17 et 31 octobre 1929. In *Les 13 énigmes.* Fayard, 1932. TOUT SIMENON 18

L'homme à barbe. Voir *Nicolas.*

M **L'homme dans la rue,** Nieul-sur-Mer (Charente-Maritime), 1939. In *Maigret et les petits cochons sans queue.* Presses de la Cité, 1950. TOUT SIMENON 4

L'homme qui mitraillait les rats. Publiée pour la première fois dans *Match,* le 13 octobre 1938. Non recueillie en volume. TOUT SIMENON 22

L'homme tatoué, 1929. Publiée pour la première fois dans *Détective,* les 3 et 17 octobre 1929. In *Les 13 énigmes.* Fayard, 1932. TOUT SIMENON 18

L'homme tout nu, La Rochelle, printemps 1938. Publiée pour la première fois dans *Police-Roman,* le 9 mai 1941. In *Les dossiers de l'Agence O.* Gallimard, 1943. TOUT SIMENON 24

Les mariés du 1er décembre, La Rochelle, printemps 1938. Publiée pour la première fois dans *Police-Roman,* le 26 janvier 1940. In *Le Petit Docteur.* Gallimard, 1943. TOUT SIMENON 23

Le mas Costefigues, 1929. Publiée pour la première fois dans *Détective,* les 7 et 21 novembre 1929. In *Les 13 énigmes.* Fayard, 1932. TOUT SIMENON 18

Le matin des trois absoutes. Publiée pour la première fois dans *Gringoire,* le 21 mars 1940. In *La rue aux trois poussins.* Presses de la Cité, 1963. TOUT SIMENON 12

M **Menaces de mort,** hiver 1937-1938. Publiée pour la première fois dans *Révolution nationale,* du 8 mars au 12 avril 1942. Non recueillie en volume. TOUT SIMENON 25

M **Monsieur Lundi,** Neuilly-sur-Seine, 1936. Publiée pour la première fois dans *Paris-Soir-Dimanche,* le 20 décembre 1936. In *Les nouvelles enquêtes de Maigret.* Gallimard, 1944. TOUT SIMENON 24

Monsieur Mimosa. Publiée pour la première fois dans *Paris-Soir,* le 24 janvier 1937. Non recueillie en volume. TOUT SIMENON 22

Monsieur Rodrigues, Stavoren (Pays-Bas), hiver 1929-1930. Publiée pour la première fois dans *Détective,* les 20 mars et 3 avril 1930. In *Les 13 coupables.* Fayard, 1932. TOUT SIMENON 17

Le mort invraisemblable, Paris, hiver 1928-1929. Publiée pour la première fois dans *Détective,* les 11 et 25 avril 1929. In *Les 13 mystères.* Fayard, 1932. TOUT SIMENON 18

Le mort tombé du ciel, La Rochelle, printemps 1938. Publiée pour la première fois dans *Police-Roman,* le 16 février 1940. In *Le Petit Docteur.* Gallimard, 1943. TOUT SIMENON 23

Moss et Hoch. Publiée pour la première fois dans *Aujourd'hui,* le 14 décembre 1933. Non recueillie en volume. TOUT SIMENON 18

Les mystères du Grand-Saint-Georges, Neuilly-sur-Seine, hiver 1937-1938. Publiée pour la première fois dans *Police-Roman,* le 24 février 1939. (« Nouvelle exotique »). Recueillie en volume par Gilbert Sigaux, Éditions Rencontre, 1969. TOUT SIMENON 24

Le naufrage de l'« armoire à glace ». Publiée pour la première fois dans *Gringoire,* le 3 avril 1941. In *La rue aux trois poussins.* Presses de la Cité, 1963. TOUT SIMENON 12

Le naufrage du Catherine, 1929. Publiée pour la première fois dans *Détective,* les 19 septembre et 3 octobre 1929. In *Les 13 énigmes.* Fayard, 1932. TOUT SIMENON 18

Le nègre s'est endormi. Publiée pour la première fois, sous le titre *La passion de Van Overbeek,* dans *Gringoire,* le 30 janvier 1941. In *Le bateau d'Émile.* Gallimard, 1954. TOUT SIMENON 25

Nicolas, Stavoren (Pays-Bas), hiver 1929-1930. Publiée pour la première fois dans *Détective,* les 8 et 22 mai 1930. In *Les 13 coupables.* Fayard, 1932. TOUT SIMENON 17

Le petit tailleur et le chapelier, Bradenton Beach (Floride), 1er avril 1947. In *Maigret et les petits cochons sans queue.* Presses de la Cité, 1950. TOUT SIMENON 4

Les petits cochons sans queue, Bradenton Beach (Floride), 28 novembre 1946. In *Maigret et les petits cochons sans queue.* Presses de la Cité, 1950. TOUT SIMENON 4

Philippe, Stavoren (Pays-Bas), hiver 1929-1930. Publiée pour la première fois dans *Détective,* les 1er et 15 mai 1930. In *Les 13 coupables.* Fayard, 1932. TOUT SIMENON 17

M **La pipe de Maigret,** rue de Turenne, Paris, juin 1945. In le volume du même titre. Presses de la Cité, 1947. TOUT SIMENON 1

La piste de l'homme roux, La Rochelle, printemps 1938. Publiée pour la première fois dans *Police-Roman,* le 19 avril 1940. In *Le Petit Docteur.* Gallimard, 1943. TOUT SIMENON 23

La piste du Hollandais. Publiée pour la première fois dans *Gringoire,* le 27 juin 1941. In *La rue aux trois poussins.* Presses de la Cité, 1963. TOUT SIMENON 12

Le policier d'Istanbul, Neuilly-sur-Seine, hiver 1937-1938. Publiée pour la première fois dans *Police-Roman,* le 13 janvier 1939. In *Signé Picpus* (« Nouvelles exotiques »). Gallimard, 1944. TOUT SIMENON 24

Le prisonnier de Lagny, La Rochelle, printemps 1938. Publiée pour la première fois dans *Police-Roman,* le 19 septembre 1941. In *Les dossiers de l'Agence O.* Gallimard, 1943. TOUT SIMENON 24

La révolte du Canari. Publiée pour la première fois dans *Gringoire,* le 25 juillet 1940. Recueillie en volume par Gilbert Sigaux, Éditions Rencontre, 1969. TOUT SIMENON 22

La rue aux trois poussins. Publiée pour la première fois dans *Gringoire,* le 11 juillet 1941. In le recueil du même titre. Presses de la Cité, 1963. TOUT SIMENON 12

M **Rue Pigalle,** Neuilly-sur-Seine, 1936. Publiée pour la première fois dans *Paris-Soir-Dimanche,* le 29 novembre 1936. In *Les nouvelles enquêtes de Maigret.* Gallimard, 1944. TOUT SIMENON 24

Le secret de fort Bayard, 1929. Publiée pour la première fois dans *Détective,* les 21 novembre et 5 décembre 1929. In *Les 13 énigmes.* Fayard, 1932. TOUT SIMENON 18

Sept petites croix dans un carnet. Carmel by the Sea (Californie), 4 avril 1950. In *Un Noël de Maigret.* Presses de la Cité, 1951. TOUT SIMENON 5

Sing-Sing ou la maison des trois marches. Publiée pour la première fois dans *Vu,* le 25 mars 1931. Non recueillie en volume. TOUT SIMENON 18

La sonnette d'alarme, La Rochelle, printemps 1938. Publiée pour la première fois dans *Police-Roman,* le 8 mars 1940. In *Le Petit Docteur.* Gallimard, 1943. TOUT SIMENON 23

M **Un Noël de Maigret,** Carmel by the Sea (Californie), 20 mai 1950. In le recueil du même titre. Presses de la Cité, 1951. TOUT SIMENON 5

Valérie s'en va. Publiée pour la première fois, sous le titre *Les larmes à l'estragon,* dans *Gringoire,* le 6 mars 1941. In *Le bateau d'Émile.* Gallimard, 1954. TOUT SIMENON 25

M **Vente à la bougie,** Nieul-sur-Mer (Charente-Maritime), 1939. In *Maigret et les petits cochons sans queue.* Presses de la Cité, 1950. TOUT SIMENON 4

Le vieillard au porte-mine, La Rochelle, printemps 1938. Publiée pour la première fois dans *Police-Roman,* le 13 juin 1941. In *Les dossiers de l'Agence O.* Gallimard, 1943. TOUT SIMENON 24

M **La vieille dame de Bayeux,** Neuilly-sur-Seine, hiver 1937-1938. Publiée pour la première fois dans *Police-Roman,* le 3 février 1939. In *Les nouvelles enquêtes de Maigret.* Gallimard, 1944. TOUT SIMENON 25

Le vieux couple de Cherbourg. Publiée pour la première fois dans *Gringoire,* le 16 mai 1940. Recueillie en volume par Gilbert Sigaux, Éditions Rencontre, 1969. TOUT SIMENON 22

Le vol du lycée de B..., Paris, hiver 1928-1929. Publiée pour la première fois dans *Détective,* les 18 avril et 2 mai 1929. In *Les 13 mystères.* Fayard, 1932. TOUT SIMENON 18

Waldemar Strvzeski, Stavoren (Pays-Bas), hiver 1929-1930. Publiée pour la première fois dans *Détective,* les 24 avril et 8 mai 1930. In *Les 13 coupables.* Fayard, 1932. TOUT SIMENON 17

Le yacht et la panthère. Publiée pour la première fois dans *Ric et Rac,* le 15 mars 1930. Non recueillie en volume. TOUT SIMENON 18

Zilliouk, Stavoren (Pays-Bas), hiver 1929-1930. Publiée pour la première fois dans *Détective,* les 13 et 27 mars 1930. In *Les 13 coupables.* Fayard, 1932. TOUT SIMENON 17

TOUT SIMENON

Tome 10 Maigret et les témoins récalcitrants / Une confidence de Maigret / La vieille / Le veuf / Maigret aux assises / L'ours en peluche / Maigret et les vieillards / Betty.

Tome 11 Le train / Maigret et le voleur paresseux / La porte / Les autres / Maigret et les braves gens / Maigret et le client du samedi / Maigret et le clochard / Les anneaux de Bicêtre.

Tome 12 La colère de Maigret / La rue aux trois poussins / La chambre bleue / L'homme au petit chien / Maigret et le fantôme / Maigret se défend / Le petit saint / Le train de Venise.

Tome 13 La patience de Maigret / Le confessionnal / La mort d'Auguste / Maigret et l'affaire Nahour / Le chat / Le voleur de Maigret / Le déménagement / Maigret à Vichy.

Tome 14 La prison / Maigret hésite / La main / L'ami d'enfance de Maigret / Il y a encore des noisetiers / Novembre / Maigret et le tueur / Maigret et le marchand de vin.

Tome 15 Le riche homme / La folle de Maigret / La disparition d'Odile / Maigret et l'homme tout seul / La cage de verre / Maigret et l'indicateur / Les innocents / Maigret et Monsieur Charles.

Tome 16 Monsieur Gallet, décédé / Le pendu de Saint-Pholien / Le charretier de La Providence / Le chien jaune / Pietr le Letton / La nuit du carrefour / Un crime en Hollande / Au Rendez-Vous des Terre-Neuvas / La tête d'un homme / Le Relais d'Alsace.

Tome 17 La danseuse du Gai-Moulin / La guinguette à deux sous / L'ombre chinoise / L'affaire Saint-Fiacre / Chez les Flamands / Le fou de Bergerac / Le port des brumes / Le passager du Polarlys / Liberty Bar / Les 13 coupables.

Tome 18 Les 13 énigmes / La folle d'Itteville / Les 13 mystères / Les fiançailles de Monsieur Hire / Le coup de lune / La maison du canal / L'écluse n° 1 / L'Ane Rouge / Les gens d'en face / Le haut mal / L'homme de Londres / Maigret / Nouvelles introuvables 1931-1934.

Tome 19 Le locataire / Les suicidés / Les Pitard / Les clients d'Avrenos / Quartier nègre / L'évadé / Long cours / Les demoiselles de Concarneau / 45° à l'ombre.

Tome 20 Le testament Donadieu / L'assassin / Le blanc à lunettes / Faubourg / Ceux de la soif / Chemin sans issue / Les sept minutes / Les rescapés du Télémaque / La mauvaise étoile.

Tome 21 Les trois crimes de mes amis / Le suspect / Les sœurs Lacroix / Touriste de bananes / Monsieur La Souris / La Marie du port / L'homme qui regardait passer les trains / Le Cheval Blanc / Le Coup de Vague / Chez Krull.

Tome 22 Le bourgmestre de Furnes / Malempin / Les inconnus dans la maison / Cour d'assises / Bergelon / L'outlaw / Il pleut bergère... / Le voyageur de la Toussaint / La maison des sept jeunes filles / Nouvelles introuvables 1936-1941.

Tome 23 Oncle Charles s'est enfermé / La veuve Couderc / Cécile est morte / Les caves du Majestic / La maison du juge / Le fils Cardinaud / La vérité sur Bébé Donge / Le Petit Docteur.

Tome 24 Les dossiers de l'Agence O / Signé Picpus / L'inspecteur Cadavre / Félicie est là / Nouvelles exotiques / Les mystères du Grand-Saint-Georges / Le rapport du gendarme / Les nouvelles enquêtes de Maigret (1).

Tome 25 Les nouvelles enquêtes de Maigret (2) / L'improbable Monsieur Owen / Ceux du Grand Café / Menaces de mort / L'aîné des Ferchaux / Les noces de Poitiers / Le cercle des Mahé / Le clan des Ostandais / Le bilan Malétras / Le bateau d'Emile.

Tome 26 **Mémoires 1** Je me souviens... / Quand j'étais vieux / Lettre à ma mère / *Mes Dictées :* Un homme comme un autre / Des traces de pas / Les petits hommes / Vent du nord, vent du sud / Un banc au soleil / De la cave au grenier / A l'abri de notre arbre / Tant que je suis vivant / Vacances obligatoires / La main dans la main / Au-delà de ma porte-fenêtre / Je suis resté un enfant de chœur.

Tome 27 **Mémoires 2** *Mes dictées :* A quoi bon jurer ? / Point-virgule / Le prix d'un homme / On dit que j'ai soixante-quinze ans / Quand vient le froid / Les libertés qu'il nous reste / La femme endormie / Jour et nuit / Destinées / *Mémoires intimes*, suivis du Livre de Marie-Jo.

Cet ouvrage a été composé
par Nord Compo, Villeneuve-d'Ascq, Nord
et achevé d'imprimer
par Maury-Eurolivres S.A.
45300 Manchecourt
pour Omnibus
12, avenue d'Italie – 75013 Paris